GEAR & GEAR

# DAS VOLK DER STILLE

Roman

Aus dem Amerikanischen
von Fred Schmitz



WILHELM HEYNE VERLAG
MÜNCHEN

HEYNE ALLGEMEINE REIHE
Nr. 01/13029

Die Originalausgabe
PEOPLE OF THE SILENCE
erschien im Verlag Tom Doherty Associates, Inc., New York

*Umwelthinweis:*
Das Buch wurde auf
chlor- und säurefreiem Papier gedruckt.

Taschenbucherstausgabe 4/2000

Printed in Germany 2000
Umschlagillustration: Royo/NORMA
Umschlaggestaltung: Nele Schütz Design, München
Satz: Leingärtner, Nabburg
Druck und Bindung: Elsnerdruck, Berlin

ISBN 3-453-16097-5

http://www.heyne.de

Doug und Sue Morley
und
Lester und Ruth Hofer
gewidmet

für über vierzig Jahre Großzügigkeit und Wohlwollen

| 13 000 v. Chr. | 10 000 v. Chr. | 6000 v. Chr. | 5000 v. Chr. |
| --- | --- | --- | --- |

Mittelsteinzeit
(indianisch)

## Im Zeichen des Wolfes

Alaska und Nordwesten
Kanadas

## Das Volk des Feuers

Rocky Mountains und
Große Ebene

## Das Volk an der Küste

Pazifikküste und
Großes Becken

3000 v. Chr. | 100 n. Chr. | 800 n. Chr. | 1200 n. Chr.

Jungsteinzeit | Waldland-Kultur | Mississippi-Kultur

## *Das Volk der Erde*

*Nördliche Ebene*
*und Becken*

## *Das Volk vom Fluß*

*Mississippital*

## *Das Volk an den Seen*

*Östliches Waldland*
*und Großes Seengebiet*

## *Das Volk der Stille*

*Anasazi*

Turm-
bauer
Volk des Rechten Weges
Hohokam
Mogollon
Das Volk
an
den Seen
Norden

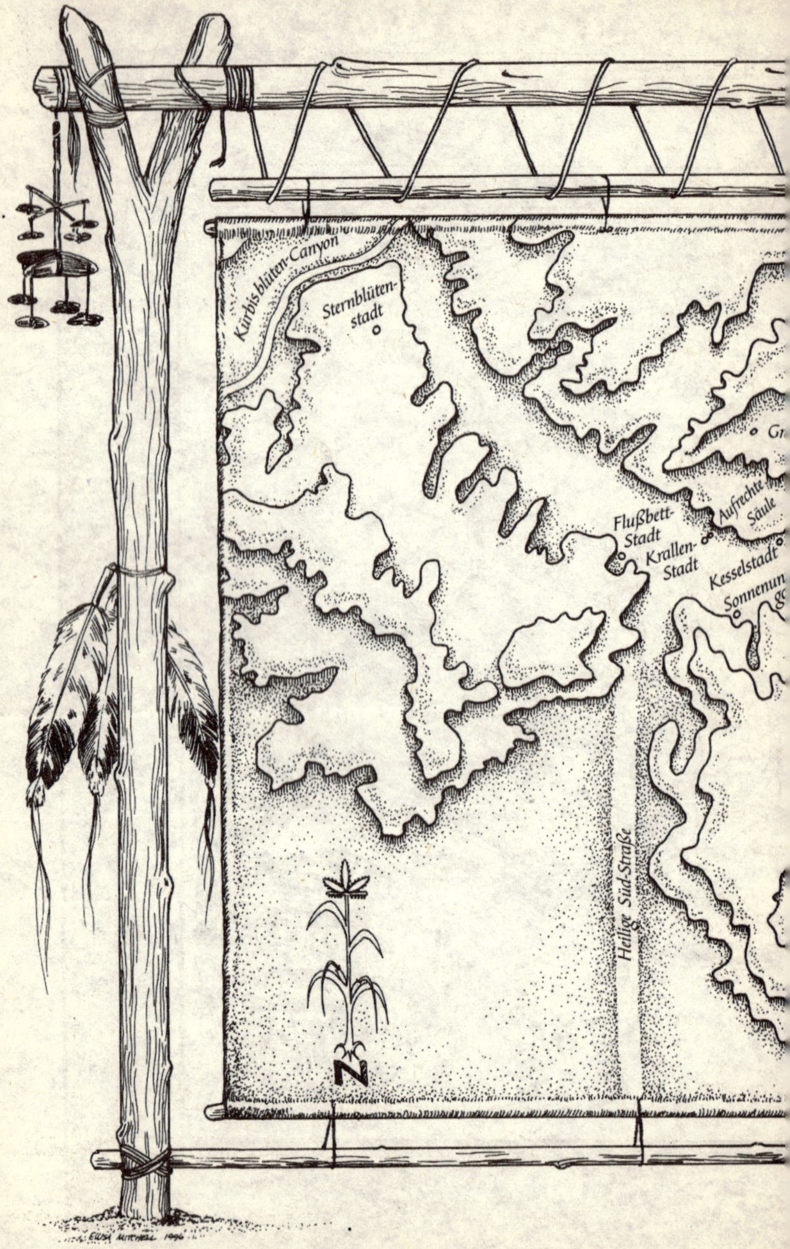
Kürbisblüten-Canyon
Sternblüten-stadt
Flußbett-Stadt
Krallen-Stadt
Aufrechte Säule
Kesselstadt
Heilige Süd-Straße
N
ELISA MITCHELL 1996

atz
Canyon-Städte
Schlucht des Rechten Wegs
Kuppe der
Spinnenfrau
Zum
Hirschkuh-
dorf

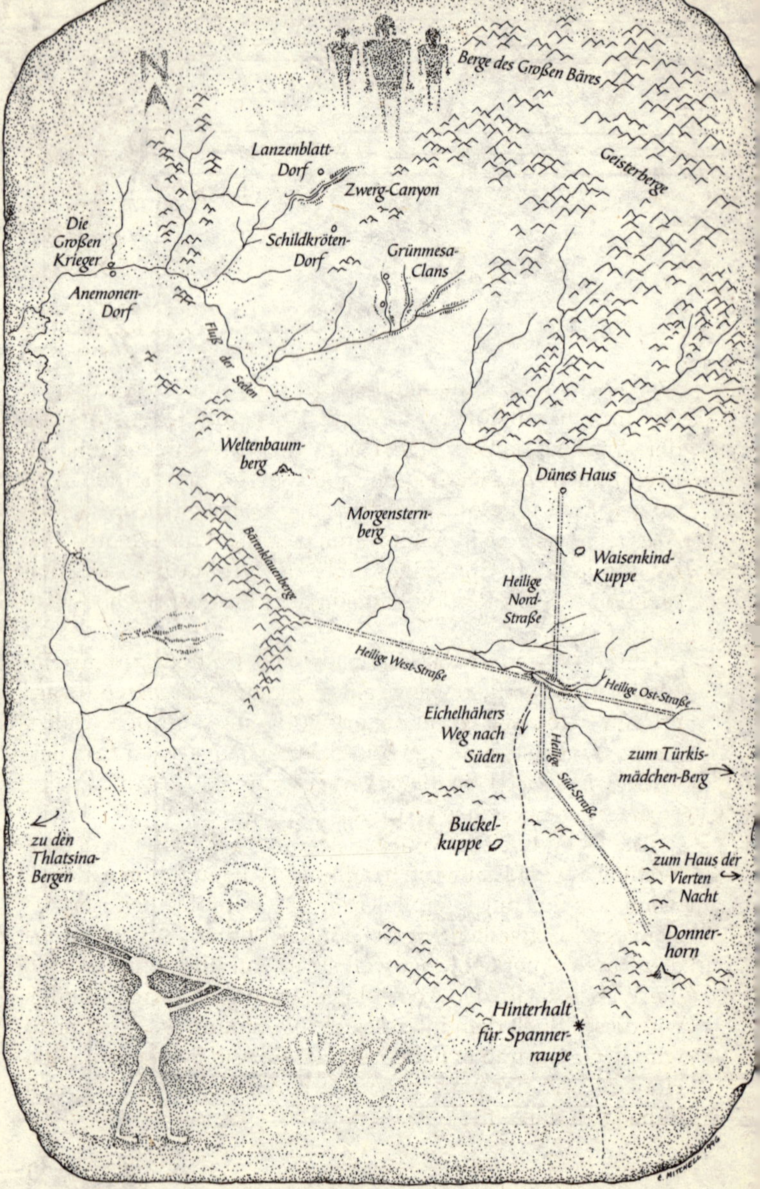

N
Berge des Großen Bäres
Lanzenblatt-Dorf
Zwerg-Canyon
Geisterberge
Die Großen Krieger
Schildkröten-Dorf
Grünmesa-Clans
Anemonen-Dorf
Fluß der Seelen
Weltenbaumberg
Dünes Haus
Morgensternberg
Bärenklauenberg
Waisenkind-Kuppe
Heilige Nord-Straße
Heilige West-Straße
Heilige Ost-Straße
Eichelhähers Weg nach Süden
Heilige Süd-Straße
zum Türkismädchen-Berg
Buckelkuppe
zu den Thlatsina-Bergen
zum Haus der Vierten Nacht
Donnerhorn
Hinterhalt für Spannerraupe
E. MITCHELL 1996

# Danksagung

Wir möchten Dr. Jonathan Haas und Dr. Winifred Creamer für ihre herausragende Arbeit über die Kriegsführung der Anasazi danken. Dr. Debra Martin schickte uns ein Exemplar ihres großartigen, noch unveröffentlichten Aufsatzes *»Lives unlived: The Political Economy of Violence against Anasazi Women«*. Hilfreich waren uns auch die Arbeiten von Dr. Linda Scott Cummings über die Ernährung der Anasazi und von Dr. Ray Williamson über Prähistorische Astronomie.

Unsere besondere Dankbarkeit gilt der California State University in Bakersfield wegen eines Humanity Research Award im Jahr 1975, der ein anhaltendes Interesse an den Chaco-Anasazi auslöste, und den Mitarbeitern im National Park Service vom Chaco-Canyon, die eine unmögliche Aufgabe zu erfüllen haben und sie vorzüglich lösen.

Tom Doherty, unser Verleger, hat uns bei diesem Projekt unterstützt, obwohl er uns oft mit glasigen Augen zuhören mußte, wenn wir ihn mit komplizierten Spezialproblemen der Archäologie langweilten. Linda Quinton, Mitherausgeberin, verdient hohe Anerkennung, weil sie davon überzeugt ist, daß die Wissenschaft der Archäologie am besten durch Medien wie dieses Buch dem interessierten Publikum nähergebracht wird. Und wie immer haben wir Harold und Sylvia Fenn, Rob Howard und der ganzen wunderbaren H.-F.-Fenn-Sippe in Kanada zu danken.

Unser Dank gegenüber Harriet McDougal ist mit Worten nicht auszudrücken – sie ist einfach die beste Lehrerin und Freundin, die man sich als Schriftsteller nur wünschen kann.

# Vorwort

Auf einer 2000 Meter hohen Erhebung im Nordwesten von New Mexico liegt ein Wüstenhochtal, das Äonen von Sonne, Wind und Wasser in den festen Sandstein geschnitten haben. Der Chaco-Canyon ist nur zehn Meilen lang, eingefaßt von majestätischen steilen Sandsteinklippen, und als Obere Sonora-Wüste bekannt. Wenn dort Regen fällt, schießt das Wasser über den glatten Fels hinab, und mächtige Sturzbäche schwemmen die Rinnen aus. Die Temperatur steigt im Sommer auf vierzig Grad und fällt im Winter bis auf dreißig Grad unter Null. Dürreperioden sind häufig und hart. Alles in allem ist es ein ungastlicher, wenn auch ein berückend schöner Ort.

Doch im elften Jahrhundert wurde dieser Canyon zum kulturellen Mittelpunkt für ein Volk, das wir die Anasazi nennen. Der Bereich der Chaco-Kultur umfaßte ein Gebiet von fast 300 000 Quadratkilometern mit rund 100 000 Bewohnern.

Aus vielen Gründen nennt man es das »Chaco-Phänomen«. Etwa um das Jahr 1050 wurde der Chaco-Canyon der Mittelpunkt der Herstellung von Gegenständen aus Türkis. Perlen, Figürchen und Schmuck wurden in großen Mengen produziert und im Handel mit anderen Gemeinden getauscht. Archäologen fanden heraus, daß der Türkis aus Minen stammte, die über hundert Meilen entfernt lagen, nahe der heutigen Stadt Cerrillos in New Mexico. Die Ausbeutung dieser Minen unterstand offenbar direkt der Führungsschicht der Chacos, aber bearbeitete Waren aus Türkis waren mehr wert als »Geld«. Sie begründeten eine zeremonielle Industrie mit vielen Querverbindungen zwischen der Chaco-Elite und den Führern anderer Gemeinschaften.

Während dieser Zeit entstand ein ausgeklügeltes Straßensystem, das siebenhundert Jahre lang in Nordamerika ohnegleichen blieb. Das waren nicht etwa Feldwege, sondern fachkundig konstruierte Straßen, an manchen Stellen zehn Meter breit, mit einem ausgehobenen Straßenbett, eingefaßt von Böschungsstützen oder niedrigem Mauerwerk. Manche scheinen ein Pflaster aus zerstoßenen Tonscherben gehabt zu haben. An einer Stelle nördlich vom Chaco-Canyon wurde die Straße zu einer vierspurigen Landstraße. Wenn die vorgesehenen Routen auf Klippen oder Steilhänge stießen, bauten die Ingenieure Holzgerüste oder Erdrampen, oder sie hauten Stufen in den harten Fels. An den Straßenrändern standen Signaltürme, »Weg-Stationen« und Gedenksteine. Letztere dienten offenbar als Gebets- oder Meditationsstätten ähnlich den Kreuzwegstationen der katholischen Kirche.

Die Chaco-Architektur ist verblüffend. Die Anasazi vom Chaco bauten mehrgeschossige Großsiedlungen: ummauerte Städte, die Europäer derselben Zeit mit Ehrfurcht erfüllt hätten. Sie waren in D-Form, viereckig oder rund angelegt und enthielten Hunderte von Räumen, von denen viele unbewohnt blieben. Die Bevölkerung der Großsiedlungen schwankte wahrscheinlich zwischen hundert und zweihundert Bewohnern. Die unbewohnten Räume dienten der Unterbringung von Vorräten und vielleicht als Gästezimmer, wenn sich die Anzahl der Einwohner bei größeren kultischen Festen vermehrte. Um das Gewicht der oberen Stockwerke zu tragen, waren die unteren Wände einen Meter dick und zum Teil noch dicker; jedes Geschoß war in regelmäßigen Abständen etwas zurückversetzt, um ein treppenartiges Äußeres zu erzeugen. Um solch ungeheure Wohnanlagen zu errichten, mußten die Erbauer viele Tonnen Stein in Steinbrüchen schlagen und bearbeiten und über viele Meilen zur Baustelle transportieren. Ferner wurden Sand, Lehm und Wasser in ausreichender Menge benötigt, um Mörtel zu machen. Die Innen- und Außenwände wurden mit hellem Lehm verputzt und mit farbigen Darstellungen künstlerisch bemalt.

Die Chaco-Bewohner waren auch hervorragende Astronomen. Die eleganten Bahnen von Sonne, Mond und Sternen spielten eine wesentliche Rolle bei ihren Großsiedlungen.

Pueblo Bonito – in unserem Buch »Krallenstadt« genannt – war nach den vier Himmelsrichtungen und verschiedenen Sonnenwend-Warten ausgerichtet. Die Achse der großen Kiva – eines unterirdischen Kultraums – verlief genau von Norden nach Süden, ebenso wie die durchgehende Linie der Räume, die das Pueblo in zwei Hälften teilte. Die lange gerade Mauer der Fassadenfront der Westhälfte verlief genau in ost-westlicher Richtung.

Pueblo Bonito weist auch merkwürdige »Eckfenster« auf. Eines der Fenster, in Raum 228, beginnt neunundvierzig Tage vorher mit der Aufzeichnung der Wintersonnenwende. Ein dünner Lichtstrahl fällt auf die Rückwand des Raums. Der Strahl wird allmählich etwas breiter, entsprechend der näherkommenden Sonnenwende, und bewegt sich in nördlicher Richtung über die Wand, einen Zoll pro Tag. Am Vorabend der Sonnenwende erscheint ein volles Rechteck aus Licht auf der Nordwand.

Trotz der großartigen Kultur verfügte der Chaco-Canyon kaum über Bodenschätze. Wasser, Holz und fruchtbare Erde waren kostbar. Als der Canyon am Anfang des zwölften Jahrhunderts seine Blütezeit erreichte, waren diese Rohstoffe nahezu aufgebraucht. Die Chaco-Leute bauten Dämme und Gräben, um das Regenwasser auf ihre Felder zu leiten, und kultivierten besondere Gärten in Seitentälern und auf den Mesaplateaus. Aber als die Bevölkerung auf zweitausend Einwohner angewachsen war, versagte das prekäre Ökosystem der Wüste. Der Canyon konnte seine Bewohner nicht mehr ernähren.

Auswärtige Gemeinden, alle durch ein Straßennetz verbunden, brachten eine Fülle von Gütern in den Chaco-Canyon, zusätzlich zu Lebensmitteln, Bauholz, Türkisen und anderen seltenen Mineralien. Die Chaco-Elite kontrollierte auch ein Handelsnetz, das ihr Meermuscheln vom fernen Pazifik sowie Kupferglocken und Macaw-Holz aus Mittelmexiko besorgte.

Selbst viele Gebrauchsartikel wurden eingeführt. Bis zu einem Drittel der Steinwerkzeuge und die Hälfte der keramischen Kochgefäße, die man im Pueblo Alto – in unserem Buch »Großer Platz« – gefunden hat, waren aus besonderen Steinen und Tonerden hergestellt, die aus den Chuska-Bergen fünfzig Meilen westlich vom Chaco-Canyon stammen. Viele Keramikwaren kamen aus der Mesa-Verde-Region im südlichen Colorado.

Aus der Baumringdatierung wissen wir, daß zwischen 900 und 1150 die Niederschläge rund um das San-Juan-Becken sehr unterschiedlich fielen. Es kam vor, daß es in einem Dorf ungewöhnlich häufig regnete und man dort einen Überschuß an Nahrungsmitteln erzielte, während ein Nachbardorf, nur wenige Meilen entfernt, unter Dürre und Hungersnot litt. Manche Archäologen vertreten die Theorie, daß der Chaco-Canyon eine Lagerhaus-Funktion hatte und ein Hauptumschlagplatz war. Überschüsse an Nahrungsmitteln aus wohlhabenden Dörfern wurden hier gespeichert und dann an andere bedürftige Gemeinden ausgegeben. Die Theorie klingt ganz vernünftig, zumal heutige Pueblo-Völker, wie etwa die Hopi, immer für einen Dreijahresvorrat an Lebensmitteln sorgen.

Um das Jahr 1130 setzte eine neue Dürreperiode ein. In Wüstengebieten hoher Lagen sind schon kurze Dürrezeiten katastrophal, aber diese dauerte fünfundzwanzig Jahre. Große und kleine Quellen trockneten aus. Der traditionelle Anbau von Mais, Bohnen und Kürbis war gefährdet. Nach Jahrzehnten der Ausbeutung war jedes Stöckchen aufgesammelt, war jedes Stück Unterholz aus dem Boden gerissen worden. Wenn dann tatsächlich Regen fiel, war der freiliegende Humus in Gefahr. Das Wasser schoß die Gräben hinab, schwemmte die ausgelaugte Erde fort und spülte die Neusaaten hinweg. Der Pegel der Chaco-Rinne, die wesentliche Wasserquelle für den Canyon, sank um das Jahr 1150 auf seinen tiefsten Punkt, weniger als vier Meter, und damit sank auch der Grundwasserspiegel.

Skelettfunde zeigen, daß die Menschen an Unterernährung litten. Fünfundsechzig Prozent der Erwachsenen und fünfundsiebzig Prozent der Kinder wiesen eine Knochenkrankheit, porotische Hyperostose, auf. Sie wird – neben einer Unterversorgung an anderen Nährstoffen – durch erheblichen Eisenmangel verursacht.

Diese beiden Ursachen, die Dürre und die daraus resultierende Unterernährung, hätten schon ausgereicht, um den Chaco-Canyon zu einer abschreckenden Wohnstatt zu machen; aber es kam noch mehr hinzu.

Etwa eine Viertelmillion Bäume wurden gebraucht, um die Großsiedlungen im Chaco-Canyon zu bauen. Pueblo Bonito allein, die älteste und größte Siedlung, etwa zwischen 920 und 1120 erbaut, war fünf Stockwerke hoch errichtet und hatte *achthundert* Räume. Pollen- und Samenanalysen zeigen, daß die Chaco-Bewohner das Baumaterial im Canyon und in dessen Umland sehr schnell verbrauchten. Die Zahl der Baumpollen fällt in den letzten hundert Jahren der Niederlassung ganz dramatisch ab, und das heißt, sie haben jeden Baum, den sie nur finden konnten, im Umkreis von zwei bis drei Kilometern gefällt. Man muß außerdem bedenken, daß die Bewohner zweihundert Jahre lang Feuer für ihre Herde und für die Töpferei brauchten, ihre Kivas beleuchten und in den bitterkalten Wintern heizen mußten.

Warum sollte sich ein derart geplagtes Volk dann weiterhin in solcher Zahl in einem Gebiet schwindender Rohstoffe zusammenscharen? Darüber verrät die Architektur eine Menge.

In den letzten Jahren begannen die Chaco-Bewohner ihre Außenfenster und Türen zu versiegeln; sie mauerten sie tatsächlich zu, mit Steinen und Mörtel. Sie verstopften sogar kleine Abzugslöcher, die eigentlich dazu gedacht waren, die Luft durch das Pueblo zirkulieren zu lassen. Pueblo Bonito war ursprünglich an der Vorderseite offen gewesen, so daß Leute nach Belieben kommen und gehen konnten; aber im Laufe des elften Jahrhunderts wurde diese Öffnung durch eine Reihe von Räumen geschlossen. Nur zwei Eingänge blieben offen. Dann wurde einer davon zugemauert, so daß nur noch ein Tor in der Südost-Ecke der westlichen Plaza übrigblieb. Dieser einzige Zugang wurde dann auf die Breite einer Tür verengt und schließlich auch zugemauert. Kurz vor dem Ende war die ganze Stadt verschlossen. Der einzige Weg hinein und hinaus führte mit Leitern über die Mauern. Die Probleme, die sich dadurch, besonders für ältere Leute, ergaben, liegen auf der Hand. Aber die Chaco-Indianer glaubten offenbar, daß sie ihre Abwehr verstärken mußten.

Die Beweise für einen Krieg sind überwältigend. Heutige Pueblo-Völker wie die Hopi, Keres, Zuni, Tewa und Tanoas, die vermutlichen Nachkommen der Anasazi, wissen von grausamen Kriegen zu erzählen, die ihre Vorfahren geführt haben. In einigen Fällen wurden ganze Städte vernichtet. Die archäologischen Beweisstücke sind überzeugend: niedergebrannte Bauten, zerschlagene Körper und zerschmetterte Schädel.

Vor 1960 nahmen Archäologen noch an, daß die Kriege durch den Einfall nomadisierender Navajo, Apachen und anderer »Athabasken«-Stämme in den friedlichen Lebensraum der Pueblos ausgelöst wurden. Doch spätere Forschungen haben diese Theorie entkräftet. Neueste Zeugnisse weisen darauf hin, daß die Athabasken-Völker erst im sechzehnten Jahrhundert im Südwesten auftauchten, und dann in so geringer Zahl, daß sie für die befestigten Pueblos keine Bedrohung darstellten.

Die Feinde könnten aus anderen Kulturen im Südwesten gekommen sein, die Hohokam, die Fremont oder die Mogollon, möglicherweise sogar andere Anasazi-Gruppen. Als religiöse, wirtschaftliche und soziale Strukturen sich auflösten, könnte ein Dorf über das andere hergefallen sein, ein Clan über den anderen.

Um 1150 war der Chaco-Canyon leer und verlassen. Viele Anasazi bauten sich Häuser auf Anhöhen, die leicht zu verteidigen waren, auf felsigen Bergfesten, die keine Verbindung zu den Canyon-Wänden hatten, in Höhlen steiler Klippen – alle weit entfernt von Trinkwasserquellen und von ihren Äckern, doch Stützpunkte, die ihnen ein Minimum an Sicherheit versprachen.

Und doch hatte die Chaco-Kultur mehr als zwei Jahrhunderte lang geblüht. Die Anasazi hatten atemberaubende Bauten errichtet, Straßen über Hunderte von Meilen gebaut, ein ausgeklügeltes kultisches Regelwerk entwickelt, eine wunderbare eigene Kunst ins Leben gerufen und die Bahnen von Sonne, Mond und Sternen aufgezeichnet. Die Auswanderung aus den Pueblos ging sehr langsam vor sich und dauerte Jahrzehnte. Aber damit wir uns recht verstehen: Diese großartigen Völker aus prähistorischer Zeit »verschwanden« nicht einfach, wie manche Bücher und Fernsehsendungen nahelegen. Ihre Nachkommen, die heutigen Pueblo-Stämme, leben und gedeihen im amerikanischen Südwesten weiter. Viele Theorien, die wir über prähistorische Völker haben, gründen sich auf die mündliche Überlieferung der Pueblos.

Die Mythen, Legenden und Darstellungen des Sakralen in diesem Roman stammen alle aus solchen Überlieferungen. Spinnenfrau, die Großen Krieger und die *Katchinas* – die wir *Thlatsinas* nennen – werden noch heute verehrt. Aus den archäologischen Unterlagen läßt sich kaum feststellen, wann die *Katchinas* zum ersten Mal aufgetreten sind – vermutlich in der zweiten Hälfte des zwölften oder im frühen dreizehnten Jahrhundert. Der bucklige Flötenspieler, oft Gegenstand uralter und auch moderner Kunst des Südwestens, ist sogar noch älter. Abbildungen von männlichen und weiblichen Flötenspielern wurden in Felsgestein gekratzt, auf Schalen gemalt, in Kiva-Böden geritzt. Der bucklige Flötenspieler symbolisiert Fruchtbarkeit, und das bedeutet in diesem Fall viel mehr als Sexualität; es bedeutet, daß er oder sie die schöpferische Kraft des Universums in sich verkörpert.

Wir möchten den Leser dazu ermutigen, die prähistorischen Stätten zu besuchen – Hovenweep in Utah, Chaco-Canyon und die Ruinen der Azteken in New Mexico, Mesa Verde und das archäologische Zentrum im Crow Canyon in Colorado, Wupatki und Casa Malpais in Arizona, um nur einige zu nennen –, ebenso die modernen Pueblos des Südwestens wie Acoma und Oraibi.

Um die großartige Geschichte des nordamerikanischen Kontinents richtig verstehen zu können, muß man erkennen, an welcher Stelle die Vergangenheit auf die Gegenwart trifft.

# Einleitung

»Vorsicht, Großmama. Die Steine sind noch glatt vom Regen.«

Maggie Wanderfalke Taylor wischte sich die Strähnen ihres kurzen schwarzen Haares aus dem Gesicht und führte ihre kranke Großmutter zum Einlaß des alten Pueblo. Ein feiner Nieselregen fiel, dennoch schnitten goldene Lichtstränge schräg durch die dunklen Wolken und zeichneten längliche Flecken von hellstem Gold auf die rissigen und verwitterten Canyon-Mauern, die sie umgaben. Das salbeibewachsene Schwemmland glitzerte und funkelte. Die roten Sandsteinblöcke der Pueblo-Mauern glänzten dunkelrot, in der Farbe alten Bluts.

Slumber Wanderfalke keuchte auf ihrem Weg, und ihr purpurfarbener Rock schwang um ihre Beine.

»Da ist eine Stufe, Großmama. Siehst du sie? Den Stein da drüben?« Maggie zeigte darauf.

Slumber blieb stehen, doch sie schaute empor statt nach unten. Ihr Blick erfaßte den riesigen, im Halbkreis angelegten Bau. Ursprünglich war er fünf Stockwerke hoch gewesen, doch nur vier waren übriggeblieben, als Zeugen einer tausend Jahre alten Geschichte. Maggie folgte dem Blick ihrer Großmutter. Sooft sie auch herkam, immer wieder fühlte sie sich klein und voller Ehrfurcht vor der Größe dieses Volkes, der Anasazi, die dieses Bauwerk in der Vorzeit errichtet hatten. Das Pueblo, eine ummauerte Stadt, hatte eine Ausdehnung von mehr als einem Hektar.

Slumber atmete tief ein, und Maggie hielt sie an ihrem runzligen Arm fest. Manchmal stolperte ihre Großmutter über imaginäre Steine – und schwor dann, sie hätten dagelegen, als sie darüber stolperte. Niemand wagte es, ihr zu widersprechen, aus Furcht, man hätte sich vielleicht doch geirrt. Ihre Großmutter war eine große Seherin. Sie lebte nicht immer in dieser gewöhnlichen Welt.

Slumber deutete mit ihrer krallenartigen Hand auf die Stelle, die Maggie ihr gezeigt hatte. »Das da? Das ist die Stufe?«

»Ja, Großmama. Halt dich an mir fest. Ich helfe dir schon.«

Vorsichtig hob Slumber ihren rechten Fuß auf den Rand des Steins und überließ es Maggie, sie zu stützen, während sie die Stufe hochstieg. Ein kleiner Ächzlaut kam von ihren Lippen, und Maggie wurde das Herz schwer. *Sie ist so krank. Warum besteht sie darauf herzukommen, ausgerechnet heute?*

»Kein guter Tag heute, Großmama. Du weißt, ich muß diese zwei Leute vom hiesigen Wanderclub treffen. Du wärst besser zu Hause im Bett geblieben.«

Maggie hatte ihr geduldig erklärt, wie abweisend der Clubpräsident war. Nicht daß Kyle Laroque ein übler Kerl gewesen wäre. Nein, das war er nicht; Maggie hatte ihn sogar gern. Als sie ihm vor einem Jahr erstmals begegnet war, hatte sie ein Licht in seinen Augen gesehen, das sie bisher nur bei heiligen Menschen unter den Indianern beobachtet hatte. Das hatte sie überrascht und fasziniert. Doch das Licht war seit kurzem nicht mehr zu sehen. Der neue Park-Plan hatte auf die Freizeitapostel gewirkt wie ein Streichholz auf eine Zündschnur. Heute erwartete sie die große Explosion. Doch Slumber hatte darauf beharrt herzukommen, so entschieden, daß ihr Maggie den Wunsch nicht abschlagen konnte.

Slumber flüsterte nur: »Ich muß hier sein. Hab's gesehen … im Traum.«

»Gut, gut, Großmama. Komm, ich bring' dich zur Mauer. Da kannst du dich hinsetzen und ausruhen.«

Slumber packte Maggie fester am Arm, als sie über die Plaza gingen, aber schon nach zehn Schritten blieb sie stehen. Sie keuchte stark, machte noch einmal zwei Schritte und hielt wieder an, heftig atmend.

Maggie strich ihr zärtlich ein paar lose Strähnen des grauen Haares hinter die Ohren. Schon allein der Anblick tat Maggie in der Seele weh. Die Großmutter glich einem knotigen, knorrigen Ast, nur anderthalb Meter groß und dabei so dürr, daß jeder kräftige Windstoß sie umgepustet hätte. Schütteres graues Haar hing ihr von der mit Altersflecken übersäten Kopfhaut. Dicke blaue Adern krochen ihr wie Würmer über Arme und Hände. Sie hatte das klassische Gesicht »uralter« Indianer, das Fotografen mit Freude aufnehmen und auf Postkarten abbilden. Schon nicht mehr von dieser Welt und von tausend Falten durchfurcht, wirkte es wie ein Magnet. Die Leute lächelten wohlwollend in ihr verrunzeltes Antlitz, blickten dann unter die dicken, grauen Brauen, die über ihren Augen hingen, und waren wie gebannt. Maggie hatte es mitangesehen: Die Leute hielten auf einmal inne und wurden ganz still. Slumbers Augen ließen nicht erkennen, daß sie zweiundneunzig lange Jahre durchlebt hatte, harte Jahre in der Reservation, Jahre voll grimmigen Hungers und einer so beißenden Kälte, daß sie sich in den Knochen festsetzt und einem Menschen das Gefühl gibt, nie mehr Wärme empfinden zu können. Sie waren merkwürdig klar und schwarz wie die tiefste Nacht, die Augen von Slumber Wanderfalke, und sie strahlten eine unbegreifliche Macht aus. Die Navajo nannten sie »Diese verrückte, alte heilige Keres-Frau«, aber ihr eigenes Volk nannte sie »Die-die-Toten-heimsucht«.

*Und sie wird bald eine von ihnen sein … O ihr Götter, helft mir, das zu ertragen.*

Maggie legte einen Arm um die Schulter ihrer Großmutter und drückte sie an sich. Slumber streichelte dankbar Maggies Hand.

»Mir geht's gut«, sagte Slumber.

Vor zwei Wochen hatte der Arzt in Albuquerque Slumber noch höchstens acht Wochen gegeben. Der Krebs hatte den ganzen Körper erfaßt. Maggie, angstvoll und innerlich leer, wußte nicht, was sie sagen oder tun sollte. Slumber hatte nur gelächelt und war ins Pueblo zurückgekehrt, zu ihren täglichen Verrichtungen, denen sie ihr Leben lang nachgegangen war. Was sie auch innerlich fühlte, nach außen hin gab sich Slumber gesund und munter.

Maggie führte ihre Großmutter zu einer niedrigen Mauer neben dem Schild *Nicht auf die Mauern setzen!* und half ihr liebevoll, sich niederzulassen. Slumber deutete auf das Schild und grinste. »Du bist der große Parkwächter hier, da spielt's wohl keine Rolle, wie?«

»Ich pflege diese Entscheidungen von Fall zu Fall zu treffen«, antwortete Maggie in ihrem besten Verwaltungsjargon. »Wenn ich Dienst habe, werden ältere Herrschaften rücksichtsvoll behandelt.«

Ein Jeep dröhnte auf den Parkplatz. Maggie hob eine Hand vor die Augen, um den Regen abzuhalten. *Verdammt, da waren sie schon.* »Großmutter«, sagte sie, »ich muß diese Leute begrüßen. Kommst du allein zurecht?«

»Das weißt du doch. Geh nur«, erwiderte Slumber und winkte mit ihrer durchsichtigen alten Hand. Sie lächelte. »Ich möchte nur ein Weilchen sitzen bleiben und zuhören.«

Maggie strich ihrer Großmutter übers Haar und wandte sich ab.

Slumber sah ihre Enkelin zum Weg gehen, der zum Parkplatz führte, und seufzte. *Meine Zeit ist bald um. Meine Seele hängt nur noch an einem Spinnwebfaden, hoch über meinem Körper schwebend.*

Der Gedanke gefiel ihr. Es war nötig, daß sie jetzt entfloh, der Schmerz wurde zu groß. Jeder Zoll ihres Körpers tat ihr weh. Ja, der Arzt hatte ihr alle möglichen Pillen zum Einnehmen gegeben; die hatte sie in eine Tüte gepackt und in den Abfall geworfen. Wenn die Zeit käme, würde Slumber Wanderfalke aufstehen, den Vorfahren begrüßen, der erschiene, um sie abzuholen, und bei klarem Verstand und mit offenem Herzen in die Himmelswelt aufsteigen.

Sie strich den knöchellangen purpurnen Baumwollrock glatt. Die Farbe stach auffallend gegen die zartroten Steine der Mauern ab.

Zwei Leute kamen mit Maggie durch den Haupteingang. Sie hatten die Stirn gerunzelt, als seien sie für einen Streit gerüstet, und ihre Sprache hatte einen grollenden Unterton. Der hochgewachsene Mann hatte allerdings eine machtvolle Aura.

Slumber sah sie um ihn herumwabern wie eine schwachblaue Ausstrahlung. Mit dem richtigen Lehrer könnte aus ihm etwas werden. Zu schade allerdings, daß die meisten Weißen sie nicht wahrnehmen konnten.

Slumber blickte über den zerklüfteten Canyon nach Süden. Eine Regenwand zog nach Norden. Die nasse Erde roch wie ein Parfum. Sie atmete tief ein und hielt diese beseligende Luft in ihren Lungen fest, während sie im stillen den *Shiwana* für den Schauer dankte. Die *Shiwana* waren die Geister der Toten, die in den Himmel gestiegen und zu Wolkenwesen geworden waren. Die Hopi nannten sie *Katchinas*, die Zuni *Koko*, die Tewa *Okhua*, aber die meisten Weißen benutzten das Wort *Katchina* wegen der Püppchen, die die Navajo machten und in allen Kram- und Eisenwarenläden verkauften.

Der Regen wanderte zu den Ruinen, und Slumber hielt ihr Gesicht in die Höhe, um die ersten großen Tropfen auf ihrer Stirn zu spüren. Leise prasselnd fiel der Regen auf die uralten Mauern und auf den hellbraunen Staub der Plaza. In der Wüste war Regen der Inbegriff des Lebens. Der Wind fuhr zwischen den Ruinen hindurch und wirbelte durch Slumbers kurzes graues Haar, das ihr gegen die runzligen Wangen, die Stirn und die kurzen Wimpern schlug. Slumber wandte ihr Gesicht ab und ließ den Wind vorbeibrausen.

Die süße, fröhliche Weise einer Holzflöte tönte durch die Ruinen. Slumber horchte auf und schaute umher. Hörten andere das auch? Sie schaute scharf auf den hochgewachsenen, blonden Mann. Er hatte aufgehört zu sprechen, sein Mund stand noch offen. Aber er schüttelte leicht den Kopf, als wollte er verneinen, was seine Seele gehört hatte, weil seine Ohren es nicht gehört hatten, und wieder fing er an, mit den Händen zu gestikulieren. Slumber ließ ihren Blick über den halbrunden Ruinenbau gleiten, um den Musiker ausfindig zu machen.

Maggie führte die zwei Personen zur Mitte der Plaza. Dort blieb sie stehen und sagte: »Ich verstehe deinen Standpunkt, Kyle, aber ich teile ihn nicht. Die hiesigen Stämme haben diesen Canyon seit Jahrhunderten für ihre religiösen Zeremonien benutzt. Unser vorgeschlagener Plan sieht lediglich eine offizielle Anerkennung dieser Tatsache vor. Wir –«

»Du planst, den Park einen Monat lang zu schließen, Maggie!« Kyle stemmte die Hände auf seine knochigen Hüften. Er trug Khaki-Shorts, ein weißes T-Shirt und eine Sonnenbrille. Der Wind zauste an seinem blonden Haar.

Slumber warf einen Blick auf seine Beine. *Dünn wie Vogelbeine und behaart wie bei einem Bär*. Hätte sie solche Beine, würde sie sie bedeckt halten, damit niemand dumm guckte.

»Und wer finanziert denn Ihren Plan?« wollte die Frau wissen. »Die Steuerzahler! Leute wie ich, die seit zwanzig Jahren im Juni in diesen Park kommen! Weiße Erholungssuchende, die wollen Sie fernhalten! Das ist Rassismus!«

»Sachte, Marisa. Das geht zu weit«, wandte Kyle warnend ein.

Maggie senkte den Kopf, als wollte sie sich sammeln. Sie war hochgewachsen und schlank, mit ausdrucksstarken braunen Augen und kurzem schwarzem Haar, und trug eine olivfarbene Uniform. Die Bügelfalten ihrer Hose waren perfekt. Ein geflochtener Ledergürtel umgab ihre Taille. Das Schild auf ihrer linken Brust schimmerte. Das Stoffabzeichen der Regierung schmückte ihre linke Schulter. Slumber konnte es von ihrem Platz aus nicht lesen, aber sie wußte, es war ein Abzeichen des Park-Personals, das Touristen sagte, daß ihre Enkelin hier Dienst tat, falls sie sich über irgendwas beschweren wollten oder eine Auskunft verlangten oder wieder einmal fragten, was »Anasazi« bedeutete.

Slumber lächelte. Sie hatte die Frage mindestens hundertmal gehört: *»Heißt das Die Alten oder Die alten Feinde?«* Ihre Antwort war immer dieselbe: »Keine Ahnung. Wenn Sie's je rausfinden, dann sagen Sie's mir bitte.« Ihre eigenen Leute, die Keres, behaupteten, die Nachfahren des Volkes zu sein, das vor tausend Jahren in diesem Canyon gelebt hatte, aber das Wort »Anasazi« hatte sie nie gehört, bevor die Weißen es auf einmal benutzten.

»Kyle«, sagte Maggie, »die Park-Verwaltung will ja den Park nicht schließen. Man bittet die Besucher nur darum, während der Sommersonnenwende freiwillig bestimmte heilige Orte zu meiden, das ist alles. Viele Pueblo-Völker kommen her, um rituelle Heilungen und Zeremonien der Erneuerung und der

Läuterung vorzunehmen. Die Stämme glauben, daß dieser Canyon eine geistige Kraft hat. Ich weiß, das ist für viele schwer zu verstehen, aber –«

»Nein, Maggie.« Er schüttelte den Kopf. Die dunklen Gläser seiner Sonnenbrille blitzten. »Das ist gar nicht schwer. Ich spüre diese geistige Kraft hier. Und deswegen komme ich ja.« Obwohl ihre Enkelin tatsächlich eigentlich Magpie hieß, nannte sie sich Maggie, seitdem sie ihren ersten Job im öffentlichen Dienst bekam. Wenn Maggie es so wollte, sollte es Slumber recht sein – solange Maggie nicht erwartete, daß auch sie diesen Namen benutzte.

»Was verstehen Sie denn unter ›freiwillig‹?« fragte die Frau. »Werden wir bestraft, wenn wir diese Plätze nicht meiden?«

»Natürlich nicht, Ms. Fenton. Wir hoffen nur, daß Sie die Ungestörtheit der Heiligtümer unserer einheimischen Völker achten.«

Ms. Fenton wirkte sehr geschäftsmäßig. Ihr langes angegrautes braunes Haar war in einem ordentlichen Knoten zusammengebunden. Das unterstrich die Flächigkeit ihres runden Gesichts und ließ ihre blauen Augen sehr groß erscheinen. Ihr hellbraunes Jackett und die Hose schmiegten sich um die richtigen Kurven. Andererseits hatte sie wohl gar keine Chance, dick zu werden, wenn sie dauernd wanderte.

»Das ist kein guter Plan, Maggie«, fuhr Kyle fort, »das mußt du doch einsehen. Diese heiligen Stätten sind auch unseren Club-Mitgliedern heilig, und das ist öffentlicher Grund und Boden.«

Magpie breitete ihre Hände aus wie in einem Plädoyer. »Das ist keine einfache Entscheidung, Kyle. Früher gab es kaum Konflikte. Aber die Touristen haben derart zugenommen, daß es den Stämmen fast unmöglich geworden ist, ihre Zeremonien abzuhalten, ohne daß immer gleich vierzig Blitzlichter auf einmal losgehen. Verstehst du, was ich sagen will?«

»Ja, natürlich, und das ist auch nicht in Ordnung; aber es ist doch keine Lösung, daß man Weiße, Schwarze, Latinos und Orientalen von diesen Orten verbannt. Es muß eine andere Lösung geben, Maggie, und wir wollen sie uns zusammen überlegen.«

Maggie trat unbehaglich von einem Fuß auf den anderen. »Ich will versuchen, etwas zu den Religionen der Ureinwohner Amerikas zu sagen, und ich weiß nicht mal, ob ich es auch kann. Ich glaube, in der Kultur der Weißen gibt es kein gleichartiges Konzept. Religiöse Stätten sind nicht einfach ein Stück Land, verstehst du? Das ist geheiligtes Land, da ist die Welt darunter mit einbezogen, die Landfläche selbst und die Himmelswelt darüber. Manche Stämme glauben, daß es an diesen Stätten Öffnungen zwischen den drei Welten gibt, die sie miteinander verbinden. Die hält man für sehr gefährlich. Man weiß von Uneingeweihten, die durch diese Löcher gefallen sind und von Ungeheuern gefressen wurden, die in diesen Reichen wohnen. Und deswegen –«

»Na, jetzt wird's ja ganz schön verrückt.« Ms. Fenton rollte die Augen. »Ungeheuer? Also bitte.«

»Ich sage, daß manche Stämme das glauben«, fuhr Maggie fort. »Deswegen gilt die Kenntnis einer religiösen Stätte oft schon allein als geheiligt, und sie ist den heiligen Männern des Stammes vorbehalten – und nur ihnen. Über solche Plätze mit Außenseitern zu sprechen oder ihnen zu erlauben, sie zu betreten, kann eine Stätte so entweihen, daß sie ihren heiligen Charakter verliert. Die Kraft entweicht dann, Kyle. Die Öffnungen schließen sich und öffnen sich nie mehr. Versuch doch bitte, mich zu verstehen –«

»Du verlangst von mir, daß ich dich verstehe«, unterbrach er sie, »aber du weigerst dich einzusehen, daß es für mich genauso wichtig ist, zur Zeit der Sonnenwende hier zu sein. Denn um diese Zeit ist die Kraft hier so mächtig, daß man sie im Canyon schwingen hört. Ich will dir was sagen, Maggie, ich arbeite von acht bis fünf in Albuquerque, und wenn es Zeit ist, meinen Sommerurlaub zu nehmen, bin ich erledigt, körperlich, mental und geistig. Dann komme ich hierher an diese heiligen Stätten, um Kraft zu schöpfen und um zu mir selbst zu finden. Du und –« Er zeigte in Slumbers Richtung, und zufällig trafen sich ihre Blicke. Einige Augenblicke stand er wie erstarrt. Maggie lächelte. Endlich riß er sich los und fuhr zögernd fort: »Du – du willst mir das Recht absprechen, meine Andacht hier zu halten, an einem Ort, den meine Steuergelder und die Steuern aller Amerikaner erhalten? Wir haben für das Recht hierherzukommen *bezahlt*!«

Slumber stützte sich mit einer Hand auf die alte Mauer und stand auf. Sie war unsicher auf den Beinen. Der alte Flötenspieler kam näher, und sie wollte ihm entgegengehen. Die Musik umschwebte sie wie Schmetterlingsflügel, sanft und verspielt.

Slumber trippelte zur Plaza, vorbei an einem hochgewachsenen jungen Mann und einer mondgesichtigen jungen Frau. Sie trugen schöne knielange rot-schwarze Röcke und knieten, um ein kleines Feuer anzufachen. Sie lächelten sich an und lachten fröhlich, und Slumber lachte leise mit. Eine junge Liebe ist immer voller Träume. Der Wind wehte das Aroma brennenden Zedernholzes vorüber.

Slumber machte noch ein paar Schritte und blieb stehen. Die meisten ihres Stammes wußten, daß sie in andere Welten sehen konnte. Deswegen hieß sie »Die-die-Toten-heimsucht«. Halb sichtbare Gestalten waren die ganze Zeit um sie herum, machten Töpfe, webten Baumwolle oder schlugen Steinwerkzeuge zurecht. Ob Slumber nun in ihrer längst vergangenen Welt lebte, oder ob sie hier und jetzt in Slumbers Welt eintraten, wußte sie nicht. Gewöhnlich gingen sie aneinander vorbei. Manchmal zogen sehr mächtige heilige Personen staunend die Luft ein und starrten sie an, als erkennten sie Slumber wie durch dichten Nebel, und einige wenige versuchten sogar, mit ihr zu sprechen. Aber das klappte nie. Sie konnte ihre Sprache nicht verstehen, und sie verstanden Slumbers Sprache nicht.

Maggie sagte: »Noch vor einem Jahrhundert hat die Bundesregierung dieses Landes die Religionen der Ureinwohner verboten. Der erste Verfassungszusatz, der die freie Religionsausübung garantiert, habe für Indianer keine Gültigkeit. Darum ging es am Wounded Knee. Die Leute machten ihren Geistertanz, und es war ihnen gesagt worden, das sei gegen das Gesetz. Die Soldaten schossen über hundert Männer, Frauen und kleine Kinder tot.«

»Ich glaube«, betonte Ms. Fenton übertrieben höflich, »daß da mehr dahintersteckte.«

»Ja.« Maggie nickte. »Das ist richtig. Ich will sagen, daß der Kongreß 1978 das Gesetz Nr. 95-341 verabschiedete, den American Indian Religious Freedom Act. Das Gesetz erkannte vergangenes Unrecht an und garantierte, daß es von nun an die Politik der Vereinigten Staaten sei, das Recht der Indianer zu schützen, ihrem Glauben nachzugehen, ihm Ausdruck zu geben und ihre traditionellen Andachten zu halten – ganz besonders dann, wenn ihre heiligen Stätten sich auf öffentlichem Grund und Boden befinden. Genau das versucht unser neuer Park-Plan zu tun.«

»Gibt dieses Gesetz der Bundesregierung auch das Recht, heilige Stätten der Indianer neu zu ›schaffen‹?« fragte Ms. Fenton. »Denn das machen Sie jedesmal, wenn Sie eine alte Begräbnisstätte ausgraben und hier in den Canyon verpflanzen. Wie viele Leichen haben Sie letztes Jahr hier neu begraben? Von wie vielen Stätten haben Sie noch vor, mich fernzuhalten?«

»Wir haben im letzten Jahr eine Umbettung gehabt. Nur eine.« Maggie schlug die Arme übereinander. »Das Grab wurde bei einer Straßenerweiterung weiter südlich bei den Gila-Klippen entdeckt. Es war offensichtlich ein Anasazi-Mann, unter einer Felsenplatte begraben. Seine Kleidung und sein Schmuck waren eindeutig. Die Stämme baten uns, ihn zu übernehmen. Wir stimmten zu, weil –«

»Weil Sie, je mehr religiöse Stätten Sie im Park haben, um so mehr Geld brauchen, um sie instand zu halten, und desto mehr Land können Sie absperren. Stimmt's? Das ist doch ein Komplott, um noch mehr Steuergelder einzuheimsen.«

Maggie warf die Hände hoch. »Ich habe gewußt, daß dies eine schwierige Unterhaltung wird. Wollen wir das nicht verschieben, bis wir wieder etwas ruhiger geworden sind?«

Ms. Fenton trat dicht an Maggie heran. Ihre blauen Augen glitzerten böse. »Wenn Sie Indianern die amtliche Erlaubnis geben, ihre Religion an diesem staatlich finanzierten Ort auszuüben, dann verletzen Sie die Bestimmung der ›Trennung zwischen Kirche und Staat‹. Meine Kinder dürfen nicht in der Schule beten – aber Indianer können ganze Abschnitte des Parks sperren, um ihre heiligen Riten abzuhalten? Na so was.

Was haben Sie eigentlich vor? Offiziell eine neue Religion für die Nationalparks in Amerika ins Leben zu rufen? Eine Indianer-Religion?«

»Nein, nein, wir –«

»Ich verlange Gleichberechtigung! Ich will ein Stück Park im Juni für mich reserviert haben, für meine private Religionsausübung. Und ich will keine ›Außenseiter‹ um mich herum haben, die mich stören. Ich verlange absolute Abgeschlossenheit, um meine Andacht zu halten –«

»Wollen Sie damit sagen«, fragte Maggie, matt lächelnd, »daß ich nicht mit meinem Blitz kommen darf, um Sie zu fotografieren, wenn Sie nackt meditieren?«

Ms. Fentons Gesichtsausdruck wurde hart, aber Kyle lachte. »He!« sagte er und hielt seine Hände in die Höhe wie zum Zeichen der Kapitulation. »Ich glaube, Maggie hat recht. Machen wir Schluß für heute und reden wir weiter, wenn wir alle erst einmal ...«

Als Slumber in dem gigantischen Pueblo um eine Ecke ging, verklangen ihre Stimmen. Sie hatte in der vergangenen Nacht einen Traum gehabt, in dem ihr geraten wurde, diesen Pfad heute zu gehen. Er schlängelte sich zwischen Mauern hindurch und an Kivas vorbei. Slumber blieb stehen, als sie an die Glastür gelangte. Sie drückte sich die Nase an der Scheibe platt und spähte ins Innere. Uralte Malereien schmückten die Wände; sie hatte sie vor vielen Jahren zum ersten Mal gesehen. Damals hatte sie mit offenem Mund die wunderschönen grünen und blauen Rauten gezählt, die in Zickzacklinien auf den weißen Untergrund gemalt waren; Besucher hatten da gesessen, eine Mutter mit Tochter, und hatten gelacht und geredet, als Slumber ehrfürchtig staunte. Heute saß niemand drinnen, aber sie sah halb durchsichtige Gegenstände, Matten aus Weiden geflochten, schwarzweiße Töpfe und Reihen von Körben. Die Geister hatten sicher auswärts zu tun.

Slumber wollte sich gerade abwenden, als sie direkt vor ihren Füßen etwas Blaues und Glänzendes aus der Erde ragen sah. Sie bückte sich, grub es mit den Fingern aus und wischte den Sand darauf ab. Ein wunderbares Türkismesser kam zum Vorschein, in zwei Teile zerbrochen. Slumber richtete sich auf, um sich die Teile genauer anzusehen, und bewunderte die fantastische Handarbeit. Niemand in der heutigen Zeit war imstande, Türkis so zu bearbeiten; das mußte ein Meister –

*»Ich habe auf dich gewartet.«*

Slumber schaute auf. Wie so viele Männer, die sie hier in der Vergangenheit gesehen hatte, trug auch er ein uraltes Gewand, schwarzer Stoff mit einem Ornament weißer Spirallinien. Ein Türkis-Anhänger in Gestalt eines Wolfs hing ihm um den Hals. In der linken Hand hielt er eine Flöte, und er schien ihr in die Augen zu sehen.

»Sprechen Sie ... sprechen Sie mit mir?«

Er lächelte. *»Ja, Die-die-Toten-heimsucht.«*

Slumber trat näher an ihn heran. Vielleicht war er ja lebendig, und ihr Augenlicht ließ sie im Stich. Er war in der Tat schön. So etwas hätte sie nie zuvor von einem Mann gesagt. Hochgewachsen, mit langen dichten schwarzen Haaren, hatte er Augen in der Farbe von Mahagoniholz. In dieser dunklen Tiefe schien ein warmes Licht.

»Woher kennen Sie den Namen, den meine Leute mir gegeben haben? Kenne ich Sie?«

Er streckte ihr die Hand entgegen. *»Komm. Wir müssen uns beeilen, wenn wir die Wolken als Trittsteine in die Himmelswelten benutzen wollen. Der Sturm verzieht sich.«* Er trat näher an sie heran. *»Du hast die Wahl, Die-die-Toten-heimsucht. Du kannst noch eine kurze Weile bleiben – oder jetzt gehen. Mit mir.«*

Tränen stiegen ihr in die Augen, denn nun verstand sie. Sie hatte nicht gedacht, daß sie Angst haben würde, aber das hatte sie. Ein bißchen. Instinktiv wandte sie sich zu Maggie um. Ihr Herz war voller Sehnsucht, ihre Enkelin würde ihr fehlen. Maggie war so gut zu ihr gewesen. Die Knie zitterten ihr.

*»Wenn du willst, kannst du noch bleiben«*, wiederholte der Mann freundlich. *»Es muß nicht heute sein. Ich dachte nur, du möchtest vielleicht mitkommen.«*

Slumber holte tief Luft und drehte sich zu ihm um. »Es ist Zeit für mich. Ich habe große Lust, die Krankheit hinter mir zu lassen.«

Er streckte die Hand etwas weiter aus und lächelte. »Leg deine Hand in meine, und dein Schmerz wird vergehen.«

Slumber fuhr sich mit der Zunge über die runzligen Lippen, trat auf ihn zu und reichte ihm die Hand …

Maggie legte die Arme um sich, als Marisa Fenton über die Plaza stampfte, zu ihrem Jeep auf dem Parkplatz. Ihr hellbraunes Jackett flatterte im Wind.

Kyle Laroque stützte die Arme in die Hüften. Seine weißen Manschetten waren klatschnaß. »Sie ist nicht so übel, wie du denkst. Sie fühlt sich nur überrollt.«

»So wie ich.«

»Tut mir leid, Maggie. Ich hab' natürlich nicht damit gerechnet, daß das hier in eine Keiferei ausartet. Ich hoffe, wir sind immer noch Freunde.«

Maggie zuckte die Achseln. »Kyle, ich weiß, der Canyon ist für dich ein heiliger Ort. Und vielleicht auch noch für ein paar andere in deiner Gruppe. Ich … ich werde mal mit der Verwaltung und den hiesigen Stämmen sprechen. Es muß eine Lösung geben. Einen Kompromiß, der für uns alle annehmbar ist.«

»Ich danke dir, Maggie«, sagte er aufrichtig. »Mehr verlangen wir ja nicht. Ich …«

Ein merkwürdiger Ausdruck des Erschreckens zeigte sich auf seinem gebräunten Gesicht. Er legte den Kopf schräg, wie um zu lauschen.

»Was ist los, Kyle?«

Er mußte schlucken. »Maggie, ich … Hast du diese Stimme gehört?« Er drehte sich halb um und spähte in den Hintergrund des Pueblos. »Es war eine Männerstimme, eine tiefe, schöne Stimme.«

Maggie bemerkte plötzlich, daß ihre Großmutter nicht mehr auf der Mauer saß, wo sie zuletzt gesessen hatte, und Panik ergriff sie. Ihr wurde so heiß, als hätte sie Feuer in den Adern. Sie rief: »*Großmama? Großmama, wo bist du?*«

Sie rannte los, stürmte über die Plaza, und Kyle folgte ihr auf den Fersen. Sie spähten in einen leeren Raum nach dem anderen und liefen dann zu dem Pfad, der …

Die Beine versagten ihr. »O ...«

Slumber Wanderfalke lag auf dem nassen Boden, zusammengekrümmt auf der Seite, einen Arm nach vorn ausgestreckt, als griffe sie nach irgend etwas. Strähnen ihres grauen Haares hingen ihr über das runzlige Gesicht, aber Maggie sah den heiteren Ausdruck auf dem Gesicht der Großmutter.

Sie zwang ihre tauben Beine, weiterzugehen, und kniete nieder. Ein zerbrochenes Türkismesser hielt ihre Großmutter fest in der Hand, und daneben lag etwas, was wie ein uraltes Stilett aus Hirschknochen aussah. Maggie nahm behutsam Slumbers Handgelenk, um nach dem Puls zu fühlen.

Die Kehle war ihr wie zugeschnürt. »O Großmama.« Sie ließ sich auf den nassen Boden nieder.

Kyle kniete neben ihr. »Ist sie –«

»Ja.«

Er senkte den Kopf. »Es tut mir leid, Maggie.«

»Sie war todkrank, Kyle. Sie wußte es. Sie hat zwar nie etwas gesagt, aber sie muß ziemlich gelitten haben. Es ist nur – ich habe sie sehr geliebt.« Maggie schaute ihn aus tränentrüben Augen an. »Ich wünschte, sie hätte noch etwas länger bleiben können.«

Er machte sich an seiner Sonnenbrille zu schaffen und nahm sie ab, so daß er sie richtig ansehen konnte. Er hatte sanfte braune Augen. Das Licht darin war wieder da, das sie einst innerlich ganz still gemacht hatte, als hätte sie durch eine Verbindungstür zwischen zwei Welten geblickt.

»Der Mann ... die Stimme, die ich gehört habe ...«

Maggie runzelte die Stirn. »Ja?«

Er klappte die Brille zusammen und steckte sie in die Brusttasche. Er kämpfte offenbar mit sich, unsicher, wie er etwas formulieren sollte. Regentropfen schimmerten wie Perlen auf seinem blonden Haar. »Der Mann sagte: Wenn du willst, kannst du noch bleiben. Es muß nicht heute sein. Ich dachte nur, du möchtest vielleicht mitkommen.«

Sie starrte ihn an.

Kyle war verlegen. Als hätte er es lieber nicht gesagt.

Ihr ganzes Leben lang hatte Maggie Geschichten gehört, die man sich von ihrer Großmutter und von Geistern erzählte, aber darüber hatte ihre Großmutter nie mit ihr gesprochen. War das der Grund, warum ihre Großmutter unbedingt mitkommen wollte? Hatte ihr ein Geist erzählt, sie werde frei sein, wenn sie heute Maggie hierher begleitete? Befreit von ihrem kranken Körper? Von den Schmerzen? *Frei …*

Maggie wischte sich die Tränen mit dem Ärmel ab. »Sie wollte gehen, ich bin sicher. Ich mache ihr keinen Vorwurf.«

»Bleib hier bei ihr. Ich laufe zum Besucherzentrum und hole Hilfe.«

Maggie nickte, aber als er zum Pfad lief, rief Maggie: »Kyle!«

Er drehte sich um. Der Wind zauste an seinem blonden Haar.

»Vielen Dank. Daß du mir von der Stimme erzählt hast.«

Er zuckte die Achseln. »Das ist der Ort, Maggie. *Er spricht zu mir.*« Er hob grüßend eine Hand und ging weiter.

Maggies Blick folgte ihm, bis er außer Sicht war. Dann drückte sie die zerbrechliche alte Hand der Großmutter. Der Wind blies die grauen Locken über Slumbers friedvolles altes Gesicht.

»Ich schätze, die *Shiwana* sehen bloß die Farben der Menschenseelen, nicht wahr, Großmama?«

## 1. Kapitel

### Sonnenkreis des Büffels
### Mond des Fallenden Schnees

Die Mokassins von Nordlicht folgten ihr geräuschlos.

Rehkitz drehte sich um und sah ihn auf die Knie fallen, mitten auf dem Pfad, das weiße Priesterhemd im Licht der Sterne schimmernd. Riesige Sandsteinblöcke umringten ihn. Vor vielen Sonnenkreisen hatten sie sich von den hoch aufragenden Canyon-Wänden losgerissen und waren in die Tiefe getaumelt, wo sie nun, den ganzen Sonnenrückkehrpfad entlang, wie wachhabende Ungeheuer standen. Zwischen ihnen kniend, wirkte Nordlicht jämmerlich klein. Sein langes schwarzes Haar umflatterte ihn, als er sich vor und zurück wiegte, das Gesicht in den Händen, das Halsband mit den Kupferglöckchen klingelnd. Er rief wie ein Kind, das sich verirrt hatte.

»Nein«, wimmerte er dauernd. »Nein, bitte nicht…«

In der vergangenen Zeithand, in der die Sonne vom linken Rand der auf einen Punkt ausgerichteten Hand zum rechten Rand wanderte, war er zweimal stehengeblieben. Beim ersten Mal hatte er mit den Fäusten auf den Boden geschlagen. Diesmal weinte er untröstlich. Rehkitz wußte wenig von den Prüfungen der Priester, aber selbst sie erkannte, daß er zu Tode erschöpft war. Er hatte sechzehn Tage lang gebetet, nur Fruchtknoten von Kakteen gegessen und die Geister der Ahnen um

Hilfe angefleht. Nun schien es so, als ließen ihn die Geister nicht in Ruhe.

Rehkitz lehnte sich gegen einen Felsblock und faltete die Arme über ihrem fruchtbaren Leib. Goldene Eulenaugen funkelten aus jeder Höhlung der dunklen Sandstein-Klippen, sahen zu, wunderten sich. Fern im Süden sah man die Glut der Feuer. Vierzehn größere Städte und über zweihundert Dörfer säumten die Canyon-Wände. Jetzt erhoben sich die Priester und machten sich an diesem entscheidenden Tag des Sonnenzyklus bereit für die Morgengebete. Die Feuer warfen einen tanzenden gelben Schein auf die Sandsteinklippen auf der anderen Seite des Canyons. Zu dieser frühen Stunde wirkten sie noch düster, doch wenn Vater Sonne sich erst erhoben hätte, würde der Sandstein sich so golden färben, daß es aussähe, als schmölze er.

Rehkitz seufzte. Der scharfe Salbeigeruch würzte den Wind, aber der Duft konnte ihre Ängste nicht mildern. Nordlicht sprach leise mit jemandem und erhielt offenbar eine Antwort, die er nicht zu hören wünschte.

»Warum muß ich es denn tun?« sagte er weinend. Er hob den Kopf und schaute nach rechts. Sein langes schwarzes Haar blitzte silbern auf, als er den Kopf schüttelte. »Warum gerade ich?«

Im Alter von siebenundzwanzig Jahren war Nordlicht neun Winter lang der Sonnenseher von Krallenstadt gewesen, und jeden Winter war sein Ruhm gewachsen. Häuptlinge kamen von fern, sie machten drei Monde lange Tagesmärsche, um seinen Rat zu hören. Rehkitz hatte die Boten ankommen sehen, mit Packen voller ungewöhnlicher Geschenke. Die Geschichten über Nordlichts Reichtum waren im Lauf der Sonnenkreise Legende geworden. Man erzählte sich, daß seine Reichtümer zwanzig Räume in Krallenstadt füllten, es wurde sogar gewispert, daß nur Zauberei sich so gut auszahlte.

Rehkitz strich mit den Handflächen nervös über den Putenfeder-Umhang. Die braun-weißen Federn glitzerten im Licht. Zauberer – der Stamm von Rehkitz nannte sie Schlafmacher – hatten eine große Gewalt. Sie brauchten nur durch einen Reifen geflochtener Yucca-Fasern zu springen, um sich in Tiere zu verwandeln, und sie benutzten Schilde aus ungegerbtem Leder, um zu fliegen und Leute auszuspähen. Die allerschlimmsten Schlafmacher fielen über Gräber her, um sich verwesendes Leichenfleisch zu holen, das sie trockneten und zu feinem Pulver zermahlten. Wenn die Seele den Körper verlassen hatte, blieb nur Verdorbenheit und Bosheit übrig. Im Leichenpulver war diese Verruchtheit konzentriert; streute man es über jemandem aus, konnte er sterben oder wahnsinnig werden.

Rehkitz war vor zehn Sommern bei einem Überfall gefangengenommen worden, aber sie erinnerte sich an die Schlafmacher in ihrem eigenen Volk, den Mogollon, die tief im Süden lebten. Die Leute des Rechten Wegs nannten sie Feuerhunde, denn die Mogollon glaubten, daß sie ursprünglich in Form von Wölfen zur Erde gekommen waren, aus Funken des Feuers von Vater Sonne gemacht. Die Mogollon und die Leute des Rechten Wegs bekriegten sich gegenseitig unaufhörlich, nahmen Sklaven und raubten Nahrung. Ihr Vater, Eichelhäher, war der größte und machtvollste Häuptling der Mogollon. Die Schlafmacher hatten immer wieder versucht, ihn zu töten.

... und jedes Mal hatte die Erde gebebt, als ob die Geister der Ahnen, die in den unteren Welten lebten, sich über die Narrheit der Zauberer empörten.

Rehkitz hob die Hand, um die Säckchen mit heiligem Maismehl, die sie um den Hals trug, zu berühren. Manches Mal, wenn sie an die Familie dachte, die ihr fehlte, dachte sie auch an die Schlafmacher und fragte sich, ob deren Macht wohl in den langen Sommern gewachsen war. Lebte ihr Vater noch? Die Erde bebte auch weiterhin, seit kurzem sogar öfter, und jeden neuen Erdstoß betrachtete sie als gutes Omen, daß er einen weiteren Anschlag überlebt hatte.

Die Leute des Rechten Wegs sahen in der neuerlichen Aufeinanderfolge von Beben, daß die Ahnen allmählich immer ärgerlicher wurden; die Gier und Böswilligkeit, welche die Herzen ihrer Nachkommen bewegten, entfachten ihren Zorn.

Rehkitz blickte auf Nordlicht. War er vielleicht ein Schlafmacher? Sie mußte zugeben, es geschahen merkwürdige Dinge in seiner Umgebung. Seine älteren Schwestern waren verschwunden, bevor sie fünfzehn Sommer alt geworden waren, und es war keine Spur von ihnen gefunden worden. Zwar hielten sich Gerüchte, daß die Mogollon sie zu Sklaven genommen hatten, aber der große Krieger Spannerraupe, Nordlichts Vetter, hatte eine schauderhafte Möglichkeit angedeutet. Schlafmacher lebten sehr lange – auf Kosten ihrer Familien. Wenn ein Schlafmacher krank wurde oder sein Leben verlängern wollte, bohrte er mit Hilfe einer Spindel das Herz eines Verwandten heraus und schob es sich in die eigene Brust.

Als Nordlichts zweite Schwester verschwunden war, ging Spannerraupe tagelang von einem Familienmitglied zum andern mit der Bitte, ihm zu helfen, Nordlicht zu töten. Beide waren damals sehr jung gewesen, Spannerraupe dreizehn, Nordlicht vierzehn Jahre alt. Spannerraupes Anschuldigung hatte man sehr ernst genommen. Nordlicht, erzählte man sich, hatte wirklich um sein Leben gebangt. Zauberei wurde mit dem Tode bestraft, und des Schlafmachers eigene Familie hatte das Urteil zu vollstrecken. Wenn sie ihn getötet hatten, warfen sie ihn in ein Grab, Gesicht nach unten, und bedeckten den Leichnam mit schweren Sandsteinplatten, damit sein Geist nie mehr entwischen konnte. Allein und im Dunkeln eingeschlossen, klagte der Geist in alle Ewigkeit. Aber niemand hörte ihn. Niemand konnte ihn retten.

Rehkitz schrak zusammen, als ein Schwarm Blauhäher über den Canyon-Rand strich. Gegen den flimmernden Hintergrund der Abendleute wirbelten sie herum wie windzerstreute schwarze Blätter. Vor langer Zeit hatten die Häher als heilige Spaßmacher unter ihrem Volk gelebt; sie hatten getanzt, die Leute zum Lachen gebracht und sie über Dinge des Geistes unterrichtet. Dann hatten sie sich dafür entschieden, als Vögel wiedergeboren zu werden, damit sie über das Volk der Mogollon wachen konnten.

*Wacht über mich, meine Schutzgeister, ich fürchte, ich habe heute euren Schutz nötig.*

Nordlicht wisperte: »Sag mir das nicht! Ich ... ich kann das nicht.«

Rehkitz schaute zu ihm hinüber. Er hielt eine Hand zu jemandem ausgestreckt, den sie nicht sehen konnte. Sie ballte die Fäuste über ihrem Leib und wartete ab. Wie ungestüm es sie auch drängte, wegzulaufen – sie konnte nicht. Es wäre eine Schande für ihren Meister und würde ihr eine schauderhafte Bestrafung einbringen.

Im letzten Mond hatte das Eheweib von Gesegnete Sonne Rehkitz als Sonnenwend-Mädchen ausgesucht. Es war eine Wahl zwischen Rehkitz und ihrer besten Freundin, Trauertaube, gewesen, was sie beide sehr erfreut hatte. Gewöhnlich wurde diese Ehre älteren und klügeren Sklavinnen zugesprochen. Deswegen erfüllte Rehkitz ihre Aufgaben mit besonderer Sorgfalt. Sie wusch die Priestertracht mit Yucca-Seife und Kiefernnadeln, um ihr Wohlgeruch zu geben; sie hielt seine heiligen Kräuter an ihr Herz gedrückt, um ihren Geist warmzuhalten; sie sorgte dafür, daß das Blut seiner Fleischspeisen nicht auf den Boden tropfte, um nicht den Geist seiner Tierhelfer zu beleidigen. Ungeachtet ihrer Jugend versuchte sie, das beste Sonnenwend-Mädchen zu sein, das es je gegeben hatte.

Aber als das Kind in ihrem Bauch wuchs, wurde die Arbeit immer schwerer.

Nordlicht erhob sich mühsam und stand auf zittrigen Beinen. Die Türkis- und Jett-Armbänder flimmerten und funkelten im silbernen Licht.

Sie rief: »Ältester, geht es dir gut?«

Er fuhr herum, die Glöckchen an seinem Kupferhalsband klingelten wild. Seine Augen wurden riesengroß. »Wer – wer bist du?«

»Ich bin Rehkitz. Erinnerst du dich nicht?«

Als der Sonnenaufgang näherrückte, raste das böse Geisterkind, Windjunge, durch den Canyon, drückte die dürren Kräuter zu Boden, wirbelte Staub auf und pfiff um die Felsblöcke herum. Es zerrte am Putenfeder-Umhang von Rehkitz und bohrte mit eiskalten Fingern in ihr weißes Kleid. Sie erschauerte.

»Rehkitz?« Nordlicht kam zu ihr wie ein Mann, der sich durch ein Nest von Klapperschlangen tastet. »Du bist Rehkitz?«

»Ja, Ältester.«

Ein heißes Gefühl wallte in ihr auf. Was für ein schöner Mann! Er hatte eine gerade Nase und volle Lippen. Als er ein kleines Kind war, hatte ihm das Wiegenbrett den Hinterkopf flachgedrückt, und das hatte seine Backenknochen noch betont und seine tiefliegenden braunen Augen zur Geltung gebracht. Wenn seine Mokassins auf den Boden auftrafen, klingelten die an den Schnüren befestigten Muscheln melodisch. In seinem knielangen Hemd, aus feinster Baumwolle gewoben, zeichnete sich jeder Muskel ab.

*Er sieht aus wie einer der heiligen Himmelgötter, die auf die Erde gefallen sind.*

Eine Handbreit vor ihr blieb er stehen und sagte mit gequälter Stimme: »Ich habe gebetet, du wärst nicht hier; warum bist du hier?«

»Ich bin das Sonnenwend-Mädchen in diesem Sonnenkreis. Ich gehe, wohin du gehst. Ich tue, was du mir befiehlst.«

Sie nahm seinen Arm und führte ihn sanft den Pfad hinab. Sie betraten ein Gehölz zurückgestutzter Wacholderbäume, die ein Erlaß von Gesegnete Sonne vor dem Fällen schützte. Dort teilte sich das Licht in Flecke auf, zeichnete zinnfarbene Dreiecke auf ihren Weg und schimmerte auf Trauben kleiner tiefroter Beeren zwischen den grünen Nadeln. Rehkitz setzte vorsichtig Schritt vor Schritt. Hirsche hatten Löcher in den Waldboden getrampelt, und Felsblöcke lagen herum; zügig vorwärtszugehen war hier unmöglich. Überall um sie herum ragten knorrige graue Äste in die Höhe, um den Segen der Himmelsgötter zu erflehen.

Nordlicht schaute sie ängstlich an, die Augen ungläubig auf ihren angeschwollenen Bauch gerichtet. »Du bist das Sonnenwend Mädchen?«

»Ja, Sonnenseher. Ich habe dir jetzt schon einen vollen Mond gedient.«

Der Pfad bog um einen Haufen herabgestürzter Felsbrokken herum und führte zur Sonnenhöhle, einer Einbuchtung, die das Quellwasser seit Äonen in die Canyon-Wand eingeschnitten hatte. Nordlicht warf nur einen Blick auf die in den Stein gehauenen Stufen und wurde von Entsetzen gepackt. Er schüttelte ihre Hand ab und wich zurück.

»Nein«, keuchte er, »o nein, da kann ich nicht hinaufgehen!«

»Aber wir müssen uns beeilen«, sagte Rehkitz. »Uns bleiben gerade noch zwei Zeitfinger vor der Dämmerung. Du weißt, wie schrecklich uns die Dürre und der Krieg zusetzen. Du mußt helfen, das wieder in Ordnung zu bringen. Das ist deine Pflicht. Du bist der Sonnenseher.«

Seine Lippen zitterten. Hinter ihm kreiste der Schwarm der Blauhäher, und der Windjunge vertrieb ihr Geschrei mit seinen Böen. Nordlicht ballte die Fäuste. »Du … geh du zuerst. Ich warte, bis du oben bist, dann komme ich nach. Ja, ja, ich komme schon. Jetzt geh!« Er drohte ihr mit beiden Fäusten, als sie noch zögerte. »Geh los!«

Sie hob den weißen Rocksaum hoch und kletterte hinauf. Das Eis in den Felsenmulden beobachtete sie wie uralte glasige Augen. Der letzte Regensturm hatte Sand und Kies die Stufen hinuntergeschwemmt. Ihre Yucca-Sandalen knirschten und rutschten auf dem grobkörnigen Stein.

Nach Atem ringend erreichte sie den schmalen Überhang, der den Canyon überblickte. Die leicht gewellte Zunge hing etwa vier mal fünf Körperlängen über dem Abgrund. Ein Sandsteinwall, höher als Rehkitz, lief entlang der Nordseite. Dürrer Goldaster kämpfte auf der Oberseite des Walls ums Überleben.

Ein wunderbares Panorama lag vor ihr. Aus dem Wüstenboden erhoben sich einzelne rauhe Bergkuppen wie viereckige Türme, und im neugeborenen Licht schimmerten ihre Sandsteinfassaden purpurn und rosa. Sie konnte zwei der drei heiligen Berge sehen. Vor ihr, im Süden, stand das Donnerhorn. Zur Rechten zeichnete sich Türkis-Jungfrau mit einem schwarzen Buckel gegen den östlichen Horizont ab. Die Kuppe von Spinnenfrau verbarg sich hinter einem durchscheinenden Lavendel-Vorhang, und die Wolkenreste, die sie umkrönten, glühten in einem intensiven Magentarot. Zweitausend Menschen lebten im Canyon, und ihre Frühstücks-Feuer schimmerten wie Bernsteinschmuck aus einer riesigen umgekippten Juwelentruhe. Ehrfürchtig staunend schaute Rehkitz hinunter. In ihrem Volk hatte Schönheit als heilig gegolten, und sie zu bewundern als Gebet.

Vorsichtig ließ sie sich auf dem kalten Stein nieder und umfing ihren Unterleib mit den Armen. Sie wollte erst einmal zu

Atem kommen und dann nach Nordlicht sehen, wenn er noch nicht hinaufgekommen wäre.

Dort, wo sie saß, war der Sandsteinwall bemalt. Eine uralte Zeichnung zeigte einen weißen Kreis, von dem Strahlen nach allen vier Seiten ausgingen. Die Leute des Rechten Pfads behaupteten, das Symbol habe Coyote im Zeitalter des Auftauchens gemalt, unmittelbar nachdem ihre Ahnen durch die vier Unterwelten hinaufgeklettert waren und diese fünfte Welt des Lichts erklommen hatten. Die Geschichte des Rechten Wegs kannte sie auswendig.

»*Seht her*«, hatte Coyote gesagt. »*Ich habe eine Karte des Großen Platzes gezeichnet, mit den vier Straßen des Lebens und des Todes. Nun hört zu, und ich werde euch erklären, was das bedeutet.*

*Da ist der Große Kreis, so riesig, daß er alles umfaßt, denn er ist das Universum, und alles, was im Innern des Großen Kreises lebt, ist miteinander verwandt. Wenn man in der Mitte des Kreises steht, auf dem Großen Platz, sieht man, daß der Kreis in vier Viertel eingeteilt ist. Jedes Viertel ist geheiligt, denn jedes hat eine mystische Kraft, und dank dieser Kräfte überleben wir. Jedes Viertel hat auch seine eigenen heiligen Tiere und Dinge und Farben, und durch sie wird die Kraft den Menschen zugänglich.*

*Wenn ihr betet, müßt ihr zuerst die östliche Straße hinuntersehen bis zum Ort der Morgendämmerung, wo die Tage aller Menschen beginnen. Die Farbe des Orts ist weiß wie der Schnee. Er hat die Kraft des Heilens. Weißer Lehm macht rein, und das weiße Fell eines Albino-Bisons vertreibt die Krankheit. Nur die sehr Starken können diese Straße gehen, um Rat zu erbitten oder um Vater Sonne behilflich zu sein. Die Schwachen schmelzen ins Nichts.*

*Dann müßt ihr die Straße nach Süden hinuntersehen. Sie ist rotglühend wie der Sommer. Ihre Pflanze ist Paprika und die Ameise ihr Tier. Diese Straße ist nur für die Toten da und für die, die eine Zeremonie leiten. Sie dürfen bis zur Buckelkuppe reisen, wo sie die Leiter zu den vier Himmelswelten finden werden. Wer dort emporklettert, wird ein Regengott werden und die Kraft haben, Dinge wachsen und gedeihen zu lassen.*

*Als nächstes müßt ihr die Straße hinuntersehen, wo Vater Sonne stirbt, wo alle Tage der Menschen geendet haben und enden werden. Ihre Farbe ist Gelb. Ihr Tier ist der Bär. Sie hat die Kraft, Frieden zu bringen. Die Abendleute sind die Hüter ihrer Weisheit. Diese Straße ist nur für die Lebenden. Man darf dort entlanggehen, um mit den Abendleuten zu sprechen und zu lernen, wie man in der Verbundenheit mit allem lebt.*

*Die letzte Straße ist die des Nordens. Ihre Farbe ist blau-schwarz wie die Donnerwolken. Ihr Stein ist der Türkis. Sie hat die Kraft zu töten. Sie führt zum* Sipapu, *dem Tunnel des Auftauchens und dem Einlaß zu den vier Unterwelten, wo die Ahnen leben. Nur die Toten und ihre Helfer dürfen auf dieser Straße gehen. Den Einlaß zum* Sipapu *bewacht ein riesiger schwarzer Dachs.*

*Wo die blau-schwarze Straße der Toten auf die weiße Straße der Lebenden trifft, dieser Punkt auf dem Großen Platz ist sehr heilig. Dort ringelt sich die Regenbogenschlange. Ihr Symbol ist das heilige Zeichen der Blitzspirale. Wenn man sie mit neugeborenen Augen anblickt, erwacht sie und wölbt sich über das Antlitz der Erde, und wer sie gesehen hat, kann auf ihren Rücken klettern und sich in die Himmelswelten erheben lassen, ohne sterben zu müssen, und – wenn er es wagt – mit den Göttern sprechen.«*

Rehkitz schaute nach Nordwesten zum Großen Platz, wo sich die Straßen trafen. Krallenstadt lag am Fuß der großen Klippe. Jeden Morgen blickte sie dorthin in der Hoffnung, die Regenbogenschlange sich funkelnd zum Leben erheben zu sehen, aber das geschah nie. Auch kein anderer der jetzt Lebenden hatte das jemals gesehen, wiewohl die Ältesten von einer längst vergangenen Zeit sprachen, als die Leute des Rechten Wegs oft erlebt hatten, wie sie sich über die Himmel wölbte. Aber damals hatten ungewöhnlich heilige Menschen im Canyon gelebt, Männer und Frauen, die gewohnheitsmäßig die Oststraße begingen, Menschen, deren natürliche Augen durch das gleißendweiße Licht ausgebrannt worden waren. Als ihnen neue, heilige Augen wuchsen und sie den Mut fanden, wieder hinzuschauen, sahen sie, wie sich die Regenbogenschlange aufringelte und in den Himmel wölbte.

Rehkitz atmete sehnsüchtig seufzend aus. *Ich würde mein Leben geben, um das zu sehen.*

Ihr Blick schweifte nach rechts. Im Südosten stach der heilige Felspfeiler in den Himmel. Vater Sonne war an den fünfzehn letzten Tagen morgens genau über diesem Pfeiler aufgestiegen. An diesem kalten Morgen, am kürzesten Tag des Sonnenkreises, würde Vater Sonne sehr schwach sein. Könnte er nicht weiterziehen, würde er still am Horizont verharren. Das wäre ein Signal, das Nordlicht brauchte, um das Ritual der Sonnenrückkehr auszuführen: Er müßte die Oststraße entlanglaufen, um Vater Sonne zu helfen.

Vor vier Wintern hatte Nordlicht sieben Tage gebraucht, um die Sonne zur Rückkehr zu veranlassen. Danach war er dem Tode nahe gewesen, hatte zusammengerollt auf dem Fels gelegen wie ein Kleinkind. Er hatte Vater Sonne seine Kraft angeboten, und es hätte ihn beinahe das Leben gekostet. Doch wenn man die Sonne nicht zur Rückkehr bewegen könnte, würde die Welt in ewigem Winter versinken, und die Leute des Rechten Wegs würden sterben.

Gerade heute durfte nichts das Ritual der Sonnenrückkehr stören. Vater Sonne sollte sehen, wie sehr sie sich anstrengten, wie verzweifelt sie um sein Einverständnis rangen.

Als sich im letzten Sommer die Kriegsübel steigerten, hatte Vater Sonne den Himmelsgöttern befohlen, den lebensspendenden Regen während der Jahreszeit des Wachsens zurückzuhalten. Gesegnete Sonne, der Herr der Krallenstadt, hatte angeordnet, daß auch der letzte Wassertropfen noch für die Mais-, Bohnen- und Kürbisfelder bestimmt sei, doch die Pflanzen waren zu Staub verdorrt. Die Quellen waren ausgetrocknet. Die Kinder hatten vor Hunger geschrien. Plünderer und Räuber hatten in der ganzen Wüste gewütet. Auch die Mogollon und die Hohokam waren genau wie die Leute des Rechten Wegs bereit gewesen, für einen einzigen Korb mit Nahrungsmitteln zu töten.

Grausige Geschichten machten die Runde: Manche Clans vom Rechten Weg hätten sich in ihrer Verzweiflung dem Kannibalismus ergeben. Sie hätten die Feuerhunde aufgespürt, sie bei Überfällen als Sklaven genommen und dann in bizarren Zeremonien geopfert, um Vater Sonne versöhnlich zu stimmen, bevor sie ihr Fleisch brieten.

Rehkitz schauderte.

Nordlicht war selbst von Dorf zu Dorf gezogen und hatte die Leute angefleht, vom Übel zu lassen und zum Rechten

Weg zurückzukehren, und sie daran erinnert, daß die Welt schon viermal zerstört worden war. Die Erste Welt war im Feuer untergegangen, die Zweite Welt war vereist worden, die Dritte Welt in Wassermassen ertränkt. Die Vierte Welt war vernichtet worden, als Vater Sonne alle Luft in sich eingesogen hatte. Die Fünfte Welt, in der sie nun lebten, würde auch vernichtet werden, wenn die Menschen ihre Herzen nicht reinigten.

Der Atem von Rehkitz wurde flacher und schneller. Nordlicht hatte gesagt, Vater Sonne habe ihm erzählt, daß er gigantische Feuerfelsen schleudern würde, um die Fünfte Welt zu zerschlagen.

Kies knirschte.

Nordlicht tauchte im Stufengang auf. Er blieb reglos stehen und starrte mit aufgerissenen Augen und zusammengebissenen Zähnen zum Horizont wie ein Mann, der seinem eigenen Henker gegenübersteht. Das Licht des frühen Morgens färbte sein weißes Hemd ein, so gelb wie die Blütenblätter der Schildblume.

»Bereit?« fragte sie.

Er schwankte erschrocken. »Wer – wer bist du? Was machst du hier? Warum bist du nicht weggelaufen?«

»Ich bin das Sonnenwend-Mädchen, Ältester. Ich trage das heilige Maismehl.« Sie band die vier Säckchen los, die sie als Halsband trug, und hielt sie ihm hin. »Komm. Es ist Zeit!«

Nordlicht regte sich nicht. Er starrte sie entsetzt an, als wäre sie ein vorzeitliches Ungeheuer, das ihm aufgelauert hatte.

Rehkitz nahm die Säckchen, hob seine rechte Hand hoch und legte die Säckchen dort hinein. »Ältester«, sagte sie, »du mußt nach Osten schauen. Ist das nicht richtig?«

Er antwortete so leise, daß sie es fast nicht gehört hätte. »Ja.« Er wandte sich ab; er zwang sich dazu.

Kurz darauf fing er zu singen an. Gestern war der gutaussehende Kriegshäuptling Eisenholz dabeigewesen, um die Trommel zu schlagen; vorgestern hatte der kleine, untersetzte Kriecher, der Anführer des Bison-Clans, die Morgendämmerung mit majestätischer Flötenmusik begrüßt. Heute sang der Sonnenseher allein.

Nordlicht öffnete das erste Säckchen und sang: »In Schönheit wird es begonnen, in Schönheit wird es begonnen.« Er streute einen Streifen weißen Maismehls in Richtung Osten.

Das rote Maismehl streute er nach Süden, das gelbe nach Westen und schließlich das blaue Maismehl nach Norden. Dann hob er seine mehlbefleckten Hände zu Vater Himmel, beugte sich zu Mutter Erde hinab und sagte: »In Schönheit wird es enden, in Schönheit wird es enden.«

Das Mehl wirbelte hoch zu einem leuchtenden Dunstschleier und segelte über den Rand des Canyons hinweg; es funkelte wie feinster trockener Sommernebel, bevor es zu Boden schwebte.

Rehkitz wartete. Genauso war es jetzt vierzehn Tage lang geschehen. Nordlicht rief, und Vater Sonne zeigte sich.

Der Sonnenseher richtete sich auf, kreuzte die Arme über der Brust und murmelte: »Komm, Vater, steig auf und bring der Welt das Leben.«

Schauer der Ehrfurcht liefen den Rücken von Rehkitz hinunter. Das erste Band geschmolzenen Goldes ergoß sich über den Horizont, die Kuppen und Mesas streiften ihre schwarzen Schatten ab und leuchteten karminrot auf. Die ziehenden Wolken schimmerten orangefarben. Schatten wurden mit einem Schlag lebendig, dunkel und lang und nach Westen ausgerichtet.

Nordlicht versuchte mit zitternden Händen das Bild des steinernen Pfeilers und der Sonne einzurahmen. Dann ließ er die Hände fallen. Tränen rannen ihm über die Wangen.

»Stimmt etwas nicht?« fragte sie.

»Vater Sonne ...« Seine Stimme brach. Er schwieg eine Weile, bevor er den Satz vollendete. »Er ist zu schwach, um weiterzumachen. Heute ist er an derselben Stelle aufgestiegen. Ich – ich hatte das schon befürchtet.«

»Weil es bedeutet, daß du die Straße nach Osten hinunterlaufen mußt, um Vater Sonne die Kraft zu geben, die er braucht, um wieder weiter nach Norden zu ziehen?«

Nordlicht senkte den Kopf. Das schwarze Haar wehte um seine Schultern und tanzte im Wind. Es schien, als atmete er nicht mehr.

»Ältester?« stieß sie hervor.

Er bedeckte die Augen mit einer Hand.

Rehkitz machte einen Schritt auf ihn zu. »Nordlicht?«

»Ihr heiligen Götter«, sagte er keuchend. »Ich *kann* es nicht.«

Rehkitz trat vor ihn und schaute ihm in das schöne Gesicht, das jetzt die Angst verzerrte. »Du bist der größte Sonnenseher, den es je gab. Es gibt nichts, was du nicht tun kannst.«

»Du verstehst nicht! Ich …« Er blickte scharf nach rechts, als ob er jemandem lausche. Seine Rufe waren mitleiderregend. Schluchzend antwortete er: »Ja, ich weiß. Zum Nutzen aller, es … es muß getan werden.«

Rehkitz sah auf die Stelle, zu der er gesprochen hatte. Da war nichts. Nicht einmal ein Funken Licht. Beunruhigt sagte sie: »Ich verstehe eines, Ältester, du bist sehr erschöpft. Es schadet nicht, wenn du etwas ausruhst. Komm, leg dich in diese Felsnische. Wenn du geschlafen hast, kannst du versuchen, die Straße hinunterzugehen.« Sie streckte eine Hand aus. »Ich werde dir helfen.«.

Nordlicht kniff die Augen zusammen und schüttelte den Kopf. »Ich … ich habe Angst.«

»Aber Ältester, du bist die Oststraße schon so oft hinuntergegangen. Ich bin sicher, Vater Sonne –«

Er machte plötzlich die Augen weit auf. »Glaubst du wirklich, daß ich böse bin? Hast du das nicht vorhin gedacht?«

Ihr wurde plötzlich ganz kalt. Sie schluckte. Man erzählte sich, daß Schlafmacher Gedanken lesen können wie Spuren im Schnee, daß man nichts vor ihnen verbergen könne. »Nein, nein, natürlich nicht«, sagte sie. »Ich war nur –«

»Aber du haßt mich.« Mit schräggelegtem Kopf sah er sie unverwandt an.

Rehkitz spürte ihren rasenden Herzschlag. Sie rettete sich vorsätzlich in eine falsche Deutung. »Du meinst, weil du vor Angst weinst? Nein, Ältester. Hier hätte jedermann Angst, der bei Sinnen ist. Bitte, du wirst dich nur noch mehr ermüden, und Vater Sonne braucht deine Kraft.«

Zögernd streckte Nordlicht eine Hand vor und glitt mit ihr unter ihren Truthahnfeder-Umhang, um den gesegneten Bauch zu berühren. Rehkitz erstarrte und wußte nicht, wie sie sich verhalten sollte. Die Hitze in seinen Fingern durchdrang das Kleid und wärmte ihr die Haut. Der offene Umhang flatterte um sie herum.

»Kostbar«, sagte Nordlicht, als er das Ungeborene streichelte. »So kostbar!«

»Ältester, ich weiß nicht –«

Er griff sich an den Magen, keuchend, und beugte sich nach vorn, als müßte er sich übergeben. »O ihr heiligen Götter, laßt das einen anderen tun.«

»Laß dir helfen! Deswegen bin ich ja hier. Bitte sag mir, was ich tun kann, um dir die Aufgabe leichterzumachen.«

Ein merkwürdiger Ausdruck trat in seine Augen, weder Angst noch Reue. Er blickte wie ein Mann, der sich bereit macht, eine unbegreifliche Last auf sich zu nehmen. Er atmete mehrmals tief ein und richtete sich langsam auf.

Der Windjunge schrie durch den Canyon, und es schien Rehkitz, als könnte sie sogar einzelne Wahnsinnswörter ausmachen. Doch der Windjunge, wie von Sinnen, daß sie nicht verstand, stieß sie hart vorwärts, und sie stolperte weiter.

Nordlicht stand hochaufgerichtet vor ihr und verstellte ihr den Weg. Er breitete die Arme aus, ließ sie kurz schwingen, umarmte sie dann und zog sie heftig an sich. »Ich möchte dich halten, nur für einen Augenblick. Ich möchte dich ganz nah fühlen.«

Die Angst ließ ihr Blut schneller fließen. Ein sonderbarer Duft hing in seinem weißen Priesterhemd, moschusartig und herb, wie der Geruch in einer längst verlassenen Höhle.

»Nordlicht, ich glaube nicht –«

Er drückte sie noch fester gegen seine Brust. »Bleib stehen. Rühr dich nicht!«

»Aber Ältester, du tust mir weh. Bitte!«

Wieder begann er zu schluchzen, so stark und bitterlich, daß es ihn schüttelte. Er vergrub sein Gesicht in ihren Haaren, und seine Tränen benetzten ihre Schläfen.

»Ich bitte dich«, sagte er. »Wehr dich nicht. Ich muß diese Sache schnell tun.«

Seine rechte Hand griff zum Gürtel. Gegen das goldene Licht des Morgens erhaschte sie einen schnellen Blick auf einen Hirschknochen-Dolch. »Ich brauche dein Baby, Rehkitz!«

»Wovon redest du? Laß mich los!« Sie wand sich wie wild in seinen Armen und sah, wie er den Dolch über seinen Kopf erhob.

Geduckt und wild um sich tretend kam sie endlich frei und stürmte mit fliegenden Haaren über den Überhang zu den Stufen. Der gesprenkelte Sandstein schimmerte im Licht des Morgens wie geschmolzene Korallen, und jede Ritze, jede Aushöhlung war von Schatten überdeckt. Sie sprang über ein Loch und glitt auf dem Eis aus.

Der Aufprall gegen Nordlichts Körper schlug sie zu Boden. Sie schrie auf, als der Schmerz durch ihren Leib zuckte. Der Sonnenseher drehte sie mit einem Ruck auf den Rücken und legte sich auf sie.

Tränen perlten ihm über die Wangen. Er hielt den Knochendolch ausgestreckt nach Osten, dann nach Süden, nach Westen und Norden und während er ihn zum golden scheinenden Himmel reckte, stieß er ein Gebet hervor. Er hielt ihn eine Weile in die Höhe, wo er im Sonnenlicht glühte.

»Nordlicht?« rief sie mit bebender Stimme. »Bitte! Ich tue alles, was du willst. Bitte laß mich gehen!«

»Was?« schrie er. Das Entsetzen verzerrte sein Gesicht, als er auf der Mesa umherschaute. »Wer hat das gesagt? Wer *bist* du? Junge? Junge, bist du das?«

Wie einer, der einem Alptraum entkommen will, schüttelte er sich, rückte etwas tiefer und setzte sich breitbeinig über sie, die aufgerissenen Augen starr nach Norden gerichtet. Gleich darauf machte er einen kurzen, schnellen Atemzug und blinzelte, als sähe er Rehkitz zum ersten Mal. Das schwarze Haar tanzte auf seinen breiten Schultern.

»Du bist das Sonnenwend-Mädchen«, flüsterte er ehrfürchtig, und schnell wie der Blitz stach er zu und opferte den Dolch der Mutter Erde durch das Herzblut von Rehkitz.

# Erster Tag

## Sonnenkreis der Libelle, Mond des Gebetstock-Schnitts

## Sechzehn Sommer später

*Ich sitze in einer schmalen Auskehlung in der Flanke des Berges, den nackten Rücken gegen den kalten Sandstein gelehnt. Ich sitze hier seit dem Morgengrauen, ohne etwas zu essen, ohne Wasser und ohne die Stimme eines Gefährten, die mich ins Vergessen wiegen könnte.*

*Stockkakteen tüpfeln den Boden um mich herum. Es ist Frühling, und purpurfarbene Blüten bedecken Äste und Baumstümpfe und bereichern die Luft mit einem zarten Duft. Tief unten winden sich die Gila-Monster-Klippen in allen Regenbogenfarben nach Osten. Das Licht des frühen Morgens wirft gelbe Farbe in die Schlucht, glitzert auf den weißen und gelben Bergwänden und spielt in den lichtgefleckten Pinien, die das Hochland abdecken. Hier und da sprenkeln blühende Büsche die Hügel mit roter Farbe.*

*Zum Norden hin steigt eine häßliche Rauchwolke auf wie eine wogende schwarze Gewitterwolke, die der Westwind über den blauen Himmel jagt. Der Unterbauch der Wolke glüht orangefarben, als käme das Feuer aus ihr selbst.*

*Ich kneife die Augen zu, sie tun mir weh. Werde ich Zeuge des Weltuntergangs? Das kann gut sein. Nach allem, was ich gesehen habe ...*

*Ich bin noch nicht alt, bin nicht vertraut mit den Verhältnissen in der Welt, mit der menschlichen Hinterlist. Ich bin jung, sechzehn Sommer alt. Das ist nicht leicht für mich. Freunde. Feinde. Beide haben mich betrogen.*

*Die Krieger meines Großvaters haben sie gefangengenommen und in einen Raum ohne Fenster und Türen gesperrt. Eine Leiter, durch ein Loch im Dach hinuntergestoßen, ist der einzige Zugang und Ausgang. Sie werden dauernd bewacht.*

*Mein Volk verlangt von mir, daß ich sie töte.*

*Aber einige der Gefangenen ... liebe ich.*

*»Alle Wunden sind Öffnungen zum Heiligen«, hatte mich der große heilige Mann, Düne, der Heimatlose, einst gelehrt. »Du mußt in diese Risse hineinkriechen. Geh allein, auf Händen und Knien, und setz dich in diese grauenhafte Dunkelheit. Wenn du lange ge-*

*nug sitzt, wirst du entdecken, daß der schlimmste Schmerz der Hauch des Mitleidens ist.«*

*Also sitze ich.*

*Tagsüber beobachte ich die wechselnden Muster des Lichts auf diesen hochragenden Bergen; bei Nacht rühren die Bewegungen der Abendleute silberne Asche in mein Herz.*

*Diese Wunde ist wie ein Tor. Ich muß den Mut haben hindurchzugehen – und noch mutiger sein, um über die dunkle Oberfläche der mir vertrauten Welt zu ziehen in ein fremdes Land der Morgenröte, das ich nur mit den Händen meiner Seele erfassen kann.*

*Geheiligte Regengötter, ich fühle mich so leer.*

*Warum konnte mich Nordlicht, der Gepriesene, nicht einfach sterben lassen? So viele andere wären gerettet worden.*

*Ich lehne meinen Kopf an einen Sims, um zu ruhen, und starre unverwandt in die riesige, rauchige Weite, lausche der vollkommen klaren Stille und denke an alles, was ich bin und was ich nicht bin, zurückblickend auf alles, was mich hierhergebracht hat …*

## 2. Kapitel

## Die Zeit des Austragens

Kreuzdorn kniete auf einer Weidenmatte vor dem niedergebrannten Feuer im Haus seiner Mutter. Das kleine, quadratische Haus, das letzte in der Zeile des Dorfes, war drei Mannslängen breit und tief. Getrocknetes Gemüse hing von den Dachbalken herab: Mais, Bohnen, Kürbis, ganze Sonnenblumen und die Früchte der roten, stachligen Feigenkakteen. Der aufsteigende Rauch hielt Insekten und Fäulnis fern und legte eine schwarz glänzende Kreosotschicht über die Pflanzen. Durch sie hindurch konnte Kreuzdorn die Deckenbalken aus Kiefernholz erkennen. Rußwirbel hatten die grauverputzten Wände befleckt und die verblichenen Bilder, die seine Mutter vor langer Zeit gemalt hatte, überdeckt. Seitdem hing eine Sammlung von Körben davor.

In einer Ecke standen rötlichbraun gebrannte Töpfe, die dazu bestimmt waren, besondere Besitztümer aufzubewahren. In einer anderen Ecke bewahrten drei große Töpfe mit gewellten Seiten, die Ränder mit Sandsteinplatten beschwert, die Überreste von Wintermais und Bohnen auf. Kleinere Kochtöpfe, die Seiten von vielen Feuern angesengt, standen an anderer Stelle zusammen.

Wie vertraut und sicher schien das alles an diesem langersehnten und schrecklichen Tag.

Kreuzdorns Finger zupften nervös am Saum seines knielangen Hemdes. Das weiße Wildleder wärmte seinen hageren Körper und warf die flackernden Lichter des Feuers zurück wie ein Spiegel aus Schwefelkies. Seine Mutter hatte die schwarz-gelben Bilder der Großen Krieger aus Ost und West auf den Brustteil des Hemdes gemalt, und auch die Regenbogenschlange, deren spiralige Linie aus Rot, Gelb, Blauschwarz und Weiß um seine Hüften kreiste. Im Züngellicht der Flammen glühten die Großen Krieger. Die Blitzlanzen in ihren erhobenen Händen zitterten, bereit, mit großem Getöse über das Antlitz der Welt zu fliegen, um die Bäuche der Wolkenleute aufzuschlitzen und unserer Mutter Erde lebensspendenden Regen zu bieten – oder um bösartige Menschenwesen auf ewig zu vernichten.

Kreuzdorn hatte vier Tage lang nichts gegessen – vier war eine heilige Zahl – und fühlte sich benommen und ängstlich. Bald, sehr bald würde sich sein Leben völlig ändern. Dann würde er nicht mehr der fremdartige Junge sein, dem die anderen Kinder aus dem Weg gingen, der einsame Junge, den die anderen verspotteten. Seine Seele würde durch den dunklen Tunnel in die Erste Unterwelt eintauchen, und danach wäre er entweder ein verehrter heiliger Sänger … oder tot.

Kreuzdorn schaute düster auf die Großen Krieger hinab. *Wußten sie bereits, welche der beiden Möglichkeiten es sein würde?*

Im Zeitalter des Auftauchens, kurz nachdem die ersten Menschen durch die vier Unterwelten hochgeklettert waren, um in diese Fünfte Welt des Lichts zu gelangen, hatten die Großen Krieger von Ost und West viele Ungeheuer in die Flucht geschlagen, die gedroht hatten, die neuen Menschen zu verschlingen. In dem letzten furchtbaren Kampf waren die Körper der Krieger in Stein verwandelt worden, aber ihre Seelen hatten, dank ihres Heldenmuts, einen besonderen Platz in den Himmelswelten zugewiesen bekommen, im Strahlenglanz auf beiden Seiten von Vater Sonne. Er erzählte den Kriegern oft, was in der Welt der Menschen geschehen würde, und wenn nötig, schossen die Krieger wie Sternschnuppen zur Erde hinab und wandelten unter den Menschen, ratend und helfend. Manchmal töteten sie sogar.

Kreuzdorn hatte einst einen Knaben namens Kleiner Schild gekannt, der auch, wie Kreuzdorn jetzt, von den Ältesten ausgesucht worden war, in die Unterwelten zu fahren. Er war auf schreckliche Weise zu Tode gekommen. Beim ersten Anzeichen eines Fehlschlags hatten die Ältesten den Jungen aus der Kiva, der mutterschoßähnlichen Zeremonienkammer unter der Erde, nach oben gezogen, ihn auf die Plaza gelegt und eilends nach Kräutern und Kraftbündeln gesucht, nach allem, was seine Seele wieder an den Körper binden könnte.

Damals war Kreuzdorn sechs Jahre alt gewesen. Er erinnerte sich noch lebhaft daran, wie Kleiner Schild um sich geschlagen und geschrien hatte, als die Großen Krieger vom Himmel herabschwebten, um ihm das Fleisch von den Knochen zu reißen. Es hatte einen halben Tag gedauert; die heiligen Zwillinge hatten schließlich ihre Krallen in die Seele von Kleiner Schild geschlagen und sie zerrissen; darauf hatten sie die Stücke in die Himmelswelten gebracht und sie in das gleißende Licht von Vater Sonne geschleudert.

Die Ältesten sagten, daß Kleiner Schild für den Abstieg in die Unterwelten nicht stark genug gewesen sei, und die Großen Krieger hätten ihn getötet, damit seine Seele nicht für immer in der Finsternis verloren sei.

Schauer liefen Kreuzdorn den Rücken hinab. Kleiner Schild hatte im Augenblick seines Todes mit aufgerissenen Augen voller Entsetzen in den Abendhimmel gestarrt.

*Wird es mir auch so ergehen?*

Dumpfe Trommelschläge von draußen erinnerten ihn daran, daß sein Herz, daß alle Herzen im gleichen Takt mit dem des Schöpfers schlugen, und der Schöpfer allein traf die Entscheidung, wie lange ein Junge leben durfte.

Kreuzdorn zerrte an seinem Türkis-Halsband und mühte sich vergeblich, es etwas zu lockern, um mehr Luft zu bekommen.

*Atme einfach!*

Seit seinem frühmorgendlichen Bad im eiskalten Fluß hatte er nach Luft gerungen; die Mutter hatte ihm das nasse schwarze Haar zu einem Knoten auf dem Kopf zusammengebunden.

Er zwang sich, bewußt ein- und auszuatmen.

Jenseits der Tür schlief Unsere Mutter Erde unter einer weichen Schneedecke und sammelte Kraft für den Frühling. Der Anemonen-Clan ging auf Zehenspitzen, um sie nicht zu wekken. Yucca-Sandalen knirschten auf dem Schnee, und Hunde tappten leise an Kreuzdorns Tür vorbei. Während der Zeit des Austragens, der vierzig Tage der Lobpreisungen, war weder Graben noch Verputzen noch Holzhacken erlaubt. Niemand durfte sich das Haar schneiden. Die Frauen durften erst nach Sonnenuntergang ihrer Hausarbeit nachgehen, und dann nur sehr leise.

Der Westwind trug ihm die fröhlichen Weisen der Sänger in der großen Kiva zu. Die Kiva lag auf der Westseite der rechteckigen Plaza; zwei- und dreigeschossige Bauten erstreckten sich ostwärts bis unter die steile Außenwand der Sandsteinklippe. Die Sänger bereiteten ihm den Weg …

»Sie kommen«, flüsterte er, um sich Mut zu machen. »Gleich werden sie dasein.«

Gepreßt stieß er den Atem aus.

Um seine Ängste zu mildern, zählte er die schönen Körbe, die als Dekoration an den Wänden hingen, die größeren oben, die kleineren weiter unten. Schwarze geometrische Muster und braunhäutige Gestalten schmückten das Geflecht. Seine

Mutter, Schneeberg, hatte sie nach ihrer abnehmenden Größe an der Wand zu seiner Linken angeordnet.

»O ihr Geister«, flüsterte er, »ich habe Angst.«

Seit er vier Sommer alt geworden war, hatten ihn die großen Sänger vom Anemonen-Dorf anders angesehen als die anderen Kinder. Mit ihren scharfen alten Augen hatten sie beobachtet, wie die anderen Kinder ihn quälten, und jedesmal bemerkt, wann er die Einsamkeit der Canyons suchte, die durch das Urgestein eingeschnitten waren bis hinab zum Fluß der Seelen – und das geschah sehr oft. Jeder Kampf, den er abgebrochen hatte, war registriert worden, und sie hatten immer gesehen, wie ihm die Tränen über die Wangen gelaufen waren, wenn er ihren Gesängen zugehört hatte. Diese mächtigen Ältesten hatten in ihm mehr gesehen als ein einsames, etwas anders geartetes Kind, als einen Jungen, der seinen Vater verlor, noch bevor er einen Sommer gesehen hatte.

Als er zehn Sommer alt war, hatte sich bei einer Wintersonnenwendfeier in Krallenstadt der alte grauhaarige Schwarzer Tafelberg zu ihm gesetzt und ihn gefragt, während der Schein des Feuers über die tiefen Runzeln seines Gesichts tanzte: »Warum weinst du, wenn du deine Stimme zu den Göttern erhebst?«

Kreuzdorn hatte ihn angesehen und keine Antwort gewußt. Er wußte nur, daß er sich nicht dagegen wehren konnte. Aber jetzt wußte er es besser. In seinem tiefsten Innern spürte er solch eine Verzückung, solch eine Sehnsucht nach dem Zuspruch der Götter und ihrer tröstenden Berührung, daß diese Qual nur noch als Verzweiflung Ausdruck fand.

Vor sieben Tagen war Schwarzer Tafelberg nun ins Haus seiner Mutter gekommen – er wolle mit Kreuzdorn unter vier Augen sprechen. Schneeberg hatte sich respektvoll verbeugt und sofort verabschiedet. Kreuzdorn verstand nicht, warum der Älteste ihn allein sprechen wollte. Er rutschte unbehaglich hin und her, als Schwarzer Tafelberg ihm eine knochige Hand auf die Schulter legte. Der Alte mit seinem faltigen Gesicht blickte ihn schwermütig an.

»Kreuzdorn, man hat mich gesandt, um dich zu fragen, ob du dein Leben einsetzen willst. Für die Liebe. Für dein Volk.«

Schwarzer Tafelberg hatte eine Pause gemacht und dann hinzugefügt: »Du kannst nein sagen, und kein Makel wird dich treffen.«

»Aber ich will doch!« hatte Kreuzdorn geantwortet, aus vollem Herzen und aus ganzer Seele. »Ja, das will ich.«

Er zwang sich, wieder einzuatmen. Sein Magen hatte sich zusammengezogen. *Und was ist, wenn ich nicht stark genug bin? Was ist, wenn ich nicht in die Unterwelten hinabfahren und heil zurückkehren kann?*

Düster schaute er auf die zwei toten, auf einen Stock gespießten Feldmäuse neben ihm. Schwarzer Tafelberg hatte ihn angewiesen, die Mäuse dem maskierten Gott, der käme, um ihn in die Unterwelten hinabzuzerren, als Tribut anzubieten. Sollte der Gott ablehnen, dann, so hieß es, erwartete Kreuzdorn der Tod.

*Vielleicht hätte ich besser einen Hirsch erlegt – das schiene mir doch ein besserer Tribut für einen Gott als zwei schäbige –*

Schritte stapften über die schneebedeckte Plaza.

Er schnellte herum und sah auf den Türvorhang, der leicht im kalten Wind flatterte.

Die Schritte verhielten draußen.

Kreuzdorn knirschte so heftig mit den Zähnen, daß sein Kiefer ihm weh tat.

Ein Getöse von Stimmen, näher kommend, lauter ... und auf einmal war das ganze Haus von schrillem Geheul umtost, als die Tänzer anfingen, wie mit Messern an den Außenwänden zu kratzen.

Es war Kreuzdorn, als zerspränge ihm das Herz in der Brust. *Heilige Götter, was geht hier vor?*

Das Ungeheuer Thlatsina warf den Türvorhang zurück und trat ein. Schreckensbleich, mit offenem Mund, starrte Kreuzdorn sie an.

Sie war *riesig*. Ein rot-weißer Mund beherrschte die untere Hälfte ihrer pechschwarzen Maske, und ein fettiger grauer Bart hing ihr bis zur Taille. Langes verfilztes schwarzes Haar, mit Baumwollbüscheln übersät, fiel ihr über die drohend blickenden gelben Augen. Ihr Mund war wie zu einem immerwährenden Pfiff gespitzt. Sein ganzes Leben lang hatte man ihm erzählt, wenn er nicht auf die Ältesten hörte, würde das Ungeheuer Thlatsina ihm auflauern und ihm das Gehirn durch die Ohren aussaugen. In der linken Hand hielt sie einen Krummstab, um ihre Opfer zu fangen, in der rechten ein großes Obsidian-Messer, um diejenigen zu verstümmeln, die sich weigerten, ihr zu gehorchen.

*»Hier!«* brüllte Kreuzdorn und streckte ihr die zwei toten Mäuse entgegen. »Die sind für dich!«

Das Ungeheuer schlug sie ihm aus der Hand, und Kreuzdorn sah die Mäuse durch den Raum fliegen, gegen die Wand prallen und mit einem dumpfen Laut zu Boden fallen.

*»Steh auf!«* schrie das Ungeheuer und schlug ihm mit dem Krummstab heftig auf die Schulter.

Kreuzdorn sprang auf.

Das Ungeheuer deutete auf die Tür. »Hinaus!«

Er kroch unter dem Türvorhang hindurch, in das grelle Licht des Nachmittags. Das Zimmer seiner Mutter lag ebenerdig, auf der Ostseite des Häuserkomplexes. Über die Schulter sah er die Zwillingssäulen aus gerundetem Sandstein, die Großen Krieger, die sich drohend über dem Kliff erhoben.

Hier schnitt der Fluß der Seelen durch den Sandstein, und die Leute des Rechten Wegs hatten das fruchtbare Schwemmland für den Anbau von Mais, Bohnen und Kürbis vorzüglich geeignet gefunden. Im Lauf der Jahre war aus dem Dorf mit einzelnen kleinen rechteckigen Häusern ein dreigeschossiger Riesenbau entstanden, der sich unter der steilen Nordwand des Kliffs erhob, überwacht von den uralten Gestalten der Großen Krieger.

In der vergangenen Nacht hatte es etwas geschneit, und über der Siedlung lag eine glitzernde weiße Decke wie aus zermahlenem Gips. Das hohe Kliff ließ die grauen, lehmverputzten Häuser klein erscheinen. Zu seiner Rechten, auf der anderen Seite des Flusses der Seelen und weiter südlich, wuchsen Maisfelder im Schwemmland. Dort, zwei Speerwürfe vom Dorf entfernt, schimmerte der Fluß silbern in der Sonne. Kreuzdorn konnte sich vorstellen, wie die dunklen Wasser dort gegen die Felsen schwappten, die sie auf ihrem Weg nach Süden aufhalten wollten.

Die Leute saßen auf den flachen Dächern, bequem in ihre Decken eingewickelt, und lächelten. Ein gutes Zeichen. Seine Mutter stand neben der Leiter, die in die große Kiva hinabführte. Sie sah strahlend aus in ihrem roten Kleid mit den schwarzen und gelben Dreiecken am Saum. Die Flaumfedern eines Adlers flatterten auf ihrem Scheitel. Er mußte auf den Rand des Kivarings treten. Die Kammer ragte nur zwei Handbreit über den Erdboden, und zwanzigmal eine Handbreit war sie tief ins Fleisch von Unserer Mutter Erde eingelassen.

Der Stab des Ungeheuers Thlatsina schlug hart auf Kreuzdorns Schulter. »Gib acht!«

Er fuhr herum, um sie anzusehen. Worauf sollte er achtgeben?

In diesem Augenblick trat seine Mutter zurück, und eine lange Reihe unirdischer Gestalten tauchte aus dem schwarzen Bauch der Kiva auf. In einem schwingenden Gang trotteten sie vorwärts und wirbelten schillernden Schnee auf. Sie trugen Halskrausen aus Kiefernzweigen, und ihre nackten Oberkörper waren mit glänzender blauer Farbe bemalt. Sie starrten Kreuzdorn mit großen hervorquellenden Augen an. Ihre Masken – Tiermasken und Masken fantastischer Götzen – zeigten Sternengesprenkel, Blitze und dunkle Kämme heiliger Berge. Die ätherischen Schatten, die die tiefstehende Sonne über die Plaza warf, glichen Tieren im Sprung. Schwerfällig stapften die Gestalten auf ihn zu und ließen ihre Kürbisklappern ertönen. Ihr Singen war wie das Stöhnen des Windes in einem dichtbestandenen Pinienhain.

Kreuzdorn wartete stumm, innerlich erregt.

Mit jedem trampelnden Schritt ihrer heiligen Füße entwanden die Tänzer der Welt etwas Kraft, rissen Fetzen aus allem, was lebte, und dann zogen sie diese geballte Kraft um sich herum wie Umhänge aus Eisen – eine Kraft, die ferne Gebirge erbeben ließ und Gewitterwolken auftürmte, die sich im weiten blauen Himmel zusammenzogen.

Das Ungeheuer stieß Kreuzdorn mit seinem Obsidianmesser von hinten an und befahl: »Vorwärts!«

Er stolperte nach vorn. Die Leute auf den Dächern begrüßten ihn fröhlich, mit erhobenen Händen. Kreuzdorn versuchte, sie anzulächeln, aber er fühlte sich nicht wohl. Zwei Älteste vom Bison-Clan saßen nebeneinander, die Beine über den Dachrand baumelnd, und rauchten zusammen eine Pfeife mit geheiligtem Tabak. Jedes Rauchwölkchen, das in die kalte Luft aufstieg, ahmte auf seine Weise die Entstehung von Wolken nach.

Sie rauchten für ihn, für sein Leben. Verzweifelt betete er insgeheim zu den Großen Kriegern, sie möchten ihm helfen, die Erste Unterwelt zu finden.

Als er zur Mitte der schneebedeckten Plaza gelangt war, teilten sich die Tänzer auf und umkreisten ihn. Mit verschränkten Armen bildeten sie zwei Kreise, mit Kreuzdorn in der Mitte. Die beiden Kreise bewegten sich in gegenläufiger Richtung, die Tänzer warfen ihre Beine und trällerten, mit Stimmen so süß wie balzende Blauhäher.

Aus der Kiva drang nun Flötenmusik, und sie entsprach sowohl der Furcht wie der Freude, die Kreuzdorn erfüllten. Die Melodie schwebte durch die Luft, rankte sich wie eine wunderschöne Geißblattrebe durch das ganze Dorf. Die tiefen Schläge der Kesseltrommel wurden stärker, genau im Takt mit der Flöte.

Die Tanzkreise lösten sich auf und drehten nach außen ab, um dann einen einzigen großen Kreis um Kreuzdorn zu bilden. Mit einem laut klagenden Schrei, bei dem ihm die Haare zu Berge standen, rannten die Tänzer zur Kiva, und Kreuzdorn war gezwungen, mitzulaufen.

Als sie sich der Kiva näherten, kletterte der Bären-Thlatsina die Leiter empor und stellte sich neben Kreuzdorns Mutter. Eine Haube aus Bärenfell hing ihm über Rücken und Schulter. Drei schwarze Löcher, für Augen und Mund, waren in seine weiße Rohledermaske eingeschnitten. Der Thlatsina war nackt bis zu den Hüften; zwei blaue Linien liefen ihm über die rechte, zwei gelbe über die linke Brust. Seine Unterarme waren blau angemalt, die Hände weiß. Um die Taille trug er einen einfachen weißen Baumwollrock, den eine rote Schärpe hielt. Die Fransen der Schärpe tanzten im eisigen Wind.

Der Bären-Thlatsina hob eine weiße Hand und entließ Kreuzdorns Mutter. Er sah ihr nach, wie sie über die Mitte der Plaza ging und den Leuten auf den Dächern zulächelte. Sie verschwand in ihrem Haus.

Der schützende Kreis der Tänzer, der ihn bis hierher gebracht hatte, löste sich auf und zog sich zurück. Kreuzdorn blieb vor der Kiva allein zurück. Die lieblichen Töne der Flöte trieben ihm die Tränen in die Augen.

Kreuzdorns Blick war jetzt fest auf den Bären-Thlatsina gerichtet. Jetzt mußte er sich allein behaupten. Entweder war er würdig … oder nicht.

Die Knie zitterten ihm.

Der Bären-Thlatsina machte vier Schritte auf Kreuzdorn zu, streckte die linke Faust aus und öffnete sie; sie enthielt ein Säckchen, das mit glitzernden Türkis-Perlen bedeckt war. Der Thlatsina machte das Säckchen auf und verstreute Maispollen in die vier Himmelsrichtungen. Er hob es zu Bruder Himmel hoch, wo er seinen Blick länger auf den ziehenden Wolken ruhen ließ, und dann berührte er damit ehrfürchtig Unsere Mutter Erde.

Wortlos hob er das leere Säckchen über seinen Kopf.

Zwei Frauen in weißen Kleidern aus Hirschleder kletterten aus der Kiva und schlurften mit ihren weißen Stiefeln durch den Schnee. Auf ihre Wangen waren schwarze Flecken gemalt. Sie gingen dicht an Kreuzdorn vorbei – aber sie waren hochheilig, unantastbar. Zwei lange Adlerfedern schmückten ihr frisch gewaschenes Haar. Die Hirschmütter umkreisten Kreuzdorn viermal, tänzelnd bewegten sie sich durch das grelle Sonnenlicht, übernatürliche Wesen, die gerade aus den Dunstschwaden von Mythen und Legenden hervorgetreten waren.

Die anderen maskierten Tänzer wichen mit seltsamem, schreckenerregendem Gemurmel zurück, fort von den göttlichen Hirschmüttern. Einige krümmten sich angstvoll zusammen, andere blökten und meckerten wie Tiere, die man zur Schlachtbank führt. Die Leute auf den Dächern legten sich die Hand auf den Mund und blieben stumm.

Die Hirschmütter nahmen ihren Platz an Kreuzdorns Seite ein.

Er ballte die Fäuste, er mußte schlucken, aber die Kehle war ihm wie zugeschnürt.

Der Bären-Thlatsina streckte eine pollenbedeckte Hand aus.

Kreuzdorn ging auf ihn zu und legte tapfer seine Finger in die Handfläche des Thlatsina. Er schaute zu diesem wunderlichen halb menschlichen, halb tierischen Gesicht auf, und seine Knie gaben fast unter ihm nach.

Der Himmelsgott führte ihn zu der Leiter, die aus dem Kiva-Dach herausragte, und stieg als erster hinab in den Bauch der Unterwelten, um Kreuzdorns Ankunft anzukündigen.

Kreudorn stand an der gähnenden Öffnung und spähte hinab in die Finsternis, in der ein Feuer brannte. Der tröstliche Duft von Zedernholz schwebte empor. Wacholderfeuer brannten das ganze Jahr in der Kiva, zu Ehren der Großmutter des Lebens, der Flamme. Im Mittelpunkt des Universums und in den Herzen der Menschen brannte immer ein Feuer – bis zu dem Tag, da die Seele eines Menschen sich freimachte und für immer in die Unterwelten zurückkehrte.

Die Flöte hörte auf zu spielen, aber die Kesseltrommel ertönte weiter dumpf in ihrem rhythmischen Baß.

Es knirschte und knarrte, als seine Verwandten mit frohen Gesichtern auf den Dächern aufstanden; ihre in Decken gewickelten Leiber standen schwarz gegen das durchscheinende Blau von Bruder Himmel. Kleine Kinder starrten Kreuzdorn ehrfürchtig an. Er wußte, sie würden zusehen, bis er ihrer Sicht völlig entschwunden war.

Der Bären-Thlatsina hub mit tiefer Stimme an:

*Der Schöpfer ruft dich,*
*Die göttliche Mutter hat dich gesehen*
*Auf deiner Reise.*
*Sie hat deine abgetragenen Mokassins gesehen,*
*Sie bietet dir ihren lebensspendenden Atem,*
*Den Atem der Geburt,*
*Den Atem des Wassers,*
*Den Atem der Samen,*
*Den Atem des Todes,*
*Sie bittet dich um deinen Atem,*
*Um ihn mit ihrem zu vereinen,*
*Auf daß das eine große Leben weiter bestehen bleibe,*
*ohne Unterbrechung.*

Kreuzdorn packte die Leiter aus Kiefernstangen und spürte das vom vielen Anfassen glattpolierte Holz unter seinen Fingern. Er schluckte und gelobte, tapfer zu sein, und so kletterte er hinab in den warmen, vom Feuer erleuchteten Mutterschoß der Unterwelten.

Die Decke der Kammer symbolisierte die Vierte Welt, bekannt als Federflügel-Welt, durch welche die ersten Menschen gezogen waren. Die Nebel-Welt oder Dritte Welt wurde von der Bank dargestellt, die den Raum rings umgab. Die Bodenfläche oder Zweite Welt wurde die Schwefelgeruch-Welt genannt; das ausgemauerte Loch im Boden, das *Sipapu* endlich, war das Abbild des Tunnels in die Erste Unterwelt, die Ruß-Welt. Heiliger Zedernrauch läuterte ihn, umhüllte seinen gebrechlichen menschlichen Körper, als er hinabstieg, und stach ihm in die Augen.

Zwei alte Männer und zwei alte Frauen saßen auf der niedrigen Nebelwelt-Bank, die am Rand der kreisförmigen Kammer entlanglief. Eine Flöte lag auf der Bank zwischen den Männern, eine Trommel zwischen den Frauen. Alle trugen lange Truthahnfedern-Umhänge. Niemand von ihnen sah Kreuzdorn an. Sie blickten starr auf die vier tragenden Säulen aus Mauerwerk, die die vier Himmelsrichtungen repräsentierten. Für sie, Diener der unsichtbaren Gewalten, die sich an den Ecken der Welt verbargen, existierte sonst nichts.

Der Bären-Thlatsina stand stumm neben Kreuzdorn.

Wartend. Aber worauf?

Kreuzdorns Augen nahmen allmählich den Raum im schwachen Feuerschein wahr. Ein Feuer brannte mitten im Raum; honigfarbenes Licht tanzte über die atemberaubenden Darstellungen der Thlatsinas auf der weißen Wand. Einige tanzten, nach vorn gebeugt, einen Fuß halb erhoben, schon zum Aufstampfen bereit. Andere standen mit beiden Beinen fest auf der heiligen Erde, die furchteinflößenden Schnäbel und Schnauzen geneigt vor den segenspendenden Abendleuten, ihr Lob heulend.

Er bemühte sich um aufrechte Haltung, aber er hatte das Gefühl, sein Magen zöge sich zusammen.

Achtundzwanzig Wandnischen, jeweils mit wunderbaren Opfergaben gefüllt, trennten die Thlatsinas, eine für jeden Tag des Mondes. Sittich- und Papageienfedern leuchteten in den Nischen, zusammen mit rituellen Töpfen und bemalten Tanzstöcken. Kostbares schwarz glänzendes Obsidian schimmerte um den Sockel jeder Opfergabe.

Der unheimlichste aller heiligen Gesänge der Ältesten begann jetzt mit einem Flüstern: »*Hututu! Hututu!*«

Kreuzdorn flüsterte ebenfalls den Namen des Regengottes, und er wußte, am Ende dieses Abends würde sich der Name zu einem Schrei steigern, so heiser und durchdringend, daß er die Himmelswelten auseinanderreißen würde. Heute nacht würde es regnen. Das war immer so.

Viele Nächte lang war auch er, auf dem Dach sitzend, Zeuge dieses Rituals gewesen und hatte mit brennendem Herzen wissen wollen, wie diesen jungen werdenden Sängern wohl zumute war.

*Jetzt weiß ich's. Sie wollten alle ohnmächtig werden.*

Der Bären-Thlatsina deutete gelassen auf den Boden, auf die dünne Linie von Maismehl. Die Straße zum Leben. Sie verlief ostwärts und verband die Feuergrube mit dem *Sipapu*, dem dunklen Tunnel zur untersten aller Unterwelten. Kreuzdorn ging diese Straße entlang, vorsichtig die Füße setzend.

*Hututu! Hututu! Hututu!*

Was würde er wohl sehen, wenn er diese schwarze Röhre in die Erste Unterwelt hinabblickte? Die Legenden sagten, all seine Ahnen würden zu ihm heraufblicken.

*Ein Brunnen voll körperloser Augen …*

Der Bären-Thlatsina kniete neben dem *Sipapu* und wies Kreuzdorn seinen Platz an.

Kreuzdorn saß mit untergeschlagenen Beinen dem Gott gegenüber. Zu furchtsam, um in die Öffnung zu blicken, solange es ihm nicht befohlen wurde, starrte er auf die weiße Maske des Thlatsina. Durch die schwarzen Augenlöcher sah niemand heraus. Da war nichts. Nur Dunkelheit.

Die vier Ältesten, Hüter der heiligen Himmelsrichtungen, setzten sich im Kreis um Kreuzdorn und den Bären-Thlatsina herum; ihre runzligen Gesichter waren verhangen.

Alte Frau Norden holte einen kleinen rotbraunen Topf, der mit verschlungenen Mustern bemalt war, unter ihrem Truthahnfeder-Umhang hervor. Sie hielt ihn in beiden Händen mit verkrümmten Fingern dem Thlatsina hin. Der Gott nahm ihn mit reinen weißen Händen und blies viermal in den Topf, jedesmal atemholend, und brachte zum Leben, was immer darinnen war.

*Hututu! Hututu! Hututu! Hututu!*

Der Thlatsina schloß mit zwei Fingern Kreuzdorns Augen. Kreuzdorn zitterte, ohne es zu wollen.

Ein seltsamer moschusartiger Geruch stieg ihm unangenehm in die Nase; irgend etwas berührte seine Lippen. Er machte den Mund auf. Eine dünne trockene Scheibe wie ein Stück ausgetrockneter Haut wurde ihm auf die Zunge gelegt. Ein bitterer Kreidegeschmack zog ihm den Mund zusammen. Er erschauerte unwillkürlich. Je mehr er die Scheibe hin und her schob und mit Speichel vermischte, um so schlechter schmeckte sie. Er kaute. Gleich darauf wurde ihm übel; die Muskeln zuckten vor Schwäche.

»Ich … ich muß mich übergeben«, sagte er.

Ein Topf wurde ihm in die Hand gedrückt.

Sein Magen hob und senkte sich, bis er ihm wie eine bebende Masse von zerquetschtem Fleisch vorkam. Er setzte den Topf beiseite und wischte sich den Mund mit dem Handrükken ab. Trotz der Anstrengung hatte er die Augen nicht aufgemacht – und das wollte er auch nicht tun, es sei denn, man forderte ihn dazu auf.

Schwach hallten die Trommelschläge durch die Kammer im Halbdunkel.

Er konnte die Schläge auf den goldgetönten Rückseiten seiner Lider förmlich sehen. Aus jedem Schlag blitzten die vier heiligen Farben hervor, schossen hinaus wie glühende Pfeile, die bis ans letzte Ende seines Blickfelds flogen und darüber hinaus in einen leuchtenden Dunst.

Er verlor jedes Zeitgefühl; er hätte hier bis in alle Ewigkeit sitzen können, doch plötzlich fuhr er auf, als Finger seine Augen berührten und die Lider sanft öffneten.

Kreuzdorn blinzelte müde.

Die Flöte begleitete die Trommel …

Er verlor auch das Gleichgewicht. Er fiel nach vorn, stützte beide Hände neben dem Tunnel zur Unterwelt auf und blickte in das *Sipapu* hinab. Dort unten waberte es dunkel, und Wellenlinien breiteten sich aus wie auf einem See ohne Ufer. Im Zentrum dieser Schwärze gewann eine kristallene Säule Gestalt, und sie wuchs in die Höhe, glitzernd wie tausend Diamanten, während sie emporschnellte, Kristall auf Kristall bildend.

Glühende Angst durchfuhr Kreuzdorn. »Sie … sie kommt zu schnell. Gleich wird sie mich durchbohren.«

Die Finsternis, die die Kristallsäule umgab, wechselte von Pechschwarz zu Tiefblau. Dann, als wäre ein unsichtbarer Lichtstrahl in die Röhre eingefallen, verwandelte sich das Blau in ein herrliches Türkis, und eine blaugrüne Höhle entstand. Lichter blitzten. Tausende von Sternschnuppen regneten herab wie weiße Feuerpunkte. Im Herzen der Höhle sprühte es Funken aus einer Flamme, und die kristallene Säule fing Feuer. Die Lohe geriet außer Kontrolle und verschlang die Höhle, in deren Mitte jetzt das Gesicht einer schönen jungen Frau erschien, die weinte, das lange schwarze Haar fiel ihr über die Schulter hinab … und außerdem eine schroffe Bergspitze, in das Licht der Sterne gehüllt.

»O!« rief Kreuzdorn aus. »Helft mir! Ich – ich falle. Ich falle hinein.«

Eine sanfte Stimme sagte: *Du gehst dorthin, wo die Welt geboren wird, Kreuzdorn. Laß dich einfach los! Laß dich fallen!*

Die goldene Zeremonienkammer fing an, sich zu drehen, und Kreuzdorn tauchte kopfüber durch atemberaubende, flammenerleuchtete Himmel hinab und fiel und fiel …

Schwarzer Tafelberg stand neben Schneeberg und beobachtete Kreuzdorn, der in der Mitte der Plaza sitzend eine Trommel machte. Der Regen, der seit zwei Tagen gefallen war, hatte den Schnee geschmolzen, und nun funkelte der Sand wieder sauber. Wasserpfützen schimmerten auf den Terrassenfeldern, die vom Fuß der Sandsteinklippen ausgingen. Rauhe glanzlose Stellen, melden- und grasbewachsen, rahmten die Felder ein. Rinnsale hatten in den Mörtel der Steinmauern des Dorfs eingeschnitten, was ihnen ein verwittertes Aussehen gab. Man würde die Häuser neu verputzen müssen.

Verstreut um Kreuzdorn herum lagen Lederflicken, Steinwerkzeuge, schmale Streifen aus Sehnen und roher Schlachthaut und eine einzelne vollkommene Truthahnfeder.

Der Jüngling hatte seit drei Tagen kein Wort gesprochen. Seit er aus der Kiva aufgetaucht war.

Die Leute gingen auf der Plaza umher und genossen die warme Sonne; sie webten Decken auf großen Webstühlen, mahlten Mais und flickten ihre Sachen. Im Vorbeigehen klopften sie Kreuzdorn auf Kopf oder Schulter und sprachen ihm leise gut zu.

Kreuzdorn lächelte nur als Antwort. Er blieb stumm. Sein schmales Gesicht glühte, als strahlte er von innen heraus. Niemand drängte ihn; jeder wußte, er würde zu ihnen zurückkehren, wenn es für ihn an der Zeit war, denn noch verweilte ein Teil seiner Seele in der Ersten Unterwelt, wandelte unter den Ahnen und betrachtete die fremdartigen Pflanzen und Tiere, die dort wohnten.

Schwarzer Tafelberg kreuzte die Arme über der Brust. Sein schwarzes Hemd hing ihm bis aufs Knie und sah auf seinem zarten Körper sehr groß aus. Im Verlauf vieler langer Jahreszeiten waren seine Muskeln zu sehnendurchsetztem Fleisch geschrumpft, und nur noch ein Sack gebrechlicher Knochen war übriggeblieben. Heute hatte er sein langes graues Haar lose hängen lassen, und es umwehte sein faltiges Gesicht.

Schneeberg murmelte: »Es geht ihm doch bald wieder gut?«

»Natürlich.«

In ihren dunklen Augen zeigte sich Sorge. Sie war nun fünfunddreißig Sommer alt, und erste Silberfäden durchzogen ihr schwarzes Haar, und erste Falten hatten sich in ihre Stirn gegraben. Eine kurze, spitze Nase überragte dünne Lippen. Heute trug sie ein rot-schwarzes Kleid. »Hat er dir etwas gesagt?«

fragte sie besorgt. »Hat er erzählt, was er in der Ersten Unterwelt gesehen hat?«

»Es wird dir ziemlich wirr vorkommen.«

»Aber ich möchte es wissen. Wenn du's mir sagen kannst, hilft mir das vielleicht, ihn besser zu verstehen. Mir war er immer … ein Rätsel. Aber er war auch meine größte Freude. Ich mache mir Sorgen, Schwarzer Tafelberg.«

Sein Blick schweifte über die Zwillingsstümpfe, die sich über dem Tal erhoben, die steinernen Körper der Götter, die ewig Wache hielten. Er hatte sich oft gefragt, was ihre Seelen in den Himmelswelten taten. Schnitzten sie Bogen? Erzählten sie von ihren Heldentaten? Gingen sie auf die Jagd? Oder tanzten sie nur unaufhörlich, um die Welt pulsierend am Leben zu erhalten? Die blaugrauen Gewitterwolken, die sich den ganzen Tag lang am Himmel zusammengezogen hatten, waren zu Himmelsruinen zerfallen. Fetzen ihrer früheren Herrlichkeit trieben nach Norden ab, an den Rändern mattblau getönt.

Schwarzer Tafelberg sah hinab auf das bekümmerte Gesicht von Schneeberg. »Er hat seinen Vater gesehen«, sagte er.

Ihr Gesicht entspannte sich erstaunt. »Seinen … seinen wirklichen Vater?«

»Ja. Sein Körper murmelte, erzählte, was seine Seele gesehen hat, als sie durch die Welten zog. Er nannte den Mann ›Vater‹, aber ich weiß nicht, ob er erkennt, wer der Mann in dieser Welt war.«

»Er kann es nicht wissen, Schwarzer Tafelberg. Ich habe ihm niemals etwas verraten. Er hat oft danach gefragt, aber –«

»Schneeberg«, unterbrach sie Schwarzer Tafelberg sanft, »du mußt das verstehen. Alles, was vergeht, kommt wieder. Alles, was stirbt, wird wiedergeboren. Alles, was verborgen ist, wird enthüllt. Wir Menschen leben in einem ungeheuren, kahlen Universum, das wir kaum verstehen.«

Das Leben war »in Bewegung«, wie Schwarzer Tafelberg wußte, so unbeständig und launisch wie der Windjunge, frohlockend, schlafend, nie wirklich in einem Ruhezustand, nie verläßlich und immer unvollendet. Samen und Frucht, Regen und Dürre, Glauben und Wirklichkeit – das alles bewegte sich in einem gigantischen Kreis, in einem ewigen Prozeß der Verwandlung.

Schneebergs Blick heftete sich an ihren Sohn. Kreuzdorn hatte nun sein zwei Handbreit großes Stück Pappelholz fertig ausgehöhlt und angefangen, das »Herz« der Trommel zu bauen. Er zog ein Stück Sehne durch die Mitte, band es fest und befestigte die Truthahn-Feder an der straffgespannten Sehne. Schwarzer Tafelberg nickte, als der Jüngling sich vorbeugte und mit seiner tiefsten Stimme in die Trommel hineinbrummte, um ihr einen dröhnenden Baß-Ton zu vermitteln.

Ohne die Augen von ihrem Sohn abzuwenden, fragte Schneeberg: »Was ist ihm sonst noch in der Ruß-Welt zugestoßen?«

»Sein Vater hat ihn ein Lied gelehrt. Sie haben es zusammen gesungen, und während sie sangen, hat die Erde gebebt, und Feuerflüsse haben die Erde verzehrt. Um zu fliehen, kletterte Kreuzdorn in den Himmel, und die Wolken dienten ihm als Trittsteine.«

»Das verstehe ich nicht.«

Schwarzer Tafelberg zuckte die Achseln. »Die Vision ist dir nicht gegeben.«

»Hat Kreuzdorn es verstanden?«

Er sah zu, wie Kreuzdorn mit zwei Hirschlederflicken Ober- und Unterteil abdeckte und sie dann zusammennähte, indem er Lederstreifen durch Löcher zog, die er an den Rändern eingestanzt hatte. »Nein«, sagte Schwarzer Tafelberg und atmete dabei müde aus. »Aber er wird es verstehen. Eines Tages.«

»Wirst du ihn lehren?«

»Das kann ich nicht. Ich habe Kreuzdorn versprochen, daß der heilige Heimatlose ihn lehren wird.«

Schneeberg machte den Mund auf und hob eine Hand zum Herzen. Mit großen Augen fragte sie: »Düne? Aber Düne wollte ihn doch nie mehr sehen? Das hast du mir doch gesagt!«

Schwarzer Tafelberg senkte den Blick und suchte nach Worten. »Der Große Kreis hat sich verschoben. Es gibt viele Dinge, die Kreuzdorn wissen muß. Vielleicht sogar die Identität seines richtigen Vaters.«

»Sollte ich –«

»Nein.« Er legte ihr eine Hand auf die Schulter, um seine Worte zu unterstreichen. »Diese Offenbarung birgt eine große Gefahr. Wenn er es wissen soll, wird Düne es ihm sagen. Am Ende hat Düne das Recht zu entscheiden, ob und wann man es ihm sagen soll.«

Kreuzdorn schlug probeweise mit dem Zeigefinger auf die Trommel, um die Resonanz zu prüfen. Schwarzer Tafelberg schaute zu ihm hin, und das Herz wurde ihm schwer. Der Jüngling lächelte jetzt. Er schaute erwartungsvoll auf, um zu sehen, ob jemand im Dorf den wunderbaren Ton gehört hatte. Schwarzer Tafelberg nickte ihm beifällig zu, und darauf lächelte Kreuzdorn noch mehr. Wieder schlug er leicht auf die Trommel.

»Vertraue mir, Schneeberg. Düne wird Kreuzdorn lehren.«

Schneeberg schien darüber nachzudenken. »Heißt das, daß mein Sohn ein großer Sänger sein wird?«

»Ich kann nur sagen, daß er gebraucht wird.« Er blickte Schneeberg an. »Wer von uns wagt denn, mehr zu verlangen?«

# 3. Kapitel

Als die Flammen des Sonnenuntergangs langsam erloschen, nahmen die ziehenden Wolken eine düstere graue Farbe an und befleckten den Himmel wie mit fettigem Rauch. Die Schatten des Canyons wurden immer länger, bis sie mit der Nacht verschmolzen. Eulen glitten über die Salbeisträucher, und die Schlucht warf ihre Rufe zurück. Die Abendfeuer von vierzehn Städten und über zweihundert kleinen Dörfern verliehen dem Canyon einen gespenstischen Schein und einen beißenden Geruch. Die massiven Felsen schienen zu wanken und zu tanzen.

Eisenholz, der Kriegshäuptling von Krallenstadt, schritt innerhalb der Felsenhöhle auf und ab, ein tiefes Loch im steilen Sandsteinabhang; der glatte gelbbraune Überhang war nur eine Handbreit von seinem Kopf entfernt. Auf der Rückwand waren die Bilder der Spirale, der Abendleute und verschiedener Götter eingeritzt, die ihn beobachteten. Diese Felsenhöhle lag auf halber Strecke zwischen Krallenstadt und Kesselstadt. Wenn Eisenholz nach Osten schaute, sah er gerade noch die hängende Veranda, die an Kesselstadts zweitem Geschoß entlanglief. Doch in der Winterzeit, bei dieser Kälte, stand niemand dort.

Ein aromatischer Windhauch zog über die Stoppeln des abgeernteten Maisfelds, über die kalte Erde, und fuhr unter den Rand seines roten Kriegerhemds. Eisenholz fröstelte. Er war ein kraftvoller, muskulöser Mann mit einem ovalen Gesicht und einer flachen Nase. Die Augenbrauen wölbten sich nicht über den Augen, wie bei den meisten Angehörigen des Bären-Clans, sondern gingen schräg nach oben, koboldartig. Er hatte fünfundvierzig Sommer gelebt, und sein pechschwarzes Haar war nun grau geworden. Er hatte es zu einem dicken Zopf geflochten, der ihm über den Rücken hing.

Eisenholz schaute auf Nordlicht, der am Balken eines eingefallenen Dachs lehnend im Schatten saß. Nordlicht bewegte unruhig die Füße; Staub stieg von seinen Sandalen auf und setzte sich auf sein weißes Priesterhemd. In seinen Augen schien ein sonderbares Licht, als atmete Vater Sonne selbst in diesem hochgewachsenen, schlanken Körper. Eisenholz erschauerte. Und doch vertraute er diesem Mann – mehr als jedem anderen.

»Die Gesegnete Sonne, Häuptling Krähenbart, liegt im Sterben«, sagte Eisenholz.

Nordlicht preßte seine vollen Lippen zu einem dünnen Strich zusammen. »Vielleicht. Niemand kann das mit Sicherheit sagen. Er –«

»Du weißt es.«

»Nein«, berichtigte ihn Nordlicht, »ich *glaube*, daß er stirbt. Aber er hat uns früher schon so oft zum Narren gehalten, daß ich fürchte, er könnte uns abermals Lügen strafen.«

»Ich bin mir auch nicht sicher, mein Freund.« Eisenholz sah unbehaglich auf die gemeißelten Götter, die hinter Nordlicht standen und sie zu beobachten schienen. »Aber wenn er wirklich stirbt, müssen wir schnell handeln.«

Nordlicht legte sich die Finger an die Lippen. »Das kann ich nicht entscheiden, Eisenholz. Das ist deine Aufgabe.«

»Ich weiß das, alter Freund. Ich bin heute noch genauso dafür verantwortlich wie vor fast sechzehn Sommern.«

Nordlicht schaute auf und sah Eisenholz ernst in die Augen. Gegen den nachgedunkelten Sandstein hoben sich sein bleiches Gesicht und sein weißes Hemd grell ab. »Du glaubst also wirklich, daß das Kind in Gefahr ist?«

»Ja.«

»Heißt das, daß du an Verrat denkst?«

Eisenholz mußte sich seine nächsten Worte genau überlegen. »Nein. Aber wenn die Gesegnete Sonne stirbt, haben wir keinen Grund mehr, das Kind zu verstecken. Und Krallenstadt mit seinen mächtigen Wällen und erfahrenen Kriegern ist zweifellos sicherer als ein kleines Dorf.«

»Du willst das Kind in deiner Nähe haben, nicht wahr?«

»Nordlicht, ich –«

»Das war kein Tadel, Eisenholz. Nur eine Frage. Denn wenn das wirklich deine Absicht ist, ist Klugheit geboten. Und ich halte es nicht für klug, das Kind der einzigen Familie wegzunehmen –«

»Das würde ich auch nicht tun.« Obwohl es genau das war, was er am liebsten getan hätte. Eisenholz kreuzte die muskulösen Arme über der Brust, als könnte er sein Herz schützen. »Ich habe daran gedacht, Verhüllt-Seinen-Schwanz, meinen Stellvertreter, ins Dorf zu schicken, mit irgendeiner Geschichte, wie wichtig es für mich ist, daß Palmlilie nach Krallenstadt zurückkehrt.«

»Und du hoffst, daß er das Kind dann mitbringt?«

»Ja, und das wird er auch sicher tun. Wenn ich ihm erzähle, daß die Mogollon wieder auf Raubzug sind und ich für die Sicherheit seiner Familie fürchte, dann wird er kommen.« Eisenholz fing wieder an, hin und her zu gehen; seine Yucca-Sandalen traten unhörbar auf den Staub der Felsenhöhle. Weit draußen in der Wüste jaulte ein Rudel Kojoten, erst einzeln, dann im Chor.

»Aber Eisenholz, die Feuerhunde sind schon seit vielen Sonnenkreisen auf Raubzug.« Nordlicht massierte seine Schläfen, als meldeten sich Kopfschmerzen hinter den dunklen Augen. »Warum sollte ihn eine solche Nachricht jetzt zum Kommen bewegen?«

»Ich werde außerdem sagen, daß die Barbaren aus dem Norden, die Turmbauer, hier herumschleichen wie die Luchse und nur darauf warten, ins Land der Leute des Rechten Wegs einzudringen, um uns alle zu töten.« Eisenholz fing den Seitenblick Nordlichts auf. »Es stimmt übrigens. Wenn Häuptling Krähenbart stirbt, ist das für die Turmbauer genau die Gelegenheit, um hier einzufallen und zu stehlen, was ihnen unter die dreckigen Finger kommt.«

»Das ist sicher richtig.«

»Vielleicht nutzen sie unsere Verwirrung aus. Schließlich wird Schlangenhaupt die neue Gesegnete Sonne werden, wenn sein Vater von uns gegangen ist. Eine Weile werden die Leute ganz sicher verzagt und mutlos sein.«

Nordlicht nickte. »Ich bestimmt.«

»Das ist eine Last, die wir tragen müssen – zumindest eine Weile.«

»Nachtsonne –«

»Schlangenhaupts Mutter ist nicht da«, betonte Eisenholz. »Sie ist auf einer ihrer Heil-Wanderungen und kümmert sich um Leute in den Nachbardörfern. Wolkenspiel, ihre Tochter, ist bei ihr. Schlangenhaupt hat keine anderen Verwandten, die für ihn eintreten. Alle hassen ihn.«

Nordlicht schaute auf. Die Krähenfüße um seine Augen zogen sich zusammen. »Wir spielen ein gefährliches Spiel, wir beide. Womöglich verfangen wir uns in unserem eigenen Intrigennetz und vergessen dabei, warum wir das alles tun.«

»*Ich* werde es nie vergessen.«

Nordlicht verstummte.

Eisenholz schaute hinaus in den Canyon.

Hinter dem Schwemmland wurden jetzt Hunderte von Feuern angezündet, die die Ebene sprenkelten, verhedderten Halsbändern aus Kupferperlen gleich. Die meisten brannten um Sonnenuntergangsstadt herum, die am Fuß der westlichen Canyon-Wand lag, doch viele beleuchteten Dörfer, in denen Menschen niedrigen Ranges wohnten und sich der Nähe zum Canyon erfreuten, wo sich die Elite niedergelassen hatte, die Begründer des Rechten Wegs.

Mehrere Feuer brannten auf den Mesas, eins davon auf der Kuppe der Spinnenfrau.

Eisenholz betrachtete diesen Berg nachdenklich. Es mußte wohl ein Priester dort oben sein. Niemand sonst würde es wagen, solch einen Kraftort zu besuchen.

Auf dem Gipfel der Spinnenfrau-Kuppe stand der Sonnenstein. Dort eingeritzte Spiralen erlaubten es Nordlicht, die Sonnenkreise exakt abzumessen. Am Tag der Sommersonnenwende schoß ein starker Lichtstrahl zwischen zwei aufrechten Steinen hindurch und teilte die Hauptspirale in der Mitte, und so konnte Nordlicht die genaue Anzahl der Tage zählen, bis es Zeit war, wilden Reis, Mais, Bohnen und Kürbisse zu ernten und die Gemeinschaftsjagden auf Hirsch und Kaninchen in die Wege zu leiten. Es war die Spinnenfrau selbst, die über den Sonnenstein wachte.

Die Leute des Rechten Wegs lebten seit langem nach einer streng festgelegten Ordnung. Sie pflanzten und ernteten, sammelten Piniennüsse und Wacholderbeeren und hielten ihre Jagden an den Tagen ab, die Nordlicht ihnen vorschrieb, aus Furcht, daß sie andernfalls Unsere Mutter Erde und Vater Sonne verletzen würden.

Aber seit den letzten Sommern waren die Leute ungehorsamer geworden. Wenn der Regen fiel und das Getreide wuchs, glaubten sie an Nordlichts Kräfte und taten alles wie befohlen. Aber wenn es keinen Regen gab und das Getreide auf den Feldern verdorrte …

Eisenholz betrachtete die leeren Maisfelder und dachte an die letzte armselige Ernte. Die Halme, die Früchte getragen hatten, waren verkümmert gewesen, die Maiskolben zu kurz, die Körner nicht ausgebildet. Als ob der Boden dieses Tals die Pflanzen nicht mehr nährte, die seit Generationen den Leuten des Rechten Pfads zur Nahrung gedient hatten.

Die Leute befürchteten, daß sich die Götter gegen Nordlicht gestellt hatten – oder daß er sich gegen die Götter gestellt hatte. Lächerliche Gerüchte machten die Runde – daß Nordlicht ein Zauberer wäre.

»Ist das alles?« fragte Nordlicht.

»Ja, für den Augenblick. Morgen schicke ich Verhüllt-Seinen-Schwanz zu Palmlilie.«

»Und ich«, sagte Nordlicht leise, »werde für ihn beten. Wenn jemand dahinterkommt –«

»Niemand kommt dahinter.«

Nordlicht stützte sich mit einer Hand an die gemeißelte Felswand und erhob sich. Er starrte Eisenholz in die Augen. Sein weißes Hemd schlug ihm um die Beine. »Einmal wird es geschehen. Bald sogar. Wir können es nicht ewig verborgen halten. Das weißt du doch, nicht wahr?«

Eisenholz ließ die Arme wieder sinken. »Die Zeit der Wache ist bald vorbei, mein Freund. Das verspreche ich dir.«

Nordlicht seufzte, flüsterte »Ja« und ging an Eisenholz hinaus zum Hirschpfad, der nahe am Abhang vorbeiführte.

Wo einst Salbei gewachsen war, umfing nun Unkraut ihre Beine und tastete nach ihren langen Hemden. Die Salbeibüsche waren schon längst ausgerissen worden, um die gierigen Feuerstellen in der Schlucht der Leute des Rechten Wegs zu füttern; sie mußten ja kochen und ihre Behausungen heizen.

Sie wagten es nicht, über den Hauptweg zwischen Kessel- und Krallenstadt zu gehen. Jemand würde erwähnen, daß er den Kriegshäuptling und den Sonnenseher nach Dunkelheit allein zusammen gesehen hatte. Das könnte den Verdacht von Schlangenhaupt erwecken. Er würde sie fragen, was sie gemacht hätten, warum sie nicht in der Stadt miteinander sprechen konnten. Er würde Verrat argwöhnen.

Und damit hätte er recht.

»Nordlicht«, murmelte Eisenholz, »vergiß den Pfad. Wir gehen so nahe wie möglich am Fels vorbei. Unter dem Überhang wird uns bei der Dunkelheit niemand sehen.«

Es wurde kälter, als sie an dem Sammelsurium einzelner rechteckiger Bauten im Hang vorbeikamen – schlampig verputzt, die Dachstangen nur roh behauen. Jetzt war alles dunkel, die Türen waren zugehängt, warteten auf die Besucher, die nur zu den Sonnenwendfeiern in den Canyon kamen. Die Abendleute erwachten, um den Nachthimmel zu erhellen. Eisenholz' Atem bildete dunstige Wölkchen im schwachen Sternenlicht.

Krallenstadt türmte sich vor ihnen auf, immer wieder riesengroß, auch wenn sie es schon so viele Sommer kannten. Die Rückwand war über hundertmal eine Handlänge hoch. Die Stützsäule, ein riesiger Sandsteinpfeiler, der aus dem Kliff herauskam, neigte sich drohend über die Stadt.

Im fünften Stockwerk lag Krähenbart im Sterben wie eine uralte und bösartige Spinne. Webfäden, vor langer Zeit gesponnen, wirbelten aus der Vergangenheit und zogen sie alle in eine verborgene Falle. Auch in diesem Augenblick blickte Schlangenhaupt vielleicht aus seinem kleinen rechteckigen Fenster. Eisenholz schwankte; er erschauerte.

Aber nicht nur vor Kälte.

Die Morgenbrise, die Kreuzdorns Umhang hochwölbte, fuhr die Sandsteinklippen entlang und winselte durchs Dorf. Ein tiefblauer Schein schwoll im Osten an und ließ die Canyon-Wände im Schatten versinken. Nacheinander blinkten sich die Sterne aus, und die getünchten Mauern vom Anemonen-Dorf färbten sich zartblau. Leiterenden ragten aus einigen Dächern, ebenso Kiefernpfosten in Reihe parallel zu den Decken, einige mit Pfefferschoten behangen, andere mit getrockneten Maisbündeln oder Yucca-Blättern. Die eckigen Schultern des Dorfs türmten sich über der Plaza aus festgetretener Erde, wo er als Junge gespielt hatte. Die heilige Kiva auf der Anhöhe westlich der Plaza war noch von Schatten umhüllt.

Kreuzdorn blickte sehnsüchtig dort hinüber. Sein altes Leben, das Leben des Kindes, das er gewesen war, hatte sich dort in nichts aufgelöst. Anstelle dieses Kindes war ein neuer Mann geboren worden. Er kannte diesen Mann nicht – noch nicht. *Aber ich sehne mich danach, ihn kennenzulernen, sehr sogar.*

Die Menschen wachten jetzt auf. Ein Baby schrie, und jemand versuchte es mit sanfter Stimme zu beruhigen. Da hustete einer. Er konnte Älteste hören, die mit erhobenen Händen den Tag singend begrüßten. Zarte Rauchwölkchen stiegen von den Morgenfeuern auf und durchzogen die Luft mit dem Geruch brennenden Wacholders.

Kreuzdorn warf den Kopf zurück, hob seine Hakennase und atmete die kühle, nach Erde duftende Luft tief ein. Er hatte sein schwarzes Haar zu zwei Zöpfen geflochten, die seine Ohren bedeckten und sie vor der winterlichen Kälte schützten. Die Enden hingen über die Brust. Ein neues Paar Yucca-Sandalen schmückte seine Füße. Seine Mutter hatte sie ihm gemacht, und das Herz wurde ihm schwer, wenn er die feine Verarbeitung ansah. Das Gewebe über den Zehen paßte genau. Die Muschelglöckchen an den Enden der Schnürsenkel klickten lieblich bei jedem Schritt.

Schneeberg duckte sich unter ihrem Türvorhang hervor und schritt in ihren großen Mokassins lautlos über die feste Erde der Plaza. Ihr mit Silberfäden durchzogenes Haar hing lose über die Schultern ihres Truthahnfeder-Umhangs.

Sie kniete neben ihm nieder und packte frisch gemachten blauen Maiskuchen in sein oberstes Bündel. Im sanften Glanz der Morgendämmerung sah sie traurig aus, doch glühte Stolz in ihren dunklen Augen. Nur wenige Jünglinge erhielten als künftige Sänger den Segen der Ältesten, und noch weniger wurden zur Ausbildung zum heiligen Heimatlosen geschickt.

Kreuzdorn konnte kaum glauben, daß er einer der Auserwählten war. Jeden Augenblick konnte der Traum verwehen, und er wachte wieder als der magere Junge auf, der er immer gewesen war.

Seine Mutter benutzte ein geflochtenes Lederband, um seine drei Bündel zusammenzuschnüren – eines für ihn selbst, die zwei anderen für Düne, gefüllt mit Geschenken aus Anemonen-Dorf. Kreuzdorns Atem ging schneller, als er die Bündel betrachtete. Seine Verwandten hatten ihre schönsten Dinge beigesteuert: wunderbare Flöten; zwei der berühmten rotbraunen Anemonen-Töpfe aus geschlämmtem Ton; bemalte Körbe, so dicht geflochten, daß sie wasserdicht waren; ein paar kostbare Türkis-Fetische; eine meisterhaft geschnitzte Gruppe der Großen Krieger und manches andere. Sie hatten sich bereitwillig von diesen Dingen getrennt, denn wenn Kreuzdorn ein großer Sänger würde, so glaubten sie, könnte er sie einmal zehnfach dafür belohnen.

*Und ich will ein großer Sänger werden, ich werde jede Lektion lernen, die der heilige Heimatlose mir aufgibt; ich werde jede Heilpflanze und jedes Lied auswendig lernen.*

Düne, der Heimatlose, war für seine ausgefallene Ausbildung bekannt. Kreuzdorn hatte zwei junge Sänger gekannt, die man zu Düne geschickt hatte; sie waren schon nach einem einzigen Tag vor »des heiligen Heimatlosen Wahnsinn«, wie sie es nannten, heimgelaufen. Beide jungen Männer hatten versagt; sie waren Farmer geworden. Aber Kreuzdorn würde nicht versagen.

In ihm war eine bohrende Sehnsucht. Ja, er würde zu den Wolkenleuten sprechen, in ihrer eigenen Sprache. Er würde fähig sein, boshafte Zauberer zu erkennen und Kranke zu heilen. Er würde für sein Volk singen und tanzen, ihnen Regen und ergiebige Ernten bringen – er würde ihnen das Leben geben.

*Ihr heiligen Thlatsinas, ich verspreche euch, daß ich hart arbeiten werde, bitte, helft mir.*

Er schaute nach Süden, über das dunstige Wasser vom Fluß der Seelen, über die Linie der Sandsteinkliffs hinweg, die den südlichen Horizont versperrten. Als könnte er die fernen Thlatsina-Berge in den Himmel ragen sehen, so erblickte er mit dem Auge seines Geistes die Götter dort, wie sie mit zurückgeworfenem Kopf sprangen und sich drehten, hörte, wie ihre Stimmen sich beflügelt in die sternenbesetzte Morgendämmerung schwangen. Eine ungeheure Sehnsucht überkam ihn. *Eines Tages werde ich diese Berge sehen, das gelobe ich.*

Er hatte gehört, daß die bleifarbenen Wolken sich an die höchsten Gipfel klammerten und sich mit aller Macht dort festhielten, um den Peitschenschlägen des Windjungen widerstehen zu können. So hatte der Windjunge nämlich seinen schlechten Ruf bekommen: Er verjagte die Wolken und saugte jeden Tropfen Feuchtigkeit aus dem Land, so daß Unsere Mutter Erde und Bruder Himmel verdorrten und vor Durst verschmachteten. Wenn das geschah, verlangten die Kinder der Leute des Rechten Wegs etwas zu essen, und die Eltern gerieten außer sich.

Während des Sommers tanzten und beteten die Sänger tagelang, aber nicht nur für sich. Sie beteten für alles, was durstig war, für Tiere, Pflanzen, sogar für die trockenen Steine, die auf dem Grund der Abzugsgräben ruhten. Die Macht war überall gegenwärtig, unter den Kaktusstacheln, in Tautropfen eingeschlossen und verborgen in den Mondscheinflecken, die den Salbei mit Silber überzogen. Indem die Sänger diese Macht anriefen, konnten sie Wolken zusammenziehen und die aufschießenden Donnervögel wecken.

Schneeberg stand auf und sah Kreuzdorn ernst an. Ihr Gesichtsausdruck war voller Liebe. »Hat dir Schwarzer Tafelberg eine Karte gezeichnet, ja?«

»Ja, Mutter, gestern nacht. Ich weiß genau, wie ich den Heimatlosen finden kann.« Er wußte, sie wollte die Anweisungen noch einmal aus seinem Munde hören. »Ich folge dem Pfad vom Fluß hinauf bis zum höchsten Punkt, wende mich dann nach Osten, bis ich zum Turm-Weg komme. Das ist ein guter Weg, der mich nach Süden zum Canyon des Heimatlosen führt. Schwarzer Tafelberg meinte, wenn ich laufe, dann brauche ich nur vier oder fünf Tage. Das finde ich jedenfalls, mach dir keine Sorgen.«

»Ich weiß, du bist ein Mann, und die Götter beschützen dich, aber es hat in diesem Winter so viele Überfälle von diesen Barbaren aus dem Norden gegeben … Vielleicht könnte ich einen Läufer finden, der mit dir –«

»Mutter«, sagte er lächelnd. »Ich muß allein gehen. Das ist so üblich: Ein Sänger geht allein zu seinem Schicksal.«

»Ich weiß, aber ich –«

»Hab keine Angst.« Er legte ihr eine Hand auf die Wange und beugte sich etwas hinab, um ihr direkt in die bekümmerten Augen zu sehen. »Wenn ich nicht allein zum Haus von Düne gehen kann, Mutter, wie soll ich dann jemals allein die Reise über die heiligen Straßen machen können, um die Götter zu finden?«

Schneeberg hielt die Augen einige Augenblicke lang geschlossen und schmiegte ihr Gesicht in seine Hand. »Lerne alles, was du kannst. Ich werde auf dich warten, mein Sohn.«

»Du wirst stolz sein auf mich, Mutter, das verspreche ich dir. Ich werde als Sänger zurückkehren.«

Sie lächelte. »Ich weiß das, Kreuzdorn. Ich weiß das seit vielen Sommern.«

Kreuzdorn nahm seine drei Bündel an sich und steckte seine Arme durch die Schulterriemen, um das Gewicht zu prüfen. Schwer, aber nicht zu schwer. In einem der Geschenkbündel klapperte Holz gegen Stein.

»Mutter?« fragte Kreuzdorn sanft. »Darf ich …« Er zögerte. »Wenn ich dir eine Frage stelle, versprichst du, mir die Wahrheit zu sagen?«

Schneeberg befeuchtete die Lippen, als fürchtete sie seine Frage. Der Wind fuhr durch die Federn ihres Umhangs und wehte ihr das lange schwarze, schon ergrauende Haar übers Gesicht. »Ich werde antworten, so gut ich kann, mein Sohn. Frag nur!«

Der schmerzliche Ausdruck ihrer Augen verriet ihm, daß sie sich die Worte sorgfältig überlegt hatte.

Er verlagerte das Gewicht seiner Bündel und ergriff die Schulterriemen, als wollte er sich daran festhalten. »Mein Vater …«

Ihr stockte der Atem. »Ja? Was ist mit ihm?«

»War er wirklich ein Händler?«

»… Ja.«

»Er hieß wirklich Der-Im-Himmel-Sitzt?«

Tonlos erwiderte sie: »Ja, mein Sohn.«

Kreuzdorn schaute düster auf die Kiva, wo er seine Vision gehabt hatte. Die Geister hatten keinen Grund zu lügen. Das hieß, daß seine Mutter log. Sie war eine gute, liebende Frau. Die Wahrheit mußte sehr bitter für sie sein. Er konnte sie nicht aus ihrer Seele herausziehen wie ein Kaninchen aus seinem

Röhrenausgang. Er würde es auch nicht versuchen. Ein Mensch hatte ein Recht, Geheimnisse zu bewahren, wenn es nötig war. Außerdem wußte er, daß sie es ihm eines Tages erzählen würde – und das genügte.

Kreuzdorn küßte sie auf die Stirn und flüsterte: »Ich danke dir, Mutter. Daß du dich um mich gesorgt hast. Daß du mich geliebt hast. Du bist das Wichtigste in meinem Leben.«

Schneebergs Augen trübten sich, und sie umarmte ihn, die Arme ungeschickt um seine schweren Bündel schlingend. Heiser sagte sie: »Ich liebe dich, Kreuzdorn. Ich habe dich immer lieb gehabt.«

»Ich verspreche dir, ich werde dich nicht enttäuschen.«

Sie ließ Kreuzdorn los und schaute durch Tränen zu ihm auf. »Schwarzer Tafelberg bat mich, dir etwas auszurichten.«

»Was denn?«

Sie sprach langsam: »Ich soll dir sagen: ›Du mußt das Herz einer Wolke haben, um auf dem Wind zu gehen.‹«

Kreuzdorn lächelte, es wurde ihm warm ums Herz. Er legte sich eine Hand auf die Brust. »Sag ihm bitte, daß ich seine vielen Freundlichkeiten nicht vergessen werde. Ich will seine Worte in meiner Herztrommel bewahren.«

Schneeberg nickte und trat zurück. »Hab eine gute Reise, Kreuzdorn. Behalte einige von den blauen Maiskuchen übrig, für dein erstes Abendessen mit Düne. Ich habe noch zusätzliche Piniennüsse eingepackt. Ich habe gehört, die mag er.«

»Ich danke dir, Mutter. Ich wünschte …« Er hielt inne. »Ich wünschte, ich brauchte nicht zu gehen. Aber ich kehre so schnell wie möglich wieder zurück. Leb wohl.«

Er ging den vertrauten Pfad zum Fluß hinab, schaute aber immer wieder zurück,um Schneeberg zu winken. War er erst einmal übergesetzt worden, dann hatte die Reise wirklich angefangen.

Er blickte zu den Zwillingssäulen der Großen Krieger zurück. *Beschützt mich, bitte. Wenigstens bis ich beim heiligen Heimatlosen bin.* Stumm standen sie da, strenge Hüter des Anemonen-Dorfs und des fruchtbaren Schwemmlands, das sie überschauten.

Kreuzdorns nächste Landmarke würde der Weltenbaumberg sein. Der Weltenbaum wurzelte tief in der Ersten Unterwelt, und der Stamm wuchtete sich hoch durch die anderen Unterwelten, bis er die Haut Unserer Mutter Erde durchbrach. Die Äste ragten weit in die vier Himmelswelten, waren aber zu groß und gewaltig, um für Menschen sichtbar zu sein, wiewohl hier und da ein Schamane behauptete, er habe grüne Äste im Dunst oberhalb der zerklüfteten Gipfel durch die Wolken schwanken sehen.

Kreuzdorn trottete an den brachliegenden Feldern vorbei und dachte an die süßen Stimmen der Götter, die seine Seele aufgewühlt hatten. Wie immer seine Reise auch enden mochte – sie würde voller Wunder sein.

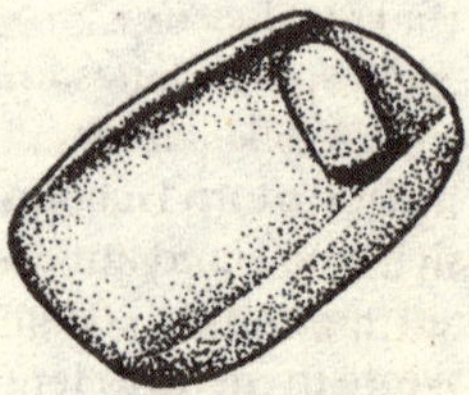

# 4. Kapitel

Maisfaser kniete am Nordende der Plaza mit zwei Mahlsteinplatten vor sich, eine gröber, eine feiner. Eine leere schwarzweiße Schale und ein einfacher Tontopf, mit rotem Mais gefüllt, standen links von ihr. Länger als eine Zeithand war sie schon hier, hatte aber offenbar noch nicht viel vollbracht, obwohl Mehl ihre Hände und den Rock ihres braunen Kleides befleckte. So wie sie es einschätzte, hatte sie mehr Mehl auf sich selbst als auf ihren Mahlsteinen. Fünf Schritte weiter stand ein Topf schräg auf der heißen Glut ihrer Feuergrube und erinnerte sie an ihre Pflichten. Sie beugte sich vor und zermalmte die Körner einer Handvoll Mais mit dem spitzen Ende ihres Handsteins.

Die Morgensonne schimmerte golden über der welligen Hügellandschaft rings um Lanzenblattdorf und beleuchtete die grünen Yucca-Halme, die die Hänge dicht bedeckten. Sie schien auf die hochgekippten Blöcke braunen Sandsteins, die sich über das Flickwerk leerer Mais-, Kürbis- und Bohnenfelder auf allen Flächen rings um das Dorf erhoben.

Wogende orangefarbene Wolken brannten Schneisen in den durchscheinenden Osthimmel. Die zerklüfteten Gipfel ferner Gebirge unter ihnen waren mit jungfräulichem Weiß zugedeckt, und heute schienen die Bergspitzen die Unterseite der Wolken aufzureißen. Tief unten lagen die flachen Mesas, Heimat der Grünmesa-Clans, die ihre Äcker auf den Bergkuppen hatten.

Im Norden erhoben sich die Berge des Großen Bären, wo der Erste Bär hauste, der die hohen Granitgipfel hochgewuchtet hatte, damit sie ihm in seinem Winterschlaf als Obdach dienten. Seine Klauen hatten das Land unterhalb der Berge aufgerissen und verschlungene Hügelketten aus abgeschrägtem Fels zurückgelassen. Am Fuß dieser Hügel flossen kurzlebige Bäche, die im Frühling anschwollen und ganze Bäume in die Becken hinunterwarfen und nach winterlichen Regenstürmen kühl und klar dahinrieselten. Diese Wasserläufe brachten Leben in das Land rings ums Lanzenblattdorf.

Vor Generationen waren verschiedene Familien des Ameisen-Clans hergezogen, um das Schwemmland und die Mesaflächen landwirtschaftlich zu nutzen. Anfangs hatten sie vier Häuser in einer Reihe gebaut, um dort die Sommer zu verbringen, in denen sie auf den Feldern arbeiteten. Die Ernteüberschüsse hatten ihnen durch den Winter geholfen; in den folgenden Jahren waren weitere Clan-Mitglieder angekommen, und auf das Dorf waren zusätzliche Wohnungen gesetzt worden. Kivas wurden in den roten Lehmboden gegraben.

Doch trotz des fruchtbaren Schwemmlands, trotz des Wassers war das Leben nicht einfach gewesen. Die Turmbauer, Barbaren aus dem Nordwesten, überfielen die Clans des Rechten Wegs; sie töteten, stahlen Nahrungsmittel und nahmen Sklaven, die sie nach Norden trieben, wo sie auf ihren Feldern arbeiten und ihre verwahrlosten Häuser sauberhalten mußten. Manchmal kamen auch wilde Völker von den Bergen herunter, Jäger, die Felle trugen und Tiergötter verehrten. Manchmal wollten sie Handel treiben, manchmal kamen sie, um zu rauben. Danach verschwanden sie spurlos in den Bergen, wie Tiere, die sie ja auch waren.

Nicht alle Feinde waren Fremde. Lanzenblattdorf hatte im Lauf der Jahre so manchen Krieg gegen andere Clans des Rechten Wegs ausfechten müssen. Infolgedessen war die ursprüngliche Häuserreihe immer im Hinblick auf mögliche Angriffe von außen erweitert worden. Im Verlauf des Ausbaus wurde ein zweites Geschoß auf das Dorf gesetzt, weitere Räume kamen hinzu, bis der rechteckige Komplex die Plaza von allen Seiten umgab und ein geschlossenes Schutzlager bildete. Der einzige Ausgang war eine kleine Lücke zwischen den Mauern in der Südwestecke, die man mit einem Gatter aus Kiefernstämmen abriegelte.

Sofern die Bewohner frühzeitig gewarnt wurden und Zeit hatten, das Gatter zu schließen, konnten sie Angreifer in jeder Größenordnung abwehren, indem sie sich mit ihren Bogen auf den Dächern postierten.

Aber an diesem strahlenden Wintertag dachte kein Mensch an Krieg. Die Männer waren im Morgengrauen auf die Jagd gegangen, und die meisten der jungen Frauen beschäftigten sich damit, farbigen Sand für heilige Gemälde zu sammeln. Die Hunde lagen ausgestreckt in der Sonne und schliefen. Ein paar verwegene Fliegen summten um sie herum, landeten gelegentlich und stachen zu. Dann fuhr ein Hund kläffend auf und schnappte wie wild um sich, bevor er wieder zusammensackte und erneut in Schlaf sank.

Truthühner stolzierten über die Plaza, die braun-weißen Federn im Sonnenlicht schimmernd, und senkten die Köpfe tief, um jede menschliche Tätigkeit genau zu betrachten.

Vorher hatten sie schon Maisfaser belästigt, aber nun plagten sie die sieben alten Frauen an der Westseite der Plaza. In ihrem Dorf gab es selten Fleisch, außer zu besonderen Gelegenheiten, also waren Truthühner besonders geschätzt. Die Küken pickten unablässig nach den grünen Yucca-Streifen, die schon zum Korbflechten ausgelegt waren. Drohend geschwenkte Arme und böse Wörter unterbrachen den Morgenfrieden. Die alte Mutter Kleeblatt, die Älteste von Lanzenblattdorf, griff gerade nach einem Streifen, um ihn in ihren Siebkorb einzuflechten, aber da hüpfte ein Küken vor, pickte den Streifen auf und zog daran.

»Hör auf!« brüllte Kleeblatt, ihr altes Gesicht kreuz und quer von Runzeln durchfurcht. Sie zog dagegen. »Laß los!«

Mit einem Ruck riß sie den nassen Yucca-Streifen los und bedachte das Putenküken mit mißgünstigen Blicken. »Verschwinde! Geh und ärgere eine andere!« Mit dem Yucca schlug sie dem Küken über den Rücken, und das hüpfte mit schrillen Piepsen weg. Kleeblatt murmelte noch etwas, was Maisfaser nicht verstand, aber die anderen Frauen lachten.

Auf der anderen Seite der Plaza duckten sich fünf Truthennen vor den Steinsplittern der acht alten Männer, die Werkzeuge anfertigten. Jedesmal, wenn eine Geweihzacke einen Span von einem Feuersteinkern abgeschlagen hatte, stürzten sich die Hennen darauf, zankten sich darum und rissen sich Federn aus, bis eine sich den Span schnappte, ihn nachdenklich kostete und dann wieder ausspie.

Die fetten Puter hatten sich am Südwall hingelegt, wo eine Reihe von Wiegenbrettern im Schatten lehnten. Säuglinge, in helle Decken gewickelt, gurgelten, kreischten und schüttelten winzige Fäustchen gegen Unsichtbares. Baumwollbänder über ihren Stirnen banden sie ans Wiegenbrett und formten ihre Schädel. Die Abflachung des Hinterkopfs verbreiterte die Wangenknochen und gab ihren Gesichtern die erwünschte dreieckige Form.

Maisfasers Mutter hatte das nicht sehr gut gemacht – der Kopf ihrer Tochter war oval geblieben. Junge Männer behaupteten zwar, sie sei immer noch hübsch, jedenfalls, nachdem sie ihnen gedroht hatte. Maisfaser grinste vor sich hin. Die jungen Krieger mochten sie nicht sehr, aber das beruhte auf Gegenseitigkeit. Sie hatte ein spitz zulaufendes Kinn, volle Lippen und große dunkle Augen. Wenn sie ihr dichtes schwarzes Haar lose hängen ließ, ging es ihr bis zu den Hüften. Ihre Mutter verlangte allerdings, sie solle ihr Haar aufgerollt über den Ohren tragen, was an Schmetterlingsflügel gemahnte – um all den jungen Männern kundzutun, sie sei nun in heiratsfähigem Alter. Und so trug sie es auch ... in Sichtweite des Dorfs.

Sie wischte sich mit mehliger Hand über die schweißnasse Stirn und kippte ihren Topf, um nachzusehen; er war noch ganz voll. Ach, was würde sie darum geben, wenn sie jetzt mit Zikade draußen wäre.

Hinter dem Dorf spielten die kleinen Kinder unter der Aufsicht von Zikade, Maisfasers bester Freundin. Sie schlenderte gemächlich umher, während die Kinder Nachlaufen spielten, Stöcke für ihre Hunde warfen und fröhlich lachten.

Maisfaser seufzte; sie griff in den Topf, um sich wieder eine Handvoll roten Mais zu nehmen…

Ein heftiger Flügelschlag ließ sie aufschauen. Ein großer Rabe flatterte zu Boden, zehn Hände entfernt. Im Licht der schrägstehenden Sonne glänzten seine schwarzen Federn wie ein blaues Feuer. Maisfaser schaute umher. Bis jetzt hatte ihn niemand gesehen. Sie schaute ihn mißbilligend an.

»Ich wette, Bruder, du kannst den süßen Duft von gemahlenem Korn noch eine halbe Tagesreise entfernt riechen.«

Die Rabenwelt war die erste der Himmelswelten.

»Verschwinde dorthin, wo du hingehörst«, zischte sie und deutete zum Himmel. Sie legte eine Handvoll Mais auf den Mahlstein, setzte sich auf die Fersen und streckte ihre schmerzenden Rückenmuskeln. Ihr braunes Kleid war um ihre Knie gebreitet. In der warmen Sonne fing ihr Gesicht an zu schwitzen, und die Schmetterlingslocken funkelten im Licht.

Der Rabe machte einen Hüpfer in die Luft und kam Maisfaser näher, den Kopf neugierig etwas auf die Seite gelegt.

Auf der vollen Plaza drehten sich jetzt ihre Verwandten nach ihr um und flüsterten hinter vorgehaltener Hand.

»Also hör mal, Bruder«, sagte sie und deutete auf die Leute. »Jetzt hast du's wieder geschafft, jetzt flüstern sie wieder über mich. Willst du, daß sie mich für eine Hexe halten? Wir sind der Ameisen-Clan. Wir mögen das Rabenvolk nicht. Deswegen scheuchen wir euch immer aus unseren Dörfern hinaus. Seit der Schöpfer uns seinen Atem eingehaucht und uns zum Leben erweckt hat, hat das Rabenvolk die Ameisenleute verschlungen. Warum sollte ich dich füttern, wo du so viele meiner Ahnen im Bauch hast?«

Der Rabe ließ ein tiefes klagendes Krächzen hören und plusterte sich auf, als wäre er über die Bemerkung verstimmt.

»Nein«, sagte Maisfaser.

Sie nahm den Handstein und schlug auf die Mahlsteinplatte mit den roten Maiskörnern ein. Nach jedem scharfen Schlag schob sie ihren Handstein hin und her, zermalmte die Körner und mahlte sie zu grobem Mehl. Es dauerte ewig.

Der Rabe bat mit klopfenden Lauten aus seiner Gurgel.

»Nein! Nichts bekommst du! Und jetzt flieg weg!«

Der Rabe reckte seinen schwarzen Hals und krächzte laut. Er schlug mit den Flügeln.

Die Kinder aus Zikades Gruppe liefen auf die Plaza und sammelten sich neben der Kiva, wo die langhalsigen Wasserkrüge standen. Während sie sich noch stritten, wer als erster trinken durfte, deuteten einige mit großen Augen auf Maisfaser. Zikade kam nun mit den Nachzüglern auf die Plaza und erstarrte, als sie den Raben sah.

Maisfaser schaute den großen Vogel düster an. »Was stimmt nicht mit dir? Jeden Tag scheuche ich dich weg. Werfe Steine nach dir. Schrei dich an. Und nichts klappt. Bist du vielleicht Coyote, der tückische Gauner, und hast dich verkleidet? Bloß um zu sehen, wieviel Unheil du anrichten kannst?«

Coyote hatte einen schlechten Ruf. Nachdem die Ersten Menschen von den Unterwelten emporgestiegen waren, hatte sich Coyote im Gras versteckt, den langen Penis aufgerollt in einem Korb auf seinem Rücken. Er hatte sich nicht gerührt, bis die erste Frau vorbeikam; dann hatte er den Penis aufgerollt und ihn durchs Gras hinter ihr herschlittern lassen. Als sie das sah, hielt sie das Ding für eine Schlange, nahm einen festen Zweig und hub an, den Penis halb totzuschlagen. Seit dieser Zeit hegte Coyote einen Groll – nun schon seit Tausenden von Sonnenkreisen. Er rächte sich, wo immer er konnte, brachte Menschen zu Fall, narrte sie und lenkte sie auf der Jagd in die falsche Richtung.

Maisfaser beäugte den Raben. Sie warf ihm wiederholt kleine Stückchen Mais hin. »Und jetzt geh!«

Der Rabe verschlang sie, faltete zufrieden die Flügel zusammen und hüpfte näher.

»Heilige Thlatsinas«, schrie sie. »Geh weg!« Sie wedelte wütend mit den Armen und rief: »Mach, daß du weiterkommst! Laß mich in Ruhe! Fort mit dir!«

Der Rabe zog nur den Kopf ein und wartete ab, bis sie aufhörte zu schimpfen. Als Maisfaser die Arme wieder fallen ließ, richtete er sich auf und machte versuchsweise einen Schritt auf sie zu.

Mürrisch schöpfte sie das Maismehl von ihrer groben Platte ab und schüttete es in die schwarzweiße Schale neben sich. Dann stand sie auf und ging zum Feuer.

Der Rabe hüpfte ihr nach, mit ausgestreckten Flügeln das Gleichgewicht haltend.

Die Kinder bei der Kiva schubsten sich gegenseitig an; eines stieß darauf einen schrillen Schrei aus, und alle rasten durch die kollernden Truthennen, die nach allen Richtungen auseinanderstoben. Federn flogen in die Luft und schwebten kreiselnd über die Plaza.

Die Erwachsenen tuschelten besorgt. Auf Kleeblatts altem Gesicht sah Maisfaser einen Blick äußerster Mißbilligung.

Sie schüttete den Inhalt der Mehlschale in den Topf über der Glut und rührte mit einem Löffel darin herum, bis die Maisbröckchen dampften, etwas Feuchtigkeit ausschwitzten und sich leicht bräunten. Die Feuchtigkeit beschleunigte den Verderb; die Erwärmung sorgte also dafür, daß der Mais sich länger hielt und besser schmeckte. Sie rührte noch eine Weile und schöpfte dann den grob gemahlenen Mais mit dem Löffel wieder in die Schale.

Aller Augen ruhten auf ihr, als sie sich erhob und in ihren Mokassins geräuschlos auf dem festgetretenen Boden der Plaza zu ihren Mahlsteinen zurückkehrte.

Der Ameisen-Clan verputzte die Häuser mit einem rostbraunen Mörtel, der im Ton mit dem Hintergrund des welligen roten und hellbraunen Hügellands übereinstimmte; doch über den Dächern sah sie die Yucca-Pflanzen aus den Salbeibüschen herausragen und hörte die faustgroßen Schoten im Wind aneinanderklappern. Der Duft brennenden Zedernholzes umhüllte sie.

Maisfasers Familie wohnte nicht im Hauptkomplex, sondern in einem kleinen Haus am Hang dahinter. Maisfasers Vater, Palmlilie, war der Kriegshäuptling von Lanzenblattdorf. Aus diesem Grund stand ihr Haus höher als die anderen Häuser des Dorfs; von dort aus waren die Maisfelder und die Zugänge zum Dorf besser zu übersehen, und so konnte Palmlilie die Annäherung der Turmbauer oder wilder Völker gut erkennen.

In diesem Augenblick kam Maisfasers Mutter Distel auf die Plaza und bemerkte den Raben. Distel hatte ein weiß-gelb gestreiftes Kleid an und trug ein Gefäß auf dem Kopf. Sie kreuzte die Arme mißmutig, als sie den Raben neben Maisfaser herlaufen sah.

Maisfaser trat nach ihm aus.

Der Rabe flatterte auf und landete wieder.

»Heilige Geister!« schrie sie. »Was willst du von mir?«

Sie ging schneller, und der Rabe begann zu rennen, hielt Schritt mit ihr.

Maisfaser kniete sich hin, schüttete die Mehlschale auf die feinere Mahlsteinplatte aus. Sie schob ihren Handstein darüber und mahlte es zu feinem Mehl, das sich jetzt farblich veränderte – von Rot zu Zartrosa. Nach der Bräunung über der Glut roch es köstlich, wie aufgeplatzte Maiskörner.

Der Rabe streckte den Schnabel vor und schnüffelte.

Maisfaser schenkte ihm keine Beachtung.

Zikade warf ihr immer wieder einen Blick zu, während sie über die Plaza ging, den Ältesten höflich zulächelte und mit jedem einzelnen sprach. Sie war ebenso alt wie Maisfaser – fünfzehn Sommer alt, fast sechzehn –, doch sie war einen Kopf kleiner und untersetzt, mit einem runden Gesicht und von eckiger Gestalt. Sie trug nie einen Gürtel, und das bedeutete, daß ihre Kleider an ihr hingen wie Erntesäcke. Ihre Eltern waren vor vier Sommern gestorben, und sie wohnte bei ihrer Tante, die darauf bestand, daß ihr Haar nur bis zum Kinn ging, weil es dann leichter zu pflegen wäre. Ein rotes Stirnband hielt ihr die Haare von den sanften braunen Augen fern.

Vor fünfzehn Monden waren sie beide Frauen geworden, aber kein Jüngling hatte um Zikade geworben. Maisfaser selbst hatte nur einen jungen Verehrer gehabt – Steinerne Stirn. Er hatte unaufhörlich davon geplappert, daß er eines Tages der größte Krieger sein würde, den der Ameisen-Clan je gekannt hätte. Das Gesprächsthema war auch nach ihrer ersten versuchsweisen Paarung immer dasselbe geblieben. Aber Steinerne Stirn holte Maisfaser nicht mehr ab, seit sie mit ihm auf die Jagd gegangen war und vier Steppenhühner geschossen hatte und er nur eines. Aber ihr größter Fehler hatte wohl darin bestanden, bei einem gemeinsamen Abendessen beiläufig zu erwähnen, daß sie selbst vorhatte, der größte Krieger zu werden, den der Ameisen-Clan je gekannt hätte.

Zikade beugte sich über die Ehrwürdige Mutter Kleeblatt und machte eine Bemerkung über ihren lose geflochtenen Siebkorb. Kleeblatt tätschelte ihr die volle Wange.

Maisfaser benutzte die Gelegenheit und warf drohend einen Arm gegen den Raben. Doch der zog nur kurz den Kopf ein und nahm sofort seine erwartungsvolle Haltung wieder ein.

»Also gut«, stieß sie resigniert hervor.

Sie nahm eine Handvoll von dem grob gemahlenen Mais von der anderen Platte und warf sie vor ihn hin. Er vertilgte den Mais wie ein Vogel, der kurz vor dem Verhungern ist.

»Willst du jetzt endlich verschwinden, *bitte*?«

Der Rabe legte den Kopf schief, betrachtete sie mit einem Auge und schwang sich auf in den Himmel. Maisfaser sah zu, wie er über dem Dorf kreiste, den schwarzen Rumpf scharf gegen den tiefblauen Winterhimmel abgehoben, und dann nach Süden davonschwebte in Richtung auf die ferne Kuppe, die ihre eckige Nase in den Himmel streckte.

Maisfaser seufzte erleichtert auf und machte sich wieder daran, den grob zerkleinerten Mais zu feinem Mehl zu mahlen.

Zikade eilte zu Maisfaser; ihr braun-schwarzes Gewand schwirrte ihr um die kurzen Beine. Sie kniete sich hin, nahm eine Handvoll Mais aus dem vollen Topf und legte es auf den groben Mahlstein. Sie nahm den Handstein und flüsterte dabei: »Beim Großen Dachs, Maisfaser! Das ist jetzt schon der vierte Tag, an dem dich der Rabe belästigt. Das ist eine heilige Zahl! Alle tuscheln schon darüber.«

»Ich kann nichts dafür«, entgegnete Maisfaser. Sie legte ihr ganzes Gewicht in ihre Mahlbewegung. »Er hat wahrscheinlich einfach Hunger.«

»Raben fliegen in Schwärmen. Der da kommt allein zu dir. Das ist unnatürlich.« Zikade sah Maisfaser von der Seite an. »Hat er etwa mit dir gesprochen?«

»*Was!*« Maisfaser schleuderte ihren Handstein ins Mehl, das rosa aufstaubte und in der Brise kreiselnd niederschwebte. Raben sprachen nur zu Leuten vom Ameisen-Clan, die Hexen oder Zauberer waren. Fassungslos starrte sie Zikade an. »Natürlich nicht.«

Zikade hob eine Schulter und mahlte weiter. Kurzes schwarzes Haar flatterte ihr über die dicken Backen. »War nur eine Frage.«

»Ich bin keine Hexe, Zikade. Und du weißt das!«

Zikade zerschlug die Körner, zerrieb sie dann mit ihrem Handstein und zerschlug weitere. Um schnell das Thema zu wechseln, wies sie mit einer Kopfbewegung auf die grauhaarigen Korbflechterinnen. »Löwenjunge hat mir heute eine Geschichte über die alte Taschenratte erzählt.«

Taschenratte saß neben Kleeblatt; ihr Kleid, grau-weiß mit Rautenmuster, hing lose um ihre hagere Gestalt. Sie hatte ein vollkommen dreieckiges Gesicht mit einer hervorstechenden Nase und tiefliegende schwarze Augen. Taschenratte hatte nie ein Kind geboren, aber das glich sie dadurch aus, daß sie alle anderen zu erziehen suchte. Als Maisfaser sechs Sommer alt war, hatte Taschenratte sie erwischt, wie sie die zarten jungen Triebe aß. Die alte Frau hatte sich einen toten Kaktusarm ergriffen und ihn Maisfaser den ganzen Weg nach Hause über den Kopf geschlagen. Sie jagte Maisfaser Angst ein – und jedem anderen Kind im Dorf auch.

»Löwenjunge ist erst fünf. Was weiß der schon?«

Zikade flüsterte: »Er sagt, einer der jungen Krieger, die Wache standen, hat sie auf dem Friedhof gesehen. Um Mitternacht! Bei Vollmond!«

Maisfasers Handstein verhielt mitten im Abschwung. »Und was hat sie gemacht?«

»Das hat der Krieger nicht gesagt. Aber ich bin sicher, die Alte ist eine Hexe. Sie ist so gemein zu jedem, die muß eine Hexe sein. Weißt du noch, was mit Sandmelone geschehen ist?«

Maisfaser befeuchtete sich nervös die Lippen. »Ja.«

Sandmelone hatte im sechsten Mond eine Fehlgeburt gehabt, und als die Hebammen kamen, um sich um sie zu kümmern, fanden sie das Haus von Sandmelone über und über mit Leichenpulver bestreut. Sandmelone hatte Taschenratte beschuldigt, hatte geschrien, die alte Frau sei die letzte in ihrem Haus gewesen, bevor sie selbst heimgekommen war. Aber es gab keine Beweise.

Immerhin wurde Taschenratte jetzt sehr genau beobachtet, und wenn man sie auf dem Gräberfeld gesehen hatte … Heilige Thlatsinas! Vielleicht war sie wirklich eine Hexe!

»Das glaube ich nicht«, sagte Maisfaser. »Die Leute halten mich für eine Hexe, ich bin aber keine.«

»Das weiß ich.«

Maisfaser schob das Mehl vom Mahlstein herunter und schüttete mehr von dem groben Mehl auf den feinen Mahlstein. »Das macht das Wetter, die Leute sind durcheinander.« Sie schlug auf das Mehl ein.

»Das Wetter und die Überfälle«, sagte Zikade.

»Das kommt immer zusammen. Ein Sommer ohne Regen macht alles noch schlimmer. Immer mehr Hexen werden angeklagt und getötet. Aber ich …« Sie senkte den Kopf bei dieser Lästerung. »Ich weiß nicht, ob sie wirklich schuldig sind.«

Zikade setzte sich auf die Fersen und wischte ihre Mehlhand am Kleidersaum ab. Sie blickte auf Maisfaser. »Aber wer dann?«

»Ich weiß nicht. Vielleicht … vielleicht die Ersten Menschen in Krallenstadt. Wir schicken ihnen Mais und Töpfe und alles, was wir machen. Und sie sollen dafür mit den Göttern sprechen, damit es regnet. Das sind doch diejenigen, die immer die Kriege anfangen. Und nicht nur das …« Maisfaser beugte sich vor und wisperte: »Ich habe gehört, Häuptling Krähenbart bewahrt Leichenpulver in seinem Zimmer auf, um es gegen seine Feinde zu benutzen. Vielleicht ist er der Zauberer.«

Zikade setzte die schwarzweiße Schale unter die Mahlsteinplatte und schob das grobe rote Maismehl hinein. Sie biß sich auf die Unterlippe und dachte nach.

Maisfaser mahlte weiter.

Es gab zwei Arten von Menschen in der Welt: die Ersten Menschen und die Gemachten Menschen. Die Ersten Menschen waren Nachfahren derer, die sich unter Führung eines blauschwarzen Wolfs tapfer durch die vier Unterwelten nach oben gearbeitet hatten und, aus der Finsternis kommend, in dieser Fünften Welt des Lichts aufgetaucht waren. Alle Ersten Menschen lebten im Canyon des Rechten Wegs. Andererseits waren die vier Clans des Volks des Rechten Wegs Gemachte Menschen. Der Schöpfer hatte sie aus Tieren »gemacht«, damit die Ersten Menschen nach ihrem Auftauchen Gesellschaft hätten. Die Clan-Namen deuteten schon auf die Herkunft ihrer Leute hin: der Bären-Clan, der Bison-Clan, der Coyote-Clan und Maisfasers Volk, der Ameisen-Clan. Des Schöpfers göttlicher Atem hatte sie wunderbarerweise in Menschen verwandelt. Doch die Ersten Menschen sahen sie als minderwertig an, weil sie einmal Tiere gewesen waren, während sie selbst immer nur Menschen waren.

Außenseiter wie die Mogollon, die Hohokam und die Turmbauer im Norden waren überhaupt keine Menschen. Zwar besaßen sie menschliche Körper, aber die Leute des Rechten Wegs wußten, daß sie die Seele von Tieren hatten. Selbst die Legenden der Mogollon sagten ja, daß sie einmal als Feuerwölfe im Herzen von Vater Sonne gelebt hatten und ausgestoßen worden waren, weil sie angefangen hatten, seinen Körper anzufressen. Als sie durch die Himmel gen Osten jagten, waren ihre flammenden Körper in menschliche Gestalten verwandelt worden. Die Leute des Rechten Wegs nannten sie auch weiter Feuerhunde, denn in ihren Seelen waren sie immer noch Raubtiere, spähend und lauernd, wann sie töten konnten.

Den Feuerhunden war nicht zu trauen. Sie dachten nicht wie Menschen.

Maisfaser überlegte, wie die Ältesten der Gemachten Menschen in Krallenstadt zurechtkamen. Jeder Clan entsandte seine größten Anführer zu den Ersten Menschen, wo sie auch Wohnung nahmen, um ihnen zu helfen und sie in den Gesetzen der Welt zu unterweisen. Die Gemachten Menschen hatten immerhin schon sehr viel länger hier gelebt als die Ersten Menschen. Aber Maisfaser hatte gehört, daß die Ersten Menschen die Clan-Führer gewohnheitsmäßig nur wenig besser behandelten als Feuerhund-Sklaven.

Nordlicht, der legendäre Sonnenseher, hatte den schlechtesten Ruf. Das Volk des Rechten Wegs hatte unter einer sechzehn Sommer dauernden Trockenheit gelitten, und wenn die Clans früher einmal Nordlicht um Führung gebeten hatten, so beschuldigten sie ihn nun offen der Hexerei.

Die Macht, die göttliche Kraft, durchströmte alles in der Welt, vom kleinsten Löwenzahn-Samen, der über die Wüste schwebt, bis zum größten der Kometenleute. Priester und Schamanen riefen die Macht an, um ihren Völkern zu helfen, um ihnen Gesundheit und gute Ernten zu sichern und um die Wolken regnen zu lassen. Hexen und Zauberer benutzten die Macht zu eigennützigen Zwecken.

Vor zwei Sommern hatte ein Händler flüsternd verraten, daß er durch Zufall in eine von Nordlichts privaten Kammern in Krallenstadt hineingeraten war. Er sagte, dort habe er Stapel feinster Decken gesehen, schöne Töpfe mit Türkis-Brokken, Jett, Malachit und Korallen sowie Körbe voll kostbarer Ara- und anderer Papageienfedern. Er hatte auch behauptet, eine Reihe menschlicher Schädel wären an der Wand angebracht.

Maisfaser unterdrückte ein Zittern.

Gute Menschen sammelten niemals Reichtümer. Was sie besaßen, teilten sie mit ihren Familien. Nur Zauberer häuften solche »Dinge« zu ihrem eigenen Vergnügen an.

Zikade beugte sich mit ihrem gedrungenen Leib herüber und murmelte: »Glaubst du, die Ersten Menschen würden ohne uns verhungern?«

Maisfaser zog eine Augenbraue hoch. »Denkst du an raffinierte Methoden, um Hexen umzubringen?«

»Pst!« Zikade warf einen Blick über die Schulter; das Sackkleid spannte sich über ihrer flachen Brust. »Nein, ich dachte –«

»Ja, sie würden verhungern. Wir versorgen sie mit Mais, Bohnen, Kürbissen und Dörrfleisch; das meiste bekommen sie von uns.«

Die Gemachten Menschen betreuten jedes größere rituelle Fest in Krallenstadt und trugen Nahrungsmittel in beträchtlichen Mengen bei; sie zahlten auch die Priester, Tänzer und Sänger, die dank ihrer geistigen Macht die Götter anrufen konnten. Wenn der festliche Zyklus endete, lagerten die Gemachten Menschen das überschüssige Essen in Krallenstadt ein. Die Ersten Menschen bauten so gut wie gar nichts an; sie lebten von diesen Reserven.

Es hatte auch niemand etwas dagegen, solange die Stimmen der Ersten Menschen zu den Göttern drangen und der Regen alles gedeihlich sprießen ließ – aber das war nun seit vielen Zyklen nicht mehr geschehen. Die Götter hatten sich offenbar von den Ersten Menschen abgewandt.

Aber sie verzehrten immer noch die Nahrung der Gemachten Menschen.

»Also«, sagte Zikade, »wenn wir einfach aufhören, ihnen zu essen zu bringen, dann würden sie sterben?«

»Oder weggehen. Sind ja sowieso nicht mehr viele übrig von ihnen. Das wäre bald erreicht.«

Die Ersten Menschen heirateten nur untereinander, und viele ihrer Kinder überlebten die ersten zwei Sommer nicht. Als Folge davon hatte sich ihre Zahl erheblich verringert. Die Gesegnete Nachtsonne, Ehrwürdige Mutter von Krallenstadt, und ihr Mann, die Gesegnete Sonne, hatten zwei Kinder, die noch lebten; die anderen waren alle gestorben. Der Sonnenseher, Nordlicht, hatte nie geheiratet, und so mancher von den anderen Ersten Menschen war auf geheimnisvolle Weise verschwunden. In den anderen dreizehn Städten im Canyon des Rechten Wegs lebten vielleicht noch weitere dreihundert Erste Menschen.

»Aber wenn sie alle sterben«, Zikade blickte unsicher zu Maisfaser hinüber, »wie sollen wir dann unseren Weg ins Jenseits finden?«

»Wir folgen einfach der Nordstraße zum *Sipapu* und fahren von dort in die Unterwelten. Wir kommen schon hin.«

Weil die Ersten Menschen durch die Unterwelten hochgekommen waren, kannten sie – und nur sie allein – den richtigen Weg zum Land der Vorväter. Die Legenden besagten, daß unvorstellbare Gefahren, Fallen und Schlingen und bizarre, halb menschliche Kreaturen nur auf die ahnungslose Seele warteten, um sie zu vernichten. Doch zum Glück kannten die Ersten Menschen jede Falle und jedes sichere Versteck und waren auch bereit, ihr geheimes Wissen für einen Gegenwert mit anderen zu teilen.

»Wir sollten sie vielleicht doch nicht verhungern lassen«, sagte Zikade. »Ich möchte gern meine Eltern wiedersehen. Außerdem, glaube ich, braucht man viel Macht, um sie verhungern zu lassen. Und wie du gesagt hast: Krähenbart hat Leichenpulver in seiner Kammer. Wir wollen uns doch nicht zur Strafe verhexen lassen?«

Maisfaser schlug wieder auf eine neue Handvoll Mehl ein. Rosiges Mehl schwebte um ihr Gesicht herum. »Eine richtige Hexe, die könnte ihn schlagen.«

»Vielleicht.« Ein Lächeln breitete sich über das runde Gesicht von Zikade. Mit einem Finger schob sie das rote Stirnband höher und zeichnete einen roten Mehlstreifen auf ihre Stirn. »Das wäre doch toll, wenn man da zugucken könnte. Hexen, die sich gegenseitig verfluchen und mit Leichenpulver überschütten. Ich gäbe einen Grünen-Mesa-Topf, um das zu sehen.«

Maisfaser schaute abwesend nach Osten in Richtung auf die Clans der Grünen Mesa. »Du hast doch keinen Grünen-Mesa-Topf!«

»Den hat niemand.«

»Doch, ein paar von den Ersten Menschen. Sie bekommen sie im Austausch gegen diese kleinen Türkis-Figürchen, die die Seelen in das Land der Ahnen hinabführen.«

»Prima«, sagte Zikade. »Ich muß ein Figürchen stehlen, um einen Topf zu bekommen, und dann kann ich für das Schauspiel zahlen, wie Hexen sich gegenseitig umbringen.«

Maisfaser lächelte, ergriff die schwarzweiße Schale mit dem grob gemahlenen Mais und stand auf. »Ich will das mal heiß machen.«

»Ich komme mit.« Zikade sprang auf die Füße und starrte Maisfaser mit großen Augen an. »Nach all dem Gerede von Hexen bleibe ich doch nicht allein hier sitzen. Wenn mich nun so ein Hexer in den Büschen beobachtet hat? Wenn der mir eine Hexenpille in den Mund schießt, bin ich tot.«

Maisfaser schaute düster auf die roten Hügel, wo Vögel zwitscherten und durchsichtige Insektenflügel in der Sonne glitzerten. Eine Nachtschwalbe segelte über eine Reihe hochgekippter Sandstein-Platten hinweg und verschwand in einer Feigenkaktuskolonie.

»Da ist niemand zu sehen«, sagte Maisfaser und ging los, über die Plaza – mit raschem Schritt. *Für alle Fälle.*

Zikade trabte an ihrer Seite und reckte sich den Hals aus, damit ihr nichts entging, was sich außerhalb der Mauern von Lanzenblattdorf bewegte.

## 5. Kapitel

Als die Sonne hinter der fernen Mesa versank, schossen glühende rote Strahlen, Speeren gleich, über den Horizont, durchbohrten die Herzen der Wolkenleute, die gemächlich über die Himmelswelten dahintrieben, und verwandelten sie in feurige Tiere. Im Süden schimmerte der höchste Gipfel des Morgenstern-Bergs karminrot. Schatten liefen über die welligen Hügel rings um den heiligen Berg. Als das Licht schwächer wurde, suchten sich die Vögel Ruheplätze auf den Kakteen und kahlen Buschzweigen, das Gefieder gegen die Kälte gesträubt.

Kreuzdorn zog sich die rot-schwarze Decke über die Brust hoch. Er hatte sein Lager in einem duftenden Wacholderhain an einem Hang aufgeschlagen. Schwache Spuren des blauen Rauchs von seinem Lagerfeuer, in den dicken Nadeln gefangen, rollten herum und drehten sich, um einen Ausweg zu finden.

Durch das dichte Gezweig hindurch sah Kreuzdorn die Frühaufsteher unter den Abendleuten. Er gähnte. Er war den ganzen Tag mit kleinen Unterbrechungen gerannt, und die Erschöpfung lag schwer auf seinem hochgewachsenen, mageren Körper. Als der Schlaf sich näherte, schwirrten seine Gedanken wie Mottenflügel im Fackellicht. Wo war sein Weg? Was wollten die Geister von ihm?

Er war in die Erste Unterwelt hinabgefahren, und dort hatten ihm die Geister der Ahnen, die da lebten, eine Vision gezeigt. Eine seltsame Vision seines Vaters; er war jung gewesen, mit pechschwarzem Haar und breiten Schultern, er hatte ein reinweißes Hirschleder-Hemd getragen und einen wunderbaren Türkis-Anhänger. Bei den ersten Worten des Mannes hatte Kreuzdorn sofort diese Stimme erkannt, weil sie seiner Stimme so ähnlich war – tief, weich und etwas nachdenklich klingend.

Der Wacholder erzitterte unter einer kalten Brise. Kreuzdorn zog die Decke bis zum Kinn. Die graue Glut in seiner Feuergrube, angefacht durch den Wind, verwandelte sich in ein Nest rot blinzelnder Augen. Er betrachtete sie und gähnte noch einmal. Hätte er doch nur verstanden, was ihm sein Vater hatte sagen wollen.

*»Gefahren liegen vor dir, mein Sohn. Du mußt das Herz einer Wolke haben, um auf dem Wind zu gehen.«*

»Das Herz einer Wolke…«, flüsterte Kreuzdorn. Tiefblaue Wolkenquasten zogen über ihm dahin, die Ränder vom Licht der Sterne ausgefranst. Der Wind schüttelte die Wacholderzweige. Die knorrigen Bäume knirschten und ächzten vor Unmut. »Aber was bedeutet das?«

Seine müde Seele schien sich auf das Drängen des Windjungen zu erheben und von der Luftströmung tragen zu lassen wie Maispollen von lauen Sommerwinden. Die sanfte

Stimme seines Vaters glitt in seinen Traum mit der Leichtigkeit eines schleichenden Luchses …

*»Hier entlang, mein Sohn. Komm hier entlang.«*

Kreuzdorn atmete schwer; es war ihm, als schwebte er und starrte in die schwarzen Augen des jungen Mannes, der ihn durch die erste Unterwelt geleitet hatte. Der Mann beugte sich lächelnd über Kreuzdorn, und sein schönes Gesicht mit der geraden Nase und den großen dunklen Augen leuchtete rötlich im Schein der angefachten Glut. Er trug dasselbe weiße Lederhemd und den herrlichen Türkis-Anhänger. Die Windstöße wehten ihm das lose hängende lange Haar um die breiten Schultern. Seine weißen Mokassins waren kniehoch und schienen in sein langes Hemd überzugehen. Blaue, rote und schwarze Perlen schmückten die Spitzen der Mokassins in einer Zickzacklinie.

»Ich bin sehr froh, dich zu sehen, Vater.« Kreuzdorn rieb sich den Schlaf aus den Augen. Sternenlicht überglänzte die Wacholderbäume, und er erspähte eine Eule, die durch die Dunkelheit aufstieg; sie kreiste über ihm, und dabei blitzten ihre Schwingen kurz auf.

*»Steh auf, mein Sohn. Ich muß dir die geheime Stelle zeigen, wo die Wolkenleute ihre Herzen verbergen.«*

Kreuzdorn warf die Decke zurück und kam auf die Beine.

Sein Vater ging den Hang hinauf bis zum salbeibedeckten Kamm, wo der Wind sein langes Haar peitschte und den Saum seines weißen Hemdes hob. Hoch aufgerichtet stand er schwarz gegen die sternenbesprenkelte Fläche von tiefem Blau.

Vorsichtig folgte Kreuzdorn ihm und umging die Steine und die Coyote-Löcher im Hang, die als kopfgroße schwarze Flecken nur schwer auszumachen waren. Er holte seinen Vater ein und betrachtete mit zurückgelegtem Kopf die Spinnenfrau. Sie war bereits bis zur Mitte des Himmels gekrochen. Die drei Sterne, die ihren Rumpf ausmachten, deuteten im Winkel nach Westen, während ihre Beine nach allen Seiten tasteten.

Sein Vater drehte sich zu ihm um. *»Bist du bereit, mein Sohn?«*

»Ich glaube schon. Was habe ich zu tun?«

*»Der Weg ist sehr weit. In einem menschlichen Körper kannst du nicht so weit rennen.«*

»Wie komme ich dann dorthin?«

Sein Vater legte ihm liebevoll die Hand auf die Schulter. *»Ich helfe dir. Geh runter auf alle viere.«*

Kreuzdorn ging auf Hände und Knie hinunter und sah, wie sein Vater dasselbe tat. Als Vierfüßler sahen sie beide seltsam aus. Ein sanftes Lächeln umspielte den Mund seines Vaters; er hob die Hand und kratzte Kreuzdorn im Nacken, als wollte er ihm beißende Flöhe wegwischen.

»Was machst du da, Vater?« Kreuzdorn machte unbehaglich einen Buckel. »Was –«

*»Lauf jetzt«*, wies ihn sein Vater an. *»Den Hügel hinab. Lauf!«* Kreuzdorn kämpfte sich durch den Salbei und den Sand und kam sich närrisch vor. »Warum muß ich das machen, Vater? Ich ...«

Ein schöner Coyote mit dickem, glänzendem Fell trottete an Kreuzdorns Seite. *»Du machst das«*, sagte der Coyote, *»damit du fliegen kannst wie der Wind. Folge mir. Lauf!«*

Der Coyote galoppierte durch den Salbei und bog um den Kaktus.

»Heilige Geister!« sagte Kreuzdorn verdrossen. »Du bist sehr schnell, Vater.«

Er taumelte den Hang hinab, so schnell es ging. Seine Knie verfingen sich in dem langen Hemd, und er landete mit den Handflächen auf toten Kaktus-Polstern, die in der Dunkelheit nicht zu sehen waren. Als er plötzlich über ein Kaninchenloch fiel und seine rechte Hand vier Handbreit tief hineinrutschte und er sich das Handgelenk prellte, schrie er: »Jauuuuu!«

Sein Vater hob die glänzende Schnauze und heulte auch, jaulend und winselnd. *»Los, komm, Junge. Wir haben nicht die ganze Nacht Zeit.«*

Kreuzdorn rappelte sich auf und versuchte es von neuem; mit dem Gesicht zur Erde kroch er durch das Gestrüpp, damit die Zweige ihm nicht nach den Augen griffen. Dornen zerrissen sein Hemd und stachen ihm in Arme und Beine.

Am Fuß des Hügels sah er seinen Vater weit vorn galoppieren, den gewundenen Hirschpfad hinunter, und Kreuzdorns

Mühen wurden auf einmal bedeutend weniger anstrengend. Er trabte seinem Vater nach, fiel dann in Galopp, bewegte sich mit der Schnelligkeit einer Schwalbe und übersprang leichtfüßig hochgekippte Steine. Im Handumdrehen hatte er seinen Vater eingeholt und rannte an seiner Seite, und die schwarzgefleckte rosa Zunge hing ihm seitwärts aus dem Maul.

»Vater?« fragte Kreuzdorn, als sie sich einem tief eingeschnittenen Abflußkanal näherten. Ein Rinnsal schimmerte darin. »Habe ich immer eine Coyote-Seele gehabt?«

*»Ja, mein Sohn. Immer.«*

Sein Vater sprang vorwärts, schnell wie der Wind. Er platschte durch das Rinnsal und war mit einem Satz auf der anderen Seite des Kanals, und sein Pelz glitzerte, als wäre er mit Sternen besetzt.

Kreuzdorn blickte an seinen Coyote-Pelz herab und fühlte sich warm und glücklich. Er raste seinem Vater nach. Unter seinen weichen Pfoten sauste der silbrige Pfad nach hinten fort. Die Freiheit beflügelte ihn, er spürte sie in sich wie kaltes Feuer.

Als er durch das Schlammwasser sprang, warf er den Kopf zurück und jaulte – ein Zeichen für seinen Vater, daß er ihm folgte.

Als er den Rand des Kanals erreichte und über das flache Grasland trabte, wurde der Geruch der Pinien und des Wassers übermächtig. Seine Augen weiteten sich.

*Wo bin ich? Wo ist die Wüste geblieben?*

Zerklüftete pinienbesetzte Berge wuchsen um ihn herum in die Höhe. Er rannte über eine Almwiese, die von allen Seiten von kahlen Eschen umgeben war. Ein paar alte Blätter hingen noch an den weißborkigen Ästen, die im kalten Wind knirschten. Im Schatten grasten Wapitis. Wenn sie den Kopf hochwarfen, um Kreuzdorn vorbeirennen zu sehen, glitzerten ihre Augen. Mitten durch die Wiese lief ein kleiner kristallklarer Bach murmelnd den Hang hinunter.

Ein Gefühl der Ehrfurcht erfüllte Kreuzdorn. Sein Vater trabte weit vorn, den buschigen Schwanz gesenkt, sein Pelz glänzte, vom Mondlicht umflossen. *Mondlicht!*

Kreuzdorn schaute nach Osten. Schwester Mond kauerte in voller Größe und hell auf dem Horizont. Sie war an einer

Kette weiß schimmernder, von leuchtenden Wolken eingehüllter Gipfel, die wie gigantische Eisspeere in die Höhe stachen, gerade vorbeigewandert.

Am oberen Rand der Almwiese wartete sein Vater auf ihn. Als Kreuzdorn dort hinaufrannte, deutete sein Vater mit seiner schwarzen Schnauze in eine Richtung. *»Da oben, mein Sohn. Die Türkis-Höhle ist da oben.«*

»Die Türkis-Höhle? Die ich in der Kiva gesehen habe, in meiner Vision?«

*»Ja, mein Sohn.«*

Kreuzdorn schaute auf. »Da oben also?« Mit nachtscharfen Augen suchte er die hohen Gipfel ab und erspähte einen schwarzen Fleck, rund, wie ein schwarzer Schoß, der grenzenlos tief in die Seite des Eisspeers eingelassen war. Die Öffnung zeigte nach Osten. Kreuzdorn erschauerte. Er leckte sich nervös über die Schnauze und stieß eine weiße Atemwolke aus. »Sie … sie erinnert mich an die Röhre zur Unterwelt, Vater.«

Der Coyote blickte ihn starr an, mit fahlgrünen Augen, die im Mondlicht glitzerten. *»Komm, wir wollen gehen.«*

Kreuzdorn trottete hinter seinem Vater den Hang hinauf. Er rutschte auf schmerzenden Pfoten; der Schnee verklumpte sich im Fell zwischen den Zehen. Eisiger Wind peitschte ihnen ins Gesicht, blies ihnen die Fellhaare glatt und zwang sie, die Augen zuzukneifen.

Sein Vater stand am Rand der Höhle, die Schnauze vorgereckt; er schnüffelte in die dumpfe, nach Moos riechende Luft. Wie vor etwas Bedrohlichem wich er mit eingezogenem Schwanz zurück.

»Was ist los?« fragte Kreuzdorn.

*»Ich werde Wache halten. Du mußt allein hineingehen, mein Sohn. Mir ist die Höhle verschlossen.«*

»Aber …« Kreuzdorn spähte hinein, und seine Vorderläufe zitterten. »Woher weißt du, daß sie für mich offen ist?«

Das Echo der Stimme seines Vaters tönte dumpf aus der Höhle: *»Geh jetzt! Beeil dich!«*

Sein Vater wandte sich um und trottete zum Fuß des Abhangs, wo er die Wiese prüfend beobachtete, ob sich dort etwas regte.

Kreuzdorn machte vorsichtig einen Schritt nach vorn. Näher kommend bemerkte er, daß die Höhle nach unten abfiel. Ein wenig Mondlicht fiel hinein und beleuchtete einen schmalen Streifen im Innern wie mit einer Fackel. Ein kriechendes Berberitzengestrüpp versperrte ihm den Weg. Die wachsigen Oberflächen der Blätter, denen der Stechpalme ähnlich, warfen das fahle Mondlicht zurück.

Kreuzdorn trat leichtfüßig in das Gebüsch und prüfte den Wind. Die Höhle roch seltsam modrig. Sie schien klein und eng, aber er konnte es nicht genau sagen. Der halbmondförmige Streifen Licht war nur ein paar Körperlängen groß. Dahinter breitete sich grenzenlose Dunkelheit aus. Er zwängte sich durch das Gestrüpp und ging tiefer hinein.

Seine Fußnägel klickten auf Steinen; er hörte Wasser tropfen, ein melodisches Plopp-plopp. Seine Schnurrhaare bebten. Je tiefer er eindrang, um so wärmer wurde es.

Kreuzdorn schaute sich um. Langsam gewöhnten sich seine Augen an das Dunkel, und er bemerkte einen dünnen feuchten Überzug auf den Wänden. Tropfen rannen hinab und sammelten sich, schwärzlich glänzend, in Bodenmulden.

Er ging schneller, schwankend auf der abfallenden Fläche. Der Höhlenboden wärmte ihm die Pfoten und schmolz den verkrusteten Schnee zwischen den Zehen. Er erschauerte wohlig.

Was er nun betrat, erschien ihm wie eine große Kammer. Eine schwarze Wasserpfütze bedeckte den Boden, und jetzt erkannte er, woher die Tropfen kamen, von einer Stelle direkt über ihm, den Felsen hinabrinnend und in die Pfütze fallend. Feuchter Dunst schwebte unter der Decke; von dort flohen Ranken in den helleren Gang, krochen immer weiter und höher bis zum Eingang der Höhle, wo sie schimmerten, wuchsen aber noch höher hinaus in den erhellten Himmel und sammelten dabei die Kälte um sich herum wie dicke Wollumhänge, die ihrerseits immer weiter wuchsen, als wollten sie Wolken werden.

Kreuzdorn betrachtete sie wie verzaubert.

Schwester Mond, wie ein riesiger Silberball am Himmel hängend, schien jetzt über dem Höhlenrand. Er drehte sich wieder zu der Kammer um und erwartete, eine erhellende Lichtflut einfallen zu sehen, aber als der Mond höher stieg, sah er einen flackernden Schein und dann eine Reihe von grellen Lichteinfällen, als ob Blitze kreuz und quer durch das Höhleninnere schossen. Eine blendende azurblaue Lohe baute sich auf. Aus Kreuzdorns Gurgel kam ein halb ächzender, halb knurrender Laut, er setzte sich auf die Hinterläufe und winselte vor Angst. Aber jetzt sah er …

Im Laufe von vielen tausend Sonnenkreisen hatte Sickerwasser diesen runden Hohlraum in eine dicke Türkisader eingeschnitten, und diese Höhle – das war die Kammer! Überall stachen scharfe Ecken hervor, wie Kristalle in einer Druse. Im Mondlicht glühten sie wie ein leuchtendblaues Feuer. Als Schwester Mond im Himmel höher kletterte, verschob sich der Lichteinfall, und Kreuzdorn starrte mit offener Schnauze ehrfürchtig auf den Strahl, der jetzt direkt durch den Einlaß kam; die Höhle verwandelte sich in einen stürzenden Wasserfall von eisblauen, funkelnden Azurlichtern, die über die Decke flossen und den Boden überfluteten. Diese ganze blaue Welt des geheiligten Steins war wie ein Meer von Flammen, die seine Augen versengten und das Blut in seinen Adern in einen feurigen Funkenstrom verwandelten.

Die Feuersbrunst erstarb.

Erstarb einfach.

Schwester Mond kletterte höher, und ein diffuses zinnernes Licht fiel in die Höhle.

Kreuzdorn blinzelte.

Mit klopfendem Herzen starrte er in die große Wasserlache. Er konnte noch den Türkis-Rand rings um die Mulde sehen, aber er schimmerte matt wie gewöhnlicher Schiefer.

Das Wasser in der Pfütze erzitterte, als fahre eine Brise darüber hin, aber der Windjunge konnte nicht so tief in die Höhle eindringen. Kreuzdorns Augen verengten sich. Er blickte hinauf, dorthin, wo die Wassertropfen herkamen, die immer noch im Takt ins Wasser fielen – plopp-plopp-plopp. Die Ursache sah er nicht. Die Pfütze fing an, sich zu drehen und zu schwanken. Wasser strömte die Höhlenwände hinab.

Kreuzdorn streckte sich auf dem Bauch liegend aus, das Kinn auf den Pfoten, um zu sehen, was geschah.

Jemand brüllte wie in Todesangst. Dann ein Schrei, ein dünner, zittriger Schrei, der ihn aufspringen ließ, und er rannte, fallend und rutschend, den nassen Gang hinauf, so schnell ihn seine Pfoten trugen.

Aber als er gerade das Sauerdorngestrüpp erreicht hatte, traf ihn ein stechender Schmerz, wie von einem Kriegsspeer, in den Bauch. Er jaulte kurz auf und fiel hin, rutschte, auf der Seite liegend, die schiefe Ebene hinab, bis eine Wand ihn aufhielt. Wasser durchnäßte seinen Pelz. Keuchend lag er da und schaute nach einem Angreifer aus.

Donnergrollen durchlief die Höhle, aber aus der Tiefe kamen Stimmen – Hunderte, nein *Tausende* schreiender, brüllender Menschen. Dann – *sah er sie.* Sie lösten sich aus den Wänden. Die Höhle war voller laufender Leute mit geschwungenen Fäusten. Wie ein aufgestörter Bienenschwarm stürzten sie sich auf ihn, umringten ihn, traten ihn, schlugen mit Kriegskeulen auf ihn ein und brüllten in einer unbekannten Sprache. Kreuzdorn ringelte sich zu einer Kugel zusammen und jaulte verzweifelt; er betete, sein Vater möge kommen und …

Eine schöne, hochgewachsene Frau trat aus dem Innern der Türkis-Höhle hervor, und die tobenden Leute lösten sich in nichts auf, als hätte es sie nie gegeben. Er konnte ihr Gesicht mit der Stupsnase erkennen. Hüftlanges schwarzes Haar hing ihr über die Schultern. Sie trug ein wunderschönes scharlachrotes Kleid, ein Farbton, den er noch nie gesehen hatte, schillernd wie ein Sonnenaufgang. Ein kleiner Pulverbeutel war an ihrem Gürtel befestigt; ein Türkis-Anhänger hing ihr an einer Schnur um den Hals.

»Wer bist du?« rief Kreuzdorn. »Was willst du von mir? Hast du die Vision verscheucht?«

»Ich lasse Visionen kommen und gehen.« Ihre tiefe Stimme jagte ihm Schauer über den Rücken. Sie kam näher, fast zu anmutig, um noch menschlich zu sein, und sah ihm in die Augen, als suchte sie seine Seele. »Du bist vom Coyote-Clan. Warum bist du hier?«

Bebend brachte er hervor: »Mein… mein Vater hat mich hergebracht.«

Sie kniete nieder, so nahe, daß Kreuzdorn die Wärme ihres Körpers spürte. Locken ihres langen Haares streiften über sein Fell. Er schaute der Frau in die kohlschwarzen Augen, zutiefst erschrocken wie eine Eidechse, die plötzlich den Flugwind eines herabstürzenden Falken verspürt.

Die Frau betrachtete alle Einzelheiten seines Körpers genau. Sie strich ihm über die Pfoten und über den pelzigen Rücken. Als sie seine spitzen Ohren prüfte, glitt ihre Hand mit solch schmerzhafter Zärtlichkeit darüber, daß sein Herz anfing, wie wild zu schlagen.

»Wie heißt du?« fragte sie.

»Kreuz… Kreuzdorn.«

Sie stand auf und stand vor ihm wie eine Säule aus scharlachroten Flammen. »Kreuzdorn vom Coyote-Clan. Wer ist dein Vater?«

»Ich… ich weiß es nicht… wirklich nicht.« Mit der Schnauze deutete er auf den Höhleneingang im Mondlicht. »Soll ich ihn rufen? Er ist auf der Wiese –«

»Sehr kühn von ihm, dich herzubringen. Richte ihm das aus.« Ihr Blick bohrte sich in seine Augen. »Im allgemeinen töte ich neugierige Besucher.«

»*Töten?*« fragte Kreuzdorn atemlos. »Warum? Wer bist du?«

»Ich bin die Hüterin des heiligen Schildkrötenbündels. Mein Clan ist… war… der Hufsohlen-Clan.«

Kreuzdorn erhob sich; seine Knie zitterten. »War? Ist dein Clan tot?«

»Tot und verschwunden. Sein Heiligtum, das Bündel, wurde vor zweiundzwanzig Sommern geraubt. Die Leute verloren ihren Glauben, sie heirateten in andere Clans ein. Der Clan zerfiel. Ich bin alles, was noch von dem edlen Hufsohlen-Clan übrig ist.«

Sie sagte das voller Kummer. Sie spähte zurück in die Türkis-Höhle, die jetzt schiefergrau war und so still wie ein Grab. Ihr Blick richtete sich auf die Wassermulde, und sie runzelte die Stirn. Vielleicht sah sie dort etwas, was er nicht sah. Etwas, das sie fesselte. Ihre Mundwinkel zuckten.

Eine ganze Weile blieb sie stumm. Dann sagte sie sehr sanft: »Ah, ich verstehe.« Sie nickte. »Ich verstehe jetzt, warum er dich hergebracht hat. Er hat *wirklich* geglaubt, daß ich dich töte. Hmm. Aus diesem Grund will ich dir einen guten Rat geben. Du solltest die Verhaltensweisen der Coyoten studieren, Kreuzdorn. Sie sind flink und schlauer, als Menschen glauben. Sie beobachten aus der Entfernung und warten lautlos, bis sie wissen, daß die Zeit zum Handeln gekommen ist. Sei stets schlauer, als die Menschen vermuten. Handle nie, bevor du dir nicht deines Zieles sicher bist.«

Schatten füllten ihre Augenhöhlen, die zu großen schwarzen Brunnen wurden. »In den Monden, die kommen, wird es viele geben, die dich einzufangen suchen. Du mußt sehr geschwind sein und sehr schlau, oder aber …« Ein grimmiges Lächeln umspielte ihre Lippen. »Oder aber, Kreuzdorn vom Coyote-Clan, deine Welt wird rings um dich untergehen, wenn du das nächste Mal hierher zurückkommst. Sei bereit, ein Opfer zu bringen. Verstehst du mich?«

»Ein Opfer?« Er war unsicher, wußte nicht weiter. »So etwas wie zwei Mäuse auf einem Wacholderzweig?«

Ihr Lächeln schwand.

»Ich werde viel mehr verlangen als das Thlatsina-Ungeheuer.«

»Aber woher weiß ich, was ich dir bringen soll?«

*»Du wirst es wissen.«*

Aus der Wassermulde hinter ihr tauchte langsam eine riesige Gestalt auf. Wasser, im Mondlicht glitzernd, überströmte ihren Körper. Kreuzdorn riß die Schnauze auf, als das Geschöpf sich auf alle viere fallen ließ. Es sprang herum und trat aus wie ein tänzelnder Hirsch. Erst als diese Kreatur ihm in die Augen sah, erkannte Kreuzdorn ihr klobiges, verzerrtes Gesicht, überkrustet mit dem rosafarbenen Lehm aus dem heiligen See, wo die Thlatsinas geboren werden.

*Der Schlammkopf!*

Das heilige Wesen breitete die Arme aus und begann zu tanzen. Es wirbelte herum wie ein Blatt im urzeitlichen Wind der Schöpfungstage, das höher und höher schwebt, und das rhythmische Stampfen seiner Füße bestimmte den Herzschlag der Welt.

Als der Schlammkopf, um sich tretend, wie ein Pfeil stracks auf Kreuzdorns Bauch zuschoß, schrie Kreuzdorn in Todesangst kreischend auf …

Und fuhr mit einem Ruck aus dem Schlaf hoch; er saß schweißgebadet auf seiner Decke. Er versuchte, die Trübung seiner Augen wegzublinzeln und suchte nach dem sternenbeschienenen Wacholderhain. Die Asche in seiner Feuergrube war weggeblasen worden. Ein Stück Holzkohle lag in dem Steinring, völlig kalt.

»Ein … ein Traum, den die Macht geschickt hat …«

Kreuzdorn schaute an sich herunter. Die zitternden Finger seiner rechten Hand hatten sich in dem Gewebe über dem schmerzenden Bauch derart verhakt, daß er sie nur mit großer Anstrengung freimachen konnte. Als er die Hand hob, sah er erschrocken auf das Blut; er verstand das nicht.

»Das ist doch nicht möglich!«

Er warf sein langes braunes Hemd hoch, und die Sterne beleuchteten die flachen Risse auf Magen und Beinen. Entsetzt zog er die Ärmel hoch; mit aufgerissenen Augen starrte er auf die blutigen Kratzer.

Als wäre er durch dorniges Gestrüpp gelaufen!

… Oder in das stachlige Gewirr toter Wacholderäste in seinem Rücken gerollt.

Ein Rudel Coyoten fing an zu heulen – ihr Klagelied in der Stille der Nacht. Kreuzdorn biß sich auf die Lippen. Eine Weile lauschte er gespannt diesen klangvollen Tönen, die durch die schlafende Wüste hallten.

»Ach ja«, seufzte er schließlich, »auch gut. Ich verstehe sowieso kein Wort.«

Er kuschelte sich wieder in die Wärme seiner weichen, abgenutzten Decken und sah in die Dunkelheit. Sein Blick glitt über den sternenfunkelnden Himmel; immer wieder kam ihm die schöne Frau in der Türkis-Höhle hoch oben in den eisigen Bergen in den Sinn.

## 6. Kapitel

Schritte. Noch schwach.

Distel wandte sich zum ledernen Türvorhang, der die Kälte ein wenig abhielt. Bei dieser Bewegung fiel ihr das starke schwarze Haar über die Schulter und umrahmte ihr feingeschnittenes Gesicht. Sie war dreißig Sommer alt, zehn Handlängen groß und von zarter Gestalt. Sie horchte mit schräggelegtem Kopf.

Die Schritte kamen langsam den Weg empor, als glitte die Seele ihres Mannes durch eine der Himmelswelten auf der Suche nach Antworten, die er nicht finden konnte. Er setzte die Füße so leicht auf, daß der Kies unter seinen Sandalen kaum knirschte.

Sie kannte diesen Gang und wußte, was er zu bedeuten hatte. Sie hatte in der letzten Nacht von Yucca-Wurzeln geträumt – eine Warnung vor nahendem Tod. Doch wessen Tod?

Distel wischte sich die schwitzenden Handflächen am Saum ihres flechtengefärbten gelben Kleides ab und schaute nach links auf Maisfaser und Vogelkind. Die Kinder schliefen unter bunt gefärbten Decken. Von Maisfaser war nur die Stirn zu sehen, aber Vogelkind hatte die meisten seiner Decken abgeworfen. Distel lauschte den ruhigen Atemzügen, und diese Ruhe milderte ihre Ängste.

Vom Holzstapel neben der von Steinplatten eingefaßten Feuergrube nahm sie den Astknorren einer Kiefer und legte ihn auf die Glut. Die Flammen prasselten, und Funken sprühten hinauf zum Rauchloch im Dach.

Sie blickte sich in dem kleinen Haus um, viermal eine Körperlänge lang und breit. Sie hatten es aus Sandstein gebaut und die Innen- und Außenwände mit weißem Lehm verputzt, den sie den ganzen Weg vom heiligen See im Süden hergebracht hatten. Ein kleines Fenster mit Ledervorhang war in die Rückwand eingelassen. Vor ihr, auf beiden Seiten der Tür, stand ein schwarzer langhalsiger Wasserkrug in einer Reihe mit mehreren einfachen Töpfen, die rotes, gelbes, weißes und blaues Maismehl sowie verschiedene Heilkräuter enthielten. Sie und Palmlilie hatten sie auf einer Wanderung nach Süden gesammelt, an einem schönen Frühlingsmorgen, unter Lachen und zärtlichen Berührungen: Königskerzen gegen Herzbeschwerden, Schraubenbohnen gegen Magenweh, Feigenkaktuspolster für ziehende Umschläge bei Prellungen und Brandwunden, Yucca-Wurzeln, um die Schmerzen bei Gicht zu lindern, und Beifußblätter, um Fehlgeburten herbeizuführen.

Ein Kranz von Skalpen hing im Kreis um Palmlilies Waffen herum, den Bogen, zwei Knochendolche und ein langes Obsidianmesser an der Wand zu ihrer Rechten über ihrem Bett. Die Seelen der abgezogenen Kopfhäute von Feinden verwandelten sich in Wasser- und Samenwesen und verliehen dem tapferen Krieger, der sie im Kampf gewonnen hatte, ein langes Leben und große Geisteskraft.

Ein flacher Korb mit Steinwerkzeugen und ein Topf voller getrockneter Wacholderbeeren standen rechts von ihr. In starkem Tee aufgebrüht, tröpfelte der Geist der Beeren in die Seele eines Menschen und wehrte den Einfluß von Hexen ab. Seit kurzem benutzte sie die Beeren häufiger. Es gab Gerüchte, daß das ganze Dorf sich der Hexerei zugewandt hätte, um sich vor dem Ehrgeiz der Ersten Menschen in Krallenstadt zu schützen – besonders vor dem machtvollen Priester Nordlicht und dem schrecklichen Krähenbart.

Distel fuhr sich nervös mit der Zunge über die Lippen. Ihr Blick schweifte nach rechts. Am Fuß ihres Bettes stand ein großer, fein bemalter Topf mit einem keramischen Deckel, den ein schwerer Stein beschwerte. Der Topf enthielt ungewöhnliche Handelsware: rote und grüne Papageienfedern, Jett- und Türkis-Schmuck, Muscheln, die den weiten Weg vom Großen Ozean hinter sich hatten, zwei Flöten, aus den Schenkelknochen großer Katzen gefertigt, und sechs feingeschnitzte Statuen – fremdartige Götter mit langen Zähnen und hervorquellenden Augen.

Die Figuren hatte ihnen Häuptling Krähenbart, die Gesegnete Sonne der Krallenstadt, geschenkt, und weder sie noch Palmlilie hätten sie ablehnen können. Sie jagten ihr immer noch Angst ein. Wenn Distel es am wenigsten erwartete, würden die Geister der Statuen plötzlich erwachen und Macht in ihre Adern einschießen lassen, wie geschmolzenen Fels. Sie war keine Geistträumerin, nicht einmal jemand, der sich nach Visionen sehnte, folglich mußte ihr der Sinn der Botschaft dieser Götter entgehen. Sie wußte nur, daß auch sie die Zukunft fürchteten.

Die Schritte verhielten vor der Tür.

Eine sanfte Stimme sagte: »Du solltest nicht mehr wach sein, mein Weib. Die Abendleute sind von der Dämmerung fast bis zum Morgengrauen gewandert. Ich habe doch gesagt, du solltest –«

»Und ich habe dich gebeten, nicht zu dem Treffen zu gehen!« Sie sprang auf und stellte sich neben das Lager der Kinder.

Palmlilie zog den Hirschledervorhang zurück, duckte sich unter der niedrigen Tür hindurch und trat ein. Er hatte ein schmales Gesicht mit einer Knollennase und Augen in der Farbe alter Zedernrinde, ein seltsames Graubraun, das im Feuerschein glitzerte. Das lange schwarze Haar hing ihm locker über die Schultern. Obwohl er nur dreiunddreißig Sommer erlebt hatte, war seine Stirn schon zerfurcht, und kleine gewundene Falten gingen von seinen Augenwinkeln aus. Eine schöne blaue Decke hing ihm über die Schultern. Darunter trug er ein langes rot-schwarz gestreiftes Hemd bis unter die Knie.

»Es tut mir leid, daß die Versammlung so lange gedauert hat«, sagte er entschuldigend. »Du hast dir doch hoffentlich keine Sorgen gemacht.« Er nahm die Decke ab und faltete sie gelassen zusammen. »Wie geht es Maisfaser?«

Distel sah ihn an und wußte, daß er Zeit gewinnen wollte. *Es ist schlimmer, als ich dachte.*

»Sie ist noch schwach, aber ihr Husten ist weg.«

»Und Vogelkind?«

Distel kniete neben dem fünfzehn Sommer alten Jungen und zog ihm liebevoll die Decke über den bloßen Rücken. Das lange Haar fiel ihr über die Schultern und verdeckte ihren angespannten Gesichtsausdruck. »Er hat mich lange ausgefragt, wohin du gegangen wärst und was für Nachrichten die Läufer gebracht hätten. Er ...«

Ihre Hände fingen an zu zittern. Sie ballte sie zu Fäusten und stand auf. Dann stellte sie sich ihrem Mann genau gegenüber. »Erzähl! Was haben sie gesagt?«

Die finsteren Läufer waren bei Sonnenuntergang eingetroffen, schweißgebadet. Sie waren drei Tage lang ohne Pause gelaufen, ohne Essen, ohne Schlaf. Sofort waren sie zur Ehrwürdigen Mutter des Clans gegangen, gewillt, mit Palmlilie und Distel zu sprechen, denn sie hätten eine dringende Botschaft von Eisenholz, dem großen Kriegshäuptling von Krallenstadt.

Zu Tode erschrocken hatte Distel sich geweigert, das Haus zu verlassen, unter dem Vorwand, ihre Tochter sei krank, und sie hatte ihrem Mann geraten, dasselbe zu tun. Aber er hatte nicht auf sie geachtet, der Gesegneten Sonne und seinem verehrten Hauptmann noch genauso ergeben wie vor sechzehn Sommern.

Palmlilie ging zu den Schlafmatten aus Weidengeflecht und legte die gefaltete Decke obendrauf. Den breiten Rücken zu ihr, murmelte er: »Sie sagen, Krähenbart stirbt.«

»Sind sie sicher? Aber wie können sie das sein, nachdem –«

»Bitte.« Palmlilie drehte sich um, und sie sah die Trauer in seinen Augen. »Setzen wir uns, wir wollen das in aller Ruhe besprechen.« Er deutete auf die Matten, die um das Feuer herum lagen.

Distel warf einen ängstlichen Blick auf die Kinder, folgte ihm aber. Auf unsicheren Beinen ließ sie sich auf die südliche Matte gegenüber der Tür nieder und zog die Knie an, die sie mit beiden Armen umfaßte. »Glaubst du es?«

Palmlilie kniete auf der nördlichen Matte, ihr gegenüber. Der goldene Schein des Feuers gab seinem Hemd einen seltsamen Ocker-Ton. »Verhüllt-Seinen-Schwanz hat es mir selbst gesagt. Er ist der Stellvertreter des Kriegshäuptlings und sein bester Freund. Er ist an die Wahrheit gebunden, er würde nicht lügen, genausowenig wie ich, als ich noch der Stellvertreter des Häuptlings war. Distel! Die Gesegnete Sonne hat fast fünfundfünfzig Sommer gesehen. Wenn man seine Schwächlichkeit bedenkt und die vielen Krankheiten, die er erleiden mußte, dann war Spinnenfrau noch sehr großmütig, ihm so viele zu schenken. Ich bete, daß sie –«

»Und was wird aus uns?« Die Verzweiflung in ihrer Stimme überraschte sie selbst. Etwas ruhiger fragte sie: »Aus unserer Familie? Er darf nicht sterben. Noch nicht. Und wie oft hat man uns schon seinen Tod angekündigt? Mindestens fünfmal. Nein, ich glaube es nicht.«

Palmlilie rutschte unbehaglich hin und her, und sein Schatten hüpfte über die Wand hinter ihm wie ein stummer tanzender Geist. Die Falten in seinem Gesicht wurden schärfer. »Ich gebe zu, es wäre auch denkbar, daß Krähenbart vielleicht nur wieder einen Seelenausflug ins Jenseits macht, aber das glaube ich nicht.« Er rieb sich die Hände, um sie zu wärmen. »Aber wir werden es jedenfalls bald wissen. Nordlicht will seinen Körper auf die große Trommel in der Kiva der Ersten Menschen legen und Sklaven anweisen, über ihn zu wachen.«

Distel schloß die Augen. »Wenn Hauptmann Eisenholz ihm nicht vorher die Kehle durchschneidet, um sicherzugehen. Er haßt Krähenbart. Der Mann ist –«

»Pst!« Palmlilie sah sich ängstlich um. »Du weißt, der Windjunge ist sein Geisthelfer und berichtet Eisenholz jedes Wort, das er gehört hat.«

Distel sprang auf und lief zur Tür, um in die Dämmerung hinauszusehen. Ein schwacher lavendelfarbiger Glanz lag über dem bergigen östlichen Horizont, drängte das Indigo der Nacht zurück und schuf Platz für die Wiedergeburt von Vater Sonne. Von diesem Hang oberhalb von Lanzenblattdorf aus konnte sie die weite Plaza und fast das ganze Tal überblicken. Innerhalb des schützenden Rechtecks des Dorfs war die Plaza grau und still.

Mit großen Augen betrachtete sie die Wüstenpflanzen. Kein Hauch bewegte den Beifuß. Sie ließ den Vorhang wieder fallen. »Ich glaube, wir sind sicher.«

Sie ging zu ihrem Mann zurück, und dabei bedrängten verbotene Gedanken ihre Seele, alte Ängste, die sie seit vielen Sonnenkreisen zu unterdrücken suchte. Was wäre das für ein Leben ohne ihre Kinder? Jede Aussicht, jede Blume, der winzigste Käfer sah interessanter und schöner aus, wenn man sie mit den Kindern ansah. Sie legte eine Hand vors Gesicht, um ihre Tränen nicht zu zeigen.

»Weine nicht, mein Weib.« Palmlilie zog sie neben sich auf die Matte. »Wir sind wirklich sicher. Nicht einmal der Windjunge würde uns verraten, nach allem, was wir für die Gesegnete Sonne durchgemacht haben.«

»Ich habe nicht unseretwegen geweint, lieber Mann, sondern wegen des Kindes. Verstehst du, Krähenbart hätte keine Läufer geschickt, wenn er nicht selbst glaubte, bald sterben zu müssen, und er hat uns gewarnt, daß ... daß wir vielleicht unser Kind verlieren.«

Palmlilie legte ihr eine Hand liebevoll aufs Haar. »Das ergibt keinen Sinn, mein Weib. Krähenbart hat andere Kinder zum Herrschen, wenn er gegangen ist. Hätte Krähenbart gewollt, daß unsere Kinder nach Krallenstadt kommen, dann hätte er es direkt verlangt. Und nicht Läufer mit der Nachricht geschickt, daß er stirbt. Zu welchem Zweck denn?«

»Ich weiß es nicht«, sagte sie sanft.

Er lehnte seine Stirn gegen die ihre. »Hör mir zu. Der Häuptling hat sein Kind aus reiner Güte verlassen und uns gut dafür entlohnt, daß wir sein Geheimnis bewahren. Sieh dir die feinen Decken an, die wir jetzt besitzen. Den herrlichen Türkis-Schmuck. Die Kupferglocken von den Hohokam weit im Südwesten. Jedes Stück ist mehr wert als das, was wir geleistet haben, um sie großzuziehen. Er würde das Kind niemals zurückhaben wollen. So grausam könnte er nicht sein.«

Neue Hoffnung besänftigte ihr Herz, beflügelte ihre Seele. Sie sah ihn an. »Glaubst du das wirklich?«

»Ja. Vielleicht wollte der Häuptling uns nur warnen, daß im Falle seines Todes die Zahlungen aufhören würden.«

»Ja, ja natürlich.« Sie lachte erlöst und packte krampfhaft Zipfel ihres gelben Hemdes. »Deswegen hat er Eisenholz die Läufer schicken lassen. Wir haben nichts zu befürchten. Die Zahlungen werden ausbleiben, aber das soll uns gleich sein. Das Geheimnis wird mit uns sterben, und unsere Familie wird für immer in Sicherheit sein.«

Palmlilie flüsterte: »Ja.« Aber sein Blick glitt unsicher über die getünchten Wände.

»Was ist los? Woran denkst du?«

Palmlilie stand auf und ging zum Lager der Kinder. Er betrachtete Maisfaser. Lange schwarze Haarsträhnen breiteten sich auf der Schlafmatte aus. Palmlilie wollte darüberstreichen, hielt aber eine Handbreit davor an, vermutlich weil sie krank gewesen war und er sie nicht aufwecken wollte. Als täte es ihm weh, seine Tochter nicht berühren zu dürfen, zog er seine offene Hand zurück und ballte sie zur Faust.

»Ich dachte, wir sind nicht die einzigen, die davon wissen.«

Distel unterdrückte ihre Erwiderung, als sie sah, daß Vogelkind aufwachte. Sie waren zu laut gewesen. Der Junge gähnte und streckte die Arme über dem Kopf aus. Er rollte sich auf den Rücken und strahlte über sein braunes Gesicht, als er Palmlilie erblickte. »Hallo, Vater.«

Palmlilie kniete sich neben ihn. »Tut mir leid, daß ich dich geweckt habe, mein Sohn. Es ist noch nicht Morgen. Schlaf noch ein bißchen.«

Schlaftrunken fragte Vogelkind: »Bist du gerade gekommen?«

»Ja. Es war eine lange Nacht.«

»Was haben die Läufer gewollt?«

»Oh, alles mögliche, vor allem –«

»Vater.« Vogelkind stützte sich auf einen Ellbogen. Im Schein der Flammen wirkten seine Augen wie mit reinem Kupfer überzogen. Seine nackte Brust war hager, die Haut sehr bleich. »Die Geister im Jenseits haben mir erzählt, sie seien gekommen, um dich zu bitten, wieder als Krieger für die Gesegnete Sonne zu kämpfen. Ich habe einen Schreck bekommen.«

»Nein, nein, mein Sohn.« Palmlilie warf einen besorgten Blick auf Distel. »Es war nichts Ernstes.«

Das Blut wich aus Distels Gesicht. Eine Lüge? Hob er die Nachricht bis zuletzt auf?

Zwei Sommer lang hatte Palmlilie dem Häuptling als einer der treuesten Leibwächter gedient. In der letzten Nacht seines Amtes war Nordlicht zu Palmlilie gekommen, mit einem neugeborenen Kind auf den Armen, einem winzigen wimmernden Geschöpf in einer wunderbaren türkisbesetzten Decke. Der Sonnenseher hatte ihm Krähenbarts Schande offenbart: *»Die Gesegnete Sonne hat sich mit einer Sklavin seiner Frau gepaart. Eine Verirrung natürlich, um so bedauerlicher, als dieses Kind der Vereinigung entsprang. Krähenbart will das Kind nicht töten lassen, aber du weißt, wie Nachtsonne ist. Sie würde das Kind vor der ganzen Stadt lebend häuten lassen. Palmlilie – der Häuptling Krähenbart weiß, daß deine Frau kürzlich ein Kind bekommen hat. Er schätzt deine Treue und möchte dich um einen Gefallen bitten. Könntet ihr dieses Kind als euer eigenes ausgeben? Natürlich werdet ihr entschädigt. Du mußt allerdings geloben, das Geheimnis nie preiszugeben …«*

Keinen Augenblick hatte Palmlilie gezögert. Der Handel war abgemacht, und er und Distel waren mit dem Kind hergekommen, an die Nordgrenze, wo Distel im Ameisen-Clan Verwandte hatte. Sie hatte allen erzählt, die Babys seien Zwillinge, und sich bemüht, beiden Milch zu geben. Als sie keine Milch mehr hatte, fand sie eine andere Amme für Vogelkind.

Vogelkind kniff das rechte Auge argwöhnisch zu und schaute von Distel zu Palmlilie, hin und her, als wollte er ihren Gesichtsausdruck prüfen. »Also, welche Botschaft haben die Läufer gebracht, Vater? Ich hörte, wie die Ehrwürdige Mutter Kleeblatt ihre Ankunft meldete. Sie sagte, es sei dringend.«

Palmlilie strich ihm die losen Haarsträhnen aus dem Gesicht. »Du fragst immer so viel, mein Sohn. Also das Wichtigste war, daß die barbarischen Turmbauer wieder das Schildkrötendorf überfallen haben; sie haben mehrere Frauen mitgenommen und ein paar Häuser angezündet. Das Schildkrötendorf hat ihnen Rache geschworen. Die Läufer wollten uns warnen; wir sitzen mitten dazwischen.«

»Aber warum wollten sie dann mit dir *und Mutter* sprechen, Vater?« Vogelkind wandte sich an Distel.

Sie überlegte schnell. »Weil ich ein Maurermeister bin, mein Sohn«, antwortete sie. »Wenn entschieden wird, daß die Wehrbauten von Lanzenblattdorf zu verstärken sind, bin ich diejenige, die die neuen Mauern berechnet und baut.«

Sein Gesicht zeigte Enttäuschung. »Und das war alles?«

Palmlilie zuckte die Achseln und lächelte. »Ich hab' ja gesagt, es war nichts Ernstes. Aber jetzt, glaube ich, ist es Zeit, daß du deine Seele ins Jenseits zurückträumst, mein Sohn. Da sind gewiß viele Geister, die mit dir laufen und jagen wollen.«

Vogelkind sagte, schon gähnend: »Rotbacke und ich waren gerade dabei, Krieger der Feuerhunde zu töten. Er braucht meine Hilfe mehr, als er zugeben will.«

Rotbacke war vor drei Sommern an einem gebrochenen Arm gestorben. Er war Vogelkinds bester Freund gewesen – und war es immer noch, wie es schien.

»Schlaf jetzt, Junge.« Palmlilie zog die Decke über Vogelkinds Brust und schloß ihm die Augen. »Sag Rotbacke, daß er mir fehlt.«

»Mach' ich, Vater.«

Palmlilie wartete, bis Vogelkinds Atem gleichmäßig ging, bevor er sich neben Distel ans Feuer setzte. Sie starrten sich an. Palmlilie strich ihr zärtlich über das Kinn. »Ich bin sehr müde«, flüsterte er. »Wir wollen heute nacht nicht mehr darüber sprechen.«

Atemlos stieß Distel die Frage hervor: »Haben dich die Läufer gebeten, wieder als Krieger zu Gesegnete Sonne zu kommen?«

Palmlilie biß sich auf die Lippen. »Nein … nicht genau. Verhüllt-Seinen-Schwanz sagte, Häuptling Eisenholz wollte mich nur wissen lassen, daß die Feindseligkeit zwischen den Clans und ihren verbündeten Dörfern wächst. Eisenholz fragte mich, ob ich bereit wäre, als sein Stellvertreter zurückzukommen, wenn es Krieg gäbe.«

»Und was hast du geantwortet?«

Palmlilie zögerte. »Reg dich bitte nicht auf –«

»Du hast ja gesagt.«

»Ich habe gesagt, daß ich tun werde, was die Gesegnete Sonne von mir will, und ich habe das aus einem bestimmten

Grund so gesagt. Eisenholz möchte vielleicht, daß ich nach Krallenstadt zurückkomme, aber der Häuptling Krähenbart wahrscheinlich nicht.«

Distel ballte die Fäuste. »Und du glaubst, der Kriegshäuptling versteht das? Daß du eigentlich nicht zurückkommen willst, und wenn, dann nur aus Treue gegenüber Krähenbart?«

Palmlilie nickte. »Ja. Was auch immer du glaubst, mein Weib – Eisenholz ist ein Mann von Ehre.«

Distel betrachtete ihre Hände. In all den Sommern, die sie sich kannten, hatte sie niemals Männer kritisiert, die er achtete – selbst wenn sie mehr über sie wußte als er. »Geh zu Bett, lieber Mann. Du brauchst Ruhe, vielleicht mehr, als wir beide wissen.«

»Bist du böse?«

»Nein, nein einfach nur … müde.« Sie nahm seine Hand und drückte sie.

»Komm auch zu Bett. Du mußt genauso erschöpft sein wie ich.«

»Ja, bald. Das verspreche ich. Ich will nur noch etwas nachdenken.«

Er streichelte ihren Rücken. »Wie du willst.«

Er zog sich das lange Hemd über den Kopf und legte es über den Topf am Fuß der Schlafmatten. Die starken Muskeln glänzten an seinem nackten Körper. »Du solltest dir keine Sorgen machen. Noch nicht. Warte ab, bis wir genau wissen, ob Krähenbart –«

»Ich werde es versuchen, lieber Mann. Ich liebe dich. Schlaf jetzt. Ich werde bei dir sein, bevor du es merkst.«

Er streckte sich auf dem Rücken liegend aus. »Das hoffe ich. Ich schlafe nicht gut, wenn du nicht bei mir bist.« Er zog die Baumwolldecke mit den eingewobenen Kaninchenfellstreifen hoch, schob einen Arm unter den Kopf und schloß die Augen.

Distel wandte sich ab. Das Feuer war bis zu einer Glutschicht innerhalb weißer Asche heruntergebrannt, und in dieser hochroten Strahlung schien das Haus zu atmen und zu beben wie ein gestaltloses Geisttier auf seinem nächtlichen Streifzug, dem das armselige Leben der Menschen gleichgültig ist. Sie zog einen Wacholderast vom Holzstapel und legte ihn auf die

Glut. Flammen zuckten hoch und stießen blaue Rauchwölkchen nach oben.

Viele Sommer lang hatte kalte Angst sich um ihr Herz gelegt wie eine schlafende Klapperschlange. Heute aber hatte die Schlange ihr Haupt erhoben und sie angesehen, und dieser Blick war eine an sie gerichtete Herausforderung aus der Geisterwelt. Würde sie je der Wahrheit über das Kind ins Auge sehen können?

Die Geschichte Nordlichts hatte sie nie geglaubt. Wie denn auch? Sie hatte als Steinmetz in Krallenstadt gearbeitet und mitgeholfen, den mehrgeschossigen Bau zu errichten. Sie hatte die Gesegnete Sonne täglich gesehen; selbst jetzt, so viele Sommer später, konnte sie sich noch an jeden Gesichtszug erinnern, und das Kind hatte keinerlei Ähnlichkeit mit ihm. Die hochgewölbten Brauen und die breiten Backenknochen hatte sie genausowenig von Krähenbart wie den feinen Knochenbau und die mattgoldene Haut. Außerdem war der Häuptling zur Zeit der Geburt des Kindes wegen Handelsgeschäften für zehn Monde zu den Hohokam gereist gewesen. Das Kind hätte eine Spätgeburt sein können, was sie aber bezweifelte. Sie erinnerte sich ganz deutlich an die Winternacht, da Palmlilie ihr das Kind in die Arme gelegt hatte, und dabei war ihr aufgefallen, daß es aussah, als wäre es eher zu früh auf die Welt gekommen.

Distel umschlang die angezogenen Knie. Es war noch kein Mond vergangen, seit sie Krallenstadt verlassen hatten, als schreckliche Gerüchte die Runde machten. Rehkitz, eine von Nachtsonnes jungen Sklavinnen, war in einem Abfallhügel tot aufgefunden worden, unter dem Schuttberg eines ganzen Winters. Sie hatte zwei Stiche in der Brust, ihr Bauch war aufgeschlitzt und das Kind, das sie trug, aus ihrem Schoß geraubt worden; niemand wußte, warum, niemand wußte, was mit dem Kind geschehen war.

Die Gerüchte sagten auch, daß die Ehrwürdige Mutter der Ersten Menschen rätselhafterweise keinerlei Nachforschungen wegen der Ermordung ihrer geschätzten Sklavin anstellen ließ. Aber die Läufer hatten schnell hinzugefügt, daß Nachtsonne todkrank und mit Fieber in ihrer Kammer eingeschlossen gewesen sei. Sie hatte getobt wie eine Wahnsinnige, so die Läufer, und sich geweigert, Heiler zu empfangen. Der alte Heimatlose, Düne, der große Seher, hatte gemeint, sie verzehre sich so vor Sehnsucht nach ihrem abwesenden Mann, daß die Lebensgeister sie verlassen hätten. Und wirklich, kaum war Krähenbart zurückgekehrt, hatte Nachtsonne sich schnell erholt.

Distel betrachtete das leichte Wehen des Hirschfell-Vorhangs; der Windjunge war unterwegs. Es wäre jetzt gefährlich, etwas laut auszusprechen. In ihrer Seele war noch die Erinnerung daran, daß die Blutung von Rehkitz ausgesetzt hatte. Es war an einem herrlichen Frühlingstag gewesen. Die blühenden Wüstenpflanzen hatten die Luft mit Süßigkeit erfüllt. Die junge Frau war stolz und aufgeregt gewesen. Seit neun Monden hatte sie heimlich einen sehr mächtigen Mann geliebt – es wurde getuschelt, er stünde Kriegshäuptling Eisenholz nahe. Rehkitz behauptete, er sei ein Krieger, aber aus Angst vor Bestrafung wagte sie nicht, seinen Namen zu nennen. Sie hatte nicht die Kühnheit besessen, Nachtsonne um Erlaubnis für diese Verbindung zu bitten, wie es sich für eine Sklavin gehört hätte. Besitzer wollten natürlich bei der Gattenwahl ein Wort mitreden, da sie sich stärkere und bessere Sklaven erhofften. Rehkitz hatte gelobt, sie würde es Nachtsonne mitteilen, sowie sie den Mut dazu fände.

Als Rehkitz verschwand, hatte sie das Kind vielleicht acht oder achteinhalb Monde getragen. Selbst wenn Rehkitz nie die Erlaubnis eingeholt hatte, mußte Nachtsonne ihre Schwangerschaft gesehen und stillschweigend geduldet haben. Es sei denn … sie hatte vielleicht während ihrer Fieberzeit sogar ihre Dienerinnen aus ihrer Kammer verbannt? War Nachtsonne am Ende aufgestanden, hatte ihre schwangere Sklavin gesehen und Gerüchte vom Fehltritt des Häuptlings gehört? Hatte sie Rehkitz aus Rache töten lassen?

Die kleinen Geräusche der Morgendämmerung machten sich jetzt bemerkbar. Das Holz im Feuer krachte und zischte, und der Feuerschein überflutete die weißen Wände mit rubinrotem Licht. Eine Eule, über die Klippen gleitend, rief. Irgendwo in den Kiefernwäldern verabschiedete ein Rudel Wölfe die scheidende Dunkelheit mit klagenden Heullauten, die mit gespenstischer Klarheit durch die Wüstenstille hallten.

Sie blickte zu ihren Kindern.

Nein, nicht das Kind von Krähenbart. Diese forschenden Augen, diese Haut in der Farbe winterbrauner Baumwollblätter … der Vater konnte nur einer sein. Kriegshäuptling Eisenholz.

Distel erschrak. Auf Zehenspitzen ging sie geräuschlos zu ihrem Werkzeugkorb, um ein Feuersteinmesser mit Griff hervorzuholen, und dann zu den Kindern. Sie ließ sich an der Wand entlang zwischen sie gleiten und legte sich das Messer aufs Knie.

In Krallenstadt wurden gegebene Befehle mit peinlicher Genauigkeit ausgeführt. Davon hingen oft Menschenleben ab. Vielleicht hatte Nachtsonne das Getändel zwischen Eisenholz und ihrer Sklavin entdeckt und Nordlicht aufgetragen, Rehkitz zu töten. Doch warum hätte der Sonnenseher es auf sich nehmen sollen, das Kind aus dem Leib der jungen Frau herauszuholen und zu retten? War er vielleicht Eisenholz einen Gefallen schuldig?

Maisfaser rührte sich. Sie griff nach dem Rock ihrer Mutter, und als sie den gelben Saum berührte, seufzte sie zufrieden auf. Distel nahm liebevoll die Hand ihrer Tochter.

»Schlaf, meine Tochter. Du mußt gesund werden.«

»Ich hab' dich lieb, Mutter«, murmelte Maisfaser schwach und öffnete die Augen.

Schauer des Staunens liefen Distel über den Rücken. Das Mädchen hatte Augen, die an Donnerwolken denken ließen, Augen voller Macht, Stürme verheißend. Einige Dorfkinder hatten sie schon beschuldigt, sie habe Hexenaugen. Ihre Eltern hatten sie getadelt, daß sie so böse Dinge sagten; aber Distel konnte die Furcht auf den Gesichtern der Erwachsenen sehen, die Hälfte von ihnen glaubte es auch. Und der Rabe, der immer wiederkam, machte das Ganze nur noch schlimmer.

Je älter Maisfaser wurde, um so weniger paßte sie zu den anderen. Wie lange noch, bis sie ihrem eigenen Clan zur Fremden wurde?

Der Windjunge schlug den Türvorhang auf und huschte herein, um zu horchen. Das Feuer zischte und knackte und spie Funkenkränze aus. Distel wartete, bis der Windjunge wieder fortgeeilt war, bevor sie sich gestattete, weiter nachzudenken.

Eisenholz hatte viele Feinde. Verdächtigte ihn einer, ein Kind zu haben?

Sie lehnte sich zurück an die Wand. Ihnen blieb nur noch eines übrig: wegzulaufen, die Kinder weit fortzubringen.

Morgen würde sie Palmlilie mitteilen, daß sie Eisenholz in Verdacht hatte; sie würde versuchen, ihn davon zu überzeugen, daß Nordlicht gelogen hatte, und ihn auf die Gefahren hinweisen, die ihnen drohten.

Würde er ihr glauben?

Sie packte das Messer fester.

Sie mußte ihn unter allen Umständen überzeugen.

Heftige Windstöße fegten durch Krallenstadt und ließen den Ledervorhang vor Schlangenhaupts Tür flattern. Er lehnte sich an die weiße Wand seines Privatzimmers und zog die braun-gelbe Decke fester um seine Schultern. Hinter dem Vorhang sah er die Abendleute funkeln wie zerschlagene Quarzkristalle, die auf ein schwarzes Nerzfell geworfen werden. Die Nacht trug den Duft von brennendem Beifuß vorbei. In der Mitte des Raums stand eine wärmende Feuerschale, in der es knisterte und glühte, und ein hochroter Schein fiel auf die leuchtend bemalten Wände.

Die Kammer maß vier mal fünf Körperlängen. Auf der Nordwand tanzte der Thlatsina-Dachs, der schwarze Körper eingerahmt von Feindskalpen. Schlangenhaupt hatte sie selbst acht Feuerhunden abgezogen, Trophäen von Kämpfen, die er siegreich bestanden hatte. Er sah sie an und lächelte. Sein Volk vollführte einen Skalp-Tanz, um die haarigen Siegessymbole in Wasser und Samenwesen zu verwandeln, auf daß sie ihrem

Besitzer ein langes Leben und gewaltige geistige Macht verliehen. Davon hatte er nie etwas gespürt. Für ihn waren Skalpe menschliche Hautteile, sonst nichts.

In der südwestlichen Ecke des Raums hüpfte ein roter Papagei in seinem großen Weidenkäfig unruhig herum. Er sprang auf seiner Stange hin und her und kreischte leise. Eine Schale mit Piniennüssen und Sonnenblumenkernen stand im Käfig, umringt von aufgebissenen Schalen. Der große Vogel maß sechsmal eine Handbreit vom Schnabel bis zum Schwanz und hatte einen wunderbaren weißen Kopf mit blauen, gelben und roten Federn. Der Papagei betrachtete ihn gebannt.

Schlangenhaupt hatte seine Schlafmatte auf der anderen Seite der Kammer, denn der mißgünstige Vogel nahm jede Gelegenheit wahr, um ihn zu beißen. Als Schlangenhaupt den Vogel gerade von einem Händler bekommen hatte, war er neben dem Käfig eingeschlafen und zufällig im Schlaf in die Käfigstäbe gerollt. Er erwachte, als ihm eine Kralle beinahe ein Ohr abriß.

Schalen klapperten hinter Schlangenhaupt, und er wandte sich um. Trauertaube war gekommen, um das benutzte Geschirr abzuräumen. Sie war klein und zart gebaut, mit einem Gesicht wie ein Backenhörnchen, mit vollen Wangen, großen Augen und einer spitzen Nase. Sie reichte Schlangenhaupt, wenn er stand, gerade bis zur Mitte seines Brustkorbs. Heute abend trug sie ein schönes rotes Kleid, eines, das er ihr geschenkt hatte. Olivella-Schneckengehäuse aus dem Westmeer verzierten die Ränder ihrer Ärmel und klickten lustig, als sie ihren abendlichen Pflichten nachging.

Aufschauend sah sie seinen Blick und fragte: »Darf ich jetzt gehen, Gesegnetes Schlangenhaupt?« Ihre Stimme zitterte; sie sah wieder auf die Glut in der Feuerschale.

Schlangenhaupt nippte an der Tasse Tee, die sie ihm gebracht hatte. Er schmeckte süß nach getrockneten Phlox-Blütenblättern. »Nein, wir wollen noch etwas plaudern.«

»Aber ich … ich habe Kriecher versprochen, daß ich –«

»Kriecher ist einer der Gemachten Menschen«, erinnerte sie Schlangenhaupt. »Ich bin von den Ersten Menschen. Meine Wünsche haben Vorrang.«

»Ja, natürlich. Vergib mir.« Trauertaube setzte das abgeräumte Geschirr auf den verputzten Boden. »Was ist dein Wunsch, Gesegnetes Schlangenhaupt?«

»Sieh mich an!«

Sie hob ihren Blick, und Schlangenhaupt lächelte. Ihre Augen faszinierten ihn, zogen ihn an, so wie ein verwundetes Kaninchen einen Puma anzieht. Angst und Haß schienen in diesen warmen, braunen Tiefen auf, Angst vor ihm und Haß gegen ihn und nur gegen ihn allein. Das Feuer ihrer Empfindungen entfachte seine Leidenschaften. Sie war immer die Sklavin seiner Mutter gewesen, doch seit seiner Kindheit ihm zugeteilt, um ihn zu bedienen. Und er hatte sie benutzt. Als er zehn Sommer alt war, hatte er sie zum ersten Mal auf sein Lager befohlen. In der Tollheit der Jugendzeit hatte er sie manchmal viermal am Tag in seine Kammer bestellt. Sie war ihm wortlos zu Diensten gewesen und hatte nur geantwortet, wenn sie gefragt worden war.

Sie war seine einzige Vertraute geworden, was er sehr komisch fand. Er war ein privilegiertes Kind gewesen und sie immer nur eine Sklavin. Das heißt, nicht immer. Als sie dreizehn Sommer alt war, war ihre Feuerhund-Mutter von den Turmbauern aus dem Norden gefangengenommen worden. Der Vater von Trauertaube war ein Turmbauer gewesen. Acht Sommer lang hatte sie unter den Barbaren gelebt, bis sie von den Kriegern des Rechten Wegs geraubt worden war. Durch die sonderbare Mischung der Traditionen hatte sie seltsame Anschauungen gewonnen. Sie glaubte an die Prophezeiungen der Feuerhunde, des Volks ihrer Mutter, aber sie fühlte sich ihres Vaters wegen dem Volk der Turmbauer zugehörig.

Schlangenhaupt lächelte. Er war ein frühreifes Kind gewesen. Er hatte es geliebt, ihr Streiche zu spielen, hatte sich vor ihr versteckt, getan, als wäre er verletzt, gekreischt und Wutanfälle simuliert, um sie in Schwierigkeiten zu bringen, weil sie ihn schlecht behandelt hätte. Trauertaube hatte schreckliche Angst davor, was mit ihr geschehen würde, wenn Schlangenhaupt wirklich verletzt wäre, so daß sie ihm folgte, wo immer er hinging, selbst wenn er Erwachsenen nachschlich, um zu beobachten, welche verbotenen Dinge sie außerhalb der Stadt machten. Die Folge war, daß sie fast so viele Geheimnisse der Ältesten von Krallenstadt kannte wie er. Allerdings konnte sie nur mit ihm darüber sprechen. Wenn jemand erfahren hätte, wieviel sie wußte, wäre ihr Leben verwirkt gewesen.

Während der letzten vierzehn Sommer hatte Schlangenhaupt beobachtet, wie ihre anfängliche Furcht vor ihm allmählich einem ausgesprochenen Verlangen nach Rache wich. Es amüsierte ihn. Wenn er ihr in die Augen sah, blickte ihm der Tod entgegen.

»Du hast also gesehen, wie Nordlicht vor zwei Zeithänden aus der Stadt ging«, sagte Schlangenhaupt. »Und Eisenholz ging eine Zeithand später?«

Trauertaube zerknüllte nervös ihr rotes Kleid. »Ja.«

Schlangenhaupt schwenkte seinen Tee und sah zu, wie das mattgrüne Getränk über die Seiten der Tontasse wusch. »Ich will, daß du heute nacht in Kriechers Zimmer bleibst. Von dort aus kannst du den Einlaß in die Stadt gut sehen.« Er nippte an seinem Tee und beobachtete sie durch Augenschlitze. »Warte, bis Nordlicht und Eisenholz zurückkehren, und merk dir die Zeit. Sie sind getrennt weggegangen, kommen aber fast immer zusammen zurück. Ich möchte wissen, wie lange sie gegen mich intrigiert haben.«

Trauertaube zog ihre Schultern zusammen. »Wieso glaubst du, daß sie über dich gesprochen haben?«

»Oh, das haben sie bestimmt. Vertrau mir. Beide haben eine Todesangst davor, was hier geschehen wird, wenn ich die Gesegnete Sonne geworden bin.«

Trauertaube betrachtete ihn durch ihre langen Wimpern. »Und was wird hier geschehen?«

Schlangenhaupt machte eine wegwerfende Handbewegung. »Ich werde neue Bündnisse schaffen. Mein Vater liebte es, mit unseren Feinden zu spielen. Er überfiel sie, dann ließ er zu, daß sie uns überfielen. Es gibt nur einen Weg, die Feuerhunde zu nützlichen Verbündeten zu machen; man muß sie zähmen. Vielleicht schicke ich sogar einen Läufer zu den Turmbauern im Norden. Es sind Wilde, aber vielleicht –«

»Wie willst du die Feuerhunde zähmen?« Trauertaube konnte den Unterton von Verachtung nicht ganz unterdrücken. Er hatte da einen wunden Punkt bei ihr berührt. Das Feuer aus der Schale warf einen tanzenden Schein über ihr angespanntes Gesicht.

»So wie man Hunde zähmt«, sagte Schlangenhaupt freimütig. »Ich werde ihnen kleine Bissen von unseren Tischen zuwerfen, schicke ihnen vielleicht auch ein schönes Geschenk oder eine Sendung von Türkis-Gestein. Ich könnte sogar ein paar von unseren Mogollon-Sklaven freilassen« – sie schaute zu ihm auf, Hoffnung in ihren Augen – »und dann, wenn sie mit dem Schwanz wedeln, wann immer sie uns sehen, dann stellen wir eine Armee auf, so groß, wie sie es nicht für möglich halten, und stoßen ins Herz ihrer Länder vor und schlachten sie zu Tausenden ab. Danach«, sagte er lächelnd, »sind sie zahm.« Er nippte an seinem Tee.

Trauertaube biß die Zähne zusammen. »Mein Volk wird sich zu wehren wissen.«

»Deswegen müssen wir sie überraschen und gleich in großer Zahl auslöschen. Die erste Regel im offenen Krieg heißt: schnell zuschlagen und so hart, daß jeder Wille zum Widerstand erstickt wird.« Er stellte seine Tasse auf das angezogene Knie. »Einen Krieger zu besiegen ist einfach, Trauertaube. Bring einfach seine ganze Familie um, dann hat er niemanden mehr, für den er kämpft. Zu diesem Zweck nimmst du ein Dorf ein, wenn es am wenigsten erwartet wird, tötest alle Frauen und Kinder und brennst es nieder. Denn geht's weiter zum nächsten Dorf, bevor jemand Alarm schlagen kann.«

»Du willst einen offenen Krieg führen?« fragte sie ungläubig.

»Natürlich. Keines dieser dummen Spielchen mehr, bei denen man schnell zuschlägt und wegrennt. Nein, es ist Zeit, daß das Volk des Rechten Wegs –«

»Ich hoffe, die Götter fällen dich dafür mit einem Schlag«, brach es aus Trauertaube hervor.

»Und für vieles andere auch, vermute ich.«

Als sie zur Seite blickte, lachte er. Licht flackerte über die Schneckengehäuse an ihren roten Ärmeln.

Schlangenhaupt stellte seine Tasse ab, erhob sich und blickte auf sie herab. Trauertaube beugte sich hastig zum Geschirr.

»Ich… ich muß jetzt gehen, Gesegnetes Schlangenhaupt. Ich muß Kriecher finden, muß ihm mitteilen, daß ich…«

Als sie zur Tür gehen wollte, versperrte er ihr den Weg. »Noch nicht.« Er streichelte sie am Hals. »Ich werde ihn benachrichtigen lassen, daß du heute abend später kommst.«

»Bitte, Schlangenhaupt, ich muß gehen, unbedingt. Kriecher ist dabei, ein besonderes Geschenk für die Gesegnete Federstein fertigzumachen, und er braucht meine Hilfe für die Arbeit mit den Stachelschweinstacheln. Das kann er nicht allein.«

»Er wirbt also noch um meine Cousine? Der alte Narr, er merkt nicht, daß sie ihn nie heiraten wird?«

»Er liebt sie, Schlangenhaupt. Er liebt sie wirklich. Ich glaube, Federstein erinnert ihn an seine gestorbene Frau.«

»Federstein gehört zu den Ersten Menschen.« Schlangenhaupt strich ihr durch das schwarze Haar. »Kriecher ist weniger als ein Feuerhund.«

»Wie kannst du das sagen?« Das Gesicht von Trauertaube war wie eine Maske, so gut verbarg sie ihren Abscheu bei seiner Berührung. »Kriecher ist ein guter und aufrechter Mann. Du weißt nichts von ihm.«

»Ich weiß, daß du das glaubst. Deswegen erlaube ich dir, dich zu ihm zu legen. Ein kleines Geschenk von mir.« Außerdem schien die Affäre mit Kriecher ihren Haß auf Schlangenhaupt zu vermindern und sie fügsamer zu machen.

Schlangenhaupt nahm ihr das Geschirr aus der Hand und setzte es neben der Tür auf dem Boden ab. Die Tassen klapperten gegen die Schalen.

Trauertaube machte noch einen letzten tapferen Ausbruchsversuch. »Wer wird für dich wachen, Schlangenhaupt?« wandte sie ein und blickte durch die Tür hinaus. »Nordlicht und Eisenholz werden zurückkommen, und du wirst keine Ahnung haben, wann sie –«

»Leg dich auf den Boden vor die Tür.«

Trauertaube schloß kurz die Augen und gehorchte dann; auf dem kalten Stein legte sie sich auf den Rücken. Ihr rotes Kleid breitete sich auf dem weißen Boden aus.

Schlangenhaupt hob den Vorhang und machte ihn am Zapfen fest. Das Licht der Sterne flutete ins Zimmer, heller als der rote Schein aus der Feuerschale. Die Wände schimmerten in zinnernem Glanz. »Von hier aus«, sagte er und spähte durch die Tür über Krallenstadt, »kann ich den Stadtzugang selber sehen.«

Trauertaube stützte sich auf die Ellbogen. Ihr Gesicht, das an ein Backenhörnchen erinnerte, verhärtete sich. »Aber Schlangenhaupt, jeder, der heraufschaut, kann sehen, wie –«

»Ja.« Er zog sich das Hemd über den Kopf und warf es auf den Boden. Er legte sich auf sie und starrte in ihre flammenden Augen. »Heilige Gesetze zu durchbrechen, das mache ich am liebsten.«

Er lachte leise und knabberte an ihrem Ohr. Als er ihr Hemd aufhob, kreischte der Papagei mit einer Stimme, die der von Trauertaube nicht unähnlich war: *»Ich hasse dich! Ich hasse dich! Ich hasse dich!«*

Schlangenhaupt grinste den großen Vogel an und zwang mit seinen Knien die Beine von Trauertaube auseinander.

# Zweiter Tag

*Mit bloßem Rücken lehne ich gegen eine nach Regen duftende Steinsäule, die Füße fest auf dem Boden eines verfallenen, verlassenen Hauses. Grauer Fels wölbt sich hoch über mir. Wolkenleute bevölkern den Himmel. Ich fühle ihre dahingleitenden Seelen – als wären auch Wolken in meinem Herzen lebendig.*

*Ein merkwürdiges Gefühl – diese Freiheit.*

*Mein Leben lang habe ich an eine Mauer zwischen innen und außen geglaubt. »Wirkliche« Dinge spielten sich nur innen ab. Ich allein verfügte über echte Wahrnehmung. Alles, was außen war, hatte nur eine schattenhafte Wirklichkeit. Andere Menschen, die Sterne und Tiere schienen auf eine nebelhafte Art lebendig, aber nicht wirklich.*

*Diese Mauer war ein Schoß, der meinem Stolz Nahrung gab und mir erlaubte, den Kopf abzuwenden. Um Verantwortungen und Verwandtschaften zu entfliehen.*

*Über das endlose Auf und Ab der Höhenzüge blickend, die mich im weiten Rund umgeben, sehe ich eine Landschaft ohne Mauern. Ein Ort äußerster Freiheit.*

*Doch wenn ich zu Boden blicke, sehe ich sorgsam geglättete Steine. Was war sie doch für ein tüchtiger Steinmetz, die Frau, die dieses Haus erbaute. Sie behaute die grauen Steine, bis sie so groß waren wie ihre Handflächen, und rieb sie dann so lange gegeneinander, bis sie so fugenlos aufeinanderpaßten, daß kein Mörtel mehr nötig war, um die Mauern standfest zu machen. Sie benutzte den runden Sockel der Säule als Rückwand und baute darum herum, so daß drei schöne Räume entstanden. Einer für ihre Familie, einer als Lager und einer wahrscheinlich für alt gewordene Eltern oder Großeltern.*

*Sie schuf Mauern außen.*

*Ich schaffe Mauern innen.*

*Mit meinem nackten Zeh drehe ich einen der herabgefallenen Steine um und frage mich …*

*Die Steine auf den Hügeln – schieben sie sich nachts herab, um sich die versklavten Steine anzusehen? Heulen sie, so wie Coyoten heulen, wenn sie Hunde in Käfigen sehen?*

*Die ungebundenen Wolkenleute – heulen sie mich an?*

*Der Wind winselt in meinen Ohren und umhüllt mein Gesicht mit dem süßen Duft der neuen Blumen und Gräser.*

*Ich lächle und streichle die Steine, die in den noch stehenden Mauern gefangen sind. Dann bücke ich mich und nehme sie auseinander, einen nach dem anderen breche ich die Steine los … gebe ihnen die Freiheit.*

## 7. Kapitel

Auf dem Kamm eines niedrigen Hügels hoch oberhalb des Canyons hielt Kreuzdorn mitten auf dem Weg an, um wieder zu Atem zu kommen. Stümpfe längst abgestorbener Goldkiefern waren überall auf dem Hügel. Bei der Bautätigkeit während der vergangenen fünfzig Sonnenkreise waren die größeren Bäume gefällt und mühsam in die Städte und Dörfer gekarrt worden, wo sie als Dachbalken in Zimmern oder Kivas dienten. Selbst die Äste wurden zusammengebunden und als Fensterstürze eingesetzt.

So weit er blickte, waren die Hänge von großen Bäumen entblößt. Die verwitterten grauen Stumpen wirkten melancholisch, als erinnerten sie sich noch an die Baumriesen, die einst den Hängen Schatten gegeben hatten. Grau-weiße Eichhörnchen hatten im Geäst sicher wundervolle Spielplätze gefunden, und in den kühlen Schatten hatten sich wohl auch Hirsche verborgen. Jetzt war der Humus über gelber Erde fortgewaschen worden. Rinnsale hatten sich in den Erdboden um die ausgetrockneten Wurzeln eingefressen und schwemmten ihnen die letzten ihrer sterbenden Erinnerungen fort.

Kreuzdorn rieb sich über den erhitzten Nacken, als er in den Canyon blickte. Die Zukunft lag da unten, nicht unter den vergehenden Gespenstern toter Bäume.

Wolkenleute glitten gedrängt am Nachmittagshimmel gen Norden und zogen dunstige Regenbänder hinter sich her. Der Webstuhl des Himmels wob aus Licht und Schatten eine Decke aus wechselnden Farben. Er sah zu, wie die zerklüfteten Canyon-Wände sich von Hochrot in ein verwaschenes Rosa verfärbten. Er lächelte. Wenn die Thlatsinas tanzten, brachten sie Regen – und Leben.

Sein langer schwarzer Zopf fiel ihm über die Schulter. Er hätte geschworen, daß er in den letzten fünf Tagen abgemagert war. Er rieb sich den Schweiß von seiner schmalen Hakennase und aus dem Gesicht. Seine Mutter hatte ihm einst gesagt, er solle froh sein, Augen wie ein Reh zu haben, sonst würden ihn die Leute sicher Geierkind nennen. Seine Lungen sogen die feuchte, nach Erde riechende Luft tief ein. Der Windjunge rauschte über den Gipfel und peitschte ihm sein langes braunes Hemd um die Beine.

Die Rast tat ihm gut. Er war den ganzen Tag gelaufen, seinem Schicksal entgegen.

Er beugte sich nach vorn und streckte die Hände über seinen Knien aus, um den unteren Teil seines Rückens von dem Gewicht der drei Bündel zu entlasten.

»Ich bin bald da«, sagte er, und Freude durchströmte sein Herz.

Schwarzer Tafelberg hatte ihm eingeschärft: »Folge der heiligen Straße bis zu den Stufen, die in die Felswand eingeschnitten sind. Am Fuß der Treppe findest du ein kleines weißes Haus. Ich habe einen Kurier vorausgeschickt. Der Heimatlose weiß, daß du kommst.«

Der Gedanke, dem gepriesenen Ältesten gegenüberzustehen, erfüllte ihn mit Ehrfurcht. Er war wieder etwas zu Atem gekommen und trottete weiter. Seine Sandalen klickten auf dem Kies der Straße. Er kam an den Rand des Canyons, und vor ihm tat sich ein Abgrund auf, vielleicht zweihundert Handlängen tief. Kreuzdorn hielt an und schaute sich um. So weit er blicken konnte, sah er die aneinandergereihten Bergrücken des Hochlands, die den knotigen Rückgraten uralter Monster glichen. Seilartige Bänder von rotem, gelbem und weißem Fels durchschnitten diese Rückgrate in verqueren Winkeln. Überall ragten erodierte Steinsäulen empor. Er schaute in den Abgrund; da waren in der Tat Stufen in die Felswand eingehauen. Aufgeregt machte er sich auf den Weg. Er ging die Treppe rückwärts hinunter, so wie an einer Kiefernstangen-Leiter. Seine Bündel schienen ihm plötzlich federleicht.

Als er von der letzten Stufe hinuntersprang, lief ihm der Schweiß übers Gesicht und stach ihm in die Augen. Er blinzelte und schaute sich um.

Ein kleines, schäbiges Haus, zwei Körperlängen lang wie breit, versteckte sich hinter einem Gestrüpp aus hohem Beifuß und Schneebeerensträuchern. Das flache Dach hing durch. Das Hirschfell vor der niedrigen Tür hatten Mäuse angenagt. Abgefallener Putz von den rissigen Wänden lag verstreut herum. Es sah verlassen aus. Erschrocken hastete Kreuzdorn vorwärts und zwängte sich durch das Dickicht, bis er einen gewundenen Pfad fand. Die Hufabdrücke von Hirschen zeichneten sich in dem roten Erdboden ab, doch es war nichts zu erblicken, was nach Menschen aussah.

»Aber er muß hier sein«, flüsterte er. »Ich bin doch nicht den ganzen Weg umsonst gelaufen.«

Zehn Handlängen vor der Tür hielt er an. Der angenehme Geruch von verbranntem altem Wacholder war in der Luft. Im Anemonendorf galt es als unhöflich, laut zu rufen oder sich durch Aufstampfen bemerkbar zu machen, also blieb er ruhig stehen und rang nach Luft.

Nach einer Weile rief eine rauhe alte Stimme: »Bist du das?«

Er lächelte erleichtert. »Ich bin Kreuzdorn vom Anemonen-«

»Nein, das bist du nicht. Du hast keinen Namen mehr. Auch keinen Clan. Du bist nur noch du.«

Ein buckliger alter Mann zog den ausgefransten Vorhang zurück und schaute ihn aus Augenschlitzen an. Der Heimatlose hatte ein gebräuntes zerfurchtes Gesicht; weißes Haar hing ihm in dünnen Strähnen auf die Schultern. Seine kleine Knollennase saß tief in den Falten wie ein Ei im Nest; er hatte buschige weiße Brauen. Über seinem zahnlosen Mund waren die Lippen eingefallen, aber seine Augen … seine Augen leuchteten, als lebte die Gesegnete Thlatsina-Sonne in ihm.

Der Heimatlose trippelte heraus, kratzte sich durch sein zerrissenes braunes Hemd hindurch an den Hüften und deutete auf die Bündel auf Kreuzdorns Rücken. »Welche sind für mich?«

»O!« stieß Kreuzdorn verlegen hervor. »Diese beiden.« Er ließ sie von der Schulter gleiten und übergab sie. »Mein Clan hat seine kostbarste Habe beigesteuert, Ältester.«

Es klirrte in den Bündeln, als Düne sie sich über die knochige Schulter warf. Wortlos ging er einen Pfad hinunter, der nach Westen führte, parallel zur Canyon-Wand.

Mit gerunzelter Stirn nahm Kreuzdorn sein eigenes Bündel ab und verstaute es neben der Tür. Dann folgte er Düne.

Der alte Mann ging, bis der Pfad sich mit einem anderen vielbegangenen Pfad kreuzte. Dort setzte er sich in den weichen Sand, die Bündel vor sich, und lehnte sich an einen hohen Beifußstrauch.

Kreuzdorn kniete sich neben ihn. Das Schwemmland schimmerte in der Ferne. Das silberne Band eines Gewässers zog mitten hindurch. Da Düne schwieg, wollte Kreuzdorn etwas sagen. »Schwarzer Tafelberg bat mich, dir seine herzlichsten –«

»Pst! Höre den himmlischen Musiker. Hörst du seine Musik?«

Kreuzdorn schaute über den Beifuß und die roten Klippen. »Du meinst den Windjungen?« fragte er. »Ich höre –«

»Du hörst mit deinen Ohren.« Düne schüttelte den Kopf. »Hör mit dem Herzen!«

Kreuzdorn schlug die Beine übereinander und konzentrierte sich. Er hörte das Gezwitscher der Vögel, sah einen Erdkuckuck durch das Dickicht laufen und hörte einen Coyoten in der Ferne jaulen. »Die Stimme der Welt spricht zu mir, aber ich weiß nicht, was du meinst, wenn du –«

»Such den Musiker nicht außerhalb. Er ist hier.« Düne klopfte sich auf die Brust.

»Ach so, gefühlsmäßig! O ja, ich fühle dauernd viele Dinge. Sehr stark. Tatsache ist –«

Düne hob eine klauenartige Hand. »Sprich nicht! Hör zu!«

Kreuzdorn biß sich auf die Lippen. Was für eine mißtönende Stimme der Älteste hatte – wie ein brüllender Bison in der Brunft. Kreuzdorn seufzte und versuchte, der Anweisung zu folgen. Er lauschte den Lauten in seinem Innern. Sein Herz schlug wie eine Trommel, Blut rauschte in seinen Ohren, und sein Atem ging zischend ein und aus – aber er wagte es nicht, den Heimatlosen zu fragen, ob er den »himmlischen Musiker« nun gefunden hätte – aus Angst, wieder zurechtgewiesen zu werden.

»Ah«, brummte Düne, als er aufstand.

Auch Kreuzdorn erhob sich. Eine ältere Frau kam den Pfad herunter und zog einen kleinen Jungen hinter sich her. Sie trug ein verblichenes rotes Kleid und hatte ihr weißes Haar zusammengeknotet. Ihre Nase war im Verhältnis zum Gesicht viel zu groß, sie ragte hervor wie ein krummer Daumen. Kreuzdorn beachtete sie kaum, sein Blick ging gleich zu dem kleinen Jungen; sein langes schwarzes Hemd war an mehreren Stellen geflickt, seine Mokassins hatten Löcher an den Zehen, und er sah dünn und bleich aus. Aber er hüpfte fröhlich neben der Frau herum, und sein kinnlanges schwarzes Haar schwang hin und her, als er eine Frage nach der anderen stellte. Die Frau beantwortete jede und lächelte dabei.

»Das sind sehr arme Leute«, sagte Kreuzdorn zu Düne. »Sind es Sklaven? Aber welcher Herr würde seinen Dienern gute Mokassins verweigern? Es sieht kaum –«

»Bei dem Geplapper in deinem Hirn ist's kein Wunder, daß du den himmlischen Musiker nicht hören kannst.«

Kreuzdorn verstummte.

Als die Frau näher gekommen war, verbeugte sie sich ehrerbietig. »Ich grüße dich, heiliger Heimatloser.«

»Einen glücklichen Tag wünsche ich dir, Wolfswitwe.« Seine Stimme war sanfter geworden, volltönend und tief. »Ich habe Geschenke für dich.« Düne nahm die beiden Bündel und gab sie der alten Frau.

Kreuzdorn sperrte ungläubig den Mund auf. Sein Clan hatte große Opfer gebracht, um Düne würdig beschenken zu können, und nicht eine Fremde! »Ältester«, wandte er ein, »ich –«

»Noch ein Wort, und ich schicke dich auf der Stelle heim.«

Die alte Frau starrte mit großen Augen auf die Bündel; sie drückte sie an die Brust, als wären es Säuglinge. »Mein Enkel und ich danken dir, Ältester. Wir sind auf dem Weg zu seiner kranken Mutter. Diese Sachen werden sie zum Lächeln bringen.«

»Meine Segenswünsche für deine Tochter, Wolfswitwe! Richte ihr das aus.« Er legte ihr liebevoll die Hand auf die Schulter.

»Das werde ich, Ältester.« Aber sie wartete noch ab, ob Düne vielleicht noch etwas sagen wollte. Der kleine Junge drückte sich an ihr Bein, sah zwischen den beiden hin und her und zeichnete mit einem nackten Zeh, der aus dem Mokassin herausschaute, einen Halbkreis in den Sand.

»Geh nun weiter, Wolfswitwe«, sagte Düne freundlich. »Deine Tochter braucht dich.«

Die Frau verbeugte sich abermals und ging auf dem Pfad weiter nach Norden mit dem Jungen, der die Bündel befühlte und aufgeregt plapperte.

Zu Kreuzdorn gewandt, sagte Düne: »Liebe und Barmherzigkeit. Sie allein zählen.«

»Ja, ich weiß, aber hätte nicht ein Bündel genügt? Ich meine, mein Clan hat –«

»Sag nicht ja, wenn du keine Ahnung hast, wovon ich spreche.«

Verdrossen schweigend folgte Kreuzdorn Düne auf dem von Beifuß eingeengten Pfad zu dessen Häuschen. Es war wie der Gang durch einen Tunnel, denn an dieser Stelle wurden die Beifußsträucher mannshoch.

Vor der Tür angekommen, befahl Düne: »Sammle Brennholz, aber nicht in der Nähe des Hauses. Geh mindestens einen Zeitfinger weiter und fang dann erst an.«

»Aber der Beifuß gleich hier, Ältester.« Kreuzdorn machte eine Handbewegung zu dem blau-grünen Dickicht hin, welches das Haus zu verschlingen drohte. »Man müßte es ausdünnen.«

Düne sah ihn düster an. »Diese Pflanzen leben hier, Junge. Geh und mach etwas tot, was nicht mein Freund ist.«

Kreuzdorn starrte ihn an. Verstimmt sagte er: »Warum hast du mir das nicht schon auf dem Weg gesagt? Es wird bald dunkel, und wenn ich noch so weit gehen soll …«

Düne duckte sich und ging ins Haus. Das Hirschfell schwang hinter ihm zu.

Kreuzdorn verschluckte weitere Bemerkungen. Er zögerte noch eine Weile, bevor er sich schwerfällig wieder aufmachte und nach jedem Beifußstrauch trat, an dem er vorbeikam. Ob der Alte jeden seiner Schüler anherrschte? Von diesem grausamen Zug hatte ihm Schwarzer Tafelberg nichts gesagt – und auch sonst niemand.

*Vielleicht mag mich Düne einfach nicht.*

Vater Sonne stieg in den westlichen Schoß Unserer Mutter Erde ab, als Kreuzdorn aufgebracht abgestorbene Zweige abriß und sie auf seinem linken Arm stapelte.

»Das geht schon«, flüsterte er zu sich selbst, um sich zu beruhigen. »Das hältst du aus. Denk mal an alles, was du für dein Volk tun kannst, wenn du erst ein großer Sänger geworden bist. Dann wirst du fähig sein, die Kranken zu heilen und den einsamen Geistern den Weg ins Jenseits zu zeigen. Dann bist du gerüstet, die Hexen zu bekämpfen, dann kannst du mit Pflanzen und Tieren in ihrer eigenen Sprache sprechen.«

Es dauerte nicht lange, bis die hehren Gedanken über seine Zukunft seinen Ärger ausgelöscht hatten. Denn – hatte er erst den Titel eines Sängers errungen, würde ihn niemand mehr anherrschen. Dann wäre er eine Respektsperson, die man verehrte – und nicht wenig fürchtete. Bei dieser Vorstellung lächelte er.

Ein Windhauch strich über die Büsche wie der Saum eines Frauenkleides, sanft und seidig. Kreuzdorn schaute auf. Der Wind fuhr durch das Gestrüpp auf seiner Westfahrt zu einer fernen Spitzkuppe, die allein in der Mitte des Canyons stand; ihr Felsplateau glänzte. Strauchbewachsene Niederungen erstreckten sich rings um die Kuppe bis zu den roten Canyon-Wänden nördlich und südlich.

Irgendwann in seiner Ausbildung würde Düne ihm einen neuen Namen verleihen, und er sehnte sich nach einem, der den Namen seiner größten Helden ähnlich war: Wolfträumer, Wasser-Geborener und Junge-Der-Heimgeht. Vielleicht so etwas wie Träumer-Der-Heimgeht oder Wolfgeborenes-Wasser. Das wären Namen von großer Macht. Er würde das Düne gegenüber einmal andeuten.

Kreuzdorn trottete gutgelaunt nach Hause zurück.

Das Licht hatte sich zu einer rostroten Tönung abgeschwächt, die die Klippen dunkel zinnoberrot färbte. In der Nacht wurden die Gerüche aus der Wüste intensiver, der Beifuß roch stechender, der Wacholder kräftig und würzig.

Er stapfte durch ein Dickicht von Schneebeeren und sah Düne herauskommen. Der alte Mann stellte sich vor das Haus und faltete seine stockdünnen Arme. Die weißen Haare umrahmten sein runzliges Gesicht.

Grinsend rannte Kreuzdorn auf ihn zu. »Ist das nicht ein herrlicher Abend, Ältester? Sieh nur diese Farben.«

Düne fragte grollend: »Was ist los mit dir?«

Kreuzdorn erstarrte. »W-wie bitte?«

»So trägt man doch den heiligen Beifuß nicht! So ein Durcheinander! Willst du den Geist der Pflanze beleidigen? Bring Ordnung in die Zweige. Lege jeden in die Armbeuge, als wäre es ein Kind, das du liebst. Behutsam. Einen auf den anderen. Steh nicht da herum. Laß die Zweige fallen und ordne sie. Jetzt!«

Kreuzdorn warf seine Last hastig ab und nahm die Zweige wieder auf, wie ihm befohlen war, behutsam, einen nach dem anderen. Doch er wunderte sich über diese Verrücktheit. Was machte es dem Geist der Pflanze aus, wie er die toten Zweige trug?

Als er fertig war, hielt ihm Düne den Türvorhang auf, und Kreuzdorn trat ein. Er legte die Zweige neben der Feuergrube in der Mitte des Raums ab und schaute sich um.

Was für ein armseliger Ort! Düne besaß fast nichts. Eine flache Steinplatte und ein Handstein, um Körner zu mahlen, lag neben der Tür. Daneben standen ein großer Wasserkrug und zwei Tontöpfe, einer für Maismehl und einer für Dörrfleisch. Maiskolben, Kürbisse, Sonnenblumen und andere Pflanzen hingen von den Dachbalken herab. Rechts von Kreuzdorn, in der Ecke, lehnte ein wackeliger Stapel bunter Körbe. Zwei einfache graue Decken waren an gegenüberliegenden Wänden aufgerollt. Keine Matten lagen auf der kalten Erde, keine Malereien schmückten die rußverdreckten Lehmwände.

Düne trat ein und seufzte erschöpft. Er deutete auf den Holzstapel. »Mach Feuer. Unter der Asche ist noch Glut.«

»Jawohl, Ältester.«

Mit einem Stock stocherte er in der Feuergrube und trennte die Glut von der Asche. Als er ein Gluthäufchen in der Mitte der Mulde hatte, legte er vier kleinere Holzstücke obendrauf und blies vorsichtig. Weiße Asche wirbelte hoch. Langsam wurde die Glut feuerrot, und um das Häufchen in der Mitte schlugen Flammen hoch. Kreuzdorn legte weiter Holz auf und beobachtete den Heimatlosen. Der alte Mann stellte den Dreifuß auf, hängte den rußbefleckten Teekessel in die Mitte, ließ sich dann auf den Boden fallen und seufzte.

Kreuzdorn fragte: »Ältester, wie kommt es, daß du keine Thlatsina-Bilder an den Wänden hast? Du bist ihr größter Verkünder. Du solltest wirklich welche haben, und das würde auch dein Haus verschönern. Wenn du willst, würde ich das sehr gern für dich machen.«

Düne kniff die Augen zusammen. »Malereien und Besitz sind für Leute, die für längere Zeit im selben Haus schlafen wollen. Dazu gehöre ich nicht.«

»Oh, verzeih.« Er hielt inne und verengte die Augen zu Schlitzen. »Ich hatte gedacht, du hättest hier schon immer gewohnt. Schwarzer Tafelberg wußte gleich, wo du zu finden wärst, und deshalb nahm ich an –«

»Seit vierundvierzig Sommern.«

Kreuzdorn schaute ihn an. »Du wohnst hier seit vierundvierzig Sommern?«

»Fast fünfundvierzig.«

»Also …« Kreuzdorn blinzelte verwirrt. »Wenn das so lange Zeit dein Heim gewesen ist, wo willst du denn schlafen, wenn nicht in diesem Haus?«

Der alte Mann hob seine buschigen weißen Brauen. »Unter einer Steinplatte, wenn ich nicht aufpasse.«

»Ältester! Über Hexerei darfst du dich nicht lustig machen.«

»Warum nicht?« Düne kratzte sich an der Seite.

»Heilige Thlatsinas! Mein Clan hat mich zum Lernen hergeschickt, damit ich mal ein Geistsinger werde. Es wäre nicht sehr gut für mich, wenn die Leute hinter vorgehaltener Hand tuschelten, daß mich ein Mann ausgebildet hat, der nachts im Körper eines Luchses durch die Wüste saust.«

Die tiefen Falten in Dünes Gesicht verschoben sich, als er grinste.

Kreuzdorn stand auf und deutete nervös zur Tür. »Ich... ich habe mein Bündel draußen gelassen. Da drin sind Kuchen aus blauem Mais; meine Mutter hat sie für uns zum Abendessen gemacht. Ich hole das Bündel mal.«

Die hellsten der Abendleute hatten ihre Augen geöffnet. Sie spähten hinunter auf Kreuzdorn, der sein Bündel von draußen hereinholte. Angesichts der wachsenden Dunkelheit verzog er das Gesicht; er gewann den Eindruck, man hätte ihn dazu verleitet, bei dem durchtriebenen Gauner Coyote zu studieren. Wußte denn keiner, wie verdreht und närrisch der alte Düne war? Da fielen ihm die anderen zwei angehenden Sänger ein, die mit genau dieser Botschaft ins Anemonendorf zurückgekehrt waren. Warum hatte ihnen keiner geglaubt?

Leise murrend kam er wieder zurück. Düne beobachtete ihn durch halbgeschlossene Augen.

Kreuzdorn kniete sich neben das Feuer und packte sein Bündel aus. Der Feuerschein flatterte über seine Hände wie durchscheinende Schmetterlingsflügel. Als er einen Kuchen herausziehen wollte, befahl Düne: »Gib ihn her!«

»Moment, Ältester, sofort! Hier.« Er reichte ihm den Kuchen.

Düne nahm ihn und streckte die Hand wieder aus. »Das Bündel. Gib mir das ganze Bündel!«

Kreuzdorn gehorchte.

Düne packte das Bündel, kramte darin herum, um alle Kuchen herauszuholen, die er auf einen Herdstein setzte, und begann zu essen. Krümel fielen auf sein braunes Hemd und machten kleine blaue Flecken.

Kreuzdorn saß schweigend da und zählte jeden Kuchen, den der Alte aß. Schließlich, als er das Schlimmste befürchtete, sagte er: »Ältester, ich bin den ganzen Weg hergelaufen. Ich habe großen Hunger, also wenn es dir nichts ausmacht –«

Mit vollem Mund erwiderte Düne: »Du solltest schlafen.« Er deutete auf die aufgerollte Decke an der Nordwand des Hauses. »Das ist dein Platz.«

»Ja, gut«, entgegnete Kreuzdorn, nachdem er dorthin geblickt hatte. »Wenn ich gegessen habe. Ich bin ausgehungert, und ich –«

»*Jetzt!*« brüllte Düne. »Geh schlafen!«

Kreuzdorn sprang auf die Beine, die Fäuste geballt. »Du brauchst mich nicht anzuschreien, Ältester. Ich bin ein Mensch, kein seelenloses Stück Fels. Ich habe verdient, mit etwas Würde behandelt zu werden.«

»Würde?« fragte Düne. Er ließ die Hand mit dem Kuchen in seinen Schoß fallen und starrte Kreuzdorn mit diesen seltsam strahlenden Augen an. »Hör mir zu. Schau tief in deine Seele. Lange und tief. Finde diesen Mann, der glaubt, daß er verdient, mit Würde behandelt zu werden, und frag ihn, warum. Er wird dir viele Gründe nennen.« Düne sprach jetzt so sanft, wie er zu der alten Wolfswitwe gesprochen hatte. »Dieser Mann wird dir von all seinen großen Taten erzählen, die er im Leben vollbracht hat, und wie gütig er ist, wie verdienstvoll und wie viele Menschen ihn lieben und ihm vertrauen.« Düne biß sich noch ein Stück von dem Maiskuchen ab und bewegte es langsam in seinem zahnlosen Mund hin und her.

»Ja«, sagte Kreuzdorn. »Und dann?«

Düne kniff die Augen zu, als wäre er sehr enttäuscht. »Jeder Grund, den dieser Mann dir nennt, ist ein Dolch in deinem Herzen. Wenn du genug angehäuft hast, wird deine Liebesfähigkeit absterben. Jetzt widersprich mir nicht mehr. Geh an deinen Platz und schlaf ein!«

Kreuzdorn ging hin. Er wickelte sich in die Decke und streckte sich auf dem harten Erdboden aus. Er konnte noch hören, wie der Heimatlose die Maiskuchen mit dem Gaumen zu Brei zerdrückte, und der Magen drehte sich ihm um.

Er warf sich auf die rechte Seite zur Wand und betrachtete das Geflacker des Feuers, das über die verdreckten Wände tanzte.

Heilige Geister, worauf hatte er sich eingelassen?

Maisfaser kam den südlichen Pfad herauf und erblickte Vogelkind. Er kniete hinter einem Beifußstrauch drei Körperlängen voraus. Von der Anhöhe aus sah man ihr Haus und die Nordhälfte der Plaza des Dorfs, wo die Kinder spielten. Vogelkinds Kaninchenfell-Umhang und sein loses schwarzes Haar glänzten in der Nachmittagssonne.

Maisfaser betrachtete ihn neugierig. Er hob den Kopf und lauschte gespannt den schwachen Stimmen der Eltern, die aus dem Haus drangen.

Sie hielt eine Hand an den Mund und rief leise: »Bruder? Vogelkind?«

Er drehte sich nicht um, und Maisfaser warf einen Stein nach ihm. Sie verfehlte ihn, und er rührte sich nicht. Verstimmt suchte sie einen größeren Stein. Ein faustgroßer Kalkstein lag halb eingegraben im Sand. Sie holte ihn heraus, wog ihn in der Hand und warf.

Sie traf ihn am Rücken. Vogelkind fuhr erschrocken herum, sein feines Gesicht war bleich. Als er sie sah, zog er erleichtert den Umhang über sein Herz und winkte ihr heranzukommen.

Maisfaser ging grinsend zu ihm und vermied dabei die Stacheln des Feigenkaktus. Sie kniete sich neben ihn. »Was machst du? Spionierst du hinter unseren Eltern her?«

Ein Hauch von Staub lag auf seinen breiten Backenknochen und schwarzen Brauen. Sie sah den Herzschlag in seinen Schläfen. »Hör mal zu«, flüsterte er. »Mutter und Vater haben Streit.«

Durch das Rückfenster sah sie die beiden, sie standen sich gegenüber. Ihre Mutter hatte eine schwarz-graue Decke lose auf der Schulter, ihr Vater trug ein hellblaues Hemd; er hatte die Arme um sich geschlungen, als wollte er sich selbst umarmen.

Die Mutter sagte: »Palmlilie, wir haben uns jetzt zwei Tage lang gestritten. Genug jetzt. Wenn du nicht mitkommst, nehme ich Maisfaser und Vogelkind und gehe mit ihnen weg.«

»Distel, ich bitte dich. Ich bin der Kriegshäuptling vom Lanzenblattdorf. Ich trage die Verantwortung. Die Turmbauer sind auf Raubzug. Wie kann ich denn jetzt hier weggehen?«

Maisfaser starrte atemlos auf das Haus. Der rote Verputz schien nun ockerfarbig in der hellen Sonne. Unten spielten Kinder auf der Plaza, rangen miteinander und warfen Stöcke für ihre bellenden Hunde. Zweigeschossige Wohnbauten faßten das große Viereck der Plaza ein. Frauen saßen in der Sonne auf der Westseite, mahlten Mais und lachten. Melodische Männerstimmen drangen aus der Kiva in der Mitte der Plaza.

»Distel«, bat der Vater flehentlich. »Tu mir das nicht an. Ich bitte dich. Ich liebe dich und –«

»In diesem Fall würdest du uns schützen.«

Maisfaser fragte erschreckt: »Vogelkind, warum will uns Mutter fortbringen?«

Er schüttelte den Kopf. »Ich weiß noch nicht genau. Pst!«

»Distel«, sagte der Vater. »Bitte. Ich weiß, du hast große Angst, aber ich glaube nicht, daß wir in Gefahr sind. Selbst wenn Nachtsonne herausbekommt –«

»Vor Nachtsonne habe ich keine Angst. Sie war nie so böse, wie Nordlicht behauptete. Ich hielt sie eher für eine gute Frau. Freundlich zu jedermann –«

»Na gut.« Palmlilie biß die Zähne zusammen. Etwas ruhiger fuhr er fort: »Ich glaube es zwar nicht, aber angenommen, daß Krähenbart nicht der Vater ist, sondern Eisenholz. Wie könnten seine Feinde herausbekommen, wo sein Kind ist? Eisenholz hat niemandem etwas erzählt, außer vielleicht Nordlicht. Aber ich kann nicht glauben, daß Nordlicht Eisenholz verraten würde.«

»Warum nicht?« fragte Distel, den Tränen nahe. Ihre Lippen zitterten.

»Sie waren ihr Leben lang Freunde. Außerdem –«

»Spielt das denn noch eine Rolle, wenn –«

»Im übrigen«, unterbrach sie der Vater gebieterisch, »sind wir über fünfzehn Sommer lang sicher gewesen, Distel. Wieso sollte denn nach all dieser Zeit plötzlich jemand Eisenholz verraten wollen? Was hätte er davon?«

Mit erstickter Stimme antwortete die Mutter: »Ich weiß nicht, aber ich habe Todesangst. Wir müssen etwas unternehmen. Bitte hilf mir, wir müssen uns etwas ausdenken, damit unser Sohn und unsere Tochter in Sicherheit sind.«

Ein großer Schrecken schnürte Maisfasers Herz ein. *Mutter will uns fortbringen, weil sie denkt, wir sind in Gefahr … Eisenholz ist der Vater … von wem?*

Maisfaser flüsterte: »Vogelkind, was für ein Kind ist gemeint? Wer ist das Kind von Eisenholz?«

Vogelkind schloß die Augen. »Ich glaube, einer von uns ist gemeint.«

Sie brauchte eine Weile, bis sie das ganz begriff. »Einer von uns? … Von uns beiden?«

»Vielleicht«, sagte der Vater sanft, »sollten wir Maisfaser und Vogelkind trennen.«

Die Mutter blieb zunächst reglos stehen. Dann nickte sie langsam. »Wenn du das für richtig hältst.«

»Maisfaser könnte zu meinem Bruder Hirschvogel im Zweihörnerdorf ziehen und dort wohnen. Es ist nicht weit. Ein Halbtagesmarsch. Ich fürchte sogar, es macht ihr Spaß. Sie hat Hirschvogel immer schon gemocht.«

Maisfaser mußte heftig schlucken, ihr Herz schlug wild.

Vogelkind sah sie zusammenzucken; er legte ihr einen Arm um die Schulter und hielt sie fest. »Warte. Wir wissen noch nicht alles.«

»O Palmlilie«, sagte die Mutter weinend. »Maisfaser wird mir fehlen.«

Palmlilie zog die Mutter an sich und küßte sie zärtlich aufs Haar. »Es wäre ja nur für kurze Zeit. Wenn Krähenbart lebt, sind wir noch in Sicherheit. Wenn er stirbt –«

Die Mutter schaute auf. »Wenn er stirbt, können wir Maisfaser einen Mond lang dalassen … bloß um abzuwarten.«

»Ja. Wer immer Krähenbarts Kind Schaden zufügen wollte, würde es sofort tun, wenn überhaupt. Und Eisenholz' Kind –«

»Ja, ich verstehe«, fügte ihre Mutter eifrig hinzu. »Und nach einem Monat können wir sie abholen und nach Hause bringen.«

»Ja.«

»Vogelkind«, sagte Maisfaser leise, »die meinen *mich*. Ich bin's, den sie –«

»Und was ist mit Vogelkind?« fragte ihre Mutter. »Wohin schicken wir unseren Sohn?«

Maisfaser sah, wie Vogelkind die Zähne zusammenbiß.

Palmlilie sagte: »Ich glaube, es ist unsere Pflicht, dauernd in seiner Nähe zu sein. Wir –«

»Nein, er ist jetzt alt genug«, wandte ihre Mutter ein. »Sobald er seinen ersten feindlichen Krieger getötet hat, ist er ein Mann. Sollen wir ihn nicht zu deinem Vater schicken? Dann könnten wir hierbleiben, ohne Verdacht zu erregen, und unsere beiden Kinder werden in Sicherheit sein. Und du waltest weiter deines Amtes als Kriegshäuptling. Wir erzählen einfach, daß die Kinder Verwandte besuchen. O Palmlilie, das ist die Lösung!«

Palmlilie schwieg eine Weile. Dann legte er seine Hände auf Distels Schulter und sah ihr tief in die Augen. »Wenn ich zustimme, stimmst du dann zu, daß ich einen Läufer nach Krallenstadt sende, um zu erfahren, was da vor sich geht? Und wie es um die Gesundheit des Häuptlings steht?«

Maisfaser wartete atemlos auf ihre Antwort. Der Arm ihres Bruders auf ihrer Schulter zitterte.

»Ja«, sagte die Mutter, »einverstanden.«

Palmlilie atmete tief ein. »Ich danke dir, mein Weib. Dann an die Arbeit. Wir müssen jemanden aussuchen, der nach Krallenstadt läuft und dem wir vertrauen können; er muß uns sofort benachrichtigen, wenn es stimmt, daß Krähenbart stirbt.«

Vogelkind ließ den Kopf sinken. »Ich glaube, das bin ich«, sagte er. »Ich bin nicht dein Bruder.«

»Du wirst immer mein Bruder sein«, fing sie an, aber die Stimme ihrer Mutter brachte sie zum Schweigen.

»Wem können wir vertrauen, Palmlilie?«

Der Vater strich sich übers Kinn. »Dem jungen Steinerne Stirn vielleicht. Mit seinen siebzehn Sommern ist er schon ein geachteter Krieger. Laß mich mit ihm sprechen. Die Heiligen Thlatsinas wissen, daß wir genügend wertvolle Handelsware haben, um ihn für seine Ergebenheit gut zu bezahlen.«

Ihre Eltern verschwanden vom Fenster und bewegten sich außer Sicht. Maisfaser wandte sich zu Vogelkind. Sein Gesichtsausdruck hatte sich verdunkelt.

»Warum haben sie mir nie was gesagt?« fragte er flüsternd. »Ich bin fast ein Mann, Maisfaser. Sie hätten es mir sagen müssen! Ich... würde gern meine wirklichen Eltern kennen. Wer ist meine Mutter? Und wo ist sie? Wenn ich das wüßte, würde ich zu ihr gehen, jetzt sofort.«

Maisfasers Gedanken schossen kreuz und quer wie Bienen, die hier landen und dort landen. Vier Puter watschelten über die Plaza, hinter einem Kind her, das eine Yucca-Schnur schleifen ließ. Sie pickten nach der Schnur, hackten aufeinander ein und kollerten verzweifelt. »Vogelkind, erinnerst du dich noch, wie vor drei Nächten die Läufer ankamen?«

»Ja. Vater sagte, sie brächten Nachricht von Raubüberfällen.«

»Ich weiß, aber ich war krank und schlief nicht gut, und da hörte ich ihn etwas anderes sagen.«

Mit aufgerissenen Augen starrte er sie an. »Was? Etwas über uns?«

»Ich glaube, ja. Ich habe damals nicht richtig hingehört, weil es keinen Sinn ergab, aber jetzt... Vogelkind, ich bin aufgewacht, als Vater sagte, die Läufer wollten ihn und Mutter warnen, daß die Zahlungen aufhören würden, falls der Häuptling stirbt.«

»Zahlungen? Was für Zahlungen?«

»Denk doch mal an die schönen Sachen in unserem Haus. Wir haben viel mehr Decken, seltene Töpfe und wunderbaren Schmuck als irgend jemand sonst im Dorf. Wo ist das alles hergekommen?«

Die schwarzen Brauen von Vogelkind zogen sich zu einem Strich zusammen. Hinter ihm schnellte ein Erdkuckuck durchs Gebüsch, den Hals vorgereckt, und versuchte, einen Käfer zu packen. »Ich hab' gedacht, das wären Zahlungen für die Steinmetzarbeit von Mutter und ein Tribut an Vater als Kriegshäuptling des Dorfs.«

»Das hab' ich auch gedacht. Aber dann sagte Mutter, es sei ihr gleich, wenn die Zahlungen aufhörten; das Geheimnis würde mit ihnen sterben, und die Familie sei für alle Zeit in Sicherheit.«

»Sicherheit? Vor wem?«

Sie sah Vogelkind starr an. »Sie glauben, daß jemand dich oder mich töten will.«

»Aber wenn einer von uns Eisenholz' Kind ist...« Angst zeichnete sich in seinem Gesicht ab. »Maisfaser, warum sollte Häuptling Krähenbart unsere Eltern für die Pflege von Eisenholz' Kind bezahlen?«

Sie packte sein Handgelenk. »Das ist es vielleicht!«

Die Spannung wich aus seinem Gesicht. »Du meinst... Ich bin nicht Eisenholz' Sohn, sondern der von Krähenbart? Und einer der Feinde des Häuptlings fürchtet, daß ich die nächste Gesegnete Sonne werden könnte?«

Maisfaser gab einen Laut des Abscheus von sich. »Nur wenn du aus dem Schoß von Nachtsonne kämst. Sie hat einen Sohn, der viel älter ist als du. Schlangenhaupt muß dreiundzwanzig oder vierundzwanzig Sommer erlebt haben.«

Die Clans des Rechten Wegs bestimmten die Abstammung durch die weibliche Linie; wenn ein Mann oder eine Frau starb, fiel seine oder ihre gesamte Habe gleichmäßig aufgeteilt auf die noch lebenden Töchter. Die Töchter verwalteten dann Ländereien, Häuser und Sklaven und gaben den Söhnen einen Anteil am restlichen Besitz, an Töpfen, Schilden, Waffen, Kleidern. Die Ehrwürdige Mutter der Ersten Menschen besaß folglich alles und traf alle Entscheidungen, ausgenommen solche über die Kriegsführung. Die Männer besaßen im allgemeinen wenig, doch ein Häuptling der Ersten Menschen...

»Es sei denn, seine Mutter heiratet wieder, dann könnte sie den neuen Mann zum Häuptling erklären. Aber jedenfalls herrscht Schlangenhaupt, bis sich Nachtsonne einen anderen erwählt.«

Maisfaser ließ sein Handgelenk los und fuhr mit einem Zweig im Sand herum. »Und wenn ich vielleicht die Tochter des Häuptlings wäre und einen Teil seines Besitzes und seines Reiches erben würde – und das möchte vielleicht jemand verhindern?«

»Da würdest du nicht viel erben«, sagte Vogelkind. »Nachtsonne ist die Besitzerin von allem. Ohne sie gehört dem Häuptling Krähenbart so gut wie nichts, außer einigen Waffen und Schmucksachen. Wärst du seine Tochter von einer anderen Frau, hättest du überhaupt keine Ansprüche. Nun ja, vielleicht hätten sie Mitleid und gäben dir ein Almosen, aber –«

»Krähenbarts Schmuck könnte ungeheuer wertvoll sein, Bruder.«

Vogelkind erwiderte: »Wer auch immer meine wirkliche Mutter ist, ein echter Sohn von Krähenbart hätte jedenfalls einen Anspruch auf seine persönliche Habe. Ich wäre es, der als möglicher Erbe für Schlangenhaupt eine Bedrohung sein könnte.« Er schluckte. »Glaubst du, das ist vielleicht der Mann, der mich töten will? Der Mann, den unsere Mutter fürchtet? Er soll sehr böse sein.«

»Ich werde dir sagen, was ich denke«, sagte sie. »Warum sollten wir von einer Klippe springen, bevor wir nicht sicher sind, daß wir wirklich gejagt werden? Wir haben uns das alles ausgedacht, und vielleicht ist alles falsch. Ich glaube, wir sollten mit Mutter und Vater sprechen.«

Sie wollte aufstehen, aber er packte ihre Hand. »Wir haben fünfzehn Sommer erlebt, Maisfaser, fast sechzehn. Wenn sie es uns bis jetzt noch nicht erzählt haben, dann werden sie es niemals tun. Du weißt doch, wie sie sind.«

Sie fiel auf den Sand zurück. Ihre Eltern liebten Geheimnisse. Wie oft hatten sie und Vogelkind sie schon miteinander im Dunkeln flüstern hören, und immer ging es um furchterregende oder verbotene Dinge. »Vielleicht sollten wir jetzt eigene Pläne machen, Vogelkind. Wenn du schon gehen mußt, wohin –«

»Tun wir doch so, als gingen wir dorthin, wohin sie uns senden, und … und dann gehen wir irgendwo anders hin! Zusammen.«

Sie nickte. »Sehr gut. Vielleicht. Wir müssen uns das überlegen.«

»Das machen wir gleich. In einem Mond können wir wieder heimkehren. Eine Weile werden sie besorgt sein, aber am Ende wäre alles gut. Vielleicht wären sie sogar wütend, aber sie beruhigen sich auch wieder. Sie haben sich immer beruhigt. Und dann –«

»Hör zu! Wenn wir das wirklich machen wollen, dann kein Wort zu irgend jemandem. Verstehst du? Nicht mal zu Rotbacke im Jenseits. Er könnte es den Geistern der Ahnen weitererzählen, und wer weiß, wer es dann entdeckt.«

»Ich sage kein Wort. Das ist versprochen.«

Maisfaser ging auf die Knie und wischte sich die schwitzenden Hände an ihren Leggings ab. Das Aroma von zertretenem Salbei stieg ihr in die Nase. »Also gut, gehen wir hinein, um zu hören, daß sie uns wegschicken, und dann warten wir, bis sie außer Haus sind, und holen uns die Sachen, die wir brauchen.«

»Danke, Maisfaser.«

Sie lächelte selbstbewußt, aber Zweifel nagten an ihrem Herzen. Es ergab alles keinen Sinn. Außer … außer, daß ihre Eltern sie immer unterschiedlich behandelt hatten. Da gab es einen liebevollen Klaps auf Vogelkinds Schultern, ein ganz besonders zärtliches Lächeln, wenn sie ihn anschauten. Bis heute hatte Maisfaser gedacht, daß sie Vogelkind mehr liebten, einfach weil er liebenswerter war. Ihr Bruder gehorchte ihnen bedingungslos, während es für sie Ehrensache war, sich auszudenken, wie sie Anweisungen, die ihr unangenehm waren, folgenlos mißachten konnte. Die Eltern hatten ihr gesagt, sie solle nicht kämpfen. Also focht sie unauffällig gegen ihre gleichrangigen Gegnerinnen einen Kampf nach dem anderen aus. Sie mußte besser schießen und besser jagen als alle Gleichaltrigen im Dorf, und besonders besser als die jungen Männer. Wie oft hatte ihre Mutter ärgerlich gescherzt, daß ein wilder Schuß von Wieselblut in ihren Adern kreiste.

Doch wenn Vogelkind etwas Unrechtes tat, scherzten sie niemals. Sie bestraften ihn.

Weil er wirklich ihr Sohn war und es eine Rolle spielte?

Durchs Fenster erhaschten sie einen Blick auf ihre Mutter, die geduckt aus der Tür trat, und hörten sie rufen: »*Vogelkind? Maisfaser? Wo seid ihr?*«

Sie sprangen auf und rannten ins Haus.

# 8. Kapitel

Als die Winterkälte zunahm, wurde das Licht der Sonne schwach und fahl; durch die ziehenden Wolken hindurch fiel es schräg rötlich-golden in den Canyon.

Nachtsonne zog den schwarzweißen Baumwollumhang mit beiden Händen um sich und stieg den gewundenen Hirschpfad hinab, der westlich am Schwemmland der Leute des Rechten Wegs vorbeiführte. Kleine Gärten lagen verstreut in der Niederung, mit erfrorenen Bohnen- und Kürbisranken sowie mit Maisstengeln und winzigen unreifen Maiskolben. Sie hatten einen sehr nassen Frühling und Herbst gehabt, aber die Kälte war früher gekommen als sonst. Viele Feldfrüchte waren auf dem Halm erfroren. Für kleinere Dörfer war der Winter sehr hart gewesen. Nach einem weiteren Mond, wenn die letzten Vorräte aufgebraucht waren, würden die Überfälle zunehmen. Wie friedlich Männer und Frauen in ihrem Herzen auch sein mochten – wenn Kinder vor Hunger weinten, griffen sie zu den Waffen.

Sie schüttelte den Kopf und sandte ein leises Gebet zur Spinnenfrau mit der Bitte um einen frühen Frühling. Gegenseitige Gewalt würde schon vermieden, wenn die Leute genügend Knollenfrüchte und Jungpflanzen sammeln könnten.

Hinter ihr klapperten die Schritte ihrer Tochter, und Nachtsonne drehte sich nach Wolkenspiel um.

Zwar hatte sie erst neunzehn Sommer erlebt, aber schon zeigten sich graue Strähnen an den Schläfen, welche ihre zwei langen Zöpfe noch betonten. Sie hatte kein leichtes Leben gehabt. Wolkenspiel hatte vier Kinder geboren und alle vier verloren. Sie waren zusammen mit ihrem geliebten Mann, Maisnarbe, gestorben, nach einer seltsamen, verzehrenden Krankheit, die vor zwei Sommern im Canyon gewütet hatte. Nachtsonne drängte sie fortwährend, wieder zu heiraten, aber Wolkenspiel wandte ein, daß sie noch nicht soweit sei, jedenfalls jetzt noch nicht. Aber Nachtsonnes Tochter behauptete auch, daß es durchaus Freier gebe. Als Nachtsonne ernsthaft gesagt hatte: »Hoffentlich nicht Spannerraupe«, hatte Wolkenspiel nur geantwortet: »Mutter, er ist mein Freund und nicht mehr. Obwohl ich ihn liebe. Er ist immer lieb zu mir gewesen, seit ich klein war.« Aber Nachtsonne war dennoch beunruhigt.

Mit gerunzelter Stirn erinnerte sie sich an den Streit, den Wolkenspiel und Spannerraupe an dem Morgen gehabt hatten, als sie mit ihrer Tochter zu dieser Reise aufbrechen wollte. Bei dem Geschrei vor den Wällen war halb Krallenstadt herausgelaufen. Nachtsonne hatte wie betäubt verfolgt, wie die Auseinandersetzung fast in Handgreiflichkeiten ausartete, bis Wolkenspiel den Sieg davontrug. Sie hatte Spannerraupe rückwärts gestoßen, so daß er über einen Stein stolperte und zu Boden fiel. Als die Zuschauer daraufhin laut lachten, war Wolkenspiel weggestürmt. Danach hatte sie zwei Tage lang, fast schwermütig, kein Wort mehr gesagt. Erst gestern nacht hatte sich ihre Stimmung gebessert, als sie um das Lagerfeuer herum gesessen und von alten Zeiten gesprochen hatten, als sie beide noch glücklich gewesen waren. Warum hatten sie gestritten?

Vor sechs Sommern hatte Spannerraupe um Wolkenspiel angehalten, aber weder Nachtsonne noch Krähenbart hatten zugestimmt. Seit dem Tod ihrer Angehörigen war Wolkenspiel sehr einsam gewesen, hatte Nachtsonne auf ihren Heilungsreisen begleitet und die Bündel mit den heiligen Kräutern, Wurzeln und Geräten getragen. Hatte sich der Streit um die »anderen Freier« gedreht? Spannerraupe war für seine Eifersucht bekannt.

*O verehrte Ahnen, hoffentlich nicht.*

Während der letzten beiden Sommer war Wolkenspiel die beste Freundin und engste Vertraute von Nachtsonne geworden.

Zwar hatte Nachtsonne viel Macht und verfügte über beträchtlichen Reichtum, aber ihre Seele war fast ihr ganzes Leben lang ohne Inhalt geblieben. In ihr war eine schwarze Leere, wie bei allen Frauen ihrer Familie. Ihre Mutter und ältere Schwester hatten beide von diesem Dunkel gesprochen, als wäre es ein unheimlicher Liebhaber, ein Gespenst, dessen schattenhafte Arme sie oft umschlangen, bis sie sich so unendlich einsam fühlten, daß sie sterben wollten. Als das tägliche Elend ihres Ehelebens unerträglich wurde, verstand Nachtsonne – und fürchtete –, was sie erfahren hatten, denn die Verzweiflung verwandelte sie in eine gewaltsame Außenseiterin.

Nachtsonne war eine hochgewachsene, gertenschlanke Frau von vierundvierzig Sommern, und graue Strähnen schimmerten in ihrem schwarzen Haar, das über ihr dreieckiges Gesicht wehte. Sie wischte das Haar weg und hob die spitze Nase empor, um die Luft einzuziehen. Rauch von Zedernholz schwebte auf dem Wind. Ihr schwarzes Kleid schlug ihr um die roten Leggings – ein angenehmes Geräusch.

Als sie auf dem Pfad einer Biegung folgte, sah sie Hirschkuhdorf. Der quadratische Bau war unter einem überhängenden Canyon-Fels angelegt worden. Gleich dahinter verflachte sich der Canyon; die Wände sanken zu beifußbewachsenen Niederungen herab. Nur wenige Familien wagten es, in so abgelegenen Gegenden zu hausen. Man mußte schon sehr tapfer sein, um diese Raubüberfälle zu erdulden und zu überleben, aber die Leute vom Coyote-Clan waren immer schon tapfer gewesen. Sie hatten hier jahrhundertelang ausgehalten, allerdings waren jetzt nur noch zehn Mitglieder übrig.

Aus eben diesem Grund besuchte Nachtsonne das Dorf alle vier Monde, immer zu Vollmond. Sie fürchtete, daß das kleine Dorf vielleicht nicht mehr lange existierte. Und obwohl sie Süßwasser, die Ehrwürdige Mutter des Dorfes, nicht mochte, liebte sie die fünf Sklaven, die sie immer so liebevoll begrüßten.

»Mutter«, rief Wolkenspiel. »Da kommt jemand.«

»Wo?« Nachtsonne hob die Hand gegen die schrägstehende Sonne, sah aber nichts.

»Warte. Er ist da unten am Fuß des Hangs um die Ecke verschwunden. Du wirst ihn gleich sehen.«

Tiefe Stille herrschte über der Wüste. Vögel saßen aufgeplustert auf stachligen Kaktusarmen oder versteckten sich unter Felsüberhängen. Geräuschlos liefen Coyoten durch die Gräben auf der Jagd nach Mäusen und Kaninchen. Adler kreisten am blauen Himmel.

Ein alter Mann tauchte oben auf und watschelte auf sie zu. Er trug einen zerschlissenen grauen Kittel und abgetragene Mokassins. Als er sie erreichte, murmelte er: »Mögen die heiligen Thlatsinas an diesem Tag über dich wachen.«

»Und über dich, Ältester.«

Er neigte den weißen Kopf und ging weiter. Nachtsonne folgte dem Pfad auf die kleine Anhöhe hinauf. Als sie oben ankam, keuchte sie. Sie löste den Wasserkrug von ihrem Gürtel, nahm den Keramikdeckel ab und trank in vollen Zügen. Jeder Schluck war kühl und frisch; stumm dankte sie den Thlatsinas.

Wasser war das kostbarste Gut im Wüstenhochland. Man füllte die Krüge mit Wasser aus Gruben im Fels oder aus größeren Mulden auf der Canyon-Sohle, in denen sich Regen- oder Schmelzwasser gesammelt hatte. In der Sommerhitze, wenn nirgends mehr trinkbares Wasser zu finden war, hob man entlang der Abflußgräben Löcher aus. Manchmal füllten sie sich mit Wasser, manchmal blieben sie aber auch trocken, nur mit Staub gefüllt und so bar allen Wassers, wie die Durstigen bar aller Hoffnung waren.

Nachtsonne befestigte den Wasserkrug wieder am Gürtel und schaute zurück, den Hang hinunter.

Wolkenspiel war stehengeblieben, um mit dem alten Mann zu reden. Der Windjunge bauschte ihr blaues Kleid auf. Sie hob ihre Stimme, die weich und melodisch klang. Der Mann gab Antwort, aber Nachtsonne fing nur einzelne Wörter auf.

Wolkenspiel lächelte über eine Bemerkung von ihm. Sie war eine hübsche junge Frau mit braunen Augen und rotbrauner Haut. Vier schwarze Spiralen waren auf ihr spitzes Kinn tätowiert – das Kennzeichen aller Frauen ihrer Familie. Auch Nachtsonne hatte es auf ihrem Kinn.

Wolkenspiel klopfte dem alten Mann auf die Schulter und nahm ihr Bündel vom Rücken. Sie kramte darin herum und reichte ihm etwas; dann lief sie zu Nachtsonne zurück und schwang sich das Bündel über. Sie sagte: »Er ist aus Gelbfalterdorf im Süden. Er erzählt, die Mogollon hätten es vor drei Monden überfallen.«

Nachtsonne sah dem Alten nach. Daß er allein marschierte und so abgerissen aussah, verriet ihr eine Menge. »Ist seine Familie umgekommen?«

Wolkenspiel nickte. »Er meint, er hätte eine Urenkelin in den Dörfern der Grünen Mesa. Dort will er hin. Ich hab' ihm etwas getrocknetes Wildfleisch mitgegeben.«

Nachtsonne strich ihr übers Haar. »Ich danke dir. Ich hätte selbst fragen sollen. Das ist ein langer Weg für so einen alten Mann.«

»Er kann nirgendwo sonst hin, Mutter. Ich bete, daß seine Verwandten in der Grünen Mesa noch am Leben sind.«

Aber Nachtsonne wollte nicht trauriger Stimmung sein, nicht heute. Denn das würde sie an ihren verabscheuungswürdigen Sohn Schlangenhaupt erinnern oder – noch schlimmer – an ihren Ehemann Krähenbart. An dem Morgen, als sie und Wolkenspiel weggegangen waren, hatte er sie wieder gequält und der Untreue mit einem seiner Sklaven beschuldigt. Sie verschob das Bündel auf ihrem Rücken und stieß den Atem heftig aus. Wenn Krähenbart nur den Verdacht hatte, sie hätte einem anderen Mann zugelächelt, bestrafte er sie mit Schweigen. Er konnte sie nicht hinauswerfen, denn sie war die Besitzerin von allem, seiner Zimmer, Ländereien, sogar seiner Kinder. Aber er konnte dafür sorgen, daß sie sich wie eine Ausgestoßene fühlte – und das tat er mit großem Geschick.

Als sie den Hang hinunterschritt, hörte sie jemanden mit greller Stimme den Auszugsgesang der Mogollon singen, das heilige Lied von der Zerstörung der zweiten Unterwelt durch die Helden-Zwillinge.

*Sie zogen aus,*
*jetzt gingen sie,*
*zermalmten, zertraten, zerstörten sie,*
*und brachten alle Menschen um,*
*und alle sind jetzt tot.*
*Jetzt weinen sie,*
*sie weinen und weinen …*

Eine scharfe Stimme durchschnitt die folgende Stille. »Hör jetzt auf mit der Singerei! Hörst du mich, Spottdrossel?«

»Ja, Schwester«, war die mürrische Antwort, die der Wind hertrug.

Nachtsonne sah das sechs Sommer alte Sklavenmädchen hinter einem Felsblock hervorkommen; der Stock, den es hinter sich herzog, zeichnete Wellenlinien in den Sand. Jetzt sah das Mädchen Nachtsonne und Wolkenspiel, es sperrte den Mund auf, so daß man das Fehlen der Vorderzähne sah, und schrie: »Milbe! Sie sind da!«

»Wer?«

»Die Gesegnete Nachtsonne und ihre Tochter. Genau wie Mutter gesagt hat.« Spottdrossel warf den Stock weg und raste den Pfad hinauf, so daß ihr das braune Kleid um die Beine flog. Sie schlang ihre Arme so heftig um Nachtsonnes Hüften, daß diese ins Wanken kam. »Mutter hat gesagt, daß ihr kommt. Gestern abend hat sie's gesagt. Sie wird so froh sein, euch zu sehen. Sie bekommt das Kind.«

»Das Kind?« Nachtsonne fühlte sich schwach. »Aber das sollte doch erst … erst in zwei Monden kommen.«

»Ja … aber sie bekommt's jetzt.«

Nachtsonne befreite sich aus der Umarmung und eilte den sandigen Hang hinunter.

Milbe trat aus dem Haus. Sie war sechzehn Sommer alt und dicklich; sie füllte ihr verblichenes grünes Kleid prall aus. Schwarze Zöpfe waren in der Nackenbeuge zusammengebunden. »Dem Wolf sei Dank«, sagte sie. »Ich kann euch nicht sagen, wie froh ich bin.«

»Geht's deiner Mutter gut?« fragte Nachtsonne auf dem Gang zur niedrigen Tür. Die ganze Behausung hatte nur acht aneinandergrenzende Räume, darunter einen Speicher und Lagerkammern, die wie menschliche Schwalbennester in den Felsüberhang hineingebaut waren. Wo der Verputz innen abgefallen war, konnte man die Sandsteinschichten in der Rückwand erkennen. Zwei Bilder vom Buckligen Flötenspieler, einer ein Mann, der andere eine Frau, schmückten den Bau; die zwei Symbole der Fruchtbarkeit waren ein ironischer Beitrag zu der Vernachlässigung von Feldern, Menschen und Räumlichkeiten.

Eine eingezäunte Laubhütte stand auf der Fläche, die als Plaza diente. Maishülsen und Wacholderrinde raschelten im Wind. Vier junge Frauen saßen unter der überhängenden Behausung und mahlten Mais. Rechts von der Plaza hatte man eine kleine Kiva in den Boden eingelassen; um die zwei Leiterschenkel herum, die durch den Einlaß herausragten, war die Dachabdeckung eingesunken. Sanfte männliche Stimmen drangen nach außen; mit vertrauten Gesängen baten die Männer um Gesundheit und Wohlergehen, und von der Flötenspielerin erflehten sie milde Wehen und eine glückliche Geburt.

»Ich weiß nicht genau.« Milbes Schultern fielen herab, und diese Antwort bestätigte die Sorge, die sich in ihrem breiten Gesicht ausdrückte.

Nachtsonne duckte sich und trat ein. Die überhängende Fels-Plattform diente als Dach; es war gerade so hoch, daß man aufrecht stehen konnte. Die Dorfbewohner mischten ihren Lehm mit Sand und Erde, bevor sie damit die Fassade verputzten, mit dem Erfolg, daß das Dorf fast unsichtbar wurde. Abgesehen von drei kleinen Fenstern und einer einzigen Tür schien es ein Teil der goldenen Canyon-Wand.

Nachtsonne blinzelte im dämmrigen Licht. Ein Feuer prasselte in der Grube mitten im Raum. Die Malereien an den Wänden sprangen sie förmlich an. Die Thlatsinas, halb Tier, halb Mensch, tanzten durch das Zimmer. Der Weiße Wolf starrte ihr direkt ins Auge, die Ohren gespitzt, eine Rassel in einer Hand, einen Tanzstock in der anderen. Mit gefletschten Zähnen warnte er alle, die mit bösen Gedanken einzutreten wagten, keinen Schritt weiter zu tun, bevor sie nicht ihre Herzen gereinigt hatten.

Nachtsonne sog die rauchige Luft tief ein. Ein blauer Dunst glitt über die Decke zum Fenster, wo er langsam hinaussickerte. Neben der Tür, links von Nachtsonne standen ein Wasserkrug, Tontassen und Töpfe mit getrocknetem Fleisch und Maismehl. Wacholderholz war zu ihrer Rechten an der Wand aufgestapelt. Und da war auch... eine alte Frau. Sie kauerte auf einer gefalteten Decke, das graue Haar durcheinander, die Augen dunkel und unheilverkündend.

»Süßwasser? Wie geht es dir?«

»Es ging mir schon besser.« Schweiß hatte ihr graues Haar zu winzigen Locken über ihrer zerfurchten Stirn zusammengeringelt. Die schwarzen Augen glitzerten wie Obsidianperlen. Als Ehrwürdige Mutter war sie Eigentümerin der Ländereien und fast aller Besitztümer des Dorfs, und von den fünf Sklaven gehörten ihr drei.

An der Nordwand, direkt vor ihr, lag Sternjägerin auf Binsenmatten; eine rote Decke wärmte ihren geschwollenen Leib. In ihrem aufgedunsenen Gesicht waren ihre Augen tief in zwei blauen Ringen eingesunken. Schweißnasses schwarzes Haar lag rings um ihren Kopf.

Nachtsonne lehnte sich aus der Tür und rief: »Wolkenspiel, wo ist mein Bündel?«

»O Mutter, verzeih mir«, bat ihre Tochter und reichte ihr das abgestreifte Bündel. Sie und Milbe hatten leise miteinander geredet. Milbe machte ein sehr ernstes Gesicht. »Ich hatte mit Milbe gesprochen, und dabei –«

»Tu, was ich sage, und zwar schnell. Hol einen Krug und füll ihn mit Wasser. Die Hälfte davon schüttest du in einen Topf und bringst es zum Kochen, und dann holst du mir frische Yucca-Wurzeln. Es ist mir gleich, wie weit du gehen mußt, um welche zu finden, aber tu es, und tu es sofort.«

»Ja, Mutter«, sagte Wolkenspiel und rannte zu Milbe und Spottdrossel zurück. Sie wiederholte die Anweisungen. Alle drei liefen in verschiedenen Richtungen davon.

Nachtsonne trat wieder ins Zimmer, warf ihren Umhang auf den Boden und legte ihr Bündel neben dem Wasserkrug und den Tassen ab. Sie schnürte das Bündel auf, zog eine Tüte mit getrockneten Beifußblättern hervor, schüttete ein Quentchen in eine Tontasse und goß Wasser darüber.

Sie setzte die Tasse zum Wärmen nahe ans Feuer, und dabei machte Sternjägerin die Augen auf. »Hallo, Gesegnete Nachtsonne.« Ein Lächeln erhellte ihr Gesicht.

»Hallo, Sternjägerin. Ich wünschte, du hättest mir Bescheid gesagt. Ich hätte vor Morgengrauen hiersein können.«

»Das Kinderkriegen dauert bei mir immer so lang, und ich wußte ja, daß du heute irgendwann kommst. Du kommst nie zu spät.«

»Außerdem«, mischte sich jetzt die alte Süßwasser mit kratziger Stimme ein, »wirst du gar nicht gebraucht. Das Kind wird sterben. Es kommt viel zu früh auf die Welt. Es sollte sterben. Wenn's am Leben bleibt, wird's nur ein schwacher und nutzloser Sklave.«

Nachtsonne starrte die alte Frau finster an. Süßwasser wußte besser als jede andere, wie sehr Sternjägerin dieses ungeborene Kind liebte. Schon im ersten Mond, als sie ihre Schwangerschaft erkannt hatte, war sie überzeugt gewesen, daß es ein Junge würde, ihr erster Sohn. Sie hatte Decken und Sachen zum Anziehen gewoben, Kaninchenfelle gefärbt und winzige Mokassins genäht. Vier Monde zuvor hatte Weißwedelhirsch, Sternjägerins Mann, Nachtsonne den kleinen Bogen und die Pfeile gezeigt, die er für seinen Sohn geschnitzt hatte.

Nachtsonne kniete sich neben Sternjägerin und fühlte über ihre fiebrigen Wangen und ihre Stirn. Ihre kühlen Hände taten Sternjägerin wohl. Der Schein des Feuers tanzte über ihr Gesicht. »Vielleicht stirbt das Kind«, sagte Nachtsonne geradeheraus, »aber ich werde versuchen, es zu retten. Wann haben die Wehen begonnen?«

»Gestern ... abend. Spät«, antwortete Sternjägerin.

»Sie ist gestern gefallen«, sagte Süßwasser. »War ein schlimmer Fall. Die Götter haben ihr ein Bein gestellt. Es war Dämmerlicht, und sie wollte Schmelzwasser von der Zisterne im Sandstein holen. Sie stolperte über nichts! Und fiel dann mit dem Gesicht auf den Stein. Kein Wunder, daß sie heute die Geburt hat. Die Götter haben gewollt, daß sie ihr Kind verliert. Es hat wahrscheinlich einen ganzen Klumpen Erde im Kopf.«

Schlechtigkeit, Alpträume und böse Taten kamen von einem winzigen Staubkorn, das die Spinnenfrau einem Kind kurz vor der Geburt im Hinterkopf einsetzte; dort blieb es für immer.

»Hast du die Lage des Kindes geprüft?« fragte Nachtsonne.

»Warum denn? Je eher es stirbt, um so besser«, sagte Süßwasser.

»Meine Herrin«, sagte Sternjägerin, »hat nicht mal meinen Töchtern erlaubt, mich zu berühren. Ich war sehr allein in dieser Nacht.«

»Also, ich werde dich jedenfalls berühren. Ich will mal sehen, wie das Kind liegt. Zieh die Knie an.«

Nachtsonne zog ihr die rote Decke von dem angeschwollenen Leib und untersuchte sie behutsam. »Es hat sich nicht gedreht. Der Kopf ist nicht unten«, sagte sie und versuchte, sich ihre Besorgnis nicht anmerken zu lassen.

»Ich weiß.« Sternjägerin faßte nach Nachtsonnes Arm und zog schwach daran. »Es tut mir leid. Es ist meine Schuld.«

»Niemand hat schuld. Es war Zufall, daß du gestürzt bist.«

Süßwasser sagte: »Die Götter haben das getan.«

»Meine Götter sind nicht so grausam«, entgegnete Nachtsonne. »Tut mir leid, wenn deine es sind.«

Süßwassers alt gewordene Augen verengten sich zu Schlitzen. »Willst du damit sagen, daß du nicht glaubst –«

»Bitte«, unterbrach sie Sternjägerin und zog Nachtsonne am Arm. »Sag mir die Wahrheit. Ich bin so müde. Wird mein Kind sterben?«

»Nicht, wenn ich's verhindern kann«, sagte Nachtsonne und drückte Sternjägerin fest die Hand. »Hör auf, an so was zu denken. Du mußt jetzt stark sein.«

»Ich werd's versuchen, aber ich …« Sie bäumte sich auf.

Nachtsonne sah zu und wartete. Als der Krampf nachließ, befahl sie: »Süßwasser, komm bitte her. Nimm ihren linken Arm. Ich nehme den rechten.« Zu Sternjägerin gewandt: »Die Öffnung ist jetzt groß genug, Cousine. Es ist Zeit, daß du in die Gebärposition kommst.«

Süßwasser kreuzte die Arme; sie weigerte sich.

Nachtsonne fauchte: »Steht auf, verdammt, bevor ich –«

»Du befiehlst mir *nichts!*« schrie Süßwasser. »Nicht in diesem Dorf. Hier gilt dein Rang gar nichts! Was du hier machst, ist verboten! Wenn ein Kind zu früh kommt, soll man nicht helfen. Wir wollen nicht, daß das Kind lebt.«

Nachtsonne warf ihr einen drohenden Blick zu: *Mit dir rechne ich später noch ab!*

Sternjägerin hielt sich krampfhaft am Arm von Nachtsonne fest; sie keuchte und bemühte sich hochzukommen. Ihre Beine zitterten.

»Sitz nur aufrecht, Sternjägerin, das genügt im Augenblick. Wenn die nächste Wehe kommt, stütze ich dich, damit du kauern kannst, das macht es dir leichter. Mutter Erde wird ziehen, während du preßt.«

Sternjägerin lächelte erschöpft. »Ja, ist gut.«

Wolkenspiel kam geduckt durch die Tür, und Milbe und Spottdrossel folgten. »Ich hab' die Yucca-Wurzeln dabei, Mutter. Ich habe sie zuerst draußen in Scheiben geschnitten, und Milbe hat den Kessel auf den Dreifuß gestellt.«

»Gut. Setz den Dreifuß übers Feuer und wirf dann die Wurzelscheiben hinein. Wenn die Lauge über den Rand quillt, nimm den Kessel vom Feuer und tauche mehrere Stoffstreifen ein.«

»Ja, Mutter.«

Wolkenspiel warf die Wurzeln hinein, während Milbe den Kessel über den niedrigen Flammen zurechthängte. Spottdrossel stand in der Tür und lutschte an einem Finger. Ihre sanft blickenden Augen beobachteten jede Bewegung ihrer Mutter.

Sternjägerin lächelte ihre jüngste Tochter an. »Alles ist gut, Spottdrossel«, sagte sie. »Die Gesegnete Nachtsonne ist bei mir. Du brauchst dir keine Sorgen mehr zu machen.«

»Aber ich hörte die Herrin schreien. Du wirst doch nicht... sterben?« Ihre Lippen zitterten.

Sternjägerin blickte auf Nachtsonne, die großen Augen voller Furcht, aber sie sagte: »Nein, ich werde nicht sterben.« Sie biß sich auf die Lippen, als die nächste Wehe kam. Der Schmerz verzerrte ihr Gesicht.

»Wolkenspiel, nimm ihren anderen Arm! Hilf ihr auf!«

Wolkenspiel gehorchte sofort. Sie hoben Sternjägerin in eine Hockstellung; sie weinte und stöhnte durch die zusammengebissenen Zähne. Sie umklammerte den Arm von Nachtsonne so stark, daß sich ihre Fingernägel ins Fleisch bohrten.

Spottdrossel stand in der Tür und weinte. »Mutter! O Mutter!«

Nachtsonne reckte den Hals, damit ihr kein Anzeichen der bevorstehenden Geburt entging.

Ein heftiges Zischen ließ alle erschreckt herumfahren; der Kessel kochte über, und schaumiges Gebräu schwappte ins Feuer. Milbe ergriff ein gefaltetes Tuch, um den Dreifuß von den Flammen wegzutragen.

Sternjägerin wand sich ächzend und starrte Nachtsonne an. »Laß mein Kind nicht sterben. Das würde ihm das Herz brechen. Weißwedelhirsch wünscht sich das Kind so sehr. Mehr als ich.«

»Du machst das sehr gut«, sagte Nachtsonne. »Es ist alles in Ordnung.«

Sternjägerin fiel geschwächt zurück und atmete schwer, als die Wehe nachließ.

Süßwasser beugte sich vor, das runzlige Gesicht verzerrt. Sie zischte: »Hast du schon mal eine Frühgeburt gesehen, die was taugte? Für wen ist das gut? Warum willst du unserem Clan die Last eines nutzlosen Kümmerlings aufladen?«

Nachtsonne beachtete sie nicht und wandte sich an Milbe. »Tauch bitte vier Stoffstreifen ein, rühre mit einem Stock gut um und nimm sie dann heraus. Laß sie abkühlen und bring mir inzwischen die Tasse neben dem Feuer.«

»Ja, Gesegnete Nachtsonne.« Milbe fand ein abgetragenes Kleid auf einem Haufen neben Süßwassers Decke; sie riß die Ärmel in zwei Streifen ab und nahm sich einen langen Stock vom Wacholderstapel. Sie warf die Streifen in den Kessel, rührte um und hob sie dampfend heraus. Sie lehnte den Stock zum Abkühlen an die Wand und ergriff die Tasse.

Nachtsonne nahm sie ihr ab und roch daran. Die Beifußblätter rochen scharf genug. Sie tauchte einen Finger in die Brühe, um die Temperatur zu prüfen. Sehr warm, aber nicht zu heiß.

»Sternjägerin«, sagte sie, »trink das mal. Das beschleunigt die Geburt.« Sie legte ihr einen Arm um die Schulter, gab der Sklavin die Tasse in die Hand und hielt sie fest, während Sternjägerin die Brühe schluckte. »Gut, sehr gut.« Sie stellte die Tasse auf den Boden hinter sich. »Jetzt ruh dich aus, so lange du kannst.«

Sternjägerin nickte und ließ ihren Kopf zwischen die Knie sinken. Sie atmete in schnellen, flachen Zügen. Auf dem Feuer brach ein Zweig entzwei, und der Raum wurde kurz in einen karneolfarbenen Schleier gehüllt.

Süßwasser erhob sich und starrte haßerfüllt auf Nachtsonne hinab. »Warum kümmerst du dich nicht darum, deine eigene Familie zu heilen? Du sollst doch die große Heilerin von Krallenstadt sein. Geh heim! Verschwende keine Zeit auf ein wertloses Sklavenbaby!«

Nachtsonne verbrachte einen Teil jeden Tages damit, die Menschen in Krallenstadt zu heilen, aber sie hatte diese freie Zeit wirklich nötig. »Andere brauchen mich auch, Süßwasser.«

Süßwasser kniff die Augen zweifelnd zusammen. »Du läßt also deine eigene Familie im Stich, um Sklaven zu heilen?«

»Wie?« fragte Nachtsonne verwirrt. »Meine eigene Familie?«

Süßwasser blinzelte. »Weißt du's nicht? Ein Händler aus Krallenstadt kam gestern morgen hier vorbei. Er hat gesagt, Häuptling Krähenbart wäre sehr krank. Er hat gesagt, daß Nordlicht meint, die Gesegnete Sonne könne sterben.«

Nachtsonne war sprachlos, sie konnte Süßwasser nur anstarren. Krähenbart war in den vergangenen Sonnenkreisen oft krank gewesen, aber –

Wolkenspiel stand auf. Ihr blaues Kleid glänzte purpurfarben im Feuerschein. »Wann ist mein Vater krank geworden? Wir sind nur drei Tage fort von zu Hause. Er war noch gesund, als wir gegangen sind!«

»Schrei mich nicht an, Mädchen!« gab Süßwasser zurück. »Das ist alles, was der Händler gesagt hat. Mehr weiß ich nicht.«

»Mutter? Ist das möglich?« fragte Wolkenspiel flüsternd und voller Schrecken. »Glaubst du, Vater braucht uns?«

Das Herz von Nachtsonne schlug schneller. Trotz allem, was Krähenbart ihr in all den Jahren angetan hatte, hing sie immer noch an ihm, aber seit vielen Sommern hatte er nicht mehr zugelassen, daß sie ihn berührte. Er wollte keine Behandlung von ihr, verweigerte ihr sein Bett und quälte sie bei jeder Gelegenheit. Dennoch ... dreißig Sommer lang war sie seine Frau gewesen. *Wie kann ich am Leben bleiben ohne ihn?*

»Ja«, sagte Nachtsonne sanft. »Er braucht uns. Aber ich kann nicht gehen, bis Sternjägerin und ihr Kind sicher sind. Dann gehen wir –«

»Das Kind kommt!« rief Sternjägerin. Sie packte Nachtsonne am Arm und mühte sich, die richtige Haltung einzunehmen.

»Wolkenspiel!« sagte Nachtsonne scharf. »Hilf mir, sie aufzurichten.«

Wolkenspiel sprang vorwärts, um den Arm von Sternjägerin zu packen.

Der ganze Körper der Gebärenden wurde geschüttelt, und ihr Stöhnen steigerte sich zu hilflosen Schreien. Sie warf sich hin und her, bäumte und bog sich, und die Tränen rannen ihr übers Gesicht. Als sie schrie, hielt sich Spottdrossel die Ohren zu und kreischte: »O Heiliger Vater Sonne, laß meine Mutter nicht sterben! Bitte, laß meine Mutter nicht sterben.«

»Süßwasser, um Unserer Mutter Erde willen, bring Spottdrossel hier heraus«, rief Nachtsonne.

Die alte Frau trippelte murrend heran, nahm Spottdrossel bei der Hand und zerrte sie hinaus. Man hörte ein Klatschen. Spottdrossel schrie schrill auf, wie ein Tier, das von einem Pfeil in den Bauch getroffen wird.

Sternjägerin fiel auf ihren Arm und keuchte: »Bitte, mach, daß mein Baby kommt ... bitte ... bitte ...«

Wolkenspiel schaute flehentlich auf Nachtsonne; glaubte sie etwa auch, daß Nachtsonne mit einem Gebet das Leiden beenden könnte? Die Kinder von Wolkenspiel waren in weniger als einer Zeithand auf die Welt gekommen, und sie selbst war in weniger als zwei Zeithänden wieder auf den Beinen gewesen. Diese unsäglichen Schmerzen mußten sie zutiefst erschrecken.

»Wolkenspiel«, sagte sie sanft, »wir wollen Sternjägerin wieder vorsichtig auf die Schlafmatte legen. Ich muß mal nach dem Kind sehen.«

Sternjägerin ächzte, als Nachtsonne in sie hineingriff; sie wälzte sich hin und her und sagte immer wieder: »Hilf mir, Wolf. Hilf mir, Wolf. O heilige Thlatsinas ...« Dann schrie sie auf und packte Nachtsonne und Wolkenspiel am Arm, um sich nach vorn zu ziehen.

»Sehr gut, Sternjägerin«, sagte Nachtsonne und beobachtete die Flüssigkeit, die aus der Gebärmutter kam. »Das Kind kommt. Ich kann das Hinterteil sehen, das kommt zuerst. Wolkenspiel, hilf mir, sie höher zu heben.«

Sternjägerin stand fast aufrecht, die zitternden Beine gespreizt, auf beiden Seiten gestützt von Nachtsonne und Wolkenspiel. Wie ein Boot, das hohe Wellen abreitet, bewegte sie sich auf und ab, schluchzend, und klammerte sich an den Arm von Nachtsonne.

Das Baby glitt in einer Blutpfütze auf die weichen Decken heraus.

Nachtsonne sagte: »Du hast einen Sohn, Sternjägerin. Du hast recht gehabt.« Nachtsonne untersuchte den nassen, blutbefleckten Säugling, und sie erschrak zutiefst. »Er ... er ist sehr schön.«

Sternjägerin lachte und weinte, als sie auf die Matten zurückgelegt wurde. Nachtsonne griff nach ihrem Bündel und holte ein Obsidianmesser heraus, durchschnitt die Nabelschnur und verknotete sie.

Sternjägerin schnaufte. »Ich möchte ihn sehen«, sagte sie. »Bitte, zeig ihn mir.«

»Noch einen Augenblick«, sagte Nachtsonne. »Milbe, reich mir die nassen Tuchstreifen.«

»Ja«, erwiderte Milbe und nahm die inzwischen abgekühlten Streifen von dem Stock. Nachtsonne säuberte den Säugling liebevoll vom Blut, hob ihn an den Füßen hoch und schüttelte ihn. Sternenjägerin lächelte und streckte die Arme aus, um ihr Baby zu empfangen.

Nachtsonne schüttelte es. Wieder und wieder.

Wolkenspiel legte die Hand vor den Mund. Milbe kam mit großen Augen langsam näher. Als wäre die Zeit stehengeblieben, so erstarrten ihre Gesichter; sie sahen aus wie in Holz geschnitzt.

Nachtsonne schlug den Jungen auf den Rücken und aufs Hinterteil, drehte ihn rechts um und schüttelte ihn hin und her. Das Köpfchen hing schlaff herunter.

Sie hob ihn an den Fußgelenken hoch und schüttelte ihn abermals.

»Nachtsonne?« fragte Milbe. »Ist er …«

Nachtsonne zögerte. »Ja«. Sie unterdrückte ihre Trauer und wiegte das tote Baby sanft in den Armen.

Sternjägerin weinte. Die Laute rissen Nachtsonnes Herz entzwei; sie hatte selbst drei Neugeborene verloren, zwei Jungen und ein Mädchen. Ein Kind hatte man ihr abgenommen, bevor sie es überhaupt sehen konnte. Mondelang hatte sie gehört, wie es sie anrief … und immer wieder anrief.

Es war ein Frauenschicksal, das kein Mann je ganz verstehen konnte. Da hatte sie mondelang zu dem Kind gesprochen, hatte im eigenen Körper gespürt, wie es sich bewegte, hatte im Traum gesehen, wie es heranwuchs, und eine ungeheure Liebe war erblüht, eine Liebe, die mit keiner anderen Liebe zu vergleichen war. Die Erschütterung darüber, das Kind zu verlieren, plötzlich zu wissen, daß sie nie in seine wachen Augen blicken würde – das war ein Schlag, der die Seele betäubte.

»O Mutter«, sagte Milbe wimmernd. Sie kniete sich neben Sternjägerin, schlang die Arme um den nassen Körper ihrer Mutter und hielt sie ganz fest.

»Wolkenspiel«, sagte Nachtsonne. »Tauch die Streifen noch einmal ein und wringe sie aus.«

Wolkenspiel tauchte die beschmutzten Streifen in das warme Yucca-Wasser und drückte sie aus.

Nachtsonne wusch das Baby gründlich und deutete müde auf die aufgerollte Decke, auf der Süßwasser gesessen hatte. »Gib mir diese Decke. Der Kleine friert.«

Sternjägerin legte plötzlich keuchend eine Hand auf den Boden und stöhnte, als die Nachgeburt hinausfloß. Milbe stützte sie bei der Wehe.

Wolkenspiel brachte die Decke, und Nachtsonne wickelte das Baby sorgfältig darin ein, bis nur noch das Gesicht hervorschaute, so daß sie sicher sein konnte, seine Seele bliebe in der ganzen langen Nacht, die vor ihm lag, schön warm.

Morgen würde sein Clan ihn bekleiden und über seinem Körper singen. Verwandte würden Geschenke und ihre feinsten Decken bringen und ihn dann in der Erde unter einem Zimmer begraben, dort, wo seine Mutter ging, in der Hoffnung, daß seine Seele eines Tages wünschte, wieder in ihren Schoß zu kommen, um wiedergeboren zu werden.

Nachtsonne betete, es möge so sein.

Sie ging zu Sternjägerin, legte ihr das tote Baby in die Arme und sagte: »Halte ihn eine Weile, Sternjägerin.«

Sternjägerin küßte ihren toten Sohn zärtlich auf die Stirn.

Nachtsonne sagte: »Wolkenspiel, bitte wasch die Stoffstreifen noch einmal aus. Milbe und ich werden Sternjägerin waschen und hier aufräumen. Sie muß dann schlafen.«

Die Gesänge draußen in der Kiva hörten auf. Vielleicht hatten die Männer erkannt, daß die Wehenschreie aufgehört hatten.

Ihr heiligen Himmelsgötter – Nachtsonne hatte Weißwedelhirsch, den Vater, vergessen. Er würde doch wissen wollen, wie es seiner Frau und dem Kind ging.

Es gab ein Getöse, Füße kamen klappernd die Kiva-Leiter empor, dann tappende Schritte, als ein Mann über die Plaza lief.

*»Sternjägerin!«* rief Weißwedelhirsch. *»Süßwasser?«*

Nachtsonne ging geduckt aus der Tür hinaus in die grelle Wintersonne, um ihn auf halbem Weg zu treffen.

## 9. Kapitel

Kreuzdorn zog sich leise im Licht der Dämmerung sein langes glattes Webhemd an, seine Hirschleder-Leggings und die Yucca-Sandalen, bemüht, Düne nicht aufzuwecken. Der heilige Mann schlief auf der anderen Seite des Hauses, in eine verblichene graue Decke gewickelt, nur der weiße Schopf sah heraus. Er hatte die ganze Nacht geschnarcht – es war die Art von Schnarchen, bei der die Erde bebt. Kreuzdorn hatte nur wenig Schlaf gefunden.

Als er die Sandalen zuschnürte, schaute er sich gähnend um. Das Feuer war bis auf einen Rest von Glut heruntergebrannt. Tee vom gestrigen Abend war noch in einem Tontopf am Rande der Glut, vermutlich noch warm. Aber Kreuzdorn durfte sich keinen Tee nehmen, schon seit drei Tagen nicht. Düne hatte ihm aufgetragen, vier Tage lang zu fasten und bei Tagesanbruch immer auf die Mesa zu klettern. Erstaunt hatte Kreuzdorn festgestellt, daß Hunger seinen Verstand wachhielt und sein Herz für die kaum hörbaren Stimmen der Thlatsinas, die auf der Mesa lebten, empfänglich machte.

Kreuzdorn griff nach seinem Umhang, der mit einer Mischung aus Sonnenblumen-Blütenblättern und Bodenflechten leuchtend gelb gefärbt worden war. Als er ihn über die Schulter warf, kam eine Feldmaus unter dem Türvorhang hereingeschlichen und schnüffelte. Jede Maus im Umkreis eines Tagesmarsches wußte, daß Düne Maisbrotkrümel auf das Kopfende seiner Schlafmatte fallen ließ. Die Maus huschte über den Boden und fing mit wippenden Schnurrhaaren fröhlich an zu knabbern.

Kreuzdorn schaute fasziniert zu, wie die Maus sich durch Dünes Haar kämpfte, um noch mehr zum Frühstück zu bekommen. Düne wälzte sich herum und schob die Decke hinunter, so daß sein zahnloses Lächeln sichtbar wurde. Kreuzdorn hatte das schon einmal gesehen, aber es setzte ihn immer wieder in Erstaunen. Er folgerte, die Maus müsse wohl des alten heiligen Mannes Geisthelfer sein. Das war die einzige Erklärung dafür, daß man dieses Geschöpf nicht mit einem Hieb zerschmetterte und in den Schmortopf warf.

Kreuzdorn ging auf Zehenspitzen zur Tür und tastete mit der Hand hinter den schäbigen Vorhang, um die Luft draußen zu prüfen. Kalt. Sehr kalt. Er würde seine Decke benötigen. Auf Zehenspitzen schlich er zurück und nahm sie an sich.

»Schirmst du dich gegen das Licht ab?« fragte Düne schläfrig.

Kreuzdorn runzelte die Stirn. »Bist du wach?«

»Nein, das ist meine abgeschiedene Seele, die dich aus den Unterwelten anruft. Natürlich bin ich wach! Beantworte meine Frage!«

»Abschirmen? Nein, wieso? Wenn ich morgens oben auf der Mesa stehe, halte ich die Arme ausgebreitet, um so empfänglich für das Licht zu werden, daß ich genau merke, wann es wiedergeboren wird.«

Düne rollte zu ihm herum. Die Feldmaus, mit wachen Augen, fraß ruhig weiter. »Ist das dein Ziel? Im Licht zu stehen, dein Leben lang?«

»Ja, Ältester«, sagte Kreuzdorn ernst, »deswegen bin ich zu dir gekommen. Um zu lernen, wie –«

»Dann wirst du immer im Finstern stehen. Allein. Verstört.«

Kreuzdorn trat von einem Bein aufs andere. »Was willst du damit sagen?«

Düne strich der Maus mit der Fingerspitze über den seidigen Rücken. Das kleine Tier schien es kaum zu merken. Tiefe Falten liefen kreuz und quer über Dünes uraltes Gesicht, als er lächelte. Das schwache Licht, das durch die Rauchabzugslöcher im Dach fiel, gab seinem weißen Haar eine lavendelfarbene Tönung. »Auf deinen Füßen stehend, kannst du nicht wiedergeboren werden, Junge. Du kannst nie das Licht *sein*, wenn du darauf bestehst, es im Auge zu behalten.«

Kreuzdorn stammelte: »Aber – ich will gar nicht wiedergeboren werden. Ich will ein großer Geistsänger werden wie du. Um meinem Volk helfen zu können.«

»Ein *großer* Sänger?« Düne warf seine Decke ab und schaute ihn finster an. Sein langes braunes Hemd schimmerte matt. »Welch ein Hochmut! Weißt du, wohin der führt? Zu der Art von Selbstsucht, die aus dir einen armseligen Sänger macht.«

»Aber Ältester...« Er breitete verzweifelt die Arme aus. »Ich bin ja jetzt ein armseliger Sänger. Ich kann nicht mal mehr die Wörter unserer heiligsten Gesänge behalten. Wenn ich nicht hoffen darf, ein großer Sänger zu werden – worauf kann ich dann überhaupt hoffen?«

»Auf Spott und Hohn«, sagte Düne. »Gelegentlich auch Verachtung.« Er rollte seine Decke zusammen und verstaute sie in der Ecke neben den Körben. »Auf Zweifel und Unglauben.«

»Spott und Hohn?« flüsterte Kreuzdorn erschrocken. »Aber Ältester, das kann ich nicht akzeptieren. Warum sollte das Volk, dem ich ja gerade zu helfen versuche –«

»Das kannst du nicht *akzeptieren*?« Die weißen Augenbrauen Dünes zogen sich zu einem buschigen Strich zusammen. »Also dann muß ich dich besser vorbereiten. Mal sehen. Ach ja, ich weiß.« Er schlug sich mit den Handflächen auf die Knie. »Du willst doch einen neuen Namen haben, nicht wahr?«

Kreuzdorn riß die Augen auf. »O ja, Ältester. Das wünsche ich mir sehr. Ich habe schon an so etwas gedacht wie –«

»Von diesem Augenblick an heißt du *Sängerling*.«

»*Sänger ... ling?* Aber das ist eine Beleidigung! Warum tust du mir das an?«

Dünes kratzige Stimme wurde mild. »Weil wir hier nicht nach Größe streben. Wir streben danach, so klein zu sein, daß niemand uns wahrnimmt. Wenn du nach etwas streben mußt, dann strebe danach, ein Rattenschwanz zu sein ... oder eine Vogelzehe ... oder ein Sabbertropfen aus dem Maul eines Bisons. Deswegen bist du hier, Sängerling!«

»Um zu lernen, der Sabbertropfen eines Bisons zu sein?«

»Ja.« Düne hob mahnend einen knochigen Finger. »Das ist nicht leicht. Als erstes mußt du dein Herz sauber hacken. Es enthält viel zuviel von dir. Das mußt du ganz klein schnitzeln.

Und dann halt Ausschau nach all den anderen unendlich kleinen Dingen in der Welt. Ameisen unter einem Stein. Sandkörnchen. Würmchen auf Pflanzenstengeln. Strebe danach, eines davon zu sein. Betrachte das Leben durch ihre Augen. Vergiß die großen Dinge.«

»Das Herz sauber hacken«, sagte Kreuzdorn sarkastisch. »Das stell ich mir ziemlich schmerzhaft vor.«

Düne grinste wie ein Luchs, der vor einem Packrattennest lauert. »Du hast keine Ahnung.«

Der alte Mann erhob sich auf wackligen Knien und machte eine weit ausholende Handbewegung zur Tür. »Geh hinaus, damit das Blut nicht alles verdreckt. Ich mache den ersten Schlag. Und ich will, daß du dich selbst in Gedanken mit deinem neuen Namen nennst.«

»Ich glaube, das ist der erste Schlag, Ältester.« Er griff nach seiner Decke.

*Armer Sängerling. Ich bin Sängerling. So heiße ich jetzt. Sänger ... Wie kann ich mit so einem Namen durchs Leben gehen? Sängerling! Sängerling. Heilige Götter, nur ein Idiot würde jemanden mit so einem Namen anstellen, um etwas Großes zu bewirken. Und das heißt, daß ich verhungern werde oder mich der Gnade meiner Familie ausliefern muß. Keine Frau wird mich heiraten. Ich werde nie Kinder haben. Wolf, hilf mir! Ich bin verflucht!*

Verärgert schwang er seine Decke heftig über die Schultern und ging zur Tür.

»Nein«, sagte Düne. »Die Decke laß hier.«

Sängerling warf sie ab, ging geduckt durch die Tür in den frostigen Morgen. Der Abhang türmte sich zweihundert Handlängen hoch über dem Häuschen und warf einen langen kalten Schatten. Hinter dem Höhenzug leuchtete Bruder Himmel in tiefem, durchscheinendem Blau. Zwei Raben kreisten flügelschlagend auf der Strömung der Winde. Sängerling rieb sich die frierenden Arme.

Und wartete.

Als der heilige Alte nicht herauskam, brüllte Sängerling: »Düne? Ich friere hier draußen. Wo bist du?«

»Hier drinnen ... Ich sitze am Feuer und trinke warmen Tee.«

»Ich dachte, du willst rauskommen.«

»Ich werde schon kommen.«

»Wann denn?«

»Für einen Sängerling immer noch früh genug.«

Verdrossen blickte dieser zum Himmel. Die ziehenden Wolkenfetzen färbten sich hochrot. Die längliche Mesa, die sich um Dünes Haus herumbog, glühte, als würde frisches Blut aus Poren im Fels herausquellen.

Sängerling seufzte. Hätte Düne sein Morgenritual nicht unterbrochen, wäre er inzwischen schon auf dem Plateau. Dort strahlte das Licht von Vater Sonne zuerst hin, und Kreuz... Sängerling genoß immer diesen zeitlosen Augenblick, wenn die Welt wieder glühend zum Leben erwachte.

*Ja, du wirst dich daran gewöhnen. Du heißt Sängerling.*

Er fächerte sich das lange schwarze Haar um die Schultern und hoffte, es würde ihn wärmen. Trotz Hemd und Umhang liefen ihm Kälteschauer über den Rücken.

*Warum muß dieser alte Mann mich so quälen? Er behandelt mich schlechter als einen Sklaven.*

Um die Schauer zu unterdrücken, trat er auf der Stelle, wo seine Füße im roten Sand versanken.

»Heilige Thlatsinas, ich werde zu Eis!« brüllte er zum Haus, und eine weiße Atemwolke verdichtete sich vor seinem Mund. »Wenn du nicht herauskommst, in –«

Düne zog den Türvorhang zurück und trat völlig nackt ins Freie.

Sängerling erstarrte. Der alte Mann glich einem wandelnden Skelett. Wie ein Gitter versperrten die Rippen seinen Brustkorb, und die Arme und Beine glichen knotigen Stöcken. Zottiges weißes Haar hing ihm auf die knochigen Schultern.

Düne erschauerte.

»Kalt?« fragte Sängerling und lächelte.

Als Antwort marschierte Düne zu einer Hausecke und schlug sein Wasser ab. Er tat es mit Schwenkungen, so daß der Strahl in Spiralen niederfiel; bernsteinfarbene Tropfen schimmerten im Dämmerlicht auf. Als er sah, daß Sängerling ihn beobachtete, lächelte er ihn ebenfalls an. »Dumm?« fragte er.

Sängerlings Lächeln verschwand.

Als Düne fertig war, schlenderte er aus dem Schatten des Felsens heraus und schaute nach Osten. Eine rosige Aura umhüllte ihn. »Wir haben noch Zeit.«

»Wozu?«

»Damit du lernst, daß du wahrhaftig das Kind von Vater Sonne bist.«

»Das weiß ich schon.«

»Da liegt das Problem. Du weißt schon zu verdammt viel.« Er stützte die Hände auf die spitzen Hüftknochen. »Zieh dich aus!«

Sängerling riß den Mund auf. »Da laufe ich doch blau an –«

»Hast du Angst, als Neugeborener vor Vater Sonne zu treten?«

»Als ... als Neugeborener?« Sängerling dachte nach. »Nein, ich habe keine Angst.«

Schüchtern nahm er den Umhang ab, zog sich das Hemd aus und ließ beides zu Boden fallen. Um die Leggings und die Sandalen auszuziehen, mußte er sich hinsetzen. Roter Sand überzog seinen ungeschützten Körper. Er löste den letzten Sandalensenkel und beobachtete dabei, wie sein Skrotum sich schrumpfend zusammenzog. »Und jetzt?«

Düne wedelte mit einer klauenartigen Hand. »Jetzt geh auf die Klippe. Sei dort, wenn Vater Sonne aufsteigt. Aber heute, Sängerling, begegne ihm wie ein Säugling. Sprich nicht, geh nicht, steh nicht. Tu so, als wüßtest du nichts, nicht einmal, wie man kriecht.«

»Aber wenn ich dort hinkommen soll, muß ich laufen.«

Düne sah ihn von der Seite an. »Bei deinem Stolz, Junge, fürchte ich, wirst du sehr lange laufen müssen, bevor du entdeckst, daß es kein ›dort‹ gibt, wo du hinkommen kannst. Aber«, seufzte er, »ich werde für dich beten.«

Er wandte sich um und ging ins Haus zurück. Der Teekessel ratterte.

Mit klappernden Zähnen fing Sängerling an zu laufen, wich Dornen aus, übersprang Kaninchenlöcher, bis er zu den eingeschnittenen Stufen in der roten Klippenwand kam. Die Stufen, eine Mannslänge breit, waren wie blankpoliert; Hunderte von Füßen hatten sie so abgeschliffen, daß sie jetzt glatt waren wie das Fell eines Kätzchens.

Sängerling konzentrierte sich auf den Aufstieg. Er atmete tief ein und langsam wieder aus. Dünne Grashalme klammerten sich an jede Stufenleiste und rochen nach Erde. Auf halbem Weg nach oben löste sich der Ärger über Düne auf. Er liebte dieses Ritual der Morgendämmerung, die Einsamkeit, die überwältigende Stille der Wüste und die Freude, das Dunkel in die tiefen Felsritzen hinein entweichen zu sehen.

Er gelangte auf das kahle Hochplateau, gerade als der lavendelfarbene Horizont sich in strahlendes Gold verwandelte.

»Sei ein Neugeborenes«, murmelte er. »Ein Säugling. Wie um alles in der Welt mache ich das?«

Er bedachte die Wörter einen Augenblick lang, legte sich dann achselzuckend auf den kalten Sandstein und rollte sich, mit dem Gesicht nach Osten, auf der Seite liegend wie ein Embryo zusammen. Die Kälte biß in sein nacktes Fleisch, aber als er über die Kuppen und Bergrücken sah, die sich aus den beifußbedeckten Ebenen erhoben, erfüllte ihn eine sonderbare innere Gelassenheit. Das Land strahlte eine unirdische Ruhe aus. Er ließ die Stille in seine Seele sinken.

»Mein Herz sauber hacken.«

Düne hielt ihn für eingebildet und eitel. Er wußte, der alte Mann versuchte ihm beizubringen, daß er sich von seiner Eigenliebe befreien müßte, aber seine Sehnsüchte und Träume hatten ihn von jeher begleitet, und andere Begleiter hatte er nie gehabt. Wie konnte er sich von ihnen lösen?

Der flötengleiche, melodiöse Ruf einer Lerche trug weit in der Stille. Der Wind strich über die Mesa; es war ihm, als finge er Fetzen fernen Gewispers auf, als hörte er leise Schritte.

»Was hat er wohl gemeint, Thlatsinas?« flüsterte er. »Wie soll ich Vater Sonne ansehen? Wie ein Baby? Wie ein Baby, das nichts von der Welt weiß? Ich soll nicht sprechen, hat er gesagt, sonst …«

Da wurde ihm klar, daß er Dünes Gebot schon mißachtet hatte, und er verstummte; er versuchte, das Gespräch in seinem Innern zu unterdrücken, und richtete seine Aufmerksamkeit auf den leuchtenden Himmel.

Helle weiße Spitzen stachen in den Horizont. Unter ihnen spähte Vater Sonne, geräuschlos wie eine Maus, wachsam über die Welt, bevor er sich erhob. Sein Leuchten wusch das Land, verjagte die letzten Fetzen der Finsternis und glitt über Sängerling wie warmer Honig. Die schwarzen Haare auf seinem Körper sträubten sich. Ehrfurcht erfüllte sein Herz.

Solch eine unvermittelte Verwandlung von Kälte in Wärme hatte er noch nie zuvor erlebt.

Er wälzte sich auf den Rücken, breitete Arme und Beine aus und gab sich Vater Sonne bedingungslos hin. Sein Kopf ruhte auf einer kleinen Erhöhung im Stein. Er blickte über seinen hageren Körper, über den Hügel schwarzer Haare zwischen seinen Beinen hinweg und weiter bis zum zerklüfteten rotgoldenen Land, und eine nie gekannte Freude überwältigte ihn.

Seine Bekleidung hatte ihn abgeschirmt.

Diese Entdeckung machte ihn ganz selig, und er lachte laut auf.

Die Bläue des Himmels wurde noch tiefer, als er dachte: *Also das ist es, was Düne mir sagen wollte.* Die Neugeborenen kamen aus einer abgeschirmten Welt ganz für sich, in der dauernd Nacht war; sie erwarteten nichts, begriffen nichts. Wenn dann das Licht der Sonne sie zum ersten Mal überflutete, mußte es sie mit einem wundervollen Gefühl erfüllen – so wie ihn heute morgen. Tatsächlich empfand er das Licht so sehr als Teil seiner selbst wie das warme Blut in seinen Adern.

»Heilige Thlatsinas, das hat Düne gemeint, als er sagte: das Licht *sein*. O ja, ihr Götter, auch ich will Sonnenlicht sein.«

Er sog die kühle Luft und die starken Düfte von Wacholder und taugesättigter Erde tief in seine Lungen.

*Ich kann kaum erwarten, es Düne zu erzählen. Ich hab's verstanden. Ich hab's wirklich verstanden.*

Das schwache Kratzen kleiner Vogelkrallen lenkte seinen Blick zum Rand der Klippe.

Eine Bergspottdrossel saß auf einem Sandsteinhöcker, den braunen Kopf schräg, um ihn genau zu betrachten. Liebe wallte auf in Sängerlings Brust. Einst, lange bevor die Ersten Menschen aus den Unterwelten auftauchten und die Gemachten Menschen noch als Tiere die Welt bevölkerten, hatten der Vogel und er – göttliche Funken – als eine Einheit in dem strahlenden Stern gelebt, der das Herz der Spinnenfrau bildete. Zusammen hatten sie als Funken gelacht und gezwinkert. Erst als der Schöpfer sie beim Namen rief, wurden sie getrennt. Als sie ihren Namen kannten, fielen sie im selben Augenblick zur Erde und wurden Vogel und Coyote.

»Bruder«, flüsterte Sängerling und streckte langsam eine Hand zur Spottdrossel aus. »Komm mit! Laß uns noch einmal zusammen im Sonnenlicht eins sein.«

Der Vogel antwortete mit einem süß zwitschernden Ruf und flog davon.

Sängerling lächelte.

Es war anstrengend, auf die Beine zu kommen. Sein ganzer Körper prickelte.

Als er die Stufen wieder hinabstieg, sang er: »*Tageslichtväter! Tageslichtmütter! Es wird alles lebendig, lebendig, lebendig.*«

Sein Gesang hallte im ganzen Canyon wie ein leichter Donner wider, mit der tiefen Stimme gesungen, die ihn im Anemonendorf berühmt gemacht hatte.

Als Sängerling unten angekommen war, sah er zwei Männer den Pfad um den Fuß der Klippe herumgehen – starke, stämmige Männer und in Schweiß gebadet. Sie trugen rote Hemden, Gürtel um die Hüften und Korallenanhänger um den Hals.

Sängerling rannte aufs Haus zu und rief: »Düne? Düne, zwei Männer kommen zu dir.«

Die Sonne hatte die Schatten der Klippe nach hinten geschoben und das Haus von Düne mit einem gelben Kreis umgeben. Der Beifuß rings um das lehmverputzte Haus schimmerte grün.

Düne zog den Türvorhang zur Seite und streckte sein weißes Haupt hinaus. »Wer?«

Sängerling trottete herbei und atmete schwer. »Weiß nicht. Hab' sie noch nie gesehen. Aber wichtige Männer; sie tragen Korallen-Anhänger –«

»Korallen?« fragte Düne und trat hinaus, immer noch nackt.

Sie starrten beide den Pfad hinunter.

Die Männer kamen angelaufen, sahen mit zugekniffenen Augen auf ihrer beider Nacktheit und wechselten wissende Blicke. Der größere der beiden verbeugte sich achtungsvoll. »Einen gesegneten guten Morgen wünsche ich, Ältester.«

»Das wünsche ich dir auch, Verhüllt-Seinen-Schwanz. Was –«

»*Verhüllt-Seinen-Schwanz?*« stieß Sängerling hervor. »Der – der große Stellvertreter des Kriegshäuptlings von Krallenstadt?«

Verhüllt-Seinen-Schwanz verbeugte sich bescheiden, aber Düne sagte grollend: »Groß, groß, groß! Ist der Ruf alles, was dich interessiert?«

»Ver-verzeih mir, Düne.« Sängerling ließ den Kopf schamerfüllt hängen. Was seine Seele oben auf dem Felsen gelernt hatte, das hatte sein Mund sofort wieder vergessen.

Düne schaute auf den anderen Mann, der kleiner, aber ebenso stämmig war, mit einem runden Gesicht und kleinen Augen. »Du siehst gut aus, Fichtenzapfen.«

»Du auch, Ältester«, sagte der Mann lächelnd. »Es ist schon lange her, daß du uns mit deiner Gegenwart in Krallenstadt beehrt hast. Du hast uns gefehlt.«

»Hmm«, machte Düne und betrachtete Verhüllt-Seinen-Schwanz aufmerksam. »Was macht ihr hier, so weit draußen?«

»Die Gesegnete Sonne ist wieder krank, Ältester«, antwortete Verhüllt-Seinen-Schwanz. »Wir machen es überall kund.«

Die buschigen Augenbrauen von Düne fielen wieder herab. »Das scheint mir nicht gerade die Aufgabe, die Eisenholz seinen beiden besten Kriegern zuteilt.«

Verhüllt-Seinen-Schwanz zuckte die Achseln. »Wir waren gerade zur Hand.«

Fichtenzapfen fügte hinzu: »Eisenholz wünscht sicherzustellen, daß wir Gerüchten zuvorkommen. Du weißt ja, wie die Leute verrückt spielen, wenn ein Häuptling krank wird. Dann sagen sie gleich, daß er stirbt.«

»Ja, das ist wahr.«

»Also, wir machen uns wieder auf den Weg«, sagte Verhüllt-Seinen-Schwanz und verbeugte sich abermals. »Wir haben Eisenholz versprochen, morgen zurück zu sein.«

»Nun, dann geht.« Düne winkte mit einer Hand. »Richtet Krähenbart aus, daß ich ihm gute Besserung wünsche.«

»Das machen wir, Ältester.«

Beide Männer gingen den Pfad zum Hauptweg hinauf, der nach Süden führte. Düne sah zu, mit argwöhnisch zugekniffenen Augen.

»Was ist los?« fragte Sängerling. »Stimmt etwas nicht?«

»Wenn man sie hört, ist alles in Ordnung.« Der alte Mann rieb sich über sein hängendes Kinn. Geduckt ging er ins Haus zurück, und Sängerling hörte, wie er mit der Maus sprach. Der Türvorhang schwang zurück und glänzte im Sonnenlicht.

»Düne!« sagte Sängerling. »Ich muß dir etwas Wichtiges mitteilen. Du wirst es nicht glauben, was ich heute morgen erlebt habe.

Sängerling zog den Vorhang zurück und sah, wie Düne sich ein hellbraunes Hemd anzog. Sein weißes Haar leuchtete im Feuerschein. Er bückte sich und legte noch Holz nach. »Was?« fragte er.

Sängerling schwoll die Brust. »Ich habe gelernt, ein Neugeborenes zu sein. Gleich auf Anhieb.«

»Ach ja?« Dünes buschige Brauen hoben sich.

»Ja, aber du hast recht gehabt«, fügte Sängerling schnell hinzu, »leicht war es nicht. Nein, gar nicht. Ich mußte mich sehr anstrengen.«

»Ich begreife.«

Sängerling fühlte sich unbehaglich. »Du begreifst … was?«

Düne richtete sich auf. Es zuckte in den Runzeln um seine kleine, runde Nase. »Ich begreife, daß du mit deinem Stolz noch immer groß im Licht stehst.«

## 10. Kapitel

Die zerstampften Tonscherben auf der sechs Körperlängen breiten Straße schimmerten matt. Nicht alle Straßen hatten solch eine Oberfläche, doch besonders die in der Nähe heiliger Stätten oder Städte. Nachtsonne beeilte sich, ihr schwarzweißer Umhang flatterte wie Fledermausflügel, als sie an Kesselstadt vorbeilief. Östlich von Krallenstadt stieg die Straße terrassenförmig an; die berühmte Kolonnade glänzte in der Sonne. Hinter der Nordmauer mit der freihängenden Veranda stand der Rundturm, der oben zu den Leitern und Handgriffen führte, von denen aus man zur Treppe und zur Straße nach Norden zum Mittelplatz gelangte.

Mondglanz, eine Cousine von Nachtsonne, war Ehrwürdige Mutter von Kesselstadt. Bewohner, die auf den Dächern des vielgeschossigen Baus saßen, schrien an Nachtsonne gerichtete Fragen herunter, aber sie winkte ihnen nur zu und lief weiter. Sie konnte schon Krallenstadt sehen, die in der Nachmittagssonne weiß leuchtete. Die flache Ost-West-Mauer des riesigen Bauwerks ging in einem fast vollkommenen Halbkreis nach Süden und fing die warmen Strahlen der Wintersonne auf. Sklaven standen in Gruppen an dem einzigen Zugang in der westlichen Hälfte der flachen Mauer, mahlten Mais in den Mahlkästen, trugen Abfall hinaus und webten leuchtend gefärbte Stoffe an großen Webstühlen. Zwei Hirschhäute wurden auf Holzgestelle gespannt; Frauen schabten sie mit Steinwerkzeugen glatt.

Der junge Schwalbenschwanz, vierzehn Sommer alt, muskulös und sehr groß für sein Alter, kniete neben ihnen und zerlegte mit langer Obsidianschneide einen Hirsch. Mit kurzen fachkundigen Schnitten trennte er die Muskeln durch und legte sie einzeln auf einen flachen Stein. Der Stapel von saftigem rotem Fleisch war schon vier Handlängen hoch. Jeder Sklave hatte bestimmte Aufgaben. Schwalbenschwanz war dazu eingeteilt, Tiere zu zerlegen und die Zeremonialmasken in Krallenstadt abzustauben. Er und seine Mutter, Trauertaube, waren außerordentlich begabte und zuverlässige Sklaven. Als Nachtsonne näher kam, lächelte Schwalbenschwanz und begrüßte sie: »Wie schön, dich wieder hier zu haben, Ehrwürdige Mutter.«

»Danke, Schwalbenschwanz. Ich hoffe, es geht dir gut.«

Er strahlte. »O ja, es geht jetzt besser.« Der Junge blickte auf seinen verbundenen Arm. »Dein Umschlag auf meinem Schnitt hat gewirkt. Keine bösen Geister sind in die Wunde eingedrungen.«

Nachtsonne lächelte. Er war mit einem großen Wassertopf auf einem Hang ausgerutscht und gefallen, und eine scharfe Scherbe hatte in seinen Oberarm geschnitten. »Das freut mich. Ich sehe morgen noch einmal nach, für alle Fälle.«

»Vielen Dank, Ehrwürdige Mutter. Ich...« Er schaute plötzlich auf und streckte den Arm aus. »Ich glaube, man grüßt dich.«

Nachtsonne drehte sich um zu den Hügeln, die vor Krallenstadt hochragten. Sie waren rechteckig und flach, über alte Abfallhügel gebaut, vierkantig angelegt und so hoch aufgeschüttet, daß das Volk über die Südmauer hinweg und auf die Plaza sehen konnte. Während der zeremoniellen Tänze standen die Zuschauer dichtgedrängt auf diesen Hügeln. Aber die Hügel waren mehr als Aussichtsterrassen. Ein Feind müßte durch einen Hohlweg von etwa fünf Körperlängen Breite zwischen diesen Hügeln und der Südmauer schleichen, um den Einlaß zu stürmen. Wer so verblendet wäre, würde alsbald die Krieger von Krallenstadt bereit finden, ihn von der Höhe aus mit Schauern von Pfeilen zu begrüßen.

Der stämmige Sklavenmeister Grauholz stand oben auf dem östlichen Hügel, sein rotes Hemd bauschte sich im Wind. Er winkte mit seinem Bogen, um sich Nachtsonne bemerkbar zu machen, und rief: »Willkommen zu Hause, Gesegnete Nachtsonne.«

»Guten Tag, Grauholz«, rief sie. »Wie geht es meinem Mann?«

Grauholz hob unsicher eine Hand. Er warf einen langen, geraden Schatten, der nach Osten wies. Sein schütteres Haar glänzte blauschwarz. »Das wissen nur die Götter. Doch sicher wird es ihm bald bessergehen, da du jetzt wieder zu Hause bist.«

Nachtsonne lächelte schwach und eilte zu dem engen Portal. Durch den Einlaß hindurch sah sie die *Yamuhakto*, die Großen Krieger von Ost und West, die auf der gerundeten Rückmauer von Krallenstadt aufgemalt waren, dreißig Handlängen hoch, ganz wunderbar. Das leuchtende Blau, Rot und Gelb ihrer furchteinflößenden Masken bekam im Licht der Nachmittagssonne eine unirdische Tönung. Die Blitze in ihren hocherhobenen Händen zielten auf die Plaza, auf jeden, der es wagen würde, die unantastbare Harmonie der Menschen des Rechten Wegs zu zerstören.

Mehr als zwanzig Sommer lang hatte Nordlicht immer wieder geträumt, daß die Macht sich aus dem Canyon zurückzöge und die Menschen des Rechten Wegs sich selbst überließe. Er hatte sie gewarnt: Wenn sie nicht bald etwas täten, würden sie ihre Welt zu Staub zerfallen sehen. Im vergangenen Sommer war Nordlicht in die Wüste gegangen, um zu fasten und zu beten, war dann im Laufschritt zurückgekehrt und hatte den Künstlern von Krallenstadt zugebrüllt, sie sollten alles bemalen, Innen- und Außenmauern, Töpfe, Kleider, Schmuck, überhaupt alles, was ein Bild und noch eine Spur der sich zurückziehenden Macht aufnehmen könnte.

Dann war er zusammengebrochen und hatte vier Tage und vier Nächte lang geweint, bis er keine Tränen mehr hatte.

Nachtsonne, plötzlich voller Angst, rannte durch das Tor, an den Sklavenkammern zu ihrer Linken und dem Käfig mit eingesperrten Gefangenen vorbei über die weiße Plaza. Drei große Kivas lagen dort vor ihr. Leitern ragten durch die Dächer, Zugang und Ausgang zugleich. Eine lange Reihe von Zimmern durchschnitt rechts von ihr die Plaza in der Mitte und teilte sie in zwei Hälften. Vor ihr lag ein fünfgeschossiger Bau; jedes Geschoß war etwas zurückversetzt, so daß das Ganze einer riesigen Treppe glich. Leitern führten von Dach zu Dach.

Sie verbeugte sich kurz vor den Großen Kriegern und stieg dann hinauf, die Hand an den Kiefernpfosten, die Füße unentwegt in Bewegung, von einer Leiter zur nächsten, bis sie das fünfte Geschoß erreicht hatte. Obwohl die meisten Zimmer in Krallenstadt mit Hilfe von Leitern durch Dachlöcher betreten wurden, hatte dieser Zimmerblock normale T-förmige Türen. Dank dieser Form der Türöffnung blieben die Zimmer im Sommer kühl. Die kühle Luft am Boden konnte nicht durch die schmale Senkrechte im »T« entweichen, während die warme Luft durch den breiten Querbalken einen Auslaß fand. Neben der Tür, die sie suchte, stand Eisenholz.

Nachtsonne hielt keuchend an und sah ihm starr in die Augen. Hochgewachsen, sonnengebräunt, lehnte er mit gekreuzten Armen an der weißverputzten Wand. Er hatte sein angegrautes Haar zu einem Zopf geflochten, der ihm über die rechte Schulter hing. Unter seinem roten Hemd zeichneten sich die starken Muskeln ab. Er trug schwarze Leggings und Sandalen. Der Hauptmann war fast sechsundvierzig Sommer alt; sein Gesicht gab Kunde von seinem wilden Leben. Tiefe Falten gruben sich in seine Stirn und umrundeten seinen breiten Mund, was die abgeflachte Form seiner Nase noch hervorhob. Selbst wenn er in diesen Tagen lächelte, sah er traurig aus, doch für sie würde er immer der gutaussehende, lachende Jüngling sein, den sie so verzweifelt geliebt hatte.

*Aber das ist schon lange her, Eisenholz, nicht wahr? Damals, als wir beide jung und zügellos töricht waren.*

Als sie auf ihn zuging, richtete er sich auf, und die Zärtlichkeit in seinen Augen milderte den strengen Ausdruck. »Verzeih mir«, sagte er und streckte einen Arm aus, um ihr den Weg zu versperren. »Krähenbart hat Befehl gegeben, dich nicht in sein Zimmer zu lassen.«

»Das überrascht mich nicht, Eisenholz. Er hat noch nie gewußt, was gut für ihn war – oder für irgendwen sonst. Lebt er noch?«

»Ja. So eben.«

»Dann braucht er mich. Geh mir aus dem Weg.« Sie versuchte, seinen Arm niederzuzwingen.

Er ließ sie nicht durch. »Gesegnete Nachtsonne, willst du, daß ich einen Befehl –«

Sie duckte sich schnell unter seinen Arm und schritt durch den schön ausgemalten Raum zum Bett ihres Mannes, wo Nordlicht kniete. Er war weiß gekleidet, sein langes Haar glänzte so schwarz wie vor zwanzig Sommern. Er sah sie ernst an.

»Tante«, sagte Nordlicht, »du weißt, daß mich die Ehre verpflichtet, dir mitzuteilen –«

»Das weiß ich, Neffe«, schnitt sie ihm das Wort ab. »Du brauchst es mir also gar nicht erst zu sagen. Außerdem schläft Krähenbart jetzt. Er kann dich nicht bestrafen für etwas, was er gar nicht wahrnimmt.«

Nordlicht hob eine Braue. »Das ist wahr.«

Nachtsonne kniete sich vor ihn und blickte auf ihren Mann. Was sie sah, erschreckte sie. Dünnes graues Haar klebte ihm in kleinen Strähnen am Kopf, sein faltiges Gesicht war gerötet. Die Brust hob und senkte sich schnell unter den Decken.

Sie beugte sich vor und berührte seine eingefallenen Wangen. »Heilige Götter«, flüsterte sie. »Was hast du gegen das Fieber getan?«

Nordlicht schaute sie mit klaren, braunen Augen an. »Nichts. Er hat uns befohlen, keine Heiler zu holen. Er sagt, er haßt sie alle, sogar –«

»Das ist Wahnsinn! Das macht das Fieber! Du hast ihm geglaubt?«

»Nein – nicht richtig. Aber es war ein Befehl, Nachtsonne. Ich hatte keine Wahl.«

Sie packte ihren Umhang am Hals und zog daran, um die Schleife zu lösen. »Gut«, sagte sie und atmete tief aus. »Mein Mann ist nicht mehr fähig, dir weitere Befehle zu geben, großer Sonnenseher. Du bekommst jetzt Befehle von mir.«

»Natürlich.«

Sie breitete ihren Umhang über Krähenbart. »Wo ist mein Sohn?«

»Schlangenhaupt ist die ganze Nacht aufgeblieben. Erst vor zwei Zeithänden hat er sich in seine Zimmer zurückgezogen.«

»Gut. Dann wird er mich jetzt nicht stören.«

Nordlicht beugte ergeben das Haupt. »Was kann ich tun, um dir zu helfen?«

»Wo sind meine Sklavinnen? Finde sie! Sie sollen mir Becken mit Glut bringen und sie um Krähenbart herumstellen. Sag ihnen, ich will alle Felle, die sie finden können.«

»Ja, Nachtsonne. Noch etwas?«

Sie zwang ihr müdes Gehirn, konzentriert nachzudenken. »Nur eines noch. Ich habe Wolkenspiel und mein Medizinbündel im Hirschkuhdorf zurückgelassen. Da ist eine Frau nach der Geburt krank geworden – es war eine Totgeburt. Da ich mein Bündel nicht habe, brauche ich verschiedenes aus meinen Zimmern. Sag meiner Sklavin Trauertaube, daß ich den Topf mit Weidenrinde benötige …« Sie seufzte; Erschöpfung drückte sie nieder, als trüge sie einen Umhang aus Stein. Sie war fast den ganzen Weg nach Hause gelaufen. »Bitte sie auch, mir ein warmes Bad zu machen und meine Decken herzubringen. Ich werde heute nacht neben Krähenbart schlafen.«

Eisenholz und Nordlicht starrten sie mit offenem Mund an, als hätten sie nicht richtig gehört. Seit vielen Sommern hatte sie nicht mehr im Zimmer ihres Mannes geschlafen und er nicht in ihrem. Das war allgemein bekannt.

Nachtsonne schaute Nordlicht finster an. »Bist du taub? Oder weigerst du dich?«

»Weder – noch, Tante.« Er stand auf. »Ich gehe, um deinen Befehlen zu gehorchen.«

Nordlicht ging leichtfüßig durch den Raum, sein weißes Opferhemd schwang bei jedem Schritt hin und her. Er wechselte einen Blick mit Eisenholz, bevor er in das rötliche Nachmittagslicht hinausschritt.

Nachtsonnes düsterer Blick verbot Eisenholz jede Bemerkung. Als er näher kam, warf das Licht aus der Tür einen langen Schatten, der seine Größe, die Breite seiner Schultern und seine schmalen Hüften hervorhob. Er kniete sich neben sie und durchforschte ihr Gesicht. Nachtsonne sehnte sich danach, ihn zu berühren, die Trauer in seinen Augen zu lindern – aber sie konnte es nicht. Nicht jetzt. Nie mehr.

Sie dachte: *Wir verändern das, was wir lieben. Wir haben uns gegenseitig zu einsamen Menschen gemacht.*

Eisenholz sagte mit tiefer, weicher Stimme: »Wie lauten deine Befehle für mich, Nachtsonne? Ich werde alles tun, was du verlangst.«

»Ach ja? Und deswegen hast du mich nicht einlassen wollen?«

»Aber ich habe dich eingelassen, meine Freundin.«

Sie blickten sich lange an.

»Ja, das hast du. Dafür danke ich dir.«

Er betrachtete Krähenbart. »Kannst du etwas für ihn tun?«

Sie schüttelte den Kopf. »Ich weiß es wirklich nicht. Wenn das Fieber schon tagelang so hoch war –«

»Das war es.«

»Dann fürchte ich für seine Seele. Vielleicht ist sie schon auf ihrer Reise ins Jenseits. Selbst wenn ich ihn noch retten kann, wird er vielleicht nie mehr der alte sein.«

Nachtsonnes Augen verengten sich zu Schlitzen, als sie Krähenbart betrachtete. Sie hätte ihn niemals heiraten sollen, hätte den Bitten ihrer Familie niemals nachgeben dürfen. Aber es hatte damals eine Katastrophe gegeben. Ihre ältere Schwester Weißfliege, seinerzeit die Ehrwürdige Mutter der Ersten Menschen, war mit ihrem Mann, der Gesegneten Sonne, von Räubern erschlagen worden. Weißflieges Töchter waren beide verschwunden, bevor sie das Alter von fünfzehn Sommern erreicht hatten. Die Tochter ihrer ältesten Schwester, Goldauge, war von den Feuerhunden entführt worden, und niemand wußte, ob sie noch am Leben war. Es blieb also nur Nachtsonne, die dreizehn Jahre jünger war als ihre Schwester, um das Amt der Ehrwürdigen Mutter zu übernehmen. Aber nicht als alleinstehende Frau, wurde sie belehrt. Wiewohl kein Clan-Gesetz einer alleinstehenden Frau das Amt verwehrte, verlangte der Clan, daß sie heiraten müsse. So hatte sie also rasch den Mann genommen, der für sie ausgewählt worden war.

Sie hätte Krähenbart fortschicken und ihre Familie zwingen sollen, einen anderen auszusuchen. Hätte sie es nur getan – dann wäre sie jetzt nicht zerrissen, müßte nicht fürchten, daß er stürbe – und würde nicht die Freiheit ersehnen, die sein Tod für sie bedeutete.

Freiheit – aber um einen so hohen Preis. Bis sie oder Wolkenspiel wieder heirateten – wenn überhaupt –, würde ihr einziger Sohn, Schlangenhaupt, als Gesegnete Sonne herrschen, und seine selbstsüchtige Überheblichkeit würde Nachtsonne erlauben zu tun, was sie wollte, zu heilen und zu reisen. Sie könnte sich sogar Liebhaber zulegen, so viele sie wollte. Trotz ihres Alters würden viele Männer ihr gern beiliegen, und sei es nur, um sagen zu können, sie hätten das Lager mit der Ehrwürdigen Mutter von Krallenstadt geteilt, oder um möglicherweise eine damit verbundene Macht zu gewinnen … *Nein, ich will keine Liebhaber. Das ist vorbei.*

Eine seltsame Empfindung, als taumelte sie durch die Leere, machte sie schwindlig. Sie streckte einen Arm aus, und Eisenholz hielt sie fest.

»Was ist?« fragte er.

»Ich habe gerade … nachgedacht.«

»Fühlst du dich schuldig? Du hast dir immer für alles mögliche die Schuld gegeben. Seine Krankheit hat nichts mit dir –«

»Nein, nein.« Sie schluckte. »Ich habe gerade gedacht, daß mein Herz tot ist, Eisenholz. Ich kann nicht mehr lieben.« Sie machte eine Pause. »Aber auch nicht mehr weinen.«

Er drückte ihren Arm, ließ dann los und stand auf. Zu Boden schauend, sagte er: »Du hast eine Entscheidung getroffen, oder? So wie man auf Kürbis verzichtet, anläßlich der Sommertänze? Man braucht nur zu sagen ›Ich liebe nicht mehr‹, und damit entfällt das Verlangen? Du hast viel Macht, Gesegnete Nachtsonne, wirklich viel Macht.«

Sie schaute zu ihm auf. Ein schwaches Lächeln zuckte um seinen breiten Mund.

*Ich habe auf dich verzichtet wie »auf Kürbis«, nicht wahr?*

Sie hatte die Entscheidung im Handumdrehen getroffen. An dem Tag, als ihr beider Baby starb … Sie hatte gewußt, was zu tun war, und sie hatte es getan. Noch sechs Monde danach konnte sie ihn nicht sehen, ohne weinen zu wollen.

»Ich bin müde«, sagte sie. »Bleibst du bei Krähenbart, während ich bade und esse? Ich komme zurück, sobald ich –«

»Schlafe du auch«, sagte er sanft. »Ich werde hier sein.«

»Wenn etwas geschieht, wirst du –«

»Es dich sofort wissen lassen. Natürlich.«

Nachtsonne strich sich die Haare hinter die Ohren und stand auf. »Ich komme bestimmt bald zurück.«

»Wie du meinst.«

Sie wollte hinter ihm vorbeigehen, hielt aber inne. Sie legte ihm leicht die Hand auf den Arm und sah seinen besorgten Blick. »Ich danke dir.«

»Dein Diener, wie immer.«

Sie verließ ihn rasch.

Schlangenhaupt lehnte an der Tür seines Zimmers und beobachtete das Getümmel auf der östlichen Plaza tief unten.

»Welches von deinen Sklavenbälgern hat mir mein Bündel gestohlen?« brüllte Bullenmaul, der Hohokam-Händler. »Einer war's, das weiß ich.«

Fünf Sklavenkinder in braunen Lumpen standen im Kreis um den unförmigen Riesen herum, die meisten über diese Anschuldigung zu Tode erschrocken. Sie starrten ihn mit aufgerissenen Augen an.

Bullenmaul stützte die Hände in die Hüften. Er war vierzehn Handlängen groß und trug ein Hirschlederhemd mit kupfernen Glöckchen. Sein schwarzes Haar hing ihm bis zum Kinn. »Wenn ihr's nicht sagt, ruf ich den Kriegshäuptling. Wollt ihr das etwa? Der bestraft euch schlimmer als –«

»Worum geht es?« Grauholz, der Sklavenmeister, stolzierte über die Plaza, eine Yucca-Peitsche in der Hand und einen Bogen samt Köcher mit Pfeilen über der linken Schulter. Er trug ein rotes Hemd und Sandalen. »Was soll das Gebrüll?«

Bullenmaul deutete mit einer Handbewegung auf die Rotte der Sklavenkinder. »Eines von diesen Bälgern ist ein Dieb! Ich habe meine Bündel da hinten an der Wand hingestellt, wie immer, und ein Bündel fehlt. Es ist voll mit wertvollen Hohokam-Handelswaren. Und mit gefährlichen Sachen – mit Macht-Amuletten und Fetischen und –«

»Gut, gut!« Die Kinder waren zwischen drei und vierzehn Sommern alt. Grauholz beugte sich vor und fragte sie streng: »Wer hat das Bündel genommen? Sagt es mir jetzt, sonst bekommt ihr alle die Peitsche zu spüren.« Er schwenkte sie vor ihnen.

Das drei Sommer alte Mädchen steckte einen Finger in den Mund und fing an zu weinen. Sie schrie: »Ich war's nicht. Ich schwör's.«

»Na schön, wer war's? Sagt's jetzt sofort, sonst…«

Schlangenhaupt wurde jetzt abgelenkt; seine Mutter kam aus dem Zimmer seines Vaters im fünften Stock und stieg die Leiter zum vierten Stock hinab. Müdigkeit lastete auf der hochgewachsenen und weidenschlanken Frau wie ein Umhang aus Granit. Sie bewegte sich langsam. Schlangenhaupt hob eine Braue. Die Augen seiner Mutter funkelten.

Aber schließlich war sie gerade einen Zeitfinger lang mit Eisenholz allein gewesen.

Schlangenhaupt schürzte die Lippen voller Abscheu. Als Junge war er ihr gefolgt, hatte ihr nachgespürt wie ein Wolf auf einer blutigen Spur, und so wußte er eine ganze Menge über ihr »geheimes« Leben.

Der Papagei hinter ihm schnarrte leise und knackte eine weitere Piniennuß; die Schalenreste lagen überall auf dem Boden.

Schlangenhaupts Blick schweifte zur Südseite der Plaza, wo der Kriegshäuptling immer auf dem Dach neben dem Einlaß Wache hielt. Vor siebzehn Sommern, als sein Vater gerade wegen Handelsgeschäften zu den Hohokam aufgebrochen war, sah Schlangenhaupt seine Mutter oft dort. Sie wartete stets, bis die Stadt schlief, schlich dann aus ihren Zimmern und setzte sich neben Eisenholz, um mit ihm zu reden, um ihn zu berühren.

»So hat es jedenfalls angefangen«, murmelte Schlangenhaupt vor sich hin.

Allmählich waren diese Treffen intimer geworden. Als Kriegshäuptling hatte Eisenholz die Pflicht, Nachtsonne einen Tag bevor er Krallenstadt verließ, darüber zu informieren, wohin er ging und für wie lange, für den Fall einer Krise. Aber wohin Eisenholz auch ging, zu den Meldetürmen, um Nachrichten an Nachbardörfer weiterzugeben, oder zu fernen Antilopenfallen, um sie zu überprüfen, immer fand er dort Nachtsonne, die auf ihn wartete.

Als Schlangenhaupt acht Sommer alt war, hatte er dieses rätselvolle Gebaren fasziniert verfolgt. Seine Mutter war immer schön angezogen und brach vor Morgengrauen auf, und sie glaubte im Ernst, daß niemand ihre Abwesenheit bemerkte oder sie mit der Abwesenheit Eisenholz' in Verbindung brachte.

»Was warst du für eine Närrin, Mutter«, flüsterte er. »Nicht nur in dieser Sache. In so vielen Dingen! Und allmählich hab' ich gelernt, dich zu hassen, weil du meinen Vater betrogen hast. Ich wünschte nur –«

Plötzlich verstummten die Vögel. Die Hunde auf der Plaza jaulten kurz auf und rannten mit eingezogenem Schwanz davon... Dann begann mit einem tiefen Grollen das Beben. Schlangenhaupt stützte sich im Türrahmen ab, um nicht zu schwanken, und lauschte dem Ächzen und Krachen der Dachbalken. Steine lösten sich aus der Canyon-Wand, stürzten herunter und rollten über den Boden. Schrille Schreie und Angstgebrüll wurden laut. Das Beben dauerte nur ein paar Augenblicke, aber als es vorüber war, keuchte Schlangenhaupt, als wäre er durch den Canyon und zurück gelaufen. Die Knie zitterten ihm.

Nachtsonne eilte zu ihrem Zimmer und verschwand. Schlangenhaupt starrte ihr nach. »Hast du den Zorn unserer Ahnen gespürt, Mutter?« flüsterte er. »Sie haben dir nur einen Vorgeschmack auf das gegeben, was geschieht, wenn ich einmal den Mund aufmache und sage, was ich als Junge gesehen habe.«

Er richtete sich auf, ging zum Papageienkäfig und klopfte an die Stangen, bis der Vogel mit den Flügeln schlug und kreischte. Schlangenhaupt lächelte und begab sich zu seinem Lager. Er legte sich auf den Rücken und versuchte zu ruhen.

Die Ruhe brauchte er; denn im Augenblick, in dem sein Vater starb, würde Schlangenhaupt sein Amt übernehmen – als Gesegnete Sonne des Volks des Rechten Wegs.

Und dann würde sein Leben erst wirklich beginnen.

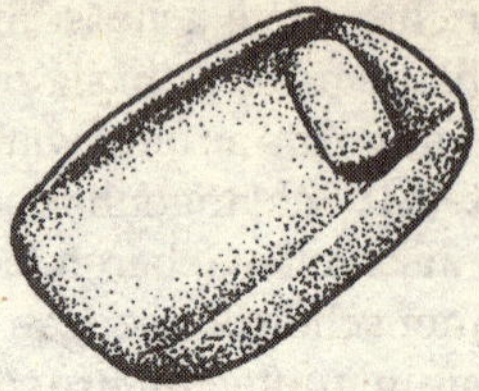

## 11. Kapitel

Maisfaser stand im Morgenlicht still vor ihrem Haus, während die Mutter ihr einen rot-weiß gestreiften Umhang über die Schultern legte. Nach dem Frühstück, vor über einer Zeithand, hatte Distel sich dauernd aufgeregt mit Maisfasers Kleidung und Gepäck beschäftigt und sich vergewissert, daß sie genügend Nahrung und Wasser und auch Kleidung für jedes Wetter dabei hatte.

Die Einwohner vom Lanzenblattdorf sahen von den Dächern aus zu und schirmten ihre Augen gegen die Morgensonne ab. Sie waren neugierig, aber zu höflich, um sich nach dem wahren Grund für Maisfasers und Vogelkinds Abreise zu erkundigen.

Distel band jetzt zum zweiten Mal die Schnüre an Maisfasers Bündel fest zu und verzog das Gesicht. Maisfaser wußte, daß ihre Mutter immer mit Sachen herumtändelte, wenn sie etwas zu sagen hatte, aber noch nicht wußte, wie.

Distel trug ein rotbraunes Kleid; es war mit dem Saft reifer Feigenkakteen gefärbt worden. Eine hellbraune Decke lag auf ihren Schultern.

»Du siehst wunderschön aus, meine Tochter«, sagte ihre Mutter. »Vergiß nicht, Hirschvogel zu sagen, daß es nur für kurze Zeit sein wird. Nur bis wir genau wissen, ob uns die Turmbauer angreifen wollen oder nicht. Wenn wir wissen, daß wir in Sicherheit sind, holen wir euch ab.« Zärtlich strich sie Maisfaser übers Haar. »Du fehlst mir jetzt schon. Ich muß dich wieder bei mir haben, so schnell wie möglich.«

Maisfaser sah den Schmerz im Gesicht ihrer Mutter. Um ihre dunklen Augen herum waren Sorgenfalten eingegraben, und es hatte den Anschein, als würde sie gleich weinen. »Keine Angst, Mutter. Ich komme gut zurecht. Ich sollte mich jetzt auf den Weg machen. Vogelkind ist schon auf dem Pfad und wartet auf mich.«

»Ja, ich weiß, aber …« Ihre Mutter breitete die Arme aus, wie immer, wenn sie eine wichtige Entscheidung getroffen hatte. »Einen Augenblick noch, Maisfaser.«

Distel ging geduckt ins Haus und hängte den Vorhang über einen Zapfen. Durch die offene Tür sah Maisfaser sie zu dem großen bemalten Topf am Fuß ihres Bettes gehen. Sie setzte den Stein, der den Deckel beschwert hatte, wuchtig auf den Boden und kramte im Topf herum.

Maisfaser schluckte. Sie hatte nie gesehen, daß dieser Topf geöffnet wurde. Seit sie denken konnte, hatten ihr die Eltern verboten, ihn auch nur zu berühren. In diesem einen Fall hatte sie gehorcht. Seltsame zischende und klopfende Laute kamen spät in der Nacht aus diesem Topf, als wäre etwas Lebendes darin gefangen – und so gefährlich offenbar, daß es nötig war, den Deckel mit einem schweren Stein zu sichern.

Ihre Mutter holte eine gefaltete Decke heraus und drückte sie an ihr Herz, bevor sie wieder herauskam. »Maisfaser«, sagte sie, »falls dir oder Vogelkind etwas zustößt – es wird ja nichts geschehen, aber für alle Fälle –, dann möchte ich, daß du das bei dir hast. Ich hänge sehr daran.«

Maisfaser schaute ergriffen zu, als ihre Mutter die Decke auffaltete. Polierte Türkis-Steine schmückten die Mittelfelder der roten, schwarzen und blauen Rauten, die in die Baumwolldecke gewebt waren. Kupferne Glöckchen klingelten an allen vier Ecken.

»Woher kommt sie?« flüsterte sie. »Sie ist wunderschön.«

Distel verstaute sie behutsam in Maisfasers Bündel, das sie abermals verschnürte. »Es war ein Geschenk für mich, vor vielen Sonnenkreisen.«

Maisfaser nahm ihren Mut zusammen, bedachte vorsichtig ihre Frage und sah ihrer Mutter dann ins Gesicht. »Ein Geschenk … von meiner richtigen Mutter?«

Die Hände von Distel verhielten über Maisfasers Bündel.

Sie schluckte schwer. »Maisfaser ... vergib mir. Ich habe es dir immer schon sagen wollen.«

Jetzt hatte Maisfaser Tränen in den Augen. Dieses Geständnis traf sie wie ein Schlag. Sie konnte nicht sprechen, sie stand schweigend da, mit offenem Mund, und die Tränen rannen ihr heiß über die Wangen.

»O Maisfaser.« Distel ließ das Bündel auf dem Boden liegen und erhob sich, um sie zu umarmen. Sie drückte Maisfaser fest an sich, küßte sie aufs Haar und flüsterte: »Ich liebe dich so sehr. Du wirst immer meine Tochter sein, selbst wenn ich nicht deine leibliche Mutter bin. Ich –«

»Wer ist es?« Maisfaser schaute zu ihr auf. »Wer ist meine Mutter? Wer ist mein Vater?« Die Erregung schnürte ihr fast die Kehle zu. Sie mußte das jetzt wissen!

Distel schüttelte den Kopf. »Ich weiß es nicht. Wirklich nicht. Ich wünschte, ich wüßte es.« Sie strich liebevoll über Maisfasers Rücken. »Wenn du zurückkommst, werde ich dir alles sagen, was ich weiß ... und alles, was ich vermute. Aber bitte bedenke, warum ich es dir bis jetzt noch nicht erzählt habe, hat seinen Grund: Ich war um deine Sicherheit besorgt. Denn wenn mein Verdacht richtig ist, dann bist du eine wertvolle Beute oder ein Ziel für einen ehrgeizigen Krieger, Maisfaser. Erzähle niemandem davon. Versprich es mir!« Maisfaser starrte sie nur benommen an, und Distel beharrte darauf. »*Versprich es mir!* Du darfst nicht einmal Vogelkind etwas davon sagen. Keinem Menschen. Verstehst du mich?«

Maisfaser konnte endlich nicken. »Ja.«

Distel hob das Bündel auf und reichte es ihr. Wie betäubt schlüpfte Maisfaser mit den Armen durch die Schulterriemen und nahm kniend ihren Bogen mit dem Köcher auf, der an der Wand neben der Tür gelehnt hatte. Den Köcher warf sie über die linke Schulter.

»Mutter, du sollst wissen, daß ich dich jetzt mehr liebe als je zuvor. Wegen ... deiner Güte ... deiner Zärtlichkeit. Ich verspreche dir, ich werde auf diese Decke sehr gut achtgeben.«

Distel nahm Maisfasers Gesicht in beide Hände. »Noch eines, meine Tochter: Wenn du jemals in Schwierigkeiten bist und Hilfe brauchst ...« Die Wörter erstarben ihr auf den Lippen.

Endlich faßte sie sich, ihr Blick wurde klar, und sie fuhr fort: »Wenn du jemals verzweifelt sein solltest, dann bring die Decke nach Krallenstadt und zeige sie dem großen Priester Nordlicht. Sag ihm, daß ich sie dir gegeben habe. Er weiß dann schon Bescheid.«

»Aber ... der ist doch ein Zauberer? Warum sollte –«

»Frag mich nicht, meine Tochter. Ich kann dir nur sagen, ich glaube bestimmt, daß er dir helfen wird.«

Viele Fragen lagen Maisfaser auf der Zunge, und sie wollte noch soviel sagen. War Nordlicht der Vater? Wo war ihre Mutter? Noch in Krallenstadt? Warum war keiner von beiden je gekommen, um nach ihr zu sehen? Vielleicht heimlich, nur um einen Blick auf ihr kleines Mädchen zu werfen? Oder machten sie sich nichts aus ihr?

Sie drückte Distel an sich. »Ich liebe dich, Mutter. Wir sehen uns bald wieder.«

Mit gepreßter Stimme antwortete Distel: »Ich weiß. Ich liebe dich auch.«

Umschlungen schauten sie noch einmal auf die vertrauten Bilder von Lanzenblattdorf – das Viereck der Gebäude, die die Plaza einrahmten, die Kiva, die zur Linken einen Kreis in den Boden zeichnete. Zwei alte Männer, die redeten und lachten, lehnten an der Leiter, die durch das Dach des heiligen Bauwerks ragte. Eine Gruppe ausgelassener Kinder raste über die Plaza, und bellende Hunde waren ihnen auf den Fersen.

Maisfaser bog auf den Weg ein, wo Vogelkind mit ihrem Vater stand. Palmlilie trug ein langes graues Hemd und rote Leggings. Sein schwarzer Zopf hing ihm über den Rücken.

»All das hat Vogelkind sehr verängstigt«, sagte ihre Mutter auf dem Pfad. »Du bist mutiger als er, Maisfaser. Versuch ihm seine Ängste zu nehmen, wenn du mit ihm zur Abzweigung der Straße gehst.«

Maisfaser kniff die Augen gegen die Sonne zu. Das Herz wurde ihr schwer. »Soll ich ihn den ganzen Weg zum Dorf von Großvater Kalebasse begleiten?«

»Nein, nur bis zur Gabelung. Hirschvogel erwartet dich heute abend noch vor Einbruch der Dunkelheit. Er würde sich Sorgen machen, wenn du dich verspätest.«

»Gut, Mutter, ich –«

Ihre Mutter umarmte sie plötzlich so heftig, daß sie keine Luft mehr bekam. Sie fuhr überrascht zusammen.

»O meine Tochter«, sagte Distel und legte ihre Wange auf die von Maisfaser. »Du bist meine ganze Freude. Vergiß das nie!«

Maisfaser küßte ihre Mutter auf die Schläfe. »Ich liebe dich, Mutter. Hab keine Angst. Wir kommen schon zurecht. Ich passe auf Vogelkind auf, niemand wird ihm etwas tun. Er ist wie ... er ist mein Bruder. Wir sehen uns ja bald wieder, wenn kein Krieg mehr droht.«

Distel ließ Maisfaser los, sie hatte feuchte Augen. In diesem Augenblick kam Zikade vom Tor her angerannt, und Löwenjunge folgte ihr auf den Fersen. Die Lippen des fünf Sommer alten Jungen waren zu einem fortwährenden Grinsen verzogen. Doch Zikade sah traurig aus. Jedesmal, wenn ihre Füße beim Laufen den Boden berührten, flogen ihr die kinnlangen schwarzen Haare um die Ohren; ihr stämmiger Körper schwankte.

*»Maisfaser!«* schrie Zikade und fiel der Freundin um den Hals. »Du wolltest gehen, ohne dich zu verabschieden?«

»Es ist ja nur für kurze Zeit, Zikade.«

»Ich weiß, aber du wirst mir trotzdem fehlen.«

»Du mir auch. Paß gut auf dich auf!«

»Werde ich ... wenn du versprichst, dich nicht von Räubern fangen zu lassen.«

Maisfaser zwang sich zu lächeln; sie erinnerte sich, daß ihre Mutter gesagt hatte, sie sei eine wertvolle Beute oder ein Ziel. »Ist versprochen.«

Löwenjunge umfaßte ein Bein von Maisfaser und drückte es. »Auf Wiedersehen, Maisfaser.«

Sie strich ihm das zerzauste Haar aus dem runden Gesicht und lächelte. »Versuch mal, brav zu sein.«

Er sah sie mit großen Augen an. »Mach' ich. Und das Reifenspiel mach' ich auch mit keinem anderen, solange du weg bist.«

»Ich werde dich vermissen, Löwenjunge.«

Er grinste und sagte: »Wiedersehen, Maisfaser.« Er raste weg, ins Dorf. Zikade legte eine Hand auf Maisfasers Arm. »Komm bald zurück.«

»Das werde ich, Zikade.« Mit einer Kopfbewegung wies sie auf die Zuschauer auf den Dächern. »Auch wenn sie mich für eine Hexe halten – das ist nicht der Grund für meine Reise.«

»Ich weiß«, sagte Zikade zweifelnd. Sie trat zurück, wandte sich ab und lief zur Plaza. Maisfaser sah ihr nach, bis sie durch das Tor verschwunden war.

»Fertig?« fragte ihre Mutter.

Maisfaser nickte und drehte sich um.

Distel ging mit ihr und hielt die Hand ihrer Tochter ganz fest. Vogelkind und Palmlilie standen an der Stelle, wo der Weg zu den Dörfern von Hirschvogel und Kalebasse abbog. So wie es aussah, hatten sie gerade ein Vater-Sohn-Gespräch gehabt. Vogelkind ballte die Fäuste nervös, als sie sich näherten. Der Wind hob den Saum seines braunen Umhangs. Die Brauen, durch Fröhlichkeit oder Neugier gewöhnlich hochgewölbt, waren über seiner Stupsnase jetzt tief heruntergezogen.

Ihr Vater lächelte. »Bist du bereit, Maisfaser?«

»Ja, Va-Vater. Mach dir keine Sorgen.« Als sie über das Wort Vater stolperte, runzelte er die Stirn.

Er beugte sich zu ihr, umfaßte ihr Kinn und schaute sie liebevoll an. »Ich mache mir die ganze Zeit Sorgen, solange du weg bist. Gib bitte um meinetwillen auf dich acht.«

Maisfaser umarmte ihn herzlich. »Das werde ich, Vater. Und du und Mutter, ihr gebt bitte auch um unsretwillen auf euch acht.«

»Machen wir.«

Ihr Vater tätschelte ihr den Rücken, richtete sich auf und sah Vogelkind mit schräggelegtem Kopf an. Ihr Bruder war ein Bild des Jammers. Er fummelte mit seinem Köcher herum, und seine Hand glitt über das glatte Holz des Bogens, der an seinem Gürtel hing. Tränen standen ihm in den Augen.

Maisfaser zwinkerte ihm zu. Alles war gut geplant. Sie würden direkt zur Gabelung laufen und von dort aus in die Richtung der Felsenhöhlen in den Klippen, das war ein halber Tagesmarsch nach Süden. Im vergangenen Sommer hatten sie dort mit den Eltern kampiert, sie kannten diese wunderschöne Stelle. Eine kühle Quelle entsprang dem Sandstein, und würzig riechender Wacholder vereitelte die üblen Possen des Windjungen.

»Los komm«, rief sie Vogelkind zu. »Wettlauf zur Weggabelung.«

Maisfaser lief davon wie eine leichtfüßige Antilope, und hinter ihren Sandalen wirbelte der Staub auf. Sie rannte mit aller Kraft, bis ihr Keuchen und der Luftmangel in ihren Lungen den Schmerz in ihrem Herzen verdrängt hatte.

Vogelkind stampfte hinter ihr her, aber sie konnte ihn weinen hören.

Sie sahen nur auf dem Hügelkamm noch einmal zurück, um ihren Eltern zu winken. Danach liefen sie auf der anderen Seite des Hügels hinab zum Wacholderhain, wo der Weg sich gabelte.

Palmlilie legte seinen Arm um Distel. Es sollte eine tröstliche Geste sein, aber sie vertiefte nur ihre Trauer. Sie weinte, ihre Augen blieben auf den Horizont gerichtet.

Hinter der anderen Seite des Hügels stiegen Staubwölkchen auf, von denen jedes einzelne Distels Blick auf sich zog. Im kristallblauen Himmel kreisten zwei goldene Adler, deren Schwingen im Sonnenlicht glänzten. Hinter dem Hügel erhoben sich die Klippen des Zwerg-Canyons; zu dieser Tageszeit schimmerten sie malvenfarben, violett und karminrot. Dort tanzten Geister, wirbelten herum und rasselten mit menschlichen Fingerknochen.

Palmlilie strich mit seinem Kinn über Distels dunkles Haar. »Alles in Ordnung. Als du ihnen noch etwas aufgetischt hast, habe ich mit Steinerner Stirn gesprochen. Auf seinem Weg nach Krallenstadt wird er morgen nach ihnen sehen. Wenn etwas sein sollte, wenn sie sich verirrt oder verletzt haben, wird er uns benachrichtigen, das hat er versprochen.«

Distel umschlang seine Hüften. »Ich danke den heiligen Thlatsinas jeden Tag meines Lebens dafür, daß ich dich habe. Hast du das gewußt?«

# 12. Kapitel

Der Geruch des Todes durchdrang die Luft und wälzte sich durch Krähenbarts Zimmer wie ein lebendes Wesen.

Eisenholz war sehr müde. Mit der Schulter lehnte er an der getünchten Wand des Häuptlingszimmers und schloß die Augen. Schon die Vorstellung vom Schlafen half ihm. Die Spannung in seinen Muskeln ließ nach; er konnte endlich tief einatmen. Der Bisonumhang wärmte seinen Rumpf, aber das lange schwarze Hemd und die Leggings hielten die Kälte nicht ab.

Sandalen knarrten auf dem Steinboden. Eisenholz wandte sich nach links und sah Nordlicht über der schlafenden Nachtsonne stehen. Sie lag unter einer einzigen schwarzen Decke mit eingewebten weißen Rauten an den Ecken und sah schmal und zerbrechlich aus; die Glut der Feuerbecken warf rotes Licht über ihr schönes, friedliches Gesicht.

Nordlicht legte die Decke über ihren freiliegenden rechten Arm und ging dann zu seinen Matten in der südwestlichen Ecke. Sein weißes Priesterhemd schlug ihm um die Beine, als er seine rote Decke aufhob und sie sich um die Schultern schwang. Er warf Eisenholz einen teilnahmsvollen Blick zu, bevor er sich hinsetzte und die Stirn auf die Knie legte, um zu ruhen. Hüftlanges Haar hing an ihm herunter.

Der große Priester durfte schlafen, doch der große Krieger mußte Wache halten.

Eisenholz' Blick glitt über die wunderbar gemalten Thlatsinas auf den Wänden. Sie waren überlebensgroß, trugen leuchtende Federmasken und hielten Rasseln in den Händen. Schwarze Donnerwolken in vier Schichten schmückten ihre

Brust, und roter Regen bildete Streifen auf ihren Kitteln. Die Feuerbecken, hereingebracht, um den sterbenden Häuptling zu wärmen, entfachten eine Hitze, in der die Götter sich schwankend verzerrten... *Tanzten.* Nur andeutungsweise, aber Eisenholz sah es. Die Thlatsinas schienen sich zu drehen, die Kittel bauschten sich, die heiligen Füße stampften den Rhythmus, aus dem das Universum hervorgegangen war. Wenn er angestrengt lauschte, konnte er sogar ihre Stimmen hören...

Eisenholz schüttelte sich. Das Verlangen nach Schlaf trieb ihn an die Grenzen seiner Seele, winkte ihm wie die Arme einer Geliebten.

Er stieß sich von der Wand ab und ging zur niedrigen Tür in der Ecke. Bevor er eingeschlafen war, hatte Krähenbart angeordnet, daß der Vorhang offenbliebe, so daß seine Seele im Canyon umherwandern könnte, um Abschied zu nehmen. Eisenholz kauerte sich im Eingang nieder und erschauerte in der eisigen Brise.

Es hatte leicht geschneit. Die Dächer und die Plaza der weitläufigen Stadt schimmerten silbern. Krallenstadt bestand aus achthundert Zimmern, die allerdings zumeist als Lagerräume dienten. Krähenbart und Nachtsonne trachteten immer danach, für den Fall von Mißernten einen Dreijahresvorrat eingelagert zu haben.

Viele andere Räume dienten während der Sonnenwendfeiern als Unterkünfte für Gäste, denn dann schwoll die Bewohnerzahl auf Zehntausende an. Einige Zimmer waren auch für Geister vorgesehen. Krallenstadt stand wie andere größere Städte im Canyon auf geheiligtem Boden, und Clan-Älteste und Priester aus anderen fernen Orten wollten hier begraben werden, um den Göttern nahe zu sein.

Aus diesen Gepflogenheiten ergab sich ein dritter Weg zum Jenseits. Die Gemachten Menschen folgten dem Nordweg zum geheiligten *Sipapu*, um in den Unterwelten mit ihren Ahnen zu leben, während die Ersten Menschen selbst Thlatsinas wurden; aber die Ältesten der Gemachten Menschen, die es sich leisten konnten, in Krallenstadt begraben zu werden, lebten weiter in dieser Welt – ihre Seelen wanderten umher, mischten sich unter die anderen Geister und sprachen mit all den Göttern, die hier regelmäßig zu Besuch kamen.

Eisenholz schüttelte den Kopf. Er konnte sich kein trostloseres jenseitiges Leben vorstellen. Worüber wollte denn ein Mensch mit einem Gott sprechen? Nach Tagen gingen ihm doch schon die Gesprächsthemen aus, und dann müßte er in alle Ewigkeit in der Gesellschaft göttlicher Wesen ausharren. Was für ein entsetzlicher Gedanke.

Was hatten reiche Gemachte Menschen, die solchen Ehrgeiz hatten, nur früher getan, bevor Krallenstadt geheiligter Boden geworden war?

Die Legenden besagten, daß vor vielen Sonnenkreisen die vierzehn Städte im Canyon nur zu bestimmten Zeiten besetzt waren. Die Leute kamen nur zu den Zeremonien, aber sie blieben nicht dort, weder tot noch lebendig, außer vielleicht durch einen Zufall. Nur im Lauf der letzten Generationen hatte eine kleine konstante Zahl von Häuptlingen, Priestern, Clan-Ältesten und Sklaven hier gelebt, sich um die Geister gekümmert, die heiligen Schreine in Ordnung gehalten und die wunderbaren Türkis-Figürchen hergestellt, um in auswärtigen Dörfern damit Handel zu treiben.

Weil die Ersten Menschen aus den Unterwelten aufgetaucht waren, besaßen sie ein geheimes Wissen von diesen Welten, über das die Gemachten Menschen nicht verfügten. Es gab Überlieferungen von Generation zu Generation, in denen die Reise durch die Unterwelten beschrieben wurde – Fallen, von gottlosen Ungeheuern gestellt, Wegmarken, die den wandernden Seelen den richtigen Pfad wiesen. Gegen ein Entgelt teilten die Ersten Menschen ihr Wissen mit anderen und waren manchmal sogar bereit, den Sucher mit einem Wolfsgeist-Helfer aus Türkis auszustatten, der ihn auf der Reise geleiten würde.

Die Ersten Menschen in Krallenstadt tauschten ihr Wissen gegen fast alles ein. Ihre wunderbaren Töpferwaren, schwarz auf weiß, hatten sie von den Dörfern der Grünen Mesa im Norden, ihre Felle und ihr Fleisch von den Savannenjägern, ihr Türkis vom Haus-Der-Vierten-Nacht im Osten. Mit Hilfe ausgedehnter Bewässerungsprojekte – Kanäle, Vorratsbecken, Dämme – und der Pflege von Anbauterrassen erzielten sie auch Getreide- und Feldfruchternten, aber die meisten Nahrungsmittel, die Krallenstadt erhielt, waren Geschenke der ihnen ergebenen Dörfer der Gemachten Menschen.

Jeder Clan der Gemachten Menschen hatte eine bestimmte Aufgabe. Eisenholz' Clan, der Bären-Clan, stellte Krieger, welche die Arbeiter führten und beaufsichtigten, die Nahrungsvorräte bewachten und gegebenenfalls in einem Krieg offensive oder defensive Ziele verfolgten. Der Bison-Clan kontrollierte die landwirtschaftlichen Unternehmungen. Er war verantwortlich für den Anbau, die Ernten, die Planung von Bewässerungsprojekten und die Bereitstellung von Nahrungsmitteln zur Einlagerung. Der Ameisen-Clan war für das Bauen zuständig. Dessen Leute fällten Bäume, arbeiteten im Steinbruch, bauten die Bewässerungsanlagen nach der Planung des Bison-Clans und bauten die mehrgeschossigen Städte auf. Die großartigen Steinmetzarbeiten der Maurer des Ameisen-Clans wurden sogar von den Feuerhunden hochgeschätzt. Der Coyote-Clan stellte die Jäger und Händler.

Unbewußt griff Eisenholz mit einer Hand zum Wolf-Anhänger aus Türkis, den ihm Nachtsonne geschenkt hatte. Als sie sich zum ersten Mal ihrer Liebe hingegeben hatten, war es Nachtsonne gewesen, die ihm erklärt hatte, wie man in die Unterwelten gelangt. Sie hatten auf dem Gipfel eines Hügels unter einer Decke gelegen und den unendlich großen Sternhimmel des Frühlings betrachtet ...

Eisenholz rieb sich die Augen und starrte in die Nacht. Die Geräusche drangen bis zu dieser höchsten Reihe von Behausungen. Er konnte die Gesänge aus den Kivas hören, die weichen Stimmen, die die Nacht verzauberten. In der Ferne bellten Hunde, und ein Kind äußerte schrill trotzigen Unmut.

Es gab noch viele mindere Clans der Gemachten Menschen: der Feuertanagra-Clan, der Bisonbart-Clan, der Zaunkönig-Clan. Aber jeder verbündete sich mit einem der vier großen Clans und galt dann als diesem zugehörig. Clans kamen und gingen, je nach der Kraft ihrer Hände, der Fruchtbarkeit ihrer Ländereien und ihrer Tapferkeit. Eisenholz hatte den Tod von sechs Clans erlebt. Der Blauperlen-Clan war von den Hohokam zur Strecke gebracht und abgeschlachtet worden; die Mogollon hatten den Schmetterlingsschild-Clan ausgerottet; der Zweisteine-Clan war von Eisenholz' Kriegern vernichtet worden – die Dörfer niedergebrannt, die Menschen gesteinigt –, nachdem man entdeckt hatte, daß sie Hexen und Zauberer waren.

Dann war da noch der Hufsohlen-Clan, der sein heiliges Schildkrötenbündel verloren hatte; fremdartige, tätowierte Krieger, die aus dem Nichts gekommen waren, hatten es geraubt und ein kleines Mädchen entführt... Wie war noch der Name gewesen? Die Tochter von Rotrohr und Schafgarbe, drei oder vier Sommer alt. Nachtschatten? Er konnte sich nicht genau erinnern, obwohl er in jener Nacht auf der Plaza die heiligen Tänze mitangesehen hatte. Als der Angriff kam, war er ins Haus gestürzt, um seine Waffen zu holen, und so hatte er den Kampf mit Ausnahme der letzten Augenblicke nicht miterlebt. Er hatte den Fliehenden nur zwei Pfeile nachschicken können.

Im Lauf der Jahre hatte Krallenstadt viele Kinder bei Überfällen verloren. Sie wurden als künftige Sklaven geraubt und dann halb totgeschlagen. Manchmal nahm ein Krieger auch Kinder für die eigene Familie mit; vielleicht hatte seine Frau ihm keine Tochter schenken können, oder sein Sohn war an einer Kinderkrankheit gestorben.

Die Leute des Rechten Wegs verhielten sich nicht anders.

Sklaven waren unten auf der dunklen Plaza tätig. Eisenholz beobachtete sie, als sie Feuer anfachten, Wasser und Essen herbeitrugen und das Fest vorbereiteten, das später stattfinden sollte. Er hörte sie in ihrer fremdartigen Feuerhund-Sprache miteinander reden. Zwei Frauen luden Holz neben der Kiva des Bison-Clans ab und schichteten es neben die Leitern, die durchs Dach ragten.

Vom fünften Stock aus gesehen, wo Eisenholz stand, glichen die Kivas riesigen Ringen auf der weißen Plaza. In der Kiva des Bison-Clans sangen die Tänzer des Clans; ihre Stimmen stiegen wie Rauch in die frostige Dunkelheit auf.

Eisenholz lehnte sich aus der Tür, um den Sternenhimmel zu betrachten.

Die Spinnenfrau hatte ein spindeldürres Bein über den Osthorizont gestreckt. Wenn sie erst ganz in den Himmel aufgestiegen war, würden die Tänzer aus den Kivas auftauchen, um abermals zu versuchen, das Leben der Gesegneten Sonne zu retten.

Hinter ihm seufzte Nachtsonne. Er drehte sich um. Sie gähnte lange, schob ihre Decke zurück und stand auf. Das leuchtendblaue Kleid saß eng an ihrem schlanken Körper. Sie strich sich das zerwühlte Haar aus dem Gesicht. Als sie es auf dem Scheitel zu einem Knoten band, so wie jetzt, und es mit türkisgeschmückten Knochennadeln feststeckte, sah sie hinreißend aus.

Nordlicht erwachte bei ihren Bewegungen und rief: »Nachtsonne?«

Ohne zu antworten, entzündete sie eine Fackel an der Glut im Wärmebecken. Der Fackelkopf, Wacholderschnitzel, mit einer Baumwollschnur umwickelt, leuchtete mit roten Augen, aus denen Rauch stieg. Sie fachte sie mit ihrem Atem an, bis eine goldene Lichtblase den Raum erhellte, und ging damit zu ihrem Mann.

Die Gesegnete Sonne lag in der Mitte des Zimmers, mit Hirschfellen bedeckt. Aus seinem faltigen Gesicht schien alles Blut gewichen zu sein; im tanzenden Licht sah er gespenstisch bleich aus. Seine Augen lagen in blau angelaufenen Wülsten.

Nordlicht erhob sich. Die Kupferglöckchen an den weißen Ärmeln klingelten, als er Nachtsonne eine Hand auf den Arm legte. »Versuch doch, einen der blauen Maiskuchen zu essen, die die Sklaven gebracht haben. Seit zwei Tagen hast du nichts zu dir genommen.«

Nachtsonne kniete neben dem Häuptling, das blaue Kleid war um sie gebreitet. Im Fackellicht schimmerten die grauen Strähnen in ihrem schwarzen Haar.

Eisenholz schaute beiseite, widmete seine Aufmerksamkeit den Dingen im Zimmer. Er konnte es nicht über sich bringen, an sie zu denken, an die Freiheit, die Krähenbarts Tod ihr schenken würde. Er wagte es nicht.

Gebetsfedern hingen von der Decke herunter, und er sah zu, wie sie sich in der Brise drehten und flatterten. Jeden Tag brachten die Clan-Führer mehr Federn her. Nach Krähenbarts Tod durfte jeder Clan der Gemachten Menschen einen Vertreter benennen, der den Leichnam des Häuptlings die Südstraße hinunter bis zur Buckel-Kuppe begleitete, wo seine Seele in die Himmelswelten aufsteigen und ein Thlatsina werden würde. Und von dort aus würde er dem Volk Regen und Glück bringen.

Eisenholz biß die Zähne zusammen. Wie komisch, daß der Häuptling nach seinem Tod Glück bringen sollte, nachdem er zu Lebzeiten nichts als Not und Elend gebracht hatte.

Seit drei Tagen litt Eisenholz unter quälenden Erinnerungen... Stimmen von Kindern, die ihn anflehten, ihre Eltern nicht zu töten... schreiende Männer und Frauen, die aus brennenden Dörfern rannten. Achtzehn Sommer lang hatte er Krähenbart gedient und gehorsam und sachkundig jeden seiner wahnsinnigen Befehle ausgeführt.

Wegen dieser Ergebenheit war Eisenholz' Seele nun von hohläugigen Gestalten umringt, die ihn anstarrten und verfluchten – diese Seelenqual blieb Krähenbart erspart.

»Nachtsonne?« Nordlicht versuchte es noch einmal. »Kann ich dir etwas bringen? Vielleicht eine Tasse heißen Tee?«

»Nein«, murmelte sie.

Der hinfällige Klang ihrer Stimme traf Eisenholz wie ein Schlag. Er ging hinaus und hoffte, daß die Pein sich linderte. Gebannt betrachtete er das Wechselspiel des Lichts. Ein gelber Glanz des zurückgeworfenen Feuerscheins färbte den Rauch, der über Krallenstadt hing. Die Sterne erhellten die kahlen Felder auf der Canyon-Sohle, und der Schnee, der die Randfelsen glasierte, ließ jeden Sims hervortreten.

Er spürte die eisige Nachtkälte im Gesicht, als er zum Himmel schaute. Die aufsteigende Spinnenfrau hatte sich schon vom Horizont gelöst.

»Nordlicht!« rief er. »Es ist Zeit!«

»Ist sie oben?«

»Gleich.«

»Ich komme.«

Der Sonnenseher nahm das Gehäuse der Trompetenschnecke, sein Rufhorn, an sich. Diese Schneckenmuscheln kamen aus einem fernen Meer. Händler sagten, da fließe immer Wasser. Eisenholz konnte sich so etwas kaum vorstellen; er hatte sein Leben lang in der Wüste gelebt. Gab es so einen Ort tatsächlich?

Nordlicht rannte an Eisenholz vorbei, zur Dachleiter vor der Tür, die an der Wand lehnte. Er kletterte hinauf, zum höchsten Punkt von Krallenstadt, und unter seinem Gewicht knarrte das Dach. Er hob sein Horn an die Lippen, ein dunkler Schatten gegen den sternbesetzten Himmel. Ein schriller, hoher Schmetterton durchschnitt die Nacht. Dann noch einer. Insgesamt vier.

Bei diesem Signal kamen die Leute aus ihren Kammern. Einige liefen auf die Plaza. Andere setzten sich auf die Dächer. Zu seiner Linken sammelten sich ältere Leute, entlang der Ostmauer, wärmende Decken auf ihren weißen Köpfen. Zu seiner Rechten, entlang der Westmauer, kuschelten sich Kinder mit großen Augen in den Schoß ihrer Eltern.

Nordlicht kam die Leiter herab. Er stand neben Eisenholz, sein Horn unterm Arm.

Eine Weile sagte keiner etwas. Dann fragte Nordlicht flüsternd: »Sind die Läufer von Lanzenblattdorf noch nicht zurück?«

»Sie werden bald kommen. Ich habe sie eigentlich heute erwartet. Vielleicht morgen.«

»Du hast doch Krieger zu den Meldetürmen geschickt, so daß wir im voraus wissen –«

»Natürlich, Nordlicht.« Er seufzte müde. »Aber bei dem Schnee hat Blaumais die Feuer vielleicht nicht gesehen. Er ...«

Er hörte auf zu sprechen, als die Bison-Tänzer, einzeln aus der Wärme der unterirdischen Kiva auftauchend, geisterhaft auf der kalten Plaza ausschwärmten. Sie bewegten sich in dem schwerfälligen Gang von Leitbullen und warfen den zottigen Kopf hin und her. Flaumfedern von Adlern zitterten an ihren Hörnerspitzen.

Der Schädel eines Bisons war so ausgehöhlt, daß er auf den Kopf des Tänzers paßte, und der lange, buschige Bart lag ihm wärmend auf der nackten Brust. Die Männer trugen Kittel und Mokassins. Als sie vor die Feuer trotteten, hüpften ihre Schatten über die weißen Mauern wie dunkle Riesen, und mit den Füßen wirbelten sie losen Schnee in die Luft.

Auf dem Mittelpunkt der Plaza angelangt, teilten sich die Tänzer in vier Gruppen und gingen zu den Marken der vier

Himmelsrichtungen. Sie standen schweigend, schüttelten die Köpfe und wiegten sich sanft, wie vom Wind bewegt. Die große Macht des Bisons verbannte Krankheiten und schickte Schneestürme in die Berge. Im Frühling schmolz der Schnee, flutete die trockenen Wasserläufe, und Bruder Wüste öffnete die Augen, die ewig lebendig blieben. Bisons brachten der Welt das Leben, so wie immer seit dem Aufstieg in diese Fünfte Welt.

»Nordlicht!« rief Nachtsonne.

Eisenholz fuhr herum und sah Krähenbart eine Hand heben, als ob er einen von ihnen herbeiwinkte.

Nordlicht wandte sich nicht um. Eisenholz sagte: »Er ist wach.«

Nordlicht senkte den Kopf. »Ich weiß.«

Die Bison-Tänzer stimmten die heiligen Gesänge an, um sich zu läutern und die Geister um Hilfe zu bitten. Als hätte er gerade noch genügend Kraft dafür, riß Nordlicht sich von der Aussicht los und schleppte sich mühsam ins Innere, um sich neben den Häuptling hinzuknien.

Nachtsonne strich Krähenbart sanft über das verwelkte Kinn. »Hallo, mein Ehemann«, sagte sie leise. »Bist du –«

»Geh ... weg!« befahl die Gesegnete Sonne und streifte seine Frau mit einem bösen Blick. »Nordlicht? Ich will ... nur Nordlicht.«

»Ich bin hier, mein Häuptling.«

Krähenbarts Kopf rollte seitwärts. Er kniff die Augen zu, als fiele es ihm schwer, die Züge des Sonnensehers in dem schwachen Glutlicht zu erkennen. »Geh zu Düne ... bring ihn her.« Er hustete schwach. »Er muß ... hier sein ... bevor ich sterbe.«

»Ja, mein Häuptling. Ich kümmere mich darum.« Er zog eines der Felle hoch bis zu Krähenbarts Kinn. »Nachtsonne ist auch hier.«

»Nein«, fauchte Krähenbart und schloß die Augen.

Nachtsonnes Mund zitterte. Sie legte ihre Fingerspitzen zärtlich auf die Haare ihres Mannes. »Krähenbart, ich habe darauf gewartet, daß ich –«

*»Geh weg!«*

Sie saß so still, sie hätte aus Holz geschnitzt sein können. Eisenholz ballte die Fäuste. Er hätte ihr so gern ein tröstendes

Wort gesagt, aber gesprochene Wörter machten alles nur noch schlimmer.

Nordlicht streckte den Arm über den sterbenden Häuptling aus und strich Nachtsonne leicht über die Wangen. Er stand auf und ging zu Eisenholz. Die Glut im Feuerbecken verlieh seinem weißen Priesterhemd eine blutrote Färbung, als er daran vorbeiging. »Weißt du, wo Düne, der Heimatlose, lebt?«

»Ja.«

»Dann schick sofort einen Läufer hin und sag ihm...« Nordlicht gestikulierte verlegen. »Warne ihn, daß Düne etwas seltsam ist. Der alte Eremit könnte sich weigern zu kommen.«

»Selbst wenn er wüßte, daß der Häuptling stirbt?«

»O ja. Düne weiß sofort, weshalb er gerufen wird. Mach dem Läufer klar, daß er Düne sagt: Das ist keine Bitte, das ist ein Befehl der Gesegneten Sonne.«

»Wenn du solche Schwierigkeiten siehst, sollte ich vielleicht selbst hingehen?« *Was würde ich nicht alles tun, um aus diesem Zimmer fortzukommen.* »Düne kennt mich. Wenn ich selbst komme, wird das die Sache vielleicht vereinfachen.«

Nordlicht schaute zu Nachtsonne hin. Sie zupfte an den Decken und Fellen herum, um sicherzustellen, daß Krähenbart überall zugedeckt und warm blieb. »Krähenbart braucht dich nicht mehr, aber Nachtsonne vielleicht.«

Sie wechselten einen Blick, und Eisenholz schaute zu Boden. »Sie braucht mich nicht, Sonnenseher. Sie ist eine bemerkenswert starke Frau.«

Eisenholz wandte sich zum Gehen, aber Nordlicht packte ihn an den Schultern und hielt ihn fest. Mit ernstem Gesicht sagte er: »Das war kein Tadel. Ich habe es ernst gemeint.«

»Ich weiß.«

Nordlicht murmelte: »Ich mache dir für Düne eine Mixtur aus gemahlenem Türkis und Blaumais zurecht. Aber wenn er sich weigert, mit dir zurückzukommen, Eisenholz, dann gibst du ihm das nicht.«

»Du verlangst also, daß ich einen der mächtigsten Schamanen in der Geschichte unseres Volkes hinters Licht führe?«

Nordlichts dunkle Augen wurden sehr groß. »Genau. Und beeil dich. Ich erwarte dich in zwei bis drei Tagen zurück.«

»In drei. Düne ist alt und gebrechlich. Er braucht seine Zeit. Halte Ausschau nach meinen Läufern.«

»Natürlich.«

Eisenholz ging geduckt durch die Tür und trat in die Kälte hinaus. Mit einem Seitenblick sah er noch kurz Nordlicht ebenfalls hinausgehen, in die entgegengesetzte Richtung, vermutlich um den Türkis und den Blaumais zu bereiten.

Eisenholz kletterte vier Leitern hinunter, kam auf die verschneite Plaza und machte einen Bogen um die schlurfenden Tänzer. Er bahnte sich einen Weg durch die Zuschauer. Seine eigene Kammer lag zur Linken, am südöstlichen Ende der hufeisenförmigen Anlage.

Die Erwachsenen verbeugten sich respektvoll, als er vorbeiging, und ein paar Kinder versuchten, den Saum seines langen Hemdes zu berühren. Nur zu berühren, nichts weiter. Danach starrten sie mit ihren kindlichen Augen ehrfürchtig auf ihre Finger. Zwei Frauen lächelten. Eisenholz nickte höflich zurück, aber es fiel ihm schwer, und sein Herz hämmerte.

Insgeheim verfluchte er sich. Wieso konnten sechzehn Sommer alte Erinnerungen ihm noch so lebhaft vor Augen stehen?

Nachtsonne hatte ihn einmal gebeten »zu vergessen«. Als wäre das so einfach, wie ein Fenster zu vermauern.

Der heisere Schrei eines Mannes schnitt durch das Dunkel.

Eisenholz fuhr herum und zog zugleich, mit einer Bewegung, seinen Knochendolch aus dem Gürtel.

Eine Stille äußerster Bestürzung fiel über Krallenstadt. Aber dann brach Chaos aus. Die Leute rannten in alle Richtungen weg, brüllten Befehle, scheuchten die Kinder in die Häuser. Kleinkinder kreischten schrill. Einige ältere Bürger standen auf, um einen besseren Blick über das Getümmel zu bekommen.

Fünf Krieger stürmten durch das Tor, das die beiden Hälften der Plaza verband.

»Was ist geschehen?« fragte Eisenholz.

»Komm schnell!« antwortete der schlaksige Mann mit dem viereckigen Gesicht vor ihm. Im rötlichen Schein der Plaza-Feuer wirkte Spannerraupe, als hätte er gerade der Wiedergeburt der Monsterkinder beigewohnt. »Kriecher hat einen Toten gefunden.«

Eisenholz rannte an seinen Kriegern vorbei.

Die Leute strömten zum Tor und dem westlichen Plaza-Einlaß. Sie drängten und beschimpften einander. Der Wind trug Aufschreie der Angst herüber. Eisenholz mußte sich hindurchzwängen. Er brüllte: »Aus dem Weg! Macht den Weg frei!«

Hinter dem Tor rannte er nach links zum Einlaß. Er fand Kriecher, den Anführer des Bison-Clans, in sein großartiges Gewand gekleidet, über einer Leiche knien. Sein Kopfputz lag neben ihm auf dem Boden, der lange Bisonbart glänzte im bernsteinfarbenen Schein, den die Stadt verbreitete. Der Tote lag ausgestreckt zwischen zwei Erdwällen. Der vierzehn Sommer alte Sklavenjunge Schwalbenschwanz kauerte mit entsetztem Gesicht hinter Kriecher.

»Wer ist es?« fragte Eisenholz. »Ist es –«

»Es ist Verhüllt-Seinen-Schwanz«, antwortete Kriecher und wischte sich mit dem Handrücken den Schweiß aus den Augen. Kurzgewachsen und dick, glich er einem Bären. Dichtes schwarzes Haar bedeckte die nackte Brust und die Arme. Sein weißer Kittel und die Mokassins schimmerten gespensterhaft im schwachen Lichtschein. »Ich habe Schwalbenschwanz ausgeschickt, um Brennholz zu holen. Der ist fast über ihn gefallen und kam sofort angerannt, um es mir zu melden. Als ich das Blut gesehen habe, rief ich Spannerraupe.«

Eisenholz' bester Freund lag zusammengerollt auf der Seite, das Gesicht nach Norden gerichtet, zur Straße, die zum heiligen *Sipapu* führte. Die Strahlen der Abendleute glitzerten in seinen blutunterlaufenen Augen.

Schmerz und Trauer drückten Eisenholz nieder, sein Magen zog sich zusammen. *Mein Freund, erschlagen …*

Durch einen Spalt im Schädel des Toten sah man das Gehirn. Es war klar, der Mann war überrumpelt worden. Bogen und Köcher mit Pfeilen fehlten, aber der Knoten der Leine, die das Steinmesser am Gürtel festhielt, war unversehrt. Ein spukhaftes Lächeln war auf seinem Gesicht erstarrt, als hätte er den Angreifer gesehen und ihn für einen Freund gehalten.

*Wer würde ihn töten? Und warum? Wer gewann etwas durch seinen Tod?* Menschen mordeten aus Haß, Angst, aus Gründen der Selbsterhaltung, aber hinter alledem lag Verzweiflung. Was trieb einen Mann derart zur Verzweiflung, daß er Verhüllt-Seinen-Schwanz tötete?

*Der Mörder kannte die Botschaft, die er überbrachte.*

Aber welchen Teil davon? Das Kind? Nein. Nicht einmal Verhüllt-Seinen-Schwanz kannte diese Wahrheit. Er hatte Verhüllt-Seinen-Schwanz angewiesen, Palmlilie zur Rückkehr zu Eisenholz zu bewegen, damit er im Fall eines Kriegs sein Stellvertreter sein könnte. Fürchtete der Mörder das, was Eisenholz tun würde, wenn er Palmlilies Antwort hörte?

Er hob seinen Blick zu Spannerraupe. Der Mann biß die Zähne zusammen. *Ich hätte dich degradiert und durch Palmlilie ersetzt.*

Aber Spannerraupe und Palmlilie waren enge Freunde gewesen. Spannerraupe war einfach nicht der Mann, der einen Freund aus Prestigegründen umbrachte. Oder doch?

Eisenholz wandte sich wieder Verhüllt-Seinen-Schwanz zu.

»Was hat er da in der Hand?« Eisenholz zeigte darauf.

»Was?« fragte Kriecher. »In der Hand?«

Kriecher bog behutsam die kalten Finger des Toten auseinander. Kaum hatte er den Gegenstand ergriffen, als er ihn schon mit einem leisen Schrei auf den Boden warf. Wie wild rieb er sich die Hand auf dem Boden ab.

Die Menge drängte murmelnd nach vorn und reckte die Hälse, um besser sehen zu können.

»Heilige Götter«, flüsterte Kriecher. »Es ist eine Dachspfote. Aber … was ist das oben drauf?«

»Leichenpulver«, erwiderte Eisenholz und erschauerte unwillkürlich. Pulverisiertes Leichenfleisch hatte einen bestimmten silbrigen Glanz, der an der Haut haften blieb. Im Schein, der von der Stadt ausging, schien es auf unheimliche Weise zu glühen.

Barsch befahl Eisenholz: »Spannerraupe, hol mir Nordlicht!«

Nachtsonne lag, in zwei Decken gewickelt, an Krähenbarts Seite. Durch die zurückgebundene Türklappe konnte sie Eisenholz und Nordlicht vor dem Zimmer stehen sehen, hochgewachsene schwarze Gestalten vor dem Hintergrund glitzernder Sterne. Eisenholz hatte die Arme gekreuzt, Nordlicht stand an der Wand. Sie fing nur ein paar Wörter auf; Nordlicht sprach ruhig und geduldig, während in Eisenholz' Stimme Gereiztheit mitschwang.

»*... warum Verhüllt-Seinen-Schwanz?*« fragte Eisenholz. »*... für einen Mord gibt es Gründe ... Wer hätte denn wissen können ...?*«

Nordlicht antwortete leise; Nachtsonne konnte seine Antwort nicht hören.

Die Gedanken entglitten ihr. Sie dachte an Eisenholz. An das erste Mal, als sie allein waren.

Heilige Geister, was für eine lange Zeit ... als hätte es in einem anderen Leben stattgefunden.

Spät im Mond des Grünenden Grases hatte es sich ereignet.

Nachtsonne hatte den ganzen Tag eine schwierige Sklavengeburt beaufsichtigen müssen und war zum Umfallen müde gewesen. Als sie Krallenstadts mondbeglänzte Plaza überquerte, nur noch an Schlaf denkend, hatte sie aufschauend Krähenbart gesehen, der in der Tür zu ihren Zimmern stand, schwarz abgehoben gegen den goldenen Fackelschein. Er hatte die geballten Fäuste in die Hüften gestemmt und die Beine gespreizt, wie zum Kampf gerüstet.

Seit Monden hatte er sich seltsam benommen, und seine plötzlichen Ausbrüche waren immer furchterregender geworden; er hatte die Kinder grundlos bestraft, besonders ihre zwei Sommer alte Tochter Wolkenspiel, was Nachtsonne erbitterte. Und beunruhigte.

Nachtsonne hatte die Leitern zum fünften Stockwerk erklommen. Sie war aufs Dach getreten und hatte gerufen: »Krähenbart? Stimmt etwas nicht?«

Mit dem Medizinbündel in der Hand war sie ihm entgegengelaufen. Als sie näher gekommen war, hatte Krähenbart sich umgedreht und das Zimmer betreten. Nachtsonne war ihm gefolgt, hatte ihr Bündel neben der Tür abgestellt, ihren Truthahnfeder-Umhang abgenommen und auf einen Zapfen gehängt.

»Was stimmt diesmal nicht?« fragte sie.

Krähenbart, in einem dünnen Nachthemd, kam langsam durchs Zimmer und stand über ihrem Bett; er starrte auf die zerwühlten rot-schwarzen Decken. »Du warst mit einem meiner Krieger aus, stimmt das nicht?« fragte er mit gepreßter Stimme. »Während ich schlief, hast du –«

»Was?« brach es aus Nachtsonne heraus. »Ich habe unten bei der Geburt der Tochter von Laufender Hirschkuh geholfen. Das weißt du, ich habe es dir gesagt.«

»Du hast es mir gesagt«, bestätigte er spöttisch. »Ja, das hast du. Aber ich weiß es besser. Du warst bei einem meiner Krieger!«

Mit funkelnden Augen schritt sie auf ihn zu. »Krähenbart, was ist los mit dir? Seit Monden benimmst du dich wie ein Verrückter. Du beschuldigst mich, dich zu betrügen, du schlägst deine Tochter ohne Grund –«

»Eigentlich hätte ich dich schlagen sollen!« brüllte er und fuchtelte ihr mit beiden Fäusten vor dem Gesicht herum.

Nachtsonne wich einen Schritt zurück. Das würde er nicht wagen. Als Ehrwürdige Mutter von Krallenstadt konnte sie sich von ihm trennen, so daß er nichts mehr besaß. »Du hast kein Recht, mein Ehemann, mich durch solche Vorwürfe zu entehren. Du bist der einzige Mann, mit dem ich jemals zusammen war. Der einzige, mit dem ich wünschte –«

»*Lüg mich nicht an!*« Krähenbart packte sie an den Schultern und schüttelte sie so, daß sie glaubte, er bräche ihr das Genick.

»Hör auf! Krähenbart, hör auf! *Hör auf!*« schrie sie. Als er nicht aufhörte, holte Nachtsonne aus und schlug ihm mit aller Kraft, die sie aufbringen konnte, ins Gesicht.

Er keuchte, benommen und erschreckt, und schaute auf sie herab, die Augen voller Wut und Erbitterung. »Ich töte dich, bevor ich zulasse, daß ein anderer dich bekommt. Verstehst du mich? *Ich töte dich!*«

Erregt und von Angst getrieben, war Nachtsonne die Leitern hinuntergeeilt und über die westliche Plaza und hinaus in die mondbeschienene Wüste gelaufen, durch die Biegung des Canyons, an der hochragenden Wand entlang nach Osten in Richtung Kesselstadt. Schwester Mond hing direkt über ihr, durch Wolkenfetzen flimmernd wie eine flachgedrückte Silbermuschel. Ihr Schein mattierte die massiven Felsen, überglänzte die Maispflanzen, die ihre ersten Blätter zeigten, und beleuchtete Nachtsonnes Weg auf der Straße nach Kesselstadt.

Obwohl es spät war, gab es viele Feuer in der Canyon-Sohle, die im Wind hin und her zuckten oder aufflammten.

Nachtsonne schlug die Arme um sich. Sie hätte ihren Umhang mitnehmen sollen. Die Kälte des Frühlings biß ihr ins Fleisch.

Der Wahn hatte im vergangenen Sommer angefangen. Auf einmal war Krähenbart ihr plötzlich gefolgt, unerwartet bei Heilbehandlungen und Geburten aufgetaucht, gerade lange genug, um sich zu überzeugen, daß sie sich tatsächlich am angekündigten Platz aufhielt. Als sie später in ihre Zimmer zurückgekehrt war, hatte er sich mit dem Rücken zu ihr gelegt, und wie sehr sie ihn auch besänftigen wollte, er weigerte sich, mit ihr darüber zu sprechen.

Auch anderes war ihr aufgefallen. Sein Haar war schütter geworden. Immer, wenn sie seine Haarbürste aus Wacholderrinde säuberte, behielt sie schwarze Strähnen in der Hand. Schlimmer war, daß er ihr mitgeteilt hatte, er könne nicht länger unter einer Decke bei ihr »sein«. Nachtsonne hatte angenommen, er komme jetzt in die Ruhephase, die Männer seines Alters zu erwarten hatten; nach einer Zeit der Unsicherheit würde er gewiß sein Gleichgewicht wiederfinden, und dann käme alles wieder in Ordnung. Sie würde ihn verwöhnen und ihn beruhigen, dann wäre er sicher bald wieder der alte.

Aber es wurde schlimmer mit ihm.

Sie hatte ihn mit Sklavenmädchen tändeln sehen, die er betätschelte … und kein Wort darüber verloren.

Nachtsonne verfiel jetzt in Laufschritt, in ihren Yucca-Sandalen trabte sie über den mondbeschienenen Pfad und atmete keuchend ein und aus. Windverwehter Kies knirschte unter ihren Füßen. »O ihr heiligen Himmelsgötter«, rief sie mit erstickender Stimme, »sagt mir doch, wie ich es besser machen kann. Es muß doch einen Weg geben, um das in Ordnung zu bringen.«

Sie glaubte, schwache Schritte hinter sich zu hören, sah aber nur Wind im neuen Mais. Ein Coyote heulte auf dem Canyon-Rand hoch über ihr, und sie schaute hinauf. Blinkende Abendleute spähten auf sie hinab.

Nachtsonne rannte schneller, um die Qualen aus ihrer Seele zu vertreiben. Als sie Kesselstadt erreichte, schien die Kolonnade, riesigen Zähnen gleich, tückisch nach ihr zu schielen. Sie wich nach rechts ab und nahm den Pfad, der zur Rinne des Rechten Wegs hinunterführte. Zwei Tage zuvor war Regen gefallen, und wie ein silbernes Band durchfloß Wasser die Senke.

Sie rannte direkt darauf zu. Was sie auch tat, es mißfiel Krähenbart. Im vergangenen Mond hatte es sogar eine Zeit gegeben, da Krähenbart sie mit haßerfüllten Augen ansah. Von diesem Augenblick an hatte sie sich immer einsamer gefühlt, und dieses Gefühl nagte an ihrer Seele.

Mitten im Weg ragte ein Stein auf, aber Nachtsonne sah ihn erst, als es zu spät war. Sie fiel über den Stein ins frische grüne Gras, das den Weg säumte.

»Ah!« stieß sie hervor; der Schmerz schoß ihr in den Knöchel.

Mokassins tappten über den Weg; sie sah einen großgewachsenen Mann auf sich zulaufen. »Gesegnete Nachtsonne«, sagte er mit tiefer Stimme, »hast du dir weh getan?«

Er kniete sich vor sie hin, schaute ihr sorgenvoll ins Gesicht und betrachtete prüfend ihren Körper. Es war der neue Kriegshäuptling, Eisenholz. Bei der rituellen Ernennung vor einem Sommer hatte sie ihn kaum beachtet, kannte aber seinen Ruf. Er hatte ein sonderbares Leben geführt. Mit vierzehn Sommern hatte er geheiratet, aber noch vor Ablauf eines Sonnenkreises nach der Zeremonie waren Frau und Sohn im Kindbett gestorben. In seiner Trauer hatte er gelobt, nie mehr eine Frau anzurühren. Das Gelübde hatte er gehalten und sich nur noch der Kriegskunst gewidmet. Er war ein legendärer Krieger geworden. Die Bewohner kleiner Dörfer tuschelten, daß Eisenholz in Wahrheit einer der Großen Krieger sei, verkleidet herabgekommen, um das Volk des Rechten Wegs vor der Vernichtung zu bewahren.

Nachtsonne lächelte. Gott oder kein Gott – er war ein gutaussehender Mann. Sein langes Haar trug er in einem Zopf, und das betonte die ovale Gesichtsform, die hoch angesetzten Wangenknochen und das kantige Kinn.

»Es ist mein Knöchel.« Sie beugte sich vor, um ihn abzutasten, und ächzte. »Ich glaube, ich habe mir den Fuß verstaucht.«

»Ich werde dich nach Hause tragen.« Er wollte sie packen.

»Nein, nur … bitte … Ich möchte gern eine Weile hier sitzen bleiben. Du kannst ruhig wieder deinen Pflichten nachgehen. Ich stehe dann auf, sobald ich kann.«

»Aber« – er runzelte die Stirn – »Gesegnete Nachtsonne, es ist für Leute deines Ranges nicht gut, nachts allein hier draußen zu sein. Die Mogollon-Hunde sind auf Raubzug. Sie könnten überall sein.«

»Na gut«, sagte sie, Bitterkeit in der Stimme, »wenn sie mich heute nacht umbringen, dann brauche ich wenigstens nicht mehr nach Hause zu gehen.«

Eisenholz schaute sie kurz an und dann zur Seite. »Darf ich dich in eine andere Stadt geleiten? An einen … angenehmeren Ort?«

Offenbar hatte er etwas von ihrem Streit mit Krähenbart mitbekommen. Wie denn auch nicht? Als Kommandant hatte Eisenholz natürlich auf dem Dach, nahe dem Einlaß, Wache gehalten. Er hatte nicht nur den Streit gehört, er hatte sie bestimmt auch weglaufen sehen … und war ihr gefolgt, weit genug abseits, damit sie sich ungestört fühlen konnte, und nahe genug, um zu helfen, falls sie unwissentlich in Gefahr geriete.

Sie rieb sich den Knöchel. »Nein, danke.«

Er setzte sich neben sie ins Gras. Offenbar war er trotz ihrer Abweisung gewillt zu bleiben.

Eisenholz starrte in die Ferne, auf die flackernden Feuer und die gezackte Linie der dunklen Klippen, auf alles, nur nicht auf sie. Er befeuchtete sich die Lippen. Er war nervös. Er wirkte etwas bekümmert.

»Ängstlich?« fragte sie.

»Hmm?« Er wandte sich ihr stirnrunzelnd zu.

»Ich wäre an deiner Stelle ängstlich.«

»Wieso?«

»Na ja, du befindest dich hier in einer schlechten Position. Mein Mann beschuldigt mich, ich würde mit einem seiner Krieger schäkern, und dann erscheinst du plötzlich aus dem Nichts, bei mir, allein.«

»Aber ich kann dich doch nicht hier draußen lassen, Gesegnete Nachtsonne. Besser, ich bleibe hier, um dich zu beschützen, als in Kauf zu nehmen, daß dich unsere Feinde umbringen.«

»Das würde ein schlechtes Licht auf dich werfen, nicht wahr?«

Er hob eine Braue. »Es gibt bestimmt welche, die das gegen mich verwenden würden.«

»Aber wenn mein Mann herausfindet –«

»Von meinem Mut wird man noch singen, wenn ich schon lange tot bin.«

Nachtsonne blinzelte, dann lachte sie. Eisenholz grinste sie an, die weißen Zähne schimmerten im Dunkeln. Wie gut das war, wieder einmal zu lachen. Sie hatte seit langem nicht mehr gelacht, nicht mehr, seit dieser Wahnsinn mit Krähenbart begonnen hatte. Für diese wenigen gelösten Augenblicke war sie diesem jungen Mann sehr dankbar.

»Vielen Dank«, sagte sie.

»Dein Diener, Ehrwürdige Mutter.«

Nachtsonnes Lächeln schwand. Sie seufzte sorgenvoll. Sie wäre gern noch geblieben, aber sie wußte, es wäre nicht gut. Um *seinet*willen.

»Also hilf mir bitte auf, ich will versuchen, nach Hause zu gehen.« Sie mühte sich, die Füße unter sich zu ziehen.

Eisenholz stand auf, griff ihr unter die Arme und zog sie in die Höhe. Der verletzte Knöchel knickte ein, sobald sie ihn belastete, und mit einem kleinen Aufschrei fiel sie gegen ihn. Er hielt sie ganz fest.

Vielleicht war es die tröstliche Unterstützung durch seine starken Arme oder auch einfach nur das Gefühl eines anderen menschlichen Körpers nahe an ihrem, was ihre Spannung löste. Die ganze Erschöpfung durch die lange Geburt, verstärkt durch den Kummer wegen Krähenbart, kam jetzt an die Oberfläche, und sie fing an zu weinen. Sie vergrub das Gesicht in seiner Schulter, um ihre Verlegenheit zu verbergen.

Er sagte nichts, strich ihr nur teilnahmsvoll über den Rükken, bis ihre Tränen versiegten. Dann trat er zurück, legte ihr sanft eine Hand aufs Haar und beobachtete sie besorgt. »Alles in Ordnung?«

»Natürlich nicht«, sagte sie scharf. »Ich kann nicht gehen.«

»Hier«, sagte er und drehte sich zur Seite. »Wenn du die linke Hand über meine Schulter legst, dann kann ich dich, glaube ich, einigermaßen gut heimbringen.«

Nachtsonne folgte dem Rat. Er ergriff ihre linke Hand und ging langsam vorwärts. Auf dem Heimweg mußten sie lachen.

*»Nein, Eisenholz«*, flüsterte Nordlicht heiser, und der Klang seiner Stimme riß sie aus diesen süßen Erinnerungen. *»Mach das nicht… Hexen fliegen umher und beobachten Leute… haben vielleicht… etwas gesehen…«*

Nachtsonne zog sich die warmen Decken bis zum Hals hoch und erschauerte; sie versuchte, ihre Erinnerungen zurückzuzwingen zu dem Augenblick, an dem sie vor siebzehn Jahren Eisenholz' Körper an dem ihren gespürt hatte.

Der Schlaf lauerte schon am Rand ihres Bewußtseins, und sie ließ ihn in ihre Gedanken eindringen, ihre Seele umhüllen und die Stimmen der Welt auslöschen.

Über eine unendliche Weite von Zeit hinweg lächelte Eisenholz sie an. Glücklich. Lachend…

# Dritter Tag

*Nieselregen fällt.*

*Ich hebe mein Gesicht empor und mache den Mund auf, damit Kühle über meine Zunge streicht. Graue Wolken drängen sich über mir zusammen. Aus ihnen fallen Funken, die sich im Wind drehen, aufblitzen und herabtaumeln. Ihre Stimmen sind wie Seide. Der Duft feuchter Steine und von Erde kreist um mich. Ich war einmal unsäglich hungrig, aber jetzt scheint mein Körper über diese seichte Rinne hinwegzuschweben wie das Fetzchen einer Wolke.*

*Ich bin nicht mehr allein.*

*In den letzten beiden Tagen habe ich eine seltsame Welt innerhalb endloser Horizonte entdeckt, wo Schweigen die Stimme der Vergebung ist. Ich spreche mit den Pflanzen, und ihre Antworten, in fröhlichem Singsang, sind so warm wie das Pelzkleid eines Bisons.*

*»Wir suchen das Schweigen, nicht um die Freiheit kennenzulernen«, hat mir Düne einst gesagt, »sondern die Allverbundenheit. Von allem, was lebt, fließt die ganze Zeit etwas in dich hinein, so wie etwas von dir in alle lebenden Dinge fließt. Das Schweigen zeigt uns unsere gegenseitige Abhängigkeit, und dabei wäscht es über das Antlitz unserer Seele, damit wir besser sehen können.«*

*Der Säulenkaktus neben mir wispert, wenn der Windjunge seine blütenbeladenen Arme schüttelt. Ich beobachte die feinen purpurfarbenen Blütenblätter. Wenn Regentropfen ihre Gesichter streicheln, nicken sie.*

*Und ich weiß, was sie sagen.*

*Als es gestern abend zu regnen anfing, hatte ich einen Traum.*

*Ich stand vor einer zugemauerten Tür, klopfte erst leise und schlug dann mit den Fäusten gegen die Steine, verlangte eine Antwort, wollte die Gründe wissen und schrie: »Du kannst dich nicht verstecken! Laß mich ein! Sag mir die Wahrheit! Laß mich ein!«*

*Donnernd krachte die Mauer zusammen, die Steine barsten vor meinen Augen. Staubwolken wirbelten hoch, und einen Augenblick lang konnte ich nichts sehen. Dann …*

*Ich war wie betäubt, meine erhobenen Fäuste bebten.*

*Denn ich hatte von innen heraus geklopft.*

*Ich sitze regungslos.*

*Und schaue über das regengesättigte Land. Licht glitzert auf der Oberfläche jedes nassen Kiesels. Die Klippen unter mir sind flimmernde Silberplatten. Rinnsale schlammigen Wassers schimmern in den gewundenen Abflußgräben.*

*Ich lege mich rücklings auf die feuchten Steine, und gegenüber dem weinenden Himmel breite ich weit meine Arme aus. Diese Tränen sind unbefleckt. Mögen sie durch mich hindurchsickern bis auf die Knochen.*

## 13. KAPITEL

Sängerling zuckte zusammen, als er sich aufrichtete. Er hatte verkrümmten Beifuß aus dem Boden gerissen, und sein Rükken tat ihm so weh, als wären Yucca-Blätter hineingedrückt worden. Seine Arme schmerzten, und er hatte großen Durst. Er warf einen Blick auf Düne. Der alte heilige Mann lag mitten auf der Straße, den offenen zahnlosen Mund zu einem Grinsen verzerrt. Der Windjunge blies ihm spielerisch Sand über das hellbraune Hemd und in den aufgerissenen Schlund, was Düne nicht weiter zu stören schien.

Sängerling wischte sich den Schweiß von der Stirn und schaute hinauf zum roten Felsen und dem großen gemalten Bild, das unter dem gezackten Rand verborgen hing. Der Maler mußte sich mit Seilen herabgelassen und in der Luft gehangen haben, als er sein Bild vollendete. Zwei bucklige Flötenspieler schmückten die Felswand, einer männlich, der andere weiblich. Der männliche hatte einen ungewöhnlich langen Penis. Der blaue Kopf der Flötenspielerin war unter eine große weiße Spirale gezeichnet. Die rote Farbe stammte von zerstampftem Hämatit, das Weiß von Gips oder vielleicht Kreide, und das Blau vermutlich von getrockneten Rittersporn-Blütenblättern. Sängerling lächelte. Wenn das der Fall war, würde die Flötenspielerin bald kopflos sein; Farben auf pflanzlicher Basis hielten sich bei weitem nicht so lange wie mineralische.

Sein Blick streifte über die restliche Felsfassade, nach weiteren Malereien Ausschau haltend, und glitt dann nach Süden.

Verwitterte Sandsteingrate, im Licht des Morgens lavendelfarben und purpurn glühend, erstreckten sich ins Unendliche. Graue Schatten fügten sich am Fuß der Klippen zusammen. Am fernen Horizont umhüllte ein unirdisch goldener Schein eine Felsspitze, die Düne den Holzfällerpenis nannte.

Sängerling wandte sich um. Weit im Westen waren die Thlatsina-Berge, von dunstigen Wolken bekrönt. Sehnsüchtig kniff er die Augen zusammen. Lag in diesem atemberaubenden Blau nicht eine glitzernde Türkis-Höhle verborgen?

Bruchstücke aus diesem Traum kehrten jede Nacht wieder, und immer wieder durchlebte er die Schreie, die ärgerlichen Tritte, und noch einmal sah er die seltsame Frau …

Sein Blick wanderte zu Düne zurück. Als was für ein Sklavenhalter hatte sich doch der Heimatlose entpuppt! Er hörte überhaupt nicht zu, wenn Sängerling ihm von sich selbst erzählte. Er hatte alles Essen verzehrt, das Sängerling mitgebracht hatte, anscheinend ohne Gewissensbisse. Tagelang durfte Sängerling nichts essen oder trinken, während Düne ihn brutal zum Arbeiten zwang. Der alte Mann hatte nur gelächelt und behauptet, er versuche lediglich, Sängerling beizubringen, wie man sich selbst vergißt.

Es war eine Qual – und zugleich erstaunlich.

Erst gestern hatte er Düne erzählt, wie oft er beim Gemeinschaftssingen gewesen sei und wieviel er dabei gelernt habe. Aber Düne hatte nur eine Braue hochgezogen und freundlich bemerkt: »Es muß schwierig sein, dich noch mit göttlicher Kraft aufzufüllen, wenn du schon so voll davon bist.«

Sängerling riß ächzend an einem weiteren Strauch, bis er ihn aus dem Boden hatte. Er warf ihn auf einen hohen Haufen zu seiner Linken. Er wollte gerade wieder einen Strauch packen, als er eine Staubwolke sich von Süden nähern sah. Gegen die grelle Morgensonne schirmte er die Augen ab.

Düne hatte Sängerling angewiesen, nicht zu sprechen, nicht einmal zu denken. »Sammle Beifuß, weiter nichts«, hatte er gesagt.

Der Mann kam näher gelaufen; Sängerling konnte sein rotes Hemd mit einem Gurt um die Hüften und den wunderbaren Türkis-Anhänger um den Hals erkennen.

Sängerling schaute mit zugekniffenen Augen auf den schlafenden Heimatlosen. Er versuchte, das Wort *Düne* mit den Lippen zu formen.

Nichts rührte sich.

Er rückte näher heran und flüsterte: »Düne?«

Immer noch nichts.

Zu Dünes Füßen rieb er seine Zehen in den Sand, um ein Geräusch zu machen. Dünes Lächeln blieb unverändert. »Eh… Düne? Da kommt ein Mann.«

Düne machte ein Auge auf. »Was bist du doch für ein Dummkopf! Hab' ich dir nicht gesagt, es sei die Aufgabe des Sängers zu sehen! Nicht zu schwätzen!«

»Na ja, ich habe gedacht, ich schwätze besser, bevor du niedergetrampelt wirst.« Sängerling hob den Arm. »Er kommt schnell heran.«

Düne hob seinen weißen Kopf und schaute durch Augenschlitze auf den Mann, der auf ihn zugelaufen kam. »Ah«, sagte er seufzend. »Schlechte Nachrichten.«

Sängerling runzelte die Stirn. Wie konnte er das wissen?

Düne setzte sich auf und wartete.

Als der Mann vor ihnen anhielt, verbeugte er sich tief. »Ich hoffe, dich wohlauf zu sehen, heiliger Heimatloser.«

»Ich bin wohlauf, Eisenholz. Was –«

*»Eisenholz!«* stieß Sängerling hervor. »Der – der berühmte Kriegshäuptling von Krallenstadt?«

Düne brüllte: »Du *Schwachkopf*! Eisenholz ist ein Mensch wie jeder andere. Mit Ausnahme von dir. Du bist Hundepisse!«

Sängerling zuckte gekränkt zusammen. Man wußte nie genau, ob Düne das, was er sagte, auch wirklich ernst meinte. Gestern abend hatte er Sängerling »schleimigen Packrattenkot« genannt und dann seine Freude darüber ausgedrückt, daß Sängerling sich entschieden hatte, am Läuterungsprozeß seines Volkes teilzuhaben.

Sängerling rückte vor und fragte: »War das eine Beleidigung?«

Eisenholz war ein breitschultriger, muskulöser Mann, mit einem wettergegerbten Gesicht, das sich im Laufe der Jahre durch Sorgen und Kriegführen verhärtet hatte. Staub lag auf seinem roten Hemd, und die Mokassins waren nach dem Marsch verschmutzt. Doch der kräftige schwarze Bogen über seiner Schulter glänzte wie eingewachst, und die Pfeile in seinem Köcher schienen neu befiedert. Ein schmaler Knochendolch hing neben einer Kriegskeule mit Steinkopf an seinem Gürtel. Der große Türkis-Anhänger hatte die Form eines laufenden Wolfs.

Der Krieger schaute auf Sängerling, als sei dieser vielleicht nicht bei Verstand, und sagte: »Düne –«

»Was gibt's, Eisenholz?«

»Die Gesegnete Sonne liegt im Sterben, und er wünscht dich an seiner Seite.«

Düne sah ihn unmutig an. »In welcher Eigenschaft? Wie ich sehe, bietest du mir keine Mischung aus gemahlenem Türkis und blauem Maismehl.«

Sängerling lauschte gespannt. Wenn jemand starb, sandte die Familie dem Sänger, den sie sich an der Seite des Sterbenden wünschte, um ihm beizustehen, diese Mischung. Wenn der Sänger – oder die Sängerin – sie annahm, erklärte er oder sie damit die Bereitschaft, die gefährlichen irdischen Aufgaben – Waschen, Ankleiden und Beerdigen der Leiche – zu übernehmen, aber auch die spirituelle Aufgabe, die Seele auf ihrem Gang ins Jenseits mit Gesängen zu begleiten. Das Gemisch wurde später über die Leiche ausgestreut, um sie von Sünden zu reinigen, bevor der Trauerzug zur heiligen Straße aufbrach.

Eisenholz zögerte. Er wollte vor seiner Antwort offenbar erst Dünes Ausdruck prüfen. »Nein, Ältester. Die Gesegnete Sonne verlangt nur deine Anwesenheit. Das ist alles.«

»Da bist du sicher?«

»Meine Befehle habe ich von seinen Lippen, heiliger Heimatloser.«

Düne rieb sich nachdenklich das Kinn. »Er ist also noch nicht tot?«

»Er ist kurz davor«, antwortete Eisenholz. »Als ich ihn zuletzt gesehen habe –«

»Dann geh!« Düne winkte mit seiner durchscheinenden alten Hand. »Wenn er nicht tot ist, gibt es nichts, was ich für ihn tun kann. Sag Krähenbart, das ließe ich ihm ausrichten.« Er fiel auf den Sand zurück, verschränkte die Hände über dem Bauch und schloß die Augen. Der Sonnenschein vertiefte seine Falten.

»Ältester«, sagte Eisenholz, »die Gesegnete Sonne *liegt im Sterben*. Das ist kein Ersuchen. Er gibt dir den Befehl, anwesend zu sein.«

»Er macht sich nur wegen der Verwandten Sorge. Sag ihm, wenn er tot ist, verspreche ich, meinen Schlagstein mitzubringen, und ich werde ihm persönlich das Gesicht einschlagen, um seine Seele zu befreien. Es sei denn, seine Verwandten hätten ihn schon kopfüber in ein Loch geworfen und einen Sandsteinblock auf ihn drauf fallen lassen.«

Sängerling keuchte mit offenem Mund. *Heiliger Monsterjäger!* Wer so etwas über einen Häuptling zu sagen wagte, wäre doch in aller Regel auf den Kopf geschlagen und höchst unfeierlich den Coyoten vorgeworfen worden. Und Düne hatte so etwas gerade zu dem größten lebenden Kriegshäuptling gesagt.

Eisenholz stützte die Hände in die Hüften. »Pack deine Sachen zusammen, Ältester, wir müssen sofort aufbrechen.«

»Du mußt sofort aufbrechen, Hauptmann. Ich –«

»Aber Düne«, wandte Sängerling ein und schluckte schwer. »Du hast mich gelehrt, daß wir großherzig und freundlich sein müssen. Wenn der Häuptling dich braucht –«

»Das tut er nicht. Noch nicht.«

»Düne«, sagte Eisenholz, sichtlich bemüht, seine Worte sorgfältig zu wählen. »Wenn du nicht für den sterbenden Häuptling kommen willst, kommst du dann für den Sonnenseher? Nordlicht braucht dich vielleicht noch mehr als Krähenbart.«

Düne stützte sich auf einen knochigen Ellenbogen. Sein Ausdruck veränderte sich. Zum ersten Mal sah er nun wirklich besorgt aus. »Warum? Was ist geschehen?«

»Einer meiner Läufer, Verhüllt-Seinen-Schwanz, ist gestern abend ermordet worden. Er hatte eine Dachspfote in der Faust und Leichenpulver –«

»*Hexenwerk!*« stieß Sängerling hervor und wich einen Schritt zurück.

Eisenholz warf ihm einen schnellen Blick zu. »Ja. Die Stadt ist verrückt vor Angst. Die Leute –«

»Und dein anderer Läufer?« fragte Düne.

»Mein anderer ...« Eisenholz wirkte verstört. »Woher weißt du, daß ich –«

»Ist Fichtenzapfen tot?«

Eisenholz machte eine ziellose Handbewegung. »Wir wissen nur, daß er nicht nach Krallenstadt zurückgekehrt ist.«

Düne kam brummend auf die Beine und ging weg.

Verwirrt trottete Sängerling hinter ihm her; Eisenholz bildete die Nachhut, leichtfüßig und schnell.

Als sie die weiße Hütte mit dem durchhängenden Dach erreichten, trat Düne geduckt ein. Sängerling und Eisenholz blieben draußen stehen und blickten sich verlegen an. Ein einzelner Flötenton wurde hörbar, dann der Plumps eines Bündels auf den Boden.

»Er packt«, sagte Sängerling.

Eisenholz beachtete ihn nicht; er blickte starr auf den wehenden Vorhang. Unbeholfen setzte Sängerling hinzu: »Er ist ein sehr heiliger Mann. Ich bin sicher, daß er helfen wird, so gut er kann. Er ...«

Düne kam aus dem Haus; er hatte ein sauberes braunes Hemd an, seinen Wanderstab und ein Bündel in der Hand. Er warf das Bündel neben einen Beifußstrauch und marschierte direkt auf Sängerling zu. Er fiel auf die Knie, senkte den Kopf und beschied ihn: »Das wird eine schwere Reise. Sing für mich!«

»Was ... was denn?«

»Sing! Bevor ich einen Fluch ausspreche, über dich und all deine ungeborenen Kinder.«

Sängerlings Arme schossen in die Höhe, und er sang den ersten Gesang, der ihm in den Sinn kam:

*Fern im hohen Norden*
*liegt die Straße des Werdens,*
*wo Wolkenblumen blühen.*
*Und … eh … Blitze sich sammeln*
*noch … was … geschieht*
*und*
*Regentropfen fallen –!«*

»Und außerdem«, sagte Düne, als er sich erhob, »gibt es Sänger, die den ganzen Text kennen.«

Beschämt biß sich Sängerling auf die Lippen.

Düne starrte ihn düster an, schulterte sein Bündel, ging an Eisenholz vorbei und sagte: »Beeilen wir uns!«

»Mach dir keine Sorgen, Ältester«, rief Sängerling ihnen nach. »Ich wünsche dir eine gute Reise. Ich werde nicht heimgehen, das verspreche ich. Wenn du zurückkommst, findest du mich hier.«

Über die Schulter brüllte Düne zurück: »Denk an das, was ich dir gesagt habe. Halte deine Zunge im Zaum und übe, ein Käfer zu sein. Und vergiß nicht, die Mäuse zu füttern.«

Sängerling murmelte: »Ich hasse Mäuse.« Aber er schrie: »Vergesse ich nicht.«

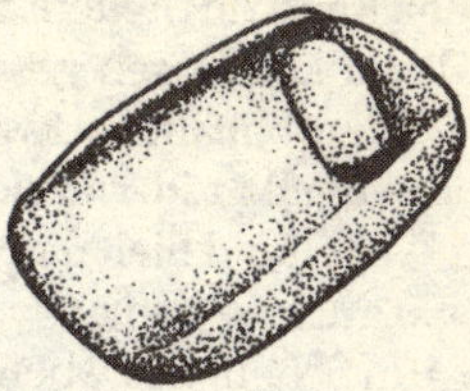

## 14. Kapitel

Vater Sonne hatte sich vom Himmel zurückgezogen, aber der Nachglanz seiner Herrlichkeit spiegelte sich noch auf den flachen Felswänden und verwandelte die wacholderbesetzte Senke, in der Maisfaser und Vogelkind saßen, in ein leuchtendes Mosaik aus Purpur, Tiefgrün und zartestem Gold.

Maisfaser zog sich den rot-weißen Umhang fest um die Schultern. Einen idealeren Ort hätten sie nicht finden können. Wasser sprudelte aus dem Sandstein und rann durch einen Felsspalt hinab, in den Kiefernäste ragten. Ein kleiner Tümpel glitzerte am Fuß des Hangs, umgeben von Hirsch-, Kaninchen- und Vogelfährten. Hier war die Jagd leicht. Sie hatten bereits ein Kaninchen zum Abendessen in der Schlinge gefangen.

Während Vogelkind die Beute häutete und im kalten Wasser wusch, holte Maisfaser eine Handvoll angesengter Baumwolle und zwei unbehauene Feuersteine aus ihrem Bündel. Eine Mulde im Sandstein enthielt noch alte Asche. Sie säuberte die Mulde und legte die zusammengeknüllte Baumwolle hinein, darüber trockene Piniennadeln und Reiser – nicht zu viele, sonst würde der Zunder die Flamme auslöschen, und statt zu brennen, würde es nur rauchen. Sie schlug die Steine heftig aufeinander und erzeugte Funken, die nach mehreren Versuchen die Baumwolle zum Glühen brachte. Schnell legte Maisfaser ihre Steine beiseite und blies in die Glut.

Orangefarbene Flämmchen fraßen sich durch die Nadeln und leckten an den Reisern. Sie fügte immer größere Holzstückchen hinzu, bis ein richtiges Feuer in Gang gekommen war, und dann setzte sie ihren Tee-Dreifuß zum Anwärmen an den Rand des Feuers. Sie hatte geschrumpfte Hagebutten und Wacholderbeeren gesammelt, die sie ins Wasser gab. Der Innereien-Behälter schwankte und knarrte.

»Vogelkind«, rief sie, »wie weit ist das Kaninchen?«

Vogelkind hielt den abgezogenen Körper hoch und lächelte. »So gut wie fertig.«

Im Schein des Abendrots hielt er das Kaninchen mit seinen kurzen Fingern zum letzten Mal ins Wasser, um es abzuspülen. Er hatte die breiten Backenknochen seiner Mutter und die Augen seines Vaters, aber seine eigene Stupsnase. Langes schwarzes Haar hing ihm über den Rücken, passend zu den eingewobenen schwarzen Rauten in seinem hellbraunen Hemd. *Er sieht ihnen so ähnlich. Ich nicht. Warum ist mir das nie aufgefallen?*

Unsicherheit nagte an ihrer Seele. Maisfaser betrachtete prüfend ihr Lager. Wacholder, dachte sie, könnte überall wachsen. Der kleinste, mit Erde aufgefüllte Spalt im Fels beherbergte einen Baum, der zweimal so groß war wie sie. Als die Abendkühle zunahm, überließ der Wacholder seinen Duft dem Wind, der ihn überall verteilte.

Vogelkind kniete sich neben sie. »Wo hast du dein scharfes Messer?«

»Hier, in meinem Bündel.« Maisfaser holte ihre Obsidianklinge heraus; sie war so groß wie ihre Hand, aber nur fingerbreit.

»Ich halte das Kaninchen«, sagte Vogelkind, »und du zerteilst es.« Er zog ein Hinterbein gerade und hielt es ihr hin.

Maisfaser schnitt sorgfältig durch die rosigen Muskeln und hinab zum Gelenk. Sie mußte die Klinge durch die zähen Sehnen ziehen, um in das Gelenk zu kommen, dieses durchtrennen und auf der anderen Seite des Gelenks weiter durch das Fleisch schneiden.

Das Bein blieb in Vogelkinds rechter Hand, und das restliche Kaninchen hing in seiner linken. »Schneid noch das andere Hinterbein ab, und den Rest heben wir uns fürs Frühstück auf.«

»Gut. Wart mal, ich will das Bein aufspießen und fertigmachen. Dann schneide ich das andere ab.«

Maisfaser zog einen langen, dünnen Stecken aus dem Stapel neben dem Feuerloch, stach ihn durch das Bein und stellte ihn am Rand des Feuers ab. Dann nahm sie die Klinge wieder auf.

Während sie schnitt, schaute Vogelkind in den zwielichtigen Himmel hinauf. »Gibt wahrscheinlich eine klare Nacht, und dann wird es sehr kalt.«

»Scharfer Frost am Morgen.« Sie arbeitete sorgfältig, um die Finger ihres Bruders nicht zu verletzen. »Wenn wir gegessen haben, holen wir noch mehr Holz und rücken unsere Decken dicht zusammen. Wir werden's uns gemütlich machen.« Sie schaute auf und bemerkte seinen sorgenvollen Gesichtsausdruck. »Was ist los, Bruder?«

Das Bein fiel in Maisfasers Hand; sie nahm einen anderen Stecken aus dem Stapel. Vogelkind sah zu, wie sie ihn durch die Sehnen im unteren Bein stach und in die Nähe der Flammen stellte. Das erste Bein brutzelte schon, Fett tropfte auf die Glut. Es roch köstlich.

Vogelkind ging mit dem Rest des Kaninchens zum nächsten Baum. Mit der Schnur, die er als Gürtel benutzt hatte, band er dem Kaninchen die Vorderbeine zusammen und schlang die Schnur über einen hohen Ast, um das Fleisch vor hungrigen Tieren zu schützen. Er verknotete die Schnur und wandte sich um. Das Kaninchen pendelte hinter ihm. »Du bist sehr ruhig gewesen«, sagte er. »Stimmt etwas nicht?«

Maisfaser hätte ihm allzu gern erzählt, wie verwirrt sie sich fühlte, weil sie das versteckte Kind war. Aber sie hatte ihrer Mutter versprochen, nichts zu sagen. Sie schaute beiseite, packte die Feuersteine wieder in ihr Bündel, unter die herrliche türkisbesetzte Decke, und lehnte sich an das Bündel, um das Feuer über das hoch aufragende Kliff flackern zu sehen. Der Schein glich geräuschlos herabstürzenden goldenen Schwingen.

»Maisfaser?« Vogelkind setzte sich mit gekreuzten Beinen neben sie. Das Haar fiel ihm über die schmächtige Brust. »Ich habe nachgedacht.«

Maisfaser griff nach den Tontassen, da sie neben dem Dreifuß saß, und benutzte die ihre als Schöpfgerät. Sie füllte die

Tasse ihres Bruders und reichte sie ihm, bevor sie sich selbst einschenkte. Sie roch an dem dampfenden Gebräu, und das kräftige Hagebutten-Aroma stieg ihr in die Nase. »Worüber?«

Vogelkind sah sie über den Rand seiner Tasse an. »Weißt du noch viel von der Zeit, als wir klein waren?«

Die Kälte, die vom Stein ausging, biß ihr wie mit winzigen Zähnen in die Beine. Maisfaser setzte sich anders hin. »Nein, nicht viel.« *Und wie gern wüßte ich mehr.*

»Weißt du noch, daß die Eltern gesagt haben, wir seien in Krallenstadt geboren worden?«

»Ja. Und?«

»Ich erinnere mich an vieles«, sagte er, »aber nicht an Krallenstadt.«

»Kannst du auch gar nicht. Mutter hat gesagt, wir sind gleich nach unserer Geburt von dort weggezogen. Es wäre merkwürdig, wenn du dich daran erinnertest.«

Der Windjunge atmete kaum in dieser Nacht, er strich nur zärtlich über den Wacholder und die Kiefernnadeln und fachte das Feuer an. Den Geruch eines fernen Regens brachte er mit.

»Ob sich da noch jemand an uns erinnert?« fragte Vogelkind.

»Jemand bestimmt.«

Seine Wimpern glänzten im Feuerschein, als er sie ansah. »Ich hab' mich gefragt, ob Eisenholz einen von uns beiden ... wiedererkennt.«

Angst ließ sie erschauern. »Und ich frage mich, ob uns einer von Eisenholz' Feinden wiedererkennt.«

Vogelkind spielte nervös mit dem Besatz seiner Decke. »Ich weiß, es ist gefährlich, aber ich –«

»Am Ende könnten wir tot sein, du oder ich.«

Vogelkind verzog das Gesicht zu einer schmerzlichen Grimasse. »Maisfaser, ich *muß* wissen, wer meine Eltern sind. Ich ... ich will weg. Ich will Eisenholz selbst fragen.«

Maisfaser drehte die beiden Kaninchenspieße, um Zeit zum Nachdenken zu gewinnen. »Vogelkind, ich habe mich selbst in den letzten zwei Tagen vieles gefragt, und die Frage, die mir am meisten angst macht, betrifft Eisenholz. Ich meine, hast du dich nicht auch gewundert, warum er sein Kind aufgegeben hat?«

»Ja.«

»Er war der Kriegshäuptling, damals schon. So ein mächtiger Mann hätte doch sein Kind behalten, wenn er gewollt hätte. Oder nicht?«

»Du meinst, er wollte mich loswerden?« Vogelkind sah unglücklich drein.

Maisfaser nahm den angekohlten Stock, mit dem sie im Feuer gestochert hatte, und zeichnete damit verwischte schwarze Linien auf den Sandstein am Boden. Es sah aus wie ein Nest junger Schlangen. »Dich oder mich.«

»Vielleicht wollte er mich gar nicht aufgeben, vielleicht hat ihm nur jemand gesagt, er müsse es tun.«

»Wer denn?« fragte Maisfaser spöttisch. »Nur ein Narr würde es wagen, dem Kriegshäuptling zu sagen, er solle sein Kind loswerden.«

»Ein Narr oder jemand, der mächtiger ist als er.«

Maisfaser mußte sich bezwingen, um sich nicht das Bündel vom Rücken zu nehmen. Die türkisbesetzte Decke war in ihren Träumen erschienen, als hätte sie eine Seele und wollte ihr etwas sagen. »Wer?«

Vogelkind beugte sich zu ihr und flüsterte: »Krähenbart. Eisenholz hätte alles getan, was der Häuptling ihm befiehlt.«

»Möglich. Aber warum sollte die Gesegnete Sonne so etwas verlangen?«

»Inzest?«

Die Angst ließ sie erbeben. »Nein.« Sie schüttelte den Kopf. »Wenn Inzest im Spiel gewesen wäre, dann hätten sie das Kind einfach umgebracht. Oder –«

»Es war vielleicht auch gar nicht Inzest«, sagte Vogelkind. »Vielleicht hat Eisenholz sich mit einer Frau der Ersten Menschen gepaart. Ein Kind aus solcher Verbindung würde große Schande über die Ersten Menschen bringen.«

Maisfaser betrachtete die brutzelnden Hinterläufe des Kaninchens. Das war in der Tat sehr plausibel. Sie sah ihren Bruder aus zusammengekniffenen Augen an. »Wer von den Ersten Menschen in Krallenstadt würde sich dazu herablassen, sich mit einem niedriggeborenen Mann vom Bären-Clan zu paaren?«

Vogelkind runzelte die Stirn und schaute in seine Tasse. »Ich hab' in meinem ganzen Leben nur einen von den Ersten Menschen getroffen«, sagte er. »Erinnerst du dich?«

»An wen?«

»An Spannerraupe. Viele Sommer lang ist er nicht gekommen, aber früher ist er jeden zweiten Frühling in Lanzenblattdorf vorbeigekommen. Ich erinnere mich an ihn, weil Vater über seine Geschichten so gelacht hat.«

Maisfaser durchforschte ihr Gedächtnis. Es gab viele alte Freunde, Männer und Frauen, die die Eltern überraschend besuchten. »Warte mal ... War er ein Krieger?«

»Ja.«

Jetzt erinnerte sie sich, aber sehr widerwillig. Er hatte sie immer so seltsam angesehen – als wäre sie kein Kind mehr, sondern eine erwachsene Frau. Er hatte ihr angst gemacht. Wenn Spannerraupe zu Besuch kam, hielt sich Maisfaser immer eng an die Mutter. »Vielleicht wollte er ein Auge auf dich haben. Oder auf mich.«

»Ich weiß nicht, aber –«

Sie fuhren beide zusammen, als ein Mann aus den Schatten trat, hochgewachsen und muskulös, mit zwei kurzen Zöpfen, die ihm auf die breiten Schultern fielen. Er machte einen Schritt auf sie zu, und der Feuerschein fing sich in den gelben Fäden seines langen Hemdes, als wäre er in einem Netzwerk von Flammen eingeschlossen.

»Steinerne Stirn!« schrie Vogelkind aufspringend. »Was machst du hier?«

Der Krieger kam näher. »Ich bin seit gestern früh hinter euch her.« Schlamm verkrustete sein Gesicht.

»Warum?«

Steinerne Stirn hockte sich ans Feuer, um sich die Hände zu wärmen. »Ich bin unterwegs nach Krallenstadt, und eure Eltern haben mich gebeten aufzupassen, daß ihr die Dörfer eurer Verwandten auch sicher erreicht. Aber an der Gabelung habe ich gesehen, daß ihr andere Pläne hattet.« Er drohte mit einem Finger. »Wer von euch ist denn auf den Gedanken gekommen, auf dem Weg hierher durch jede Felsöffnung zu kriechen? Ich hab' mir beinahe den Knöchel gebrochen.«

Vogelkind warf Maisfaser einen Blick zu.

»Wir wollten einfach nicht, daß uns jemand folgt. Wie hast du uns gefunden?«

Steinerne Stirn lächelte. »Ab und zu haben die Yucca-Sohlen eurer Sandalen einen kleinen farbigen Kratzer auf dem Sandstein gemacht. Aber ich habe lange gebraucht, um eure Spur wiederzufinden.«

Maisfaser murrte: »Ich wußte, wir hätten die Mokassins nehmen sollen.«

»Die sind auf Kaktusstacheln nicht so gut wie Sandalen«, sagte Vogelkind, »und wir sind ja heute durch ein Meer von Dornen gewatet.«

»Hast du Hunger, Steinerne Stirn?« fragte Maisfaser und deutete auf den Kaninchenrest am Baum. »Wir schneiden dir gern ein Stück davon ab.«

»Nein.« Er hob eine Hand. »Ich hab' in der ganzen letzten Zeithand getrocknetes Fleisch gekaut. Aber ich könnte etwas von diesem köstlich duftenden Tee gebrauchen.«

»Wo ist deine Tasse?«

Er schlüpfte aus seinen Bündelriemen und grub darin nach seiner Tasse, die er sich vollschenkte und trank. Der Dampf stieg ihm ins Gesicht. Er goß sich noch einmal ein und trank wieder. »Das tut gut«, sagte er.

Vogelkind lächelte.

Maisfaser betrachtete ihn allerdings mit Unmut. Die Eltern hatten gesagt, sie wollten ihn nach Krallenstadt schicken, damit er dort die Lage prüfte und ihnen Bescheid gäbe, falls Krähenbart sterben sollte. Aber sie hatten offenbar auch gefürchtet, daß Maisfaser etwas Unvorhersehbares tun könnte – was sie ja gern tat. Einerseits war ihre Sorge herzerwärmend, andererseits ...

»Steinerne Stirn.« Sie hatte ein ungutes Gefühl, als wäre ein böses Geschick mit ihm eingetreten. »Da du uns gefunden hast, was wirst du jetzt tun?«

Er streckte seinen stämmigen Körper auf dem Sandstein aus und machte eine vage Handbewegung mit der Tasse. Der

Schein des Feuers erhellte seine dunklen Augen wie ein Sonnenaufgang. »Eure Eltern haben gesagt, ich soll dafür sorgen, daß ihr sicher zu den Dörfern eurer Verwandten kommt. Und das wird morgen früh geschehen. Wir gehen zur Weggabelung zurück, und dann werde ich –«

»Du willst uns hier wegschleppen, obwohl wir gar nicht gehen wollen!« sagte Maisfaser unwillig.

Steinerne Stirn grinste, seine weißen Zähne blitzten im Feuerschein. »Genau. Notfalls mit Waffengewalt.«

Maisfaser ergriff die zwei Kaninchenspieße und drückte einen in Vogelkinds Hand. Er nahm ihn mürrisch an.

Sie biß herzhaft in das heiße Fleisch. Kauend blickte sie Steinerne Stirn düster an. »Nur gut, daß du dein eigenes Essen dabei hast.«

Steinerne Stirn grinste. »Du bist immer schwierig gewesen. Ich habe angenommen –«

»Auch gut, daß du deinen Bogen dabei hast«, fügte sie hinzu, »denn ich komme nicht mit.«

Die augenzwinkernde gute Laune wich aus dem Gesicht von Steinerne Stirn. »Was redest du da? Du hast keine Wahl.«

»Du willst mich also töten? Mich vielleicht mit Schlägen gefügig machen? Ich kann's gar nicht abwarten, das Gesicht meiner Eltern zu sehen, wenn sie das hören.«

»Maisfaser!« sagte Steinerne Stirn warnend. »Zwing mich bitte nicht –«

»Na los.« Sie lächelte ihn tückisch an. »*Versuch* doch, mich zu zwingen.«

Steinerne Stirn sprang auf. »Also das ist doch ... Maisfaser, du bist ... das ist unglaublich. Seit der Zeit, als du die vier Hühner geschossen hast und ich nur eines, seit der Zeit weiß ich, daß du unmöglich bist!« Er warf die Hände hoch. »Bei allen Heiligen! Du bist die störrischste Frau, die mir je begegnet ist!« Durch müde Augen sah er sie finster an, mit fallenden Schultern, besiegt. »Was hab' ich nur jemals an dir finden können?«

Sie zuckte die Achseln.

»Maisfaser, du willst mich beschämen! Willst du das? Daß ich vor unserem ganzen Dorf dastehe wie ein Narr?«

Sie lächelte und biß wieder genußvoll in das saftige Fleisch.

## 15. Kapitel

Die heilige Straße, die genau nach Süden geführt hatte, bog scharfwinklig ab in Richtung Großer Platz. Eisenholz betrachtete das Land, während er auf Düne wartete. Die schrägstehende Sonne fiel auf dicken Reif und schlug Funken aus jedem Grashalm. Hinter ihm humpelte der alte heilige Mann, der seinen Wanderstab mit großer Sorgfalt aufsetzte.

Spinnenfrau hatte wohl die ganze Nacht lang ihre Pfeife geraucht, um solch eine lichte Nebellage zu erzeugen, die jetzt durch den Canyon des Rechten Wegs zog. Als der Dunst über die hellbraunen Klippen kroch, veränderte er deren goldenen Abglanz in Mattrosa. Die Sträucher glitzerten in einem korallenroten Ton.

Eisenholz stellte seinen Fuß auf einen Sandsteinblock, streifte sein Bündel ab und zog einen Wacholderstock und eine Obsidianklinge hervor – eine dünne, handflächengroße Schneide. Zugespitzt und feuergehärtet, würde der Stock ein tödliches Stilett abgeben.

Sie hatten das Flachland nördlich vom Canyon überquert, wo verkümmerte Büsche und dünne Gräser in dem schweren Lehmboden ums Überleben kämpften. In den kleinen Dünen, an denen sie gelegentlich vorbeikamen, kaum mehr als Schatten von dünnem Sand, wuchs nur etwas Goldaster und Fettholz und sonst nichts.

Eisenholz sehnte sich nach Kiefern, aber so nahe am Canyon gab es nur wenige, und diese überlebten, indem sie ihre Wurzeln tief in die steilen, abgetragenen Klippen hinunterschickten. Eisenholz hatte oft innegehalten und über sie gestaunt. Sie hielten sich am Leben, indem sie sich an jeden Spalt im Fels klammerten, in dem sich nur etwas Erde und Wasser gesammelt hatte. Ihre geduckten Stämme wanden sich hin und her, scheinbar mühsam taumelnd, bevor sie genügend Kraft aufbringen konnten, kurze Zweige in die Höhe zu schicken. Solche uralten Bäume weigerten sich zu sterben; sie hatten etwas Machtvolles an sich, etwas zutiefst Unverletzliches.

Düne holte ihn ein und spähte über den Dunst. Sein langes braunes Hemd und die zerrissenen Lederleggings bildeten einen scharfen Gegensatz zu seinem schütteren weißen Haar. Er stützte sich auf seinen Wanderstab und stieß weiße Atemwölkchen aus.

»Einen Augenblick bitte«, sagte er, »ich bekomme keine Luft mehr.«

»So lange du willst. Wir sind gut vorangekommen, Düne. Wir werden am Nachmittag in Krallenstadt sein.«

Eisenholz schälte einen runden Holzspan ab und sah zu, wie er spiralig zu Boden glitt. Das kräftige Wacholderaroma umfing ihn.

Den ganzen Morgen hatte er an Nachtsonne denken müssen. Der bevorstehende Tod der Gesegneten Sonne hatte eine Tür in ihm geöffnet, die er vor langer Zeit zugemauert hatte, und es schien ihm nicht möglich, sie wieder zu schließen. Obwohl er sie viele Sonnenkreise lang nicht berührt hatte, erinnerte er sich doch an ihre zarte Haut und an die langen Haare, die so weich wie ein Nerzfell waren. Spätnachts, kurz vor dem Abgleiten in den Schlaf, hörte er manchmal ihr fröhliches Lachen und streckte die Hand nach ihr aus … und tastete ins Leere.

»Eisenholz«, fragte Düne mit seiner kratzigen alten Stimme. »Ist das ein Läufer?«

»Wo?« Er richtete sich auf und schaute die Straße hinunter. Zu dieser Zeit am Morgen glitzerte die Oberfläche aus zermalmten Scherben in gleißender Helle.

Düne wies mit seinem dünnen Arm in die Richtung. »Dort.«

Eisenholz kniff die Augen zusammen. »Ich kann nichts sehen.«

»Er wird jedenfalls bald hier sein. Da kann ich mich noch etwas ausruhen.«

Er trippelte von der Straße und setzte sich auf einen knorrigen alten Baumstumpf. Einst eine riesige Goldkiefer, war der Baum aber, wie so viele hohe Bäume, zu Bauholz und Brennholz verarbeitet worden. Das Sonnenlicht des frühen Morgens fiel voll auf Dünes rechte Gesichtshälfte, vertiefte die Falten und hob die Altersflecken auf der Kopfhaut hervor. »Dinge in der Nähe kann ich nicht so gut erkennen, aber ferne Dinge sehe ich mit den klaren Augen einer Antilope.« Er winkte mit seinem Wanderstab. »Der Läufer ist ein Junge.«

Unmutig hielt Eisenholz noch einmal Ausschau. Zwei Raben flatterten krächzend über ihn hinweg, aber sonst war da nichts, was sich bewegte. Er schüttelte den Kopf. »Meine Augen sind nicht mehr, was sie einmal waren.«

Düne hielt sein altes Gesicht in die wärmende Sonne und seufzte. »Du hast jetzt fünfundvierzig Sommer gesehen, nicht wahr?«

»Ja.«

Düne brummte vor sich hin. »Das ist nicht sehr alt, Eisenholz, obwohl es stimmt, daß die meisten in deinem Alter schon tot sind. Und ich fürchte, noch viele werden vermutlich noch früher sterben, wenn Krähenbart tot ist.«

»Weil Schlangenhaupt dann den Platz seines Vaters einnimmt?«

»Der Junge ist ein Narr.«

»Na ja, er liebt die Schlacht tatsächlich«, sagte Eisenholz unverbindlich. Er hatte Schlangenhaupt bei vier Streifzügen mitgenommen und betete darum, das nicht mehr erleben zu müssen. In den schwarzen Augen des Jünglings hatte sich ein unmenschliches Glitzern gezeigt, sobald er Blut sah. Für den wirklichen Kampf hatte er nicht viel getaugt, sich eher zurückgehalten, bis der Kampf gewonnen war. Dann griff er ein, dann schwelgte er im Rausch, die Verwundeten zu töten. Eisenholz hatte viele Greuel erlebt, aber manchmal war es ihm beim Anblick von Schlangenhaupt übel geworden.

*Doch er* wird *die neue Gesegnete Sonne sein.*

Düne verzog das Gesicht, als hätte er auf Bitteres gebissen. »Unheilvoll. Die Grausamkeit auf Raubzügen wächst. Die Dörfer kämpfen nicht mehr um Frauen und Nahrung, sondern einfach aus Haß. Ich fürchte, Schlangenhaupts Hochmut schürt das Feuer, bis die Flammen des Krieges lodern.«

Eisenholz schnitzte an seinem Wacholderstab. »Das erwarte ich auch, Düne.«

Er konnte Schlangenhaupt nicht dienen. Wollte es auch nicht. Angesichts seines Alters könnte der Junge ihn sogar entlassen. Seine fünfundvierzig Sommer hatten in der Tat ihren Tribut gefordert, und das betraf nicht nur sein Augenlicht. In kalten Nächten, wie in der gerade vergangenen, taten ihm die Knochen furchtbar weh, und er mußte sich eingestehen, daß er bei längerem Laufen Atembeschwerden hatte. Seine Kräfte hatten wirklich nachgelassen.

Düne zog die buschigen weißen Brauen zusammen. »Du wirst nicht länger Kriegshäuptling sein, nicht wahr?«

Eisenholz lächelte schwach. Er schaute auf den Stab, der ein Stilett werden sollte. »Da gibt es jüngere Männer, die Schlangenhaupt jetzt sicher in seinem Dienst haben will.«

»Wie Spannerraupe?«

»Ja. Ein guter Krieger, tapfer und bedächtig. Und er gehört zu den Ersten Menschen.« Er seufzte. »Es ist schon seltsam, wie sich die Dinge im Leben fügen. Ich hatte angenommen, daß Verhüllt-Seinen-Schwanz mein Nachfolger wird. Oder vielleicht Fichtenzapfen. Jetzt ist der eine tot und der andere wahrscheinlich auch.«

»Spannerraupe ist nur vier Sommer jünger als du, Eisenholz.«

»Ja, aber er ist noch stark. Ich … ich nicht mehr.« Eisenholz blickte noch einmal die Straße hinunter. Der Nebel löste sich unter der Sonnenwärme allmählich auf, zerteilte sich in Fetzen, die zur Canyon-Kante emporstiegen. »Spannerraupe hat mir gut gedient. Ich glaube, er verdient meine Stelle.«

»Aber er hat nicht deinen Kopf. Er denkt die Sachen nicht zu Ende.« Düne trat gegen einen alten, sonnengebleichten Kiefernzapfen, der gegen seinen Baumstumpf gerollt war. Der Zapfen prallte an der niedrigen Mauer entlang der Straße ab.

»Als Junge hat er immer den noch nicht flüggen kleinen Vögeln die Federn ausgerupft. Hast du das gewußt? Im Frühling, als die Kleinen gerade fliegen lernten, rannte er hinterher, wenn sie von ihm weghüpfen wollten. Er fing sie und brachte sie nach Krallenstadt, rief seine Freunde und rupfte den kleinen Vögeln die Federn aus, eine nach der anderen. Sie starben natürlich. Spannerraupe hat einen grausamen Zug. Ich habe ihn nie gemocht.«

»Dann habt ihr ja beide etwas gemeinsam, du und Nordlicht.« Eisenholz zuckte die Achseln. »Priester beurteilen Männer anders als Krieger.«

»Wenn Schlangenhaupt dich entläßt, wohin gehst du dann? Was willst du machen?«

Bilder bewaldeter Canyons im Norden kamen Eisenholz in den Sinn. Hirsche und Waldhühner hatten da ein gutes Leben in den Ausläufern der hohen Berge. Die Bäche führten klares Wasser, gespeist von den schmelzenden Schneemassen im Hochland. Als Junge war er oft dort gewesen, aber es würde sich kaum jemand an ihn erinnern. Da wäre es sicher möglich, in Frieden zu leben.

»Ich weiß nicht. Das muß ich mir gut überlegen.«

Dünes altes Gesicht drückte Mißstimmung aus, deshalb wechselte Eisenholz das Thema. »Ich war ziemlich erstaunt, den jungen Mann in deinem Haus zu sehen. Du hast nicht viele Lehrlinge gehabt in den letzten Sonnenkreisen, oder?«

»Zu viele«, schnaubte Düne. »Die kommen herdenweise, aber nur wenige bleiben länger als einen oder zwei Tage.«

»Nun ja, das Leben eines Einsiedlers ist nicht leicht, besonders nicht für junge Leute. Sie haben Bedürfnisse. *Drängende* Bedürfnisse in ihrem Alter. Sie reifen gerade heran –«

»Die Lehre eines Sängers hat ihre eigenen drängenden Bedürfnisse. Viel drängender als ein Penis, der gegen einen Lendenschurz klopft, Eisenholz. Ein Sänger muß zu einer Welt werden, die in sich ruht, um anderer Menschen willen. Das ist eine große Aufgabe.«

Eisenholz schnitt wieder einen Span von seinem Stock. »Im Alter von Sängerling war ich auch in meiner eigenen Welt, aber um meinetwillen. Ich wollte leben und lieben und …«

»So wie die meisten, die zu mir kommen. Erinnerst du dich an das, was dir die buckligen Flötenspieler beigebracht haben? Männlich und weiblich sind zwei Hälften eines Ganzen. Ich versuche, den jungen Sängern beizubringen, daß unsere Schöpferkraft, unsere Fruchtbarkeit, ja unsere Fähigkeit zu lieben, ein und dasselbe ist. Fruchtbarkeit ist heilig. Das ist nur ein anderes Wort für den Schöpfer.«

»Für den Schöpfer?«

»Natürlich. Die Bedürfnisse des Körpers und die des Geistes unterscheiden sich nicht, Eisenholz, beide bedürfen sie der Macht des Schöpfers.«

»Sie werden unterschiedlich empfunden.«

Düne lächelte mit zahnlosem Mund. »Deswegen führen die Menschen dauernd Krieg gegeneinander, und deswegen bist du mit dir selbst in Unfrieden. Du mußt die schöpferische Fruchtbarkeit in dir anerkennen und sie nicht wie etwas Fremdes, wie eine Waffe benutzen. Der Schöpfer befreundet sich nur mit denen, die seine schöpferische Fruchtbarkeit in sich zur Blüte bringen.«

Eisenholz drehte seine Klinge, um die schärfere Seite zu benutzen. »Ich kenne keinen Gott, den ich mir zum Freund wünschte.«

»Nun gut.« Düne seufzte. »Mach das Beste aus dir. Ein Gott, den du haßt, ist besser als gar kein Gott.«

Eisenholz hob die Brauen. Was für eine seltsame Erklärung! Tatsächlich hatte er einige der Götter gehaßt, besonders die, zu denen er im Kampf gebetet und sie angefleht hatte, sein Leben zu nehmen statt das Leben eines seiner Freunde. Aber sie hatten seinen Freund trotzdem sterben lassen. Was war denn das für eine Sorte Götter? »Ist es denn wirklich möglich, diesen inneren Krieg mit Hilfe schöpferischer Fruchtbarkeit – also Liebe – zu beenden? Wir sind doch alle Menschen, eitel, überheblich –«

»Wirklich zu lieben, ist harte Arbeit. Und ein einsamer Kampf. Aber es ist möglich. Die Sänger wissen, daß da in der Einsamkeit geheimnisvolle Wirkungen entstehen.«

»Einsamkeit?« Eisenholz legte seinen Stock übers Knie und blickte mit gerunzelter Stirn auf die Dunstranken, die über den Canyon-Rand hinauswuchsen und Wolken wurden. »Ich glaube nicht, daß ich das aushalten könnte. Dafür habe ich zu gern Gesellschaft.«

»Einsamkeit ist eine notwendige Vorbereitung für das Zusammenleben, Kriegshäuptling. Die Menschen, besonders junge, bekommen Schwierigkeiten, weil ihnen dieses Fundament fehlt. Einsamkeit, verstehst du, ist der Herzschlag der Seele.«

»Hmm«, brummte Eisenholz. »Ich dachte, sie bekommen Schwierigkeiten, weil sie selbst kein Fundament haben.«

»Das habe ich gemeint.«

Eisenholz blickte ihn an. »Sängerling ist neu in diesem Schamanenleben. Hast du keine Angst, daß ihm das langweilig wird und daß er fortläuft, wenn du weg bist? Das würde ich an seiner Stelle machen.«

Düne lächelte wehmütig. »Das einzige, wovor ich Angst habe, Kriegshäuptling, ist der Stolz, der in seinem Herzen lauert.«

»Du meinst, er ist viel zu stolz, um ein guter Sänger zu werden?«

»Ich meine, daß der Stolz sein größter Feind ist.« Düne legte sich den Wanderstab über die Knie. »Für manche Sänger ist Wohlstand der Feind, für andere die Verehrung der eigenen Leute. Für Sängerling ist es der Stolz. Immer, wenn er gütige Worte spricht oder liebevoll streichelt, ist's ihm wohl ums Herz. Es gibt ihm tatsächlich ein Gefühl der Überlegenheit. Er ist sehr stolz auf sich, daß er so gütig ist.« Düne packte den Wanderstab so fest, als wollte er ihm das Leben herauspressen. »Wenn Sängerling nicht fleißig und achtsam ist, wird ihm dieser Feind beide Augen herausreißen, so daß er den Nöten seiner Nächsten gegenüber blind ist.«

Eisenholz hob sein Stilett wieder hoch, hielt aber inne, und die Obsidianklinge blieb über dem Holz in der Schwebe. Er warf einen Blick auf die Straße. Eine undeutliche Gestalt in Weiß rannte auf sie zu. »Ein Kurier von Nordlicht – er trägt weiß.« Er verstaute die Klinge und das Stilett in seinem Bündel und schwang es sich über die Schulter.

Düne stand auf. »Kommt er zu uns?«

Der Junge, etwa vierzehn Sommer alt, mit schulterlangem schwarzem Haar und großen dunklen Augen in einem Mondgesicht, war ungewöhnlich groß und muskulös für sein Alter. Schlangenhaupt hatte ihn Nordlicht geschenkt, gleich nachdem Trauertaube ihn geboren hatte.

Eisenholz rief: »Ich grüße dich, Schwalbenschwanz. Suchst du uns? Oder jemand anders?«

Der Junge hielt an und beugte sich vor, die Handflächen auf den Knien, und atmete die frische Morgenluft tief ein. Er vermied es, Düne anzusehen, als fürchtete er, der legendäre heilige Mann der Leute vom Rechten Weg könnte ihm seine Feuerhund-Seele rauben. »Kriegshäuptling, du mußt … schnell kommen. Die Gesegnete Sonne … ist schon fast tot. Mein Herr will Düne dabeihaben, wenn es soweit ist, damit der große Heimatlose eingreifen kann … und das Nötige für Körper und Seele der Gesegneten Sonne erledigt.«

»*Was?*« schrie Düne.

Eisenholz wurde rot. Er hatte den ungeöffneten Topf mit gemahlenem Türkis und blauem Maismehl noch in seinem Bündel.

Er drehte sich um. »Düne«, sagte er, »hätte ich dir die heilige Mischung überreicht, dann wärst du nicht gekommen, was immer ich dir auch erzählt hätte, und ich hatte den strikten Befehl von Krähenbart, dich mitzubringen.«

»Du hinterhältiges Lügenmaul! Frecher Hunderotz!«

Der Heimatlose, ein Heiliger für vier Generationen von Häuptlingen, humpelte über die heilige Straße, starrte Eisenholz streng an und schlug ihm mit aller Kraft den Wanderstab auf den Hinterkopf.

Schwalbenschwanz kreischte entsetzt auf und lief fort, dorthin, woher er gekommen war; die Beine sausten auf und nieder wie die eines Coyoten in Todesangst. Er schaute dauernd zurück, ob ihm nicht einer der beiden folgte.

Eisenholz rieb sich über die Beule, die sich auf seinem Schädel bildete. »Ich hatte meine Befehle. Es ist deine eigene Schuld, Düne. Du hast mich gezwungen, dich zu täuschen, weil du dauernd gefragt hast, ob Krähenbart schon tot ist.«

Düne leckte sich die runzligen Lippen über dem zahnlosen Mund. Böse blickend, deutete er mit dem Wanderstab auf eine rosafarbene Sandsteinsäule in der Ferne. »Weißt du, was das ist?«

»Natürlich weiß ich das«, erwiderte Eisenholz. »Man nennt es Holzfällerpenis.«

Düne kniff ein Auge zu. »Holzfäller war der letzte, der mich getäuscht hat.« Er setzte den Wanderstab fest auf und humpelte los in Richtung Krallenstadt. Das Sonnenlicht brach sich an seinen schütteren weißen Haaren.

Eisenholz' Blick war noch starr auf die rosa Säule gerichtet.

»Düne!« brüllte er. »Warte! Ich bin unschuldig! Ich hatte meine Befehle … Düne? Düne, *warte*!«

Sängerling band seine graue Decke um die Schultern zusammen, ergriff Dünes langhalsigen Wasserkrug neben der Tür und ging geduckt durch den Türvorhang.

Der Sonnenuntergang überzog den Canyon mit Farben. Die Klippen warfen lange Schatten über die Flächen und schwitzten den Duft des Abends aus. Auf den höchsten Kuppen lagen leuchtende Flecken aus Gold wie hingewehte Halstücher. Eine einzelne rosa glühende Wolke schwebte über dem westlichen Horizont.

Sängerling marschierte mit eingefallenen Schultern und gesenktem Kopf und trat nach jedem Beifußbusch, der in den Pfad hineinragte. Er hatte das Fasten nicht gebrochen. Die einzelnen quälenden Hungeranfälle hatten einem überwältigenden Heißhunger Platz gemacht. Selbst die Stengel der winterdürren Melde schienen auf einmal verlockend. Ein verschwommener Schein umgab seine Hungervision, und seine Gedanken schweiften mehr als sonst ab.

»Ich bin schlecht gelaunt«, murmelte er. »Warum bin ich schlecht gelaunt? Ich habe gar keinen Grund, schlecht gelaunt zu sein. Das ist ein großer Augenblick in meinem Leben. Ich lerne bei dem berühmten Sänger Düne, dem Heimatlosen. Da gibt's doch junge Männer, die würden ihr Leben dafür geben, um an meiner Stelle zu sein.«

Er trat gegen einen anderen Strauch. Das Aroma zerfallender Blätter umgab ihn. Er war nicht so verrückt, Beifußblätter zu essen, davon bekam man nur schreckliches Kopfweh. Finken trillerten im Gebüsch, hüpften von Ast zu Ast und beäugten ihn neugierig. Ein Fink jedoch ...

»Wahrscheinlich bin ich schlecht gelaunt, weil ich so lange nichts gegessen habe. Wie viele Tage sind das jetzt?« Er spähte hinab auf die schmale Sumpfniederung, wo der Pfad endete. »Meinen letzten Maiskuchen habe ich am Mittag des Tages gegessen, als ich Düne getroffen habe. Wie lange ist das her? Sechs Tage?«

Er hatte den Kontakt zur irdischen Welt verloren und plötzlich sehr merkwürdige Dinge getan ...

»Ah!« Er stolperte über einen großen schwarzen Felsblock, der im Schatten lag, und fiel aufs Gesicht. Die Sträucher zerkratzten ihm die Wangen und stachen ihn in die Brust. Der Krug war wunderbarerweise nicht zerbrochen, rollte nur zur Seite und wälzte sich auf der bauchigen Seite spöttisch hin und her.

Als er auf die Beine kam, rief er: »Verdammter Stein! Mußt du mir das jeden Abend antun?«

Sooft er auch darüber stolperte, er vergaß den Stein immer wieder. In ohnmächtiger Wut trat er nach ihm, nahm den Wasserkrug an sich und humpelte den Pfad hinab.

»Ihr Leben hingeben. Ha! Alles, was ich studiere, ist Dünes Haus. Ich studiere nicht mit ihm. Er ist zwei Tagesmärsche weit weg.« Wut und Sorge kochten in seinem leeren Bauch. Sein Clan erwartete ihn in einem oder zwei Monaten zurück, und zwar als echten Sänger. »Ich sehe das schon vor mir. Ich gehe nach Hause, und jemand sagt, ich soll singen, und ich stehe auf, mache den Mund auf – bloß kommt nichts heraus, weil ich mich immer noch nicht an den Text erinnern kann! Das glaubt mir doch niemand, wenn ich ihnen erzähle, daß ich ankam und Düne verschwand und nie zurückkam. Oder wenn sie's glauben, das wäre ja noch schlimmer.«

Die kleine Wasserrinne schlängelte sich unten um den Abhang herum; sie hatte in zahllosen Sommern im roten Sandstein ein rundes Becken ausgewaschen, in dem sich klares, perlendes Wasser gesammelt hatte.

Sängerling füllte den Krug kniend auf, ließ ihn vollgurgeln, während sein Blick über die stille Wüste glitt. Er sollte wirklich etwas essen. Das Fasten läuterte vielleicht seine Seele, aber er war sich nicht sicher, ob er nicht irgendwelche unsinnigen Sachen anstellte. Er hatte ausführliche Gespräche geführt: mit weißen Verputzplacken, die von Dünes Haus abgefallen waren, und mit dem Beifuß, der entlang der Mauern wuchs. Erst heute morgen hatte er eine ganze Zeithand lang die Feuergrube beschimpft, da sie seine Anstrengungen, Tee zu bereiten, zunichte machte, weil die Baumwolle, die er als Zunder benutzte, nicht auf die Funken ansprach. Er hatte die Baumwolle wie jeden Morgen auf die Glut gelegt und so lange geblasen, bis er in Ohnmacht zu fallen drohte. Als er nur ein erbärmliches Schwelen erzielte, war er überzeugt, daß die Feuergrube ihm übelwollte. Was die Feuergrube natürlich abstritt. Sängerling nahm den vollen Krug aus dem Wasser und stand auf. Etwas Wasser schwappte ihm auf die Zehen. Die feuchte Keramik fühlte sich kühl und körnig an. Das Zwielicht hatte den Himmel in eine taubenblaue Kuppel verwandelt. Die roten Canyon-Wände hatten sich purpurn gefärbt. In der Frühe würde das seichte Becken mit einer dünnen Eisschicht bedeckt sein.

Sängerling atmete tief ein. Je dunkler es wurde, um so stärker spürte man den Geruch des Wassers. Bald würden Pumas, Luchse und Coyoten dieser Witterung folgen und hierher zur Tränke kommen.

Er machte sich auf den Heimweg.

Als der Abend einfiel, senkte sich eine übernatürliche Stille auf die Wüste. Die Vögel verstummten und suchten sich ihren Ruheplatz auf den Kakteen, die weichen grauen Federn der Wärme wegen aufgeplustert. Der Windjunge, der den ganzen Tag zügellos herumgetobt hatte, zog sich ebenfalls zurück.

Das Tappen von Sängerlings Mokassins auf dem Weg war das einzige Geräusch in der Nacht.

Vielleicht, wenn die Feuergrube es zuließ, könnte er getrocknete Hirschfleischstreifen kochen und sich eine schöne Brühe zum Abendessen machen, vielleicht mit etwas Salz und sogar mit einigen getrockneten Zwiebeln. Mit Klößchen aus blauem Mais würde sein Magen sicher noch nicht fertig werden, obgleich die Idee ...

Er stolperte über den schwarzen Felsblock und heulte vor Schmerz, als er vorwärtstaumelte, um sich zu fangen. Der Krug schien auf einmal so schwer wie ein Fels. »Was soll das denn?« herrschte er den Stein an. »Sieh dir das an! Jetzt hab' ich einen Bluterguß im Zeh. Warum kannst du nicht woanders liegen? Du bist häßlich und hast scharfe Kanten. Ich hasse dich!«

Er holte Atem, um richtig böse loszulegen, doch da *hörte* er eine Stimme, eigentlich nicht Wörter, es war eher ein Gesäusel, wie wenn der Wind durch trockene Gräser fährt:

*Warum mußt du mich denn auch jeden Tag in den Bauch treten?*

Er stand wie vom Donner gerührt da, mit offenem Mund.

»Heilige Geister! Hast du gerade etwas zu mir gesagt?«

Der Fels starrte ihn durchdringend an; Sängerling blinzelte und richtete sich auf.

»Tut – tut mir leid«, flüsterte er. »Ich wollte dir nicht weh tun.«

Er ging weiter auf Dünes Haus zu, und dabei überlegte er, ob der Nahrungsmangel schon Wahnvorstellungen in ihm hervorrief oder ob er seine Seele für Stimmen empfänglich machte, die er sonst nicht hören würde.

*Letzteres, Dummkopf.* Deswegen *fasten Schamanen ja.*

Sängerling grinste und trottete durchs Dunkel. Jetzt versuchte er, liebevoll über jeden Busch zu streichen, den er auf dem Weg zum Wasser so grob getreten hatte. Leider sahen sie alle gleich aus, er wußte nie, ob er auch die richtigen um Vergebung bat. Nun ja, er würde morgen für sie singen, dann wüßten es alle.

Als er sich dem schäbigen weißen Häuschen im Dickicht näherte, erspähte er einen kleinen runden Kiesel, der auf dem

Pfad leuchtete. Er hob ihn auf und steckte ihn in den Mund, damit er seine Zunge vom Plappern abhielt, so daß er vielleicht Stimmen hörte, die ihn aus den Tiefen der Stille anriefen.

Er hatte den Verdacht, Düne würde das begrüßen.

## 16. Kapitel

Spannerraupe kniete in der Tür zur Kammer der Gesegneten Sonne und hielt Wache. Von dort aus überschaute er das Land hinter Krallenstadt. Reif lag auf den Brachfeldern und den golden gefärbten Felsvorsprüngen des Canyons. Die flachen Felsen schimmerten alle. Unten, nahe der Sohle, waren die Leute von Flußbettstadt geschäftig. Wie Krallenstadt lag auch die viel kleinere Flußbettstadt in einer großen halbmondförmigen Biegung. Etwa achtzig Leute lebten dort. Priester, ganz in Weiß, standen auf der Plaza, zusammen mit braungewandeten Sklaven. Wölkchen wie Baumwollbüschel schwebten genau über dem Canyon-Rand.

Was für ein herrlicher Morgen – auch wenn er ihn nicht genießen konnte. Die Kammer des Häuptlings quoll über mit flüsternden Würdenträgern, die alle auf den letzten Atemzug der Gesegneten Sonne warteten. Insgeheim wünschte Spannerraupe, der Häuptling würde endlich abtreten. Dann könnten er und jeder andere in Krallenstadt zu ihrem gewohnten Leben zurückkehren.

Sein Blick glitt über die leere Plaza, wo schlanke kleine Rauchsäulen aus den Kiva-Einlässen emporstiegen. Der Geruch von brennendem Wacholder wogte zu ihm hinauf. Er sog ihn tief ein und erschauerte wegen der Kälte. Was gäbe er nur, um da unten sein zu können.

Nordlicht sagte etwas, sehr leise, unhörbar. Kriecher fragte: »Was? Wacht er auf?«

»Nein«, erwiderte Nordlicht. »Er hat nur geächzt.«

Kriecher schaute zu Spannerraupe, und sie wechselten einen verzweifelten Blick. Spannerraupe hatte Kriecher gern, trotz der Eigenheiten des kleinen, dicken Mannes. Kriecher hatte die üble Angewohnheit, private Gespräche zu belauschen und dann jedes Wort zu wiederholen. Doch Spannerraupe gegenüber war er immer respektvoll und freundlich gewesen, vermutlich weil er in Federstein, die Mutter von Spannerraupe, verliebt war.

Dachsbogen vom Coyote-Clan lehnte an der Südwand, eine Decke über der Schulter. Sein knielanger Kittel war mit Gewitterwolken und Bergen bemalt. Er hatte zwölf Bündel Gebetsfedern zum Aufhängen mitgebracht.

Spannerraupe betrachtete die geweihten Opfergaben, die in den Luftströmungen des Raums zitterten.

Kriecher kam wuchtig heran wie ein kleiner schwarzer Bär und zischte etwas in Dachsbogens Ohr. Dachsbogen nickte. Er hatte ein längliches, mißgestaltetes Gesicht mit vielen Kriegsnarben und nur auf einer Kopfhälfte Haare. Vor vielen Sonnenkreisen hatten ihn die Mogollon so dilettantisch skalpiert, daß ihm auf der linken Seite nur der nackte, narbige Schädelknochen blieb.

Die Thlatsinas auf den Wänden beobachteten und lauschten; ihre gemalten Leiber warfen das Sonnenlicht zurück, das den Raum durchflutete. Spannerraupe betrachtete sie aufmerksam. Man sagte, sie seien heilig, aber Spannerraupe hatte das Gefühl, daß nur Übles von diesen maskierten Gestalten ausging. Der Wolf-Thlatsina zeigte seine gefletschten Zähne und spitzte die Ohren, die gelben Augen groß und lauernd. Wo immer sich Spannerraupe im Raum bewegte, der Wolf verfolgte ihn mit den Augen, als mißtraute er ihm.

Finster schaute Spannerraupe auf diesen protzig dargestellten Thlatsina. Die Tiergestalt hatte zwar einen Wolfskopf, aber einen menschlichen Körper mit einer leuchtendweißen Brust, die Unterarme und Beine waren weiß getüpfelt. *Wäre ich Häuptling, du falscher Gott, dann würde ich die Wände neu verputzen lassen, über dich hinweg, damit du auf ewig darunter begraben wärst; du würdest nie mehr jemanden so anglotzen.*

Die Augen des Wolfs glitzerten, und ein schwaches Lächeln schien sich in den Ecken der Schnauze abzuzeichnen. Oder war es ein Knurren?

Die Faust von Spannerraupe schloß sich fest um den Hirschknochen-Dolch, der an seinem Gürtel hing.

»In Schönheit wird es begonnen«, sang Nordlicht leise. »In Schönheit wird es begonnen.«

Nordlicht ging um den sterbenden Häuptling herum und streute Maismehl in die vier Richtungen. Trotz seiner dreiundvierzig Sommer sah der Priester bemerkenswert jung aus. Er hatte im Morgengrauen gebadet und sein hüftlanges Haar lose hängen lassen. Abgehoben gegen das reine Weiß seines langen Hemdes wirkte es noch schwärzer als schwarz.

*Bald,* gelobte Spannerraupe, *sehr bald schon werde ich dich als den Zauberer entlarven, der du bist, lieber Vetter.*

Nach dem Tod von Verhüllt-Seinen-Schwanz hatte Spannerraupe überall nach Nordlicht gesucht, ohne Erfolg. Die Büffel-Tänzer hatten gesehen, wie er des Häuptlings Kammer verließ, doch war er nicht in seinem Zimmer gewesen, als Eisenholz befahl, ihn herzubringen. Eine halbe Zeithand später war Nordlicht den Pfad von der Senke heraufspaziert, das weiße Hemd im Sternenlicht leuchtend, und hatte wohlgemut vor sich hingesummt.

*Und hatte die Frechheit zu sagen, er habe nichts von dem Aufruhr gehört!*

»Er wacht auf«, sagte Nachtsonne.

Sie saß in der nordwestlichen Ecke, das ergrauende Haar zu einem Knoten auf dem Scheitel zusammengesteckt. Ihr dreieckiges Gesicht mit den langen Wimpern war jetzt totenbleich. Sie trug ein scharlachfarbenes, mit Muscheln besetztes Gewand.

»Nein, Mutter, er wacht nicht auf.« Schlangenhaupt saß neben ihr auf dem Boden. Er war das Bild eines Mannes, hochgewachsen, mit einem vollkommen ovalen Gesicht, großen dunklen Augen und vollen Lippen. Er trug ein kostbares Purpurhemd mit Kupferglöckchen und Papageienfedern. »Es war nur eine Täuschung des Lichts. Eine Wolke zog vor dem Gesicht von Vater Sonne vorbei. Das war alles.«

Spannerraupe mußte sich auf die Lippen beißen, damit sein Gesicht nicht seinen Abscheu verriet.

Der Hochmut von Schlangenhaupt verletzte ihn wie Sandstein, der über rohes Fleisch kratzt. Der Mann hatte niemals leiden müssen, niemals in seinen vierundzwanzig Sommern. Er war immer so behutsam wie ein wertvoller Grüner-Mesa-Topf behandelt worden, und deswegen war er ein Junge im Körper eines Mannes geblieben – unduldsam und schnell mit dem Urteil bei der Hand. Wenn sein Blick auf seinen sterbenden Vater fiel, zeigte er keine Gemütsbewegung. Er hätte genausogut auf ein totes Kaninchen schauen können – oder selbst ein totes Kaninchen sein können. Den Jüngling kümmerte nichts und niemand. Nein… Spannerraupe schüttelte den Kopf. Das war nicht ganz richtig. Sein eigenes Vergnügen, das war ihm wichtig. Mehr als alles andere genoß er es, Menschen sterben zu sehen.

Spannerraupe spähte durch die Tür auf die sonnenhelle Plaza und betete inbrünstig um Eisenholz' Rückkehr.

Die Leute waren aus ihren Kammern gekommen und fingen an, ihren Alltagspflichten nachzugehen. Sklaven mit Wasserkrügen gingen über den Pfad zur Wasserrinne. Einige Frauen hatten Stirnriemen, mit denen sie die Wiegenbretter auf ihrem Rücken hielten. Weiter entfernt wimmerte ein Säugling, schrill und ausdauernd. Zwei weißhaarige alte Männer überquerten gebückt die Plaza mit kleinen viereckigen Webstühlen und Baumwollknäueln unter dem Arm. Spannerraupe konnte sie lachen hören.

Dann sah er seine Mutter, Federstein, die vor der Stadt herumlief. Sie trug ihren besten Umhang aus Bisonfell mit Papageienfedern und sah majestätisch aus – wie eine Frau, die zu einer großen Feierlichkeit geht. Und in ihrer Vorstellung stimmte es vielleicht auch. Das Herz wurde ihm schwer. Dunkelgraues, verfilztes Haar hing ihr über das verwelkte Gesicht. Sie pflanzte ihren Wanderstab in den staubigen Boden und tänzelte dann im Kreis darum herum; sie bewegte die Lippen, aber in dieser Entfernung waren die Wörter nicht zu verstehen. Zuweilen hatte sie lichte Augenblicke, war liebenswert und lustig, aber sie hatte auch schlimme Tage. Tage, an denen sie Spannerraupe nicht mehr erkannte und ihn immer wieder bat, ihr seinen Namen zu sagen.

Liebe erfüllte seine Seele. Einst war Federstein eine Frau gewesen, die viel Macht ausstrahlte. Als sie zehn Sommer alt war, hatten Priester vom Volk des Rechten Wegs sie auserkoren, eine Sonnenseherin zu werden. Doch dann hatten Banden der Feuerhunde sie entführt und so lange auf den Kopf geschlagen, daß viele der Stränge, die den Körper mit der Seele verbanden, durchtrennt wurden; jetzt hing sie nur noch an einem dünnen Faden, der sie manchmal noch mit ihrem Körper verband – und manchmal nicht.

Federstein stolperte über einen Felsblock und taumelte. Spannerraupe erstarrte und unterdrückte den Drang, zu ihr zu eilen, aber sie fiel nicht hin. Zwei Sommer zuvor war sie hingefallen und hatte sich einen Knochen im Handgelenk gebrochen; an kalten Tagen tat er ihr immer noch weh.

Nordlicht kniete nieder und hielt das Ohr vor den Mund des Häuptlings. »Sein Atem ist nur noch so lang wie mein Finger. Er ist offenbar schon auf dem Weg zu den Himmelswelten.«

Spannerraupe sah ihn haßerfüllt an. *Wäre meine Mutter nicht von den Feuerhunden entführt und geschlagen worden, dann wäre* sie *jetzt Sonnenseherin, und du wärst ein Nichts.*

Kriecher blinzelte mit seinen großen schwarzen Augen und flüsterte: »Seht mal, Krähenbart rührt sich.«

Der Häuptling ächzte.

Dachsbogen hielt den Atem an und schob sich erwartungsvoll nach vorn. Nachtsonne stand auf, kam aber nicht näher. Sie stand in der Ecke, die Hände krampfhaft verschränkt, das schöne Gesicht starr. Schlangenhaupt blieb mit halbgeschlossenen Augen auf dem Boden sitzen. Er betrachtete seinen Vater wie ein Krieger, der über einem verwundeten Feind steht.

Nordlicht beugte sich vor; das lange schwarze Haar umrahmte sein schönes, heiteres Gesicht. »Guten Morgen, Krähenbart.«

»Düne? Ich wünsche … Düne.«

Nordlicht antwortete: »Der Heimatlose ist noch nicht hier. Doch bald wird er hier sein. Schwalbenschwanz ist gerade zurückgekommen und hat ihr Kommen angekündigt, und die Melder auf den Türmen berichten von zwei Männern auf der nördlichen Straße. Laß ihnen vielleicht noch zwei Zeithände. Düne ist alt.«

Die blauen Wülste um die Augen der Gesegneten Sonne waren schwarz geworden, was das Gesicht noch bleicher erscheinen ließ. »Sein Schlagstein … Glaubst du, er hat ihn mitgebracht?«

»Natürlich«, sagte Nordlicht besänftigend und zog die Decke bis zu Krähenbarts Hals hoch. »An deinem achtzehnten Geburtstag hat er es dir doch versprochen, nicht wahr?«

»Er wird alt. Manchmal vergißt er etwas.« Der Kopf des Häuptlings rollte zur Seite; er sah Nordlicht aus zusammengekniffenen Augen an, als wollte er sich seine Züge einprägen.

»Das hat er bestimmt nicht vergessen, mein Häuptling. Ruhe du jetzt! Sie werden hier sein, bevor du –«

»Mein Weib«, flüsterte Krähenbart. Seine Finger voller Altersflecken zerrten an seinen Decken. »Wo ist … mein Weib?«

»O Krähenbart.« Nachtsonne eilte zu ihm wie eine Frau, deren Todesurteil gerade aufgehoben worden ist. Sie kniete neben Krähenbart und packte seine Hand. »Ich bin hier, mein Ehemann.«

Der Häuptling rang sichtlich nach Worten. Sein Blick schweifte umher, bevor sich seine Augen auf ihr Gesicht einstellen konnten, und dabei vertieften sich die Falten auf seiner Stirn. »Bevor ich … ich sterbe«, sagte er, »sollst du wissen … ich – ich vergebe dir.«

Sie hatte Tränen in den Augen. »Ich liebe dich, Krähenbart. Verlaß mich nicht.«

Seine Lungen rasselten. »Sag mir … bitte sag mir …«

Nachtsonne beugte sich näher. »Alles. Was denn, mein Mann?«

»Vor fast… siebzehn Sommern… ging ich zu den Hohokam… Handelsgeschäfte… Zehn Monde später… als ich zurückkehrte…«

Das Gesicht von Nachtsonne wurde plötzlich grau. Sie fällt gleich in Ohnmacht, dachte Spannerraupe. Er fuhr in die Höhe, auf das Schlimmste gefaßt… und dabei sah er Schlangenhaupt im Rücken seiner Mutter ingrimmig lächeln.

Sie packte die Hand ihres Mannes fester. Vor dem Hintergrund der leuchtend bunt gemalten tanzenden Thlatsinas wirkte Nachtsonne so leblos und starr wie ein Leichnam. »Ja? Was war da?«

»Ich wußte…« Krähenbarts Kopf fiel nickend vornüber. »Wußte ja Bescheid… wegen der Male… auf deinem Bauch.«

»Wa-was?« Nachtsonne wechselte einen entsetzten Blick mit Nordlicht, der die Zähne zusammenbiß. »Ich war krank. Ich –«

Krähenbart schüttelte schwach ihre Hand. »Lüg mich nicht an… nicht jetzt. Sag mir… das Kind?«

»Es gibt kein Kind«, sagte Nachtsonne mit Nachdruck. »Ich schwöre es dir! Das ist die Wahrheit.«

Die Decke über Krähenbarts Brust hob und senkte sich schnell. Er atmete jetzt sehr flach. »Das Kind… wohin hast du es… gebracht?«

Spannerraupe starrte die Ältesten an, aber sie waren so verblüfft wie er. Kriechers Mondgesicht war zusammengefallen, der Mund stand ihm offen. Dachsbogen hielt sich sehr gerade; die nackte Schädelhälfte schien in der Sonne giftig gelb. Hatte Spannerraupe das richtig verstanden? Ein Kind? Nachtsonne hatte vor fast sechzehn Sommern ein Kind geboren? Während ihr Mann unterwegs war? Und Krähenbart wußte nicht, was aus dem Kind geworden war? Das waren ja furchtbare Verwicklungen – und er spannte unwillkürlich alle Muskeln an, was sich unter seinem roten Kriegerhemd abzeichnete.

Mit zitternder Stimme sagte Nachtsonne: »Du bist krank, mein Ehemann. Du solltest schlafen.«

Nachtsonne wollte aufstehen, aber die Finger Krähenbarts gruben sich in ihre Hand mit einer Kraft, die Spannerraupe bei ihm nicht mehr für möglich gehalten hätte. Die Gesegnete

Sonne zog seine Frau wieder zu Boden, und Nachtsonne schrie leise auf.

»Krähenbart, hör mich an! Bitte! Du weißt nicht, wovon du sprichst. Es gibt kein Kind. Laß mich los, bitte. Ich –«

»Ein Junge?« fragte der Häuptling mit rasselnder Stimme. »Oder … ein … ein Mädchen?«

Nordlicht trat vor, geräuschlos, mit hirschgleicher Anmut. Er ließ sich neben Nachtsonne nieder. »Mein Häuptling«, sagte er leise, als er mit sanfter Hand Krähenbarts Finger aus der Hand von Nachtsonne zu lösen versuchte, doch der Häuptling wehrte sich und verstärkte seinen Griff. »Nachtsonne ist müde; sie ist dir nicht von der Seite gewichen –«

»Ich muß es wissen!« sagte Krähenbart herrisch. »*Sag's mir, Nachtsonne,* oder die Götter mögen dir helfen … Ich werde diesen Ort nie verlassen … werde an deiner Seite gehen, Tag für Tag, dein Leben lang, und ich werde dich töten, immer wieder … in deinen Träumen. Du wirst niemals schlafen, ohne daß ich bei dir liege, du wirst nie die Welt sehen, ohne auch mich zu sehen. *Ich verspreche dir, ich werde dich nie in Frieden lassen* –«

»Krähenbart«, schluchzte Nachtsonne. »Ich bitte dich –«

»Du mußt mir antworten, mein Weib. Das Kind … hat vielleicht einen Anspruch. Wenn ja, dann habe ich noch einige … letzte Pflichten.«

Schlangenhaupt sprang plötzlich auf. Die Papageienfedern auf seinem purpurnen Hemd schimmerten rot, blau und gelb. »Einen Anspruch? Auf meinen erbärmlichen Anteil des Besitzes? Vater, willst du damit sagen, meine Mutter habe dich betrogen? Ich meine, wir haben alle solche Gerüchte gehört, aber ich habe sie nie geglaubt.«

Nordlicht hob den Kopf und fragte mit seidiger Stimme: »Wirklich nicht?«

Die Augen Schlangenhaupts verengten sich. »Was sagst du?«

Spannerraupe fühlte sich unbehaglich, er wußte nicht, was er tun sollte. Ehebruch wurde mit Verbannung bestraft, sogar mit dem Tod. Die Clans würden wahnsinnig werden. Eine Frau der Ersten Menschen war bisher *niemals* eines solchen Verbrechens für schuldig befunden worden!

Die Hand Krähenbarts, plötzlich kraftlos geworden, fiel mit einem leisen Pochen auf die Decken zurück. Geschwind stand Nachtsonne auf und wich zurück; sie atmete schwer und rieb sich das Handgelenk.

»*Mutter?*« sagte Schlangenhaupt fordernd.

Sie schüttelte den Kopf. »Er ist krank, mein Sohn. Er weiß nicht, wovon er spricht.«

»Dann streitest du also ab, daß du ein Kind von einem anderen Mann hast?«

»*Aber natürlich!*«

Krähenbarts Hände zerknüllten die Decken. »Eisenholz? Muß es sagen ... Eichelhähers Brut. Wo ist Eisenholz? Ich will meinen Kriegshäuptling! Eisenholz? *Eisenholz?*«

Wie von Schrecken übermannt legte Nachtsonne eine Hand auf den Mund.

Schlangenhaupt lachte hämisch in sich hinein, und Nachtsonne fuhr herum und starrte ihn an.

Spannerraupe warf ihr einen fragenden Blick zu, als er vorüberging, aber sie schaute ihn nicht an. Er beugte sich über das Bett des Häuptlings. Dessen Nasenlöcher hatten sich verengt, als könnte er nicht genug Luft bekommen. »Eisenholz holt Düne, mein Häuptling«, sagte Spannerraupe. »Ich bin Spannerraupe, sein Stellvertreter.«

»Näher ...« Die Augen Krähenbarts wanderten, als suche er ihn durch eine Nebelwand hindurch. »Näher.«

Spannerraupe kniete nieder. »Was ist dein Wunsch, Häuptling?«

Ein gespenstisches Glitzern trat in Krähenbarts Augen. »Der Enkel meiner Schwägerin ... ja, ich erinnere mich. Du hast mir immer ... treu ... gedient. Aber du weißt, wenn jetzt ein Erlöser käme ... dann würde sich herausstellen, daß du Feuerhundblut in dir hast. Verstehst du?«

Spannerraupe runzelte die Stirn. »Nein, mein Häuptling. Sag mir, was du verlangst. Ich werde alles tun, was du willst.«

Krähenbart streckte eine unsichere Hand aus und berührte den Mokassin von Spannerraupe in einer Geste des Vertrauens. »Ich will ... daß du das Kind findest«, sagte er. »Hörst du mich? Daß du das Kind findest?«

»Ja, daß ich das Kind finde. Und dann?«

»Tö-töte es.«

*»Krähenbart!«* stieß Nachtsonne hervor. *»Um der Götter willen! Es gibt kein Kind!«*

Krähenbart spielte mit den Lederfransen an dem Mokassin. »Finde das Kind!« wiederholte er. »Du mußt... du mußt... das Kind töten!«

Spannerraupe hob den Kopf und sah Nachtsonne starr an. »Wo ist das Kind?«

Nachtsonne schlang die Arme um sich. »Ich habe die Wahrheit gesagt, Großneffe. Es gibt kein Kind.«

Schlangenhaupt packte seine Mutter am Ärmel und drehte sie zu sich herum. Sein Purpurhemd stach gegen das Dunkelrot ihres Kleides ab. »Mein Vater sagt, du hast ein Kind geboren, als er in Handelsgeschäften unterwegs war. Wo ist es? Antworte mir!«

Es dauerte nicht einmal einen Herzschlag, und Nachtsonnes verzweifelte Sorge schlug in Wut um. Mit aller Kraft ihres schlanken Körpers schlug sie ihren Sohn ins Gesicht. »Sprich nie wieder so mit mir, mein Sohn!«

Schlangenhaupts Mund verzog sich zu einem wütenden Schmollen, aber er wich zurück.

Spannerraupe stützte die Hände in die Hüften. »Was willst du, Schlangenhaupt? Wenn da ein Kind ist, müssen wir erfahren, wo es ist, sonst können wir den Befehl der Gesegneten Sonne nicht ausführen.«

Schlangenhaupt schien alle Möglichkeiten abzuwägen. »Kriecher?« Er wandte sich zu dem kleinen, dicken Mann mit dem jettschwarzen Haar. »Du bist ein Ältester vom Bison-Clan. Was hat dein Volk für Wünsche? Wem glaubst du?«

Kriecher sah Spannerraupe flehend an. Viele Sommer lang war Kriecher wie ein Vater zu Spannerraupe gewesen und hatte ihm Dinge beigebracht, die ein Junge wissen sollte, und ihm die überlieferten Legenden erzählt. Kriecher war der einzige andere Mensch auf der Welt, der Federstein verstand und liebte. Und Federstein liebte Nachtsonne. Spannerraupe wußte, daß das eine furchtbare Tortur für Kriecher war – über das Schicksal von Federsteins Tante zu entscheiden.

Kriecher schwenkte hilflos die Arme. »Wir müßten es genau wissen. Wenn da ein Kind ist, dann –«

»Wir müssen sie zwingen, es uns zu sagen«, brüllte Dachsbogen. Er biß die Zähne zusammen und schaute Nachtsonne finster an. Sie erwiderte seinen Blick mit flammenden Augen. Dachsbogen sagte: »Das Kind zu finden, war vielleicht Krähenbarts letzter Befehl. Wir sind verpflichtet, ihn zu befolgen.«

Spannerraupe sagte: »Wenn die Leute das erfahren, gibt es Aufruhr. Keine Frau der Ersten Menschen ist jemals bei solch einem Verbrechen ertappt worden. Manche werden sogar ihre Hinrichtung fordern, aber die meisten –«

»Die meisten werden sie verteidigen«, sagte Nordlicht, als er sich vor Nachtsonne stellte, so daß er jetzt zwischen ihr und ihren Anklägern stand. Glänzendes hüftlanges Haar hing ihm vorn über sein Priesterhemd.

Nachtsonne legte ihm eine Hand auf die Schulter. »Nicht!« flüsterte sie. Nordlicht drehte sich halb zu ihr um und sah ihr in die Augen. Als ob sie stumm ein geheimes Wissen teilten, starrten sie sich lange an. Dann murmelte Nachtsonne heiser: »Bring dich nicht in Gefahr. Ich hab' nie gewollt, daß dies geschieht. Dir geschieht. Nach allem, was du –«

»Still!« befahl Nordlicht. »Kein Wort mehr!«

Kriecher und Dachsbogen schoben sich langsam nach vorn, atemlos auf das Ergebnis dieser privaten Unterhaltung wartend. Auch Schlangenhaupt schien gespannt. Er stand wie eine steinerne Statue, die großen dunklen Augen weit aufgerissen. Ein Kupferglöckchen am rechten Ärmel fing das Sonnenlicht auf und warf einen winzigen leuchtenden Stern an die Wand.

Nachtsonne setzte sich wieder neben Krähenbarts Lager und umschlang ihre angezogenen Knie.

Schüchtern fragte Kriecher: »Nordlicht? Wir warten. Was sollen wir tun? Du bist der Sonnenseher. Es ist deine Aufgabe, uns in moralischen Dingen zu belehren. Wenn Nachtsonne schuldig ist, muß sie bestraft werden. Verbannt oder –«

»Oder *getötet*«, sagte Schlangenhaupt. »Und wenn da ein Kind ist, muß es auch getötet werden, wie mein Vater befohlen hat.«

»Vielleicht...«, ließ sich Nordlicht leise, aber mit Nachdruck hören; er suchte offenbar verzweifelt nach Worten. »Vielleicht können wir Nachtsonne verschonen, wenn wir den Aufenthaltsort und die Identität des Kindes kennen.«

Nachtsonne fuhr mit einem Ruck herum. »Wovon redest du?«

Schlangenhaupt warf ihr einen Blick zu und deutete mit dem Kinn auf Nordlicht. »Das wäre möglich, aber ich bezweifle, daß sie gesteht –«

»Ich werde es euch sagen.« Nordlicht schluckte und schloß die Augen.

»*Du?*« fragte Spannerraupe. »Woher willst du das wissen?«

Alle hielten den Atem an. Kriecher und Dachsbogen blickten starr auf Nordlicht.

Nur Nachtsonne rührte sich. Sie erhob sich auf unsicheren Beinen und sagte: »Nordlicht! Was sagst du da?«

»Bitte«, zischte Nordlicht, »vertrau mir.«

»Aber was sagst du da? Mir hast du erzählt –«

»Ja, ich weiß, aber –«

»Sie ist schuldig!« Schlangenhaupt erhob einen anklagenden Finger. »Ich habe es gewußt. Meine Mutter hat meinen Vater betrogen. Dafür verdient sie den *Tod*! Was für eine Schande für alle Ersten Menschen! O ihr heiligen Götter, dieser Makel überdauert Generationen. Selbst *meine* Kinder werden darunter leiden. O Mutter, wie konntest du mir das antun?«

Nordlichts Gesicht wurde fleckig vor Wut. Er schritt auf Schlangenhaupt zu, bis er ganz nah vor ihm stand; Schlangenhaupt lehnte sich leicht zurück, offensichtlich aus Furcht.

Spannerraupe fühlte ein Prickeln im Rückgrat. In einundvierzig Sommern hatte er seinen Vetter noch nie zornig gesehen. Nein, Nordlicht glitt durchs Leben wie ein Löwenzahnsamen, der auf dem Winde schwebt und auf Menschen und Geschehnisse hinabsieht und immer unbeteiligt bleibt. Was war vor so vielen Sommern vorgefallen, was jetzt solch eine Reaktion hervorrief?

Heiser flüsternd sagte Nordlicht: »Ich sag' es dir nur ein einziges Mal, Schlangenhaupt. Der Junge lebt in Lanzenblattdorf. Er ist der Sohn von –«

»Ein Junge!« brüllte Schlangenhaupt. »Der wird sicher einen Anteil an meinem Besitz verlangen! In Lanzenblattdorf? Ist das nicht dort, wo –«

»Ja«, antwortete Nordlicht. »Dort, wo Palmlilie, Sohn von Schwarzfelsenfrau, vor fast sechzehn Sommern mit Frau und Kindern hingezogen ist.«

Nachtsonne schüttelte den Kopf, anscheinend von diesen Worten genauso verblüfft wie alle anderen im Zimmer. »Nein«, sagte sie. »Nein, Nordlicht, du – du lügst! Warum sagst du das?«

Spannerraupe sah von einem zum anderen. Auf Nordlichts Gesicht war zu lesen, daß er Nachtsonne bat, nichts mehr zu sagen, und die Hand von Spannerraupe glitt langsam zum Hirschknochen-Dolch an seinem Gürtel. Er hatte Palmlilie viele Sommer lang nicht gesehen, betrachtete ihn aber immer noch als Freund. Sie hatten zusammen so manchen Kampf ausgefochten. »Heilige Götter«, flüsterte er.

»Kennst du diesen Mann?« fragte Schlangenhaupt. Er benutzte die Gelegenheit, ein Stück von Nordlicht zurückzutreten, und schien sich ein wenig wohler zu fühlen, als er sich an Spannerraupe wandte.

»Ja«, antwortete Spannerraupe. »Palmlilie war Eisenholz' Stellvertreter vor mir, und ich – ich habe ihn immer besucht, wenn ich an Lanzenblattdorf vorbeikam.«

»Gut«, sagte Schlangenhaupt. »Dann weißt du, wie seine Kinder aussehen –«

»Nein, nein, das weiß ich nicht. Ich habe die Kinder viele Sommer lang nicht gesehen.« Nun, er erinnerte sich noch an Palmlilies wunderschöne Tochter, aber an den Jungen erinnerte er sich überhaupt nicht mehr.

Schlangenhaupt machte eine ungeduldige Handbewegung. »Spielt keine Rolle. Finde den Jungen. Töte ihn, und damit ist die Sache erledigt.«

Nachtsonne brach der Schweiß aus. Feuchte Perlen hingen auf ihrer Stirn und der geraden Nase. Sie starrte fassungslos auf Nordlicht, und der Priester starrte zurück.

»Nordlicht?« sagte Nachtsonne.

Ein sanftes Keuchen ließ jedermann herumfahren.

Krähenbarts Kopf rollte zur Seite. Er lag ganz still.

»O …«, flüsterte Nachtsonne.

Schlangenhaupt eilte herbei und legte einen Finger auf die große Halsschlagader seines Vaters, um den Herzschlag zu prüfen. Nach einigen Augenblicken verkündete er: »Mein Vater ist tot. Als einziger männlicher Nachkomme übernehme ich nun die Herrschaft. Ich –«

»Warte«, sagte Nordlicht. Er kniete sich neben Schlangenhaupt und untersuchte das Gesicht des Häuptlings, betastete seine Schläfen, hob eine Hand Krähenbarts auf und drückte den Daumennagel hinein, um zu sehen, ob das Blut aus dieser Stelle wich und nicht zurückfloß. »Er könnte tot sein, aber wir können nicht sicher sein. Im vergangenen Sonnenkreis haben wir fünfmal das gleiche erlebt. Vielleicht hat sich seine Seele nur zu einer Reise ins Jenseits aufgemacht. Wir müssen ihn ein paar Tage lang in eine Kiva legen, um zu sehen, ob er zu uns zurückkehrt.«

Schlangenhaupt verzog verächtlich die Lippen. Er wandte sich an Spannerraupe. »Das ist unwichtig; er sieht tot aus, folglich trete ich die Nachfolge an. Meine erste Amtshandlung ist, daß ich diesen Mann, Spannerraupe, zum neuen Kriegshäuptling ernenne. Ich habe schon immer meinen Vetter Spannerraupe an meiner Seite gewünscht.«

Die plötzliche Beförderung erschütterte Spannerraupe. Zuerst begriff er gar nichts, aber dann erschrak er zutiefst, als er die Bedeutung dieser Worte erfaßte. Ein Gefühl der Übelkeit stieg in ihm auf, so als hätte er Eisenholz einen Dolch ins Herz gestoßen. Ein neuer Häuptling mit einem Mindestmaß an Anstand hätte Eisenholz die Möglichkeit gegeben, von sich aus zurückzutreten. Ihn als Befehlshaber einfach zu entlassen, war für Eisenholz unehrenhaft; dieser tapfere Krieger hatte eine solche Behandlung nicht verdient.

Schlangenhaupt winkte herrisch. »Geh, Kriegshäuptling. Erfülle die Wünsche meines Vaters. Such die elende Brut meiner Mutter und töte sie.«

»Ja, mein Häuptling.«

Als Spannerraupe zurücktrat, fiel ihm auf, daß weder Nordlicht noch Nachtsonne sich bewegt hatte. Sie starrten sich an wie Statuen.

## 17. Kapitel

Der Windjunge peitschte auf das rote Hemd Eisenholz' ein, als er und Düne nach Krallenstadt eilten. Am Himmel umringte ein feuchtigkeitsgesättigter Hof das flammende Gesicht von Vater Sonne. Ein unheimliches Licht drang durch diesen Ring und verwandelte das Grau der Schatten in ein rauchiges Blau. Vor Vater Sonne fiel das Land in Felsschichten von mattem Gestein ab zum Rand des Canyons des Rechten Wegs.

Der Große Platz erstreckte sich nahe dem Canyon-Rand, der vor ihnen lag; die weißen Mauern leuchteten im diffusen Licht. Die große Stadt verfügte über hundertdreiunddreißig Zimmer; sie wurde von einer kleinen alten Frau namens Kräuterblüte regiert. Allerdings gab es nur wenige Anwohner. Alle waren Heilige, die Hüter der legendären Regenbogen-Schlange.

Der Wind trug den Klang von Gesängen und klapperndem Geschirr heran. Eisenholz beobachtete einen jungen Priester, der den Mittelplatz verließ und eine Handvoll Scherben zum heiligen Scherbenhügel vor der Stadt brachte, wo er die Bruchstücke hinwarf, die Arme zum Himmel erhob und sang.

»Ich fühle mich nie wohl hier oben«, sagte Eisenholz. »Jeden Tag befreien sie so viele Seelen, und das heißt, ich bin von lauter Geistern umgeben und weiß es nicht mal.«

Dünes zahnloser Mund verbreiterte sich zu einem Grinsen. »Sei froh, daß du sie nicht siehst.«

Eisenholz legte den Kopf auf die Seite. »Was heißt das? Fluchen sie mir ins Gesicht?«

»Und hinter deinem Rücken«, sagte Düne. »Besonders deine Opfer.«

Eisenholz hob ein Tonstück von der Straße auf, wendete es hin und her und betrachtete die schwarzweißen geometrischen Ornamente. »Sag ihnen, ich bedauere den Kummer, den ich ihnen bereitet habe.«

»Das habe ich bereits getan, Kriegshäuptling.«

Der Große Platz diente als geistiger Ausgangspunkt zum Jenseits. Alle Seelen begannen ihre Reise an diesem Ort, selbst die, die weiter weg geboren worden waren.

Damit Verwandte auch ganz sicher ins Jenseits gelangten, benutzten sorgende Familien einen »Seelentopf«, in dem der letzte Atem des Sterbenden aufgefangen und bewahrt worden war. Bei größeren zeremoniellen Feiern brachten sie den Topf zum Mittelplatz und bezahlten die Priester in dem Bewußtsein, daß die heiligen Leute dort bald den Topf zerschlagen würden, wodurch die Seele ihres Verwandten befreit wurde und die Straße zum Jenseits beschreiten konnte.

Eisenholz schaute sich um und betrachtete jeden Schatten, sah aber keine Geister, nur schwankende gelbe Grashalme und ausgewaschenes Gestein.

Heilige Straßen zweigten in alle Richtungen ab, kreuzten sich wieder, liefen manchmal nebeneinander her, aber alle führten ins Zentrum der Stadt.

Plötzlich blieb Düne stehen. »Warte mal! Hörst du das?«

Eisenholz drehte sein rechtes Ohr zum Windjungen. »Ja. Klingt wie … Gebrüll … hergewirbelt vom Wind. Was –«

»Lauf! Beeil dich!« Düne schwenkte seinen Wanderstab. »Ich komme nach.«

Eisenholz' Sandalen klatschten auf den Boden auf, als er die Straße am Großen Platz vorbei zum Canyon-Rand rannte.

Eine Weile hörte er nichts als seine eigenen Schritte und ein gedämpftes Getöse wie ein fernes Gewitter, aber als er zum Canyon-Rand kam, übertönten Drohungen und Schreie das Getümmel. Eine Frau schrie: *»Laß sie gehen! Krähenbart … ein Zauberer! Wissen wir alle! Wie viele Unschuldige … im letzten Sonnenkreis ermordet?«*

Ein Aufruhr wilder Stimmen war die Antwort.

Eisenholz spähte über den Rand. Zweihundert Hände tiefer quoll Krallenstadts Plaza vor Menschen über, die brüllten und sich gegenseitig stießen. Mitten darin liefen Sklaven umher, deren zerschlissene braune Gewänder sich scharf von der feinen roten, blauen und gelben Bekleidung der Elite abhoben. Merkwürdig. Aber sie wären nicht dort, wenn ihre Herren es ihnen nicht erlaubt hätten.

Eisenholz ballte die Fäuste. Was könnte diesen Aufruhr ausgelöst...? *Krähenbart ist tot.* Ja, das mußte es sein. Nach dem Tod eines Häuptlings verlor das Volk immer den Verstand. Wenn man da nicht schnell eingriff, führten die aufgewühlten Gefühle unter Umständen zur Hysterie, zu Gewalttätigkeit und Totschlag.

Besorgt sah Eisenholz zurück. Düne schien sich sehr zu beeilen.

Eisenholz wartete.

Düne keuchte, als er bei Eisenholz anhielt und über den Rand spähte. Der Wind blies ihm das weiße Haar um die Ohren. »Also...«, sagte Düne ruhig, »jetzt ist er endlich tot.«

»Das ist die einzige Erklärung.«

»Was sagen sie? Ich kann die Wörter nicht verstehen.«

»Sie brüllen, daß Krähenbart gottlos und böse war.«

»Na, da haben sie ja recht.« Düne hob eine buschige weiße Braue. »Ich würde selbst eine Steinplatte auf ihn werfen, wenn...« Plötzlich war da ein wildes Glühen in Dünes glanzlosen Augen.

»Wenn was?«

»Hmm?«

»Du hast gesagt, du würdest selbst eine Steinplatte auf ihn werfen, wenn... wenn was?«

Düne führte Eisenholz am Arm am Rand entlang bis zu den Stufen, die oberhalb von Kesselstadt in die Canyon-Wand eingeschnitten waren.

»Wenn ich nicht versprochen hätte, es nicht zu tun.«

»Dabei verdient er es, Düne. Warum hilfst du einem schlechten Menschen, in die Himmelswelten aufzusteigen und ein Gott zu werden? Ich kann mir nicht vorstellen, daß du willst –«

»Darum.« Düne schaute hinab auf Kesselstadt, östlich von Krallenstadt gelegen und fast genauso groß. Die Menschen saßen gedrängt auf den Dächern, arbeitend und redend. Einige waren aufgestanden und blickten besorgt auf das Getümmel in Krallenstadt. »An seinem achtzehnten Geburtstag habe ich Krähenbart gesagt, ich würde nach seinem Tod seine Seele befreien. Damals war er ein guter Mensch, und mein Versprechen war gerechtfertigt. Obwohl er sich zu einem Ungeheuer entwickelt hat, muß ich mein Wort halten.«

Eisenholz ging am Canyon-Rand entlang voraus bis zu der Treppe, die in den Abhang oberhalb von Kesselstadt eingeschnitten war.

Düne blieb an den Stufen stehen und holte tief Atem. »Ich bin bereit. Gehen wir runter.«

»Ich gehe vor«, sagte Eisenholz. Er kletterte über den Rand hinunter, so schnell er konnte. Düne folgte ihm langsam und trat sorgsam von Stufe zu Stufe. Als die Felswand zu steil für Stufen wurde, stieg Eisenholz eine Leiter mit Handgriffen hinab auf die Plattform des Rundturms, auf dem die Leiter stand.

Nun drangen Stimmen zu ihnen. Die Leute von Kesselstadt schirmten ihre Augen ab, um besser sehen zu können.

»Seht mal«, schrie eine Frau. »Das ist ja Eisenholz! Und der heilige Heimatlose! Düne! Da sind Düne und Eisenholz!«

Ein Huldigungsschrei erhob sich. Die Leute rannten zu dem freihängenden Balkon an Kesselstadts Nordwand. Andere strömten aus den Eingängen zum Fuß der Leiter, auf der Eisenholz hinabkletterte.

Als Eisenholz von der letzten Stufe stieg, drängte sich Mondlicht, die alte Ehrwürdige Mutter von Kesselstadt, durch die Menge; ihre silbernen Brauen zogen sich wie ein Strich quer durch ihre Stirnfalten.

»Komm«, sagte sie und packte Eisenholz am Arm. Sie führte ihn zu einer Stelle, wo sie allein waren, und flüsterte: »Ich habe schlimme Nachrichten. Bevor er starb, hat Krähenbart seine Frau gezwungen zuzugeben, daß sie vor sechzehn Sommern ein Kind geboren hatte. Er –«

*»Was?«*

»Ich bin noch nicht fertig.« Mondlichts Augen funkelten. »Schlangenhaupt befahl, seine Mutter in den Käfig zu sperren.«

»In den Käfig?« flüsterte Eisenholz. Das war ein tür- und fensterloser Raum mit einer kleinen Öffnung im Dach, die versiegelt wurde, wenn Gefangene darin eingesperrt waren. »Heilige Götter!«

Mondlicht schaute Eisenholz durchdringend an. »Nach dem Tod seines Vaters ernannte Schlangenhaupt Spannerraupe zu seinem neuen Kriegshäuptling.« Ihr Griff an seinem Arm verstärkte sich. »Sein erster Befehl war: Spannerraupe solle diesen Bastard suchen und töten.«

Das Blut klopfte in Eisenholz' Ohren. »Was ... was hat sie zu Schlangenhaupt gesagt? Hat sie sich verteidigt?«

»Nein.« Mondlicht schüttelte ihr altes Haupt. »Nachtsonne hat darauf bestanden, daß es kein Kind gibt.«

»Aber wie –«

»Nordlicht behauptet, daß das Kind lebt.«

Eisenholz machte den Mund auf, fand aber keine Worte.

»Spannerraupe sammelte seine Krieger und brach auf der Stelle nach Lanzenblattdorf auf. Sie folgten der Senke des Rechten Wegs nach Norden. Er hatte Befehl –«

»Ich danke dir, Ehrwürdige Mutter.« Eisenholz tätschelte ihre Hand und drehte sich nach Düne um. Der heilige alte Mann war nun auf der Hälfte der Leiter. »Wenn der Heimatlose ankommt, sag ihm bitte, was geschehen ist. Ich will ihn später im Zimmer des Häuptlings treffen. Aber jetzt muß ich gehen.«

Er mußte mit Nordlicht sprechen, um herauszufinden, was er Spannerraupe erzählt hatte – wohl kaum die Wahrheit. Davon war Eisenholz überzeugt. Und dann mußte er Nachtsonne sehen. Im Käfig eingesperrt auf Befehl ihres eigenen Sohnes! Das Herz würde ihr brechen.

Mondlicht stieß Eisenholz vorwärts. »Los jetzt. Beeil dich!«

Nachtsonne saß allein auf dem Boden, den Kopf an die Wand gelehnt. Eine schreckliche Dunkelheit kreiste sie ein, drückte ihr so auf die Ohren und Augen, daß sie am liebsten geschrien hätte. Kein Laut durchdrang die Finsternis; früher allerdings hatte sie Leute auf der Plaza rufen hören – einige forderten ihre Freilassung, andere ihren Tod.

Wasser tropfte von der Decke und rann an der Wand hinter ihr herunter wie Tränen der Verzweiflung. Sie besaß keine Decke, und die Feuchtigkeit nagte an ihren Knochen. Sie hatte ihr langes ergrauendes Haar aufgebunden und der Wärme wegen über den Schultern aufgefächert. Aber sie hatte lange vor Kälte gezittert, wie lange wußte sie nicht. Die Zeit war stehengeblieben.

Der Raum war zwei Körperlängen breit und lang. Sie war immer wieder hin und her gegangen. Es gab keine Wandbänke, keinen Herd, keinen Lüftungsschacht, nur ein Loch im Dach, um eine Leiter hinunterzulassen. Ein roter Tontopf für ihre Notdurft stand in einer Ecke. Seit ihrer Haft hatte sie weder Wasser noch etwas zu essen bekommen, und der Durst plagte sie so, als steckte ihr eine trockene Wurzel in der Kehle.

Aber das war zu ertragen.

Es war die andere Finsternis, die krankmachende Verzweiflung, die sie ihrer Kraft beraubte.

Zum ersten Mal in ihrem Leben war Nachtsonne absolut allein. Krähenbart hatte sie verlassen, und obwohl sie sich auch selbst sagte, daß es ihr jetzt besserging, rang ihre schwankende Seele um Gleichgewicht, so als hätte sie sich ein Bein gebrochen. Im Lauf vieler Sommer hatten Krähenbart und sie sich aneinander gewöhnt, und diese gegenseitige Vertrautheit machte ihr merkwürdiges Leben etwas erträglicher. Sie konnte auf ihn zählen – nicht auf gefühlsmäßige Verbundenheit oder Liebe, aber auf seinen Rat zum Thema Clan-Streitigkeiten, auf ein gelegentliches zustimmendes Lächeln und auf Gespräche über ihre Kinder. Kein anderer konnte ihr das geben.

Nachtsonne zog die Knie an, unter ihr Kinn, und starrte ins Dunkel. Ihr Volk würde sie nicht aufgrund von Gerüchten oder Klatsch verurteilen, doch wenn es einen Beweis für ihre

Untreue geben sollte, könnte man befinden, daß sie den Tod oder die Verbannung verdiente. Es käme auf dasselbe hinaus. Eine Verbannung würde sie aus ihrem Heim vertreiben, in die Wüste, wo sie langsam zu Grunde gehen müßte. Kein Clan der Gemachten Menschen würde es wagen, sie aufzunehmen. Ihre Verwandten unter den Ersten Menschen, entehrt durch ihr ans Licht gekommenes Vergehen, würden sich weigern, ihr Zuflucht zu gewähren.

Draußen krächzte ein Rabe, laut und heiser, vielleicht im Kampf um Nahrung; ihre Gedanken schweiften ab. Gab es da wirklich ein Kind? Wie denn? Hatte Nordlicht gelogen?

Bevor Krähenbart auf seine Geschäftsreise zu den Hohokam ging, hatte er sie gequält und Wolkenspiel mißhandelt. Nachtsonne war so außer sich gewesen, daß sie sogar erwogen hatte, sich von ihm zu trennen, was allerdings Schande über sie beide gebracht hätte.

Sie hatte sich im Bauch eines Ungeheuers befunden, bevor sie wahrnahm, was geschah. Ein erstickendes Dunkel hatte ihre Seele in sich aufgesogen; sie war sich selbst fremd geworden, sie hatte nicht einmal das Gesicht der Frau erkannt, die ihr aus dem Pyritspiegel entgegenblickte. Diese verstörten, verschreckten Augen, das konnten nicht ihre sein …

In ihrer Verzweiflung hatte sie das nächste Gesicht ins Auge gefaßt, das etwas Güte ausdrückte. Sie hatte sich so lange an diesen Menschen geklammert, bis sie dem Lichtstrahl folgen und dem Dunkel entkommen konnte.

Dieses Gesicht war das von Eisenholz gewesen.

Sie hatte sich ihm zugewandt – und er hatte sie mit ganzer Seele geliebt.

Als die Schwangerschaft sichtbar wurde, hatte sich Nachtsonne in ihren Zimmern eingeschlossen und selbst ihren treuesten Sklavinnen, Rehkitz und Trauertaube, verboten einzutreten. Nur ihrem Neffen Nordlicht hatte sie vertraut. Er hatte ihr Essen und Wasser gebracht, für sie die Flöte gespielt und sie mit sanfter Stimme beruhigt, damit sie ihre Ängste vergessen konnte.

Die Wehen hatten vor Morgengrauen angefangen. Bei Sonnenaufgang hatte Nordlicht sein Muschelhorn genommen und das Dach über Krähenbarts Zimmer erklommen, um die Bevölkerung herauszurufen. Er hatte verkündet, daß ihm ein entsetzlicher Traum geschickt worden sei; jedermann mußte Krallenstadt sofort verlassen. Die Götter selbst hatten es so befohlen. Er würde Nachricht geben, wann man wieder sicher zurückkehren könne. Zu Tode erschrocken waren die Leute gegangen. Eisenholz hatte sie für einen Tag nach Kesselstadt geführt.

Nun hatte Nachtsonne schreien können, soviel sie wollte. Nur Nordlicht und die leere Stadt konnten sie hören.

Nordlicht war keinen Augenblick von ihrer Seite gewichen. Bei Sonnenuntergang war das Kind herausgeglitten. Nordlicht hatte es in eine schöne Decke gewickelt und war damit verschwunden. Bei der Rückkehr erzählte er Nordlicht, das Baby habe keinen Laut von sich gegeben, es müsse schon tot zur Welt gekommen sein.

Schuldbewußt, zerknirscht und überzeugt, die Götter wollten sie bestrafen, war sie nur zu gern bereit gewesen, ihm zu glauben. Als Krähenbart von den Hohokam zurückkehrte, hatte Nachtsonne sich erholt und konnte ihren Mann begrüßen, als wäre nichts geschehen.

Aber ihr Leben war zerstört.

Sie war einsam und verängstigt und hatte sich nach Eisenholz gesehnt. Sie hatten sich geliebt und ein wunderbares Kind gezeugt und verloren; nur in seinen Armen konnte sie Trost für ihren Kummer finden ... einen Trost, den sie nicht zu suchen wagte.

Täglich gingen sie aneinander vorbei – ohne ein Wort, ohne einen Blick. Und als die Monde vergingen, einer nach dem anderen, hatte das »tote« Baby sie unaufhörlich in ihren Träumen beim Namen gerufen, und das zog sie hinab in eine Unterwelt von Schmerz und Zweifel.

Nachtsonne schlang die Arme um sich. Nordlichts Worte hatten eine Tür in ihrer Seele geöffnet, die sie nicht mehr versiegeln konnte.

War es möglich, daß das Kind lebte?

»Ihr heiligen Thlatsinas«, betete sie. »Wenn mein Sohn am Leben sein sollte, dann bitte ich euch: Tötet ihn.« Die Tränen rannen ihr warm über die Wangen. »Tötet ihn, bevor die Krieger ihn finden.«

Der Sonnenuntergang flammte über den Himmel und erhellte die Berggipfel im Norden und Osten mit Feuer. Der Messingschein fiel durch das Fenster hinter Distel, überzog die weißen Wände und färbte ihr gelbes Kleid bernsteinfarben. Palmlilie, in Gedanken versunken, saß ihr gegenüber. Er wirkte auffallend gelassen.

Sie beugte sich über die Reihe der Töpfe entlang der Westwand des Häuschens, hob den Deckel über dem Buchweizen ab und nahm sich eine Handvoll in die Schale, die sie in der Hand hielt. Dann fügte sie getrocknete Johannisbeeren, Bienenkraut-Blätter und zuletzt einen Schuß Reisgräsermehl hinzu.

Draußen hüpften Wanderdrosseln von Kaktus zu Kaktus und ließen melodische Lockrufe hören. Ein kühler Wind, der durchs Fenster kam, trug die schrillen Schreie eines Bussards herbei. Gerüche von feuchtem Moos stiegen vom Bach unterhalb von Lanzenblattdorf auf.

Distel kam zum Feuer zurück, setzte die Schale ab und schürte das kleine Feuer mit einem Wacholderstecken. Funken stoben auf und erloschen, bevor sie die verrußten Deckenstangen erreichten.

Ein roter Topf mit kochendem Wasser hing über dem Rand des Feuers.

»Es muß alles in Ordnung sein mit ihnen«, sagte sie zu Palmlilie, der an seiner Tasse mit Yuccablättertee nippte. »Wenn nicht, dann wüßten wir's jetzt sicher. Ich meine –«

»Distel, es geht ihnen gut«, wiederholte Palmlilie nun schon zum fünften Mal an diesem Nachmittag. In seinem schmalen Gesicht zeigte sich seine Reizbarkeit. Er trug ein langes rotes

Hemd und hatte sein schwarzes Haar zu einem Knoten am Hinterkopf zusammengebunden. »Steinerne Stirn hätte uns schon längst berichtet, wenn etwas schiefgegangen wäre. Er hat bestimmt Maisfaser mit Hirschvogel munter plaudernd angetroffen und gesehen, wie Vogelkind meinem Vater mit seinen Fragen, wie man Steinwerkzeuge herstellt, auf die Nerven fällt. Hör auf, dir Sorgen zu machen. Das ist völlig sinnlos.«

Sie fuhr sich nervös über die Lippen. Die Fransen ihres gelben Kleides wischten über die Binsenmatte, als sie sich setzte. »Du bist verstimmt über mich, nicht wahr?«

Palmlilie lächelte freundlich. »Unsere beiden sind noch nie zur selben Zeit fort gewesen und noch nie für so lange. Deine Unruhe ist verständlich. Aber du machst dich verrückt, und dazu besteht kein Grund, Distel. Die beiden sind in Sicherheit, und das war es, was wir wollten. Es ist ja nur für die Dauer eines Mondes.«

Distel schüttete den Inhalt der Schale mit Johannisbeeren, Mehl und Bienenkraut in das kochende Wasser und rührte mit einem Hornlöffel darin herum. Ein angenehm pikanter Duft entstand. Die Johannisbeeren würden dem Buchweizengebräu Süße geben, und das Reisgräsermehl würde es verdicken. Die Suppe würde gut zu dem Kürbis passen, der jetzt über dem Feuer kochte. Vielleicht könnte sie anschließend noch ein wenig von dem gehorteten Puffmais mit etwas Fett in den Rösttopf geben und sich mit dem Genuß über ihre Sorgen trösten.

Sie beugte sich über den brodelnden Topf und atmete den Duft mit weit offenen Nasenlöchern ein. Ihr Magen knurrte schon vor Vorfreude.

Sie legte den Rührlöffel auf einen Herdstein, setzte sich zurück und hob ihre eigene Teetasse. Während sie trank, glitt ihr Blick zu den aufgestapelten Schlafmatten zu ihrer Linken. Daneben stand Vogelkinds privater Korb, in dem er all seine wertvolle Habe aufbewahrte. Die Antilopenhufrassel, die er nach seiner ersten Kiva-Einweihung erhalten hatte, lag obenauf. Der Korb von Maisfaser stand auf der rechten Seite. Zwei wunderschöne Halsketten aus Olivella-Schneckengehäusen lagen eingebettet in bunten Schärpen. Eine quälende Sehnsucht erfüllte Distels Herz. Sie vermißte ihre Kinder so. Sie waren erst vier Tage fort, aber es kam ihr viel länger vor.

Schrilles Kreischen durchschnitt die Dämmerung, mit dem Wind steigend und fallend. Rufe der Überraschung schallten von der Plaza des Lanzenblattdorfs, dann Schreie.

Palmlilie und Distel sprangen gleichzeitig zur Tür und warfen den Vorhang zurück, um hinauszusehen.

Krieger strömten durch das Dorftor unten herein, die Gesichter düsterrot im Feuer des Sonnenuntergangs. Sie traten Truthähne aus dem Weg, erschlugen bellende Hunde mit Kriegskeulen und schossen Pfeile in die Menge der Fliehenden.

*»Ihr heiligen Götter, was geht hier vor …?«* flüsterte Palmlilie.

Ein riesiger Krieger packte Kleeblatt, die Ehrwürdige Mutter, an ihrem gebrechlichen alten Arm, wirbelte sie herum und schlug ihr mit der Keule auf den Kopf. Als sie schwankte, aber noch nicht fiel, schoß ihr ein anderer Krieger einen Pfeil in den Bauch. Sie brach zusammen, zuckte noch hin und her, das weiße Haar blutgetränkt. Ihre Schreie übertönten das wilde Durcheinander.

»Wer *ist* das?« rief Distel. »Das sind nicht die Turmbauer. Das sind –«

*»Unsere Leute!«* Palmlilie preßte das Wort regelrecht heraus. »Das sind Krieger vom Volk des Rechten Wegs.«

Sie fand keine Worte.

Palmlilie drehte sich um, packte sie an den Schultern und sah ihr in die Augen. »Ich muß kämpfen. Du mußt wegrennen!«

»Aber es sind so viele, Palmlilie! Zwanzig oder dreißig! Gegen so viele können wir nichts ausrichten. Wir müssen –«

»Wir treffen uns im Dorf meines Vaters. Jetzt lauf!«

»Nein, bitte, ich möchte –«

*»Lauf!«*

Er nahm seinen Bogen und Köcher mit Pfeilen neben der Tür und stürmte hinaus. Er rannte hügelabwärts zum Dorf, das rote Hemd flatterte um seine Beine.

Zwei Männer liefen um die Plaza herum und beschmierten die getünchten Wände mit Harz, um sie anzuzünden.

Distel nahm ihr Bündel, warf ein paar Nahrungsmittel, ein Obsidianmesser und einen Knochendolch hinein und lief geduckt hinaus. Die nach Westen ziehenden Wolken hatten die herankommende Nacht schon grau gefärbt. Distel floh nach Norden, unter Umgehung der Maisfelder. Am Rande einer kleinen Schlucht, die in den Kürbisblüten-Canyon mündete, wich sie vom Pfad zum Felsgipfel ab, hinunter in felsblockübersäte Tiefen, und betete, die Dunkelheit möge sie schützen.

Hinter ihr steigerten sich die Schreie zu einem mißtönenden Gebrüll.

Sie drehte sich nicht um. Dornen stachen in ihre Beine und rissen ihr gelbes Kleid auf, als sie sich unten an den Wassergräben durch ein Dickicht von Fettholz zwängte und über nassen Boden stampfte, um zum Ende des Canyons zu gelangen. Ihre Mokassins glitten über abgeschliffene Steine in den Wassergräben, und fast wäre sie gefallen.

Aus dem Nichts heraus schnitt ein krachendes Getöse durch das Zwielicht und übertönte das Geschrei und Gebrüll wie Donner.

Distel sah sich um.

Auch von der Sohle des Canyons aus konnte sie die Flammen sehen, die in den Abendhimmel züngelten und wie gespenstische Feuertiere tanzten, um an den Bäuchen der Wolken zu lecken.

Einen Augenblick lang, nur für einen Augenblick, glaubte sie Palmlilie zu hören … der schrie …

Wieder drehte sie sich um.

Drei schwarze Gestalten rasten den Hügel hinab auf sie zu. Freunde, die der Katastrophe entrinnen wollten?

Distel fiel auf die Knie und kroch in dicht verfilztes Gewirr von mannshohen Beifußbüschen. Durch die wohlriechenden Zweige hindurch sah sie die feindlichen Krieger zum Bach hinabstürmen.

Kurz darauf schrie jemand auf.

Distel biß die Zähne zusammen. Und betete.

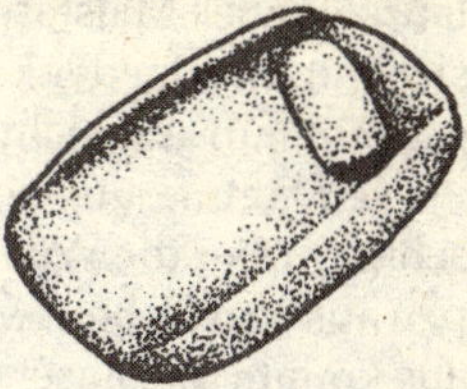

## 18. Kapitel

Maisfaser wanderte zu einem wacholder- und kiefernbestandenen Hügel hinauf und hielt inne, um zu Atem zu kommen. Reisgräser, Quecken und ausgedörrte Lupinen bedeckten die gelbe Erde und wiegten sich im Wind.

Steinerne Stirn hatte die ganze Nacht gejammert, er würde nie als großer Krieger gelten, wenn bekannt würde, daß er nicht einmal imstande war, eine junge Frau heimzubringen … und daß es allein ihre Schuld war.

Maisfaser war sehr verstimmt und tadelte sich selbst, daß sie nachgegeben hatte. Sie streifte den Bogen über den Kopf ab und streckte sich, um die schmerzenden Rückenmuskeln zu lockern, als sie auf Steinerne Stirn und Vogelkind wartete, die den Hügel langsam und im Gespräch hinaufkamen. Sie hielten beide den Bogen in der rechten Hand, die Köcher mit Pfeilen auf dem Rücken – in Erwartung eines Abendessens, das jeden Augenblick hinter einem Busch hervorlaufen konnte.

Nur zwei Sommer trennten sie, aber Steinerne Stirn war einen Kopf größer als Vogelkind, und seine Schultern waren doppelt so breit. Vogelkind ließ sein Haar im Wind fliegen, es wehte um sein graues Hemd. Steinerne Stirn trug ein gelbes Hemd, mit einem Gürtel um den Leib. Ein Bündel hing ihm zwischen zwei Zöpfen schräg auf dem Rücken, Er gestikulierte mit der linken Hand und unterhielt Vogelkind wahrscheinlich wieder mit seinen Kriegsgeschichten.

Steinerne Stirn eine Nacht und einen ganzen Tag lang in ihrer Nähe zu haben, war lästig gewesen. Seit Maisfaser nachgegeben hatte, hatte er ohne Unterbrechung mit seinen Heldentaten geprahlt. Vogelkind hatte ihm mit Spannung gelauscht, aber Maisfaser war so gelangweilt gewesen, daß sie sich mit Mordgedanken trug. Sie war den ganzen Tag vorausgerannt, nur um nichts mehr davon hören zu müssen.

Die Dämmerung senkte sich mit einem kühlen Lavendelschleier über die Wüste, füllte die Räume zwischen den Kuppen aus und färbte den Himmel tief purpurn. Von der Anhöhe aus konnte Maisfaser weit in die Ferne blicken. Tafelberge erhoben sich unvermittelt aus dem grauen Land. Die Strahlen der tiefstehenden Sonne warfen lange Schatten über die beifußbestandenen Senken und vermischten sich mit den schwarzen Wassergräben, die die Niederungen im Zickzack durchzogen. Zu ihrer Rechten stieg das Territorium der Clans der Grünen Mesa in kühlen, grünen Terrassen zum Himmel auf; die Ausläufer der Hügel waren mit Kiefern bedeckt.

Weit vor ihr türmten sich Wolken über Lanzendorf auf, deren Unterseiten bernsteinfarben schimmerten, vielleicht infolge eines Strahls der Abendsonne, der seltsam durch die Wolken einfiel.

Maisfaser stieß den Atem hörbar aus. Sie vermißte ihre Eltern und Zikade. Den ganzen Tag hatte sie die schöne Stimme und das neckende Lachen ihrer Mutter gehört, und sie war innerlich ganz wund. Daß ihre Pläne durchkreuzt worden waren, war schon unangenehm genug, aber außerdem hatte sie Heimweh.

In der Nacht hatten sie wunderliche und quälende Träume heimgesucht. Sie fiel taumelnd durch einen flammenden Himmel, und ein riesiger Bär mit weißer Schnauze hatte sie dauernd umkreist, in der Absicht, sie vor dem Aufprall zu retten. Zum Schluß hatte er ihr geraten, auf seinen Rücken zu klettern, und sie hatte sich, auf ihm reitend, an seinem Nackenpelz festgehalten, während er von Wolke zu Wolke sprang. Als er auf der Erde landete, stieg sie ab und streichelte ihm liebevoll den Hals, zutiefst dankbar für alles, was er für sie getan hatte …

Sie wanderte über den Hügelkamm und sah, wo der braune Pfad sich gabelte und in das wacholderbestandene Tal abzweigte. Sie prüfte die Lage genau. Wenn sie jetzt losrannte, könnte sie in weniger als einer halben Zeithand zu Hause sein.

Sie hatte keine Lust zu bleiben. Sie wußte, daß ihre Eltern das nicht wollten, aber wenn sie könnte, dann…

*Steinerne Stirn würde dich leicht erwischen; du bist schon einmal mit ihm um die Wette gelaufen, und er ist viel schneller als du.*

Übrigens auch Vogelkind. Sie beobachtete die beiden jungen Männer, die auf dem Kamm ankamen und auf sie zumarschierten. Nach ihren lächelnden Gesichtern zu urteilen, hatten sie rasch Freundschaft geschlossen. Vogelkind würde wahrscheinlich Steinerne Stirn helfen, sie zu packen und trotz ihres Tretens und Schreiens zu Onkel Hirschvogels Haus zu schleppen.

»Wir könnten heute nacht hier lagern«, sagte Steinerne Stirn, als er bei ihr angelangt war. Seine gelben Ärmel flatterten in einem plötzlichen Windstoß. »Das ist ein guter Platz.«

Vogelkind schaute sich um und nickte. »Gut. Ich gehe jetzt etwas Holz holen, und dann –«

»Ihr Schwachköpfe«, sagte Maisfaser angewidert. »O ja, das ist ein guter Platz. Hier oben können uns nämlich feindliche Krieger einen halben Tagesmarsch entfernt sehen. Ein Feuer hier, das ist weit im Süden zu sehen, sogar noch von den Feuerhunden, ganz zu schweigen von den Turmbauern und den Horden der Wilden. Außerdem wird uns der Windjunge hier oben die Haut bis aufs Fleisch aufscheuern.« Sie warf ihren Bogen in Richtung Weggabelung. »Ich werde unten in den Wacholderbüschen lagern.«

Vogelkind grinste und rümpfte die Stupsnase. »Sie hat recht, weißt du. Es wäre sicherer. Brennholz ist da unten auch leichter zu finden. Vielleicht können wir sogar einem Hirsch auflauern oder uns ein paar Vögel aus den Bäumen holen.«

Maisfaser und Vogelkind sahen Steinerne Stirn an und warteten auf eine Antwort.

Der junge Krieger stand stocksteif, die dunklen Brauen herabgezogen, und starrte unverwandt auf das Hochland im Norden. Seine Wangen färbten sich rot, als hätte sich sein Herzschlag verdoppelt.

Vogelkind fragte: »Was ist? Was siehst du?«

Maisfaser wandte sich mißbilligend um und schaute nach Norden. Der Glanz von Vater Sonne war gänzlich erloschen, der goldene Schein war also keinesfalls eine sonderbare Widerspiegelung des Lichts. Hatte das Lanzenblattdorf ein riesiges Freudenfeuer entzündet? Oder –

Steinerne Stirn keuchte. »O heilige Götter!« Schnell wie der Blitz raste er hügelabwärts.

Maisfaser überlief es kalt. Sie floh ihm nach, das Bündel wippte ihr über den Rücken. Eine klägliche Stimme in ihrer Seele flüsterte: *Nein, das ist unmöglich …*

Vogelkind holte sie ein und rief: »Jetzt ist es geschehen, Maisfaser – genau wie unsere Eltern gefürchtet haben.« Er stürmte an ihr vorbei.

Mit zusammengekniffenen Augen blickte sie durch den von ihm aufgewirbelten Staub. Der Pfad schnitt durch den Wacholder und führte auf den gegenüberliegenden Hang. Steinerne Stirn übersprang einen Baumstamm, dann verlor sie ihn aus den Augen.

Vogelkind schoß an der Gabelung vorbei; er folgte Steinerne Stirn und verschwand im grünen Gewirr.

Maisfaser blickte kurz auf den Pfad, der zum Haus ihrer Tante führte, und zwang sich zu noch schnellerem Lauf. Sie keuchte den Hang hinauf, geduckt unter den niedrigen Wacholderzweigen hindurch.

Auf der Anhöhe sah sie, daß Steinerne Stirn ihr weit voraus war. Er war richtig in Schwung gekommen und kam mit seinen langen Beinen immer weiter voran. Vogelkind rannte hinter ihm her.

Im schwachen Abendlicht schrumpften sie zu schwarzen Schattenbildern. Der fahle Schein vor ihnen erwies sich als vernichtendes Feuer; was sie vorher für Wolkentürme über dem Dorf gehalten hatte, verwandelte sich in große wogende Rauchwolken. Vom Windjungen gepeitscht, verlängerten sie sich und wurden dünne Aschestreifen, die ostwärts trieben. Die Röte der Glut stieg in die Nacht auf wie eine feurige Blase.

Maisfaser rannte mit aller Kraft; die Angst trieb sie an. *Mutter! Heilige Thlatsinas, bitte nicht Mutter!* Die Sehnsucht nach der tröstlichen Umarmung der Mutter überwältigte sie. Sie betete so inbrünstig wie nie zuvor: »Wenn ihr etwas geschieht, o Thlatsinas, laßt sie nicht sterben. Bitte, *laßt sie nicht sterben*!«

Steinerne Stirn und Vogelkind gewannen einen immer größeren Vorsprung. Maisfaser rang nach Luft. Sie zwinkerte die Tränen zurück, als sie schwarze Stellen im Pfad übersprang. Vielleicht waren es nur überschattete Mulden, aber oft fielen Äste und Felsbrocken in solche Mulden, und einen Sturz konnte sie sich nicht leisten.

Ihr Vater hatte gesagt, daß jemand, der dem versteckten Kind schaden wollte, das gleich nach dem Tod des Häuptlings versuchen würde. War die Gesegnete Sonne jetzt gestorben? Oder hatten die ruchlosen Turmbauer oder die verfluchten Feuerhunde Lanzenblattdorf überfallen?

»Mutter?« rief sie. »Vater?«

Vielleicht waren ihre Eltern gar nicht im Dorf. Vielleicht waren sie beim Sammeln von Kakteen-Blattpolstern oder jagten Kaninchen.

Die traurigen Augen ihrer Mutter erschienen ihr in der Dunkelheit, voller Liebe und Sorge. *»O meine Tochter, du bist meine Freude, vergiß das nie!«*

Maisfaser stampfte über einen Erdbuckel und schluchzte so, daß sie beinahe erstickte. Je näher sie dem Dorf kam, um so lauter prasselten die tosenden Feuer. Schwache Schreie tönten durch das Chaos. Keuchend, mit luftgierigen Lungen, erklomm sie den Hügelkamm … und da zitterten ihr die Knie; sie taumelte und fing sich gerade noch rechtzeitig, sonst wäre sie gefallen.

Das Dorf war ein Flammenmeer, und die Erde bebte, als ein brennendes Dach nach dem anderen zusammenbrach und in die Häuser hineinfiel. Funkenstürme stoben zum Himmel empor und schwebten gemächlich durch blutrote Rauchwolken.

Weiden- und Binsenmatten waren in die Flammen geworfen worden. Maisfaser preßte die zitternden Knie zusammen. Schwarzes Pech lief in Streifen über die Wände. Die Krieger hatten offenbar das Bettzeug herausgezerrt, unten um die Wände herumgepackt, dann Pech über die Behausungen gegossen und sie in Brand gesetzt.

Steinmauern blieben stehen und markierten das Viereck der Häuser, das die Plaza umgrenzt hatte, doch das Innere der

Bauten brannte lichterloh. Angekohlte Kiefernpfosten – alles was von den Dächern übriggeblieben war – ragten vor dem orangefarbenen Feuerbrand hoch wie verbrannte Arme, die den Himmel um Hilfe anflehten.

Klagelaute blieben ihr im Halse stecken. Sie zog einen Pfeil aus dem Köcher, legte ihn im Bogen ein und lief tiefgebückt durch hohes Gras am Rand eines Maisfelds. Sie betete darum, ihr Haus noch sehen zu können. Oder war es auch verbrannt?

Sie schlich näher – und sah ihr Haus.

Drei Wände standen noch, aber die Seite, die aufs Dorf hinausging, war nur noch ein Schuttberg.

Erschreckt schaute Maisfaser nach Menschen aus. Niemand stand jenseits des Lichtscheins. Wo waren sie hingegangen? Wo waren ihre Eltern? Und Zikade? Hatten die Dorfbewohner die Angreifer kommen sehen und noch vor ihrer Ankunft die Flucht ergriffen?

Sie kroch zu der Anhöhe hinter dem Haus, von der aus man das ganze Dorf überschaute. Da hörte sie Stimmen. Eine alte Frau weinte bitterlich, ein Mann gab barsch Befehle aus.

Maisfaser legte sich ganz auf die Erde und glitt durch den Sand bis zu der großen Yucca, wo sie noch vor wenigen Tagen zugesehen hatte, wie ihr Bruder die Eltern belauschte. *O Vogelkind, wo bist du?*

Das Herz klopfte ihr im Hals, als sie sich langsam vorwärtsschob und plötzlich innehielt. Das hintere Fenster des Hauses hatte dank der zusammengefallenen Vorderfront Aussicht auf die Plaza, und da kauerten Menschen.

Kleine Schnecke, sieben Sommer alt, wimmerte leise in hohen Tönen; sie mühte sich, einen kleinen Jungen aus einem brennenden Haus zu zerren. Der Körper plumpste auf den Rücken, und Maisfaser legte sich die Hand auf den Mund, um das Zucken der Lippen zu unterdrücken. *Löwenjunge!* Eins seiner Augen stand offen und starrte blind zum Himmel.

Kleine Schnecke zog immerfort schluchzend ihren Bruder an den Füßen weg. Seine Arme lagen ausgebreitet, und jedesmal, wenn sie zerrte, schürften seine Hände Sand auf. Sie setzte ihr ganzes Gewicht bei diesem Kampf ein, bewegte Löwenjunge aber kaum eine Handbreit weiter und sank schluchzend zu Boden. Sie vergrub ihr Gesicht auf der Brust ihres Bruders.

Als Kleine Schnecke zusammenbrach, sah Maisfaser ihren Vater ... *und Vogelkind*! Mitten auf der Plaza saßen sie auf dem Boden. Ein hochgewachsener Mann mit eckigem Kinn stand über ihnen. Er trug den Helm eines Kriegers, eine eng sitzende Kappe aus Bisonleder. Er schwang eine Kriegskeule in der rechten Hand, der steinerne Keulenkopf glänzte blutig im Feuerschein.

Maisfaser rutschte nach links. Wo war ihre Mutter? Was war mit ihr geschehen? War sie geflohen? O heilige Thlatsinas, laßt es doch so sein! Und Steinerne Stirn? Wohin war er gelaufen?

Ihr zog sich der Magen zusammen. Steinerne Stirn hatte sich vermutlich sofort in die Schlacht gestürzt und Pfeile abgeschossen, so schnell er konnte, um sein Volk zu verteidigen. War er tot? Oder hatte er gesehen, daß der Kampf aussichtslos war, und sich davongemacht?

Ihr Vater legte einen Arm um Vogelkind und drückte ihn an sich, was den hoch aufgeschossenen Krieger zu erzürnen schien. Sein rotes Hemd klatschte ihm um die Beine, als er vor ihnen auf und ab schritt, einen Hirschknochen-Dolch in der linken Hand.

»Du mußt wissen, Palmlilie«, brüllte der Mann über das Flammengetöse hinweg, »daß ich dich töte, wenn du es mir nicht sagst.«

Ihr Vater umarmte Vogelkind noch fester. Er brüllte zurück: »Ich weiß es, Spannerraupe.«

*Spannerraupe? Was machte der hier?*

»Wer ist der richtige Vater dieses Jungen?« fragte Spannerraupe.

Vogelkind kniff die Augen zusammen, er war krank vor Angst.

»Das bin ich.« Palmlilie versuchte, sein Bein auszustrecken und unterdrückte einen Schrei. War das etwa Blut, die Flecken auf seinem Oberschenkel?

»Lüg mich nicht an! Ich weiß, seine Mutter ist die Hure Nachtsonne! Für dieses Verbrechen wird sie ihre Strafe bekommen. Aber wir müssen auch den Vater finden. Antworte! Ist es mein Vetter Nordlicht?«

Seine Krieger schrien empört auf. Eine solche Paarung wäre Inzest! Sie sahen sich gegenseitig voller Unbehagen an.

Spannerraupe schritt hin und her und ließ die blutige Keule auf seine Handfläche klatschen. Er schrie: »Ich weiß, daß Nordlicht im Privatgemach von Nachtsonne schlief, als Krähenbart mit den Hohokam Handel trieb! Er muß der Vater sein!«

»Vogelkind ist *mein* Sohn«, beharrte Palmlilie wütend. »Seine Mutter …« Seine Stimme brach. »War … war meine Frau, Distel. Du weißt das, Spannerraupe. Von den Nächten her, da du an meinem Feuer gesessen und meine Gastfreundschaft genossen hast. Ich sage die Wahrheit!«

Maisfaser schrie innerlich auf: *Nein!* Mutter konnte nicht –

Spannerraupe deutete mit der Keule auf Palmlilie; in dem fahlen Licht glänzte sie bernsteinfarben. »Du nennst also die Gesegnete Sonne einen Lügner?«

»Was *soll* dieser Wahnsinn?« brüllte Palmlilie. »Spannerraupe, du kennst mich doch! Bei den heiligen Thlatsinas und bei meiner Seele schwöre ich, daß ich die Wahrheit sage! Dieser Junge ist mein Sohn, den meine Frau geboren hat! Wenn die Gesegnete Sonne etwas anderes gesagt hat, dann *irrt* er!« Aus schmerzlich zusammengekniffenen Augen blickte Palmlilie hoch und sagte mit gepreßter Stimme: »Selbst jetzt, Spannerraupe, nach diesen ungeheuerlichen Greueln, werde ich die Gesegnete Sonne nicht einen Lügner nennen – ich sage nur, daß er sich irrt.«

Unwillkürlich fing Maisfaser wieder zu schluchzen an, aber das versuchte sie sofort zu unterdrücken. Tränen trübten ihr die Sicht und rannen ihr heiß über die Wangen. Die Gesegnete Sonne hatte Spannerraupe aufgetragen, *einen Jungen* zu finden. Was hatte das zu bedeuten? Hatte ihre Mutter sie angelogen? Aber aus welchem Grund?

Palmlilie schaute Spannerraupe mit funkelnden Augen an. »In all den Jahren, in denen wir Seite an Seite gekämpft und Kälte und Mühen geteilt haben, hast du mich da je bei unehrenhaften Handlungen ertappt? Hast du je meine Treue oder meinen Mut in Frage gestellt?«

Spannerraupe schüttelte den Kopf. Seine Lippen bewegten sich, aber Maisfaser konnte seine Antwort nicht verstehen.

Palmlilie erhob sich schwankend und humpelte schmerzgeplagt auf seinem blutenden Bein. Böse blickte er auf die Krieger auf der Plaza. »Ich habe mein Leben aufs Spiel gesetzt, um viele von euch zu retten! Der Mann, der neben euch gekämpft hat, der Krieger, der mit euch am Feuer gesessen hat, der euch versorgt hat, wenn ihr verwundet wart, der sagt euch jetzt, daß ihr im Unrecht seid. Dies ist mein Sohn, wie die Götter bezeugen können. Ihr habt Unschuldige getötet! Wollt ihr euch zwei weitere Morde auf die Seele laden? Irgend jemand von euch?«

Spannerraupe schlug sich die Keule auf die Handfläche. »Ich muß es tun, Palmlilie, ich habe keine Wahl! Ich habe den Befehl, keine Zeugen am Leben zu lassen.«

Ihr Vater brach zusammen; er fiel zu Boden und umarmte Vogelkind so heftig, daß seine Arme zitterten. Maisfaser sah, daß Vogelkind weinte. »Dann, um eurer Seele willen, tut es schnell!«

Spannerraupe winkte mit erhobener Hand jemandem, der außerhalb von Maisfasers Blickfeld stand, und brüllte: »Stechmücke! Tu du … tu du es!«

Der Ring der Krieger rückte zusammen, bis sechs Krieger ihr im Rahmen ihres Fensters die Sicht versperrten. Maisfaser zwinkerte, um die Tränen aus ihren Augen zu vertreiben. Spannerraupe trottete aus ihrem Blickfeld, tauchte aber außerhalb des Vierecks der verbrannten Häuser wieder auf. Er zuckte zusammen, als er seine Schulter massierte, so wie ein Mann, der seinen Wundschmerz lindern möchte, und sank dann zu Boden, nahm sich den Lederhelm ab und legte den verschwitzten Kopf in beide Hände.

Ihr Vater schrie durchdringend auf, ein dumpfes Klatschen ertönte, und Vogelkind stieß einen hohen, klaren Schrei aus – mittendrin abgeschnitten wie mit einer Obsidianklinge.

Die Krieger lösten sich aus dem Kreis, bewegten sich eine Weile hin und her, dann fluchte einer laut, und alle zogen sich langsam zurück.

Maisfaser stützte sich zitternd auf die Ellbogen und betrachtete den Schauplatz.

Als die Krieger nacheinander die Plaza verließen, sah sie ihren Vater auf dem Rücken liegen; sein Hemd war blutgetränkt, und quer über dem Bauch …

»*Hier!*« Stechmücke ging zu Spannerraupe und warf ihm etwas zu, was wie ein Lederball aussah.

Maisfaser steckte sich die sandverkrustete Faust in den Mund, um ihren Schrei zu ersticken.

Spannerraupe hob Vogelkinds Kopf auf und nahm ihn unter seinen unverletzten Arm. »Stechmücke, nimm deine Männer und bring das hier zu Ende. Laß keinen am Leben, es darf keine Zeugen geben.«

Stechmücke wies seine Krieger mit einer Handbewegung an zu handeln und kehrte zur rauchüberdeckten Plaza zurück.

Spannerraupe blickte zu einem anderen Krieger und rief: »Los, gehen wir! Dieser Mann war mein Freund!« Er sprang auf. »Wir schlagen unser Lager an der Weggabelung auf.«

Er trabte los, und zehn oder zwölf Männer liefen hinter ihm her.

Maisfaser sah sie im Dunkeln verschwinden.

Sie konnte kaum atmen.

Gräßliches Kreischen hallte weiterhin durch die Nacht. Stechmücke stürmte mit seinen Männern vor dem Fenster vorbei. Das Gebrüll der Mörder vermischte sich mit den Schreien der Menschen ihres Clans zu einem schaurigen Getöse, bei dem ihr übel wurde.

Dicker Maiskolben, der alte Mann, taumelte vor dem Fenster vorbei, schluchzend, die Hände über dem Kopf. Ein Krieger mit einer Keule rannte ihm nach … und dann waren sie außer Sicht. Kleine Schnecke kreischte mit kindlicher Stimme: *»Nein, bitte, ich hab' doch nichts Böses getan! Tu mir nicht weh, bitte! NEIN –«*

Maisfaser sah im Feuerschein, wie eine Kriegskeule sich hob und hinuntersauste, und hörte, wie ein Schädel krachend zerbarst.

Sie wälzte sich auf den Rücken und rang nach Atem. Die Abendleute blinkten und zwinkerten. Ihre Muskeln verkrampften sich, und ihre Glieder zuckten wie bei einem verwundeten Tier. Sie nagte an ihrer sandüberkrusteten Faust, während Tränen ihr übers Gesicht strömten.

Tief in der Hülle ihres Körpers stieß ihre Seele einen Schrei aus, der unhörbar war.

## 19. Kapitel

Eisenholz stand mit gekreuzten Armen in der Tür von Schlangenhaupts Privatkammer und sah zu, wie Schwalbenschwanz dem neuen Häuptling das Abendessen servierte. Der Mogollon-Junge setzte die längliche Holzplatte neben die Glutschale mitten auf den Boden und prüfte dann nach, ob die Teekanne, die am Dreifuß hing, sich auch richtig erwärmte. Er trat zurück, faltete die Hände und erwartete weitere Anweisungen. Er war fast so groß wie Eisenholz. Wenn er Schlangenhaupt ansah, glomm Haß in seinen dunklen Augen auf.

Schlangenhaupt stand mit dem Rücken zu ihnen vor einem Pyrit-Spiegel und machte sich zurecht. Hier und da blitzte der Spiegel auf, und Eisenholz sah, daß Schlangenhaupt ihn mit hämischem Lächeln beobachtete.

*Der arrogante junge Narr. Er weiß, daß mir die Leute berichtet haben, und deshalb läßt er mich warten; ich soll merken, daß ich kein Recht mehr habe, über diese Dinge mit ihm zu sprechen.*

Eine Fackel aus Zederrindenstücken brannte rechts von Eisenholz an der Wand und warf ein bewegtes bernsteinfarbenes Licht über den Raum; er war vier mal fünf Körperlängen groß, hatte eine hohe Decke und herrlich bemalte Wände. Der Blick von Schwalbenschwanz war fest auf die Nordwand zu seiner Linken gerichtet, wo der gefährliche Dachs-Thlatsina stand. Der Gott hatte einen schwarzen Körper, eine längliche Schnauze und scharfe Zähne. Feindskalpe – die meisten von den Mogollon – hingen um ihn herum. Jetzt, da sie Wasser- und Samenwesen geworden waren, verliehen sie Schlangenhaupt mehr Macht, als einem jungen Mann seines Alters zugestanden hätte.

Ein leuchtendroter Ara spazierte in seinem großen Käfig auf der Stange hin und her, schnappte sich Piniennüsse aus einer kleinen Tonschale und knackte sie mit seinem Sichelschnabel geräuschvoll auf. Er hatte blau-gelbe Flügel, einen weißen Kopf und einen langen blau-roten Schwanz. Sechsmal eine Handbreit maß er vom Schwanzende bis zum Kopf; er glänzte im schwankenden Fackellicht. Der gewölbte Weidenkäfig erhob sich vom weißgetünchten Boden bis zur Decke auf einer Fläche von fünfzehn Handbreit im Quadrat. Die Nußschalen lagen auf dem Käfigboden verstreut.

Eisenholz behielt den Ara im Auge. Unter den Sklaven ging das Gerücht, er könne mit menschlicher Stimme sprechen, aber er hatte niemals … Der Vogel legte den wunderschönen Kopf auf die Seite. Er sah Eisenholz mißgünstig an und stieß einen gellenden Kreischlaut aus. Schwalbenschwanz erstarrte, und Eisenholz' Augen verengten sich zu Schlitzen. Der Ara schob sich Schritt für Schritt auf der Stange wieder zurück, pickte einen Sonnenblumenkern auf und knackte ihn, ohne Eisenholz auch nur für einen Augenblick aus den Augen zu lassen.

Die Brust von Schwalbenschwanz hob und senkte sich schnell unter seinem Hemd. Eisenholz wußte, daß die Feuerhunde glaubten, die Aras hätten menschliche Seelen. Ob der Junge jetzt wohl überlegte, wessen Seele?

Die Leute vom Rechten Weg hingegen fürchteten, daß die Aras *vielleicht* menschliche Seelen hätten. Wiewohl die Götter manchmal eine Vogelgestalt annahmen, um von den Himmelswelten hinunterzuschießen und zu beobachten, was die

Menschen trieben, flogen auch Hexen oft als Vögel herum. Nur die weisesten Schamanen konnten zwischen ihnen unterscheiden.

Der Ara ließ einen weichen trauervollen Laut hören, und Schlangenhaupt drehte sich um und sah, wie der Vogel nur mit einem Auge Schwalbenschwanz beäugte. »Selbst mein Vogel haßt dich, Junge«, sagte er. »Geh raus! Geh in die Sklavenkammer zurück. Und sag deiner Mutter, daß sie kommen soll. Sofort!«

Schwalbenschwanz zögerte. Seine Nasenwände bebten. Doch er sagte: »Jawohl, Gesegnete Sonne.« Geduckt lief er an Eisenholz vorbei.

Schlangenhaupt trug ein Wildlederhemd, mit gefärbten Stachelschweinborsten verziert. Die abgeflachten Stacheln waren im Zickzack roter und gelber Blitze auf den Ärmeln angenäht worden. An den Sandalen klickten Muschelglöckchen. Auf seinem Scheitel war ein Zopf seines schwarzen Haars festgesteckt.

Schlangenhaupt betrachtete Eisenholz durch zusammengekniffene Augen, ging dann durch den Raum und schenkte sich eine Tasse Kiefernsaft-Tee ein. Der süßlich-pikante Duft durchzog den Raum. Der Tee war jetzt eine Rarität. Vor vielen Sommern hatte es so viele Kiefern im Canyon gegeben, daß alle Ersten Menschen sich täglich daran erfreuen konnten. Aber jetzt konnten sich nur einige wenige diesen Luxus leisten.

Schlangenhaupt richtete sich auf, nahm einen Schluck und schmatzte genußvoll. Die Stimme war kalt, als er fragte: »Was machst du hier, Eisenholz? Du bist nicht mehr der Kriegshäuptling. Was könntest du von mir wollen?«

Eisenholz ließ die Arme fallen. »Ich hatte gehofft, daß du – aus Anerkennung der vielen Sommer treuer Dienste für deinen Vater – mir helfen könntest zu verstehen, was in meiner Abwesenheit hier geschehen ist. Man erzählt mir, daß du Spannerraupe –«

»Ja, das habe ich.« Sein Mund verzog sich zu einem hämischen Lächeln. »Ich habe *meinem* Kriegshäuptling Anweisung gegeben, die elende Brut meiner Mutter zu finden und zu töten. Mehr brauchst du eigentlich nicht zu wissen, Krieger. Nun, wenn du weiter nichts Wichtiges auf dem Herzen hast – ich bin sehr beschäftigt.«

»Aber ich verstehe nicht, warum du den Tod des Jungen wünschst. Der ist doch keine Bedrohung für dich.«

Schlangenhaupt schwenkte den Tee in der schwarzweißen Tasse. »Es ging gar nicht um meine Wünsche, Eisenholz. Es war der letzte Befehl meines Vaters.«

»Und was ist mit deiner Mutter? Wie lange willst du sie noch gefangenhalten?«

»Das geht dich nichts an.«

»Ich lebe hier, Schlangenhaupt. Natürlich geht mich das etwas an. Erkennst du nicht –«

»Ich erkenne alles, was ich erkennen muß, Eisenholz!« Schlangenhaupt drehte sich um und duckte sich. In dieser Haltung rechtfertigte er seinen Namen. »Und jetzt *geh*!«

Eisenholz kreuzte ungerührt die Arme. »Mit jedem Atemzug, den sie als Gefangene macht, wird das Volk unruhiger. Ich glaube nicht, daß du in der Lage bist, eine Revolte zu unterdrücken, Schlangenhaupt – nicht, wenn dein Kriegshäuptling mit dreißig deiner besten Krieger zu einem Überfall unterwegs ist.«

Schlangenhaupt sah ihn böse an.

»Bitte hör mich an«, bat Eisenholz. »Die Leute protestieren nicht mehr auf der Plaza. Aber das heißt nur, daß sie zu Hause sitzen und sich beim Abendessen flüsternd erzählen, was sie wissen, und sich fragen, was die Wahrheit ist. Wenn du dem nicht bald ein Ende bereitest, werden sie die Wissenslücken mit Vermutungen ausfüllen und zu einer völlig neuen Darstellung kommen. Zu einer, die dieses Dorf auseinanderreißen könnte.«

Schlangenhaupt setzte sich auf die Matte vor seine Platte mit der Mahlzeit, ohne von Eisenholz Notiz zu nehmen. Mit einem Hornlöffel begann er, eine Melone zu essen. Die Leute vergruben Melonen, Eier und bestimmte Kürbissorten in großen Sandmieten, um sie in kalten Wintern zu konservieren. Die Melonen wurden dadurch süßer, und das Kürbis-Fruchtfleisch trocknete nicht so schnell aus. Die so aufbewahrten Eier hielten sieben oder acht Monde lang.

Eisenholz zuckte die Achseln. »Wenn es dazu kommt, zerschlagen sie ganz Krallenstadt und dich dazu. Willst du das etwa?«

Schlangenhaupt löffelte sich noch mehr Melone in den Mund und kaute. Er nahm sich nicht die Mühe zu antworten.

Eisenholz seufzte und spähte durch die Tür hinaus.

Dunkelheit senkte sich über die Wüste und weichte die scharfen zerklüfteten Klippenränder auf; die Farben der Welt liefen aus. Am klaren Himmel drängten sich die Abendleute. Eisenholz betrachtete sie und sog die kühle Luft ein, die durch den Canyon strich; sie roch nach dürrem Gras und Staub. Früher einmal hätte sie noch das Salbeiaroma parfümiert, aber jetzt waren alle Salbeibüsche im Umkreis von zwei Tagesmärschen als Brennholz verwendet worden. Der Wind trug das Gewinsel ferner Coyoten heran. Kein Wunder, daß das Land ausgelaugt war und sich weigerte, noch etwas wachsen zu lassen.

»Hast du gewußt, daß meine Mutter eine Hure war?« fragte Schlangenhaupt.

Eine ganze Weile war Eisenholz nicht bereit, seinen Blick von den Abendleuten abzuwenden; dann schaute er Schlangenhaupt an. Der Jüngling hatte seine Melone gegessen und nahm die Teetasse wieder auf. Er hatte einen merkwürdigen Gesichtsausdruck – war er neugierig, oder wollte er ihn auf die Probe stellen?

»Mich interessiert der Klatsch der Leute nicht, Schlangenhaupt. Das hat er noch nie.«

»Aber zufällig weiß ich, wie oft du mit den Sklaven von Krallenstadt sprichst, und dieses Gesindel klatscht. Ich dachte, du hättest vielleicht einmal mitbekommen –«

»Nein.«

Schlangenhaupt stand auf und ging auf Eisenholz zu. In den Falten seines Wildlederhemds fing sich ein silberner Schein der Fackeln. Die Muscheln auf seinen Sandalen klickten. Eine Körperlänge vor Eisenholz blieb er stehen und legte den Kopf zur Seite. »Also du hast wirklich keine Ahnung, wer der Vater meines elenden Halbbruders ist?«

»Keine Ahnung.«

Ein spöttisches, unheilverkündendes Lächeln kräuselte Schlangenhaupts Lippen. »Das ist alles, was ich dir zu sagen habe, Eisenholz. Jedenfalls im Augenblick.« Er ging zu seiner Platte zurück und nahm sich einen kalten Maiskuchen. »Du kannst gehen.«

»Dein neuer Kriegshäuptling wird dafür sorgen, daß das Kind getötet wird. Dann hast du deine Pflicht gegenüber deinem Vater erfüllt. Wozu dann noch deine Mutter gefangenhalten? Das facht doch nur den Zorn –«

»Und was soll ich deiner Meinung nach tun, ehemaliger Kriegshäuptling? Soll ich sie laufenlassen? Sie hat meinen Vater betrogen.«

Eisenholz ballte die Fäuste und schritt auf Schlangenhaupt zu. Wut stieg in ihm hoch. In Schlangenhaupts Augen blitzte Angst auf. Aber er faßte sich schnell. Der neue Häuptling reckte hochmütig sein Kinn.

Eisenholz sagte: »Sollte das wahr sein, Schlangenhaupt, dann ist es jetzt deine Pflicht, über ihr Schicksal rasch zu entscheiden. Um deines Volkes willen. Schick sie in die Verbannung oder töte sie. Aber bring es hinter dich!«

Ein böses Glitzern stand in Schlangenhaupts dunklen Augen. Er biß in seinen Maiskuchen und kaute, und dabei schaute er forschend in Eisenholz' Gesicht. Auf der Suche nach... was?

»Ich werde sie wohl töten«, verkündete er kühl. Krumen klebten ihm an den Lippen. »Ja, damit wäre das Problem gelöst.«

»Also, dann tu es!«

Schlangenhaupt hielt Eisenholz' wildem Blick eine ganze Weile stand. »Ich habe dir nie vertraut, Eisenholz. Weder dir noch deinem Urteil.«

»Sehr bedauerlich. Dein Vater hat mir vertraut.«

»Ja, ich weiß.« Er lachte leise. »Aber er hat natürlich nie gewußt, wie *zugetan* dir meine Mutter war.«

Eisenholz krampfte sich der Magen zusammen. »Willst du damit sagen –«

»Ich will sagen, sie war dir einmal sehr zugetan«, antwortete Schlangenhaupt mit vollem Mund. »Das ist alles.« Er aß den Maiskuchen auf und wischte lila Krumen von der Hand auf den Boden.

»Schlangenhaupt –«

»Ich bin *fertig* mit dir. Ich bin die Gesegnete Sonne. Geh jetzt! Oder soll ich die Wache rufen, damit sie dich hinausweist?«

Schlangenhaupt drehte ihm den Rücken zu und ging zum Vogelkäfig. Er redete sanft mit dem Vogel, der ihm mit einem tiefen feindseligen Gekeife antwortete.

Eisenholz ging geduckt hinaus in die kalte Nachtluft und überquerte mit großen Schritten das Dach des vierten Stockwerks, die Zähne fest zusammengebissen; seine Sandalen kratzten über den Bodenputz. Seine Fäuste öffneten und schlossen sich beim Gehen.

*Wieviel konnte er wissen? Nichts ... überhaupt nichts. Er bluffte, warf Köder aus, spielte mit den Menschen, um zu sehen, ob er ihnen etwas entlocken konnte.*

Er kletterte die Leiter zum vierten Stock hinab und ging wachsam zu den Kammern von Nordlicht. Seine Nerven prikkelten, als befände er sich auf einem Bergkamm, bevor der Blitz einschlägt.

Geduckt trat er ein. Nordlicht schürte die Glut in seiner Wärmeschale und schaute auf. Ein weißes Hemd lag über seine Füße gebreitet. Krähenfüße hatten sich um seine müden braunen Augen gegraben; das lose schwarze Haar bedeckte die eingezogenen Schultern.

Die Wände waren mit Thlatsinas bemalt, und eine der schönen Masken – der Dachs-Thlatsina mit seinen Rabenfedern – hing über Nordlichts Lager, als ob er wohlwollend auf ihn herabblicken wollte. Körbe und herrlich bemalte Töpfe standen nebeneinander an einer Wand. Über ihm hingen heilige Kräuter von den Dachstangen, jetzt eingehüllt in den herben Geruch des Zedernrauchs.

»Nun?« fragte Nordlicht leise. »Weiß er Bescheid?«

»Über das Kind? Nein, ich glaube nicht.«

Nordlicht kam langsam auf die Beine. Er kannte Eisenholz viel zu lange, um nicht das Unausgesprochene zu hören. Er runzelte die Stirn. »Aber er weiß … von etwas anderem?«

Eisenholz stieß heftig die Luft aus. »Vielleicht von seiner Mutter und mir.«

Nordlichts Gesichtsmuskeln erschlafften. »Ihr heiligen Thlatsinas, dann könnte er auch den Rest erraten.«

»Er hat mich in seine Wärmeschale gestoßen!« Trauertaube schaute über ihre nackte Schulter auf Kriecher; feuchtes schwarzes Haar umrahmte ihr rundes Gesicht. »Er war wie einer von den Wilden, hat mit Sachen um sich geworfen, gebrüllt, mich geschlagen!«

Nachdem Schlangenhaupt sie entlassen hatte, war sie sofort zum Posten gelaufen, der die Sklavenquartiere bewachte, und hatte ihn gebeten, Kriecher herzubringen. Er hatte sich ein Hemd übergeworfen, einige Medizinsachen zusammengerafft und war über die Plaza gelaufen.

Zehn Sklaven in abgerissenen braunen Gewändern saßen auf dem Boden im Kreis um Kriecher und Trauertaube herum und sahen schweigend zu. Neben ihren Schlafmatten lagen ein paar kleine Säcke, die ihre ärmliche Habe enthielten. In der Wandhalterung zischte eine einzelne Zedernrindenfackel, und ihr Licht überzog die beunruhigten Gesichter mit einem rötlichen Schein, der ihre zusammengezogenen Brauen und den Grimm ihrer Gesichter hervorhob. Lerche, ein alter Mann, verbarg das Gesicht in den Händen.

Schwalbenschwanz saß links von Kriecher, die Knie an die Brust gezogen, und wiegte sich hin und her wie ein verwundetes Tier. Das Gesicht des großen Jungen glich einer holzgeschnitzten Maske, aber seine Blicke, starr auf die Verwundungen seiner Mutter gerichtet, waren wie Dolche. Kriecher mußte dauernd zu ihm hinschauen. Er konnte sehen, wie der Haß in dem Jungen wuchs, wie er zunahm, bis er ihn fast verzehrte.

»Du bist jetzt in Sicherheit, Trauertaube.« Kriecher strich einen Malvenbalsam sanft über die Verbrennungen auf dem Rücken. Die faustgroßen Blasen schwitzten Flüssigkeit aus. Er mußte sich bezwingen, um seine Hände ruhig zu halten. Wut durchfuhr seinen ganzen Körper.

*Schlangenhaupt wird immer unberechenbarer und arroganter. Um des Volks des Rechten Wegs willen sollte jemand ihn …*

Trauertaube zuckte zusammen, als Kriecher etwas zu fest rieb. »Tut mir leid! Tut mir leid, Trauertaube.« Er tätschelte ihre Schulter.

Sie ließ den Kopf hängen und seufzte. »Schon gut. Danke.«

Kriecher behandelte jede Blase, jede Wunde mit größter Behutsamkeit. Die Gesichter ringsum drückten Verdrossenheit aus; die Leute hatten resigniert. Sie waren Sklaven. Sie wußten, wie sinnlos es war, gegen Brutalität zu protestieren. Kriecher wußte das auch als einer der Gemachten Menschen niederen Ranges. Er würde den Vorfall bei der nächsten Ratsversammlung vor den Ältesten der Ersten Menschen vorbringen, aber es würde nichts nutzen. Vielleicht tadelte jemand Schlangenhaupt oder erwähnte beiläufig, er hätte Trauertaube nicht verletzen dürfen. Darüber würde Schlangenhaupt nur lachen – das hatte Kriecher schon erlebt. Viele Male.

Schwalbenschwanz lehnte sich an die weiße Wand und schloß gefaßt die Augen; er hatte offenbar seine Beherrschung wiedergewonnen. Sein Gesicht zeigte keine Bewegung. Dann sah Kriecher seine Arme. Die knotigen Muskeln zuckten und spannten sich unter seinem braunen Hemd, als träume er davon, wie er jemanden mit bloßen Händen zu Tode prügelte.

Kriecher nickte, seine eigene Empörung wuchs. Er strich noch mehr Balsam auf eine besonders böse Stelle, wo die Blase aufgeplatzt war und das rohe Fleisch sehen ließ.

Trauertaube knirschte mit den Zähnen und ächzte.

»Tut mir leid«, wiederholte Kriecher. »Hab' ich dir wieder weh getan?«

»O Kriecher«, flüsterte sie heiser, »warum hat er mir das angetan? Ich weiß, irgend etwas hat ihn aufgebracht. Aber ich habe nichts Böses getan! Das schwöre ich! Ich habe jedem Befehl gehorcht, ich …«

»Das hat er getan«, sagte Kriecher mit bebender Stimme und ballte die Fäuste, um sich wieder in die Gewalt zu bekommen, »weil er einer der Ersten Menschen ist *und es tun kann*!«

Als die Feuer niederbrannten und der Umhang der Nacht sich um die Hügel schloß, kroch Distel aus dem Dickicht und schaute bebend zu Lanzenblattdorf hoch.

Schwarzer Rauch stieg kräuselnd in die Höhe. Der Windjunge zog ihn über die Wüste, dünnte ihn aus und verknotete ihn wie ein langes Tau. Der Gestank von verbranntem Pech stach ihr in die Nase.

Geräuschlos wie der Schatten des Falken machte sie drei Schritte den Hügel hinauf, hielt inne, spähend und lauschend, bevor sie wieder drei Schritte machte. Sie wagte es nicht, auf ihre Füße hinunterzusehen, sie hatte nur Augen für die dunklen Umrisse, die sie umgaben – Büsche, Felsbrocken, Wacholderbäume. Der Feigenkaktus stach ihr durch die Mokassins in die Füße. Das Blut wärmte ihre kalten Zehen.

Und die ganze Zeit trommelte ihr Herz vor Furcht. *Palmlilie?*

Dann und wann brach und zischte schwelendes Holz, doch sonst umfing Stille die Hügel wie in einer erstickenden Umarmung.

Distel kletterte zu der verkohlten Hülle ihres Hauses; die Kehle war ihr zugeschnürt. »Heilige Götter ...«, flüsterte sie.

Eine Bewegung in den geschwärzten Resten des Dorfes weiter unten erregte ihre Aufmerksamkeit. Schwaches Gewimmer wurde hörbar.

Neugierig ging sie Schritt für Schritt den Hang hinunter und versuchte, denjenigen, der sich auf der Plaza bewegte, nicht aus den Augen zu verlieren. Sie sah ihn besser, wie sie entdeckte, wenn sie nicht direkt auf ihn, sondern rechts an ihm vorbeisah. Die stämmige Person ging, als wäre sie verletzt, schonte den rechten Fuß. Die Klagelaute wurden deutlicher.

Distel betrat die Plaza durch das zerschlagene Tor und trat vorsichtig über herabgefallene Balken und Schutt. Ein Truthahn verbarg sich im Schatten, aber als Distel näher kam, stieß er einen kollernden Laut aus und stürzte flügelschlagend davon.

»Wer ist da?« rief ein Mädchen, panisch vor Angst.

»Hier ist Distel.«

»Oh, Distel ...«

»Zikade?«

»Ja. Ich habe meine Tante gefunden.« Ihr Wimmern steigerte sich zu einem herzzerreißenden Schluchzen. »Sie ist tot.«

Distel blieb stehen. Überall lagen Tote. Der Blutgeruch war erstickend. Sie wappnete sich und ging auf Zikade zu, aber sie sah sich jede Leiche an. Ihr Entsetzen wuchs, als sie ihre Namen flüsterte: *»Kleeblatt. Vogelschwanz. Der alte Kampfläufer ...«*

Zikade nahm den Leichnam ihrer Tante in die Arme und wiegte ihn sanft hin und her. Es war ein ergreifender Anblick. »Meine Tante ist tot. Sie ist gegangen«, weinte sie.

Distel kniete sich hin und strich über Zikades kurzes Haar. »Ich helfe dir, sie zu begraben. Wir sorgen dafür, daß sie den Weg zu den Unterwelten findet ... Zikade, hast du gesehen –«

»Ja«, antwortete sie und nickte. »Da drüben.« Zikade deutete mit dem Kinn dorthin; mit schriller Stimme sagte sie: »Beide!«

Distel starrte verständnislos in ihr rundes Gesicht. Langsam erhob sie sich und drehte sich um, als bewege sie sich in einem Alptraum.

Sie sah das rote Hemd von Palmlilie ...

Und die ganze Welt um sie herum wurde kalt und grau. Die trauervollen Schreie von Zikade hallten nicht mehr in ihren Ohren. Den Geruch von versengtem Holz nahm sie nicht mehr wahr. Sie sah die großen toten Augen von Palmlilie, in denen sich das Sternenlicht spiegelte.

Ihre Beine bewegten sich ganz automatisch. Die beiden lagen so nahe, daß sie nur sieben kleine Schritte brauchte. Sie blickte auf sie hinab. Eine blutige kleine Stichverletzung hatte Palmlilies Hemd über dem Herzen aufgerissen. Sie hatten ihm den größten Teil der Kopfhaut abgeschnitten, und ein Pfeil mit abgebrochenen Federn durchbohrte seinen blutverkrusteten Oberschenkel.

Endlos lange stand sie da und versuchte, das, was sie auf dem Boden sah, mit dem Bild von Palmlilie in Einklang zu bringen, aber die Teile, wie Scherben von zwei verschiedenen Töpfen, paßten nicht zusammen.

Dann erkannte sie, daß der kopflose Körper, der quer über Palmlilie lag, der eines Jungen war …

Sie hörte den wahnsinnigen Schrei, der die Nacht durchschnitt, doch war es ihr nicht bewußt, daß er aus ihrem eigenen Munde kam.

Aus einer unglaublichen Entfernung hörte Distel jemanden laufend näher kommen und merkte undeutlich, daß Arme sie umschlangen. Ein abgelöster Teil ihrer Seele sah Zikade, die sie anstarrte und zu ihr sprach – der Mund der jungen Frau bewegte sich –, aber Distel hörte die Wörter nicht. Hatte sie einen schweren Schlag auf den Kopf bekommen?

Zikade führte sie etwas abseits und setzte sie liebevoll auf den Boden. Dann verschwand sie eine Weile und kam mit einer Decke zurück, die sie über Distels kalte Schultern breitete.

Zikade setzte sich neben sie, legte einen Arm um sie und lehnte ihren Kopf an Distels Schulter. Wie aus einer anderen Welt fielen Tränen auf Distels Hand, kühle Tränen, so kühl auf der Haut.

Ihr Mund fing an zu zittern, und dann breitete sich das Zittern aus und erfaßte den ganzen Körper.

»O nein«, flüsterte Zikade.

Sie sprang auf und rannte. Distel sah sie über die Leiter in die Kiva klettern. Mit weiteren Decken kam Zikade zurück, legte noch zwei davon über Distels Schultern und setzte sich wieder. Sie beugte sich vor und sang leise. Die Totenklage …

Distel sah zu, ohne sich zu rühren – eine Frau in Trance. Doch nach einer Weile hob sie die bleiernen Arme und zog Zikade an sich.

Distel wiegte die junge Frau in ihren Armen.

… Wiegte und wiegte.

## 20. Kapitel

Ein Klappern auf dem Dach weckte Nachtsonne. Da sie mit einem plötzlichen Lichteinfall rechnete, kniff sie die Augen zusammen. Jedesmal, wenn eine der Sklavinnen eintrat, blendete sie die unvermittelte Helligkeit. Sie setzte sich auf – die steif gewordenen Muskeln verursachten stechende Schmerzen. Die Kälte hatte sich in ihr Knochenmark gefressen. Als die Dachbedeckung aus Pinienstangen zurückglitt, leuchteten die Sterne. Die Leiter wurde herabgelassen und traf dumpf auf dem Boden auf.

»Nachtsonne?«

»Eisenholz?« stieß sie hervor.

Er kletterte hinab, ein Bündel in der Hand. »Ich kann nicht lange bleiben. Es wissen zu viele, daß ich hier bin.«

»Ich verstehe.« Sie schluckte, um den Schmerz in ihrer Kehle zu lindern. »Wie bist du an den Wachen vorbeigekommen?«

»Viele unserer Krieger sind mir immer noch ergeben. Im Falle von Blaumais, der heute nacht Wache steht – den habe ich einmal bei einem Überfall der Feuerhunde gerettet.«

Das Licht der Sterne machte das Zimmer nach der nächtlichen Finsternis taghell. Eisenholz hatte das geflochtene Haar zu einem Knoten am Hinterkopf zusammengesteckt. Der silberne Schein fiel über die hohen Backenknochen, die flache Nase und die schrägen Augenbrauen und hob sein flächiges, ovales Gesicht hervor. Das leuchtendrote Hemd, der Türkis-Anhänger und die blauen Leggings schimmerten fahl. Mit Ingrimm bemerkte sie, daß er Bogen und Köcher über der Schulter hatte und daß seine Keule am Gürtel hing.

»Ich habe dir zwei Decken mitgebracht«, sagte er. Er kniete neben ihr und öffnete sein Bündel. »Außerdem etwas zu essen und Wasser.«

»Und Schlangenhaupt hat es zugelassen?«

»Nein. Er ist weggegangen. Ich weiß nicht, wohin.«

Sie griff nach einer Decke und warf sie sich um die Schultern. »Oh, das tut gut. Hast du sie vorher angewärmt?«

»Ja, ich wußte, daß du frierst«, sagte er und legte ihr auch die zweite Decke um. »Ich habe sie neben meinem Feuer aufgehängt, als ich mit Düne und Nordlicht sprach. Dann habe ich sie zusammengefaltet und bin gleich hergekommen.«

Nachtsonne zog sie sich fest am Hals zusammen und genoß die prickelnde Wärme, die sich über ihren Körper ausbreitete. »Düne ist hier? In Krallenstadt?«

»Er ist mit mir gekommen.« Eisenholz ließ sich neben ihr nieder und seufzte. Er sah sehr müde aus. Tiefe Falten durchfurchten seine Augenpartie.

»Ich weiß, daß es dir nicht gutgeht«, meinte er. »Bist du stark genug, um zu sprechen?«

Nachtsonne fuhr sich mit schlanken Fingern durch die Haare. »Glaubst du ihm? Daß das Kind noch lebt?«

Eisenholz senkte den Kopf. »Ich wußte, daß das Kind noch lebt, Nachtsonne.«

»Du …?«

»Ja.«

Das Herz klopfte ihr dumpf in der Brust; ihr Magen zog sich zusammen. In all diesen Jahren war ihr Kind am Leben geblieben. »Nordlicht … Er hat dir geholfen, das Kind zu verstecken?«

Er nickte. »Er ist der beste Freund, den ich je hatte. Er hat gewußt, wie sehr du gefürchtet hast, daß Krähenbart dahinterkommt und sich an dir rächt. Nordlicht hat dafür gesorgt, daß er als einziger bei der Geburt anwesend war. So konnte er das Kind heimlich entführen und Sorge tragen, daß niemand erfährt, nicht einmal du, ob das Kind noch lebt oder nicht.«

Sie stützte die Ellbogen auf die Knie und griff sich mit beiden Händen in ihr dichtes, angegrautes schwarzes Haar. Ihre Gedanken überstürzten sich.

»Ich habe für die Pflege und Erziehung des Kindes bezahlt«, sagte Eisenholz sanft. »Die Familie hat gut für sie gesorgt.«

Nachtsonne starrte ihn benommen an. Es dauerte einige Augenblicke, bis sie die Bedeutung seiner Worte erfaßt hatte.

»Für *sie*?« Sie erhob sich auf die Knie und sah ihm ins Gesicht.

»Aber Nordlicht hat mir erzählt –«

»Ich weiß. Aber es war ein Mädchen.«

*Heilige Geister, habe ich sie gesehen? Haben meine Augen sie erblickt, als wäre sie eine Fremde?*

»Ist das Mädchen hier, Eisenholz? Im –«

»Nein. Ich habe sie weggeschickt. Es war das beste, um sie in Sicherheit zu bringen.«

Sie suchte krampfhaft nach Worten, als ihr die schreckliche Wahrheit bewußt wurde. »Dann ... o nein. Heilige Götter, nein! Dann wird also ein unschuldiger Junge sterben! Willst du mir das mitteilen? Nordlicht hat also gelogen, um unsere Tochter zu schützen und einen Jungen zum Tod –«

»Eben das will ich dir mitteilen.« Er erwiderte ihren fragenden Blick. »Laß mir etwas Zeit, um es dir zu erklären. Du verstehst nicht, ich –«

»Ich verstehe sehr gut! Du und Nordlicht –«

»Nein.« Er hob die Hand, und langsam ballte sie sich zur Faust. »Bitte!« Qual verzerrte sein gutaussehendes Gesicht. »Nach all diesen Sommern ist das eine schreckliche –«

»Ja, Eisenholz, für dich ... und für mich.« Sie ließ sich wieder zurückfallen, an die Wand gelehnt, senkte den Kopf und zupfte an den Decken.

Eisenholz setzte sich mit untergeschlagenen Beinen vor ihr zurecht, seine Knie weniger als eine Handbreit von ihren Sandalen entfernt. So nahe waren sie sich in vielen Sommern nicht gewesen. »Nachtsonne, du warst alles, was ich mir je gewünscht habe – du hast mir alles bedeutet. Aber ich kenne dich gut, liebe Freundin. Lange bevor du es mir sagtest, hatte ich erkannt, daß ich dich verloren hatte. Das kleine Mädchen war das einzige, was von ›uns‹ übrig war. Ich konnte nicht riskieren, daß Krähenbart vielleicht unsere Tochter tötet.«

Er schaute düster auf die Nässe, die auf der Wand zu seiner Linken hinunterlief. Seine Schultermuskeln verkrampften sich unter der Anspannung und schwollen unter dem dünnen roten Hemd an.

Nachtsonne starrte ihn an.

Und auch er sah sie unverwandt an – bittend.

Nachtsonne versuchte zu schlucken, aber es war schmerzhaft. »Eisenholz, reich mir bitte den Wasserkrug.«

Er holte ihn aus seinem Bündel, zog den hölzernen Stöpsel heraus und gab ihn ihr. Die schwarzweißen Blitzspiralen, die die Unterseite verzierten, schimmerten im Sternenlicht.

Nachtsonne nahm einen großen Schluck und dann noch einen. Das kalte Wasser schmeckte nach Erde. Sie lehnte sich zurück und trank noch mehr. *Sie lebt – nach so vielen Jahren des Trauerns.*

»Weiß sie … von mir? Ich meine, daß ich ihre Mutter bin?«

»Es war besser, daß sie nichts wußte, weder von dir noch von mir. Soviel ich weiß, glaubt sie, daß die Leute, bei denen sie aufgewachsen ist, ihre Eltern sind.«

»Kannst du …?« Nachtsonne setzte den Krug auf dem Boden ab. »Eisenholz, ich muß dich um einen Gefallen bitten.«

»Und?«

»In meiner Privatkammer steht ein blau-weißer Korb. Mit Sachen, die mir lieb und wert sind. Sprich bitte mit Wolkenspiel. Erkläre ihr, daß ich alle diese Sachen gleichmäßig aufteilen will zwischen ihr und …« Sie blinzelte. »Wie heißt unsere Tochter?«

»Maisfaser.«

»Maisfaser.« Sie kostete den Namen auf ihrer Zunge aus. *Meine Tochter …* »Zwischen ihr und Maisfaser. Und natürlich muß der Grund und Boden aufgeteilt werden. Den Rest überlasse ich Wolkenspiel, sie ist großzügig und freundlich. Sie wird wissen, was damit zu tun ist.«

Bei ihrem resignierten Ton biß Eisenholz die Zähne zusammen. »Gibst du so schnell auf? Ohne zu kämpfen? Ich habe einen Plan, Nachtsonne. Wir wollen überlegen, wie –«

»Warte!« unterbrach sie ihn. Widerwillig schwieg er und lehnte sich erwartungsvoll zurück. »Du weißt genausogut wie ich – das Kind beweist, daß ich die Gesegnete Sonne betrogen habe.«

»Ja, aber –« Eisenholz wollte ihre Schulter berühren.

»Nein, faß mich nicht an! Mach es mir nicht schwerer, als es schon ist. Ich … brauche von dir … keine Hoffnung. Was ich brauche, ist dein Versprechen!«

Seine Hand verhielt einen Augenblick lang in der Luft, bis er sie fallen ließ. »Ich werde mit Wolkenspiel sprechen.«

Nachtsonne sah, wie er litt. »Es tut mir leid, Eisenholz. Ich bin verwirrt und ängstlich. Ich weiß nicht, was ich sage.«

»Ich weiß.«

»Aber ich danke dir, daß du bereit bist, mit Wolkenspiel zu sprechen. Und jetzt … solltest du gehen. Du bist schon zu lange hier gewesen. Selbst dein treuer Blaumais könnte argwöhnisch werden.«

Eisenholz stand auf und schaute mit hängenden Armen auf sie hinab. Das Sternenlicht verschattete die Falten in seinem Gesicht. »Bevor ich gehe, möchte ich dich noch um etwas bitten, Nachtsonne.«

Sie schaute auf. »Um was?«

Sein Türkis-Anhänger blitzte auf, als er Atem holte. »Versprich mir …« Er machte eine Pause, nach den richtigen Worten suchend. »Versprich mir, daß du sie mir nicht wegnehmen willst. Du hast so viel gehabt, Nachtsonne, und ich habe so wenig gehabt. Ich brauche meine Tochter.«

Aufrecht stand er, mit glänzendem graumeliertem Haar, zwischen den silbern schimmernden Wänden und den leuchtenden Sternen; da begriff sie, wie sehr er seit fast sechzehn Sommern gelitten haben mußte; er wußte, er hatte ein Kind, und er sehnte sich danach, es in seinen Armen zu halten – und das war ihm niemals vergönnt gewesen. Das kleine Mädchen mußte in seinem Herzen und in seiner Vorstellung aufgewachsen sein, während sie für Nachtsonne gar nicht existierte.

»Ich werde alles tun, was du wünschst, Eisenholz.«

»Ich danke dir, Gesegnete Nachtsonne.«

Er drehte sich um und kletterte die Leiter hinauf. Er schob die Dachbedeckung zurück, ließ aber einen Spalt offen.

Nachtsonne starrte auf die Sterne, deren Licht auf die gegenüberliegende Wand fiel wie ein schmaler Streifen von blauweißer Farbe.

Er sprach leise mit Blaumais. Dann verklangen seine Schritte.

Sie lehnte den Kopf an die Wand und atmete schwer.

Es fiel ein warmer Regen.

Eisenholz zog seinen roten Baumwollumhang am Hals zusammen und hob sein Gesicht dem Regen entgegen. Er kroch in seinen alten vertrauten Zufluchtsort außerhalb der Kammer des toten Häuptlings, wo er sich in vielen Sommern einen Hohlraum in der sonnengehärteten verputzten Lehmwand geschaffen hatte. Er hatte Nachtsonne gesehen, und das Herz wurde ihm schwer. Er konnte sie nicht aus seinen Gedanken verdrängen. Er mußte etwas unternehmen, aber er wußte nicht, was. Manche Krieger gehorchten ihm zwar noch, aber er hatte im Grunde hier keine Macht mehr. Nicht mehr.

Silbrige Dunstschleier schwebten über Krallenstadt und verschoben und verwirbelten sich im Wind. Sie fesselten die Aufmerksamkeit von Eisenholz. Wenn es in der Zeit des Wachstums doch nur so regnete, dann würden vielleicht einige der Spannungen nachlassen. In etwas mehr als einem Mond würden die Leute des Rechten Wegs Mais, Bohnen und Kürbis pflanzen, je nach der Sonnenbeobachtung von Nordlicht. Er betete zu den Thlatsinas, sie möchten ihnen dann Regen schicken.

In der Kammer sprachen Düne und Schlangenhaupt miteinander, leise und angespannt. Den ganzen Tag lang hatten sie schon über Krähenbarts Leiche hinweg gestritten, und Eisenholz hatte keine Lust mehr zuzuhören. Er war hier, weil Düne ihn gebeten hatte, Wache zu halten, und Schlangenhaupt hatte zugestimmt – aber nur bis zur Rückkehr von Spannerraupe.

Der Windjunge fuhr unter den Baumwollumhang und ließ ihn um Eisenholz' Schultern flattern wie rote Schwingen. Eisenholz zog ihn wieder fest um sich. Vor langer Zeit war der Windjunge sein Schutzgeist gewesen, aber nun hatte er seit vielen Sommern das Gewisper im Wind nicht mehr vernommen.

Mit leiser Stimme, unhörbar für die in der Kammer, sagte er: »Ich brauche dich, Schutzgeist. Komm. Sprich zu mir. Rate mir. Ich bitte dich.«

Am stürmischen Himmel grollten die hochschießenden Donnervögel und sprangen von Wolke zu Wolke. Blitze flammten auf, und Eisenholz sah eine Gruppe von Sklaven zusammengekauert auf der Plaza, fünf Geschosse tiefer. Normalerweise hatten sich alle Sklaven bei Einbruch der Dunkelheit in den runden fensterlosen Kammern am Rand der Plaza aufzuhalten. Wurde einer von ihnen bei Nacht draußen gefaßt, ohne die Erlaubnis eines Clan-Führers oder eines Mannes der Ersten Menschen zu haben, machte er sich damit eines todeswürdigen Verbrechens schuldig. Schlangenhaupt mußte dieser Gruppe einen besonderen Auftrag erteilt haben. Sie saßen im Kreis um ein kleines Feuer, Decken über ihren Köpfen.

Eisenholz fragte sich, worüber sie sprachen. Von ihrem Leben wußte er so wenig. Bei Überfällen fingen sich die Krieger Sklaven. Es war eine Siegesbeute, und die Krieger durften so viele behalten, wie sie beaufsichtigen konnten, obwohl sie zumeist an die Ersten Menschen abgegeben wurden. Als Gegenwert erhielten die Krieger den Segen der Götter und erschmeichelten sich zugleich die eher weltliche Gunst ihrer Herrschenden.

Fast nie sprachen Sklaven eine zivilisierte Sprache, und sie beteten fremde Götter an. Eisenholz hatte einmal an die dreißig Sklaven besessen, dann allerdings festgestellt, daß die Kosten, sie zu nähren, zu kleiden und zu beaufsichtigen, in keinem Verhältnis zu dem gewonnenen Prestige standen. Und, um ehrlich zu sein: In seinem Herzen erschien ihm die Sklaverei immer unerträglicher, je älter er wurde. Oft hörte er kleine Kinder in ihren Kammern weinen, und er brauchte keine Erklärung, um zu wissen, daß sie sich nach ihrer Heimat und ihren verlorenen Familien sehnten. Aber aus Gründen der Ehre nahm er immer noch Sklaven, verkaufte sie jedoch alle, um für Maisfasers Schutz zahlen zu können.

Er blickte hinab auf den Käfig, in dem Nachtsonne gefangen saß. Die Sklaven verehrten sie. Einmal in einem Sonnenkreis, meist während der Feiertage des Sommers, ließ sie ihre treueste Sklavin frei und schickte sie mit einem Bündel voller Reichtümer nach Hause. Wolkenspiel hatte es ihr immer gleichgetan. Für die Gefangenen waren sie Heldinnen. Aber es machte Schlangenhaupt wütend. Krähenbart hatte sich offenbar nie darum gekümmert, aber bei jeder Sonnenwendfeier stapfte Schlangenhaupt herum, murrend und Klage führend, daß hier sein Anteil am Besitz verschleudert werde. Ganz besonders hatte er sich dagegen gewehrt, daß Nachtsonne Trauertaube freilassen wollte.

Eisenholz konnte sich noch gut an den Tag erinnern. Schlangenhaupt war ein Junge gewesen, elf oder zwölf Jahre alt. Er hatte einen solchen Wutanfall bekommen, daß er auf der Plaza bewußtlos zusammengebrochen war. Der Vorfall hatte Nachtsonne erschüttert, und sie hatte ihrem Sohn Trauertaube als persönliche Sklavin geschenkt.

Eisenholz hatte sich immer wieder darüber gewundert, daß Trauertaube Schlangenhaupt nicht im Schlaf erdrosselte.

Dünes kratzige Stimme im fackelerleuchteten Zimmer wurde laut. »*Wie war das, Junge?*«

Eisenholz beugte sich ins Zimmer vor und sah Düne mit drohend erhobenem Wanderstab durch den Raum humpeln. Schlangenhaupt wich vor ihm zurück, die Hände schützend vorgestreckt. Sein langes purpurn gefärbtes Hemd schimmerte im orangefarbenen Schein. Auf dem Boden lag Krähenbart unter seinen Decken. Die zurückgewichenen Lippen hatten seinen Mund zu einem angestrengten Grinsen verzogen, das ein paar übriggebliebene stummelige Schneidezähne freilegte.

»Ich habe ja nur gemeint«, sagte Schlangenhaupt zu seiner Verteidigung, »daß du alt bist. Das Alter schwächt die Erinnerung.«

»Nicht bei mir!« Düne drängte Schlangenhaupt an die Wand und schlug ihm mit seinem Wanderstock auf den Ellbogen. Schlangenhaupt schrie auf, und Düne sagte: »Ich weiß noch sehr gut, was dein Vater von mir verlangt hat. Und ich habe vor, genau das zu tun, ob es dir gefällt oder nicht.«

Schlangenhaupts große dunkle Augen verengten sich; er biß sich auf die vollen Lippen. Er hatte sein schwarzes Haar zu einem Knoten gebunden. »Wenn du deinen Schlagstein meinem Vater ins Gesicht schmetterst, hier in diesem Zimmer, dann wird seine Seele befreit wegfliegen, bevor sie dazu bereit ist. Wir müssen ihn zur heiligen Buckelkuppe und zur Leiter in die Himmelswelten tragen. Ganz sicher hat dir mein Vater nicht gesagt, daß er seine Seele um Krallenstadt herumfliegen lassen will, statt die Leiter hochzuklettern, um einer der Thlatsinas zu werden.«

»Ganz sicher hat er mir das gesagt«, grollte Düne drohend.

Es war eine seltsame Szene. Der hochgewachsene, gutaussehende Schlangenhaupt in seinem prachtvollen Purpurgewand, und vor ihm der kleine weißhaarige Düne in einem verschlissenen braunen Hemd, der ihm den Weg versperrte. Im fahlen Fackelschein sahen Dünes tiefe Falten aus wie Abgründe.

»Düne«, sagte Schlangenhaupt. »Ich bin der neue Häuptling. Als Gesegnete Sonne befehle ich dir, *meine* Wünsche auszuführen, nicht die meines –«

»Was hast du vor, Junge? Hmm?«

Das hübsche Gesicht von Schlangenhaupt wurde starr. »Ich wünsche, daß der Leichnam meines Vaters unbeschädigt zur Buckelkuppe gebracht wird. Verstehst du denn nicht, daß da Hunderte, vielleicht Tausende an der Straße warten werden, um ihn noch einmal zu sehen? Andächtige Verehrer, die noch einmal das strahlende Gesicht der Gesegneten Sonne zu sehen wünschen? Aber nicht, wenn er kein Gesicht mehr hat, Düne!«

»Du Nichtsnutz!« Düne stach seinen Stab in den Bauch von Schlangenhaupt. »Ich bin nicht hergekommen, damit mich ein Bube lächerlich macht, der gerade erst hinter das Geheimnis seiner Geschlechtsteile gekommen ist!«

Schlangenhaupt blieb der Mund offenstehen; Wut blitzte in seinen Augen auf.

Eisenholz erhob sich und betrat den Raum.

Schlangenhaupt sah ihn furchtsam an. »Ich hatte nicht die Absicht, dich zu ärgern, heiliger Heimatloser. Ich wollte dir nur den Irrtum klarmachen –«

»Irrtum!«

»Das war … vielleicht das falsche Wort.« Schlangenhaupt wand sich an der Mauer. Die Thlatsinas hinter ihm schienen die Szene mit großer Neugier zu betrachten. »Ich will versuchen, es auf andere Weise zu sagen.«

Dünes zuckende weiße Brauen zogen sich über den Augen zusammen; er hob seinen Wanderstab, als wolle er zuschlagen. »Auf welche Weise?«

»Ich frage mich, ob es nicht möglich ist, daß du den Schädel meines Vaters erst dann einschlägst, wenn wir die heilige Buckelkuppe erreicht haben. So kann dann jeder, der es wünscht, sein Gesicht noch einmal sehen.«

Düne legte den Kopf schräg und schaute ihn wachsam an. »Warum willst du, daß die Seele deines Vaters noch in seinem Leib ist, wenn wir über die Straße ziehen? Warum ist dir das so wichtig?«

»Weil«, sagte Schlangenhaupt durch zusammengebissene Zähne, »ich –«

»Du hast vor, den Leichnam deines Vaters entführen zu lassen, stimmt's?«

»*Was?*« stieß Schlangenhaupt hervor.

»Das macht dich doch zum großen Mann bei Krähenbarts Feinden, oder?« Düne starrte ihn böse an. »Mit wem willst du ein Bündnis eingehen? Sicher nicht mit den Turmbauern. Die hätten dir nichts zu bieten außer schimmeligen Piniennußkuchen und häßliche Tontöpfe. Die Feuerhunde der Mogollon? Na ja, das wäre eine Möglichkeit für einen Verräter.«

»Du hast den Verstand verloren, alter Mann!« Schlangenhaupts Halsadern schwollen an, und seine Finger zuckten, als wollte er gleich den heiligen Heimatlosen erwürgen.

Eisenholz lief es kalt über den Rücken. Konnte das wahr sein? Die Mogollon verachteten das Volk des Rechten Wegs, obwohl sie über neutrale Händler Güter mit ihnen tauschten. Aus welchem Grund könnte sich Schlangenhaupt wünschen, eine Beziehung mit einem derart anmaßenden Räubervolk anzuknüpfen? Man durfte ihnen nicht vertrauen. Und sollte das Bündnis zerbrechen – was mit Sicherheit geschehen würde –, hatten sie genug kaltblütige Krieger, um den Vorfall zum Anlaß zu nehmen, einen bedingungslosen Krieg vom Zaun zu brechen.

Als Schlangenhaupt Eisenholz' leichenblasses Gesicht in der Tür sah, ließ er die Arme fallen. Er fragte: »Du glaubst das doch nicht etwa, oder? Es ist absolut lächerlich. Diese Kerle sind unsere Feinde. Ich würde niemals –«

»Es wäre auch höchst gefährlich, Schlangenhaupt.« Eisenholz warf den roten Umhang über die Schulter. »Im Augenblick haben wir eine ziemlich unsichere stillschweigende Übereinkunft mit den Feuerhunden. Wir überfallen uns gegenseitig, nehmen Sklaven gefangen, stören Verbindungen und Handel des andern, aber keiner von uns wünscht sich einen richtigen Krieg – und solch ein Bündnis würde unweigerlich –«

»Ich will keinen Krieg!«

Eisenholz senkte bedauernd den Kopf. »Dessen bin ich sicher. Verzeih, daß ich mich eingemischt habe.«

Er verbeugte sich und ging zur Tür. Er lehnte sich mit der Schulter dagegen und beobachtete den Sturm. Die Unterseiten der Wolken leuchteten silbern. Er betrachtete sie und wunderte sich. Düne sagte nie etwas ohne Grund. Was hatte er bezweckt?

»Düne«, begann Schlangenhaupt von neuem, diesmal ganz vernünftig. »Was kann ich dir geben, damit du mir erlaubst, den Leichnam meines Vaters unbeschädigt zur Buckelkuppe zu bringen.«

»Nichts.«

»Nichts?«

»Nein.«

»Nicht einmal ein Dutzend schöner Sklavinnen? Vielleicht einhundert Körbe voller Juwelen – Türkise, Jett, Malachit, Korallen?«

»Und ganz besonders keine Juwelen.«

Schlangenhaupt hob beschwichtigend die Arme. Sein Haar schimmerte blauschwarz im Licht. »Sag mir, was du willst, und ich werde es dir beschaffen. Nenn mir einfach deinen Preis.«

Die Augen Dünes verengten sich. »Und woher willst du die wertvollen Sachen nehmen? Dir gehört nichts. Du hast deine Mutter eingesperrt, und damit hast du ihr das Recht genommen, Krähenbarts magere Habe zu verteilen. Folglich hat Wolkenspiel jetzt diese Pflicht. Aber wenn sie dir nichts gibt, um mich zu bestechen, bist du nicht mal meine Zeit wert, Schlangenhaupt.«

»Düne, das ist doch dumm –«

»Nein, du bist dumm. Ich werde mein Versprechen deinem Vater gegenüber halten, Junge.«

Schlangenhaupt ließ die Arme sinken. »Also ist mein Vater verdammt.«

»Dein Vater ist gerettet.«

»Seine Seele wird ziellos wandern –«

»Seine Seele wird befreit sein.«

»Aber Düne, du –«

»Genug!«

»Düne, ich bin die Gesegnete –«

»Willst du mir ernstlich widersprechen, Schlangenhaupt?« Dünes Augen funkelten bedrohlich.

Nur einen Wimpernschlag lang starrte Schlangenhaupt ihn feindselig an; dann schluckte er und wandte sich ab.

Das Feuer in Dünes trüben Augen erlosch. Er zog die abfallenden Schultern zusammen. Langsam, als ob jeder Schritt ihn schmerzte, humpelte er zu Krähenbart, sank neben ihm zu Boden und starrte in sein ausgemergeltes Gesicht.

»Das letzte Wort in dieser Sache ist noch nicht gesprochen«, verkündete Schlangenhaupt, als er aus dem Raum stolzierte, ohne Eisenholz eines Blickes zu würdigen. Geduckt ging er durch die Tür, schaute finster in den Regen und kletterte die Leiter zum vierten Geschoß hinunter.

Eisenholz sah auf den Regen, der auf die Dächer klopfte und die nasse Plaza berieselte, wo die Sklaven vor ihrem fauchenden Feuer saßen. Das wohltönende Gewisper von Regentropfen erfüllte die Nacht, und der Wind brachte den Duft nassen Zedernholzes mit.

Eisenholz drehte sich um. »Hast du das ernst gemeint, was du vorhin gesagt hast? Über Schlangenhaupt und unsere Feinde?«

»Ich meine alles ernst, was ich sage.« Düne zog Krähenbarts Decke höher und steckte die Ecken um seinen Hals fest.

»Hast du das geträumt? Woher weißt du, daß er –«

»Der Junge ist heimtückisch, und um das zu wissen, brauche ich keine Visionen, Eisenholz. Ich brauche mir nur das größte anzunehmende Unheil vorzustellen und kann sicher sein, daß Schlangenhaupt auch schon daran gedacht hat.«

Eisenholz sah schwermütig auf den toten Häuptling. »Ist Krähenbart wirklich tot? Oder wieder auf einem Seelenausflug ins Jenseits?«

Düne stützte sich am Boden auf und sah Eisenholz in die Augen. Das weiße Haar flammte orangefarben um seinen Kopf. Seine tiefen Falten rückten wieder an die alten Plätze. »So tot wie ein seelenloser Felsblock.«

Eisenholz atmete hörbar aus. »Glaubst du wirklich, du könntest Krähenbarts Seele gegen den Willen seines Sohnes befreien? Schlangenhaupt ist schließlich der neue Häuptling, und er hat Krieger, um seinen Willen –«

Düne zog sein Bündel an sich und suchte darin herum. Er holte einen großen Feuersteinklotz heraus. Mit einem Grunzlaut hob er ihn hoch und schmetterte ihn in Krähenbarts Gesicht.

Beim dem Geräusch brechender Knochen fuhr Eisenholz auf.

Düne hob den Knollen abermals und schlug zum zweiten Mal zu. Knochen brachen und rieben gegeneinander. Er ließ den Stein in dem breiigen Loch liegen, wo einmal Krähenbarts Nase gewesen war. »So«, sagte Düne, als er seine Hände an der Decke abwischte. »Das müßte genügen.«

Eisenholz betrachtete den Feuerstein in dem eingeschlagenen Gesicht. »Ja.« Er nickte. »Das glaube ich auch. So oder so.«

Düne erhob sich auf schwachen Knien und humpelte durch den Raum; durch die Löcher in seinem braunen Kittel sah man welke Haut. »Morgen werde ich einen Boten zu Sängerling schicken müssen. Da du es nicht geschafft hast, mir zu sagen, daß ich mich um den toten Krähenbart kümmern muß, habe ich all meine Kräuter und Geräte für die Bestattung zu Hause gelassen. Die muß mir jemand bringen.« Er setzte seinen Wanderstab hart auf den Boden. »Kannst du mir einen Läufer besorgen?«

»Wenn du willst, bei Tagesanbruch.«

»Ich will es allerdings, Eisenholz.«

»Nordlicht wird uns sicher erlauben, seinen Sklaven Schwalbenschwanz zu schicken. Das ist ein verläßlicher Junge.«

»Gut.«

Düne legte Eisenholz eine alte Hand auf den Arm, drückte ihn schwach und begab sich geduckt hinaus in den Regendunst.

Angst zerrte an Eisenholz' Nerven. Irgendwo in der Nähe wandelte Krähenbarts Geist.

Eisenholz verließ den Raum und wandte sich nach rechts. Westwärts lief er über die Dachfläche. Wo eine kleine Mulde war, glänzte eine Pfütze. Zu seiner Rechten erhob sich der Abhang wie eine schwarze Wand, und darüber zogen Gewitterwolken dahin und verdeckten die meisten Sterne. Ein neuer taubengrauer Regenschleier senkte sich über den Canyon. Das kleine Feuer auf der Plaza flackerte und zischte. Die Sklaven drängten sich enger aneinander und schützten das Feuer mit ausgebreiteten Decken.

Eisenholz kletterte die Leiter zum fünften Stockwerk hoch und saß mit untergeschlagenen Beinen im Regen. Er beobachtete die Feuer, die in den Tälern brannten. Es waren Hunderte. Der Canyon des Rechten Wegs hatte weder genug Ackerland noch Wasser für die Massen, die hergewandert waren, um den heiligen Ersten Menschen nahe zu sein. Aber sie kamen dennoch. Er blickte auf das silbrige Gewässer, das durch die Senke rann. Wenn der Wind in die richtige Richtung blies, hörte er Flötenmusik – schwach und melodiös; vielleicht kam sie aus Kesselstadt.

Eisenholz hielt seinen Umhang am Hals zusammen und blinzelte gegen die Regentropfen an. Er wollte am liebsten hier sitzenbleiben, bis die Kälte seine Knochen brach. Vielleicht, wenn er sein Fleisch erst so eisig kalt empfand wie seine Seele, könnte er wieder vernünftig denken. Er war herumgestolpert wie ein Narr, ohne zu wissen, was er tun sollte und auf welche Weise. Er fühlte sich völlig verloren.

Tief sog er die feuchte Nachtluft ein, und seine Gedanken kehrten zu Nachtsonne zurück… zu den Erinnerungen an die erste Zeit, als sie ganze Tage für sich allein hatten.

Bevor Krähenbart zu seiner Geschäftsreise zu den Hohokam aufgebrochen war, hatte er Eisenholz genaue Anweisungen gegeben: *»Sie darf nirgendwohin allein gehen. Du verstehst mich, Kriegshäuptling? Nirgendwohin. Keine Wanderung zu einer Nachbarstadt. Kein Besuch bei Verwandten. Nicht einmal ein Gang hinunter zur Senke, um einen Wasserkrug zu füllen. Du läßt mein Weib keinen Augenblick aus den Augen. Niemals!«*

Er hatte das mit solchem Ernst verlangt, daß Eisenholz es ihm feierlich versprochen hatte. Er hatte Nachtsonne überallhin begleitet – zu ihrem großen Mißfallen.

Einen halben Mond nach Krähenbarts Abreise hatte Nachtsonne ihre Sachen für ärztliche Besuche in den Nachbardörfern zusammengepackt.

Am Tag vor ihrem beabsichtigten Aufbruch hatten Eisenholz und sie mitten auf der Plaza zusammengestanden, umgeben von Leuten, die Decken webten, Töpfe machten oder Steinwerkzeuge bearbeiteten, und er hatte ihr gesagt, daß er sie begleiten würde. Nachtsonne hatte drei ungebrannte Töpfe vom nächsten Töpfer ergriffen und auf ihn geworfen. Vor dem ersten konnte er sich ducken. Der zweite traf ihn an der Schulter. Der letzte verfehlte ihn, worauf sie ihn heftig beschimpfte.

Sie versuchte, mitten in der Nacht aus Krallenstadt herauszuschleichen, um ihm zu entgehen.

Das hatte er natürlich vorausgesehen; er folgte ihr.

Drei Tage lang weigerte sie sich, mit ihm zu sprechen. Am vierten Tag gingen sie dann am östlichen Ende des Canyons entlang, Nachtsonne vorn und Eisenholz hinter ihr. Er hatte die gewundenen Muster der Klippenwand betrachtet, die so glatt waren wie gekämmte Baumwolle, als wären sie von der Hand der Götter geschliffen worden. Er fuhr mit den Fingern bewundernd über die, an die er herankam.

Nachtsonne schritt rüstig über den Pfad, unbeeindruckt von dem majestätischen Bild; ihr braun-schwarzes Gewand tanzte im Wind. Sie hatte ihr langes Haar zu einem Zopf geflochten, der ihr hüftlang über den Rücken hing. Immer, wenn sie seitlich in die Ferne spähte, sah er ihr dreieckiges Gesicht mit der spitzen Nase und den großen dunklen Augen. Ihre Schönheit erweckte in ihm ein tiefes Gefühl sehnsüchtigen Verlangens.

Als sie einer Kurve folgten, wälzten sich Gewitterwolken über den Canyon-Rand und deckten den Himmel zu, grollend und regenspuckend. Die Donnervögel tosten. Eisenholz sprang voran. Frühlingsgewitter kamen häufig vor, konnten aber sehr gefährlich sein.

»Gesegnete Nachtsonne?« rief er. »Wir sollten uns unterstellen.«

Blitze schnitten durch den Himmel, so grell, daß sie ihn blendeten, und der Donner war ohrenbetäubend. Eisenholz drückte sich an die Felswand. Ein sengendes Lichtnetz brannte sich in den gepeinigten Himmel.

Auch Nachtsonne sprang zur Klippenwand, mit weit aufgerissenen Augen, schwer atmend.

Eisenholz wollte zu ihr eilen, als ein Blitz herabfuhr und einen Wacholderbaum, keine zweihundert Hände von ihnen entfernt, zerteilte und entzündete. Die Flammen ergriffen die Zweige und wuchsen; Funken sprühten, und Gras und Unterholz brannten sofort. Wie Fackeln standen die Wacholderbäume; Tiere flohen durch das Beifußdickicht.

»Los, komm!« brüllte Eisenholz und rannte zu Nachtsonne. »Wir müssen Obdach finden! Da ist ein Überhang vorn an der Böschung.« Er packte ihre Hand und zog sie den Hang hoch. Loses Geröll erschwerte den Aufstieg, aber sie erreichten die Deckung, etwa einhundert Handbreit über dem lodernden Präriefeuer. Der Rauch verdichtete sich in der Luft, als die Flammen zischend hochzüngelten.

»Hier müßten wir in Sicherheit sein«, sagte er, setzte sich und lehnte sich an die Rückwand aus kühlem Sandstein.

Die Wolken öffneten sich, und der Regen ergoß sich wie eine schimmernde, undurchsichtige Wasserwand. Es roch nach brennenden Zedern und nach Regen. Blauer Rauch kräuselte sich im Wind.

Nachtsonne setzte sich so weit wie möglich von ihm entfernt, was allerdings nicht sehr weit war angesichts des kleinen Schutzraums. Die Felshöhle maß zwei Körperlängen in der Breite und nicht einmal eine halbe Körperlänge in der Tiefe; aber wenn der Windjunge weiter von Norden blies, würden sie weitgehend trocken bleiben.

Eisenholz streifte sein Bündel ab und zog seine Wasserblase heraus. Mit zurückgelegtem Kopf trank er mehrmals große Schlucke.

Von der Höhle aus hatten sie eine wunderbare Aussicht auf die Landschaft. Im Osten breitete sich eine Grasebene aus, einen halben Tagesmarsch lang, unterbrochen von eckigen Kuppen und windgepeitschten Anhöhen. In der Ferne ätzten die Bärenklauenberge eine zackige Linie in den Himmel. Auf den Gipfeln lag noch viel Schnee. Im Süden – und zum Nordwesten ansteigend – glänzten die Klippen vom Canyon des Rechten Wegs so naß, als hätte man sie mit frischem Blut abgewaschen.

Eisenholz reichte Nachtsonne seine Wasserblase.

Sie schaute auf seine ausgestreckte Hand und dann in seine Augen. »Ich mag dich nicht«, sagte sie.

Er zuckte die Achseln. »Du mußt mich nicht mögen, um mein Wasser zu trinken.«

Eisenholz rückte näher, die Blase berührte fast ihren Arm.

Nachtsonne nahm sie und trank, schaute ihn aber dennoch böse an.

Sie sah wunderschön aus, gertenschlank in ihrem matt sandfarbenen Gewand. Sie zog ein Knie an, aber das andere Bein, lang und gebräunt, lag ungeschützt im fahlgrauen Gewitterlicht. Windgepeitschter Regen schmückte ihre Haut mit Perlen.

»Also, eine Weile müssen wir sicher noch hierbleiben«, sagte er. »Machen wir das beste daraus.«

Er zog ein Säckchen mit getrockneten Hirschfleischstreifen aus seinem Bündel, schnürte es auf und reichte ihr ein Stück. Sie griff danach, und ihre Finger berührten sich kurz; ein merkwürdig prickelndes Gefühl durchfuhr ihn. Er zog die Hand zurück. Wie seltsam, daß ihre Berührung solche Empfindungen in ihm wachrief. Oder vielleicht auch nicht so seltsam; seit dem Tod seiner geliebten Frau Lupine war er nicht mehr mit einer Frau allein zusammengewesen. Sein Körper erinnerte sich noch an die Beschaffenheit der Haut einer Frau, obwohl sich seine Seele sehr bemühte, es zu vergessen.

Er widmete sich seinem geräucherten Dörrfleisch, das seiner Zunge wohltat.

Die Donnervögel trieben das Gewitter nach Südosten, und schwingende Regenranken verdeckten die Sicht auf die Bärenklauenberge. Während das Feuer unter ihnen erlosch, blitzte es immer noch. Der Wolkenbruch dämpfte sich zu einem gleichmäßigen Plätschern. Auf dem gegenüberliegenden Canyon-Rand lief eine kleine Bisonherde. Sie erschien ihnen vor dem beifußbestandenen Hintergrund wie eine Sammlung schwarzer Flecken.

»Bisons«, sagte er ehrfürchtig. »Es ist lange her, daß ich sie so nahe am Canyon gesehen habe.«

Nachtsonne folgte seinem Blick und runzelte die Stirn.

»Als ich ein Junge war«, sagte Eisenholz, »nahm mich mein Vater immer mit, um die Herden zu beobachten. Wir haben sie nie gejagt, in der Gegend, in der wir lebten, waren nur noch so wenige übrig. Wir saßen einfach auf den Hügeln und sahen ihnen zu. In der Paarungszeit berühren sie sich gegenseitig sehr zärtlich – hast du das gewußt?« Sie gab keine Antwort, und er fuhr fort: »Der Bulle stößt die Kuh mit dem Kopf an, und sie reibt ihre Schulter an seiner Flanke. Und sie spielen die ganze Zeit, rennen und springen herum, und ihre Hörner verfangen sich.« Er lachte. »Aber selbst wenn die Köpfe zusammenstoßen, ist das selten ein richtiger Kampf, sondern eher ein vergnügliches Messen der Willenskräfte.« Er kaute wieder ein Stück Dörrfleisch.

Sie schaute ihn von der Seite an. »Fehlen sie dir?«

»O ja, sehr. Mir fehlt ihr lockerer Gang und die Art, wie sie die zottigen Köpfe beim Laufen werfen.« Er machte eine Pause. »Aber am meisten fehlt mir der Blick in ihre Augen.«

»In ihre Augen?« Es war kein Ärger mehr in ihrer Stimme, aber sie klang immer noch zurückhaltend.

Eisenholz nickte und senkte den Kopf. »Es ist schwer zu erklären, aber … in ihren Augen lebt der Schöpfer, und er hat mich aus ihren Augen immer angesehen.«

Nachtsonne schaute mißfällig auf die schwelende Prärie. Rauchwölkchen kämpften gegen den Regen.

Eisenholz nahm noch einen Schluck Wasser, um den letzten Streifen Fleisch herunterzuspülen.

Nachtsonne blieb stumm, vielleicht über die Empfindsamkeit des Kriegshäuptlings verwundert. Er fühlte sich unbehaglich und saß steif da. Er kannte sie kaum. Vielleicht hätte er so eine … Weichherzigkeit nicht zeigen sollen.

Sie verschränkte ihre langen Beine unter sich und wandte sich ihm zu. Eisenholz schaute sofort auf. Sie sah ihn verzeihungheischend an.

»Verzeih mir«, sagte sie. »Nach den letzten drei Tagen mußt du mich für grausam gehalten haben, aber ich –«

»Keineswegs. Ich glaube, du ärgerst dich, daß dein Mann mich angewiesen hat, dir nachzuschnüffeln.« Er machte eine verlegene Handbewegung. »An deiner Stelle ginge es mir genauso.«

Sie schöpfte eine Handvoll Sand vom Boden und ließ ihn durch ihre Finger rinnen. Eine Bö fuhr in ihr Obdach und lockerte eine Strähne schwarzen Haares aus ihrem Zopf, die ihr über die großen Augen wehte.

Eisenholz zeichnete mit den Augen die durchgehende Kinnlinie nach, bevor er ihr wieder in die Augen blickte. Er stellte fest, daß Nachtsonne ihn beobachtete, und da war etwas in ihrem Ausdruck, was seine Magenmuskeln anspannte. Sie wirkte … entschlossen, als hätte sie eine Entscheidung getroffen und stellte sich insgeheim Fragen. Fragen, die er nicht verstand.

Wie im Traum beugte sie sich vor und drückte ihre Lippen auf seine. Verwirrt und benommen blieb er reglos sitzen. Donner dröhnte über den Canyon, und Blitze schossen über den Himmel. Nachtsonne rutschte näher und legte den Arm um seine Hüften.

»N-Nachtsonne, bitte tu das –«

Sie bedeckte seinen Mund mit ihrem Mund, und ihre Küsse wurden dringend. Eine warme Flut schoß durch seine Adern. Ihre Heftigkeit machte ihm angst. Er hob die Arme und ließ sie unsicher auf halber Höhe hängen. Überlaut pochte das Blut in seinen Ohren. Die Umarmung von Nachtsonne wurde fester, und das Gefühl ihrer Brüste auf seiner Brust machte ihn schwindlig.

Sie beugte sich vor und stieß ihn auf den Boden; sie streckte sich auf ihm aus, und er fühlte ihre Tränen warm über seine Wangen rinnen. Ihr ganzer Körper erbebte unter ihrem lautlosen Schluchzen.

Er nahm ihr Gesicht fest in die Hände und zwang sie, ihn anzusehen. »Warum tust du das? Willst du deinem Mann weh tun?«

Nachtsonne sank über ihm zusammen und begrub ihr Gesicht in seinen langen Haaren. »Eher um mir selbst weh zu tun, glaube ich.«

Ihre Tränen liefen über seinen Nacken. Diese Antwort traf ihn ins Herz. Sanft schlang er seine Arme um ihren Rücken. Eine freundliche Geste, weiter nichts. »Und warum?«

»Ich kann nicht so sein, wie er mich will.«

Er murmelte in ihr Haar hinein: »Menschen müssen sein, wie sie sind. So hat uns der Schöpfer erschaffen.«

»Nicht mich!« Sie schüttelte heftig den Kopf. »Meine Pflicht ist, so zu sein, wie die Leute mich wollen. Ich bin nie ich selbst gewesen, ich –«

»Dann ist es vielleicht Zeit, damit anzufangen.«

Sie durchforschte sein Gesicht. »Ich habe Angst, daß mich die Ersten Menschen hinauswerfen.«

»Nun ja«, sagte er und neigte den Kopf, »das müssen wir in Kauf nehmen.«

Sie zog eine Augenbraue hoch. »Du glaubst, es lohnt sich, alles aufzugeben, was ich habe, um die zu sein, die ich sein will?«

»Natürlich.« Eisenholz wischte ihr die Tränen von den Wangen und genoß für einen weiteren kurzen Augenblick ihre weiche, zarte Haut. »Ich weiß, ich bin unwiderstehlich«, sagte er grinsend, »aber ich glaube, wir sollten das jetzt lassen.«

»Ja, das glaube ich auch. Verzeih mir.« Nachtsonne rieb ihre

Wange an seiner Handfläche, bevor sie sich aufsetzte. Es war eine derart intime Geste, von der Zärtlichkeit einer Geliebten, daß ihm das Grinsen verging.

Er zog die Hand zurück und schloß seine tauben Finger.

Sein Ausdruck mußte sie erschreckt haben, denn sie blieb reglos sitzen und schaute ihn an, als fürchtete sie das, was er sagen könnte.

... Das Kollern eines Truthahns in dem Zimmer unter ihnen brachte Eisenholz in die Gegenwart und nach Krallenstadt zurück. Er schaute hinab zur regenglatten Plaza. Noch einmal Kollern und dann ein Flügelflattern.

Eisenholz legte den Kopf zurück, dem Regen zugewandt, als ob dieser ihm die Erinnerung aus seinen Augen waschen könnte.

Trotz der langen einsamen Sommer, trotz einer Tochter, die ihm geboren und wieder genommen wurde, hatte Eisenholz seine Liebe zu Nachtsonne nie bereut. Sollte er morgen wegen dieser kurzen Monde der Freude sterben, so wäre das ein geringer Preis, den er zahlen müßte.

Sie zu lieben war das einzige in seinem Leben, was wirklich wichtig gewesen war.

## 21. Kapitel

Wolkenspiel ging rasch über den dunkler werdenden Pfad, im Bestreben, Krallenstadt zu erreichen, bevor der Sturm an Stärke gewann. Eine halbe Zeithand zuvor waren schwarze Wolken über den Himmel gezogen und hatten die ersten Abendleute ausgelöscht. Nieselregen hatte für eine Weile eingesetzt und dann aufgehört. Aber er würde wiederkommen. Blitze fuhren über den östlichen Horizont.

Sie fiel in Laufschritt. Die Canyon-Wand ragte vor ihr in die Höhe wie ein brütender Riese jenseits des Wassergrabens, mit silbernen Mondlichtflecken gesprenkelt. Vor ihr hatte das Gewässer des Rechten Wegs eine tiefen, zerklüfteten Graben ausgewaschen. Der Pfad führte dort hinab, durch eine stille, feuchte Welt.

Wolkenspiel stieg abwärts, die Schritte so lautlos wie im Traum. Ein Rinnsal murmelte ganz unten. Sie übersprang es mühelos und kletterte auf der anderen Seite wieder hinauf. Die Gerüche von nassem Stein und Erde vermischten sich zu einem stark riechenden Duft.

Doch kurz bevor sie oben ankam, hatte sie ein unheimliches Gefühl. Sie ging langsamer und blieb vor dem Grabenrand schwer atmend stehen. Einzelne Mondlichtstrahlen durchbrachen die Wolken und warfen seltsame Schatten. Einer, den sie anstarrte, glich einem lauernden Ungetüm, und sie hätte schwören können, daß es übergroße und leere Augenhöhlen besaß, die nun starr auf sie gerichtet waren. Doch es bewegte sich nicht.

»Du bist doch schon fast zu Hause«, sprach sie tadelnd zu sich selbst. »Sei nicht so dumm.«

Sie ging weiter hinauf. Oben betrat sie, unsicher um sich schauend, die glitschige Ebene, einige Bogenschüsse von Kesselstadt entfernt. Im Licht der Blitze sah sie die Säulen vor sich stehen wie häßliche ungefüge Zähne in einem teuflischen Grinsen.

In der Ferne leuchtete Krallenstadt. Fackeln erhellten die Plaza und warfen einen flackernden bernsteinfarbenen Schein über die weißen Wände und die Großen Krieger. Sie hielten den Kopf hoch und spähten wachsam hinaus in die Nacht. Wolkenspiel lächelte und –

Da war eine Bewegung.

So stark überfiel sie das Gefühl eines Alptraums, daß sie die Welt einen Augenblick lang aus den Augen verlor.

Eine Stimme fragte aus dem Schatten heraus: »Wer – wer bist du?«

»Ich bin Wolkenspiel, Tochter von –«

»Wolkenspiel? Du bist Wolkenspiel?«

»Ja! Und wer bist du? Was machst du hier? Warum drückst du dich hier im Schatten herum?«

Ein Mann stand auf, Brust und Arme schwarz bemalt und fast unsichtbar. Als er auf sie zutrat, erkannte sie die Farben seiner Maske: Rot, Blau und Gelb. Eine der heiligen Thlatsina-Masken! Nur wenige hatten das Recht, sie zu berühren.

Wolkenspiel trat zurück, ihre Nerven schwirrten. »Bist du ein Priester? Hier draußen, um den Vollmond mit Gebeten zu huldigen? Wie heißt du?«

»Du ... du bist wirklich Wolkenspiel?«

»Ja, wie ich gesagt habe.«

»Ach«, sagte er mit gepreßter Stimme. »O nein. Ich habe gebetet, daß du nicht herkommst. Warum bist du hier?«

Sie streifte sich ihr pralles Bündel ab, in das sie ihre Sachen und die ihrer Mutter hineingezwängt hatte, und hielt es wie einen Schild vor sich. Die vier auf der Vorderseite aufgemalten schwarzen Spiralen schimmerten dunkel. »Ich bin die Tochter von Nachtsonne, der Ehrwürdigen Mutter von Krallenstadt! Mein Vater ist Krähenbart, unsere Gesegnete Sonne. Ich bin auf dem Weg nach Hause. Du wirst mich jetzt vorbeilassen!«

Er breitete gespenstische schwarze Arme aus wie ein Vogel, der abheben will, und sprang auf sie zu. Er zog dabei die Knie hoch, in widernatürlicher Nachahmung eines Adlers, der auf dem Erdboden jagt.

»Weißt du nicht, wer ich bin?« schrie Wolkenspiel. »Hör auf! Laß mich in Ruhe!« Sie schwang ihr Bündel mit aller Kraft gegen ihn; es traf seine Schulter, und er taumelte zur Seite.

Mit großen Sprüngen lief sie zum Pfad in die Senke des Rechten Wegs zurück und die gegenüberliegende Seite hinauf. Sie hörte keine Schritte hinter sich und wagte es, über die Schulter zurückzublicken; nichts war zu sehen. Überhaupt nichts. Ein Mondstrahl streifte kurz über die Senke und schattierte jede Unebenheit.

Der Schreck legte ihr eine Schlinge um den Hals. Sie hielt an und rang nach Fassung. Mit schräggelegtem Kopf lauschte sie angestrengt auf Atemgeräusche und sorgsam gesetzte Schritte. War es vielleicht nur ein unanständiger Scherz gewesen?

»Aber das macht nichts. Jedenfalls gehe ich nicht mehr auf diesem Pfad zurück.« *Und sobald ich kann, werde ich den Kriegshäuptling Eisenholz benachrichtigen lassen, und er wird seine Krieger aussenden, jede Handbreit dieser Gegend zu durchstreifen, bis sie den Schuldigen finden und herbeibringen.*

Sie schaute nach Westen. Wenn sie im Graben weiterlief, käme sie sicher bald zum Einschnitt, den die Sklaven benutzen, um Wasser zu holen und Wäsche zu waschen. Eine Frau ihres Ranges, die einen Sklavenpfad benutzte – das würde bestimmt für Klatsch sorgen, aber das war immer noch besser als die schwarze Erscheinung.

Sie warf ihr Bündel über die linke Schulter und ging wachsam weiter, hielt sich an die tiefen Schatten unter dem vorspringenden Uferhang. Rings um sie herum blinzelten goldene Eulenaugen. Die Vögel machten sich Löcher in den Hang und lebten dort, bis das Schmelzwasser im Frühling ihre Heime zerstörte und die Reste hinunterspülte. Sie beruhigte sich etwas, stützte sich mit einer Hand am Hang ab und ging vorsichtig weiter.

Eine riesige schwarze Wolke zog über sie hinweg, und gerade als Wolkenspiel hinaufschaute, tobte der Donnervogel durch die Wolkenleute und benutzte seine scharfen Krallen, um ihnen die Bäuche aufzureißen. Ein Wolkenbruch kam hernieder, der Regen glänzte weißlich im Mondschein.

Wolkenspiel suchte Schutz unter dem Überhang. Der untere Teil ihres Gewandes war schnell durchnäßt; er klebte an ihren Beinen wie eine zweite Haut, aber alles darüber blieb trocken.

An diesem Morgen hatte sie einen Händler getroffen, der zu den Dörfern der Grünen Mesa unterwegs war, und er hatte ihr von den Gerüchten erzählt: Die Gesegnete Nachtsonne sei wegen Ehebruchs angeklagt und in Krallenstadt eingesperrt worden. Wolkenspiel hatte ihn stumm angestarrt, viel zu erschüttert, um ihm zu glauben. Aber als er gegangen war, hatte sie versucht, so schnell wie möglich nach Hause zu laufen.

Als kleines Mädchen hatte sie dem Klatsch alter Frauen zugehört, die nichts zu verlieren hatten, Klatsch über ein neugeborenes Kind, das man in ein Versteck gebracht hatte. Diese alten Weiber hatten geglaubt, daß das Kind eines Tages mit einer Armee nach Krallenstadt zurückkehren würde, um sich für seine Preisgabe zu rächen. Wolkenspiel hatte nie viel davon gehalten ... bis zum heutigen Tag.

Der Schauer dauerte nur dreißig Herzschläge lang.

Als die Wolke vorüberzog, schien der Mond herab und warf einen langen Schatten über die Senke – von jemandem, der direkt über ihr stand.

Wolkenspiel erstarrte.

Sie war unfähig zu atmen. Alles drängte in ihr zur sofortigen Flucht, aber die Vernunft befahl ihr, still stehenzubleiben. Er konnte sie von seinem Standort aus unmöglich sehen. Der Sklavenpfad vor ihr war nicht einmal zwanzig Körperlängen entfernt in den Hang eingeschnitten. Wenn sie sich nicht rührte, kein Zeichen gab ...

»*Ich sehe dich*«, flüsterte er, und sein hoher Schatten senkte sich und schwankte wie ein tanzender Geist. »Was machst du hier? Warum bist du nicht fortgerannt?«

»Ich bin Wolkenspiel! Tochter von Krähenbart und Nachtsonne! Ich will nach Hause –«

»In Schönheit wird es begonnen«, sang er mit tiefer Stimme, die aber unheimlich klang. »In Schönheit wird es begonnen.«

Ein milchiger Regen fiel vor ihren Augen nieder, und sie sah, daß es heiliges Maismehl war. Noch dreimal rieselte eine Handvoll schimmernd herab.

»Was tust du da?« verlangte sie zu wissen. »Das ist ein Frevel.«

»In Schönheit wird es enden«, sang er. »In Schönheit wird es enden.«

Blankes Entsetzen durchfuhr ihre Seele; sie stürmte aus der Deckung wie ein gejagtes Tiere, über Steine stolpernd, und raste blindlings zum Einschnitt im Hang. Regenwasser rann dort hinunter und verwandelte ihn in eine silberne Bahn. Aber als sie da ankam, breiteten sich schwarze Arme über ihr aus.

Er sprang vom Sklavenpfad hinunter, nach beiden Seiten schwankend. Mit leuchtender Maske stand er zehn Hände vor ihr. Mit gequälter Stimme wiederholte er: »Ich habe gebetet, du würdest nicht hier sein. Warum bist du hier?«

Sie schüttelte ihre Fäuste. »Ich will nur nach Hause.«

»Ich – ich habe Angst.«

»Warum? Ich gehe nur nach Hause, ich will dir nicht weh tun.« Erkannte sie die Stimme? Aber die war so schmerzverzerrt, daß sie nicht sicher sein konnte. Sie blickte auf den Einschnitt, den Pfad, der aus der Senke hinausführte. »Laß mich gehen! Bitte! Es ist wichtig, daß ich nach Krallenstadt komme. Ich muß unbedingt nach meiner Mutter sehen.«

Neugierig legte er den Kopf schräg. »Bist du das Sonnenwend-Mädchen?«

»Das S-Sonnenwend-Mädchen?« fragte sie verwirrt. »Wovon sprichst du? Erst in drei Monden werden wir ein neues Sonnenwend-Mädchen wählen.«

Er griff über die Schulter und zog einen Bogen und einen Pfeil hervor, den er gelassen einlegte.

»Warte ... Ich – ich mache alles, was du willst. Was willst du von mir?« Vorsichtig wich sie vor ihm zurück.

Er winkte mit dem Bogen zum Pfad. »Du ... du gehst zuerst. Ich warte, bis du oben bist, dann komme ich nach. Geh jetzt!«

Sie floh vor ihm und kämpfte sich mühsam den Hang hinauf.

Hinter ihr rief er: *»O nein! Nein!«*

Als sie oben war, rannte sie über die aufgeweichte Fläche, vor Entsetzen sinnlos schnatternd; ihr nasses Kleid schlug ihr um die Beine, als sie auf den fackelerhellten Glanz von Krallenstadt zueilte.

Sie war noch keine zwanzig Schritte gelaufen, als ihr ein scharfer Stich durch die Brust fuhr. Sie hörte und fühlte den dumpfen Aufschlag, wankend, und verlor fast das Gleichgewicht. Jetzt wurde der Stich zu einem brennenden Schmerz, der weißglühend durch ihre Lungen und ihre linke Brust schnitt. Nach weiteren vier Stolperschritten fiel sie auf die Knie. Sie war benommen, sie verstand zunächst nichts. Dann blickte sie an sich hinunter.

Die durchscheinende Obsidianspitze hatte das Gewebe ihres Kleids durchbohrt; sie glitzerte unter ihren linken Brust. Entgeistert betastete sie die scharfe Spitze, überrascht, wie fest der Pfeil in ihrem Körper saß.

»Ich bitte dich«, rief er. »Wehr dich nicht! Ich muß das schnell erledigen.«

Schritte kamen auf dem nassen Sand stampfend näher. Er kauerte sich vor sie hin und blickte sie durch die Augenlöcher der glorreichen geheiligten Maske an. *Es ist der Dachs-Thlatsina.* Die Augenlöcher waren blaue Schlitze, und eine weiße Linie, rot eingefaßt, lief der Länge nach über das schwarze Gesicht. Rabenfedern säumten den Kopf. Die auf der langen schwarzen Schnauze aufgemalten weißen Zähne leuchteten. Er hatte einen Bogen in der linken Hand und einen weiteren Pfeil in der rechten.

Die brutale Kraft des Nordens wohnte in den Knochen des Dachses ...

Ein furchtbares Gewicht lastete auf ihrer Brust, und Blut schäumte auf ihren Lippen. Sie hustete, und der Schmerz war schrecklich.

Wolkenspiel starrte in seine blau unterlaufenen Augenhöhlen, als er einen weiteren Pfeil nahm. Der Schaft zitterte vor dem Hintergrund der vom Mond beleuchteten Wolken.

Er flüsterte: »Du bist doch das Sonnenwend-Mädchen.«

# Vierter Tag

*Fuchsrote Lichtschleier verhängen die Gipfel, während die Sonne untergeht und ihr Schein langsam über die Erde zurückweicht. Das seichte Gewässer in der Senke, wo ich sitze, ist zum Stillstand gekommen. Der einzige Laut kommt von dem pfeifenden Blauhäher in den Pinien weit unter mir.*

*Heute hatte ich eine Vision.*

*Sie kam über mich, während ich die Augen weit offen hatte. Zuerst nahm ich die Bilder wie aus großer Entfernung wahr. Ich blinzelte und versuchte sie genauer zu sehen. Schwache Stimmen drangen durch die Stille. Unvermittelt schossen die Bilder auf mich zu, wurden größer, öffneten sich wie ein Schlund, bis diese unirdische Welt die Wüste verschlang.*

*Ich sah mich durch einen See von Blut waten. Der Wolf-Thlatsina watete neben mir, seine hohen Mokassins sandten silberne Ringe nach oben. Er hatte einen Wolfskopf mit gespitzten Ohren und eine lange schwarze Schnauze. Sein Menschenkörper war mit weißer Erde bemalt.*

*Vor uns tauchte eine merkwürdige weibliche Kreatur auf, dunkel und gefiedert, und jagte die funkelnden Lichtpunkte aus dem roten See, wo sich die Morgensonne spiegelte. Sie verzehrte jeden, den sie fing, verschlang ihn und stieß Rufe aus, die wie die Schreie einer Frau klangen. Mit einem Schlag hielt sie inne, jagte nicht weiter und wandte sich gegen uns. Mit aufgesperrtem Maul kreischte sie auf, breitete die Schwingen aus und flog auf den Thlatsina zu.*

*»Hilf mir!« schrie der Thlatsina.*

*Ich brüllte sie an, sie solle weggehen, warf mich dann auf ihre Beine, um sie zu Fall zu bringen. Sie wehrte sich. Ich mußte kämpfen, um sie so lange unter Wasser zu drücken, bis sie ertrunken war. Aber während ihr Blut in den See floß, gewann eine neue Kreatur Gestalt: Schön und golden tauchte ein Junge auf und schwamm auf dem Blut.*

*Heftiger Seegang setzte ein. Große Wellen wälzten sich heran und brachen schäumend und heiß über uns wie geschmolzener Fels. Der See wurde tiefer und tiefer, bis er das Land samt den Menschen verschlang und am Bauch des Himmels nagte.*

*Der Thlatsina ertrank.*

*Ich sah, wie die Ordnung sich auflöste und Chaos entstand.*

*Nichts blieb, wie es war. Nur Blut, soweit ich sehen konnte.*

*Als die Vision verblich, schaute ich mit aufgerissenen Augen auf das sonnige Panorama. Die Finken schwangen sich trillernd durch die Wolken herab.*

*Ich hatte das sonderbare Gefühl, daß ich das alles nicht mit eigenen Augen gesehen hatte, sondern durch die Augen eines anderen. Eines Mannes. Eines mit Macht begnadeten Mannes – der voller Verzweiflung war.*

*Aber ich weiß nicht, was die Vision zu bedeuten hat.*

*Seit ich sechs Sommer alt geworden war, habe ich jeden Händler mit meinen Fragen gepeinigt und dabei entdeckt, daß die Träumer überall vom Ende der Zeiten sprechen.*

*Hatte ich etwa das gesehen?*

*War das mein eigener Tod?*

*… Oder meine eigene Geburt?*

*Im Traum schien es dasselbe zu sein.*

*Müde zwinkernd schaue ich über das weite Land und den Himmel. Das Zwielicht hat die bewaldeten Gipfel purpurn gefärbt, und die Schatten fallen lang und dunkel über die Bodenfalten der Berge. Immer eine Lage über der anderen. Und immer weiter entfernt.*

*Der Abend kommt schnell heran.*

*Ein Bild aber bleibt vor der Schwärze bestehen: ein goldener Knabe, mit winzigen Fäusten winkend, der zu einem gellenden Schrei zusammenschmilzt.*

*Plötzlich habe ich Angst vor der Dunkelheit.*

*Schreckliche Angst.*

## 22. KAPITEL

Die weißen Mauern von Krallenstadt schimmerten im Mondlicht, als Düne über die Plaza ging. Der Sklave, der ihn geweckt hatte, lief voraus, ohne darauf zu achten, wie schnell Düne nachkommen konnte. Düne schaute zum Himmel, um die Position der Abendleute zu prüfen; es mußte fast Mitternacht sein. Die Wolken waren längst nach Osten getrieben. Er krampfte eine Hand um seinen Umhang am Hals und zog ihn fest zusammen. Ein eisiger Wind durchstreifte den Canyon, zauste Dünes weißes Haar und peitschte den Saum des langen braunen Umhangs, den ihm Nordlicht gegeben hatte; er war aus gefärbter Baumwolle und Kaninchenfellstreifen gewoben und hielt seinen gebrechlichen alten Leib warm.

Ein schwaches rotes Licht schien an den Rändern des Türvorhangs von Krähenbarts Kammer durch. Die stützende Säule warf das flackernde Licht zurück. Düne nickte. Jemand hatte eine Schale wärmender Glut aufgestellt für die Thlatsinas, die an den Wänden tanzten. Vermutlich Nordlicht. Schlangenhaupt käme es nie in den Sinn, daß auch die Götter vielleicht Licht und Wärme benötigten. Nur wenige hatten Zutritt zu der Kammer. Nachdem Schlangenhaupt den eingeschlagenen Schädel seines Vaters entdeckt hatte, war selbst Düne der weitere Zutritt verboten worden.

Düne seufzte. Ohne Zweifel wollte Schlangenhaupt jetzt allein sein, um seines Vaters Besitz zu plündern, bevor seine Schwester heimkam und ihn einforderte.

Er trat nach einem Stein, ging weiter, durch ein Tor, das die Plazas verband, und gelangte auf die westliche Plaza. Drei Kivas waren zu seiner Rechten in den Boden eingelassen; oberhalb des hartgetretenen Bodens ragten noch weißgetünchte Ringe empor, jeweils zweimal eine Hand hoch. Leitern bezeichneten den Einstieg.

Als er unterhalb der Großen Krieger vorbeiging, hörte er, wie sie weise miteinander wisperten. Düne reckte den Hals, um sie anzuschauen. Die heiligen Brüder spähten unheilverkündend nach unten; ihre dreißig Hände hohen Körper leuchteten, als wären sie durch das Herz von Schwester Mond geschritten und hätten ihr einen Teil ihrer Ausstrahlung geraubt.

»Ich weiß«, murmelte Düne. »Ich bin genauso beunruhigt wie ihr.«

Zu seiner Linken in der Nähe von Krallenstadts Einlaß stand der Geheiligte Stumpf des Baums der Spinnenfrau. Vor hundert Sonnenkreisen hatte der Baum dort gelebt. Glänzende Gebetsfächer standen um den Stumpf herum. Auf einem der Fächer leuchteten weiße Falkenfedern. In der ersten Begeisterung des Aufbaus hatten die Leute des Rechten Wegs jede Kiefer gefällt, die sie finden konnten, um Holz für Dächer, Leitern und Feuerscheite zu gewinnen. Aber niemand hatte sich an diesem uralten Nadelbaum vergriffen. Denn die Spinnenfrau hatte ihn selbst gepflanzt, gleich nachdem die Ersten Menschen aus den Unterwelten aufgestiegen waren. Als der Baum am Ende starb, hatten die Fundamente der Welt gebebt. Die Ersten Menschen erzählten, der Schöpfer habe geweint.

Düne ging geradewegs über die Plaza nach Westen. Als er sich dem Sklavenquartier näherte, ächzte jemand. Dann schnitt der zornige Schrei einer Frau durch die Nacht. Er beeilte sich. Um diese Kammer zu betreten, mußte er die Leiter zum Dach hinaufklettern und dann auf einer anderen Leiter in die kleine Rundkammer hinunterklettern. Er betete, daß seine schmerzenden Knie das aushielten.

Die Sprossen der Stangenleiter packend, begann er langsam den Aufstieg. Oben auf dem Dach angekommen, rang er nach Luft. Von hier aus konnte er über die Savanne die Südseite des Canyons sehen. Ein Feuer brannte in der Sonnenuntergangsstadt. Die Klippen glänzten schwärzlich, aber ein paar eckige

Felsbrocken auf der Geröllhalde fingen das Licht der Sterne auf und schimmerten silbern. Den Rest des Canyons deckte das Dunkel.

Heulen und Jaulen hörte er aus drei verschiedenen Richtungen, die Coyoten riefen einander. Düne lächelte mit zahnlosem Mund. Er liebte ihre Stimmen. Manchmal trafen die Coyoten so reine und wunderbare Töne, daß er hätte schwören können, das feinste Instrument eines Meisters der Flötenmacherkunst gehört zu haben. Ein Weibchen, das in der Nähe seines Hauses durch die Wüste pirschte, sang wie einer der Götter.

Düne atmete tief ein und ging zu der Leiter, die in die feuererleuchtete Kammer hinabführte. Im Inneren erkannte er drei Leute: Kriecher, den kleinwüchsigen, dicken Ältesten vom Bison-Clan, die Frau, die Düne so grob aus dem Schlaf gerissen hatte, und einen hinfälligen alten Mann. Der Alte lag auf dem Rücken, unter einer zerschlissenen hellbraunen Decke mit gelben und roten Mustern am Rand. Düne stellte einen Fuß auf die Leiter und stieg hinab. Süßer Salbei-Duft hüllte ihn ein.

»O Gesegneter Ältester, danke, daß du gekommen bist«, sagte Kriecher und wartete unruhig, während Düne hinunterkletterte.

»Kann ich dir helfen, Ältester?« fragte die Frau, die kniete.

»Nein, es geht schon. Es braucht nur seine Zeit.«

Die Frau war weidenschlank; sie hatte einen sehr feinen Knochenbau und ein Gesicht wie ein Backenhörnchen, mit strahlenden Augen und Hamsterbäckchen. Das kurze schwarze Haar ging ihr nur bis zum Kinn. Düne hatte sie viele Sommer lang in und um Krallenstadt gesehen, kannte aber ihren Namen nicht. Sie schien dreißig oder fünfunddreißig Jahre alt, und die Zischlaute der Sprache der Turmbauer wurden in ihren Worten hier und da vernehmbar.

Kriecher stand auf und nahm Düne am Arm, um ihm hinabzuhelfen. »Fühlst du dich wohl, Ältester?«

»So wohl, wie man es in meinem Alter erwarten kann, Kriecher. Und du?«

»Es geht, danke.«

Das kleine Feuer in der Mitte des Zimmers rauchte stark. Salbei brannte schnell und gab viel Hitze ab, die Blätter entzündeten sich sofort zu lodernden Flammen, die dann das Holz verschlangen. Eine starke rote Glut blieb übrig. Hier und da leckten noch Flammen hoch und warfen blitzartig Licht über die rußbefleckten Wände. Zwei braune Decken lagen zusammengerollt auf der Südseite des runden Raums. Neben ihnen standen einige persönliche Gegenstände – eine langhalsige schwarze Wasserkaraffe, zwei einfache Tontöpfe, einer mit gelbem Maismehl, der andere mit rotgefleckten Bohnen gefüllt, ein Korb mit gerösteten Kürbissamen und ein gesprenkeltes Waldhuhnei in einer kleinen Schale.

Beim Anblick des Eis zog Düne die Lippen in seinen zahnlosen Mund ein. *Demnach …*

Kriecher wies auf die Frau und sagte: »Ältester, das ist Trauertaube, eine der Sklavinnen der Gesegneten Sonne.«

Düne nickte ihr zu und blickte auf den alten Mann am Boden. »Und wer ist das?«

»Das ist Lerche.«

Düne kniete sich neben den grauhaarigen Mann und betrachtete sein knochiges Gesicht. Der Schweiß stand dem Alten auf der langen, gekrümmten Nase und rann ihm über den faltigen Hals. Vorsichtig zog Düne die Decke ab, um den Brustkasten des Mannes zu begutachten. Er konnte die Rippen von Lerche zählen. »Wie lange ist er schon krank?«

Trauertaube kniete sich auf die andere Seite, und tiefe Sorge sprach aus ihren Augen. »Seit heute morgen. Er … brach auf der Plaza zusammen und konnte sich aus eigener Kraft nicht mehr erheben. Wir, Kriecher und ich, haben ihn hergetragen. Es war nicht schwierig, er ist so leicht.«

Kriecher kniete sich neben Trauertaube und fügte hinzu: »Bevor seine Seele anfing zu wanken, hat uns Lerche erzählt, er sei verhext worden. Wir wußten nicht, was wir tun sollten. Da du ein großer heiliger Mann bist, dachten wir, du könntest vielleicht –«

»Natürlich kümmere ich mich um ihn.« Dünes buschige weiße Brauen zogen sich zusammen. »Aber wer sollte ihn verhext haben? Hexen sind schlau, sie suchen sich ihre Opfer mit Bedacht. Wodurch könnte er eine Hexe verärgert haben?«

Trauertaube und Kriecher sahen einander an und senkten dann den Blick. Kriecher, plötzlich verlegen, kratzte an den Schmutzspritzern auf seinen Mokassins. Trauertaube zog liebevoll die Decke wieder hoch, um die Brust von Lerche zu wärmen. »Er ...« Ihre Stimme war auf einmal heiser. »Lerche gehört Schlangenhaupt, Ältester.«

»Und?«

Kriecher zerknitterte nervös sein schwarzes Hemd mit den Fingernägeln. »Schon gut, Trauertaube. Erzähl's ihm.«

Trauertaube nickte und hob den Blick zu Düne. In ihren Augen sah er das blanke Entsetzen.

»Du kannst mir vertrauen, Trauertaube«, versprach Düne. »Ich werde keinem Menschen etwas weitersagen.«

»Kriecher hat mir erzählt, daß du deine Macht einsetzen wirst, um mich zu beschützen, aber ich ...« Trauertaube schaute zu dem Loch im Dach auf, um sich zu vergewissern, daß niemand dort stand, und beugte sich dann nahe zu Düne und flüsterte: »Schlangenhaupt ging letzte Nacht vor Sonnenuntergang weg, mit einer Decke und einem großen Bündel.«

Düne runzelte die Stirn. »Vielleicht wollte er nach seines Vaters Tod eine Weile allein sein.«

Trauertaube schüttelte den Kopf. »Nein, Ältester. Kriecher hat ihn unten an der Senke gesehen, wo er mit einem anderen Mann sprach. Dem hat er sein großes Bündel gegeben und –«

»Und als Schlangenhaupt nach Krallenstadt zurückkam«, mischte sich Kriecher ein, offenbar von dem Wunsch getrieben, die Geschichte selbst zu erzählen, »sah er Lerche über die Plaza eilen und hat vielleicht geargwöhnt, daß er ihn gesehen hatte.«

»Woher weißt du das? Hat er Lerche angerufen? Ihn befragt?«

»Nein«, antwortete Trauertaube, »aber Lerche hat gesagt, daß Nordlicht auf das Dach seiner Zimmer im vierten Stock herausgetreten ist und Schlangenhaupt mit erhobener Hand ein Zeichen gegeben hat; dann hat er plötzlich einen scharfen Schmerz in seiner Kehle gespürt und vermutet, daß Schlangenhaupt Nordlicht befohlen hat, ihm eine Hexenpille in den Mund zu schießen. Und heute, als er auf der Plaza zusammengebrochen ist und nicht mehr aufstehen konnte, da …«

»Da hast du das auch geglaubt«, schloß Düne die Geschichte ab. Er nickte gedankenvoll. Nordlicht wirkte so seltsam und abschreckend auf die Sklaven, daß sie ihn mehr fürchteten als die Götter. Viele Sommer lang hatte Düne sich alle Mühe gegeben, das Vorurteil, Nordlicht wäre ein Hexenmeister, zu zerstreuen, aber seine Worte schienen die Sache nur noch schlimmer zu machen, und so hatte er es aufgegeben. »Also, dann wollen wir Lerche gemeinsam helfen. Über Schlangenhaupt machen wir uns später Gedanken. Bringt mir mal das Ei, bitte.«

Trauertaube gehorchte eilends. Sehr behutsam hob sie die Schale und das Ei auf und brachte beides zu Düne. Er stellte sie neben sich auf den Boden.

Kriecher stapfte geduckt näher wie ein Bär, der gleich angreifen will. Er hatte rote Flecken auf den Wangen. »Heiliger Heimatloser, Lerche ist ein guter Freund, und das schon seit zwanzig Sonnenkreisen. Bitte, ich weiß, er ist nur ein Sklave, aber er ist ein guter und treuer Mensch. Ich –«

»Ich will tun, was ich kann, Kriecher. Aber jetzt, bitte, schweig. Ich habe Pflichten zu erfüllen.«

»Ja, ich … Es tut mir leid.« Kriecher setzte sich auf die Absätze und faltete die Hände im Schoß.

Trauertaube kniete sich dicht neben Kriecher, so nahe, daß ihre beiderseitige Zuneigung ganz offensichtlich war, was Düne verwunderte. Viele der Gemachten Menschen verbanden sich zwar mit Sklaven, aber es galt als unschicklich, wenn sich Clan-Führer mit ihnen einließen. Nun … Düne interessierte das nicht.

Er nahm das Ei und wärmte es einen Augenblick lang in seinen Händen. Dann zog er Lerches Decke bis zu den Hüften hinunter. Als er das Ei auf dem Bauch des alten Mannes rieb, sang er:

*Steh auf! Erwache!*
*Schau über die verschlungene Straße*
*zum Rechten Weg,*
*Schau über die Wirrnis,*
*Mach sie glatt und gerade*
*Folge dem Rechten Weg!*
*Steh auf! Erwache!*

Lerche ächzte. Seine Arme bewegten sich schwach.

Kriecher beugte sich über seinen Freund und murmelte sanft: »Alles ist gut, Lerche. Der heilige Heimatlose ist hier. Er reinigt dich.«

Diese Worte schienen Lerche zu besänftigen. Seine Arme fielen zurück, und er seufzte zufrieden auf.

Düne schlug das Ei auf dem Boden auf und goß das Innere in die Tonschale. Die Reinheit des Eis würde den Hexenfluch, wenn es denn einen gab, aus Lerches Körper herausziehen. Er stellte die Schale oberhalb von Lerches Kopf ab.

»Es muß jemand bei ihm bleiben«, sagte Düne. »Wenn ein Auge in dem Ei erscheint, ist er geheilt, aber vielleicht spuckt er die Pille aus, die man ihm in den Mund geschossen hat. In diesem Fall bewahrt sie auf. Hexen kennzeichnen oft ihr Gerät. Vielleicht können wir es zurückverfolgen.«

Kriecher nickte und streichelte die Hand von Trauertaube. »Trauertaube wird diese Nacht bei ihm bleiben, und ich werde morgen bei Lerche wachen.«

»Gut.« Dünes Knie knackten, als er aufstand. »Ich gehe wieder unter meine Decken. Sagt Bescheid, wenn ihr mich braucht.«

Kriecher schaute dankbar auf. »Das werde ich tun. Ich danke dir, heiliger Heimatloser.«

Düne erklomm die Leiter, Sprosse um Sprosse, ging an den Rand des Daches und beobachtete die blinkenden Abendleute. Die Spinnenfrau hatte gerade ein dünnes Bein über den dunklen Canyon-Rand ausgestreckt und kroch über den Himmel in Richtung auf Vater Sonne. Düne atmete aus, sein Atem hing vor ihm wie ein Nebel.

Sein Blick schweifte über die weißen Mauern der Stadt und

hinab zur Senke, einer schwarzen Zickzacklinie. Er kniff die Augen zusammen.

Warum traf sich Schlangenhaupt, die Gesegnete Sonne von Krallenstadt, heimlich mit einem anderen?

»Weil er etwas tut, was sein Volk nicht gutheißen würde«, murmelte Düne vor sich hin. »Vielleicht verkauft er das Volk des Rechten Wegs an den Meistbietenden.«

Was hatte das große Bündel wohl enthalten? Wollte er jemanden bestechen? Oder für geleistete Dienste bezahlen?

Düne kletterte die Leiter hinunter und humpelte über die Plaza, sinnend, die Stirn gerunzelt.

Sängerling stand auf der Mesa und schaute nach Westen. Nachmittagswolken, wie Büschel von Rohrkolben-Flaum, schwebten über dem sonnenhellen Canyon. Ihre Bäuche glühten leuchtend gelb, als hätten die Götter sie einzeln in kräftigen Flechtenfarbstoff getaucht. Er lächelte. Es war ganz windstill. Das Skelett des Landes lag offen da. Rote, goldene und weiße Knochen erstreckten sich in jede Richtung, durchbrochen von gewundenen Wassergräben, mit blaßgrünen und dunkelgrünen Bäumen bestanden.

Fern im Südwesten erhoben sich die Thlatsina-Berge über die Wüste. Sängerling sah sie vor seinem geistigen Auge. Die Geister der Ahnen waren sicher freudig gestimmt; sie drängten sich in Wolkengestalt um die Gipfel, unterhielten sich mit den Göttern und berieten sie im Hinblick auf die merkwürdigen Gebräuche der Menschen. Glitzernde Regendecken fielen schräg ins Land.

Die Berge dienten dem Universum als Rippen. Auf ihrer Reise durch die Unterwelten hatten die Ersten Menschen Samen der Berge, die sie sahen, gesammelt. Als sie in diese Fünfte Welt aufstiegen, pflanzten sie diese Samen an denselben Stellen ein, wo sie auch im Schoß Unserer Mutter Erde gelegen hatten; sie wußten, daß sich die Wurzeln dieser Berge tief hinunterbohrten und die Gipfel unten berühren würden.

Die Thlatsinas hatten das gleiche gemacht, jedoch in den Himmelswelten. Sie hatten Samen der Berge in der Fünften Welt gesammelt und sie in den Wolken eingesetzt.

Manchmal, wenn das Licht stimmte, konnten Menschen die Himmelsberge sehen. Sie sahen aus wie gemeißeltes Sonnenlicht.

Sängerling breitete die Arme aus und ließ die lebensspendende Sonne in sich eindringen; er bot seinen nackten Körper der Schönheit dar. Ein sonderbarer euphorischer Rausch hatte ihn ergriffen. Als wäre sein Leib aus langem Schlaf erwacht, so zart und verletzlich fühlte er sich, wie ein neuer Maistrieb, der gerade die Erde durchstoßen hat.

Ein alter Wacholderbaum, der aus dem roten Sandstein herauswuchs, klammerte sich an den Felsen neben ihm. Seine Zweige wanden und verdrehten sich, und lange Wurzeln hingen fünf oder sechs Körperlängen über dem nackten Fels wie Seile, doch jedem war es gelungen, eine winzige Vertiefung zu finden, in der sich windgetragene Erde und Wasser gesammelt hatten. Sängerling schaute den Baum bewundernd an. Dieser Wacholder hatten in jedem Augenblick seines Lebens um sein Überleben kämpfen müssen. Bei diesem Bild stiegen Sängerling die Tränen in die Augen.

Er dachte an den alten Schwarzer Tafelberg. Vor vielen Sommern hatte er in einem Frühling Schwarzer Tafelberg in dessen Garten geholfen. Während Schwarzer Tafelberg Unkraut jätete, brachte Sängerling Töpfe mit Wasser für die jungen Pflanzen herbei.

Schwarzer Tafelberg hatte ihm eine Weile zugesehen, setzte sich dann auf der Erde zurück und sagte: »Wässere sie nicht zuviel, Junge. Die Pflanzen sind wie Menschen, sie müssen etwas Angst haben.«

»Angst haben?«

Schwarzer Tafelberg hatte genickt. »Wenn die Triebe keine Angst haben, graben sie ihre Wurzeln nicht tief genug in Mutter Erde ein. Und in Dürrezeiten fliegen sie einfach weg, ohne zu kämpfen. Wenn du sie retten willst, dann mach ihnen das

Leben nicht zu einfach. Zwing sie dazu, sich für das Schlimmste zu rüsten.« Er hatte Sängerling mit dem Ellbogen angestoßen. »Schmerzen machen jeden stärker.«

Sängerling strich sanft über die verkrümmten Zweige, voller Respekt vor all den Schmerzen, die der alte Baum ertragen hatte.

Sängerlings Leben war einfach gewesen. Seine Mutter hatte ihn sehr geliebt. Er war vielleicht ein einsamer kleiner Junge gewesen, aber sogar damals hatten die Erwachsenen ihn gelobt und gestreichelt. Er hatte immer genug zu essen und in den langen Wintern genügend Wärme gehabt. Er mußte sich jetzt eingestehen, daß er noch nicht wirklich wußte, was Leid war. Das beunruhigte ihn etwas, denn er hatte den Verdacht, er müßte es eigentlich wissen. Jeder große Sänger, von dem er wußte, hatte schrecklich leiden müssen.

Tief in seinem Inneren hörte er Düne brüllen: *Großartig! Großartig!* und unterdrückte diesen Gedanken.

Zwei Falken kreisten in großer Ruhe jenseits der Mesa-Kante. Er sah sie in das blaue Himmelsgewölbe aufsteigen und lächelte. Schweißperlen hingen an seiner Hakennase und befeuchteten das schwarze Haar, das an seinem schmalen Gesicht klebte. Die Thlatsinas spielten; einen Tag schickten sie eisige Kälte und den Tag darauf das grellste Sonnenlicht.

Er schob den Kiesel in seinem Mund in die andere Backe. Er hatte diesen Stein seit zwei Tagen unter der Zunge gehabt, aber er schmeckte immer noch süßlich erdhaft.

Sängerling wandte sich von den müßigen Tänzen der Falken ab und schlenderte am Klippenrand entlang, Ausschau haltend. Er hatte es tatsächlich fertiggebracht, Dünes Anweisung entsprechend seine Zunge im Zaum zu halten, und so dachte er, er könnte heute üben, ein Käfer zu ein.

Aber was für einer? Kam es darauf an? An solchen warmen Tagen tauchten sie zu Dutzenden aus dem Nichts auf, und ihr Erscheinen erwies sich als sehr peinvoll. Er hatte ein fast unwiderstehliches Verlangen, jeden einzelnen totzuschlagen und ihn zwischen seinen Zähnen knacken zu hören. Wahrscheinlich weil er seit sechs – oder waren es sieben? – Tagen nichts mehr gegessen hatte.

Er hatte das Gefühl für die Zeit verloren. Die Unendlichkeit der Wüste hatte ihn eingesogen, und er…

*Ein Käfer!*

Der schwarze Käfer kroch an einem ausgezackten Spalt im Sandstein vorbei, unverdrossen, über Grasfetzen und alte Wacholdernadeln; sein knolliger Rumpf glänzte im Nachmittagslicht.

Sängerling betrachtete den Käfer aufmerksam. Dann legte er seine Hände auf den Stein, spreizte die Beine und bewegte sich im Käfergang, das hintere Ende hochgereckt, die Hände tasteten den Weg ab, und der Körper schwankte hin und her.

Als der Käfer anhielt, um einen grauen Kiefernzapfen mit seinem fadendünnen Arm zu befühlen, fuhr Sängerling mit den Fingern über den nächstbesten Zapfen, der allerdings schon abgenagt war. Die Backenhörnchen hatten alle Schuppen abgezogen, und übriggeblieben war nur ein schlanker Kolben, den feine, glänzende Härchen umhüllten; Sängerling war überrascht, wie glatt und weich er war.

Der Käfer krabbelte um den Zapfen herum, in ein Häufchen getrockneter Wacholderbeeren hinein. Der winzige Mund war heftig am Werk.

Sängerling schaute sich die runzligen Beeren genau an und probierte eine. Sie war von fadem süßlichem Geschmack. Er zog das Gesicht zusammen und legte die Beere in den Spalt zurück.

Der Käfer eilte weiter, offenbar unbeeindruckt davon, daß Sängerling ihn nachahmte. Der warme Stein fühlte sich unter seinen Handflächen rauh an. Staub drang Sängerling in die Nase. Da ihm immer mehr Blut in den Kopf schoß, fürchtete er, sein Kopf könnte zerspringen. Aber er blieb bei der Sache und versuchte zu lernen, zu empfinden und die Welt zu betrachten wie ein Käfer.

Der Käfer kletterte aus dem Spalt heraus und marschierte zielstrebig über den Sandstein.

Sängerling kroch ihm nach.

Der Käfer fiel jetzt in Laufschritt, den Kopf tief auf dem Boden, als folgte er schnüffelnd einer Fährte. Fast sprang er über den Fels.

Als der Käfer in den Schatten eines Felsblocks krabbelte, dort anhielt und wie wild mit Armen und Mund arbeitete, runzelte Sängerling die Stirn. Er beugte sich tiefer, um besser zu sehen. Der kühle Schatten umfing ihn, als er den Käfer beobachtete. Dieser hatte einen Spritzer Steppenhuhnkot gefunden, den er selig zu einer Kugel rollte.

Sängerling wälzte den Kiesel in seinem Mund umher; er schmeckte jetzt weder süß noch nach Erde.

Entmutigt ließ er sich auf den warmen Stein fallen. Düne hatte ihm gesagt, wenn man lange genug auf einen Tautropfen schaute, sähe man darin das ganze Universum.

Sängerling betrachtete lange angestrengt den Steppenhuhnkot. Der Käfer werkelte mit großer Achtsamkeit, formte die Kugel mit den Beinen und rollte sie.

Sängerling strich sich durch das schwarze Haar.

*Könnte ich nicht vielleicht auch ein Schmetterling sein?*

*»Düne! Düne, Heimatloser! Wach auf, bitte!«*

Es war die Stimme einer Frau. Bei dem Weckruf stützte sich Düne auf und stieß die Decke zurück. Das schöne weiße Zimmer leuchtete blaßblau im Licht der Morgendämmerung. Unter vier Decken hatte er auf weichen Binsenmatten geschlafen. Ein Wasserkrug mit Tasse stand in Reichweite, und Töpfe mit Lebensmitteln waren an der Wand aufgereiht.

»Wer ist da?« fragte er und schaute auf den Dacheinlaß.

»Trauertaube, heiliger Heimatloser. Bitte komm. Kriecher hat mich geschickt.«

»Einen Augenblick, Trauertaube.«

»Ja, Ältester.«

Düne warf die Decken ganz zurück und griff nach seinem abgetragenen braunen Gewand. Er streifte es sich über den Kopf und ächzte laut. Er wußte nicht, was ihn mehr schmerzte –

die Schultern, die Knie oder die Hüften. Vorsichtig nahm er seinen Kaninchenfell-Umhang und band ihn unter dem Kinn fest; dann glättete er seine spärlichen weißen Haare mit der Hand.

Als er nach den Leitersprossen griff, stellte er fest, wie knotig die Adern über seine Handrücken krochen, angeschwollen wie fette blaue Regenwürmer. Das Alter hatte seinen Körper zerstört, und wenn er müde war, wurde alles noch schlimmer.

»Ausruhen kannst du, wenn du zu Hause bist«, murmelte er vor sich hin und kletterte die Leiter hinauf, eine verdammte Sprosse nach der anderen. »Hoffentlich bald.«

Er machte sich jetzt Sorgen um Sängerling. Der Junge erschien ihm dauernd im Traum und erzählte, völlig unverständlich, von einer Türkis-Höhle und seinem Vater, dem Coyoten. Er spürte, daß Sängerling ihn brauchte, und das vermehrte seine Sorgen. Er betete, daß Sängerling bald kommen möge.

Er trat hinaus auf das Dach des ersten Stocks. Reif lag auf dem Gras und glitzerte auf dem winterstarren Unkraut, das die Pfade und die leeren Maisfelder säumte. Die Tage waren zwar inzwischen warm, doch die Nächte waren noch schneidend kalt. Der blaue Schein hatte die Klippen nun in kräftiges Purpur getaucht. Die Kriegersäule schimmerte wie mit Amethyststaub bestreut.

Vor ihm stand Trauertaube, ihr Backenhörnchen-Gesicht geschwollen, die Augen rot unterlaufen. Sie hielt ihren gelbbraunen Baumwollumhang am Hals fest.

»Verzeih, daß ich dich störe, Ältester.« Sie schaute sich furchtsam um und suchte die weißen Dächer ab, um sich zu vergewissern, daß noch niemand aufgestanden war.

»Das macht nichts, Trauertaube. Was ist geschehen?«

»Kriecher … Er hat mich geschickt.« Tränen standen ihr in den Augen. »Lerche ist gestorben. Aber bevor seine Seele den Körper verließ, hat er das ausgespuckt.« Mit zitternden Fingern hielt sie ihm ein Stück Stoff hin, als ob es etwas Abscheuliches enthielte.

Er öffnete den Stoff, und ein kleiner Gegenstand fiel ihm in die Hand. Er fühlte sich kalt und glatt an. Düne kniff seine weitsichtigen Augen kurz zusammen, erkannte die winzige schwarze Figur und murmelte: »O nein!«

»Weißt du, was es ist?« fragte Trauertaube. »Kriecher wußte es nicht. Wir dachten, vielleicht –«

Wann hatte er das schon einmal in seinen Händen gefühlt, erschöpft und beunruhigt? »Ja, ich weiß es. Geh wieder in Lerches Zimmer, Trauertaube, bevor uns jemand zusammen sieht. Ich bin auch gleich da. Ich muß da ... einige Sachen holen. Du und Kriecher, ihr müßt beide gereinigt werden. Jetzt geh. Schnell! Ich komme gleich nach.«

Trauertaube wich zurück. »Das hat ein Schlafmacher gemacht, nicht wahr?«

»Ja, das fürchte ich.«

Trauertaube nickte. »Ich sage Kriecher, daß du kommst.«

Als sie die Leiter hinabgeklettert war und Düne sie über die Plaza laufen sah, öffnete er wieder die Faust und sah sich das furchtbare Ding an.

Purpurnes Licht strahlte über den makellosen Jettstein und ließ jede Einzelheit der schrecklichen Kreatur erkennen. Düne bewunderte die unglaubliche Kunstfertigkeit, mit der die Schlange gestaltet war; sie lag eingerollt in einer zerbrochenen Eierschale. Die Schlange hatte eingelegte rote Korallenaugen. Wer vom Volk des Rechten Wegs kannte schon die symbolische Bedeutung? Sicher nicht mehr als fünf der Gemachten Menschen und die höchsten Führer der Ersten Menschen.

»Eine Schlange, geboren aus dem Ei eines Hahns.«

Die Hohokam glaubten, daß schon ein Blick aus den Augen des Ungeheuers töten würde.

Düne schloß die Faust, um sich selbst vor dem Blick der Schlange abzuschirmen, und suchte mit den Augen die Stadt ab. Truthähne stolzierten über die Plaza. Hunde spielten miteinander und bissen sich gegenseitig in die Ohren. Jetzt standen die Bewohner allmählich auf. Orangefarbenes Licht von Zedernrindenfackeln erleuchteten viele Fenster und warfen einen bernsteinfarbenen Schein auf die massiven Klippen hinter der Stadt. Leise Stimmen drangen durch die kühle Morgenluft.

War es möglich, daß ein Hohokam-Zauberer unsichtbar unter ihnen umherschritt? Einer der Sklaven? Doch wie kam ein Sklave zu so einem seltenen und kostbaren Gegenstand?

»Ein Hexenmeister könnte ihn mit eigenen Händen angefertigt haben, du alter Narr«, tadelte sich Düne selbst. »Viele Jettsteine kommen durch die Stadt.«

Aber wie konnte ein Sklave Jettstein erwerben? Oder stehlen, ohne aufzufallen? Nur die reichsten der Ersten Menschen konnten es sich leisten, den Verlust eines makellosen Jettsteins zu übersehen.

Düne schüttelte den Kopf, um ihn freizumachen. Wenn Kriecher und Trauertaube sich nicht bald einem Reinigungsritual unterzogen, würden sie dahinsiechen, vielleicht sogar sterben.

Er wandte sich zur Leiter.

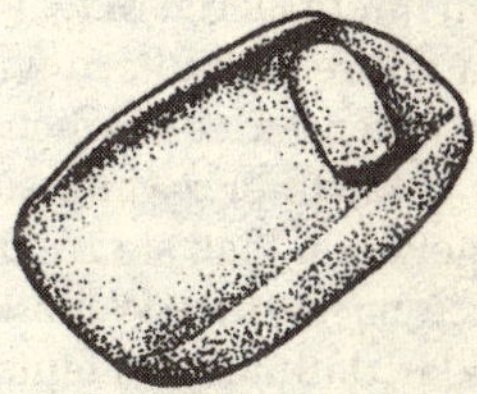

## 23. Kapitel

Maisfaser lief nach Süden über den festgetretenen Weg, ihr Herz raste, und sie keuchte sich die Lunge aus dem Leibe. Spannerraupe und seine blutrünstigen Krieger waren dieselbe Straße entlanggerannt, mit ihrer schaurigen Trophäe. Maisfasers Füße liefen über denselben Boden. Sie schaute auf dieselben von Wind und Wetter geformten Kuppen und Kämme, auf dieselbe endlose Ebene von Baumstümpfen, die aus dem wehenden gelben Gras ragten. Einschläge von Äxten waren auf dem ausgetrockneten Holz noch sichtbar.

Immer wieder erlebte sie in Gedanken die letzten Augenblicke ihres Vaters und Vogelkinds und sah dabei ihre Gesichter. Das Dunkel, von Feuern erhellt, der Gestank von Pech und glimmenden Lagermatten, die herzzerreißenden Schreie von Kleine Schnecke – das alles war tief in ihr Herz gegraben.

»Warum bin ich nicht dortgeblieben, um nach der Leiche meiner Mutter zu suchen? Um Vater und Vogelkind zu begraben?«

Tränen trübten ihr die Sicht. Dauernd hörte sie die Stimme ihrer Mutter: *»Wenn du jemals in Not bist und Hilfe brauchst ...«*

Sie lief schneller.

Der Weg führte sie auf eine gestrüppreiche, meldenbestandene Höhe. Der Windjunge und die gigantischen Klauen der Donnervögel hatten das Land vor ihr aufgerissen. Streifen von rot-weißem Sandstein wanden sich durch das Becken wie feingefärbte Stoffbänder. Wacholder- und Kiefernhaine bildeten grüne Linien entlang den Wassergräben.

Sie war, mit einer Schlafpause, eine Nacht und einen Tag lang gerannt. Sie rang nach Luft, ihre Lungen brannten, und in ihrem leeren Magen saß die Angst. Die Erschöpfung lastete auf ihren Schultern wie ein Sack Steine. Sie mußte unbedingt Krallenstadt erreichen.

Maisfaser zwang sich nachzudenken. Sie war so verstört gewesen, daß sie zunächst nur zu fliehen vermochte, aber als sie nach einer Weile wieder klar denken konnte, wurde ihr klar, daß sie nicht einfach mit ihrer Decke vor Nordlicht treten konnte; als erstes mußte sie herausfinden, was überhaupt geschehen war.

*Vor fünfzehn Sommern war Nordlicht vielleicht der Freund meiner Mutter, aber heute ist er vielleicht mein Feind.*

Jemand hatte diese Krieger beauftragt, Vogelkind zu töten. Wahrscheinlich der neue Häuptling – aber Nordlicht war der angesehenste Priester von Krallenstadt, und er mußte Bescheid gewußt haben! Und hatte nichts getan, um es zu verhindern.

In der Nacht, als Lanzenblattdorf zerstört wurde, hatte der Krieger Spannerraupe viele fürchterliche Dinge gesagt. Er war gekommen, um einen Jungen zu jagen, den Jungen der Gesegneten Nachtsonne, und er hatte Nachtsonne eine Hure genannt. Er hatte den Namen von Vogelkinds richtigem Vater wissen wollen und schien überzeugt, daß es Nordlicht war. Das einzige, was Maisfaser genau wußte, war, daß Spannerraupe Eisenholz als Kriegshäuptling von Krallenstadt abgelöst hatte und daß niemand, nicht einmal Häuptling Schlangenhaupt, wirklich wußte, wer der Vater des verborgenen Kindes war.

Alle Auseinandersetzungen ihrer Eltern, all das Geflüster in der Nacht – das ergab auf einmal einen Sinn. Nachtsonne hatte heimlich ein Kind zur Welt gebracht und es weggegeben. Sie mußte Maisfasers Eltern dafür bezahlt haben, Vogelkind aufzuziehen … oder Maisfaser? Sie war so verwirrt, daß sie nicht richtig denken konnte. Wem glaubte sie? Ihrer Mutter? Oder dem Kriegshäuptling von Krallenstadt?

Ihr Vater hatte gesagt: »Ich halte es für unsere Pflicht, jederzeit bei Vogelkind zu sein.« Weil sie dafür bezahlt wurden, auf ihn aufzupassen? Oder weil er in Wahrheit ihr einziges Kind war?

Wer hatte den Aufenthalt des versteckten Kindes verraten? Und warum?

Jemand hatte offenbar das Geheimnis ausgeplaudert, als Krähenbart starb, vielleicht weil er es für gefahrlos hielt, vielleicht aus Bosheit. Aber warum hatte Schlangenhaupt, der neue Häuptling, den Tod von Vogelkind gefordert? In der Nachfolge war Vogelkind für Schlangenhaupt keine Bedrohung, jedenfalls nicht innerhalb des Herrschaftsbereichs des Volks vom Rechten Weg.

»O Vogelkind!« Sie stampfte den Hügel hinunter, um den Schmerz zu verdrängen, zwang sich, einen Fuß vor den anderen zu setzen, keuchend, mit zitternden Beinen. »Vater? Mutter? War ich wirklich eure Tochter? Oder habt ihr mich nur großgezogen?«

Der Türkismädchen-Berg glitzerte in der Ferne, als die Mittagssonne auf den schneebedeckten Gipfel fiel. Wassergräben durchschnitten die Hänge und krochen über die trockene Savanne wie Baumwurzeln, die in der Tiefe nach Wasser suchen.

Eisenholz könnte Vogelkinds richtiger Vater sein, wie Maisfasers Mutter vermutet hatte. Aber das war jetzt ohne Bedeutung. Eisenholz war nicht verpflichtet, Maisfaser Hilfe anzubieten, nur weil sie mit seinem Sohn zusammen groß geworden war.

*Ich bin allein. Ich kann niemandem vertrauen, nur mir selbst.*

Es sei denn, vielleicht dem großen Priester Nordlicht. Der Klang in der Stimme ihrer Mutter, die Sorgenfalten auf ihrer Stirn, alles, was sie am letzten Tag gesagt und getan hatte, galt Maisfaser als Beweis dafür, daß Nordlicht ihrer Mutter die wunderbare türkisbesetzte Decke geschenkt hatte.

Vielleicht hatte er die Zahlungen geleistet und nicht Nachtsonne? War die Decke der Gegenwert für einen Monat Pflege für seinen Sohn? So wie Spannerraupe vermutet hatte?

*Ich kann das nicht genau wissen, das ist unmöglich.*

Trotz des Vertrauens ihrer Mutter in Nordlicht würde Maisfaser niemandem mehr vertrauen. Nicht nach dem, was mit Lanzenblattdorf geschehen war.

Der Weg endete unvermittelt auf einem Klippenüberhang. Maisfaser verlangsamte den Schritt und rang nach Atem.

Von ihrem Ausgangspunkt aus überschaute sie das weite wellige Land, das von Wacholder- und Kiefernhainen und beifußbewachsenen Flecken unterbrochen war. Hier und da ragten scharfkantige Steinpfeiler hoch, gleich Dutzenden von Kaktusstacheln, die sich anstrengten, zerknitterte rote, gelbe und weiße Decken zu durchstoßen.

Maisfaser ging vorsichtig bis zum Rand der Klippe und schaute hinab. Man hatte Stufen in den Stein gehauen. Zweihundert Hände unterhalb stand ein völlig nackter junger Mann im Sonnenlicht. Er war großgewachsen und mager, hatte hüftlanges schwarzes Haar, das um ihn herumwehte, als er sich drehte und seine Arme schwenkte. Er schien zu singen, aber es klang eher wie ein im Halbschlaf vorgetragenes Summen.

War er gefährlich? Maisfaser suchte den Canyon nach Zeichen von Dörfern, Menschen oder Lagern ab, sah aber nichts. Was machte der Mann da unten?

Der junge Mann lachte, warf den Kopf zurück und schlug mit den Armen.

Völlig erschöpft nahm Maisfaser den Bogen vom Rücken und legte sich auf den Bauch, um ihn zu beobachten. Der Atem des Windjungen strich sanft über den Rand des Canyons und kühlte ihr schweißnasses Gesicht. Der Geruch von Erde und Staub stieg ihr in die Nase. Der Junge schien ganz ungefährlich zu sein. Maisfaser schätzte ihn etwa gleichaltrig – fünfzehn oder sechzehn Sommer.

Der Junge fing an, sich im Kreis zu drehen, durch die Beifußbüsche stolpernd, als hätte er einen Krug Wacholderbeerwein getrunken. Er lachte. Die Canyon-Wände warfen den Klang zurück. Er sah wirklich nicht gefährlich aus, doch vielleicht war er etwas gestört.

Der Hunger machte ihr zu schaffen. Sie hatte alles aus ihrem Bündel aufgegessen und nirgends so lange verweilt, um zu jagen oder Eßbares zu sammeln. Während sie den Jungen beobachtete, knurrte ihr Magen mißvergnügt. Vielleicht teilte der Junge eine Mahlzeit mit ihr – aber nicht, wenn sie ihn mit eingelegtem Pfeil begrüßte.

Vorsichtig wie eine Katze auf der Jagd stand sie auf, streifte den Bogen über die Schulter und kletterte über den Rand, über die Stufen hinabsteigend wie über eine Leiter.

Der junge Mann schien keine Notiz von ihr zu nehmen. Er taumelte einfach grinsend durch die Büsche. Geräuschlos kam sie unten an und sah das weiße Häuschen mit den abgeplatzten Putzplacken, die im Salbei lagen. War das sein Haus? Wohnte er allein? Bei den vielen Überfällen hier – er *mußte* geistesgestört sein.

Sie trat näher. Ihr heiligen Götter – er war nur Haut und Knochen. Und seine Haut; sie glühte rot. Der Sonnenbrand hatte den ganzen Körper erfaßt, einschließlich Penis und Scrotum. Blasen bildeten sich auf den Schultern und der Hakennase. Hatte er etwa tagelang nackt in der Sonne gestanden?

Sie kreuzte die Arme und fragte: »Bist du ein Kolibri oder eine Hummel?«

Er hielt ruckhaft inne, aber seine Augen wanderten immer noch im Kreise herum, und er fiel bäuchlings in ein Beifußgestrüpp. »Wer *bist* du?« Er wälzte sich herum und mühte sich aufzustehen.

Sein Kopf schwankte. »Bist du … *Kenne* ich dich?«

»Bleib flach liegen, bis du dich wieder gefaßt hast.«

»Ich – ich glaube, ich muß mich übergeben«, sagte er und schob einen Gegenstand von einer Backe in die andere.

Maisfaser kroch bis auf eine Körperlänge an ihn heran und betrachtete seinen gerösteten Körper. Er hatte langes schwarzes Haar. »Was hast du gemacht? Du drehst dich herum wie verrückt und flatterst mit den Armen?«

Seine Augen waren heftig in Bewegung, als ob er versuchte, sie auf einen Punkt zu fixieren. »Ich habe versucht zu lernen, wie eine Motte zu sein. Du weißt doch, wie sie immer herumtaumeln und flattern, besonders wenn Feuer in der Nähe sind.« Er holte Atem und fügte hinzu: »Vorher hab' ich versucht, ein Käfer und eine Schabe zu sein, aber die fressen wirklich abscheuliche Sachen. Hast du das gewußt?«

Maisfaser hob die Brauen. »Warum willst du lernen, ein Insekt zu sein? Bist du der Schüler eines Schamanen?«

Er stützte sich auf die Ellbogen und verzog den Mund. »Sieh dich um. Siehst du einen Schamanen hier?«

»Ich hab' mich schon umgeschaut. Ich sehe keinen.«

»Weil er mich verlassen hat.« Vorsichtig setzte er sich auf, atmete tief ein und fühlte sich offensichtlich besser. Er schob den runden Gegenstand wieder in die andere Backe, und dabei klickte er gegen die Zähne. »Aber bevor er ging, hat er mir aufgetragen, ich soll üben, ein Käfer zu sein.«

»Als Strafe?«

Er blinzelte. Sein Gesicht nahm einen merkwürdigen Ausdruck an. »Wie komisch, daß ich daran nie gedacht habe.«

Maisfaser wies auf seine blasenbedeckten Schultern hin. »Du brauchst einen Balsam auf den Brand, und zwar bald, sonst bekommst du Narben.«

»Was?« fragte er und schaute auf seinen mageren Körper. »Was für ein Brand?«

Maisfaser stand auf. »Vielleicht hat dein Kreiseln noch mehr durcheinandergebracht als deinen Gleichgewichtssinn.«

Er verzog das Gesicht, stand auf und stolperte in sie hinein. Maisfaser ergriff ihn am Arm, um ihn aufrecht zu halten, aber seine Füße bewegten sich hin und her, als wollte er weitertanzen, ohne Einverständnis seines Gehirns. Er stolperte in dorniges Gebüsch und fiel fast hintenüber. Maisfaser keuchte erschreckt und zog ihn entschlossen an sich. Er stellte sich breitbeinig hin und zwinkerte mit den Augen, als fragte er sich, warum sie das machte.

»Geht es wieder?« fragte sie und spürte dabei die Gluthitze, die von seinem sonnenverbrannten Fleisch ausging.

»Ach, es ist nur, daß ich seit Tagen nichts gegessen habe; mir wird schwarz vor den Augen, wenn ich ganz plötzlich aufstehe.«

»Du hast nicht gegessen? Was ist das in deinem Mund?«

»Ein Kiesel.«

»Du hast einen Stein im Mund?«

»Hmmm.« Er lächelte und nickte glücklich.

Sie ließ seine Arme los und betrachtete ihn. »Seit wieviel Tagen fastest du?«

»Weiß ich nicht genau. Ich habe den Überblick verloren. Vielleicht sieben oder acht.«

Die Spannung in ihrem Gesicht ließ nach, als sie seinen ausgemergelten Körper ansah. »Heilige Ahnen. Du hast aber hoffentlich Wasser getrunken?«

»O ja. Sonst müßte ich wohl sterben, hab' ich gedacht.«

»Na«, sagte sie entschieden, »wenn du erst mal deinen Sonnenbrand spürst, dann wär's dir womöglich lieber, du wärst gestorben.«

Er streckte die Arme aus, um sich zu untersuchen; verwundert betrachtete er die Blasen auf Brust, Schenkeln und Armen. »Glaubst du wirklich, daß es so schlimm ist? Ich fühle überhaupt nichts. Nur meine Haut spannt sich, so als ob sie auf einen Färberahmen aufgezogen worden ist.«

»Du solltest mal deinen Rücken sehen.«

»Schlimm?«

»Rohes Fleisch.«

Maisfaser spähte auf das heruntergekommene Häuschen. Große Placken von weißer Tünche lagen zerstreut im dem Beifußdickicht, das um drei Wände herumwuchs. Nur die Vorderseite war geräumt worden, damit man hinein- und herausgehen konnte. Auf der linken Seite war das Dach auf gefährliche Weise eingesunken. Die Deckenstangen waren so verrottet, daß es jeden Augenblick einzufallen drohte.

Sie kniff ein Auge zusammen. »Wenn du eine Mahlzeit mit mir teilst, dann kümmere ich mich um deinen Sonnenbrand.«

Er sah sie erschreckt an. »Ich habe meine Manieren vergessen. Ich hätte dich natürlich zum Abendessen einladen sollen. Bitte, komm mit. Für mich ist das Essen ohnehin nicht bestimmt, es kommt also nicht darauf an.«

»O ... großartig.«

Sie winkte ihn nach vorn und folgte ihm auf dem engen Pfad. Feigenkakteen standen sperrig nebeneinander, mit fingerlangen Stacheln. Ein Zaunkönig hatte sich in einem größeren Beifußstrauch ein Nest gemacht. Trockenes Gras und alte Federn ragten aus dem Loch.

Maisfaser sprang zurück, als der junge Mann das Gleichgewicht verlor und stolperte.

»Laß mich dir helfen«, sagte sie.

»Ach, das geht schon. Wirklich, du brauchst nicht –«

Maisfaser nahm ihn am Arm und führte ihn zur Tür. Der Ledervorhang war von Mäusen angenagt. Wo der Putz abgeplatzt war, kam das Mauerwerk aus rotem Sandstein zum Vorschein. »Dein Haus?«

»Nein.«

»Also wenn es nicht dein Haus und nicht deine Nahrung ist, wem gehört das alles?«

»Meinem Lehrer, Düne, dem Heimatlosen. Er ist ein großer Sänger. Ein sehr heiliger ... Was ist denn?«

Maisfaser keuchte erschreckt und schwenkte ihn so herum, daß er fast über sie gefallen wäre. Sie legte ihm die Hände mitten auf die Brust, um ihn zu stützen, so daß sie ihm in die sanften braunen Augen sehen konnte. »Ihr großen Götter! Hier lebt der alte Düne? Er ist dein Lehrer?«

»War er. Für ein paar Tage.«

Schauer der Angst liefen ihr den Rücken hinunter. Düne stand im Ruf, unvorhersehbare Dinge zu tun, so zum Beispiel Menschen, die er nicht leiden konnte, in Packrattenurin oder in einen klebrigen Fliegenfuß zu verwandeln. Sie sah den jungen Mann argwöhnisch an.

»Wie fühlst du dich in deiner Seele?«

»Hmm?« fragte er überrascht und sah sie so neugierig an wie ein Erdkuckuck. Sein hüftlanges schwarzes Haar wehte in einem Windstoß auf und flatterte über Maisfasers Schultern. »In meiner Seele?«

»Ja, fühlt sie sich noch menschlich an? Vielleicht hat dir Düne eine Mottenseele gegeben, bevor er weggegangen ist, und deshalb hast du diesen unbezwingbaren Drang gehabt, ein Insekt zu sein.«

Der Jüngling überdachte das. »Er hat tatsächlich einen merkwürdigen Sinn für Humor, und das stimmt, ich habe mich wirklich gefühlt, als ob ich schwebte und flatterte –«

»Als ob deine Seele Flügel hätte?« Maisfaser machte einen Satz nach hinten, und er stürzte. Seine Knie prallten auf die Erde, und dann fiel er mit dem Gesicht nach vorn quer über den Pfad. Er strengte sich an, auf die Knie zu kommen, und dabei fuhren seine grellroten Hinterbacken in die Höhe. Aber der Versuch erwies sich als zu mühevoll; er gab auf, wälzte sich auf den Rücken und schielte zu Maisfaser hinüber.

Nach einer Weile sog er die Luft tief ein, und lange ausatmend sagte er: »Nein, eher wie eine Wolke im Sturm.«

Maisfaser beugte sich vor und blickte auf ihn hinunter. »Na ja«, sagte sie achselzuckend. »Vielleicht bist du dann doch noch ein Mensch.«

Er seufzte und streckte die Hand aus. »Kannst du mir helfen? Ich glaube, ich schaffe das nicht allein.«

Maisfaser packte seinen Arm und zog ihn auf die Beine. Er torkelte zur Tür und hielt ihr den Vorhang auf. Innen sah sie eine Feuermulde in der Bodenmitte und eine aufgerollte graue Decke daneben. Ein Stapel Körbe stand im Hintergrund. Nichts wirkte bedrohlich … und sie sehnte sich danach zu ruhen und etwas zu essen. Ihr zitterten schon wieder die Beine.

»Danke«, sagte sie und schlüpfte geduckt durch den Vorhang.

Er hängte den Vorhang über einen Zapfen in der Wand, so daß die Tür offenblieb, und folgte ihr. »Bald kommt der Abend, da brauchen wir das Licht, um Feuer machen zu können.«

Sie stand etwas verlegen dabei, als er die Asche in der Mulde beiseite schob und ein Nest aus trockener Wacholderrinde machte; er zupfte Reiser aus dem Holzhaufen und legte sie auf die Rinde. Sie schaute sich um und nahm die neue Umgebung in sich auf.

Ruß hatte die weißen Wände befleckt und einen glänzenden schwarzen Ring um den Rauchabzug im Dach gezeichnet. Getrockneter Mais, Kürbisse, Bohnen und Kaktusfeigen, die von der Decke hingen, waren mit einer Schicht von Kreosot und Asche überzogen. Neben der Tür sah sie einen Maismahlstein, einen Wasserkrug und ein paar unverzierte Töpfe. Vor ihr rechts in der Ecke lehnten fünf abgenutzte Körbe an der Wand. Nicht einmal eine dünne Schlafmatte befand sich unter der grauen Decke, die direkt auf dem kalten Boden lag.

»Heilige Ahnen«, murmelte sie. »Ich hätte nie gedacht, daß ein großer Sänger wie Düne so arm sein kann.«

»Er ist ein sehr heiliger Mann. Was er bekommt, gibt er gleich weg.« Der Junge nahm die Feuersteine und schlug sie über der Rinde zusammen. Sie gaben Funken, aber nichts geschah. Er schlug immer weiter und murmelte dabei, und nach zehn oder zwölf Versuchen sagte er: »Dieses Feuerloch *haßt* mich! Ich weiß nicht, was ich getan habe, aber –«

»Laß mich mal«, sagte Maisfaser. »Du bist geschwächt.«

Er glitt zur Seite und gab ihr die Feuersteine. Maisfaser kniete sich hin, streifte ihr Bündel ab und zog ein kleines Büschel aus der Baumwolle, die ihr noch übriggeblieben war. Das schob sie in die Mitte der zerkleinerten Rinde.

»Während ich Feuer mache, füllst du den Kochtopf mit Wasser und bringst das Dreibein her.«

»Das kann ich«, sagte er. »Der Kochtopf haßt mich nicht.« Er ging zur Tür, wo der Wasserkrug stand, und sie hörte das Wasser gurgeln, als er es in den Topf goß.

Maisfaser hielt die Steine dicht über der Baumwolle und schlug sie mehrmals aneinander. Funken flogen, und die versengte Baumwolle bekam ein winziges rotes Auge. Maisfaser blies vorsichtig. Der Funke wurde heller, erzeugte Rauch, und schließlich erwachte das Feuer zum Leben. Die Flammen leckten sich gierig durch die Rindenstückchen; sie blies weiter, bis die Reiser Feuer fingen, und legte größere Holzstücke aus dem Holzhaufen nach.

»Das Feuerloch liebt dich.« Er lächelte, kniete sich neben Maisfaser und stellte das Dreibein mit dem Wassertopf direkt über das Feuer. Ihm zitterten die Knie, als er sich wieder setzte. »Verzeih bitte, ich hab' nicht gewußt, wie schwach –«

»Ruh dich aus«, sagte sie. »Ich mache uns Abendessen und Tee. Wo sind die Tassen und Schalen?«

»Drüben, neben der Tür. Düne stellt die kleineren Tassen und mittelgroßen Schalen in die größeren hinein. Nimm die oberste Schale ab, und dann findest du alles, was du brauchst.«

Der starke Geruch brennenden Wacholderholzes umfing sie, als sie aufstand und zu den Töpfen ging. Sie holte Tassen, Schalen, zwei Hornlöffel hervor und untersuchte dann die grobe Töpferware. Sie war unverziert und rot; die Töpferin hatte sich nicht einmal die Mühe gemacht, die Wulstmarken glatt zu verstreichen. Wenn eine Töpferin ans Werk ging, rollte sie lange Schlangen aus Ton aus, die sie spiralig übereinanderlegte, bis die Grundform des Topfes fertig war. Dann glättete sie mit einem Stück Holz oder einem Stein die Oberfläche, so daß die Wülste verschwanden und der Topf verziert werden konnte. Aber diese Töpferin hier hatte sich nicht viel Mühe gegeben.

»Behält Düne nur das Schlechteste von allem?« fragte sie.

»O ja. Er verteilt den Rest seiner Habe an die Bedürftigen.«

Maisfaser neigte den Kopf neugierig; sie hob den Deckel vom Vorratstopf und prüfte den Inhalt. Blaues Maismehl. Gut. Das würde den Klößen, die sie machen wollte, die richtige Süße geben. Ein anderer Topf enthielt Asche der Melde, dadurch ging der Teig auf. Sie trug die Töpfe zum Feuer, zusammen mit den Tassen und Schalen.

Der junge Mann beobachtete sie unverwandt und voller Spannung, als sähe er durch sie hindurch. Sie knirschte ein paarmal mit den Zähnen und fragte dann: »Stört dich etwas?«

»Weißt du genau, daß ich dich nicht kenne? Ich könnte schwören, daß ich dich schon einmal gesehen habe. Wie heißt du?«

Maisfaser zögerte. *Vertraue keinem!* »Ich heiße … Spinnenseide. Aber alle nennen mich einfach Seide.«

»Ich bin Sängerling.«

Sie rümpfte angewidert die Nase. »Du studierst hier, um einmal ein Sänger zu werden ... und dann hast du so einen Namen? Ich wette, du wartest nur auf den Tag, an dem dir Düne einen neuen Namen gibt.«

»Das ist mein neuer Name.«

Maisfaser legte teilnahmsvoll den Kopf schräg und stocherte mit einem Stock aus dem Holzhaufen im Feuer, um es anzufachen. »Vielleicht glaubt Düne, daß dir eine Bestrafung guttut.«

»Aber ich weiß nicht, weswegen ich bestraft werden sollte.«

»Vielleicht ist es etwas, was du eben nicht getan hast.«

Sängerling streckte seinen nackten Körper auf dem Boden aus, und Maisfaser zuckte zusammen, als sie an den Sand auf seinem verbrannten Fleisch dachte, aber den schien er gar nicht zu bemerken. Das lange Haar fiel ihm über Brust und Bauch. Man konnte nicht sagen, daß er gut aussah; tatsächlich glich er eher einem Raubvogel. Aber da war etwas in seinen runden Taubenaugen, was sie rührte.

»Wo kommst du her, Seide?«

»Aus d-dem Schildkrötendorf.« Ihre Stimme bebte, aber sie gab sich keine Mühe, das zu ändern. »Meine Familie ... sie wurde umgebracht, von Räubern, Turmbauern, und ich ...« Sie spürte, daß sie gleich anfangen würde zu schluchzen, und stocherte wieder im Feuer. Funken stoben und blitzten zum Rauchloch hinauf.

Sängerlings Augen verengten sich. »Das tut mir leid. Auch ich habe meinen Vater verloren. Aber da war ich nicht mal einen Sommer alt. Ich kann mich nicht an ihn erinnern. Wann war denn der Überfall auf dein Dorf?«

»Vor einem halben Mond«, antwortete sie, und hinsichtlich Schildkrötendorf stimmte das auch.

»Heilige Thlatsinas! Und seit der Zeit bist du allein gewesen?«

Sie stellte die Tassen, Hornlöffel, Schalen und den Topf mit Maismehl in einer Reihe vor sich hin. »Ja.«

»Aber du mußt noch Verwandte haben. In einem anderen Dorf?«

»Ich – ich glaube ... in Krallenstadt.«

Sie starrte auf die Flammen, die gegen den Kesselboden züngelten, und fragte sich, was Onkel Hirschvogel und Großvater Kalebasse heute nacht wohl machten. Wußten sie schon von der Zerstörung von Lanzenblattdorf? Suchten sie schon in den schwelenden Ruinen nach ihrer Familie?

Bevor sie es unterdrücken konnte, fluteten alle Ängste und Sorgen an die Oberfläche, und sie schluchzte laut. Sie hatte Schmerzen in der Brust. Sie preßte sich eine Hand auf den Mund und bemühte sich um Fassung, bis sie endlich einen tiefen Atemzug tun konnte.

Sängerling sagte sanft: »Kann ich irgend etwas für dich tun, Seide?«

Sie schüttelte den Kopf. Rasch stand sie auf, eilte zur Tür und holte den kleinen Mahlstein und den Handstein zum Feuer.

Sängerling sah zu, wie sie einige Kaktusfeigen aus dem Gebinde vom Dach löste. »Vor ein paar Tagen hab' ich versucht, ein Mistkäfer zu sein.«

»Was?« Sie schaute auf ihn herab.

Seine Augen leuchteten. »Ein Mistkäfer. Ich habe mich sehr angestrengt, einer zu sein, aber es ging nicht.« Feuerschein tanzte über sein schmales Gesicht und hob die gekrümmte Linie seiner Hakennase hervor. »Vielleicht war mir der Gedanke zuwider, weil die Menschen die meiste Zeit in Mist und Dung leben.«

Maisfaser kniete sich hin, um die Früchte auf den Mahlstein zu legen. »Für Käfer ist es vielleicht nicht so schlimm, die haben Dung offenbar gern.« Sie wischte sich mit dem braunen Ärmel über die nassen Wangen.

»Nun ja, vielleicht haben sie keine andere Wahl.«

Maisfaser bedachte das. Sie hatte auch keine andere Wahl gehabt, sowenig wie irgendeiner in Lanzenblattdorf, und am wenigsten Vogelkind.

Sie sah in Sängerlings leuchtende Augen, als sie den Handstein aufnahm und die Früchte auf dem Mahlstein zerstampfte. »Ich glaube, du wirst ein Sänger – und sicher nicht nur ein Sängerling.«

Er grinste plötzlich. »Das will ich auch werden, das wünsche ich mir sehr, denn dann kann ich meinem Volk helfen.«

»Wie heißt dein Dorf?«

»Anemonendorf. Ich bin vom Coyote-Clan.«

Maisfaser zerdrückte die Feigen zu einem feinen roten Brei und spähte dann in den Kochtopf. Kleine Schaumbläschen zischten auf der Oberfläche. Damit die Klöße wirklich gut wurden, mußte das Wasser sprudelnd kochen, aber an diesem Abend war ihr das nicht so wichtig. Sie schüttete zwei Tassen blaues Maismehl in ihre Schale und fügte zwei Tassen heißen Wassers hinzu. Mit einem flachen Wacholderstock fuhr sie am Rand der Feuermulde entlang, bis sie genug weiße Asche zusammen hatte, die sie dem Maismehl beimischte. Zum Schluß gab sie die Hälfte des Feigenbreis dazu und rührte. Ein weicher purpurfarbener Teig entstand.

»Fast fertig«, sagte sie. »Aber zuerst machen wir Tee. Denn wir haben kein heißes Wasser mehr übrig, wenn ich die Klöße hineinwerfe.«

Sie füllte ihre beiden Tassen mit heißem Wasser und ließ den Rest des Feigenbreis hineingleiten. Der Tee begann zu ziehen und roch köstlich. Eine Tasse gab sie Sängerling.

Er lächelte dankbar. »Danke. Ich komme mir immer noch vor wie eine Wolke im Sturm.«

»Seit gestern habe ich nichts mehr zu essen gehabt. Hättest du nicht mit mir teilen wollen, dann hätte ich heute abend noch jagen müssen. Aber das ist immer eine unsichere Sache, und ich war auch viel zu müde dazu.«

»Ich habe gern geteilt. Wenn ich einmal ein großer Sänger bin, dann werde ich mit den Leuten sehr viel mehr als Essen teilen können.«

Er klang so glücklich und war so begierig, seinem Clan zu helfen. Sie betrachtete seine glänzenden braunen Augen. »Was wirst du als erstes tun?«

»Hm. Also entweder Kranke heilen oder ein paar Hexen töten. Vielleicht beides.« Er grinste.

Sie lächelte. Sie genoß diese Augenblicke der Freude. Sängerling schien sie zu verstehen, denn er blickte sie an, und in seinen Augen war sein ganzes Herz.

Maisfaser formte den Teig zu schönen purpurnen Bällchen, die sie nacheinander ins kochende Wasser gab. Lavendelfarbener Schaum stieg hoch und schwappte über den Topf, und die Schaumbläschen, die auf die brennenden Scheite fielen, zischten laut. Dampf schoß zum Dach hinauf.

Sie lehnte sich zurück und wartete darauf, daß die Klöße fertig wurden. Die ersten Abendleute glitzerten durch das Rauchloch. »Es muß schwer für dich gewesen sein, als dein Vater starb, bevor du einen Sommer gesehen hast. Wie ist es geschehen?«

»Nun … ich …« Er war sich anscheinend nicht sicher. »Meine Mutter hat erzählt, daß er sich ein Bein gebrochen hat, und das hat sich infiziert. Es hat drei Monde lang gedauert, bis er gestorben ist, hat sie gesagt. Sie hat ihn sehr geliebt und wollte nicht mehr heiraten. Danach hatten wir nur noch uns beide.« Er schaute düster in seinen rötlichen Tee. »Alles, was ich bin, verdanke ich meiner Mutter Schneeberg.«

Maisfaser nippte an ihrem Feigentee. Er hatte einen angenehm scharfen Beigeschmack. »Du glaubst deiner Mutter nicht?«

Er hob den Kopf und runzelte die Stirn. »Merkt man das?«

»Du hast so unbehaglich ausgesehen, als du die Geschichte erzählt hast.«

Sängerling spielte mit einem Stein auf dem Boden. »Es ist nicht wirklich wichtig. Wenn sie mir nicht die Wahrheit sagt, dann nur, weil die Wahrheit zu schmerzhaft für sie ist. Ich liebe sie trotzdem von ganzem Herzen.«

Geheimnisse. Verschwiegen alle Eltern etwas vor ihren Kindern?

Maisfaser seufzte. »Sie ist sicher sehr stolz darauf, daß du ein Sänger wirst.«

»O ja, das ist sie.« Er nippte an seinem Tee, und sein Magen knurrte so laut, daß sie beide auf seinen sonnenverbrannten Bauch starrten. Ein Nest winziger schwarzer Haare zeigte sich in seinem Nabel; es glänzte im Feuerschein.

»Mußt du dich übergeben?« fragte Maisfaser.

Beunruhigt kniff er ein Auge zu. »Ich hoffe, nicht.«

»Trink langsam, Sängerling. Du mußt das unten behalten.«

Er rülpste, sah erschreckt drein und sagte zögernd: »Ich glaube, du hast recht.«

Mit dem flachen Wacholderstab holte Maisfaser einen Kloß aus dem Wasser; er war zu einem lockeren bläulichen Ball gediehen. Sie legte ihn in ihre Schale und schnitt ihn durch. »Sie sind gar.«

Sängerling stützte sich mit einer Hand ab und setzte sich aufrecht, als Maisfaser die dampfenden Klöße in ihre Schalen verteilte. Sie stellte seine Schale auf den Boden neben ihn und gab ihm einen Hornlöffel.

Sie viertelte ihren ersten Kloß, blies darauf und nahm dann ein Stück in den Mund. Die Süße der Feigen ergänzte das pikante Aroma des blauen Maismehls. Sie aß, als hätte *sie* seit Tagen gefastet, und kaute und schluckte, so schnell sie konnte. Während ihr Magen voller wurde, ließ ihre Verzweiflung nach. Die Spannung in ihren Schultern wich. Doch ihre Müdigkeit wurde stärker und lastete auf ihren Gliedern. Sie gähnte, setzte die Schale beiseite, trank ihren Tee und beobachtete Sängerling.

Er nahm den glänzenden Kiesel aus dem Mund und hielt ihn in der Hand, während er mit dem Löffel die Klöße zerkleinerte. Er goß etwas Tee in seine Schale, so daß sich das Mahl in eine Suppe verwandelte. Sehr vorsichtig aß er.

»Geht es dir besser?« fragte Maisfaser.

»Ich fühle mich nicht krank, mir ist eher kalt.« Er bekam eine Gänsehaut.

Maisfaser stand auf, nahm die graue Decke vom Boden und legte sie behutsam über Sängerlings blasenbedeckte Schultern. Verbrannte Haut war immer anfälliger für Kälte. »Tut das weh?«

»Nein. Danke. Das tut gut. Du bist sehr freundlich.«

»Du warst freundlich zu mir«, sagte sie nüchtern, »dann kann ich auch freundlich zu dir sein.«

Seine Augen verengten sich; er schien die Aura von Maisfaser zu prüfen; sein Blick zog eine Linie um ihre Haare und Schultern herum. »Ich glaube, du wärst sowieso freundlich zu mir. Du hast einen hellen blauen Schein um dich herum. Einen heilenden Schein.« Er nahm sich noch einen Löffel seiner Kloßsuppe.

Maisfaser setzte sich, nahm ihre Tasse und betrachtete ihn über den Tassenrand hinweg. Ihre Mutter hatte ihr von Sängern erzählt, die die Farben der Seele sahen, aber sie hatte noch nie einen getroffen. »Hast du das immer schon gekonnt?«

»Hmm?« fragte er beunruhigt. »Was gekonnt?«

»Die Farben der Seele sehen.«

»O nein, ich doch nicht.« Er schüttelte den Kopf. »Bis heute. Deine Seele ist die erste, die ich je gesehen habe, das heißt, außer meiner. Und meine habe ich erst gesehen, kurz bevor ich deine sah.«

Sie senkte ihre Tasse in den Schoß. »Welche Farbe hat deine Seele?«

Er lächelte. »Gelb. Ein leuchtendes, grelles Gelb. Deswegen habe ich vorhin lachen müssen.«

»Warum?«

»Weil sie gelb ist.« Er beugte sich mit großen Augen zu ihr vor. »Verstehst du, Seide? Ich war die ganze Zeit Sonnenlicht. Natürlich konnte ich nicht in der Sonne *stehen*, das geht nicht, wenn ich das Sonnenlicht *bin*.«

Maisfaser zog die Brauen zusammen. »Also wenn du Sonnenlicht bist, was bin ich dann?«

»Du«, sagte er und sah sie mit solcher Liebe an, daß sie etwas zurückwich, »du bist der Himmel in der Morgendämmerung.«

»Du meinst, meine Seele kommt von dort? Daß sie ein Teil des Morgenhimmels ist, wie ein abgebrochenes Stück davon oder so?«

Sängerling biß sich auf die Lippen. »Ich bin noch kein richtiger Sänger, daher weiß ich das noch nicht so genau. Ich kann dir nur sagen, wenn du innerhalb deiner Seele lebst, dann kommt einem das nicht vor wie ein Stück Sonnenlicht oder ein Teil vom Morgenhimmel, sondern ...« Er hielt inne, als wollte er sich konzentrieren, die richtigen Worte zu finden. »Also, ich fühlte mich, als *sei* ich Sonnenlicht, das über alles streift, überall gleichzeitig scheint.«

Maisfaser lächelte. Er senkte den Kopf verlegen, das dunkle Haar hing um ihn herum und rahmte sein Falkengesicht ein.

Er preßte die Lippen zusammen. »Es tut mir leid. Klang das stolz? Düne sagt, der Stolz wäre mein Problem. Ich will gar nicht eitel sein, ich –«

»Du hast überhaupt nicht stolz geklungen. Tatsächlich klang es eher« – sie machte eine unbestimmte Handbewegung – »eher unschuldig. Ich hatte einmal einen Freund, einen kleinen Jungen...« Tränen hingen an ihren Wimpern. »Er hieß Löwenjunge. Fünf Sommer hatte er gesehen, und er konnte lachen, einfach vor Glück, so sehr, daß es mir im Inneren weh tat. Deine Stimme klang fast wie seine, und ich empfand denselben Schmerz.«

Sängerling lächelte und aß weiter Suppe; langsam lud er sie in den Mund und wartete nach jedem Löffel, was geschehen würde. Schließlich sagte er: »Du bist also auf dem Weg nach Krallenstadt. Um deine Verwandten zu finden?«

»Ich habe sonst nichts mehr. Ich wüßte nicht, wohin ich sonst gehen sollte.«

»Da ist Düne jetzt. Wenn du dort bist, richte ihm bitte aus, daß es mir gutgeht.«

»Das werde ich tun. Ich werde ihn finden.«

»Du kannst ihn gar nicht verfehlen. Er ist etwa so groß« – er deutete die Größe mit der Hand an – »ohne Zähne und schlecht gelaunt. Wenn du ihn siehst, wird er sicher gerade auf jemandem herumhacken.«

Der Abend senkte sich über den Canyon, und die wachsende Kälte setzte ihr zu. Sie trank ihren Tee aus, schnallte die Decke von ihrem Bündel und wickelte sich darin ein. Wärme durchdrang sie, und ihre Lider waren plötzlich so schwer wie Stein. Feuerschein flatterte über die Wände wie ein Schwarm goldener Schmetterlinge. Sie hatte nicht mehr geschlafen... seit der vorletzten Nacht. Sie streckte sich neben dem Feuer aus, den Kopf auf ihrem Bündel. Die kostbare türkisbesetzte Decke darin diente ihrem Ohr als Kissen. Ein schwaches Gewisper drang aus dem Bündel; Maisfaser bemühte sich zu verstehen, was die Decke ihr sagen wollte, aber es gelang ihr nicht. Sie fragte sich, ob Sängerling es konnte, und schaute zu ihm hin.

Doch es schien nicht so. Er aß gerade den Rest seiner Kloßsuppe und legte sich eine Armlänge entfernt nieder. Bevor er seine Decke über sich zog, steckte er sich den Kiesel wieder in den Mund.

»Hast du nicht Angst, du könntest ihn verschlucken?«

Er bedachte das sorgsam. »Nein. Jedenfalls habe ich keine Angst, daß der Stein mir weh tut. Was mir Sorge macht, ist, daß ich dem Stein versehentlich weh tun könnte. Das würde ich nicht wollen. Der Stein ist sehr gut zu mir gewesen.«

Maisfaser zog sich die Decke bis zum Hals hoch und schaute ihn von der Seite an. »Morgen werde ich dir eine Salbe für deinen Sonnenbrand machen.«

Er gähnte schläfrig und warf noch Holz auf das Feuer. Tiefrote Lichtkringel huschten über die Decke. »Vielleicht merke ich dann etwas. Im Augenblick will ich auch nur schlafen. Ich wünsche dir einen schöne Wanderung ins Jenseits, Seide.«

»Das wünsche ich dir auch«, sagte sie und schloß die Augen.

Hinter ihren Lidern stauten sich heiße Tränen. Ihre Träume würden öde und leer sein, denn ihre Familie war nicht im Jenseits. Sie hatte die Leichen nicht gewaschen und die vorgeschriebenen Lieder der Totenklage nicht gesungen, den Leichenzug nicht zum heiligen *Sipapu* angeführt, wie es ihre Pflicht gewesen wäre. Ihre Eltern und ihr Bruder würden heimatlose Geister sein, über die Erde wandernd, klagend und verloren.

Als die zurückgestauten Schluchzlaute ihre Brust quälten, preßte sie die Augenlider fest aufeinander.

Eine große Hand strich ihr sehr sanft übers Haar. Sie drehte sich um; Sängerling starrte sie an. Seine graue Decke war zurückgeschlagen und enthüllte seine nackte Brust. In seinen Augen war tiefe Sorge. »Alles in Ordnung mit dir?«

Maisfaser stützte sich auf einen Ellbogen und versuchte, tief durchzuatmen. Heiser sagte sie: »Sängerling, ich… ich habe sie nicht beerdigt… meine Familie. Ich hatte zuviel Angst. Da liefen Dutzende von Kriegern durch das Dorf. Die Menschen schrien. Ich konnte mich nicht rühren. Ich konnte gar nichts machen, mich nur auf einem Hügel verstecken, und – und –«

»Schsch!« flüsterte er und strich ihr das Haar aus den Augen, damit er sie sehen konnte. Er lächelte sanft. »Sie werden warten. Wenn du willst, gehe ich mit dir zurück.«

Sie erschauerte, als sie ausatmete.

Er durchforschte ihr gequältes Gesicht. »Wir werden sie finden und uns um sie kümmern. Wir können Schleppbahren machen und sie auf den heiligen Straßen entlangziehen. Vielleicht dauert es ein paar Tage, aber wir schaffen es. Und mit unseren Gesängen begleiten wir ihre Seelen ins Jenseits. Ich bin neu als Sänger, aber ich glaube, ich kenne den ganzen Text der Totenklagen.«

Maisfaser legte sich wieder auf den Boden zurück, und der Arm diente ihrem Kopf als Kissen. Ihre Kehle schmerzte. »Vielen Dank, Sängerling.«

Er strich ihr wieder übers Haar. »Alles wird gut werden. Keine Sorge mehr. Die Geister verstehen mehr, als die Menschen glauben.« Er zog die Decke über sich. »Schlaf gut, Seide.«

Maisfaser lauschte seinen gleichmäßigen Atemzügen und sank erschöpft in Schlaf.

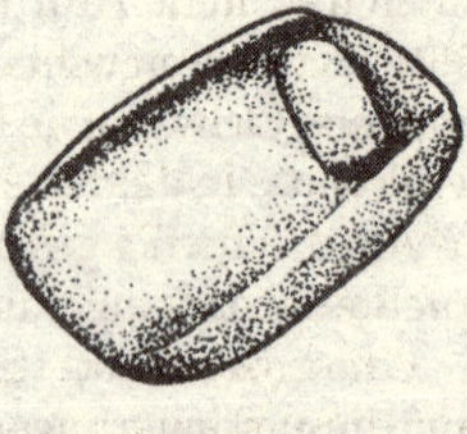

## 24. Kapitel

Der rosige Schein der Dämmerung fiel durch die östliche Tür und erhellte Maisfasers Gesicht, die zusammengerollt vor der Feuermulde lag. Sie atmete den Zedernduft tief ein und streckte sich. Der lange Lauf hatte ihr mehr abverlangt, als ihr bewußt geworden war. In ihren Muskeln spürte sie einen stechenden Schmerz.

Sie wälzte sich auf dem Rücken und blinzelte zu den rußbefleckten Wänden; das Häuschen wirkte an diesem Morgen wahrlich trostlos. Die Körbe in der Ecke sahen noch ein wenig mehr so aus, als wollten sie gleich umfallen. Sie lehnten derart schief an der Wand, daß der kleinste Windzug genügen würde. Der Türvorhang flatterte in der Brise, und sie erblickte Vögel, die auf den silbrig bereiften Salbeizweigen hockten.

Sie rieb sich die Augen. Alpträume hatten sie gemartert, und in allen war der große weißgesichtige Bär aufgetaucht, der versucht hatte, ihr zu helfen, sie beratend und mit der Nase anstoßend, wenn sie den falschen Weg einschlug, auf dem kreischende Geister sie umringten …

Maisfaser stützte sich auf die Ellbogen, und aus den Augenwinkeln gewahrte sie eine Bewegung. Langsam drehte sie sich um. Eine winzige braun-weiße Feldmaus versteckte sich zwischen den Töpfen neben der Tür. Das kleine Geschöpf beobachtete sie mit glänzenden Augen, fluchtbereit, aber doch viel zu interessiert an dem Häufchen Maisbrösel neben dem größten Topf. Die Schnurrhaare zitterten beim Essen. Merkwürdig, daß ihr die Brösel nicht am Abend aufgefallen waren; Sängerling mußte sie liegengelassen haben.

Er war in seine graue Decke gekuschelt und schnarchte leise. Nur sein Scheitel war zu sehen. Das einfallende Licht zauberte kleine rosige Funken auf seine verstrubbelten schwarzen Haare. In der Nacht hatte er sich offenbar überhaupt nicht bewegt. Ohne Zweifel bedurfte sein Körper all seiner Energie nach solch langem Fasten.

Maisfaser schüttelte den Kopf. Wie konnten er und Düne auf diesem kalten, harten Boden schlafen? Sie hatte sich die ganze Nacht herumgeworfen und vergebens versucht, eine bequemere Stellung zu finden – und die Stimmen ihrer Ahnen, die aus den Unterwelten heraufttönten, möglichst nicht zu hören.

Sie hatten nach ihr gerufen und gerufen.

Und sie hatte nicht gewußt, was sie ihnen sagen sollte. Maisfaser atmete tief ein, langsam und zögernd. Mitten in der Nacht hatte sie Asche aus der Feuergrube geschöpft und sie sich über Gesicht, Arme und Beine gestrichen, um die Geister, die nach ihr jagten, zu täuschen. Und in der ganzen restlichen Nacht hatte sie immer wieder neue Asche geholt und gewünscht, sie hätte ihrer Mutter besser zugehört, als sie sie darüber belehrt hatte, wie man zornige Geister besänftigt.

Beim Gedanken an ihre Mutter schloß Maisfaser die Augen ... Sie war jetzt wohl selbst ein zorniger Geist.

Geräuschlos stand sie auf und rollte die Decke zusammen. Die Maus ließ sie nicht aus den Augen, rannte aber nicht weg.

Maisfaser nahm den Stecken, den sie am Abend zum Stochern benutzt hatte, und trennte damit die Glut und die Asche, die sie beiseite schob. Als sie ein größeres Scheit herauszog, kam der Holzstapel ins Rutschen, und Äste fielen knatternd auf den Boden; die Maus zuckte zusammen, floh aber nicht, und Sängerling schnarchte weiter. Maisfaser legte mehrere Zweige behutsam auf die Glut und beugte sich vor, um zu blasen.

Das Feuer knisterte; als die Flammen sich durch das Anmachholz fraßen, legte sie größere Holzstücke nach, bis es gleichmäßig brannte.

Sie löste Bogen und Köcher von ihrem Bündel und streifte sie sich über die Schulter. Dann wühlte sie suchend darin herum und zog ihr Obsidianmesser hervor, das sie sich in den Gürtel steckte. Zuletzt löste sie die Rohlederriemen, an denen der Kochtopf über dem Dreifuß hing. Sie machte einen großen Bogen um die Maus, die noch eifrig knabberte, und ging geduckt durch den Türvorhang hinaus.

Das Sonnenlicht glitzerte und funkelte auf dem bereiften Unterholz und dem Gras. Sie stieß weiße Atemwölkchen aus. Der majestätische Abhang türmte sich hoch über dem Canyon wie ein schlafendes Tier, stumm und mächtig. Die in den Stein eingehauenen Stufen wirkten wie dunkle Schrammen auf der Felsenoberfläche. Trauertauben hockten am Rand und gurrten melodisch. Ihre Stimmen besänftigten Maisfaser. Die Männchen ließen diese sanften melancholischen Laute hören, weil sie eine Gefährtin suchten; sie hoffte, die Weibchen würden sie hören.

Schatten klebten am kühlen Grund des Canyons, doch schmale hellgelbe Streifen fuhren über den Himmel, und die Gipfel der höchsten Kuppen standen schon im Licht. Fern im Süden erhob sich die Waisenkind-Kuppe wie ein einsamer

Wachtposten. Dahinter wellte sich das Land in eine rote, goldene und grüne Unendlichkeit. Das tief erodierte Hochland war wie angenagt, als hätten die scharfen Zähne uralter Ungeheuer hier zugeschlagen. In jeder Rinne floß eine gewundene grüne Spur.

Maisfaser ging um das Haus herum und leerte das Kloßwasser des gestrigen Abends über die hohen türkisfarbenen Beifußsträucher aus. So hatte es sicher auch Düne gemacht, dachte sie, sonst wären die Pflanzen nicht so groß geworden. Danach setzte sie den Topf zu Boden, hob ihr grünes Kleid an und ließ ihr Wasser ab.

Sie schlenderte durch das Gebüsch, den ausgetretenen Pfad hinunter, der sich unten um das Kliff herumschlängelte. Die Welt war dunstig und roch würzig. Reifmuster glitzerten auf den Blättern und Kaktusstacheln. Alle ausgetretenen Pfade führten zum Wasser. Als sie ein Kind war, hatte ihre Mutter ihr beigebracht, daß sie nur einem guten Wildpfad zu folgen brauche, um Wasser zu finden.

Sie schwang den Topf beim Gehen. Der sonnengebadete Abhang strahlte eine schwache Wärme ab, und sie erschauerte wohlig.

Maisfaser überschritt einen großen Felsblock... und blieb stehen. Rote Maiskörner lagen oben in einer Einkerbung. Eine Opfergabe? Für den Geist des Steins? Oder für ein Tier, das immer diesen Pfad benutzte? Sie sah sich um. Das war doch verblüffend, daß weder Mäuse noch Packratten die Opfergabe nachts schon vertilgt hatten. Hatte Sängerling seinen Schutzgeist gebeten, sie fernzuhalten?

Ein schmaler Wasserabfluß hatte sich einen rauhen Weg neben der Klippe gebahnt. Maisfaser lächelte, als sie das kristallklare Auffangbecken sah, nur eine Körperlänge im Durchmesser. Das Wasser hatte es aus dem Sandstein ausgehöhlt. Schöne rote, graue und braune Wirbelkreise schmückten den Fels.

Sie setzte den Topf neben das Wasserloch und ließ sich langsam auf einen steinernen Vorsprung nieder. Die Beine zitterten ihr. Jenseits der schwachen Eisschürze an den Rändern kräuselte kein Windhauch das Wasser. Es spiegelte die wellige

Klippenfläche, ein kleines Dreieck blauen Himmels mit einem Wölkchen. Maisfaser zog die Knie an, lehnte den Bogen dagegen und nahm die Morgenstille in sich auf.

Zwei Canyon-Zaunkönige flatterten durch das Gestrüpp. Mit braunem Rücken, rostrotem Rumpf und schneeweißer Brust fügten sie sich so gut in die Schattierungen der Wüste ein, daß sie fast unsichtbar wurden. Maisfaser lauschte mit schräggelegtem Kopf ihrem sanften Pfeifen, mit dem sie sich unterhielten, mit klaren, abfallenden Tönen: *Tii-tii-tiier. Tii-tii-tiier.*

Maisfaser atmete langsam und sanft aus.

Beifuß und Wintergräser bedeckten die Canyon-Sohle mit einem Mosaik von Gold und Türkis. Größere Kolonien von Natterwurz, Yucca und Goldaster schossen an verschiedenen Stellen hoch.

Es war so schön, daß es weh tat.

Sie strich über das glatte Holz des Bogens und dachte an den Tag, da ihr Vogelkind geholfen hatte, ihn zu machen. Sie hatten zusammen gelacht …

Ein unbestimmter stechender Schmerz durchfuhr sie, als ob jeder Nerv bei der Berührung weh tat. Eine verzweifelte Stimmung war jetzt ihr ständiger Begleiter. Verzweiflung atmete in ihren Lungen, floß ihr durch die Adern und blickte durch ihre Augen. Die halbe Nacht hatte sie sich den Kopf zerbrochen, wie der Krieger hieß, der – der Vogelkind umgebracht hatte. *Stechmücke! Sein Name war Stechmücke!*

Mehr als alles andere wünschte sich Maisfaser, sie könnte sich in einer warmen Decke zusammenkuscheln und für immer schlafen. Wenn sie das nur könnte …

Ein leichtes Tappen von Tatzen auf Stein, kaum hörbar. Sie erstarrte, jeder Muskel gespannt. Sand fiel von einem Sims über ihr in einer feinen roten Dunstwolke nieder. Wellenkreise kräuselten das Wasserloch.

Mit quälend langsamer Bewegung holte sich Maisfaser einen Pfeil aus dem Köcher. Sie legte ihn quer über den Bogen und lenkte den Blick ganz allmählich hinauf.

Auf dem Sims dreißig Hände über ihr kauerte ein Luchs. Das braungelbe Fell war schwarz gefleckt, und auf dem kurzen Schwanz waren zwei schwarze Ringe. Beim Anblick von Maisfaser legten sich die mit Haarbüscheln versehenen Ohren flach.

*Hier mußte die Katze allmorgendlich jagen, auf dem Sims, der das Wasserloch überblickte, auf der Lauer liegen und auf kleinere Tiere warten, die zum Trinken hierher kamen.*

Auge in Auge mit dem Rotluchs legte Maisfaser sorgfältig den Pfeil ein. Die Katze knurrte und buckelte, als wüßte sie genau, was Maisfaser vorhatte.

Maisfaser hob den Bogen, zog den Pfeil zurück …

Ein unmenschliches Ächzen wurde hinter ihr laut, so als ob ein Bär in eine Falle getappt wäre, und dann brach jemand geräuschvoll durchs Gestrüpp. Sie fuhr herum. Der Rotluchs kletterte vom Sims herunter, sprang ins Dickicht und stürmte durch die Wüste davon. Maisfaser seufzte resigniert und ließ den Bogen sinken.

Sängerling stand im Gebüsch, rechts vom Opferstein. Seine langen schwarzen Haare fielen ihm über die Brust. Er hielt die Arme ausgestreckt und seine Beine gespreizt. Als sie das Entsetzen auf seinem schmalen Gesicht sah, liefen ihr Schauer über den Rücken. Die Nüstern seiner Hakennase bebten.

Sie lief zu ihm. »Was ist geschehen? Alles in Ordnung?«

»Ich bin über den Stein gefallen«, sagte er und eilte steifbeinig zu ihr.

Ungeachtet des Eises watete er in das Wasserloch und streckte sich auf dem Rücken aus, den Kopf an den Sims gelehnt, auf dem sie gesessen hatte. Die langen schwarzen Haare schwammen um ihn herum. Unter dem bewegten Wasser glühte seine verbrannte Haut in einem gespenstischen rötlichen Purpur. »Heilige Götter«, ächzte er erleichert.

Maisfaser setzte sich mit untergeschlagenen Beinen auf einen Stein ihm gegenüber und stellte den Topf ab. »Du bist einfach zum Leiden verdammt, Sängerling. Ich hatte auf einen Rotluchs angelegt, als du so gestöhnt hast. Das Fett für den Balsam, um deinen Sonnenbrand zu lindern, ist jetzt nach Osten gerannt. Der Luchs hätte um diese Jahreszeit vielleicht noch nicht soviel Fett hergegeben, aber etwas ist besser als nichts.«

Er sank tiefer ins Wasser und ließ das kalte Wasser um sein spitzes Kinn spülen. »Das tut mir so leid, ich kann es dir gar nicht sagen.«

»Ich mache dir statt dessen eine Salbe aus Feigenbrei. Die hält nicht so lange, aber sie lindert den Schmerz auch. Hat der alte Düne einen Vorrat an Geistkräutern? Rotampferwurzel, die würde wirklich helfen.«

»Ein paar Kräuter hängen zwischen Mais, Bohnen und Kürbis. Vielleicht hängen da auch ein paar Rotampferwurzeln, ich weiß es nicht.« Sängerling seufzte gequält auf. »Wie wirkt die Wurzel?«

»Sie reinigt und beschleunigt die Heilung.«

Er drehte sich zu ihr um. »Wieso weißt du soviel über Pflanzen?«

Sie blickten sich in die Augen. Ein paar Augenblicke lang konnte sie nicht sprechen. »Meine – meine Mutter war eine Heilerin. Sie hat es mir beigebracht.«

Ihre Augen trübten sich. Er murmelte: »Tut mir leid, Seide. Wenn du mir einen oder zwei Tage Zeit läßt, dann gehe ich mit dir zum Schildkrötendorf. Da finden wir deine Familie und kümmern uns um sie, das verspreche ich dir.«

Sie senkte den Kopf.

Wie würde er sich verhalten, wenn sie gar nicht nach Schildkrötendorf gingen, sondern zum Lanzenblattdorf? Würde er den Unterschied merken? Die meisten Clans kannten die ungefähre Lage anderer Dörfer.

Sie erhob sich. »Während du im Wasser liegst, suche ich Blattpolster von Feigenkakteen. Wenn ich deinen Sonnenbrand behandelt habe, mache ich uns Frühstück. Wie fühlst du dich heute? Nach dem Essen von gestern abend?«

Er lächelte schwach. »Meine Seele schwebt noch, aber ich habe wieder ein Bein auf der Erde.«

»Bist du froh darüber?«

Sängerling veränderte seine Lage, und wellige Haarlocken schlängelten sich über seine knochige Brust. »Sonderbar, daß du danach fragst. Nein. Nicht ganz. Ich habe mich noch nie so frei in meinem Leben gefühlt wie in dem letzten Viertelmond. Der Hunger läutert die Seele und befreit sie aus dem Käfig des Körpers. Aber warum fragst du?«

Maisfaser hob eine Schulter. Das Lächeln ihrer Mutter, die Zärtlichkeit ihrer Berührung ... »Meine Mutter hat immer gefastet, bevor sie jemanden heilte. Wenn der Patient wirklich krank war, hat sie acht Tage lang keine Nahrung zu sich genommen, zweimal die heilige Zahl vier. Und nach der Behandlung kam sie nach Hause und aß einen einzigen Blaumais-Kloß. Dann schlief sie einen ganzen Tag. Wenn sie aufwachte, sagte sie, daß sie immer sehr traurig sei, denn ihre Seele habe die Schwingen verloren.«

Sängerling atmete aus, und dieser Luftzug sandte silberne Wellenlinien über das Wasserloch, deren Spiegelung auf dem roten Fels einen ätherischen Tanz vollzog. Er nickte. »Jetzt weiß ich jedenfalls, daß meine Seele Schwingen hat. Das wußte ich nicht. Obwohl ich's geglaubt habe.« Er lächelte. »Ich hab' geglaubt, ich wüßte so vieles.«

Maisfaser nahm das Messer aus dem Gürtel, ergriff einen Pfeil und machte sich in den Büschen um das Wasserloch herum auf die Suche nach Feigenkakteen. »Und jetzt weißt du nicht mehr soviel?«

Sie kniete nieder, sagte ein leises Gebet und bat den Kaktus um Verzeihung; er möge ihr erlauben, ein paar seiner Blattpolster zu benutzen, um dem armen Sängerling zu helfen. Sie wartete, bis sie die Zustimmung des Kaktus spürte, und schnitt behutsam ein saftiges Blattpolster ab. Lange, spitze Stacheln ragten aus dem Kaktus hervor, die sie mit dem Pfeil entfernte.

»Ich weiß gar nichts, Seide. Ich glaube, ich habe nie etwas gewußt.« Sängerling planschte im Wasser. Kreise zogen wieder in alle Richtungen und schmolzen an der steinernen Umwallung. Grüne Lichtpunkte huschten über die Oberfläche.

Maisfaser säbelte ein weiteres Kaktuskissen ab. »Glaubst du nicht, daß jeder neue Sänger so empfindet?«

»Wenn Düne hier wäre, könnte ich ihn fragen. Aber so kann ich nur raten. Es ist sehr entmutigend.«

Maisfaser ging zum nächsten Kaktus und wiederholte ihr Gebet. Man durfte nicht zu viele Blattpolster von derselben Pflanze abschneiden, sonst würde der Geist der Pflanze zornig; gerade Feigenkakteen standen in dem üblen Ruf, Menschen mit der Krankheit der knotigen Gelenke zu plagen. Als sie merkte, daß der Kaktus einverstanden war, beschnitt sie ihn sorgsam.

»Hast du nicht das gleiche bei deiner Kiva-Einweihung gespürt?« Viele junge Männer flüsterten darüber, aber sie wußte davon nur wenig. Das war nichts für unverheiratete Frauen. Die hatten ihre eigenen Riten und Kiva-Zeremonien. »Ich habe gehört, daß die Reise zur Ersten Unterwelt die jungen Männer sehr demütig macht.«

Sängerlings Gesicht verdüsterte sich. »Das stimmt.« Er schaute beiseite.

Sie verstand die Andeutung.

Der nächste Kaktus war halb so groß wie Maisfaser und hatte Blattpolster, die so lang wie ihr Unterarm waren und zweimal so breit. Diesmal bekam sie keine Antwort auf ihr Gebet, sie merkte nur eine schwache feindselige Schwingung. Sie ging weiter zu einem anderen Kaktus, wo sie vier Blattpolster abschnitt und sie alle auf ihrem Pfeil aufspießte. »Zehn Blattpolster werden wohl genügen. Wenn nicht, schneide ich später noch ein paar ab.«

»Vielen Dank.«

Eine Brise wehte durch das Gestrüpp und über die Wasserfläche, die leuchtete und flimmerte. Sängerling runzelte die Stirn. »Seide? Hat deine Mutter nie davon gesprochen, daß man sich nach dem Fasten so leer fühlt?«

»Leer? Wovon denn leer?«

»Von allem. Entleert von Gedanken und Gefühlen. Ich fühle mich sogar entleert von mir selbst. Als wäre *ich* gar nicht richtig da.«

Maisfaser band sich wieder das Messer am Gürtel fest und bedachte die Frage. Ein Blauhäher trillerte über ihr, und sie sah zu ihm hinauf. Der blaue Vogel schwebte auf der warmen Luftströmung über dem Canyon-Rand, die flatternden Flügel abgehoben vor dem gleißenden Gold des Morgens.

»In meinem zehnten Sommer wollte meine Mutter eine sehr alte Frau heilen. Es dauerte einen halben Mond. Ich weiß noch, daß meine Mutter fastete und sang und nicht mehr als ein paar Zeithände schlief. Aber die Frau starb trotzdem.« Maisfaser sah das abgehärmte Gesicht ihrer Mutter vor sich und hörte noch, wie sie mit Tränen in den Augen den lange dauernden Todeskampf der Frau beschrieb. »Als Mutter nach Hause kam, sagte sie, ihre Seele sei in die Himmelswelten geflohen, sie schwebte im Nichts, allein, in der Erwartung, daß die Welt sich ändere.« Sie machte eine unbestimmte Handbewegung. »Ich weiß nicht, ob sie damit sagen wollte, daß sie sich leer fühlte, aber es hört sich so ähnlich an, wie du dich fühlst.«

Sängerling machte die Augen zu. Eine Weile sagte er nichts. »Wie lange hat es gedauert, bis ihre Seele in den Körper zurückkehrte?«

»Immerhin vier oder fünf Tage, glaube ich.«

Sängerling tauchte eine Hand ins Wasser ein und strich sie über sein sonnenverbranntes Gesicht. Er seufzte, als wäre er erleichtert. »Wenn meine zurückkommt, bin ich nicht sicher, ob ich dann weiß, wer ich bin, denn jetzt weiß ich's auch nicht. Ich bin … irgendwie anders geworden.«

Maisfaser lehnte den Pfeil an einen Fels, nahm den Topf und säuberte ihn. Als sie ihn erneut mit Wasser füllte, überlegte sie, wieviel sie von sich selbst verloren hatte. Noch vor ein paar Tagen hatte ein Kind in ihrem Inneren gespielt; jetzt war da eine verängstigte junge Frau, atemlos und verwirrt. »Ich verstehe dich, Sängerling«, entgegnete sie.

Sie hob den Topf an den Riemen hoch und nahm den Pfeil in die andere Hand.

Sängerling sah zu ihr auf. »Soll ich aufstehen?«

»Wie du willst. Ich geh' jetzt erst einmal zurück und schäle die Kaktuskissen.«

»Aber je eher wir die Salbe auf die verbrannte Haut auftragen, um so eher heilt sie.«

Er kam hoch und stand tropfend im Becken. Das Wasser perlte auf seiner kalten, blasigen Haut und glättete seine langen nassen Haare über der Brust. »Hier!« Er streckte die Hand aus. »Laß mich den Topf nehmen. Du hast deinen Bogen und die Kaktuspolster zu tragen.«

Maisfaser gab ihm den Topf.

Steifbeinig ging er den Pfad hinauf und hielt den Topf seitlich von sich ab. Am schwarzen Opferstein angekommen, beugte sich Sängerling vorsichtig vor und strich mit den Fingern über die rauhe Oberfläche. »Tut mir leid«, flüsterte er. »Ich wollte dir nicht weh tun.« Er hob die roten Maiskörner einzeln auf, die er vorher heruntergekippt hatte, und legte sie gewissenhaft in die Mulde zurück.

Maisfaser fragte: »Für wen sind die Opfergaben bestimmt? Für den Felsblock selbst oder für etwas anderes?«

»Sie sind für die Stille bestimmt«, sagte Sängerling und tätschelte den Fels.

Maisfaser runzelte die Stirn. Eine Opfergabe konnte eine Bitte um Hilfe bedeuten oder ein Geschenk aus Dankbarkeit. Gelegentlich drückte sie einfach symbolisch die Liebe des Opfernden für den Geist aus. Ihre Mutter hatte täglich den Geistern der ziehenden Wolkenleute eine Gabe geopfert. Aber der Stille?

Sie folgte Sängerling den Pfad hinauf.

Am weißen Häuschen angekommen, hielt sie ihm den Türvorhang auf. Er grunzte leise, als er sich tief duckte, um einzutreten; Maisfaser legte den Vorhang über den Zapfen, damit die Morgensonne ins Zimmer fallen konnte.

Sängerling hängte den Topf über den Dreifuß und wich dann hastig zurück. »Ich kriege bestimmt Krämpfe so nah beim Feuer, Seide.« Er schaute unbehaglich umher und meinte: »Ich glaube, ich setze mich an die Wand neben der Tür, da ist es kühler.«

»Gut. Ich werde die Kakteen jetzt abkratzen und bin gleich bei dir.«

Sängerling ging zur Wand und ließ seinen nackten Körper dort auf der festgetretenen Erde nieder. »Oh, das ist besser.«

Maisfaser suchte sich einen großen Topf aus und setzte ihn neben den Mahlstein. Sie stellte den Pfeil neben sich, streifte das erste aufgespießte Blattpolster ab und nahm ihr Obsidianmesser vom Gürtel. Sie mußte wegen der langen Stacheln aufpassen, denn sie enthielten ein sehr schmerzhaftes Gift. Sie stach die Klinge ins Blattpolster und hielt es über das Feuer, um die Stacheln abzubrennen; dann legte sie es auf den Mahlstein und schälte die äußere Haut ab. Das grünliche Fruchtfleisch kratzte sie in den Topf und nahm sich ein neues Blattpolster vor.

Sängerling beobachtete sie mit glänzenden Augen. Trotz seiner Schmerzen und Selbstzweifel wirkte er merkwürdig gelassen. Er sah Maisfaser beim Kakteenschälen auf eine Weise zu, als blicke er in das geheiligte Gesicht des Sonnen-Thlatsinas. Es war ihr sehr absonderlich zumute – er schien sie nicht so sehr anzusehen, als durch sie hindurchzusehen. Blickte er wieder auf die Farbe ihrer Seele?

Sein hüftlanges Haar trocknete allmählich und bildete einen lockeren schwarzen Kreis um seine Schultern herum. »Seide?« fragte er. »Kannst du ... ich meine, ich will dich nicht ausforschen, aber kannst du mir etwas von deiner Familie erzählen? Möchtest du?«

Ihre Hand verhielt in der Luft. »Was willst du wissen?« Sie machte das Blattpolster fertig und nahm sich ein neues.

»Hast du Geschwister gehabt?«

»Einen Bruder.«

»Wie hieß er?«

»V-Vogelkind. Wir waren gleich alt.«

»Zwillinge also?«

»... Ja.« Ihre Hand zitterte. Sie konzentrierte sich darauf, Stacheln abzubrennen.

»Ich habe gehört«, sagte Sängerling mit sanfter Stimme, »daß Zwillinge sich ganz besonders nahe sind, daß sie jeweils in der Seele des anderen leben.«

Maisfaser kratzte das Fruchtfleisch in den Topf. »Vogelkind war mein bester Freund.«

»Wie ist er gestorben?«

Der Schmerz machte sie sprachlos. Sie rang nach Luft. »Ich – ich kann nicht darüber sprechen ... noch nicht.«

Die ganze Nacht hatte sie wieder gesehen, wie Stechmücke Vogelkinds Kopf Spannerraupe zuwarf. Der Dunst von Blut, der Gestank von verbranntem Pech, der kupferartige Blutgeruch ... das alles war letzte Nacht so wirklich gewesen wie in der Nacht, als es geschehen war. Kalter Haß vermischte sich in ihr mit Wut. *Stechmücke und Spannerraupe. Sie werden in Krallenstadt sein. Ich werde sie finden.*

Sängerling spielte verlegen mit einer Haarlocke. »Tut mir leid, Seide. Ich dachte, es könnte dir helfen, dich darüber auszusprechen. Als ich ein kleiner Junge war, habe ich meine Mutter immer gebeten, mir von meinem Vater zu erzählen. Und dann erzählte sie eine Geschichte nach der anderen, weil ich sie hören mußte.«

Maisfaser legte das Messer weg. Fruchtfleisch klebte an ihren Händen, und sie strich es sich über die Arme. Es war herrlich kühl. »Wie hieß er noch gleich?«

»Der-Im-Himmel-Sitzt. Er war ein großer Händler, besuchte die Hohokam mehrmals in einem Sonnenkreis.«

»Heutzutage wäre das zu gefährlich. Wenn die Hohokam ihn nicht niederschlügen, weil er die falschen Waren gebracht hat, würden ihm die Mogollon auflauern und ihm alles rauben, was er bei sich hätte.«

Sängerling warf sich die Haarlocke über die Schulter. »Das ist wahr. Heutzutage ist niemand mehr sicher, nicht einmal ein unschuldiger Händler.«

Maisfaser füllte die Tassen mit kochendem Wasser und sah sich unter den Pflanzen um, die von der Decke hingen. Sie sah Zweige mit Wacholderbeeren, Meldesamen und Portulak, wilde Malven, Bärenschoten, Gänsefußgewächse, Reisgras, Yucca-Schößlinge und zwischen die Dachstangen eingeschobene Sonnenblumen, die einst frisch geschnitten worden waren und nun die Köpfe hängen ließen.

Sie pflückte sich eine Handvoll bröckelnder Blütenblätter der Sonnenblumen und gab sie zum Aufbrühen in ihre Tassen. Ein würziger Duft stieg mit dem Dampf auf. »Ich sehe keine Rotampferwurzel. Wir müssen uns mit dem Feigenbrei behelfen. Heute abend gehe ich wieder auf die Jagd. Bevor wir schlafen gehen, mache ich eine Fettsalbe, damit deine Haut nicht mehr so spannt.«

»Es tut mir leid, daß ich deine Luchsjagd vereitelt habe.«

»Schon gut. Der war sicher nicht besonders fett. Heute abend suche ich mir ein Kaninchen oder vielleicht einen Dachs.«

Maisfaser holte die Tassen und setzte sie neben Sängerling auf den Boden. »Wir können Tee trinken, während ich die Salbe auftrage.«

Lächelnd sah er zu, wie sie den Topf mit dem Feigenbrei herbrachte. Sie kniete sich neben ihn, tauchte ihre Hände hinein und preßte das Fruchtfleisch zwischen den Fingern durch, bis sie eine wäßrige, klebrige Brühe hatte. »Bist du bereit?«

Sängerling holte tief Atem, um sich zu wappnen. »Ja, ich glaube schon.«

»Ich fang mit den Armen und der Brust an.« Sie verteilte die Masse vorsichtig über seine Muskelstränge.

Er erschauerte. »Das fühlt sich richtig kalt an.«

»Gut. Das lindert das Brennen und verhindert die Narbenbildung. Allerdings« – sie zog ihm die Haare von der linken Schulter und schaute stirnrunzelnd auf die geplatzten Blasen – »für deine Schultern kommt möglicherweise jede Hilfe zu spät.«

Sängerling reckte den Hals, um selbst hinzusehen, und verzog das Gesicht, als sie die Salbe auftrug. »Das tut weh.«

»Das sind offene Wunden, Sängerling. Die Blasen sind alle aufgeplatzt. Darunter ist nur noch rohes Fleisch.«

Sängerling knirschte mit den Zähnen, als ihre Hände sanft über seinen hageren Körper strichen. Sie rieb Arme, Brust, Hals und Gesicht ein, aber als sie an die Lenden kam, hielt sie inne.

»Da!« Sie schob den Topf von sich. »Hier lehne ich jede Verantwortung ab. Wenn es dir schon auf den Schultern weh getan hat, dann warte nur ab.«

Sängerling schaute auf seinen Penis und seine Testikel hinab. Durch den Sonnenbrand waren sie etwas angeschwollen und erschienen, nun ja, ein wenig deformiert. »Ich hätte wahrscheinlich einen Lendenschurz tragen sollen.«

Maisfaser kniff die Augen skeptisch zusammen. »Hast du keine Angst gehabt, dich so zu entblößen? Vater Sonne ist die größte schöpferische Macht, die es gibt. Hätte er gedacht, daß du dich großtun willst, dann hätte er deinen Samen töten können, um dir einen Denkzettel zu geben.«

Er packte seine angeschwollene Mannbarkeit und schielte darauf. »Das hat er vielleicht schon getan.«

Maisfaser schielte auch dorthin. »Schmier es besser gleich ein – für den Fall, daß da noch etwas lebendig ist.«

Sängerling tauchte seine Hand in den Topf. »Du meinst, das schmerzt mich noch mehr als meine Schultern?«

»Ich glaube, dir wird Hören und Sehen vergehen.«

Sängerling sah sie zweifelnd an, schöpfte eine Handvoll der grünlichen Salbe aus dem Topf und strich sie auf. War offenbar nicht so schlimm. Tatsächlich war es …

*»Große Götter!«* brüllte er und wäre beinahe durch das Dach gesprungen, in dem Bemühen, sich so weit wie möglich von seinen Hoden zu entfernen.

Maisfaser saß auf ihren Hacken, nippte an ihrem Tee und sah zu, wie er sich wand. Er hatte die Unterlippe zwischen die Zähne gezogen und preßte die Augen zusammen, bis ihm die Tränen über die Wangen liefen. Gegen die rußbefleckte weiße Wand sah er aus wie ein gemarterter Krieger.

»Soll ich dir die Lenden einreiben?« fragte sie nüchtern.

Er starrte sie an. »Seide … du, du bist eine Frau.«

Sie stellte ihre Tasse und schaute ihn erstaunt an. War das Schamgefühl? Verlegenheit? Sie konnte es kaum glauben. In ihrem Dorf war der Unterschied zwischen männlichen und weiblichen Körpern kein Geheimnis. »Natürlich bin ich eine Frau. Und meine Mutter war eine Heilerin, Sängerling!«

»Es ist nur – ich – ich war noch nie mit einer Frau zusammen, und ich habe Angst …« Die Stimme versagte ihm.

Der Ausdruck äußersten Schreckens auf seinem Gesicht wischte ihre Ungläubigkeit hinweg. Er war fast sechzehn Sommer alt und immer noch unerfahren? Ruhig fragte sie: »Woher kommt das, Sängerling?«

»Also, zuallererst, ich war immer zu ängstlich zu fragen. Und zweitens, na ja …« Er zog eine Schulter hoch. »Mich hat keine Frau gewollt.« Er blickte nervös auf seine sonnenversehrten Genitalien und fügte hinzu: »Daran wird sich auch sicher nichts ändern.«

Maisfaser lächelte. »Ich bin imstande, deinen Sonnenbrand einzusalben, Sängerling, wo er auch ist. Wenn du es willst.«

»Ich mach's lieber selbst. Vielen Dank.«

Er tauchte die Hand in den kühlen Balsam und schloß die Augen. Als er damit über die empfindliche Haut strich, knirschte er mit den Zähnen. Schließlich fiel er an der Wand zusammen und keuchte.

Maisfaser trank ihren Sonnenblumen-Tee in kleinen Schlukken. »Du mußt aufstehen, damit ich deinen Rücken einreiben kann, Sängerling.«

»Gl-gleich«, sagte er tonlos. »Gleich steh' ich auf.«

»Läßt der Schmerz nach? Wie fühlst du dich?«

Sängerling machte sein rechtes Auge einen Spaltbreit auf. »Glaubst du nicht ... Ich meine ... ich habe gesehen, wie Leute erfrorene Zehen verloren haben.«

»Ich habe beobachtet, wie meine Mutter einmal zwei erfrorene Finger abgetrennt hat. Aber keine Sorge. Man braucht nur ein sehr scharfes Messer dazu und muß am richtigen Gelenk schneiden. Das ist etwas zeitraubend und erfordert eine ruhige Hand. Aber da du da unten keinen Knochen hast, geht das so schnell, daß du überhaupt nichts spürst.«

Sängerling saß reglos da, mit erstarrtem Gesicht. Er blinzelte nicht. »Das war nicht komisch, Seide. Kein bißchen.«

Maisfaser lächelte trotzdem.

## 25. KAPITEL

Purpurfarbene Gewitterwolken trieben ostwärts und zogen schillernde Regensäulen über die aufgewühlte Wüste. Vor dem goldenen Schein des Sonnenaufgangs sah es aus, als schritten langbeinige Riesen zu einem Treffen mit Vater Sonne.

Stechmücke blieb in der Senke des Rechten Wegs stehen, um sie zu beobachten. Durch die kühle Morgenluft wehte der

Duft von nasser Erde und Salbei. Er sog diese Düfte ein und behielt sie so lange in den Lungen, wie er konnte. Als er dann ausatmete, spähte die höher gestiegene Sonne durch eine Wolkenlücke, und ein grandioser orangefarbener Schein lag über dem ganzen Land. Stechmücke stand einen Augenblick lang reglos, dieser Schönheit hingegeben.

Spannerraupe holte ihn ein, und Stechmücke begleitete seinen hochaufgeschossenen Anführer im Gleichschritt wieder aus der Senke nach oben.

Sie waren weniger als eine Zeithand marschiert, doch schon war der Kriegshäuptling in sorgenvolle Gedanken vertieft. Er war grundlos immer wieder gestolpert und hatte geflucht; er ging mit steifem Rücken und zusammengebissenen Zähnen, eine schwarze Decke über der Schulter, und glich einem Mann, der auf seinen Tod zugeht. Aus dem abgetrennten Kopf in seinem Bündel rann immer noch Blut und befleckte sein rotes Hemd.

Die dreißig Krieger hinter ihnen murmelten miteinander und fragten sich zweifellos, wie auch Stechmücke selbst, was ihren neuen Anführer beunruhigte. Der Überfall war leicht gewesen, das Töten mühelos. Sie hatten die Befehle ausgeführt – wenn auch nicht gern. Aber das machte keinen Unterschied. Unter dem Kommando von Krähenbart hatten sie viel schlimmere Dinge tun müssen. Der Gedanke an Palmlilie peinigte Stechmücke auch; einen Freund umzubringen ... das verwundete die Seele. Aber es war eine Schande, daß der Kriegshäuptling unfähig gewesen war, den Auftrag selbst auszuführen.

Zweimal in der Nacht war Stechmücke erwacht, und jedesmal war das Lager von Spannerraupe leer gewesen. Einmal hatte er ihn draußen im Gestrüpp gesehen, wo er sich den verwundeten Arm hielt und gegen das Unterholz trat.

Stechmücke ging um einen mannshohen Schlammhügel herum. Nasse Erdwände waren von den steilen erodierten Uferhängen herabgerutscht und blockierten teilweise den Wasserabfluß. Vor dreißig Sommern war diese Wasserrinne noch ein breites, seichtes Gewässer gewesen. Aber jetzt ragten die Wände zwei Körperlängen über seinem Kopf hoch. Hier und da hingen einsame Wurzeln heraus, in der Brise schwingend, die nicht einmal mehr an ihre längst abgestorbenen Pflanzen gemahnten. Ein murmelndes Bächlein rostbraunen Wassers floß vorbei. Stechmücke stapfte hindurch.

Den Uferhang entlang ragten Yuccas hoch, ihre knolligen Schoten rasselten in der Brise wie alte Knochen, und ausgebleichte Reisgrasstengel wiegten sich hin und her.

Sein Blick glitt nach Süden, und stirnrunzelnd hielt er an. Seine Mokassins sanken im nassen Sand ein, und vor dem grellen Licht der aufgehenden Sonne schirmte er seine Augen ab. Rauchschwaden zogen mit den Wolken dahin. »Was ist denn das?«

Spannerraupe schaute plötzlich auf, als hätte ihn die Stimme von Stechmücke aus einem Alptraum gerissen. Sein breites Gesicht drückte Sorge aus. »Was denn?«

»Rauch. Siehst du ihn?«

Spannerraupe kniff gegen das helle Licht die Augen zu. »Ja. Vom Meldeturm beim Großen Platz. Dreimal eine Rauchwolke... dann zwei Fahnen und wieder eine einzelne Wolke.«

»Wenn das die ganze Nachricht war. Warten wir ab.«

Sie sahen die Wiederholung des Signals; der graue Rauch schwebte zu den Wolkenleuten empor. Zur Nacht hätte man die Nachricht mit einem Feuer im Inneren des Turms übermittelt, dessen Schein man mit einem Fellvorhang vor einem Fenster beliebig unterbrechen konnte. Drei kurze Lichtsignale, dann zwei längere und dann wieder ein kürzeres Signal.

Spannerraupe rückte sich das Bündel auf seiner Schulter zurecht. Stechmücke hatte Vogelkinds Kopf in Stoffbahnen eingewickelt, die das Blut aufsaugten; der Kopf mußte sich auf den Schultern von Spannerraupe so schwer wie ein Granitblock anfühlen.

»Kann ich dir bei deinem Bündel helfen?« fragte Stechmücke.

»Nein, nein, ich...« Spannerraupe schauderte. »Die ganze Nacht habe ich seltsame Schreie gehört. Ich habe so ein unheimliches Gefühl, als ob mir die Seele des Jungen wie ein wütender Adler im Nacken säße, der nur darauf wartet, seine Krallen in mich zu schlagen.«

»Palmlilie war dein Freund, und der Junge ... der Junge war vielleicht wirklich nur sein Sohn. Aber wir haben unsere Pflicht getan, Spannerraupe, was willst du –«

Spannerraupe fuhr herum. *»Aber warum habe ich Nordlicht geglaubt?«* fragte er erregt. »In meinem ganzen Leben habe ich meinem Vetter nie getraut. Er ist ein stinkender Zauberer – und ein Mörder dazu! Warum habe ich nur geglaubt, was er über Palmlilie erzählt hat?«

Stechmücke runzelte die Stirn. Spannerraupe schien von Panik ergriffen, bereit, um sein Leben zu fliehen. »Das ist jetzt unwichtig«, erwiderte Stechmücke. »Schlangenhaupt hat dir einen Befehl erteilt, und du hast ihn ausgeführt. Was ist mit dir los? Du hattest gar keine Wahl. Keiner von uns hatte eine Wahl.«

Spannerraupe schüttelte eine Faust vor Stechmückes Gesicht. »Hast du nicht das Gesicht von Palmlilie gesehen?« zischte er. »Ich habe ihn gut gekannt. Er hat die Wahrheit gesagt: Vogelkind war sein eigener Sohn. Stechmücke ... verstehst du nicht? Ich habe ein Dutzend Unschuldige umgebracht! Viele Kinder darunter!« Er riß die Augen weit auf. »Selige Ahnen, ich bete darum, daß mir die Götter vergeben.«

Stechmücke packte ihn am unverletzten Arm, zog ihn zu sich und murmelte, damit niemand ihn hörte: »Viele Götter waren Krieger. Sie wissen, was Pflicht bedeutet!«

»Tun sie das?« Spannerraupe schüttelte die Hand ab, er rang nach Fassung. Zugleich beobachtete er wieder die Rauchsignale. Dann sagte er: »Irgend etwas stimmt nicht; sie warnen vor dem Besuch der Stadt.«

»Dann sollten wir schleunigst zurückgehen. Vielleicht ist es nichts Wichtiges, aber –«

»Aber vielleicht doch.« Spannerraupe deutete auf den Einschnitt im Uferhang vor ihnen, den Tausende von Füßen getrampelt hatten; die braune Erde dort glänzte dunkler als andere Wassergräben. »Wir wollen den Sklavenpfad nehmen, das geht schneller.« Spannerraupe wandte sich an die Krieger, die hinter ihm marschierten. Sofort gingen die Köpfe nach oben. »Kommt näher!«

Die Männer drängten sich um Spannerraupe und Stechmücke. Ein furchtsames Gemurmel war zu hören; sie hatten alle die Signale gesehen. Viele griffen nach den Machtbeuteln um ihren Hals, kleinen Ledertäschchen mit geweihten Dingen, und schickten stumme Gebete zu ihren Schutzgeistern.

Spannerraupe sagte: »Seid bereit! Vielleicht geht es nur um einige Kranke, die Fieber haben. Aber wir müssen auf alles vorbereitet sein. Vielleicht wird Krallenstadt überfallen.«

Die Krieger nahmen Pfeile aus den Köchern und legten sie in ihre Bogen ein. Vor dem Hintergrund der ruhigen Wasserrinne und der langsam ziehenden Wolken wirkten ihre hastigen Bewegungen verworren, und die besorgten Stimmen glichen einem unterdrückten Aufruhr.

Stechmücke legte gleichfalls einen Pfeil ein und ging zum Sklavenpfad hinauf, Spannerraupe direkt hinter ihm. Die Rauchsignale wiederholten die stumme Warnung.

Am Pfad angekommen, hielt er Spannerraupe an und deutete auf den Boden. Fußabdrücke waren im Sand. »Sieh mal! Zwei Leute. Ein großer Mann. Er war schwer, seine Mokassins machten tiefe Spuren. Der andere ist –«

»Eine Frau«, ergänzte Spannerraupe. Er ging auf der Südseite der Spuren und betrachtete sie genau.

Stechmücke ging auf der nördlichen Seite und prüfte die Abdrücke mit zugekniffenen Augen. »Sie rannte, als sie den Pfad hier hinauflief. Die Fersen kamen kaum auf dem Boden auf, sie muß –«

»Heiliger Vater Sonne!« flüsterte Spannerraupe, der den Spuren des Mannes den Hang hinauf folgte. »Stechmücke ... siehst du das? Das hier ... und das hier?«

Stechmücke neigte den Kopf, verwirrt. Nicht laufend. Nicht einmal gehend. *Sondern tanzend!* Trotz der Verwischungen durch den Regen zeigten die Fußabdrücke ganz klar, daß der Mann sich beim Hinaufklettern um sich selbst gedreht hatte, seine Zehen wiesen erst in die eine, dann in die andere Richtung.

Die Krieger folgten in Einzelreihe und betrachteten die Spuren genau.

Oben angekommen, beugte sich Spannerraupe hinab und betastete den Knieabdruck im Boden. Stechmücke schaute ihm über die Schulter. Der Mann hatte hier gekniet, das rechte Knie auf der Erde. Nur der Abdruck der Zehen des linken Fußes war zu sehen, er hatte sich also leicht nach vorn geneigt, wahrscheinlich um sich abzustützen …

Stechmücke warf den Kopf hoch und spähte in die Richtung, die der Mann genommen haben mußte. Da lag ein grünlicher Stoff, der sich vom Winterbraun der Gräser abhob. Vorsichtig schlich er weiter, bis er die langen schwarzen Haare sah, die die Person einrahmten …

*Heilige Thlatsinas!*

Er fiel in Laufschritt.

Stechmücke kniete sich neben sie. Sie lag auf dem Gesicht, ein Pfeil hatte sie von hinten durchbohrt. Das Blut hatte ihr grünes Kleid durchnäßt und die niedergedrückten Gräser bespritzt.

Spannerraupe kam herbei und beugte sich stirnrunzelnd vor. »Wer ist es?«

»Ich weiß nicht, aber ein Pfeil durch die Lunge kann nicht eine solche Blutlache verursacht haben.« Der ganze Boden um sie herum war vom Blut aufgeweicht. Sie war gestern umgebracht worden, oder vielleicht in der letzten Nacht, denn das Blut war geronnen und schwarz.

Stechmücke packte sie an der Schulter und drehte sie auf den Rücken.

Spannerraupe zog erschreckt den Atem ein.

»Was ist das für eine Grausamkeit?« Stechmücke ballte die Fäuste.

Von der Leiste bis zu den Brüsten war ihr Bauch aufgeschlitzt worden – aber sehr sorgfältig. Keines der inneren Organe war verletzt worden, jedes, einschließlich des Zwerchfells, war an seinem Platz, aber ein merkwürdiger Glanz überzog die Innenseiten der Schenkel. Sperma? War sie vergewaltigt worden? Stechmücke schauderte; er fragte sich, ob der Mörder sie genommen hatte, während sie noch lebte oder nachdem er sie umgebracht hatte. Die glatten Stellen im Sand und die Erde auf dem Hinterkopf und dem Kleid ließen vermuten, daß sie von Anfang an auf den Rücken gefallen war. Hatte er sie umgedreht, als er mit ihr fertig war?

»O nein … nicht Wolkenspiel«, flüsterte Spannerraupe. Er kniete nieder, und jeder Muskel seines starken Körpers verkrampfte sich.

Stechmücke packte seine Waffen fester. Über ihr hübsches Gesicht liefen blutige Streifen. Aber der Angreifer hatte ihr die Augen geschlossen. Schmutzige Fingerabdrücke waren auf ihren Lidern.

Als die Schultern von Spannerraupe zuckten, schaute Stechmücke zur Seite. Spannerraupe hatte sie einst geliebt. Vielleicht liebte er sie noch. Es hatte ihn fast umgebracht, als Krähenbart seiner Tochter jeden weiteren Umgang mit ihm verbot. Stechmücke kannte nicht alle Einzelheiten, wußte nur, daß sie einen anderen geheiratet hatte und Spannerraupe für drei Monde aus Krallenstadt verschwunden war. Trotz der elterlichen Anweisungen waren Spannerraupe und Wolkenspiel immer Freunde geblieben. Stechmücke erinnerte sich: Nachdem ihr Mann und die Kinder gestorben waren, hatte er die beiden oft am Ufer dieses Wasserlaufs gesehen, wie sie miteinander redeten. Sie war einsam gewesen, und es schien ihr wohlzutun, Spannerraupe in ihrer Nähe zu wissen.

Unter den Kriegern wurde der Name weitergegeben: *»Es ist Wolkenspiel.«*

»Heilige Thlatsinas! Wolkenspiel! Wer könnte so etwas getan haben?«

»Schlangenhaupt wird außer sich sein! Was passiert wohl, wenn er erfährt, daß seine Schwester –«

»Ruhe!« befahl Stechmücke. »Schwärmt aus! Sucht nach Spuren. Vielleicht waren es Räuber.«

Die Männer trabten in alle Richtungen, schoben das Gezweig der Büsche auseinander, um am Boden nachzusehen, und suchten nach zertretenem Gras oder Fäden aus dem Gewand des fliehenden Mörders.

Nach der ersten Erschütterung sah sich Stechmücke den Fall genauer an. Zuerst widmete er sich dem Pfeil, und sein Gemüt verdüsterte sich. Die Feuerhunde der Mogollon, die Hohokam und die Leute des Rechten Wegs hatten alle ihre besondere Machart der Pfeilspitzen. Außerdem markierte jeder seine Pfeilschäfte mit seinen persönlichen Farben, Clan-Zeichen oder dem besonderen Schnitt der Befiederung.

Der Pfeil, der Wolkenspiel getötet hatte, wies keinerlei Kennzeichen auf; er war aus unmarkiertem Weidenholz, völlig gerade, glatt und farblos. Die Befiederung aus Truthahnfedern war mit einer Sehne befestigt, und die einfache dreieckige Obsidianpfeilspitze war mit der flachen Basis in einen Schlitz im Schaft eingepaßt und mit Kiefernpech festgeklebt worden. Hinter der Basis war die Sehne fest um den Schaft gewickelt worden, um die Spitze zu sichern.

Eine Gänsehaut überzog Stechmückes Nacken. Er holte tief Atem und schwankte auf seinen Fersen. Der Täter hatte vorsätzlich einen Pfeil gefertigt, der nichts verriet. Ihr Tod war nicht auf einen Überfall oder einen Unfall zurückzuführen – es war glatter Mord. Aber wer hatte das getan? Und warum?

Spannerraupe beugte sich vor und spähte in den offenen Bauch von Wolkenspiel. Er unterdrückte einen Schrei. »Heilige Götter …«

»Was ist?« Stechmücke machte sich auf alles gefaßt und schaute gleichfalls hinein. Bei dem stechenden Geruch hielt er den Atem an und betrachtete die Windungen der Eingeweide und den dunkelbraunen Leberlappen. Schmutz haftete an den Bauchorganen, die durch das Austrocknen schon angefangen hatten zu schrumpfen.

Und dann erkannte er es, ganz unten, gerade dort, wo der Schnitt endete, im dichten Schamhaar. Stechmücke mußte schlucken und hielt mit dem Messergriff die Bauchdecke zurück. Seine Hand zitterte. Der Mörder hatte vorsätzlich die Gebärmutter aufgeschnitten, und …

Er flüsterte: »Das ist … *das ist Leichenpulver.* In ihrem Bauch! Siehst du's? In den dunklen Stellen? Es glänzt!«

Spannerraupe schauderte. »Ja.«

Stechmücke stand auf und wich von der Leiche zurück, weit genug, um wieder reine Luft atmen zu können und zu den Wolken hinaufzusehen, die er so schön gefunden hatte. Jetzt aber, trotz Licht-und-Schatten-Spiel, wirkten sie farblos, wie ausgelaugt. Er schaute blinzelnd auf die verlassenen Maisfelder. Das Leben verebbte, das Land, der Bewässerungskanal, alles vertrocknete vor seinen Augen. Als ob die Welt verblutete und keiner etwas merkte.

Spannerraupe erhob sich unsicher und stellte sich neben ihn. »Das ... das waren keine Räuber.«

Stechmücke war derselben Meinung. »Nein.«

Spannerraupe hob langsam den Blick zur Krallenstadt, den Spuren des Mörders folgend. Die Großen Krieger ragten an der rückwärtigen Mauer der Plaza hoch, und ihre Blitze zielten direkt auf Stechmücke und Spannerraupe. Ihre leuchtend bemalten Masken glänzten im Licht der frühen Sonne: Spannerraupe fügte mit sanfter Stimme hinzu: »Das war das Werk eines Wahnsinnigen.«

»Eines verrückten Zauberers.«

»Stechmücke.« Die Stimme von Spannerraupe brach. »Bei – bei unserem letzten Treffen haben wir uns gestritten. Ich bat sie, mich zu heiraten. Sie sagte, sie könne nicht. Da fing ich an zu schreien, als wäre ich nicht bei Sinnen.«

Stechmücke runzelte die Stirn. »Was spielt das jetzt für eine Rolle?«

Spannerraupe schüttelte den Kopf. Er ballte die Fäuste. »Ich weiß nicht.« Er wandte sich ab, hängte sich den Bogen um und schob den Pfeil wieder in den Köcher. Tränen standen in seinen Augen, als er ungeachtet des verletzten Arms seine Hände unter Schulter und Knie der jungen Frau legte und sie an seine Brust zog. Das Blut aus ihrer Bauchhöhle tränkte sein Hemd.

Spannerraupe ging wie in Trance auf Krallenstadt zu.

Stechmücke hielt Schritt mit ihm, bis er sah, daß der Arm Spannerraupes zitterte, und er ihn sanft zu Wolkenspiel sagen hörte: »Vergib mir ...«

Da fiel er zurück und ließ Spannerraupe vorgehen. Er wußte nicht, ob die Seele von Wolkenspiel ihn hörte, doch er wußte, daß Spannerraupe bei dieser Unterhaltung allein sein wollte.

Stechmücke schaute von den Großen Kriegern des Ostens und Westens zu den menschlichen Kriegern, die durch die verwilderten Kräuter stapften, und von ihnen wieder zu Spannerraupe, der die schlaffe Leiche von Wolkenspiel in seinen Armen hielt.

Sowohl Verhüllt-Seinen-Schwanz wie Wolkenspiel hatten zu den Ersten Menschen gehört. Beide waren von einem Ausflug nach Krallenstadt zurückgekehrt. Beide waren mit Leichenpulver bestreut worden. Wer könnte dafür verantwortlich sein? Er versuchte, sich zu erinnern, wer in der Nacht, in der Verhüllt-Seinen-Schwanz starb, auf Wache gewesen war. Und wer gestern nacht Ausschau gehalten hatte.

Stechmücke schüttelte sich. Ein Gefühl drohenden Unheils senkte sich über ihn.

Er betrachtete den breiten Rücken von Spannerraupe. Der Kriegshäuptling hatte seine Stirn gegen die von Wolkenspiel gepreßt. Der Morgenwind fing trauervolle Laute auf. Stechmücke betete, daß keiner der Krieger sie hörte. Wenn ein Kriegshäuptling Schwäche zeigte, schwächte das jeden einzelnen in seiner Nähe. Stechmücke konnte sich nicht erinnern, daß Eisenholz in den vergangenen zwanzig Sonnenkreisen jemals zusammengebrochen wäre; er war immer der Fels gewesen, an dem sich die Männer aufrichten und, wenn nötig, die ganze Welt bekriegen konnten.

Stechmücke begab sich wieder auf den Pfad und schlängelte sich durch verwilderte Grasflächen. Vielleicht blieb Spannerraupe nicht sehr lange Kriegshäuptling. Müßig ging Stechmücke die Namen der Männer durch, die an seine Stelle treten könnten. Verhüllt-Seinen-Schwanz wäre der Nächste gewesen, dann Fichtenzapfen, der aber seit einem halben Mond vermißt wurde. Man hielt ihn für tot.

Stechmücke überschaute den Pfad und behielt die anderen Krieger im Auge.

Vielleicht, wenn er auf der Hut war, hätte er sogar selbst noch eine Chance.

## 26. Kapitel

Sängerling und Seide marschierten westwärts über welliges Land und suchten die Gräben nach den ersten zarten Blättchen wilder Zwiebeln ab. Die Höcker rotbrauner Erde waren mit grünem Gras bewachsen, und die goldenen Garben vom Fuchsschwanzgras des letzten Sommers standen herum. Sängerling zählte zwölf steile Felsspitzen in der Ferne. Verkrümmt und ausgezackt ragten sie hoch wie warnende knotige Finger. Fern im Norden hingen die zerklüfteten Gipfel der Geisterberge über der Wüste, auf einer heißen Luftströmung schwebend.

Sängerling schwenkte seinen halbvollen Korb. Der würzige Zwiebelgeruch stieg ihm in die Nase. Nach dem Fasten war er offenbar unersättlich. Im Morgengrauen hatten sie zusammen ein kräftiges Frühstück zu sich genommen, aber jetzt erinnerte ihn sein Magen nachdrücklich daran, daß Vater Sonne schon längst den Mittagspunkt überquert hatte. »Seide?« rief er. Sie lief ihm voraus, ihr loses langes Haar schimmerte blauschwarz. »Ich habe Hunger.«

»Ich auch.« Sie blieb stehen und wartete auf ihn.

Sie trug ein hellgrünes Kleid, das ihren schlanken Körper eng umschloß und ihren goldenen Teint hervorhob. Kleine Schweißtröpfchen standen auf ihrer spitzen Nase und den breiten Backenknochen. Hätten die großen dunklen Augen nicht ihre Verzweiflung verraten, wäre sie von atemberaubender Schönheit gewesen; aber Hoffnungslosigkeit und Trauer waren dauernd, wie Tränen, gleich unter der Oberfläche.

Sängerling holte sie trabend ein. »Wie viele hast du?« Er schwenkte seinen Korb herum und stellte ihn neben den ihren. »Du hast ja mehr als ich. Wie machst du das? Wir haben doch an denselben Stellen nachgesehen.« Hatte er tatsächlich *so* viele gegessen?

Seide schob sich die Haare hinter die Ohren. Im Profil wirkte sie noch zerbrechlicher und graziöser. »Ich weiß, wo sie wachsen. Meine ... meine Mutter hat es mir gezeigt.«

Er hörte den Kummer in ihrer Stimme, und das Herz wurde ihm schwer. »Ich weiß vieles über Tiere, aber nicht viel über Pflanzen. Ich habe, glaube ich, mein Leben lang nur immer darauf hingearbeitet, ein Sänger zu werden. Kein Farmer. Aber wenn ich einmal Menschen heilen soll, dann muß ich mehr über Wildpflanzen wissen. Willst du es mir beibringen, Seide?«

Plötzlich lächelte sie. »Das wäre mir ein Vergnügen.«

Sie stiegen zu einer Niederung hinab, in der neben grasbewachsenen Stellen Feigenkakteen und eine Gruppe kümmerlicher Wacholderbäume standen.

Seide schaute zur Seite und blieb stehen. »Einen Augenblick, Sängerling. Hier gibt's noch viele Zwiebeln. Ich will sie uns holen, aber das werden dann die letzten sein, das verspreche ich.«

Sie kniete nieder, nahm den feuergehärteten Grabstock aus dem Korb und grub ihn unter die köstlichen Wurzeln. Als sie den Stock hochhebelte, kamen weiße Knollen zum Vorschein. Mit ihren geschickten braunen Fingern pflückte sie die Knollen aus der trockenen grauen Erde.

Sängerling ließ den Blick schweifen. Hoch über ihnen kreiste ein rotschwänziger Falke gemächlich auf der Warmluftströmung, die Flügel blitzten im Sonnenlicht. Seine rauhen Schreie durchbrachen die Stille. Das kleinere Männchen saß auf einer abgestorbenen Kiefer weiter vorn; es beobachtete das Weibchen eine Weile und erhob sich dann mit Anmut in die Lüfte, um sich mit lässigen Flügelschlägen zu ihr zu gesellen.

»Ich liebe Falken«, sagte Sängerling. »Ich habe mir immer einen Falken als Schutzgeist gewünscht.«

»Und hast du einen bekommen?« Seide grub weiter nach Zwiebeln. Die warme Luft war vom Duft der Erde und der entwurzelten Pflanzen gesättigt.

»Nein. Gefiederte Geschöpfe haben offenbar kein –«

In diesem Augenblick schoß ein großer Rabe mit angelegten Flügeln herab wie ein schwarzer Pfeil. Er verhielt gerade vor Seide und flatterte zu Boden. Sein knolliger schwarzer Schnabel war wohl so lang wie Sängerlings Mittelfinger.

»Heilige Wolkenleute!« rief Sängerling fassungslos. »Nun sieh bloß, wie groß der ist.«

Seide beobachtete ihn argwöhnisch. Der Rabe legte den Kopf schräg zur Seite, erst nach links, dann nach rechts.

Sängerling grinste. »Das ist doch komisch; der Kerl taucht genau dann auf, wenn ich von gefiederten Geschöpfen rede.«

Der Rabe hopste so nahe an Seide heran, daß er einen Blick in den Korb mit den Zwiebeln werfen konnte.

»Das ist doch nicht zu glauben!«

»Was?«

Sie setzte sich auf die Hacken und winkte den Raben fort.

»Geh weg! Mach, daß du weiterkommst! Weg hier! Schuu schuu!«

Der Rabe duckte sich etwas und wartete, als ob er wüßte, daß dieses unfreundliche Verhalten nicht von Dauer sein würde.

Seide betrachtete den Grabstock, packte ihn wie eine Keule, schüttelte aber dann den Kopf und seufzte. »Das kann nicht derselbe sein, der mich schon zu Hause verrückt gemacht hat.«

Der Klang ihrer Stimme machte den Raben kühner. Er stolzierte um den Korb herum und spähte mit einem schwarzen Auge auf Seide. Dann hob er seinen dicken Schnabel und krächzte.

Sängerling legte den Kopf schräg. »Schildkrötendorf ist einen Dreitagesmarsch nach Norden entfernt. Er kann dir doch unmöglich so weit gefolgt sein.«

»Ich weiß nicht, aber er sieht so aus wie der von damals.«

»Und womit hat er dich verrückt gemacht?«

Sie machte eine unbestimmte Bewegung. »Jedesmal, wenn ich Mais gemahlen habe, ist dieser Rabe gekommen und hat so lange gebettelt, bis ich ihm was gegeben habe.«

»Scheint mir nicht verrückt. Scheint mir schlau.«

»Na ja, mag ja sein, aber mich hat er in Schwierigkeiten gebracht. Die Leute haben getuschelt, hatten Angst, ich könnte eine Hexe sein.«

Sängerling lachte in sich hinein. »Du? Eine Hexe?«

Seide leckte sich nervös die Lippen. »Das ist gar nicht lustig, wenn die Leute hinter ihren Händen über dich reden, Sängerling. Wenn so was passiert, nimmst du es ernst.« Sie machte eine Pause. »Andernfalls kommen sie nämlich hinter dir angeschlichen, verpassen dir einen Schlag auf den Hinterkopf, werfen dich in ein Loch und schmeißen dann noch einen Felsblock hinterher.«

»Dein eigener Clan könnte dich für eine Hexe halten, bloß weil ein schlauer Rabe runterkommt, um Mais zu stehlen?«

Ihr Blick war so ätzend wie Kaktussaft auf Muscheln. »Wenn die Leute Angst haben, Sängerling, dann sehen sie überall Hexen.«

Der Rabe plusterte die Federn auf, den Kopf erhoben. Sängerling starrte ihm in die kleinen schwarz glänzenden Augen. Er hatte Raben und Krähen schon so oft tagelang beobachtet und wußte, daß sie äußerst gewitzt waren.

»Sängerling«, sagte Seide, »du willst lernen, ein heiliger Mann zu sein. Kannst du nicht dafür sorgen, daß er wegfliegt?«

Er kreuzte die Arme und überlegte. »Du meinst, ich soll ihn wegsingen, nach Anemonendorf zum Beispiel?«

»Ich meine, du sollst ihn wegsingen, und zwar ins Jenseits.«

Sängerling lächelte den Raben an. Die Federn schimmerten blauschwarz in der schrägstehenden Nachmittagssonne. Der Vogel hatte einen auffallend menschlichen Blick, bei dem Sängerling die Schauer über den Rücken liefen. »Seide? Sag mir mal, wie oft ist der Rabe im Schildkrötendorf zu dir gekommen?«

»Das mag ich dir nicht sagen«, entgegnete sie murrend.

»Wie oft?«

»Viermal. Das ist das fünfte –«

»*Viermal*«, sagte Sängerling sanft und schaute sie überrascht an. »Du weißt, das ist eine heilige Zahl. Ist dir nie eingefallen, daß der Vogel vielleicht versucht hat, dich zu warnen?«

Seide blieb der Mund offenstehen. »Wie meinst du das? Mich zu warnen? Meinst du … vor dem Überfall?«

Der Rabe hüpfte auf Pickdistanz bis zu Seides Knie und gab einen sanften Ton von sich.

»Seide, warst du je auf der Suche nach einer Vision? Hast du eine Kiva-Einweihung erlebt –«

»Nein.« Mit den Fäusten umklammerte sie ihren abgegriffenen Grabstock. »Niemals.«

»Wie dem auch sei, ich glaube, du hast einen Schutzgeist.«

»Aber man sagt, daß Raben boshaft und gemein sind, daß –«

Er unterbrach sie. »Wer sagt das?«

»Mein Clan. Der Ameisen-Clan.«

Mit einer Handbewegung tat Sängerling das ab. »Mir kommt er weder boshaft noch gemein vor. Hat er jemals nach dir gehackt oder dich mit seinen Krallen angegriffen?«

»Nein, er ist mir nur auf die Nerven gegangen. Wie kann ein Schutzgeist einem so lästig fallen?«

Der Rabe beäugte Sängerling, als wartete er auf seine Antwort. Die Sonne glänzte in seinem linken Auge.

»Die Macht fällt einem immer zur Last, auf schreckliche oder erstaunliche Weise.« Sängerling machte eine Pause. »Schwarzer Tafelberg, ein heiliger Mann in meinem Dorf, sagte mir einmal, ich sei gut beraten, den Helfern zu lauschen, die in meine Träume steigen, andernfalls wären sie gezwungen, mir am hellen Tage entgegenzutreten, um mir ihre Botschaft zu bringen.« Er kratzte sich gedankenvoll an der Backe. »Das geht ja auch noch, wenn der Helfer ein Rabe ist, aber wenn nun eine Klapperschlange oder ein Grizzly zufällig dein –«

»Ich kann mich nicht erinnern, daß mir ein Rabe jemals im Traum erschienen ist, Sängerling.« Seide betrachtete den Raben, jetzt nicht mehr gereizt, sondern eher furchtsam. Der Puls klopfte ihr in den Schläfen. »Wenn dieser Vogel wirklich ein Schutzgeist ist …«

Die Stimme versagte ihr, als sich der Rabe auf den Rand von Seides Korb schwang. Er nahm sich eine Zwiebel, spuckte sie aber aus und gab krächzend sein Mißfallen kund. Ärgerlich plusterte er sich auf.

»Tut mir leid, ich hab' jetzt keinen Mais«, sagte Seide entschuldigend. »Sonst hätte ich dir etwas gegeben, das weißt du.«

Der Rabe hüpfte auf den Korbgriff und blieb dort hocken, den Kopf schräggelegt, um besser zuzuhören.

Seide biß sich auf die Unterlippe. »Bist du so sicher, Sängerling? Ich habe mich nie nach Visionen gesehnt. Wieso kommt dann ein Schutzgeist zu mir?«

»Jemand im Jenseits muß gewußt haben, daß du Hilfe brauchst.«

»Wer?«

Er zuckte die Achseln. »Ein toter Verwandter?«

»Welcher denn?«

»Woher soll ich das wissen? Erinnert dich die Stimme des Raben an jemanden? An einen Onkel oder eine Tante? Vielleicht hat er die Augen deiner Großmutter?«

Seide beugte sich vor und betrachtete den Raben genau. »Er sieht aus wie ein Vogel, Sängerling.«

»Na, vielleicht ist er kein Verwandter. Vielleicht ist er einer der Thlatsinas. Es stimmt ja auch, daß sich sogar die Großen Krieger gelegentlich verkörpern, um mit Menschen zu verkehren.«

Seide sah ihn skeptisch an. »Wenn so ein Gott mir etwas mitzuteilen hätte, dann könnte er das doch in menschlicher Sprache tun?«

»Vielleicht haben Götter Dinge mitzuteilen, die in menschlicher Sprache nicht auszudrücken sind.«

»Aber von mir wird erwartet, daß ich es verstehe? Ich spreche nicht Rabisch. Das müßte ein Gott doch wissen.«

Sängerling verzog den Mund. »Hast du keinen Sinn für göttliche Mysterien, Seide? Die Götter wollen dir die Sache nicht immer leichtmachen. Es scheint ihnen im Gegenteil sogar Spaß zu machen, dir die Sache etwas zu erschweren.«

Der Rabe streckte seinen Hals vor und krächzte direkt in Seides Gesicht – viermal! Dann sprang er vom Korb hinunter und flog davon, über die wellige, zerklüftete Wüstenlandschaft.

Seide griff nach dem Stoff über ihrem Herzen. »Heilige Ahnen, wie mein Herz donnert.«

Sängerling sah dem großen schwarzen Vogel nach, bis er hinter einer rötlichen Windung verschwunden war. »Der Rabe ist zur Großen Nordstraße geflogen.«

Plötzlich weiteten sich seine Augen. Staubwölkchen erhoben sich über den Canyon-Rand, rot abgehoben gegen das Tiefblau von Bruder Himmel. »Seide ... sieh mal!«

Sie stand auf und stellte sich neben ihn, die Augen abschirmend gegen das harte Nachmittagslicht. »Meinst du – ein Läufer? Für dich?«

»Eher wohl für Düne. Es weiß kaum jemand, daß er nicht hier ist. Komm, wir wollen gehen.«

Sängerling nahm seinen Korb und ging den Pfad hinunter; er machte einen weiten Bogen um dichte Kaktusbestände und sprang über gefährliche Kaninchenlöcher. Seide stapfte mühsam hinter ihm her.

Als sie zum Weg kamen, der an Dünes weißem Häuschen vorbeilief, war der in stumpfes Weiß gekleidete Mann schon auf halber Höhe der Stufen, die in die Klippe eingeschnitten waren. Der Wind fuhr ihm unter sein langes Hemd, das nun Flügeln glich. Er glich eher einer Schnee-Eule, auf rotem Sandstein hockend, als einem Menschen.

*Ich bin noch nicht wieder bei Kräften.* Sängerling fing an zu keuchen und verlangsamte sein Tempo. Das Fasten hatte all seine Reserven verbraucht. Seide eilte den Pfad hinunter und war am Haus, bevor der Mann den Fuß auf die Erde setzte. Sängerling kam unten an, stolpernd und nach Atem ringend, als der Mann von dem gewundenen Weg durch die Büsche kam.

»Paß auf«, sagte Seide. »Gib mir deinen Zwiebelkorb, Sängerling. Ich nehme ihn mit hinein und fange schon mit dem Abendessen an. Was der Läufer auch zu sagen hat, wir müssen in jedem Fall heute abend essen.«

»Ich danke dir.« Er nahm den Korb vom Arm und gab ihn ihr.

Seide ging geduckt durch den schäbigen Türvorhang. Er hörte, wie sie die Körbe absetzte, und dann klapperten Töpfe.

Der Mann kam aus den hohen Beifußbüschen nach vorn. Sängerling sah ihn jetzt deutlich. Roter Schmutz befleckte sein langes weißes Hemd. Er schien sogar noch jünger als Sängerling, etwa dreizehn bis vierzehn Sommer, war aber einen guten Kopf größer; er hatte ein Mondgesicht – seine Mutter war mit dem Wiegenbrett nicht sehr geschickt gewesen. Er hatte große schwarze Augen, von schwarzem Haar eingerahmt, das auf Höhe seiner muskulösen Schultern glatt abgeschnitten war. So wie er aussah, hatte er sicher viele Sommer lang schwer gearbeitet.

»Einen guten Tag wünsche ich dir«, rief Sängerling, als der Jüngling näher kam. »Hast du Düne, den Heimatlosen, hier treffen wollen?«

»Bist du Sängerling?«

»Bin ich.« Eine Vorahnung beunruhigte ihn. »Was gibt's?«

Der Junge hielt schwer atmend vor Sängerling an und beugte sich vor, um das kleine Bündel auf seinem Rücken in eine bessere Lage zu schieben. Der Schweiß ließ die Strähnen schwarzen Haares, die ihm bis zum Kinn hingen, matt erscheinen. »Ich bin Schwalbenschwanz ... aus Krallenstadt. Der heilige Heimatlose bittet dich, ihm seine Bestattungskräuter und Geräte zu bringen, damit er sich um die Leiche des Häuptlings kümmern kann, wie es sich gehört.«

»Die Gesegnete Sonne ist tot?«

Schwalbenschwanz nickte. »Bis jetzt ja.«

Sängerling kannte die Geschichten von Häuptling Krähenbarts Ausflügen ins Jenseits – immer, wenn alle Welt ihn tot glaubte, wachte er wieder auf. Kein Wunder, daß Schwalbenschwanz ausweichend geantwortet hatte.

»Bestattungskräuter und Geräte? Ich weiß doch nicht, wo Düne seine –«

»Ich soll dir vom Heimatlosen sagen, daß sein Ritualbündel in dem untersten Korb in der Ecke versteckt ist.«

Seide kam geduckt durch den Vorhang und stand verlegen an der Tür. Sie sah den Jungen an. »Ich heiße Seide. Du sagst, du bist aus Krallenstadt?«

»Ja.« Schwalbenschwanz war wieder zu Atem gekommen, und seine runden Backen verloren allmählich die hochrote Färbung. »Ich bin der Sklave des großen Sonnensehers Nordlicht.«

Mit einem etwas gezwungenen Lächeln hielt sie dem Jungen den Türvorhang auf. »Komm rein. Ich habe heute morgen einen Topf Bohnen aufgesetzt und gerade frische Zwiebeln dazugetan. Wir haben noch etwas geröstetes Maisbrot von gestern übrig. Wir würden uns freuen, wenn du mit uns zu Abend ißt.«

Der Junge grinste. »Vielen Dank. Mache ich gern. Dann muß ich gleich wieder gehen.«

»Du bleibst nicht über Nacht?« fragte Seide. »Du mußt doch müde sein nach deinem Lauf.«

Schwalbenschwanz nickte. »Bin ich auch, aber mein Herr hat mir befohlen, in sechs Tagen zurück zu sein. Bis hierher habe ich vier Tage gebraucht, also zwei Tage mehr als vorgesehen. Der Regen hat aus den Gräben Wildbäche gemacht, und ich habe weite Umwege laufen müssen, um sie zu überqueren.«

»Aber warum mußt du pünktlich zurückkommen? Bei diesem Wetter würde doch jeder verstehen –«

*»Nein!«* Schwalbenschwanz schüttelte heftig den Kopf. »Mein Herr würde es nicht verstehen. Solange ich weg bin, ist meine Mutter in der Sklavenkammer eingesperrt. Wenn ich nicht rechtzeitig zurückkomme, würde sie vielleicht getötet.«

Sängerling zog die Brauen zusammen. Er hatte sich schon überlegt, warum ein plötzlich freigesetzter Sklave nicht geradewegs zu seinem eigenen Volk rannte. In den kleineren Dörfern gab es nur wenige Sklaven; sie wurden streng bewacht, durften niemals allein ausgehen, und nachts trennte man sie voneinander, damit sie sich nicht gegen ihre Herren verschwören konnten. Die Ersten Menschen von Krallenstadt hatten offenbar ein sehr wirksames Mittel gefunden, um sich des Gehorsams ihrer Sklaven zu versichern.

»Also komm bitte herein und setz dich. Zuerst mußt du dich ausruhen und etwas essen.«

»Du bist sehr freundlich, ich danke dir.« Schwalbenschwanz trat geduckt in das schäbige Häuschen, streifte sein Bündel ab und ließ sich neben das knisternde Feuer fallen. Er beugte sich vor, um den Geruch aus dem brodelnden Bohnengericht einzuziehen. »Riecht wunderbar.«

Sängerling warf im Vorbeigehen einen Blick auf Seide. Ein erschreckter, fast entsetzter Ausdruck war auf ihrem Gesicht, den sie hinter einem Lächeln zu verbergen suchte.

Er bewegte den Mund zu der Frage: *Alles in Ordnung?*

Seide schloß die Augen und nickte. »Geh nur rein, Sängerling. Die Bohnen müßten jetzt gar sein.«

Er streifte leicht über ihren grünen Ärmel, trat dann geduckt ins Haus und ging zu seinem Platz am Feuer, dem Jungen gegenüber. Seide hatte schon drei Schalen, Hornlöffel und Teetassen bereitgestellt.

Sängerling setzte sich mit untergeschlagenen Beinen hin. Es fiel ihm auf, wie bleich Seide war, als sie hereinkam und den Vorhang fallen ließ. Der Schein des Feuers umspielte sie und betonte die schmale Taille und die kleinen Brüste, die winzige Schatten warfen. Das lange Haar schwang um ihre Hüften, als sie sich nach dem Korb mit dem kalten Maisbrot bückte.

Sie brachte ihn zum Feuer und kniete zwischen Schwalbenschwanz und Sängerling. »Es tut mir leid, daß die Gesegnete Sonne gestorben ist«, sagte Seide. »Wie ich höre, war er ein großmütiger Herrscher.«

Der Junge nahm sich zwei Stück von dem flachen, runden Brot und biß herzhaft in das erste. Mit dem Brot in der Hand sagte er gestikulierend: »Nicht für die Sklaven. Als er mich zum ersten Mal mit der Yucca-Peitsche schlug, war ich erst zwei Sommer alt… Ich hatte einen Topf mit Reisgrassamen umgestoßen. Die Narben habe ich heute noch«, er deutete auf seinen Rücken, »falls ihr sie sehen wollt.«

Seide blickte wieder auf den Bohnentopf. Sie füllte ihre Schalen und goß ihnen Sonnenblumen-Blütentee in die Tassen. Sie bediente Schwalbenschwanz und fragte dabei: »Ist… ist Nordlicht ein besserer Herr? Gütiger?«

Sängerling schloß aus ihrem Ton, daß die Frage bedeutungsvoll war. Die Antwort war für sie wichtig.

Der Junge ergriff einen Löffel und schaufelte das Essen in sich hinein. Hatte er in diesen vier Tagen überhaupt nicht gegessen? Er nahm einen Löffel Bohnen, riß sich ein Stück Brot ab – und das immer wieder von neuem, so schnell er konnte.

Als er endlich die Hälfte gierig aufgegessen hatte, seufzte er erleichtert auf und wurde etwas langsamer.

»Nordlicht«, sagte er, den Mund voller Maisbrot, »ist ein Zauberer.«

Der Löffel in Seides Hand zitterte. Sie ließ ihn klappernd in die Schale zurückfallen. »Das habe ich gehört. Aber niemals geglaubt. Und du glaubst es?«

»O ja, der ist bestimmt ein Hexenmeister«, sagte Schwalbenschwanz und nahm einen Schluck Tee. »Er hatte zwei Schwestern, und sie sind verschwunden, bevor sie fünfzehn Sommer alt waren.«

»Das sind Unglücksfälle, so etwas geschieht. Da geht jemand auf die Jagd, und ein Puma erwischt ihn oder er wird von einer Klapperschlange gebissen. Andere verdursten. Warum glaubst du –«

»Er hat sie verhext«, sagte Schwalbenschwanz leise und ängstlich. »Sein eigener Vetter, Spannerraupe, sagt das auch. Aber das ist nicht alles. Vor mehr als vierzig Sommern wurden seine Eltern ermordet, und seine Cousine Federstein wurde von meinen Leuten, den Mogollon, gefangengenommen. Da sagen viele, daß Nordlicht das auf dem Gewissen hatte.«

»Aber zu der Zeit war er doch noch ein Baby«, meinte Seide protestierend. »Wie hätte er das verursacht haben können?«

»Oh, er hatte damals schon die Macht in sich«, erwiderte Schwalbenschwanz. »Noch auf dem Wiegenbrett deutete er dauernd auf Vögel, die dann tot vom Himmel fielen.« Er nickte Seide vertraulich zu und schlürfte wieder einen Löffel Bohnen. »Einmal, als er zwölf Sommer gesehen hatte, verhexte er einen Hirschknochendolch und schickte ihn einem Mann namens Wandernder Falke hinterher. Der Dolch jagte den Mann drei Tage lang, und bevor er das Herz traf, hörte Wandernder Falke nur ein pfeifendes Geräusch.« Schwalbenschwanz winkte mit seinem Löffel. »Das hat mir sein Bruder erzählt, der war dabei, als es passiert ist.«

Seide nahm einen Bissen Brot. Dann fragte sie: »Aber vielleicht hatte Wandernder Falke Nordlicht etwas angetan. Und warum sollte er seine eigenen Schwestern und Eltern töten und seine Cousine gefangennehmen lassen?«

Geräuschvoll kauend erwiderte er: »Damit er Sonnenseher werden konnte. Federstein wäre nämlich Sonnenseherin geworden, wenn man sie nicht gefangengenommen hätte. Vierzehn Monde später konnte sie entfliehen, aber ihre Seele war in Unordnung geraten. Sie ist immer noch auf Wanderschaft. Manchmal weiß sie, wer ich bin, manchmal nicht. Statt ihrer wurde Nordlicht Sonnenseher.« Schwalbenschwanz schaute plötzlich auf, als wäre er in Sorge, zuviel gesagt zu haben.

»Schon gut«, sagte Seide. »Wir stammen aus entlegenen Dörfern. Wir hören kaum, was vor sich geht, und sind dankbar, daß du uns die neuesten Nachrichten mitteilst. Erzähl doch bitte weiter.«

Mit dem Maisbrot wischte Schwalbenschwanz seine Bohnenschale sauber und aß das Brot mit geschlossenen Augen, offensichtlich die Mischung der verschiedenen Geschmacksrichtungen von Herzen genießend.

Sängerling nippte an seinem Tee und betrachtete Seide und Schwalbenschwanz. Der Junge schien sehr froh, daß er von den Ersten Menschen aus Krallenstadt berichten konnte, und Seide … sie hing an seinen Lippen. Sehr interessant. Er kannte sie zwar erst seit kurzer Zeit, hatte sie aber noch nie so ernsthaft erlebt – nicht einmal, als sie von ihrer toten Familie oder dem Überfall auf Schildkrötendorf gesprochen hatte. Sie hatte gesagt, sie habe vielleicht Verwandte in Krallenstadt. Erklärte das ihre Ängste? Er wäre ja auch besorgt, wenn ein mächtiger Hexenmeister in derselben Stadt wohnte wie seine letzten lebenden Verwandten.

Schwalbenschwanz trank seine Tasse leer und wischte sich mit dem Handrücken über den Mund. »Es war sehr freundlich von euch, daß ihr mich, einen Sklaven, habt mitessen lassen. Ich danke euch.« Er sprang auf. Sein Kopf berührte fast die Decke. »Aber jetzt muß ich gehen.« Er nahm sein Bündel auf.

»Einen Augenblick noch.«

Seide nahm die letzten vier gerösteten Brote und löffelte Bohnen in ihre Mitte; sie rollte sie zusammen und gab sie dem Jungen. »Nimm sie mit, Schwalbenschwanz. Dann brauchst du morgen nicht zu jagen.«

Er schien fassungslos. »Vielen Dank. Du bist sehr freundlich. Ich hoffe, dich zu sehen, wenn du in Krallenstadt ankommst. Auf Wiedersehen.« Er stopfte die Brote in sein Bündel, das er sich über die Schulter warf, und ging geduckt hinaus.

Sie lauschten seinen Schritten, als er den Pfad hinunterging.

Sängerling lud sich noch einmal Bohnen in seine Schale. »Die sind köstlich, Seide. Die Zwiebeln haben den Bohnen gerade den richtigen Geschmack gegeben.«

»Tut mir leid, daß ich unser letztes Brot weggegeben habe, Sängerling, aber ich glaube, er braucht es nötiger. Er ist vier Tage lang dauernd gelaufen. Sie geben Sklaven offenbar nichts zu essen mit.«

»Wahrscheinlich nicht. Ich bin froh, daß du ihm das Brot gegeben hast.«

Seide nahm sich wieder die Schale und aß weiter, aber langsam, als ob sie in Gedanken weit weg wäre. Sie starrte in das flackernde Feuer.

»Stimmt etwas nicht?« fragte Sängerling sanft.

Sie schaute auf. »Wieso?«

»Ich dachte gerade ... Ich meine, du schienst so erschrocken, als du mit Schwalbenschwanz geredet hast.«

Sie aß fertig und wandte sich ihm zu. »Glaubst du, daß Nordlicht ein Hexenmeister ist?«

»Wenn ja, ist er recht gerissen. Um seine Niedertracht mehr als vierzig Sommer lang geheimzuhalten – also dazu gehört schon einiges.«

»Ja, es ist unglaublich.« Sie setzte die Schale ab und trank ihren Tee.

Sängerling löffelte seine letzten Bohnen aus der Schale und überlegte seine nächste Frage. »Seide? Ich – ich weiß, ich habe versprochen, mit dir nach Schildkrötendorf zu gehen –«

»Aber natürlich mußt du zuerst nach Krallenstadt gehen. Das verstehe ich doch. Düne braucht seine Kräuter und Geräte für die Bestattung.«

Das Schuldbewußtsein lastete schwer auf ihm. »Willst du allein zurückgehen? Das könnte gefährlich werden. Überall sind Räuber.«

Sie blickte in ihre Tasse, als betrachtete sie in der hellgelben Flüssigkeit ihr Spiegelbild. »Könnte ich ... Wäre es dir lästig, wenn ich dich nach Krallenstadt begleitete?«

»Möchtest du denn?« fragte er, eine Spur zu eifrig.

»Wenn ich dort Verwandte finde, wären die vielleicht bereit, mir bei der Beerdigung meiner Familie zu helfen. Das wäre viel einfacher, als wenn wir beide es allein versuchten.«

Sängerling tätschelte liebevoll ihren Arm. »Ich würde mich sehr freuen, dich dabeizuhaben. Und wenn wir dort sind, dann helfe ich dir, wenn du willst, deine Verwandten zu finden.«

»Da wäre ich dankbar.«

Sie aß die letzten Bohnen, trank den Tee aus und stellte die Tasse in die Schale. »Also, ich wasche ab, und du suchst zusammen, was wir für unsere Reise brauchen.«

Sängerling gab ihr sein Geschirr und stand auf. »Ich sehe jetzt am besten mal nach Dünes Ritualbündel. Dann lege ich unsere Sachen heraus. Wir sollten wohl vor Tagesanbruch aufbrechen. Ist dir das recht?«

»Je eher, desto besser, Sängerling.«

Aber als er sah, wie ihre Kiefermuskeln dauernd in Bewegung waren, zweifelte er daran. Sie glich einer Frau, die nur mit einem Hirschknochendolch bewaffnet auszieht, um einen Grizzly zu erlegen.

»Seide?«

Sie drehte sich um, den Türvorhang noch in der Hand. »Ja?«

»Meinst du, der Rabe wollte uns vielleicht etwas von dem Läufer erzählen? Daß der Junge uns schlechte Nachrichten bringt?«

Das schmutzige Geschirr in ihren Händen klapperte heftig, als sie versuchte, es besser in den Griff zu bekommen. »Vielleicht hat er uns auch einfach nur davor gewarnt, daß in Krallenstadt etwas geschehen wird.« Sie sah ihn an und duckte sich unter den Vorhang.

Sängerling blickte auf den schwingenden Vorhang und bedachte das. Dann nickte er sich selbst zu und ging zu den aufgestapelten Körben, um Dünes Ritualbündel zu suchen.

# 27. Kapitel

Die lauten Stimmen weckten Federstein aus dem Schlaf. Sie hatte sich schnarchend verschluckt, rang nach Luft und blinzelte den Schlaf aus ihren trüben alten Augen. Die roten Muster auf ihrem hellbraunen Kleid leuchteten im Licht, das durch die Dachluke einfiel. Ja, sie war hier, in ihrem Zimmer, umgeben von ihren bemalten Töpfen und den vertrauten weißen Wänden. Sie war in Krallenstadt; ihre Seele war daheim.

*»O ihr Götter«*, schrie eine Frau draußen, *»was ist passiert?«*

»Schnell!« erschallte Eisenholz' Stimme vor Federsteins Tür. »Jemand soll Schlangenhaupt holen! Und –«

Ein Stimmengewirr übertönte den Rest. Die Stadthunde fingen zu bellen an; sie heulten wie Coyoten. Leute liefen draußen vorbei.

*»Wo ist Düne?«* brüllte Eisenholz. *»Und Nordlicht? … Also gut, dann sucht sie!«*

Federstein kämmte sich ihr schulterlanges graues Haar mit den Fingern und ergriff ihren Krückstock. Grunzend stand sie auf. Die Knie zitterten ihr, aber indem sie sich mit beiden Händen auf den polierten Griff ihres Stocks stützte, gelang es ihr, den alten Beinen Halt zu geben. Ihre vorstehende Nase war im Lauf der Sommer breiter und länger geworden und nahm nun die Hälfte ihres Gesichts ein. Wohin sie auch immer schaute – sie sah ihre Nase. Es störte sie. Sie war so ein schönes Kind gewesen.

Sie besaß ganz allein zwei Zimmer. Eines benutzte sie als Vorratskammer, und das andere diente ihr als Wohn- und zugleich als Schlafzimmer. Sie war neben der Glutschale und dem Kessel mit dampfendem Fichtennadeltee eingedöst. Das Zimmer maß drei Körperlängen im Quadrat. Eine dicke Lage von Hirschfellen – ein Geschenk ihres gesegneten Sohns Spannerraupe – bedeckte den Boden. Auf den Wänden tanzten und drehten sich maskierte Thlatsinas unter einem dunkelblauen Dach, das mit leuchtenden weißen Sternen bemalt war; sie nur anzusehen, erfüllte ihr altes Herz mit heiterer Gelassenheit. Hier, in diesem Zimmer, tanzten sie allein für Federstein. Ihre Götter waren es und niemandes sonst.

Sie lächelte und strich mit der Zunge durch die Lücke, wo einmal ihre Vorderzähne gewesen waren. Einst, vor langer Zeit, hatte sie viele Götter gekannt. Aber das war, bevor die Feuerhunde der Mogollon sie gefangengenommen und so lange auf den Kopf geprügelt hatten, bis ihre Seele verletzt worden war.

Es war erstaunlich, mit welcher Klarheit sie sich an ihre Kindheit erinnern konnte. Schon als kleines Mädchen war sie mit großer Macht gesegnet gewesen. Alle hatten erwartet, daß sie einmal Sonnenseherin sein würde. Im Alter von zehn Sommern war sie auf dem Rücken einer Libelle kreiselnd zu Schwester Mond aufgefahren. Die Libelle war höher und höher geschwirrt, bis sie endlich auf dem höchsten Silbergipfel im Antlitz von Schwester Mond gelandet war. Federstein war über das gleißende staubige Land gewandelt. Mit der funkelnden Stimme eines Meteors hatte sie zu Schwester Mond gesprochen, deren vergnügtes Lachen über den leuchtenden Himmel blitzte, wie zermahlener Türkis, der in den Wind geworfen wird. Jetzt war ihr Augenlicht schwach geworden, und viele Dinge in dieser Welt nahm sie nicht mehr wahr; aber dieses Lachen schallte immer noch volltönend durch ihre Seele, und die durchscheinenden hautartigen Flügel der Libelle schwirrten dabei immer noch über den Himmel.

»Manchmal ist mein Gedächtnis wirklich noch so klar wie ein Quarzkristall, und zu anderen Zeiten erkenne ich nicht mal mehr meinen Sohn. Dank sei den Geistern, daß er Verständnis zeigt.«

Spannerraupe hatte immer Verständnis gehabt. Er wurde gleich nach ihrer Flucht aus dem Dorf der Feuerhunde geboren. Federstein war den ganzen Weg von Hunger geplagt nach Hause gerannt, den Säugling in den Armen, und hatte gebetet, daß sie Krallenstadt erreichen möge, bevor sie keine Milch mehr hatte.

»Wie lange ist das her, alte Frau, hmm?« In Gedanken ging sie die vergangenen Jahre durch, während sie über ihre schmerzende linke Hüfte rieb. Im letzten Sonnenkreis war der brennende Schmerz viel schlimmer geworden. Mehr als eine Zeithand konnte sie nicht liegenbleiben, ohne daß schlimme Qualen sie peinigten. »Ich war vierzehn. Ja. Noch kaum eine Frau – was die Feuerhunde aber wenig kümmerte.«

Einen Sonnenkreis lang und länger hatten sie sie brutal benutzt, sie gezwungen, Steine für ihre Häuser zu brechen, sie mit Knüppeln geschlagen, wenn sie hingefallen war oder in ihrer Arbeit nachließ, und sie oft vergewaltigt. Sie hatte keine Ahnung, wer der Vater von Spannerraupe war, und sie wollte es auch nicht wissen. Sie hatte ihn sicherlich gehaßt. Außerdem bestimmten die Leute des Rechten Wegs die Abstammung durch die Mütter. Spannerraupe gehörte ihr.

Sie nahm ihren Truthahnfeder-Umhang und zog ihn sich über die verkrümmten Schultern. »Leicht war dein Leben sicherlich nicht, meine Liebe.« Sie lachte in sich hinein. Die Härten des Lebens formten den Charakter, und davon hatte sie nun mehr als genug.

Ihre Mutter, Perlenauge, war kurz nach der Geburt von Federstein gestorben, und ihr Vater war zu seiner Familie in den Dörfern der Grünen Mesa im Norden heimgekehrt. Ihre Tante Weißfliege, Nordlichts Mutter, hatte sie aufgezogen, bis es zu dem Überfall der Feuerhunde gekommen war, die Weißfliege und ihren Mann, die Gesegnete Sonne, umbrachten und Federstein gefangennahmen.

»Dank den Ahnen, daß Nordlicht und seine beiden Schwestern so jung waren. Wollen mal sehen…« Sie überlegte etwas. »Ich glaube, Nordlicht war drei Monde alt, und seine Schwestern hatten fünfzehn und dreißig Monde gesehen. Ja, so war es. Hätte Weißfliege sie nicht in Krallenstadt zurückgelassen, dann wären sie auch gefangengenommen worden. Oder umgebracht.«

Die Leiter zur Dachluke war so mühsam aufzustellen, daß sie die Lust beinahe verlor. Doch ihre Neugier gewann die Oberhand, und sie mußte nachsehen, was draußen vor sich ging.

Sie nahm den Krückstock unter den Arm, packte die Kiefernstangen und kletterte hinauf, Sprosse für Sprosse. Die alten Gelenke taten ihr weh, aber sie stieg empor in ein gleißendes Licht.

Die Mittagssonne brannte durch dünne Wolken, übergoß die Wüste mit Strömen geschmolzenen Bernsteins und wurde grell von den weißgetünchten Mauern der Krallenstadt zurückgeworfen. Im Gegensatz dazu schimmerte die festgetretene Erde der Plaza in stumpfem Hellbraun.

Federstein humpelte zum Rand des Flachdachs und schaute auf das Gewirr der Leute in der Mitte der westlichen Plaza hinab. Kinder und neugierige Hunde umringten die Erwachsenen.

Gebell und Geschrei wurden laut, und jemand weinte untröstlich. Die Sklaven drängten sich zu einer Traube zerlumpter brauner Gewänder neben dem Einlaß zusammen.

Federstein kniff die Augen gegen das strahlende Licht zusammen, um festzustellen, um wen im einzelnen es sich handelte. Als ihr das nicht gelang, ging sie widerwillig zur Leiter, die auf die Plaza führte, und kletterte hinab. Ihre Knie knackten wie grünes Anmachholz.

Heftig atmend stand sie eine Weile am Fuß der Leiter und hielt sich an einer Sprosse fest. Der Windjunge blies ihr das braunrote Kleid um die schmerzenden Beine und fuhr ihr durchs graue Haar, das sich in ihren Wimpern verfing.

Als ein Kind vorbeilief, packte sie es am Kragen seines braunen Hemdes. »Bleib mal stehen!«

Der Junge reckte den Hals, um sie anzusehen. Sein schwarzes Haar war schlammverschmiert. Er mußte gerade von der Wasserrinne heraufgekommen sein.

Federstein betrachtete ihn. »Wer bist du?«

»Ich bin Adlerschwanz, Gesegnete Federstein. Was willst du von mir?« fragte er ängstlich.

»Von welchem Clan bist du?«

»Was?« fragte er. »Vom Coyote-Clan.«

»Ah, ich erinnere mich an dich.« Sie ließ ihn los. »Du bist der Junge von Laubkatze.« Mit ihrem Stock deutete Federstein auf die Leute. »Was geht hier vor?«

»Hast du das nicht gehört?«

»Sonst würde ich dich doch nicht fragen!«

Das Kind leckte sich die Lippen und erzählte: »Der Kriegshäuptling hat Wolkenspiel gefunden. Sie ist tot.«

Federstein verharrte eine Weile fassungslos, unfähig, das zu glauben. Dann sank sie gegen die Leiter und setzte sich auf die nächste Sprosse. Ihr Herz schlug dumpf gegen die Rippen. Leise fragte sie: »Waren es die Räuber der Feuerhunde?«

Der Junge warf die Arme auseinander. »Keiner weiß es. Alle haben sie Angst, daß es ein Zauberer war. Darf ich jetzt gehen? Meine Mutter hat mich geschickt, ich sollte –«

»Ein Zauberer? Warum?«

»Der Bauch von Wolkenspiel war aufgeschnitten, klaffte auseinander, und Leichenpulver war hineingeschüttet worden. Gesegnete Federstein, ich muß jetzt gehen, bevor meine Mutter –«

»Ach ja, geh nur!« Sie winkte ihm zu gehen.

Der Junge stürmte davon, und Federsteins Blick glitt zur Menge zurück. Irgendwo da draußen mußte auch ihr Sohn sein. Er war sicher völlig verzweifelt, er hatte Wolkenspiel mit ganzer Seele geliebt.

Vor sechs Sommern hatten Krähenbart und Nachtsonne sie in ihr Zimmer gerufen, um ihr mitzuteilen, daß sie es Wolkenspiel nicht erlaubten, Spannerraupe zu heiraten. Das hatte Federstein zornig gemacht, und sie verlangte den Grund zu wissen. Die Antwort hatte sie ihrem Sohn nie verraten. Es hatte ihr das Herz gebrochen, aber das Wissen hätte ihm alles nur noch schwerer gemacht.

*»Er ist zur Hälfte ein Feuerhund«*, hatte Krähenbart mit hochgerecktem Kinn erklärt. *»Das würde uns nicht weiter stören, aber du kennst ja die Überlieferung. Wir können es uns nicht leisten, den Prophezeiungen unserer Feinde Nahrung zu geben. Das mußt du verstehen.«*

»Den Prophezeiungen?« flüsterte sie vor sich hin. »Legenden der Feuerhunde über einen geraubten kleinen Jungen?«

Die Vorhersage hatte sie immer wieder bei ihren Sommer- und Winterfeierlichkeiten gehört, als sie bei den Feuerhunden Sklavin gewesen war – die Geschichte eines geraubten Kindes, das eines Tages zurückkehren würde, um das Land der Leute des Rechten Wegs zu erobern und sein Volk aus der Knechtschaft zu befreien.

Krähenbarts Worte hatten sie hilflos gemacht. Als ob diese Geschichte auf ihren Sohn – einen treu ergebenen Krieger des Volks des Rechten Wegs – zutreffen könnte! Auch für die Feuerhunde war die weibliche Linie für die Abstammung bestimmend; sie würden ihren Sohn niemals als einen der Ihren anerkennen. Aber Krähenbart hatte gefürchtet, daß vielleicht andere das anders sähen. Die Turmbauer aus dem Norden bestimmten die Abstammung nach der väterlichen Linie. Sie haßten das Volk des Rechten Wegs, sie würden wahrhaft jedes Mittel benutzen, um die Gesegnete Sonne zu vernichten.

Aber so viele Frauen aus dem Volk des Rechten Wegs waren von Feuerhunden vergewaltigt worden. Aus welchem Grund sollten die Turmbauer sich gerade ihren Sohn erwählen?

Federstein blickte stirnrunzelnd auf die Plaza. Spannerraupe hatte nie geheiratet. Soviel sie wußte, hatte er nicht einmal anderen Frauen den Hof gemacht. Federstein vermutete, daß Wolkenspiel immer im Herzen ihres Sohnes lebendig bleiben würde, selbst noch im Tod. Sie packte ihren Krückstock fester; in ihrer Seele litt sie mit ihm.

Tief Atem holend richtete sie sich auf und ging schwerfällig über die Plaza. Nach siebenundfünfzig Sommern mußte sie achtsam sein; sie könnte selbst bei der kleinsten Unebenheit des Bodens stolpern und fallen, und das würden die Hüften nicht aushalten.

Als sie der Menge näher kam, trat Kriecher heraus und eilte zu ihr. Federstein lächelte. Die letzten dreißig Sommer lang war er ihr ein treuer Freund gewesen. Oft besuchte er sie, und dann lachten und redeten sie miteinander. Es schien ihr, als ob er sich diese Vertrautheit öfter wünschte, aber eine Heirat mit einem der Gemachten Menschen konnte sie unmöglich in Betracht ziehen; das würde sowohl sie selbst wie ihren Sohn herabsetzen, besonders jetzt, da Spannerraupe Befehlshaber geworden war. Es wäre höchst unpassend, wenn seine Mutter, eine der Ersten Menschen von Krallenstadt, einen so rangniederen Mann vom Bison-Clan heiratete. Trotzdem liebte sie seine Gesellschaft.

Er war untersetzt und dick und watschelte, wenn er ging. Sein schwarzes Hemd wippte um seine Beine. »Ich grüße dich, Gesegnete Federstein«, sagte er. »Hast du die Neuigkeit gehört?«

»Ja«, antwortete sie niedergedrückt. »Wie ist es geschehen? Weiß jemand Genaueres?«

»Nein. Spannerraupe hat sie unten in der Senke gefunden.« Kriecher schaute in diese Richtung, und auf seinem Gesicht zeigte sich Angst. »Hast du auch von dem Leichenpulver gehört?«

»Ja, der Junge von Laubkatze hat's mir erzählt.«

»Da waren auch rätselhafte Spuren, Federstein. Der Mann –«

»Spuren?« Federstein machte einen Schritt auf ihn zu.«Was für Spuren?«

Kriecher seufzte und erklärte: »Der Mörder tanzte, als er hinter Wolkenspiel herlief.«

»Tanzte?« Die Farbe wich aus Federsteins runzligen Wangen. Sie packte den Krückstock mit beiden Händen. Der Mörder hatte vorsätzlich den heiligen Tanz entweiht. »O heilige Ahnen, das hat uns noch gefehlt. Ein Zauberer in Krallenstadt. Ich habe das immer nur für Gerede gehalten.« Ein anschwellender Schmerz erfüllte ihre Brust. »Und der Pfeil, Kriecher? Wessen Pfeil war es?«

»Ohne Kennzeichen, unverziert. Auch die Pfeilspitze – völlig neutral. Nur ein dreieckiger Obsidianspan. Der Pfeil könnte jedem gehört haben.«

Ein Bruchstück der Legende stieg aus den dunklen Tiefen der Erinnerung hoch, aber als sie es packen wollte, löste es sich auf. Der Schmerz in der Brust füllte sie ganz aus und drohte sie zu ersticken; sie schwankte.

Kriecher legte ihr zärtlich eine Hand auf den Arm. Sein pausbäckiges Gesicht drückte Sorge aus. »Geht es dir nicht gut, Gesegnete Federstein? Soll ich dich vielleicht nach Hause begleiten?«

»Nein, vielen Dank.« Sie hatte sich wieder gefaßt und tätschelte seine Hand. »Mir fehlt nichts.«

»Vielleicht sollte ich dich zu deinem Sohn bringen, er ist auf der anderen Seite der Menge.«

»Das wäre mir sehr lieb, Kriecher. Ich bin nicht mehr so sicher auf den Beinen wie früher. Wenn ein Hund an mir vorbeiläuft, wirft mich der Luftzug schon um.«

Kriecher nahm ihren Arm und führte sie um den Kreis der glotzenden Kinder herum. Er ging langsam und ganz gleichmäßig, um es ihr leichtzumachen, und sie hielt sich an ihm fest. Es tat ihr wohl, ihn so nahe zu haben, seine harten Muskeln unter ihrer Hand und seine Wärme zu spüren, die sich auf sie übertrug; Kriecher konnte so tröstlich sein.

Nordlicht kam durch das vordere Tor; sein weißes Hemd leuchtete. Langes schwarzes Haar fiel ihm über die breiten Schultern. Die Leute benahmen sich, als wäre der Hexenmeister persönlich vom Himmel herabgeflogen. Sie verstummten und wichen zurück, und durch die so entstandene breite Schneise eilte er nach vorn und fiel auf die Knie, was ihn Federsteins Blicken entzog.

Nordlicht sagte etwas, aber so leise, daß es niemand verstand.

Düne entgegnete mit seiner unverkennbar barschen Stimme: »Was? Sie verbrennen? Unnötig! Ich werde für jeden, der von dieser Sache betroffen worden ist, ein Reinigungsritual vollziehen. Legt sie nur in die Kiva, neben ihren Vater. Wir werden mit Schlangenhaupt und Nachtsonne sprechen und danach entscheiden, was zu tun ist.«

Drei Hunde sprangen heran und beschnüffelten Federsteins frischgewaschenes Kleid; sie liebten den Duft der Yucca-Seife. »Geht weg!« schrie sie und schlug mit ihrem Krückstock nach ihnen.

»Fort mit euch!« brüllte Kriecher und trat nach den Kötern.

Der Leithund wich dem mokassinbekleideten Fuß geschickt aus, und die Hunde formierten sich neu, schlichen mit eingezogenem Schwanz hinter Federstein her und schnupperten den Duft der Yucca-Seife aus größerer Entfernung.

Federstein schaute auf den goldenen Abhang, der hinter Krallenstadt aufragte. Zwar war das Wetter schon frühlingshaft, aber in den dunklen Spalten hing noch Eis und versah den Sandstein mit einem Netz weiß glitzernder Adern. Felsentauben saßen auf der Kante, gurrten und stolzierten im Sonnenlicht umher. Die Paarungszeit hatte begonnen, und mit den süßesten Lauten knüpften sie neue Bekanntschaften an. Die Aufrechte Säule schien sich gefährlich zur Stadt zu neigen. Eines Tages würde sie zu Boden krachen und Dutzende von Zimmern zerschlagen. Federstein hoffte nur, daß sie das nicht mehr erlebte. Man hatte eine Mauer um das Postament errichtet, um der Säule Halt zu geben, und die Clan-Führer legten jeden Morgen und jeden Abend Gebetsstäbe auf die Mauer, um so, wie sie hofften, den bedrohlichen Geist der Säule zu besänftigen.

Plötzlich teilte sich die Menge. Die Leute wichen murmelnd zurück und rempelten sich an. Hunde hetzten jaulend herum, um der zurückrollenden Menschenflut zu entgehen.

Eisenholz trug die Leiche von Wolkenspiel zur Kiva der Ersten Menschen, die sich an die Häuser, welche die Plaza in zwei Hälften teilte, bündig anschloß. Leichten Fußes folgte ihm Düne, das wettergegerbte Gesicht von Düsterkeit überschattet. Nordlicht bildete den Schluß. Sie traten in den Altarraum, das noch oberirdische Vorzimmer zur Kiva, und verschwanden.

Federstein runzelte die Stirn. Sie forschte in den Gesichtern der Menge. »Wo ist Schlangenhaupt? Ich habe doch gehört, wie Eisenholz vorhin nach ihm gerufen hat.«

Kriecher biß die Zähne zusammen, sein Mund wurde ein dünner weißer Strich. Er haßte Schlangenhaupt – wie jeder andere, Federstein eingeschlossen. Sie hatte allerdings den Verdacht, daß Kriechers Abneigung viel tiefer saß als ihre. Sie hätte den arroganten jungen Häuptling am liebsten mit einem Schlag auf die Knie gezwungen und ihm ihren Krückstock ein paarmal um die Ohren gehauen, um ihm zu helfen, wieder ein anständiger Mensch zu werden. Kriecher freilich, so argwöhnte sie, wollte Schlangenhaupt vor seinen Augen gevierteilt sehen. Was hatte Schlangenhaupt verbrochen, um einen so sanften Menschen zu solchen Gefühlen zu treiben?

Kriecher sagte: »Die Sklaven konnten ihn nicht finden. Er ist vielleicht für den ganzen Tag zu einer der umliegenden Städte gegangen.«

»Ohne etwas zu sagen? Das klingt nicht sehr wahrscheinlich.«

Kriecher schaute aus dunklen, sorgenvollen Augen auf sie herab. »... Ich weiß.«

Sie blickten einander schweigend an, aber dann sah Federstein Spannerraupe, und ihre Aufmerksamkeit richtete sich auf ihn.

Ihr Sohn löste sich von seinen Kriegern; mit ernstem Gesicht kam er auf sie zu. Offenbar bewegte er nur noch einen Arm. Sein rotes Hemd war blutgetränkt, es klebte an seiner Brust wie eine zweite Haut. Rote Streifen waren auf seinen langen Beinen getrocknet. Sein Gesicht war von Schmerz gezeichnet.

Federstein ließ Kriecher los und humpelte zu ihrem Sohn. Sie fragte ihn ruhig: »Wie ist dir zumute?«

»Ach Mutter«, flüsterte er, »ich kann es nicht glauben.«

Federstein strich ihm über die blutbeschmierte Hand. »Sie hätte nicht gewollt, daß du leidest. Sie hat dich zu sehr geliebt.«

Tränen trübten seinen Blick. Er sah schnell zu seinen Männern hinüber und atmete tief ein. »Mutter, ich – ich muß Schlangenhaupt finden. Verzeih mir, aber ich habe noch Pflichten.« Er beugte sich zu ihr und küßte sie auf die Stirn. »Bis bald.«

»Wenn du heimkommst, wartet das Abendessen auf dich.«

Spannerraupe strich ihr liebevoll über die Wangen, nickte Kriecher respektvoll zu und schritt über die Plaza. Sie sah ihm nach, bis er durch das Tor verschwunden war; der schräge Einfall der Nachmittagssonne tat ihren Augen weh.

Sie drehte sich um. Kriecher stand dort, wo sie ihn verlassen hatte, die Fäuste in die Hüften gestemmt.

Federstein ging zu ihm. »Ich habe zu Hause Fichtennadeltee aufgebrüht. Trinken wir ihn gemeinsam?«

»Aber gern. Ich danke dir. Wir müssen sowieso etwas besprechen.«

»Was denn?«

Kriecher ergriff ihren Arm und führte sie langsam über die Plaza, bemüht, nicht zu schnell zu gehen. Er kannte alle ihre Schmerzen und Wehwehchen auswendig – wie auch anders, da sie oft genug darüber geklagt hatte. »Es gibt da Gerede…« Er senkte die Stimme und schaute sich vorsichtig um. »Darüber, wer der Hexenmeister ist.«

»Gerede der Gemachten Menschen?«

»Gerede der Sklaven!«

Federstein kniff die Augen zusammen. Die schlimmsten Gerüchte gingen immer von den Sklaven aus. Schließlich arbeiteten sie in fast jedem Zimmer, hörten Dutzende von Unterhaltungen mit an und kannten im allgemeinen so viele Einzelheiten, daß sie sich leicht die aufregendsten Geschichten – und manchmal sogar wahre – zusammenreimen konnten.

»Was für ein Name ist jetzt im Spiel? Wieder Nordlicht?«

Den Leuten machte es offenbar Spaß, sich Geschichten über den großen Sonnenseher auszudenken, ohne Rücksicht darauf, wie sehr sie ihm damit schadeten – oder vielleicht gerade deswegen. Spannerraupe glaubte zwar jedes böse Wort, aber Federstein lehnte das ab. Vor vielen Sommern, als Spannerraupe Nordlicht der Hexerei und der Ermordung seiner eigenen Schwester beschuldigt hatte, war sie zu seiner Verteidigung aufgestanden. Als sie unter den Feuerhunden leben mußte, hatte sie viele Mädchen des Volks des Rechten Wegs gesehen, die angeblich spurlos verschwunden waren. Federstein hatte den starken Verdacht, daß Nordlichts beide Schwestern von feindlichen Räubern verschleppt worden waren.

Kriecher beugte sich vor und flüsterte: »*Schlangenhaupt!* Man sagt, daß er der Hexenmeister ist.«

Mit zusammengekniffenen Augen betrachtete Federstein die fünf Stockwerke vor sich. Die Leute saßen mit untergeschlagenen Beinen auf den verschiedenen Dächern und flüsterten hinter vorgehaltenen Händen. Seit Tagen waren die Menschen wie Gespenster umhergewandelt, vor Furcht kaum atmend, damit nicht eine Hexe sich ihres Atems bemächtigte und ihnen die Seele aus dem Leibe zöge. Schlangenhaupt hatte Besuchern befohlen, fernzubleiben, aus Angst, daß sie die Gerüchte über Hexen und Hexenmeister weitertrügen und jedermann in Krallenstadt der Hexerei verdächtigten.

Sie stieß ihren Krückstock auf den Boden auf. »Schlangenhaupts Anordnung könnte den Gerüchten nur neue Nahrung geben. Ich würde nicht zuviel darauf geben.«

»Was ich selbst glaube, ist nicht so wichtig.« Aus dem Augenwinkel warf ihr Kriecher einen besorgten Blick zu. »Stell dir vor, was geschieht, wenn man in den Dörfern der Gemachten Menschen wirklich glaubte, die Gesegnete Sonne sei ein Zauberer.«

Federstein blieb auf der Stelle stehen. Sie sah Kriechers verzerrtes Gesicht. »Das wäre zu schrecklich, das kann man sich nicht vorstellen. Die Ersten Menschen müßten die neue Gesegnete Sonne natürlich unterstützen, und dann hätten die Dörfer der Gemachten Menschen einen guten Grund, allen Ersten Menschen zu unterstellen, daß sie Zauberer wären, und dann –«

»Die Gemachten Menschen wären zu Tode erschrocken.«

»… und Todesangst war schon immer ein guter Grund für Mord.«

Kriecher packte sie liebevoll am Arm. »Ich würde dich vor meinen Leuten schützen, Federstein. Du brauchst keine Angst zu haben –«

»Dann wärst du aber völlig von Sinnen, Kriecher. In dem Fall müßtest du flitzen wie ein Hase, um deine eigene Haut zu retten.«

»Du bist nicht geflitzt«, er lächelte sie herzlich an, »als die Feuerhunde meine Frau und meinen Sohn ergriffen. Du hast versucht, gegen sie zu kämpfen, und dabei warst du nur ein Mädchen.«

Kriechers Frau hatte wie ein eingesperrter Berglöwe gekämpft, um ihren zwei Sommer alten Sohn zu retten. Federstein war hinzugerannt, um ihnen mit ihrem Bogen zu helfen, so lange, bis ihr Köcher leer war, und dann hatte sie sich mit ihrem Hirschknochendolch in den Kampf gestürzt. Zwei der verfluchten Feuerhunde waren ihrer Kampfeslust tatsächlich zum Opfer gefallen, bevor die anderen sie ergriffen und zu Boden zwangen. Den Tod vor Augen war Federstein auf alles gefaßt. Aber der hochgewachsene muskulöse Anführer der Mogollon, Krumme Lanze, war von ihrem Mut so beeindruckt gewesen, daß er sie als seine persönliche Sklavin beansprucht hatte.

Sie lebte jetzt noch, weil sie für Kriechers Familie gekämpft hatte.

Kriecher beugte sich hinab und sah ihr in die Augen. Er fragte sich wahrscheinlich, ob ihr Geist wiederum auf Wanderschaft gegangen wäre; manchmal verlor sie sich in der Vergangenheit. »Gesegnete Federstein«, rief er leise. »Bist du noch bei mir?«

Sie strich mit der Zunge durch die Zahnlücke und seufzte. »Ja, ich habe nur nachgedacht, das ist alles. Habe ich dir gesagt, daß deine Frau, Rote Maske, wie ein Berglöwe gekämpft hat? Sie war ein tapferes Mädchen, Kriecher.«

Er tätschelte ihre Hand sehr liebevoll. »Ja, das hast du mir gesagt. Ich habe deine Worte viele Sommer lang in meinem Herzen bewegt, Federstein. Und sie wärmen mich in kalten, einsamen Nächten.«

Federstein packte seinen Arm fester und sagte: »Also, dann komm mit, wir wollen zusammen diesen Tee genießen, den ich dir versprochen habe.«

Nachtsonne wachte auf, und Schwärze umgab sie.

Stille tönte um sie herum. Einen endlosen furchtbaren Augenblick lang wußte sie nicht, wo sie war. Allmählich kam die Einsicht zurück. Ohne Rauchloch, das Licht eingelassen hätte, wirkte das Dunkel wie ein lebendiges Ungeheuer, und sie spürte, wie es sich um sie herum bewegte, an den runden Wänden entlangglitt und sich so nahe an sie herantastete, daß es ihr, nur einen Atemzug entfernt, ins Gesicht starren konnte. Das Ungeheuer sog derart an ihren Augen und Ohren, daß sie fürchtete, es könnte alles Leben aus ihr heraussaugen.

Sie zog sich die Decke über die Schultern, setzte sich aufrecht und lehnte sich an die kalte Wand. Die Feuchtigkeit war vergangen, es war also draußen wärmer geworden, obwohl sie hier keinen Unterschied feststellen konnte. Dieser trostlose Raum blieb kalt, bei Tag und bei Nacht. Ihr Herz war voller Sehnsucht. Das erste neue Gras, die ersten wilden Zwiebeln mußten jetzt herausgekommen sein. Noch ein paar warme Nächte, dann würden sie sprießen. Was würde sie nicht geben für eine dicke Truthahnsuppe mit Zwiebeln und Klößen von blauem Mais!

Ihr geliebter Sohn hatte angeordnet, daß sie täglich außer einer einzigen Schale mit wäßrigem Maisschleim nichts zu essen bekommen solle. Er war jetzt sehr unappetitlich geworden.

Mokassins stampften übers Dach, und die Abdeckung glitt zur Seite. Nachtsonne schaute auf. Die scharlachroten Feuer des Sonnenuntergangs blitzten durch die ziehenden Wolken und stachen ihr in die Augen wie Dolche aus Eis. Sie machte sie schnell zu, aber dieser kurze Augenschein ließ sie verzweifeln. Noch ein paar Tage, und sie wäre bereit zu töten, um hier herauszukommen, selbst wenn es den eigenen Tod zur Folge hätte.

Allmählich erst hatte sie die Wahrheit erkannt. Ihr Sohn hatte die Absicht, sie zu töten. *Er ist jetzt die Gesegnete Sonne, und er hat die Macht, es zu tun.*

Sie betete zu den Thlatsinas um nur ein paar Augenblicke der Freiheit, so daß sie den Erstbesten, der vorbeikam, packen und heiraten könnte – um Schlangenhaupt von seinem Sockel zu stoßen.

Sie schüttelte den Kopf. Zu spät. Viel zu spät jetzt.

Das Ende der Leiter bumste vor ihr auf den Boden. Kleine Luftwirbel setzten winzige Staubteilchen im rötlichen Schein in Bewegung, und sie verengte die Augen zu Schlitzen.

Eisenholz kletterte hinab.

Nachtsonne hatte seit drei Tagen nur Sklaven gesehen. Sie strich ihr langes silberdurchzogenes Haar aus ihrem dreieckigen Gesicht.

»Was ist geschehen?« fragte sie und wunderte sich, daß ihre Stimme so heiser klang. »Hat Schlangenhaupt über mein Schicksal entschieden?«

»Nein«, antwortete Eisenholz sanft. »Es tut mir leid.«

Er kam von der Leiter, streifte ein kleines Bündel von der Schulter ab und kniete sich vor Nachtsonne nieder. Aus dem Bündel holte er eine kleine Hirschledertasche und einen Krug. Seine golden gebräunte Haut wurde rosig im Abendlicht. Er hatte sein langes ergrauendes Haar mit einer Baumwollschnur zusammengebunden und trug ein sauberes rotes Hemd. Er roch nach Seife, er war wohl gerade vom Baden gekommen. Aber Schweißtropfen perlten auf seiner flachen Nase und in den tiefen Runzeln der Stirn.

Nachtsonne schaute düster auf die gespannten Muskeln, die sich unter dem Hemd wölbten. »Was ist los? Warum bist du hier?«

»Du hast heute sicher den Lärm auf der Plaza gehört, und ich dachte mir, daß du dir vielleicht Sorgen machst. Spannerraupe ist von seinem Überfall auf Lanzenblattdorf zurückgekommen.«

Eine schreckerfüllte Pause entstand. Eisenholz' Nasenwände bewegten sich heftig hin und her.

Das Blut klopfte ihr in den Ohren. »Und?«

»Ich habe gerade mit ihm gesprochen.« Eisenholz atmete tief ein. »Er hat Palmlilie und dessen Sohn getötet.«

»Und unsere Tochter? Maisfaser?«

Eisenholz nahm ein Stück getrockneten Puterfleisches aus der Tasche und reichte es ihr. Sie aß es gierig und genoß den Räuchergeruch.

»Ich weiß es wirklich nicht. Spannerraupe sagt, er habe keine Zeugen am Leben gelassen, so wie es ihm befohlen worden war. Ich ...« Die Hand mit der Fleischtasche zitterte. Er legte sich die Tasche in den Schoß. »Ich kann nicht glauben, daß sie tot ist, aber ich werde Gewißheit haben.«

»Was willst du tun?«

»Nach Lanzenblattdorf gehen, sobald es sich hier beruhigt hat. Da ist vielleicht einer dem Überfall entkommen. Vielleicht finde ich –«

»Weißt du denn, wie sie aussieht? Hast du sie jemals gesehen?«

Er schüttelte den Kopf. »Aber Palmlilie hatte Verwandte in benachbarten Dörfern. Die wissen sicher etwas.«

Als hätte er plötzlich den Appetit verloren, setzte er die Fleischtasche ab, sank auf den Boden und glitt neben sie, an die Wand gelehnt. Er roch sauber und irgendwie schwach nach Blumen.

Lange betrachtete er den Boden, bevor er den Mund aufmachte. Aber er sagte dann doch nichts, drehte sich zu ihr und sah sie an. Nachtsonne wurde es ganz kalt.

»Was ist?« Der Argwohn war wie eine schwarze Blase in ihrer Brust, die sich ausdehnte. »Sag mir alles.«

Eisenholz legte ihr eine Hand zärtlich aufs Haar und sah ihr besorgt ins Gesicht. »Nachtsonne … Wolkenspiel ist tot.«

Sie blieb völlig regungslos. Ein azurner Schein überzog den Raum, als das Zwielicht den Canyon einhüllte, und zum ersten Mal sah sie die tief eingeätzten Fältchen um seine Augen herum und wie silbern sich seine Schläfen in den langen Sommern gefärbt hatten.

»Meine – meine Wolkenspiel?«

Sein Gesicht wurde steinern. »Ja, Nachtsonne.«

»Sie … sie ist …«

»Ja.« Er sprach langsam und leise, als ob sie ihn nicht hören könnte, wenn er zu schnell redete. »Genau weiß niemand, was passiert ist. Ich habe die Spuren selbst geprüft, um sicher zu sein, daß Spannerraupe nichts entgangen ist. Sie war schon fast zu Hause. Der Mann erschoß sie von hinten, mit einem unmarkierten Pfeil. Anscheinend hat er unten in der Senke auf sie gewartet. Die Krieger von Spannerraupe haben die ganze Gegend abgesucht und das Lager des Mannes gefunden, aber da war nicht mehr als eine kleine Feuerstelle und eine Mulde im Sand, wo er gelegen und zweifellos auch in der Nacht geschlafen hatte.«

Ausdruckslos sah sie Eisenholz an, mit verschwommenem Blick, das Gesicht schmerzverzerrt.

»Das ist noch nicht alles, Nachtsonne.«

»Sag's mir.«

Er biß die Zähne zusammen und starrte auf den Boden. »Sie hatte Leichenpulver – innen … in ihren … Wunden.«

»Verhext?« fragte sie entsetzt. »Meine Tochter wurde verhext?«

»Offenbar. Düne hielt in der Nacht ein Läuterungsritual ab, um Wolkenspiel und jeden, der sie vielleicht berührt hatte, zu reinigen.«

Die Kehle war ihr wie zugeschnürt, und dahinter staute sich das Schluchzen, das sich dann Bahn brach und den ganzen Körper erschütterte. »O Eisenholz, meine Tochter... sie hat uns verlassen.«

Sie streckte die Hand zu ihm aus, sie brauchte ihn wie ein erfrierendes Tier, das von der Wärme des Feuers angezogen wird, und Eisenholz legte ihr die Arme um die Schultern und drückte sie an sich. Ein warmes, herzliches Gefühl überrollte sie wie eine Welle. So lange war es her, daß ein Mann sie in seinen Armen gehalten hatte... daß er sie so gehalten hatte. Er murmelte leise etwas, etwas Tröstliches, und küßte sie aufs Haar.

Die Sonne ging unter, und ein schwaches Dämmerlicht drang in den Raum, das die weißen Wände grau machte und dunkel auf den Blutstropfen auf Eisenholz' Mokassins glänzte. *Blut von Wolkenspiel?*

Nachtsonne vergrub ihr Gesicht in dem weichen Gewebe auf seiner Brust und schloß die Augen.

Als er sich bewegte, als wolle er sprechen, flüsterte sie heiser: »Halt mich fest.«

Seine Arme schlossen sich fester um sie. »Keine Angst!«

## 28. Kapitel

Eisenholz saß auf der untersten Stufe der Treppe, die in die Kiva der Ersten Menschen hinabführte, den Kopf in den Händen. Der Windjunge tobte draußen, ließ die Gebeine von Krallenstadt erschauern, und sein Atem fuhr Eisenholz kalt den Rücken hinunter. Sein abgetragener, weicher Umhang aus roter Baumwolle hielt die Kälte kaum ab. Ein Feuer brannte auf der anderen Seite der Kiva, hundertvier Hände weiter weg, und die Wärme von dort erreichte ihn nicht.

Er zog seinen Umhang fester um sich und blickte in dem schönen Raum umher. Vier quadratische Säulen, rot bemalt, trugen das Dach aus Kiefernbalken, und drei Bankreihen standen gestaffelt an den runden Wänden; die untere war gelb angestrichen, die mittlere rot und die obere blau. An Feiertagen saßen dort alle dreihundert Ersten Menschen vom Canyon des Rechten Wegs. Sechsunddreißig kleine Nischen waren in die weißen Wände eingelassen, und dort standen Schalen mit Maismehl und wertvolles zeremonielles Gerät wie Tanzstäbe, Yucca-Peitschen und Antilopenhufklappern. Über jeder Nische hing eine wunderbare Thlatsina-Maske.

Hier hätte er sich sicher fühlen müssen, umgeben von Göttern und vor sich zwei heilige Männer, Düne und Nordlicht, vom heiligen Duft der Zeder angeregt. Aber als er ihnen zuhörte, wie sie leise über den Mord an Wolkenspiel sprachen, lähmten ihn Traurigkeit und Erschöpfung.

»Warum tut jemand so etwas?« fragte Nordlicht mit gequälter Stimme. »Ich verstehe das nicht.«

Der Feuerschein färbte Nordlichts angespanntes Gesicht orangefarben und spiegelte sich in Dünes alten, trüben Augen.

Beide trugen weiße Priesterhemden und kniehohe Mokassins.

Düne sagte: »Töten ist eine Form des Trauerns, Nordlicht. Ein Ausdruck von großem Kummer. Um den Mörder zu finden, müssen wir die Ursache seines Schmerzes entdecken.«

Auf beiden Seiten des Raums standen lange viereckige Fußtrommeln – hohle gemauerte Gebilde, fünfzehn Hände lang und acht breit, weiß übermalt und dann mit Rohleder bezogen. Während der Feierlichkeiten saßen die Musiker am Rand der gemauerten Fächer und schlugen die Trommel mit den Füßen.

Der Leichnam von Wolkenspiel ruhte auf der Trommel links von Eisenholz, der von Krähenbart auf der Trommel rechts von ihm, beide unter türkisbesetzten Totendecken.

Düne und Nordlicht hatten Wolkenspiel das blutbefleckte Kleid ausgezogen und sie mit Yucca-Seife gewaschen, auch ihr langes Haar. Ihre silbernen Schläfen glänzten. Die vier auf ihrem Kinn tätowierten Spiralringe wirkten sehr schwarz auf ihrem bleichen Gesicht.

»Hier«, sagte Düne und reichte Nordlicht einen Holzkamm. »Beenden wir unsere Aufgabe, damit wir uns endlich ausruhen können. Es war ein langer Tag.«

Nordlicht nahm den Kamm und teilte ihr Haar sorgfältig in drei Stränge, die er dann kämmte.

Dünes buschige weiße Brauen zogen sich zusammen. »Die Ursache des Schmerzes«, wiederholte er.

Nordlicht blickte zu ihm hinüber. »Du meinst, eine alte Wunde?«

»Ja, eine, die nie aufgehört hat zu bluten.«

»Aber das ist nicht nur ein Mord, Düne«, entgegnete Nordlicht. »Sie wurde verstümmelt. Das war eine schreckliche, brutale –«

»Was du brutal nennst, ist im Grunde ein Hilferuf.« Dünes Blick schweifte zu den Thlatsina-Masken. »Es ist unsere Aufgabe, Nordlicht, Hilfestellung zu bieten.«

»Einem Mörder?« fragte Eisenholz laut. Seine Stimme schallte durch die Stille. Düne und Nordlicht wandten sich beide nach ihm um. »Wie kämen wir dazu?«

Düne sah ihn seltsam an. Dann legte er Nordlicht eine Hand auf die Schulter. »Hast du etwas dagegen, wenn ich mich etwas setze? Ich –«

»Bitte, ruh dich doch aus, Düne. Du hast mir heute sehr geholfen. Den Rest kann ich allein erledigen. Vielen Dank für alles, was du getan hast.«

Düne lächelte und humpelte zu Eisenholz. Er ließ sich auf die gelbe Bank fallen, zehn Hände weiter. Ein Schweißfilm lag über seinen Runzeln, und sein weißes Haar klebte an seinen Wangen. Er beugte sich vor und atmete eine Weile tief ein und aus.

Schließlich drehte er sich zu Eisenholz um. »Ich möchte helfen, weil das die einzige Möglichkeit ist, den Mörder zu fangen. Um ihn herauszulocken, müssen wir –«

»Ihr Mörder war ein Wahnsinniger und ein Zauberer. Ich will ihm nicht helfen. Ich will ihn in Reichweite meines Bogens haben.«

Düne hielt einen krummen Finger in die Höhe. »Denk mal darüber nach, Eisenholz: Wolkenspiel hatte keine Feinde. Selbst ihre Sklaven sprachen freundlich über sie. Sie war eine liebe, gütige und anständige Frau. Sie hatte keine Macht. Sie besaß nichts.«

» … Noch nicht«, antwortete Eisenholz.

Düne stützte seine Ellbogen auf die Knie und hielt sich eine knotige Faust unters Kinn. »Du meinst, man hat sie getötet, weil sie eines Tages die Ehrwürdige Mutter von Krallenstadt geworden wäre?«

»Das ging mir so durch den Kopf.«

Nach einer Pause fragte Düne: »Wen hätte das gekümmert? Schlangenhaupt hätte keinen Zugriff auf ihren Besitz gehabt, auch nicht als Gesegnete Sonne. Ihre gesamte Habe würde an ihre nächste lebende *weibliche* Verwandte fallen. Schlangenhaupt hätte durch ihren Tod nichts zu gewinnen.«

»Doch. Schlangenhaupt konnte nur Gesegnete Sonne werden, weil sein Vater starb und weder Mutter noch Schwester Männer hatten. Aber eines Tages hätte Wolkenspiel vielleicht wieder geheiratet, und in diesem Fall –«

»Dann hätte sie Schlangenhaupt gewiß entmachtet und ihn durch ihren neuen Mann ersetzt.« Düne seufzte. »Aber das ist keine Wunde, Eisenholz. Das ist ein Grund. Und nicht Grund genug für *diese* Art von Mord.«

Eisenholz schaute zur Seite und sah zu, wie Nordlicht den Zopf von Wolkenspiel liebevoll zu einem Knoten zusammenband. Er war sehr zärtlich dabei, strich ihr übers Haar und flüsterte ihr zu. Ihr langes Haar streifte ihn.

Eisenholz sagte: »Diese Verstümmelung ist nicht einmalig, Düne. So einen aufgeschlitzten Bauch habe ich schon einmal gesehen, vor sechzehn Sommern. Das war nach der Wintersonnenwende …«

Nordlicht ließ die Haarnadel aus Muschelkalk fallen. Er bückte sich nach ihr, und seine Hand zitterte. Eisenholz runzelte die Stirn. Nordlicht hob die Nadel auf und steckte den Knoten fest, aber sein Atem war flach geworden; schnell hob und senkte sich seine Brust unter dem weißen Hemd.

Eine Weile durchbrach nur das Ächzen des Windes die Stille.

Eisenholz schaute wieder auf Düne. »Erinnerst du dich? Das Sklavenmädchen? Wie hieß sie noch?«

»Rehkitz«, antwortete Düne und verzog das Gesicht, zu Boden blickend. »Ich erinnere mich.«

»Ja«, sagte Eisenholz. »Rehkitz. Spannerraupe fand die Leiche auf der Abfallhalde. Ihr Bauch war aufgeschlitzt worden, genau wie der von Wolkenspiel. Nur …« Er durchforschte sein Gedächtnis. »Nur daß Rehkitz schwanger war. Stimmt das nicht, Nordlicht?«

Nordlicht steckte noch eine weitere Nadel fest und hob den Kopf. Seine Wangen waren rot geworden. »Das weiß ich wirklich nicht mehr.«

Das Feuer fraß sich in ein Holzscheit, und der aufflakkernde Lichtschein tanzte über den Raum und färbte die rote Bank und die vier roten Säulen orangefarben. Das Licht drang in die kleinen Vertiefungen der weißen Mauern und schuf ein hellgelb-graues Mosaik gleich einer feinen Perlstickerei.

Eisenholz zog die Brauen zusammen. Nordlicht wischte jetzt die Hände an seinem Hemd ab, immer wieder, als wollte er eine klebrige Substanz loswerden. *Was ist los, alter Freund? Warum macht dich unsere Unterhaltung so nervös?* Als Sonnenseher hätte Nordlicht an der Besprechung der Ersten Menschen über den Vorfall teilnehmen sollen; normalerweise wurde aber der Kriegshäuptling über diese Diskussionen informiert. Vielleicht hatten die Ältesten entschieden, ihm verschiedene Dinge nicht mitzuteilen.

»Das Kind war aus ihrem Bauch herausgeschnitten worden«, fuhr Eisenholz fort. »Wir haben es niemals gefunden. Und den Mörder von Rehkitz auch nicht.«

Damals waren gerade die Feiern der Wintersonnenwende zu Ende gegangen. Immer noch waren Tausende von Leuten in Krallenstadt gewesen und hatten eifrig Nahrungsmittel gehortet, Seelentöpfe zum Mittelplatz getragen und Besuche bei Verwandten gemacht. *Und die Geburt unserer Tochter stand kurz bevor.* Damals hatte ihn kaum etwas anderes interessiert.

»Natürlich nicht«, sagte Düne. »Du weißt doch, wie sich die Leute nach den Feiern prügeln, da sind sie erschöpft und reizbar. Ein Mörder kann da leicht untertauchen.«

Eisenholz schüttelte den Kopf. »Ich weiß noch, wie ich damals gedacht hatte, Rehkitz hätte sich wohl etwas zuschulden kommen lassen. Aber heute, nachdem ich die Verletzungen von Wolkenspiel gesehen hatte ... also, da bin ich nicht mehr so sicher.«

Düne winkte ab. »Da besteht keine Verbindung, Eisenholz. Verlaß dich darauf.«

»Du hast wohl in dieser Hinsicht einen Traum gehabt, hmm? Haben dir die Götter versichert, daß da keine Verbindung besteht?«

»Ich hatte immer den Verdacht, daß Rehkitz sterben mußte, weil sie Eichelhähers Tochter war und jemand erkannte –«

»*Heilige Thlatsinas, das ist ja richtig*«, stieß Eisenholz hervor. »Das hatte ich ganz vergessen. Ja, und sie war sogar das Sonnenwend-Mädchen, nicht wahr, Nordlicht?«

Nordlicht tastete nach der Bank hinter sich und setzte sich. »Ja, das stimmt.«

Kalter Wind blies den Abstiegsschacht hinunter und fuhr über Eisenholz' Rücken. Er erschauerte und sah, wie Düne sich die dünnen Arme rieb.

Eisenholz band seinen roten Umhang auf und hängte ihn über Dünes gekrümmte Schultern. »Hier, Ältester.«

»Vielen Dank, Eisenholz.« Düne versuchte ungeschickt, den Umhang unter seinem Kinn zuzubinden. »Daß sie Eichelhähers Tochter war, wäre für jedes Mitglied des Volks des Rechten Wegs Grund genug gewesen, das Mädchen umzubringen. Aber konzentrieren wir uns lieber auf Wolkenspiel –«

»Das Mädchen umzubringen und das Kind dazu!« sagte Eisenholz. »Besonders wenn das Baby ein Mädchen gewesen wäre. Die nächste Ehrwürdige Mutter des Mogollon-Volks. Ihr heiligen Götter. Dieses Sklavenkind hier in Krallenstadt zu behalten, wäre sehr gefährlich gewesen. Wie war das möglich, daß die Schwangerschaft von Rehkitz so viele Monde unbemerkt blieb? Ich hatte keine Ahnung davon. Du, Nordlicht?« Er machte eine Pause. »Wenn Rehkitz das Sonnenwend-Mädchen war, dann mußt du –«

»Nein.« Das war fast unhörbar. »Nein, ich – ich wußte es nicht.«

»Aber wie könnte dir das entgangen sein? Sie –«

»Es war doch Winter«, sagte Nordlicht schroff. »Da hat sie sicher viele Gewänder übereinander getragen. Wenn sie die Schwangerschaft geheimhalten wollte, dann war das leicht für sie.«

»Aber –«

»Laß gut sein, Eisenholz!«

Das Blut stieg Eisenholz heiß zu Kopf. Er schaute zwischen ihnen hin und her. »Was verbergt ihr vor mir, ihr zwei? Was ist –«

»Eisenholz«, sagte Nordlicht, dessen Stimme plötzlich einen schneidenden Ton angenommen hatte. »Ich hatte zu der Zeit ganz andere Sorgen. Wir wollen uns auf Wolkenspiel konzentrieren und uns fragen: Wer könnte *ihren* Tod gewünscht haben?«

Dieser Ton verblüffte Eisenholz. Er hatte Nordlicht noch nie in so einem … und dann verstand er.

*Heilige Ahnen, natürlich hatte er ganz andere Sorgen.* Maisfaser war kaum einen Mond nach der Wintersonnenwende geboren worden. Da hätte sich Nordlicht nicht um eine Sklavin gekümmert. Abgesehen von seinen Auftritten bei rituellen Pflichten war er den ganzen Tag, jeden Tag, bei Nachtsonne gewesen, hatte sie versorgt, mit ihr gesprochen, versucht, sie von ihren Ängsten zu befreien …

»Verzeih mir!« Eisenholz beugte das Haupt vor Nordlicht, um Vergebung bittend. »Du hast recht. Kümmern wir uns um Wolkenspiel.«

Nordlicht schien erleichtert.

Düne atmete hörbar aus.

Sie blieben eine Weile schweigend sitzen.

»Ja«, sagte Düne leise, wie zu sich selbst, »wir müssen ihm helfen, den Schmerz zu beseitigen.«

Eisenholz warf dem alten heiligen Mann einen Blick von der Seite zu. »Würde ich gern, Düne. Bald. Und für immer.«

»Bist du müde?« fragte Düne mißmutig.

»Sehr.«

Düne nickte. »Sind wir alle, glaube ich. Wir wollen morgen darüber sprechen. Wenn unsere Seelen klarer sehen.« Er legte die Hand auf Eisenholz' Schulter und kam ächzend auf die Beine. »Könntet ihr beide mich morgen bei Morgengrauen hier treffen?«

»Sicher.« Eisenholz rieb sich die Augen.

Nordlicht nickte. »Ich werde hier sein.«

»Dann wünsche ich euch eine gute Nacht.« Düne kletterte die Leiter hoch.

Eisenholz wartete, bis seine Schritte nicht mehr zu hören waren, und richtete dann einen forschenden Blick auf Nordlicht. Aber der sah ihn nicht an. Der Feuerschein überzog die linke Seite seines Gesichts und schimmerte auf seinem langen schwarzen Haar.

Eisenholz öffnete den Mund, um dem Freund ein paar präzise Fragen zu stellen, doch Nordlicht sagte: »Wie hat Nachtsonne die Nachricht aufgenommen? Geht es ihr gut? Ich weiß, eigentlich hätte ich es ihr sagen müssen, aber ich hatte so viele religiöse Pflichten –«

»Ich bin froh, daß du mich gebeten hast, es ihr zu sagen.« Eisenholz atmete tief ein, durch den plötzlichen Themenwechsel etwas aus der Fassung gebracht. Seine Gedanken kehrten zu Nachtsonne zurück, zu dem gejagten Ausdruck in ihrem schönen Gesicht und dem Entsetzen in ihren Augen. »Sie hat ihr Gleichgewicht verloren, Nordlicht. Ich habe sie gehalten, bis mich der Wachtposten zum Gehen zwang, aber da war sie schon eingeschlafen. Sie braucht Zeit, um den letzten halben Mond zu verarbeiten. Erst verliert sie ihren Mann, dann ihre Tochter ... ihre Seele ist wund.«

Nordlicht atmete hörbar aus. »Morgen wird es noch schlimmer sein.«

»Wieso?«

Der Wind hatte sich draußen zu einem Dauergeheul gesteigert, und Eisenholz hörte den Sand über die Häuser wischen. Nordlicht schaute zum Auslaß empor, als fürchtete er die Kälte, die ihn erwartete, wenn er aus diesem warmen, feuerhellen Schoß der Erde auftauchte. Er sagte: »Schlangenhaupt hat mich abgefangen, gerade bevor ich herkam. Er hat mir mitgeteilt, daß er morgen über das Schicksal seiner Mutter entscheiden will. Er beruft eine Versammlung der Ältesten des Rechten Wegs ein. Sei bereit, Eisenholz. Wer weiß, was dieser zornige junge Mann im Sinn hat.«

»Werde ich dazu eingeladen? Ich gehöre nicht zu den Ersten Menschen, ich bin auch nicht mehr Kriegshäuptling. Darum zu bitten, habe ich kein Recht.«

»Ich werde beantragen, daß du Nachtsonne bewachst; vielleicht ist Schlangenhaupt damit einverstanden. Vielleicht auch nicht. Wenn nicht, dann begleitest du mich, als mein Leibwächter.«

»Ich bin bereit.«

»Gut. Bis dann.« Nordlicht stand auf, strich im Vorbeigehen über Eisenholz' Schulter und kletterte die Leiter hinauf.

Eisenholz blieb reglos sitzen.

Es war so viel geschehen, daß er nicht alles einordnen konnte.

Jetzt mußte er selbst Pläne machen. Die Ältesten verurteilten Nachtsonne möglicherweise zum Tod; in diesem Fall mußte er wissen, wie er sie aus Krallenstadt hinausschaffen könnte …

Nordlichts weißes Priesterhemd leuchtete im Sternenlicht, als er über die leere Plaza schritt. Krallenstadt ringelte sich um ihn herum wie in einer gigantischen Umarmung. Nächtliche Laute waren vernehmbar – Husten und Schnarchen, weinende Babys und Hunde, die über ungewohnte Geräusche knurrten. In irgendeiner Kammer spielte jemand Flöte. Die süße Melodie schwebte über die Stadt wie glitzerndes Juwelengefunkel. Er versuchte, nur noch auf die beruhigende Musik zu hören, aber es gelang ihm nicht. Ein Wind voller Zederndüfte liebkoste sein Gesicht, aber er roch nur das Blut auf seinen Kleidern. Wie Kupfer. Ekelerregend.

Niemand stand im Freien, nicht, nachdem sie alle am Nachmittag den verstümmelten Körper von Wolkenspiel gesehen hatten. Niemand wagte es. Hier war Hexerei im Spiel. Die Sklaven hatten ihre Arbeit getan und waren nach Hause geeilt. Die Gemachten Menschen verbrachten fast den ganzen Abend in ihren Kivas, um das schreckliche Geschehen zu besprechen.

Er spürte die Angst, sie war fühlbar, greifbar, wie ein Ding, das atmet.

An der ersten Leiter hörte Nordlicht leise Stimmen durch die Dachlöcher der Kivas dringen. Jemand nannte seinen Namen, dann: »*Hast du gesehen … Leichenpulver … überall … Hexen verstecken sich … kommen hervor, um die Seelen der Menschen zu rauben.*«

Nordlicht kletterte schneller und versuchte, nicht zu denken, nicht einmal zu atmen, bis er seine Kammer erreicht hatte.

Als er geduckt bei sich eingetreten war, ließ er schnell den Türvorhang wieder fallen und setzte sich an die Wand gelehnt nieder. Scharfer Schweiß biß ihm in die Augen. Der Schein der Sterne fiel durch das Fenster in der Rückwand herein und warf ein langes silbernes Viereck auf den Boden. Geistesabwesend betrachtete er winzige schattierte Unebenheiten im Putz, ohne sie wirklich zu sehen; er sah nur die schrecklichen Bilder dieses Tages, den er gerade durchlebt hatte.

Flüsternd fragte er: »O Wolkenspiel, was ist geschehen?«

Mit einer furchterregenden Zärtlichkeit berührte er jeden Fleck ihres Blutes, das die untere Hälfte seines Hemdes befleckte.

»Meine Freundin...«

Sie war freundlich zu ihm gewesen, hatte ihn mehr wie einen Bruder, nicht wie einen entfernten Vetter behandelt.

Er hatte sich zwar die Hände ein dutzendmal gewaschen, aber die roten Halbmonde unter seinen Fingernägeln waren geblieben. Der erstickende Geruch der Mischung von Yucca-Seife und geronnenem Blut tat seiner Nase weh. Er ballte die Fäuste und schüttelte sie gegen einen inneren Feind.

»Heilige Götter, *was ist geschehen?*«

Stimmen riefen ihn an. Die Thlatsina-Masken, die gedrängt an den Wänden hingen, hatten ihn seit Tagen gepeinigt; sie riefen und riefen, aber er verstand die Worte nicht, so als ob die Stimmen aus großer Entfernung kämen. Er bemerkte, daß ihre Gesichter staubbedeckt waren. Die Masken abzustauben, gehörte zu den Pflichten von Schwalbenschwanz. Der Junge hatte schlampig gearbeitet.

Nordlicht sah die Masken finster an. Dunkel bepelzte Schnauzen und schnabelförmige Gesichter starrten zurück, gespenstisch, spukhaft. »Könnt ihr nicht lauter sprechen? Ich habe mir alle Mühe gegeben, euch zu verstehen, aber ich verstehe euch nicht.«

Die Dachsmaske schien ihn anzuschreien. Er schüttelte den Kopf. Hunde gaben Laute von sich, die Menschen nicht verstehen konnten, das wußte er, weil er sie sein Leben lang genau beobachtet hatte. Da stand ein Hund auf, hob den Kopf, und seine Halsmuskeln bewegten sich lautlos, aber ein schlafender Hund auf der anderen Seite der Plaza erwachte mit gespitzten Ohren. Riefen die Thlatsinas ihn mit Stimmen an, die unhörbar waren?

»Ein Priester, der wirklich die Macht in sich hätte, der könnte dich hören«, flüsterte er.

Die blauen Augenschlitze des Dachs-Thlatsina glühten, wie es ihm vorkam. Nordlicht schluckte krampfhaft.

»Kannst du bitte in einer menschlichen Sprache mit mir sprechen?«

Nordlicht schloß die Augen und konzentrierte sich auf das *Hören*. Ein Prickeln erfaßte ihn, und er riß die Augen weit auf, um auf die Dachsmaske zu starren... Keine Wörter, nur ein heiserer gutturaler Wutschrei.

»Was *ist* denn?«

Er spürte, wie sein Magen sich hob. Zwei Abende zuvor war er in sein Zimmer gekommen, nach einer Heilbehandlung von Federstein, deren Hüfte schmerzte. Das machte er etwa einmal monatlich. Zu Hause hatte er Trauertaube überrascht; sie hatte einen entsetzten Schrei ausgestoßen, ein Tablett mit Maiskuchen fallen lassen und atemlos erklärt: »Verzeih, Gesegneter Sonnenseher, ich dachte, du hättest vielleicht Hunger nach dem Singen für Federstein.«

Die Dachsmaske hatte auf dem Boden hinter ihr gelegen, seitlich verkantet, und Nordlicht mit hohlen Augen angestarrt.

»Wie ist das geschehen?« hatte er wissen wollen und die Maske schnell wieder auf den Zapfen in der Wand zurückgehängt; das Holz hatte sich feucht angefühlt.

Mit großen Augen hatte sie erklärt, daß ihr der Schmutz auf der Maske aufgefallen sei, und sie hätte sie mit einem nassen Lappen reinigen wollen. Aber dabei hätte sie die Maske versehentlich zu Boden gestoßen. Die schwere Holzmaske wog soviel wie ein kleines Kind. Trauertaube entschuldigte sich dafür, daß sie nicht stark genug gewesen war, um sie wieder aufzuheben.

Nordlicht schüttelte die Fäuste in ohnmächtiger Wut. Er ging zu den Schlafmatten, ohne sich lange auszuziehen, und streckte sich auf den Decken aus. Er starrte auf das Viereck des Sternenlichts auf dem weißen Boden.

»Thlatsinas, helft mir bitte, das zu verstehen.«

Als er die Augen schloß und sich auf der Seite zusammenrollte, flüsterten zarte, unhörbare Stimmen in sein Ohr ... wie Schmetterlingsflügel, die seine Seele streiften, kaum spürbar, kaum wirklich.

Seltsame Bilder huschten durch seine Träume: Wolkenspiel mit dem Dachs-Thlatsina tanzend ... eine feurige blaue Höhle voller schwarzem Wasser ... eine wunderschöne junge Frau ... ihr Gesicht blutbeschmiert.

## 29. Kapitel

Spannerraupe stand in der Tür von Schlangenhaupts Zimmer und wartete darauf, daß Trauertaube hinausging. Sie kniete neben dem Papageienkäfig; ihr braunweißes Kleid wischte über den geweißten Boden, als sie die schmutzige Wäsche des Häuptlings zusammensuchte, faltete und dann in ihren schwarzen Wäschesack steckte. Der Papagei fraß Sonnenblumenkerne und behielt sie scharf im Auge. Immer, wenn der Vogel den Kopf reckte, flammten die leuchtenden roten, gelben und blauen Federn auf. Das Geräusch der geknackten Schalen zerrte an Spannerraupes gepeinigten Nerven. Er preßte sein blutiges Bündel gegen die Brust und veränderte die Stellung, um seine Füße zu entlasten. Die Wunden, die er im Kampf davongetragen hatte, schmerzten, und verzweifelt und müde, wie er war, wünschte er, es wäre jetzt zu Ende. Er wollte nach Hause gehen und mit seiner Mutter sprechen. Vielleicht würden sie sich Geschichten über Wolkenspiel erzählen ... und wieder hörte er ihr Lachen in seiner Seele.

Spannerraupe richtete sich auf, als Schlangenhaupt etwas murmelte. Der Häuptling stand auf der anderen Seite des Raums und streichelte über die Schnauze des Dachs-Thlatsina. Die schwarzgemalte Figur stach geisterhaft von der weißen Wand ab; ihre rot-weiß gestreifte Schnauze glühte im karminroten Licht, das von der Wärmeschale ausging. Schlangenhaupt murmelte: »Ja, ich weiß ... es ist schon gut.«

Spannerraupe und Trauertaube wechselten einen Blick, sagten aber kein Wort.

Trauertaube hörte mit dem Einsammeln der Wäsche auf und erhob sich. Der Papagei stieß einen leisen drohenden Pfiff aus, aber sie beachtete ihn nicht. »Hast du sonst noch einen Wunsch, Gesegnetes Schlangenhaupt?«

Schlangenhaupt ließ seine Hand fallen. »Nein«, sagte er, ohne sie anzusehen. Sein langes gelbes Gewand schwang im Einklang mit seinen Bewegungen. »Nicht heute nacht. Du kannst gehen.«

Trauertaube verbeugte sich achtungsvoll und lief an Spannerraupe vorbei. Er sah sie über das Dach zur Leiter eilen, wahrscheinlich, um so schnell wie möglich von hier wegzukommen, für den Fall, daß Schlangenhaupt seine Meinung ändern könnte.

Spannerraupe sog die Luft ein und behielt den Atem in seinen Lungen, um sich zu stärken.

Schlangenhaupt drehte sich um und warf einen hochmütigen, gereizten Blick auf Spannerraupe. »Um was geht es, Kriegshäuptling?« Wenn er den Kopf neigte, warfen seine langen Wimpern Schatten über die Wangen. Er trug an diesem Abend sein schwarzes Haar offen, es hing ihm bis auf die Brust. Auf der geraden Nase und den großen dunklen Augen lag ein orangefarbener Schein wie eine feine Kupfer-Patina.

Spannerraupe packte sorgfältig die grausige Trophäe aus seinem Bündel aus und wickelte die blutigen Stofflappen ab. Das Gewebe hatte die Nase des Jungen zur Seite gedrückt und seinen Mund zu einem erstarrten Schrei verzerrt. Das Blut hatte das Haar an die Backen geklebt. »Wie du befohlen hast,

Gesegnetes Schlangenhaupt, habe ich den Jungen getötet. Hier der Beweis.«

Schlangenhaupt durchquerte den Raum mit einem hämischen Lächeln auf seinem hübschen Gesicht. Er betrachtete den abgetrennten Kopf eingehend. »Er sieht meiner Mutter überhaupt nicht ähnlich. Komisch, wie?«

Es verlangte Spannerraupe danach, seinen Verdacht loszuwerden, daß Nordlicht sie alle hinters Licht geführt hätte, aber er nickte bloß und reichte Schlangenhaupt die Trophäe. »Er gehört dir, mein Häuptling.«

Schlangenhaupt trat einen Schritt zurück und machte eine hastige, abwehrende Bewegung. »Leg ihn auf den Boden. Ich will ihn nicht anfassen, bevor er nicht völlig gereinigt ist.«

Spannerraupe kniete nieder und legte den Kopf behutsam ab. Erinnerungen kamen ihm in den Sinn... glückliche Tage am Feuer von Palmlilie, wo der kleine Junge mit aufgerissenen Augen den Heldentaten der Krieger lauschte. *Verzeih mir, mein Kleiner. Mein Fehler... alles mein Fehler.*

»Und was hat Palmlilie zu seinen Gunsten vorgebracht?« fragte Schlangenhaupt.

Spannerraupe stand wieder auf. »Er behauptete bis zum letzten Augenblick, daß der Junge sein Sohn sei. Er –«

»Das war ja zu erwarten«, unterbrach ihn Schlangenhaupt. »Ich nehme an, du hast es ihm heimgezahlt, daß er die Gesegnete Sonne getäuscht hat.«

»Er ist tot. Ja.«

»Und der Rest des Dorfes?«

»Verbrannt. Ich habe keine Zeugen übriggelassen, jedenfalls keinen, den wir fangen konnten. Ein paar sind entflohen, aber nicht viele.«

Schlangenhaupt lachte fröhlich. »Ich kann es kaum erwarten, daß meine Mutter die Neuigkeit erfährt. Vielleicht erzähle ich es ihr selbst, nur um ihr Gesicht zu sehen. Meinst du, sie hat wirklich geglaubt, sie könnte das Kind für immer verstecken?«

Spannerraupe zuckte die Achseln. »Das kann ich nicht sagen, mein Häuptling.«

»Nun, dieser Verrat wird ihr auch heimgezahlt werden.« Schlangenhaupt verengte die Augen wie ein Falke, der dabei ist, seine Krallen in die Beute zu schlagen. Grimmig sah er auf den Kopf des Jungen hinab. »Ich werde dafür sorgen, daß sie für diesen Frevel mit dem Tode büßt.«

»Aber …« Spannerraupe blieb der Mund offenstehen. »Sie ist deine *Mutter,* Schlangenhaupt!«

»Ja, das weiß ich, sogar ziemlich genau. Aber wer mein Vater war, das werde ich vermutlich nie erfahren.«

Spannerraupe betrachtete alle Einzelheiten des Gesichts von Schlangenhaupt, die gewölbten Brauen, die gerade Nase und die ovale Form; er glich Krähenbart so sehr – die beiden hätten Zwillinge sein können, wären sie nicht dreißig Sommer auseinander gewesen. Wie konnte er nur so etwas Lächerliches sagen?

Schlangenhaupt mußte die Zweifel seines Befehlshabers gespürt haben, denn er reckte das Kinn hoch und befahl: »Geh jetzt, Kriegshäuptling. Ich habe außer dir noch andere Dinge zu bedenken.«

»Ja, ich – ich weiß.« Spannerraupe verbeugte sich. »Mein Herz leidet mit dir, da du deine Schwester verloren hast. Sie –«

»Ja, ja, natürlich.« Schlangenhaupt drehte sich abrupt um und trat zur wärmenden Glutschale, vor der er sich hinkniete.

Spannerraupe ging rückwärts aus dem Zimmer. Das Licht der Sterne, zurückgeworfen von Krallenstadts weißen Mauern, warf einen schwachen bläulichen Schein über den Abhang. Er marschierte zur Leiter. Jeder Muskel seines Körpers schmerzte. Er rieb sich über die verletzte Schulter, wo Palmlilie ihn mit seiner Keule getroffen hatte, bevor er den Schlag abwehren konnte. Ein brennender Schmerz pochte in der Schwellung. Spannerraupe fürchtete, der Schlag könnte ihm tatsächlich einen Knochen gebrochen haben. Er kletterte über die Leiter zum Dach des ersten Stockwerks hinab und sog dabei den starken Duft gebackener Maiskuchen ein.

Spannerraupe ging an der runden Dachlinie entlang bis zu den Kammern seiner Mutter. Die Leiter ragte aus dem Dachloch heraus. Er trat auf die erste Sprosse und hörte, wie Kriecher sagte: »O Gesegnete Federstein, dabei will ich dir helfen.«

Diesen Ton kannte Spannerraupe. Er mußte kurz die Augen schließen, bevor er in das sanfte rote Licht stieg und auf den fellbedeckten Boden trat.

Thlatsinas tanzten an den Wänden herum, sprangen und drehten sich im Takt einer ewigen Trommel, die Spannerraupe bisher noch nicht hatte hören können. Über der Glut der Wärmeschale in der Mitte des Zimmers hing eine Teekanne an einem Dreifuß. Der süße Duft von Fichtennadeltee durchzog den Raum. Neben der Glut standen Maiskuchen und eine Schale mit rosig gefleckten Bohnen, um warm zu bleiben.

Seine Mutter lehnte in der nordwestlichen Ecke rechts von ihm; sie trug einen Truthahnfeder-Umhang über dem Kleid, das Gesicht war erschlafft, ihre Augen sahen nichts. Graues Haar hing ihr unordentlich um die Schultern und rahmte ihr runzliges Gesicht ein. Schweißtröpfchen glänzten auf ihrer vorspringenden Nase.

Kriecher saß direkt neben ihr, in einer Hand eine Schale mit Bohnen, in der anderen einen Hornlöffel. Nach der Bohnensoße zu urteilen, die ihr übers Kinn lief, hatte er versucht, sie zu füttern.

Spannerraupe schaute beiseite. Wenn er seine Mutter so sah, litt er Qualen. Wie konnte es mit einer Frau, die mit Schwester Mond in der funkelnden Sprache eines Meteors gesprochen hatte, so weit kommen? Spannerraupe hätte alles hingegeben, hätte er in der Zeit zurückgehen können bis zu dem Augenblick, als die Feuerhunde sie aus dem Hinterhalt überfallen hatten. Er hätte jeden einzelnen mit seinen bloßen Händen getötet – obwohl das bedeutet hätte, daß er nie zur Welt gekommen wäre.

»Wie lange ist sie schon so?« fragte er.

Kriecher sagte: »Seit zwei oder drei Zeithänden.«

»Und wodurch ist es gekommen?«

»Wer weiß das? Wir haben über Hexen und Hexerei gesprochen. Federstein hat mir von den Hexen und Zauberern erzählt, die Eichelhäher tötete, als sie Sklavin bei seinem Volk war.« Er machte eine hilflose Geste mit dem Löffel. Der rote Schein überzog sein feistes Gesicht und tanzte über sein kinnlanges schwarzes Haar. Er trug einen Bison-Umhang um die

Schultern. Rote Glitzerpunkte huschten über das verfilzte Fell, wenn er sich bewegte. »Sie ist einfach ... weggetrieben.«

Spannerraupe sank zu Boden, neben die Wärmeschale, und deutete auf das Essen. »Ist das für mich?«

»Ja, ich habe Essen gemacht, als ich Federstein heimgebracht habe. Ich hoffe, die Maiskuchen sind noch warm.«

»Ist nicht so wichtig. Vielen Dank, Kriecher.« Spannerraupe nahm die Schüssel und den Löffel und schaufelte sich die köstlich schmeckenden Bohnen in den Mund. Das Gesicht von Wolkenspiel erschien in seiner Seele; sie versuchte, sich von ihm zu lösen, und tauchte ihn in ein Meer von Qualen.

*Nein, noch nicht, halte es etwas länger fest.* Sein leerer Bauch empfand eine beschwerliche Erleichterung, während er gefüllt wurde.

Kriecher führte wieder einen Löffel Bohnen in den offenen Mund von Federstein. Nach einer Weile kaute sie auch und schluckte, obwohl ihre leeren Augen sich nicht bewegten. Als ihr Mund sich erneut öffnete und Bohnensaft herauslief, nahm Kriecher ein Stück Stoff aus seinem Schoß und wischte ihr übers Kinn. Er sagte: »Das war gut, Federstein. Und nun noch einen Bissen.« Wieder hob er den Löffel zu ihrem Mund.

Spannerraupe hatte die Bohnen aufgegessen und nahm sich einen Maiskuchen. Er war kalt, aber gut, gewürzt mit getrockneten Stückchen von Feigenkaktus. Er lehnte sich an die Wand und streckte seine muskulösen Beine auf den weichen Hirschfellen aus. Hunderte von Malen hatte er zugesehen, wie Kriecher Federstein fütterte. Aber es störte ihn immer wieder von neuem.

»Du hast mit Schlangenhaupt gesprochen?« fragte Kriecher, als er Federstein abermals einen Löffel in den Mund führte und darauf wartete, daß sie kaute.

»So könnte man es auch nennen.« Spannerraupe nahm sich einen neuen Maiskuchen. Er kaute langsam, schluckte und ergänzte: »Er hatte nicht viel zu sagen. Ich habe ihm den Kopf des Jungen gegeben, und er ... er hat gelacht, Kriecher.« Spannerraupe ließ den Kopf an die Wand zurückfallen und starrte auf die Sterne, die er durch die Dachluke sehen konnte. Er legte sich den Kuchen in den Schoß. Er mußte sich noch umziehen, das geronnene Blut machte das Gewebe seines roten Hemdes steif. Er fühlte sich beschmutzt – in vieler Hinsicht.

»Du kannst nichts dafür.« Kriecher warf ihm einen teilnahmsvollen Blick zu. »Du bist der neue Kriegshäuptling. Du hattest keine Wahl.«

Spannerraupe kniff die Augen zusammen. »Vielleicht«, murmelte er. »Aber da bin ich nicht mehr so sicher. Ich glaube, Eisenholz hätte mehr Beweise verlangt, bevor er losgezogen wäre, um ein ganzes Dorf abzuschlachten. Ich – ich habe nicht mal daran gedacht, den Befehl in Frage zu stellen.«

*Und wäre ich hier gewesen, wäre Wolkenspiel vielleicht noch am Leben.* Er suchte mit aller Kraft, die Gedanken an ihren zerrissenen Körper zu verbannen. Er sollte zu ihr gehen, für den Rest der Nacht bei ihr sein. Er machte die Augen fest zu, aus Angst, die Tränen würden seinen Kampf um Fassung verraten.

Kriecher tupfte wieder den Saft auf Federsteins Kinn fort. »Wenn der große Priester Nordlicht Leuten erzählt, daß etwas wahr ist – wer würde es wagen, daran zu zweifeln?«

»Ich!« sagte Spannerraupe scharf, befriedigt, endlich loslegen zu können. »Er ist ein Lügner, Kriecher. Das weißt du! Warum haben wir ihm geglaubt? Mein Vetter ist niederträchtig. Er hat in seinem Leben noch nie die Wahrheit gesagt. Er braucht nur zu sagen, das Kind von Nachtsonne lebt in Lanzenblattdorf, und schon gehen Krieger hin, um den Jungen zu finden und ihn umzubringen … Was ist nur los mit uns?« Mit gebrochener Stimme fragte er: »Haben wir alle unsere Seele verloren?«

Kriecher legte den Hornlöffel in die leere Schüssel und setzte sie beiseite. Seine braunen Augen blickten gelassen auf Spannerraupe. »Niemand hat je einen Beweis für seine Niedertracht gefunden, sonst wäre er schon vor vielen Sommern wegen Hexerei hingerichtet worden. Bevor solche Beweise nicht ans Licht kommen, werden ihn die Leute weiterhin als großen Priester verehren … und ihm glauben.«

Müde und entmutigt lächelte Spannerraupe und senkte den Kopf, das Kinn auf seiner Brust. »Ja, ja.«

Kriecher beugte sich vor und schöpfte zwei Teetassen voll. Eine gab er Spannerraupe, der sie dankbar annahm.

»Tut mir leid, Kriecher«, sagte Spannerraupe. »Ich weiß, du schätzt es nicht besonders, die ganze Zeit meine Vorwürfe anzuhören, aber ich –«

»Du hast gute Gründe.« Kriecher setzte sich an die Wand neben Spannerraupe und trank seinen Tee. »Darf ich dich etwas fragen?«

Spannerraupe hob den Kopf. »Ja, natürlich.«

Kriechers schwarze buschige Brauen zogen sich über der schmalen Nase zusammen. »Erinnerst du dich noch an die Gerüchte in Krallenstadt, vor sechzehn Sommern?«

»Du meinst ... die Schwangerschaft von Nachtsonne? Ja, ich erinnere mich, aber ich habe sie nie geglaubt.«

Kriecher blickte mit gerunzelter Stirn in seine Tasse. »Ich auch nicht. Jedenfalls nicht ganz. Aber nach den Anschuldigungen von Krähenbart, bevor er gestorben ist, da habe ich doch angefangen, Fragen zu stellen.«

»Wem?«

»Den Sklaven.« Kriecher schaute auf und sah Spannerraupe streng an. »Trauertaube war eine der persönlichen Sklavinnen von Nachtsonne, als die Ehrwürdige Mutter ›krank‹ wurde, während Krähenbart auf einer Handelsreise zu den Hohokam war.«

Spannerraupe setzte sich anders, mit der rechten Schulter an der Wand lehnend, um die schmerzende linke Schulter zu entlasten. Der brennende Schmerz hatte sich verstärkt. »Ja, und?«

Kriecher blickte zu Federstein, als fürchtete er, sie könnte das Gespräch belauschen. Er senkte die Stimme und berichtete: »Trauertaube hat mir erzählt, daß Nachtsonne seit vier oder fünf Monden nicht geblutet hatte. Es war eine ihrer Pflichten, die blutigen Tücher von Nachtsonne zu waschen und zu trocknen.«

»Und da gab es keine in der Zeit?«

Kriecher schüttelte den Kopf. »Keine.«

»Vielleicht hat sie eine andere Sklavin damit beauftragt?«

Kriecher warf wieder einen Blick auf Federstein. »Vielleicht. Aber ich vermute eher, Nachtsonne war tatsächlich schwanger und hat das Kind geboren.«

Spannerraupe massierte sich die Stirn. Der Schmerz hinter seinen Augen pochte im Takt mit seinem Puls. Die Erschöpfung, zusammen mit der Trauer über Wolkenspiel, hatte ihn ausgelaugt. Er sehnte sich nach Schlaf. »Im Augenblick ist es mir egal, Kriecher. Selbst, wenn's so war –«

»Glaubst du nicht, es könnte auch ein Mädchen gewesen sein?«

Spannerraupe schaute auf. Tiefe Falten hatten sich in Kriechers breites Gesicht gegraben. Er wirkte beinahe … erschrokken. »Du meinst, Nordlicht hätte gelogen, um das echte Kind zu schützen?«

»Das ist nicht ausgeschlossen.« Kriecher setzte die Tasse auf dem Hirschfell ab und faltete die Hände über dem Gewölbe seines Bauchs. »Das einzige, was ich nicht verstehe, ist –«

Federstein beugte sich plötzlich vor und stieß einen tiefen Seufzer aus, als wäre sie mondelang gelaufen und hätte endlich einen Rastplatz gefunden. »Du weißt doch, warum, oder nicht?« fragte sie.

Spannerraupe wurde das Herz schwer. Ihre Augen waren immer noch leer. Nur ihre Stimme war da.

»Nein, Federstein«, sagte Kriecher sanft. »Warum?«

»Er tut es für mich.«

Spannerraupe bewegte verlegen die Hände. Manchmal tönte sie immer weiter, plapperte Unsinn, Zeithände lang, ohne Unterlaß.

Kriecher strich ihr das graue Haar aus dem Gesicht und fragte: »Und warum, Federstein?«

»Weil er weiß«, rief sie, »daß ich die rechtmäßige Ehrwürdige Mutter des Clans bin.«

»Ich verstehe«, sagte Kriecher und lächelte.

»Nichts verstehst du«, fauchte sie. »Keiner von euch. Aber *er* versteht es.«

Etwas in ihrem Ton ließ Spannerraupe erschauern. Er starrte seine Mutter an. Als hätten ihr die Worte die letzte Energie genommen, fiel sie wieder schlaff zusammen. Kriecher fing sie auf, bevor sie zur Seite kippte, und half ihr, sich auf der Schlafmatte hinzulegen. Er deckte sie bis zum Hals zu und küßte sie liebevoll auf die Stirn.

»Schlaf gut, Gesegnete Federstein«, flüsterte er und tätschelte ihr die Schulter.

Spannerraupe wirkte seltsam geistesabwesend, als er scheinbar gleichgültig sagte: »Schlangenhaupt hat mir erzählt, daß er seine Mutter töten will.«

Kriecher fuhr entsetzt herum. »Selbst wenn sie ein Kind geboren hätte, würde keiner der Ersten Menschen ihren Tod wollen. Das weiß ich.«

Spannerraupe rieb sich die wunde Schulter; ihm war schlecht. »Ich bete, daß du recht hast. Aber wer von denen wird den Mut haben, der neuen Gesegneten Sonne zu widersprechen?«

Kriecher setzte sich mit untergeschlagenen Beinen auf die Felle, und seine Schultern sackten nach vorn ab. Er dachte eine Weile nach und sagte dann: »Geh doch schlafen, Spannerraupe. Heute nacht können wir sowieso nichts mehr unternehmen. Und du hast genug Schläge in den letzten Tagen hinnehmen müssen. Ich bleibe noch etwas hier sitzen und wache über Federstein.«

Spannerraupe sah Kriecher dankbar an. In den Zeiten ihrer Abwesenheit würgte sie manchmal nach dem Essen, dann konnte sie nicht mehr schlucken und nicht mehr atmen und brauchte jemanden, der für sie da war. »Ich danke den Geistern, daß du in unser Leben getreten bist, Kriecher. Ich weiß nicht, was wir ohne dich gemacht hätten.«

Kriecher lächelte. »Geh schlafen, Kriegshäuptling.«

Spannerraupe nickte und streckte sich auf seiner Seite auf den weichen Fellen aus. Seine Glieder waren wie Granit.

Er hörte, wie Kriecher aufstand und spürte, wie eine Decke über seine Schultern gebreitet wurde. Es war nicht mehr zu zählen, wie oft Kriecher das getan hatte, und was auch immer ihn quälte, diese Freundlichkeit milderte den Schmerz.

Kriecher setzte sich wieder an das Kopfende von Federsteins Schlafmatten und zog ein fein gestaltetes Malachit-Figürchen und einen Quarzit-Stechmeißel unter seinem Umhang hervor. Da saß er im tiefroten Glutlicht und meißelte an seinem Figürchen. Aber Sorgen zerklüfteten seine Stirn.

Der Schlaf übermannte Spannerraupe auf der Stelle.

… Er befand sich wieder oben auf der Mesa. Die Morgensonne fiel schräg auf ihn, heizte den hellbraunen Stein auf und weckte ihn; mit Wolkenspiel lag er in der Decke eingerollt. Als er sich bewegte, wachte sie auf und lächelte ihn an. Liebe und Freude leuchteten ihr aus den Augen. In dieser Nacht hatten sie sich zum ersten Mal geliebt. Das schwarze Haar rahmte ihr schönes Gesicht wie in einem dunklen Kreis ein. Er berührte es scheu und beugte sich herab, um sie zu küssen …

Kriecher blieb bis tief in die Nacht neben Federstein sitzen, so wie schon hundertmal zuvor, und lauschte den Wortfetzen, die sie von sich gab, Wörter, die keine Empfindung in ihm auslösten:

*»Stimmen, die brüllen … Schmerz. Schmerz in meinem Herzen. Junge Frau … ein brennendes Dorf … sie kommen … um mir weh zu tun … sie bringt soviel Schmerz mit … auf dem Rücken des Bären. Sie reitet auf einem riesigen Bären!«*

»Dasselbe Mädchen?« fragte er leise. »Das du schon im letzten Mond gesehen hast?«

Federsteins dunkle Augen öffneten sich weit und starrten auf etwas, was Kriecher nicht sehen konnte. Es schien ihr schreckliche Angst zu machen, sie schauderte. Liebevoll zog er die Decke hoch und steckte sie unter ihrem faltigen Hals fest.

»Ich lass' nicht zu, daß sie dir etwas tut, Federstein«, sagte er zärtlich. Dann blickte er auf Spannerraupe, der schlief, und flüsterte ihr hinter vorgehaltener Hand ins Ohr: »Und was ist mit mir? Siehst du auch etwas über mich?«

Ihre Lippen bewegten sich.

Kriecher beugte sich tiefer hinab, sein Ohr berührte fast ihren Mund.

»… Die Toten«, murmelte sie. »Sie rufen nach dir.«

# Fünfter Tag

*Die Toten gehen nicht fort.*

*Mit untergeschlagenen Beinen sitze ich auf dem flachen Stein, nackt im kalten Wind des Morgengrauens, der durch die verkümmerten Kiefern säuselt. Vater Sonne schläft unter dem östlichen Horizont, aber ein zarter blauer Schein überzieht die Welt. Ich schaue über ein unendliches Panorama blauer Höhen. Sie winden sich über das Land wie miteinander verknotete Stoffbahnen. Während ich noch schaue, fliegen die silbernen Vermittler der Abendleute, die letzten Sternschnuppen, herab, um mit Unserer Mutter Erde zu verhandeln.*

*Den ganzen Tag bin ich verzweifelt einsam gewesen; ich habe meine Mutter, meinen Vater und meine Freunde vermißt. Ich fürchte die Einsamkeit. Es ist nicht still. Aus dieser Einsamkeit tönen die schneidenden Schreie meines Leidens und des Leidens der Welt.*

*Eine Zeitlang dachte ich, diese Schreie würden mich zum Wahnsinn treiben.*

*Dann hörte ich meinen Namen flüstern. Leise. Kaum hörbar.*

*Die Toten riefen mich nicht aus den Unterwelten an, sondern sie sprachen zu mir aus dem Knistern der Kiefernnadeln heraus. Sie blickten nicht aus den Himmelswelten auf mich herab, sondern lächelten mir aus dem Tautropfen zu, der bedenklich auf einem Grashalm zitterte.*

*Sie erzählten mir, ich sei niemals allein gewesen. Keinen Augenblick lang.*

*Jede Seele ist ein Faden im Gewebe der Welt. Um meine Verwandten zu sehen, brauche ich nur ins flimmernde Wasser zu blicken und ins tauschimmernde Gras. Die Tänze der Toten sind wie Stäubchen aus Licht, ihre Stimmen wie seufzende Steine.*

*Meine Lieben sind alle um mich herum.*

*Ich wende mich um nach Osten, und da sehe ich die Toten im Licht, das allmählich zum Leben erwacht. Sie überklettern den felsigen Horizont wie eine goldfunkelnde Horde und laufen über das Land, zausen das Gras und spielen in den sich wiegenden Kiefern.*

*Ich erschauere und wundere mich über meine Blindheit.*

*Der Tod ist ein schweigender, aufmerksamer Partner in allem, was lebt.*

*Natürlich gehen die Toten nicht fort. Sie sind das Gewebe, das die Wunden der Welt verbindet.*

*... Meine Wunden.*

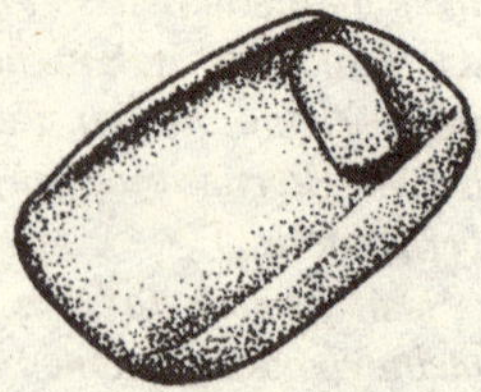

## 30. Kapitel

Maisfaser marschierte am Rand der Mesa, die Arme ausgestreckt, um das Gleichgewicht zu halten; vorsichtig setzte sie ihre Yucca-Sandalen auf, um den stachligen Kakteen auszuweichen. Vater Sonne glitt hinter eine Kuppe im Westen, und ein glänzender Kreis rahmte den roten Steinturm ein. Die Wolkenleute leuchteten, orangefarben strahlende Wölkchen, die durch ein türkisblaues Meer segelten. Die Schatten über dem zerwühlten Land wurden länger, schnitten durch strauchbewachsene Gräben und verbanden sich mit den erodierten rostfarbenen und gelben Tonsedimenten. Maisfaser lächelte und schlang die Arme um sich. Der Windjunge stürmte winselnd von Norden heran und ließ das lange Haar über ihre Schultern flattern. Sängerling sagte, sie würden morgen Krallenstadt erreichen. Sie wollte diesen Abend der Freiheit noch auskosten. Vielleicht gäbe es nicht mehr viele für sie.

Sie badete in der Wärme der untergehenden Sonne, und das tat ihr wohl. Sie ließ sich Zeit und hob scharfe Feuerstein- und Obsidianspäne auf, Überreste der Arbeit eines Mannes, der in der Vergangenheit an dieser Stelle Steinwerkzeuge behauen hatte.

Die freistehenden Sandstein-Vorsprünge waren bequeme Aussichtspunkte, von denen aus man einen guten Überblick über das ganze Umland hatte. Am Fuß der Mesa glitzerte eine kleine Quelle, umwachsen von Lieschkolben und drei verkümmerten Kiefern. Sängerling kroch in ihr Lager neben dem Wasserlauf. Er hatte Feuer gemacht, eine Teekanne und einen Wasserkessel darüber gesetzt.

Sie wollte hinuntergehen und ihm bei der Zubereitung des Abendessens helfen. Aber nicht sofort. Noch eine Weile wollte sie den Wind in ihren Haaren fühlen und sich von der Aussicht über ein unendlich weites Land beleben lassen. Außerdem wollte sie nachdenken.

In den letzten Tagen hatte sie sich angestrengt bemüht, die Aussagen ihres Vaters und ihrer Mutter zu einem Ganzen zusammenzufügen und auch das, was Spannerraupe in der Nacht der Zerstörung von Lanzenblattdorf behauptet hatte. Sie sah die Geschehnisse jetzt etwas klarer und erkannte, was an ihren ursprünglichen Folgerungen falsch gewesen war. Spannerraupe hatte tatsächlich nach einem Jungen gesucht und behauptet, Nachtsonne sei die Mutter. Er hatte Nordlicht beschuldigt, Vogelkinds Vater zu sein, und er hatte wirklich überzeugt geklungen. Aber als Großer Sonnenseher von Krallenstadt hätte Nordlicht bestimmt von dem Befehl, Vogelkind zu töten, gehört, und schnellstens einen Boten zu Palmlilie gesandt, um ihn zu warnen. Oder er hätte jemanden angestellt, um entsprechende Signale über die Straßen weiterleiten zu lassen. Das hatte er nicht getan. Warum würde Nordlicht den Tod seines Sohnes in Kauf nehmen? Die Ersten Menschen hatten viele Hilfsquellen. Er hätte also eingreifen können.

Die einzige Antwort, die ihr einleuchtete, war, daß Nordlicht den Ausgang der Kämpfe nicht gefürchtet hatte. Irgend jemand hatte es irgendwie fertiggebracht, Spannerraupe zur Hinrichtung eines Jungen zu verleiten ... um ein Mädchen zu schützen. Deswegen war keine Warnung gekommen. Ihre Mutter hatte ihr die Wahrheit gesagt.

Es machte sie schwindlig und schwach.

Und wenn sich herausstellte, daß Nordlicht ein Zauberer war – was sollte sie dann tun? Sie konnte sich keinem Zauberer offenbaren. Und was war mit Nachtsonne? Tot? Ermordet, weil sie sich des Inzests schuldig gemacht hatte? Oder verbannt?

Sie rieb mit der Spitze ihrer Sandale über einen leuchtendbunten Stein. Vielleicht würde Nachtsonne wünschen, sie wäre tot, weil sie das Kind einer inzestuösen Verbindung war. Vielleicht hatte sie Maisfaser gleich zu Anfang schon weggeschickt, weil sie den Anblick ihres unehelich gezeugten Kindes haßte …

Sängerling beobachtete sie vom Lager aus. Seide ging mit gesenktem Kopf einher, mit fliegenden Haaren, die langen hellbraunen Beine im bernsteinfarbenen Dämmerlicht schimmernd. Ihr grünes Kleid schloß sich eng um den schlanken Körper. Sie schien sehr traurig zu sein.

»Sie braucht Zeit, allein«, murmelte er zu den Kiefern, die sich um ihn herum im Wind wiegten. »Zeit zur Heilung.«

An der Oberfläche schien sie vielleicht tapfer, aber in der Tiefe ihrer Augen saß eine so furchtbare Verzweiflung, daß er sehr besorgt war. Seit der Verheerung ihres Dorfs war erst ein Mond vergangen; es würden sicher noch mehr Monde vergehen müssen, bis ihr Leid verging.

*Ich bete darum, daß sie Verwandte in Krallenstadt findet. Daß die ihr einen Unterschlupf und eine neue Familie bieten.* Aber er gestand sich ein, daß sie ihm fehlen würde, wenn sich ihre Wege trennten. Trotz ihres inneren Aufruhrs brachte sie es fertig, ihn zum Lächeln zu bringen. Aber nicht nur ihre Schönheit und ihr Humor zogen ihn an; in ihr war Macht, tief verborgen, wie der Gewittervogel, der im Nest sich auftürmender Wolken schläft. Sängerling hatte das Gefühl, daß diese Macht, wenn sie erst einmal erwacht war, die Himmelswelten zum Erzittern bringen würde.

Er streckte sich im roten Sand auf der Seite liegend aus. Er hatte ihrer beider Decken auf eine moosige Fläche unter der größten Kiefer hingeworfen, aber ein Feuer zwei Körperlängen weiter gemacht, in einer tiefen Sandmulde, um die Flammen vor dem Wind zu schützen. Kiefernnadeln bedeckten den Boden und schimmerten auf dem Grund des kleinen Teichs. Kühles, klares Wasser gurgelte aus einem Spalt im roten Sandstein hoch und schuf einen kleinen Sumpf, zehn Hände im Durchmesser. Die Lieschkolben waren gerade hochgeschossen. Grüne Blätter wagten sich zaghaft durch die Wasseroberfläche.

Die vorherrschenden Winde hatten die drei Kiefern ostwärts geneigt. Kein Wunder, daß die Westseite der niedrigen Mesa so verkümmert aussah. Hervorstechende Steinhöcker zeigten zum Himmel, und tiefe Furchen schnitten durch die braune und rote Erde. Auf einer flachen Sandsteinwand oberhalb der kleinen Quelle beobachtete ihn ein Wasserwesen; es war von kundiger Hand in den Stein gemeißelt, hatte ein spiralförmiges Gesicht mit einem Kopfschmuck aus Sonnenstrahlen und einen quadratischen Körper. Seine zackigen Arme ahmten Blitze nach.

Sängerling nahm einen Stock und schürte das Feuer. Funken stoben auf und wirbelten im Wind davon. Hier lebten Geister. Sängerling spürte sie ringsherum atmen.

Er senkte den Blick auf die gierigen Flammen und sagte ein stilles Gebet, in dem er den Geistern dankte, daß sie ihm und Seide erlaubten, die Nacht hier zu verbringen. Kiefernäste gaben ihm rauschend und schwankend Antwort.

Mit dem Schulterblatt eines Hirsches schaufelte Sängerling mehr Glut um den geschwärzten Topf und holte dann aus seinem Bündel ein Täschchen mit Bienenkraut, gemischt mit getrockneten Zwiebeln. Das schüttete er in den Topf. Als es zu sprudeln anfing, fügte er eine Handvoll Maismehl hinzu und rührte die Suppe mit einer Holzstange um. Zwei Tassen, Schalen und Hornlöffel hatte er schon fürs Abendessen zurechtgelegt.

Es war ihm seltsam zumute, er fühlte sich wie die Flaumfeder eines Adlers, die ein Sturmwind zu Boden peitscht. Während der langen Fastentage war etwas in ihm vorgegangen. Er konnte nicht genau sagen, wie und wann der Wandel sich vollzogen hatte, aber nun war er ausgeglichen und furchtlos.

Als wäre seine Seele in einem Augenblick gealtert und gereift. Er fragte sich, ob ihm unbemerkt das Herz einer Wolke zugewachsen wäre und ob er nun auf dem Winde gehen könnte. Er rieb seine Finger im warmen Sand, überlegte und wünschte, er wüßte, was das bedeutete. Seit einem halben Mond hatte ihn sein Vater nicht mehr in seinen Träumen besucht, obwohl er auf dem heiligen Pfad zum Vorsprung der Türkis-Höhle gelaufen war und furchtlos ins Dunkel geschaut hatte. Er hatte die Wünsche der Hüterin des Schildkröten-Bündels respektiert und war draußen geblieben ... aber er hätte gern die hohen Bergkiefern gerochen und die kleinen Wölkchen beobachtet, wie sie aus dem Eingang auftauchten und nach oben schwebten, um sich mit ihren Verwandten zu vereinen. Einmal hatte er es sogar gewagt, die Frau innen anzurufen, aber sie hatte nicht geantwortet.

Sängerling schenkte sich eine Tasse Kiefernnadeltee ein und stützte sich auf einen Ellbogen, um zu trinken. Als er die pikante Brühe kostete, sah er Seide den schlüpfrigen Wildpfad am Seitenhang der Mesa herunterkommen. Sie ging langsam, wie in Gedanken versunken. Das lange schwarze Haar flog um ihr schönes Gesicht. Im Zwielicht wirkte ihr goldener Teint lavendelfarben. Geduckt wich sie Kiefernästen aus und lächelte ihm zu, aber er sah den gehetzten Ausdruck in ihren Augen. Ihre Verwundbarkeit lag so offen zutage wie die Steine auf der blankgescheuerten Mesa. Noch nie hatte ihn eine Frau so angeblickt wie sie – als wäre er ihr einziger Freund auf der Welt. Er fühlte sich auf seltsame Weise wohl dabei.

Er lächelte zurück. »Die Suppe ist fertig. Ich hoffe, du hast Hunger. Ich habe genug für fünf Leute gemacht.« Er beugte sich vor, um mit seinem Löffel in dem dicken Maismehlbrei zu rühren.

Sie kniete vor dem Teekessel und schenkte sich eine Tasse ein. »Ich habe soviel Hunger, ich könnte die Rinde von einer Kiefer abkauen. Wir sind heute lange marschiert.« Sie setzte sich mit untergeschlagenen Beinen neben ihn in den Sand und seufzte. Im Flackerlicht der Flammen färbte sich ihr grünes Kleid dunkelorange. »Wie fühlst du dich?«

»Ein bißchen wackelig. Eigentlich erschöpft.«

»Es dauert eine Weile, bis du nach dem Fasten wieder zu Kräften kommst.«

Sängerling nickte zustimmend und füllte ihre beiden Schalen mit Brühe. Seine Finger strichen leicht über ihre, als er ihr die Schale reichte. »Es ist dick geworden. Ich hoffe, es schmeckt dir.«

Seide schnupperte an ihrer Schale. »Das riecht herrlich, Sängerling. Vielen Dank, daß du das Abendessen gemacht hast, als ich im Wind spazierenging. Ich hätte dir eigentlich hier helfen sollen.«

»Ich freue mich, daß du dir die Zeit genommen hast, um spazierenzugehen. Du hast ganz glücklich ausgesehen da oben.«

Ihr zartes Lächeln rührte ihn. »Ein Weilchen war ich's auch.«

»Außerdem«, fügte er hinzu, »koche ich gern. Zu Hause, im Anemonendorf, habe ich immer Abendessen für meine Mutter gemacht. Das fehlt mir … und sie fehlt mir auch.«

Seide nahm ihren Löffel und fing an zu essen, aber ihre Augen waren starr. Sie kaute langsam, den Blick auf den kupfernen Widerschein des Feuers gerichtet, das über die grünen Rohrkolben tanzte. Alte Kiefernzapfen lagen auf dem Grund des Teichs und verkantet auf leuchtendweißen, schwarzen und braunen Kieseln.

*Sie denkt an ihre Mutter.* Sein Gewissen gab ihm einen Stich, weil er sie daran erinnert hatte. Er löffelte den Maisbrei und sah zu, wie sich die orangefarbenen Wolken dunkelgrau-purpurn verfärbten. Das Bienenkraut und die Zwiebeln gaben dem Maismehl einen pikanten Geschmack.

Es wurde dunkler, und der Windjunge dämpfte sein Geschrei zu einem schwachen Gesäusel ab, stöhnte durch die Kiefern und raschelte durchs Gras. Kräuselwellen liefen über die feuerbeschienene Oberfläche des Teichs.

Sie aßen schweigend. Seide starrte auf etwas, was Sängerling nicht sehen konnte. Er beobachtete sie aus den Augenwinkeln.

Als sie fertig war, setzte sie die Schale ab und zog die Beine an. Sie legte die Arme darum und stützte ihr Kinn auf die Knie. Das lange Haar umrahmte ihr Gesicht wie ein glänzender schwarzer Vorhang.

Um sich von den Sehnsüchten abzulenken, die sie in seinem verräterischen Körper wachrief, sagte er: »Du scheinst ganz weit weg.«

»Hmm ... bin ich wohl auch.«

»Woran denkst du?«

Seide rieb ihr Kinn auf dem Stoff über ihren Knien und legte den Kopf schräg, um ihn anzusehen. Der Feuerschein betonte die breiten Backenknochen und die spitze Nase. »Sängerling, vermißt du deine Freunde?«

Er kratzte mit seinem Löffel die letzten Breireste aus der Schale. Als er sie gegessen hatte, schwieg er eine Weile und sagte dann: »Ich hatte keine Freunde, Seide. Jedenfalls keine in meinem Alter.«

Sie hob die Brauen. »Nicht mal einen?«

»Meine Mutter und Schwarzer Tafelberg, das waren meine Freunde. Aber ... das war auch schon alles.« Er nahm seine Teetasse und spielte damit.

Sie blickte ihm forschend ins Gesicht. »Aber du bist so liebenswert, Sängerling. Das paßt nicht zusammen. Warum hattest du keine Freunde in deinem Alter?«

»Ach, ich weiß nicht. Schwarzer Tafelberg meinte, sie würden die Macht in meinen Augen nicht verstehen, aber ich habe immer geglaubt, es läge daran, daß ich nichts machen konnte, was die anderen Kinder für wichtig hielten.«

Stirnrunzelnd sah er auf den Bodensatz in seiner Tasse. Genau besehen konnte er überhaupt nichts machen, was für irgend jemand wichtig war – außer singen. Seine tiefe, volltönende Stimme hatte ihm Ruhm eingebracht ... aber keine Freunde.

Seide rutschte ein wenig zur Seite, und er schaute auf. Hinter ihr segelten dunkle Wolken über die Spitzen der Kiefern hinweg, geräuschlos wie die Schatten der Götter. Die Nachttiere gingen jetzt auf Beutejagd. Das melodische Geheul jagender Coyoten wurde vom Echo zurückgeworfen.

»Was konntest du denn nicht?« fragte Seide.

Sängerling lächelte, über sich selbst belustigt. »Also, zunächst mal sahen meine Steinwerkzeuge so aus, als hätte sie ein fünf Sommer alter Junge täppisch zusammengehauen. Jedes Mädchen im Dorf konnte schneller laufen als ich. Ich hätte keine Wachtel mit einem Stein erledigen können, und wenn ich direkt über dem Vogel gestanden hätte. Immer, wenn es einen Kampf gab, hat mich mein Gegner halb totgeschlagen. Dabei habe ich gewinnen *wollen*, Seide.« Sie lächelte, und er fuhr fort: »Aber vor allem, glaube ich, haben mich die anderen Kinder nicht gemocht, weil ich so ein Einsiedler war. Mir war die Gesellschaft von Insekten und von Feigenkakteen immer lieber als die von Menschen.«

Seides Augen gewannen an Tiefe, und sie schienen dunkler zu werden, leuchtend wie riesige schwarze Monde. Ein junger Mann konnte sich in diesen Augen verlieren und sich wünschen, nie wiedergefunden zu werden. Ein Prickeln überlief Sängerling und endete in den falschen Bahnen – falsch jedenfalls nach Dünes Lehren. Er hörte die Stimme des kleinen Tyrannen in seiner Seele: *»Wenn du eine Quelle der Hoffnung für dein Volk werden willst, dann laß deinen Körper los. Das Fleisch fühlt sich vielleicht weich und warm an, ist aber der machtvollste Käfig in der ganzen Schöpfung, stärker als Steinmauern zwanzig Hände dick. Laß ihn los …«*

Sängerling lächelte verlegen und schaute beiseite. Vielleicht war er deshalb fast sein ganzes Leben einsam geblieben: Weil es so sein sollte.

Seides Blick wanderte zum Himmel. Die ersten Abendleute waren erwacht, und silberne Funken stoben in die Nacht. Von der Seite sah sie noch zarter und schöner aus. Ein Scheit knackte im Feuer, und der Lichtblitz überstrahlte ihr Gesicht und ihr Haar mit einem hochroten Schein.

Ihre Zehen krümmten sich gegen die Sandalensohlen. Sie schaute weiter zum Sternenhimmel auf. »Ich bin auch gern allein.«

»Wirklich?«

»Na ja, nicht dauernd. Ich bin ganz gern mit Leuten zusammen, aber wenn ich allein sein will, dann brauche ich es wie eine Frau, die Hunger hat und etwas zu essen braucht.«

Es war ihm nie in den Sinn gekommen, daß jemand anders in der Welt die Einsamkeit so zielstrebig und verbissen suchte wie er. »Es ist schwer, nicht wahr?« Ihre Augen trafen sich.

»Wirklich allein zu sein. Ich meine, auch wenn du ganz allein bist, dann denkst du doch auch an andere, und das heißt, in deiner Seele bist du nicht wirklich allein.«

Ein Windstoß blies ihr das lange, schwarze Haar auf den Rücken. »Ja, es ist schwer. Hauptsächlich, weil die Clans das Alleinsein verhindern. Da sind so viele, da ist immer jemand, der dich schickt, einen Korb mit Reisgrassamen zu holen oder einen Wassertopf oder mehr Mais zu mahlen. Wenn du aber fortkommst und auf dem Hügel sitzt, um den Gesang des Zaunkönigs zu hören, dann tadeln sie dich, weil du Zeit verschwendest. Dann sagen sie dir, daß du faul bist und dich nur drücken willst und daß du dich schämen sollst.« Sie blickte ihn ernst an. »Deswegen ist ein Freund so wichtig, Sängerling. Der ist wie ein Schild. Der sorgt dafür, daß du hier und da auf einem Hügel sitzen kannst.«

»So hab' ich das nie gesehen. Ich hab' mir auch nie vorstellen können, daß ein anderer meine Seele verstehen kann. Hast du so eine Freundin gehabt, Seide?«

Tränen stiegen ihr in die Augen. »Ja.«

Sängerling hätte sie am liebsten gestreichelt, um ihren Schmerz zu lindern; statt dessen packte er seine Teetasse fester. »Wie hieß sie denn?«

»Zikade. Sie ... sie fehlt mir.«

»Ist sie bei dem Angriff umgekommen?«

»Ich weiß es nicht. Zikade hat mit ihrer Tante an der Ecke neben dem Dorftor gewohnt. Die feindlichen Krieger hätten sie also als erste erschlagen – oder nicht?«

Sängerling biß sich auf die Lippen. »Das kann ich nicht sagen, Seide. Ich war noch nie bei einem Überfall dabei.«

»Ich glaube schon, daß es so gewesen ist.« Seide wischte sich mit dem Handrücken über die Augen ... und die Angst kam wie eine heiße Welle über ihn.

Sängerling saß aufrecht, mit offenem Mund. Als fiele er wieder in die erste Unterwelt, empfand er Schwindel und eine quälende Übelkeit. Überanstrengung nach seinem Fasten? Oder was sonst? Eine schlimme Vorahnung?

Er nippte an seinem Tee, um seinen Magen zu beruhigen. »Seide? Weißt du noch, wie du zuerst die Stufen neben Dünes

Haus heruntergekommen bist und ich gesagt habe, daß ich dich kenne?«

Eine scharfe Falte grub sich in ihre Stirn. »Ja.«

»Ich weiß jetzt, wo ich dich gesehen habe.«

Sie schob sich das Haar hinter die Ohren und legte den Kopf schräg. »Wir sind uns niemals begegnet, Sängerling. Sonst wüßte ich es.«

»Nicht in dieser Welt.«

Sie sahen sich in die Augen.

Seide fragte: »Du hast mich in einer anderen Welt gesehen?«

Den Kloß im Hals schluckte er hinunter. »Als ich die Kiva-Einweihung durchmachte, um ein Sänger zu werden… da warst du bei mir. Ich verstehe es immer noch nicht – aber als ich in die Flammen fiel, da fielst du mit mir.«

»Flammen?«

Sängerling nickte. Er drehte sich unbehaglich um und saß ihr mit untergeschlagenen Beinen gegenüber. Er beugte sich vor, sah ihr direkt in die Seele und sagte: »In der Ersten Unterwelt, der Rußwelt, sah ich eine kristallene Säule. Sie war schwarz und wurde blau, als wäre der unterirdische Gang zur Unterwelt von einem unsichtbaren Lichtstrahl durchbrochen worden, und das Blau wandelte sich zu einer wunderbaren Türkis-Tönung. Tausende von Meteoren fielen herab wie eine Kaskade feuriger weißer Funken. Dann fing das Kristall Feuer, brannte und verschlang den Himmel. Aber… aber mitten in den Flammen sah ich dich, Seide, und du hast geweint.« Er strich über ihr seidiges Haar. »So wie jetzt. Langes schwarzes Haar fiel dir über die Schultern. Und hinter dir –« Sängerling brach plötzlich ab, als er begann zu verstehen. Er fühlte sich auf einmal innerlich seltsam leer. »Heilige Ahnen, der zerklüftete Berggipfel, den ich hinter dir gesehen habe, war der Gipfel, in dem die Türkis-Höhle verborgen ist.« Fassungslos durch diese Erkenntnis, saß er völlig still da, und sie sahen sich wie gebannt in die Augen.

»Was ist das für eine Türkis-Höhle?«

»Oh, sie ist wunderbar, Seide. Es ist… also ich weiß nicht, wie ich das beschreiben soll – als wäre man in einer Türkis-Druse in einem Gewitter.« Er hob die Augenbrauen, weil ihm die Beschreibung nicht ausreichend schien. »Wenn es in der Druse blitzt und du bist mittendrin«, fügte er schwach hinzu, »es ist *zauberhaft*.«

Seide schlug die Beine unter und rutschte herum, um ihn anzusehen. Sie stützte eine Hand auf und fragte: »War ich bei dir in der Höhle?«

»Nein.« Er schüttelte den Kopf. »Nur in der brennenden Säule.«

»Sind wir verbrannt?«

»Nein. Ich weiß nur noch, daß wir dann zusammen durch die Rußwelt gegangen sind …« Er wurde leiser, als seine Erinnerung zurückkehrte. Er wußte nun, daß Seide die junge Frau in seiner Vision gewesen war, und das änderte alles. »Wir hielten uns an den Händen, wanderten unter riesigen Bäumen und sprachen mit Geistern … Bis ich meinen Vater traf. Da bist du verschwunden.« Sängerling ließ die Hand in den Schoß fallen. »Ich habe dich nicht mehr in der Vision gesehen. Ich habe meine Zeit damit verbracht, meinen Vater zu begleiten und mit ihm zu reden.«

»Ich bin verschwunden in dem Augenblick, in dem du deinen Vater gesehen hast?«

»Ja«, sagte er verwundert. Sie waren über einen gewundenen Hirschpfad zwischen zwei großen Zedern hindurchgegangen, und hinter diesen hatte sich der Pfad gegabelt. Seide hatte gesagt: *Ich will diesen Weg nicht gehen …* Dann war sein Vater hervorgetreten, mit seinem schönen weißen Lederhemd, und Seide war einfach verschwunden. »Es war sehr merkwürdig.«

Seine Gedanken glitten ab, und er erinnerte sich, wie sehr sein Vater ihm in Sprache und Aussehen ähnelte, und an die Dinge, die sein Vater gesagt hatte …

Seide berührte leicht seinen Fuß, und Sängerling kam mit einem Ruck auf die Erde zurück. »Warum, glaubst du, war ich in der Vision, Sängerling?«

»Ich weiß nicht.« Jede Vorsicht außer acht lassend, griff er nach ihrer Hand und verschränkte seine Finger mit den ihren. Die Dunkelheit fiel ein, und der süße Duft von feuchten Kiefern und nasser Erde erfüllte die Luft. Das schwache Sternenlicht breitete einen dunstigen Schleier über die Wüste. Sängerling verstärkte den Griff, und sein Herz fing an zu klopfen. »Ich weiß wirklich nicht, warum du da warst, Seide, aber mit dir zusammenzusein machte mich sehr glücklich.«

Sie sah zu Boden, und er brauchte all seine Beherrschung, um die Furcht zu verbergen, die in ihm aufwallte.

»Wa-was ist mit deinem Vater geschehen?«

»Oh«, sagte er, »etwas, was ich immer noch nicht verstehe. Wir waren in so einer Art Zimmer... und da fing die Erde an zu beben, und ich kletterte in einen flammenden Himmel und benutzte die Wolken als Sprungbretter.«

Mit einem Ruck sah sie hoch. »Du hast einen flammenden Himmel gesehen?«

»Ja, eine gräßliche Orangefarbe, mit Rauch untermischt. Und Flüsse aus Feuer ergossen sich über die Erde.«

Ihr schönes Gesicht erschlaffte. »Heilige Ahnen!« Ihre Augen wurden ganz groß. »Ich habe auch von einem flammenden Himmel geträumt, aber da ist immer ein Bär, der mir hilft, Sängerling. Wo immer es gefährlich wird, rettet mich der Bär.«

Der Windjunge jagte durch das Lager und blies ihnen stechenden Sand ins Gesicht. Sie wandten den Kopf zur Seite und schlossen die Augen, bis es vorbei war. Die Kiefern ächzten und knarrten. Sängerling schaute zu ihr auf; Seide starrte nachdenklich in die tanzenden Flammen.

»Denkst du an den Bären?«

Sie nickte; der Feuerschein schimmerte in den windbewegten Locken ihres Haares. »Ich habe, glaube ich, schon immer von diesem Bären geträumt, aber das wurde mir erst vor kurzem klar. Aber wenn ich mich an jeden einzelnen Traum erinnerte, würde ich dann erkennen, daß der Bär schon immer da war, um mir zu helfen? Was meinst du?«

»So wie ein Schutzgeist?«

»Ja.«

Sängerling warf einen neuen Ast aufs Feuer; orangefarbene Flammen leckten sofort um das Holz herum. Funken stoben hoch wie ein blitzender Schleier. »Möglich ist es. Schutzgeister sind undurchschaubar. Vielleicht will der Bär gar nicht, daß du ihn als deinen Helfer erkennst.«

Nach kurzem Nachdenken nickte sie und antwortete: »So sieht es fast aus. Er hat nie zu mir gesprochen. Aber er ist immer da, wenn ich ihn brauche.«

»Hast du einmal versucht, ihn anzureden?«

Ihre Augenbrauen zogen sich zusammen. »Nein. Komisch. Hab' ich nie versucht.«

»Solltest du vielleicht mal.«

»Vielleicht ...«

Sängerling dachte, sie wollte noch mehr dazu sagen, aber als sie schwieg, schlug er vor: »Wenn wir vor Morgengrauen aufstehen, dann können wir Krallenstadt über die Ebene wahrscheinlich gegen Mitte des Vormittags erreichen. Und das heißt, wir sollten jetzt schlafen gehen.«

Seide stand auf. »Ja, das sollten wir. Ich wasche die Tassen und Schalen ab, und du wirfst Erde über das Feuer.«

Sie nahm das Geschirr und ging damit zu dem kleinen Teich, um es abzuspülen, und Sängerling erstickte das Feuer. Wunderbare Dinge hatte ihm diese Nacht gebracht. Und Bangigkeit.

In der Rußwelt hatte er sie aus ganzem Herzen geliebt.

## 31. Kapitel

Distel und Zikade hielten sich hinter einer Dornenmauer von Fettholz versteckt und spähten in den Abflußkanal, der die welligen Hügel durchschnitt wie eine aufgerissene Wunde. Da unten gingen Leute, die sich wie schwarze Gespenster bewegten, weil die allmählich länger werdenden Abendschatten sie überdeckten. Nicht einer von ihnen warf einen Blick nach oben; sie krochen mühsam durch das Rinnsal im Graben, zu müde offenbar, um sich zu beeilen oder sich um den Schlamm zu kümmern, und so still, daß man sie für gewichtslose Erdgeister gehalten hätte, wäre nicht das ständige Zischen ihres Atems gewesen. Die Gewänder hingen in Fetzen an ihnen herab. Schwere Bündel krümmten ihnen die Rücken. Viele gingen barfuß, und hier und da sah man einen schmutzigen Verband um eine Arm- oder Beinwunde. Wachen marschierten neben ihnen und hielten sie in Formation.

Distel wischte sich das dunkle Haar aus dem fein geschnittenen Gesicht und kroch näher heran, um durch das Geflecht der Zweige eine bessere Sicht zu haben. Sie stieß Zikade am Arm an. Zwar war sie doppelt so alt wie Zikade, war aber etwa genauso groß. Es sah ziemlich sonderbar aus, wie sie da nebeneinander lagen, Distels knabenhafter Körper neben Zikades gedrungener, vierschrötiger Gestalt.

»Das müssen Sklaven sein«, flüsterte Zikade bitter.

Ihr rundes Gesicht und ihr grünes Kleid waren schmutzig. Zweige und altes Laub hatten sich in ihrem kinnlangen Haar verfangen. Der Haß in ihren Augen schmerzte Distel. Wo einmal ein kleines Mädchen aus dem Körper einer Frau herausgesehen hatte, war nun ein altes, bösartiges Weib. Zikade war in einer einzigen Schreckensnacht gealtert, und Distel hatte nicht den Mut, das Mädchen von einst wieder zum Vorschein zu bringen. Es wäre sicher auch nicht klug gewesen; der Haß gab selbst dem, der am Boden lag, noch ein Ziel, einen Lebenszweck, und angesichts der Schwierigkeiten, die noch vor ihnen lagen, könnte Zikade das gut gebrauchen.

Der Haß war schließlich auch für Distel zur Antriebskraft geworden. Er gab ihr Kraft und stärkte ihren Willen zum Überleben, und der Haß versetzte sie in die Lage, den überwältigenden Drang zu unterdrücken, sich in den Sand zu werfen und zu weinen.

In den letzten vier Tagen ihrer Flucht nach Süden hatte sie mit sich gerungen, ihre Füße zum Weitermarschieren genötigt und gegen das Schluchzen angekämpft, das wie eine Faust mit weißen Knöcheln in ihrer Kehle saß. Sie wußte, ohne den

Haß, der das Feuer in ihrer Seele schürte, würde sie sich ihrem Leid hingeben und für niemanden von Nutzen sein.

»Ja«, murmelte Distel. »Wenn der nächste Posten vorbeigeht, sieh auf die Tätowierung auf seinem rechten Handgelenk – ein roter Stern, ein Halbmond und ein Handabdruck. Die Krieger kommen von Sternblütenstadt, nordwestlich von Krallenstadt. Es sind Krieger vom Volk des Rechten Wegs.«

Nach Süden hin, in Richtung Sternblütenstadt, stießen die hochragenden sandsteingekrönten Wände des Canyons des Rechten Wegs gegen die Wolken. Über der Ebene hingen Schatten, aber die verbleichenden Strahlen von Vater Sonne flammten noch über die höchsten Kliffs und entzündeten die treibenden Wolkenleute.

Ein kalt leuchtender orangeroter Halbkreis wölbte sich über den westlichen Horizont. Bergkuppen standen in der Ferne wie dunkle Blöcke, die ihre Schatten über die Wüste warfen. Im Osten, hinter zerbrochenen Platten hochgekippten Sandsteins, war der Himmel lavendelfarben getönt. Bald würde die Nacht einfallen. Mit großer Kälte, die schon jetzt an Distels Knochen nagte. Sie mußte ein Nachtlager für sie beide finden.

Doch sie bewegte sich nicht. Sie starrte nur auf die verzweifelten Sklavinnen hinunter. Wie seltsam! Vor ein paar Tagen noch wäre sie mit ausgestreckten Armen durch den Graben hinabgeeilt, um bei den Kriegern des Volks des Rechten Wegs Nahrung und Obdach zu finden. Jetzt waren sie ihre Feinde. Die *eigenen Leute* waren ihre Feinde!

Sie packte den Bogen fester. *Ich konnte sie nicht die heilige Straße hinuntertragen, also habe ich meinen Mann und meinen Sohn mit eigenen Händen begraben und Steine auf ihre Gräber getürmt. Ich habe ihre Seelen in die Unterwelten gesungen … und ich werde nie vergessen,* wer *sie getötet hat und warum.*

»Bleib liegen!«

Sie drückte Zikades Kopf nach unten, als diese ihn über das Fettholz hob, um besser zu sehen. Zikade grunzte, als ihr Kinn die Erde berührte. Ihre Augen weiteten sich. »Tut mir leid«, flüsterte sie.

»Nur noch einen Augenblick. Gleich sind sie weg.«

Als die letzten Frauen und Kinder fast vorbei waren, stolperte ein kleines Mädchen, das ein verletztes Bein nachzog. Schmutziges schwarzes Haar umrahmte ihr dünnes, ausgehungertes Gesicht. Sie blieb stehen und starrte wie ein Schlafwandler auf die Leute vor sich. Tränen liefen ihr streifig über die verdreckten, eingefallenen Wangen. »Mutter ...«, rief das Mädchen schwach. »Mutter?«

Langsam knickten die Beine des Mädchens ein, und es fiel zu Boden. Sein zerrissenes gelbes Kleid umflatterte den mageren Körper. Lautlos drehten sich zwei ältere Mädchen um und gingen zurück. Das eine, hochgewachsen und schlank, mit einem schönen dreieckigen Gesicht, übergab ihr Bündel stumm dem anderen, kleineren Mädchen mit einer langen, gebogenen Nase. Das große Mädchen kniete sich hin, schob einen Arm unter das gefallene Kind und hob es auf.

Zikade blieb so reglos, als ob sie aufgehört hätte zu atmen.

Das kleine Mädchen klagte: »Wo ist meine Mutter? Nachtfalter, hast du meine Mutter gesehen?«

*Keine neuen Sklaven! Sie sprechen die Sprache des Volks des Rechten Wegs. Diese Frauen sind Sklavinnen seit Generationen. Sie werden offenbar von einer Arbeitsstelle zur nächsten geschickt.*

Es war die Zeit, um die Äcker für den Mond des Pflanzens vorzubereiten. Die Felder mußten zunächst gejätet werden, dann wurden sie meistens abgebrannt und mit Steinhacken bearbeitet. In den Dörfern des Umlands machten die Clans diese Arbeiten selbst. Aber die Ersten Menschen, die es sich leisten konnten, benutzten Sklaven.

Nachtfalter tätschelte das Kind und wechselte einen Blick der Trauer mit dem anderen Mädchen. »Schsch, Lammzeh, deine Mutter ist vorausgegangen. Alles ist in Ordnung. Sie geht da vorne.«

Es drückte Distel das Herz ab. Der Ton von Nachtfalters Stimme verriet ihr, daß Lammzehs Mutter nicht vorausgegangen war und nie mehr weiter vorn zu finden wäre. Viele Sklavinnen starben durch Schläge auf den Kopf oder Knochenbrüche. Distel hatte es gesehen. Wenn es Zeit war, einen Arbeitsplatz zu verlassen, holten die Wachen die Sklaven zusammen, töteten die, die zu langsam waren, und trieben den

Rest vorwärts, so schnell es ging; die Toten blieben liegen, wo sie hingefallen waren. Jetzt hatten die Coyoten die Überreste schon zerfleischt und die Knochen in ihre Höhlen getragen. Geister würden heute nacht jammern und klagen und einsam und angstvoll die Welt durchstreifen.

Distels Finger gruben sich in die weiche, braune Erde des Hangs. *Maisfaser? Wo bist du? Was ist mit dir geschehen?*

Der Schmerz in ihrer Brust machte ihr das Atmen schwer. Ihre Tochter hätte bei Vogelkind sein müssen. Distel hatte in den schwelenden Trümmern von Lanzenblattdorf alles abgesucht, aber Maisfaser nicht gefunden. Was war in jener Nacht geschehen? Hatte Vogelkind die Flammen gesehen und war heimgerannt, Maisfaser zurücklassend? Oder hatten die Krieger des Volks des Rechten Wegs Vogelkind mitgebracht und ihn außerhalb des Dorfs festgehalten, bis sie Palmlilie gefangengenommen hatten? Hatten sie Vogelkind im Dorf von Kalebasse gefunden und ihn zurückgeschleppt, um ihn gegen Palmlilie zu verwenden, um Palmlilie zu zwingen, ihnen Informationen über Maisfaser zu geben?

Distel packte den Bogen fester und ließ die Wut in sich aufsteigen, bis er ihre Verzweiflung erdrückte. Vielleicht waren all ihre Ängste hinsichtlich der Identität von Maisfasers Vater unbegründet. Hatte Krähenbart Krieger ausgeschickt, weil er die Identität von Maisfasers *Großvater* entdeckt hatte? Natürlich hatte ihnen Palmlilie nichts verraten. Er hatte Maisfaser von ganzem Herzen geliebt. Vogelkind war vermutlich als erster getötet worden – als Drohung gegenüber Palmlilie. O heilige Geister – mit eigenen Augen sehen zu müssen, wie der einzige Sohn umgebracht wird ...

Aber wenn die Krieger Vogelkind gefangen hatten, um ihn gegen Palmlilie auszuspielen, dann war Maisfaser noch frei. Irgendwo. *Allein und verzweifelt.*

Distels Blick schweifte über den Dämmerhimmel, die dunklen Hügel, die sie einschlossen, und über Zikades verbissenen Gesichtsausdruck. Sie betrachtete die neuen Falten in Zikades jungem Antlitz; ihre vielen Ängste waren zusammengeflossen und drängten aus den Tiefen ihrer Seele wie dunkle, gebuckelte Ungeheuer ans Licht.

»Jetzt sind sie weg«, sagte Zikade, als die Sklaven und Krieger hinter einer Biegung im Graben verschwanden. »Wir sollten gehen.«

»Ja«, flüsterte Distel. »Wir *werden* gehen.«

»Um ein Lager zu finden?«

Distel setzte sich aufrecht, steckte den Pfeil in den Köcher zurück und schwang den Bogen über die Schulter. »Nein, um Maisfasers Großvater zu finden.«

»Wir gehen zum Dorf von Kalebasse? Ich dachte, wir wollten nach Krallenstadt gehen, wie du gesagt hattest, um mit dem großen Priester Nordlicht zu sprechen und –«

»Ich habe meine Meinung geändert.«

Distel stand auf, vergewisserte sich, daß niemand sie sehen konnte, und ging den Hang hinab; sie verließ den Pfad, der zum Canyon des Volks des Rechten Wegs führte, und wandte sich statt dessen nach Südosten. Während sie ging, erwachten die Abendleute blinzelnd zum Leben. Die Straße des Lichts, die zu der höchsten Himmelswelt führte, bestäubte den Bauch von Bruder Himmel.

Zikade folgte ihr gehorsam, bis es zu dunkel wurde, um noch etwas zu sehen. Sie blieb stehen. »Distel, sollten wir nicht ein Lager aufschlagen? Wohin gehen wir?«

Distel drehte sich um. Zikade stand zehn Schritte entfernt, ein schwarzer Umriß gegen die windbewegte graue Wüste. Der kühle Nachtwind trug den Duft feuchter Erde heran.

Distel ging zurück und strich zärtlich über Zikades verfilztes Haar. »Wir lagern hier. Morgen früh mache ich mich dann auf zu den Gila-Monster-Klippen. Ich kann das wohl in fünf Tagen schaffen, wenn ich mich ranhalte und nicht –«

»*Warum?*« Zikade stand mit offenem Mund da. Die weißen Zähne schimmerten im Mondlicht. »Die Feuerhunde werden dich töten. Sie wissen, daß du zum Rechten Weg gehörst, und sie werden dich zur Sklavin machen und –«

»Das werden sie nicht.« Distel strich Zikade übers Haar, um sie zu beruhigen; die junge Frau ballte dauernd die Fäuste. »Nicht, wenn ich mit ihrem Häuptling sprechen kann. Und vielleicht ist das der einzige Weg, um Maisfaser zu retten – wenn sie noch lebt. Der Häuptling Eichelhäher und die Ehrwürdige Mutter Mondtanz hatten eine einzige Tocher, und das war Rehkitz, und ich bin ziemlich sicher, daß Rehkitz Maisfasers wirkliche Mutter war.«

»Maisfasers richtige Mutter? Ich dachte immer, das bist du.«

»Nein, Zikade, das bin ich nicht.«

»Warum hat mir Maisfaser das nie erzählt?«

»Sie wußte es nicht. Das ist eine lange Geschichte. Ich erzähle sie dir, wenn du mich auf dem Weg nach Süden begleiten willst. Aber das mußt du nicht. Es wäre vielleicht auch wirklich besser, ich ließe dich unterwegs in einem kleinen Dorf des Rechten Wegs zurück. Da bist du sicherer –«

»Ich – ich weiß nicht«, stammelte Zikade. »Ich werde morgen darüber nachdenken. Aber erzähl mir, was du vorhast... Du willst Häuptling Eichelhäher sagen, daß seine Enkeltochter am Leben ist?«

Distel streifte ihr Bündel ab und ließ es in den Sand fallen. »Ja. Eichelhäher hat die Schwester von Mondtanz geheiratet, Flaumfeder. Aus dieser Verbindung kamen nur Söhne. Wenn ich mich nicht irre, ist Maisfaser die Erbin von Gila-Monster-Klippen-Dorf und dem ganzen Umland. Eichelhäher wird nicht besonders glücklich darüber sein, daß die Gesegnete Sonne seine Enkeltochter in Krallenstadt gefangenhält.« Sie ließ die Drohung in der Luft schweben.

Zikade fragte flüsternd: »Wird Maisfaser denn in Krallenstadt festgehalten?«

»Dahin sollte sie gehen, hatte ich ihr gesagt, wenn etwas geschieht und sie Hilfe braucht. Wenn sie das getan hat« – Distel atmete tief ein und betete, daß Maisfaser ihr einmal gehorcht hätte – »dann ist sie dort und in Sicherheit.«

»Keine Gefangene also?«

Distel massierte ihre schmerzenden Schultern. »Ich glaube nicht, daß ihr wirklicher Vater so etwas zuließe. Ich nehme an, er ist derjenige, der so viele Sommer lang für ihre Erziehung bezahlt hatte. Vielleicht aber auch nicht. Ihr Vater könnte inzwischen sogar schon tot sein. Genau weiß ich überhaupt nichts, Zikade.«

»Doch. Eines weißt du.«

»Nämlich?«

Zikades Augen waren auf einmal wie kleine geflammte Dolche. Ihre Stimme war so schneidend wie ein fein behauener Obsidianspan. »Wenn Eichelhäher glaubt, daß seine Enkeltochter in Krallenstadt gefangen sitzt, dann wird er sie zurückholen wollen.«

»*Falls* Eichelhäher und Flaumfeder mir glauben. Und sie haben keinen Grund dazu. Ich denke nur, daß ich –«

»Viele Krieger, die Lanzenblattdorf überfallen haben, werden in dem Krieg fallen.« Ein grimmiges Lächeln trat auf ihre Lippen. Sie hob ihr Gesicht zum Himmel und schloß die Augen. »Ich will dabeisein. Das will ich sehen.«

Distel starrte sie an. War das dieselbe lebenslustige junge Frau, die noch vor kaum einem Viertelmond mit ihrer Tochter herumgetobt hatte? Ihr wurde innerlich ganz kalt.

Kniend zog sie ihre Decke aus dem Bündel und zwei Pemmikan-Würste: Fleisch, Fett und Beeren in einen Hirschdarm gepreßt. Vor zwei Tagen hatten sie ein Hirschkalb erlegt, soviel davon gegessen, wie sie konnten, und den Rest zu Pemmikan verarbeitet. Eine Wurst gab sie Zikade, die sie annahm.

Distel wickelte sich in ihre Decke und rollte sich auf die Seite, das Gesicht nach Süden. Sie löste das verknotete Ende der Wurst und drückte sich Pemmikan in den Mund, und dabei schlug ihr der Wind die Decke um die Beine. Sie fing einen Zipfel und hielt ihn mit den Füßen fest. Der köstliche Nachgeschmack von Hirschfleisch und Wacholderbeeren besänftigte Distels wundgeriebene Nerven. Sie kuschelte sich tiefer in die Decke, aß weiter und lauschte in die Nacht. Pfeifend durchstrich der Windjunge die Gräben. Der Beifuß raschelte. In weiter Ferne, kaum hörbar, heulte ein Coyote.

Sie stellte sich das Dorf von Eichelhäher vor. Sie war nie dort gewesen, hatte aber von Händlern davon gehört. Es befand sich neben einem von Kiefern bestandenen Berg und einem Fluß.

Schreie der Empörung würden erschallen, wenn sie und Zikade verwegen in das Mogollon-Dorf schlenderten. Es wäre fast ein Wunder, wenn sie wenigstens so lange am Leben blieben, bis sie jemanden gefunden hätten, der ihre Sprache sprach.

Doch dann würde Eichelhäher sie sehen wollen, und sei es nur aus Neugier.

*Dann, lieber Gatte und lieber Sohn, wird der brutale Mord an euch nicht ungesühnt bleiben.*

Die Bilder vom kopflosen Körper Vogelkinds quälten sie. Plötzlich schmerzte sie ihr Hals. Sie ließ ihr Pemmikan sinken und schloß die Augen.

Sie wollte nicht, daß Zikade sie weinen hörte.

## 32. Kapitel

Nachtsonne streifte ein sauberes blaues Kleid über, und dabei klingelten die Kupferglöckchen an Säumen und Ärmeln fröhlich. Sie hatte ihr graumeliertes Haar gewaschen und zu einem Knoten am Hinterkopf zusammengebunden und legte Ohrgehänge an. Sie war eingefallen und bleich, aber sie fühlte sich bereit. Vor zwei Zeithänden hatte ihr eine Sklavin Waschwasser, Kleidung, Schmuck und die Zedernrindenfackel gebracht, die an der Wand flackerte. Sie hatte gesagt, Nachtsonne möge sich für die Versammlung der Ältesten der Ersten Menschen bereitmachen.

Nun war es soweit: die Verhandlung. Angst und Erleichterung kämpften in ihr um die Oberhand. Jedenfalls würde das Warten endlich vorüber sein, und sie würde Wolkenspiel wiedersehen. Von all den Grausamkeiten, die sie zu erdulden hatte, war Schlangenhaupts Befehl, daß sie den Körper ihrer Tochter bis zu diesem Abend nicht sehen dürfe, die schlimmste, und sie haßte ihn dafür.

Aber sie haßte sich selbst noch mehr dafür, daß sie an der Versammlung an diesem schrecklichen Ort schuld war. Hätte sie sich vor siebzehn Sommern in Zaum gehalten, hätte sie nicht stattgefunden. Sie hatte der Wonne nachgegeben, die Eisenholz ihr gegeben hatte, und nun standen sie beide am Rand des Abgrunds.

Jetzt würde jedermann im Canyon des Volks des Rechten Wegs wissen, daß sie des Ehebruchs beschuldigt wurde, und die Hälfte dieser Leute würde ihren Niedergang hochbefriedigt zur Kenntnis nehmen. In den umliegenden Ortschaften würden Ehrwürdige Clan-Mütter untereinander tuscheln und sich mit heimlicher Schadenfreude am Ärger der Ersten Menschen in Krallenstadt ergötzen. Was auch immer ihr heute abend widerfahren mochte – die Geschichte würde immer weiterwuchern; nichts würde das aufhalten. Alle möglichen Spekulationen über den Kindesvater würden wild ins Kraut schießen. Das war ein schrecklicher Gedanke.

Sollte Schlangenhaupt beschließen, sie zu verbannen, würde sie die Kränkungen, Verwünschungen, den Verlust von Freunden irgendwie ertragen können; wenn aber die Identität vom Vater des Kindes ans Licht käme, würde man ihn zweifellos töten. Die Ersten Menschen konnten solch einen Skandal nicht ungesühnt lassen. Ein Mitglied des Bären-Clans paart sich mit der Ehrwürdigen Mutter von Krallenstadt! Unverzeihlich! Eher hätte Nachtsonne mit einem feindlichen Häuptling wie Eichelhäher das Lager teilen können als mit einem der Gemachten Menschen. Und es war nicht einmal ein mächtiger Clan-Ältester gewesen, sondern ein einfacher junger Krieger.

Nachtsonne ballte die Fäuste. Die Fackel knisterte und warf einen flackernden orangefarbenen Schein über die weißen Wände, der den schwarz-weißen Wasserkrug und ihre zusammengefaltete graue Decke hervorhob. Ein grimmiges Lächeln zeichnete sich auf ihren Lippen ab. Sie brauchte sich wohl über all das keine Gedanken mehr zu machen, weil ihr Sohn vorhatte, sie hinrichten zu lassen, wie sie annahm.

Nachtsonne legte sich das Muschelarmband, das die Sklavin ihr gebracht hatte, um das Handgelenk, als die Dachabdeckung etwas zurückgeschoben wurde.

Eisenholz rief: »Nachtsonne? Darf ich eintreten?«

»Du darfst, Kriegshäuptling.«

Die Leiter kam herab, und Eisenholz kletterte hinunter. Er trug ein wunderbar gefärbtes hellbraunes Hemd mit aufgenähten Zickzackleisten blauer und roter Stachelschweinstacheln auf der Brust. Ein Fransenbesatz schmückte die Arme und bedeckte die Knie. Sein ergrauendes Haar war zu einem langen Zopf geflochten. Der Ausdruck seines ovalen Gesichts mit den schrägen Brauen und der flachen Nase verriet eine seltsame Gelassenheit. »Ich bin nicht mehr Kriegshäuptling, Nachtsonne.«

»Für mich wirst du das immer sein. Als Ehrwürdige Mutter von Krallenstadt kann ich dich nennen, wie ich will.«

»Dein Sohn –«

»Soll meinetwegen von der Klippe springen.« Sie atmete tief ein. »Sind sie alle da?«

»Ja. Sie sind in der Kiva und warten.«

Nachtsonne rieb sich die feuchten Handflächen am Kleid ab. »Dann wollen wir das hinter uns bringen.«

Sie wollte an ihm vorbeigehen, und da packte er sie am Arm. Er griff zu wie ein unachtsamer Fremder, fest und schmerzhaft. Er sah ihr in die Augen; sein Gesicht war angstverzerrt. »Sag nichts, was nicht absolut nötig ist. Verstehst du?«

»Du meinst, ich soll ihnen nichts erzählen, außer wenn ich muß.«

»Genau. Laß Nordlicht all die unangenehmen Dinge sagen. Er hat sich vorbereitet, dich zu verteidigen.«

Nachtsonne runzelte die Stirn. Hatten Eisenholz und Nordlicht etwas geplant? Ein Komplott, um sie zu retten? Sie packte seine Hand. »Ich verspreche dir, ich werde nichts zugeben.«

»Gut.« Er trat von der Leiter weg. »Ich bin dazu bestimmt, heute abend deine Wache zu sein. Bleib bitte dicht bei mir.«

»Du bist dabei?« fragte sie voller Hoffnung. »Bei der Versammlung?«

»Schlangenhaupt lehnte am Anfang ab, gab aber dann nach, zu Nordlichts Überraschung. Nordlicht sagte, Schlangenhaupt habe fast selbstzufrieden dreingeschaut und etwas von ›verdrehter Gerechtigkeit‹ gemurmelt. Ich werde unten an der Leiter Posten beziehen.«

»Den Geistern sei Dank.« Das Bewußtsein seiner Anwesenheit gab ihr neue Kraft.

Nachtsonne stieg die Leiter hinauf aufs Dach. Ein großes Geflüster setzte ein. Die Plaza war leer, aber die Leute drängten sich auf den weißen Dächern, in Decken gewickelt und beobachtend. Das Herz wurde ihr schwer. Sie hob die Hand zu ihnen auf, und überall gingen daraufhin die Hände in die Höhe. Sie wagten es nicht, zu ihr zu sprechen, aber sie sah ihre Besorgnis, und das tröstete sie.

Eine staubgesättigte Brise raschelte durch ihr blaues Kleid und peitschte braune Erdhäufchen in der Plaza auf. Die vertraute Halbmondanlage von Krallenstadt erstreckte sich um sie herum, herrlich weiß. Vater Sonne war gerade unter den Horizont gesunken, Flammen brannten noch durch die ziehenden Wolken, aber die Dämmerung fiel schon auf den Canyon herab. Hunderte von Feuern loderten in der Ebene. Schwache Flötenmusik wurde von Strombettstadt hergeweht.

Eisenholz kletterte ihr nach. Er sah auf die Leute und sagte: »Sie haben sich schon vor vier Zeithänden versammelt. Die Ältesten aller Clans der Gemachten Menschen sind da.«

»Und die Sklaven?«

»Das hat Schlangenhaupt nicht erlaubt. Die würden nur Unruhe stiften, meinte er. Viele wollten trotzdem hinausschleichen, um dir ihre Ergebenheit zu zeigen, aber Spannerraupe und seine Krieger haben sie entdeckt und in ihre Quartiere zurückgetrieben.«

»Ich wünschte, ich hätte Schlangenhaupt bei der Geburt erwürgt«, sagte sie bitter.

»Bitte, geh voran, Nachtsonne. Ich folge dir.«

Sie ging zur Leiter, die zur Plaza führte, nahm zwei Sprossen auf einmal, um schnell zur Verhandlung zu kommen.

Eisenholz marschierte hinter ihr über die Plaza, wie es sich für eine gute Wache schickte.

Die große Säule leuchtete purpurn im Zwielicht, über die östliche Hälfte von Krallenstadt geneigt, wo Nachtsonnes Zimmer war. Ach, wie sehnte sie sich, jetzt tief schlafen zu können, auf weichen Schlafmatten in ihren Decken zusammengerollt. Aber das würde sie möglicherweise nie mehr erleben.

Nachtsonne duckte sich tief, um durch die T-förmige Tür in den Altarraum der Kiva zu treten, verbeugte sich dann ehrfürchtig vor den Thlatsinas an der Wand. Sie blickten grimmig, die Fangzähne gefletscht, die Bogen und Pfeile in ihren Händen zum Töten angelegt. Ihre prunkenden unmenschlichen Masken leuchteten schwach im Feuerschein, der von der Kiva seitlich einfiel.

Sie wandte sich zur Treppe, die hinunterführte, und kämpfte gegen den Drang an, heftig zu keuchen. Sie zwang sich, gleichmäßig und tief zu atmen.

Eisenholz trat hinter ihre Schulter und flüsterte: »Tritt ihnen gegenüber wie eine Frau ohne Schuld. Du kannst das. Du mußt! Vorwärts, Nachtsonne.«

Mit hochgerecktem Kinn kam sie die Stufen hinab, mit unergründlichem Gesicht. Unten setzte Gemurmel ein. Nachtsonne trat in die Wärme der vom Feuer beleuchteten Zeremonialkammer und drehte sich zu den Ältesten, die in einer Reihe auf der untersten Bank, der gelben, saßen. Nur die führenden Persönlichkeiten waren gekommen: die bucklige Mondglanz von Kesselstadt, Singdrossel, der Alte von Strombettstadt, die kleinwüchsige Kräuterblüte vom Großen Platz, eine kleine Person mit weißen Zöpfen, die unter der Krankheit der verknoteten Gelenke litt; sie hatte Hände wie verkrümmte Klauen. Sie saß zwischen Mondglanz und Singdrossel.

Silbernes Haar hing Mondglanz lose über dem gelben Kleid, das schöne rote und schwarze geometrische Muster schmückten. Trotz des hohen Alters entging ihren scharfen Augen nichts. Sie tätschelte das Bein von Kräuterblüte und sagte leise etwas zu ihr.

Singdrossel sah sie düster an. Seine Glatze glänzte orangefarben im Feuerschein. Ringe polierter Muschelschalen schimmerten auf seinem blauen Hemd. Er hörte nicht mehr sehr gut und hatte ständig eine gerunzelte Stirn, weil er sich so anstrengen mußte, die Leute zu verstehen.

Nachtsonne hörte Nordlichts unverkennbare Schritte auf den Stufen; ihm folgten viele andere.

Er trat ein; er trug eine frisch gewaschene weiße Robe und einen Türkis-Anhänger. Sein Haar hatte er zu einem Knoten auf dem Hinterkopf zusammengebunden. Er schaute kurz zu Eisenholz hinüber, der rechts von der Treppe stand, verbeugte sich vor den ehrenwerten Ältesten und schritt dann zu der Säule, etwa zwanzig Hände vor Eisenholz; dort drehte er sich um und verschränkte die Arme.

Als nächster kam Schlangenhaupt herunter und stieß bei jedem Schritt mit einem Stock fest auf den Boden, ein hämisches Lächeln auf seinem schönen Gesicht. Der abgetrennte Kopf eines Jungen war auf einem Pfahl aufgespießt worden. Bei diesem Anblick wurde es Nachtsonne ganz übel. Die Augen des Jungen waren ausgetrocknet und tief eingesunken, sein Mund stand offen, der Kiefer etwas verdreht. Aber Gesicht und Haare waren gewaschen worden und glänzten im Feuerschein.

Schlangenhaupt schritt vor den Ältesten auf und ab, bevor er sich neben die nordwestliche Säule stellte, der Eisenholz am nächsten stand. Die Kupferglöckchen auf dem schwarzen Hemd klingelten, als er die Beine spreizte. Sein schwarzer Zopf hing ihm über die linke Schulter.

Düne stapfte schwerfällig herab, bei jedem Schritt ächzend. Als er auf den festgestampften Boden trat, packte er Eisenholz' Arm, um sich festzuhalten, und schaute umher. Die buschigen weißen Brauen hingen ihm über die runde Nase.

Nachtsonne lächelte. All diese heiligen Leute hatten sich fein gemacht, ihre schönsten Gewänder angezogen und den kostbarsten Schmuck angelegt. Aber Düne trug dasselbe zerrissene braune Hemd, das er schon viele Sommer lang getragen hatte. Das war typisch für den alten Einsiedler; so drückte er seine Meinung über dieses schäbige Verfahren aus, ohne ein Wort zu sagen.

Dünes schütteres weißes Haar schimmerte. Er schaute zu Nachtsonne, humpelte dann zu Singdrossel und setzte sich neben ihn. Singdrossel beugte sich vor und sagte etwas, und als Düne antwortete, bewegten sich Singdrossels Lippen, der sich bemühte, den Wörtern zu folgen.

Nachtsonne wartete keine Anweisungen ab. Sie überquerte den Raum und ging zu der Leiche, die unter einer türkisbesetzten Decke auf der östlichen Fußtrommel aufgebahrt war.

»Mutter!« brach es aus Schlangenhaupt heraus. »Ich habe dir nicht erlaubt, meine tote Schwester zu betrachten!«

»Ich habe nicht nach deiner Erlaubnis gefragt.«

Nachtsonne zog vorsichtig die Decke zurück, um Wolkenspiel anzusehen. Ihr bleiches Gesicht war mit Öl eingerieben worden und glänzte im Feuerschein. Jemand, vermutlich Nordlicht, hatte ihr das Haar sorgfältig geflochten und auf dem Scheitel festgesteckt. Die Kehle war Nachtsonne vor lauter Tränen wie zugeschnürt. Mit bebender Hand berührte sie die kalte Wange ihrer Tochter. »O mein Kind«, flüsterte sie. »Du fehlst mir so sehr!«

»*Mutter* –«, setzte Schlangenhaupt an.

»Warte«, unterbrach ihn Nordlicht. »Laß ihr etwas Zeit.« Sein Türkis-Anhänger hob sich leuchtend von seinem weißen Hemd ab.

Die Ältesten flüsterten untereinander.

Nachtsonne küßte Wolkenspiel zärtlich auf die Stirn und zog die Decke wieder über sie.

*Laß sie nur nicht deine Trauer oder deine Angst sehen.*

Nachtsonne dreht sich um und schritt quer durch den Raum, um jeden der Ältesten zu begrüßen, und die Fältchen um ihre Augen vertieften sich, als sie lächelte. »Hallo, Mondglanz. Es ist schön, dich zu sehen.«

»Ich hatte schon Angst, du wärst in dem Käfig da verdorrt«, sagte Mondglanz teilnahmsvoll. »Ich bin froh, dich so munter zu sehen.«

Nachtsonne streckte die Hand aus, um die große heilige Frau vom Mittelplatz zu begrüßen. »Kräuterblüte, du siehst heute abend sehr gut aus.«

Die kleine alte Frau ergriff liebevoll Nachtsonnes Hand und sagte: »Ich bin deinetwegen hier, mein Mädchen. Ich will hören, was du zu sagen hast.«

Nachtsonne beugte sich vor und küßte Kräuterblüte leicht auf die faltige Wange. Sie murmelte: »Ich danke dir.«

Als sie die Hand zu Singdrossel ausstreckte, tätschelte er ihre Finger zärtlich. »Geht's dir gut, Cousine?«

Laut antwortete sie, damit er sie hören konnte: »Mir geht es jetzt viel besser, vielen Dank. Es wärmt mein Herz, dich zu sehen.«

»Mir geht es genauso«, entgegnete Singdrossel.

Bevor sie zu Düne weiterging, befahl Schlangenhaupt: »Komm hierher, Mutter! Setz dich hin!« Er deutete auf den Boden.

»Ich werde stehen«, sagte Nachtsonne. »Stell mir deine Fragen.«

Schlangenhaupt zog den Mund ein wenig in die Breite, aber man hätte es nicht ein Lächeln nennen können. Die Kälte seines Ausdrucks traf Nachtsonne wie ein Schlag in den Magen. Wie konnte er seine eigene Mutter in dieser Weise ansehen?

Nachtsonne reckte das Kinn. »Nun? Du hast mich einen Viertelmond lang eingesperrt. Wessen beschuldigst du mich?«

Über Schlangenhaupts Schulter sah sie das Gesicht Nordlichts. Ätherisch. Schön. Als würde er allein auf einem Berggipfel sitzen, um einem prachtvollen Sonnenaufgang zuzusehen, nicht hier bei ihrer Verhandlung. Ihr Blick glitt zu Eisenholz unten an der Treppe. Die starken Muskeln zeichneten sich unter dem hellbraunen Hemd ab. Der Schweiß rann ihm über die Mundwinkel zum Hals hinunter.

*Er sieht aus, als hätte er genausoviel Angst wie ich.*

Schlangenhaupt stolzierte würdevoll vor Nachtsonne auf und ab und stieß mit seinem Stock auf. Das lange Haar des toten Jungen flatterte, und etwas Flüssigkeit rann aus dem aufgeschlagenen Schädel. »Was mein Vater über dich gesagt hat – ist das wahr?«

»Was die Leute über dich sagen – ist das wahr?«

Leises Lachen von seiten der Ältesten wurde laut. Alle wußten, was man sich über Schlangenhaupts Brutalität erzählte und sogar von seiner Feigheit, wenn ein Kampf drohte.

Schlangenhaupt lächelte kalt. »Hast du meinen Vater betrogen? Hast du dieses Kind ausgetragen« – er deutete auf den abgetrennten Kopf – »und es versteckt?«

»Nein und nochmals nein«, antwortete Nachtsonne.

»Du nennst also meinen Vater, die frühere Gesegnete Sonne, einen Lügner?«

Nachtsonne wandte sich an die Ältesten. »Hört mich an, bitte. Als Krähenbart im Sterben lag, hat er vieles gesagt, was keinen Sinn ergab. Ich glaube, seine Seele ging in seinem Körper aus und ein, und da konnte er nicht unterscheiden zwischen dem, was er sich vorstellte, und seinen wirklichen Erinnerungen. Ich –«

»Du hältst uns wohl für Dummköpfe!« brüllte Schlangenhaupt. Er wirbelte herum und deutete auf Nordlicht. Der Priester sah ihn gelassen an. »Und was ist mit dem, was Nordlicht gesagt hat? Er hat uns erzählt, daß der Junge im Lanzenblattdorf lebt, daß du einen Sohn zur Welt gebracht hast –«

»Das habe ich nicht gesagt«, murmelte Nordlicht.

Die Ältesten verstummten und warteten atemlos.

Schlangenhaupt traute seinen Ohren nicht. »Doch«, rief er zornig. »Ich habe es gehört. Kriecher und Dachsbogen haben es auch gehört!«

»Ich habe nur gesagt«, stellte Nordlicht richtig und trat neben Nachtsonne, »daß der Junge in Lanzenblattdorf lebte. Ich habe nicht gesagt, daß Nachtsonne das Kind geboren hat.«

Schlangenhaupt stieß den Stock auf den Boden wie ein wütendes Kind. Der Kopf des toten Jungen wackelte. »Du willst mir erzählen, daß du nicht gemeint hast –«

»Genau das will ich dir erzählen.«

Schlangenhaupt kämpfte um seinen verlorenen Vorteil. Er sagte: »Dann hast du also … dann hast du mich also ein unschuldiges Kind töten lassen! Ich habe befohlen, daß man Palmlilies Sohn umbringt, weil du mir vorgegaukelt hast, der Junge sei ein unehelicher Bastard meiner Mutter! Du *hundsgemeiner* Mörder!«

Nachtsonne ballte die Fäuste so krampfhaft, daß ihr die Nägel ins Fleisch schnitten. Was für ein Spiel spielte Nordlicht? Sie konnte das nicht ergründen. Er stand so ruhig, so reglos da. Gegen die rote Säule abgehoben, sah er aus wie ein Geist. Nur seine Augen bewegten sich. Er blickte einzeln auf die Thlatsina-Masken an den Wänden und durchforschte die Gesichter, als lauschte er den Stimmen der Götter.

Die Ältesten flüsterten eine Weile untereinander. Dann schaute Mondglanz hoch.

»Ist das wahr, Sonnenseher? Hast du Schlangenhaupt getäuscht?«

»Das habe ich getan, Gesegnete Mondglanz«, antwortete Nordlicht freimütig. »Dessen bin ich schuldig und …« Er holte Atem und machte eine Pause. »Und vielleicht bin ich auch schuldig an der Ermordung des Jungen.« Er schaute zu dem abgetrennten Kopf hoch, und Schmerz und Trauer zeichneten sich in seinem schön geschnittenen Gesicht ab.

Ein Gemurmel verwirrter Fragen erhob sich, alle Ältesten sprachen durcheinander.

Düne hob eine Hand, um die Ruhe wiederherzustellen. »Sag ihnen, warum, Nordlicht. Es ist an der Zeit, daß sie es erfahren.«

»Was zu erfahren?« stieß Schlangenhaupt hervor. »Ich kann nicht glauben –«

»Hör zu, Junge«, sagte Düne. »Du *wirst* es glauben.«

Schlangenhaupt biß wütend die Zähne zusammen. Er blickte Düne böse an, wandte sich dann an Nordlicht, der in Gebetshaltung vor ihm stand, den Kopf gebeugt, die Hände gefaltet. »Also, Sonnenseher … erzähl es uns!«

Nachtsonne betrachtete forschend Nordlichts Gesicht. Er war vollkommen gefaßt. Die Ältesten saßen reglos; der Feuerschein tanzte über ihre angespannten Mienen.

Nordlichts weißes Priesterhemd bauschte sich im kalten Windzug, der von der Treppe kam, und ein Schauder erfaßte ihn, den er nicht unterdrücken konnte.

»Los«, drängte ihn Düne.

Nordlicht nickte und holte Atem. Er sprach langsam und deutlich. »Ich habe es auf mich genommen, das Volk des Rechten Wegs zu schützen. Ich bin mir bewußt, daß das anmaßend klingt. Aber es ist allein mein Werk. Niemand sonst ist zu tadeln.«

»Es ist *nicht* allein dein Werk«, wandte Düne ein. Die tiefen Falten seines Gesichts glätteten sich etwas. Er drehte sich zu den Ältesten. »Es war mein Fehler. Ich habe Krähenbart gebeten, das Kind nicht zu töten.«

Nachtsonne erstarrte. *Was für ein Kind? Ist das ein Trick?*

Schlangenhaupt schüttelte seinen Stock; das Haar des toten Jungen flatterte. »Sag mir, wovon du sprichst!«

Nordlicht betrachtete ihn kühl. »Du hast einen Bruder gehabt. Aber er war nicht der Sohn deiner Mutter. Er war der Sohn deines Vaters.«

Schlangenhaupt fiel zusammen wie eine Hirschblase, in die man sticht; er stieß alle Luft aus, die er in seinen Lungen hatte.

»Was?«

»Das war der Sohn, den Palmlilie aufzog.«

Schlangenhaupt reckte den Hals, um zu dem abgetrennten Kopf hochzuschauen. Die ausgetrockneten Augen des Jungen schienen bösartig zurückzustarren. »Der war wirklich mein Bruder?«

»Ja, und ich fürchtete, er könnte den Prophezeiungen unserer Feinde neue Nahrung geben. Versteht ihr – seine Mutter war Rehkitz, Eichelhähers Tochter.«

Singdrossel brüllte: »Dieser kriegslüsterne Häuptling der Mogollon?« Er bekam rote Flecken im Gesicht. »Du meinst die Legende von dem Kind, das geboren und dann versteckt wurde?«

Kräuterblüte zog hörbar den Atem ein. »Der Junge, der zurückkommen würde, um uns zu vernichten? Große Götter! Sein Überleben hätte katastrophal sein können.«

Nordlicht verschränkte seine Finger. »Ich bin mir dessen sehr bewußt.«

»Aber …« Kräuterblüte hob ihre Klauenhand und streckte sie Nordlicht entgegen. »Warum hast du uns das nicht einfach erzählt, Sonnenseher? Warum die Täuschung?«

Nordlicht preßte die Lippen zu einem weißen Strich zusammen. »Ich hatte Krähenbart versprochen, es niemandem zu sagen. Er schämte sich dessen, was er getan hatte. Und er wußte, wie gefährlich alles war.«

Kräuterblüte runzelte die Stirn, als Düne sich erhob. Sein zerschlissenes braunes Hemd hing an ihm herunter, als bedeckte es blankes Gebein. Seine sommersprossige Kopfhaut leuchtete orangefarben unter seinem schütteren weißen Haar.

Nachtsonne war wie betäubt. Sie beobachtete, was um sie umher vor sich ging, wie ein vom Kampf benommener Krieger, und wußte nicht mehr, was wirklich oder unwirklich war. Sie erinnerte sich, daß Krähenbart Sklavinnen auf der Plaza anzüglich berührt hatte. Aber sie spürte außerdem, daß Nordlicht und Eisenholz irgendein verzweifeltes Spiel spielten, in dem sie mitspielen sollte. Entweder machte sie bei diesem Manöver mit, oder sie waren alle verloren.

»Doch das ist nicht die ganze Geschichte«, sagte Düne. »Als Krähenbart entdeckte, daß Rehkitz sein Kind trug, holte er mich, um meinen Rat zu hören. Ich bin derjenige, der Krähenbart gebeten hat, das Kind am Leben zu lassen. Es war für mich ein großes Geschenk, als er ja sagte. Aber ich schlug ihm auch vor, daß er weggehen sollte, um für die Zeit bis nach der Geburt des Kindes eine Ausrede für seine Abwesenheit zu haben.«

»Warum solltest du meinen Vater gebeten haben, den Jungen am Leben zu lassen?« wollte Schlangenhaupt wissen. »Das ist doch lächerlich, man hätte ihn schon vor der Geburt töten sollen.«

»An die Mogollon-Legenden habe ich nie geglaubt«, sagte Düne. »Und ich hielt es für besser, nicht erst peinlicherweise gestehen zu müssen, daß die Gesegnete Sonne mit einer Feuerhund-Sklavin das Lager geteilt hatte. Das –«

»Hast du Krähenbart vorgeschlagen, er solle für zehn Monde von hier verschwinden«, durchschnitt die dünne Stimme von Nachtsonne die düstere Stimmung, »aus Furcht, was ich daraufhin tun könnte?«

Dünes Kopf begann langsam zu nicken. »Ja. Du hättest dich natürlich sofort von Krähenbart getrennt, nicht wahr?«

Nachtsonne zog die Brauen zusammen. Sie bedachte die Frage. »Ja, das glaube ich auch. Ich hätte keine andere Wahl gehabt.« Sie schlug die Arme über der Brust fest übereinander. »Ich erinnere mich, ich habe ihn die Sklavinnen tätscheln sehen. Hätte ich aber gewußt, daß es Rehkitz war, um die er warb, dann wäre ich wütend gewesen – wegen der Legenden.«

*Und es hätte Wolkenspiel das Herz gebrochen. Wegen der Legenden haben wir ihr verboten, Spannerraupe zu heiraten, und dabei hatte ihr eigener Vater Eichelhähers Tochter beigelegen.*

Nordlicht breitete die Arme aus und trat an die Bank der Ältesten heran. Sein Priesterhemd raschelte leise. »Aber selbst, wenn die Legenden der Feuerhunde auf Wahrheit beruhten«, sagte Nordlicht, »waren Düne und ich der Meinung, es wäre richtiger, einen Mann zu bekämpfen, als ein kleines Kind zu ermorden.«

Schlangenhaupt fragte höhnisch: »Und warum hast du mir dann jetzt gesagt, ich solle ihn umbringen?« Er zeigte mit dem Stock auf die eingesunkenen Augen.

»Ich hatte keine Wahl«, erwiderte Nordlicht leise. »Es war Krähenbarts letzter Befehl.«

»Das war es nicht!« widersprach Schlangenhaupt. Mit einem anklagenden Finger deutete er auf Nordlicht. »Sein letzter Befehl war, das Kind meiner Mutter zu töten! Meiner Mutter!«

Nordlicht schüttelte den Kopf. »Das hat er gesagt, aber Krähenbart war verwirrt und plapperte vor sich hin. Ich reimte mir zusammen, was er wirklich wollte, aus Bruchstücken, die er gesagt hat: ›Wenn jetzt ein Erlöser käme‹ und ›Eichelhähers Brut‹. Erinnerst du dich, daß dein Vater so etwas gesagt hat?«

Grollend gab Schlangenhaupt das zu. »So etwas Ähnliches, ja.«

»Versteht ihr jetzt?« sprach Nordlicht die Ältesten an. »Krähenbart wußte, daß sich in den Sommern nach der Geburt des Jungen das Verhältnis zu den Mogollon ständig verschlechtert hatte. Immer wieder haben wir sie zurückgeschlagen. Wenn jetzt ein Erlöser käme, dann wären sie nur allzu bereit, ihm zu folgen. Krähenbarts letzter Befehl war, dieses Kind zu töten. Und ich wußte, was er meinte.« Nordlicht atmete hörbar aus. »Aber ich konnte das Geheimnis nicht preisgeben. Nicht, solange Krähenbart noch am Leben war. Ich hatte es ihm versprochen.«

Der Wohlklang seiner schönen Stimme schien die Versammlung verzaubert zu haben. Die Ältesten saßen da wie gebannt. Nachtsonne schaute auf Eisenholz, und er hielt ihren Blick so lange aus, daß ihr Herz gegen die Rippen trommelte. War das alles wirklich wahr?

Schlangenhaupt warf einen Blick auf Nordlicht und dann auf Eisenholz. Seine Augen verengten sich zu Schlitzen. »So ist das, du hast mich also belogen, Nordlicht!«

»Das habe ich.«

»Und damit«, sagte Kräuterblüte mit kratziger Stimme, »hast du uns vielleicht alle gerettet. Ich habe genug gehört. Mondglanz, was sagst du?«

Das Silberhaar von Mondglanz schimmerte. Sie nickte. »Ich habe keine Fragen mehr.«

»Und du, Singdrossel?«

Der alte Mann rief: »Was? Sprich lauter!« Er fuhr herum, um auf die Lippen von Kräuterblüte zu sehen.

Sie legte ihm eine Hand auf die Schulter, beugte sich vor und schrie: »Ich habe dich gefragt, ob du genug gehört hast.«

Singdrossel sah sie finster an »Nicht nötig, so zu schreien. Für mich ist sie unschuldig, wenn du das meinst.«

Kräuterblüte seufzte. »Na also, dann gehen wir doch. Ich bin ziemlich müde, und mir tun die Gelenke weh.« Sie stand auf und wartete auf die anderen Ältesten; zusammen gingen sie zur Treppe.

»Wartet!« schrie Schlangenhaupt. »Wir sind noch nicht fertig! Ich glaube nicht an Nordlichts Geschichte. Wie könnt ihr –«

Kräuterblüte ging voraus und schob sich an Schlangenhaupt vorbei. Die anderen folgten ihr der Reihe nach und flüsterten miteinander.

Schlangenhaupt eilte die Treppe hinauf und verzichtete dabei auf das Theater mit dem Stock. Nachtsonne hörte ihn rufen: *»Kräuterblüte! Kräuterblüte, warte! Du denkst doch nicht im Ernst –«*

Als ihre Stimmen verklangen, griff Nordlicht nach der Bank, ließ sich darauf fallen und legte den Kopf in die Hände. Er zitterte.

»Nordlicht!« rief Nachtsonne und machte zwei schnelle Schritte auf ihn zu.

»Nein, es ist alles in Ordnung.« Er hielt eine Hand hoch. »Ich bin einfach … etwas erschöpft.«

Nachtsonne kniete sich vor ihn und strich ihm zart über die Knie. »Alle diese Sommer hast du dieses Geheimnis für dich behalten, mein Neffe. Sogar vor mir.«

»Ich halte mein Versprechen, Tante. Dir und deinem Mann gegenüber.«

»Ja«, sagte sie sanft. »Ich weiß.«

Düne kam mit einem Grunzen auf die Beine. Er humpelte zu Nachtsonne und tätschelte ihre Schulter. »Du bist frei.« Feuchte Strähnen seines weißen Haares hingen ihm über die Schläfen. »Schlangenhaupt weiß, im Augenblick kann er nicht gewinnen. Aber paß auf ihn auf. Man kann nie wissen, was er als nächstes anstellen wird, um dich zu vernichten.«

Sie ergriff seine knotigen Finger. »Düne, ich danke dir für deine Hilfe.«

Er schenkte ihr ein zahnloses Lächeln. »Es hat mich eine Menge Kraft gekostet. Ich bin zu alt für solche Spiele. Jetzt werde ich mal meine Decken suchen. Morgen sprechen wir weiter, wenn wir ausgeruht sind.«

»Wenn's dir nichts ausmacht«, sagte Nordlicht, »komme ich mit. Ich bin sehr müde.«

Düne nickte. »Das glaube ich dir gern. Du warst *großartig*, Sonnenseher. Komm, gehen wir, damit ich deine Gesellschaft genießen kann.«

Nordlicht lächelte schwach über das Lob, küßte Nachtsonne auf die Schläfe und folgte Düne die Stufen hinauf.

Nachtsonne blickte ihnen nach und schüttelte den Kopf; sie war erleichtert, aber ziemlich verwirrt. Sie wandte sich an Eisenholz, und er richtete sich auf, als erwartete er ihre Fragen schon.

Sie starrten sich eine ganze Weile unverwandt an, ohne zu sprechen. Die Anspannung hatte rings um seine Augen tiefe Falten eingegraben; sein hellbraunes Hemd klebte feucht und faltig an seinem kräftigen Körper. Sie roch seinen moschusartigen Schweiß. Er mußte große Angst gehabt haben.

Sie stand auf und ging zu ihm. »War irgend etwas davon wahr?«

»Manches schon.«

Nachtsonne zog die Brauen zusammen. Die Furcht wich von ihr, aber zugleich auch ihre Kraft. Sie warf einen Blick auf Wolkenspiel und dann auf Krähenbart, und Trauer und das Gefühl der Verlassenheit überwältigten sie. »O Eisenholz, was mache ich jetzt? Ich fühle mich so leer.«

»Du tust, was du tun mußt. So wie du es immer getan hast. Ich bringe dich auf dein Zimmer. Du mußt auch völlig erschöpft sein.«

Nachtsonne zerknitterte nervös den blauen Stoff ihres Kleides. Sie trat an ihn heran und schaute in sein schönes Gesicht. Der Feuerschein warf eine bernsteinfarbene Aura über sie beide. In seinen dunklen Augen blitzten goldene Pünktchen auf. »Bleibst du noch bei mir?« fragte sie. »Damit wir reden können?«

»Nachtsonne«, sagte er zögernd, als wollte er nicht darauf antworten. »Ich – ich kann nicht.«

»Warum?«

»Es würde alles schwieriger machen ... für mich.«

Sie schüttelte den Kopf und verdrängte eine innere Warnung. »Ich verstehe, aber kannst du nicht wenigstens eine Zeithand lang bleiben? Das wirst du doch ertragen können? Ich habe sonst ja niemanden – jetzt – und ich muß mit jemandem reden. Bitte!«

Er ließ die Schultern fallen, dehnte sie dann aber wieder einatmend aus, so daß sich sein Hirschlederhemd wölbte. Zuerst schüttelte er den Kopf, schloß jedoch dann die Augen und flüsterte: »Also gut. Nur für eine Zeithand.«

Er wies zur Treppe und folgte ihr, als sie zur Leiter eilte, die sie zu ihrer Kammer im vierten Stockwerk führte.

Zwei Zeithände später lagen sie sich auf ihrer Schlafmatte in den Armen. Die nächtliche Kühle entzog Eisenholz' Körper die Wärme, und er verstärkte seine Umarmung.

*Was habe ich getan?* fragte sich Eisenholz. *Warum habe ich das zugelassen?*

Nachtsonne hatte ihren Kopf unter sein Kinn gelegt. Er streichelte langsam über ihren bloßen Rücken, und ihre weiche Haut linderte sein inneres Wundsein. Das Sternenlicht fiel über ihre nackten Körper wie ein kühler Schleier.

*Sag's ihr! Sag's ihr jetzt! Wenn die Welt so schnell auseinanderfällt, wie du fürchtest, kannst du es vielleicht nie mehr tun.*

»Nachtsonne?«

»Hmm?« sagte sie schlaftrunken.

»Ich habe nie aufgehört, dich zu lieben.«

Sie hob den Kopf, und ihr langes ergrauendes Haar fiel über ihn. Das hatte sie noch nie von ihm gehört. Trauer war in ihren Augen, von einer Tiefe, die ihm angst machte, so wie vor so vielen Sommern, bevor sie ihm gesagt hatte, daß sie ihn nie mehr sehen könne. »Eisenholz, ich ...«

Als ihre Stimme brach, sagte er: »Du brauchst mir nicht zu sagen, daß du mich liebst, Nachtsonne. Das hatte ich auch nicht erwartet. Aber ich, ich wollte es dir sagen. Ich habe es so oft in meinen Träumen gesagt, daß ich es einmal ausgesprochen hören wollte. Nur einmal.«

Sie strich sich das Haar hinter die Ohren und seufzte. »Wenn ich das sage, Eisenholz, dann wird das der Tag sein, an dem wir Krallenstadt verlassen müssen und das Volk des Rechten Wegs dazu. Wir müßten alles aufgeben. Das ist dir klar, nicht wahr? Wir dürften niemals zusammen gesehen werden. Nicht hier. Nirgends, innerhalb unseres Volks.«

»Ja, das ist mir klar.«

»Bist du bereit, alles aufzugeben?«

Er lächelte. »Ich habe nichts ohne dich, Nachtsonne.«

Langsam legte sie ihren Kopf zurück; ihre schlanken Finger glitten über seinen Arm, den Muskelschwellungen entlang. Sehr leise flüsternd sagte sie: »Vergib mir, Eisenholz.«

Er starrte auf das Sternenlicht, das sich auf der schwarzen Teerschicht der Deckenbalken widerspiegelte wie ein Gewebe aus kleinen schimmernden Diamanten.

Er nickte, sein Gesicht in ihrem Haar. »Das habe ich doch immer getan.«

## 33. Kapitel

Die Sonne schien durch das Ostfenster in Nachtsonnes Zimmer und blitzte auf einer Wolke schillernder Fliegen, die in der warmen Frühlingsluft summten. Ziellos wanderte sie durch den Raum. Sie war frei, kaum einen Tag lang, und wußte nicht recht, was sie als erstes tun sollte. Sie schaute sich um. Die Kammer war zwei mal drei Körperlängen groß. Der Bison-Thlatsina mit geschwungenen Hörnern und langem schwarzem Bart starrte sie von der Südwand an. Unter ihm, auf dem Boden, stand eine Reihe Töpfe von der Grünen Mesa, mit exquisiten schwarzweißen Mustern bemalt. Heilkräuter und -wurzeln waren in ihnen aufbewahrt. Die Sonne erwärmte den kleinsten Topf, aus dem der Duft getrockneter Minze aufstieg. Der Sonnen-Thlatsina tanzte auf der Nordwand, die rosigen Arme ausgestreckt und einen Fuß angehoben. Er trug einen Kopfschmuck aus Adlerfedern.

Es lag alles so da, wie sie es verlassen hatte. Doch warum wirkte alles so unvertraut? War der Geist des Zimmers während ihrer Abwesenheit geflohen? Ihre Decken, unter denen sie Eisenholz umarmt hatte, ruhten unterhalb des Sonnen-Thlatsina, und ihre kostbarste Habe lag in dem großen blauweißen Korb in der nordwestlichen Ecke; sechs Hände hoch und vier breit – der Korb enthielt ihr ganzes Leben.

Nachtsonne hob den Deckel auf. Behutsam nahm sie die gelbe Decke heraus, die ihre Großmutter gewebt hatte, dann den ersten Topf, den Wolkenspiel getöpfert hatte, klein und rot, mit ihren winzigen Fingerabdrücken auf der Oberfläche. Nachtsonne fuhr über jede Delle, und plötzlich überfiel sie eine Art von Lähmung – wie durch einen vergessenen Schrekken, den ein Wort oder ein Blick mit einem Schlag wieder ins Gedächtnis ruft. Sie zog ihre Hand zurück, die zitterte.

Ihre Tochter war tot, sie hatte die Leiche gesehen, berührt und das kalte Fleisch gefühlt. Aber dennoch hatte sie bis jetzt diese Tatsache noch nicht akzeptiert – als ob ihre Seele darauf beharrte, daß ihr die Augen etwas vorgetäuscht hätten, so sah sie in der Erinnerung Wolkenspiel lebendig und lächelnd. Was würde geschehen, wenn sie die Wahrheit endlich annehmen müßte?

Nachtsonne spähte in den kleinen Topf, auf den Obsidiankratzer, den ihr Schlangenhaupt in seinem siebenten Sommer geschenkt hatte. Damals hatte er sie geliebt. Ihr heiligen Götter, was war geschehen, daß er sie jetzt so haßte? Was hätte sie denn anders machen sollen?

Ihre Hand verharrte unsicher über dem seltenen und kostbaren Türkis-Messer von Eisenholz. Als sie von ihrem ersten Ausflug zurückgekehrt waren, hatte er es in ihre Hand gleiten lassen. Sie waren von einer Menge Leuten umgeben gewesen, und niemand hatte etwas gesehen. Er war weitergegangen, ohne ein Wort zu sagen.

Nachtsonne nahm es und drückte es an ihr Herz.

Es war ein fröhlicher Ausflug gewesen. Acht Tage lang hatten sie gelacht und geredet, und wenn er Nachtsonne angesehen hatte, war sie jedesmal aufgeblüht. Nach ihrer letzten Nacht war sie verzweifelt in ihn verliebt gewesen, und diese Erkenntnis hatte ihr beinahe das Herz gebrochen.

Sie betrachtete das Türkis-Messer und die polierte Schneide, die ein Meister zurechtgeschliffen hatte. Der Griff stammte aus einem Hirschgeweih.

Siebzehn Sommer lang hatte sie Eisenholz' Lachen und den Blick seiner Augen in einer geheimen Kammer ihrer Seele lebendig gehalten. Wenn Krähenbart sie beleidigt und erniedrigt oder die Kinder geschlagen hatte, waren diese kostbaren Erinnerungen ihre Zuflucht gewesen.

Sie blickte durchs Fenster. Der rote Felsenschopf auf der Großen Säule leuchtete im schräg einfallenden Morgenlicht auf. Obendrauf hatten goldene Adler ein riesiges Nest aus Wacholderzweigen auf dem Kopf gebaut. Das Weibchen saß in der Mitte, den Schnabel unter die Flügel gesteckt, und schlief in der warmen Sonne.

Was sie nicht dafür geben würde, wenn ...

Ein Schatten fiel durch das Zimmer, und über ihre Schulter blickend sah sie Eisenholz in der Tür stehen. Beklommenheit drückte sie nieder. Er lächelte, aber es war ein gekünsteltes Lächeln. Nach der vorigen Nacht war das verständlich. Er trug ein rotes Hemd und schwarze Leggings und Sandalen. Sein ergrauendes Haar hatte er aus seinem ovalen Gesicht gezogen und mit einem geflochtenen Yucca-Bindfaden zurückgebunden.

Er sagte: »Ich wollte mich nur vergewissern, daß alles in Ordnung ist.«

Nachtsonne wandte sich ihm zu, das Messer ans Herz gedrückt. Er sah es und betrachtete sie teilnahmsvoll.

»Ich bin wie taub, Eisenholz. Ich kann nicht mehr richtig denken. Es kommt mir vor, als wären meine Hände und Füße gebunden, und ich könnte mich in keine Richtung mehr sehr weit bewegen.«

»Es ist soviel geschehen, Nachtsonne. Du brauchst Zeit, um das alles zu verarbeiten.«

Sorgfältig verstaute sie das Messer wieder zwischen den Falten der Decke ihrer Großmutter in den blau-weißen Korb und legte den Deckel drauf. »Auch mit viel Zeit, glaube ich, würde ich das sicher nicht vergessen. Mein Mann ist gestorben. Ich hasse meinen Sohn. Meine schöne Tochter ist tot. Und ich weiß nicht, warum jemand sie ... umbringen wollte.« Sie rieb sich über die zugeschnürte Kehle. »Ich versuche die ganze Zeit festzustellen, was von meinem Leben übriggeblieben ist.«

Er holte tief Luft, entschied sich aber offenbar dazu, nichts zu sagen.

Nachtsonne ging zu ihm und lehnte ihre Schulter an die Wand neben ihm. »Was ist los?«

Eisenholz' schräge Brauen senkten sich über die flache Nase. Seine mattgoldene Haut wirkte flachsfarben in dem Licht. »Der junge Schwalbenschwanz ist gestern abend zurückgekehrt und meldete, daß Dünes Lehrling, Sängerling, mit Dünes Bestattungsbündel hierher unterwegs ist. Düne wird einen oder zwei Tage brauchen, um Krähenbarts Leichnam vorzubereiten.« Er schaute ihr forschend in die Augen. »Nordlicht wollte wissen, ob du den Leichnam auf dem Weg nach Süden begleiten willst. Schlangenhaupt führt die Prozession an.«

Nachtsonne ballte die Fäuste, als ob sie damit ihre aufgewühlten Empfindungen so lange unterdrücken könnte, bis sie fähig wäre, ihren weiteren Weg klar zu sehen. »Und Nordlicht meinte, ich möchte vielleicht nicht vier Tage lang mit meinem Sohn zusammen auf der heiligen Straße sein.«

»Es ist nicht nötig, Nachtsonne. Ehrwürdige Mütter gehen selten mit. Es könnte auch gefährlich werden. Eine Prozession ist für Räuber leicht auszumachen.«

Sie rieb sich die Stirn.

»Und … da ist noch etwas«, fügte er sanft hinzu.

Nachtsonne schaute hoch.

»Erinnerst du dich, daß ich dir erzählt habe, ich wollte nach Lanzenblattdorf gehen und nach Maisfaser suchen, sowie sich hier alles beruhigt hat?«

»Ja.«

Er öffnete den Mund, aber es kamen keine Wörter heraus, als ob er mit sich kämpfte. Er faltete die Arme fest über der Brust. Es dauerte eine Weile, bis er endlich sagte: »Ich wollte dich fragen … ob du Lust hast, mitzukommen.«

Nachtsonne holte tief Luft. In der letzten Nacht waren Gefühle wach geworden, die sie erschreckten. Aber vor langer Zeit hatte sie eine Grenze überschritten, bei der es kein Zurück mehr gab, und sie war in der vorigen Nacht schon soweit darüber hinweggelaufen, daß sie die Grenzlinie gar nicht mehr sah. Mitkommen? Oh, wenn sie nur könnte. Sie wollte mit ihm gehen, aus ganzem Herzen. Wäre sie dreißig Sommer alt gewesen, sie hätte sofort, im selben Augenblick, ihre Sachen zusammengepackt. Aber nun stand sie einfach da und schaute auf sein gequältes Gesicht.

»Bist du sicher, Eisenholz?«

Mit einem müden Lächeln und einer hochgezogenen Augenbraue sagte er: »Nein.«

»Aber du hast trotzdem gefragt?«

»Ja.«

»Weil du Mitleid mit mir hast?«

Er atmete lange aus. »Ich glaube«, sagte er, »dafür kennst du mich zu gut. Ich habe dich gefragt, weil ich mit dir allein sein muß. Um zu reden. Ich habe ... mir einige Gedanken gemacht, aber die kann ich nicht mit dir in Krallenstadt besprechen.« Er hielt inne. »Das heißt, das ist nicht ganz richtig. Die Wahrheit ist, daß ich hier nicht darüber sprechen *will.*«

*Er fürchtet zu Recht, daß ich hier, umgeben von Ersten Menschen, mich verpflichtet fühle, abzulehnen.*

»Ich verstehe.«

»Das habe ich gehofft.«

Nachtsonne berührte den Ärmel seines roten Hemdes. Er sah gebannt zu, wie ihre Finger abwärtsglitten und auf dem Unterarm verhielten. »Aber ich – ich verspreche nichts, Eisenholz. Ich meine ... was das Hinterher anbetrifft.«

»Das verlange ich auch nicht.«

In dem folgenden langen Schweigen hörte Nachtsonne den schrillen Schrei eines Adlers und das Klingeln von Kupferglöckchen, als jemand auf dem Dach unter ihnen vorbeiging.

»Wann wolltest du aufbrechen?«

»In vier Tagen. Vielleicht in fünf. Wenn es dir recht ist.«

»Ich werde bereit sein.«

Eisenholz berührte leicht ihre Hand, die auf seinem Arm ruhte. Widersprüchliche Empfindungen zeichneten sich auf seinem Gesicht in schneller Folge ab. Je länger er sie berührte, um so angespannter wurde sein Ausdruck.

Draußen erhob sich ein Stimmengewirr, und beide spähten durch die Tür. Zwei Menschen betraten die Plaza und schauten sich unsicher um. Der junge Mann trug ein langes braunes Hemd und die Frau ein mattgrünes Kleid. Sie schienen von weither zu kommen, so staubig und müde, wie sie waren. Sklaven umdrängten sie, stellten Fragen, befühlten ihre Bündel und stießen dagegen.

»Ich muß gehen«, sagte Eisenholz. »Düne hat mich gebeten, nach Sängerling Ausschau zu halten.«

»Glaubst du, das ist er?«

»Es scheint so, aber von hier aus kann ich es nicht genau sagen.« Er kletterte aufs Dach, wo der Wind seine Säume und Ärmel erfaßte und sie herumpeitschte. Er schaute sich um und verbeugte sich respektvoll. »Wenn du mich entschuldigen willst, ich muß das überprüfen.«

»Bis später, Eisenholz.«

Sie sah seinem breiten Rücken nach, bis er hinter einer Biegung in der Mauer verschwand.

*Mit ihm gehen?* Sie ballte die Fäuste und ließ sich der Wand entlang zu Boden gleiten. *O Nachtsonne, was tust du nur?*

Eisenholz ging über die Plaza und näherte sich Sängerling und der jungen Frau. Sklaven umringten sie und fragten sie aus. Sängerling gab Antwort, während die junge Frau die Umgebung sehr genau betrachtete; ihre großen dunklen Augen nahmen alles auf, musterten nacheinander alle fünf Stockwerke von Krallenstadt und ruhten einen Augenblick auf den wunderbaren Bildern der Großen Krieger. Ihre Blicke schweiften dann über die Plaza und nahmen jeden Menschen wahr, der dort herumging.

Eisenholz betrachtete sie. Sie hatte den Blick eines Kriegers, obwohl sie den Bogen auf dem Rückenbündel festgebunden hatte. Die breiten Backenknochen und die spitze Nase waren ganz leicht mit Schweiß überzogen, und vorne auf ihrem mattgrünen Kleid zeigten sich Schmutzstreifen. Schwarzes hüftlanges Haar umwehte sie im Wind, und wenn das Licht voll darauf fiel, schimmerte es bläulich. Eine hübsche junge Frau – nach seinem Urteil hatte sie nicht mehr als sechzehn Sommer gesehen.

Als er näher kam, traten die Sklaven sofort zurück und öffneten einen Pfad für ihn. Die junge Frau betrachtete Eisenholz mit gespannter Aufmerksamkeit, aber Sängerling seufzte nur und lächelte. Sängerling, hochgewachsen und abgemagert, hatte ein schmales Gesicht und eine schmale gebogene Nase. Ein brauner Zopf hing ihm über die linke Schulter.

»Guten Tag, Sängerling«, sagte Eisenholz freundlich. »Ich hoffe, deine Reise war angenehm und du hast sie heil überstanden.«

»Ja, Kriegshäuptling, vielen Dank. Wir hatten keine Schwierigkeiten.«

»Das freut mich.« Eisenholz wandte sich der jungen Frau zu. Sie beobachtete ihn, etwa so wie eine Löwin eine Maus belauern würde. Eisenholz lächelte sie an. »Und wer bist du?«

»Spinnenseide«, sagte sie. »Abgekürzt Seide. Ich bin aus Schildkrötendorf.«

Eisenholz runzelte die Stirn. »Schildkrötendorf? Ich habe gehört –«

Trauer überschattete ihre großen dunklen Augen. »Mein Dorf ist zerstört. Meine Familie ist tot.«

Eisenholz nickte mitfühlend. »Ich bete, daß die Thlatsinas sie in gute Obhut nehmen. Ihr seid beide hier willkommen. Bitte folgt mir, ich bringe euch zu eurem Zimmer.«

Sängerling fuhr sich mit der Zunge nervös über die Lippen. »Ich glaube, ich sollte erst nach Düne sehen, Kriegshäuptling. Er –«

»Sängerling, ich bin nicht mehr Kriegshäuptling«, sagte Eisenholz mit gezwungenem Lächeln. »Du kannst mich Eisenholz nennen. Düne hat mich angewiesen, dir zuerst das Zimmer zu zeigen und dich dann später zur Kiva der Ersten Menschen zu bringen. Du willst doch nicht, daß ich die Befehle des heiligen Heimatlosen mißachte, oder?«

»Nein, das würde ich nie… ich meine… Also dann vielen Dank, ich bin zu müde, um Einwände zu machen.«

»Das dachte sich Düne auch. Müde und hungrig.« Eisenholz ging ihnen über die Plaza voraus und verscheuchte Truthähne auf seinem Weg. Kollern und Kreischen begleiteten ihren Gang. Die Sklaven hatten sich von neuem am Tor versammelt, das die Osthälfte und die Westhälfte der Plaza teilte, und flüsterten miteinander. Eisenholz fragte sich, was sie so erregen mochte. Vielleicht war es aber nur, weil sie wußten, daß Sängerling einer der von Düne auserkorenen zukünftigen Sänger war.

Vor der Leiter zum Dach des ersten Stockwerks blieb er stehen. Seide starrte mit zusammengebissenen Zähnen böse auf Spannerraupe, die Fäuste geballt. Der Kriegshäuptling, schlank und mit eckigem Kinn, stand auf dem gewohnten Posten und überwachte das Stadttor. Mit verschränkten Armen beobachtete er die Straßen und Pfade auf der Canyon-Sohle. Er trug ein langes rotes Kriegshemd, ein aus Türkis geschnitzter Anhänger hing ihm auf der Brust. Seides Aufmerksamkeit war von unglaublicher Intensität. Von einer seltsamen ... Macht.

Eisenholz wandte sich ihr zu. »Kennst du ihn?«

Ihr Blick von der Seite offenbarte puren Haß. »Nein«, antwortete sie mit einer Kälte, die eine heiße Quelle in eine Eisgrotte verwandelt hätte.

Eisenholz neigte den Kopf freundlich und kletterte die Leiter hinauf. Auf dem Dach wartete er auf sie und führte sie zu der Leiter, die in ihr Zimmer führte. »Ich hoffe, es sagt euch zu. Wenn ihr Wünsche habt, dann –«

»Ich bin hier, Eisenholz«, rief Trauertaube vom Zimmer herauf. »Ich kümmere mich um sie.«

Eisenholz spähte durch das Loch im Dach hinunter und sah ihr aufwärtsgewandtes dickliches Backenhörnchen-Gesicht. Sie trug ein verblichenes braunes Kleid. Der starke Duft eines Blaumais-Puter-Eintopfgerichts stieg ihm in die Nase.

Eisenholz runzelte die Stirn. Warum sollte sich die Sklavin der Gesegneten Sonne um die Bedürfnisse von Dünes Helfern kümmern? Wollte Schlangenhaupt sie im Auge behalten? *Warum?*

Er sagte: »Vielen Dank, Trauertaube«, und wandte sich wieder Sängerling und Seide zu. »Wenn ihr gegessen und euch etwas ausgeruht habt, komme ich noch einmal. Einverstanden mit zwei Zeithänden?«

Sängerling warf einen Blick auf Seide und zuckte dann die Achseln. »In Ordnung, Eisenholz. Und vielen Dank.«

Eisenholz wartete höflich, als Sängerling ins Zimmer hinunterstieg. Er dachte, Seide würde ihm folgen, aber sie blieb stehen; ihr langes Haar wehte im Wind, und sie blickte ihn starr an. Sie sahen sich lange in die Augen. Fast so, als ob sich ihre Seelen berührten, spürte er die Fragen in ihren Augen. *Viele* Fragen.

Eisenholz legte den Kopf auf die Seite. »Ich weiß nicht, was du mich fragen willst, Seide. Kannst du es nicht in Worte fassen?«

Sie blinzelte, als hätte es sie erschreckt, daß er in ihren Augen gelesen hatte. Vorsichtig wich sie ein wenig zurück. »Ich würde gern mit dir sprechen … wenn es deine Zeit erlaubt.«

»Darf ich fragen, worüber?«

Sie schaute kurz zu Spannerraupe und wieder zu ihm. »Über … Krallenstadt. Ich glaube, ich habe Verwandte hier.«

Eisenholz spürte ihre grimmige Entschlossenheit. *Das sind vielleicht die letzten Verwandten, die sie hat. Heilige Geister …*

Er lächelte herzlich. »Wann immer du willst. Wir haben einige Leute aus Schildkrötendorf hier. Ich stelle dich ihnen gern vor.«

»Vielen Dank.« Sie drehte sich um und eilte die Leiter hinab.

Eisenholz tastete über den Hirschknochendolch in seinem Gürtel. Die ganze Welt des Mädchens war zusammengebrochen, sie mußte sich verloren und verlassen vorkommen. Sie hoffte, jemanden zu finden, der ihr neue Hoffnung geben könnte.

Unwillkürlich richteten sich seine Blicke nach oben, zur Tür von Nachtsonne. Als Vater Sonne höher in den azurnen Himmel stieg, wichen die Schatten zurück, und die weiße Tünche schien zu leuchten … Eisenholz wußte, was Verlassenheit ist.

Um den plötzlichen Schmerz in seiner Brust zu lindern, kletterte er die Leiter zur Plaza hinunter und ging zu seinem eigenen Zimmer.

Um zu packen.

Hoffnung kam in mancherlei Verkleidung.

Sängerling saß mit dem Rücken an der weißen Wand und aß seinen Eintopf. Er fühlte sich unbehaglich. Die Sklavin, Trauertaube, legte frische Wäsche für sie hin, rollte auf der anderen

Seite des Zimmers die Schlafmatten aus und breitete zwei rotschwarze Decken darüber ... als schliefen Sängerling und Seide zusammen.

Er bekam kaum sein Essen hinunter.

Er warf einen Blick auf Seide, aber sie hatte es nicht bemerkt. Sie aß ihren Brei, die Stirn zerfurcht, und starrte auf die Zehen in den Sandalen; sie war tief in ihrer Seele versunken. Mit einem rätselhaften Gesichtsausdruck war sie die Treppe hinuntergeklettert. Warum? Er konnte sie erst fragen, wenn die Sklavin gegangen war.

Er aß noch mehr Brei und schaute sich um. Zwei Körperlängen im Quadrat; die leuchtendweißen Wände faszinierten ihn. Sie mußten sie wohl dauernd tünchen, damit sie immer so sauber und frisch aussahen. Fein gewobene Matten mit roten, gelben und grünen Mustern lagen auf dem Boden. Eine Heizschale mit schöner roter Glut vor ihm sorgte für Wärme. Links von ihm stand die Teekanne, rechts die Schale mit dem Eintopf. Die Sklavin hatte zwei Tassen mit Phloxblütentee gefüllt und sie neben die Heizschale gestellt.

Trauertaube brauchte anscheinend ungewöhnlich lange, um ihnen das Lager zu machen. Sie war eine kleine, zart gebaute, pausbäckige Frau und trug ein einfaches braunes Kleid. Ihre Augen glänzten hell. Dauernd blickte sie unbehaglich auf Seide.

Sängerling beendete seine Mahlzeit und griff nach einer der tönernen Teetassen, denen ein süßer blumiger Duft entstieg.

»Bitte«, sagte Trauertaube endlich, »ich – ich möchte nicht aufdringlich sein, aber ...« Sie stellte sich mit aufgerissenen Augen vor Seide hin. »Ich habe dich sagen hören, daß du vom Schildkrötendorf kommst. Ist das wahr?«

Seide schaute auf. »Ja. Warum?«

Trauertaube knetete ängstlich die Hände. »Wir haben ... eine große Seherin in dieser Stadt. Ihr Name ist Federstein. Sie hat dich in einem Geistertraum gesehen.«

»Mich? Sie hat mich gesehen?«

»Ich glaube, ja.«

»Was hat sie gesehen?«

»Also, es war nicht sehr deutlich, aber sie hat gesehen, wie du aus einer brennenden Stadt weggelaufen bist. Dann bist du einem riesigen Bären auf den Rücken geklettert. Du bist auf dem Bären ins Dunkel geritten – und dann nach Krallenstadt gekommen.«

Seide zog ihre Schultern zusammen; Sängerling setzte seine Tasse geräuschvoll ab. »Heilige Ahnen, Seide! Du hast doch immer Träume über –«

Sie riß eine Faust hoch, um ihm Schweigen zu gebieten, und er biß die Zähne zusammen, um hochsprudelnde Fragen zurückzuhalten.

Seide richtete den Blick starr auf Trauertaube. »Hat diese Federstein gesagt, warum mich der Bär hergebracht hat?«

Trauertaube schluckte. »Ja … sie hat gesagt, du bist gekommen, um ihr weh zu tun.«

»Ihr weh zu tun? Wem? Wem soll ich hier weh tun?«

»Der Gesegneten Federstein. Und jedem in dieser Stadt.«

»Nein.« Seide atmete aus und schüttelte den Kopf. »Nein, tut mir leid. Ich bin nicht die Frau, die Federstein gesehen hat. Das muß eine andere sein, die noch kommt. Ich kenne keinen Menschen hier, doch selbst wenn, habe ich nichts gegen Krallenstadt. Ich habe meine ganze Familie verloren, als Schildkrötendorf überfallen wurde. Das mit dem brennenden Dorf hat gestimmt. Aber ich bin hier in Krallenstadt, weil ich hoffe, Verwandte zu finden.«

Sängerling fühlte sich plötzlich schwindlig, als ihm klar wurde, wo er den Namen schon gehört hatte. Der junge Schwalbenschwanz hatte von einer Federstein gesprochen – war das nicht die Cousine von Nordlicht gewesen, die er verhext hatte, damit die Mogollon sie gefangennahmen? Die Frau, die Sonnenseherin geworden wäre? Seide hatte offenbar den Namen Federstein nicht mit der Geschichte von Schwalbenschwanz in Verbindung gebracht.

Trauertaube trat von einem Fuß auf den anderen. »Du bist nicht hier, um Federstein weh zu tun?«

»Ich sage dir doch, ich *kenne* sie nicht mal. Sag ihr bitte, ich wünsche ihr alles Gute.«

Trauertaube schien erleichtert. »Da wird Kriecher sehr glücklich sein. Er hatte große Angst, als er dich sah. Er hat mich gebeten –«

»Wer ist Kriecher?« fragte Sängerling.

»Der Führer vom Bison-Clan.« Trauertaube lächelte. »Und einer, der die Gesegnete Federstein liebt.«

Sängerling glaubte herauszuhören, daß ihr offenbar viel an Kriecher lag. Verwirrt griff er nach seiner Tasse. Irgend etwas stimmte hier nicht.

Seide sagte: »Vielen Dank, daß du dich um uns gekümmert hast, Trauertaube. Das Essen und der Tee waren wunderbar. Ich glaube, wir sollten jetzt etwas ruhen, bevor Eisenholz uns wieder holt. Wir brauchen weiter nichts. Du kannst gehen, wenn du willst.«

Trauertaube ging widerstrebend und betrachtete gebannt jede Einzelheit in Seides Gesicht, als sie die Leiter zum Dach hinaufkletterte.

Sängerling wartete, bis ihre Schritte nicht mehr zu hören waren, und flüsterte: »Um was ging denn das alles?«

Seides Kopf sank herab, und die Fülle ihres schwarzen Haares fiel um sie herum und streifte den Boden. »Ich weiß es nicht, Sängerling. Aber es hat mir angst gemacht. Wie kann denn irgend jemand glauben, daß ich –«

»Ist dir der Name nicht aufgefallen? Federstein?«

Seide runzelte die Stirn, aber dann öffnete sie staunend den Mund. »Moment! Ist das nicht die Frau, von der uns Schwalbenschwanz –«

»Richtig! Nordlichts Cousine. Die Mogollon haben sie als Sklavin mitgenommen. Du hast dich sicher nicht daran erinnert, sonst wärst du nicht so ruhig geblieben.«

»Aber wieso träumt sie von mir?«

Sängerling winkte verlegen ab. »Ich glaube nicht daran. Aber – aber es ist doch komisch, daß wir in Krallenstadt eintreffen, nachdem sie gerade so einen Traum gehabt hat.«

Seide starrte durch die Dachöffnung auf den Staub, der im Licht der hellen Morgensonne tanzte. »Wenn einer der Ersten Menschen einem Ältesten des Bison-Clans von solch einer Vision erzählt – glaubst du wirklich, der würde es einer Sklavin weitererzählen? Und dann die Sklavin bitten, uns darüber auszufragen?«

Sängerling schaute stirnrunzelnd auf die Sitzmatten und schüttelte den Kopf. »Klingt nicht sehr klug, oder?«

»Es klingt lächerlich ... Es sei denn, jemand versucht uns zu erschrecken.«

»Aber warum sollte uns jemand erschrecken? Hier kennt uns niemand. Ausgenommen Düne.«

Seide warf das lange Haar über die Schulter und griff nach einer Tasse Tee. Sie nippte nachdenklich daran. »Düne kennt mich nicht. Und er hat auch nicht wissen können, daß ich mit dir komme.«

»Hat sonst jemand gewußt, daß du geplant hast herzukommen?«

»Niemand.« Ihre Finger umklammerten die Tasse, und sie preßte ihre Lippen zusammen. »Nur meine ... meine Mutter. Sie hat gesagt, ich sollte hierherkommen, wenn ich in Schwierigkeiten wäre.«

»Aber wenn deine Mutter ...« Er hielt inne, als er die Trauer in ihren Augen sah. »Könnte ihr Geist vielleicht zu dieser Federstein gesprochen haben?«

»Ihr Geist hätte wohl eher Nordlicht besucht.«

»Den großen Sonnenseher? Warum?«

»Sie kannte ihn ... glaube ich.«

»Woher? Ist Nordlicht öfter in Schildkrötendorf gewesen?«

Seide bewegte den Kopf so leicht, daß er nicht sicher war, ob sie ihn wirklich geschüttelt hatte. Sie drehte die Tasse in ihrer Hand, nahm einen langen Schluck und setzte sie auf den Boden neben der Wärmschale ab. »Sängerling, ich habe dir manches nicht erzählt. Aber ich – ich glaube jetzt, daß ich es tun sollte.«

»Du kannst mir alles erzählen, was du willst. Du bist meine Freundin, Seide.«

Die Muskeln unter ihren glatten Wangen arbeiteten, und in ihren Augen stand nackte Angst. »Ich weiß das, Sängerling. Das weiß ich schon seit Tagen. Aber ich habe es einfach noch nicht über mich gebracht, darüber zu sprechen – weder zu dir noch zu sonst jemandem.«

»Ist es so schrecklich?«

»Ich habe Angst. Vielleicht bin ich in großer Gefahr.« Seide rutschte herum und packte seine beiden Hände mit festem Griff. »Nordlicht ist vielleicht mein Vater.«

»Dein *Vater*?«

»Pst! Nicht so laut.« Sie blickte zur Tür. »Ja. Mein Vater.«

»Aber … wie ist das möglich, Seide?«

»Das ist eine lange Geschichte.« Sie atmete tief ein. »Und ich kenne nur Bruchstücke davon. Hast du den Mann gesehen, der als Wachtposten über der Stadt stand?«

»Oben über dem Stadttor? Ja.«

»Sein Name ist Spannerraupe, und er ist der neue Kriegshäuptling. *Er* ist es, der gesagt hat, daß Nordlicht mein Vater ist. Oder besser, er – er hat Nordlicht beschuldigt, der Vater meines Bruders zu sein, kurz bevor er meinen Bruder umgebracht hat und den Mann, den ich immer für meinen Vater gehalten habe.«

Sängerling schluckte schwer. Seine Kehle war plötzlich ganz trocken. »Ich verstehe überhaupt nichts mehr, Seide. Hat es vielleicht etwas mit Federsteins Traum zu tun?«

»Das könnte sein …« Schweißtropfen perlten über ihre breiten Backenknochen. »Wenn meine Mutter wirklich Nachtsonne ist.«

Sängerling beugte sich vor, bis er ihre Augen direkt vor sich sah. »Seide, das ist alles sehr verwirrend. Vielleicht erzählst du mir alles von Anfang an.«

## 34. Kapitel

Eisenholz rollte ein zusätzliches Hemd zusammen und packte es in sein Bündel. Sein Zimmer maß zwei Körperlängen im Quadrat. Auf jeder Wand tanzten Thlatsinas: der Dachs im Norden, der Bison im Osten, der Bär im Westen und der Ameisen-Thlatsina im Süden. Seine Schlafmatten lagen an der Westwand, unter dem Kreis von Skalps, der den Gesegneten Bären-Thlatsina einrahmte. Das lange schwarze und graue Haar, das von den Skalps herunterhing, hob sich scharf gegen die weiße Tünche ab. Er nährte die Skalps jeden Tag, indem er sie mit Maispollen besprenkelte, um ihre Seelen zu befrieden, in der Hoffnung, daß sie ihn dafür umhegten und beschützten.

Auf der Westwand schimmerte noch eine Vielzahl von Waffen: Speere mit Obsidianspitzen, ein kostbar geschnitzter Bogen, Knochendolche, ein Helm aus Bisonfell und mehrere schön geflochtene Schilde.

Körbe und Töpfe standen in einer Reihe an der Nordwand.

Eisenholz packte noch ein Feuersteinmesser mit Griff ins Bündel. In etwa neunzig Zeithänden würden er und Nachtsonne zu ihrer ersten gemeinsamen Reise seit über sechzehn Sommern aufbrechen. Szenen aus der Vergangenheit blitzten durch sein Gedächtnis, atemberaubende Augenblicke, die seine Seele wund gemacht hatten.

So würde es nie mehr sein, so konnte es auch nie mehr werden. Nicht in ihrem Alter, nicht nach alledem, was sie durchgemacht hatten. Aber schon ein paar Tage lang mit ihr allein zu sein, würde ihm genügen. Davon würde er zehren müssen, vielleicht für den Rest seines Lebens. Er hatte die Untertöne ihrer Stimme herausgehört und den Blick ihrer Augen gesehen; sie wußte, wie verzweifelt er war – und sie legte sich nicht fest.

Er packte noch ein Töpfchen mit Zunder, versengter Baumwolle, in die untere Ecke seines Bündels.

»Wenn sie nein sagt«, murmelte er, in sein halbvolles Bündel starrend, »dann gehe ich weg. Ich weiß noch nicht, wohin. Aber ich werde schon irgendwas finden.«

Da ihr Sohn über Krallenstadt herrschte, konnte Eisenholz nicht bleiben. Als Krähenbart noch lebte, hatten sie beide Ausreden gehabt. Er konnte sich selbst sagen, daß sie ihren Ehemann nicht verlassen würde, obwohl sie ihn, Eisenholz, liebte; der Skandal hätte Schande über alle Ersten Menschen gebracht. Aber jetzt ... wenn sie ihn jetzt zurückwies ...

Er stopfte einen Sack mit getrocknetem Truthahnfleisch in sein Bündel und riß die Schnüre fest zu. Jetzt zurückgestoßen zu werden, würde mehr als sein Herz verwunden.

Er stellte sein Bündel an die Wand und stand auf. Ein ovaler Sonnenfleck fiel durch das Dachloch und warf einen hellen Streifen in die Südhälfte seines Zimmers. Es war fast Mittag – Zeit zu gehen. Eisenholz seufzte; er kletterte die Leiter hoch, auf das Dach des ersten Stockwerks. Die weißen Mauern warfen das Licht zurück; es war so grell, daß er die Augen abschirmen mußte, um etwas sehen zu können.

Spannerraupe stand auf seinem Posten und überwachte die Stadt; er sprach mit Stechmücke, seinem kleinwüchsigen Stellvertreter, den er, schlank und hochgewachsen, weit überragte. Beide trugen die roten Hemden der Krieger. Die unregelmäßigen Wände des Canyons hinter ihnen leuchteten in sattem Rot. Die Schatten der ziehenden Wolkenleute besprenkelten die Canyon-Sohle und überzogen die ferne Strombettstadt, die jenseits der Senke weiter südlich lag. Die Schatten schwächten die golden leuchtenden Komplexe der Zimmer zu einem matten Braun ab. Das erste zarte Grün des neuen Grases krönte den Südrand oberhalb der farblosen Sandstein-Felswand. Der Wind roch nach warmem Sandstein. Bald würde die Zeit der Saat mit Zeremonien feierlich eingeleitet werden.

*Vielleicht ist der Winter meiner Seele schon vorüber.*

Während er die Leiter hinabstieg, fingen die Sklaven auf der Plaza an zu lachen, und die Truthähne kollerten im Takt der stampfenden Füße. Frauen und Kinder hatten an jedem Ende der Plaza je eine Linie gezeichnet und vergnügten sich mit Wettläufen. Diese Unterbrechung der Tagesarbeit, eine Mittagspause, um zu essen und zu spielen, war durchaus üblich. Webstühle mit halbfertigen Decken, die mit roten, braunen und grünen Mustern prunkten, standen an der Nordmauer aufgereiht, und neben ihnen lehnten Wiegenbretter. In Decken eingewickelte Kleinkinder krähten und winkten mit ihren Fäustchen. Im kühlen Schatten neben ihnen schliefen Hunde. Eine Herde kollernder Truthähne stolzierte mit wackelnden Köpfen herum, darauf bedacht, nicht niedergetrampelt zu werden.

Vier Jungen, darunter der junge Schwalbenschwanz, standen am Start, die Arme ausgestreckt gleich Falken, die von einer Klippe abheben wollen. Schwalbenschwanz war zwei Kopf größer als die anderen. Als Trauertaube »Los!« schrie, sausten die Jungen ab und warfen ihre Beine in Richtung aufs Ziel. Schwalbenschwanz kam als erster an, aber die rund zehn Sklaven jubelten allen Läufern zu und schlugen ihnen auf den Rücken.

Als Eisenholz im Halbrund am Rand der Plaza herankam, hörte das Rennen mit einem Schlag auf. Man beobachtete ihn mit einer Mischung aus Ehrfurcht und Angst. Das rote Hemd wippte ihm um die schwarzen Leggings. Er hatte die Überfälle angeführt, die zu ihrer Gefangennahme geführt hatten – die ältesten Sklaven auf der Plaza ausgenommen –, und keiner von ihnen war ihm besonders gewogen.

Als junger Mann hatte er sich über so etwas keine Gedanken gemacht. Aber da er nun frei war von diesen Pflichten und schon von den Beschwerden des Alters geplagt, störte ein prickelndes Unbehagen seinen inneren Frieden.

Als er sich der Leiter näherte, traten Sängerling und Seide auf das Dach heraus. Hatten sie ihn kommen sehen? Oder nur auf ihn warten wollen? Sängerling trug ein frisches hellbraunes Hemd mit einem braunen und grünen Rautenornament auf dem Saum und an den Ärmeln. Er hatte ein Bündel über die Schulter geworfen. Seide sah hinreißend aus. Ihr gelbes

Kleid hob die bläulichen Töne in ihrem schwarzen Haar hervor. Das ovale Gesicht mit den vollen Lippen war bezaubernd; in den großen dunklen Augen zeigte sich allerdings Wachsamkeit, und sie wirkte sehr reserviert.

Eisenholz rief vom Fuß der Leiter empor: »Ich schätze eure Pünktlichkeit.«

Sängerling starrte mit einem seltsam ängstlichen Ausdruck auf ihn hinab. »Wir wollten dich nicht warten lassen.« Er stieg die Leiter hinunter, und Seide folgte ihm; ihre Haare flatterten im Wind.

Sängerlings Abstieg mit dem wippenden Bündel auf dem Rücken war etwas schwerfällig; im Gegensatz dazu bewegte sich Seide mit athletischer Anmut und genau kontrollierten Reflexen.

Als sie vor ihm standen, fragte Eisenholz: »Bereit?«

»Ja, Kriegs ... Eisenholz.« Sängerling errötete, seine schmale Nase glühte.

»Dann kommt. Düne wartet schon.«

Die Rennen wurden abermals unterbrochen, aber Eisenholz sah Schwalbenschwanz Seide zuwinken. Sie lächelte und winkte zurück.

Schwalbenschwanz rief: »Das Brot war herrlich, es hat mir für den ganzen Heimweg gereicht.«

»Das freut mich«, rief Seide.

Eisenholz verlangsamte den Schritt, um an Seides Seite zu gehen. »Du hast Schwalbenschwanz Brot gegeben?«

Sie warf ihm einen Seitenblick zu. »Ja. Er hatte einen anstrengenden Lauf hinter sich, um uns zu erreichen, und machte sich gleich nach dem Abendessen wieder auf den Rückweg. Ich dachte, mit dem Brot hat er es etwas leichter.«

»Das war auch sicher so. Die meisten wären einem Sklaven gegenüber nicht so freundlich gewesen.«

Sie zuckte die Achseln.

Eisenholz sagte: »Der Sonnenseher Nordlicht wird dir dankbar sein; Schwalbenschwanz ist einer seiner Sklaven.«

Ihr Schritt wurde unsicher, wenn auch kaum merklich, als hätte sie der Name Nordlicht entmutigt. Aber dann ging sie mit hochgerecktem Kinn weiter hinter Sängerling her.

»Ich habe gehört«, sagte sie, die Worte wägend, »Nordlicht sei ein Hexenmeister. Stimmt das?«

»Nein.« Eisenholz war über ihre Kühnheit verwundert. Nur ein sehr mutiger Mensch – oder einer, der unglaublich naiv war – würde es wagen, solch eine Frage zu stellen. »Er ist nur ein Priester, ein sehr heiliger Mann. Aber du wirst es selbst sehen. Er wartet mit Düne in der Kiva und –«

Sie blieb ruckhaft stehen. Sie befeuchtete ihre Lippen, bevor sie sich zu Eisenholz umdrehte. »Er ist in der Kiva?«

»Ja.« Eisenholz betrachtete sie prüfend, er wollte hinter das Äußere blicken. »Stört dich das? Du kannst auch in deinem Zimmer warten, wenn du lieber –«

»Nein, nein, ich – ich möchte ihn ja sehen. Ich fühle mich sehr geehrt,wenn ich ihn sehen darf.« Das klang gezwungen. Entschlossen ging sie auf Sängerling zu, der unsicher auf sie gewartet hatte.

»Er ist ein heiliger Mann, Seide«, sagte Eisenholz in der Hoffnung, ihre Ängste zu beseitigen. »Nichts weiter.«

Sie nickte und ging mit gesenktem Kopf weiter.

Eisenholz überdachte noch einmal ihre Haltung; er suchte den Schlüssel zum Herzen dieser mysteriösen jungen Frau. Die meisten abgelegenen Dörfer klatschten über Nordlicht – und im übrigen alle Ersten Menschen. Aber wer hätte gedacht, daß solche absonderlichen Geschichten im Schildkrötendorf so ernst genommen würden? Die Leute schwatzten oft miteinander, aber im allgemeinen ging es nur um Tratsch. Doch Seides Furcht war beunruhigend. Hatten diese Geschichten inzwischen derart an Glaubwürdigkeit gewonnen?

*Du bist nicht mehr Kriegshäuptling,* sagte er sich mit Nachdruck, *du brauchst so etwas nicht mehr argwöhnisch zu beachten.*

Sie näherten sich der Zimmerreihe, die die Plaza teilte; Eisenholz ging voraus zu der T-förmigen Tür und trat geduckt ein. Die kühlen Schatten des Altarraums umfingen ihn. Gedämpfter Feuerschein leuchtete von der Kiva unten empor und erhellte die drohenden Gesichter der Thlatsinas auf den Wänden – scharfe Schnäbel, pelzige Schnauzen und weiße Fangzähne.

Sängerling und Seide waren eingetreten und betrachteten benommen die unheimlichen, maskierten Götter.

»Sie sind *wunderschön*«, sagte Sängerling mit unterdrückter Stimme. Er nahm das Bündel von der Schulter und neigte den Kopf um jedem ins Gesicht zu sehen. »Wer hat sie gemalt?«

»Nordlicht. Die Großen Krieger draußen sind auch sein Werk.«

»Bewundernswert, sein Können.« Sängerling ging näher heran, um die gefletschten Fangzähne des Weißen Wolf-Thlatsina näher zu betrachten; sie glänzten im Feuerschein.

Eisenholz sah belustigt zu. »Nordlicht haucht jedem Bild, das er malt, Leben ein. Aber kommt jetzt« – er deutete auf die Treppe, die in den feuerhellen Schoß der Kiva hinabführte –, »das kann er dir selbst sagen.«

Sängerling zog den Atem ein, und sein Rückgrat wurde starr. Er und Seide sahen einander an und tauschten irgendein Geheimnis aus. Heiser flüsternd fragte Sängerling: »*Er* ist da unten?«

Eisenholz versuchte das Verhalten des Jünglings einzuordnen. Hier steckte mehr dahinter als nur diese Geschichten. Seine alten Reflexe machten ihn wachsam, er war wie ein hungriger Hund, der die Nase in den Wind hält. »Ja, kommt nur. Ich stelle euch vor.«

Sängerling mußte erst seinen ganzen Mut zusammennehmen, aber dann straffte er sich und ging die Stufen hinunter. Eisenholz winkte Seide vorzugehen und folgte ihr; er war auf der Hut, doch er wußte nicht, wovor.

Ein Feuer brannte im Kasten auf der anderen Seite des runden Raums, ihnen genau gegenüber. Die vier roten Säulen, die gestaffelten gelben, roten und blauen Bänke – all das schien im Tanz der Flammen zu schwanken und zu schweben. In den sechsunddreißig kleinen Wandnischen schimmerten die heiligen Tanzstäbe, die Rasseln und anderes zeremonielles Gerät in orangefarbenem Licht.

Eisenholz blieb am Fuß der Treppe stehen und betrachtete forschend die wunderbar geschnitzten Thlatsina-Masken, die über den Nischen hingen. Ein unerklärlicher Schauer lief ihm kalt prickelnd den Rücken hinunter. Die Masken schienen

Seide und Sängerling mit hohlen gespenstischen Augen anzustarren. Unwillkürlich umklammerte seine Hand den Griff seines Hirschbeindolches.

Düne und Nordlicht standen über Krähenbarts Leiche, die auf der Fußtrommel zur Rechten lag, unter einer glitzernden türkisbesetzten Totendecke.

»Endlich!« sagte Düne. Angetan mit einem langen weißen Hemd, mit dem leuchtenden weißen Haar und den buschigen weißen Brauen, sah er geisterhaft aus. Sein faltenreiches Gesicht verzog sich zu einem Lächeln, als er quer durch die Kiva zu Sängerling humpelte und dessen Hände ergriff. »Schön, dich zu sehen, mein Junge. Ich hatte schon gefürchtet, Krähenbart könnte verwest sein, bevor du hier bist.«

Sängerlings Lächeln wich aus seinem Gesicht. »Äh – nun, wir sind so schnell gekommen, wie wir konnten.«

»Ja, ich weiß. Der junge Schwalbenschwanz hat mir alles erzählt. Hast du meinen Beutel mitgebracht?«

»Ich hab's hier.« Sängerling beugte sich über sein beflecktes Bündel, schnürte es auf und holte einen perlenbestickten Beutel hervor, den er Düne ehrfurchtsvoll überreichte. »Ich hoffe, das ist es. Ich habe genau an der Stelle gesucht, die Schwalbenschwanz mir genannt hat.«

Düne nahm den Beutel liebevoll in den Arm. Die Perlen aus Türkis, Malachit und Koralle funkelten im Feuerschein. »Ja. Vielen Dank fürs Herbringen.«

Düne schaute Seide an, hob eine weiße Braue und forderte mit fragendem Seitenblick eine Erklärung von Sängerling.

»O«, stieß Sängerling verlegen hervor, »verzeih mir.« Er wies auf Seide. »Düne, das ist Seide vom Schildkrötendorf.«

Die Falten in Dünes Gesicht schienen sich zu vertiefen. Er stand regungslos und schaute Seide prüfend in die Augen.

Eisenholz wußte, wie unangenehm ein prüfender Blick von Düne sein konnte – er selbst fühlte sich dabei immer wie eine Packratte, die eine Eule schon in ihren Krallen hat –, aber Seide hielt dem Blick furchtlos stand, und Düne verzog die dünnen Lippen zu einem Lächeln.

Nach einem kurzen Augenblick der Stille trat Düne vor und ergriff zärtlich eine Hand von Seide. »Es ist sehr lange her«, sagte er sanft, »daß ich solch einen unendlich offenen Himmel in irgendeiner Seele schauen konnte. Weißt du, daß sie in dir ist?«

Seides volle Lippen öffneten sich. Sie zögerte und antwortete dann: »Ja, ich glaube schon.«

Düne wurde ernst. »Du gleitest oft durch diesen Himmel, nicht wahr?«

»In ... in meinen Träumen.«

»Was für einen Vogel hast du als Schutzgeist?«

Seide trat von einem Fuß auf den anderen und blickte unbehaglich zu Sängerling. »Ich weiß nicht genau. Einen Raben, vielleicht.«

Düne rieb sich über sein runzliges Kinn; seine Augen verengten sich. »Ja, das ist einleuchtend. Besonders, da Sängerlings Helfer ein Coyote ist. Ihr beide –«

»*Woher weißt du das?*« rief Sängerling laut, zuckte aber zusammen, da er die heilige Stille der Kiva durchbrochen hatte. Schuldbewußt flüsterte er: »Düne, ich habe dir nie erzählt –«

»Das war nicht nötig. Du jaulst im Schlaf. Das ist nicht zu überhören.«

»Ich – ich *jaule*?«

Düne wandte sich wieder an Seide. »Also, mein Junge, wenn du mir schon eine Frau ins Haus bringst, dann hast du dir wenigstens eine ausgesucht, die es wert ist.«

»Düne!« wandte Sängerling ein. »Düne, ich würde doch niemals ... Ich meine, ja, Seide ist zwar bei mir gewesen, aber –«

»Ich hätte nichts dagegen.« Bis jetzt unbeachtet, trat Nordlicht vor. Die Anmut seiner Bewegungen verblüffte Eisenholz immer wieder. Schlank und hochgewachsen, schien er eher zu schweben als zu gehen. Sein wehendes schwarzes Haar umrahmte sein gelassenes Gesicht. Seine braunen Augen strahlten an diesem Nachmittag eine große Herzenswärme aus. »Du hast ihn doch über die Liebe aufgeklärt, Düne, nicht wahr?«

Seides Haltung erinnerte Eisenholz an eine Hirschkuh auf der Wiese, die überrascht worden ist, bewegungslos verharrt und bereit ist, beim geringsten Zeichen von Unheil zu fliehen. Und in ihren Augen, wie in denen einer Hirschkuh, war die gleiche Mischung von Neugier und Angst.

»Natürlich *nicht*«, knurrte Düne. »Dazu war er noch nicht bereit.«

»Wozu bereit?« fragte Sängerling. »Düne hat mir gesagt, ich soll meinen Körper vergessen. Das Fleisch sei unrein und mache mich nur taub für die Stimmen der Götter.«

Nordlicht lächelte heiter. »Nun, das stimmt ja auch, wenn wir von der Liebe des Fleisches sprechen. Aber Liebe ist ja mehr als die bloße Paarung von Leibern.«

Sängerling warf einen Blick auf Seide, aber sie schaute nur Nordlicht an.

Düne sagte: »Nordlicht, es ist sehr gewagt, mit jemandem in diesem Alter über Liebe zu sprechen. Er weiß ja nicht mal –«

»Als du zum ersten Mal mit mir über Liebe gesprochen hast, war ich so alt wie er«, erinnerte ihn Nordlicht freundlich.

»Du bist heilig geboren worden«, gab Düne zurück. »Sängerling ist stolz geboren worden.«

Sängerling zuckte zusammen. »Ich bin nicht mehr so schlecht wie früher. Ich glaube, ich könnte jetzt etwas von der Liebe begreifen. Natürlich nur, wenn du willst.«

Seide beobachtete jede Bewegung von Nordlicht: wie er die Lippen verzog, wie ihm das Haar über die breite Brust fiel, wie er mit seinen braunen Augen zwinkerte.

Die junge Frau faszinierte Eisenholz. Der wechselnde Gesichtsausdruck erinnerte ihn seltsamerweise an Nachtsonne; sie war ganz bewußt sanftmütig oder jedenfalls auf diese Wirkung bedacht – kaum je spontan. Jede Verletzlichkeit blieb hinter einer undurchschaubaren Maske verborgen.

»Aber du willst mir nichts sagen, Düne. Richtig?« fragte Sängerling.

»Wenn ich dir bei deinem jetzigen Ausbildungsstand etwas darüber sage, dann glaubst du vielleicht, du hast meine Erlaubnis, mit einem abstehenden Lendenschurz herumzurennen. Du bist noch nicht soweit, eine Liebe zu verstehen, die in der Seele geboren wird und in der Seele alt wird. Vertrau mir. Ich sage es dir, wenn es an der Zeit ist.«

Sängerling schluckte und nickte. »Ich vertraue dir.«

»Gut!« Düne klatschte in die Hände. »Dann an die Arbeit. Komm mit, Sängerling.« Er humpelte zur Leiche von Krähenbart.

Sängerling eilte ihm nach. »Wozu brauchst du mich?«

Düne blieb vor der türkisbesetzten Totendecke stehen. »Als erstes mußt du bedenken, daß das Leben selbst das größte aller heiligen Rituale ist. Als Wärter der Toten sorgen wir lediglich für Ordnung und dafür, daß alles zur rechten Zeit geschieht – genauso, wie wir auch in all den anderen Ritualen dafür sorgen, bei der Aussaat, der Ernte, der Erneuerung der Welt. Alles im Weltall hängt davon ab, daß es zur rechten Zeit geschieht. Andernfalls geraten die Räume für die Menschen und für die Tiere und für die Götter in Verwirrung, und die Welt bricht auseinander. Los jetzt.« Er legte seinen Kraftbeutel auf die Fußtrommel oberhalb von Krähenbarts Kopf. »Wir haben viel zu tun.«

»Und wir« – Nordlicht winkte Eisenholz und Seide – »müssen sie ungestört ihre Arbeit tun lassen.« Er neigte den Kopf zur Treppe.

Sängerling drehte sich um. »Seide, wirst du –«

»Es ist alles in Ordnung.« Sie lächelte ihm beruhigend zu. »Ich spaziere ein wenig durch die Stadt und gehe dann auf unser Zimmer. Dort warte ich auf dich.«

Sängerling warf einen besorgten Blick auf Eisenholz und starrte Nordlicht scharf an. »Ich komme, sobald wir hier fertig sind.«

Eisenholz folgte Nordlicht hinaus ins helle Sonnenlicht auf die westliche Plaza, und wartete auf Seide.

Vorsichtig verließ sie den Altarraum und beobachtete erst die Plaza, bevor sie ins Freie trat.

*Eine Kriegerin, und nicht nur ihre Augen lassen das erkennen ... Hat sie schon einen Kampf erlebt? Vielleicht während des Überfalls auf Schildkrötendorf?*

Der warme Sonnenschein machte ihr Gesicht weicher; das Licht funkelte in ihrem hüftlangen Haar, als sie auf die Männer zuging. Eisenholz zog die Brauen zusammen. Als er sie zuerst aus dem vierten Stock erblickt hatte, war sie nur eine junge Frau an der Seite von Sängerling gewesen, und fast hätte er sie übersehen. Aber jetzt mußte er sich bezwingen, um sie nicht dauernd anzustarren. Etwas an ihr kam ihm ungemein vertraut vor, aber er wußte nicht, warum. Wie sie den Kopf neigte, eine Geste ihrer Hand, der Blick ihrer dunklen Augen. Er hatte Schildkrötendorf nie besucht und wegen der Nähe zu Lanzenblattdorf nicht einmal die Umgebung; er konnte sie also noch nie zuvor gesehen haben.

*Wieso beunruhigt sie mich also?*

Sie blieb stehen und hob ihre spitze Nase in die Höhe. Ihre Nasenlöcher bebten, als der Duft des frischen Frühlingsgrases über die Plaza wehte. Oder versuchte sie, die Witterung von Gefahr aufzunehmen? So hatte er es auch oft gemacht, meist vor dem Kampf, als verriete ihm der Wind den Standort der feindlichen Krieger.

Die Sklaven waren wieder an die Arbeit gegangen, die Plaza lag still und leer. Staubwirbel sprangen hoch und schwankten, als der Windjunge heftig blies. Indem er sie beobachtete, überkam Eisenholz das Gefühl, daß sie aus dem verborgenen beobachtet würden.

Seine Blicke glitten über die Dächer und Türen. Er sagte zu Nordlicht: »Seides Dorf ist von den Turmbauern zerstört worden. Sie ist gekommen, um hier nach Verwandten zu suchen.«

Nordlichts Gesicht drückte Bedauern aus. »Ich verstehe.« Er streckte Seide einladend eine Hand entgegen. Sie kam auch näher, allerdings mit den Fäusten in den Hüften, als wäre sie auf einen Kampf gefaßt. »Meine Mutter hat immer gesagt, ich hätte Verwandte hier; die hätten Schildkrötendorf schon vor vielen Sommern verlassen.«

Nordlicht schien ihre Abwehrhaltung zu übersehen. »Weißt du, wie sie heißen?«

»Nein. Ich habe nie danach gefragt. Ich hätte nie gedacht, daß das eines Tages wichtig wäre. Aber jetzt…« Sie blickte Nordlicht an, und beinahe hätte sie ihre Beherrschung verloren. Sie ballte die Fäuste so krampfhaft, daß ihre Knöchel weiß wurden. »Aber jetzt müßte ich über meine Familie Bescheid wissen. Und zwar dringend.«

»Ich verstehe«, sagte er sanft. »Aber keine Sorge, Seide. Wenn sie hier sind, finden wir sie auch. Wollen wir uns setzen und das besprechen?«

»Ich möchte dich nicht damit behelligen.« Sie hatte die Stimme gesenkt.

Nordlicht wandte sich an Eisenholz. »Kommst du zu uns?«

»Ich habe mir gedacht, daß ich später mit Seide spreche. Jetzt habe ich noch zu tun.«

Als läse er die Anspannung in Eisenholz' Gesicht, sagte Nordlicht sanft: »Ich verstehe.«

Eisenholz drehte sich zu Seide um; ihre Augen verengten sich, kaum merklich. »Bis nachher, Seide.«

Das Herz klopfte ihr in der Kehle, als sie Eisenholz auf der Plaza nachsah. Es wäre Maisfaser nie in den Sinn gekommen, daß sie so schnell nach ihrer Ankunft mit Nordlicht allein sein könnte.

*Du machst das schon. Sei nur vorsichtig. Du kannst dir jetzt keinen Fehler leisten.* Sie betrachtete ihn prüfend. Seine braunen Augen schienen durch all ihre sorgfältig aufgebauten Verteidigungsstellungen hindurch direkt in ihre Seele zu sehen. Bei der plötzlichen Erkenntnis ihrer Verletzlichkeit wäre sie am liebsten weggerannt.

Nordlicht sagte: »Sollen wir uns nicht draußen hinsetzen, wo wir den Canyon betrachten können? Er ist heute sehr schön. Die ersten Wildpflanzen sind schon herausgekommen.«

Sie nickte heftig. »Würde ich gern.«

## 35. Kapitel

Vater Sonne ließ sein Licht grell über den Canyon lodern, bleichte die sonst hellbraunen Wände zu einem rostigen Weiß und entzog dem Himmel alle Farbe. Windgetriebener Staub tanzte über das fahle, stumpfe Blau. Maisfaser folgte Nordlicht durch das Tor und zählte dabei drei Wirbel, die wie trunken durch den Canyon torkelten; ihr schwankender Tanz sah spielerisch aus, und der Anblick besänftigte sie einen Augenblick lang.

Als sie und Sängerling im Morgengrauen zum ersten Mal über den Rand des Canyons der Leute des Rechten Wegs geschaut hatten, war sie von der Größe der Siedlung überwältigt gewesen. Sie hätte sich weder die gewaltigen Ausmaße der Gebäude noch deren Zahl jemals vorstellen können. Überall hatten noch Feuer gebrannt, von den Klippen widerscheinend, das Tiefland mit Lichttupfern übersäend, das Gewässer unten säumend und von den Höhen der Mesas flackernd. Da mußten wohl zwei- bis dreitausend Menschen in diesem engen Canyon leben. Sie trieben mit fast allem Handel; aber woher bezogen sie ihr Wasser im Sommer?

Nordlicht wandte sich nach rechts, sein weißes Hemd tanzte in der Brise. Maisfaser warf einen schnellen Blick auf Spannerraupe, der noch oberhalb des Tores stand. Er sah noch genauso aus, wie sie ihn im Gedächtnis hatte, mit eckigem Kinn und hager. Sein rotes Hemd blähte sich im Wind. Als sie unter ihm vorbeigingen, schaute er mit gerunzelter Stirn herab. Maisfaser senkte schnell den Kopf und sah auf ihre Füße. Wahrscheinlich würde er sich nicht an sie erinnern, aber sie wollte nichts riskieren.

Grünes Gras säumte den Fuß der weißen Mauer. Eine korallenfarbene Straßenabdeckung aus Sandstein knirschte unter Maisfasers Sandalen.

Nordlicht wandte sich noch einmal nach rechts und führte sie zur westlichen Seite des halbrunden Baus und weiter zu einem Pfad durch ein Labyrinth hinuntergestürzter Felsbrocken. Mannshohe Steine lagen am Fuß der Klippe verstreut. Im ihrem kühlen Schatten gediehen gelbe und blaue Wildpflanzen, deren Blütenblätter in der Brise zitterten. Jenseits der Stadt erhob sich der nackte Fels zweihundert Handlängen hoch in den bleichen Himmel. Schöne Malereien und Einmeißelungen verzierten die Felswand und erzählten die Geschichte des Kampfes der Großen Krieger, die die Ersten Menschen nach ihrem Auftauchen aus den Unterwelten retteten. Maisfaser legte den Kopf in den Nacken und betrachtete mit offenem Mund die Spiralen, Handabdrücke und Sonnensymbole, die die ganze Fläche der Wand bedeckten.

Nordlicht setzte sich, den Rücken an den kühlen Stein gelehnt, und schaute auf die verkrüppelten Bäume, die sich an die steile Klippe klammerten. Der Wacholder überlebte in einem Stück Boden, das nicht größer war als eine Handfläche. Von den Wacholderbäumen, die um Lanzenblattdorf herum wuchsen, wußte Maisfaser, daß die Bäume nicht größer werden würden. Sie würden immer winzig bleiben, und in jedem Sonnenkreis würden sich die Zweige weiter aufbiegen und miteinander verflechten.

Nordlicht neigte sein ungewöhnlich schönes Gesicht, um Maisfaser anzublicken. »Du wirst sehen, dieser Platz ist zum Reden ideal. Vater Sonne hält ihn den ganzen Nachmittag und noch bis spät in den Abend warm.«

Maisfaser glitt mit klopfendem Herzen zu Boden, eine Körperlänge von ihm entfernt. »Hast du schon abends hier gesessen?«

»Oft.« Ein unirdisches Leuchten erhellte seine braunen Augen, als ob einer der Götter aus ihnen auf sie blickte. Ein Prickeln lief ihr über den Rücken.

Nordlicht deutete auf die Mesa im Westen. Im schräg einfallenden Sonnenlicht schimmerte der Fels weiß-golden. »Ich kann dir jede Stelle zeigen, wo Schwester Mond, Vater Sonne und einige von den Gesegneten Abendleuten die Mesa im Lauf eines Sonnenkreises überqueren, und genau um welche Zeit.«

Maisfaser kreuzte die Beine unter sich und lehnte ihre Schulter gegen den Fels; sie sah ihn an. »Das ist deine Aufgabe, nicht wahr? Als Sonnenseher? Du hältst die Bewegungen von Vater Sonne und den anderen Himmelsgöttern fest?«

»Das ist ein Teil meiner Aufgaben, ja.«

Maisfaser betrachtete die weiche Linie seines Kinns und seine geschwungenen Lippen, um eine Ähnlichkeit mit ihrem eigenen Gesicht festzustellen. Seine Augenfarbe erinnerte sie an die Augen eines Bisons, dunkelbraun, fast schwarz, und er hatte eine vollkommen gerade Nase. Da war nichts. Das Herz wurde ihr schwer. So sehr hatte sie gehofft... aber sie sah keine Familienähnlichkeit. Am liebsten wäre sie fortgelaufen, um sich irgendwo zu verstecken. Der Mann war ein Fremder. Alles, was sie ihm hatte sagen wollen, was sie im Kopf geprobt hatte, die Begegnung zwischen ihnen, die sie sich so exakt ausgemalt hatte, entglitt ihr ins Reich der Fantasie, wo es hingehörte.

»Es tut mir leid«, flüsterte sie, »ich hätte dich nicht damit behelligen sollen. Du bist einer der Ersten Menschen, und ich bin nur eine vom Ameisen-Clan.«

Er zog die Brauen hoch. »Du bist vom Ameisen-Clan?«

Maisfaser nickte.

Nordlicht kniff die Augen zusammen. »Ich dachte, im Schildkrötendorf siedelte der Coyote-Clan.«

Ihr wurde fast schlecht, als sie ihren Fehler bemerkte. Sie sah mit gerunzelter Stirn auf den goldenen Sand, der um ihre Sandalen gehäuft war. »Im allgemeinen, ja. Aber meine Familie gehörte zum Ameisen-Clan.«

»Ich verstehe.« Er ließ es offenbar dabei bewenden und schaute zwischen den Felsblöcken hindurch auf die steilen, erodierten Felshänge der Canyon-Senke, wo mehrere Sklaven unter der Aufsicht eines stämmigen, rotgekleideten Mannes an der Arbeit waren. Die knienden Frauen wuschen Wäsche. Sie schlugen den nassen Stoff auf Steine und lockerten dadurch den Schmutz, tauchten die Gewänder in einen Topf mit warmem, seifigem Wasser und spülten sie dann in einem Kessel mit frischem Wasser aus. Auf Trockengestellen aus Kiefernstangen flatterte es in allen Regenbogenfarben. Das Rot und das Blau leuchtete besonders kräftig in der Mittagssonne.

»Erzähle mir von den Verwandten, die du suchst«, sagte Nordlicht. »Wir haben hier viele Steinmetzen aus dem Ameisen-Clan – die besten der Welt, wie ich finde.«

»Meine Mutter war Steinmetz.« Maisfaser betrachtete liebevoll die massive weiße Mauer fünfzig Hände entfernt und fragte sich, ob es ihre Mutter gewesen war, die die Steine unterhalb der dünnen Tünche aufeinandergeschichtet hatte. »Sie ist tot.«

»Das tut mir leid. Es gibt so viel Leid in diesen Tagen.«

»S-sie wurde getötet … bei dem Überfall.« In plötzlicher Verzweiflung rief sie: »Ich weiß nicht, *warum* mein Dorf angegriffen wurde, Nordlicht! Wir hatten nichts Böses getan! Wir hatten niemanden beleidigt! Warum glaubst du wohl, daß diese Krieger gekommen sind, um uns zu töten?« Sie machte sich klar, wie sie sich anhören mußte, schluckte und senkte die Stimme. »Wir hatten nichts Böses getan. Das schwöre ich.«

Nordlicht strich ihr über die Finger. »Es ist vorbei. Belaß es dabei und danke den Thlatsinas, daß du heil davongekommen bist.«

»Das – das war ein Zufall.« Sie entzog ihm ihre Hand und ballte sie zur Faust in ihrem Schoß. »Ich hätte eigentlich auch sterben müssen, aber ich habe mich in einem Gebüsch auf dem Hügel über dem Dorf versteckt, und niemand hat mich entdeckt.«

»Dann hast du also alles gesehen?«

Ihr stiegen die Tränen in die Augen, sie konnte es nicht verhindern. Unglücklich sah sie in sein schönes Gesicht und sah Güte in seinen Augen. »Ich habe zugesehen, wie sie meine Freunde und meine Familie getötet haben. Wie sie alles zerstört haben, was mir lieb war.«

Nordlicht rutschte mit untergeschlagenen Beinen vor sie hin, die Unterarme auf den Knien, die langen Finger an die Lippen gelegt. Eine Weile sah er sie nur an. Dann sagte er tröstend: »Du darfst nicht so traurig sein. Es würde deine Familie sehr schmerzen, wenn sie wüßte, daß du so leidest. Ich weiß, du vermißt sie. Aber du wirst sie wiedersehen.«

»Bist du sicher?«

Er lächelte sie ermutigend an. »Aber ja. Ich bin in den Unterwelten gewesen, ich bin in den Himmelswelten gewesen. Ich bin unter Generationen unseres Volks gewandelt. Ich weiß, daß unsere Verwandten leben.«

Maisfaser starrte auf einen Grashalm neben ihrer rechten Sandale und dachte nach. Sie und Sängerling hatten kurz nach Tagesanbruch ein Rinnsal überquert, und jetzt klebte Schlamm an ihren Yucca-Sandalen und den Schnürsenkeln. »Was machen die Leute da? Im Jenseits?«

Nordlicht schnippte ein abgeblättertes Verputzstück fort, das vom Windjungen in dieses Nest zwischen den Felsbrokken getragen worden war. »Einmal habe ich einen alten Mann in der Rußwelt angetroffen. Er war ein Weber. In seinem Erdenleben war er ein durchschnittlicher Weber gewesen. Niemand hatte sein Werk je gelobt oder getadelt. Aber nach hundert Sonnenkreisen in der Rußwelt waren seine Webereien sehr begehrt; wenn die Rede auf ihn kam, flüsterte man nur noch. Du mußt verstehen, er hatte in der Unterwelt mit ganz anderen Fäden zu tun. Er konnte einen Purpurstrang aus den Schwanzfedern der Regenbogen-Schlange ziehen und ihn mit einem Haarstrang von Bruder Himmel verweben, mit Fäden vom reinsten, frischesten Gelb, aus Salbeiblütenblättern gezogen.« Sein Blick wurde ganz weich, als sähe er wieder diese herrlichen Farben. »Ich versichere dir wahrheitsgetreu, Seide, unsere Familien sind im Jenseits sehr geschäftig und sehr zufrieden. Sie jagen und fischen und lieben einander, genauso wie wir hier.«

Die Wärme seiner Stimme besänftigte Maisfasers Seele wie kühler Balsam auf einer entzündeten Wunde. Aber kleinmütig fragte sie: »Und die Geister überfallen einander, genauso wie hier?«

Nordlicht schaute auf zu einem Falken, der über dem Canyon-Rand kreiste. »Ja, ich sah auch Kriege. Aber sie wurden nicht aus Rache geführt, Seide. Nach allem, was du erlebt hast, wirst du kaum verstehen können, daß im Kriegführen auch ein sportliches Element enthalten ist. In der Rußwelt sind Kriege wie Spiele, so wie Reifenschlagen oder Würfeln oder Knochenwerfen. Nach dem Kampf laden die Gewinner die Besiegten zu einem Festessen ein.«

Maisfaser kratzte den verkrusteten Schlamm von ihren Sandalensenkeln ab und schnippte ihn auf den goldenen Sand. »Ich hoffe, die Krieger, die meine Familie getötet haben, müssen in den Unterwelten immer wieder von neuem sterben.«

»Der Gesegnete Bären-Thlatsina sagte mir einmal, daß ein grausamer Krieger nach seinem Tod von den Erdgeistern über das Antlitz der Erde gejagt wird, und wenn sie ihn gefangen haben, können sie Löcher in seine Seele fressen.«

Maisfaser rieb sich über die Augen. Bei der Vorstellung von Geistern mit löchrigen Seelen runzelte sie die Stirn. »Und was geschieht mit bösen Kriegern im Jenseits?«

»Sie werden von den anderen Geistern dort gequält. Denn, siehst du, an den Löchern in seiner Seele erkennen die Geister genau, ob einer aus Boshaftigkeit getötet hat oder in Erfüllung seiner Pflicht, und im ersteren Fall ächten und hetzen sie ihn, bis er wiedergeboren wird.«

Maisfaser hatte davon geträumt, Spannerraupe und Stechmücke zu töten. Nordlichts Geschichte gab ihr die Hoffnung auf eine neue Chance in einem zukünftigen Leben, falls sie es in diesem nicht schaffte. »Ich hoffe nur, diese Krieger werden als Moskitos auf meinem Arm wiedergeboren.«

Nordlicht kratzte sich gedankenvoll die Wange. »Nun, jeder hat seine persönliche Vorstellung vom Martern. Ich würde sie mir, wiedergeboren, gern als buschschwänzige Waldratten vorstellen, gejagt von allem, was lebt, immer in Angst, immer auf der Flucht.«

Maisfaser sah ihn von der Seite an. »Eine gute Anregung, vielen Dank.«

Er lächelte.

»Nordlicht! Du bist sehr lieb zu mir, aber ich weiß, du bist der größte lebende Priester und –«

»Bin ich das?«

»Das sagen alle.«

»Die Leute sagen viel.« Er griff nach einem losen Faden im Ärmel seines weißen Priesterhemdes, durch das Lob offensichtlich in Verlegenheit gebracht.

Maisfaser zögerte eine ganze, bedrückende Weile, bis sie sagte: »Darf ich dich etwas fragen?«

»Natürlich.«

»Es ist aber« – sie fuhr sich mit der Zunge über die trockenen Lippen – »eine peinliche Frage.«

»Das wäre nicht die erste, die ich höre.«

Sie atmete tief ein – für den Fall, daß sie nie mehr in der Lage wäre, einatmen zu können. »Stimmt es… daß du als kleiner Junge nur auf Vögel zu zeigen brauchtest, und dann fielen sie tot vom Himmel?«

Nordlicht richtete sich sofort auf. Nach einem kurzen Augenblick schüttelte ein sanftes Lachen seine Schultern. »Das ist eine, die ich noch nie gehört habe… und dabei habe ich gedacht, ich kenne sie alle.«

»Du meinst, es stimmt nicht?«

Gegen die hochragenden goldenen Klippen erschien sein windbewegtes Haar so schwarz wie Rabenflügel. »Ich fürchte, nein. Die Macht… jedenfalls *meine* Macht wirkt in anderer Weise. Ich könnte den Vogel in seiner eigenen Sprache bitten, zu Boden zu fallen und sich tot zu stellen. Vielleicht würde mir der Vogel die Bitte erfüllen. Aber am Ende würde er die funkelnden Augen wieder aufmachen und wegfliegen, so lebendig wie zuvor.«

Seine Unbefangenheit gab ihr Mut. Plötzlich sehr neugierig geworden, fragte sie: »Aber es gibt Hexen, die mit einem Blick oder mit einem Wort töten können – ist das nicht richtig?«

Ein gehetzter Blick erschien in seinen Augen. »Ja, das ist richtig.«

»Wie machen sie das?«

Er zog ein Knie an und umspannte es mit seinen Händen. »Um ehrlich zu sein – ich weiß es nicht. Die Macht ist wie eine fein gewebte Decke, bei der die Kette aus Strängen von Licht besteht und der Schuß aus Dunkelheit. Ich habe gehört, daß es Hexen gibt, die damit prahlen, sie könnten alle dunklen Stränge herausziehen und die finstere Macht um sich herumweben wie einen Umhang aus Schatten.«

Gebannt fragte Maisfaser: »Deswegen wirken sie also in der Nacht? Weil sie in ihren Schattenumhängen dann unsichtbar sind?«

»Vielleicht. Wer weiß das? Hexen sind sehr gerissen.«

Maisfaser schöpfte eine Handvoll warmen Sandes auf, den sie durch die Finger rieseln ließ.

Eine Weile schwiegen sie und lauschten dem Wind, der um die Steine säuselte und durch die Wildpflanzen raschelte. Als Vater Sonne im Westen abstieg, wuchsen die Schatten hinter den Felsen und krochen auf sie zu, kühl und dunkel.

»Hast du verstanden, was Düne dir in der Kiva versucht hat zu sagen? Über deine Seele?«

Maisfaser schlug sich den Sand von den Fingern. »Ein wenig. Sängerling hat mir gleich nach der ersten Begegnung erzählt, ich hätte eine Seele wie ein blauer Himmel.« Sie zeichnete einen Kreis um ihren Rumpf. »Er meinte, er könne sie um mich herum leuchten sehen.«

Nordlicht betrachtete sie gedankenvoll. »Ja, sie ist sehr schön, aber Düne wollte noch mehr ausdrücken. Eine wilde Freiheit lebt in deiner Seele, Seide.«

»Freiheit?«

»Ja. Die meisten wissen gar nicht, was Freiheit ist. Sie tun zwar so, als wüßten sie es, weil das die Qual ihres Gefangenseins mildert. Aber du, Seide, du *bist* frei! Man könnte dich in einen Käfig sperren und dich fesseln, und dennoch wärst du frei. Das Herz deiner Freiheit schlägt nicht in dieser Welt. Es schlägt in den Himmelswelten. Düne hat versucht, dir zu sagen, daß der Himmel dich geboren hat – nicht die Erde. Und ...«, sagte er mit einem seltsam zweifelnden Gesichtsausdruck, »das ist sehr sonderbar.«

Sie runzelte die Stirn. »Warum?«

Nordlicht hob die Brauen. »Weil nur Erste Menschen Himmelsgeborene sind. Das ist auch der Grund, warum Erste Menschen nach ihrem Tod in den Himmel zurückkehren.«

»Aber was bedeutet das für mich? Wieso ist meine Seele himmelsgeboren, wie du es ausdrückst?«

»Darauf weiß ich keine Antwort. Ich habe noch nie einen Gemachten Menschen mit einer Seele wie der deinen gesehen.«

Nordlicht deutete auf zwei goldene Adler, die am Canyon-Rand verharrten, die braunen Leiber schwarz gegen den staubverhangenen Himmel abgehoben. Mit scharfen Augen suchten sie die Canyon-Sohle nach Bewegungen ab. »Auf diese Antwort mußt du selbst kommen. Wenn du an hohen Orten suchst, dort, wo die Erde den Himmel trifft, werden die Thlatsinas dir helfen.«

Mit zusammengekniffenen Augen sah Maisfaser nachdenklich auf die Adler. Hinter ihnen zogen anschwellende Wolkenleute über die Himmelsstraßen nach Süden, wo die Feuerhunde wohnten. Sie hatte über vieles nachgedacht, was Düne in der Kiva gesagt hatte – besonders über Sängerling, der stolz geboren worden sei, und daß es riskant sei, mit jemandem seines Alters über Liebe zu sprechen. Beides hatte sie geärgert. Sängerling hatte sich die ganze Zeit selbstlos um sie gekümmert und sie immer mit herzlicher Freundlichkeit behandelt. Aber vielleicht kannte Düne Sängerling nicht so gut.

Kühn wandte sie sich wieder an Nordlicht. »Was war das, was Düne Sängerling nicht sagen wollte? Über die Liebe?«

Nordlicht lächelte. Der Windjunge warf ihm das lange Haar über die Augen, und er steckte es hinter den Ohren fest. »Ach, hauptsächlich, daß Liebe für jedes geistige Leben ganz wesentlich ist.«

»Aber nicht für Sänger, habe ich gedacht. Da wäre sie verderblich.«

»Nein, nein, Seide. Bis die Liebe eine Seele erregt und belebt hat, gleicht sie einem Adler, der noch nicht flügge ist. Sie ist nur halb lebendig. Noch voller Sehnsucht. Du mußt mir glauben, daß eine Seele, die die Tiefen der Liebe nicht kennt, nie zu den Göttern fliegen wird. Die Schwingen eines Sängers werden aus Liebe gewoben.«

»Sängerling ... er – er glaubt wohl, daß es für ihn ungünstig ist, mit mir zusammenzusein.«

Einen Augenblick lang ging Nordlichts Blick ins Leere, als hätte er sich in Erinnerungen an eine andere Zeit verloren, an eine Zeit der Zärtlichkeit, voller Hoffnungen und Träume.

»Seide«, sagte er schließlich, »lieben heißt, die Götter zu suchen. Wenn wir als kleine Kinder zum ersten Mal Liebe in uns spüren, haben wir schon einen Fuß auf die göttliche Straße gesetzt. Und danach ist jeder Augenblick, den wir liebend verbringen, ein weiterer Schritt zu den Göttern. Bis zu dem letzten Augenblick, wenn wir den Boden verlassen und fliegen.«

»Und warum darf Sängerling nichts davon erfahren?«

Er senkte den Kopf. »Zur rechten Zeit wird Düne ihn belehren. Jetzt versucht Düne, Sängerling dazu zu bringen, über seinen Körper hinauszusehen. Das ist der erste Schritt für jeden Sänger, und in Sängerlings Alter ist das keine einfache Sache. Vielleicht solltet ihr wirklich im Augenblick noch nicht zusammensein. Aber eines Tages, sehr bald, wird er deiner Liebe bedürfen, so dringend, wie er Nahrung oder Wasser braucht.«

Maisfaser zerknüllte den Stoff ihres Kleides mit unruhigen Fingern. »Mir ist jetzt wohler, da ich das weiß. Vielen Dank, Nordlicht. Ich verspreche dir, daß ich Sängerling so lange nichts davon sagen werde, bis Düne das selbst erledigt hat.«

Er berührte ihre Hand, um ihre nervösen Hände zur Ruhe zu bringen. »Ich weiß das, Seide. Ich sehe dein Ehrgefühl auf deinem schönen Gesicht.«

Maisfaser lächelte. Wie seltsam, daß ihre Unterhaltung so mühelos vonstatten ging wie unter alten Freunden. Von der Senke unten drang Gelächter, ein Kind quietschte vor Vergnügen, und ein Hund bellte.

Nordlicht raffte sich auf. »Also, dann wollen wir mal zu den Mitgliedern vom Ameisen-Clan sprechen, die hier leben. Vielleicht finden wir Verwandte von dir, noch bevor die Nacht einfällt.« Er reichte ihr die Hand. Sein weißes Hemd bauschte sich um seinen hochgewachsenen Körper.

Maisfaser betrachtete kurz seine langen Finger und dachte: *Könnte dieser Mann mein Vater sein?* Sie ließ sich von ihm hochziehen. Als ihre Blicke sich trafen, wurde ihr das Herz schwer. Sie hatte ihm so vieles zu erzählen, hatte so viele Fragen. Aber sie mußte erst absolut sicher sein, bevor sie sich ihm entdeckte.

Er wies zum Pfad. »Geh voraus, ich komme nach.«

Maisfaser ging zwischen den Felsbrocken hindurch, das Auge auf dem Pfad, aber ihre Seele glitt in die Vergangenheit, und sie sah das Gesicht ihrer Mutter ...

*»Frag mich nicht, meine Tochter. Ich kann dir nur sagen, daß ich glaube, er will dir helfen.«*

Maisfaser warf einen Blick über ihre Schulter. Er ging – fast lautlos – den Kopf leicht gesenkt, mit friedvollem Gesichtsausdruck.

Was für einen Gefallen schuldete der große Priester ihrer Mutter? Und seit wann?

Wahrscheinlich seit langer Zeit, als ihre Mutter in Krallenstadt gewohnt hatte.

Als sie am Halbrund der Mauer entlangging und sich links hielt, nach Osten zum Eingangstor, sah sie Spannerraupe, der Wache hielt, mit einem jungen Mann an seiner Seite. Vermutlich einer der Ersten Menschen; der Jüngling trug ein kostbares Purpurhemd mit Kupferglöckchen. Immer, wenn der Wind mit den Säumen spielte, klingelten die Glöckchen lieblich. Auf seiner Brust schimmerten herrlich leuchtendrote, blaue und gelbe Papageienfedern.

Spannerraupe drehte sich um und schaute nach unten. Maisfaser senkte schnell den Kopf wie eine Frau mit einem bestimmten Ziel.

Nordlicht trat neben sie und flüsterte: »Wenn du kannst, Seide, geh diesem Mann in Purpur aus dem Weg.«

»Warum? Wer ist das?«

»Er ist die neue Gesegnete Sonne. Seine Name ist Schlangenhaupt.«

»Und warum soll ich ihm aus dem Weg gehen?« Sie schaute zu Nordlicht auf, dessen Gesicht bleich geworden war, als ob er die Gesegnete Sonne *fürchtete*.

Nordlicht erwiderte: »Er ist nicht gerade für seine Freundlichkeit jungen Frauen gegenüber bekannt. Denk an ihn wie an einen Skorpion.«

Kalte Schauer liefen ihr den Rücken hinunter. »Ich verstehe.«

Als sie durchs Tor gingen, murmelte Nordlicht: »Halte dich eng an mich, Seide. Seit kurzem ist er sehr dreist.«

Nordlicht legte ihr eine Hand auf die Schulter und führte sie über die Plaza zu einer Gruppe von Frauen, die dasaßen und Gewänder sortierten und falteten. Hemden, Kleider, Tanzschärpen und Baumwollumhänge waren an der Mauer sauber aufgestapelt. Die Frauen sahen Nordlicht kommen; sie verstummten und wurden ernst. Wie steinerne Statuen sahen sie den beiden entgegen.

»Einen schönen Nachmittag, Gelbmädchen«, sagte Nordlicht zu der ältesten. Sie war muskulös, vierschrötig, über vierzig Sommer alt und hatte eingefallene Wangen und ein schmales Gesicht. Ihr kurzes Haar hing ihr nur bis zum Kinn.

»Dir auch, Gesegnetes Nordlicht«, gab sie zurück, ohne ihn anzusehen. »Was können wir für dich tun?«

»Das ist Seide, vom Ameisen-Clan, geboren im Schildkrötendorf. Sie ist auf der Suche –«

»*Sonnenseher!*« gellte eine scharfe Stimme. »Komm hierher!«

Maisfaser sah, wie Nordlicht die Zähne zusammenbiß. Er holte tief Luft und flüsterte: »Bleib hier, Seide.« Rasch schritt er über die Plaza, um die Gesegnete Sonne auf halbem Weg zu treffen.

Der Häuptling hielt den Kopf schräg und lächelte verführerisch. Nordlicht war einen Kopf größer als er, deswegen mußte Schlangenhaupt den Hals recken, um Seide zu sehen. Bei seinem Blick zog sich ihr der Magen zusammen. Die Frauen, die an der Mauer saßen, musterten Maisfaser von oben bis unten und flüsterten hinter vorgehaltener Hand.

Gelbmädchen sagte: »Wie ein Steinmetz siehst du nicht aus, mein Kind. Deine Arme sind zu dünn. Du müßtest muskulöse Schultern haben.«

»Ich bin kein Steinmetz. Meine Mutter war einer. Sie –«

»Sie wurde bei dem Überfall getötet?«

»Ja. Die Turmbauer –«

»Wie hieß sie?«

Die nacheinander auf sie abgeschossenen Fragen gaben Maisfaser das Gefühl, nackt und verwundbar zu sein. Aber sie stellte sich breitbeinig hin und erwiderte Gelbmädchens herausfordernden Blick. »Sie hieß Bienenkraut. Sie ist nicht im Schildkrötendorf geboren worden, sondern erst dort hingezogen, von … von Lanzenblattdorf.« Bei dieser Auskunft konnte nichts passieren. »Sie hat einen Mann vom Coyote-Clan namens Wasserkröte geheiratet.« Mit unsicherer Stimme fragte sie: »Ich suche hier Verwandte, die schon vor langer Zeit aus Schildkrötendorf weggezogen sind – kennst du welche?«

Gelbmädchen schüttelte den Kopf. Ihr kurzes schwarzes Haar wischte ihr über die eingefallenen Wangen.«Ich bin der Steinmetzmeister hier, aber ich habe noch nie von einer Frau vom Ameisen-Clan gehört, die aus dem Schildkrötendorf kommt. Aber wir haben einige Frauen vom Coyote-Clan, die früher einmal im Schildkrötendorf gelebt haben. Willst du mit ihnen sprechen?«

Maisfaser verlagerte ihr Gewicht auf den linken Fuß. »Nein, wenn sie nicht vom Ameisen-Clan sind, dann sind es auch keine Verwandten von mir. Aber vielen Dank für deine Hilfe. Sag es bitte weiter, daß ich nach Verwandten suche.«

»Ja, Mädchen, das werde ich. Aber hör mir zu.« Gelbmädchen beugte sich vor und kniff die Augen zusammen. »Wenn du willst, daß die Gemachten Menschen in Krallenstadt mit dir sprechen, dann halte dich von dem Hexenmeister fern.« Sie machte eine Kopfbewegung in Richtung Nordlicht.

Maisfaser drehte sich um. Er stand immer noch vor dem Häuptling, dem er die Sicht versperrte. »Hältst du ihn wirklich für einen Zauberer? Er scheint so freundlich zu sein.«

Gelbmädchen schnaubte verächtlich, und die anderen Frauen lachten. »Wie alle Hexen und Hexenmeister. So locken sie die Opfer in ihre Fallen. Wenn du nicht mit Leichenpulver im Bauch enden willst, *dann halt Abstand von ihm.*«

Maisfaser schlang die Arme um sich. Sie stand verlegen herum und blickte auf die ziehenden Wolkenleute, bis Nordlicht zurückkam.

Er verhielt an ihrer Seite mit grauen Lippen, offensichtlich aufgebracht, aber seine Stimme klang ganz ruhig. »Was hast du herausgefunden?«

»Gelbmädchen meint, daß hier niemand vom Ameisen-Clan ist, der vom Schildkrötendorf kam. Aber sie will weitersagen, daß ich jemanden suche.«

Gelbmädchen senkte den Blick, als Nordlicht sie ansah. Er schien das nicht zu bemerken oder er hatte es so oft erlebt, daß es ihn nicht mehr berührte. Aber Maisfaser wunderte sich. Wenn sich in ihrem Dorf jemand weigerte, einen von den heiligen Leuten anzusehen, dann war das im Grunde eine Beschuldigung der Hexerei, bedeutete nämlich, daß sich die betreffende Person vor dem bösen Blick schützen wollte. Der böse Blick konnte eine Fehlgeburt oder Krankheit zur Folge haben und, wenn die Hexerei machtvoll genug war, sogar den Tod.

»Vielen Dank, Gelbmädchen«, sagte Nordlicht und wandte sich wieder Maisfaser zu. »Hier sind auch andere vom Schildkrötendorf. Willst du mit ihnen sprechen? Vielleicht könnten sie dir etwas von Mitgliedern des Ameisen-Clans in anderen Orten sagen, die ursprünglich vom Schildkrötendorf kamen.«

Maisfaser sah ihm in die Augen, die mit heiterer Gelassenheit auf sie blickten. »Vielleicht später. Jetzt würde ich am liebsten auf mein Zimmer gehen. Es war eine lange Wanderung. Ich bin sehr müde.«

»Ja, ich verstehe.«

Maisfaser wandte sich zum Gehen, drehte sich aber noch einmal zu Gelbmädchen um. »Vielen Dank, Gelbmädchen. Ich weiß deine Hilfe zu schätzen … und auch deinen Rat.«

Gelbmädchen warf ihr einen schnellen Blick zu. »Ich sage dir Bescheid, wenn jemand auftaucht, der vielleicht mit dir verwandt ist.«

»Du bist sehr freundlich.«

Nordlicht sagte: »Ich begleite dich auf dein Zimmer.«

Maisfaser nickte. Mit gesenktem Kopf ging sie an der Gesegneten Sonne Schlangenhaupt vorbei. Aber sie spürte seine forschenden Augen auf sich gerichtet, und ihre Schultern verkrampften sich. In ihrer Seele hatte sich das Bild eines Skorpions festgesetzt, in menschlicher Gestalt zwar, aber herzlos, todbringend und gewillt, sich Opfer unter seinesgleichen zu suchen.

An der Leiter packte Maisfaser eine der Kiefernsprossen und fragte: »Was hat der Häuptling mit dir besprechen wollen?«

Sein Blick war offen und klar. »Er hat mich über dich ausgefragt, wer du bist und was du hier machst und solche Sachen.«

Er machte eine Pause. »Seide, wenn der Häuptling nach dir schickt, dann geh nicht, und falls er sich dir nähert, wenn du allein bist, dann sag ihm, du seist mit dem heiligen Heimatlosen hier. Hast du verstanden?«

»Ja, ich – ich glaube schon.«

»Nicht einmal Schlangenhaupt würde es wagen, Düne zu trotzen – glaube ich jedenfalls.« Nordlicht legte ihr freundschaftlich eine Hand auf die Schulter. »Jetzt ruh dich erst einmal aus. Ich werde mich weiter nach deiner Familie umhören. Vielleicht finden wir doch noch jemanden vom Schildkrötendorf, der zu deinem Clan gehört.«

Seide durchforschte abermals sein Gesicht, um eine Ähnlichkeit zu entdecken. Einen Augenblick lang kämpfte sie gegen das Verlangen an, offen mit ihm zu sprechen, aber am Ende nickte sie nur. »Vielen Dank, Nordlicht.« Schnell erklomm sie die Leiter und eilte auf ihr Zimmer.

Sängerling stand neben Düne und starrte mit aufgerissenen Augen auf den Toten. Die wundervolle Decke, mit großen Türkissteinen besetzt, lag zusammengefaltet neben der Fußtrommel. Die Steine funkelten im flackernden Feuerschein. Schütteres graues Haar klebte an Krähenbarts Kopfhaut und hob sich ab von dem groben Schlagstein in der Ruine seines Gesichts. Die ausgetrockneten Augen waren tief eingefallen, und die Lider waren über den flachen, glanzlosen Linsen zurückgewichen. Auch die aufgerissenen Lippen hatten sich zu einem spöttischen Ausdruck verzerrt, was dem eingefallenen Gesicht zusammen mit dem Schlagstein ein maskengleiches Aussehen verlieh.

Das Gesicht war zwar geschrumpft, doch Krähenbarts Bauch war aufgebläht und gab in Abständen gurgelnde Geräusche von sich. Sängerling fuhr bei dem Anblick zusammen. Der gewölbte Bauch drückte fest gegen den Baumwollstoff seines blau-goldenen Hemdes wie eine mit Luft gefüllte Blase. Ungeachtet der Kühle in der Kiva hatten die üblen Geister der Verwesung schon damit angefangen, sich im Bauch des Häuptlings breitzumachen. Ein schwacher süßlicher Geruch verursachte ihm Übelkeit.

Düne wandte sich an Sängerling, eine buschige weiße Augenbraue hochgezogen. »Hier.« Er reichte Sängerling einen kleinen Topf mit weißer Farbe, Kreide, mit Wasser gemischt. »Ich male ihm die Arme an, wenn du ihm die Beine anmalst.«

Düne hatte die Ärmel seines übergroßen weißen Priesterhemdes aufgekrempelt, um besser arbeiten zu können, aber die Säume schleiften über den festgetretenen Boden.

Sängerling leckte sich nervös über die Lippen. »Anmalen … wie denn?«

Die Ermüdung verzog Dünes Gesicht zu einem Netzwerk von Falten, in dem seine kleine runde Nase beinahe unterging. Die weißen Haare in seinen buschigen Augenbrauen standen in alle Himmelsrichtungen.

»Male weiße Tupfen in geraden Linien auf die Beine«, erklärte Düne, »sie symbolisieren seine Verwandtschaft mit den Abendleuten. Mal von den Lenden angefangen bis zu den Knöcheln, aber die Linien müssen ganz gerade verlaufen. Der Wolf-Thlatsina, der den Einlaß zu den Himmelswelten überwacht, soll wissen, daß Krähenbart ein Himmelsgeborener ist, so wie jeder Stern.«

Sängerling nickte, tauchte seinen Zeigefinger in die Farbe und zog Krähenbarts Hemd bis übers Skrotum hoch. Der Penis glich einem gerade ausgeschlüpften Küken in einem grau bereiften Nest aus Schamhaar. Die Gase der Verwesung hatten den Hodensack so aufgebläht, daß er aussah wie ein übergroß ausgefallenes Ei. Sängerling erschauerte, als er das feuchtkalte Fleisch berührte; ein unbehagliches Gefühl machte sich in seinem Magen breit.

Zwischen den einzelnen Tupfern lenkte er sich von dem Leichnam ab, indem er sich in dem großartigen Zeremonialraum umsah.

Mit Edelsteinen besetzte Thlatsina-Masken hingen über den kleinen Wandnischen. Alle sechsunddreißig trugen einen leuchtendbunten Kopfschmuck mit blauen, gelben, roten und tiefschwarzen Federn. Schneeweiße Flaumfedern von Adlern krönten viele Masken. Halskrausen aus verschiedenen Fellen, unter anderem von Bison, Dachs und Kaninchen, glichen Bärten. Aber Sängerlings Augen blieben auf den scharfen Fängen und den Schnäbeln haften, die in der bernsteinfarbenen Glut des Feuers glänzten. Sängerling spürte tatsächlich ihre Seelen. Selbst in den leeren Augenhöhlen sah er ein seltsam spukhaftes Licht.

Die runde Kiva maß mindestens hundert Hände im Durchmesser; vier rote Steinsäulen stützten sie, und drei Bankreihen standen ringsherum an den Wänden, jede mit ihrer eigenen geheiligten Farbe – Gelb, Rot und Blau –, und über ihnen das Weiß der Wände.

Eine andere Leiche lag auf der gegenüberliegenden Fußtrommel, von einer schönen Totendecke völlig zugedeckt; Sängerling konnte sich nicht vorstellen, wer das war.

Er war mit einem Bein fertig und fing mit dem anderen an.

Weil Düne damit mehr Erfahrung als Sängerling hatte, war er schon mit beiden Armen fertig. Er beugte sich über das Gesicht des Häuptlings, runzelte die Stirn und tauchte einen verkrümmten Finger in den Farbtopf. Er malte einen Halbmond über das linke Auge.

»Was hat das zu bedeuten?« fragte Sängerling.

»Es sagt den Himmelsgöttern, daß Krähenbart etwas Besonderes war, ein berühmter Führer, und das Recht hat, als solcher behandelt zu werden.«

Sängerling war mit dem rechten Bein fertig und setzte den Farbtopf auf dem Rand der Fußtrommel ab. »Was machen wir jetzt?«

»Jetzt kommt der nächste Schritt. Paß genau auf!«

Düne humpelte zu seinem Säckchen, das oberhalb von Krähenbarts Kopf lag. Die Malachit-, Türkis- und Jett-Perlen funkelten, als er darin herumstöberte und sechs Federn und zusammengerollte Baumwollbindfaden herauszog. Er zeigte das Sängerling. »Diese Sachen werden ihm die Fähigkeit verleihen, in die Himmelswelten zu fliegen.«

Er band eine Feder an ein paar Haare von Krähenbart, eine an jede Hand und jeden Knöchel. Dann zog er den Bindfaden unter dem Rücken von Krähenbart durch und befestigte eine Feder über seinem Herzen.

»Wenn Krähenbart oben auf der heiligen Buckelkuppe angelangt ist«, sagte Düne, »werden diese Samenfedern aufsprießen, und im nächsten Augenblick wird sein ganzer Körper mit Federn bedeckt sein. Dann wird er lange, spitz zulaufende Flügel haben, so wie der Präriefalke, von dem die Federn stammen.«

Sängerling faltete die Hände, in Staunen versunken. Natürlich hatte er schon für die Bestattung zurechtgemachte Leichen gesehen, aber das Ritual blieb ein Geheimnis. Nur sehr heilige Leute wußten, warum man die Dinge so machte, wie man sie machte. In tiefster Seele konnte er sich die großartige Verwandlung vorstellen und den toten Häuptling schauen, wie er durch die Himmel schwebte.

»Beim nächsten Teil kannst du mir helfen.« Düne nahm ein kleines Lederfutteral aus seinem Säckchen. Eine rote Spirale und ein blauer Blitz waren daraufgemalt. »Mach die rechte Hand auf.«

Sängerling eilte vor und streckte ihm die offene Handfläche entgegen. Düne füllte sie mit Maismehl und hängte einen Bindfaden über Sängerlings Handgelenk. »Füll ihm die Hände mit Mehl und binde sie dann zu.«

»Ja, Düne.«

Sängerling mußte die steifen Finger des Häuptlings aufhebeln. Er füllte die rechte Hand, bog die Finger gewaltsam um das Mehl, hielt sie mit einer Hand geschlossen und band sie mit der anderen zu. Er zog den Bindfaden fest an und verknotete ihn.

Während er dasselbe mit der linken Hand machte, rieb Düne dem Häuptling Mehl übers Gesicht, schüttete etwas davon in den grinsenden Totenmund und in die eingefallenen Augen. Das Mehl schimmerte golden im Feuerschein.

»Warum hast du auch Mehl in die Augen geschüttet, Düne?«

»Um sie von zurückgebliebenen verderblichen Bildern zu reinigen, die sie im Lauf seines Lebens aufgenommen haben. Auf diese Weise kann er die Herrlichkeit der Himmelswelten mit neuen Augen schauen, die noch unverdorben sind von den

Greueln dieser Welt.« Düne deutete auf die gebundenen Hände. »Dank deiner Mühe kann Krähenbart jetzt in diese Welten eintreten. Du mußt wissen, daß Krähenbart, sowie er in der ersten Himmelswelt ankommt, seinen weiteren Pfad heiligen muß, indem er Maismehl in die sechs Richtungen verstreut.«

Ehrfürchtig flüsterte Sängerling: »Ich verstehe.«

Mit gerunzelter Stirn starrte Düne auf den Schlagstein. Schließlich löste er seufzend den Stein heraus und betrachtete die Flecken auf der glatten Oberfläche. »Sonst lass' ich ja meinen Schlagstein nicht stecken, aber Schlangenschwanz brauchte diesen Wink.«

Sängerling beugte sich vor; es war ihm unangenehm, Düne zu berichtigen. »Du meinst ... Schlangenhaupt?«

Düne legte den Schlagstein zur Seite und streute Maismehl in den Krater, wo die Nase gewesen war. »Wahrscheinlich«, antwortete er.

Als nächstes zog Düne ein weißes Tuch aus dem Säckchen und hielt es gegen das Licht. Es wies drei Löcher auf. »Und das«, sagte er, während er damit das Gesicht des Häuptlings bedeckte, »stellt die ziehenden Wolken dar, die Krähenbarts Gesicht verbergen, wenn er zurückkommt, um unserem ausgedörrten Land Regen zu bringen.«

Düne legte das Tuch so auf, daß die Löcher auf Augen und Mund paßten. Als wäre er nun erschöpft, stützte Düne eine Hand auf die Fußtrommel und seufzte. »So. Das ist alles für Krähenbart heute. Morgen früh, vor Sonnenaufgang, werden wir die Vorbereitungen abschließen können. Aber jetzt müssen wir für uns selbst sorgen. Zieh dich aus!«

Sängerling zog sich das Hemd über den Kopf. Er wußte, daß alle, die sich mit den Toten beschäftigten, hinterher ein rituelles Bad nehmen mußten, um sich zu reinigen. Düne zog sein Hemd aus und legte es auf die gelbe Bank; er ging dann, ein wandelndes Skelett, zu dem viereckigen Feuerofen. Die großen Altersflecken, die durch das dünne Haar zu sehen waren, wirkten in diesem gedämpften Licht schwarz.

Frische Wäsche, Decken und mehrere Töpfe befanden sich neben dem Feuer. Düne beugte sich ächzend hinunter und hob zwei kleine Schalen auf. Eine gab er Sängerling. »In diesem

Wasser wurden Wacholdernadeln gekocht. Da liegt ein Lappen drin. Wring ihn aus und wasch dich gründlich!«

Sängerling wrang den hellbraunen Lappen aus und wusch Arme und Beine, tauchte ihn abermals ein, wrang ihn aus und reinigte die Brust und den Rest des Körpers. Der stechende Wacholderduft umschwebte ihn. Als er fertig war, legte er den Lappen in die Schale zurück und machte Anstalten, sie neben das Feuer auf den Boden zu stellen.

Düne hob schnell eine Hand. »Nein, nicht abstellen! Halt sie in der Hand, bis ich fertig bin!«

Sängerling nickte. Düne rieb sich seinen nach Wacholder duftenden Lappen übers Gesicht und den Nacken. »Und jetzt paß auf!« Er hob die Schale hoch und schmetterte sie zu Boden, wo sie zerbarst. Er drehte sich zu Sängerling um. »Mach es genauso. Diese Schalen sind von Verderbnis befleckt. Niemand darf sie mehr benutzen.«

Sängerling hob seine Schale und ließ sie am Boden zerschellen. Eckige Scherben klirrten über den Boden.

»Wir haben noch eine letzte Reinigung vor uns.« Düne nahm eine Decke und gab sie Sängerling, kniete sich dann vor einen kleinen Topf rechts vom Feuer. Dem entnahm er einige Kügelchen verdickten Kiefernharzes, die er in die Glut am Rand des Feuers legte. Als sie anfingen, blasig zu werden, entstand eine Dunstwolke aus blauem Rauch.

»Leg dir die Decke über den Kopf« – Düne machte es ihm mit seiner eigenen Decke vor – »und beuge dich über den Dampf. Sieh zu, daß der Dampf deinen ganzen Körper umfängt. Er ist ein Verwandter der Wolkenleute, die uns Regen und Leben bringen. Er vertreibt böse Geister, die vielleicht noch an dem Toten gehangen haben.«

Sängerling tat wie geheißen und ließ sich von dem frischen Kieferndurft einhüllen, der seine Haut wärmte.

Düne machte ein paar Schritte und kam mit zwei neuen Hemden zurück. Er schüttelte eines mit rot-goldenen Rauten aus und reichte es Sängerling. »Das ist deins.«

Sängerling staunte offenen Mundes über das Muster. »Wie schön das ist.«

Düne sah ihn angewidert an. »Gefällt dir, was?«

»Natürlich. Wer könnte denn so ein –«

»So bald wie möglich finde ich ein anderes Hemd für dich. Dann kannst du das weggeben.«

»Aber warum darf ich es nicht behalten?«

»Mein Junge, wenn ich diese Eitelkeit mit einem Stock aus dir herausprügeln könnte, würde ich es tun.«

Sängerling biß sich auf die Lippen, ließ die Decke auf den Boden fallen und streifte das neue Hemd über. Der fein gewobene Stoff lag angenehm auf der Haut. Er strich das Hemd glättend über seine schmalen Hüften. »Und was passiert mit dem alten Hemd?«

»Das wird verbrannt, zusammen mit meinem.« Düne zog sich ein blau-schwarzes Hemd an; es paßte so gut, als wäre es für ihn angefertigt worden. »Du mußt jetzt gleich auf dein Zimmer gehen, Sängerling. Und halte vier Tage lang sexuelle Abstinenz.«

Sängerling errötete. »Ich habe Seide noch … nie berührt, Düne. Wir sind nur gute Freunde.«

»Sieh zu, daß das noch vier Tage so bleibt.« Er streute die restlichen Harzkügelchen aus der Schale aufs Feuer. Gelbe Flammen schossen hoch, und Funken wirbelten zum Dachloch empor. Er hob die Schale hoch und schmetterte sie zu Boden, wo die Bruchstücke der anderen Töpfe schon lagen.

Sängerling kniff die Augen zu und fragte den kleinen heiligen Mann neugierig: »Und was geschieht, wenn nicht? Wenn ich das Abstinenzgebot mißachte?«

Ein Grinsen aus zahnlosem Mund erhellte Dünes Gesicht. »Die Abstinenz ist für uns der letzte große Schutz gegen das Übel, das auf der Lauer liegt. Wenn du das Gebot mißachtest und dir ein betrügerischer Geist bei der Paarung zusieht, dann könnte er die Gelegenheit nutzen, in deinen Penis kriechen und es sich da bequem machen. Und dann …« Er drohte mit dem Zeigefinger.

Unvermittelt ging er an Sängerling vorbei zu den Stufen.

»Und dann? Was dann?« fragte Sängerling, der ihm folgte.

Aus dem Altarraum traten sie in den fahlen Lavendelschleier des Zwielichts. Die Klippe hatte sich purpurn gefärbt, der Himmel einen kalten schieferblauen Ton angenommen.

Fledermäuse flitzten über die Stadt, zwitschernd und abtauchend, und der rötliche Schein der Wärmeschalen in den Zimmern der Stadt besprenkelte die weißen Mauern mit rosigem Schein. Die vielen Gespräche ergaben ein leises Stimmengewirr.

Düne holte tief Atem und füllte seine Lungen mit frischer Luft. »Du hast dich gut gehalten, mein Junge. Ich bin stolz auf dich. Sei vor Tagesanbruch wieder hier.«

»Ja, Düne. Vielen Dank. Ich habe viel gelernt, aber ich wünschte, du würdest mir sagen –«

»Schlaf gut, Sängerling.« Düne grinste. »Ich sehe dich morgen in aller Frühe.«

Er humpelte zu seinem Zimmer, und Sängerling sah ihm nach. Düne erkletterte die Leiter, immer eine Sprosse nach der anderen, und ging über das Dach des ersten Stockwerks. Sein weißes Haar hatte den bleichen Schimmer einer Orchidee. Sängerling beobachtete ihn, bis er die Leiter in sein Zimmer hinabgeklettert war und verschwand.

Er drehte sich um, in die Richtung seines eigenen Zimmers, und flüsterte: *»Und dann? Was dann?«*

# Sechster Tag

*Ich hocke auf einem schmalen Sims und schaue auf einen Wasserfall, den Tauwasser speist. Das eiskalte Wasser stürzt über die Steine, gurgelnd und grollend, hinab in einen kleinen Teich, hundert Hände tiefer. Der Teich liegt in einer Wiese. Auf beiden Seiten steht je ein Junge mit einem Fischspeer in der Hand, sie sind etwa neun oder zehn Sommer alt. Ich habe sie lachen hören, als sie Fische fingen und von Stein zu Stein sprangen. Auf der Wiese stehen hohe Kiefern verstreut. Ein Rotschwanzbussard kreist dicht über den windgezausten Wipfeln; sein Schatten huscht über den Teich und die freudig erregten Gesichter der Jungen.*

*Raubtiere. Wir sind alle einander so ähnlich, vielleicht weil wir uns vollständig von Seelen ernähren.*

*Wir töten Tiere. Wir reißen Pflanzen heraus. All die Lebewesen, denen wir das Leben nehmen, haben Seelen, die den unseren gleichen – Seelen, die nicht sterben, wenn der Körper stirbt.*

*Einer der Jungen hat einen Fisch aufgespießt. Er lacht über die große Forelle, die sich auf seiner Speerspitze windet, als er sie aus dem kristallklaren Wasser zieht.*

*Und ich überlege …*

*Wie viele Seelen wohnen in meinem Körper? Hunderte? Tausende?*

*Niemand hat mir viel über diese Seelen erzählt. Was machen sie in meinem Inneren? Schlafen sie da? Ruhen sie da wie Eier in einem warmen Nest? Oder sind sie im Gewebe meiner Muskeln, in meinen Knochen aufgegangen?*

*Drei Hirsche lenken mich ab. Sie stolzieren über den Südrand der Wiese, ruhevoll, friedlich, bis sie die Jungen erspähen. Dann sausen sie dahin wie der Wind. Tote Äste krachen unter ihren Hufen. Die Jungen, aufgeschreckt, fahren herum.*

*Blinzelnd denke ich nach.*

*Wenn das Blut plötzlich in meinen Adern rauscht – sind das die fliehenden Hirsche?*

*Ist mein knurrender Magen nicht vielleicht der Dachs-Thlatsina, der spielt, und mein hämmerndes Herz nicht das Geflatter von Waldhuhnflügeln?*

*Ich sehe an mir hinab und lege mir die Hand sanft auf die Brust. Ich bin der Hüter von tausend Seelen geworden. Von Geschöpfen, die ihr Leben gegeben haben, damit ich leben kann.*

*Die Jungen rufen über den Teich einander zu; sie sammeln ihren Fang und ihre Bündel zusammen und machen sich auf den Heimweg zum Abendessen.*

*Ich sehe sie fröhlich über die Wiese gehen, über denselben Wildpfad, über den auch die Hirsche gelaufen sind, wo sie eins werden mit den Schatten des Waldes.*

*Ich halte meine Hand in den Wasserfall und trinke. Als das Wasser im Bauch ankommt, tobt der Dachs herum, schüttelt vielleicht die eiskalten Tropfen ab.*

*Ich klopfe mir auf den Magen und schließe ehrfurchtsvoll die Augen.*

## 36. Kapitel

Spannerraupe saß auf weichen Hirschfellen im Zimmer seiner Mutter und aß eine dicke Suppe. Geröstete Kürbisstücke hatten zusammen mit getrockneten Johannisbeeren, Sonnenblumenkernen und Bienenkraut geköchelt und bildeten eine wohlschmeckende Mahlzeit. Der Suppentopf hing an einem Dreifuß über der Wärmeschale, und daneben stand ein Topf mit warmem Tee aus getrockneten Yucca-Blütenblättern. Der sanfte Schein des Feuers färbte die Wände rosig und erhellte die prunkvoll geschmückten Gesichter der tanzenden Thlatsinas.

Auf der anderen Seite des Zimmers lag Federstein, eingehüllt in eine rote Decke, und schnarchte leise. In dem halboffenen Mund sah Spannerraupe die Lücke der fehlenden Vorderzähne. Dunkelgraues Haar war über ihrer Schlafmatte ausgebreitet. Sie sah sehr friedvoll aus, und das tat ihm wohl.

Kriecher saß mit untergeschlagenen Beinen neben Federstein und aß seine Suppe auf. Der kleine dicke Mann hatte einen merkwürdigen Ausdruck auf seinem rundlichen Gesicht, als schwebte er über einem schrecklichen Kampf, sähe zu, wie er sich ausweitete, sei aber nicht in der Lage, dem Schlachten Einhalt zu gebieten. Er trug ein grünes Hemd; die Ärmel waren aufgekrempelt und ließen die dichtbehaarten Arme sehen. Er nahm sich noch einen Löffel Suppe und kaute langsam.

Mit einem Maiskuchen wischte Spannerraupe den Rest Suppe aus seiner Schale und setzte sie beiseite. »Stimmt irgendwas nicht, Kriecher?« fragte er, als er in den süßen Maiskuchen biß.

Kriecher schaute auf, als hätte ihn die Frage aus einem Traum gerissen. »O nein, alles in Ordnung.« Düster starrte er auf seine Suppe. »Ich habe Schlangenhaupt heute nachmittag mit dir sprechen sehen. Was hat er gewollt?«

»Er hat mir Befehle gegeben. Was ist das nur für ein Narr.«

Spannerraupe sah auf seinen Maiskuchen und verzog das Gesicht. »Er will, daß nur fünf Krieger den Leichenzug auf der heiligen Straße zur Buckelkuppe begleiten.«

»Fünf?« fragte Kriecher ungläubig und kniff die Augen zusammen. »Damit fordert er einen Überfall ja regelrecht heraus.«

»Das habe ich ihm erklärt. Darauf hat er gesagt, daß mich das nichts anginge. Als Gesegnete Sonne hätte er die Entscheidung zu treffen, und er habe sie getroffen. Fünf Krieger. Nicht mehr.«

Der Befehl hatte Spannerraupes Zorn erregt. Als Kriegshäuptling war er verantwortlich für die Sicherheit des Leichenzugs. Mit nur fünf Kriegern? Die Idee war lächerlich.

Spannerraupe sah Kriecher geistesabwesend in seine Schale starren. Er legte den Kopf schräg. »Aber nicht deswegen hast du dir Sorgen gemacht, Kriecher, nicht wahr?«

Kriecher winkte ab, als wollte er Spannerraupes Anteilnahme abwehren. »Nein, aber … ich meine, ich mache mir wirklich Gedanken über Schlangenhaupt. Er ist so ein arroganter junger Mann, und ich weiß, du warst –«

»Sag's mir, Kriecher. Bitte.«

Kriecher ließ die Suppenschale in seinen Schoß sinken. »Ich habe vorhin mit Trauertaube gesprochen. Sie hat mir einiges erzählt, was mich sehr beunruhigt.«

Spannerraupe biß wieder in seinen Maiskuchen und wartete darauf, daß Kriecher ausführlicher wurde. Viele Sommer lang war Trauertaube Kriechers Geliebte gewesen, obwohl Kriecher nie darüber sprach. Spannerraupe wußte davon, weil er die beiden zusammen gesehen hatte. Die zärtlichen Berührungen zwischen ihnen konnten nur eines bedeuten. Diese Verbindung schien Spannerraupe völlig verständlich. Andere betrachteten sie allerdings als schändlich. Ein Clan-Führer wie Kriecher hätte viel höherrangige Geliebte haben können. Aber offenbar wollte er keine. Trauertaube befriedigte Kriechers physische Bedürfnisse, während Federstein sein Herz besetzt hielt.

Da Kriecher nicht fortfuhr, fragte Spannerraupe: »Was hat Trauertaube erzählt?«

Kriecher seufzte tief. »Hast du die junge Frau gesehen, die heute morgen in die Stadt kam?«

»Nur kurz. Warum?«

»Trauertaube hat gesagt, sie stamme aus Schildkrötendorf, sei der Vernichtung des Dorfs entgangen und nun hierhergekommen.«

»Warum?«

Kriecher drehte die Tontasse in seinen Händen. »Sie sucht nach Verwandten. Offenbar ist die übrige Familie bei dem Überfall der Turmbauer getötet worden.«

Spannerraupe verzehrte den Rest seines Maiskuchens, nachdem er genießerisch das Aroma in sich aufgenommen hatte, und wischte die Krumen von den Händen auf den Saum seines roten Hemdes. »Warum beunruhigt dich das? Klingt doch völlig natürlich.«

»Da würde ich dir normalerweise zustimmen, aber die junge Frau sagte verschiedenes, was keinen Sinn ergab.«

»Zum Beispiel?«

Kriecher aß seine Suppe auf und setzte die Schale auf dem Fell ab. »Sie erzählte Gelbmädchen, ihre Mutter Bienenkraut sei Steinmetz gewesen und die Frau eines Mannes namens Wasserkröte aus dem Coyote-Clan. Sie –«

»Das ist komisch.« Spannerraupe streckte seine langen Beine auf der warmen Hirschfelldecke aus. »Ich habe Schildkrötendorf verschiedentlich besucht, aber ich habe nie gehört, daß sich da Frauen vom Ameisen-Clan aufhielten.«

»Das hat auch sonst niemand gehört, Kriegshäuptling.«

Sie starrten sich an, und Spannerraupe runzelte die Stirn. »Und was hat sie sonst noch gesagt?«

Kriecher nahm seine Tasse und schwenkte den Inhalt herum, wie um die Bruchstückchen der aufgebrühten Blütenblätter aufzuwirbeln. Er nahm einen großen Schluck. »Sie hat gesagt, die Mutter sei nach Schildkrötendorf gezogen, von Lanzenblattdorf aus, und daß –«

»*Lanzenblatt?*« Erinnerungen blitzten auf ... Schreie ... außer Kontrolle geratene lodernde Feuerbrände ... Palmlilies erregte Stimme ... die entsetzten Augen des jungen Vogelkind.

»Kriegshäuptling?« Kriecher beugte sich vor, seine dikken schwarzen Brauen zogen sich zusammen. »Geht's dir gut?«

Spannerraupe schloß die Augen, er wollte die Bilder verjagen. »Sie hat gesagt, daß ihre Eltern nach Schildkrötendorf gezogen sind. Sonst noch etwas?« Spannerraupe machte die Augen auf; Kriecher betrachtete ihn besorgt. »Es geht mir gut. Sprich weiter.«

Kriecher nickte und fuhr leise fort: »Die junge Frau heißt Seide.«

»Seide?«

Ein eisiger Schauer lief Spannerraupe über die Arme, als hätte sein Körper die Mitteilungen richtig zusammengesetzt und versuchte nun, seine begriffsstutzige Seele zum Verständnis zu zwingen. Er schlug die Beine untereinander und starrte gebannt auf Kriecher. »Seide. Aus Schildkrötendorf. Ursprünglich vom Lanzenblattdorf –« Jetzt begriff er, und die Erkenntnis lief wie Feuer durch seine Adern. »Heilige Götter!«

»Was ist? Was ist los?«

»Sie ist mir tatsächlich bekannt vorgekommen. Ich konnte nur einen Blick auf sie erhaschen, als sie unter meinem Wachturm mit Nordlicht vorbeiging, aber –«

»Du kennst sie? Wer ist es?«

Spannerraupe starrte Kriecher unverwandt an. Dessen rundliches Gesicht, von kurzen schwarzen Haaren eingerahmt, hatte sich gerötet.

»Ich glaube, sie heißt in Wirklichkeit Maisfaser. Sie ist die Tochter von Palmlilie und Distel.«

Kriecher lehnte sich gegen die Wand zurück und schwieg eine Weile. Dann murmelte er: »Ein Mädchen! Ich hab *gewußt*, daß es ein Mädchen war.«

Spannerraupe fühlte sich leer und elend. »Du meinst, du hältst Maisfaser für die Tochter von Nachtsonne?«

Kriecher ließ seine Blicke rings durch den Raum wandern; müßig betrachtete er die Masken der Thlatsinas. »Wenn sie es ist, dann mögen uns die Götter beistehen.«

Verwirrt und furchterfüllt fragte Spannerraupe: »Weil es vielleicht den Tod von Nachtsonne bedeutet?«

Kriecher senkte den Kopf und rieb sich über die tiefen Stirnfalten. »Nein. Viel schlimmer. Verstehst du nicht? Wenn dieses Mädchen die Tochter von Nachtsonne ist, dann bedeutet das, daß der heilige Heimatlose, der große Sonnenseher und Nachtsonne sich verschworen haben, die Gesegneten Ältesten der Ersten Menschen zu täuschen. Und es ist ihnen gelungen. Wenn die Wahrheit ans Licht kommt …«

Er beendete den Satz nicht. Es war nicht nötig.

Das Blut rauschte mit solch betäubender Macht in den Ohren von Spannerraupe, daß er sich selbst kaum hörte. »Das bedeutet ihrer aller Tod.«

Kriecher stand auf und schritt nervös vor der Wärmeschale auf und ab, die Hände in die Seiten gestützt. Die Falten seines grünen Hemdes schimmerten orangefarben im Feuerschein. »Aber das ist seltsam. Nordlicht und Nachtsonne könnten so etwas planen. Aber Düne? Warum sollte sich der heilige Heimatlose in so etwas verwickeln lassen –?« Kriecher hielt inne und flüsterte: »Wäre das möglich?«

Spannerraupe sprang auf die Beine. »Was denn? Sag mir, was hier nicht stimmt.«

»Ich ... ich bin nicht sicher, aber ich glaube –«

Federstein wälzte sich auf die Seite, und beide schwiegen. Graues Haar hing ihr in Strähnen über die Ohren. Tränen hingen in ihren kurzen Wimpern.

»O Federstein«, sagte Kriecher sanft. »Haben wir zu laut gesprochen? Verzeih. Du solltest schlafen. Wir wollten dich nicht wecken.«

Kriecher sank auf die Knie und zog ihr die Decke über die Schultern.

Mit schlaffem Gesicht, die Augen groß und leer, murmelte Federstein: *»Was ist mit euch beiden los? Sie haben eine Falle gestellt! Seht ihr das nicht?«*

Spannerraupe fühlte, wie sich ihm der Magen zusammenzog. »Eine Falle? ... Mutter? Bist du wach? Bist du bei uns? Oder fliegt deine Seele?«

Speichel rann ihr aus dem Mundwinkel übers Kinn. Sie fing an zu keuchen, als liefe sie, liefe mit letzter Anstrengung, um ihren Verfolgern zu entgehen.

Kriecher wischte ihr mit einem Deckenzipfel den Speichel ab. »Federstein? Bist du bei uns?«

»Ich fliege«, murmelte sie kaum hörbar, »fliege mit den Sternschnuppenleuten.«

Kriecher sah Spannerraupe liebevoll an. Beide sanken wieder zu Boden. Kriechers Hand zitterte, als er sich die Haare aus den Augen kämmte. »Wir behalten das wohl besser für uns.« Er knirschte mit den Zähnen und fügte hinzu: »Jedenfalls im Augenblick.«

»Ja.« Spannerraupe stimmte zu. »Im Augenblick.« Aber er fragte sich, wie er sich verhalten sollte, wenn er Palmlilies junge Tochter über die Plaza gehen sah. So tun, als kenne er sie nicht?

Sein Magen rebellierte. Es würde sehr schwer sein. Da er nun wußte, wer sie war, sehnte er sich danach, neben ihr zu sitzen und zu reden. Er mußte einfach mit ihr reden. Wenn er ihr erklärte, warum er ihre Familie getötet hatte, würde sie ihm vielleicht sagen, daß es nicht seine Schuld war, daß er Befehlen zu gehorchen hatte. Vielleicht würde sie ihm das herzbewegende Kleinmädchenlächeln schenken, an das er sich so gut erinnerte, und ihm sagen, daß sie ihn für schuldlos hielt.

Spannerraupe verschränkte die Finger in seinem Schoß und drückte sie ganz fest. Vielleicht würde sie sich aber auch auf ihn stürzen und ihn mit ihren bloßen Händen in Stücke reißen.

Er erschauerte. *Zum ersten Mal in meinem Leben werde ich mich dann nicht wehren.*

Als Spannerraupe düster auf seine verschränkten Hände sah, kam ihm ein schrecklicher Gedanke. Er schaute zu Kriecher auf, und der kleine Mann starrte zurück.

»Schlangenhaupt war heute sehr an Maisfaser interessiert«, flüsterte er. »Glaubst du, er könnte vielleicht dasselbe vermuten wie wir?«

Sängerling hatte seine Decken auf die andere Seite des Zimmers gebracht. Dort hatte er, auf der Seite zusammengerollt, seit zwei Zeithänden hellwach gelegen. Er war nur damit beschäftigt, Seide in dem gedämpften rötlichen Schein der Wärmeschale zu beobachten. Sie schlief unruhig, warf sich mit hin und her wehenden Haaren in ihren Decken herum. Die leisen gutturalen Geräusche, die sie von sich gab, taten ihm weh. War sie im Geist wieder daheim? Sah sie ihr Dorf brennen und ihre Familie sterben?

Die Geschichte, die sie ihm am Morgen erzählt hatte, quälte ihn. Wenn nun wirklich Nachtsonne und Nordlicht ihre Eltern waren? Die Ersten Menschen heirateten zwar untereinander, aber sie würden natürlich eine Beziehung zwischen Tante und Neffe als Inzest betrachten. In dem Fall wäre Seide ein Schandfleck, den man beseitigen müßte.

Sängerling zog sich die Decke bis zum Hals hoch. Diese Möglichkeit hatte er Seide nicht angedeutet – doch klug, wie sie war, hatte sie das sicher schon selbst erwogen.

Düster starrte er durch das Dachloch auf die Abendleute. Vor dem Indigo-Hintergrund der Nacht funkelten einige, während andere nur mondbeschienene Dunstpunkte waren.

Nach Berücksichtigung aller Einzelheiten, die sie ihm erzählt hatte, schien es glaubwürdiger, daß Seides Geburt das Ergebnis eines Ehebruchs war. Eine machtvolle Ehrwürdige Clan-Mutter wagte es vielleicht, ihren Ehemann zu betrügen, aber sie wäre nicht so verrückt, Blutschande zu begehen – denn sie wußte, daß ein solch verruchtes Verbrechen den Tod aller Beteiligten, sie selbst eingeschlossen, zur Folge haben würde.

Sängerling gähnte, und sein Atem kondensierte zu einem schimmernden weißen Wölkchen; es war kalt geworden in der Nacht. Er wünschte, er hätte seinen Umhang aus dem Bündel geholt, um ihn jetzt als weitere Zudecke zu benutzen.

Seide schlief auf dem Rücken, einen Arm um den Kopf gebogen. Ihr langes Haar lag ausgebreitet auf dem Boden. Der Anblick erfüllte Sängerling zugleich mit Sorge und Glück.

Er hatte Angst um sie. Bis heute war ihm die Tiefe seiner Gefühle nicht klar gewesen. Aber Düne hatte diese Einsicht gefördert, als er sich weigerte, ihm mehr über die Liebe zu sagen.

Sängerling war so verlegen gewesen, daß er sich von Seide abgewandt hatte; er hatte sich seiner Gefühle geschämt, denn er liebte sie – und er wußte, daß Düne das für falsch hielt.

*Wie selbstsüchtig du bist. Seide ist vielleicht in großer Gefahr, und du denkst nur an deine eigene Schuld?*

Er blickte wieder hinüber, und schlimme Vorahnungen quälten ihn. Was würde er tun, wenn jemand in Krallenstadt versuchte, ihr weh zu tun?

Schwester Mond kletterte am Himmel empor, und ihr Silberschein fiel durch den Dacheinlaß und erhellte das Zimmer.

Seine Gedanken glitten ab.

In seiner Seele hörte er die Hüterin des Schildkrötenbündels flüstern: *Verhalte dich wie ein Coyote. Sie sind flink und schlauer, als Menschen glauben. Sie beobachten aus der Entfernung und warten lautlos, bis sie wissen, daß die Zeit zum Handeln ge-*

*kommen ist. Sei stets schlauer, als die Menschen vermuten. Handle nie, bevor du dir nicht deines Zieles sicher bist.«*

Er flüsterte: »Ich muß schlau sein.«

Wie ein Coyote in einem kalten Bau rollte er sich zu einer Kugel zusammen und atmete unter seiner Decke, um sich warm zu halten.

## 37. Kapitel

Nachtsonne trat vor dem Sonnenaufgang auf das Dach hinaus. In der stillen, kalten Luft verdichtete sich ihr Atem zu weißen Wölkchen. Im Osten hob sich ein Streifen von Türkislicht über den dunklen Canyon-Rand, aber die Kuppel von Bruder Himmel flimmerte noch mit Tausenden von Abendleuten. Die eckige Silhouette von Kesselstadt im Osten war von einer tiefblauen Kontur umrissen, wie ein schlummerndes Tier, das an der Canyon-Wand lauert.

Eine silberne Decke aus Reifkristallen lag über Krallenstadt. Das Wetter des zweiten Mondes war zuweilen launisch, an einem Tag heiß, am nächsten eiskalt. Im allgemeinen brachte der Einbruch der Dunkelheit auch Kälte mit.

Nachtsonne zog ihren Truthahnfeder-Umhang eng um sich. Zedernholzfeuer liehen dem Morgen ihren Duft. Sklaven kauerten sich um eine Schale voller Glut auf der Plaza und wärmten sich mit ausgestreckten Händen. Auf dem Dach oberhalb des Tores hielt Spannerraupe Wache; seine schwarze Gestalt hob sich geisterhaft gegen den sich erhellenden Himmel ab.

Nachtsonne ging am Halbrund der Canyon-Mauer entlang zur Leiter, die zum fünften Stockwerk und zu Krähenbarts Zimmer führte. Beim Klettern schlug ihr der lange schwarze Zopf gegen den Rücken. Fahlblaues Licht schien auf ihr dreieckiges Gesicht und blitzte von dem Armband aus Korallen und Jett, das sie am rechten Handgelenk trug.

Als sie aufs Dach stieg und vor der niedrigen T-förmigen Tür stand, die zu Krähenbarts Zimmer führte, holte sie tief Atem. Seit seinem Tod war sie nicht mehr in diesem Zimmer gewesen.

Ein Ledervorhang hing vor der Tür, aber an den Rändern glomm ein rotes Licht. Sie wußte, daß Schlangenhaupt das Zimmer hatte versiegeln lassen; niemand durfte eintreten außer Nordlicht, der die rituelle Wärmeschale am Brennen hielt, damit der Raum für den wandelnden Geist ihres Mannes beleuchtet blieb.

Nachtsonne trat geduckt in den Raum ein.

Er wirkte ... wohltuend.

So viele Sommer lang war sie mit Furcht im Herzen durch diese Tür getreten. Wie seltsam – sie hatte keine Angst mehr.

Die tanzenden Thlatsinas an den Wänden ringsherum erfüllten sie mit Ehrfurcht wie immer. Die Wärmeschale in der Mitte des Zimmers warf einen karminroten Schein über die gefletschten Schnauzen, die riesigen offenen Schnäbel und hervorquellenden unmenschlichen Augäpfel. Die Augen der Götter ruhten auf ihr. Nachtsonne erschauerte. War es ihr Herz – oder hörte sie das ewig fortdauernde rhythmisch tanzende Stampfen ihrer mokassinbekleideten Füße, das sich so gleichmäßig und verläßlich wiederholte wie der allmorgendliche Aufgang von Vater Sonne?

Sie faltete die Arme unter ihrem Umhang und ging langsam durch das Zimmer. Krähenbarts Schlafmatten lagen noch am selben Platz, die goldroten Decken ordentlich ausgebreitet, als käme er jeden Augenblick zurück, um darauf zu ruhen. An der Wand über seinen Matten stand der Wolf-Thlatsina, vornübergebeugt, einen Fuß erhoben, die langen grauen Ohren gespitzt, als wartete er gespannt auf den nächsten Schlag der Fußtrommel und den nächsten Schritt. Die Menge der Wolf-

Figurinen aus Türkis, die um den Thlatsina herumstanden, schimmerten in einem schwachen Lavendelton. Wie der Erste Wolf geleiteten diese Figürchen die Menschen durch die Unterwelten zu den Segnungen des Jenseits; jedes davon war äußerst kostbar, und es gab Gemachte Menschen, die morden würden, um eines davon zu besitzen.

Nachtsonne stand am Fuß von Krähenbarts Matten und überlegte, was sie damit anfangen sollte. Zwar herrschte ihr Sohn über Krallenstadt, aber es war ihre Pflicht, die Habe ihres toten Mannes zu verteilen. Vielleicht würde sie die Figurinen unter den Ehrwürdigen Müttern der anderen Städte im Canyon verteilen. Oder noch besser, sie den Clan-Anführern der Gemachten Menschen schenken.

*Oh, das würde Schlangenhaupt gefallen!*

Ihr Blick glitt über die Töpfe und Körbe an der Ostwand zu ihrer Rechten. Krähenbart bewahrte seine wertvollsten Sachen in dem großen schwarz-braunen Korb in der Nordwestecke auf, auf den Nachtsonne nun zuging.

Seltsam, daß ihr der Raum so vertraut vorkam. Sie hatte viele Sommer lang nicht darin geschlafen, war aber regelmäßig hergekommen, um über Angelegenheiten des Clans, Fragen der Saat und der Ernte und über die Kinder zu sprechen.

*Unsere Kinder.*

Seit sieben Generationen waren die Frauen ihrer Familie Ehrwürdige Mütter von Krallenstadt gewesen.

*Aber nun ist Wolkenspiel nicht mehr da. Wer wird mir folgen?*

Sie legte eine Faust auf den acht Handbreiten hohen Korb. Mit trüben Augen starrte sie auf den weißen Boden. Die ganze Welt um sie herum schien sich aufzulösen. Wie konnte sie nur daran denken, Krallenstadt zu verlassen, ohne jemanden an ihre Stelle zu setzen? Von den Ersten Menschen waren nicht mehr viele übrig. Wenn ihre Zivilisation weiterbestehen sollte, brauchte Krallenstadt eine Persönlichkeit mit starker Hand. Schlangenhaupt mochte regieren, aber er hatte keine Vollmacht, Entscheidungen zu fällen, die Bauten, Aussaat, Ernte, Umzug in ein neues Dorf für die Dauer des Sommers und gesellschaftliche Angelegenheiten betrafen. Allerdings würde er

Überfälle anordnen und Kriege anfangen können, und dafür verfluchte sie ihre Ahnen.

Die Feiern zur Frühlings-Tagundnachtgleiche würden in weniger als einem Mond anfangen. Bald, vielleicht heute schon, würden Läufer der Winterdörfer aus dem Umland ankommen und fragen, wie viele Kiefern sie fällen sollten, um die Stämme für neue Bauprojekte herzuschleppen, wieviel Brennholz man brauchen würde, wieviel Sandstein sie brechen sollten und ob weitere Türkise für Händler gewünscht würden. Die Feuerhunde und die Turmbauer hatten inzwischen weitere Dörfer angegriffen; wünschte sie, daß sich die Clans wegen der Sicherheit im Canyon versammelten? Oder sollten sie auf ihren Höfen bleiben und weiterhin ihren Mais, ihre Bohnen und Kürbisse anbauen? Vielleicht sollten sie für den Sommer alle in die Dörfer der Grünen Mesa im Norden ziehen? Die Bergklippen waren sicherer. Dort waren sie schon in der Vergangenheit gewesen, wenn im Canyon des Rechten Wegs kein Regen fiel. Warum nicht diesmal auch, aus Gründen der Verteidigung?

Sie lehnte sich an die Körbe. *Meine Leute brauchen mich.*

In ihrer Seele sah sie Eisenholz' lockendes Gesicht und das Licht in seinen Augen. Heilige Götter, wie sie sich davor fürchtete! Wenn sie nun Krallenstadt zusammen verließen? Sich ein neues Heim suchten, fern von den Clans des Rechten Wegs? Könnte ihre Liebe den Fortgang überstehen, die Einsamkeit, die Abwesenheit von Freunden und Verwandten? Könnte sie selbst es? Könnten Krallenstadt und das Volk des Rechten Wegs es sich leisten, beide zu verlieren? Was Politik und Kriegsführung anging, war niemand so erfahren wie Eisenholz. Wenn nun ein Überfall sich zu einem regelrechten Krieg steigerte? Da würde Spannerraupe Eisenholz dringend brauchen.

Doch wie könnte sich ein so starker und fähiger Mann wie Eisenholz einem Mann wie Spannerraupe unterordnen? Und wenn Eisenholz einen Rat gab, mußte es unter vier Augen geschehen, denn Spannerraupe durfte nicht zulassen, daß es hieß, er stütze sich auf Eisenholz.

Erinnerungen meldeten sich flüsternd in ihrer Seele, Geschichten, erzählt an den Feuern der Wintersonnenwende, von den Ersten Menschen, die sich gegen das Schlimmste zur Wehr setzten, das ihnen das Leben antun konnte: Wolfträumer hatte die Menschen durch die dunklen Unterwelten hinaufgeführt und war gezwungen gewesen, seinen eigenen Bruder zu töten, um sie zu retten. Wolkenquirlmädchen und Hauerjunge waren auf dem Rücken der Regenbogenschlange in den Himmel geklettert, um Vater Sonne um Hilfe gegen die schreckliche Flut zu bitten, die die Ersten Menschen zu verschlingen drohte. Weißesche und Schwellbauch hatten dem Ende der Welt getrotzt, um die Spirale der Schöpfung zu stärken, damit die Menschen auf Unserer Mutter Erde weiterleben konnten.

Alle diese Vorfahren hatten die Niederlage vor sich gesehen und sich geweigert aufzugeben. Sie hatten sich nicht unterkriegen lassen, weder von der Einsamkeit noch vom Haß ihres Volks, den Pfeilen der Feinde, ja nicht einmal vom tückischen Willen der Götter. Das Schicksal hätte vielleicht ihre Familien zerstören oder ihre Gebeine zerbrechen können – aber nie ihren Mut. Sie waren nicht herumgelaufen, hadernd, voller Selbstzweifel – jedenfalls nicht lange. Sie hatten die Niederlage vor Augen gehabt und gekämpft.

Ein schwaches Lächeln milderte ihre Züge. Das Blut dieser heldenhaften Vorfahren rann in ihren Adern. Etwas von ihnen mußte auch in ihr sein. Vielleicht fand sie in den tiefsten Tiefen ihrer Seele den Mut, alles aufzugeben, was sie je gekannt hatte – so wie Wolfträumer es getan hatte –, und auch die Seelenstärke, ihr Volk in die Selbständigkeit zu entlassen, ohne ihre Führung; damit ihr Volk die Kraft fände, das zu erreichen, hatte Wolkenquirlmädchen sogar ihr Leben hingegeben.

Der Windjunge flitzte durch die Kammer und schnüffelte dabei kurz an der Wärmeschale; der rote Schein schwankte und tanzte. Nachtsonne streifte mit den Fingern über das feine Flechtwerk des Korbdeckels, den schwarzen Blitzspiralen folgend, die den Rand verzierten.

*Wir wissen nicht, was der nächste halbe Mond bringen wird, aber was es auch ist, es wird dein Leben für immer verändern.*

Sie packte den Deckel mit beiden Händen, zog ihn hoch und wollte ihn seitlich absetzen, starrte statt dessen aber mit offenem Mund fassungslos hinein. Der Korb war leer! *Absolut leer!*

»Wo sind die Türkise? Wo ist der Schmuck, wo sind die seltenen Keramikwaren? Die Decken, die von den…«

Sie hörte leises Lachen hinter sich.

Sie drehte sich auf der Stelle herum; da stand Schlangenhaupt an die Wand neben der Tür gelehnt. Er trug schwarze Leggings und ein strahlendgelbes Hemd mit einer schwarzen Schärpe um die Hüften. Er hatte das Haar aus seinem hübschen Gesicht weggezogen und zu einem Knoten gewickelt. Sein ovales Gesicht mit den großen dunklen Augen leuchtete orangefarben.

»Hast du den Besitz deines Vaters genommen?« fragte sie.

»Von Rechts wegen gehörte er mir, Mutter. Unabhängig davon, wer mein Vater war –«

Außer sich stammelte sie: »Wie kannst du es wagen!«

»O bitte. Spiel mir nicht die Unschuldige vor. Ich kenne dich besser, als du glaubst.«

Schlangenhaupt stieß sich von der Wand ab und kam zu ihr. Er bewegte sich mit der lauernden Behutsamkeit eines Tieres, das jagt, jeder Schritt langsam und bewußt. Bei der Wärmeschale blieb er stehen und streckte die Hände aus.

Nachtsonne legte den Deckel auf den Korb zurück. »Gib auf der Stelle Krähenbarts Eigentum zurück.«

»Und wenn nicht? Was dann?« Er rieb sich die Hände und sah sie aus dem Augenwinkel an.

*Ja, was dann? Ich kann die neue Gesegnete Sonne nicht beschuldigen, sein eigenes Erbe gestohlen zu haben… Oder doch?*

War das die Gelegenheit, auf die sie gehofft hatte? Ein Ausweg aus dieser verwickelten Katastrophe?

»Wenn nicht«, drohte Nachtsonne mit ruhiger Stimme, »werde ich eine Versammlung der Ältesten der Ersten Menschen einberufen, um mit ihnen über deine Befähigung, Krallenstadt zu regieren, zu sprechen. Diese Dinge haben vielleicht dir gehört, aber nicht, bevor sie rituell gereinigt worden sind. Und außerdem ist es mein Vorrecht zu entscheiden, welche Sachen du bekommen wirst. Indem du sie dir einfach genommen hast, hast du das zeremoniell festgelegte Gesetz der

Nachfolge mißachtet. Schon deswegen allein könntest du in den Augen der Ältesten unwürdig sein, die Nachfolge deines Vaters anzutreten.«

Er drehte sich um und sah ihr in die Augen. »Vielleicht solltest du zu einer anderen Drohung Zuflucht nehmen. Wenn du schon offenbarst, welche geheiligten Vorschriften ich mißachtet habe, dann könnte ich mich dazu entschließen, dasselbe mit dir zu tun.«

»Was? Ich habe keine –«

»Hast du gewußt, daß ich dir gefolgt bin?«

»Gefolgt? ... Wann?«

»Als Junge.« Er ging zur Wand und starrte dem Wolf-Thlatsina in sein geisterhaftes Gesicht. Die gefletschte Schnauze schien mit bösartigem Ausdruck auf ihn herabzugrinsen.

Nachtsonne schwieg und wartete. Warum hatte er so viele kostbare Dinge mitgenommen, die Schutzgeister aus Türkis jedoch stehenlassen? Die Figürchen hätten ihm überall im ganzen Volk des Rechten Wegs hohes Ansehen verschafft, aber die ...

Ein eisiger Schauer lief ihr über den Rücken. Ihr Herz fing an zu hämmern. »Schlangenhaupt, wo sind die Sachen, die du dir genommen hast?«

Als hätte er sie nicht gehört, strich er mit den Fingern über die Linien der weißen Punkte auf dem linken Unterarm des Thlatsinas. »Ja, Mutter, ich bin dir immer gefolgt, wohin du auch gingst ... vor siebzehn Jahren. Jedesmal, wenn du weggehuscht bist, um dich mit Eisenholz zu paaren, habe ich –«

*»Was?«* Die Angst kam über sie wie eine heiße Welle. *Nein, er kann von diesen wunderbaren Augenblicken nichts wissen, es würde sie besudeln –*

»Aber Mutter.« Er ließ seine Hand herabfallen und blickte sie über die Schulter an. »Ich habe doch gesehen, wie ihr euch hin und her geworfen habt, in den Wachtürmen, verlassenen Häusern, unter Felsüberhängen und manchmal sogar im Freien, am hellichten Tage. Du warst wirklich schamlos.« Seine Augen glühten. »Und deswegen habe ich dich *gehaßt*.«

»Ich weiß nicht, wovon du sprichst.«

»Ach ja?« Er tat sehr überrascht. »Du erinnerst dich wirklich nicht an eine einzige dieser schmutzigen Zusammenkünfte? Ich schon. Ich erinnere mich zum Beispiel ganz genau an dieses eine Mal, es war der Mond der Steinhauer, als Eisenholz eine rot-blaue Decke ausgebreitet hatte, auf dem Sims am Canyon-Rand neben dem Zweiwege-Haus. Also weißt du, Mutter, wenn ich bedenke, was ihr zwei da gemacht habt, das macht mich noch heute fassungslos.«

Ihr Mund zitterte; sie biß die Zähne zusammen. *Was für ein herrliches zärtliches Zusammensein war es gewesen …*

»Warum tust du das?« flüsterte sie.

»Nach alledem, was ich gesehen habe, konnte ich mir nie sicher sein, daß Krähenbart mein Vater war, und das hieß –«

»Natürlich war er dein Vater!«

»Und das hieß, ich konnte auch nicht sicher sein, daß du mir etwas von seinem Besitz überläßt. Wenn er nicht mein richtiger Vater war, dann hättest du mich mit leeren Händen stehenlassen. Deshalb«, fügte er lächelnd hinzu, »habe ich mir selbst etwas geholt, zum Ausgleich für all die Sommer, die ich das geschwollene Gerede dieses widerlichen alten Mannes aushalten mußte.«

»Schlangenhaupt, hör zu! Er war dein Vater, und ich hatte immer vor –«

»Das mag ja sein.« Er ging um Krähenbarts Schlafmatte herum und stand jetzt kaum eine Körperlänge von Nachtsonne entfernt. Haß glomm in seinen Augen. »Aber ich hatte keine Lust, lange abzuwarten, um das herauszufinden. Besonders nicht, Mutter, da ich ja hoffte, du wärst jetzt schon tot.«

Sie mußte sich mit einer Hand auf dem Korbdeckel abstützen. Die Worte ihres Sohnes trafen sie wie ein Schlag auf den Kopf, der ihr Schwindel und Übelkeit verursachte. »Tut mir leid, dich zu enttäuschen.«

Die Augen Schlangenhaupts verengten sich zu Schlitzen. »Sag mir eins, Mutter. Wie hast du dieses Schauspiel arrangiert?«

»Was Nordlicht und Düne gesagt haben, war alles w-wahr.«

»Ja«, er lachte leise, »das verrät mir schon die Sicherheit in deiner Stimme. Spielt jetzt keine Rolle mehr. Wenigstens nicht im Augenblick. Hast du auch gewußt, daß –«

»Was soll das heißen, ›nicht im Augenblick‹?«

Schlangenhaupt zuckte die Achseln. »Ich bin nicht sicher. Schließlich war ich der einzige, der deine Vertrauensbrüche mitangesehen hat. Es gibt keine Zeugen, die meine Aussage bestätigen können, obwohl ich manchen Leuten deine Verbrechen angedeutet habe – als ich ein Junge war und noch nicht schlau genug. Trotzdem, die Ältesten würden mir nicht glauben, wenn ich es ihnen erzählte. Aber …« Er machte eine Pause. »Ich habe erwogen, in jedem Fall ganz offen von ihnen zu sprechen.«

»Das würde dich genauso beflecken wie mich.« *Wem hatte er etwas erzählt? Wer hätte einem Jungen zugehört?*

»Das glaube ich nicht. Als Gesegnete Sonne könnte ich mich davon erholen. Du allerdings, du wärst vernichtet.«

Wütend und zutiefst erschrocken zugleich kniff sie die Augen zusammen. »Ich würde schon dafür sorgen, daß du dich nicht davon erholst, mein Sohn. Ich würde –«

»Ach Mutter.« Er seufzte, als wäre er schmerzlich berührt. »Ich weiß, du planst schon, mich so auszuschalten, daß dir kein Schaden daraus erwächst. Laß das! Vergiß es sofort! Sonst könnte ich mich dazu entschließen, Leute aufzurufen, die meine Geschichten mit vielerlei interessanten Einzelheiten so aufwerten würden, daß die Ältesten deine Befähigung als Ehrwürdige Mutter von Krallenstadt in Frage stellen könnten.«

Bestürzt und von ihrer Gefangenschaft noch geschwächt wünschte sie sehnlichst, sich hinsetzen zu können, wagte aber nicht, ihm zu zeigen, wie verletzlich sie war. Nachtsonne lehnte sich lässig an die Wand und schloß ihre bebenden Knie.

»Mein Sohn«, sagte sie gelassen, »was für einen Pöbel du auch immer auf deine Seite bringen magst, am Ende wirst du gegen mich kämpfen müssen. Und diesen Kampf, das versichere ich dir, wirst du verlieren.«

»Hast du vor, mich zu ermorden, Mutter?« Er hob spöttisch eine Augenbraue. »Aber vorher will ich dir noch verraten, daß ich auch Krähenbart gefolgt bin; ja, ja, das wird dich amüsieren.« Begierig, sie zu verletzen, beugte er sich vor und zischte: »Ich habe gesehen, wie er sich mit Dutzenden von Sklavinnen gepaart hat. Aber alle, Mutter, waren *deine* Sklavinnen. Ich weiß nicht, warum mein Vater das getan hat, aber er hat sich mit solcher Gewalt auf sie geworfen, daß ich annahm, er hat es aus Rache getan.«

Geräusche von der Plaza drangen nach oben, Husten, weinende Babys, leise Unterhaltungen. Hölzerne Löffel klirrten gegen Töpfe. Der starke Geruch gebackener Maiskuchen stieg auf dem kühlen Wind in die Höhe.

»Fordere mich nicht heraus, mein Sohn. Vielleicht vernichtest du mich, aber ich ziehe dich mit mir hinab.« Sie ballte resolut eine Faust. »Darauf gebe ich dir mein Wort.«

Sie schritt erhobenen Hauptes an ihrem Sohn vorbei. Als sie geduckt durch den Vorhang in die fahlrosige Dämmerung trat, hörte sie ihn rufen: »Auch Spannerraupe bin ich gefolgt, Mutter. Ich habe zugesehen, wann immer er sich mit Wolkenspiel gepaart hat. Und Nordlicht, dein Neffe, der war der schlimmste von allen. Du hast keine Ahnung, welche grausigen Verbrechen er begangen hat. Erinnerst du dich an Rehkitz? Trauertaube kann meine Worte bestätigen! Sie ist mir an jenem Tag gefolgt und hat *alles* gesehen …«

Nachtsonne kletterte die Leiter hinab zum Dach des vierten Stockwerks und fing an zu laufen; so schnell wie möglich wollte sie in ihr Zimmer zurückkehren.

# 38. Kapitel

Distel trabte auf dem Pfad vor Zikade her. Ihr Weg schlängelte sich durch die Hügel und bog nach Süden von der heiligen Straße ab, die südwestlich zur Buckelkuppe und zum Hochfelsendorf unterhalb der Kuppe führte.

Vieles hatte sich verändert; ihr gelbes Kleid war ruß- und schlammverschmutzt, ihr feingeschnittenes Gesicht mit einer Staubschicht bedeckt. Ihr Leben lang war sie so penibel gewesen, sehr zu Maisfasers und Vogelkinds Verdruß. Jetzt hatten sich Grashalme und Zweige in ihrem schwarzen Haar verfangen, das ihr in einem Zopf über den Rücken hing.

Zikade sah nicht viel besser aus, auch sie beschmutzt, verkratzt und hohläugig. Die Rußflecken von der Brandnacht im Lanzenblattdorf waren noch in ihrer Kleidung.

Sie hatten die trostlose beifußbewachsene Ebene im Süden vom Canyon des Rechten Wegs überquert und folgten einem gewundenen Pfad nach Süden, zwischen Kuppen, die mit Wacholder und Kiefern bewachsen waren. Sandhügel gaben Beifußkolonien festen Halt, die ihrerseits kreisförmig gewachsenem Reisgras Platz machten, das höher war als das frische Rispen- und Viehgras. Die plattgedrückten Kuppen mit ihren hellbraunen, weißen und gelben Böden waren mit Sandstein zugedeckt.

Westlich lag die Buckelkuppe; genau im Süden; über das zerklüftete Terrain hinweg sahen sie die hochragende Silhouette bewaldeter Berge im blauen Dunst, und das war die Grenze zwischen dem Volk des Rechten Wegs und den Mogollon. Distels Weg führte durch eine Lücke in diesen kiefernbewachsenen Höhen und dann südlich in die Berge, die Eichelhähers Krieger überwachten.

Das feurige Antlitz von Vater Sonne verhielt gerade auf dem westlichen Horizont und warf lange Schatten über das wellige Land. Seine strahlenden Bänder berührten und schmolzen die zarten Fetzchen der Wolkenleute, die über das Blau hinwegzogen. Ein bernsteinfarbener Glanz überflutete die welligen Beifußhügel.

Der Anblick schien so friedlich. Wie konnte nur solch eine Ruhe über einem Land liegen, wo die Stürme in den Herzen Körper und Seele peinigten? Distel biß sich auf die Lippen. Sie brauchte nur in sich selbst hineinzusehen, um die Quelle der Gemeinheit zu entdecken.

Sie hörte Zikade stolpern. War sie wieder gefallen? Distel ging langsamer und schaute zurück. Die dicken Beine von Zikade zitterten, und sie schwankte hin und her. Ihr grünes Baumwollkleid war schweißgetränkt und lag nun eng an ihrem pummeligen Körper an. Kinnlanges schwarzes Haar hing ihr in Strähnen um das runde Gesicht. Die Augen waren glasig, und mit offenem Mund rang sie nach Luft; sie wirkte, als würde sie im nächsten Moment zusammenbrechen.

Distel war gelaufen wie von fliegenden Hexen auf rohledernen Schilden verfolgt. Aber sie *konnte* auch den ganzen Tag laufen. Ihr Leben lang hatte sie schwere Steine gehandhabt, und ihrer zarten Erscheinung zum Trotz war ihr Körper drahtig und mit Muskeln bepackt. Zikade hatte sich andererseits in ihrem kurzen Leben mit Kindern beschäftigt und Mais gemahlen. Mehrmals war das Mädchen heute gestürzt, und Distel war gezwungen gewesen, sich umzudrehen und ihr gut zuzureden.

Zikade schaute auf und sah, daß Distel wartete. »Distel«, brachte sie keuchend heraus, »es ist schon spät. Könnten wir nicht ein Lager aufschlagen?« Zikade blieb breitbeinig stehen. »Bitte!«

Distel wischte sich den Schweiß aus ihrem feingeschnittenen Gesicht. »Wenn wir noch ein bißchen weiter laufen, Zikade, dann kämen wir bis –«

»Nein! *Bitte*. Meine Beine fühlen sich an wie gekochte Grashalme.«

Distel schaute sehnsüchtig nach Süden, nickte aber dann und ging zurück. Sie packte Zikade freundschaftlich am Arm. »Es tut mir leid. Du hast so gut durchgehalten.« Sie deutete auf eine niedrige Hügelkette, die durch die Gipfel der Kiefern und Wacholder gerade noch sichtbar war. »Wir machen da unser Lager, auf einem dieser Hügel, wo wir den Pfad im Auge behalten können.«

Zikade nickte. »Ich danke dir. Ich könnte bestimmt keinen Schritt mehr weitergehen.«

Distel legte einen Arm um Zikades heiße, verschwitzte Schultern und stützte sie hügelaufwärts. Zikades Knie knickten dauernd ein. »Du warst sehr tapfer, Zikade. Nicht einmal Maisfaser« – sie zuckte zusammen und sprach etwas sanfter weiter – »nicht einmal Maisfaser hätte sich heute so gut gehalten. Ich bin sehr stolz auf dich.«

Diese Worte schienen Zikade wohlzutun. Sie tätschelte Distels Hand.

Herabgestürzte Sandsteinplatten lagen auf den Abhängen unterhalb der gebrochenen Bergkämme durcheinander. Im schwindenden Schein des Sonnenuntergangs fiel fahlblaues Licht aus verschiedenen Winkeln auf die glatten Felswände und schuf dort ein schillerndes Mosaik aus Purpur und Lavendel.

»Ich bin für diesen Hügel da«, sagte Zikade und zeigte auf den, der am nächsten lag.

Distel lächelte. »Ja, der scheint mir auch geeignet.«

Auf dem schmalen Wildpfad, der nach oben führte, kletterte Zikade verbissen aufwärts, einen Fuß vor den anderen setzend, offenbar bemüht, den Gipfel zu erreichen, bevor sie zusammenbrach. Wildzwiebelschößlinge wuchsen zwischen den Steinen. Zikade pflückte einige und kaute darauf, während sie sich zwischen den Felsbrocken und schrägstehenden Platten hindurchzwängten.

In dem Augenblick, als sie oben auf dem Hügel ankamen, nahm Distel so etwas wie eine Bewegung aus dem Augenwinkel wahr.

*»Heilige Götter!«* Mit einem Sprung von hinten brachte sie Zikade zu Boden.

»Was –«

Distel hielt ihr den Mund mit solcher Kraft zu, daß Zikade aufstöhnte und sich wand wie ein Kaninchen in der Falle.

»Pst!« zischte Distel. »Kein Laut! Und rühr dich nicht!«

Zikade spähte wortlos und verängstigt auf Distel, die gebannt auf das geschützte Tal starrte, das wie eine große Schale mitten zwischen den Hügeln lag. Gedämpfte Stimmen drangen aus dem Tal.

Distel ließ auch Zikade hinunterschauen, gab sie frei und kroch hinter einen braunen Felsen. Zikade tat es ihr nach und reckte den Hals.

»Wer ist das?« fragte Zikade flüsternd.

Dutzende von Kriegern zogen durch das Tal, Bündel, Köcher und Bogen auf dem Rücken. Einige trugen Schilde. Auf ein Signal hin blieben sie stehen, teilten sich in Gruppen auf, die Beifußbüsche ausrissen, Wacholderzweige brachen und ihre Bündel abstreiften. Ein junger Mann lief sofort zu einem hohen Punkt im Osten – zweifellos zu einem Ausguck.

Distel flüsterte: »*Feuerhunde.* Achte auf den kurzen Haarschnitt und die knielangen Umhänge, oben schwarz, unten weiß.« Sie zeigte auf einen Mann, der allein südlich vom Lager stand. »Schau dir den flachgewebten Yucca-Hut an, den er trägt. Keine Frage, das sind Mogollon.«

Zikade erbleichte. Jetzt, da sie am Boden lag, bebte ihr ganzer Körper vor Erschöpfung. »Aber – aber was machen sie hier? So nahe an der heiligen Straße nach Süden?«

»Keine Ahnung, aber wir sollten schnellstens fort von hier. Komm, wir gehen zurück –«

»O Distel, bitte«, flehte Zikade sie an. »Laß mich wenigstens für einen Augenblick hier liegen. Ich brauche einen Schluck Wasser.«

Distel sah auf die Krieger und verzog das Gesicht. Die Männer rollten ihre Decken aus, nahmen Kochtöpfe aus ihren Bündeln und machten Feuer. Sie sah, wie ein Krieger durch das Lager marschierte und auf hohe Punkte wies; Posten wurden ausgeschickt, um Wache zu halten.

»Nur einen Augenblick, Zikade. Aber dann müssen wir gehen.« Distel biß sich auf die Lippen; stirnrunzelnd überlegte sie. Das war eine disziplinierte Einheit, nicht einfach eine Gruppe, die beschlossen hatte, auf dem Gebiet des Rechten Wegs Überfälle durchzuführen.

Zikade streifte ihr Bündel ab, nahm den wassergefüllten Beutel heraus und trank in großen Schlucken. Ihr Arm zitterte so heftig, daß sie Wasser auf ihr Kleid verschüttete. Sie seufzte. »Ach, das hab' ich gebraucht.«

Distel band ihren eigenen Wassersack vom Gürtel los und nahm drei Schlucke, genug, um ihren Mund zu befeuchten und ihren Magen zu besänftigen. Sie behielt die Krieger im Auge. Allmählich schwand das Licht; schwarze Dunstschleier senkten sich auf die Hügel. Die Umhänge der Krieger verschmolzen mit der Nacht und waren fast unsichtbar.

Distel wollte noch einen Schluck nehmen und hielt kurz davor inne, der Beutel baumelte vor ihrem Kinn. Ein Mann mit einem langen roten Hemd marschierte durchs Lager. Er war klein und stämmig, trug einen großen Korallenanhänger um den Hals, und sein langes schwarzes Haar hing ihm als Zopf auf dem Rücken.

»Das ist ja ...« Distels Augen wurden Schlitze. »Das ist ein Krieger des Rechten Wegs.«

Zikade fuhr herum. »Was? Wo?«

»Da, in dem roten Kriegerhemd.«

Zikade wischte sich mit dem Handrücken Wasser vom Mund und zog einen Beutel mit getrocknetem Hirschfleisch aus ihrem Bündel. »Was hätte denn einer unserer Krieger in einem Lager der Feuerhunde zu suchen?« fragte sie Distel verwirrt.

Distel knirschte mit den Zähnen und dachte nach. Der Krieger des Rechten Wegs marschierte mitten durchs Lager. Selbst von ihrem Standort aus sah sie seine Anspannung. Am Fuß des Hügels verschwand er hinter einem Haufen von Felsblökken. In einen anderen abgeschirmten Lagerteil? Distel zählte die Krieger im stillen. *Vierundvierzig*. Aber bei der Dunkelheit und den vielen Felsspalten hatte sie wahrscheinlich manche übersehen.

Zikades Angst war nun größer als ihre Erschöpfung. »Ich glaube, ich kann jetzt weitergehen.«

Distel hielt sie am Arm zurück. »Beweg dich nicht. Bei den vielen Wachtposten können wir erst weggehen, wenn es völlig dunkel geworden ist.«

Zikades Augen wurden ganz groß. »Sind wir denn sicher?«

Distel besah sich den Felsen, der sie verbarg. »Ich glaube schon. Wenigstens für eine Zeithand oder zwei.«

Inzwischen war es völlig Nacht; die sechs flackernden Feuer im Tal brannten hell, und die kühle Brise wehte den Duft der brennenden Beifußhölzer heran.

»Warum so ein großes Lager?« murmelte Distel.

»Meinst du, sie sammeln sich vielleicht, um eines unserer Dörfer zu überfallen?« fragte Zikade, den Mund voller Hirschfleisch. Der Beutel mit dem Fleisch lag auf einem Stein vor ihr.

Distel nahm sich selbst ein Stück davon. Während sie kaute, versuchte sie sich die Lage der nächsten Dörfer vorzustellen.

Das Hochfelsendorf lag unmittelbar nördlich der Buckelkuppe, doch dessen streitsüchtige Krieger hatten gerade wegen der engen Nachbarschaft zu den Mogollon einen Ruf der Wildheit, den sogar die Feuerhunde respektierten. »Vielleicht, aber Horden, die Überfälle planen, haben selten mehr als zwanzig oder dreißig Männer dabei.«

Das schöne Gesicht von Palmlilie tauchte vor dem Hintergrund ihrer Seele auf, sehr ernst, mit einem grimmigen Funkeln in den braunen Augen. Vor siebzehn Sommern hatten sie außerhalb von Krallenstadt gesessen, wo Palmlilie sich aus Feuerstein eine feine Pfeilspitze geschlagen hatte, während sie damit beschäftigt gewesen war, einen Stoff in einem Bottich mit vergorenem Feigenkaktussaft herumzurühren. Der seit sieben Tagen eingeweichte Stoff hatte sich wunderschön rötlich-braun gefärbt. Palmlilie, mit gerunzelter Stirn, hatte nachdenklich gesagt: *»Eisenholz hat mir heute morgen erklärt, daß Banden mit mehr als dreißig Mann kaum noch zu kontrollieren sind. Er hat gesagt, je mehr Männer dabei sind, um so mehr Streit wird es geben.«* Er hatte mit der halbfertigen Pfeilspitze gestikuliert. *»Einer ist immer unzufrieden. Die Männer teilen sich auf und wählen Anführer für ihre eigenen Clan-Gruppen innerhalb der Bande – und damit fängt der Ärger an ...«*

Distel ballte die Fäuste; sie versuchte, sein Lächeln zu vergessen, und auch, wie sehr er ihr fehlte. »Um Sklaven und Nahrungsmittel zu rauben, würde niemand so viele Krieger mitnehmen.«

»Vielleicht wollen sie sich aufteilen«, schlug Zikade vor, »und dann von hier aus drei oder vier Horden ausschicken.«

»Das ist möglich. Aber wer ist dieser Krieger des Rechten Wegs? Wieso läuft der frei herum? Die Feuerhunde müßten ihn eigentlich töten. Oder wenigstens fesseln, um ihn zu martern. Das ergibt einfach keinen Sinn.«

Distel hob den Kopf, um hinunterzuspähen. Der anschwellende Feuerschein malte einen goldenen Kreis auf den hinabgestürzten Felsbrocken unten, verwandelte die schrägen Felswände in Schattenrisse und beleuchtete drei Männer, die um das Feuer herumstanden. Der Krieger des Rechten Wegs war einer davon. Er nippte an seiner Teetasse, den Kopf gesenkt, mit gerunzelter Stirn.

»Es ist auch möglich«, sagte Distel zu Zikade, »daß sie die vielen Krieger nicht für einen Angriff brauchen, sondern um eine wichtige Person zu schützen.«

»Wen denn?«

»Das werde ich herausfinden. Ich muß da runter, Zikade, und du bleibst hier! Wenn ich nach einer Zeithand noch nicht zurück bin, dann schleich dich runter zu der heiligen Straße nach Süden und such dir dort ein Versteck. Ich treffe dich da. Wenn du mich bis zum Tagesanbruch noch nicht siehst, dann lauf, so schnell du kannst, nach Krallenstadt. Hast du verstanden?«

Der Mund von Zikade bebte. »Ich will mit dir kommen.«

»Das ist zu gefährlich.«

»Aber … w-was hast du denn da unten zu suchen?«

»Ich muß wissen, ob die wirklich einen Überfall planen oder ob sie eine Art von Geleitschutz bilden. Dann komme ich zurück. Es wird nicht lange dauern.«

Zikade befeuchtete sich die Lippen. »Distel, ich – ich habe Angst, nach Krallenstadt zu gehen. Da kenne ich keinen Menschen, und ich habe gehört, daß viele Hexen –«

»Maisfaser ist dort«, sagte Distel und hob Zikades Kinn hoch, um ihr in die furchtsamen Augen zu blicken. »Ich bin mir ziemlich sicher. Aber ich werde bestimmt in einer Zeithand wieder hier sein, Zikade. Sei unbesorgt.«

Zikade nickte tapfer.

Distel sagte: »Denk dran, bleib hinter diesem Felsblock, und beweg dich nicht soviel, damit dich die Wachtposten nicht sehen.«

»Versprochen, Distel.«

Distel lächelte ihr zu und machte sich auf. Sie glitt in Etappen auf ihrem Bauch hügelabwärts, in wachsamen Intervallen, so wie Palmlilie es ihr beigebracht hatte: rutschen, anhalten, sich umsehen, lauschen, rutschen ...

Schwärze verschluckte das Dämmerlicht, als Distel sich zwischen den Steinen und Kakteen auf dem Abhang vorarbeitete. Sie glitt zum Rand des Sandsteins und sah, daß die oberste Schicht unterhöhlt war; der ganze Hang war darunter zusammengebrochen und hatte eckige Sandsteinbrocken mit in die Tiefe gerissen.

Dieses enge Tal war wie eine Schale von niedrigen Hügeln eingefaßt und bot ein vollkommenes Versteck. Wenn einer nicht gerade direkt oberhalb des Lagers stand, konnte er weder die Feuer sehen, noch die leisen Stimmen der Krieger vernehmen.

Mit Zehen und Händen schob sie sich über diesen Erdrutsch, zwischen Felsen hindurch, die so hoch waren wie kleine Häuser. Der Gestank von Packrattenkot und -urin war überwältigend. Als Distel in den Schatten von zwei geneigten Felsbrokken rutschte, hörte sie kleine Füßchen trippeln, und winzige Augen blickten sie aus einem Felsspalt an. Distel lächelte die Packratte an und versuchte, zu Atem zu kommen.

Ein Mann ging vorbei, nur zwei Körperlängen entfernt.

Er rollte seine Decken unten am Erdrutsch aus und ging zum Feuer zurück. Distel kroch vorwärts. Fünf Männer standen nun um das Feuer herum und unterhielten sich leise. Ein Teekessel stand am Rand der Glut. Schwarz-weiße Baumwollumhänge wölbten sich über ihren breiten Schultern. Einer hatte sich einen Türkisring durch seine Lippe gepflockt.

Sie atmete ganz flach; so nahe war sie Kriegern der Feuerhunde noch nie gewesen.

Der größte der Männer gähnte und schüttete den Rest seiner Tasse ins Feuer; die Flammen zischten und spuckten. Er hatte ein häßliches Gesicht mit vielen Narben. Er sagte: »Einen schönen Abend noch. Ich werde jetzt mal –«

»Moment mal, Heuler«, sagte der Krieger des Rechtes Wegs. »Ich mache mir immer noch Sorgen. Aber das muß reibungslos klappen, sonst –«

»*Was* soll denn schiefgehen? Hmm? Oder hast du uns nicht alles gesagt?«

Distel runzelte die Stirn. Beide sprachen die Sprache des Volks des Rechten Wegs.

»Natürlich habe ich euch alles gesagt. Wenn wir das zuwege bringen, dann gewinnen wir beide.«

»Ich bin müde, Fichtenzapfen«, sagte Heuler. »War ein langer Tag. Wir reden morgen.«

»Uns läuft die Zeit davon. Die Leiche des Häuptlings ist fast fertig. Und soviel Zeit hätten wir nicht mal gehabt, wenn der alte Düne nicht erst noch nach seinem Bündel geschickt hätte. Und wir müssen heute abend noch einiges besprechen.«

Distel rutschte noch etwas weiter vor, um besser sehen zu können. Der stämmige kleine Krieger des Rechten Wegs stand mit dem Rücken zu ihr, sie sah sein Gesicht nicht, aber die Stimme … sie kannte diese Stimme. *Nein, nein, das ist doch unmöglich.*

Heuler stemmte sich die Hände in die Hüften und der Saum seines Umhangs wippte auf und ab. »Also, worum geht's?« fragte er heiser.

Fichtenzapfen goß den Rest seines Tees auf den Boden. »Ich weiß nicht, ob wir genügend Leute haben. Vielleicht sollten wir noch etwas warten. Wenn wir weitere zwanzig Krieger zusammenziehen, dann –«

»Dann haben wir achtzig Krieger – viel zu viele, um schnell und sauber zuzuschlagen. Was ist denn los mit dir? Du hast doch gesagt, dein Freund Schlangenhaupt bringt nur fünf Krieger mit?«

»Ja, aber wenn –«

»Hör auf, dir Sorgen zu machen. Eichelhäher weiß schon, was er tut.«

*Eichelhäher?* Distel rutschte noch näher. *Aber ist er hier – oder noch bei den Gila-Monster-Klippen?*

»Da bin ich mir nicht so sicher, Heuler.«

Heuler machte eine ärgerliche Handbewegung. »Selbst wenn Schlangenhaupt mit fünfzig Kriegern käme – die Überraschung ist auf unserer Seite. Außerdem, hast du nicht gesagt, der neue Kriegshäuptling – wie war noch sein Name?«

»Spannerraupe«, murmelte Fichtenzapfen.

»Ja, Spannerraupe. Hast du ihn nicht einen schwächlichen Narren genannt? Der beim Geräusch von Mottenflügeln aufspringt und alles macht, was man ihm sagt? Wie könnte so einer den Befehlen der neuen Gesegneten Sonne trotzen?«

Fichtenzapfen wandte sich zum Feuer, und Distel erkannte das runde Gesicht, die Stupsnase und die kleinen Augen. Sie hatte ihn an dem Tag gesehen, als er zusammen mit Verbirgt-Seinen-Schwanz nach Lanzenblattdorf gelaufen war, um die Nachricht von Krähenbarts Krankheit zu überbringen. *Er war einer von Eisenholz' verläßlichsten Stellvertretern – was ist geschehen?*

Fichtenzapfen schaute düster in seine leere Tasse und sagte: »Ich habe niemals gesagt, daß Spannerraupe ein Narr ist. Ich habe nur erklärt, daß er wenig Fantasie und kein Gespür für Politik hat. Und was ist, wenn er die Falle wittert und die Straße absuchen läßt, bevor die Prozession von Krallenstadt aus aufbricht? Genau das sähe ihm ähnlich. Ich habe achtzehn Sommer lang an seiner Seite gekämpft, Heuler, und ich weiß, wie er denkt.«

»Dein neuer Häuptling hat gesagt: fünf Krieger. Das hat er uns versprochen. Hat er seinen eigenen Befehlshaber nicht im Griff?«

Fichtenzapfen starrte unbehaglich ins Feuer. »Das hoffe ich doch, um unsretwillen.«

Heuler wies über das Tal zum größten Feuer, an dem mehr als zwanzig Mann saßen. »Na, dann geh mal rüber und sag Eichelhäher, daß du Zweifel hast –«

Mit einem Ruck drehte Distel ihren Kopf in diese Richtung.

»Und da wird er doch bestimmt wissen wollen, ob sein hochbezahltes Kaninchen vom Rechten Weg schon so vor seinem alten Freund zittert, daß es sich am liebsten in seinem Bau verkriecht.«

Das Blut rauschte in Distels Ohren, als die verschlungenen Windungen überschaubarer wurden. Noch wußte sie nicht, warum und wozu – aber die Götter hatten gerade ihre Reise um drei Tage verkürzt.

»Du gibst einen wertlosen Krieger ab, Heuler«, sagte Fichtenzapfen verächtlich. »Dir fehlt einfach der Verstand. Mein Volk hätte dich als Sklaven behalten sollen. Vielleicht gehst du besser zurück und klopfst Steine, wie? Oder leerst ein paar Pißtöpfe aus?«

Die dicken Narben auf Heulers Backen zuckten. Drohend ging er auf Fichtenzapfen zu. Zwei Männer am Feuer sprangen auf und packten ihn. In ihrer merkwürdigen Feuerhunde-Sprache redeten sie auf ihn ein.

»So ist es richtig«, sagte Fichtenzapfen. »Sagt ihm, wenn er mich tötet, bevor ich meine letzte Pflicht erfüllen kann, dann ist das so gut wie Selbstmord.«

Heuler schüttelte die Männer ab und sah Fichtenzapfen böse an. »Meine Brüder erklären mir, daß du recht hast. Wir brauchen dich noch. Aber sobald –«

»*Was?* Was willst du tun? Dein Häuptling hat mir sicheres Geleit versprochen. Soll ich Eichelhäher melden, daß seine Versprechen dich nicht interessieren? Daß du sie brechen würdest, bloß um deinen elenden kleinen Stolz zu befriedigen?«

Heulers Nasenflügel bebten. Einen Augenblick blieb er starr stehen, dann fragte er mit leiser Stimme: »Sag mir eins, Kaninchen, belastet es dein Gewissen nicht, deinen Häuptling zu verraten?«

»Kein bißchen«, antwortete Fichtenzapfen, ohne zu zögern.

Heuler kreuzte die Arme vor der Brust. »Und was ist mit den anderen? Mit denen im Trauerzug? Vielleicht sind ein paar alte Freunde von dir dabei? Leute, die dir am Herzen liegen?« Ein grausames Lächeln umspielte seine Lippen. Er beugte sich vor, das Kinn vorgereckt. »Das hoffe ich doch, Kaninchen, das hoffe ich sehr.«

Er stolzierte zu seinen Decken nördlich vom Feuer und wickelte sich darin ein, mit dem Rücken zu Fichtenzapfen.

Die anderen Feuerhunde murmelten miteinander, ohne daß etwas zu verstehen war, und gingen auch zu ihren Decken. Fichtenzapfen blieb allein im orangefarbenen Feuerschein zurück.

Er verzog das Gesicht, als empfände er Abscheu. Er warf seine Tasse auf den Sand neben dem Feuer und marschierte so nahe an Distel vorbei, daß sie seinen säuerlichen Schweiß riechen konnte. Eine kurze Strecke mühte er sich den Hügel hinauf und setzte sich dann auf einen Stein, von dem aus er das von Feuern erleuchtete Tal überblickte. Eine Weile blieb er unbeweglich sitzen. Dann nahm er plötzlich einen Stein auf und warf ihn ziellos in die Landschaft. Ein gequältes Ächzen entrang sich ihm.

Distel kroch zwischen den Felsbrocken hindurch und blieb reglos im schwarzen Schatten stehen. Riesige Steinplatten standen kantig um sie herum.

Fichtenzapfen saß in einer Höhe von zehn Körperlängen am Abhang, das runde Gesicht vom Schein der Feuer erhellt. Er schleuderte einen zweiten Stein hinunter. Dann verbarg er den Kopf in den Händen.

Distel schluckte, holte tief Atem und ging direkt auf ihn zu, als gehörte sie zum Lager.

Als er sie kommen hörte, kniff er die Augen zusammen und fragte: »Was gibt's?«

»Bitte rufe nicht die Lagerwachen«, sagte sie leise. »Ich muß mit dir sprechen, Fichtenzapfen.«

Wie vom Donner gerührt sprang er auf. *»Wer – wer bist du? Was willst du?«*

Sie machte eine beruhigende Handbewegung. »Ich bin Distel, Fichtenzapfen. Vom Lanzenblattdorf. Erinnerst du dich?«

»Distel?« flüsterte er ungläubig und trat näher, um ihr Gesicht zu sehen. Seine Augen weiteten sich; er blickte über den dunklen Hang. »Erhabene Geister – wo ist Palmlilie? Er ist nicht hier, oder?«

»Nein, Fichtenzapfen, ich bin allein«, sagte Distel. »Bitte, hör mich an. Mein Mann ist tot. Von Kriegern aus Krallenstadt umgebracht. Und deswegen müssen wir reden.«

»Tot?« fragte Fichtenzapfen leise. »Palmlilie ist tot?«

Distel sank auf den Stein, auf dem er gesessen hatte. »Die neue Gesegnete Sonne hat die Krieger ausgeschickt, um Palmlilie zu töten und Lanzenblattdorf zu zerstören. Mein Mann ist tot. Mein Sohn ist tot – und sein Kopf ist in Krallenstadt. Meine Schwester und meine Brüder sind tot. Mein Haus ist abgebrannt. Ich habe nichts mehr.«

Fichtenzapfen schaute wieder über den Hang, eine Falle fürchtend, und fragte dann: »Was machst du hier?«

»Ich war unterwegs zu den Gila-Monster-Klippen, um Eichelhäher zu treffen.«

Fichtenzapfen starrte sie an. »Weil du auch sterben willst? Willst du zu deinem Mann in den Unterwelten?«

Distel verschränkte die Finger im Schoß. In dem gedämpften Feuerschein glühte ihr gelbes Kleid rostrot-orangefarben. »Fichtenzapfen, wir haben nur wenig Zeit; ich erzähl' dir alles, so schnell ich kann. Vor sechzehn Sommern gab Nordlicht Palmlilie ein Baby und sagte ihm, er solle es weit wegbringen und für immer verstecken.«

»Was für ein Baby?« fragte Fichtenzapfen mit gerunzelter Stirn.

»Es war ein kleines Mädchen, die Tochter einer Sklavin namens Rehkitz. Ich glaube, der Vater war dein guter Freund Eisenholz. Du erinnerst dich doch noch an Rehkitz? Man hat sie umgebracht, etwa zu der Zeit, als Palmlilie und ich von Krallenstadt weggezogen sind.«

Fichtenzapfen schüttelte den Kopf, aber dann besann er sich. »Ja, ja, Spannerraupe fand die Leiche auf dem Abfallhügel. Gleich nach den Sonnwendfeiern ...« Er kam heran wie ein Mann, der ein Feld von Klapperschlangen überquert, und setzte sich neben sie. »War Rehkitz nicht die Tochter von Eichelhäher?«

»Ja, Fichtenzapfen, das war sie.«

»Willst du mir etwa erzählen, Distel, daß du die Enkeltochter von Eichelhäher großgezogen hast?«

»Genau das will ich dir erzählen. Und deswegen mußte Palmlilie sterben und auch mein Sohn, und Lanzenblattdorf mußte verschwinden, und ich –«

»Verschwinden?«

»Dem Erdboden gleichgemacht, Fichtenzapfen. Spannerraupe hat jeden umgebracht, den er erwischen konnte, Alte, Kleinkinder auf Wiegenbrettern –«

»Aber das ist doch Wahnsinn! Spannerraupe würde niemals –«

»Er hatte Befehle von Schlangenhaupt.«

Die Augen Fichtenzapfens verengten sich. Er setzte sich zurück und betrachtete die sechs Feuer und die Krieger, die davorstanden wie schwarze Gespenster. »Schlangenhaupt hat also Spannerraupe befohlen, die Enkelin von Eichelhäher zu finden? So ist es doch, oder?«

»Ja. Ich weiß nicht, wie Schlangenhaupt es herausgefunden hat, aber er war gewillt, jeden in Lanzenblattdorf umzubringen, um sie zu kriegen, und jetzt wird Maisfaser in Krallenstadt gefangengehalten. Schlangenhaupt –«

»Du meinst, er hat sie gefangengenommen? Er ist also nicht gekommen, um sie zu töten? Schlangenhaupt hat Spannerraupe geschickt, um das Mädchen gefangenzunehmen?« Er starrte sie mit aufgerissenen Augen an.

Distel nickte.

Fichtenzapfen saß regungslos. »Heilige Ahnen. Der hat sich ja ganz schön abgesichert. Hält das Mädchen fest für den Fall, daß Eichelhäher sein Versprechen bricht. Aber ich – ich kann nicht einfach rübermarschieren und ihm das melden. Es ist ohnehin schon zuviel Zeit verstrichen, und Schlangenhaupt ändert dauernd irgend etwas. Für Eichelhäher bin ich schon verdächtig. Als Verräter bist du in einer schlimmen Lage – keiner traut dir. Was erwartest du von mir, Distel? Nach all seinen Mühen, Schlangenhaupt herzulocken, wird Eichelhäher zunächst einmal denken, daß ich lüge, was das Mädchen betrifft, und dann wird er mich töten.« Schweißperlen rannen über seine Stupsnase. »Und wie komme ich überhaupt dazu, dir zu glauben?«

»Wenn nicht«, sagte sie ruhig, »und wenn dieser Angriff den Tod meiner geliebten Tochter und der Enkelin von Eichelhäher zur Folge hat, dann kannst du sicher sein, daß ich Eichelhäher erkläre, wer daran schuld ist. Daß ich hergekommen bin und dich um Hilfe gebeten habe, um sie zu retten, und daß du mich abgewiesen hast. Du hast mich nicht einmal mit ihm sprechen lassen.«

»Falls du noch am Leben bist, Distel.« Er klopfte auf den Hirschbeindolch an seinem Gürtel. »Ich schlage vor, daß du –«

»O nein«, sagte Distel und sprang auf die Beine. »Drohungen schrecken mich nicht, Fichtenzapfen. Denn ich lebe nur noch für eines: für meine Tochter, die ich großgezogen habe und aus ganzer Seele liebe.«

Sie wandte sich zum Hang, um zu Eichelhähers Lager hinunterzuklettern, und Fichtenzapfen sprang auf, um sie zurückzuhalten. »Nein, Distel, warte! Es tut mir leid. Ich lebe die ganze Zeit in großer Angst, und da ... sag' ich und tu' ich manchmal Dinge, die ich hinterher bereue.« Er ließ ihren Arm los und legte die Hände auf die Hüften. »Also bitte, es tut mir leid.«

»Was geht hier vor, Fichtenzapfen? Was machst du hier? Ich habe immer gedacht, du bist deinem Volk zugetan.«

Er holte tief Atem, die Schulter- und Armmuskeln entspannten sich. »Das bin ich auch, Distel. Hör mal, Schlangenhaupt darf nicht die Gesegnete Sonne bleiben, sonst richtet er unser Volk zugrunde. Krähenbart war schon schlimm ... aber sein Sohn wird noch schlimmer sein. Sollte Schlangenhaupt sterben, gefangengenommen und getötet von den Mogollon, wenn er seines Vaters Leiche die Straße nach Süden begleitet, dann wird das Volk des Rechten Wegs in seiner Trauer einig sein. Dann wird Schlangenhaupt ein Märtyrer sein und nicht der Despot. Nachtsonne kann einen anderen heiraten, der zur Führung geeigneter ist.«

»Und doch arbeitest du für Schlangenhaupt, sogar während du ihn betrügst?«

»Ich arbeite für mein Volk, nicht für Schlangenhaupt, und es ist ein gefährliches Spiel, das deine Anwesenheit hier heute abend noch gefährlicher macht.«

Distel kreuzte die Arme. Sie erschauerte und dachte nach. Sie mußte sehr glaubhaft erscheinen, sonst würden diese erfahrenen Krieger sie sofort als Lügnerin durchschauen. »Ich will dich etwas fragen. Schlangenhaupt hält Maisfaser in Krallenstadt als Geisel fest, nicht wahr? Er würde sie doch nicht im Trauerzug mitgehen lassen, oder?«

»Bestimmt nicht. Er würde sie sicher in Krallenstadt versteckt halten bis zu dem Augenblick, wo er sie vielleicht benutzen muß.«

Distel nickte. »Gut. Das habe ich mir auch gedacht.«

Fichtenzapfen fuhr sich durch sein schwarzes Haar und schaute mit zusammengekniffenen Augen über das schmale, von Feuern erleuchtete Tal. »Na schön. Hilf mir mal nachzudenken. Du hast recht. Ich muß Eichelhäher wegen Maisfaser Bescheid sagen. Aber wie? Das ist die Frage. Ich muß einen Weg finden, daß er mich nicht erst einmal töten läßt und sich erst später Gedanken macht, ob ich die Wahrheit gesagt habe.«

»Fichtenzapfen«, Distel legte ihre Hand auf seine, »ich werde es ihm sagen. Seit Maisfaser geboren wurde, bin ich ihre Mutter gewesen. Ich liebe Maisfaser aus ganzem Herzen, und ich bin sicher, auch Eichelhäher hat Rehkitz aus ganzem Herzen geliebt. Eichelhäher wird mir glauben, das verspreche ich dir.«

»Wenn nicht«, flüsterte Fichtenzapfen, »wittert er Verrat, und dann sind wir beide tot.«

Distel nickte.

Fichtenzapfen stand auf. »Na gut. Bleib erst mal hier. Ich darf Eichelhäher nicht direkt ansprechen. Ich muß Heuler als Vermittler gewinnen.«

Nachtsonne ging in Eisenholz' Kammer auf und ab. Ihr blaues Kleid raschelte um ihre schwarzen Leggings, und ihre Ohrgehänge in Form von Kupferglöckchen klingelten leise. Ihr ergrauendes schwarzes Haar war zu einem langen Zopf zusammengebunden, der beim Gehen hin und her schwang. Der Abend war kühl, aber ihr Gesicht war dennoch von Schweiß bedeckt, den sie dauernd von ihren dunklen Augen wegblinzelte. Seit dem Wortwechsel mit Schlangenhaupt in der Frühe hatte sie sich in ihrem Zimmer versteckt gehalten und sich gescheut, vor Einbruch der Dunkelheit herauszutreten. Als die Plaza sich leerte, war sie zu Eisenholz' Kammer geeilt... aber er war nicht dagewesen.

*Er ist sicher bald zurück. Er muß bald zurück sein.*

Sie fühlte sich zittrig und völlig verängstigt und wußte nicht, was sie sonst tun sollte... an wen sie sich sonst wenden sollte.

Das Sternenlicht, das durch den Dacheinlaß fiel, erhellte die leuchtendbunten Gesichter der Thlatsinas, die auf den Wänden tanzten – der Bison zu ihrer Linken auf der Ostmauer, die Ameise im Süden, der Bär im Westen, der grimmig auf sie hinabschaute, und der Dachs, hochgewachsen und unberührt im Norden.

Nachtsonne öffnete ihre Seele und schaute flehentlich in das Gesicht des Dachses; schweigend bat sie ihn, ihr wundes Herz zu heilen und ihr einen Ausweg zu zeigen. Seine schwarze Maske, mit türkisbesetzten Augenschlitzen, dem Kopfputz aus Adlerfedern und der langen Schnauze voller scharfer Zähne, schien auf sie hinabzublicken, leicht verwundert über ihre Anwesenheit. Sie war noch nie in Eisenholz' Kammer gewesen, nicht einmal zu der Zeit, als sie fast alles aufs Spiel gesetzt hätte, um mit ihm zusammenzusein. Jetzt aber blickte sie sich hier um – in seinem Heim.

Seine rot-schwarzen Decken lagen sauber aufgerollt auf seinen Schlafmatten an der Westwand. Hatte er in den letzten sechzehn Sommern auch so lange wach gelegen und an die Decke gestarrt? Hatte er auch mit den Fäusten gegen die Wände geschlagen, bloß um nicht an sie zu denken – so wie sie umgekehrt?

Oberhalb der Decken hing ein Kreis von Skalpen um den Bär-Thlatsina herum, den Schutzgeist der Krieger. Eisenholz hatte die Skalpe so angeordnet, daß schwarze, graue und silberne sich abwechselten. Auf jedem Skalp hatte sich eine feine Schicht von Maispollen abgesetzt. Um die Skalpe herum hingen Waffen: Bogen, Speere, Dolche, vier wunderbare Schilde aus dichtgewebten Yucca-Fasern, mit roten Blitzen verziert, und ein Helm aus Bisonfell.

Körbe und Töpfe waren ordentlich an der Nordwand zu ihrer Rechten aufgereiht, und in der Ecke stand sein Bündel. Sein *gepacktes* Bündel!

Plötzlich schwach geworden, ließ sie sich auf seinen Matten nieder; sie lehnte sich an die Wand und umschlang ihre Knie. Den ganzen Tag hatten wilde Gedanken sie umgetrieben; sie wollte fliehen, schnell, bevor es zu spät war. Mehrmals hatte sie erwogen, Schlangenhaupt zu töten, um die Bedrohung aus der Welt zu schaffen, aber dann hatte sie sich an den Tag seiner Geburt erinnert und an die Freude in ihrem Herzen ... und da wußte sie, sie würde es nie fertigbringen. Wie sehr sie auch den Mann haßte, der aus ihm geworden war – in ihrer Seele war ein lächelnder kleiner Junge lebendig, und ihm den Tod zu wünschen, brachte sie nicht über sich. Wenn sie doch nur zurückgehen könnte ...

Schritte draußen. Die Leiter knarrte; jemand kam herauf.

Nachtsonne erstarrte, sie atmete heftig.

Eilige Schritte dann. Ein Mann rief: »Eisenholz? Hast du einen Moment Zeit für mich?«

Wieder Schritte, zur Leiter zurück. Eisenholz sagte: »Spannerraupe? Ich habe dich nicht gesehen. Brauchst du etwas?«

»Ich habe gehofft, du könntest mir einen Rat geben.«

Nachtsonne runzelte die Stirn. Spannerraupe klang besorgt, er sprach mit gepreßter Stimme. Das Dach knarrte, als die Männer sich bewegten. Ein Schatten huschte über den Dacheinlaß; sie schaute hinauf, sah aber nur die Sterne flimmern und glitzern.

Eisenholz sagte: »Aber gern. Willst du mit hereinkommen?«

Das Herz schlug ihr bis zum Hals, aber Spannerraupe sagte: »Nein, ich halte dich nicht lange auf.«

»Na gut.«

Eine Pause. Spannerraupe murmelte: »Ich habe ein Problem mit Schlangenhaupt. Er ist so kindisch und eigenwillig. Und völlig uneinsichtig.«

»Was hat er jetzt wieder gemacht?« fragte Eisenholz nach einem langen Seufzer.

»Übermorgen brechen wir mit dem Leichenzug zur heiligen Buckelkuppe auf, und wir brauchten eigentlich dreißig

Krieger, um die Gesegneten Ältesten zu schützen, die dorthin gebracht werden müssen. Du hast immer dreißig mitgenommen. Aber Schlangenhaupt hat befohlen, nicht mehr als fünf mitzunehmen.«

»Fünf?«

»Ja. Schon eine armselige kleine Streitmacht könnte alle im Zug umbringen, und ich wäre nicht imstande, irgendwas dagegen zu tun.« Das Dach knirschte, als einer der Männer die Stellung veränderte. »Ich möchte ihm nicht den Befehl verweigern, Eisenholz, aber mit gutem Gewissen kann ich ihn auch nicht befolgen.«

Eisenholz sagte eine Weile nichts. Endlich murmelte er: »Nein, das kannst du nicht. Aber du mußt so tun, als ob.«

»Das verstehe ich nicht.«

»Also, an deiner Stelle würde ich fünf Krieger mitnehmen, so wie die Gesegnete Sonne angeordnet hat. Aber ich würde auch vorher Späher aussenden, die mich warnen könnten. Und noch eine Nachhut von fünfundzwanzig oder dreißig Mann, die auf ein Zeichen hin sofort zur Stelle wären. Du hast den richtigen Instinkt, Spannerraupe. Es ist deine Pflicht als Kriegshäuptling, für die Sicherheit der Ältesten zu sorgen. Sag deinen Kriegern nur, sie sollen außer Sicht bleiben, aber in Reichweite. So kannst du den Befehl befolgen und zugleich deinen Pflichten dem Volk von Krallenstadt gegenüber Genüge tun.«

Spannerraupe seufzte. »Dank den Geistern, ich fühle mich jetzt viel wohler. Seit gestern mußte ich mit dir sprechen, aber erst heute habe ich den Mut dazu aufgebracht. Ich –«

»Mut? Um mit mir zu sprechen?«

»Ja, ich – ich weiß, es war dumm. Aber nachdem Schlangenhaupt dich so unehrenhaft entlassen hat, habe ich befürchtet, daß du vielleicht denkst, ich hätte meine Hand im Spiel gehabt.«

Eisenholz sagte freundlich: »Mein Fehler. Ich hätte gleich anschließend mit dir reden sollen. Spannerraupe – wenn es meine Entscheidung gewesen wäre, hätte ich dich ausgewählt, meine Stelle einzunehmen. Von all meinen Kriegern warst du der Tüchtigste. Ich wünsche dir nur Erfolg. Wenn du jemals meinen Rat brauchst – oder mich selbst als Kämpfer –, ich bin immer für dich da.«

Wieder knarrte das Dach. Leise sagte Spannerraupe: »Du bist mein Freund, Eisenholz.«

»Ja. Aber jetzt leg dich hin. Bei deinem Ausflug nach Süden mußt du ausgeruht sein.«

»Ja, du hast recht. Gute Nacht, Eisenholz.«

»Gute Nacht.«

Eisenholz überquerte wieder das Dach und stieg die Leiter hinunter.

Nachtsonne sah ihn herunterkommen. Sein knielanges Wildlederhemd betonte die Breite seiner Schultern und die schmalen Hüften. Die Fransen an Ärmeln und Saum schwankten im Sternenlicht. Er trug sein graues Haar als Knoten auf dem Hinterkopf.

Als er auf den Boden trat, flüsterte Nachtsonne: »Erschrick nicht. Ich bin's nur.«

Eisenholz fuhr herum und starrte sie an. Dann blickte er zum Dacheinlaß, um sich zu vergewissern, daß niemand sie hören konnte. »Nachtsonne? Was machst du hier?«

»Anscheinend braucht heute abend jeder deinen Rat.«

Mit gerunzelter Stirn ging er durch den Raum und kniete vor ihr nieder. Das Licht der Sterne fiel auf sein schönes ovales Gesicht und spiegelte sich in seinen braunen Augen. »Alles in Ordnung mit dir?«

»Nein. Mit keinem von uns beiden, fürchte ich.«

»Wieso?«

Nachtsonne verschränkte die Hände und hielt sie sich eine Weile vor den Mund, bevor sie antwortete: »Ich bin heute in der Frühe in Krähenbarts Zimmer gegangen, einfach … um es zu sehen. Schlangenhaupt hat mich da vorgefunden. Er hat mir Sachen gesagt, die mich zu Tode erschreckt haben.«

Ihre Hände fingen an zu zittern, und Eisenholz umschloß sie mit seinen Fingern. »Was für Sachen?«

»Schlangenhaupt weiß über uns Bescheid.«

Eisenholz drückte ihre Hände. »Ich habe so etwas gefürchtet.«

»Du …« Sie hob den Kopf und starrte ihn an. »Du hast das *gewußt*?«

»An dem Abend, als er dich einsperren ließ, bin ich zu ihm gegangen, um ihm klarzumachen, daß es ein Fehler wäre, dich festzuhalten, daß es das Volk nur spalten würde. Daraufhin hat er zu mir gesagt, er habe weder mir noch meinem Urteil je getraut. Als ich erwiderte, sein Vater habe mir allerdings vertraut, sagte er: ›Aber er hat ja auch nichts von der Zuneigung meiner Mutter zu dir gewußt.‹ An der Art, wie er das Wort ›Zuneigung‹ betont hat, habe ich es gemerkt.« Er hob liebevoll ihr Kinn auf und blickte in ihr angespanntes Gesicht. »Hat er erzählt, wieso er von uns wußte?«

Sie nickte. »Er ist uns immer gefolgt. Immer, wenn wir – wir zusammen waren, hat er …« Sie schluckte den Klumpen in ihrer Kehle hinunter. »Und er hat so viele Einzelheiten von unseren wundervollen Zusammenkünften beschrieben, Eisenholz, daß kein Zweifel möglich ist.«

Eisenholz rührte sich nicht, aber die Fältchen um seine Augen wurden tiefer. »Und was hast du gesagt?«

»Ich habe mich sehr dumm benommen. Ich habe ihm gedroht und gesagt, sollte er etwas verraten, dann würde ich dafür sorgen, daß er genauso viel leiden müßte wie ich.«

Eisenholz ließ sie los und setzte sich mit untergeschlagenen Beinen auf den Boden. Die Fransen an seinem Hemd fegten über die Erde. »Diese Drohung wird er ernst genommen haben, Nachtsonne, und er überlegt sich jetzt schon, wie er deine Anschuldigungen widerlegen kann.«

»Nun gut, auch ich muß mir einiges überlegen, Eisenholz. Ich … ich kann nicht mit dir weggehen. Ich *muß* wieder heiraten. Das verstehst du doch, nicht wahr? Das ist der einzige Ausweg.«

Eisenholz hob den Kopf und schien den Bär-Thlatsina grimmig anzuschauen. Er sprach sehr liebevoll. »Du kannst nicht gewinnen, Nachtsonne. Siehst du das nicht? Ja sicher, wenn du wieder heiratest, wirst du Schlangenhaupt absetzen, aber er wird dafür sorgen, daß du mit ihm untergehst. Jeden Zeugen, den er finden oder bestechen kann, wird er herbeizerren, und was du auch sagen wirst, der Verdacht, der hängenbleibt, wird ausreichen, dich zu vernichten.«

Sie schaute ihm forschend in die Augen. Er hatte recht. Sie

wußte, daß er recht hatte. Aber noch bevor sie darüber nachdenken konnte, sagte ihr Mund: »Nein. Nein, die Ältesten würden mich nicht aufgrund eines Verdachts verurteilen. Sie werden Beweise sehen wollen … und es gibt keine. Ich werde gewinnen. Ich muß nur jetzt schnell heiraten.«

Eisenholz nahm ihre Hände und sah ihr in die Augen. »Wen?«

»Ich weiß nicht. Ich dachte an Indigo-Läufer aus Sternschnuppenstadt. Er …«

Eisenholz senkte den Kopf und drückte ihre Hände so fest, daß es ihr weh tat. Seine Arme zuckten. Es dauerte eine Weile, bis Nachtsonne begriff, daß er seine Tränen unterdrückte – nicht seine Wut.

Sie flüsterte: »Ich habe dir niemals weh tun wollen, Eisenholz.«

## 39. Kapitel

Schwester Mond stieg über dem Hügel hinter Eichelhähers Lager auf, eine strahlende Perle in einem sternbesetzten tiefblauen Meer; ein bleicher Schein ergoß sich über die Felsenhänge. Jeder Grashalm warf einen Schatten. Eine Reihe riesiger Steine stand auf dem Hügel hinter Eichelhähers Rücken, wie in atemloser Erwartung leicht schräg über das Lager geneigt. Die versammelten Krieger bewegten sich und flüsterten miteinander. Ihre Mokassins wirbelten Staub auf, der im Feuerschein leuchtete wie ein flimmernder Schleier.

Fichtenzapfen saß in der Hocke, die Unterarme auf den Knien. Distel saß neben ihm. Die Wachen hatten sie ermahnt, außerhalb des Schutzrings zu bleiben, den zwanzig Krieger um Eichelhäher herum bildeten, doch durch das Gewirr der Körper konnte Fichtenzapfen Eichelhähers Gesicht sehen, als Heuler ihm erklärte, was Distel mit ihm bespechen wollte. Offensichtlich glaubte Eichelhäher kein Wort. Der hochgewachsene Mann hatte eine Ausstrahlung grenzenloser Selbstsicherheit, eine wilde Würde, die selbst die tapfersten Männer unsicher machte. Eichelhähers schmales Gesicht erstarrte, während Heuler immer stärker gestikulierte.

Distel hatte ihre Knie angezogen; sie sah sehr entschlossen aus. Sie war eine schöne Frau, das hätte jeder Mann bestätigt. Sie war klein und zierlich, hatte ein glattes, gebräuntes Gesicht und langes, seidiges Haar. Für dieses Treffen hatte sie es heruntergelassen, und es hing ihr in blauschwarzen Wellen über den Rücken. Mit zusammengekniffenen Augen musterte sie die Krieger.

Wie um ihre Angst zu unterdrücken, fragte sie: »Wie ist es dazu gekommen, daß du hier gelandet bist, Fichtenzapfen? Ich verstehe, was du hier machst, aber nicht den Grund. Du warst doch einer von Krallenstadts angesehensten Kriegern!«

Fichtenzapfen pflückte einen Grashalm und drehte ihn verlegen hin und her. »Das ist eine lange Geschichte, Distel. Das fing vor einem Mond an. Hätte ich damals schon gewußt –«

»Bevor du nach Lanzenblattdorf gekommen bist?«

»Kurz davor, ja.« Er gestikulierte mit dem Grashalm und kam sich vor wie ein Narr. Wie konnte er dieses schwer durchschaubare Gewebe aus Lüge und Täuschung erklären? »Bevor ich Krallenstadt verließ, um nach Lanzenblattdorf zu gehen, bezahlte mich Schlangenhaupt, damit ich einen von Eichelhähers Boten treffe.«

»In der Nähe von Lanzenblattdorf?«

»Nein, auf dem Rückweg, in der Nähe von Krallenstadt. Schlangenhaupt hatte mit diesem Boten schon seit Monden in Verbindung gestanden und nun ein Treffen im Norden vom Großen Platz vereinbart.«

»Schlangenhaupt hat dich also damit beauftragt, weil er zu feige war, selbst mit dem Mann zu sprechen.«

Fichtenzapfen nickte. »Ich sehe, du kennst ihn noch gut.«

»Nur als ein bösartiges Kind. Ich habe ihn seit sechzehn Sommern nicht mehr gesehen. Sprich weiter.«

Fichtenzapfen ließ den Grashalm über seine Fingerspitzen gleiten. »Schlangenhaupt hat mir solche Reichtümer geboten, daß mir der Mund offenstand. Ich dachte mir, ein Treffen, was ist schon dabei? Außerdem würde er die nächste Gesegnete Sonne sein.«

Sie drehte sich zu ihm um; er sah Verständnis und Güte in ihren Augen. Es war wie Balsam für seine wunde Seele.

»Reichtümer?« fragte sie. »Aber Schlangenhaupt hat doch kaum etwas besessen.«

»Ja, und was er besaß, das war auch schnell verteilt. Aber das ist eine andere Geschichte.« Er blickte finster zu Boden und wünschte sich weit fort. Palmlilie war sein Freund gewesen und ein ergebener Krieger der Gesegneten Sonne. Daß er jetzt mit Palmlilies Frau zusammensaß, führte ihm seinen eigenen Treubruch schmerzlich vor Augen.

*Treubruch, ja, aber einer, der nötig ist, um ein schreckliches Übel zu beseitigen.*

»Sprich weiter«, sagte Distel. »Du hast erzählt ...«

Fichtenzapfen nickte. »Ich sollte also den Boten namens Heuler um Mitternacht treffen, am Vortag unserer Rückkehr nach Krallenstadt. Als die Spinnenfrau zu ihrem Platz aufstieg, warf ich meine Decken beiseite und ging zum Treffpunkt. Ich schwöre dir, Distel, ich wußte nicht, daß Verhüllt-Seinen-Schwanz mir folgte. Das mußt du mir glauben, er war mein Freund. Ich hätte niemals ...« Seine Stimme schwankte; mit dem Daumennagel knickte er den Grashalm, der einen feinen, frischen Duft aussandte. »Heuler sah, daß ich verfolgt wurde. Ich konnte nichts tun, es ging alles so schnell. Heuler sprang Verhüllt-Seinen-Schwanz von hinten an.«

Distel senkte den Blick. »Das tut mir leid. Er war ein guter Mensch.«

»Das war er. Er... er starb in meinen Armen. Ich habe dauernd wiederholt, daß es mir leid tut, daß ich ihn nie verletzen wollte.« Fichtenzapfen rang nach Luft. Verhüllt-Seinen-Schwanz hatte ihn angestarrt, und seine Augen hatten Verzeihung gewährt.

Distel drängte ihn: »Und was dann?«

Fichtenzapfen wedelte mit seinem Grashalm. »Heuler und ich haben seine Leiche nach Krallenstadt getragen und sie neben dem Stadttor abgelegt. Ich schlich mich hinein und meldete Schlangenhaupt, was passiert war. Ich weiß nicht genau, was er dann machte, aber ich habe gehört, er sei hinuntergegangen und hätte den Mord als Hexenwerk dargestellt. Du weißt ja, wie Krallenstadt ist. Kaum spricht jemand von Hexenwerk, dann zeigen alle mit dem Finger auf Nordlicht. Jede Anschuldigung dieser Art lenkt die Leute lang genug ab, so daß der wirkliche Mörder seine Spuren verwischen kann.«

Distel legte die Hände um ihr rechtes Knie. »Aber was hatte Schlangenhaupt denn vor? Was für eine Nachricht solltest du überbringen?«

Fichtenzapfens Mund verzog sich angewidert. »Es ist eigentlich zu närrisch, um darüber zu sprechen. Schlangenhaupt wollte ein Bündnis. Eichelhäher lachte darüber, und das berichtete ich Schlangenhaupt. Aber es hat ihn nicht davon abgebracht. Er wollte Eichelhähers Vertrauen gewinnen, seine Befürchtungen zerstreuen, so daß er in seiner Wachsamkeit nachläßt und Schlangenhaupt die Mogollon abschlachten kann. So wollte er sich im Volk des Rechten Wegs einen Namen machen als der größte Häuptling, der je gelebt hat.«

»Das ist doch lächerlich! Ein Mann wie Eichelhäher bleibt *immer* auf der Hut. Dafür sind wir zu lange Feinde gewesen.«

»O ja, das weiß ich, und du weißt es, und fast jeder weiß es, aber hier zeigt sich, wie ungeeignet Schlangenhaupt für den Rang der Gesegneten Sonne ist, denn er weiß es nicht. Je mehr ich in diese Sache verwickelt werde, um so entschlossener bin ich, Schlangenhaupt zu vernichten.«

»Hast du dich niemandem offenbaren können?«

»Nein. Krähenbart war tot, Eisenholz ersetzt und Nachtsonne in den Käfig gesperrt. Schlangenhaupt hatte das Kommando und ließ mir keine Ruhe; ich solle mir eine neue Taktik ausdenken und Eichelhäher noch einmal fragen. Es war eine ziemlich gefährliche Angelegenheit, und daher verlangte ich immer mehr für meine Dienste.«

»Und er hat dich bezahlt?«

Fichtenzapfen riß den Halm mittendurch und starrte düster auf die Stücke. »O ja.«

»Aber woher hatte er denn die Sachen dafür?«

Fichtenzapfen preßte die Augenlider zusammen. »Von seinem sterbenden Vater, Distel. Er hat Krähenbart bestohlen, während die Seele des alten Mannes noch durch den Raum schwebte.«

»Heilige Geister.« Distels Fäuste verkrampften sich in ihren schmutzigen gelben Rock. »Das muß doch furchtbar für dich gewesen sein, als du das entdeckt hast.«

Fichtenzapfen ließ die Halmreste zu Boden flattern und trat in ohnmächtiger Wut Erde darüber. »Ich hab's erst ganz zum Schluß erfahren. Als Krähenbart gerade gestorben war, brachte mir Schlangenhaupt einen Packen von Krähenbarts wertvollsten Sachen. Ausgesuchte Töpfe von den Dörfern der Grünen Mesa, Türkis-Knollen, so groß wie zwei Fäuste zusammen. Schlangenhaupt *prahlte* damit, wie er sie gestohlen hatte.« Fichtenzapfen hob die offenen Hände zum Himmel. »Distel, ich – ich konnte es einfach nicht glauben.«

»Und deshalb hast du die Seiten gewechselt?«

»Nein, nein. Nicht ganz. Ich bin immer noch ein Krieger des Volks vom Rechten Weg. Nur kämpfe ich jetzt etwas anders.« Er legte die Hände auf die Knie. »Ich hasse Schlangenhaupt. Ich möchte ihn tot sehen. Und zufällig will Eichelhäher das auch.«

Distel biß sich auf die Lippen, als ob sie mit etwas kämpfte, das sie nicht zu benennen wagte. »Nach dem Massaker von Lanzenblattdorf kann ich dich verstehen, Fichtenzapfen, und ich hasse ihn genauso wie du.« Sie kratzte eine Schmutzkruste von ihrem gelben Rock, und nun klang ihre Stimme tiefer und ernster. »Der Tod von Schlangenhaupt wird das Beste sein, was unserem Volk geschehen kann.«

»Davon bin ich überzeugt.«

Sie schaute auf; ihre Wangenmuskeln zuckten. »Und deshalb hast du diesen Plan gefaßt, Schlangenhaupt hierher zu locken, in seinen Tod?«

»So ist es.«

»Und wie hast du es fertiggebracht, auch Eichelhäher hierherzubringen? Er hätte ja auch seine Krieger schicken können, um Schlangenhaupt zu töten. Er hätte nicht selbst zu kommen brauchen.«

»Nein, das wäre nicht nötig gewesen. Aber Schlangenhaupt hat verlangt, Eichelhäher zu treffen, und ihm dafür eine Belohnung angeboten, die Eichelhäher nicht ablehnen konnte.« Wenn Fichtenzapfen nur daran dachte, wurde ihm übel. Er schluckte den sauren Geschmack in seiner Kehle hinunter und schaute mit zusammengekniffenen Augen auf die lodernden Feuer im Tal drunten.

»Was für eine Belohnung?«

»Schlangenhaupt hat ihm versprochen, wenn er selbst käme, dann könnte er Krähenbarts Leichnam haben, um ihn im Triumph nach Hause zu den Mogollon zu bringen. Kannst du dir vorstellen, was Eichelhäher damit an Ansehen gewinnt? Er kann vorgeben, er habe den Leichnam persönlich erbeutet und kann den verwesenden Krähenbart von einem Dorf zum andern schleppen lassen, so daß jeder Feuerhund, der einen Mond lang gelaufen ist, auf unseren Häuptling spucken kann. Wie konnte Eichelhäher dem widerstehen?

Natürlich wäre es ihm noch lieber gewesen, Krähenbarts Seele wäre noch in seinem Körper gewesen, denn dann hätte Eichelhäher dafür sorgen können, daß Krähenbart niemals das Jenseits erreicht, sondern als heimatloses Gespenst auf der Erde umherirren müßte.«

Distel zog die Brauen zusammen. »Krähenbarts Seele ist nicht mehr in seinem Körper?«

»Nein«, sagte Fichtenzapfen und verzog das Gesicht. »Schlangenhaupt hatte es zwar Eichelhäher versprochen, aber offenbar hat Düne dem toten Häuptling den Schädel eingeschlagen, um die Seele hinauszulassen. Die Nachricht hat Eichelhäher sehr enttäuscht, und er ist immer noch nicht darüber hinweggekommen. Auch das ein Grund, weshalb er Schlangenhaupt nicht traut. Mir übrigens auch nicht.«

Distel rieb sich über die Stirn. »Diese Sache wird immer schlimmer.«

»Ja, ich weiß.«

Distel sah ihn an. »Das war nicht als Anschuldigung gemeint. Ich bete aus ganzem Herzen, daß Eichelhäher Schlangenhaupt tötet. Sag mir, was ich tun soll, um dir zu helfen, und ich werde es tun. Ich werde Eichelhäher helfen. Ich werde jedem helfen, der Krallenstadt von diesem Abschaum befreit.«

Der Windjunge flitzte durch das Tal, und Distels Haar flatterte über ihr erzürntes Gesicht. Fichtenzapfen hätte gar zu gern die seidigen Stränge berührt. Sie hatte ihm das nagende Schuldgefühl genommen, und tiefe Dankbarkeit bewegte seine Seele. »Ich danke dir, Distel. Du weißt ja nicht, was mir deine Worte bedeuten. Aber ...« Er machte eine Pause und starrte finster auf das Gras zu seinen Füßen. »Du weißt ja sicher, wenn Schlangenhaupt Maisfaser in seiner Gewalt hat, dann könnte er Eichelhäher ein Schnippchen schlagen. Er kann damit drohen, sie zu töten.«

*»Hör auf!«* Der heisere Schrei einer Frau schnitt durch die Nacht. *»Laß mich los!«*

Fichtenzapfen fuhr herum. Einer der Wachtposten schritt hangabwärts und stieß eine junge Frau vor sich her. Sie war untersetzt, ihr Gesicht rundlich, und strähniges schwarzes Haar hing ihr bis zum Kinn. Sie mochte fünfzehn oder sechzehn Sommer alt sein. Wie ein Kaninchen starrte sie erschreckt mit großen braunen Augen auf die Ansammlung von Kriegern.

»O nein«, murmelte Distel.

»Wer ist das?«

»Zikade. Maisfasers beste Freundin. Ich habe ihr gesagt, sie sollte sich an der Straße verstecken, bis ich zurückkäme. Die Wachen haben sie anscheinend gesehen.«

Als Zikade Distel erblickte, rief sie: »Distel, hilf mir!«

Distel trat vor und sagte: »Bitte, sie gehört zu mir! Sie tut ja nichts Böses. Bitte, tut ihr nicht weh!«

Der hochgewachsene Krieger stieß Zikade neben dem Feuer auf die Knie. Sie blieb am Boden, verschränkte die Hände ineinander und starrte mit aufgerissenen Augen auf den Kreis der Männer. Ihr Mund zitterte, sie hatte Angst.

»Laßt sie jetzt in Ruhe!« sagte Heuler, das häßlich vernarbte Gesicht verzerrt, als er sich durch die Krieger drängte. Er winkte barsch. »Komm, Weib. Er will dich jetzt sehen. Aber dich allein. Er hat befohlen, daß Fichtenzapfen und ich und all die anderen auf Abstand bleiben.«

»Spricht er –«

»Er spricht deine Sprache besser als du. Jetzt komm, mach schnell!«

Distel erhob sich und straffte die schmalen Schultern. Wortlos streichelte sie beruhigend über Zikades Haar, ging an Heuler vorbei in den Feuerschein. Die Krieger murmelten, und einige grinsten lüstern.

Fichtenzapfen folgte ihr, wollte an Heuler vorbei, um besser sehen zu können, aber unnachgiebige Hände hielten ihn auf. Zikade betrachtete sein rotes Hemd, und solche Hoffnung erhellte ihr junges Gesicht, daß er am liebsten zu ihr gegangen wäre, um sie zu trösten. Sie sah ihn an, als brächte er ihr Erlösung; aber er konnte nichts tun. Noch nicht.

Eichelhäher stand da, und sein langer schwarzweißer Umhang fiel um ihn wie in gemeißelten Falten. Sein graues Haar hing ihm bündig bis zu den Schultern; es schimmerte orangefarben im Feuerschein. Fichtenzapfen hätte nicht sagen können, was den Mann so mächtig erscheinen ließ. Eichelhäher trug keinen Schmuck, war wie ein einfacher Krieger gekleidet und hatte nicht einmal einen Dolch im Gürtel. Er stand da allein, bleich, schweigend, von den riesigen Felsen hinter ihm scheinbar erdrückt – und doch konnte Fichtenzapfen keinen Blick von ihm wenden.

Distel lief auf ihn zu, nicht wie ein Feind, sondern wie ein Bittsteller. Sie kniete vor Eichelhäher mit gesenktem Kopf, den ihr glänzendes schwarzes Haar umrahmte, nieder und sagte: »Gesegneter Häuptling, ich bin geehrt, daß ich mit dir sprechen darf. Wer hätte nicht von der Großartigkeit des Mogollon-Volks gehört und sich nicht über die Geschichten von der Größe seines Häuptlings Eichelhäher verwundert? Überall spricht man von euren Siegen und von der Barmherzigkeit, die du den Erschöpften und Verwundeten erwiesen hast, selbst wenn sie zu denen gehörten, die ihr als Feinde betrachtet habt.«

Fichtenzapfen hob bewundernd seine Brauen. Sie hatte sich schnell und ohne Furcht auf gefährliches Terrain begeben, die Feindseligkeiten zwischen ihren Völkern durchaus zugegeben und dann Eichelhähers bekannt mitfühlendes Herz als Waffe gegen ihn benutzt.

Eichelhäher hatte das durchschaut. Er lächelte schwach. »Wie kann eine Frau des Rechten Wegs von diesen Dingen wissen?«

Er sprach ruhig, mit trägem Tonfall, aber es war die Trägheit eines schnurrenden Löwen, der dem einen schnellen Tod verheißt, der ihn ärgert.

Distel hob den Kopf und schaute mit ihren großen schönen Augen zu ihm auf. »Die Händler sprechen davon – und von anderem. Bitte, ich weiß, daß sich viel Haß zwischen unseren Völkern aufgestaut hat. Aber ich bin hergekommen, auf eigene Gefahr, um dir eine Nachricht zu bringen, die dein Herz ganz sicher mit Freude und Furcht erfüllen wird. Verzeih mir bitte, für eine Weile, die Verbrechen meines Volks. Ich verspreche dir, daß –«

Eichelhäher unterbrach sie. »Genug«, sagte er sanft. Er trat vor und hielt ihr die Hand hin. Seine Krieger verstummten, standen sprachlos da. Die Spannung knisterte.

Fichtenzapfen schaute in ihre verblüfften Gesichter. Sogar er wußte, daß Eichelhäher so gut wie nie einem Fremden die Freundschaftshand entgegenstreckte – und bestimmt nicht einer Frau vom Volk des Rechten Wegs.

Distel legte ihre feinen Finger in seine Hand, und Eichelhäher zog sie hoch. Sie reichte ihm kaum bis zu den Schultern. Als sie zu ihm aufschaute, stand er reglos vor ihr und sah ihr in die Augen. Er führte sie vom Feuer weg; sie setzten sich beide auf einen flachen Felsblock am Fuß der größten stehenden Steinplatte. Der Stein war sechzig Handbreiten hoch, und aus einer Spalte oben wuchs ein verkrüppelter Wacholder hervor.

Ein seltsames Paar – der hochgewachsene, grauhaarige Älteste, schlank und würdig, neben einer zartgliedrigen schwarzhaarigen Schönheit in einem verschmutzten gelben Kleid.

Da die beiden jetzt außerhalb seiner Hörweite standen, konnte Fichtenzapfen nur die Arme vor der Brust kreuzen und abwarten, ob Distel am Leben bleiben oder sterben würde.

Die Feuer im Tal warfen schwache Schatten verschiedener Schwärze auf die niedrigen Hänge. Hier und da tanzte das Licht über Kochbeutel, die an Dreifüßen hingen, über windbewegtes Gras und Krieger, die sich in ihre Decken eingewickelt hatten. Schnarchlaute wurden vernehmbar.

Eichelhäher betrachtete die Frau an seiner Seite und bedachte ihre bemerkenswerte Aussage. *In diesem Lügengewebe – was hat das zu bedeuten? Ist sie hergekommen, um mich zu überlisten, oder ist sie tatsächlich* von *ihrem Rachedurst angetrieben?*

Er zog den Umhang fest um sich und wandte sich mit kalten Augen Distel zu. Sie blieb unbewegt und wartete, daß er als erster spräche. Ihr gelbes Kleid starrte vor Schmutz- und Grasflecken; Kaktusstacheln steckten in ihrem linken Ärmel. Sie sah wirklich so aus, als wäre sie auf dem Bauch den Hang hinuntergerutscht, um zu ihm zu gelangen.

»Du mußt wissen«, sagte er, »daß ich dir kein Wort glaube.« Trauer klang in seiner Stimme mit. Was hätte er nicht darum gegeben, wenn diese Frau die Wahrheit sagte? Aber wie konnte er ihr glauben? Sie war genau im richtigen Augenblick aufgetaucht, um ihn von seinem Ziel abzulenken, mit eben der Art von Nachricht, die ihn ganz sicher aus dem Gleichgewicht warf.

»Ich bitte nur darum, daß du mich anhörst, Großer Häuptling«, sagte Distel. »Wenn ich geendet habe und du mir immer noch nicht glaubst, dann werde ich mich jeder Strafe unterwerfen, die du für mich bestimmst, selbst wenn es der Tod oder Schlimmeres ist – Sklaverei und Vergewaltigung durch deine Krieger.«

Eichelhäher beugte sich vor und schaute auf seine Hände, die er zwischen die Knie geklemmt hatte. »Also gut. Erzähl deine Geschichte.«

»Ich fange an mit einem Tag vor sechzehn Sommern«, begann sie, »als Rehkitz zu mir kam und sagte, daß sie schwanger sei. Ich –«

»Wieso kam sie zu dir? Zu einer von denen, die sie gefangenhielten?«

Distel sah ihm starr in die Augen. »Ich war ihre Freundin, Großer Häuptling, nicht ihre Herrin. Rehkitz und ich sind in Krallenstadt zusammen aufgewachsen. Wir hatten zwar, gemäß unserer Stellung, verschiedene Pflichten, ich als Steinmetz, sie als Sklavin, aber wir haben oft miteinander geredet und gelacht. Du mußt wissen, daß es Sklaverei unterschiedlicher Grade gibt. Rehkitz war eine Mogollon, aber ich bin eine der Gemachten Menschen, und wir haben beide den Ersten Menschen gedient. Keine von uns beiden galt in den Augen der Herrschenden von Krallenstadt viel, und so etwas verbindet.«

Eichelhäher betrachtete ihr ernstes Gesicht, über das der Schein des Feuers tanzte. Aber wie sehr er auch forschte, er sah in ihren Augen kein Anzeichen einer Täuschung. »Sprich weiter, bitte.«

Distel strich sich über die Gänsehaut auf ihren Armen. »Als Rehkitz mir von ihrer Schwangerschaft erzählte, bekam ich Angst um sie. Sie hatte nicht die Erlaubnis ihres Herrn eingeholt, und da –«

»Das war neun Monde, bevor das kleine Mädchen in die Arme deines Mannes gelegt wurde?«

»Nein, Großer Häuptling. Deine Enkeltochter kam früher zur Welt. Als Palmlilie mir das Baby zum ersten Mal nach Hause brachte, war es vielleicht acht Monde alt. Das Kind war sehr klein und zart. Ich sorgte dafür, daß es zusätzliche Milch bekam, um Kraft zu gewinnen. Als ich nicht mehr genug Milch hatte, gab ich meinen eigenen Sohn einer anderen Frau zum Nähren und behielt Maisfaser für die Milch meiner Brust.«

Eichelhäher nickte, und sie fuhr fort zu erzählen, aber er hörte kaum zu. Aus tiefsten Kammern seiner Seele kräuselten sich Erinnerungen hoch – an das schöne kleine Mädchen, das er mehr geliebt hatte als sein Leben … und an den Angriff, bei dem seine Frau Mondtanz durch einen Bauchschuß getötet und seine Tochter geraubt worden war.

Der Angriff, vorzüglich organisiert durch Krähenbart, hatte sie vollkommen überrascht. Schrilles Kriegsgeschrei hatte die Stille des hellen Sommermorgens durchschnitten. So markerschütternd, daß die Himmel erbebten. Blitzende Pfeile hatten die Mauern von Gila-Monster-Dorf übersät. Eichelhäher und die meisten seiner Krieger waren abgeschnitten worden, vom befestigten Bollwerk des Dorfs getrennt, und nicht in der Lage, seine Abwehrfunktion zu nutzen.

Er und seine Krieger hatten verzweifelt gekämpft, um sich am Canyon-Hang entlang vorzuarbeiten. Krähenbarts Krieger, die zur Hälfte von einem hochbegabten jungen Krieger namens Eisenholz angeführt wurden, hatten Eichelhähers Gegenangriff abgewehrt, während Krähenbart und die anderen das Dorf plünderten, die Ältesten ermordeten und Gefangene machten. Ihr heiligen Götter – die Krieger des Rechten Wegs waren äußerst brutal vorgegangen. Als sie fertig gewesen waren und sich durch den Canyon zurückgezogen hatten, war auf den Felsen überall Blut in Pfützen zusammengeflossen. Eichelhäher war durch die Reihen der Toten gewandert, und dabei hatte sich der Saum des Hemdes derart mit Blut vollgesogen, daß er es alle zwanzig Schritte auswringen mußte.

*»Für ihre Pflege wurden wir ungewöhnlich gut bezahlt –«*

»Von wem?« fragte Eichelhäher. »Wer hätte sich schon um das Baby einer Sklavin gekümmert?«

Distel erschauerte im kalten Wind. »Der Vater, Großer Häuptling.«

»Der Vater?«

»Ja. Ich glaube, der Mann, den deine Tochter liebte, war der Kriegshäuptling Eisenholz. Er –«

»*Eisenholz?*« Eichelhäher merkte, wie er erbleichte.

»Ja.«

»Wie kannst du sagen, daß sie ihn liebte?« Ärger stieg in ihm auf, ein wilder Zorn, der sich zu mörderischer Wut steigerte. »Es war wohl eher so, daß er seine Lust bei Rehkitz suchte und sie ihn haßte!«

»Nein, in diesem Fall nicht. So ist es allerdings gewöhnlich, wenn die Herren sich mit ihren Sklavinnen paaren. Rehkitz hat mir gestanden, daß sie ihn liebte, Großer Häuptling, aber das hätte ich auch so gewußt; wenn sie von ihrem Liebhaber sprach, leuchteten ihre Augen.«

Eichelhäher erinnerte sich an dieses Licht in den Augen und die Art, wie sie den Menschen lächelnd ihre Liebe gezeigt hatte. Er preßte die Lippen zusammen, und sein Herz hämmerte…

Nach dem Kampf hatte er eine verstreute Gruppe seiner Krieger gesammelt und versucht, Rehkitz zu befreien. Krähenbart hatte das vorausgesehen; in einem Hinterhalt an der Straße hatte er Eichelhähers Trupp abschlachten lassen. Die wenigen, die entkamen, Eichelhäher eingeschlossen, hatten sich durch die gewundenen Täler und über die kieferbewachsenen Gila-Monster-Klippen zurückgeschleppt, um Balsam für die Wunden ihrer Seele und ihres Leibes zu finden.

Doch die Erkenntnis, daß er erfolglos geblieben war, daß seine Tochter lebte und er sie nicht aus den Qualen der Sklaverei befreien konnte, hatte Eichelhäher fast umgebracht. Er hatte sich in sein Haus hoch oben auf der Klippenwand eingeschlossen, seinen Hund gestreichelt und ihm aufgetragen, Feuer zu machen und Tee aufzubrühen. Hatte dem Hund aufgetragen, das Feuer auszumachen… und in diesem Moment war ihm aufgegangen, daß er dabei war, wahnsinnig zu werden.

»Sag mir«, unterbrach er sie und riß sich in die Gegenwart zurück, »wie kommst du darauf, daß das Kind, das der Priester Nordlicht dir anvertraut hat, überhaupt das Kind von Rehkitz war? Ich weiß, daß Nordlicht sagte, die Mutter sei eine Sklavin – aber es könnte auch eine andere Sklavin gewesen sein.«

»Zu der Zeit gab es keine anderen schwangeren Sklavinnen. Jedenfalls habe ich von keiner gewußt…« Sie zögerte und blickte ihn verzagt und voller Trauer an. »Kennst du das Schicksal deiner Tochter? Was ihr wirklich zugestoßen ist?«

Eichelhäher hob die verschränkten Hände, um sein Kinn darauf zu stützen. »Ich habe Geschichten gehört, von Händlern, die bei den Sonnenwendfeiern dabei waren. Sie haben erzählt, sie sei ermordet worden, man habe die Leiche auf einem Abfallhügel gefunden. Aber ich kenne keine Einzelheiten.«

Distel schob sich das lange wellige Haar über die Schulter und kreuzte die Arme. »Großer Häuptling, soll ich offen sprechen? Denn das wird nicht leicht für dich sein, nicht einmal nach so vielen Sommern.«

»Ich schätze ein offenes Wort. Ich muß alles wissen. Sprich weiter!«

Distel nickte. »Rehkitz ist ins Herz gestochen worden. Das Kind wurde ihr aus dem Leib geschnitten.«

Das Gefühl einer ungeheuren Leere überkam ihn. Mit gepreßter Stimme fragte er: »Aus dem Leib geschnitten? Was für ein Geistesgestörter könnte so etwas tun?«

»Das weiß ich nicht. Der Mörder wurde nie gefunden.«

»Wurde wohl auch nicht mit Nachdruck gesucht, nehme ich an.«

»Ich hörte, daß Eisenholz wirklich nach dem Mörder geforscht hat, aber du weißt, wie Sonnenwendfeiern ablaufen. So viele Leute waren in Krallenstadt, daß die Suche einfach unmöglich war.«

Eichelhähers wedelnde Hand warf dunkle Schatten über den Erdboden. »Du nimmst also an, Eisenholz war der Vater meiner Enkeltochter, und Rehkitz liebte ihn. Du glaubst auch, daß er es war, der dafür bezahlt hat, um Maisfaser aufzuziehen.«

»Das glaube ich.«

»Nun ja, es ist nicht ausgeschlossen. Männer sind seltsame Geschöpfe«, sagte er mit zusammengekniffenen Augen. »Wenn ein Mann ein Kind will, dann kann er es von fast jeder Frau haben, von hohem oder niederem Stand. Aber kein Mann würde für das Aufziehen eines Sklavenkindes bezahlen – es sei denn, er hätte die Sklavin geliebt und fühlte eine Verantwortung für das kleine Kind. Und das«, flüsterte er, »sagt viel über diesen Mann aus.«

»Wenn du Maisfaser siehst, Großer Häuptling, dann wirst du die Wahrheit meiner Worte erkennen. Sie hat die schönen

Augen von Rehkitz und Eisenholz' goldene Haut und schrägstehende Augenbrauen.«

*Eisenholz! Warum gerade er, von allen Männern auf der Welt?*

Dieser Mann hatte ein unheimliches, fast übernatürliches Talent, wenn es um Kriegsführung ging. Jahrelang hatte Eichelhäher seine Mogollon von Überfall zu Überfall geführt, zuerst mit dem Ziel, seine Tochter zu befreien, und später dann aus dem nie endenden Verlangen nach Rache. Aber wenn er auch in den umliegenden Dörfern einfallen und ihnen Schaden zufügen konnte – seine Versuche, die reichen Städte der Ersten Menschen im Canyon des Rechten Wegs zu brandschatzen, wurden alle dank Eisenholz' Genie erfolgreich abgewehrt.

Er preßte seine Hände fest zusammen und versteckte sie unter seinem Umhang, damit sie nicht sehen konnte, wie sehr er ihr zu glauben wünschte. Nach dem Tod seiner Frau hatte ihn die Zwillingsschwester von Mondtanz dankenswerterweise zum Gemahl genommen. Es war ihr Recht als die nächste Ehrwürdige Mutter des Clans gewesen, aber nicht ihre Pflicht. Flaumfeder hätte jeden Mann haben können, den sie an ihrer Seite gewünscht hätte. Indem sie Eichelhäher zu ihrem Mann machte, hatte Flaumfeder das Wohl ihres Volkes über ihr eigenes gestellt. Sie hatte ihn vor dem Wahnsinn bewahrt und ihm ein Ziel gegeben. Eichelhäher hatte sich sehr bemüht, Flaumfeder zu lieben, aber ihr Zusammensein hatte nur Söhne hervorgebracht. Ohne eine Tochter oder eine Enkeltochter, die später als Ehrwürdige Mutter den Clan geführt hätte, würde die Nichte von Mondtanz, Kiefernnadel, die Nachfolge antreten. Sie war eine leichtfertige, selbstsüchtige Frau. Eichelhäher und Flaumfeder fürchteten, sie könnte die Mogollon ins Verderben führen.

»Würde es sich nicht lohnen, Großer Häuptling«, sagte Distel und unterbrach seinen Gedankengang, »trotz aller Gefahren Maisfaser mit eigenen Augen zu sehen?«

Eichelhäher wandte sich ab und betrachtete die Schatten über den Hügeln. Geister drangen in verborgene Nischen seiner Seele ein. Mondtanz flüsterte: »*Um unser beider willen, geliebter Mann, mußt du sie dir ansehen. Wenn sie nicht unseres Blutes ist, dann eben nicht. Aber wenn sie es ist …*«

Das Lachen von Rehkitz als Baby ertönte. Sie schaute mit funkelnden Augen zu ihm auf, und da wußte Eichelhäher, daß er nicht zulassen durfte, daß seine Enkeltochter möglicherweise so litt wie seine Tochter. Wenn Maisfaser wirklich die Tochter von Rehkitz war und jetzt vom Feind gefangengehalten wurde, dann mußte er sie befreien, was immer ihn das kosten würde. Die Rettung seiner Enkelin wäre vielleicht auch in gewisser Weise eine Wiedergutmachung für sein Versagen, Rehkitz zu befreien.

Er drehte sich wieder um und bemerkte, daß Fichtenzapfen sich durch die Krieger geschlichen hatte und jetzt bei dem jungen Mädchen vom Volk des Rechten Wegs saß. Sie sprachen leise miteinander, Fichtenzapfen mit zusammengezogenen Augenbrauen und das Mädchen sehr verängstigt.

»Sag's mir noch mal, Weib. Warum tust du das?« Er betrachtete Distel mit der Wachsamkeit eines Adlers.

»Schlangenhaupt hat entdeckt, was ich dir gerade erzählt habe. Er hat Spannerraupe, seinen neuen Befehlshaber, in mein Dorf geschickt. Sie haben meinen Mann und meinen Sohn ermordet und verstümmelt. Dann töteten sie alle anderen, ließen keine Zeugen am Leben. Sie nahmen mir Maisfaser fort. Schlangenhaupt hat alles zerstört, was ich geliebt habe, wofür ich gelebt habe. Das einzige, was mir noch geblieben ist, das ist meine Tochter – und die ist in seinen schmutzigen Händen. Lieber würde ich sie im Kampf um ihr Leben sterben sehen denn als Sklavin von Schlangenhaupt.«

»Du haßt also deine eigene Gesegnete Sonne so sehr?«

Er sah, wie es in ihrem Gesicht arbeitete; ihre funkelnden Augen wurden kalt. »Er ist nicht *meine* Gesegnete Sonne! Er hat mich und meine Familie betrogen. Er hat mein ganzes Dorf umgebracht! Auch alle Alten, auch die kleinen Kinder! Schlangenhaupt hat jeden verdorben, und alles, was er je angefaßt hat. Nur sein Tod wird meine Wunden heilen.« Ihre Stimme war voller Ekel und Abscheu. »O ja, Großer Häuptling, ich hasse ihn.«

*Ja … nur die besten Schauspieler könnten soviel Leidenschaft in ihre Stimme legen.* Eichelhäher winkte Heuler heran.

Der häßliche Krieger kam angetrottet, mit zugekniffenen Augen. »Ja, mein Häuptling?«

»Bring mir Fichtenzapfen!«

Heuler trottete zurück, sprach barsch mit Fichtenzapfen und kam mit ihm zurück. Der kleine, stämmige Krieger vom Volk des Rechten Wegs stand aufrecht; das rote Hemd flatterte ihm um die Beine. Sein Blick fuhr zwischen Distel und Eichelhäher hin und her, als fürchtete er das Schlimmste.

»Fichtenzapfen«, sagte Eichelhäher, »es ist absolut notwendig, daß Schlangenhaupt eine neue Nachricht von uns erhält.«

»Ich kann vor Morgengrauen dort sein, Großer Häuptling.«

»Wie willst du ihm denn in der Nacht Zeichen geben?«

»Das kann ich nicht, Großer Häuptling, aber mit den ersten Sonnenstrahlen« – Fichtenzapfen holte aus einem kleinen Beutel am Gürtel einen Eisenkiesspiegel heraus – »benutze ich meinen Spiegel und sende ihm Lichtzeichen durchs Fenster. Die fahren über die Zimmerdecke und erschrecken vermutlich seinen Lieblingspapagei. Der Vogel weckt ihn immer durch sein Krächzen. Was soll ich Schlangenhaupt melden?«

Eichelhäher erhob sich langsam und betrachtete prüfend die Gesichter seiner Krieger rings ums Feuer. Sie wandten kein Auge von ihm, waren hellwach und kampfbereit.

»Heuler hat mir vorhin erzählt, du hättest lieber mehr Krieger auf unserer Seite, weil du glaubst, daß Schlangenhaupt vielleicht einen Hinterhalt plant. Stimmt das?«

Fichtenzapfen schluckte. »Ja, das stimmt. Spannerraupe ist etwas weichherzig und zu seinem eigenen Nachteil oft zu vertrauensselig. Aber er ist kein Dummkopf. Ich fürchte, er könnte sich bei Eisenholz Rat holen. Wäre ich in seinen Mokassins, würde ich das tun. Aber wenn Spannerraupe das tut, Großer Häuptling, dann sollten wir besser auf einen Kampf vorbereitet sein.«

Eichelhäher wandte sich Distel zu. »Derselbe Eisenholz?«

Sie nickte. »Ja.«

Eichelhäher bedachte stirnrunzelnd die Lage und fügte die verschiedenen Einzelheiten zu einem Plan zusammen.

»Dann wollen wir also Eisenholz keinen Anlaß zu irgendeinem Verdacht geben. Wir wollen, daß er sich wie jeder andere in Krallenstadt wohl fühlt auf dem Marsch nach Süden. Fichtenzapfen, du sagst Schlangenhaupt ... sag ihm, ich machte mir Sorgen, daß sein Volk eine Verschwörung wittert, wenn er nur fünf Krieger zur Bewachung von Krähenbarts Leichnam dabei hat – der dann auch noch geraubt wird. Er sollte lieber die Leiche fünf Pfeilschüsse vorausschicken, und zwar vor der größten Kolonne von Kriegern, die er zusammenstellen kann. Sag ihm, wenn ich dann zuschlage und den Leichnam raube, werden seine Krieger vorstürmen. Meine Krieger werden die seinigen nur in ein Geplänkel verwickeln. Ich ziehe meine Krieger dann sofort zurück und verschwinde. Er soll daraufhin seine Krieger in eine Verteidigungsstellung zurückrufen und ihnen erklären, er vermute einen Hinterhalt durch eine überlegene Streitmacht.« Eichelhäher sah, wie das Gesicht von Fichtenzapfen zu strahlen begann. Jeder Krieger wäre mit so einem Plan hoch zufrieden. Er sah längst nicht so lächerlich aus wie Schlangenhaupts erster.

Fichtenzapfen nickte nachdenklich. »So daß es aussieht, als hätte er den Kampf gewonnen.«

»Und das wird seine Eitelkeit befriedigen, nicht wahr? Und er ist doch schlau genug zu erkennen, wie vorteilhaft der Plan für ihn ist, Fichtenzapfen?«

»Wenn nicht, werde ich es ihm schon deutlich machen.«

»Gut. Wenn er dich um Rat fragt, dann sagst du ihm, ich würde etwa vierzig Krieger mitbringen. Du rätst ihm, er soll achtzig dabeihaben, damit er auf jeden Fall der Stärkere ist, wenn die Dinge außer Kontrolle geraten. Verstehst du, Fichtenzapfen? Wir wollen, daß er so viele Krieger wie nur möglich mitnimmt.«

Fichtenzapfen warf einen Blick auf Distel; schweigend stellte er ihr Fragen und sah dann wieder Eichelhäher an. »Großer Häuptling, wir haben hier Krieger, die alten Feinden gegenüberstehen. Wenn nun Spannerraupe wirklich die Kontrolle verliert? Dann wärst du deutlich in der Minderzahl.«

»Wenn Schlangenhaupt achtzig Krieger mitnimmt, wie viele würden dann noch in Krallenstadt bleiben?«

Fichtenzapfen zuckte die Achseln. »Vielleicht zwanzig, wenn ...« Die Stimme versagte ihm, und seine Augen weiteten sich, als er begriff. Er stammelte: »Du – du gehst nach –«

»Ja«, antwortete Eichelhäher. »Das habe ich vor.«

## 40. Kapitel

Die Morgendämmerung ähnelte dem Innern einer Muschel – rosig glänzend. Spannerraupe saß auf seinem Posten auf dem Dach, überwachte den Einlaß nach Krallenstadt und blickte auf die sonnenbestrahlten Wolken, die über den schillernden Himmel segelten, nach Südwesten, zu den dürren Ländern der Hohokam – ungewöhnlich in dieser Region der Westwinde. Eine kühle Brise fuhr unter den Saum seines hellbraunen Umhangs und zerrte einzelne Strähnen seines schwarzen Haares aus dem Zopf, die ihm nun um sein eckiges Kinn und breites Gesicht wehten. Er atmete tief ein; die feuchte Luft duftete nach Erde. Dunst schwebte über den Bewässerungsgräben, der sich bei einzelnen Windstößen hochrankte und davonwirbelte wie gespenstische Tänzer.

Zu dieser frühen Stunde waren die Farben des Canyons atemberaubend. Die zerklüftete Kante leuchtete blutrot, während die Wände, noch von Schatten umhüllt, purpurfarben schimmerten. Überkrönt von den goldenen Wolken und dem rosigen Himmel, war dieses Panorama zu schön, um von dieser Welt zu sein; es gehörte sicher zu den leuchtenden Himmelswelten.

Weil Spannerraupe müde war und fror, zog er den Umhang fest um sich und lauschte den Lauten, die aus dem erwachenden Canyon drangen. Jenseits der Wasserrinne, bei Strombettstadt, überquerten die Leute die Plaza, machten Feuer und redeten. Jemand lachte. Entlang der Canyonwand schwebten aus Kesselstadt melodische Flötentöne heran, stärker oder leiser, je nach dem Wind. Sklaven von Krallenstadt waren schon dabei, mit leeren Wasserkrügen zur Senke des Rechten Wegs hinabzusteigen. Zwei Frauen trugen Wiegenbretter auf dem Rücken, die sie mit Stirnriemen gesichert hatten. Die Babys, die unter dem Ansitz von Spannerraupe vorbeikamen, blinzelten ins Morgenlicht.

Spannerraupe gähnte. Bald würde ihn Stechmücke ablösen. Die letzten Tage der Vorbereitung für den Trauerzug und die Auseinandersetzungen mit Schlangenhaupt hatten ihn zermürbt. Er dankte dem Bär-Thlatsina, daß er den Mut aufgebracht hatte, mit Eisenholz zu sprechen. Eigentlich hätte er selbst daran denken können, einen gesonderten Trupp mitzunehmen. Warum war ihm das nicht eingefallen?

»Weil du für so etwas nicht taugst«, flüsterte er vor sich hin. Der Atem verdichtete sich vor seinem Mund zu weißen Wölkchen.

Politik war nie seine Stärke gewesen. Als Krieger war er sehr gut, aber er hatte kein Talent für geschickte Machenschaften oder listige Täuschungen. In beiden Fällen fühlte er sich schuldbeladen und irgendwie beschmutzt.

*Gewöhn dich daran. Ein Kriegshäuptling muß beides können, und zwar gut, das wird von ihm erwartet.*

Er sah Trauertaube mit einem Korb voller Wäsche auf den Hüften vom Wassergraben kommen. Er runzelte die Stirn. Sie hatte noch vor Tagesanbruch unten Wäsche gewaschen? Bei dieser Kälte?

Ihm schwindelte plötzlich. Wieso hatte er sie nicht weggehen sehen? Sie mußte letzte Nacht in Kriechers Zimmer geschlafen haben und dann im Stockdunkeln durchs Fenster gekrochen sein – ein todeswürdiges Verbrechen, es sei denn, sie hätte Kriechers Erlaubnis gehabt. Aber selbst dann – es beunruhigte ihn, daß er nicht gesehen hatte, wie sie sich davonmachte. Trotz seiner Müdigkeit hatte er sehr genau aufgepaßt. Sie mußte sich große Mühe gegeben haben, um wegzuschlüpfen, während er sich gerade abgewandt hatte.

Zierlich, braun gewandet, die Pausbäckchen gerötet, so ging sie durch das Tor, hob freundlich grüßend eine Hand und lächelte. Spannerraupe erwiderte den Gruß.

Trauertaube ging über die westliche Plaza durch das Tor und an den anderen Sklaven vorbei, die sich ihr Frühstück machten. Dann kletterte sie die Leitern zu Schlangenhaupts Zimmer hinauf. Ohne sich lange anzumelden, schlüpfte sie gleich unter dem Vorhang zum Häuptling hinein. Einen Augenblick lang starrte ihr Spannerraupe mit offenem Mund nach. Was für eine Vermessenheit! Das sah doch Trauertaube gar nicht ähnlich, daß sie … *Unsinn, du Narr, Schlangenhaupt hat sie offensichtlich erwartet.*

Er stieß einen Seufzer der Erleichterung aus und zog die Knie unterhalb seines warmen Umhangs an.

Schlangenhaupt kam geduckt durch den Vorhang und eilte die Leitern zum Dach des ersten Stockwerks hinunter. Er trug ein dunkelgrünes Hemd mit rot-schwarzen Schlitzen über der Brust. Sein langes schwarzes Haar hing ihm lose um sein ovales Gesicht. Er stieß beim Gehen weiße Atemwölkchen aus.

Spannerraupe stand auf. Der Himmel hatte sich golden gefärbt, aber Vater Sonne hatte die Canyonkante noch nicht erreicht. Krallenstadt verharrte noch in einem kalten Schattenschacht, die weißen Wände fahlblau getönt.

Schlangenhaupt kam mit großen Schritten lächelnd auf Spannerraupe zu.

»Einen schönen Morgen wünsche ich, Gesegnete Sonne«, sagte Spannerraupe mit gezwungenem Lächeln.

»Wünsche ich dir auch, Kriegshäuptling. Wie war die Nacht? Irgend etwas Ungewöhnliches?«

»Es war ruhig, mein Häuptling.«

Schlangenhaupt kreuzte die Arme vor der Brust und erschauerte, als er die heller werdenden Klippen überschaute. Mit lässigen Flügelschlägen kreiste ein Adler über der Stützsäule.

»Ich habe nachgedacht, Spannerraupe. Über deinen Einwand, daß fünf Krieger nicht genug sind, um den Trauerzug zu schützen.«

Spannerraupe trat von einem Fuß auf den andern. »Ja, und?«

»Ich bin zu dem Schluß gekommen, daß du recht gehabt hast. Ich bedaure, deine Einsicht nicht gleich gewürdigt zu haben. Aber jetzt bin ich deiner Meinung. Fünf Krieger wären nicht einmal fähig, einen kleinen feindlichen Stoßtrupp abzuwehren.«

»Ja, mein Häuptling, das ist richtig.« Spannerraupe fühlte sich erhoben. Seine Argumente hatten gewirkt.

»Wie viele Krieger würdest du für nötig halten?«

»Dreißig oder vierzig, das wäre eine gute Zahl. Wenn wir dann in einen –«

»Wenn vierzig gut wären, dann wären siebzig oder achtzig noch besser. Meinst du nicht auch?« Schlangenhaupt zog die Brauen hoch. Gegen die fahlen Wände von Krallenstadt wirkte sein Haar sehr schwarz, und seine dunklen Augen blickten so unmenschlich wie die eines Wiesels.

»Nein, mein Häuptling, das meine ich nicht. Zunächst einmal, es gibt nur vierzig Krieger im Bären-Clan. Um achtzig zusammenzubringen, müßte ich unsere Reserve aus den anderen Clans herrufen, und diese Männer, Bauern, Hausbauern und Händler, sind im Grunde keine richtigen Krieger. Sie sind notwendig, wenn die Stadt überfallen wird, aber keiner von denen hat je im Gelände einen Kampf erlebt. Sie wüßten gar nicht, was zu tun wäre. Ich halte dreißig oder vierzig für ausreichend. Um sicherzugehen, brauchen wir nur –«

»Also *ich* glaube, daß wir mehr brauchen!« Schlangenhaupts Augen blitzten jetzt böse, als hätte Spannerraupe seine Amtsgewalt in Frage gestellt und ihn beleidigt. »Wir reden über ein Geleit für *meinen* Vater. Für den Mann, der jahrelang die Gesegnete Sonne war – *deine* Gesegnete Sonne. Ein Führer unseres Volks. Du wagst es, bei unserer letzten Huldigung für solch einen großen Mann zu knausern?«

»Schlangenhaupt, das war keine Mißachtung. Ich bin dein Kriegshäuptling. Es ist meine Pflicht, dir zu raten –«

»Ich habe genug von deinen Ratschlägen, Vetter. Mein Entschluß steht fest. Wir nehmen achtzig Krieger mit. Das ist ein Befehl!«

Schlangenhaupt drehte sich auf der Stelle um und ging.

Spannerraupe trat von einem Fuß auf den anderen, die Fäuste geballt, während er Schlangenhaupt die Leiter hochklettern und in sein Zimmer zurückkehren sah. O ihr verehrten Ahnen! Der fiel ja von einem Extrem ins andere. Wie in aller Welt sollte er …

Zwanzig Lidschläge später kam Trauertaube aus Schlangenhaupts Zimmer mit demselben Wäschekorb heraus. Sie kletterte hinab und wollte unbefangen die Plaza überqueren.

Doch als sie diesmal an den Einlaß kam, hielt Spannerraupe sie auf. »Einen Augenblick, Trauertaube!«

Er kletterte hinunter und blickte sie düster an. Sie lächelte furchtsam.

»Was ist denn, Gesegneter Spannerraupe?« Ihr pausbäckiges Gesicht war gerötet, und ihr hastiges Atmen war nicht zu übersehen.

»Wohin gehst du?«

»Zum Wassergraben. Ich muß Wäsche waschen.«

Spannerraupe fuhr mit der Hand in den Korb und befühlte die Wäschestücke. »Die sind alle naß. Du hast sie doch gerade von unten heraufgebracht.«

»Ja, aber«, stotterte sie, »Sch-Schlangenhaupt war mit meiner Arbeit nicht zufrieden. Er hat mir befohlen, alles noch mal zu waschen.«

Spannerraupe runzelte die Stirn. »Trauertaube, sag mir die Wahrheit. Was geht hier vor? Warum wäschst du hier vor Morgengrauen? Warum verläßt du die Stadt durchs Fenster?«

Die Farbe wich aus ihrem Gesicht. Sie sah elend aus. »Spannerraupe, ich –«

»Ich werde keinem etwas sagen, Trauertaube. Ich habe keine Lust, dich tot zu sehen. Aber ich will wissen, was du vorhast. Ist das ein Auftrag von Schlangenhaupt?«

Sie nickte unglücklich. »Ja, Kriegshäuptling.«

»Und welcher?«

»Das – kann ich nicht sagen. Spannerraupe, bitte! Wenn er wüßte, daß ich mit dir darüber spreche, dann würde er mir sehr weh tun.« Trauertaube warf einen ängstlichen Blick auf Schlangenhaupts Zimmer und flüsterte: »Bitte, laß mich gehen! Ich hab' nicht viel Zeit.«

Spannerraupe schnickte mit der Hand. »Geh! Aber wenn du zurückkommst, dann *werden* wir miteinander reden!«

Sie rannte mit fliegendem Gewand durch das Tor den Pfad zur Senke hinunter. Als sie in der Schlucht verschwunden war, verkrampften sich seine Schultermuskeln. Alle anderen Sklaven hatten sich nahe dem Sklavenübergang gesammelt. Wieso wollte Trauertaube allein Wäsche waschen? Es ergab keinen –

Er hörte Schritte hinter sich. Stechmücke sagte gähnend: »Bin da, Kriegshäuptling, bereit für den neuen Tag. Und du? Bereit zum Schlafen?«

Spannerraupe drehte sich um und schaute den stämmigen, flachnasigen Krieger böse an, der einen Truthahnfeder-Umhang über seinem roten Hemd trug und sein schwarzes Haar zu einem Knoten zusammengeflochten hatte.

Stechmücke zog seine buschigen Augenbrauen zusammen. »Was ist los?«

»Bin gleich zurück.« Spannerraupe streifte seinen Bogen über die Schulter. »Paß inzwischen gut auf!«

»Ist was nicht in Ordnung? Wohin gehst du? Was ist –«

Spannerraupe gebot ihm mit geballter Faust Schweigen. »Tu, was ich dir sage, Stechmücke. Laß keinen in die Stadt, den du nicht kennst. Klar?«

»Ja, natürlich.«

Spannerraupe ging durch den Einlaß und fiel in Laufschritt. Sein brauner Umhang schlug ihm in die Kniekehlen. An der Stelle, wo Trauertaube verschwunden war, ließ er sich fallen und kroch vorwärts wie ein Wolf, der eine Maus jagt. Der Geruch nasser Erde war sehr stark.

Das Flüßchen machte an dieser Stelle eine scharfe Biegung. Jedes Frühjahr brachen große Erdbrocken los, die hinunterfielen und das Flußbett immer mehr verengten. Dunst wälzte sich durch die Senke und quoll über die Ränder. Spannerraupe robbte auf dem Bauch weiter. Vollkommene Tautropfen hingen an den Grashalmen. Nebel umhüllte sein Gesicht. Er glitt weiter und spähte in den Wassergraben. Er konnte Trauertaube sehen, aber der Mann, mit dem sie sprach, stand mit dem Rükken zu ihm.

*Er ist ein Krieger, rot gekleidet.*

Warum die Geheimnistuerei? Wenn Schlangenhaupt mit einem Krieger vom Rechten Weg sprechen wollte – warum rief er den Mann nicht einfach hoch in sein Zimmer?

Spannerraupe reckte sich, um ihre Stimmen zu hören, aber sie waren zu leise. Nach weniger als fünfzig Herzschlägen ging der Mann, ohne sein Gesicht gezeigt zu haben.

Als Trauertaube wieder aus der Senke heraufkam, wälzte sich Spannerraupe auf den Rücken und verhielt sich ganz still. Sie blickte nicht einmal in seine Richtung, sondern rannte auf dem Pfad nach Krallenstadt zurück, so schnell die Füße sie trugen. Spannerraupe wartete ab, nur so lange, bis sie –

»*Hallo, alter Freund*«, sagte jemand leise, und Spannerraupe rollte sich blitzschnell zur Seite, kam auf die Beine und zog seinen Dolch, alles in einer flüssigen Bewegung.

Fichtenzapfen stand mit ausgebreiteten Armen vor ihm, die Hände leer. »Töte mich nicht, bevor wir miteinander geredet haben.«

»Fichtenzapfen?« flüsterte Spannerraupe ungläubig und betrachtete sein stämmiges Gegenüber. »Wir haben dich für tot gehalten. Wo bist du gewesen?«

Fichtenzapfen kam lächelnd näher. Seine Stupsnase war schmutzbefleckt, die schweren Mokassins waren abgenutzt. Das rote Hemd hatte bessere Tage gesehen, an den Säumen hing es in Fetzen. »Steck deinen Dolch wieder ein, und ich werde es dir erzählen.«

»Oh, tut mir leid«, sagte Spannerraupe lachend, »aber du hast mich erschreckt.« Er steckte den Dolch wieder in den Gürtel. Fichtenzapfen und er hatten viele Sommer lang Seite an Seite gekämpft; sie waren Kameraden… In diesem Augenblick tauchte das Bild von Palmlilie vor dem Auge seiner Seele auf, und ein kalter Schauer lief ihm über den Rücken.

Fichtenzapfen lächelte breit. »Heilige Götter, es tut gut, dich zu sehen.« Er trat vor, umarmte Spannerraupe und schlug ihm auf den Rücken. »Du bist jetzt Kriegshäuptling, nicht wahr?«

»Ja«, sagte Spannerraupe, als er sich löste. »Aber Fichtenzapfen, was machst du hier draußen? Du hattest Pflichten, du warst verantwortlich für –«

»Das ist eine lange Geschichte«, antwortete er, »und ich habe nicht mal die Zeit, dir alles zu erzählen. Nur so viel im Augenblick, daß ich für die Gesegnete Sonne arbeite und daß meine Arbeit wichtig ist für das Überleben des Volks des Rechten Wegs.«

»Ich weiß, daß du für Schlangenhaupt arbeitest, ich habe gerade Trauertaube aus seinem Zimmer kommen sehen, bevor sie mit dir sprach. Was geht hier vor, Fichtenzapfen? Ist sie eine Botin, die Nachrichten nach beiden Seiten übermittelt?«

»Das ist richtig«, sagte Fichtenzapfen zurückhaltend. »Keiner achtet besonders auf das Kommen und Gehen einer Sklavin.«

Spannerraupe neigte den Kopf argwöhnisch zur Seite. »Und warum kommst du nicht selbst in die Stadt, um die Nachricht zu überbringen?«

»Das kann ich nicht, Spannerraupe.« Fichtenzapfen hob hilflos die Hände. »Schlangenhaupt wünscht nicht, daß man in der Stadt weiß, daß ich am Leben bin. Das würde seine Pläne vereiteln.«

»Was für Pläne?« Plötzlich verärgert, sagte Spannerraupe: »Vielleicht will er nicht, daß unser Volk das weiß. Aber ich bin der Kriegshäuptling! Ich müßte wissen, was du machst.«

Fichtenzapfen neigte den Kopf. »Tadle mich bitte nicht, mein Freund. Ich befolge Befehle, das ist alles. Du kennst das doch. Wir sind Krieger. Wir müssen gehorchen, ob uns die Befehle gefallen oder nicht.«

Spannerraupe stemmte die Hände in die Hüften, noch unter dem Eindruck der letzten Tage, noch gepeinigt von den Bildern von Palmlilie und Lanzenblattdorf. Er seufzte. »Ja, ich kenne das. Aber es braucht mir nicht zu gefallen.«

»Wenn es dich tröstet«, sagte Fichtenzapfen und blickte unbehaglich in die Runde, als hätte er Angst, gesehen zu werden, »dann sag' ich dir, daß alles in ein paar Tagen vorbei sein wird. Aber jetzt, wenn du mich nicht umbringst, muß ich gehen.« Er grinste in seiner eigentümlichen respektlosen Art, mit der er die Leute immer zum Lachen gebracht hatte.

Spannerraupe unterdrückte sein Lächeln. »Ich bringe dich um, verlaß dich drauf, wenn du mir nicht alles erklärst, sobald es vorbei ist.«

»Das werde ich. Das ist versprochen. Leb wohl, alter Freund.«

Spannerraupe hob grüßend die Hand, als Fichtenzapfen in den Graben lief und im wogenden Dunst verschwand.

Spannerraupe trottete nach Krallenstadt zurück. Warum wollte Schlangenhaupt das Volk nicht wissen lassen, daß Fichtenzapfen noch lebte? Sein Umhang flatterte im Wind. Was erreichte er damit, wenn er die Leute glauben ließ, er wäre tot? Das Volk hatte keinen Anlaß, Fichtenzapfen für irgend etwas zu tadeln oder seine Unternehmungen zu fürchten. Aber für welche geheime Mission wäre so etwas nützlich? Und warum war es nötig, den Kriegshäuptling im dunkeln tappen zu lassen?

Fichtenzapfen war verschwunden, während Eisenholz noch Kriegshäuptling war.

Spannerraupe fühlte sich wie ein Sperling, der in einem Teich zappelt, in einem völlig fremden Element.

Wenn Fichtenzapfen die Wahrheit gesagt hatte – und seine Mission betraf das Überleben des Volks des Rechten Wegs –, dann hätte Eisenholz jedenfalls nicht vergessen, Spannerraupe darüber zu verständigen. Wie aufgewühlt er auch gewesen wäre, dieser Mann hätte nie einen solchen Fehler gemacht.

Spannerraupe haderte mit sich und blinzelte mit seinen müden Augen. Er würde später darüber nachdenken. Obwohl es ihm so vorkam, als wäre sein Kopf mit Baumwolle vollgestopft, mußte er jetzt den fast unmöglichen Auftrag ausführen, achtzig Krieger aufzubieten. Wenn das erledigt war, würde er mit Eisenholz sprechen.

*Ich habe ein Recht zu wissen, was vorgeht. Ich bin der Kriegshäuptling.*

Schlangenhaupt hielt seinen Vorhang gerade so weit zurück, daß er Nordlicht und Düne beobachten konnte, die mit den zwei jungen Leuten, die ihnen geholfen hatten, über die Plaza gingen. Er betrachtete die junge Frau genau: Sie war schlank, mit breiten Backenknochen, einer spitzen Nase und vollen

Lippen und trug ein schönes hellgrünes Gewand, vermutlich etwas, was ihr Nordlicht gegeben hatte. Es stammte sicher nicht aus den umliegenden Dörfern, dafür war das Gewebe zu fein, die Färbung zu leuchtend. Ihr hüftlanges Haar schwang beim Gehen leicht hin und her.

Sklavinnen füllten allmählich die Plaza, mahlten Mais und falteten Kleidung zusammen; zwei alte Männer saßen an Webstühlen. Kinder rannten herum und spielten Nachlaufen mitten in einer Schar erschreckter Truthühner. Die Morgenbrise trug das Geschrei und Gekoller heran, zusammen mit einigen losen Federn.

»Was hältst du davon?« fragte Trauertaube ängstlich. Seit Morgengrauen hatte sie siebenmal gebeten, weggehen zu dürfen. Ihr Gefühl, ihm ausgeliefert zu sein, hatte einen Höhepunkt erreicht.

Schlangenhaupt ließ den Vorhang fallen und sah sie an. Sie saß an der Wand neben dem Papageienkäfig, in den sie Sonnblumenkerne warf. Der Papagei saß auf der Stange und beobachtete sie mit tückischem Interesse, als wartete er nur darauf, seine Krallen in ihre glänzenden Augen zu schlagen.

»Es ist möglich«, sagte Schlangenhaupt. Er stellte sich vor sie. Schlamm hing am Saum ihres häßlichen braunen Kleides, und ihre feisten Wangen waren staubbedeckt. »Kriecher glaubt also wirklich, sie wäre das uneheliche Kind meiner Mutter, wie?«

»Ja, und Spannerraupe erinnert sich an das Mädchen in Lanzenblattdorf. Sie heißt Maisfaser.« Trauertaube klang müde. Schlangenhaupt hatte sie in aller Frühe aus Kriechers Bett gerissen. Der Führer des Bison-Clans war nicht besonders erfreut gewesen, hatte aber nicht gewagt, sich zu beschweren. Statt dessen hatte Kriecher sich angezogen und die beiden allein gelassen, wie von Schlangenhaupt gewünscht.

Schlangenhaupt lachte in sich hinein. »Ich hätte es wissen müssen. Nordlicht hat mir gesagt, es sei ein Junge gewesen, damit er ein Mädchen retten konnte. Aber wenn das stimmt, befindet sich meine Mutter in einer üblen Lage. Sie kann das Mädchen nicht anerkennen, sonst ist ihr Leben in Gefahr. Was aber noch interessanter ist: Eine echte Tochter von Nachtsonne würde die nächste Ehrwürdige Mutter von Krallenstadt sein.« Er rieb sich gedankenvoll das Kinn. »Wenn die Wahrheit ans Licht käme, dann könnte das durchaus den Tod meiner Mutter zur Folge haben – und die Amtseinsetzung des Mädchens.«

»Als Ehrwürdige Mutter? Eine Frau mit dem Blut der Gemachten Menschen? Diesen Makel hat sie, Schlangenhaupt.«

»Das würde keinem gefallen, das ist wahr.«

Trauertaube betrachtete die Kerne in ihrer Hand, als könnte sie in dem Muster die Zukunft erkennen und fände sie bedrohlich.

Schlangenhaupt lächelte. »Ich weiß nicht. Glaubst du, ich könnte zusammen mit meiner Halbschwester regieren? Sie ist ein hübsches Ding und ist vielleicht einem kleinen Inzest nicht abgeneigt. Das würde –«

»Ihr würdet die Herrschaft nicht lange teilen«, sagte Trauertaube gehässig. »Sobald sie heiratet, kann sie dich stürzen und ihren Mann als Gesegnete Sonne einsetzen.«

Sein Gesichtsausdruck verhärtete sich. Er ging zu seinen zerwühlten Decken und ließ sich hineinfallen. Seine Blicke schossen hin und her. Eine Wärmeschale mit frischer Glut in der Mitte des Zimmers färbte die weißen Wände hellrot, und ihr Schein spiegelte sich mit gespenstischer Leuchtkraft in den bösen Augen des Papageis, dessen rote, blaue und gelbe Federn schimmerten.

»Selbst wenn das Mädchen die Brut meiner Mutter ist – sie würde es nie anerkennen. Unmöglich, nach dem Täuschungsmanöver, das sie, Nordlicht und Düne in der Kiva während des Prozesses aufgeführt haben. Das würde die Ältesten des Rechten Wegs sehr erbittern, sie würden sie mit Sicherheit alle zum Tod verurteilen, und das würde Mutter ihrem geliebten Neffen nicht antun. Und auch nicht diesem alten Lügner Düne.«

Trauertaube warf den Rest ihrer Kerne in den Käfig und wischte sich die Hände an ihrem Kleid ab. »Vielleicht jetzt noch nicht, aber Düne wird bald tot sein, und deine Mutter und Nordlicht sind schon alt, über vierzig Sommer. Vielleicht leben sie noch zehn Sommer, aber was wird sich dann am Totenbett deiner Mutter abspielen? Hast du daran gedacht?«

Ein Gefühl der Angst durchfuhr ihn. Er wäre dann vierunddreißig Sommer alt und würde als der größte Häuptling verehrt, den das Volk des Rechten Wegs je gehabt hatte. Aber das wäre typisch für seine Mutter – ihn erst mühsam die Spitze erreichen lassen, um ihm dann den Boden unter den Füßen wegzuziehen, indem sie plötzlich eine uneheliche Tochter mit einem Ehemann ins Spiel brachte, oder selbst irgendeinen armen Schlucker aus einer Nachbarstadt heiratete.

Schlangenhaupt faltete die Hände im Schoß. Er lächelte Trauertaube an. »Eben deswegen«, sagte er vertraulich, »will ich dich in meiner Nähe haben.«

Maisfaser, neben dem Teekessel kniend, schenkte sich neu ein. Mit dem Dampf stieg das Aroma der Blütenblätter hoch. Sie probierte den goldenen Tee, und als sie sich den Mund verbrannte, blies sie sanft, um ihn zu kühlen. Dampf verwirbelte in zornigen Spiralen.

Ihre Blicke streiften durchs Zimmer, ruhten kurz auf ihren Beuteln und eingerollten Decken an der gegenüberliegenden Wand. Wenn sie nur wieder fort könnten, zurück zum Heimatlosen, zu seinem kleinen weißen Haus mit dem abplatzenden Putz. Wenn sie nur …

Sie schloß die Augen und kämpfte gegen die Verzweiflung an, die sie ergriffen hatte. Sie hatte noch nicht einmal Zeit gehabt, die schmerzliche Trauer über den Tod ihrer Familie zu verarbeiten. Krallenstadt jagte ihr Angst ein. Erst nach ihrer Ankunft hier merkte sie, wie allein sie in Wirklichkeit war.

*Wem kann ich trauen? Nordlicht?* Er schien sehr freundlich. *Aber wie kann ich es genau wissen?*

Vielleicht konnte sie Düne trauen, und ganz bestimmt vertraute sie Sängerling, aber er war nur ein junger Mann.

Sängerling war immer noch in der großen Kiva. Er hatte ihr gesagt, er wisse nicht, was die letzten Vorbereitungen für die

Bestattung alles erforderten, aber im Anemonendorf hätte das selten länger als drei oder vier Zeithände in Anspruch genommen.

»Hallo«, rief eine Stimme vom Dacheinlaß.

Maisfaser setzte sich aufrecht hin. »Hallo. Wer ist da?«

Die Gesegnete Sonne kam über die Leiter ins Zimmer.

Maisfaser ließ die Tasse auf den Boden fallen und sprang auf. Sie starrte ihn an; er sah ungewöhnlich gut aus, mit großen dunklen Augen und langen Wimpern, hochgewachsen und breitschultrig. Die Kupferglöckchen an seinem Purpurhemd klingelten. Er hatte sein schwarzes Haar zu einem Knoten zusammengebunden.

»Du bist Seide, stimmt's?«

Sie nickte.

»Ich bin Schlangenhaupt, die Gesegnete Sonne des Volks vom Rechten Weg und infolgedessen der Häuptling von Krallenstadt. Ich heiße dich willkommen. Ich habe von den Gemachten Menschen gehört, daß du aus Schildkrötendorf bist.«

»War.« Sie wich vor ihm zurück. »Mein Dorf wurde zerstört.«

Schlangenhaupt lächelte und musterte sie sorgfältig, betrachtete die Kurven ihrer Hüften und ihrer Brüste unter dem hellgrünen Kleid und das Haar, das ihr bis auf die Taille fiel. »Das habe ich gehört. Gelbmädchen erzählt mir auch, daß deine Eltern ursprünglich aus Lanzenblattdorf kamen. Ist das richtig?«

Maisfaser faltete die Hände hinter dem Rücken, um ihr Zittern zu verbergen. Ihr Mund war trocken geworden. »Ja.«

Schlangenhaupt beobachtete ihre furchtsamen Regungen, deutete dann auf die Sitzmatten neben der Wärmeschale. »Darf ich mich setzen?«

»Ich – ich war gerade dabei zu gehen. Ich möchte dich nicht beleidigen, aber …«

Er setzte sich mit untergeschlagenen Beinen und deutete auf die Matte neben sich. »Komm, setz dich neben mich. Wir wollen Freunde sein.«

Maisfaser kniete sich ihm gegenüber, so weit weg wie möglich.

Er spähte in den Teekessel. »Riecht sehr gut.«

»Bitte, bediene dich. Da ist eine saubere Tasse neben der Wärmschale.«

Schlangenhaupt schenkte sich den letzten Tee ein und hob die Tasse, um das Aroma zu genießen. »Sonnenblumen, wie? Sehr schön.«

Maisfaser verschränkte die Hände in ihrem Schoß und wartete.

Er schwenkte die Tasse. »Sag mal, erinnerst du dich an den Kriegshäuptling von Lanzenblattdorf? Einen Mann namens Palmlilie? Seine Frau hieß Distel.«

Das Blut schoß ihr in die Wangen und floß wie Feuer durch ihre Adern. Sie schüttelte den Kopf. »Ich – ich war nie in Lanzenblattdorf. Nur meine Eltern kamen von dort.«

Er schaute stirnrunzelnd in seine Tasse. »Schade. Dann wirst du auch nicht wissen, daß sie einen Sohn namens Vogelkind und ein Mädchen namens *Maisfaser* hatten« – er schaute auf – »nicht wahr?«

Ihr Herz hämmerte so hart, daß sie Angst hatte, die Rippen würden brechen. »Nein.« Sie hörte sich kaum selbst.

»Sehr schade. Ich habe viele interessante Dinge über sie gehört. Besonders über das Mädchen Maisfaser. Sie war etwa in deinem Alter.«

»Tu-tut mir leid. Gibt es sonst noch etwas, was du wissen möchtest, Gesegnete Sonne?«

Als sei er plötzlich in Wut geraten, warf er die Tasse auf den Boden. Maisfaser fuhr zusammen, als die Tasse in dünne Scherben zerbrach.

Schlangenhaupt verengte die Augen und betrachtete sie, wie eine Klapperschlange eine in die Ecke getriebene Packratte. »Nein, im Augenblick gibt es nichts mehr. Ich hatte gehofft, mit meiner unehelichen Halbschwester reden zu können. Ich glaube, wir haben viele Dinge zu besprechen.«

»Ich weiß nichts –«

Er sprang auf und beugte sich über sie. »Du solltest wissen, daß viele Leute von hier einst in Schildkrötendorf lebten. Sie haben über dich und deine Familie gesprochen. Und niemand kennt sie. Das ist doch komisch, findest du nicht?«

Maisfaser starrte ihn nur an.

Er packte die Leiter und fauchte: »Ich gebe Befehl, daß du diesen Ort nicht verlassen darfst. Vielleicht können wir später miteinander reden, wenn deine Erinnerung wiederkommt. Bis dahin will ich, daß du darüber nachdenkst, wo deine Interessen liegen. Du kannst für mich arbeiten – oder gegen mich. Palmlilie hat *gegen* mich gearbeitet.«

Er erklomm die Leiter mit so viel Schwung, daß sie noch klapperte, als er sie verlassen hatte. Seine Schritte hallten über das Dach. Sie hörte, wie er jemanden anbrüllte.

Maisfaser atmete schwer. Sie starrte lange auf den Dacheinlaß. Dann schloß sie die Augen ganz fest.

## 41. Kapitel

Sängerling bemühte sich, die Kiva der Ersten Menschen nicht immerzu mit offenem Mund zu bestaunen. Allein die Größe der kreisrunden Zeremonialkammer, über hundert Hände im Durchmesser, überwältigte ihn. Die Kiva in Anemonendorf war etwa halb so groß und auch sehr schön, aber mit der Erhabenheit dieses Raums konnte sie sich nicht vergleichen. Die gelben, roten und blauen Bänke unter den weißen Wänden vermittelten ihm den Eindruck von etwas Wunderbarem, so als ob er, einfach indem er da stand, schon ein Teil der Welt der Götter wäre.

Er senkte seinen Blick und nähte das Leichentuch um Krähenbarts angeschwollene Leiche. Düne, hinter seiner Schulter, sah wohlwollend zu. Jenseits des Ganges nähte Nordlicht mit grimmigem Gesicht das Leichentuch für Wolkentanz.

Das kleine Feuer, das im viereckigen Feuerkasten prasselte, warf einen tanzenden orangefarbenen Schein über die Thlatsina-Masken, die oberhalb der sechsunddreißig Nischen hingen. Sie schienen die letzten Vorbereitungen zum Leichenbegängnis mit Raubtieraugen gespannt zu verfolgen. Die scharfen Fangzähne und die polierten Schnäbel glänzten, und Sängerling spürte förmlich die leeren Augenhöhlen auf sich gerichtet.

Er zog den Faden durch das letzte Loch und verknotete ihn. Dann richtete er sich auf, die Knochennadel in der Hand. »Was soll ich jetzt machen, Düne?«

Der gebrechliche kleine heilige Mann hob das Kinn, spähte an der kleinen Nase hinunter auf die Naht. Krähenbart war vollkommen eingehüllt. »Das hätte ich selbst nicht besser machen können. Gute Arbeit.«

Nordlicht schaute von der türkisbesetzten Decke auf, die den Leichnam von Wolkentanz umgab. Er glättete die letzten Strähnen ihres Haares und schob sie unter die Decke, die er nun zunähte. »Krähenbart wird dir für deine Arbeit dankbar sein, Sängerling.«

Die Nadel zwischen den Fingern rollend, kämpfte Sängerling den Stolz nieder, der seine Brust auszufüllen drohte. Würde er immer wieder mit sich kämpfen müssen?

Dünes schütteres weißes Haar stand ihm struppig von seinem faltenreichen Kopf ab. Er war weiß gekleidet wie Nordlicht. Seit Tagesanbruch hatten sie alle schwer gearbeitet, und nun waren ihre Gewänder durchgeschwitzt; Dünes Hemd klebte an seinem knochigen Körper wie eine zweite Haut. Durch das Gewebe sah man die Rippen.

Düne wandte sich ab. »Da wir nun damit fertig sind, hilf mir bitte, die Bestattungsleitern zu segnen und zu reinigen.«

»Gern, Düne.«

Sängerling folgte Düne um die Fußtrommel herum zur Feuermulde, wo die zwei Leitern mit den Kiefernholzsprossen an der untersten, der gelben Bank lehnten. Vier kleine Töpfe mit Maismehl standen zwischen den Leitern. Düne ergriff einen und sagte: »Halt die Hände auf.«

Düne schüttete kühles weißes Mehl hinein, setzte den Topf auf der gelben Bank ab und deutete auf die linke Leiter. »Reib das Mehl in die Leiter ein. Wir weihen das Holz für den Gang zur Bestattung und begütigen damit verärgerte Erdgeister, die den Baum, den wir für die Leiter gefällt haben, vielleicht bewohnt haben. Weißes Mehl symbolisiert den segenspendenden Osten und die Reinheit; es besänftigt alle verletzten Gefühle.«

Sängerling beugte sich nach vorn und rieb das fein gemahlene Mehl in die langen Seitenstangen der Leiter. »Soll ich es auch in die Sehnen reiben, mit denen die Sprossen an die Stangen gebunden sind?«

»Ja. Und wenn du mit dem weißen Mehl fertig bist, nimmst du das rote Maismehl, dann das gelbe und schließlich das blaue. Wir verbinden die Farben der heiligen Himmelsrichtungen miteinander und vollenden so den Großen Lebenskreis, indem wir den Anfang mit dem Ende verknüpfen. Das Vergangene ist vergessen und vorbei. Alle Übeltaten sind vergeben. Krähenbart und Wolkentanz haben nun die Möglichkeit eines Neubeginns.« Er setzte sich auf die Bank und massierte weißes Mehl in seine Leiter und seufzte. »Krähenbart hätte ihn bitter nötig, und die Götter wissen es.«

Nordlicht schaute auf und warf Düne einen freundlichen Blick zu. »Das hat er allerdings.«

»Ich habe gehört«, wagte Sängerling sich vorsichtig einzumischen, »er hätte in seinem Leben einige unerfreuliche Dinge getan.«

Dünes altes Gesicht gewann sein normales Faltenmuster zurück, als er gedankenvoll antwortete. »Viele. Aber das ist nun vorbei. Wir haben seine Seele geläutert und seine Augen freigemacht. Er kann seine Fehler nun sehen. Die Strafen, die er sich selbst zuteilt, sind viel schlimmer als die, zu denen wir Menschen ihn verurteilen könnten.«

Nordlicht schaute Sängerling an. »Krähenbart wird jetzt in alle Ewigkeit versuchen, das Unrecht, das er anderen angetan hat, wiedergutzumachen. Ich glaube, er wird einen guten Regengott abgeben. Er wird sich sicher um diejenigen kümmern wollen, die er verletzt hat.«

Sängerlings Blick glitt zur zugenähten Decke auf der Fußtrommel vor Nordlicht. »Und Wolkentanz? Was wird sie machen?«

Nordlicht legte eine Hand leicht auf die Decke. »Sie hatte so gut wie nichts zu bereuen. Jeder, fast jeder, liebte sie. Sie spielte mit den Kindern, sorgte sich um die Kranken, half den Alten und nährte die Hungrigen. Ich kenne kaum jemanden, der andern soviel gegeben hat wie Wolkentanz.«

»Und der soviel gelitten hat«, sagte Düne mit zugekniffenen Augen. »Für eine Frau ihres Alters hatte sie zu viele Schicksalsschläge zu erdulden. Ich kann nicht verstehen, warum jemand sie ermorden wollte.«

»Sie ist *ermordet* worden?« fragte Sängerling erschreckt.

Nordlichts schönes Gesicht wurde starr. »Ja. Gleich hinter den Mauern von Krallenstadt, von einem Unbekannten, kurz nach dem Tod ihres Vaters.«

Sängerling war mit dem weißen Mehl fertig und schöpfte eine Handvoll rotes Mehl heraus, das er nun in die Leiter einrieb. In dem matten Feuerschein sahen die beiden heiligen Männer zutiefst traurig aus, als ob sie Wolkentanz vermißten. Aber keiner von beiden schien Krähenbart zu vermissen. Das war interessant. Sängerling betrachtete seine Begleiter aus den Augenwinkeln.

Anemonendorf bekam seine Neuigkeiten von Händlern und Reisenden, was im allgemeinen bedeutete, daß sie über die dramatischsten Geschehnisse unterrichtet wurden. Sängerling wußte, daß Wolkentanz die Tochter von Nachtsonne und Krähenbart gewesen war, aber über sie hatte es kaum Geschichten gegeben. Krähenbart war hingegen immer im Gespräch gewesen, und alle Berichte über ihn hatten die Leute erschreckt. Sängerling hatte bei den schrecklichen Geschichten allerdings nie richtig zugehört, denn seine Mutter hatte ihm einmal gesagt, daß Leute in hohen Stellungen, so wie Häuptling Krähenbart, für alles verantwortlich gemacht würden, was irgendwo vorgekommen war, gleichgültig, ob sie schuldig waren oder nicht. Sein Leben lang hatte Schneeberg Sängerling gelehrt, den Häuptling zu achten und zu lieben wegen der guten Taten, die er für das Volk des Rechten Wegs vollbracht hatte.

»Ich erinnere mich«, sagte Sängerling mit Blick auf Düne, dann auf Nordlicht, »als Anemonendorf einmal mitten im

Winter keine Nahrungsmittel mehr hatte, da haben Krähenbart und Nachtsonne die Lager hier in Krallenstadt geöffnet und uns Mais, Bohnen und Kürbisse geschickt. Damals hatte ich erst fünf Sommer gesehen, aber ich hatte Hunger. Noch heute ist mein Herz von tiefer Dankbarkeit erfüllt.«

Nordlicht lächelte. »Ja, in dieser Beziehung haben sie gut zusammen regiert.«

»Ein Mann kann ein guter Herrscher sein – und zugleich ein niederträchtiger Mensch«, sagte Düne, »und Krähenbart war einer, wie die Thlatsinas wissen.«

Sängerling schaute ihn ärgerlich an. »Das ist typisch für dich, Düne, daß du einen erhabenen Augenblick ehrfürchtiger Erinnerung kaputtmachen mußt.«

»Ich wollte nur nicht, daß du einen falschen Eindruck gewinnst. Wenn du Krähenbart sehen willst, dann sieh ihn, wie er wirklich war. Fast all seine guten Taten gingen auf den Rat von Nachtsonne zurück. Vergiß nicht, die Ehrwürdige Mutter entscheidet darüber, wer Nahrungsmittel bekommt und wann. Die Gesegnete Sonne entscheidet lediglich darüber, wie diese Entscheidungen am besten verwirklicht werden – wie viele Männer auszusenden sind, um die Lebensmittel zu schützen, und welche Straßen sie benutzen sollen. Aber all die scheußlichen Dinge, die brutalen Überfälle, die Plünderung der Dörfer und das Abschlachten der Frauen und Kinder – die allerdings waren allein Krähenbarts Entscheidungen.«

»Ich hoffe, ich kann die Große Ehrwürdige Mutter einmal sehen«, sagte Sängerling. »Ich habe so viel von ihrer Mildtätigkeit und ihrer Güte gehört.«

Dünes buschige weiße Brauen zogen sich zusammen. »Du wirst sie treffen. Nachtsonne hat die Abgeschiedenheit gebraucht, nachdem sie aus dem Käfig freigekommen war. Aber bald –«

Sängerlings Hand verhielt auf der Leiter. »Sie war eingesperrt? Aber wer würde es wagen …«

Keiner der heiligen Männer sagte etwas, sie starrten sich nur eine Weile an, als ob sie sich auf irgendeine Weise schweigend verständigten.

Nordlicht sagte ruhig: »Düne, ich bin hier fertig. Ich werde jetzt wohl auf mein Zimmer gehen und etwas essen. Heute morgen hatte ich keine Zeit, und jetzt ist es fast Mittag.«

»Aber natürlich. Geh nur. Wir sind ja auch gleich fertig.« Er deutete mit einem wackeligen Finger auf die Leiter. »Vorausgesetzt, Sängerling bleibt bei der Sache und erfüllt seine heilige Pflicht, die Leiter von Wolkentanz zu weihen.«

Sängerling zuckte zusammen und rieb hastig die letzten Sprossen mit dem roten Maismehl ein; dann griff er nach dem Topf mit dem gelben Mehl.

Düne wandte sich an Nordlicht. »Wenn wir mit den Leitern fertig sind, rollen Sängerling und ich die Leichen auf die Leitern und legen die auf die Fußtrommeln, wo man sie morgen für den Bestattungszug abholen wird. Und dann«, er holte tief Luft und sagte müde, »dann gehen wir auch heim.«

Nordlicht rappelte sich auf und drückte seine Hände in den Rücken, als verspürte er da Schmerzen. »Ich weiß deine Hilfe sehr zu schätzen, Düne, und deine auch, Sängerling.« Er zögerte und blickte mit seinen strahlenden Augen auf Sängerling. »Was geschieht nun mit Seide?«

»Ich weiß nicht, Sonnenseher. Sie hat keine Verwandten hier gefunden, sie ist allein. Ich glaube, ich bin ihr einziger Freund auf der Welt.« Er schaute unsicher auf Düne. »Ich hatte gehofft … daß vielleicht …«

Düne zog beide Brauen hoch und knurrte: »Wir werden das besprechen.«

Sängerling lächelte. »Vielen Dank, Düne.«

»Aber wenn das nicht geht, Düne«, sagte Nordlicht, »können wir sicher hier etwas für sie finden.«

»Ich danke dir.«

Nordlicht verbeugte sich leicht vor Sängerling und wandte sich dann wieder an Düne: »Willst du heute mit mir zu Abend essen, Düne?«

»Gern, wenn du möchtest.«

»Das möchte ich. Ich würde gern ein letztes Gespräch über die Natur der Thlatsinas mit dir führen, bevor du wieder weggehst.«

»Gerne. Ich sehe dich dann.«

Nordlicht ging quer durch die Kiva; sein weißes Hemd leuchtete im Feuerschein, als er die Leiter zum Altarraum hinaufstieg.

Sängerling schöpfte sich eine Handvoll blaues Maismehl aus dem Topf und fing an, die Sprossensehnen sorgfältig einzureiben. »Das ist offenbar ein sehr heiliger Mann.«

Düne kratzte sich im Genick. »Die meisten halten ihn für einen Hexenmeister. Was siehst du, wenn du ihn anschaust?«

Sängerling blinzelte.

»Reib weiter«, befahl Düne.

»O ja, tut mir leid.« Sängerling rieb weiter und überlegte dabei, wie er es ausdrücken könnte. »Ich habe Leute sagen hören, er sei ein Hexenmeister, aber ich weiß einfach, daß er ein sehr guter Mensch ist – das fühle ich.«

»Aha.« Düne lächelte mit seinem zahnlosen Mund, und sein alter Kopf wackelte beifällig. »Du siehst jetzt nicht mehr mit den Augen, du hast angefangen, mit dem Herzen zu sehen. Du besserst dich.« Er machte eine kurze, schnelle Handbewegung. »Und jetzt arbeite weiter! Du hast noch viele Sommer vor dir, um die Sehweise deines Herzens weiterzuentwickeln, aber nur einen Tag, um das hier fertigzumachen. Mach weiter, Junge, mach weiter!«

Nordlicht ging über die Plaza. Gegen den braungelben Hintergrund der Klippe hatten Krallenstadts aufstrebende weiße Mauern einen perlartigen Glanz, der ihn blendete. Mit zusammengekniffenen Augen blickte er auf seine Sandalen. Auf dem festgetretenen Erdboden glitzerten Tonscherben und Späne von Feuerstein, Obsidian und Quarzit, den Abfällen der Werkzeugherstellung. Ein Sklave und zwei Sklavinnen arbeiteten im Schatten der fünfgeschossigen Bauten und machten Rasseln für die bevorstehenden Sonnenwendfeiern. Faustgroße Kürbisse aus der Ernte des vorangegangenen Sonnenkreises hatte man getrocknet und ausgehöhlt. Die Sklaven saßen in einer Reihe, jeder mit einer besonderen Aufgabe. Trauertaube füllte Kiesel in die hohlen Kürbisse, Schwalbenschwanz verschloß das kleine untere Loch mit klebrigem Kiefernharz und brachte einen hölzernen Griff an; zum Schluß malte die alte Frau Antilopenpuppe Vogelspuren und fallenden Regen auf die Rasseln.

Als er vorüberging, wandten alle die Blicke ab, und er seufzte.

Zwei Hunde, die geschlafen hatten, standen auf und kamen ihm schwanzwedelnd entgegen.

»Hallo, Leuchtfalter«, sagte er zum größeren, schwarzweißen Hund und strich ihm über das seidige Fell auf dem Kopf.

Der kleinere sprang an ihm hoch und tänzelte auf den Hinterbeinen. Er war ganz schwarz und hatte braune Augen. »Und hallo, Bohnenhülse.« Nordlicht kraulte ihn an den Ohren. »Vielen Dank für eure Begrüßung. Jetzt ist mir wohler.«

Er verbeugte sich ehrfürchtig vor den Großen Kriegern, die mit ihren glänzenden Masken auf ihn herabblickten. Dann kletterte er zu seinen Zimmern. Geduckt kam er durch den Türvorhang, und sofort umfing ihn der Duft getrockneter Wildblumen. Er bewahrte sie in Töpfen auf der Südseite seines Zimmers auf, und an warmen Tagen, so wie heute, duftete das ganze Zimmer.

Nordlicht blickte auf die Thlatsina-Masken an den Wänden, sechzehn waren es im ganzen, und spürte etwas. Nicht alle Botschaften werden mit Worten übermittelt. Er schloß kurz die Augen, versuchte die Ursache des Unbehagens zu finden, wandte sich dann um und schaute die Maske des Weißen Wolfes an: die Ohren gespitzt, die Fangzähne leuchtend im Licht. Das pelzige Gesicht und die lange Schnauze schienen sich leicht zu bewegen, als ob …

»*Nordlicht?*« fragte eine schüchterne Stimme.

Er schluckte und drehte sich hastig um. »Seide?«

»Ja, ich bin's. Ich – ich habe gehofft, mit dir sprechen zu können.«

»Natürlich.« Er ging zum Vorhang, hob ihn auf und machte ihn an einem Zapfen fest. Draußen stand Seide, das lange

Haar lose über den Schultern. Was für eine hübsche junge Frau! Ihr ovales Gesicht mit der spitzen Nase und den dunklen, forschenden Augen hatte eine seltsame Macht. Sie trug eine Teekanne in einer Hand und ein Bündel über ihrer Schulter.

»Bitte komm herein, Seide.«

Sie trat ein und schaute sich um, mit ängstlichem Blick auf die Thlatsinas. »Komme ich auch nicht ungelegen? Ich kann auch später wiederkommen.«

Nordlicht lächelte. »Das einzige, was mich jetzt beschäftigt, bist du. Setz dich doch bitte.« Er deutete auf die Weidenmatten neben der Wärmeschale. Die Glut der letzten Nacht war zu Asche verbrannt, die weiß aufstob, als sie sich niederkniete und die Kanne absetzte.

Sie streifte ihr Bündel ab und sagte: »Ich weiß, daß du schon seit dem frühen Morgen an der Arbeit warst. Ich hab' mir gedacht, daß du Hunger und Durst hast.« Sie machte ihr Bündel auf und holte eine kleine Schale mit Rotmaiskuchen, gefüllt mit Piniennüssen, hervor, die sie neben die Kanne hinstellte. Sie schaute ihn furchtsam an. »Ich wußte nicht, wann du zurückkommst, ich habe sie vor zwei Zeithänden gemacht, hab' sie aber warm gehalten. Ich hoffe, sie sind genießbar.«

»Wie lieb von dir, an mich zu denken. Es ist tatsächlich so, daß ich einen unglaublichen Hunger habe.«

Ein plötzliches Lächeln erhellte ihr Gesicht, und es erinnerte ihn an die Frühlingssonne im Canyon: atemberaubend, zart und schnell vorüberhuschend. »Die Vorbereitung einer Bestattung, das sieht wie harte Arbeit aus. Ist das so?«

Nordlicht schritt durch den Raum, holte zwei Teetassen und setzte sich mit untergeschlagenen Beinen auf die Matte ihr gegenüber. Er goß Tee in die Tassen. »Die körperliche Arbeit ist nicht so schwer. Aber die Gesichter derer anzusehen, die du geliebt hast und die jetzt dahingegangen sind, das nimmt dich mit. Das raubt dir Kraft.« Die Trauer in seiner Stimme überraschte ihn selbst. In vielen Sonnenkreisen hatte er mit Toten zu tun gehabt und sich dabei eine gewisse Gleichgültigkeit erworben, aber der Tod von Wolkentanz hatte ihn tief getroffen.

Seide nickte. »Ich verstehe.«

Nordlicht nippte am Tee. »Oh, der ist gut, Seide. Hast du eine Mischung gemacht?«

»Ja, ich habe getrocknete Sonnenblumen- und Rosenblütenblätter von Dünes Haus im Norden mitgebracht.« Sie stellte die Schale mit Maiskuchen zwischen sie beide. »Bitte, nimm dir doch.«

Nordlicht bediente sich und biß sofort in einen Kuchen. Die aromatische Süße schmeckte köstlich. »Die sind rot. Du hast Kaktusfeigen mit dem Maismehl gemischt, nicht wahr?«

Sie nickte; das schwarze Haar fiel ihr über die Schultern. Es war so lang, daß es über den Boden streifte. »Ja. Meine Mutter« – in ihrem Schmerz kniff sie die Augen ein wenig zusammen – »sie machte immer rote Maiskuchen mit Früchten und Nüssen. Ich weiß gar nicht, wie man sie anders machen könnte.«

»Brauchst du auch nicht. Die hier sind unübertrefflich. Ich möchte wetten, Sängerling liebt sie ebenso.«

Ihre Augen strahlten. »O ja, sehr. Aber ich glaube, er mag alles, was ich mache.«

»Ja, weil er dich liebt, Seide, wenn er es dir sicher auch noch nicht gesagt hat. Aber es ist offensichtlich.«

Sie biß in ihren Kuchen. »Offensichtlich?«

»Durchaus. Wann immer er deinen Namen nennt, lächelt er. Hast du das noch nicht bemerkt?«

Sie schluckte den Bissen herunter und nahm einen Schluck Tee. »Nun ja, es ist mir auch aufgefallen. Ein- oder zweimal.«

»Es hätte mich auch gewundert, wenn es dir nicht aufgefallen wäre. Ich habe gehört, daß Frauen so etwas eher merken als Männer.«

Sie war mit ihrem Kuchen fertig und setzte sich auf der Matte zurück. »Der Rest ist für dich«, sagte sie und deutete auf die Schale. »Ich habe keinen Hunger mehr.« Ihre Blicke schweiften im Zimmer umher, aber ihre Augen verrieten, daß sie ängstlich war.

Nordlicht nahm sich noch ein Stück und kaute langsam. »Sängerling sagte, du hättest keine Verwandten hier gefunden. Aber du darfst die Hoffnung nicht aufgeben.«

Plötzlich standen Tränen in ihren Augen.

Nordlicht legte den halbgegessenen Kuchen in den Schoß. »Geht es dir nicht gut?«

Sie blinzelte ihre Tränen zurück. »Nordlicht, ich muß etwas sehr Wichtiges mit dir besprechen.«

»Ich helfe dir gern, wenn ich kann.«

Seide schaute unbehaglich auf die offene Tür, als ob sie fürchtete, belauscht zu werden.

Er deutete auf die Tür. »Soll ich den Vorhang herunterlassen?«

»Bitte, wenn – wenn es dir nichts ausmacht.«

Er legte den Kuchen in die Schale, ging zur Tür und ließ den Vorhang fallen. Sonnenlicht zeichnete die Konturen nach.

Sie beobachtete ihn, als er zurückkam. Ihre Augen glühten.

Er kauerte sich auf die Matte zu ihrer Linken. »Also, was macht dir solche Angst?«

Sie zog ihren Beutel in den Schoß und sah Nordlicht an, als wüßte er mehr als selbst die Götter und als fürchtete sie ihn eben deswegen. Mit zitternder Stimme sagte sie: »Meine Mutter hat mir gesagt, wenn ich je in Schwierigkeiten wäre, sollte ich mich an dich wenden.«

»Deine Mutter?«

Seide zog eine Decke aus ihrem Bündel. Als sie die Decke entfaltete und er die mit feinsten Türkisen besetzten roten, blauen und schwarzen Rauten sah, gaben seine Beine nach. Er sank zu Boden, starrte sie unverwandt an und sah zum ersten Mal die unverkennbare goldene Tönung ihrer Haut, die auch ihr Vater hatte, und die spitze Nase, die der ihrer Mutter glich. »Heilige Thlatsinas«, flüsterte er, »Maisfaser?«

Sie nickte.

Nordlicht schloß einen Augenblick lang die Augen, von Gefühlen überwältigt. Er hatte geholfen, sie auf die Welt zu bringen, die Nabelschnur zerschnitten, ihren ersten Atemzug gesehen und ihren ersten Schrei gehört. Er sah sie wieder an. »Ich weiß nicht, wo ich anfangen soll.«

Sie zuckte leicht mit den Schultern. »Fang irgendwo an. Ich weiß ja so wenig.«

Impulsiv berührte er ihre Hand. »Ich bin so glücklich, daß du in Sicherheit bist. Wir waren nach dem Überfall auf Lanzenblattdorf sehr in Sorge, wir fürchteten schon, daß du –«

»Warum hast du den Überfall nicht verhindern können, Nordlicht? Du hast viel Macht. Hättest du nicht Spannerraupe befehlen können, uns in Ruhe zu lassen?«

Er zog die Hand zurück. »Zu der Zeit war Krähenbart tot und Schlangenhaupt war die neue Gesegnete Sonne geworden. Spannerraupe mußte seinen Befehlen gehorchen. Meine Proteste hätten nichts bewirkt. Und dein Vater war zu der Zeit unterwegs, ich –«

»Mein Vater?« Sie sah ihm forschend ins Gesicht. »Willst du damit sagen, du bist *nicht* mein Vater?«

Es war ihm, als hätte er mit einem Knüppel einen Schlag bekommen. Er konnte nicht sprechen. Dann breitete sich ein Lächeln über sein Gesicht. »Nein. Aber nun, da ich die Hoffnung in deiner Stimme gehört habe, tut es mir leid, daß ich es nicht bin.«

»Nordlicht, bitte sag mir, wer es ist? Und wer meine Mutter ist. Ich muß ihre Namen wissen.«

Er atmete tief ein, um sich zu stärken. »Aber vorher muß ich dir noch Verschiedenes mitteilen, über meine Rolle in alledem. Dann werde ich deinen Vater auf dich vorbereiten. Ich fürchte, er wird etwas Zeit brauchen.« Er strich ihr sanft über die Wange. »Dein Vater hat sich sein halbes Leben lang bemüht, dich zu beschützen, Maisfaser. Er hat sich mehr als einmal in große Gefahr begeben. Du wirst ihm wahrscheinlich einen gewaltigen Schrecken einjagen, wenn er dich sieht. Sei bitte lieb zu ihm.«

Sie nickte. »Versprochen.«

Nordlicht hob den Blick und schaute düster auf die Decke. »Heilige Götter, das habe ich dir alles schon tausendmal in meinen Träumen erklärt. Warum fehlen mir jetzt plötzlich die Worte?«

»Nordlicht, bitte! Ist Eisenholz mein Vater?«

Er sah in ihre angsterfüllten Augen, und eine seltsame Klammer schloß sich um seine Brust. »Ja, das ist er. Aber ich muß noch vorher anfangen, Maisfaser. Die Geschichte beginnt fast siebzehn Sommer zuvor. Eisenholz war seit weniger als einem Sonnenkreis der Kriegshäuptling, und Nachtsonne –«

»Einen Augenblick.« Maisfaser hob eine Hand. »Bevor du anfängst, solltest du wissen, daß Schlangenhaupt mich besucht hat. Er – er ist einfach unaufgefordert in unser Zimmer geklettert, und er hat gesagt … Er hat mich über Lanzenblattdorf ausgefragt und über ein Mädchen namens Maisfaser. Ich glaube nicht, daß er ganz sicher war, aber er schien doch zu glauben, daß ich Maisfaser wäre. Er sagte, er wolle mit seiner unehelichen Halbschwester reden. Und dann … dann drohte er mir. Er hat mir gesagt, daß ich Krallenstadt nicht verlassen darf.«

Ihm wurde übel. Er senkte den Kopf und schaute mit verzerrtem Gesicht auf den weißgetünchten Boden. »Dann muß ich mich wohl beeilen. Also, hör zu …«

Auf seinem Weg zum vierten Stockwerk nahm Eisenholz zwei Leitersprossen auf einmal. Aufgeschreckt durch seine Hast, erhoben sich die Leute murmelnd auf der Plaza, schirmten ihre Augen gegen die schräg einfallende Nachmittagssonne ab und sahen ihm neugierig zu. Gelbmädchen ging in die Mitte der östlichen Plaza und schaute ihm mißbilligend nach; vermutlich wunderte sie sich, wohin es ihn mit solcher Eile trieb. Ihr blaues Kleid schlug ihr um die Beine. Stechmücke, der über dem Einlaß Wache stand, starrte Eisenholz ebenfalls nach.

Das Blut rauschte so mächtig durch Eisenholz' Adern, daß es ihn am ganzen Leibe kribbelte. Er hatte keine Zeit, sich über die Gedanken der Leute zu sorgen.

Er rannte über das Dach des dritten Stockwerks zur nächsten Leiter, und dabei überschaute er prüfend den Canyon. Die Klippen schimmerten golden gegen den fahlen blauen Himmel. Blauhäher schwärmten über ihm, trillerten und stießen scharfe Räck-räck-räck-Laute aus. An der Außenmauer von

Strombettstadt saßen Frauen, die Mais mahlten, und Männer, die vielfarbige Decken webten. Die kühle Brise, die über die Wüste fuhr, brachte neben dem Erdgeruch auch ihr Gelächter heran.

Vor Nachtsonnes Tür blieb er stehen. Der Vorhang war heruntergelassen. Er rief: »Nachtsonne? Bist du drinnen?«

»Ja«, antwortete sie. »Einen Augenblick bitte.«

Eisenholz stand breitbeinig da und biß die Zähne zusammen. Stechmücke und Gelbmädchen beobachteten ihn weiter mit gerunzelter Stirn, aber die anderen auf der Plaza zerstreuten sich allmählich und machten sich wieder an die Arbeit. Ihm kam es wie eine Ewigkeit vor.

Als Nachtsonne endlich den Vorhang hob und ihn am Zapfen festmachte, schaute er sie verblüfft an. Sie trug ein langes Kleid in der Farbe des Rittersporns; ihr ergrauendes Haar hing ihr lose über die Schultern. Sie roch nach Yucca-Seife und Kiefernnadeln. »Tut mir leid, daß ich dich warten ließ«, sagte sie. »Ich hatte gerade gebadet. Was –«

»Ich muß hereinkommen!«

Nachtsonne sah seinen bestürzten Ausdruck und trat stirnrunzelnd zurück. »Um was geht es? Was ist geschehen?«

Eisenholz trat ein, ließ den Vorhang wieder fallen und stand schwer atmend vor ihr. Sie sah ihm forschend in die Augen. Er sagte: »Nachtsonne ... Maisfaser ist hier. In Krallenstadt.«

Sie begriff; ihr Gesicht wurde schlaff. »Sie ist *hier*? Wo? Wo ist meine Tochter? Ich will sie sehen.« Sie wollte zur Tür eilen, und Eisenholz packte sie am Arm.

»Erst mußt du mir zuhören.«

Nachtsonne blickte auf die harte Hand auf ihrem Gelenk. »Fahr fort«, sagte sie.

Eisenholz ließ sie los und holte tief Atem. »Die junge Frau, die mit Sängerling hier ankam, ist unsere Tochter. Sie ist dem Massaker in Lanzenblattdorf entkommen, aber –«

»Den Göttern sei Dank. Geht es ihr gut? Was ist –«

*»Aber«*, fuhr er mit Nachdruck fort, »noch bevor jemand von uns wußte, wer sie war, hat Schlangenhaupt sie schon besucht. Ich weiß nicht, woher er es weiß – *aber er weiß es!*«

Nachtsonne schüttelte verwirrt den Kopf. «Wie ist das möglich? Wenn keiner von uns etwas wußte –«

»Darum geht es jetzt nicht mehr, Nachtsonne«, rief er und bedauerte es auf der Stelle. Er schloß kurz die Augen und zwang sich, die Ruhe zu bewahren. »Er hat ihr Fragen über Lanzenblattdorf gestellt und sie bedroht. Er habe sie in Verdacht, sagte er, daß sie seine uneheliche Halbschwester sei. Verstehst du, was ich sage. Um der Götter willen, Nachtsonne – *er hat den ersehnten Beweis, um dich hinrichten zu lassen. Du* mußt *hier weg! Nicht unbedingt mit mir zusammen, Nachtsonne, aber du* –«

»Ja«, sagte sie und starrte ihn unverwandt an. »Ich verstehe.«

Sie wandte sich ab, schritt langsam durch ihr Zimmer, um aus dem Fenster zu sehen. Die Stützsäule funkelte in der Nachmittagssonne in bernsteinfarbenem Glanz. Das Adlernest auf der Spitze war leer, vermutlich jagten die Eltern im Canyon. Sie hob den Blick, um zur Canyon-Wand hinaufzuschauen, und ihr langes Haar fiel ihr über den Rücken, die grauen Stränge schimmerten weißlich gegen ihr bläulich-purpurnes Kleid.

Eisenholz hatte den Atem angehalten. Er atmete weiter und kreuzte die Arme über der Brust. Er ließ ihr Zeit nachzudenken.

»Dein Leben steht auch auf dem Spiel«, sagte sie sanft, ohne sich umzudrehen. »Wann gehst du?«

»Heute nacht. Ich werde Maisfaser in der Dämmerung treffen. Dann greif' ich mir mein Bündel und verschwinde. Ich habe keine Lust, die Ältesten zu sehen. Diesmal haben sie keine andere Wahl als –«

»Eisenholz.« Nachtsonne wandte sich um. Ihr schönes Gesicht war von der Sonne überglänzt, die dunklen Augen schimmerten. Eine seltsame Gelassenheit hatte Besitz von ihr ergriffen. »Ich will nicht leben, wo es heiß ist. Laß uns nach Norden gehen, in die Berge.«

Nach kurzem Zögern, lange genug, um die Bedeutung ihrer Worte in sich aufzunehmen, schritt Eisenholz durch das Zimmer und nahm sie so fest in die Arme, daß die Luft aus ihren Lungen gedrückt wurde. Er hielt sie wortlos eine Weile fest und sagte: »Wir müssen warten, bis es völlig dunkel ist. Nordlicht wird Spannerraupe ablenken, wenn wir bereit sind. Ich habe das schon alles mit ihm besprochen. Allerdings hat er geglaubt, es ginge nur um Maisfaser und mich, aber –«

Nachtsonne wich vor ihm zurück. »Maisfaser könnte bleiben, Eisenholz. Sie hat das Recht dazu. Wenn sie die Position der Ehrwürdigen Mutter von Krallenstadt annehmen will – meine Schande berührt sie nicht.«

Eisenholz' Blicke schossen in alle Richtungen, während er nachdachte. »Ich werde mit ihr darüber sprechen.« Er schaute zu Boden. »Nachtsonne, ich möchte zuerst mit ihr sprechen … allein. Ich habe nicht die Absicht –«

»Natürlich, Eisenholz«, unterbrach sie ihn. »Du hast dich viele Sommer lang um sie gekümmert. Das ist dein Recht. Aber wenn du mit ihr gesprochen hast … könntest du sie vielleicht auf mein Zimmer bringen? Oder könnten wir zusammen zu Abend essen? Irgendwas?«

Er nickte. »Natürlich. Und dann …«

Nachtsonne sah ihn so ernst an, daß er verwirrt zurückwich. Sie standen sechs Handbreit auseinander und blickten sich starr an. Ein merkwürdiger Ausdruck veränderte ihr schönes Gesicht.

»Was ist los?« fragte er. »Habe ich etwas gesagt –«

Sie hielt sich die schmalen Finger vor den Mund und schaute ihn an, als wollte sie einem feindlichen Häuptling ein Ultimatum auf Leben und Tod stellen. »Du wirst das niemals bereuen, Eisenholz. Ich weiß, ich habe dir in der Vergangenheit viel Kummer bereitet, aber ich liebe dich mehr, als ich es jemals sagen konnte. Ich *verspreche* dir: Ich werde dich glücklich machen.«

Er blieb ganz still und starrte sie an.

Als ihr Mund zu zittern anfing, trat er vor, umarmte sie und drückte sie fest an sich. Erst nach einer Weile merkte er, daß die Wärme in seinem Haar nicht von ihrem Atem, sondern von ihren Tränen kam.

Er küßte sie sanft auf die Stirn. »Solange ich bei dir bin, kann ich alles und jedem trotzen. Aber nun zur Sache. Wir müssen Pläne machen …«

# 42. Kapitel

Eisenholz versuchte vergeblich, sich zur Ruhe zu zwingen, indem er seine Blicke auf dem Land ruhen ließ. Es war die Zeit, in der der Nachmittag allmählich in den Abend überging; Schatten krochen über den Canyon, füllten die Spalten und zeichneten die Konturen der Wassergräben nach. Ein bogenförmiger Sonnenlichtstreifen hing wie ein abgerissener Fetzen vom Canyon-Rand, aber der nahende Abend hatte den Stein darunter schon purpurn gefärbt. Eisenholz saß neben einem Felsblock am Rand der Senke des Rechten Wegs, und von dort aus sah er Nordlicht und Maisfaser den Pfad von Krallenstadt herunterkommen. Er holte tief Atem, um seine Fassung wiederzugewinnen.

Wenigstens war es Nordlicht gelungen, sie aus Krallenstadt hinauszubringen. Nach Schlangenhaupts Warnung hatte Eisenholz halb und halb gefürchtet, daß Spannerraupe ihr die Erlaubnis verweigern würde.

Seit mehr als sechzehn Sommern hatte er sich auf diesen Augenblick vorbereitet, aber nun, da es soweit war, klangen alle eingeübten Reden hohl.

Nach Maisfasers Geburt hatte sich Eisenholz eine Zeitlang zu wund gefühlt und auch zuviel Angst gehabt, um an seine Tochter überhaupt zu denken. Aber als Krähenbart zurückgekehrt und alles in Krallenstadt zur Ruhe gekommen war, hatte er unaufhörlich an sie gedacht. Durch seine Träume klang das übersprudelnde Lachen eines kleinen Mädchens, hallte das Getrappel kleiner Füße. In jedem Sonnenkreis saß er am Geburtstag seiner Tochter allein in seiner Kammer und versuchte, sich vorzustellen, wie sie jetzt wohl aussah und wie sie gewachsen war. War ihre Stimme wie die von Nachtsonne oder eher wie die seine? Sah sie ihm ähnlich – oder ihrer Mutter? In seinen Befürchtungen und in seiner Einsamkeit hatte er nur den Trost zu wissen, daß Maisfaser in Sicherheit war, in der Obhut guter Menschen. Wie oft hatte er sich danach gesehnt, neben Nachtsonne zu sitzen und ihr zu sagen, daß ihrer beider Tochter am Leben war, daß Maisfaser drei, vier oder fünf Sommer alt war und daß es ihr gutging. Aber wenn sie sich auf der Plaza begegneten, senkte Nachtsonne absichtlich den Blick, sprach mit ihm nur, wenn sie mußte, und da wußte er, daß er nie mehr in ihren Armen liegen würde, in den Armen der Mutter seines Kindes, um Trost für seine Einsamkeit zu finden...

Nordlicht lachte, und Eisenholz drehte sich zu ihnen, um sie herunterkommen zu sehen. Sie sprachen miteinander. Eisenholz sah, wie sich ihr Mund bewegte, sah Maisfaser lächeln, konnte aber die Worte nicht verstehen. Sie ließen beide das lange schwarze Haar locker hängen, und eine kleine, nach Erde duftende Brise wehte es ihnen sanft übers Gesicht. Das über den Canyon schräg einfallende Sonnenlicht färbte Nordlichts weiße Robe golden und floß wie flüssiger Bernstein in die Falten von Maisfasers gelbem Kleid. Was für eine schöne junge Frau war sie jetzt!

Das Unterteil seines besten Hemdes hatte sich verknäult und zusammengewickelt, und geistesabwesend versuchte er, es zu glätten. Er schaute zum Bruder Himmel hoch, um sich zu beruhigen. Zwischen den Wolken stiegen schwarze Schattenrisse von Adlern auf und tauchten mit schrillen Schreien hinab. Nordlicht hatte Eisenholz geduldig erklärt, was er Maisfaser alles erzählt hatte und was nicht. Er hatte Eisenholz auch von dem rätselvollen Besuch Schlangenhaupts berichtet, der Maisfaser aufgesucht hatte. *»Sie ist verwirrt und überwältigt, Eisenholz. Sei lieb zu ihr. Laß sie erzählen, wie sie sich fühlt. Sie hat viele Fragen.«*

Sein Herz hämmerte, als sie näher kamen. Schweißtropfen standen ihm auf der flachen Nase. Er hatte sein bestes Hemd angezogen, das schöne aus Wildleder mit den Zickzackleisten aus Stachelschweinstacheln über der Brust und zu den Ärmeln hinunter. Der Wolfsanhänger aus Türkis, den ihm Nachtsonne geschenkt hatte, hing um seinen Hals, und sein grauer Zopf war ordentlich gebunden.

Weniger als fünfzig Hände von der Senke des Rechten Wegs entfernt, blieb Nordlicht stehen und nickte in Richtung des Felsblocks, wo Eisenholz saß.

Maisfaser warf einen Blick auf Eisenholz und wandte sich dann wieder an Nordlicht, sagte etwas zu ihm.

Nordlicht legte ihr eine Hand auf die Schulter, nickte Eisenholz wieder zu und ging nach Krallenstadt zurück.

Eisenholz erhob sich. Sie stand mit dem Rücken zu ihm und sah Nordlicht nach. Ein honigfarbenes Licht lag über der fünfgeschossigen Stadt und erhellte die Gesichter der Leute, die über die Dächer wandelten. Im Westen, wo Vater Sonne noch brannte, kletterten Sklaven mit Geschirr und Wasserkrügen von der Senke hoch. Kinder folgten ihnen mit viel Geschrei und warfen Stöcke für die bellenden Hunde. Grauholz, der Sklavenmeister, bildete die Nachhut. Er hatte keinen Pfeil eingelegt und trug den Bogen über der Schulter, doch als Warnung hielt er einen Pfeil in der Hand. Sein rotes Hemd flatterte im Wind.

Maisfaser drehte sich um, sah Eisenholz in die Augen und füllte ihre Lungen mit kühler, feuchter Luft. Sie ging auf ihn zu.

Eisenholz stellte sich breitbeinig hin. Sie hatte seine gewölbten Brauen und die goldene Haut, aber ihre spitze Nase und die großen dunklen Augen waren die von Nachtsonne.

Kurz vor ihm blieb sie stehen und sagte: »Hallo, Eisenholz.«

»Hallo, Maisfaser.« Eine sonderbare Gefühlswelle übermannte ihn. Er hatte sie niemals bei ihrem Namen genannt, jedenfalls nicht in ihrer Gegenwart. Er wies auf die Grasfläche rings um den Felsblock. »Willst du dich eine Weile zu mir setzen?«

Sie nickte und setzte sich vorsorglich zehn Hände von ihm entfernt. Ihr gelbes Kleid war um sie herum ausgebreitet, und ihr langes Haar streifte das Gras. Eisenholz lehnte sich an den hellbraunen Fels, der halb so groß war wie er.

»Hatte Nordlicht Schwierigkeiten, die Wache zu passieren?«

»Nein. Es war Stechmücke. Er hat nichts gesagt.«

»Gut. Ich hielt es für besser, hier draußen mit dir zu reden, wo uns niemand belauschen kann. Ich bin froh, daß –«

»Eisenholz«, unterbrach sie ihn mit ängstlichem Gesicht, »ich möchte gleich zu Anfang sagen, daß ich stolz darauf bin, deine Tochter zu sein. Du bist eine legendäre Gestalt in vielen Dörfern, und wenn mein Vater – der ... der Mann, der mich aufgezogen hat – von dir sprach, dann lächelte er immer, und Hochachtung schwang in seiner Stimme mit. Ich weiß, du bist ein guter Mensch, und du hast dich sehr um mich gekümmert. Und dafür danke ich dir.«

Ihm kam es so vor, als wäre sein Herz in grobes Rohleder eingeschnürt worden. »Palmlilie war der beste Krieger, den ich je gekannt habe und außerdem mein guter Freund. Ich wußte, bei ihm wirst du sicher aufgehoben und glücklich sein.«

Maisfaser legte die Hände auf die Knie; sie schien nach den richtigen Worten zu suchen. »Wenn jemand in unserem Dorf etwas Abträgliches über dich sagte, dann hat dich Palmlilie immer in Schutz genommen. Er sagte, niemand könnte die Zwänge verstehen, mit denen du fertig werden mußtest, und man sollte nur abwarten, wie alles ausgehen würde. Er hat dir vertraut, Eisenholz.« Sie schluckte nervös. »Und deswegen vertraue ich dir auch.«

Er nickte. »Und ich vertraue dir, Maisfaser, denn du bist die Tochter von Palmlilie, wenn nicht leiblich, so doch im Herzen.« Eisenholz zwang sich ein Lächeln ab. »Nordlicht sagte, du möchtest mir ein paar Fragen stellen. Ich hoffe, ich kann sie beantworten.«

Sie sah ihn mit großen, runden Augen an. Er wartete.

»Eisenholz, warum hast du mich weggegeben? Du warst der Kriegshäuptling, ein Mann mit Macht. Hättest du mich nicht bei dir behalten können?«

Er ballte die Fäuste. Er schluckte, aber die Kehle war ihm wie zugeschnürt. »Da gibt es so viel zu sagen und doch auch so wenig, Maisfaser. Ich –«

»Hast du mich nicht gewollt?«

»Ich wollte dich haben, aus ganzem Herzen.« Er legte seine rechte Hand auf die ihre. Ihre Finger fühlten sich kühl und zerbrechlich an. »Von dem Augenblick an, da ich dein schönes Gesicht sah, hab' ich dich geliebt. Aber ich hatte neunundzwanzig Sommer gesehen und war der neue Kriegshäuptling. Ich wußte, wenn ich dich behalte, besteht die große Gefahr, daß man uns beide tötet. Und ich hatte auch den Verdacht, daß man deine Mutter zum Tod verurteilen würde. Ich glaube, Krähenbart hätte das gefordert.« Er zog seine Hand weg. »Und vielleicht mit Recht.«

»Hast du sie geliebt? Meine Mutter?«

Sein Gesicht erschlaffte; er sah ihr forschend in die dunklen Augen. »Ich liebe sie noch. Nach deiner Geburt weigerte sie sich, mich zu sehen. Ich verstand das und würdigte ihre Gründe, aber das änderte nichts an meinen Gefühlen. Krähenbart kam zurück –« Er machte eine Pause und fragte: »Hat dir Nordlicht davon erzählt? Daß Krähenbart zehn Monde lang weggewesen war?« Sie nickte, und Eisenholz fuhr fort: »Nach seiner Rückkehr begegneten wir uns, Nachtsonne und ich, täglich in Krallenstadt, aber keiner von uns sprach. Wir taten, als wäre nichts geschehen. Wir mußten so tun.«

»So daß niemand eine Ahnung von mir hatte?«

»Ja.« Am liebsten wäre er aufgesprungen und auf und ab geschritten, aber er unterdrückte den Impuls. »Aber trotz aller Vorsicht gab es Gerüchte. Zum Glück drangen sie nie zu den Ältesten der Ersten Menschen, oder aber sie weigerten sich, sie zu glauben. Das spielt jetzt ohnehin keine Rolle mehr. Aber es ist mir wichtig, daß du mich verstehst; ich hatte keine Wahl. Maisfaser, ich hätte alles getan, um dich bei mir zu behalten – außer dein Leben oder das deiner Mutter aufs Spiel zu setzen.« Er änderte seine Stellung, um mit untergeschlagenen Beinen vor ihr zu sitzen, und schaute ihr in die Augen. »Das waren die zwei schwierigsten Dinge in meinem Leben: zuzulassen, daß dich Nordlicht in der Nacht deiner Geburt aus meinen Armen nahm, und täglich Nachtsonne zu sehen, sechzehn Sommer lang, ohne sie berühren zu dürfen. Aber zumindest wußte ich euch beide in Sicherheit.«

Maisfaser betrachtete ihn durch ihre langen Wimpern. »Aber Eisenholz, wenn du und Nachtsonne euch so sehr geliebt habt, warum seid ihr dann nicht einfach geflohen? Ihr hättet doch bestimmt einen sicheren Ort zum Leben gefunden, wo ihr mich hättet aufziehen können.«

»Die Pflicht, Maisfaser, die Verantwortung.« Er war bedrückt. Das zerbrechliche Gefäß seines Herzens hatte diese Gefühle nie aushalten können. Er konnte dem Tod ins Auge blicken, ohne mit der Wimper zu zucken – aber diese Gefühle waren zu viel für ihn, diese schreckliche Mischung von Trauer und Ohnmacht. Maisfaser betrachtete ihn neugierig. »Ich habe Nachtsonne gebeten, mit mir wegzugehen. Aber sie ist nicht nur die Ehrwürdige Mutter von Krallenstadt, sondern auch die der Ersten Menschen. Die Frauen ihrer Familie, der Goldaugen-Familie, hatten die Ersten Menschen seit sieben Generationen geführt. Ihre andere Tochter, Wolkentanz, war damals drei Sommer alt und noch viel zu jung für dieses Amt. Nachtsonne hatte keine Wahl. An erster Stelle war sie ihrem Volk verpflichtet.«

Maisfaser steckte eine lose Haarsträhne hinter ihr Ohr. »Nachtsonne hat also ihr Volk über dich und mich gestellt?«

»Nein. Sie hielt dich für tot, Maisfaser. Sie hat ihr Volk über *mich* gestellt.« Eisenholz hob einen Kiesel auf und warf ihn in den Graben. Er platschte im schlammigen Wasser auf und schickte silberne Ringe zu den Grabenrändern.

Maisfaser schaute nachdenklich ins Gras. »Eisenholz? Ich – ich muß dich etwas fragen, aber es könnte dich verletzen, und ich will nicht –«

»Frag mich! Ich werde dir die Wahrheit sagen, so gut ich kann.«

Sie benetzte ihre vollen Lippen und schaute zu ihm auf. »Ich verstehe nicht, wie es geschehen konnte. Nachtsonne ist die ranghöchste der Ersten Menschen, und du bist ein Mann vom Bären-Clan. Wie war … Ich meine, bin ich hier in Krallenstadt gezeugt worden?«

Er schüttelte den Kopf. »So verwegen hätte nicht einmal ich sein können.« Ein schwaches Lächeln breitete sich über sein Gesicht. »Es geschah folgendermaßen: Bevor Krähenbart zu seiner Handelsmission aufbrach, befahl er mir, dauernd bei Nachtsonne zu bleiben und sie keinen Augenblick lang aus den Augen zu lassen. Wenn sie also auf eine ihrer Heilungsreisen ging, um sich um die Sklaven der umliegenden Ortschaften zu kümmern, mußte ich sie begleiten.«

»Du bist mit ihr gegangen? *Allein?*«

»Was sollte ich tun? Mein Häuptling hatte es so befohlen. Glaube mir, ohne direkten Befehl hätte ich das nie gewagt.« Eisenholz hob sein Gesicht zur sinkenden Sonne. »Am siebenten Abend der ersten Tour lagerten wir östlich der Spinnenfrau-Kuppe. Wir brieten uns ein Waldkaninchen und aßen es gemeinsam, und dabei redeten wir und lachten. Es war so ein wundervoller Abend, fast unirdisch schön. Ich war erst einen Viertelmond mit ihr allein, Maisfaser, und war schon hoffnungslos in sie verliebt. Ich schwöre dir, ich hätte bestimmt jeden getötet, der damals versucht hätte, sie mir wegzunehmen. An jenem Abend haben wir uns zum ersten Mal geliebt, und ich glaube immer noch, daß du damals gezeugt worden bist. Möglicherweise war es auch später, aber das halte ich für weniger wahrscheinlich. Ich habe an jenem Abend etwas gefühlt, so als wäre ein neues Licht in die Welt gekommen.«

Maisfaser wandte sich nach Osten. Vater Sonne war hinter dem Canyon-Rand verschwunden, aber seine letzten schwachen Strahlen warfen einen weichen Lavendelschein über die Klippen. Von der Seite sah Maisfaser Nachtsonne noch ähnlicher – besonders der Nachtsonne in ihrem siebenundzwanzigsten Sommer, die er in Erinnerung hatte, mit langem schwarzem Haar und einem Funkeln in den dunklen Augen.

Maisfaser senkte den Kopf und fältelte das gelbe Kleid mit den Fingernägeln. »Ich – ich weiß nicht, was ich tun soll, Eisenholz.«

»Wie meinst du das?«

»Weiß meine Mutter, daß ich hier bin? Nordlicht sagt, wir beide sollten heute mit ihr zu Abend essen – aber hat ihr jemand gesagt, wer ich bin?«

»Wir haben beide mit ihr gesprochen, Nordlicht und ich. Sie wollte dich auf der Stelle sehen, aber ich habe darum gebeten, zuerst mit dir sprechen zu dürfen.«

»Hält sie mich für ihre Tochter … oder nur für irgendeine –«

»Du *bist* ihre Tochter«, sagte Eisenholz entschieden. »Als sie glaubte, sie müsse sterben, bat sie mich, Wolkentanz zu sagen, sie solle ihre ganze Habe mit dir teilen, einschließlich der Ländereien um Krallenstadt herum. Du bist die einzige Tochter, die Nachtsonne jetzt noch hat. Und ...« Er zögerte. »Das bringt mich zum letzten Punkt, den ich dir noch mitteilen muß.«

»Nämlich?«

»Nachtsonne und ich können nicht mehr in Krallenstadt bleiben. Auf irgendeine Weise wird dies alles bekannt werden. Wenn Schlangenhaupt beweisen kann, daß du Nachtsonnes Tochter bist, kann er ihren Tod anordnen, und diesmal werden die Ältesten hinter ihm stehen. Deswegen werden wir heute fortgehen. Spät in der Nacht. Willst du mitkommen? Wir könnten eine Familie sein, Maisfaser, zum ersten Mal ...« Als sie nicht gleich antwortete, fuhr er fort: »Andererseits, wenn Nachtsonne Krallenstadt verläßt, wärst du – so bestimmen es die Bräuche der Ersten Menschen – die neue Ehrwürdige Mutter.«

Ihre Augen weiteten sich. Sie starrte ihn eine ganze Weile an. *»Heilige Geister! Ich will gar nicht die Ehrwürdige Mutter von Krallenstadt sein!«*

»Entscheide dich nicht zu schnell. Ich weiß, im Augenblick scheint dir das überwältigend, aber in ein paar Tagen –«

»Eisenholz, ich wurde als eine der Gemachten Menschen erzogen. Ich wüßte nicht einmal, wie ich mit den Ersten Menschen umgehen sollte. Ich wäre eine Außenseiterin für sie. Ich –«

Er legte eine Hand auf ihre Hände und sagte ruhig, aber mit Nachdruck: »Laß dir Zeit, Maisfaser. Vielleicht weist du die Ehre zurück, aber du schuldest es dir – und vielleicht auch Sängerling –, dir die Sache reiflich zu überlegen.«

»Wieso Sängerling?« fragte sie verwirrt.

»Nun, du machst dir offenbar etwas aus ihm. Solltest du ihn heiraten, dann könntest du Sängerling als neue Gesegnete Sonne ausrufen lassen. Ich will dir nicht vormachen, daß es leicht wäre. Du bist ein verstecktes Kind gewesen, und ich bin einer der Gemachten Menschen. Viele der Ersten Menschen würden sich daran stoßen, aber wenn du den Besitz deiner Mutter annimmst, dann hast du auch die Herrschaft darüber – und über Krallenstadt.«

»Sängerling sehnt sich nur danach«, sagte sich lächelnd, »heimzugehen in sein Anemonendorf und seinem Volk zu helfen.«

»Und du, Maisfaser? Wirst du mit ihm gehen?«

Sie zerknüllte nervös ihren gelben Rock. »Er hat mich nicht darum gebeten, und ich – ich weiß nicht, ob ich mit ihm ginge, selbst wenn er es täte.«

»Also, es gibt noch eine andere Möglichkeit.« Eisenholz lehnte sich zurück und stützte sich mit den Armen ab. Nach dem Einbruch des Abends schwärmten die Insekten vom Graben hoch und bildeten eine schimmernde Wolke über ihren Köpfen. Der Himmel hatte sich graublau verfärbt. »Angenommen, du bleibst hier als Ehrwürdige Mutter, dann könntest du einen anderen Mann zum Häuptling ernennen. Zum Beispiel Nordlicht oder –«

»Nordlicht? Ich könnte Nordlicht zur Gesegneten Sonne ernennen?«

Eisenholz nickte. »Als Ehrwürdige Mutter hättest du das Recht dazu. Ich weiß nicht, ob Nordlicht es annähme. Ich glaube, er ist mit seinem Rang als Sonnenseher zufrieden. Aber vielleicht nähme er es doch an, und das wäre natürlich ein Segen für Krallenstadt.«

Sie schien es sich zu überlegen. Zwei senkrechte Falten gruben sich in ihre Stirn. »Wäre das denn klug, Eisenholz? Von den Gemachten Menschen halten viele Nordlicht für einen Hexenmeister. Ich weiß, daß das nicht stimmt, aber ihn als Gesegnete Sonne einzusetzen würde vielen Leuten Angst einjagen.«

»Meine Tochter« – er lächelte herzlich –, »du denkst schon wie die Ehrwürdige Mutter eines Clans, die sich zuerst um die Bedürfnisse des Volks kümmert. Du hast vielleicht recht. In dieser Sache kann ich dir nicht raten. Ich selbst würde Nordlicht bedenkenlos auswählen. Aber er ist mein bester Freund, da kann ich nicht gut urteilen.«

»Und was ist mit Schlangenhaupt? Er würde bestimmt Schwierigkeiten machen, nicht wahr?«

»Ah, Schlangenhaupt ...«, sagte er, während er seinen Atem lange ausstieß und grimmig zum Himmel blickte. »Er ist ein

Skorpion, ein giftiges Raubtier, immer bereit, sich gegen sein eigenes Fleisch und Blut zu wenden.«

Maisfaser strich über die zarten Frühlingsgräser. »Eisenholz?«

»Ja?«

Maisfaser zog an dem Lederriemen, den sie um den Hals trug, und holte einen kleinen roten Beutel heraus. Sie knüpfte die Schnur auf, schüttelte einen schwarzen Gegenstand in ihre Hand und hielt sie ihm hin. »Weißt du, was das ist? Ich habe es in meinem Gepäckbeutel gefunden. Von mir ist es nicht, Sängerling hat es auch nicht da hineingelegt, also war es jemand in Krallenstadt. Aber ich habe so etwas noch nie gesehen. Du vielleicht?«

Eisenholz nahm die kleine Jett-Schnitzerei und prüfte sie im Dämmerlicht. Die eingelegte Korallenperle blitzte; er hielt es für eine spiralige Schlange, aber die Einzelheiten waren in der Dämmerung nicht zu erkennen. »Nein, das habe ich auch noch nie gesehen. Aber soweit ich sehe, ist es eine fabelhafte Schnitzarbeit. Ich glaube nicht, daß es von einem Künstler des Rechten Wegs kommt, es sieht eher nach den Hohokam… vielleicht sogar nach den Feuerhunden aus.«

Maisfaser kreuzte die Arme fest über der Brust. »Seit ich es gefunden habe, suchen mich dauernd seltsame Träume heim.«

»Träume? Wovon?«

Ein Schauer lief ihr über den Rücken, und sie knirschte mit den Zähnen, als wollte sie ihn unterdrücken. »Tanzende Dachse und Seen voller Blut … und eine … junge Frau.« Sie bannte ihn mit starrem Blick. »Was ist mit Wolkentanz geschehen? Ich muß das wissen!«

Der Windjunge tobte und ließ ihr schwarzes Haar flattern.

Eisenholz gab ihr die Schnitzerei zurück, die sie in ihr Beutelchen legte, welches sie hinter dem Kleid versteckte. Er sagte: »Sie ist ermordet worden, Maisfaser. Wolkentanz kam von Hirschkuhdorf zurück, und jemand fing sie ab, als sie von der Senke da hinten hinaufkletterte.« Er deutete auf den breiten, festgetretenen Pfad etwa zweihundert Handbreit weiter östlich. »Das ist der Hauptpfad, den die Gemachten und die Ersten Menschen benutzen. Es gibt noch einen anderen Pfad, etwa tausend Handbreit nach Osten, den die Sklaven benutzen. Wolkentanz kam über den Hauptpfad, und ihr Mörder packte sie, als sie von der Senke kam. Ich habe mir die Spuren selbst angesehen. Er war ein großer, ein schwerer Mann. Seine –«

»Die Fußabdrücke tief im Sand eingegraben?«

Er lächelte stolz. »Ja. Hat dich Palmlilie das gelehrt?«

Sie nickte. »Dann war es also entweder ein schwerer Mann oder einer, der etwas Schweres trug. Wie einen Beutel? Oder eine –«

»Ja. Irgendwas in dieser Art. Jedenfalls rannte Wolkentanz zur Senke zurück, und da wird ihr eingefallen sein, daß sie den anderen Pfad, den Sklaven-Pfad, nehmen könnte, denn da lief sie hin. Mit großer Vorsicht. Sie ging durch den Graben und blieb häufig stehen.«

»Und die Spuren oben am Hang? Was hat der Mann gemacht?«

Eisenholz sah die Bilder auf seiner Seele: Spuren von Füßen, die sich drehten, die hüpften ... »Er tanzte, Maisfaser. Ich kann es nicht erklären. Es schien wie eine Verhöhnung unserer frommen Gebräuche. Der Mörder hat offenbar unseren Glauben gehaßt ... und die Thlatsinas und unsere Rituale. Wer würde es sonst wagen, sie zu verspotten?«

»Jemand wie ein Feuerhund?«

Eisenholz hob zweifelnd eine Hand. »Genauso hat es ausgesehen, Maisfaser. Ich habe den Verdacht, daß wir das glauben sollten ... Aber die Geschichte ist noch nicht zu Ende. Etwa fünfzig Handbreit vom Sklavenpfad entfernt fing Wolkentanz an zu rennen, offenbar um den Pfad zu erreichen, bevor ihr der Weg abgeschnitten wurde. Aber es gelang ihr nicht. Der Angreifer kam den Pfad herunter – tanzend! Was dann geschah, ist rätselhaft. Sie standen sich unten am Pfad gegenüber, nur zehn Handbreit voneinander entfernt, es scheint, sie haben miteinander gesprochen, oder er hat zu ihr gesprochen. Wolkentanz hat ängstliche Schritte gemacht, vor und zurück, ich habe über drei Dutzend ihrer Fußabdrücke gezählt. Aber der Angreifer stand ruhig da, breitbeinig. Dann wich Wolkentanz zurück und rannte zum Übergang, als wären zornige Erdgeister hinter ihr her. Der Angreifer folgte ihr langsam, wieder tanzend, sich drehend, hin und her hüpfend.«

»Und da hat er sie getötet?«

»Ja. Er kniete oben am Graben und schoß sie in den Rücken. Wolkentanz fiel auf die Knie, und er hockte sich direkt vor sie. Er benutzte etwas Scharfes, eine Pfeilspitze oder ein Messer, um ihr den Bauch aufzuschlitzen. Dann nahm er –«

Maisfaser legte sich die Hand auf den Mund. *»Heilige Thlatsinas!«*

»Es wird noch interessanter. Es muß ein sehr sonderbarer Mörder gewesen sein. Nachdem er sie getötet hatte, schloß er ihr die Augen und wälzte sie auf den Bauch, vermutlich damit ihr Blut in die Erde sickern konnte, und dann –«

»Du meinst«, flüsterte Maisfaser, »so wie man einen frisch erlegten Hirsch ausbluten läßt, um das Festmahl mit Unserer Mutter Erde zu teilen?«

Eisenholz nickte und suchte dabei die Landschaft ab, die schon dunkler geworden war. Es war ihm unbehaglich zumute, so als würden sie beobachtet. Vermutlich nur wegen dieser unheimlichen Geschichte, aber er hielt Ausschau nach Bewegung in der Dämmerung. »Es sollte so aussehen, als ob der Mörder glaubte, der Tod von Wolkentanz würde irgendwie die Welt erneuern.« Sein Blick glitt über die Klippenhöhen und dann über den Graben. »Seltsam ist auch, daß der Mörder Leichenpulver in ihre Wunden schüttete.«

»Also hat sie ein Hexenmeister getötet?«

»Oder jemand wollte uns glauben machen, es sei ein Hexenmeister gewesen.«

Maisfaser rieb sich die Arme, der Nachtwind brachte eisige Kälte mit. Die Abendleute hatten schon angefangen, den Himmel mit Lichtern zu bestücken, die blitzten und flimmerten. »Sie wäre die nächste Ehrwürdige Mutter von Krallenstadt gewesen, nicht wahr?«

»Ja, das wäre sie gewesen.« Eisenholz spitzte plötzlich die Ohren. Er hörte Stimmen. Nein, eine Stimme – im Wind. Schwach. Er konnte die Wörter nicht verstehen. War es der Windjunge? Der nach all diesen Sommern zu ihm sprach?

Sein Herz klopfte heftig, und er setzte sich aufrecht hin und lauschte.

»Maisfaser«, sagte er leise, »ich glaube, wir sollten zurückgehen.«

Ihr gelbes Kleid schlug ihr um die langen Beine, als sie aufstand. »Gut.«

Eisenholz erhob sich und betrachtete wachsam den Graben und den Pfad nach Krallenstadt. Feuerschein leuchtete in Türen und Fenstern. Die Großen Krieger schienen direkt auf sie zu starren, die Donnerkeillanzen schützend erhoben, die wunderbaren Masken leuchtend.

Er drängte sich an ihr vorbei. »Laß mich vorgehen, Maisfaser. Aber bleib dicht hinter mir.«

»Was ist? Meinst du, da ist –«

»Ich bin von Natur aus vorsichtig.«

Er hatte drei Schritte gemacht, als ein Rabe mit angelegten Flügeln vom Himmel herabstürzte. Gegen den schiefergrauen Himmel wirkte er schwärzer als Jett. Der Vogel stieß über ihren Köpfen einen markerschütternden Krächzlaut aus und schoß wieder zum Himmel empor.

Maisfaser stand mit offenem Mund da. »Woher ist er gekommen? Es ist Nacht. Raben fliegen nicht in der Nacht.«

»Er ist aus dem Nichts aufgetaucht.«

Der Rabe verschwand in der Finsternis jenseits des Canyon-Randes.

Eisenholz' Nerven waren in Aufruhr. »Maisfaser, hast du nicht gesagt, du glaubst, dein Schutzgeist wäre ein Rabe?«

»Ja.«

Er umklammerte ihre Hand. »Laß mich nicht los, verstehst du? Ich will dich ganz dicht bei mir haben.«

»Ich verstehe.«

Sie trat ihm fast auf die Fersen, als sie nach Krallenstadt zurückgingen.

Ein Hund knurrte, und ein Kind kreischte, als wäre es gebissen worden. Als eine Frau schimpfte: »Ich hab' dir doch gesagt, du sollst den Hund nicht ärgern«, lächelte Spannerraupe. Er hockte auf dem Dach oberhalb des Stadttors; vor kaum einer Zeithand hatte er Stechmücke abgelöst. Der Geruch von Zedernrinde-Fackeln durchzog die Nacht. Die Abenddämmerung hatte die Canyon-Sohle zugedeckt, samt der Gräben und niedrigen Hügel, so daß jetzt eine indigoblaue Decke über allem lag, nur durchbrochen von den vielen Herdfeuern. Orangefarbene Funken flimmerten, als die Leute vor den Feuern herumliefen.

Viele waren gekommen, um den Leichenzug zu begleiten; sie säumten die Pfade, die aus dem Canyon führten, schütteten Maismehl auf die Wege, weinten und rauften sich die Haare. Spannerraupe hatte dieses Schauspiel schon oft gesehen. Die lachhaft große Anzahl von Würdenträgern und Kriegern marschierte vorbei, ohne ein Wort zu den Trauernden.

Spannerraupe rieb sich über das Gesicht. Die freudige Erregung, als er zum Kriegshäuptling ernannt worden war – wo war sie geblieben? Seine Stimmung verschlechterte sich täglich.

Ermüdung lastete auf ihm; seine Muskeln waren kraftlos geworden. Er mußte sich daran erinnern, daß er Wache stand und sich solche Abschweifungen der Seele nicht leisten konnte, aber er war dreißig Zeithände lang nicht zum Schlafen gekommen. In dieser Zeit hatte er ununterbrochen verhandelt, hatte argumentiert und sogar Kriegern anderer Clans angeboten, sie dafür zu *bezahlen*, daß sie den Leichenzug begleiteten. Er hatte achtundsechzig Krieger zusammengebracht, und das sollte Schlangenhaupt eigentlich genügen. Es mußte ihm genügen. Fünf Krieger würde er auf Wache lassen – vier in Krallenstadt und den jungen Krieger Blattwespe im Signalturm beim Großen Platz. Den einzigen, den er nicht daraufhin angesprochen hatte, war Eisenholz. Er hatte es versucht, aber Eisenholz war den ganzen Tag lang nicht in seiner Kammer gewesen. Man sagte ihm, Eisenholz sei bei Nordlicht, dann bei Nachtsonne und schließlich bei Düne. Spannerraupe hatte noch ein letztes Mal in Eisenholz' Kammer nachgesehen, bevor er Stechmücke ablöste. Kriecher hatte ihm berichtet, er habe Eisenholz kurz vor Sonnenuntergang die Stadt verlassen sehen.

Zurückgekehrt war er nicht, sonst hätte Spannerraupe ihn gesehen. Was machte er da draußen? Einen Besuch in einer Nachbarstadt?

Das Geräusch klappernder Tassen und Schalen wurde stärker; die Leute machten Abendessen. Spannerraupe war zu seiner Mutter ins Zimmer gegangen, um mit Kriecher zu sprechen, die Stirn seiner Mutter zu küssen und schnell eine Schale Bohnen und Zwiebeln zu verzehren. Er fühlte sich wohler, obwohl der Hunger immer noch in ihm nagte. Kriecher hatte ihm jeden tauglichen Krieger des Bison-Clans versprochen, doch waren verschiedene krank, einer hatte eine gebrochene Hand. Dachsbogen hatte Spannerraupe fluchend mitgeteilt, daß es ein Wahnsinn sei, achtzig Krieger für einen Leichenzug abzustellen, doch immerhin hatte er ihm zwanzig Mann vom Coyote-Clan versprochen. Gelbmädchen war widerspenstig gewesen: Sie sollte ihm fünfzehn Krieger geben. Aber sie hielt ihre Steinmetzen vom Ameisen-Clan für viel zu gut, um Kriegsdienste zu leisten. Spannerraupe mußte ihr zustimmen. Ein guter Steinmetz war soviel wert wie sein Gewicht in Türkisen. Ein Krieger war entbehrlich.

Er seufzte.

Da fiel ihm etwas auf. Er brauchte sich nur ein wenig zur Seite zu wenden, um die Person zu sehen. Braun gekleidet, verschmolz sie mit der Nacht. Die Gestalt kletterte durch Kriechers Fenster und hastete ins Dunkel.

*Trauertaube? Wohin geht sie diesmal? Trifft sie sich wieder mit Fichtenzapfen?* Er rieb sich nachdenklich das Kinn, setzte sich und zog die Knie an, um die Arme aufzustützen. Ohne Ablösung in der Nacht konnte er es sich nicht leisten, hinter ihr her zu schlendern, um herauszufinden, was sie im Schilde führte.

Jedoch, beim Zorn des Windjungen, die Sache war beunruhigend.

Trauertaube kannte die Strafe für nächtliches Ausgehen. Sie würde es nicht wagen, wenn ihr nicht Schlangenhaupt oder Kriecher die Erlaubnis dazu gegeben hätte. Oder doch? Spannerraupe neigte den Kopf zur Seite. Aber wenn sie die Erlaubnis hatte – warum mußte sie dann heimlich durchs Fenster hinausschleichen? Sie hätte vor seinen Augen durchs Tor gehen können. *Aus demselben Grund wie heute morgen. Schlangenhaupt will nicht, daß jemand, mich eingeschlossen, von ihrem Treffen mit Fichtenzapfen erfährt.*

Er massierte sich den Nacken. Fichtenzapfen hatte gesagt, seine Arbeit stehe im Zusammenhang mit dem Überleben des Volks des Rechten Wegs. Was hatte das zu bedeuten? Nahrung zu sichern, um eine Hungersnot abzuwenden? Bündnisse einzugehen, um gemeinsame Feinde besser zu bekämpfen? Vielleicht Handel aufzunehmen mit den geächteten Hügelgrabbauern? Spannerraupe hatte gehört, daß sie fabelhafte schwarze Töpferwaren herstellen und –

Ein gellender Schrei von der Senke her durchschnitt die Nacht, und ihm folgte das heisere Brüllen eines Mannes.

Spannerraupe packte Bogen und Köcher, sprang auf und versuchte, das Dunkel mit seinen Blicken zu durchdringen. Sein Herz begann zu hämmern, als er Eisenholz erkannte, der mit jemandem in seinen Armen wie besessen auf Krallenstadt zurannte und rief: »*Nordlicht? Nordlicht!*«

Spannerraupe schwang sich Bogen und Köcher über die Schulter, raste auf die Leiter zu und nahm drei Sprossen auf einmal. Als er auf den Einlaß zueilte, überrannte er fast Eisenholz, der hindurchstürmte – *mit Maisfaser in den Armen!*

Spannerraupe stand der Mund offen. Sie lag schlaff in Eisenholz' Armen, ihr langes blutbeflecktes Haar hing an seiner Seite herunter. Ein abgebrochener Pfeil steckte in ihrem Gesicht. Blut verfärbte ihr gelbes Kleid und Eisenholz' Hirschlederhemd.

»Was ist los?« wollte Spannerraupe wissen, legte einen Pfeil ein und drehte sich rasch zum Tor. »Werden wir angegriffen?«

»Ich weiß nicht.« Eisenholz legte Maisfaser auf den Boden, kniete sich neben sie und betrachtete ihr blutiges Gesicht.

»Wer hat das getan? Hast du gesehen –«

»Ich hatte keine Zeit nachzusehen, meine Tochter ist zu schwer verletzt. Ich –«

*»Deine Tochter?«* Wie Tonscherben, die sich von selbst wieder zusammenfügen, so fügte sich in Spannerraupes Bewußtsein das ganze Bild mit einem Schlag zusammen, und er erfaßte das furchtbare Geheimnis, das Nachtsonne den anderen Ersten Menschen nie offenbart hatte. Erschüttert starrte er Eisenholz an.

Wut verzerrte Eisenholz' Gesicht. Er sprang auf und schrie: »Was ist los mit dir? Du bist der Kriegshäuptling! Hol deine Krieger zusammen! Stell Wachen rings um die Stadt auf! Schick Suchtrupps los! Morgen früh ist der Angreifer längst über alle Berge!« Sein muskulöser Arm machte eine wischende Bewegung. »Los! Worauf wartest du?«

Niedergeschmettert rannte Spannerraupe zur Kammer von Stechmücke, die auf die Plaza ging.

Hinter ihm rief Eisenholz: *»Nordlicht! Nachtsonne!«*

Nordlicht kam geduckt durch den Türvorhang und rannte zum Rand des Dachs. Nachtsonne kam hinter ihm hervor, ihr blaues Kleid glänzte im Feuerschein. Menschen säumten die Dächer, starrten verwirrt hinab und befragten sich gegenseitig.

»Eisenholz?« Nordlicht erstarrte. »Was –«

»Nordlicht! Mach schnell! Nachtsonne, bring deinen Medizinbeutel. Maisfaser ist verletzt. Schwer verletzt!«

Spannerraupe schrie vor der Tür seines Vertreters: »Stechmücke! Steh auf!«

Eine schläfrige Stimme fragte: »Was ist denn los? Was soll das Gebrüll?«

Stechmücke stolperte schlaftrunken in die Kälte hinaus, nur mit einem Schurz bekleidet, sein schwarzes Haar zerzaust, die Augen glasig.

Spannerraupe befahl: »Hol zwanzig Krieger! Stell zehn auf die Dächer! Ich brauche die anderen zehn. Sie sollen Fackeln mitbringen. Es wird eine lange Nacht!«

»Aber warum? Was ist –«

»Jemand hat versucht, eine Frau der Ersten Menschen zu ermorden. Eil dich, Stechmücke! Wir haben keine Zeit zu verlieren.«

Stechmücke rannte los.

Spannerraupe stürmte an Eisenholz und dem verwundeten Mädchen vorbei zur Kammer von Kriecher. Seine Gedanken und Gefühle waren in Aufruhr. Trauertaube konnte es doch nicht gewesen sein, oder? Nein, nein, das konnte er nicht glauben. Aber wenn Trauertaube einen der Ersten Menschen angegriffen hatte und Kriecher schuld daran war, daß sie durch sein Fenster ein und aus gehen konnte, um das zu tun …

Aber nein. Niemals. Nicht wissentlich.

Spannerraupe rief vor Kriechers Kammer: »Kriecher? Kriecher, bist du da?«

Keine Antwort.

Spannerraupe warf den Vorhang zurück und spähte ins Innere.

Sternenlicht fiel durchs Fenster über den Haufen leerer Decken in der Mitte des Zimmers. Einen Augenblick lang verharrte er bewegungslos, dann fiel ihm ein, daß Kriecher wahrscheinlich noch bei Federstein war. Sie sprachen oft auch noch spät in der Nacht miteinander.

»Das heißt, daß Trauertaube Kriechers Fenster ohne sein Wissen und ohne seine Erlaubnis benutzt hat.« Spannerraupe ließ sich erleichtert an der Wand hinabgleiten und wischte sich den Schweiß von den Augen. »Natürlich, Kriecher hat nichts davon gewußt.«

Auf der Plaza war ein Tumult, Leute schrien und liefen herum. Spannerraupe sah hinab. Eisenholz' Stimme übertönte das Getümmel. *»Sängerling, gib mir die Decke. Ich will sie darin einwickeln, hilf mir! Ich bringe sie dann zur Kiva der Ersten Menschen!«*

»Seine Tochter …«, flüsterte Spannerraupe und schaute auf das ohnmächtige Mädchen. Eisenholz hob Maisfaser sanft hoch; ihr langes Haar schleifte über den Boden. »Das hätte ich nie für möglich gehalten.« Er schloß kurz die Augen und schickte ein Stoßgebet zum Himmel, um die Götter zu bitten, Eisenholz zu helfen: »Laßt ihn entkommen, bevor der Zorn der Ältesten der Ersten Menschen ihn das Leben kostet.«

Er ging zur Plaza zurück. Am Rand der Menge angekommen, die sich um Eisenholz gesammelt hatte, erblickte er Schlangenhaupt.

Die Gesegnete Sonne stand auf dem Dach des vierten Stockwerks und spähte hinab, eine brennende Fackel in der erhobenen rechten Hand. Sie warf einen orangefarbenen Schein über sein schönes Gesicht, und Spannerraupe sah voller Verwirrung das Lächeln, das Schlangenhaupts Lippen kräuselte. Wut überkam ihn. Wie konnte er lächeln? Hatte er kein Herz?

Schlangenhaupt blieb einige Augenblicke stehen, drehte sich dann um und ging geduckt in sein Zimmer zurück. Der Türvorhang schwang hinter ihm zu.

Stechmücke trabte mit wehendem Schurz über die Plaza zu Spannerraupe. Sein muskulöser Körper war mit einer Gänsehaut überzogen. »Ich habe die Krieger geweckt«, keuchte er. »Sind gleich hier. In der Zwischenzeit ziehe ich mich an.«

»Ich warte vor dem Einlaß.«

Stechmücke nickte. »Ich bin gleich bei dir.« Er rannte in sein Zimmer.

Eisenholz drängte sich durch die murmelnde Menge und trug Maisfaser zur Kiva der Ersten Menschen. Ihm folgte Nachtsonne mit bleichem Gesicht; der schwarze Zopf mit den grauen Strähnen schlug ihr auf den Rücken. Der junge Sängerling kam als letzter. Nordlicht lief in die andere Richtung, zu Dünes Zimmer.

Spannerraupe bahnte sich seinen Weg zum Tor.

Wie betäubt folgte Sängerling Nachtsonne und Eisenholz durch die Kiva, vorbei an den steinernen roten Säulen und den Leichen auf ihren Bestattungsleitern, die auf den Fußtrommeln ruhten. Die leeren Augenhöhlen der Thlatsina-Masken über den Wandnischen schienen ihn zu beobachten, im flackernden Feuerschein blinzelnd, als wären sie lebendig.

Sängerling sah fassungslos zu, wie Eisenholz zur anderen Seite der schwach erleuchteten Kiva schritt und Maisfasers schlaffen Körper vorsichtig auf die gelbe Bank neben dem

Feuer legte. Der Anblick von Eisenholz – zitternd und mit blutbeflecktem Hirschlederhemd – erschütterte Sängerling noch mehr.

»Was ist geschehen?« fragte Sängerling, als Eisenholz wieder aufstand. Das ovale Gesicht des großen Mannes war mit Blut und Erde befleckt. »Kann mir das jetzt jemand erklären?«

»Wir haben außerhalb der Stadt miteinander geredet, und ich –«

»Eisenholz, bitte«, sagte Nachtsonne und drängte sich zwischen ihn und Maisfaser, den Medizinbeutel über der Schulter, das blaue Gewand wehend, »mach Platz!«

Aber als sie Maisfaser sah, schwankte sie und griff sich an die Kehle. Eine ganze Weile stand sie da und starrte sie an, und ihr Gesicht wurde immer bleicher.

»Was ist los?« fragte Eisenholz scharf. »Worauf wartest du?«

Nachtsonne blickte ihn an, las die Verzweiflung in seinen Augen und beugte sich zu Maisfaser hinab. So zart, als berührte sie das Blütenblatt einer märchenhaften Blume, legte sie ihre Hand auf das geschwollene Fleisch. »Es ist nur … sie sieht Wolkentanz so ähnlich. Darauf war ich nicht gefaßt.«

Eisenholz trat zur Seite, und der Ausdruck kaum unterdrückter Wut auf seinem Gesicht ließ Sängerling wünschen, er könnte sich setzen; doch er blieb mit gespreizten Beinen stehen und sah dem großen Mann ins Auge. »Ihr habt außerhalb der Stadt miteinander geredet, und …«

Eisenholz starrte ihn düster an. »Es geschah so plötzlich, ich habe nicht einmal den Pfeil gesehen. Maisfaser zuckte zusammen und schrie auf. Ich fühlte, wie sie fiel.« Er hob seine blutige Hand und starrte auf die Innenfläche, ballte sie dann zur Faust und schüttelte sie. »Sie hat meine Hand gehalten! Ich weiß nicht mal, aus welcher Richtung der Pfeil kam.«

Nachtsonne betrachtete Maisfaser mit großen Augen, ihr Mund bewegte sich lautlos. Das blaue Gewand war um ihre Sandalen gebreitet. Sie richtete sich auf und setzte ihr Medizinbündel auf dem Boden ab. Schweiß hatte ihr dreieckiges Gesicht und die spitze Nase schon überzogen und das Haar bis zu den Schläfen befeuchtet. Die vier schwarzen Spiralen auf ihrem Kinn schienen im Feuerschein bläulich getönt. Behutsam zog sie das blutverschmierte Haar aus Maisfasers Gesicht und schaute prüfend auf den abgebrochenen Pfeilschaft, der aus einem Backenknochen herausragte.

Sängerling wurde schlecht. Der Pfeil war schräg von oben eingedrungen, als hätte Maisfaser das tödliche Geschoß noch mit einem Blick erhascht und sich im letzten Moment geduckt.

Nachtsonne fragte mit ruhiger Stimme: »Wie ist der Schaft abgebrochen?«

Die Schultermuskeln von Eisenholz zogen sich zusammen. »Wahrscheinlich, als sie gefallen ist. Ich habe nach der anderen Schafthälfte gesucht, um vielleicht Markierungen oder bestimmte Merkmale zu erkennen, habe aber nichts gefunden.«

Sängerling kreuzte die Arme und sog die Luft in seine ausgehungerten Lungen. *Maisfaser, du darfst nicht sterben! Bitte stirb nicht!*

Eisenholz ging vor der Fußtrommel, auf der die Leiche von Wolkentanz ruhte, auf und ab.

»Sängerling?« Nachtsonne zog verschiedene gefaltete Stoffstreifen aus ihrem Medizinbeutel und legte sie auf die gelbe Bank neben Maisfaser. »Kannst du bitte einen Topf Wasser heiß machen?«

»Ja, ja, natürlich.« Er hastete zu der gemauerten Feuerstelle, dankbar dafür, daß er etwas tun konnte; eilends suchte er unter den Töpfen und Tassen für Zeremonialzwecke, die an den Wänden des viereckigen Vorraums standen, und nahm sich einen größeren Topf. Er packte einen Wasserkrug, um ihn zu füllen, aber der rutschte ihm aus seinen bebenden Fingern und zerschellte auf dem Boden. Wasser ergoß sich über das Feuer, und weißer Dampf zischte hoch.

Eisenholz fuhr wie auf Katzenfüßen herum, und seine Hand fuhr zum Dolch in seinem Gürtel.

»Tut mir leid, es ... es tut mir leid.«

»Nur die Ruhe, Sängerling«, sagte Nachtsonne. »Alles wird gut. Bestimmt.«

Er holte tief Luft, versuchte, das Zittern zu unterdrücken, und griff nach dem anderen Wasserkrug. Unwillkürlich gingen seine Blicke dauernd zum blutigen Gesicht von Maisfaser, und jedesmal wurde ihm schwindliger.

Die linke Kopfhälfte war schon angeschwollen und hatte sich dunkelblau verfärbt. Blut rann ihr aus Nase und Mund, doch schien es auch unter die Haut zu sickern, in einen Hohlraum unter ihrem Auge, eine Stelle, die eine schauerlich schwarze Färbung annahm. Sängerling brachte es fertig, den Topf zu füllen und den Krug noch heil abzusetzen. Mit einem Stock aus dem Holzstapel schürte er das Feuer. Er schob etwas von der Glut zu sich, so daß in der Mitte eine Mulde entstand, in die er den Wassertopf setzte.

Eisenholz wandte sich an Nachtsonne. »Warum Maisfaser? Zu welchem *Zweck?* Wollte er sie umbringen, nur weil sie unsere Tochter ist?«

Nachtsonne schaute nicht auf; sie zog die Schultern hoch. »Du meinst, um mich und dich zu bestrafen, weil die Ältesten der Ersten Menschen in diesem Punkt versagt haben?«

»Genau das meine ich.«

Nachtsonne stand auf und tauchte einen Stoffstreifen ins Wasser. »Es ist noch nicht heiß«, sagte Sängerling.

Nachtsonne schüttelte den Kopf. »Macht nichts. Das sind geweihte Töpfe. Die Seelen derer, denen sie geweiht sind, werden in das Wasser eindringen und böse Geister verjagen.« Sie wrang den hellbraunen Stoff aus und wandte sich an Eisenholz. »Ich kann mir nur eine Person vorstellen, die so böse ist, daß sie unsere Tochter töten würde.«

Seine Augen glitzerten drohend. Mit ruhiger, unheilvoller Stimme sagte er: »Ich auch.«

Sängerling sank neben Maisfasers Kopf auf die Bank. »Wer? Wer könnte sie töten wollen?«

Eisenholz wandte sich einfach ab.

Nachtsonne kniete sich wieder vor Maisfaser; Sängerling schaute sie an und wiederholte: »Wer?«

»Mein Sohn«, antwortete sie und begann, Maisfasers Gesicht behutsam zu waschen. Blut hatte den Stoff durchtränkt. »Aber er ist viel zu feige, um so etwas selbst zu tun. Er muß jemand gedungen haben.«

»Oder mit Drohungen eingeschüchtert haben.« Eisenholz schritt jetzt langsam umher, jeder Schritt bewußt, als wäre er auf der Pirsch nach gefährlicher Beute im Dickicht eines Waldes.

Sängerling preßte eine Hand auf den Bauch, der ihm jetzt weh tat. Die Gesegnete Sonne hatte versucht, seine eigene Halbschwester zu töten? Was für ein Mensch …?

Nachtsonne berührte Sängerlings Knie. »Sie wird genesen, Sängerling. Solche Wunden habe ich schon behandelt. Oft kommen Krieger von räuberischen Streifzügen zurück mit solchen –«

»Mir – mir geht's schon besser.«

Nachtsonne nickte; sie stöberte in ihrem Beutel herum und legte rote, blaue und gelbe Säckchen auf die Bank. Verschiedene Düfte stiegen auf, Salbei, Minze und etwas mit stechendem Geruch, was Sängerling nicht einordnen konnte.

Er gewann selbst etwas Ruhe, indem er über Maisfasers Haar strich. »Es wird schon wieder, Maisfaser«, flüsterte er. »Bald bist du wieder gesund.« Das Blut in einer blauen Ader an ihrer Schläfe klopfte so schnell wie der Herzschlag eines Vogels, aber sie atmete kaum.

Er beugte sich tief hinab und flüsterte ihr ins Ohr: »Ich liebe dich, Maisfaser. Verlaß mich nicht. Bitte, verlaß mich nicht.«

Nachtsonne musterte ihn mit einem Seitenblick und säuberte die Stelle um den gebrochenen Schaft herum. Helles rotes Blut sickerte heraus.

»Aber wieso wollte jemand ihr weh tun?« fragte Sängerling flehentlich. »Ihr beide wißt es offenbar, aber ich kann nicht verstehen –«

*»Ich kann es«*, sagte Düne. Er kam die Stufen herab; sein schütteres weißes Haar schimmerte orangefarben. Er humpelte durch die Kiva. Nordlicht folgte ihm, mehrere Decken im Arm.

»Warum also?« fragte Sängerling, von neuem aufgewühlt.

Düne ging an Krähenbarts Leichnam im Leichentuch vorbei und stützte sich mit einer Hand an der südöstlichen Säule ab, um sein Gleichgewicht zu halten. Sein weißes Hemd schimmerte leicht korallenfarben. Er betrachtete Maisfaser prüfend, und der Ausdruck seines runzligen Gesichts wurde grimmig. »Aus demselben Grund, aus dem Wolkentanz getötet wurde.«

Sängerling blickte auf die Tote, die in ein prachtvolles Leichentuch gehüllt war. »Ich verstehe es nicht.«

Nordlicht legte seine Decken auf die gelbe Bank neben Maisfasers Füße und setzte sich daneben. Sein Gesicht fiel in sich zusammen, als er auf Maisfaser blickte. *Als wäre einer der Erdgeister aufgesprungen und hätte sich seine Seele geschnappt.*

Aber nur Sängerling schien das zu bemerken.

Eisenholz stemmte seine Hände in die Hüften. »Also gut, wir haben den Mörder aus der Reserve gelockt, Düne. Unser Plan war richtig. Aber der Mann ist offenbar schlauer als wir. Er ist immer noch frei.«

»Aus der Reserve gelockt?« fragte Nachtsonne.

Düne lehnte sich mit der Schulter an die rote Säule. Der Feuerschein vertiefte seine Falten, er sah aus, als wäre er tausend Sommer alt. »Ja. Eisenholz ist in den vergangenen zwei Tagen immer in deiner Nähe geblieben; wir nahmen an, daß du vielleicht das nächste Ziel des Mörders bist. Aber statt dessen schoß er auf Maisfaser, und nun wissen wir auch, *warum* er getötet hat.«

Nachtsonne fragte: »Warum?«

»Da ist jemand, der nicht will, daß Maisfaser die nächste Ehrwürdige Mutter von Krallenstadt wird. Genausowenig wie im Fall von Wolkentanz.«

Nachtsonne starrte Düne an. »Willst du damit sagen –«

»Genau das will ich damit sagen. Denn nur das ist es, was Wolkentanz und Maisfaser gemeinsam haben. Aber wem würde so viel daran liegen –«

»Das glaube ich nicht.« Eisenholz schüttelte den Kopf und ging auf Düne zu. Als er am Feuer vorbeiging, schimmerte sein grauer Zopf. »Ich glaube, sie wurden aus verschiedenen Gründen getötet, Düne. Wolkentanz, weil sie zurückkam, um Schlangenhaupt sein Erbe streitig zu machen. Und Maisfaser ... Er wollte Maisfaser töten, um Nachtsonne und mich zu bestrafen. Das ist ihm in der Verhandlung nicht gelungen, deshalb hat er es heute abend versucht.« Mit der Faust deutete er auf Maisfaser. »Schließlich hat er sie heute morgen erst bedroht!«

Düne humpelte zur Bank und setzte sich neben Nordlicht. Er bannte Eisenholz mit seinem Blick. »Also gut, ich muß zugeben, das ist nicht ausgeschlossen. Aber warum hat er dann Nachtsonne ausgelassen? Und wie erklärst du dir die Sache mit Rehkitz? Damals war Schlangenhaupt erst ein kleiner Junge.«

Eisenholz winkte ab. »Rehkitz ... das ist so lange her, ich bin nicht sicher, ob da ein Zusammenhang besteht.«

»Rehkitz?« Nachtsonne schaute auf, der Stoffstreifen verhielt über dem zerbrochenen Pfeilschaft. Das sorgsam polierte Holz warf den Feuerschein wie ein Spiegel zurück, der Maisfasers blutiges Gesicht mit einem flackernden orangefarbenen Licht besprenkelte. »Schlangenhaupt hat ihren Namen erwähnt. Als er – als er mich bedroht hat.«

»Er hat dich *bedroht*?« fragte Düne.

Nachtsonne nickte. »Gestern. Ganz am Schluß, als ich weggehen wollte, sagte er ...« Sie hob den Blick zu Nordlicht auf und schluckte heftig.

Sängerling sah fasziniert zu. In was für ein Spinnennetz waren er und Maisfaser geraten? Wenn er doch nur Maisfaser an die Hand nehmen und zu Dünes Häuschen fliehen könnte! Nur fort von Krallenstadt und diesen Intrigen.

Anscheinend brachte es Nordlicht nur mit Mühe fertig, seinen Blick von Maisfaser loszureißen. »Schon gut, Nachtsonne. Was hat er gesagt?«

Sie preßte den Stoffstreifen in ihrer Hand so fest zusammen, daß Blut durch ihre Finger lief. »Ich war so entsetzt, daß ich kaum darüber sprechen kann. Er – er hat gesagt, daß er uns immer gefolgt ist, Eisenholz und mir, Spannerraupe und Wolkentanz. Nordlicht, er hat gesagt, ich hätte ja keine Ahnung, was für ... Verbrechen du begangen hättest, und hat mich gefragt, ob ich mich an Rehkitz erinnerte. Dann hat er gesagt, Trauertaube könne seine Worte bestätigen, weil sie ihm an jenem Tag nachgegangen sei und alles gesehen habe. Ich habe nicht gewußt, was er damit meinte.«

Nordlicht vergrub die Hände in den Achselhöhlen, aber vorher sah Sängerling, wie sie zitterten. Wer war Rehkitz, und was war ihr zugestoßen, das den großen Priester so in Angst versetzte?

»Was ist los mit dir, Nordlicht?« fragte Eisenholz. »Hast du nicht zugehört? Schlangenhaupt hat dich des Mordes bezichtigt –«

»Ich … ich habe sie gesehen.« Mit dem Kinn deutete er auf Maisfaser. Eisenholz blickte auf Maisfaser, aber gleich darauf wieder auf Nordlicht, mit lauter unausgesprochenen Fragen. Nordlicht sah seinen Freund nicht an. Er sagte: »Ich habe sie hier gesehen. Hier! Auf genau dieser Bank liegend, so wie jetzt. Und uns alle um sie herum. Die Götter …«

Das Feuer loderte plötzlich auf, tauchte die weißen Kiva-Wände in grelles Licht und beleuchtete die Münder und Augenhöhlen der Thlatsina-Masken. Sängerling spürte, wie sich sein Magen zusammenzog, fühlte, wie sich ihre Blicke in seine Seele bohrten, hörte fast diese erstarrten Münder schreien – als wollten sie warnen.

»In einem Geisttraum?« fragte Düne. »Du hast sie in einem Traum hier gesehen?«

Nordlicht nickte. »Ja. Ich – ich habe Maisfaser hier gesehen, in der Kiva. Und Wolkentanz tanzte mit dem Dachs-Thlatsina … und da war auch eine feurig-blaue Höhle, mit schwarzem Wasser gefüllt. Und dort, glaube ich, ist die Erklärung für all diesen Wahnsinn zu finden.«

Eine Gänsehaut überzog Sängerlings Körper. Er schaute zwischen Düne und Nordlicht hin und her. »Meinst du … die Türkis-Höhle? Diese Höhle *kenne* ich.«

»Was für eine Höhle?« fragte Düne und zog die buschigen Augenbrauen zusammen.

»Die Türkis-Höhle! Die Hüterin des Schildkröten-Bündels lebt dort. Die Höhle ist wunderschön. Ich war mit meinem Vater dort –«

»Mit deinem Vater?« fragte Nordlicht. »Wer –«

»Einen Augenblick!« sagte Düne und hielt eine Hand in die Höhe. »Über all das werden wir später sprechen. Zuerst wollen wir den Pfeil aus Maisfasers Gesicht ziehen.« Er deutete auf den Topf über der Glut. »Eisenholz? Ist das Wasser da schon am Kochen?«

Eisenholz spähte über den Topfrand. »Fast. Ist gleich soweit.«

»Gut.« Düne schlug sich auf die Knie und erhob sich. »Was kann ich tun, Nachtsonne?«

Sie nahm ihr blaues Säckchen von der Bank und gab es Düne. »Tu noch etwas Salbei und Phlox dazu.« Sie wühlte in ihrem Beutel herum, zog das Gewünschte heraus und gab es ihm. »Danke, Düne.«

Bevor er zum Topf kam, blieb er neben Eisenholz stehen und schaute ernst in die Höhe. »Wer von uns beiden auch recht hat, mein Freund, es ist immer noch jemand da draußen, der Maisfaser den Tod wünscht. Wir müssen wachsam sein.«

»Ja, das müssen wir.« Eisenholz schritt durch die ganze Kiva hindurch und stellte einen Fuß auf die unterste Stufe der Treppe. Er hielt Wache.

Nachtsonne starrte wieder auf Maisfaser; ihr Blick zog die Konturen ihres Gesichts nach, und in ihren Augen war eine schreckliche Sehnsucht, ein verzweifelter Ausdruck, der Sängerling rührte.

*Der Mörder läuft noch frei herum. Er wartet ab.* Kälteschauer lähmten ihn. Hatte Maisfaser etwas von allem mithören können, oder wanderte ihre Seele in den Unterwelten? Das Blut quoll noch tröpfchenweise aus der Pfeilwunde, rann ihre Kehle hinab auf die gelbe Bank. Dort bildete sich eine kleine glänzende Pfütze, von der aus das Blut auf den Boden tropfte.

»Es wird alles gut, Maisfaser«, flüsterte er, »alles wird gut.«

»Das Wasser kocht«, verkündete Düne.

Nachtsonne nickte. »Brüh den Tee auf. Er muß stark sein. Maisfaser wird alles austrinken müssen, wenn wir fertig sind. Salbei und Phlox heilen.«

Düne ging zu Nachtsonne zurück. »Wo ist dein Messer? Wir wollen die Spitze herausholen, bevor böse Geister das Blut wittern und sich in ihrem Mark einnisten.«

»Und«, fügte Nordlicht sanft hinzu, als er sich vorbeugte, um seine Ellbogen auf die Knie zu stützen, »bevor sie aufwacht.«

Düne und Nachtsonne blickten beide zu Sängerling. Seine Kehle war trocken; er schluckte, als er die Frage in ihren Augen las. Das also war die ungeheure Verantwortung, die auf einem Heiler lastete.

*Was bin ich nur für ein Narr gewesen!* Er hatte nur den Ruhm gesehen, die Schmeicheleien seines Volks, das sein Geschick und seine Macht bewunderte. Er schaute erschreckt auf Maisfaser, angstvoller als je in seinem Leben. Was, wenn er versagte? Wenn diese Frau, die er aus ganzem Herzen liebte, starb? Wie würde er das ertragen können?

Mit zittrigen Beinen stand er auf. Er wischte sich die schweißnassen Handflächen auf seinem grünen Hemd ab und hörte sich bitten: »Sag mir einfach, was ich tun soll.«

Nachtsonne nahm ihr dünnes Obsidianmesser. *Das ist meine Tochter … Ich bin dabei, meine Tochter aufzuschneiden.* Die schrecklichen Schreie des Säuglings, den sie für tot gehalten hatte, kamen ihr wieder ins Gedächtnis. *Meine einzige Tochter …* Angst braute sich in ihr zusammen wie ein Gewitter in einer schwarzen Sturmwolke.

Sie warf einen Blick auf Sängerling und zögerte. Die Augen des Jungen waren glasig geworden. *Wird er stark genug sein?*

»Sängerling«, sagte sie, »ich werde jetzt um den Schaft herumschneiden. Du mußt da die Haut auseinanderziehen. Sie wird schlüpfrig und schwer zu fassen sein. Kannst du das machen?«

»Ja, das – das kann ich.« Der Jüngling beugte sich vor und legte schon mal seine Hände um Maisfasers Gesicht.

Düne kam näher, um Nachtsonne über die Schulter zu sehen. Er stand mit dem Rücken zum Feuer, und die Schatten vertieften seine Falten höhlenartig.

»Mach den Schnitt so klein wie möglich«, riet Düne.

»Ich weiß.«

Nachtsonne führte die Obsidianschneide durch die Haut und den Muskel unter dem Backenknochen. Ein neuer Blutstrom, mit klarer Flüssigkeit durchmischt, ergoß sich aus dem Einschnitt. Sie folgte dem Schaft nach Gefühl, traf auf die

Sehne und dann auf die Stelle, wo die Spitze in den Knochen eingedrungen war.

Sängerling zog mit blutigen Fingern gehorsam die Wunde auseinander. Er biß die Zähne zusammen, und Schweiß überzog sein schmales Gesicht.

Nachtsonne schaute Düne an. »Die Spitze steckt im Oberkiefer, oberhalb der Zähne. Sie ist aus Obsidian.«

Düne nickte nachdenklich. »Es ist besser, wir brechen sie einfach ab.«

Nachtsonne holte tief Luft, um die erstickende Klammer um ihre Brust zu lockern. »Auf diese Weise hinterlassen wir kein Loch im Knochen, und nichts Böses dringt dort ein. Wir können immer noch die Wange aufschneiden und den Eiter beseitigen, aber wenn sich der Knochen entzündet...«

»Ich kenne viele Krieger, die heute am Leben sind, weil wir die Pfeilspitze im Knochen gelassen haben«, sagte Eisenholz, der näher getreten war, um die Wunde zu betrachten. »Soll ich sie abbrechen?«

Nachtsonne schüttelte den Kopf. »Nein, das mache ich schon. Aber ich brauche euch beide, dich und Sängerling, damit ihr den Kopf stillhaltet.«

»Ich stelle mich hinter dich, Sängerling«, sagte Eisenholz und legte seine muskulösen Arme um den jungen Mann. Seine Hände schlossen sich um Maisfasers Schädel, während Sängerling ihren Kiefer festhielt.

Nachtsonne schob die Finger am Schaft hinab und drückte dabei Maisfasers Wange fest nach unten. Sie mußte den Schaft seitlich abbrechen, bündig mit dem Knochen.

*Es tut mir leid, meine Tochter.* Nachtsonne bog den Schaft schnell zur Seite und fühlte das spröde Obsidian brechen. Vorsichtig zog sie den Schaft aus dem Einschnitt, so daß der scharfe Stein keinen Schaden mehr anrichten konnte.

Sängerling suchte ungeschickt nach einem Lappen, um das Blut abzuwischen, aber Nachtsonne forderte: »Laß es bluten!«

Er legte den Lappen ab und ließ sich auf die Bank fallen. »Warum?« fragte er schwach.

»Es soll das Böse herausspülen, soviel wie möglich.«

»Und dann wird sie wieder gesund?«

»Der Schaft ist genau oberhalb der Spitze im Knochen abgebrochen. Aber wir müssen abwarten, Sängerling«, sagte Nachtsonne und betrachtete den Schaft.

Maisfaser ächzte leise, hustete und wurde wieder still.

Eisenholz bat: »Laß mich mal den Schaft sehen.«

Nachtsonne gab ihm den Pfeil und starrte ins Gesicht ihrer Tochter; sie wollte sich jede Einzelheit dieses Gesichts einprägen. Wenn keine Entzündung eintritt und ihr Fleisch zerfrißt, dachte sie, dann wird sie am Leben bleiben.

*O meine Tochter, warum mußtest du jetzt zu mir kommen?*

Nachtsonne stellte sich neben Eisenholz. Er drehte den Rest des Schafts in seinen Händen hin und her. Sein schönes Gesicht war verzerrt, als fühlte er sich von Geistern gejagt.

»Kennzeichen?« fragte sie.

»Keine«, murmelte er. »Es sieht genauso aus wie der Pfeil, der Wolkentanz getötet hat.«

## 43. Kapitel

Im Altarraum über der Kiva tappten Schritte heran. Mokassins auf fester Erde, weich. Eisenholz richtete sich auf und sah auf den fahlblauen Schimmer der Morgendämmerung, der über die Treppe fiel. Spannerraupe kam in Sicht. Er verbeugte sich vor den Thlatsinas an den Wänden. Sein schwarz-roter Umhang hing in schmutzigen Falten um seine schlanke Gestalt, Schmutzstreifen liefen ihm übers Gesicht und seinen schwarzen Zopf. Er kam die Treppe herunter, aber als er Eisenholz sah, zögerte er. Verlegen fragte er: »Wie geht es Maisfaser?«

»Im Augenblick sieht es ganz gut aus. Ich nehme an, du hast niemand –«

»Nein«, antwortete Spannerraupe kurz. Er kam, unsicher und etwas wackelig, ganz herunter, stützte sich mit einer Hand an der Wand neben Eisenholz ab und blickte in die Runde.

Nachtsonne, Düne und Nordlicht schliefen unruhig auf den Bänken links; Sängerling saß hinten bei Maisfaser, gerade hinter der Feuerstelle. Er war fast die ganze Nacht wach geblieben, hatte das kleine Feuer mit Brennholz versorgt und leise auf Maisfaser eingesprochen.

Eisenholz sah besorgt auf die rot unterlaufenen Augen von Spannerraupe. »Wie lang hast du nicht geschlafen?«

Spannerraupe sank auf die gelbe Bank. Er roch nach Schweiß und Wacholderrauch. »Zwei Tage.«

»Heilige Geister, Spannerraupe«, flüsterte Eisenholz heiser, der die anderen nicht wecken wollte. »Du kannst doch keine bewaffnete Abteilung auf einem so langen Marsch –«

»Ich habe keine Wahl. Schlangenhaupt ist aufgestanden. Der Trauerzug und meine Eskorte sammeln sich jetzt auf der Plaza. Schlafen werde ich heute nacht.«

Hätte Eisenholz gestern abend gewußt, daß Spannerraupe schon so lange auf den Beinen war, hätte er den Suchtrupp selber angeführt. »Verzeih, daß ich dich gestern abend in diese Lage gebracht habe. Ich habe nicht gewußt –«

Spannerraupe winkte ab. »Du hattest völlig recht. Ich bin der Kriegshäuptling. Ich habe Pflichten. Es hätte gar nicht nötig sein sollen, daß du mich erst auffordern mußt, Wachen aufzustellen und einen Suchtrupp loszuschicken.«

»Du warst erschöpft.«

Spannerraupe sah ihn dankbar an und spähte an den roten Säulen vorbei zu Maisfaser, die hinten unter Decken lag. Ihr schönes Gesicht war angeschwollen und schwarz angelaufen. Neben ihr saß Sängerling, mit einer Hand auf ihrer Schulter.

»Habt ihr den Pfeil herausgezogen?« fragte Spannerraupe.

»Ja. Er war nicht tief eingedrungen. Entweder war der Schütze nicht sehr stark, oder er hat die Sehne nicht ganz zurückgezogen und zu schnell geschossen. Vielleicht haben wir ihn überrascht.«

Spannerraupe nickte und stützte das Kinn auf die Hand. »Ich habe gesehen, ihr seid nicht über den Pfad gegangen. Ihr seid durch die Felsenschatten gelaufen, außerhalb des Lichtscheins von Krallenstadt und Strombettstadt.«

»Und der Angreifer? Was hat er gemacht?«

Die Augen von Spannerraupe verengten sich. »Der muß über den Fels gelaufen sein und hat von oben herunter auf euch geschossen. Wir haben überhaupt keine Fußabdrücke gefunden, außer in der Grabensohle. Er ist durchs Wasser gelaufen, um keine Spuren zu hinterlassen. Nur ein paar Sandalenabdrücke im Schlamm.«

»Ein großer Mann? Schwer?«

Spannerraupe nickte; er griff unter seinen Umhang und zog etwas aus seinem Gürtel. »Das habe ich gefunden, da, wo Maisfaser gefallen ist.« Er gab Eisenholz den abgebrochenen Pfeilschaft. »Sieht genauso aus wie der, der Wolkentanz getötet hat.« Spannerraupe blickte bewegt und voller Trauer auf das Leichentuch, in dem sie jetzt lag.

Eisenholz drehte den Schaft in seinen Händen. »Keine Markierung. Nichts, was uns sagen könnte, wer der Mann gewesen sein könnte oder wo er herkam.«

Den Blick noch auf Wolkentanz gerichtet, sagte Spannerraupe: »Dieser Mörder ist recht schlau, Eisenholz. Der kennt jeden Stein, jeden Grashalm, jedes Versteck im Canyon des Rechten Wegs. Ich glaube, mein Freund, daß er lange hier gelebt haben muß.«

Eisenholz' Seele war kurz davor, zu begreifen, aber noch blieb ihm die Erkenntnis versagt. Er setzte sich neben Spannerraupe; der Saum seines blutverkrusteten Hemdes breitete sich über die gelbe Bank. »Was glaubst du?«

Spannerraupe hob eine Schulter hoch. »Wolkentanz und Maisfaser waren beide Töchter von Nachtsonne. Vielleicht bedeutet das nichts. Aber es macht mich stutzig.«

Eisenholz senkte den Kopf und rieb sich über die Schläfen. »Auf dem Marsch … behalte Schlangenhaupt im Auge.«

»Oh, dem traue ich auch nicht über den Weg. Schon wegen der merkwürdigen Befehle, die er mir gegeben hat, und dieser Geschichte mit Fichtenzapfen –«

»Fichtenzapfen?« stieß Eisenholz hervor. Er starrte Spannerraupe an. »Wovon redest du? Ist Fichtenzapfen *am Leben*?«

Spannerraupe preßte die Lippen zusammen, sein Mund war ein blutleerer Strich. »Also … dann hast du auch nichts davon gewußt? Ich hatte geglaubt, weil du Kriegshäuptling vor mir warst –«

*»Wovon gewußt?«*

Spannerraupe lehnte sich an die Wand zurück und betrachtete die quer- und längsgelegten Kiefernbalken der Decke. »Das ist eine lange Geschichte. Gestern früh, noch vor Sonnenaufgang, sah ich Trauertaube zwischen Schlangenhaupts Zimmer und der Senke hin und her laufen. Das kam mir verdächtig vor, und ich bin ihr gefolgt. Sie war eine Botin zwischen Schlangenhaupt und Fichtenzapfen.«

Das Blut rauschte durch Eisenholz' Adern, und plötzlich war die Erschlaffung seiner Muskeln verflogen. »Hast du mit Fichtenzapfen gesprochen?«

»Ja. Er hat gesagt, er arbeite für die Gesegnete Sonne und was er mache, sei sehr wichtig für das Überleben des Volks des Rechten Wegs.«

Eisenholz umklammerte den Pfeilschaft. »Das ergibt keinen Sinn. Wenn er für Schlangenhaupt arbeitet, warum –«

»Geht er dann nicht einfach offen in der Stadt ein und aus? Ja, das habe ich ihn auch gefragt. Er hat gesagt, Schlangenhaupt will das Volk nicht wissen lassen, daß er noch am Leben ist. Sonst würden seine Pläne vereitelt. Fichtenzapfen hat gesagt, er befolge nur Befehle.« Spannerraupe seufzte erschöpft. »Ich hatte gehofft, du wüßtest von dieser geheimen Mission und hättest nur vergessen, mich zu unterrichten. Denn alles andere geht ja –«

*»Was für eine geheime Mission?«*

Spannerraupe senkte den Kopf, so daß das Kinn auf der Brust ruhte. »Nur Schlangenhaupt würde einen Krieger entsenden, ohne den Kriegshäuptling zu verständigen.«

»Dieser Mann ist ein Narr. Er wird noch unser aller Tod sein. Wenn er –«

Schritte stampften in den Altarraum, und Stimmen waren zu hören. Eisenholz legte den Schaft auf die Bank.

Nachtsonne erwachte, setzte sich in ihrer Decke auf, das ergrauende Haar lose über den Schultern. Ihr blaues Kleid war voller Blut – Maisfasers Blut. Dann setzten sich auch Nordlicht und Düne aufrecht hin.

»Sie kommen«, sagte Nachtsonne. Sie warf die Decke ab, stieg von der Bank und stellte sich vor Wolkentanz. »Ich sehe dich bald, meine Tochter«, flüsterte sie und beugte sich hinab, um das bedeckte Gesicht ihrer Tochter zu küssen. »Ich liebe dich.«

Düne ließ sich seufzend von der Bank gleiten und humpelte zu Krähenbart hinüber. Er tastete suchend herum, dann sah Eisenholz, wie er auf Krähenbarts Leichentuch eine Mischung von blauem Maismehl und gemahlenem Türkis schüttete, um ihn für die Reise zu reinigen. Darauf ging er zu Wolkentanz.

Spannerraupe blieb sitzen, doch Eisenholz erhob sich, als der Trauerzug die Treppe hinunterkam: vier Krieger, besonders gekleidet mit roten Hemden und grünen Schärpen, dann Dachsbogen, Kriecher, Gelbmädchen und schließlich Schlangenhaupt.

Die Männer mit den grünen Schärpen teilten sich auf, jeweils zwei auf beiden Seiten der Fußtrommeln. Nachtsonne und Düne gingen ihnen aus dem Weg und machten den stämmigen Männern Platz. Sie stellten sich am Kopf- und Fußende der Bestattungsleitern auf, hoben die Leitern auf ihre muskulösen Schultern und warteten.

Schlangenhaupt trug ein wunderbares blaues Hemd, das mit roten und gelben Papageienfedern besetzt war. Ein sehr großer Wolfs-Anhänger aus Türkis baumelte ihm um den Hals, und ein hölzerner Kopfschmuck – aus drei Terrassen bestehend, alle weiß bemalt, ein Symbol für Regenwolken – krönte seinen Kopf. Hochgewachsen und gutaussehend überblickte er die Zeremonialkammer, als fände er alles abstoßend. Er hatte noch nicht geruht, Eisenholz anzusehen.

»Gesegnete Sonne«, sagte Eisenholz herausfordernd, »wie ich höre, hast du dich heimlich mit Fichtenzapfen getroffen. Kannst du mir sagen, zu welchem Zweck?«

Schlangenhaupt drehte sich langsam um, aber sein Blick glitt über Eisenholz hinweg zu Spannerraupe, der wie in einem

Kälteanfall erschauerte. »Steh auf, Kriegshäuptling!« befahl Schlangenhaupt. »Wir haben einen langen Marsch vor uns.«

»Ja, mein Häuptling.« Spannerraupe erhob sich.

»Hast du Angst, mir zu antworten, Schlangenhaupt?« beharrte Eisenholz. »Warum? Was hast du –«

*»Macht voran!«* Schlangenhaupt gab den Sklaven das Zeichen, die Leitern hinauszutragen.

Sie gingen die Stufen hinauf. Schlangenhaupt warf noch einen finsteren Blick auf Eisenholz, bevor er in seinem blauen Hemd herumwirbelte und den Männern folgte. Dachsbogen und Gelbmädchen folgten ihm, und zum Schluß kam Kriecher.

Der untersetzte Führer des Bison-Clans hielt an und schaute forschend in das bedrückte Gesicht von Spannerraupe. »Alles in Ordnung mit dir?«

Spannerraupe zwang sich zu einem Lächeln. »Ja, alles. Ist Trauertaube bei Mutter?«

»Ja, sie paßt auf, solange wir fort sind.«

»Also dann komm, wir haben noch einiges zu tun.« Spannerraupe deutete auf die Treppe, und Kriecher machte sich unwillig auf den Weg.

Aber Spannerraupe folgte ihm nicht. Mit gesenktem Kopf blieb er neben Eisenholz stehen. Dann zog er ihn am Unterarm dicht zu sich heran. »Bitte sei hier verschwunden, wenn ich zurückkomme.«

Eisenholz dachte an all die Kämpfe, in denen sie gemeinsam gefochten, an die Lagerfeuer, an denen sie zusammen gelacht hatten. Wenn die Ältesten der Ersten Menschen seine Gefangennahme anordneten – was sie bestimmt tun würden –, dann wäre es Spannerraupe, der ihn festnehmen müßte, und dabei würde einer von ihnen sterben.

Eisenholz nickte. »Mache ich, alter Freund.«

Spannerraupe sah ihn ein letztes Mal an, als wollte er sich Eisenholz' Gesichtszüge einprägen, dann ließ er ihn los und kletterte die Stufen hinauf.

Blattwespe stand Wache wie jeden Tag, von Sonnenaufgang bis Sonnenuntergang, in dem kleinen viereckigen Signalturm an der heiligen Südstraße. Der Turm war fünfzig Handbreit hoch und maß nur eine Körperlänge breit wie tief. Er war aus großen Sandsteinblöcken erbaut worden, mit Mauern, die sechs Handbreit dick waren. Vierzig Handbreit über dem Boden überschaute man auf einer oben eingebauten schmalen Wacholderholz-Plattform durch vier Fenster die weite Landschaft in allen Richtungen. Die heiligen Berge, die wie fahlblaue Geister über dem Horizont hingen, füllten das ganze Blickfeld aus.

Blattwespe legte seinen mokassinbekleideten Fuß in das Fenster nach Süden. Eine Leiter ermöglichte den einzigen Zu- und Ausgang. Nachdem er heraufgekommen war, hatte er sie hochgezogen und in den Turm unter ihm hinabgleiten lassen; ihr Ende hing jetzt zwischen der erloschenen Glut in der Feuermulde und dem Holzstoß.

Gähnend streckte Blattwespe sein spitzes Kinn in die morgendliche Brise, die um den Turm wehte. Sie kühlte sein dreieckiges Gesicht und zauste an seinen schwarzen Haaren, die über seinen abstehenden Ohren hingen. In der Ferne sah er den Leichenzug die Straße hinuntergehen.

Heilige Götter, er sah sie befriedigt verschwinden. Vor dreiundzwanzig Sonnenkreisen war er im Norden, in den Dörfern der Grünen Tafelberge, geboren worden und erst im vorletzten Sommer nach Krallenstadt gezogen. Er konnte die Verrücktheit dieser Ersten Menschen überhaupt nicht verstehen. Erst sprangen sie einander an die Kehle, und im nächsten Augenblick drängten sie sich zusammen wie ein Rudel Wölfe, um über das Schicksal der Welt zu bestimmen. Erst heute morgen hatte Schlangenhaupt einen Läufer zum Mittelplatz geschickt, um die Gesegnete Kräuterblüte davon in Kenntnis zu setzen, daß die »unehelich gezeugte Tochter« seiner Mutter ausgestreckt in der Kiva der Ersten Menschen in Krallenstadt lag. Jeder wußte, was das bedeutete. Bevor der Tag zu Ende war, würde Nachtsonne abermals im Käfig eingesperrt sein, diesmal zusammen mit ihrem Liebhaber Eisenholz.

Blattwespe schüttelte den Kopf. In seiner Familie, dem Bären-Clan, heiratete man aus Liebe, verband sich aus Lust und schied voneinander, wenn es sein mußte, und das Leben ging weiter. Die Ersten Menschen heirateten aber offenbar aus Prestige, paarten sich, um Kinder zu kriegen, und behielten ihre Ehepartner, die sie haßten, ein Leben lang. Und damit wollten sie noch den Gemachten Menschen moralische Vorbilder sein.

Über diesen Unsinn konnte Blattwespe nur grinsen.

Gestern hatte Trauertaube weitergesagt, daß Schlangenhaupt glaube, die junge Frau aus Schildkrötendorf sei seine Halbschwester. Gestern nacht, als Blattwespe auf den Mauern stehend Wache hielt, was er nur selten tat, waren dann die Gemachten Menschen durcheinandergelaufen wie Packratten und hatten in allen Zimmern verbreitet, Eisenholz habe die junge Frau aus Schildkrötendorf seine »Tochter« genannt. Da brauchte man kein Geistträumer zu sein, um zwei und zwei zusammenzuzählen.

Durch das Nordfenster war ein Dunstschleier zu sehen, der sich über dem grünenden Hochland drehte. Der Windjunge war in den letzten Tagen unberechenbar gewesen, war spielerisch umhergehüpft oder hatte den Atem angehalten. Blattwespe betrachtete den Schleier, der spiralig höher und höher wirbelte. Er kniff die Augen zu, um die letzten Fetzchen noch zu verfolgen ... und hörte das Geräusch von Mokassins auf Stein.

Blattwespe griff sich Bogen und Köcher, nahm sie in den Schoß und lehnte sich aus dem Südfenster. Unten stand eine schöne Frau, die zu ihm hochschaute. Sie hatte ein schmales, fein geschnittenes Gesicht und lange, dunkle Haare, die ihr einen unschuldigen Ausdruck verliehen, besonders wenn sie, wie jetzt, lächelte.

»Hallo«, rief sie.

»Hallo.«

»Tut mir leid, deine Wache zu unterbrechen, aber ich will nach Sternschnuppenstadt und habe mich offenbar verlaufen. Kannst du mir zeigen, wo sie liegt?«

Blattwespe lehnte sich noch weiter hinaus und deutete nach rechts zum westlichen Ende des Canyons. »Dort drüben. Du folgst einfach der Straße, bis –«

Die Wucht des Pfeils holte ihn aus dem Fenster, und er fiel krachend hinunter auf die Erde. Der Fall war hart und klappte seinen Körper zusammen wie einen abgefallenen zusammengebogenen Yucca-Strang. Blattwespe blinzelte entsetzt zum Himmel auf. Er spürte seinen Körper nicht mehr, er war vom Hals abwärts völlig taub! … *Der Pfeil muß meine Wirbelsäule getroffen haben … O Thlatsinas, nein!*

Ein hochgewachsener Mann mit einem schwarzweißen Umhang setzte sich auf Blattwespe. Sein Gesicht war voller schauerlicher Narben – und es war ihm *bekannt*. Der Mann zog lächelnd ein Feuersteinmesser aus dem Gürtel und setzte es Blattwespe an die Kehle. Er sagte: »Erinnerst du dich an mich, du Hund vom Rechten Weg? Ich war einmal Sklave in deiner Stadt.« Er beugte sich vor, und sah, eine Handbreit von Blattwespes Gesicht, in dessen schreckgeweitete Augen. *»Jetzt zahlst du für das, was ihr mir angetan habt!«*

Die scharfe Klinge schnitt durch seine Kehle, und er empfand noch einen stechenden Schmerz, als er sich bewegen wollte, aber nur sein Kopf schlug hin und her, und sein Mund füllte sich mit Blut. Graue Nebel waberten am Rand seines Gesichtsfelds, kamen näher und gingen schließlich in vollkommene Schwärze über …

Fichtenzapfen schleuderte wütend einen Stein über den Canyon-Rand und sah zu, wie er fiel. Sein Magen war in Aufruhr. Sein zerschlissenes rotes Kriegerhemd wehte ihm um den stämmigen Körper. Vater Sonne stieg zu seinem mittäglichen Höhepunkt auf, und Schweißperlen rannen Fichtenzapfen über Stupsnase und Kinn. Er wischte sie aus den Augen und starrte mit zusammengekniffenen Lidern auf den Leichenzug, der sich auf der heiligen Straße nach Süden bewegte. Die Begleiter waren nur schwache schwarze Punkte in der welligen rot-goldenen Landschaft mit einzelnen langen Hügelkämmen und ausgezackten Kuppen.

Er beugte sich vor, um nach Norden, über den Canyon des Rechten Wegs zu blicken. Die weißen, halbmondförmig angelegten Städte leuchteten hell gegen die goldenen Klippenmassive. Die kleineren Dörfer, eckig angelegte Flecken, würden in weniger als einem Mond mit der Aussaat beginnen, Ausbesserungen vornehmen, neue Anbauten machen und Türkis, Malachit und Jett fördern. Die mutigsten Händler würden auf die Wanderschaft gehen und Korallen, Muscheln, Kupferglöckchen, Papageien, Bison-Roben und Dörrfleisch einzuhandeln suchen. Im Frühling erwachte die Welt des Rechten Wegs zum Leben. Ach, er liebte den Frühling mit all seinen Zeichen, dem neuen Gras, den zarten Wolkengebilden am jungfräulichen Himmel und dem Sonnenschein, der das Land belebte und alle Farben zur Geltung brachte.

»Seht euch satt, ihr Augen. Ihr werdet es nie wiedersehen.«

Fichtenzapfen seufzte. Der Schmerz in seiner Brust nahm zu.

Jetzt würde Heuler den Signalturm eingenommen haben, und Eichelhäher bewegte sich heimlich auf Krallenstadt zu. Wenn die Mogollon alles richtig machten, brauchten sie den ganzen Tag. Eichelhähers Krieger würden allmählich über die Straßen in die Stadt einsickern, immer nur ein oder zwei Mann, um keine Aufmerksamkeit zu erregen. Dann, wenn sie alle versammelt wären, würde Eichelhäher zuschlagen, schnell und unbarmherzig.

Fichtenzapfen starrte auf den rostbraunen Sandstein unter seinen Mokassins. Er fühlte sich müde und leer und wußte nicht mehr, was er von allem denken oder was er fühlen sollte. In der Zeit, in der er zwischen Eichelhäher und Schlangenhaupt Nachrichten übermittelt hatte, war er überzeugt gewesen, das Volk des Rechten Wegs vor der Niedertracht der neuen Gesegneten Sonne zu retten. Schlangenhaupt auszulöschen, war die einzige Möglichkeit, die Zukunft seines Volks zu sichern.

Doch Schlangenhaupt würde am Leben bleiben, denn er wäre beim Überfall auf die Stadt gar nicht anwesend. Er würde überleben und als Gesegnete Sonne weiterregieren. Niemand würde ahnen, daß er sich mit den Feuerhunden verschworen hatte, daß er unter ihnen geweilt hatte wie ein Skorpion in ihrem Garten.

*Alles, was ich getan habe, ist fruchtlos gewesen.* Schlangenhaupt würde leben, während Verhüllt-Seinen-Schwanz, Palmlilie und viele andere tot waren. Schlangenhaupts Intrigen hatten die Schande nur noch vergrößert.

»Es ist meine Schuld«, flüsterte er heiser. »Ich bin ein Narr!«

Er hatte im Trauerzug etwa siebzig Begleiter gezählt, und das hieß, daß Krallenstadt nur noch über alte Männer, Frauen und ein paar Kinder verfügte, um die Mauern der Stadt zu verteidigen. Vielleicht waren noch einige kranke oder behinderte Krieger zurückgeblieben.

So wie der Schlag einer Kriegskeule einen unempfindlich für Schmerzen machte, so riß jetzt seine Verzweiflung – die seit zwei Tagen in ihm angewachsen war – einen Abgrund in seiner Seele auf.

Distel hatte ihre Gründe, warum sie Krallenstadt schaden wollte. Die Ersten Menschen hatten die Zerstörung ihres Dorfs und die Vernichtung ihrer Familie angeordnet; sie hielten ihre Pflegetochter fest. Aber er … er hatte keine Gründe. Gar keine.

»Das sind meine Freunde da unten.«

Schlangenhaupt zu töten, war eine Sache. Daran hatte er geglaubt, und daran glaubte er immer noch. Aber Krallenstadt zu überfallen, wenn die meisten Krieger dort abgezogen waren, war ein Akt der Feigheit.

Fichtenzapfen trat gegen einen Kiesel, und Staub wirbelte auf. Als er Eichelhäher eröffnet hatte, daß er beim Überfall auf eine wehrlose Stadt auf keinen Fall mit ihm rechnen könne, hatte der bejahrte Mogollon-Häuptling die Augen zusammengekniffen und gesagt: »Dann geh. Ich schenk' dir dein Leben wegen deiner Dienste für mich. Aber paß auf: Wenn ich sehe, daß du gegen mich kämpfst, *dann fordere ich dieses Leben zurück, Krieger*!« Er hatte mit der Hand die Geste des Halsabschneidens gemacht und war gegangen.

Und Fichtenzapfen war gelaufen.

Klügere hätten einen Ort aufgesucht, wo niemand sie kannte. Aber Fichtenzapfen kam geradewegs in die einzige Heimat zurück, die er kannte.

Und hier stand er nun wie ein seelenloser Fels, unfähig, sich zu rühren, und doch in dem Bewußtsein, daß er nicht bleiben konnte.

Aufgebauschte Wolkenleute zogen durch den blauen Himmel und warfen hier und da schattige Flecke über den Canyon. Fichtenzapfen blickte nach Krallenstadt und schluckte krampfhaft.

Er müßte da unten sein.

Und kämpfen.

Die Alten und die Kinder brauchten ihn. Es war schon immer die heilige Pflicht des Bären-Clans gewesen, die zu schützen, die sich selbst nicht schützen konnten.

Als hätte ein Geist seiner Seele etwas zugeflüstert, drehte sich Fichtenzapfen langsam um und schaute zur heiligen Südstraße hinüber. Der Leichenzug war nur noch ein trüber, dunkler Fleck.

»Heiliger Erster Bär«, wisperte er. »Ich muß mich beeilen.«

Er rannte den Sandsteinhang hinunter zur Straße. Noch konnte er etwas für sein Volk tun. Dann könnte er vielleicht einmal später mit Anstand vor seine Ahnen treten.

# Siebter Tag

*Lautlos knie ich auf dem Hügel, der Waisendorf überblickt. Lachende Kinder spielen auf der Plaza. Es ist ein kleines Dorf – ein Stockwerk hoch, vielleicht sieben Räume – geborgen in der baumbestandenen Mulde einer welligen Hügellandschaft. Truthähne kollern, Hunde liegen im Schatten und wedeln mit ihren Schwänzen, wenn die Kinder vorbeistürmen.*

*Aber ich habe nur Augen für den Falken. Ein vorüberkommender Fremder hat mir davon erzählt: Er klammert sich in der nordöstlichen Ecke der Plaza an die Weidenstäbe seines Käfigs. Es ist ein großer Käfig, mannshoch und zwei Körperlängen breit. Der Falke wird wirklich geliebt. Die meisten Besitzer würden keinen so geräumigen Käfig aufstellen; sie würden die Füße des Vogels fesseln, ihn an einen Pfosten binden und ihm, wenn nötig, Futter hineinwerfen.*

*An den Weidenstäben kleben Federn und zeigen an, wo er überall mit den Flügeln gegen das Holz geschlagen hat.*

*Jeden Sommer raubt der Häuptling des Dorfs einen gerade flügge gewordenen Vogel aus dem Nest und bringt ihn nach Hause. Das befiehlt ihm seine Vision. Man sagt, daß sein Schutzgeist eine Packratte ist; indem er einen der größten Feinde der Packratten fängt und einsperrt, besänftigt der Häuptling seinen Schutzgeist und gewinnt dessen Segen.*

*Der Falke schlägt mit den Flügeln; gestreifte Federn flattern durch den Sonnenschein. Seine scharfen Augen richten sich gebannt auf die Truthähne, die hochmütig vor seinem Käfig auf und ab stolzieren.*

*Ich kann ihm seine Verzweiflung nachfühlen …*

*Er war zwar niemals richtig frei, ist niemals in den kristallklaren Himmel aufgestiegen oder auf Beute hinabgestoßen, aber sein Herz ist voller Sehnsucht. Mit jedem Flügelschlag jagt er, schlägt Beute …*

*Wie ich.*

*Ein wildes Wesen lauert in meiner Seele, und es sehnt sich danach, durch endlose Himmel zu segeln. Und doch habe ich mein Leben damit verbracht, meinen eigenen Käfig zu bauen. Jede Stange mache ich an der richtigen Stelle fest, als hinge mein Leben davon ab. Das hat mich meine Mutter gelehrt, und ihre Mutter hat es sie gelehrt, und deren Mutter hat es wiederum sie gelehrt.*

*Das ist es, was wir tun. Die Menschen sperren alles ein. Hunde, Truthähne, Falken. Wir züchten Mais, Bohnen und Kürbis. Alles, was wild ist, wird sofort ausgerissen und vernichtet.*

*Besonders, wenn das Wilde in unserem Herzen heranwächst.*

*Wildheit ist gefährlich.*

*Deswegen durchziehen wir die Wüsten mit Straßen. Damit niemand vom Pfad abirrt. Wir bauen große Häuser, um uns von Himmel und Erde abzusondern, bemalen unsere Wände dann mit Bildern von majestätischen Bergen und gewaltigen Stürmen und fragen: »Sehen sie nicht wirklich aus?« Wir stellen eifrig Lampen und Fackeln her und prahlen damit, daß wir uns nicht vor dem Dunkel fürchten.*

*Aber in unserem Herzen haben wir Angst.*

*Denn der Käfig ist trotz all unserer Mühen nicht sicher. Ein verzweifelter Jäger schlägt mit seinen Flügeln gegen die Stangen und sehnt sich danach, von der hoch aufragenden Klippe herunterzuspringen oder durch regengesättigte Sturmwinde hinabzuschießen.*

*Der Falke da unten schreit wieder. Der schrille, verzweifelte Schrei hallt von den Hügeln und in meinem Herzen wider.*

*Ich weiß, wie ihm zumute ist.*

*Innerhalb des Käfigs kann der Jäger nur sich selbst jagen.*

## 44. Kapitel

Distel grub ihre Finger in die Erdwand der Senke des Rechten Wegs und zog sich an die Seite von Eichelhäher hoch, um über den Abhang hinweg auf Krallenstadt zu blicken. Wirbelnde dunkelgraue Wolken zeichneten sich am Abendhimmel ab, und Eulen riefen, als sie über die Klippen glitten. Sie hatte ihr langes Haar geflochten und zu einem Knoten am Hinterkopf zusammengebunden. Trotz der Kälte klebte ihr das zerrissene gelbe Kleid feucht am Körper. Der Geruch von Gras und nasser Erde stieg ihr in die Nase.

Vier Wachtposten auf den Wällen; das weiche Licht aus den Kammern warf einen orangefarbenen Schein auf ihre Gesichter.

Haß wallte in ihr auf. Diese Leute, vielleicht gerade diese Männer, hatten Palmlilie und Vogelkind ermordet. Sie hatten das Dorf niedergebrannt und ihren Clan abgeschlachtet. Sie hatten Distel *alles* genommen – alles außer Maisfaser.

Sie kämpfte gegen die Tränen der Wut an, die ihr die Sicht trübten.

*Maisfaser, wo bist du?*

Zikade hockte in der Grabensohle, zusammen mit etwa sechzig Kriegern, die auf Befehle warteten. Es wurde allmählich dunkler, und in diesem Dämmerlicht sah sie mit ihrer stämmigen Gestalt und dem kurzen Haar aus wie ein Junge. Den ganzen Nachmittag, als sie heimlich durch den Canyon geschlichen waren, hatte Zikade vom Wiedersehen mit Maisfaser gesprochen. Das hatte Distels Herz erwärmt, denn schreckliche Alpträume hatten sie gequält, daß Maisfaser nie nach Krallenstadt gekommen wäre, daß ihre Tochter in irgendeinem Beifuß-Gestrüpp läge, tot.

Eichelhähers Gesicht hatte nun den Ausdruck raubtierhafter Wachsamkeit angenommen. Er trug das rote Hemd, das Heuler dem toten Posten auf dem Signalturm ausgezogen hatte. Distel hatte es im Bach ausgespült, aber es roch immer noch nach Blut.

Sie holte tief Atem. Furcht schien gleichsam in der Luft zu liegen; und sie hatten allen Anlaß, furchtsam zu sein. Die großen Städte am Canyon des Rechten Wegs waren auf Verteidigung angelegt. Wenn ein einziger Mensch einen Alarmruf ausstieß, quollen binnen einer halben Zeithand Krieger aus jeder Stadt, aus jedem Dorf entlang des Canyons. Das war ihre Stärke. Sie konnten eine feindliche Abteilung gegen die Canyon-Wände drücken und sie buchstäblich in Stücke schießen.

Distel knirschte mit den Zähnen, als sie über Krallenstadt blickte. Sie hatte mitgeholfen, diese unüberwindbaren Mauern zu bauen, die stellenweise zehn Handbreit dick waren. Sie waren weder zu zerschmettern noch mit Leitern zu erklimmen; sie hatte schon einmal tapfere Krieger gesehen, die Leitern anlegten und hochzuklettern versuchten, aber die Bogenschützen vom Rechten Weg oben auf den Wällen hatten sie lachend einzeln abgeschossen.

Eichelhäher sah Distel an und tippte mit dem Zeigefinger auf den Boden. »Zeichne mir's auf. Wir haben vielleicht nur einen Zeitfinger, um das zu erledigen. Ich muß genau wissen, wo die Zimmer der Ersten Menschen sind.«

Distel zeichnete den halbmondförmigen Bau in den Boden und zog die Linie der Räume, welche die Plaza teilten. Sie sagte: »Denke daran, daß ich fast sechzehn Sommer lang nicht mehr hier gewesen bin, Großer Häuptling. Ich nehme zwar an, daß ihre Zimmer noch an derselben Stelle sind, aber vielleicht sind sie umgezogen.«

»Ich verstehe. Mach weiter!«

»Hier, im fünften Stock, ganz hinten, war Krähenbarts Zimmer. Hier auf der rechten, der Ostseite, lag das Zimmer von Nachtsonne, gerade unterhalb der Stützsäule« – sie tippte auf ihre Zeichnung –, »und Nordlichts Zimmer war nicht weit davon entfernt... hier. An der Vorderfront, im ersten Stock, wohnte Eisenholz. Das Zimmer von Federstein –«

»Die alte geistesgestörte Frau?«

»Ja.«

»Macht nichts. Sie würde uns zu lange aufhalten. Und wenn die Ersten Menschen nicht in ihren Zimmern sind – wo dann?«

Distel bohrte eine Delle in die Zimmerreihe, welche die Plaza in zwei Hälften teilte. »Hier, Eichelhäher. Das ist die Kiva der Ersten Menschen.«

Eichelhäher sah zwischen dem gezeichneten Plan und Krallenstadt hin und her, um sich die entscheidenden Orte einzuprägen. Ein seltsames Glitzern war jetzt in seinen Augen.

Er drehte sich zu Heuler um, und der große, häßliche Krieger leckte sich nervös die Lippen. Eichelhäher sagte: »Es ist jetzt wohl dunkel genug. Nimm dir drei Mann und folge uns. Sie müssen so nahe wie möglich an ihre Ziele herankommen und so lautlos wie möglich töten. Sie haben nur eine einzige Chance.«

»Ich verstehe«, erwiderte Heuler.

»Das hoffe ich.« Eichelhäher wies nach links, auf die Leute, die redend und lachend vor Strombettstadt promenierten, und dann nach rechts, auf den hellen Feuerschein von Kesselstadt. »Eine falsche Bewegung, Heuler, und die Krieger aus diesen Städten sammeln sich sofort, um sich auf uns zu stürzen wie Wölfe auf Feldmäuse.«

Heuler nickte. »Ich habe den Männern schon gesagt, daß sie keinen Laut von sich geben oder auch nur ›versehentlich‹ etwas anzünden dürfen und daß alles, was die anderen Städte alarmiert, uns tausend Krieger auf den Hals hetzt, die dafür sorgen werden, daß wir nicht mehr heil aus dem Canyon kommen.«

»Gut. Mach ihnen auch klar, daß die Hunde vom Rechten Weg morgen in aller Frühe ihre Truppe aufgestellt haben werden. Wir müssen also heute nacht so schnell und so weit wie möglich laufen.«

»Das sage ich ihnen.«

»Geh jetzt. Bring sie in Stellung, während ich mit Distel rede.«

»Ja, mein Häuptling.«

Heuler kletterte in die Senke hinab und lief geräuschlos durch die Reihen. Hie und da tippte er einem Mann auf die Schultern. Drei Männer erhoben sich und verschwanden; auf getrennten Wegen gingen sie auf Krallenstadt zu. Ihre grauen Hemden verschmolzen mit dem Dämmerlicht.

Leise wie Frühlingsnebel kroch Eichelhäher über den Grabenrand und lag flach im Gras, mit zugekniffenen Augen spähend.

Distel folgte seinem Blick – er suchte sicher seine ausgesandten Krieger. Sie konnte im Halbdunkel nichts wahrnehmen, doch er schien die Bewegung eines Mannes zu beobachten. Seine Blicke wanderten nach links.

Sie knirschte mit den Zähnen. Sie hatte keine Waffe, denn man traute ihr noch nicht. Sie hatte nur ihre Hände, um sich zu verteidigen. Aber sie *würden* ihr vertrauen. Bald.

Nach einem weiteren Zeitfinger flüsterte Eichelhäher: »Es ist Zeit, Distel.«

Sie kletterte mühsam aus dem Graben heraus und stand auf. Ihr Herz hämmerte gegen die Rippen. »Es tut mir nur leid, daß Schlangenhaupt nicht hier ist; dann könnte ich ihn selbst töten.«

»Dazu kommt es noch, Distel. Besonders, wenn der Überfall in dieser Nacht erfolgreich verläuft.« Langsam stand er auf, fühlte nach seinem Bogen, der ihm über der rechten Schulter hing, und nach dem Köcher über der linken Schulter, der zehn schön gefiederte Pfeile enthielt. Er band die Kriegskeule vom Gürtel los und prüfte ihr Gewicht.

»Du weißt genau, daß der Krieger auf Wache über dem Tor Stechmücke heißt?«

»Ja, so heißt er.«

»Also gut. Auf geht's!«

Eisenholz kam geduckt aus dem Altarraum und schaute sich auf der Plaza um. Es war Nacht, und Fledermäuse flatterten durch den orangefarbenen Schein, der von der Stadt ausging. Niemand befand sich auf der Plaza. Die Gemachten Menschen hatten sich auf ihre Zimmer zurückgezogen, um ihr Abendessen zu machen, und die Sklaven waren inzwischen eingeschlossen. Leises Stimmengewirr brachte der Wind mit sich.

Stechmücke hielt über dem Einlaß Wache, sein kräftig gebauter Körper schwarz gegen den schiefergrauen Himmel. Weitere drei Krieger hockten auf dem Dach des fünften Stocks. Eisenholz nickte beifällig. Mit nur einer Handvoll zurückgebliebener Krieger war Wachsamkeit notwendig. Stechmücke hatte richtig gehandelt.

Eisenholz ging über den festen Boden der Plaza; der Windjunge zauste an seinem ergrauenden Haar und peitschte in seine Hirschlederärmel. Sein beflecktes Hemd roch noch nach Maisfasers Blut. Er mußte sich umziehen. Vor einer Zeithand hatte Kräuterblüte mitteilen lassen, daß sie morgen früh gern mit Nachtsonne sprechen würde. Beide wußten, was die Aufforderung bedeutete. Aus Menschenliebe hatte Kräuterblüte Nachtsonne Zeit lassen wollen ... um ihre Verteidigung vorzubereiten, um die Beweise wegzuschaffen – nämlich ihre Tochter – oder um fortzugehen.

Nachtsonne hatte schon vorsorglich ihren Beutel in die Kiva gebracht. So bald wie möglich würden sie zu dritt aufbrechen, selbst wenn Eisenholz seine Tochter die ganze Zeit tragen müßte. Wenn sie vor Morgengrauen aufwachte, würden sie sie fragen, ob sie mitgehen oder als Krallenstadts Ehrwürdige Mutter bleiben wollte. Andernfalls würden sie Maisfaser einfach mitnehmen.

Er stieg die Leiter hinauf und ging über das Dach zu seinem Zimmer; dabei atmete er den herangewehten Zedernholzrauch ein. Er schmeckte förmlich den süßlich-scharfen Geruch in seiner Kehle. Hunderte von Feuern funkelten entlang der Canyon-Sohle, wie aufgenähte Topas-Perlen auf kobaltblauem Samtgrund.

Eisenholz kletterte in sein Zimmer hinab.

Die weißen Wände reflektierten das taubengraue Licht, das durch den Dacheinlaß fiel. Er blieb einen Augenblick stehen, um seine Augen an das Halbdunkel zu gewöhnen, ging dann zu dem Stapel gefalteter Hemden auf dem Kopfende seines Bettes. Er würde warme und kräftige Sachen brauchen. Er zog sich das verschmutzte Hemd aus und warf es auf den Boden; er streifte ein einfaches goldbraun gegerbtes Rehlederhemd über. Die Ärmel- und Saumfransen flatterten.

Er band sein Bündel zu und warf es über die Schulter, dann ergriff er seinen Köcher und seinen Lieblingsbogen.

Seine Blicke suchten die Bilder der grimmigen Thlatsinas; er betrachtete noch einmal jede einzelne Waffe an der Wand. Die Wasser- und Samenwesen, die in den Skalps lebten, wisperten ihm zu; es war wie das Gesäusel des Windes, aber er verstand keines ihrer Worte.

»Lebt wohl«, sagte er leise.

Er ließ seine Finger über den geschnitzten, reichverzierten Bogen gleiten, den ihm Krähenbart nach dem Kampf bei den Gila-Monster-Klippen geschenkt hatte. An jenem Tag hatte sich die Welt verändert. Er hatte sich verändert.

Unter den Gila-Monster-Klippen hatte er seine Fähigkeiten unter Beweis gestellt, nicht nur gegenüber seinem Häuptling, er hatte sich selbst bewiesen. Zum ersten Mal seit dem Tod seiner geliebten Frau Lupine und seines kleinen Sohnes hatte er gewußt, wer er war.

»Jetzt schlage ich einen neuen Weg ein. Ich bitte die Götter, mir zu helfen, meinen Weg zu finden.«

Ein letztes Mal schaute Eisenholz sich um und durchlebte noch einmal alles, woran er sich erinnerte. Dann wandte er sich schnell ab und kletterte die Leiter hinunter, fliehend, bevor die Trauer ihn überwältigte. Schweigend stand er auf dem Dach, die Finger spielten mit seinem Bogen.

Eine Eule schwebte über der Stützsäule, die Flügel bewegt im wehenden Wind. Die Abendleute glitzerten am Himmel.

Stechmücke hockte über dem Tor, eine Decke um seine Schultern.

Eisenholz kletterte hinab zur östlichen Plaza und ging mit leise knisternden Mokassins zur Kiva der Ersten Menschen.

In seinem Herzen vermischten sich Erregung und Melancholie. Das ergab eine seltsame Leere, die er nicht ganz verstand. Er würde mit Nachtsonne zusammensein – und vielleicht mit ihrer beider Tochter Maisfaser. Um diesen Tag hatte er fast sein halbes Leben lang gebetet. Warum tanzte er nicht? Vor sechzehn Sommern hätte er getanzt.

*Du bist ein alter Mann, Eisenholz. Deine Seele ist zu müde für solche albernen Darbietungen.*

Er näherte sich der Tür zum Altarraum und dem daneben befindlichen Tor zwischen den beiden Plaza-Hälften. Bevor er geduckt eintreten wollte, hörte er die Stimme eines unbekannten Mannes …

Stechmücke zog sich die Decke fest um die Schultern. Die Schatten des Abends gingen in Nacht über, am westlichen Horizont glühte noch ein letztes fahlblaues Licht. So heiß der Tag gewesen war, die Nacht würde eine Kälte mit sich bringen, die durch Mark und Bein ging.

Er rieb sich die Augen und reckte sich den Hals nach allen Richtungen aus. Müdigkeit in Verbindung mit Sorge machte ihm zu schaffen. Er war für Krallenstadt verantwortlich. Jetzt verstand er endlich, warum Spannerraupe im ganzen letzten Mond so reizbar und nervös gewesen war. Seine eigenen Nerven waren so straff gespannt wie die Sehne eines Bogens.

Er erinnerte sich an die letzte Begegnung mit Spannerraupe. »Das ist doch Wahnsinn! Du läßt mir vier Krieger hier? *Vier?* Damit könnte ich nicht mal einen Kornspeicher gegen eine Horde Kinder verteidigen.«

Spannerraupe hatte ihn mit dem dumpfen Blick eines Mannes angesehen, der gleich zusammenbricht, und über die Plaza auf Schlangenhaupt in seiner feierlichen Trauertracht gewiesen. »Willst du dich bei der Gesegneten Sonne beschweren?«

»Nein«, hatte Stechmücke grimmig geantwortet. »Aber ich gäbe alles dafür, Krähenbart zurückzubekommen.« Doch dann hatte sich sein Magen schmerzhaft zusammengezogen. Hatte er vielleicht gerade Spannerraupe in seinem Rang als Befehlshaber beleidigt? Zu seiner Erleichterung hatte Spannerraupe nur gelächelt und gesagt: »Ich auch« und dann seinen Platz an der Spitze der Prozession eingenommen.

Stechmücke blickte forschend auf die hochragende Masse von Krallenstadt, auf die weißen Mauern, die jetzt geisterhaft leuchteten. Rauchwölkchen aus Wärmeschalen und Herdfeuern stiegen hoch. Es war gespenstisch still. Viel zu still.

Stechmücke wußte, daß Eisenholz und Nachtsonne Rede und Antwort stehen müßten, wenn Schlangenhaupt und die Clan-Ältesten zurückkehrten. Und was dann? Wenn die Ältesten ihren Tod bestimmten – würde die junge Maisfaser dann Ehrwürdige Mutter werden?

Stechmücke versuchte, sich das auszumalen. Maisfaser würde Schlangenhaupt absetzen; zumindest war es das, was er hoffte. Alles wäre besser als Schlangenhaupts Wahnsinn.

*Läßt mir nur vier Krieger, um Krallenstadt zu verteidigen!* Natürlich könnte er, falls erforderlich, all die alten Männer und Frauen herausrufen; die meisten konnten mit dem Bogen umgehen, wenn auch nicht sehr gut.

Er drehte sich unbehaglich herum und sah auf das im Schatten liegende Flachland. Zumindest war die Entscheidung, Krallenstadt von allen Kriegern zu entblößen, so plötzlich gefallen, daß weder für die Feuerhunde noch für die Turmbauer Zeit genug blieb, das auszunutzen.

»Es wird überhaupt nichts Besonderes vorkommen«, sagte sich Stechmücke. »Es dauert ja nur vier Tage. Kein Mensch kann so schnell eine Truppe aufstellen.«

Knurrend zog er die Decke wieder fest um sich. Ein unheimliches Geheul kam von den Coyoten oben auf den Klippen. Er wünschte ihnen gute Jagd. Gerüchten zufolge reicherten die Bewohner kleiner Dörfer ihren Eintopf mit Mäusen an, um ihre Fleischvorräte zu strecken.

Stechmücke rutschte unruhig herum. Seit dem Tod von Krähenbart schienen die Fäden, die die Welt des Rechten Wegs zusammenhielten, auszufasern. Als hätte Wahnsinn die Leute befallen.

*Ich könnte einfach von hier fortgehen.* Bei diesem Gedanken neigte er den Kopf zur Seite, als lauschte er einer Geisterstimme. *Wäre das so schlecht?*

Wenn man bedachte, daß er noch vor wenigen Tagen geglaubt hatte, er könnte Kriegshäuptling werden! Aber jetzt nähme er den Posten nicht an, selbst wenn er ihm angeboten würde. Tatsächlich tat ihm Spannerraupe leid.

Er beschwor Bilder von den Dörfern der Grünen Mesa herauf, von den rauhen, zerklüfteten Bergen nördlich von ihnen. Er sah im Geiste die klaren Bäche von den kiefern- und fichtenbestandenen Höhen herunterrinnen in die bewässerten, fruchtbaren Täler.

Sie würden bereitwillig einen Krieger von seinem Ruf aufnehmen. Vielleicht war es jetzt an der Zeit, in eine Familie mit fruchtbaren Feldern und einem festen Haus einzuheiraten. Da würde es noch genügend Kämpfe mit den Turmbauern geben, aber außerdem eine gute Jagd in den Bergen.

Keine Überfälle mehr wie den auf Lanzenblattdorf. Kein Kopfzerbrechen mehr über Schlangenhaupts Wahnsinn, über geheimnisvolle Morde oder über die Frage, ob Nordlicht ein Hexenmeister war. Keine Intrigen mehr.

Er strich über den Griff seiner Kriegskeule. *Das mache ich. Ich gehe einfach weg.* Er würde in sein Zimmer gehen, ein paar Sachen in sein Bündel packen, seine Decke zusammenrollen und hinausgehen. Einfach so. Heute nacht noch. Gleich jetzt!

Es schien verlockend; er stand auf. Aber er verzog das Gesicht, als er auf die aufsteigenden Wohnebenen von Krallenstadt blickte. Ein entmutigender Gedanke hielt ihn zurück. Nein, er schuldete es Spannerraupe, diese Sache zu Ende zu bringen. *Aber sobald der Kriegshäuptling zurückgekehrt ist, breche ich auf nach Norden.*

Er holte tief Luft, mit dem Gefühl großer Erleichterung. Dann hörte er Schritte unten am Tor. Aus langer Erfahrung wußte er: Da kamen zwei Personen im Laufschritt an.

»Wer ist da?«

»Ein Krieger und eine Frau vom Ameisen-Clan«, rief ein Mann atemlos wie nach einem scharfen Lauf. »Wir bringen Nachricht von der Gesegneten Sonne.«

Stechmücke verzog das Gesicht. Was war jetzt schon wieder los? »Na gut, kommt herauf und erzählt mir alles.«

Er straffte die Rückenmuskeln, als der Mann und die Frau durch den Einlaß traten und die Leiter emporkletterten. Trotz der Dunkelheit sah Stechmücke, daß der Mann grauhaarig war und ein Kriegerhemd trug. Bogen und Köcher hingen ihm auf dem Rücken, und er hielt eine Kriegskeule in der rechten Hand.

Stechmücke kannte ihn nicht, aber das war kein Wunder, weil die Gesegnete Sonne so viele zur Trauer-Eskorte bestellt hatte. Wenn man dem Mann das rote Hemd auszog und ihn in einen Weberkittel steckte, konnte er sich vielleicht an sein Gesicht erinnern.

Die Frau kam ihm irgendwie bekannt vor. Er betrachtete sie in der Dunkelheit mit zugekniffenen Augen. »Also gut, sagt's mir. Was hat sich die Gesegnete Sonne diesmal für einen Irrsinn einfallen lassen?«

»Es wird dir nicht gefallen«, sagte der Mann beim Näherkommen. Er lächelte böse. Nein, das war kein Weber, das war ein echter Krieger. Wieso kannte er –

»Erinnerst du dich an Lanzenblattdorf, Stechmücke?« fragte die Frau mit hohler Stimme. »Du warst dabei. Du hast mitgeholfen, Palmlilie und meinen Sohn zu töten.«

»Palmlilie?« Stechmücke erschrak und wirbelte herum, um die Frau anzusehen. »Distel? Bist du –«

Er hörte kaum das Zischen der niedersausenden Kriegskeule, die seinen Schädel zertrümmerte.

Eichelhäher fing den zusammenbrechenden Körper von Stechmücke auf und zog ihn auf das getünchte Dach. Er wartete nur kurz auf Distels Reaktion, aber selbst im Dunkeln sah er ihre stahlharten Augen, als sie auf die Leiche des Kriegers starrte. Kein Zweifel, diese Frau haßte.

»Pack seinen anderen Arm.« Zusammen zogen sie seinen Körper zwischen sich hoch, so daß es aussah, als sprächen sie zu dritt miteinander. Eichelhäher spähte in die Nacht hinaus und machte den Schrei einer Eule nach.

Gleich darauf bewegten sich Schatten durch das Dunkel. Heulers drei Mann glitten durch den Einlaß und machten sich getrennt auf den Weg, um die verbleibenden Wachtposten, die die Straße beobachteten, zum Schweigen zu bringen. Das war der heikelste Punkt der Unternehmung. Wenn ein Alarm gegeben würde, dann jetzt. Doch keiner der Posten erwartete einen Angriff innerhalb der Stadtmauern.

*In all diesen Sommern habe ich auf diesen Augenblick gewartet.* Eichelhäher füllte seine Lungen mit der kühlen Nachtluft, um sein hämmerndes Herz zur Ruhe zu bringen. Die Toten, die auf der Bahn Krähenbarts zurückgeblieben waren, die Gefangenschaft von Rehkitz und ihr Tod, all diese klagenden Geister würden jetzt gerächt werden, hier, heute nacht, in Krallenstadt selbst.

Eichelhäher blieb einen Augenblick stehen und staunte über das Ausmaß des Baus. Fünf Stockwerke hoch – riesig! Welcher Fähigkeiten hatte es bedurft, Mauern mit solch einer Tragkraft zu errichten!

»Wie haben sie das jemals bauen können?« fragte er sich laut.

»Eines Tages, Großer Häuptling, werde ich es dir erzählen. Mit meinen eigenen Händen habe ich geholfen, die östlichen Mauern hochzuziehen.« Distel machte eine Pause, ihre Stimme sank. »In einer anderen Welt. In einem anderen Leben.«

Ein leiser Pfiff tönte durch die stille Nacht. Ein Posten tot. Dann noch einer. Dann –

»*Was?*« brüllte der Mann auf dem östlichen Wall. »*Wer bist du? Was willst du –*«

Eichelhäher ballte die Faust und schaute auf. Sein Krieger hatte den Mann zu Boden geschlagen. Sie rangen miteinander im Sternenlicht auf dem Dach, wälzten sich übereinander. Schließlich der dumpfe Keulenschlag auf einen Schädel, ein Ächzen ... und wieder ein Pfiff. Stille.

Eichelhäher drehte sich um und winkte. Dreißig Krieger glitten in gleichmäßigem Fluß durch den Einlaß. Sie waren ganz lautlos, nur das Knirschen der Sandalen auf dem Boden verriet ihr Eindringen in die Stadt.

Eichelhäher und Distel hasteten die Leiter hinunter, um sich mit den Kriegern zu vereinigen, und deuteten auf die Schatten in der Zimmerreihe, die die Plaza teilte.

Distel wies auf die oberen Stockwerke in der östlichen Reihe. »Da wohnen die Ersten Menschen. Dort findet ihr Nachtsonne. Ihr Zimmer ist dort drüben, hinter der T-förmigen Tür.«

Eichelhäher übersetzte das seinen Kriegern, und schickte eine erste Rotte von zehn los. Sie trabten über die Plaza und eilten die Leitern neben den Großen Kriegern hoch. Im schwachen Licht schienen die Götter mit finsterer Absicht grimmig hinabzusehen.

»Die Sklaven sind in den Rundzimmern da drüben eingesperrt«, teilte Eichelhäher Heuler mit und wies dorthin. »Ihr müßt eine Leiter zu ihnen hinunterfallen lassen; sagt ihnen, sie sollen fliehen, aber ohne einen Laut.«

Heuler nickte und nahm eine zweite Zehnerrotte mit.

»Die Tür dort neben dem Tor führt zur Kiva der Ersten Menschen.« Distel führte Eichelhäher und den Rest der Krieger der Zimmerreihe entlang, die die Plaza in zwei Hälften teilte.

In diesem Augenblick brüllte ein Mann, dann hörte man Ächzen und schlurfende Geräusche.

»Was geht hier vor?« rief Eichelhäher leise. Zwei seiner Krieger zerrten einen großen grauhaarigen Mann durchs Tor. Sie konnten ihn nur zu zweit halten. Eichelhäher packte unwillkürlich seine Keule und ging in die Hocke; er hörte, wie seine Krieger gekerbte Pfeile gegen die Sehnen legten.

Eine Keule war schon hochgeschwungen, um den kämpfenden Mann zu erledigen, aber da schrie Distel: »Wartet! Das ist Eisenholz!«

»Halt!« rief Eichelhäher in seiner Sprache. »Den brauchen wir noch.«

»Der ist eine Leiter hochgeklettert, um die Wachen zu warnen«, flüsterte der hochgewachsene Krieger Flughund.

»Eisenholz«, sagte Eichelhäher mit eisigem Lächeln, »es ist schon so lange her.« Er streckte ihm die Hand entgegen.

Zu seiner Überraschung blickte der Krieger des Rechten Wegs erst auf die Männer ringsum, bevor er nervös die Hand ergriff und fragte: »Wer bist du? Warum –«

Eichelhäher riß ihn zu sich heran, zog den Dolch aus dem Gürtel und setzte die scharfe Spitze grob auf den Hals von Eisenholz. »Keinen Laut, Kriegshäuptling, oder ich steche zu. Hör genau zu! Kennst du Maisfaser? Ein Mädchen aus Lanzenblattdorf? Antworte sofort, oder du wirst mit einer Menge anderer Leute sterben.«

»*Wer bist du?*« stieß Eisenholz zwischen den Zähnen hervor.

»Ihr Großvater.«

Eisenholz schüttelte verwirrt den Kopf. »Was?«

Distel trat vor, so nahe, daß Eisenholz sie genau erkennen konnte. Sie sagte: »Ich bin gekommen, meine Tochter zu retten, Eisenholz. Wo ist sie? Im Käfig?«

Eichelhäher spürte Eisenholz schlucken, sein Kehlkopf vibrierte gegen die Dolchspitze. Mit großen Augen schaute er auf Distel. »Nein. In... der Kiva, Distel. Warum *tust* du das?«

»Weil sie alles ist, was ich noch habe, Eisenholz. Kommt, hier entlang!« Distel eilte vorwärts.

»Flughund!« Eichelhäher schob Eisenholz zu den zwei Kriegern, die ihn gefangengenommen hatten. »Schnell! Bindet ihm die Hände und einen Strick um den Nacken, damit du ihn erdrosseln kannst, Flughund, wenn er schreit.«

Er und seine Krieger folgten Distel in den herrlich ausgemalten Altarraum und stiegen dann die Treppe hinunter in die große Kiva mit ihren vier gemauerten Pfeilern und der atemberaubenden Ansammlung von Masken.

»Maisfaser!« rief Distel. Sie rannte auf den Kreis der Menschen zu, die eine hingestreckte junge Frau umstanden.

Eine hochgewachsene Frau erhob sich und blickte Eichelhäher aufmerksam und argwöhnisch an. Die drei Männer standen nacheinander auf und flüsterten nervös miteinander.

»Umstellt sie!« Eichelhäher winkte nach allen Seiten. »Durchsucht das hier. Nehmt euch alles, was wertvoll aussieht.« Als seine ausgeschwärmten Krieger die Opfergaben aus den Nischen raubten und die heiligen Masken herunterrissen, ging Eichelhäher auf die Wartenden zu, und das Herz klopfte ihm im Hals. Distel kniete neben dem bewußtlosen Mädchen. War das seine Enkelin? Im Augenblick konnte er nur wenig unter dem häßlichen schwarzen Bluterguß auf der geschwollenen Gesichtshälfte sehen.

»Was ist hier vorgefallen?« wollte er wissen.

Die Frau, eine schlanke Schönheit mit kalten Augen, sprach: »Sie wurde mit einem Pfeil ins Gesicht geschossen. Ein Mordversuch. Und wer bist du?« Sie musterte die Krieger. »Was machst du hier?«

Bei dieser Kommandostimme schaute Eichelhäher auf. So hatte ihn noch nie jemand angesprochen. Er begegnete ihrem Blick, sah in ihren Augen den wachsenden Schrecken, als sie zusehen mußte, wie seine Krieger die kostbarsten Kunstwerke ihres Volkes stahlen. Einer seiner Männer warf einen wunderbaren Topf von der Grünen Mesa zu Boden, wo er zerschellte und seinen Inhalt auf den Boden leerte, den der Krieger fröhlich zusammenschaufelte.

»Genug!« befahl Eichelhäher. »Wir haben nur wenig Zeit, bevor jemand Alarm schlägt. Stopft in eure Bündel, was ihr habt, und nehmt diese Leute in eure Mitte. Sie kommen mit uns.«

Er wandte sich an die hochgewachsene Frau. »Und wie heißt du? Und lüg mich nicht an, sonst bist du tot.«

»Ich bin Nachtsonne.« Sie stieß erschrocken die Luft aus und lief vorwärts; Eichelhäher schaute in die Richtung – da wurde Eisenholz, gebunden und geknebelt, von Flughund vorgestoßen.

Eichelhäher packte sie am Arm und riß sie zurück. »Und die hier?« Er nickte in Richtung auf einen alten Mann, den seltsamerweise völlig ruhigen Priester und den Jüngling, der ihn mit großen, ungläubigen Augen anstarrte. Der Junge hatte eine Hand in Maisfasers blutgetränktem gelbem Ärmel.

Der weißhaarige Älteste mit den tiefen Falten im Gesicht trat vor. »Ich bin Düne, genannt der heilige Heimatlose. Neben mir ist Nordlicht, der Sonnenseher von Krallenstadt. Der junge Mann ist mein Assistent Sängerling. Maisfaser kennst du offenbar schon. Was willst du von uns, großer Eichelhäher?«

Bei diesem Namen zuckten Nachtsonne und Sängerling zusammen, als hätte man sie ins Gesicht geschlagen. Nordlicht sah nur mit starrem Blick vor sich hin, ein sonderbares Licht glühte in seinen Augen. Er schien weder die Kiva noch die darin wimmelnden Todfeinde zu sehen, sondern blickte in eine andere Welt.

»Wie geht es Maisfaser?« fragte Eichelhäher. Distel hielt ihre Hand. »Bleibt sie am Leben?«

»Natürlich bleibt sie am Leben«, sagte Nachtsonne. »Ich habe ihre Wunden selbst versorgt. Jetzt will ich wissen –«

Eisenholz schüttelte den Kopf, und Nachtsonne verstand. Sie warf ihm schnell einen Blick zu. Was immer sie wissen wollte – sie unterdrückte es, aber sie blieb auf Abstand und starrte Eichelhäher feindselig an.

Eichelhäher hob eine Braue. »Sosehr ich auch länger hier verweilen möchte, um die Gastfreundschaft von Krallenstadt zu genießen – ich habe einfach nicht die Zeit dafür. Allerdings freue ich mich jetzt schon darauf, euch alle kennenzulernen. Bei den Gila-Monster-Klippen. Innerhalb der Mauern meines eigenen Dorfs haben wir kaum Unterbrechungen zu fürchten.« Er gestikulierte drohend mit seinem Dolch. »Wer Widerstand leistet oder unseren Marsch aufhalten will, zwingt mich, mein Mißvergnügen an Nachtsonne auszulassen.« Er blickte jedem nacheinander in die Augen, besonders in die von Eisenholz. »Habt ihr verstanden?«

Selbst der Kriegshäuptling nickte.

»Dann auf!« Eichelhäher wandte sich zum Ausgang.

»Häuptling?« fragte Flughund. Sein barbarisches, schmales Gesicht war angespannt. »Was ist mit dem alten Mann? Der kann kaum durch den Raum laufen, geschweige denn den Marsch zu den Gila-Monster-Klippen mitmachen. Soll ich ihn töten?«

»Den heiligen Heimatlosen töten? Nein, mein Freund.« Eichelhäher packte seinen Krieger am Arm. »Der ist viel zu wertvoll für uns. Wir tragen ihn und Maisfaser. Hol dir zwei Leitern draußen. Die benutzen wir als Tragbahren.«

»Ja, mein Häuptling.« Der Mann trabte zur Treppe.

Eichelhäher kniete neben Maisfaser und betrachtete sie ganz genau. In drei Decken eingewickelt, war es ihr sicher warm genug. Ihr Atem ging in schnellen, flachen Stößen, aber anscheinend schlief sie tief. Sehr liebevoll schob Eichelhäher seine Arme unter ihre Schultern und Knie und hob sie hoch. »Heuler? Nimm alle Mann vor mir mit und sieh zu, daß die Plaza sicher ist. Meine Enkeltochter trage ich selbst.«

»Ich verstehe.«

Heuler winkte dem Mann, der Eisenholz festhielt. »Schwarzdorn, wirf deinen Umhang über Eisenholz und schieb ihn als ersten hinaus, für den Fall, daß jemand vor Aufregung schießt, bevor er hinsieht.«

»Ja, Kriegshäuptling.« Schwarzdorn nahm seinen schwarzweißen Umhang ab und band ihn Eisenholz um die Schultern. Der große Mann blickte verächtlich, als die Krieger ihn die Treppe hinaufschoben.

Mit gewohnter Routine organisierte Heuler den Abmarsch der übrigen. »Zuerst die Priester, dann den Jungen und die Frau.«

Eichelhäher wartete und hielt Maisfaser an seine Brust gedrückt, bis der letzte Krieger die Stufen hinaufgegangen war, dann trug er seine Enkelin hinaus in die kühle Nacht. Krallenstadt wirkte im Mondlicht fahlblau. Jemand rief etwas ... dann ein Schrei. Ein Hund bellte. Dunkle Gestalten, von denen sich viele in der Mogollon-Sprache verständigten, eilten über die Plaza zum Einlaß und flohen ins Dunkel.

Schwarzdorn und Heuler rannten mit einer Leiter und einem aufgerollten Yucca-Strick herbei.

»Gut«, sagte Eichelhäher. »Legt das auf den Boden.«

Eichelhäher senkte Maisfaser behutsam auf die Kiefernsprossen. Die Decken würden sie sanft betten, nur ihr rechtes Ohr ruhte auf nacktem Holz. Eichelhäher streifte seinen Umhang ab und legte ihn gefaltet unter den verletzten Kopf. »Bindet sie fest, und dann brechen wir auf.«

»Ja, mein Häuptling.«

Eichelhäher hielt sich die Hände an den Mund und ließ einen schrillen Pfiff ertönen, der die Krieger innerhalb der Mauern zusammenrief. Als sie vorbeitrabten, wandte sich Eichelhäher an die zwei, die Maisfaser trugen. In Decken gewickelt lag sie auf der Leiter. Eichelhäher schaute mit klopfendem Herzen auf ihr geschwollenes Gesicht und suchte nach einer Ähnlichkeit mit seiner Tochter. Er fand keinerlei Merkmale – würde sie aber vielleicht später finden, wenn die Schwellung zurückgegangen war. »Seid äußerst vorsichtig mit meiner Enkelin.«

»Das ist uns eine Ehre, Großer Häuptling.« Der Ton ihrer Stimmen sagte ihm, daß man sie so zart behandeln würde wie einen zerbrechlichen Topf.

Zwei Krieger hielten Nordlicht mit harter Hand fest. Sie rissen ihn mit zum Ausgang. Er glich einem, der in einer tödlichen Falle gefangen sitzt und bereit ist, seinen Fuß abzunagen, um entkommen zu können. Nacheinander kamen die Krieger heraus, einige davon blutbeschmiert, alle mit Säcken voller Beute über den Schultern oder Gefangene antreibend, meistens junge Frauen, die gewagt hatten, aus ihren Räumen hinauszublicken, als sie das Getümmel gehört hatten. Ein Jammerruf schallte durch die Nacht.

Dann kam der heilige Heimatlose auf einer Leiter, getragen von zwei stämmigen Kriegern; er fühlte sich erniedrigt, und mit bitterem Gesichtsausdruck klammerte sich an die Sprossen, als hinge sein Leben davon ab.

Zwei weitere Krieger stießen Nachtsonne vorwärts; ihre Hände waren gebunden, ein Strick lag um ihren Hals. Sie hatte die Augen einer Frau, die mitansieht, wie ihre Welt untergeht.

*Schau gut hin, Ehrwürdige Mutter, denn nach dieser Nacht wird das Volk des Rechten Wegs nicht mehr sein, was es war.*

Zu Eichelhähers Überraschung versuchte Eisenholz Maisfaser zu berühren, als ihre Leiter vorbeigetragen wurde, aber Flughund riß ihn zurück und zog den Strick um den Hals zu, um ihn zum Gehorsam zu zwingen.

Eisenholz taumelte, hustete und mühte sich dann, zu Eichelhäher zu sprechen. Er drehte sich zu ihm um und rief: »Eichelhäher? Hör mich an!«

»Was willst du?«

»Du und ich, wir kennen einander.« Eisenholz rang nach Luft, sein Atem ging pfeifend. »Wenn du Nachtsonne gut behandelst... dann – dann tue ich alles, was du von mir verlangst. Verstehst du? Alles!«

Eichelhäher hörte die Verzweiflung in seiner Stimme und fand sie... interessant. Dann fing er den Blick auf, mit dem Eisenholz und Nachtsonne sich ansahen. Eichelhäher nickte. »Ja, ich glaube, ich verstehe dich.«

Der Kriegshäuptling von niederer Herkunft liebte die große Ehrwürdige Mutter von Krallenstadt? Ein tapferer Mann, in der Tat! Vielleicht würde er sich selbst aus diesem Grund Nachtsonne zur Gefährtin nehmen – so wie Eisenholz sich Eichelhähers Tochter genommen hatte.

Als sie durchs Tor und in die Nacht hasteten, kamen sie an der Leiche von Stechmücke vorbei, die wie ein unordentlicher schwarzer Haufen neben dem Stadtwall lag.

Eichelhäher wandte sich ein letztes Mal um, und der Stolz schwellte seine Brust, als er das großartige Bollwerk des Volks des Rechten Wegs sah – ein Bollwerk, das seiner List zum Opfer gefallen war. *Was für ein Raubzug! Noch die Enkel meiner Enkel werden davon sprechen. Es tut mir nur leid, daß ich die Stadt nicht in Brand setzen kann.*

Die Sklaven stürmten die Straße hinunter wie verdurstende Tiere, die das Wasser riechen. Unterdrücktes Weinen vermischte sich mit frohem Geflüster.

Eichelhäher, im Kreis seiner Krieger, eilte ihnen nach.

Die anderen Dörfer waren erwacht. Auf den Dächern von Strombettstadt rannten die Leute umher, staunend, deutend.

»Kommt schon!« brüllte er und schwang eine Faust über den Kopf. *»Lauft! Lauft, so schnell ihr könnt!«*

## 45. Kapitel

Der Windjunge tobte durch die Dunkelheit, wirbelte wie besessen die Hänge entlang, bevor er in die Beifußbüsche flog. Bei dem pfeifenden Wind und dem Rauschen der sich biegenden Pflanzen waren die Bewegungen von Fichtenzapfen so gut wie lautlos.

Er rutschte auf dem Bauch um Kaktuskolonien herum und kam allmählich dem Lagerfeuer näher, wo Spannerraupe, Schlangenhaupt, Kriecher, Dachsbogen und Gelbmädchen sich vor dem Wind zusammenkauerten und zu Abend aßen. Das rote Hemd von Spannerraupe stach auffallend von den weißen Hemden der Ältesten und dem prunkvollen blauen von Schlangenhaupt ab. Im tanzenden Feuerschein schimmerten und blitzten die windgezausten roten und gelben Papageienfedern, die auf der Brust von Schlangenhaupts Hemd aufgenäht waren.

Das Geräusch der leisen Stimmen und der Hornlöffel, die gegen die Tonschalen klapperten, wurde je nach Windstärke lauter oder gedämpfter. Feiner Staub, vom Windjungen aufgewirbelt, funkelte schwach im orangefarbenen Licht. Die siebzig Krieger hatten sich in zehn Rotten aufgeteilt, jede mit einem eigenen Lagerfeuer. Fichtenzapfen überschaute die dunklen, welligen Hügel. Sechs Wachtposten standen auf den höchsten Punkten, schwarze Silhouetten gegen den gestirnten Himmel.

Spannerraupe hatte tausend Hände von der heiligen Südstraße entfernt sein Lager aufgeschlagen, dort, wo genügend Unterholz für ihre Herdfeuer zu finden war. Der Geruch von brennendem Beifuß und gebratenem Hirschfleisch stieg Fichtenzapfen quälend in die Nase. Seit dem Frühstück hatte er nichts mehr gegessen, und jetzt knurrte ihm der Magen. Aber er verdrängte den Hunger, er mußte sich konzentrieren.

Er rutschte etwas näher, Bogen und einen Pfeil in der rechten Hand. Der Köcher mit weiteren acht Pfeilen lag auf dem linken Schulterblatt – aber der erste Schuß durfte nicht danebengehen. Bei den vielen Kriegern hatte er keinen zweiten Schuß mehr, und das Überleben seines Volks hing in dieser Nacht vielleicht von ihm ab.

Der Gedanke ließ ihn erzittern und verursachte ihm Übelkeit. *Es ist unwichtig, was mit dir geschieht! Einer muß es tun!* Er hatte gehofft, Eichelhäher würde ihm das abnehmen. Aber das sollte nicht sein.

Lautlos schob er sich zu einem sechs Handbreit hohen Beifußbusch vor und betrachtete das Lager mit zusammengekniffenen Augen. Das gemein klingende Gelächter Schlangenhaupts erschallte laut und schrill, es klang wie das eines grausamen Kindes, das ein wehrloses Tier quält.

»Das liegt daran, daß du ein Narr bist, Kriecher«, sagte Schlangenhaupt. Jenseits des Feuers sitzend, wirkte Kriecher wie ein geprügeltes Hündchen; sein rundes Gesicht war angespannt. »Wenn du etwas von den Mogollon wüßtest, dann wüßtest du auch, daß sie es wert wären, unsere Verbündeten zu sein. Wenn wir sie auf unserer Seite hätten, dann –«

»Aber Schlangenhaupt!« wandte Kriecher ein. Sein kurzer, stämmiger Oberkörper spannte sich gegen das weiße Hemd, als er sich vorbeugte. Sein schwarzes Haar war zu einem kurzen Zopf geflochten. »Die Mogollon waren niemals vertrauenswürdig. Wieso glaubst du, daß sie plötzlich –«

»Weil *ich* mit ihnen unterhandle. Deswegen. Mein Vater war ein Narr« – sein Blick fiel nacheinander auf jeden der Ältesten, die rings ums Feuer saßen – »das wißt ihr alle! Guckt bloß nicht, als wüßtet ihr nicht, wovon ich spreche. Krähenbart hatte nicht die Weitsicht, so ein Bündnis unter Dach und Fach zu bringen, aber ich habe sie.«

Kriecher schaute sich im Kreis um und senkte den Blick. Seine Hände bewegten sich ziellos im Schoß. »Nun ja, wenn du glaubst, das geht.«

Dachsbogen rutschte herum, die skalpierte Seite seines Schädels schimmerte im Feuerschein. Er schaute Schlangenhaupt mißtrauisch an. »Du bist die Gesegnete Sonne«, sagte er grollend, »und das muß ich respektieren. Aber bevor du dich auf solche Verhandlungen mit unseren Feinden einläßt, empfehle ich dir, den Rat der Ältesten zu hören. Ich werde gern eine Versammlung einberufen, die dich dazu hört.«

Schlangenhaupt reckte sich hoch. Sein hübsches Gesicht erstarrte. »Ich werde es dich wissen lassen, wenn ich solch ein Treffen wünsche, Ältester.«

»Hör mir gut zu, Junge!« knurrte Dachsbogen mit verächtlich verzogenem Mund. »Wenn du dich nicht mit den Ältesten unseres Volks berätst, bevor du uns alle in eine solche Gefahr bringst –«

Schlangenhaupt sprang mit einem Satz auf die Beine und stand hoch aufgerichtet vor dem Feuer. Sein blaues Hemd flatterte im Wind. »Sag du mir nicht, was ich zu tun habe«, schrie er. »*Ich* bin die Gesegnete Sonne. Und ich sage dir, was du zu tun hast, du *Gemachter* Mensch! Unterstehe dich niemals –«

Fichtenzapfen zog die Sehne zurück, zielte auf Schlangenhaupts Rücken und ließ los. Der Pfeil traf Schlangenhaupt genau zwischen die Schultern und durchbohrte mindestens eine Lunge.

Schlangenhaupt schwankte, starrte offenen Mundes auf die anderen. Dann stieß er einen schrecklichen Schrei aus. »Ich bin getroffen«, kreischte er. »O heilige Götter!«

»Spannerraupe!« brüllte Kriecher. »*Lauf* –«

Aber der Befehlshaber war bereits auf den Beinen und lief ins Dunkel. Schlangenhaupt hatte so geschwankt, daß die Herkunft des Pfeils nicht mehr festzustellen war. Fichtenzapfen sah ihn nach Nordosten rennen und hörte ihn brüllen, daß die Krieger ihm folgen sollten.

Die Knie von Schlangenhaupt gaben nach. Er sank zu Boden und griff nach der schwarz glänzenden Spitze, die aus der rechten Brust herausragte. »*Hilfe!*« schrie er. »*Hilfe! Helft mir …*«

Blasiges Blut quoll ihm aus dem Mund. »Rettet mich denn niemand?«

Die Ältesten umstanden ihn, untersuchten die Wunde und schüttelten die Köpfe. Schlangenhaupt hustete mehr Blut aus, erstickte fast daran, die Augen quollen ihm aus dem Kopf.

Lautlos wie eine Klapperschlange kroch Fichtenzapfen rückwärts aus dem Busch und betete, das Heulen des Windes möge seinen Rückzug decken.

Als er in die Finsternis ganz unten am Hang eintauchte, erhob er sich und rannte mit aller Kraft um den Hügel herum in die flache Wüste.

Er hörte die sirrenden Pfeile. Einer verfehlte ihn um eine Körperlänge und landete vor ihm. Der nächste fuhr ihm in die Seite wie ein geschleuderter Stein. Er wankte, spürte einen brennenden Schmerz in seiner Niere, trabte unsicher weiter und hielt den bunt befiederten Schaft fest.

Stampfende Schritte kamen näher. Ein weiterer Pfeil traf ihn in den Rücken, und ein schmerzhafter Stich fuhr ihm durch die Brust. Fichtenzapfen stolperte, verlor das Gleichgewicht und fiel zu Boden, das Gesicht im Sand. Er zog die Knie an und bemühte sich zu kriechen …

Ein mokassinbekleideter Fuß trat ihn brutal, so daß er auf den Rücken rollte. Fichtenzapfen starrte zu den glitzernden Abendleuten empor – und in die erschrockenen Gesichter seiner Freunde von einst: Spannerraupe, Zehengriff, Kleine Ratte …

*»Fichtenzapfen?«* rief Spannerraupe und fiel neben ihm auf die Knie. Angesichts des Entsetzens auf dem Gesicht seines Freundes fühlte sich Fichtenzapfen ganz leer. »Fichtenzapfen, was machst du hier draußen? Warum hast du das getan? Ich hätte nie geglaubt –«

»Komm näher, alter Freund!«

Spannerraupe beugte sich über ihn, sah in das verzerrte Gesicht und auf das Blut, das dem Freund warm über die Brust lief.

»Hör zu«, keuchte Fichtenzapfen und packte mühsam den roten Ärmel von Spannerraupe. Seine Finger zerrten an dem Stoff. »Schlangenhaupt … hat unser Volk verraten. Ich habe Nachrichten überbracht … zwischen ihm und Eichelhäher.«

*»Eichelhäher?«*

»Ja, und … Eichelhäher hat Schlangenhaupt dazu verleitet … achtzig Krieger mitzubringen –«

»Warum hat Schlangenhaupt mit Eichelhäher verhandelt?«

»Schlangenhaupt … hat versucht, ein Bündnis herzustellen … hinter dem Rücken der Ältesten.«

»Ich verstehe«, sagte Spannerraupe, und seine Augen suchten das Dunkel ab. »Wo ist Eichelhäher jetzt?«

Fichtenzapfen zog ihn schwach am Hemd. Der Pfeil war unten durch seine rechte Lunge gefahren, und er spürte, wie das Blut seine Brust füllte, sie anschwellen ließ und ihm die Luft abschnitt. Gleich würde ihm dieses warme Blut in die Kehle steigen und seine andere Lunge füllen. »Eichelhäher … er ist … in Krallenstadt. Überfällt Krallenstadt.«

Spannerraupe senkte den Kopf und ballte die Fäuste. »Vergebt mir, ihr Götter! Wir müssen nach Hause! Ich habe die Stadt verlassen –«

»Dafür ist es … zu spät. Du kannst versuchen … Eichelhäher den Weg abzuschneiden … auf dem Südwest-Weg … hat wahrscheinlich … Gefangene.«

Fichtenzapfen hustete, und Blutschaum quoll ihm aus dem Mund. Er fühlte sich erschöpft, so müde, als wäre seine ganze

Kraft aus ihm herausgeronnen. »Spannerraupe«, sagte er, bemüht, noch schnell alles zu sagen. »Bin froh … du bist die nächste Gesegnete Sonne … Trauertaube hat es gewußt. Sie … wollte dich als Häuptling. Ich auch. Leider werde ich … nicht da sein.« Mit einem Mal wurde seine Hand gefühllos, die Finger lösten sich, und sein Arm fiel schlaff herab.

Er fühlte sich wie Distelwolle, davongetragen vom Wind. *Eigentlich sollte ich Angst haben.*

Ein grauer Nebel drang an den Rändern in sein Gesichtsfeld, doch sah er noch, wie der Mund von Spannerraupe sich bewegte. Der Kriegshäuptling sagte bestimmt etwas, aber er konnte nichts hören, nicht einmal den wütenden Wind, der Spannerraupe das Haar um das eckige Kinn peitschte. Eine ungeheure Last senkte sich auf seine Brust. Einen Augenblick lang wurde ihm klar, daß er nicht mehr atmete, und er erschrak, aber gleich darauf ging der Schrecken über in ein Gefühl grenzenloser Ergebenheit. Der Nebel wurde dunkler, und Fichtenzapfen schloß die Augen und ließ sich treiben. Einfach davontreiben …

Mit klopfendem Herzen kam Spannerraupe unsicher auf die Beine und schaute auf seinen Freund hinab. Er erlaubte sich nur einen kleinen Augenblick, seiner Trauer und dem Gefühl des Verlusts nachzugeben; dann drehte er sich um und lief ins Lager zurück. Das Blut von Fichtenzapfen war noch warm hervorgequollen, aber unter den Windstößen wurde es eiskalt und klebte ihm geronnen an den Fingern.

Kriecher, noch über Schlangenhaupt gebeugt, sah ihn kommen und stand auf. Blut befleckte sein weißes Hemd. Ein langer roter Streifen lief ihm über den Bauch. Die anderen Ältesten stellten ihre Bemühungen um den Häuptling ein und warteten atemlos auf Spannerraupe.

Er blieb am Feuer stehen, die Zähne zusammengebissen, mit bebenden Fäusten. »Es war Fichtenzapfen. Er hat Schlangenhaupt erschossen.«

»Und warum?« fragte Kriecher.

Krieger drängten um sie herum, betrachteten Schlangenhaupt neugierig und flüsterten miteinander. Der Geruch von Erde war in der Luft.

»Er sagte, Schlangenhaupt habe uns verraten. Unsere Gesegnete Sonne hat sich mindestens einen Mond lang heimlich mit Eichelhäher getroffen und –«

Dachsbogen stieß empört den Atem aus und sprang auf. »Mit Eichelhäher? Mit dem Großen Häuptling selbst? Aber das ist *Wahnsinn*!«

Spannerraupe spürte in seinem Herzen einen Stich, der ihn bis zu den Fingerspitzen durchlief. Er wußte, Schlangenhaupt war tot, und dabei war er so unsäglich müde, daß er kaum noch fähig war, sich zu konzentrieren, und er überlegte verzweifelt, was jetzt geschehen müßte. Wäre Eisenholz doch nur hier! Er würde wissen, was zu tun wäre, und zusammen hätten sie sicher den richtigen Weg gefunden. Er rieb sich über die Stirn. *Du hast nur dich selbst. Du mußt jetzt darüber entscheiden, was geschehen soll ... Und die Heiligen Thlatsinas mögen dir beistehen, wenn du einen Fehler machst!*

Kriecher trat neben Spannerraupe und drückte ihn leicht am Arm. »Wo ist Eichelhäher? Wenn er sich mit Fichtenzapfen getroffen hat –«

»Eichelhäher« – Spannerraupe holte tief Atem – »hat, wie es scheint, Schlangenhaupt hintergangen. Hat ihn dazu verleitet, die meisten unserer Krieger abzuziehen und ist dann direkt nach Krallenstadt marschiert. Jetzt hat er schon Krallenstadt überfallen und läuft nach Hause.«

Haßerfüllt starrte Gelbmädchen auf Schlangenhaupt hinab. »Heilige Thlatsinas«, murmelte sie, »vielleicht sind unsere Familien schon tot.«

»Oder gehen in die Sklaverei«, fügte Dachsbogen hinzu.

Gelbmädchens Mund verzog sich. Sie war eine muskulöse Frau mit fahler Gesichtsfarbe und schwarzem, kinnlangem Haar. Blanker Haß verzerrte ihr Gesicht. Sie spuckte auf die Leiche von Schlangenhaupt und stand langsam auf. Sie bannte Spannerraupe mit ihrem Blick. »Was sollen wir jetzt tun, Kriegshäuptling?«

Spannerraupe schluckte. »Wir teilen unsere Truppe.« Er wandte sich um. »Wir haben keine Zeit zu verlieren. Ich werde versuchen, Eichelhäher den Weg abzuschneiden; du, Kriecher, sorgst dafür, daß die Leichen von Krähenbart und Wolkentanz anständig begraben werden, so daß sie in die Himmelswelten aufsteigen können. Danach muß Schlangenhaupt nach Krallenstadt gebracht werden. Wenn ich dir zwanzig Krieger hierlasse – genügt dir das?«

Kriecher sah ihm in die Augen. »Es muß genügen. Wenn du vorhast, was ich mir denke, dann brauchst du all die andern.«

Gelbmädchen trat vor und nickte wissend. »Du willst sie verfolgen?«

»Ja. Fichtenzapfen sagte, wir könnten ihnen vielleicht den Weg abschneiden, wenn wir quer übers Land liefen, zum Südwestweg.« Er streckte seine eiskalten Hände zum Feuer aus und erschauerte leicht. Das Blut von Fichtenzapfen war auf den Handrücken und unter den Nägeln geronnen. »Ich muß es versuchen. Es – es ist mein Fehler. Hätte ich nicht auf Schlangenhaupt gehört und so viele Krieger abgezogen –«

»Das ist *nicht* dein Fehler«, unterbrach ihn Kriecher schroff, so schroff, wie er den kleinen Mann noch nie gehört hatte. Kriecher kam näher und starrte ihn finster an. »Du hast den Befehlen deines Häuptlings gehorcht. Damit ist alles gesagt. Jetzt ist es deine Pflicht, die Sklaven, die Eichelhäher mitgenommen hat, zu befreien.« Er tätschelte Spannerraupes Arm und fuhr etwas milder fort: »Wir hoffen auf eine gute Heimkehr, Kriegshäuptling. Wir wünschen dir, daß du schnell dein Ziel erreichst.«

Kriecher wandte sich ab, aber Spannerraupe packte ihn an der Schulter. »Wenn du heimkommst …«, flüsterte Spannerraupe und blickte verlegen in die Runde. Aller Augen ruhten auf ihm. »Ich habe Angst um Mutter. Wenn sie sie als Sklavin mitgenommen haben, wird sie nie heil im Land der Feuerhunde ankommen, wir beide wissen das. Sie ist zu gebrechlich. Aber andernfalls … Du weißt ja, wenn sie nicht mehr ganz bei sich ist, dann paßt sie nicht auf sich auf. Und Trauertaube ist vielleicht nicht da –«

»*Was?* Aber wo sollte sie ...« Kriechers Stimme war schmerzerfüllt. Offenbar kam ihm erst jetzt der Gedanke, sie könnte beim Überfall befreit worden sein. Spannerraupe sah, wie sich Kriechers Gesicht bei dieser Erkenntnis veränderte. »Aber natürlich hast du recht. Ich habe einfach ... einfach nicht daran gedacht ... Sie ist immer so treu gewesen.«

»Das war ihre Chance, endlich wieder frei zu sein. Kriecher. Wenn sie die genutzt hat, würde ich ihr das nicht zum Vorwurf machen.«

Kriecher schaute auf den Sand. »Ich auch nicht.«

Spannerraupe blickte auf die Ältesten, die neben dem Feuer stumm auf Schlangenhaupts Leiche sahen. Die Gesegnete Sonne lag auf dem Rücken, die Augen ungläubig weit aufgerissen. Das Blut aus seinem Mund und auf den Backen war geronnen und glänzte schwärzlich im windgepeitschten Feuerschein. Dachsbogen runzelte mißbilligend die Stirn, und Gelbmädchen schaute so finster in die Flammen, als könnte sie durch ihre Blicke das Feuer zum Erlöschen bringen.

*Was hast du uns angetan, Schlangenhaupt?* Spannerraupe widerstand mit Mühe der Versuchung, die Leiche mit Tritten zu traktieren, mit Knüppeln und Steinen auf das tote Fleisch einzuschlagen.

Seine anderen Krieger standen unbehaglich herum, Bogen in den Händen, Köcher auf den Schultern, als fürchteten sie, die Erdgeister könnten aufsteigen und sie ganz verschlucken.

»Kriecher«, sagte Spannerraupe heiser. »Ich muß unbedingt ein paar Zeithände lang schlafen. Weck mich bitte um Mitternacht.«

»Du kannst nicht um Mitternacht aufbrechen. Zu welchem Zweck? Schlaf dich erst mal aus und dann –«

Er schüttelte den Kopf. »Ich muß so schnell wie möglich aufbrechen. Wenn Fichtenzapfen die Wahrheit gesagt hat, dann hat Eichelhäher vermutlich heute schon früh angegriffen und hat jetzt einen guten Vorsprung. Also weck mich um Mitternacht.«

Kriecher schaute zur Seite, nickte aber. »Ja, natürlich.«

»Ich danke dir.« Spannerraupe legte Kriecher die Hand auf die Schulter und schlenderte dann zu den anderen Lagerfeuern. Während er im Geiste schon seine Männer einteilte, fragte er sich beiläufig, was Fichtenzapfen damit gemeint haben könnte, daß er die neue Gesegnete Sonne würde.

Federstein saß mit geschlossenen Augen auf der Plaza, ihr ergrautes Haupt in Händen, und hörte, wie Kräuterblüte mit kratziger Stimme auf Mondglanz und den zappeligen Alten namens Singdrossel einsprach. Diese hochgeachteten Ältesten hatte sie nie getroffen. Sie kannte sie natürlich – alle Ersten Menschen kannten sich untereinander. Aber was wollten diese Ältesten von ihr? Sie hatten sie im Vorübergehen immer freundlich angesprochen, waren aber dann sofort davongeeilt, als fürchteten sie, Federsteins Seele könnte sie verlassen und sie müßten dann in ihre leeren Augen sehen oder gar ihren seelenlosen Körper berühren. Aber warum saßen sie heute hier, die faltigen Gesichter zweifelnd verzogen?

»*Da stimme ich nicht zu!*« rief Singdrossel. »Was ist, wenn sie im entscheidenden Augenblick ihre Seele verliert? Habt ihr eine Ahnung, was für eine Verheerung –«

»Unser Sippensystem wurde geschaffen, nachdem die Ersten Menschen gerade aus den Unterwelten aufgetaucht waren, Singdrossel!« sagte Kräuterblüte streng. »Sollen wir das abschaffen, nur weil es dir unpassend vorkommt?«

»Nicht unpassend, Kräuterblüte. Gefährlich!«

Federstein machte ihre trüben alten Augen auf und sah sie an. Sie erinnerte sich, wie sie als Kind auf dem Rücken von Libelle geflogen war und immer mit Ehrfurcht auf den Großen Platz hinuntergeschaut hatte. Kräuterblüte war in ihren Augen immer die Größte der Ältesten gewesen. Sie war immer gütig, immer rücksichtsvoll gegenüber den Niedriggeborenen und eine Seherin von hohem Rang. All die heimatlosen Geister, die zu Kräuterblüte kamen und sie um Hilfe baten, um das Jenseits zu erreichen, verließen sie wieder in freudigster Stimmung. Das wußte Federstein, denn sie hatte oft die Gefühle dieser Geister gespürt, wenn sie an Krallenstadt vorbeizogen.

Grelles Sonnenlicht erhellte die weiße Plaza, und Federstein kniff die Augen zu. Die Sklaven waren fortgelaufen. Gemachte Menschen wanderten herum und sammelten mit praktischem Sinn Abfall auf; sie versuchten, ihr Leben wieder in eine Bahn zu bringen. Mehrere Kinder waren als Gefangene weggeschleppt worden, der kleine Krötenjunge vom Bison-Clan, Rotfunke vom Ameisen-Clan; Federstein bangte um sie alle, denn sie erinnerte sich noch, wie der grausame Feuerhund Krumme Lanze sie verletzt hatte.

»Wir haben schon früher Gefahren getrotzt, Singdrossel«, sagte Kräuterblüte.

»Aber nie Gefahren von innen. Verstehst du denn nicht: Das« – er deutete auf Federstein – »könnte die größte Gefahr sein, die das Volk des Rechten Wegs je bedroht hat.«

Federstein runzelte die Stirn. Die Ältesten waren im Morgengrauen nach Krallenstadt gekommen, hatten die durch den Überfall verursachten Schäden besichtigt und dann nach Federstein gerufen. Nun saßen sie hier auf Weidenmatten, Mondglanz zu ihrer Linken, Kräuterblüte rechts von ihr und Singdrossel ihr gegenüber. Nach dem tödlichen Angriff waren sie in Trauer; sie trugen alle lange rote Roben, mit weißen Schärpen gegürtet: Rot im Andenken an das vergossene Blut und Weiß, um den Haß aus ihren kummervollen Herzen zu tilgen.

Federstein sah sie nacheinander an. Die bucklige Mondglanz strich nervös über den Erdboden der Plaza, ihr Silberhaar wehte im warmen Wind, der durch Krallenstadt fuhr. Tiefe Falten durchzogen ihr Gesicht und erinnerten Federstein an den Kadaver eines im Winter erlegten Bisons, geschrumpft und braun. Mondglanz wußte offenbar nicht genau, was sie von der Sache halten sollte. Die kleine Kräuterblüte, andererseits, sah sehr entschlossen aus; ihre knotigen Finger lagen wie scharfe Krallen auf den Knien. Sie hatte das weiße Haar zu zwei kurzen Zöpfen geflochten. Dauernd blickte sie zu Singdrossel, ihre Augen verrieten, wie wütend sie war. Singdrossel bemerkte das anscheinend nicht. Er starrte unverwandt auf Federstein, wie um ihre Fähigkeiten zu prüfen. Seine Glatze schimmerte golden im Sonnenschein.

»Federstein?« fragte Singdrossel. »Meinst du, du kannst das schaffen?«

Sie blinzelte und zog die Stirn in Falten. »Was schaffen?«

Singdrossel schüttelte den Kopf. »Seht ihr? Was habe ich gesagt? Sie weiß nicht mal, wovon wir sprechen. Wie könnte sie überhaupt –«

»Federstein?« Kräuterblume tätschelte ihr liebevoll die Wange. »Hör jetzt mal zu, wir haben sehr wichtige Dinge zu besprechen.«

»Was denn?«

Mondglanz fuhr sich über die Lippen und beugte sich zu Federstein, als ob ihr durch die Nähe die Sache vielleicht deutlicher werden könnte. »Du, Federstein, bist das letzte weibliche Mitglied einer einstmals großen Familie. Sieben Generationen von Frauen vom Goldaugen-Clan haben über Krallenstadt geherrscht. Wenn Nachtsonne nicht zurückkommt, was ziemlich wahrscheinlich ist, hast *du* ein Anrecht auf die Stellung der Ehrwürdigen Mutter der Ersten Menschen. Was willst du tun? Glaubst du, du kannst die Herrschaft übernehmen?«

Federstein lehnte sich zurück; sie war fassungslos. »Ihr heiligen Regengötter«, flüsterte sie. »*Ich* bin die Nächste in der Folge?«

»Du bist die *Letzte* in der Folge, Federstein«, sagte Kräuterblüte freundlich. »Und deshalb glaube ich, daß du trotz aller Gefahren deinen Platz einnehmen solltest.«

»Na gut«, sagte Singdrossel mürrisch, »sie ist alt. Vielleicht herrscht sie nicht so lange, da kann sie nicht –«

»Sch!« zischte Kräuterblüte. »Hast du kein Herz?« Sie wandte sich wieder an Federstein. »Möchtest du die Herrschaft übernehmen, Federstein?«

Plötzlich, als erwachte sie aus tiefstem Schlaf, verstand Federstein, was man ihr sagen wollte. Sie richtete sich auf, schaute Kräuterblüte in die Augen und sagte: »Ich habe die Pflicht zu dienen, Kräuterblüte. Meine eigenen Wünsche sind ohne Belang. Außerdem habe ich meinen Sohn, der mir helfen wird.

Ich – ich bete.« Den ganzen Morgen über hatte sie immer wieder geweint und um Spannerraupe und Kriecher gebangt. »Mein Sohn ist alles, was ich benötige, um gut zu herrschen.«

Kräuterblüte blickte auf Mondglanz und Singdrossel. »Wer von euch wagt es, einer Frau vom Goldaugen-Clan das Recht abzusprechen, ihr Volk zu regieren?«

»Ich nicht«, sagte Mondglanz.

Singdrossel warf die Arme hoch. »Gut, gut. Gegen euch drei kann ich nichts ausrichten!«

## 46. Kapitel

Durch Wolkenfetzen sank der Abend herab und durchschoß den Himmel mit mattlavendelblauen Streifen. Lange Schatten krochen über die wellige Savanne. Draußen im Dickicht bellte ein Fuchs. Eisenholz saß mit schmerzenden Muskeln neben Maisfaser auf dem Boden und lauschte. Die Feuerhunde hatten lachend und redend das Lager aufgeschlagen, Feuer gemacht und ihr Bettzeug ausgerollt. Er wußte, wie ihnen zumute war, sie waren wie berauscht von ihrem Triumph. Der Geruch gebratenen Kaninchenfleischs würzte die Luft, und sein Magen knurrte. Ob Eichelhäher seinen Gefangenen heute abend etwas zu essen gab? Sie hatten immer ein Frühstück bekommen, damit sie genügend Kraft hatten, den ganzen Tag zu laufen, doch hatte Eichelhäher bisher nicht geruht, ihnen ein Abendessen anzubieten.

Am Rande des Lagers sah er Rotfunke liegen, an einen Pfahl festgebunden wie ein toter Hirsch. Die junge Frau hatte sich losgerissen und war, in einem vergeblichen Versuch zu fliehen, weggerannt. Einer der Feuerhunde hatte einen Pfeil eingelegt und sie lässig abgeschossen. Eisenholz sah noch die gekrümmte Bahn des tödlichen Pfeils, und wie seine tückische Spitze sie im Rücken traf.

*Aber warum hatte sie Eichelhäher nicht einfach liegenlassen, anstatt eine wertlose Leiche den ganzen Tag mitzuschleppen?*

In seiner Brust wechselten sich Wut und das Gefühl der Erniedrigung ab. Er haßte sich, daß er das hatte geschehen lassen. Wie konnte er, der große Krieger, der legendäre Kriegshäuptling, einfach in die Arme seiner Feinde hineinlaufen? Er hätte die Gefahr wittern und den Wachen auf den Wällen eine Warnung zubrüllen müssen. Statt dessen, von eigenen Schuldgefühlen und Gewissensbissen bedrängt, hatte er das Kratzen der vorsichtig aufgesetzten Sandalen einfach überhört, den schwachen Geruch von Angstschweiß im Nachtwind nicht wahrgenommen … bis es zu spät war.

*Du Dummkopf! So viele Fehler …*

Er schaute in die Runde, auf die sechs Männer mit eingelegten Pfeilen, die sie umringten. Ihn eingeschlossen, waren sie fünfzehn Gefangene, wenn man die unglückliche Rotfunke mitzählte. Sie lagen in verschiedenen Stellungen am Boden, die meisten schon eingeschlafen nach dem grausamen Lauf. Nur er und Nordlicht waren noch wach. Nordlicht saß mit untergeschlagenen Beinen zu Sängerlings Füßen und beobachtete das Lager. Sängerling lag zusammengerollt auf der Seite neben Maisfaser. Bevor er einschlief, hatte er noch eine Hand zärtlich auf eine ihrer Locken gelegt. Nachtsonne, ihr schönes Gesicht eingesunken, lag links von Eisenholz, tief ein- und ausatmend. Düne schlief zehn Schritt weiter flach auf dem Rücken, auf überdeckter Tragbahre. Der Marsch hatte ihn so durchgerüttelt, daß er zu erschöpft war, um sich noch zu rühren. Eisenholz' Blick glitt über die Gefangenen, und er nannte insgeheim jeden beim Namen: Vierfinger, Pappelknabe, Schößlingsfrau … Dann erfaßte sein Blick Distel, die frei im Lager herumlief. Und warum auch nicht? Ihr Verrat hatte die Katastrophe ermöglicht. Für Eichelhäher und sein Volk war sie eine Heldin.

Eisenholz schaute auf Maisfaser hinab. Was immer auch Distel getan hatte, er brachte es nicht über sich, sie zu hassen. Sie hatte seine Tochter aufgezogen, als wäre es ihre eigene. Auf Eisenholz' Bitte hin hatte sie dafür gesorgt, daß Maisfasers Bahre allnächtlich für kurze Zeit neben ihm abgestellt wurde, damit er sie ansehen und sich vergewissern konnte, daß sie noch atmete.

Er streichelte Maisfasers schlaffe Hand.

Zu seiner Überraschung flatterten ihre Lider. In den letzten drei Tagen war sie mehrmals erwacht, dann aber sofort wieder eingeschlafen. Ihr Gesicht war noch geschwollen, mit häßlichen Blutergüssen. Eine ganze Weile starrte sie neugierig zum Himmel empor, offenbar unsicher, wo sie sich befand. Dann drehte sie sich zur Seite und sah Eisenholz an.

»Was –«

»Pst!« flüsterte er. »Die Wachen haben mir verboten, mit irgend jemandem zu sprechen. Wenn sie uns hören, werde ich bestraft. Sprich sehr leise und sieh mich dabei nicht an. Blick auf irgendwen oder irgendwas sonst.«

Maisfaser schluckte und ließ ihren Blick zu Distel wandern, die sich mit Eichelhäher unterhielt. Der ältliche Mogollon-Häuptling sah so struppig und müde aus, wie Eisenholz sich fühlte. Sein verschmutztes Hemd hing in Fetzen herab, sein graues Haar und das schmale Gesicht waren mit roter Erde verschmiert. Er war vier Hände größer als Distel, sie mußte den Kopf zurücknehmen, um ihm in die Augen zu schauen.

Maisfaser seufzte tief, als täte der Anblick ihrer »Mutter« ihrer Seele wohl. Sie fragte flüsternd: »Was ist geschehen?«

Eisenholz beobachtete Schwalbenschwanz, der ums Lager strich. Seit mehr als einer Zeithand hatte der Jüngling Maisfaser umkreist, so nahe, wie es sein Mut zuließ, und versucht, einen Blick auf ihr Gesicht zu werfen. Eisenholz wußte nicht, warum. Vielleicht wollte Schwalbenschwanz sich auch nur vergewissern, daß sie wohlauf war, schließlich war Maisfaser immer freundlich zu ihm gewesen. Eisenholz murmelte: »Eine lange Geschichte, meine Tochter. Jemand hat dich ins Gesicht geschossen. Wir haben den Pfeil entfernt, und dann wurde Krallenstadt überfallen. Distel führte Eichelhäher und seine

Krieger zur Plaza. Viele Menschen wurden getötet, es ging alles sehr schnell. Wir wurden gefangengenommen. Eichelhäher hat dich geschont, weil er glaubt, daß du seine Enkelin bist.«

Maisfasers wandte sich ihm mit fragendem Blick blitzschnell zu und schaute dann wieder zu Distel. »Aber das bin ich doch nicht. Oder?«

»Nein. Aber Distel hat nie genau gewußt, wer deine Eltern sind. Ich wollte das so haben – um dich zu schützen, Maisfaser. Sie muß geahnt haben, daß ich dein Vater bin, und hat vermutet, deine Mutter wäre die Sklavin Rehkitz gewesen, und die war Eichelhähers Tochter.«

Maisfaser bedachte das. »Und was macht er, wenn er entdeckt, daß ich nicht seine Enkelin bin?«

»Du bist in Sicherheit. Dafür wird Distel sorgen. Sie liebt dich sehr, und Eichelhäher wird ihr jeden Wunsch erfüllen. Distel hat ihm zum größten Raubzug seines Lebens verholfen. Er weiß, wieviel er ihr schuldet.«

Maisfasers Blick glitt zu Sängerling. Der hochgewachsene, hagere Jüngling schnarchte leise. Verschmutztes schwarzes Haar hing ihm über die Schulter. Furcht verdüsterte ihr Gesicht. »Und was geschieht mit Sängerling und euch andern? Wenn meine Mutter darum bittet, wird man euch dann auch alle gehen lassen?«

»Ich weiß es nicht. Ganz sicher will er mich tot sehen.«

»Tot?« fragte Maisfaser schwach. »Warum?«

Eine der Wachen legte den Kopf schräg und spähte argwöhnisch auf Eisenholz. Eisenholz rutschte herum, verschränkte die Hände auf dem Rücken, lehnte sich zurück und starrte zum Himmel empor, wo die Sterne zwischen schwärzlichen Wolkenfetzen hindurch flimmerten. Die Wache beobachtete ihn noch eine Weile, wandte sich dann ab und schnüffelte in Richtung Kaninchenbraten.

Sehr leise antwortete Eisenholz: »Eichelhäher hat allen Grund dazu.«

Als sie daraufhin nichts sagte, blickte Eisenholz zu ihr hin. Tränen rannen ihr in Streifen über die Prellungen ihres verschmutzten Gesichts. Sein Herz schmolz. »Bedaure mich nicht, Maisfaser. Im Gegensatz zu den meisten Männern habe ich die Erfüllung meiner größten Sehnsucht erlebt; ich habe sehen dürfen, wie meine geliebte Tochter zur Frau heranwuchs. Ich habe ein erfülltes Leben gehabt, und meistens war ich glücklich.«

»Aber da muß es etwas geben –«

»Ich glaube, unsere Zeit ist abgelaufen«, sagte Eisenholz, der Distel mit zwei Kriegern an ihrer Seite durch das Lager herankommen sah. »Ich werde versuchen, morgen weiter mit dir zu sprechen.«

Distel rief: »Maisfaser? Bist du wach?« Ängstlich kam sie näher.

Die beiden Posten legten Pfeile ein und zielten auf Eisenholz' Brust. Er saß friedlich und ungerührt da; Distel kniete sich neben Maisfaser und strich ihr das verschmutzte Haar aus dem verletzten Gesicht.

»O meine Tochter«, sagte Distel und beugte sich herab, um sie auf die Stirn zu küssen. »Ich bin so froh, dich zu sehen. Wie geht es dir?«

Maisfaser streckte die Hand aus, die Distel ergriff und heftig drückte. »Ich habe Hunger, Mutter.«

»Das glaube ich gern.« Distel winkte den Kriegern. »Tragt sie bitte zum Feuer von Eichelhäher.« Sie trat zurück und warf nur einen beiläufigen Blick auf Eisenholz.

Als die Krieger die Bahre aufhoben, senkte Maisfaser eine Hand zu ihm herab, Handfläche nach oben, in einer Geste, die ihm ihre bedrängte Lage zeigte, und sah ihn aus feuchten Augen an.

Er wagte es nicht, die Geste zu erwidern, sah ihr nur nach, als sie weggetragen wurde.

Spannerraupe hatte schon lange jedes Gefühl für seinen Körper verloren und stolperte mehr, als er ging, hinter Weißer Stein her, dem besten Spurensucher vom Bären-Clan. Die Gestalt von Weißer Stein schwankte vor ihm auf dem Pfad wie einer der Hitzegeister, die einem falsche Entfernungen vorgaukeln.

Der Weg führte über welliges Gelände gerade nach Süden, über grasbewachsene Sanddünen, in die Lärchenwälder, die zu den Gila-Monster-Klippen anstiegen, in die gefährliche Hochburg der Mogollon.

*Wenn wir sie nicht erwischen, bevor sie die Berge erreichen, ist alles aus. Wir werden keine zweite Chance mehr haben.* Spannerraupe schluckte mit großer Mühe, sein Gaumen brannte, sein Mund war trocken. Wann hatte er zum letzten Mal etwas getrunken? Gestern abend? Heute morgen?

Nun waren es fast zwei Tage, seit er zuletzt geschlafen hatte. *Lauf! Du kannst es schaffen. Lauf, Spannerraupe, finde sie! Räche dich und dein Volk! Schlafen kannst du später ... wenn nötig, in alle Ewigkeit.*

Er stolperte über eine schuppige Melde und hielt schwankend inne. Er beugte sich vornüber, die Hände auf den zitternden Knien, und rang nach Atem. Jeder Muskel schmerzte und bebte, sein Magen verkrampfte sich. Dann richtete er sich auf, darauf bedacht, nicht zu lange zu rasten, und schaute zurück. Seine Krieger waren, soweit er sehen konnte, auf der ganzen Ebene verteilt, die roten Kriegshemden zerfetzt und befleckt.

Er drehte sich zu Weißer Stein um, stolperte vorwärts und trieb sich selbst immer weiter an. Die Welt war in Unordnung geraten, und das war teilweise seine Schuld. Ein Kriegshäuptling übernahm die Verantwortung für seine Fehler.

*Ich werde Eichelhäher finden, und wenn es mein Tod ist.* Zumindest das konnte er mit derselben Hingabe tun, die auch Eisenholz an den Tag gelegt hätte. Allerdings hätte Eisenholz Schlangenhaupt nie erlaubt, Krallenstadt so von Kriegern zu entblößen.

*Aber ich bin nicht Eisenholz. Bin ich nie gewesen. Ich habe mir nur etwas vorgemacht, als ich dachte, ich könnte seine Aufgabe übernehmen.* Ein Mißgeschick war dem andern gefolgt, bis Spannerraupe endlich befürchten mußte, daß ihn seine Sinne genauso im Stich ließen wie seine Beine.

Flackernde Bilder erschienen vor seinem Fieberblick: die unschuldigen Augen von Palmlilie ... die Angst im Gesicht von Vogelkind … der Leichnam von Wolkentanz in seinen Armen, die halboffenen Augen, die ihn anstarrten … das Gesicht von Nachtsonne, als Krähenbart sie beschuldigte, heimlich ein Kind geboren und versteckt zu haben … das Blut, das aus Maisfasers Nase und Mund tropfte … Schlangenhaupts Entsetzen, als er erschossen wurde … Fichtenzapfens erschöpfte Erleichterung, als ihn die ewige Nacht umfing …

Heilige Thlatsinas, diese Bilder verfolgten ihn und trieben ihn immer weiter auf die aufsteigenden blauen Berge hinter dem südlichen Horizont zu.

*Du mußt deine Krieger umgruppieren, sie sind zu weit auseinandergezogen.* Ja, das sollte er wohl. Aber hier in der Ebene konnte er jeden Gegenangriff der Mogollon frühzeitig erkennen. Er zwinkerte, um die Trübung aus seinem Gesichtsfeld zu entfernen. Die Krieger enger aufschließen zu lassen hätte eine Verlangsamung des Vormarschs bedeutet, und das wiederum würde den Vorsprung der Feuerhunde vergrößern. *Und wenn ich sie verliere … wenn ich die Gefangenen nicht befreien, die Räuber nicht bestrafen kann … werde ich den Rest meines Lebens in Schande verbringen.*

Besser zugrunde zu gehen bei der Verfolgung, als später den haßerfüllten Blick der ganzen Sippe zu ertragen.

Weißer Stein ging langsamer, als der Pfad zwischen zwei niedrigen Sandsteinkuppen hindurchführte. Spannerraupe taumelte vorwärts; die Füße trugen ihn fast nicht mehr. Er packte Weißer Stein am Arm, um Halt zu gewinnen.

»Du brichst gleich zusammen, Kriegshäuptling«, sagte Weißer Stein. Er schaute unbehaglich zurück. »Und die andern brauchen Zeit, um uns einzuholen. Wir sollten rasten.«

»Was … was hast du gefunden?« fragte Spannerraupe.

Weißer Stein deutete auf das ansteigende Gelände. »Ich hatte Angst, sie könnten von dort kommen. Das Tal verengt sich nach Süden. So wie der Felsen über dem Tal hängt, können wir ihn nicht überklettern. Wer immer nach Süden will, muß durch diesen Hohlweg. Und der gefällt mir ganz und gar nicht.«

»Können wir ihn umgehen?«

»Das dauert bestimmt einen Tag, wenn nicht zwei.« Weißer Stein schüttelte den Kopf. »Wenn die Feuerhunde hier einen Hinterhalt legen …«

Spannerraupe schaute mit zugekniffenen Augen nach Süden. Das Tal war wie ein großer Trichter, und die verwitterte Sandstein-Deckschicht beherrschte die Höhen. Eine ganze Weile stand er da und schaute nur.

»Hier, Kriegshäuptling, trink etwas Wasser. Du hast es nötig.«

Weißer Stein hob ihm den Wasserschlauch an die Lippen. Das erste einströmende Wasser war wie ein von den Thlatsinas gespendeter Segen; es lief brennend durch seine trokkene Kehle und schoß wie ein kalter Guß in seinen heißen Bauch. Spannerraupe nahm gierig noch einen Schluck … und noch einen, bis ihm Weißer Stein den fast leeren Wasserschlauch wegnahm.

Spannerraupe wischte sich die Lippen, nun wieder imstande, tief Luft zu holen. Einige seiner Krieger hatten ihn eingeholt und standen vornübergebeugt, keuchend. »Vielen Dank, Weißer Stein.«

»Du verlangst zuviel von dir und uns, Kriegshäuptling«, murmelte Weißer Stein und betrachtete weiter die Klippenränder.

»Dann sag mir, alter Freund«, entgegnete Spannerraupe, »was würdest du tun, wenn du in meinen Sandalen liefst?«

»Genauso rennen wie du.« Seine Lippen zuckten. »Ich danke meinen Ahnen, daß ich nur ein Spurenleser bin.«

Das Wasser hatte die erschlafften Muskeln von Spannerraupe mit der Kraft eines Blitzes wieder aufgeladen. Unmutig schaute er auf die Kette der Krieger, die über die Ebene wankten. War er wirklich so schnell gelaufen, daß sie nicht mithalten konnten?

»Also dann weiter. Haltet euch dicht beieinander. Weißer Stein, du gehst voran. Beim ersten Anzeichen einer Falle rufst du!«

Sie setzten sich in Marsch und drangen langsam in das Tal ein. Besorgt suchten sie die Höhen nach einem hochschießenden Kopf ab, nach einem erschreckten Vogel, nach irgend etwas Ungewöhnlichem.

Spannerraupe blickte zurück auf seine verstreut laufenden Krieger in der Ebene. Wie hatten die Feuerhunde samt ihren Gefangenen eine solche Entfernung nur so schnell zurücklegen können?

*Weil sie ausgeruht waren und gut genährt und weder einen Tagesmarsch mit einem Leichenzug nach Süden gemacht hatten noch anschließend einen Tag lang nach Westen gelaufen waren, um die Spur ihrer Feinde zu finden, bevor sie dann vor zwei Tagen nach Süden eingeschwenkt waren.*

Spannerraupe betete darum, daß die Feuerhunde nicht mit seiner zügigen Verfolgung rechneten und zur Zuflucht ihrer fernen Berge eilten, statt ihm hier an dieser Enge aufzulauern.

Den Spuren zufolge hatten die Feuerhunde fünfzig oder sechzig Krieger dabei und dazu noch etwa dreißig Personen, die sie aus Krallenstadt mitgenommen hatten. Dank der unverwechselbaren Fußabdrücke der Mokassins und Sandalen des Volks des Rechten Wegs war es leicht, die Spuren auseinanderzuhalten. Er konnte nur schätzen, daß etwa zwanzig dieser Abdrücke von befreiten Sklaven stammten. Die restlichen gehörten dann Gefangenen.

Spannerraupe blieb stehen und starrte auf den vor ihm liegenden Weg, der an dieser Stelle nur ein von Felswänden eingefaßter Schlitz war – ideal für einen Hinterhalt.

*Ich darf keinen Fehler machen …*

»Weißer Stein? Warte!« Spannerraupe trottete zu seinem Pfadfinder, der besorgt die Felsen und das Gestrüpp betrachtete. Nur fünfzehn seiner besten Krieger waren in nächster Nähe. Die andern würden eine halbe Zeithand benötigen, um aufzuholen. »Ich brauche einen Freiwilligen, der allein da durchgeht und prüft, ob der Weg frei ist, und wenn ja, ruft er uns das zu.«

»Das mache ich.« Doppelstern trat vor. Auch er schien am Ende seiner Kraft zu sein, grinste jedoch. Er war kleinwüchsig und hager, zwei Vorderzähne fehlten ihm, und die anderen Zähne, gelb und abgenutzt, würden ihnen sicher bald folgen. »Noch hat kein Feuerhund einen Pfeil geschnitzt, der mein Fleisch findet.«

»Mögen die Thlatsinas dich beschützen, mein Freund.« Spannerraupe klopfte ihm auf den Rücken. Doppelstern huschte in die Engstelle, und derweil hockten sich die anderen Krieger müde nieder, gerade außerhalb der Reichweite von Pfeilen von den hohen Canyonrändern.

Spannerraupe setzte sich auf einen zur Hälfte eingegrabenen Fels und ruhte sich aus. Nacheinander kamen die Nachzügler an und warfen sich zu Boden.

Nach einem Zeitfinger trottete Doppelstern durch den schmalen Durchlaß zurück. Ächzend stand Spanneraupe auf und schleppte sich vorwärts.

»Sie sind weg«, berichtete Doppelstern. »Ich habe überall nachgesehen und bin die Sandsteinstufen dahinter runtergeklettert. Da hab ich in der Mulde eine Leiche gesehen. Eine Gefangene, die sie getötet haben, Rotfunke, ein Mädchen vom Ameisen-Clan.«

»Wie lange ist sie tot?«

Doppelstern zuckte die Achseln. »Mindestens einen Tag. Die Augen sind ausgetrocknet, sie ist schon etwas aufgebläht.«

Spannerraupe seufzte, zwar erleichtert, daß kein Hinterhalt sie erwartete, aber um so bedrückter über den Vorsprung der Mogollon, der weit größer war, als er gefürchtet hatte. Wie kamen sie nur so schnell voran? Hatten sie Adler, die sie trugen? »Aber wenn sie so schnell so weit gekommen sind«, dachte er laut, »dann müßten sie doch langsamer werden, sich in Sicherheit glauben und bei den Pappel-Quellen noch diesseits der Berge lagern.«

»Sie tragen mindestens zwei Leute auf Bahren«, betonte Weißer Stein. »Und die Gefangenen sind nicht so schnell. Rotfunke hat sie vermutlich zu sehr aufgehalten. Sie ist die erste, die sie getötet haben und bis jetzt die einzige. Die andern sind sicher am Ende ihrer Kraft.«

»Ja, das sind sie wohl. Aber kommt, mir ist wohler, wenn wir erst auf der andern Seite dieses Engpasses sind.«

Er folgte Weißer Stein und Doppelstern in die kühle Enge und schaute unbehaglich in die Höhe. Glatte Felswände, oben mit Unterholz bewachsen, schlossen sich um sie. Wer immer hier drin gefangen war, konnte sich nicht wehren. Der ideale Ort für ein Massaker. Spannerraupes Blicke schossen in alle Richtungen, er glich einem Mann, der durch einen Raum voller Geister geht, darauf gefaßt, daß unsichtbare Hände gleich nach ihm greifen.

Jenseits der Enge schleppte er sich über die gewölbten Sandsteinschichten, alle abgeschliffen durch endlose Wasserströme in der Regenzeit, und kauerte sich neben die Leiche von Rotfunke. Sie war in den Rücken getroffen worden, zweifellos bei einem Fluchtversuch. Spannerraupe stieß die Leiche an und schnüffelte. Zweifellos mehr als einen Tag tot.

Etwas nagte an ihm – nicht nur der Ekel angesichts der Fliegen, die über die ausgetrocknete Haut krochen. In den Rücken geschossen … durch die Lunge. So wie Wolkentanz.

Erinnerungen blitzten in ihm auf: der schlaffe Körper in seinen Armen, das Gewicht der kalten, durchnäßten Leiche, das Blut, das aus ihr herausfloß und auf die …

*Der Pfeil war Rotfunke durch die Lunge gefahren … Wo ist also ihr Blut?* Der Sand unter ihr war trocken, unbefleckt.

Verwirrt stand er auf …

Der erste tödliche Pfeil zischte durch die Luft und bohrte sich durch Doppelstern. Er schrie auf und fiel, und ein zweiter Pfeil schnitt durch den Ärmel von Spannerraupe, eine weiterer fuhr mit solcher Gewalt in die Schulter von Weißer Stern, daß er zu Boden gerissen wurde.

Spannerraupe brüllte: »Lauft weg!«

Lautes Kriegsgeschrei erfüllte die Luft, als die Feuerhunde hinter dem niedrigen Beifußgebüsch aufsprangen.

Spannerraupes Krieger rannten herbei, als er mit einer Hand nach dem Bogen griff und mit der anderen Weißer Stein zu sich zerren wollte. Der Pfadfinder verlor schnell Blut. Zu schnell! Es drang durch sein Hemd und rann seine Beine hinab. Grauenerregende Schreie erschallten, als die Männer um Spannerraupe herum zu Boden gingen, verwundet oder sterbend, manche sogar von drei Pfeilen getroffen.

Wellen des Entsetzens überrollten Spannerraupe.

»Los, Weißer Stein! Du mußt laufen, ich kann dich nicht tragen. Los! Lauf!«

Mit schmerzverzerrtem Gesicht stolperte Weißer Stein vorwärts.

Die Mogollon-Krieger schienen direkt aus dem Boden hochzuschießen. Einige stürmten die Flanken entlang zu Anhöhen, die den Engpaß kontrollierten. Das war der einzige Fluchtweg, und wenn jemand überleben wollte, mußte er dorthin rennen – *jetzt sofort*!

»Los! Zurück! Rennt um euer Leben!« brüllte Spannerraupe und stieß Weißer Stein vorwärts, auf die Engstelle zu. Schon bezogen Feuerhunde dort Posten.

Mit seltsamer Gelassenheit sah er dem sicheren Tod ins Auge. *Dank sei den Thlatsinas, daß die anderen Krieger zurückgeblieben waren …*

Er sprang von dem geriffelten Sandstein hinunter und zog den strauchelnden Weißer Stein zwischen die Felsen. Die gefiederten Pfeilschäfte der Mogollon klirrten gegen die Felsen und fuhren mit sanftem Aufprall in den weichen Sand der Senke.

»Zurück!« schrie er den näherkommenden Kriegern entgegen. »Eine Falle! Zurück! *Lauft!*«

# 47. Kapitel

An Händen und Füßen gebunden, saß Sängerling vor dem Feuer. Hoch über ihm bedeckten düstere Wolken den Nachmittagshimmel und türmten sich über den Berggipfeln auf. In der Ferne fuhren Blitze lautlos ins Land. Regentropfen zischten geisterhaft in den brennenden Scheiten. Es hatte etwa eine

Zeithand lang geregnet, lang genug, um seinen ermüdeten Körper bis auf die Knochen zu durchnässen. Jeder Muskel tat ihm weh. Wenn er demnächst aufstehen müßte, dachte er, würden seine wackligen Beine bestimmt zerbrechen. Der Wahnsinnslauf hatte alle Kraft aus ihm herausgezogen und sein braunes Hemd zerrissen. Die Ärmel hatten lange Risse, und der Saum hing in Fetzen herab.

Ringsherum saßen seine Leidensgefährten mit Stricken um den Hals, mit gesenktem Kopf, das Haar an den Schädel geklebt, und sahen genauso elend aus, wie er sich fühlte. Hinter ihnen, etwas abseits, standen die wachsamen Krieger mit eingelegten Pfeilen.

Das Dorf der Gila-Monster-Klippen befand sich in der Ebene am Fuß eines nach Kiefern duftenden Berges. Ein herrlicher Ort: Rechts von Sängerling gurgelte ein Bächlein mit kristallklarem und köstlichem Wasser. Große glatte Steine füllten das Bachbett, und die Uferhänge waren mit Sand und Kies bedeckt. Riesige kahle Pappeln und Eichen drängten sich am Bachlauf, wiegten sich und wisperten im kühlen Wind.

Sängerling schaute sich um. Wachen standen etwa hundert Hände entfernt, sechs an der Zahl, in gleichmäßigen Abständen um das Feuer herum. Rechts von ihm lag Maisfaser, den Kopf in Distels Schoß gebettet, das schwarze Haar über die Beine ihrer Mutter gebreitet. Sie war schon früher erwacht, aber als man angehalten hatte, war sie sofort wieder in Schlaf gesunken. Sein Magen zog sich zusammen, als er sie anschaute. Der Bluterguß hatte eine abstoßende lila-gelbe Färbung angenommen, und es bildete sich schon ein dicker Narbenwulst, aber die Schwellung war etwas abgeklungen.

*Was wird Eichelhäher mit ihr anstellen, wenn er erfährt, daß sie nicht seine Enkeltochter ist?* Sängerling war ziemlich sicher, daß sie es nicht war. Würde er sie im Zorn töten? Sie zur Sklavin machen? Oder sie vielleicht Distel zurückgeben als Belohnung für ihre Hilfe beim Überfall auf Krallenstadt?

Neben ihr saßen Nachtsonne und Eisenholz und flüsterten vertraulich miteinander; obgleich es Eisenholz verboten war, auf dem Marsch mit irgend jemandem zu sprechen, hielten ihn die Wachen diesmal nicht davon ab. Dann und wann strich

Eisenholz über Maisfasers Haar und sprach kurz mit Distel. Nordlicht und Düne saßen links von Sängerling. Ihre weißen Hemden hatten in den letzten acht Tagen eine schmutzige Braunfärbung angenommen. Die anderen Gefangenen waren sofort ins Dorf gebracht worden, wo sie ihren Sklavendienst in Mogollon-Familien antreten würden.

Der Wind trieb Sängerling Regentropfen ins Gesicht, und er blinzelte dagegen an. Das Dorf war kleiner, als er gedacht hatte. Hier lebten vielleicht hundert Familien. Die Häuser waren auf der ersten Terrasse oberhalb des Flusses gebaut worden, die Wände aus runden Flußsteinen, mit Schlammörtel verputzt. Vor langer Zeit hatte man sie mit grauem Lehm verstrichen, aber der war zum größten Teil abgeplatzt und hatte das rohe Mauerwerk darunter freigelegt. Im Vergleich zu den prachtvollen Städten des Volks vom Rechten Weg wirkte das Dorf schäbig und primitiv.

Er blickte zum Fluß zurück. Das Wasser rauschte über Felsen und um grüne Moosstellen herum. Mannshohe Brombeer- und Johannisbeersträucher bedeckten die Uferhänge dicht an dicht. Sängerling preßte die Finger seiner gebundenen Hände zusammen. Es war sehr schön hier. Wenn er Sklave sein müßte, dann hier, denn hier war es besser als an vielen anderen Orten.

Wenn der Wind ging, huschten silberhelle Spritzer über den dunklen Fluß wie körperlose Falterflügel. Sängerling biß sich auf die Lippen und betrachtete dieses Schauspiel, während er sein Geschick bedachte.

Die Krieger hatten sich darüber amüsiert, wie sie ihre Verfolger, die Hunde des Rechten Wegs, geschlagen hatten. Stimmte das denn? Hieß das, daß sie nie mehr befreit werden würden und ihr Leben als Sklaven zubringen müßten? Er hatte Eisenholz gefragt, und der große Mann hatte schwach gelächelt und gesagt: »Ihr andern vielleicht. Ich habe einmal dieses Dorf überfallen, Sängerling. Ich habe hier getötet, Gefangene genommen, einschließlich Eichelhähers Tochter. Ich glaube nicht, daß er mir die Gnade des Sklavendaseins gewährt.« An dieser Stelle hatte Nachtsonne sich mit der Schulter an Eisenholz gelehnt, und sie hatten sich lange Zeit in die Augen gesehen.

Auf dem Marsch hatten sie kaum Zeit gehabt, miteinander zu sprechen. Die Mogollon hatten sie schon vor Tagesanbruch mit Tritten geweckt und bis nach dem Dunkelwerden am Laufen gehalten. Sie hatten gegessen und getrunken, was ihre Wärter ihnen zu geben geruhten, und waren sofort in tiefen Schlaf gefallen.

Aber nun war jedenfalls dieser Teil des Marschs zu Ende. Halb unbewußt nahm er wahr, daß der Regen endlich aufgehört hatte, obwohl der Himmel immer noch mit weiteren Schauern drohte.

Hohe Pappeln wölbten sich über Sängerlings Kopf, die Zweige voller junger Blätter.

Eisenholz rutschte herum, um über die Schulter zu Eichelhäher und Trauertaube zu sehen. Sie gingen den Pfad zum Fluß hinunter. Beide hatten gebadet. Eichelhähers schmales Gesicht und graues Haar glänzte, und er hatte ein sauberes hellbraunes Hemd angezogen. Trauertaube hatte ihr schwarzes Haar geflochten. Sie war eine kleine, zart gebaute Frau und lächelte jetzt so strahlend, als wäre sie zum ersten Mal im Leben glücklich. Ihre vollen Wangen glühten rosig. Sie trug ein sauberes, orangefarbenes Kleid mit zwei schwarzen Streifen rings um Saum, Ärmel und Ausschnitt. Trauertaube verhielt zwei Körperlängen hinter Düne und Nordlicht, als wollte sie den berühmten heiligen Männern nicht zu nahe sein.

Sängerling verstand das; Düne schoß tödliche Blicke auf die Leute. Jeder Wachtposten, der an ihm vorbeiging, machte mit erhobener Hand ein Abwehrzeichen gegen den bösen Blick, was Düne zu gefallen schien. Er war zwar den ganzen Weg getragen worden, aber dennoch war sein alter Körper sehr ausgemergelt, und nun sah es aus, als hätte er kaum noch genug Haut auf den Knochen, um sie zusammenzuhalten. Sein weißes Haar hing ihm in schmutzigen Strähnen über das verrunzelte Gesicht.

Auf dem Marsch hatte Düne wie üblich versucht, mit Sängerling zu sprechen, aber die Wachen hatten es niemals zugelassen, und offenbar hatte Düne keine Lust, Sängerling etwas zu sagen, was jemand mithören könnte. Auch Sängerling hatte den dringenden Wunsch, mit ihm zu sprechen; der Blick aus

Dünes trüben Augen verriet ihm, daß er wichtige Neuigkeiten mitzuteilen hatte.

Eichelhäher ging um den Kreis herum und stand nun zwischen Distel und Sängerling, die Augen fest auf das Gesicht der schlafenden Maisfaser gerichtet.

*O Maisfaser, was immer geschieht, wird jetzt geschehen. Ich wünschte, ich könnte dir alles abnehmen.*

Aber das konnte er nicht. Jetzt noch nicht.

Eichelhäher holte tief Luft, erschöpft zwar und noch im Hochgefühl seines Sieges, aber dennoch tief beunruhigt. Was würde diese Nacht ihm bringen? Nach all diesen Jahren stand er hier an einem Ziel, das er erträumt und ersehnt hatte – und an einem Neuanfang, der ihn verwirrte.

Er registrierte die Stellungen seiner Posten, sechs rings um das Lager, zehn auf Anhöhen um das Dorf der Gila-Monster-Klippen herum. Dann schaute er prüfend in die Gesichter der Gefangenen. Düne, der Heimatlose, und Nachtsonne starrten ihn herausfordernd an, während Eisenholz und Sängerling offenbar bereit waren, sich mit dem abzufinden, was die Zukunft ihnen bringen würde. Nordlicht hielt den Kopf gesenkt, nicht gewillt, ihn anzusehen, und das erweckte Eichelhähers Argwohn. Ein Mann, der sich weigerte, seinen Feind anzusehen, fürchtete entweder, was er vielleicht im Auge seines Feindes sehen könnte – oder was sein Feind in seinen Augen sehen könnte.

*Ich muß diesen Mann im Auge behalten.* Er hatte erfahren, daß die meisten in Krallenstadt Nordlicht für einen Hexenmeister hielten. Sein Leben lang hatte Eichelhäher einen unbarmherzigen Kampf gegen die Schlafmacher und ihr verderbenbringendes Wesen geführt.

Trauertaube setzte sich wachsam hinter Düne. Beim Abendessen hatte sie Eichelhäher manches erzählt, manches aber auch listig für sich behalten. So, wie sie seinen Fragen auswich, merkte er, daß sie ein dunkles, mächtiges Geheimnis zurückhielt. Um es vielleicht später auszunutzen, wenn es nötig war? Aber sie hatte ihm auch freimütig erklärt, daß sie nicht im Dorf der Gila-Monster-Klippen bleiben würde. Ihre Mutter war zwar eine Mogollon gewesen, aber sie betrachtete die Turmbauer als ihr Volk. Das kam ihm sonderbar vor, immerhin hatte sie vor dem Mahl seine Gebete geteilt und sich vor seinen Hausgöttern ehrfürchtig verneigt. Anscheinend lebte sie in beiden Welten. Bestimmte Traditionen, die sie ansprachen, hatte sie sowohl von den Mogollon wie von den Turmbauern übernommen, und beide zu einem Ganzen zusammengefügt, das ihre Seele befriedigte. Vielleicht hatte sie so ihre Kindheit überstanden; ihre Mutter hatte ihr sicher etwas gesagt und ihr Vater etwas ganz anderes. Kinder haben die seltsame Gabe, verschiedene Gedanken miteinander zu verknüpfen, selbst wenn sie Erwachsenen widersprüchlich scheinen.

Er ließ seinen Blick wandern. Distel sah besorgt aus; nervös strich sie über Maisfasers Haar. Seine Sklaven könnten ihr ein Bad machen, hatte er ihr angeboten, und ihr ein sauberes Gewand bringen, aber sie hatte lieber warten wollen, bis Maisfaser erwachte, um gemeinsam mit ihr einen solchen Luxus zu genießen. Distel liebte Maisfaser sehr. Daran zweifelte Eichelhäher nicht. Was hingegen alles andere betraf...

»Also fangen wir an«, sagte Eichelhäher und stellte sich breitbeinig mit auf dem Rücken verschränkten Händen hin. »Ich will die Wahrheit wissen. Wer von euch fängt an?«

Die Gefangenen sahen sich unbehaglich an. Dann warf Düne Eichelhäher einen fragenden Blick zu. »Welche Wahrheit?«

»Spiel keine Spiele mit mir, heiliger Heimatloser! Ich lasse dir bei lebendigem Leibe die Haut abziehen und dich verbrennen.«

»Keine Spiele, Eichelhäher. Mit meiner Frage wollte ich nur wissen, welche Wahrheit du hören willst. Die über Maisfaser... oder über –«

»Natürlich über Maisfaser. Warum glaubst du, habe ich sie aus Krallenstadt gerettet und den ganzen Weg hertragen lassen?« Seine Wut verflog, als er wieder auf Maisfaser hinabschaute. »Ist sie meine Enkeltochter? Das will ich wissen. In ihrem Gesicht kann ich das nicht erkennen. Distel hat mir gesagt, sie glaubt, daß Maisfaser meine Enkelin ist; Trauertaube hat mir gesagt, sie ist davon überzeugt, daß es sich bei Maisfaser nicht um meine Enkelin handelt.« Eichelhäher blickte zwischen Trauertaube und Eisenholz hin und her. »Was sagst du dazu, Kriegshäuptling? Bist du der Vater dieses Kindes?«

Eisenholz atmete tief ein, nickte und sagte: »Das bin ich.«

Eichelhäher schaute mit gerunzelter Stirn auf Maisfaser. »Ich sehe dich in ihr. Die Stirn, die Gesichtsform, die Haut. Aber Rehkitz kann ich nicht in ihr sehen.«

Nordlicht stützte seine gefesselten Hände auf seine angezogenen Knie und beugte sich vor. Nasse Strähnen seines schwarzen Haars fielen ihm locker über sein verschmutztes Priesterhemd. »Ich war bei Maisfasers Geburt dabei, Großer Häuptling. Ich habe sie mit eigenen Händen in diese Welt gebracht und sie in derselben Nacht bei Palmlilie abgeliefert, dem Ehemann von Distel. Eisenholz ist ihr Vater. Ich weiß, daß das die Wahrheit ist.«

Eichelhäher rieb sich das Kinn und bedachte alle Folgerungen. »Und ihre Mutter?« Sein hämmerndes Herz war voller Hoffnung. »War meine Tochter Rehkitz die Mutter?«

Nordlicht warf einen Blick auf Eisenholz, Nachtsonne und Düne, bevor er den Kopf schüttelte. »Nein, Großer Häuptling, Rehkitz war nicht Maisfasers Mutter.«

Distel zog den Atem ungläubig ein. »Du lügst!« Sie hätte es am liebsten herausgeschrien, aber sie wollte offensichtlich ihre Tochter nicht aufwecken. Die Beschuldigung wurde heiser flüsternd vorgebracht. »Gleich nachdem du sie uns gegeben hattest, wurde die verstümmelte Leiche von Rehkitz auf einer Müllhalde gefunden. Wer sonst hätte ihre Mutter sein können?«

Nachtsonne holte tief Luft. Schmutz und Schweiß zogen sich in Streifen über ihr blaues Kleid. Ihr ergrauendes schwarzes Haar hatte sich aus dem Zopf gelöst und hing ihr nun unordentlich um das dreieckige Gesicht. Die auf dem Kinn eintätowierten vier schwarzen Spiralen glänzten im Feuerschein. *»Ich.«*

»Du?« fragte Eichelhäher scharf. »Du hast dich mit dem Kriegshäuptling gepaart, der tief unter dir steht, und keine Abtreibung eingeleitet, als dir klar war, daß du schwanger bist? Lächerlich! Jedes vernünftige Mitglied der herrschenden Schicht –«

»Ich habe alles versucht, Eichelhäher«, entgegnete sie ruhig. »Beifußblätter, die Beeren von schwarzem Nachtschatten, Kapokwurzelrinde, ein Gebräu aus Wacholdernadeln und -beeren. Ich bin eine Heilerin. Ich weiß *genau*, was man für eine Abtreibung braucht. Aber ...« Sie seufzte und lächelte traurig auf Maisfaser hinab. »Meine Tochter wollte unbedingt geboren werden. Ich empfing Maisfaser, als mein Mann, Krähenbart, auf einer Handelsreise zu den Hohokam unterwegs war. Ich hatte eine Todesangst, denn ich wußte, er würde sie umbringen, wenn er heimkam. Und« – sie blickte liebevoll auf Eisenholz – »ich wußte auch, Krähenbart würde den einzigen Mann, den ich je liebte, töten lassen.«

Eichelhäher schaute in die Runde und suchte die Wahrheit in den Augen der Anwesenden. Einen nach dem anderen sah er sie an. Nein, hier gab es keine Täuschung. Der Blick von Trauertaube schien auszudrücken: »Ich hab's dir ja gesagt.«

Enttäuscht starrte er Distel an. »Diese Leute sagen, sie ist nicht meine Enkeltochter. Hast du mich vorsätzlich getäuscht? Damit ich Krallenstadt überfalle und das Unrecht räche, das man dir und deinem Clan angetan hat?«

Distel schüttelte den Kopf. Diese beunruhigende Neuigkeit hatte sie fassungslos gemacht. »Ich habe wahrhaftig geglaubt, daß Maisfaser deine Enkeltochter ist, Eichelhäher. Aber ich kann nicht leugnen, daß ich die Toten meiner Familie gerächt sehen wollte. Dieser Überfall hat mich glücklich gemacht.«

Eichelhäher hatte dieses Glück auch empfunden. Dank Distel hatte er einen der größten Raubzüge in der Geschichte der Mogollon unternehmen können. Sein Name würde in Legenden weiterleben. Selbst wenn Maisfaser nicht seine Enkelin wäre, schuldete er Distel viel. Und ihr herausfordernder Gesichtsausdruck, die zusammengekniffenen Augen, als sie sprach – nein, sie hatte ihn sicher nicht absichtlich getäuscht.

Er blickte auf Maisfaser, die friedlich in Distels Schoß ruhte. *Nicht meine Enkeltochter.* Er empfand den Schmerz darüber wie einen Stich, der seine Seele verwundete. Bei allen Geistern, er hatte gebetet, es möge wahr sein. Aber die Enttäuschung war vielleicht einfach der Preis für den Sieg. Die Götter gaben dem Menschen nie alles, was er wollte. Das wußte er besser als die meisten. Außerdem... Wenn Maisfaser wirklich die Tochter von Nachtsonne war, dann hatte Eichelhäher wahrhaftig Rache genommen für die Entführung von Rehkitz. Tochter um Tochter.

Distel blieb reglos sitzen und blickte finster auf Nordlicht, als wollte sie seine Worte noch einmal abwägen.

»Also dann«, sagte Eichelhäher und lächelte Eisenholz grimmig an. Der Mann wußte, was auf ihn zukam, das sah ihm Eichelhäher an. »Mir bleibt jetzt nur noch zu entscheiden, was ich mit jedem einzelnen von euch tun werde. Ich –«

»Ich glaube«, sagte Düne und legte seinen alten Kopf schräg, »daß es noch mehr gibt, was du hören solltest, Eichelhäher.«

Dieser überhebliche Ton! »Was ist das, alter Mann?«

Düne lächelte, und der Feuerschein flackerte über seinen zahnlosen Mund. »Die Geschichte deines Enkelsohnes.«

Eichelhäher starrte ihn an. Aus dem Augenwinkel sah er Trauertaube nicken, und er erinnerte sich an Distels Geschichte, daß Rehkitz aufgeschlitzt worden war, um das Kind herauszunehmen. »Ist das die andere Wahrheit, die du erwähnt hast.«

»So ist es.«

Nordlicht fing an zu zittern. Er beugte den Kopf hinab, und das nasse Haar hing ihm unordentlich um das Gesicht wie glänzende schwarze Schlangen. Er hielt die Augen fest geschlossen.

Eichelhäher sagte: »Nun rede schon.«

Düne sah ihn unverwandt an. »Rehkitz hat sich mit Krähenbart gepaart. Krähenbart liebte sie besinnungslos. Er war, könnte man sagen, von ihr besessen.«

Nachtsonne hob plötzlich den Kopf und starrte Düne auf eine Weise an, die Eichelhäher vermuten ließ, daß die Nachricht sie völlig überraschte. Und es ließ ihn auch vermuten, daß es vielleicht die Wahrheit wäre. Er warf einen Blick auf Distel und sah, wie ihr Gesicht erschlaffte, als ob sie etwas begriff.

*Aha, jetzt kommt es heraus ...*

»Deswegen also konnte Rehkitz wegen dieser Paarung Nachtsonne nicht um Erlaubnis bitten«, sagte Distel. »Deswegen konnte sie *keinem Menschen* von ihrem Liebhaber erzählen. Heilige Geister – natürlich!«

Ruhig fragte Nachtsonne: »Er liebte sie, Düne? Bist du da sicher?«

»Mit seinem ganzen Herzen, jedenfalls mit soviel Herz, wie er hatte. Und deswegen, glaube ich, hat er dich auch so schäbig behandelt. Er wollte Rehkitz tatsächlich heiraten und an deine Stelle setzen.«

Nachtsonne zerknüllte den Stoff ihres Kleides. Sie schloß die Augen.

Eichelhäher forderte Düne mit einer Kinnbewegung auf: »Sprich weiter.«

»Als Krähenbart entdeckte, daß Rehkitz ein Kind von ihm trug, wurde er fast verrückt. Denn obwohl er Rehkitz liebte, verstehst du, fürchtete er doch die Prophezeiungen deines Volks.«

»Über das Kind, das geboren und dann versteckt wird?« fragte Eichelhäher. »Das Kind, das eines Tages zurückkehren würde, um das Volk des Rechten Wegs zu vernichten?«

Düne gestikulierte mit seinen gefesselten Händen. »Gleich nachdem ihm Rehkitz von dem Baby erzählt hatte, rief Krähenbart Nordlicht und mich in sein Zimmer« – Nordlicht nickte – »und fragte uns, was er tun sollte.«

»Habt ihr ihm geraten?«

»Wir haben's versucht.« Düne rutschte herum und streckte die gefesselten Beine aus. »Er war die Gesegnete Sonne. Er wollte nicht auf uns hören. In einem Anfall von Wut und Verzweiflung entschied er, daß sowohl Mutter wie Kind sterben müßten.«

»*Was?* Er hat befohlen, sie *beide* zu töten?« Eichelhäher verzog den Mund vor Abscheu. *Das ist nicht zu glauben! Was ist nur los mit diesen Leuten vom Rechten Weg?* Hätte er einer Sklavin beigelegen, dann hätte er das Kind bereitwillig in seinen Haushalt aufgenommen. »Warum?«

»Krähenbart hatte Angst, daß Rehkitz, wenn sie lebt, eines Tages die Geschichte ausplaudert und Nachtsonne am Ende doch davon erfährt.«

Eichelhäher wandte sich zu ihr. »Und was hättest du getan?«

Die Pappeln hinter Nachtsonne schwankten in einem Windstoß, knarrten und ächzten, und Schatten tanzten über ihr angespanntes Gesicht. Was für eine ansehnliche, elegante Frau! Selbst dieser Gewaltmarsch über mehrere Tage hatte ihrer Schönheit nichts anhaben können.

Sie sagte: »Ich habe meiner eigenen Tochter Wolkentanz eine Heirat mit Spannerraupe verweigert, weil er zur Hälfte Mogollon ist. Dein Volk hat seine Mutter als Sklavin mitgenommen, als sie sehr jung war. Ich hätte solch eine Geburt nie erlaubt. Meine Pflicht in diesem Fall wäre ganz klar gewesen. Ich hätte mich von Krähenbart scheiden lassen und wahrscheinlich den Tod von Rehkitz und ihrem Kind angeordnet. Denn *ich* fürchte die Legenden auch.«

Düne fuhr fort: »Nordlicht und ich fürchteten das. Wir haben zwei Tage gebraucht, um Krähenbart zu überreden, daß er Rehkitz und das Kind am Leben läßt, mit dem Versprechen, daß sie beide nach der Geburt sofort weggeschickt würden.«

»Warum solltet ihr euch wünschen, daß eure Feinde am Leben bleiben?«

Düne zog beide Brauen in die Höhe. Er trat den Sand mit den gebundenen Füßen hoch. »Weil ich an eure Prophezeiungen *nicht* glaube. Das Baby im Bauch von Rehkitz war kaum einen Mond alt, da *spürte* ich schon, daß es ein außergewöhnliches Kind war. Ich machte Krähenbart den Vorschlag, er solle bis nach der Geburt verreisen, damit die Gerüchte allmählich verstummten. Wenn er heimkäme, versprachen wir ihm, wären Rehkitz samt Baby verschwunden; er würde sie nie mehr sehen.«

Nordlicht erbleichte. »Doch auf dem Sterbebett hat Krähenbart befohlen, das Kind müsse sterben. Es war sein letzter Befehl.«

Eichelhäher nickte. Das war für ihn nichts Neues. Krähenbart war ein unbarmherziger Gegner gewesen und noch stolz darauf, daß er ohne Gewissensbisse morden konnte. Eichelhäher hatte ihn deswegen verachtet. »Was hat er gesagt?«

»Er nannte den Jungen ›Eichelhähers Brut‹. Ich glaube, zum Schluß fürchtete Krähenbart eure Prophezeiungen mehr, als wir je gedacht hatten.«

Eichelhäher stellte sich breitbeinig hin. »Und?«

*Lebt der Junge noch, oder haben sie Krähenbarts Befehl ausgeführt?*

Düne und Nordlicht sahen sich an. Eichelhäher bemerkte, daß Eisenholz vorgebeugt dasaß und gespannt zuhörte.

Düne stieß müde den Atem aus. »Der Junge lebt. Nach der Geburt gab mir Nordlicht den Säugling. Ich bat einen Händler namens Der-Im-Himmel-Sitzt, ihn einem alten Freund von mir zu bringen, Schwarzer –«

*»Mich?«* fragte Sängerling flüsternd. Seine braunen Augen waren weit aufgerissen. Er fuhr sich mit der Zunge über die rissigen Lippen. *»Sprichst du von mir?«*

Düne nickte gelassen. »Ich hatte vor, dir das zu sagen. Irgendwann.«

Trauertaube fuhr sich mit der Hand an die Kehle, wie um dort einen Schmerz zu lindern, und sagte: »Es war nur wenige Tage nach seiner Ankunft in Krallenstadt, daß die Stadt überfallen wurde und die Sklaven ihre Freiheit erlangten. Die Prophezeiungen … sie haben sich erfüllt!«

Eichelhäher setzte sich neben Sängerling in den Sand und betrachtete das schmale Gesicht, die gebogene Nase, die hohe, hagere Gestalt und das lange schwarze Haar. Konnte das wirklich … Und dann begriff er. »Heilige Götter«, murmelte er, »du gleichst Rehkitz überhaupt nicht … aber du siehst genauso aus wie – wie ich … vor vierzig Sommern.«

Sängerling stand der Mund offen, und die Lippen zitterten, bevor er den Mund mit einem Ruck schloß. Er starrte in die Augen von Eichelhäher und wußte nicht, was er sagen oder tun sollte. Er sah die Ähnlichkeit auch. »Düne«, fragte er flehentlich und drehte sich um, »warum hast du mir nie etwas gesagt? Warum hat mir Schwarzer Tafelberg nichts gesagt? Hat meine Mutter Schneeberg das gewußt?«

»Natürlich hat sie es gewußt. Aber wir wollten, daß du am Leben bleibst. Wäre die Wahrheit bekannt geworden – selbst durch dich, Sängerling –, dann hätte es gut sein können, daß dich einer umbringt. Wenn nicht Krähenbart selbst, dann einer von den anderen Ersten Menschen. Sie hätten genausoviel Angst vor dir gehabt wie Krähenbart.«

»Das hättest du mir sagen sollen«, schrie Sängerling. »Wir reden hier schließlich über mein Leben!«

»Genau«, knurrte Düne. »Über dein Leben!«

Sängerling sackte in sich zusammen und schaute rings ums Feuer. Er verzog das Gesicht, als er sah, wie Nachtsonne ihn mit gerunzelter Stirn scharf ansah.

Zögernd legte Eichelhäher eine Hand auf Sängerlings Schulter. »Ist das wahr? Bist du mein Enkel?«

Sängerling saß ihm mit offenem Mund gegenüber. »Wenn … wenn Düne das sagt. Ich glaube ihm. Ich bin nur völlig durcheinander. Meine Mutter hat mir immer gesagt, daß mein Vater Der-Im-Himmel-Sitzt sei. Niemand hat auch nur eine Andeutung gemacht, daß … obwohl meine Mutter nie schlecht von Krähenbart gesprochen hat. Sie beharrte darauf, daß Leute, die das taten, schlecht informiert oder verbittert seien. Sie tat alles, damit ich eine gute Meinung von Krähenbart hätte.«

Sängerling preßte die Augenlider aufeinander und schwieg eine ganze Weile.

Eichelhäher packte seine Schulter fester. Die Junge sah ihm in der Tat ähnlich. Tief in seinem Herzen spürte er auch, daß Düne die Wahrheit gesagt hatte. Das war das Kind von Rehkitz. Seine Tochter hatte ihm einen Enkel geschenkt. Das spielte zwar keine Rolle für die Nachfolge, aber jedenfalls war ein Mitglied seiner Familie heimgekommen. Ein warmes, herzliches Gefühl durchflutete ihn. Er griff nach dem Messer in seinem Gürtel. Er durchschnitt Sängerlings Fesseln. »Hab keine Angst, Sängerling. Wenigstens nicht mehr Angst, als ich selbst habe.«

Eichelhäher stand auf und winkte seinen Wachen. Die sechs Männer kamen näher und umringten das Feuer. Heulers vernarbtes Gesicht drückte Mißtrauen und Sorge aus, als bezweifelte er die Wahrheit der Geschichte. »Führt Distel und ihre Tochter zu einem unserer Gästezimmer«, befahl Eichelhäher.

»Sperrt die anderen in die westliche Zelle. Ich will mich mit meinem Enkel beraten und dann entscheiden, was mit ihnen geschieht.«

Heuler nickte abweisend. »Ja, mein Häuptling.«

»Sängerling, komm bitte mit mir, ich möchte dich mit verschiedenen –«

»Darf ich vielleicht noch einen Augenblick bleiben?« fragte der junge Mann. »Ich möchte mit Düne sprechen.«

Eichelhäher warf einen Blick auf den alten heiligen Mann. Düne hatte die Unterarme auf seine knochigen Knie gestützt, und ein Licht schien in seinen wäßrigen Augen. »Natürlich, Sängerling. Wenn du bereit bist, wird dich Heuler zu meinen Zimmern führen.«

Eichelhäher schritt um das Feuer und empfand eine tiefe Sehnsucht. Er brauchte Zeit. Und er wollte unbedingt hören, was Flaumfeder dachte. Ihre Klugheit hatte ihn mehr als fünfundzwanzig Sommer lang geleitet. Sie würde sicher genauso erstaunt sein wie er, daß Rehkitz einen Sohn hinterlassen hatte.

Er ging den Pfad hinauf zum Dorf.

Dunkel umfing die welligen Hügel, aber das Licht der Sterne schimmerte über den Kiefern, die den Berg hinter dem Dorf bewuchsen. Tränen in seinen Augen trübten Sängerlings Sicht; er schaute Düne an. »Ich hatte ein *Recht*, das zu erfahren, Düne.«

Düne antwortete nicht. Er beobachtete den Wachtposten, der den Yucca-Strick um seine Handgelenke aufsäbelte. Als der Posten damit fertig war, kam Düne ächzend auf die Beine und humpelte zu Sängerling, dessen Arm er ergriff. Er führte ihn zu zwei Felsblöcken neben dem Fluß.

»Hier«, sagte er leise, »setz dich hin, Sängerling. Wenn wir unsere Stimmen dämpfen, wird das Rauschen des Flusses sie übertönen.«

Sängerling ließ sich auf den kalten Stein nieder.

Trauertaube schwebte im Hintergrund wie ein verwundetes Gespenst; ihr Blick war so unverwandt auf Sängerling gerichtet, als hinge ihr Leben von ihm ab.

Sängerling flüsterte: »Warum hast du mir nichts gesagt, Düne? Warum hat mir meine Mutter nichts gesagt?«

Düne setzte sich vorsichtig auf den anderen Stein, und sein zahnloser Mund verzog sich zu einem schwachen Lächeln. »Die Zeit war noch nicht reif«, sagte er freundlich. »Schwarzer Tafelberg und ich hatten beschlossen, daß ich dir nach Abschluß deiner Ausbildung zum Sänger alles sagen würde. Leider hatte ich bisher noch keine Gelegenheit dazu.«

»O Düne.« Sängerling warf die Arme hoch. »Ich weiß nicht, was ich sagen soll. Ich fühle mich so ... verloren.«

»Laß das. Du bist gerade gefunden worden. Von deiner richtigen Familie. Außerdem«, sagte er und sah mit zugekniffenen Augen auf die muskulösen Wachtposten in ihren schwarzweißen Umhängen, die den anderen Gefangenen die Fesseln zerschnitten, »wenn ich das hier überlebe, werde ich gern deine Ausbildung zu Ende bringen. Das heißt, wenn du mich dann noch als Lehrer haben willst.«

Sängerling pflückte einen Grashalm aus einem Spalt im Fels, riß ihn erst in zwei und dann in vier gleich große Teile. »Düne, ich weiß nicht, was ich machen soll. Meine ganze Welt ist durcheinandergeraten. Ich weiß nichts von meiner richtigen Mutter. Mein wirklicher Vater war ... ein Ungeheuer. Ich habe sogar mein Volk heute nacht verloren. Ich kann nie zurückkehren. Das weißt du, oder? Wenn jemand dahinterkäme, daß ich Eichelhähers Enkel bin ...« Er konnte den Satz nicht beenden. Seine Kehle war ihm vor Kummer wie zugeschnürt. »Und mir fehlt meine Mutter, und Schwarzer Tafelberg auch, Düne. Ich will nach Hause.«

Düne seufzte und sah mit gerunzelter Stirn auf den Fluß. Auf der schwarzen Oberfläche tanzten Funken des gespiegelten Feuerscheins. »Es tut mir leid, Sängerling. Wenigstens bist du am Leben, und du –«

Heuler kam über den Sand auf sie zu. »Seid ihr fertig?« fragte er Sängerling.

Sängerling warf einen Blick auf Düne. »Glaube schon. Für den Augenblick jedenfalls.«

»Dann komm, Alter«, sagte Heuler und deutete auf die Gruppe von Gefangenen, die von Wachen umringt am Feuer standen. »Los!«

Düne tätschelte Sängerlings Arm und sagte: »Später mehr.« Er glitt vom Felsen und ging zum Feuer.

Heuler rief: »Mäuseschwanz! Trag das verletzte Mädchen. Bring sie mit ihrer Mutter ins südliche Gästezimmer. Flughund, du und deine Männer bringen die andern zur westlichen Zelle. Ich folge euch und bringe den Jungen zu den Zimmern von Eichelhäher.«

Mäuseschwanz kniete neben Maisfaser, und Distel sagte: »Sei bitte vorsichtig.«

Mäuseschwanz hob Maisfaser behutsam auf und trug sie den Pfad hinauf; Distel folgte ihm auf dem Fuße.

Die restlichen Posten, Bogen im Anschlag, umringten Düne, Nordlicht, Eisenholz und Nachtsonne und brachten sie geschlossen den Hügel hinauf. Eisenholz schaute sich dauernd um, als suchte er einen Fluchtweg.

Sängerling brachte es kaum fertig, seine Beine zum Gehen zu zwingen. Als es ihm schließlich gelang, wurden ihm die Knie weich. Er fing sich aber und schleppte sich über den Sand, Heuler zehn Schritt hinter sich.

Kurz vor dem Ende des Pfades wartete Trauertaube auf ihn. Ihre Augen leuchteten wie Sterne. Sie schaute kurz auf Heuler zurück, packte Sängerling am Arm und zischte: *»Frag Nordlicht nach deiner Mutter. Er hat sie ermordet, ich habe es mitangesehen. Er hat sie in die Brust gestochen und dich aus ihrem Leib geschnitten. Frag ihn! Frag ihn nur!«* Dann rannte sie über den Pfad, und ihr orangefarbenes Kleid wehte ihr um die Beine.

Wie betäubt, aber mit klopfendem Herzen sah ihr Sängerling nach. Dann setzte er sich mitten auf den Pfad und legte den Kopf in die Hände.

Heuler hielt neben ihm an. »Was gibt's?«

»Nichts. Ich möchte nur … nur einen Augenblick hier bleiben. Einverstanden?«

Heuler schaute ihn mißtrauisch an, mit einem Blick, der nichts Gutes verhieß. »Gut. Aber nicht zu lang. Ich helfe Flughund mit den Gefangenen, dann komm ich zurück und bring dich zu Eichelhäher.« Er machte eine Pause. »Du willst doch nicht etwa fortlaufen, oder?«

Sängerling schüttelte den Kopf. »Bestimmt nicht. Ich brauche nur etwas Zeit, um nachzudenken.«

»Na schön.«

Heuler stapfte den Pfad zu dem unansehnlichen Dorf hoch; seine Schritte verhallten.

Sängerling strich mit den Händen über die feuchte Erde. Bruchstücke des Gesprächs wirbelten ihm durch den Kopf

Alles, was er einst von sich selbst geglaubt hatte, war falsch – sein Namen, seine Familie, sein Dorf, sogar sein Volk, und die Männer und Frauen, die er geliebt und denen er am meisten vertraut hatte, gerade die hatten ihn betrogen. Mit diesem Widerspruch wurde er nicht fertig; der nagte und riß an seiner Seele, bis er dachte, er könnte es nicht mehr aushalten.

Heiser flüsternd fragte er: »Heilige Thlatsinas – wer bin ich? Was bin ich?«

## 48. Kapitel

»Der Schöpfer, Sängerling, ist der Kolibri«, sagte Eichelhäher und deutete auf die bemalte Schale am Ende des Zimmers. Das lavendelfarbene Licht der Morgendämmerung fiel durch das Fenster zu Sängerlings Linken und warf ein langes Rechteck über den grauen Steinboden. Die wunderschön gemalten

Vögel auf den Schalen, die an der Wand standen, schienen zum Leben zu erwachen, besonders der Kolibri mit seinen schwarzen Flügeln. »Jeder seiner Flügelschläge gibt der Welt neuen Atem, und wenn seine Flügel je aufhören zu schlagen, wird die Welt ersticken. Deswegen beten wir zu ihm und bieten ihm Blütenstaub vom Mais, um ihm Kraft zu geben.«

»Danke, daß du mir das erzählst, Großvater.« Sängerling lauschte in sich hinein, ob diese Geschichte irgendeinen Widerhall in seinem Herzen fand, ob sie irgend etwas in ihm wachrief, was ihm verriet, daß er eine Mogollon-Seele besaß, aber er fand in sich nur einen völlig verwirrten Jüngling vom Rechten Weg. Oberhalb der Kolibri-Schale hing eine Reihe von Körben im Schatten an der Wand. Sie klapperten, als der Windjunge durch den Raum huschte.

Sängerling biß wieder in sein Brot. Er saß Eichelhäher am Feuer gegenüber und beendete sein Frühstück aus gebratenem Hirschfleisch und geröstetem Kürbissamenbrot. Zu Hause, im Anemonendorf, hatten sie selten Hirschfleisch gehabt. Es hätte Sängerling eigentlich besonders würzig und saftig schmecken sollen, aber er hatte den Appetit verloren.

Flaumfeder saß rechts neben Eichelhäher. Sie hatte sich bei Sängerling einschmeicheln wollen, hatte seinen mageren Körper mit Nahrung vollgestopft und ihn gezwungen, bitteren Weidenrindentee zu trinken, nur für den Fall, daß noch böse Geister aus dem Land des Rechten Wegs in seinem Körper lauerten. Sie hatte ihm sogar ein fabelhaftes neues rot-grünes Hemd geschenkt. Beim Essen schaute Sängerling auf den weichen Stoff hinunter. Zwei Zeithände zuvor hatte er im Fluß gebadet. Sein langes schwarzes Haar und seine tiefgebräunte Haut glänzten. Aber in seinem Herzen war er verzweifelt. Er versuchte beim Essen zu lächeln, aber seine Seele schwebte außerhalb seines Körpers und schaute hinab in diese fremde neue Welt.

Es war eine erschreckende Erkenntnis, daß hier nichts stimmte, daß nichts von Bestand sein würde. Wie ein eisiger Wind drang sie in die Tiefen seiner Seele, vor kommendem Unheil warnend und ein Grauen prophezeiend, das alles übertreffen würde, was er je erlebt hatte. Die Erkenntnis lastete auf ihm, er konnte sie nicht abschütteln.

Eichelhäher lehnte sich auf seinem Hirschfell zurück und nippte an seiner Tasse Tee aus getrockneten Stachelbeeren. Flaumfeder, deren langes graues Haar in einer Schnecke auf dem Scheitel festgesteckt war, saß neben dem Häuptling. Sie trug einen schwarzen Umhang über den mageren Schultern. Sie sah sehr alt aus. Die Wangen, sicher einmal rosig und voll, waren jetzt eingefallen. Ein weißer Schleier lag auf ihren braunen Augen. Sie litt an der Krankheit der schmerzenden Gelenke. Die ganze Nacht hatte sie im Schlaf gestöhnt.

Ihr faltiger Mund verzog sich vor Enttäuschung, als Sängerling seine halbvolle Schale mit Hirschfleisch und Brot absetzte und nach seinem Tee griff.

»Du gut? Ja, Sängerling?« fragte sie gebrochen in der Sprache des Volks des Rechten Wegs.

»Ich bin einfach satt, Flaumfeder. Es war ein wunderbares Frühstück, vielen Dank.« Mit gerunzelter Stirn schaute er auf die geometrischen grün-roten Muster auf seinem Hemd, die gegen den grauen Boden leuchtend bunt wirkten.

Eichelhäher drehte die Tasse in den Händen. »Du siehst traurig aus, Sängerling.«

Sängerling hob eine Schulter. »Nicht traurig. Nur irgendwie leer. Die Leute, die ich am meisten geliebt habe, die haben mich belogen. Mein Leben lang habe ich geglaubt, meine Mutter sei Schneeberg. Der Mann, den ich am meisten von allen geachtet habe, nämlich Schwarzer Tafelberg, hat mir Geschichten über meinen toten Vater erzählt und behauptet, er sei ein Händler gewesen.« Er nippte an seinem Tee. »Ich weiß, sie haben geglaubt, das Richtige zu tun, Eichelhäher, aber das war es eben nicht. Ich verstehe einfach nicht, wieso sie mich so lange getäuscht haben.«

Flaumfeder legte liebevoll eine Hand auf seine Schulter. »Wir nicht lügen, Sängerling. Ich verspreche.«

Sängerling lächelte schwach. »Du bist sehr freundlich gewesen, Flaumfeder, aber ich komme mir hier vor wie ein Außenseiter.«

»Nicht lange. Wir senden Nachricht an die Dörfer, daß der Enkel heimgekommen. Dann, wenn Sommer-Sonnenwende, wir machen dich offiziell zum Mitglied vom Clan. Du bist überrascht, wie viele Vettern du hast. Jeder will mit dir sprechen, heißt dich im Herzen willkommen.«

Ein Gefühl der Bedrücktheit, vermischt mit Angst, erfüllte ihn. »Ich spreche ihre Sprache nicht, Flaumfeder. Sie werden über mich tuscheln, und ich werde kein Wort davon verstehen.«

»Du lernst.« Sie tätschelte seinen Arm. »Sechs Monde, vielleicht mehr, und du sprichst gut genug. Du wirst sehen.«

Sängerling neigte den Kopf, sein schwarzes Haar fiel ihm über die Schultern. Er spielte mit seiner Tasse. »Es tut mir leid, aber ich weiß nicht, ob ich hierbleiben kann. Nicht wenn… Die Gefangenen da draußen sind meine Freunde. Manche liebe ich. Wenn ihnen etwas geschähe…«

Eichelhähers Gesicht wurde schlaff. Sängerling sah es aus dem Augenwinkel. Eichelhäher hatte seinen Triumph genossen und war stolz auf den reibungslosen Überfall und die Gefangennahme der prominentesten Bürger von Krallenstadt. Aber Sängerling mußte versuchen, seine Freunde zu retten.

Eichelhäher sagte knapp: »Das sind jetzt Sklaven, Sängerling, Siegesbeute. Das verstehst du?«

Sängerling trank seine Tasse aus und setzte sie auf den Boden vor sich ab. »Ja, aber was wird mit ihnen geschehen? Hast du schon entschieden?«

Eichelhäher zog seine Brauen zusammen, als er den Schmerz in Sängerlings Stimme heraushörte. »Noch nicht. Ich werde je nach Verdienst mit ihnen verfahren. Aber ich kann dir versichern, keiner wird ein angenehmes Schicksal haben.«

Sängerling nickte ruckhaft. Flaumfeder berührte ihn am Arm. »Vielleicht kann man etwas machen für einige von ihnen.« Sie blinzelte. »Diese alte Frau, deine Großmutter, sie ziemlich wichtig hier.«

Eichelhäher sah sie ärgerlich an. »Wen meinst du mit einige?«

In der Mogollon-Gesellschaft galten zwar andere Regeln als in der des Rechten Wegs, aber über das Geschick der Gefangenen entschied hier wie dort letzten Endes die Ehrwürdige

Mutter. Mit Unbehagen bemerkte Eichelhäher, wie gerührt Flaumfeder auf Sängerling blickte.

Sie hob die grauen Augenbrauen. »Ich glaube, dieser neue Enkel, er kann dir helfen, Entscheidung machen. Wir sprechen später, Eichelhäher.«

»Gut, gut.« Eichelhäher zog ein Scheit aus dem Holzhaufen und schürte heftig das Feuer. Funken stoben empor, und eine Rauchwolke stieg zum rußbedeckten Dach auf.

Sängerling schob seine leere Tasse mit dem Zeigefinger herum. Eichelhäher hatte sich wahrscheinlich schon gefreut, sie alle eines langsamen Todes sterben zu sehen, als Vergeltung für die vielen Angehörigen seines eigenen Volks, die durch die Hand von Kriegern des Rechten Wegs hatten sterben müssen.

Eichelhäher musterte ihn von der Seite. »Was denkst du gerade, Sängerling?«

Sängerling schaute auf. »Was wird mit Maisfaser geschehen? Und mit Distel?«

Er hatte vor einer halben Zeithand Maisfaser aufgesucht und sie zusammengekuschelt schlafend in rot-blauen Decken vorgefunden, das schwarze Haar um sie herum ausgebreitet. Der Marsch hatte Maisfaser sehr mitgenommen; bei dem dauernden Auf und Ab war sie kaum zur Ruhe gekommen, und jetzt brauchte sie soviel Schlaf, wie sie nur bekommen konnte. Aber Sängerling sehnte sich verzweifelt danach, mit ihr zu sprechen.

»Flaumfeder und ich habe das heute morgen besprochen, als du beim Baden warst. Sie sind frei zu gehen, wenn sie wollen«, antwortete Eichelhäher. »Obwohl ich bezweifle, daß sie wollen.«

Sängerling blinzelte verwirrt. »Warum?«

Eichelhäher machte eine wegwerfende Bewegung mit der Hand. »Jetzt weiß man schon überall von Distels Verrat. Sie kann nicht heimkehren. Nie mehr. Sie und Maisfaser sind hier bei uns viel sicherer als bei den Hunden vom Rechten Weg. Natürlich, Distel könnte vielleicht ein abgelegenes Dorf finden, das sie aufnimmt. Aber binnen weniger Monde würden die Ersten Menschen davon erfahren und sie mit Sicherheit töten.«

Sängerling umklammerte seine Tasse. Daran hatte er nicht gedacht. »Ja, das ist sicher wahr.«

Flaumfeder sah Eichelhäher, dann Sängerling an. Sie neigte den Kopf. »Du möchtest, daß Distel und Maisfaser hierbleiben, Enkel?«

»Ich weiß, das wird dir nicht gefallen«, sagte Sängerling mit einigem Bangen. »Du hast vielleicht schon an junge Mogollon-Frauen gedacht, die für mich in Frage kämen. Aber ich möchte, daß du weißt: Ich liebe Maisfaser. Wo immer sie ist, da will auch ich sein.«

Flaumfeder seufzte, als hätte sie tatsächlich schon an passende Verbindungen gedacht, aber sie zwang ihr faltiges Gesicht zu einem Lächeln. »Dann hoffe ich, sie bleiben aus freiem Willen bei uns. Und was ist mit anderen Gefangenen, Sängerling? Was willst du, soll ihnen geschehen?«

Eichelhäher schürte das Feuer erneut, das Kinn grimmig vorgestreckt.

Sängerling fragte: »Gro-Großvater, was meinst du dazu?«

Daß man ihn um Rat fragte, schien Eichelhähers Zorn zu besänftigen. Der würdevolle, weißhaarige Häuptling schaute auf, und seine Kinnpartie entspannte sich. »Der einzige, den ich nicht freigebe, ist Eisenholz. Ich überlasse es dir, über das Schicksal der anderen zu entscheiden, aber –«

»O ich danke dir, Großvater! Ich –«

»Warte!« Eichelhäher hob eine Hand. »Ich warne dich! Entscheide dich weise! Hör mich an. Ich habe dir keinen Gefallen getan, Sängerling. Nachtsonne, die Ehrwürdige Mutter von Krallenstadt, war an den Entscheidungen zu jedem Überfall auf uns beteiligt, auch bei dem Überfall, bei dem deine Mutter Rehkitz als Sklavin verschleppt und deine Großmutter brutal ermordet wurde und die Lieben vieler anderer Familien in diesem Dorf sterben mußten. Wenn du sie nach all dem Elend, das sie verschuldet hat, laufenläßt, dann wird es den Leuten hier sehr schwerfallen, dir zu verzeihen.«

Sängerling dachte darüber nach und nickte dann. »Ich verstehe.«

»Und als Sonnenseher muß Nordlicht von vielen Überfällen gewußt und ihnen seinen Segen gegeben haben, wenn nicht sogar allen. Düne andererseits ist unser wertvollster Gefangener. Wir könnten dem Volk des Rechten Wegs einen Handel anbieten: Wir lassen ihn frei und bekommen dafür fünfzig oder sogar hundert unserer eigenen Leute zurück. Wir haben hier viele bei den Gila-Monster-Klippen, die ihr Leben gäben, um ihre Familienmitglieder wiederzusehen.« Eichelhäher machte eine Pause, um Sängerlings Antwort abzuwarten, aber der schaute ihn nur unglücklich an. »Denk gut nach, Enkel. Die Entscheidungen, die du triffst, bleiben an deinen Händen kleben wie heißes Kiefernharz. Vorausgesetzt natürlich, daß Flaumfeder sie billigt.«

Sängerling zog die Knie an, stützte seine Arme darauf und runzelte die Stirn. Er fühlte sich leer. Wenn er die Freilassung von Nachtsonne, Düne und Nordlicht verlangte, wie er es eigentlich müßte, hätte er hier keine Heimat mehr. Seine eigenen Vettern, Tanten, Onkel, vielleicht sogar seine Großeltern würden ihn deswegen verachten. Als Rache für den Verlust geliebter Menschen könnten einige sogar erwägen, ihn zu töten.

Aber zu seiner Mutter konnte er auch nicht zurückkehren. Irgendwann würde die Wahrheit über seine Geburt ans Licht kommen, und wenn die Dürre zu lange andauerte oder der Mais auf dem Halm verdorrte, würden ihn haßerfüllte Blicke begleiten. Jeder im Anemonendorf könnte ihn töten, während Distel bei den Gila-Monster-Klippen eine Heldin wäre – und ihretwegen wäre auch Maisfaser hier angenommen. Für Sängerling gab es keinen Zufluchtsort. Nirgendwo würde man ihn aufnehmen. Düne würde es vielleicht, aber Sängerling könnte Düne nicht in so eine gefährliche Lage bringen.

Er spielte mit dem Saum seines Hemdes und zerknüllte es mit den Fingern. Er mußte unbedingt mit Maisfaser sprechen.

*Und mit Nordlicht. Ich muß ihm vorhalten, was Trauertaube mir gesagt hat. Ich glaube es zwar nicht, aber …*

Sängerling holte Luft. »Großvater, kannst du mir etwas über meine Mutter erzählen? Wie sie war. Wie sie gestorben ist. Niemand hat mir davon erzählt. Wenn ich mehr darüber wüßte, dann könnte ich mich vielleicht besser entscheiden.«

Flaumfeder tätschelte Eichelhähers Bein und stand auf, mit knirschenden Knien, das Gesicht schmerzverzerrt. »Ihr zwei sprechen allein. Ich bin nah, in nächstem Zimmer, wenn ihr mich wollt.« Sie humpelte durch die nördliche Tür ins einfallende Sonnenlicht, und ihr weißes Haar glänzte; dann verschwand sie aus Sängerlings Sicht.

Eichelhäher beugte sich vor, tauchte seine Tasse in den Topf, um sie aufzufüllen, und sah Sängerling mit einem fast schmerzlichen Blick an, die Lippen aufeinandergepreßt. »Rehkitz wurde geraubt, als sie gerade sechs Sommer alt war, Sängerling. Ich kann mich nur noch an ein kleines Mädchen mit funkelnden Augen erinnern, und wenn es lächelte, schmolz mein Herz. Ihr liebstes Spiel war Reifentreiben, und ihr bester Freund hieß Pollen.«

Ein schwaches Lächeln erschien auf seinem alternden Gesicht. Er beschrieb einen Kreis, der das ganze Zimmer umfaßte. »Hier haben sie immer wieder Nachlaufen gespielt. Das fällt mir wieder ein, weil Rehkitz den Hang hatte, Sachen zu zerbrechen. Wenn sie etwas in die Hand nahm, dann war es gut möglich, daß bald nur noch Scherben davon übrig waren. Wenn sie lief, stolperte sie oft und fiel hin. Sie war ungeschickt für ihr Alter, aber ein sehr schönes Kind. Oft schlief sie ...« Das Lächeln verschwand aus seinem Gesicht. »Oft schlief sie abends in meiner linken Armbeuge ein, während ich fertig zu Abend aß.«

Wieder biß er die Zähne zusammen, und Haß glühte in seinen Augen. Haß gegen ein Volk, das Sängerling liebte.

Sängerling wischte einen Teetropfen vom Rand seiner Tasse. »Kannst du mir sagen, wie sie starb?«

»Ich hörte, daß sie ermordet wurde, durch zwei Stiche in die Brust, und ihr Kind – du – wurde ihr aus dem Leib geschnitten. Man fand ihre Leiche auf einem Müllberg außerhalb von Krallenstadt. Mehr weiß ich nicht, Sängerling. Distel hat mir das meiste erzählt. Vielleicht solltest du sie oder Trauertaube danach fragen. Die wissen bestimmt mehr als ich.«

»Großvater, wer hätte meine Mutter töten wollen?«

»Jeder Hund vom Rechten Weg, der wußte, daß sie meine Tochter war.« Er runzelte die Stirn. »Distel hat gesagt, daß der Kriegshäuptling Eisenholz nach dem Mörder gesucht hat, ihn aber nicht finden konnte. Das ist jetzt so lange her, jetzt weiß sicher niemand mehr etwas davon.«

Sängerlings Finger umspannten sein rechtes Knie. *Trauertaube behauptet, daß sie es weiß. Oder ist das ein Spiel, das ich nicht verstehe?*

Eichelhäher sagte: »Ich habe versucht, Rehkitz zu befreien, Sängerling. Das mußt du mir glauben. Ich habe es viermal versucht. Aber … es ist mir nicht gelungen. Eisenholz, immer wieder Eisenholz.« Seine Augen verengten sich bei dem Gedanken an diese Niederlagen.

»Ich danke dir, Großvater, für deine Erinnerungen. Sie bedeuten mir mehr, als ich dir sagen kann. Was ich von meiner Mutter habe, ist nur ein Bild, gesehen durch deine Augen. Ich hoffe, du hast nichts dagegen, daß ich dir in den kommenden Sonnenkreisen noch tausend Fragen stelle.«

»Das wird mir vermutlich viel Vergnügen bereiten, Sängerling.«

Sängerling schob mit dem Daumen seine Tasse über den Boden. »Großvater, ich würde gern mit meinen Fr – mit deinen Gefangenen sprechen. Wenn du nichts dagegen hast?«

Eichelhäher erstarrte, als argwöhnte er Verrat, aber als er Sängerling in die Augen blickte, seufzte er. »Sie sind deine Freunde. Natürlich kannst du mit ihnen sprechen.«

»Ich danke dir. Ich verspreche auch –«

»Eichelhäher?« rief Flaumfeder, als sie geduckt eintrat, das faltenreiche Gesicht angespannt. Der weiße Film auf ihren Augen warf das Licht auf seltsame Weise zurück. Die Augäpfel glichen zugefrorenen Lachen. Sie rasselte etwas auf Mogollon herunter.

Sängerling verstand nur wenig Mogollon, aber doch Eichelhähers Frage. »Wer?«

»Trauertaube und ihr Sohn.«

Sängerling erhob sich und verbeugte sich respektvoll. »Ich komme später wieder, Großvater. Nochmals vielen Dank.«

»Ich freue mich auf weitere Unterhaltungen, Enkel«, sagte Eichelhäher und setzte sich mit untergeschlagenen Beinen hin; er zog sein Hemd straff, seufzte und sagte müde etwas auf Mogollon.

Flaumfeder legte Sängerling liebevoll eine Hand auf die Schulter und winkte ihm, er möge als erster durch die Tür hinausgehen. Lächelnd ging er und sah draußen Trauertaube und Schwalbenschwanz stehen. Sie hatten beide die gleichen vollen Wangen und braunen Augen, nur war Schwalbenschwanz drei Kopf größer als seine Mutter. Sein Vater mußte ein hochgewachsener Mann gewesen sein.

»Guten Morgen«, grüßte Sängerling.

Trauertaube gab keine Antwort, sie starrte ihn nur an. Schwalbenschwanz lächelte und sagte: »Guten Morgen, Sängerling. Ich hoffe, es geht dir gut.«

»Ja, danke, Schwalbenschwanz«, erwiderte er und trat hinaus ins Sonnenlicht auf den Pfad, der vor den Gebäuden zum Abhang und hinab zur Zelle führte. Sängerling eilte hinunter.

Die gestrigen Worte von Trauertaube hatten ihn in Verwirrung gestürzt, und die Gedanken ließen ihn nicht schlafen. Trotz der Erschöpfung durch den langen, qualvollen Marsch hatte er sich in seinen Decken herumgewälzt und sich einzureden versucht, daß sie log, aber er konnte eigentlich keinen Grund dafür finden. Was hätte sie durch diese Geschichte zu gewinnen, die sie ihm erzählt hatte? Oder wollte sie ihm nur in der Seele weh tun?

Der sonnenbesprenkelte Pfad schlängelte sich hinab zum gurgelnden Fluß und der Zelle. Zwei Frauen mit großen Körben begegneten ihm und lächelten höflich, aber wachsam. Drei Kinder jagten gleich hinter ihnen her; flüsternd deuteten sie mit gekrümmten Fingern auf Sängerling.

Sängerling nahm die linke Abzweigung vor dem Fluß und überquerte ihn auf den Trittsteinen, die Arme seitlich ausgestreckt, um die Balance zu halten. Kristallklares Wasser gurgelte und schäumte um seine Füße. Mit den Bäumen, den Beerenbüschen und dem Wasserfall war es hier so grün! Was für ein üppig gedeihender Ort! Im Vergleich zu dem braungelben Sandstein und den grimmigen Großen Kriegern von Anemonendorf war das hier eine neue Welt. Die Gerüche von Wasser und feuchter Erde umfingen Sängerling, während er hinunterschritt.

Vier Krieger bewachten die Zelle, einer auf dem Dach und drei im Umkreis. Heuler stand ganz vorn, von den gefleckten Schatten einer riesigen Pappel umhüllt.

Die Zelle, zum Teil in die Seite der Flußterrasse hineingebaut, hatte weder Fenster noch Türen. Ein Rundloch im Dach gewährte Einlaß, aber man brauchte eine Leiter, um in die Kammer zu kommen. Sängerling schaute sich um und entdeckte die Leiter zehn Schritte weiter, an einem Baum lehnend.

Heuler spähte mit zusammengekniffenen Augen auf Sängerling, und seine häßlichen Gesichtsnarben zuckten. Sängerling sah ihn freundlich an. Er trug ein braunes Hemd mit Fransen am Saum.

»Guten Morgen, Heuler. Mein Großvater hat mir erlaubt, mit den Gefangenen zu sprechen. Bitte, laß die Leiter hinunter.«

Heuler knirschte mit den Zähnen, als zweifelte er an dieser Erlaubnis, aber als er Sängerling prüfend musterte, schien er zu dem Schluß zu kommen, daß es keine Rolle spielte.

*Eigentlich schön zu wissen, daß sich niemand von mir bedroht fühlt*. Bei diesem Gedanken seufzte Sängerling auf.

Heuler nickte einem der Krieger zu und gab einen scharfen Befehl auf Mogollon. Der Krieger sprang gehorsam auf, packte die Leiter und warf sie dem Mann auf dem Dach zu, der sie sogleich durch den Einlaß hinabließ. Als sie dort auf den Boden auftraf, erhob sich drinnen ein Gemurmel.

Sängerling glaubte Eisenholz' tiefe Stimme herauszuhören und fühlte einen stechenden Schmerz: *»Der einzige, den ich nicht aufgeben werde, ist Eisenholz.«* Auf dem Marsch hatte er gesehen, wie sehr sich Nachtsonne und Eisenholz liebten, und er fragte sich, was wohl mit Nachtsonne geschehen würde, wenn Eisenholz … wenn er … Sängerling schluckte. Wenn er nicht einmal daran denken konnte, wie könnte er dabeistehen und zusehen, wenn es geschah?

Der Posten beobachtete Sängerling mit verkniffenem Blick, aber Sängerling nahm keine Notiz davon. Seine feuchten Sandalen waren kaum zu hören, als er sich auf die Leiter zubewegte. Einen Augenblick blieb er mit klopfendem Herzen über dem Einlaßloch stehen und schaute hinab in das Dunkel unten; Schweißgeruch stieg zu ihm auf.

Was würde er tun, wenn Nordlicht zugab, seine Mutter getötet zu haben? Wie konnte Sängerling seinen Großvater bitten, den Mörder seiner Tochter freizulassen? Wie konnte er selbst den Wunsch haben, das genau wissen zu wollen?

Sängerling ergriff die Leiterstangen und trat auf die erste Sprosse.

Eichelhäher nippte gelassen an seinem Stachelbeertee, als Trauertaube und ihr großer hagerer Sohn sich auf der anderen Seite des Feuers niederließen. Sie trugen beide frische hellbraune Gewänder, einfach, aber sauber. Sie sahen ausgeruht aus – und das war mehr, als er von sich selbst sagen konnte. Seine Augen waren geschwollen, und seine Muskeln zitterten bei der kleinsten Anstrengung. Das schulterlange schwarze Haar von Schwalbenschwanz umrahmte sein Mondgesicht mit der Hakennase. Auf den vollen Wangen von Trauertaube glänzte Schweiß.

»Weswegen habt ihr mich sprechen wollen?« fragte er und hielt seine Teetasse auf dem rechten Knie fest.

Trauertaube beugte sich vor. »Großer Häuptling, ich bin gekommen, um dir zu sagen, daß mein Sohn und ich heimgehen werden. In einigen Tagen.«

»Zu den Turmbauern im Norden?«

»Ja. Aber zuvor möchte ich, daß du erfährst, was wir in den vergangenen Sonnenkreisen für dich und dein Volk getan haben.«

Eichelhäher seufzte. Er kannte dieses Lied. Es ging so: Und nachdem ich dir alles gesagt habe, erwarte ich eine Belohnung. »Sprich weiter.«

Trauertaube legte einen Arm um ihren Sohn. In den Augen des Jungen war das unmenschliche Glitzern eines Raubvogels, der gleich die Krallen in seine Beute schlägt. »Meine Mutter wurde in deinem Volk geboren, und deshalb habe ich immer an eure Prophezeiungen von einem Erlöser geglaubt, von einem Jungen, der nach der Geburt versteckt wird, der aber später als erwachsener Mann das Volk des Rechten Wegs vernichten wird. Viele Sommer lang habe ich eifrig daran gearbeitet, daß diese Vorhersage wahr wird. Von Sängerling habe ich nichts gewußt, ich glaubte, der Erlöser sei Spannerraupe. Er –«

»Spannerraupe? Der neue Kriegshäuptling von Krallenstadt?«

Sie nickte. »Ja, er ist ein halber Mogollon, verstehst du? Meine Mutter war auch eine Mogollon, aber ich halte es trotzdem für richtiger, die Abstammung durch die männliche Linie zu bestimmen, wie es das Volk meines Vaters zu tun pflegt, und demnach war Spannerraupe der Mann, dem man als erstem zutrauen konnte, die heiligen Prophezeiungen zu erfüllen. Das hatte ich schon ziemlich früh erkannt. Ich hätte in meiner Jugend vor der Geburt von Schwalbenschwanz mehrmals fliehen können, aber ich hab's nicht getan, weil –«

»Na gut, das ist jetzt unwichtig geworden. Spannerraupe ist vermutlich tot, und all deine Mühe war vergeblich. Also warum erzählst du mir das?«

Trauertaube fuhr sich nervös mit der Zunge über die Lippen und schaute im Zimmer umher, als wollte sie sich sammeln. »Großer Häuptling, ich habe stetig darauf hingearbeitet, daß Schlangenhaupt abgesetzt wird. Ich war es, die ihn überzeugt hat, daß er seine eigene Mutter und Schwester töten müßte, damit sie ihn nicht absetzen. Das war an sich nicht so schwer, denn er haßte sie beide. Aber ich habe das eingefädelt, damit am Ende die Mutter von Spannerraupe die Ehrwürdige Mutter von Krallenstadt wird und ihr Sohn regieren würde –«

»Trauertaube, ich –«

*»Bist du blind?«* stieß sie hervor. »Selbst wenn Spannerraupe tot ist, wird seine Mutter über Krallenstadt herrschen, und sie ist geistesgestört. Jetzt ist es Zeit, den ganzen Canyon anzugreifen. Wenn ich zu meinem Volk zurückkehre, werde ich denen dasselbe erzählen. Keines von unseren Völkern könnte allein vorgehen, aber gemeinsam –«

Eichelhäher zuckte zusammen. »Du willst, daß *ich* mich mit den Turmbauern verbünde?« Es waren primitive Wilde, roh und unzivilisiert.

Trauertaube setzte sich kerzengerade hin. Sie reckte ihr Kinn vor und sah ihn finster an. »Dann willst du also lieber darauf warten, daß die Hunde des Rechten Wegs sich von deinem Überfall erholen und dich angreifen?«

Eichelhäher schwenkte seine Tasse und sah zu, wie die schwach grünen Wellen über die Innenseite spülten. »Nein, das will ich nicht.«

»Dann erlaube mir, die Verbindung herzustellen! Ich habe mit Fichtenzapfen gearbeitet, habe Nachrichten zwischen ihm und Schlangenhaupt überbracht. Ich bin sehr geschickt darin, Leute zu beeinflussen.«

»Das glaube ich gern, aber ein Krieger wäre für so eine Aufgabe besser geeignet.«

»Dann schick einen Krieger mit. Aber erlaube mir, zwischen deinem Krieger und den Turmbauern zu vermitteln. Ich spreche die Sprache der Turmbauer. Hast du einen Krieger, der die Sprache kennt?«

Eichelhäher betrachtete sie nachdenklich. War das Volk des Rechten Wegs so töricht gewesen, die Intelligenz und Verschlagenheit dieser Frau, dieser tödlichen Spinne in ihrer Mitte, nicht zu erkennen? »Dir die Vermittlung zu erlauben? Die Antwort ist nein. Da du dich selbst zu den Turmbauern rechnest, weißt du, warum. Dein Volk bestimmt die Abstammung durch die männliche Linie. Ich wäre also, mit einer Frau als Vermittlerin, in einer schwachen Position.«

Sie warf einen Blick auf ihren Sohn. »Großer Häuptling, ich will offen sein. Wenn ich zu meinem Volk zurückkehre, muß ich etwas anzubieten haben. Ich habe fast mein ganzes Leben als Sklavin verbracht. Mein Sohn ist in der Sklaverei geboren. Niemand wird sich an uns erinnern oder sich um uns kümmern. Aber wenn wir als deine Sendboten zurückkehren, mit einem Freundschaftsangebot und einem Plan, die Streitkräfte beider Völker –«

»Trauertaube«, unterbrach sie Eichelhäher mit einem Seufzer der Ungeduld, »das ist dein Problem, nicht meines und nicht das meines Volks.«

Schwalbenschwanz flüsterte: »Ich hab's dir gesagt.«

Trauertaube biß die Zähne zusammen. Sie nickte. »Großer

Häuptling, wir hatten schon gefürchtet, daß du so etwas sagst. Dann wollen wir dir, im Gegenzug, etwas anbieten.«

Eichelhäher rutschte unruhig herum. Was sollte das alles? Was hatte sie, eine frühere Sklavin, denn anzubieten? »Trauertaube, ich habe heute sehr viel zu tun, ich –«

»Ja, davon bin ich überzeugt.« Sie seufzte, ihr Gesichtsausdruck wurde hart.

Ihr Sohn lächelte, als wäre er über diese Entwicklung erfreut.

Trauertaube wandte sich wieder an Eichelhäher, und in ihren Augen war jetzt ein dunkles Glühen. Sie beugte sich vor. »Großer Häuptling, wenn du mir erlaubst, als deine Sendbotin zu den Turmbauern zu gehen, verrate ich dir den Namen des Mörders deiner Tochter.«

# 49. Kapitel

Sängerling trat auf den festen Erdboden der Zelle und bemühte sich, seine Augen langsam an dieses Halbdunkel zu gewöhnen. Ungeachtet der Wärme draußen war es hier drinnen kalt. Als er besser sehen konnte, erkannte er die Ausmaße der Kammer: zwei Körperlängen im Quadrat. Vor ihm saß Nachtsonne neben Eisenholz, der sie mit muskulösen Armen umfing. Die Risse in ihrem blauen Gewand, an den Ärmeln, am Rock, quer über dem Bauch, ließen die braune Haut durchschimmern. Das ergrauende schwarze Haar hing ihr verfilzt um das dreieckige Gesicht. Eisenholz' hellbraunes Rehlederhemd war verdreckt, mit Ruß-, Erde- und Schweißflekken, schien aber noch heil. Düne und Nordlicht saßen an der Wand, links von Sängerling. Ihre langen weißen Roben hatten eine schmutzig-graubraune Färbung angenommen, die sich mit den Schatten vermischte.

Nachtsonne setzte sich aufrecht, als sie Sängerling sah. »Hast du etwas zu essen mitgebracht? Oder etwas Wasser?«

»Nein. Hat man euch nichts zu essen gegeben?«

»Nicht seit gestern nachmittag.« Sie fiel gegen Eisenholz zurück und stieß enttäuscht die Luft aus. »Für eine große Tasse Wasser würde ich alles geben.«

Eisenholz küßte sie auf die schmutzige Schläfe. »Bald. Eichelhäher ist für seine Güte Gefangenen gegenüber bekannt.«

»Außerdem«, sagte Düne grimmig, »will er nicht, daß wir heute schon sterben. Er braucht uns lebendig, damit er uns vor dem ganzen Dorf langsam töten kann.«

Zu Sängerlings Verwunderung lächelte Eisenholz tatsächlich; woher fand er die Kraft dazu, da er ja wissen mußte, was ihm bevorstand? Er schaute auf, und Sängerling betrachtete dieses ovale ruhevolle Gesicht und bemerkte die flache Nase, die schräggestellten Brauen, die schwach golden getönte Haut – wie ähnlich er Maisfaser war.

Eisenholz fragte: »Hat er über seine Pläne gesprochen?«

»Er hat gesagt … daß ich über euer aller Schicksal bestimmen kann … außer über deines, Eisenholz.«

Eisenholz senkte den Kopf und nickte. »Er ist großmütiger, als ich erwartet hatte.« In seiner Stimme klang aufrichtige Dankbarkeit. Er umarmte Nachtsonne fester. »Du wirst hoffentlich dafür sorgen, daß die andern freikommen.«

»Natürlich.«

»Ich danke dir, Sängerling.«

Nachtsonne schloß die Augen und drückte ihr Gesicht gegen Eisenholz' breite Brust. Ihr Schultern zuckten. Er streichelte ihren Rücken und murmelte Unhörbares in ihr Haar, und bei ihrem leisen Weinen wurde es Sängerling kalt ums Herz.

Er wandte sich Nordlicht zu. Der Sonnenseher sah Sängerling in die Augen. Langes schwarzes Haar fiel ihm über das verschmutzte Gewand, aber das Licht in seinen dunklen Augen war erloschen. Er sah nur noch müde aus.

»Was gibt's, Sängerling?« fragte Nordlicht.

»Hast du meine Mutter getötet?« Sängerling wollte nicht damit herausplatzen, aber nun, da es geschehen war, herrschte Totenstille im Raum.

Nordlichts Gesicht fiel zusammen. Er starrte Sängerling hilflos an. »Wer hat dir gesagt –«

»Das ist unwichtig. Hast du's getan?«

»*Natürlich nicht*«, sagte Eisenholz scharf. »Wie kannst du nur so ein bösartiges Gerede glauben? Nordlicht hat niemals jemanden verletzt, er –«

Sängerling machte eine scharfe, schneidende Handbewegung, um Eisenholz zum Schweigen zu bringen. »Antworte mir, Nordlicht.«

Die Runzeln um Dünes Augen vertieften sich. Er seufzte müde. »Es ist an der Zeit, daß er die Wahrheit erfährt, Nordlicht.«

Nordlicht nickte und packte Strähnen seines langen schwarzen Haares, wie um sich daran zu erinnern, daß er wach und nicht in einem Alptraum verloren wäre. Sehr leise erwiderte er: »Bitte, hör mich an, Sängerling. Bevor Krähenbart ins Land der Hohokam aufbrach, sagte er mir, er habe seine Meinung geändert und werde sein Wort, das er Düne gegeben hatte, nicht halten, daß nämlich sowohl du als auch deine Mutter am Leben bleiben könnten. Er werde dich nur auf Kosten des Lebens deiner Mutter am Leben lassen, sagte er. Entweder du oder sie. Wenn Rehkitz am Leben bliebe, könnte er immer leugnen, etwas mit ihr zu tun gehabt zu haben: Es würde keine Beweise geben, weil du ja tot wärst. Und was galt schon das Wort einer Sklavin gegen das Wort der Gesegneten Sonne? Krähenbart war außer sich geraten. Er hatte Angst, daß Nachtsonne sich von ihm scheiden lassen wollte und ihn verarmt zurückließe. Er wußte nicht mehr, was gut und böse war – wenn er es überhaupt je gewußt hatte.«

Eisenholz ließ Nachtsonne los und setzte sich aufrecht hin. »Was sagst du da?«

Nordlicht zögerte; dann richtete er seinen Blick fest auf Sängerling. »Ich ... ich war nicht in dieser Welt, Sängerling. Sechzehn Tage lang bin ich herumgelaufen und habe mit den Göttern gesprochen. Der Tag, an dem deine Mutter starb, war der Tag, an dem mich die Thlatsinas zum ersten Mal besuchten. Sie erschienen in einer Lichtsäule und schritten an meiner Seite den Pfad der Sonnenumkehr hinunter. Ich wollte das nicht glauben, was sie mir sagten, aber ich –«

Sängerling stellte sich breitbeinig vor ihn hin. *»Hast du meine Mutter getötet?«*

Düne legte sich die verkrümmten Finger auf die Augen. Eisenholz und Nachtsonne blieben reglos und stumm.

»Ich – ich bat die Thlatsinas, mir die Verantwortung abzunehmen ... mir die Wahl zwischen dir und deiner Mutter ersparen. Aber sie beharrten darauf, ich müsse es tun. Der Wolf-Thlatsina enthüllte mir einen Traum. Darin sah ich, daß eine am Leben bleibende Rehkitz mit Sicherheit den Tod des Volks des Rechten Wegs bedeutete, einen Tod als Folge einer lange währenden Verderbnis« – Nordlicht streckte Sängerling beide Hände entgegen – »aber daß deine Geburt den Beginn eines neuen Zeitalters einleiten würde: einer Zeit, die das Alte hinwegwischte und in der eine saubere, helle Zukunft sich denen enthüllen würde, die den Mut hätten, danach zu suchen. Es würde eine neue Lebensweise erfordern, das schon, aber –«

»Also ...« Die Tränen schossen Sängerling in die Augen, seine Kehle war wie zugeschnürt, und er bemühte sich, seine Stimme zu beherrschen. »Hast du meine Mutter getötet.«

Nordlichts ausgestreckte Hände zitterten. Er zog sie zurück und verbarg sie unter seinen Armen. Nach einer Weile nickte er. »Ja.«

Düne sagte: »Und er hat dich gerettet, Sängerling.«

Sängerling fand keine Worte. Er legte den Kopf zurück, schaute zum Dach und schloß die Augen.

Eisenholz fragte: »Nordlicht, warum hast du mir das nicht erzählt? Ich hätte sicher einen Weg gefunden, um dir zu helfen. Wir hätten Mutter und Kind weggeschafft, ich weiß nicht, wie, aber ich hätte mir etwas ausgedacht.«

»Zu jener Zeit hattest du selbst schon genug Lasten zu tragen, Eisenholz. Diese Entscheidung mußte ich allein treffen.«

Als ob diese schöne Stimme, die jetzt so gequält klang, in Sängerlings Seele Bilder beschwor, die auch Nordlicht gesehen hatte, sah er, kurz vorbeihuschend, im Geiste einen gutaussehenden jungen Mann, der im Schatten der Götter wandelte und zu verdrängen versuchte, was die göttlichen Stimmen ihm sagen wollten, obwohl er wußte, daß das unmöglich war.

*Hätte ich mehr Kraft als Nordlicht gehabt? Hätte ich den Göttern sagen können, daß ich ihnen nicht glaubte? Daß es einen anderen Weg geben müsse? Daß sogar Götter nicht immer alles wissen konnten?*

Heiser fragte er: »Düne, hast du davon gewußt?«

»Erst seit der Nacht, als Nordlicht dich in meine Arme legte. Ich war damals in Krallenstadt, wegen der Sonnenwend-Feiern. Er hat mir gesagt, was er getan hat... und *warum*.«

Nachtsonne sagte: »Typisch für Krähenbart, dir die Schmutzarbeit aufzuladen, Nordlicht. Er war so ein Feigling!«

»Das ist jetzt vorbei.« Dünes Sandalen kratzten über den Boden, als er sich umsetzte. »Sängerling?«

Sängerling senkte den Kopf und blickte Düne an. Dessen schütteres weißes Haar glänzte in dem schwachen Lichtstreifen, der durch das Loch im Dach fiel. »Ja, Düne?«

Zum ersten Mal sprach Düne zu ihm, als wäre er ein Erwachsener, ihm ebenbürtig. »Vergiß nicht: Nur Liebe und Barmherzigkeit zählen. Nach allem, was du im letzten Mond durchgemacht hast, glaube ich, kannst du jetzt begreifen, was diese Worte bedeuten. Vertrau dich der Führung deiner Seele an.«

Nordlicht legte seine Stirn auf die angezogenen Knie, als erwarte er das Urteil. Das schwarze Haar hing an ihm herunter.

Sängerling sah von einem zum andern, sah ihre Angst und ihre Liebe zu Nordlicht. Das Herz wurde ihm schwer. Er ballte die Fäuste. »Ich werde alles tun, damit du freikommst, Nordlicht.«

Sängerling wandte sich um, eilte zur Leiter und griff nach den Sprossen, als gerade vier Krieger herabglitten. Sie stießen Sängerling gegen die Wand zurück und stellten sich rings im Raum auf, grausam lächelnd, Keulen in der Hand.

»Großvater!« stieß Sängerling hervor, als Eichelhäher mit hochrotem Gesicht und funkelnden Augen die Leiter herabkam. Er blinzelte ins Halbdunkel, richtete dann seinen Blick auf Nordlicht und befahl: »Haltet ihn!«

Zwei Krieger packten Nordlicht und zerrten ihn hoch. Nordlicht setzte mehrmals zum Sprechen an, Schweiß rann ihm übers Gesicht. »Was wollt ihr?«

»Warum hast du es getan?« Eichelhäher keuchte. »Hast du meine Tochter umgebracht, weil wir deine beiden Schwestern geraubt hatten? Weil wir sie im Steinbruch arbeiten ließen, bis sie tot umfielen?«

»Du – *du* hast meine Schwestern getötet?« fragte Nordlicht verblüfft.

»Ich habe sie nicht getötet. Sie sind gestorben. Verweichlichte Erste Menschen! Haben die schwere Arbeit nicht aushalten können!« Eichelhähers Gesicht war wutverzerrt. Mehrmals holte er tief Luft, um die Fassung wiederzugewinnen, und griff nach seinem Dolch. Sein hellbraunes Hemd wirkte in diesem Dämmerlicht grau.

Nordlichts Blick wurde weich. »Großer Häuptling, die Wege der Macht sind geheimnisvoll; die Macht bringt Menschen zusammen, wie es ihr gerade möglich ist, und sie hat ihre eigenen Gründe dafür.« Er schaute sich im Raum um, warf Eisenholz einen ermutigenden Blick zu und sah Eichelhäher wieder in die Augen. »Sag, was willst du von mir?«

*»Ich bin gekommen, um mich am Mörder meiner Tochter zu rächen!«*

Als der Häuptling vorstürzte, wand Nordlicht sich mit einem gewaltsamen Ruck aus den eisenharten Armen der Wächter, warf sich rückwärts gegen die Mauer und trat um sich. Der polierte Dolch von Eichelhäher blitzte auf, einmal, zweimal.

»Nein!« brüllte Eisenholz und kam auf die Beine. Die zwei anderen Krieger sprangen ihn wie Hunde an, schlugen ihn zu Boden und ließen ihre Keulen auf seinen Kopf sausen. Sein hohles Stöhnen schien ihnen eine perverse Lust zu bereiten. Ein Krieger traf ihn mit einem gewaltigen Hieb an der Schläfe und lächelte breit. Der große Mann wankte, völlig verwirrt und benommen, und schwenkte die Arme herum, als wäre er blind.

»Genug!« schrie Nachtsonne gebieterisch. »Es ist genug!«

Die Krieger hielten überrascht inne.

Eisenholz ging in die Knie und übergab sich auf dem Boden. Nachtsonne eilte zu ihm und hielt seinen Kopf. Den Wachtposten begegnete sie mit stahlhartem Blick. »Los, geht weg!«

Die Krieger schauten auf Eichelhäher, der schwer atmend über dem zusammengebrochenen Nordlicht stand. Gebannt sah er auf das warme Blut auf seiner Hand. Sein Mund bewegte sich, der leere Gesichtsausdruck stand in seltsamem Gegensatz zum Feuer in seinen Augen.

Eichelhäher drehte sich zu Sängerling um. Sein schmales, faltenreiches Gesicht wirkte merkwürdigerweise jünger, so wie das des Kriegers, der er einst gewesen war. Mit seiner blutigen Hand wies er auf Nordlicht. »Dieser Mann... dieses widerliche *Vieh*... hat deine Mutter getötet.«

Düne kniete neben Nordlicht und blickte auf das Blut, das sich auf seiner Brust ausbreitete und schaumig über die Lippen drang. Nordlicht rang nach Luft, aus seinen Mundwinkeln troff es rot. Düne setzte sich, zog Nordlichts Kopf in seinen Schoß und flüsterte: »Die Thlatsinas kommen dich holen, Nordlicht. Keine Sorge.«

Ein Lächeln kräuselte Nordlichts Lippen, dann verloren seine Muskeln die Spannung, und seine Arme fielen auf den Boden. Das Leben schien nur ganz allmählich aus seinen Augen zu schwinden, als ob sich die Seele Zeit ließe, sich ganz vom Körper zu trennen.

Sängerling konnte sich nur erstarrt dort niederhocken, und seine Knie zitterten, als er das alles in sich aufnahm – das Blut, die entsetzten Gesichter, das hämische Grinsen der Krieger. Sein Magen verkrampfte sich.

Wie in Trance taumelte er auf die Beine, kletterte die Leiter hoch, so schnell er konnte, und tauchte ein in den hellen Sonnenschein und die frische Luft, die so klar nach Kiefern duftete. Eine Stimme hallte in seiner Seele wider, tief und weich: *»Wenn du das nächste Mal zurückkommst, Kreuzdorn vom Coyote-Clan, wird deine Welt rings um dich sterben. Sei bereit, ein Opfer zu bringen...«*

Er stolperte durch das Dorf und eilte zum Pfad, der eine gewundene Linie in den Berghang schnitt. Er mußte jetzt mehrere Tage lang fasten und beten; dann würde er zu ihr gehen. Sie bitten…

Eichelhäher brüllte hinter ihm her: *»Sängerling! Sängerling! Komm zurück!«*

Heißer Wind fuhr durch das Dorf der Gila-Monster-Klippen, zauste am Haar von Schwalbenschwanz und blies es ihm ins gebräunte Gesicht. Mit seiner Geweihsprosse stand er über eine halbfertige Pfeilspitze gebeugt. Der Stein lag auf einem Stück Leder in seiner linken Hand. Er setzte die Sprossenspitze an der richtigen Stelle an, drückte stark, und ein langer Span schälte sich vom Stein ab und kreiste zu Boden. Noch ein Zeitfinger – und die Kante würde tödlich sein. Das gefiel ihm. Er lächelte und schaute immer wieder auf Maisfaser.

Sie kniete neben Distel, fünfzig Schritte entfernt, und packte Trockenfleisch in ihr Bündel. Dabei redete sie und deutete auf den Berggipfel. Ein langer, dicker Zopf hing ihr über den Rük-ken. Ihr Kleid lag so eng an den Rundungen ihres Körpers, daß es Schwalbenschwanz ganz warm wurde. Trotz der häßlichen Narbe auf ihrer Wange war sie eine schöne junge Frau. Nachdenklich fuhr er mit der Zunge über die trockenen Lippen.

»Schwalbenschwanz?«

Sandalen kratzten über den Stein; er drehte sich um und sah seine Mutter kommen. Trauertaube blieb stehen und folgte seiner Blickrichtung. Die Sonne hatte ihr volles Gesicht auf dem Marsch braungebrannt, und seit gestern schälte sich die Haut. Einzelne Stellen rosiger neuer Haut zeigten sich auf Stirn und Wangen. Sie fragte: »Das Mädchen sucht ihn? Hat Eichelhäher ihr die Erlaubnis gegeben?«

»Ja.«

Trauertaube wischte sich die schweißnassen Hände an ihrem dunkelgrünen Kleid ab. »Nun, das macht auch nichts. Wenn sie mit Sängerling zurückkommt, wird Eisenholz tot sein. Eichelhäher hat schon Posten geschickt, die ihn aus der Zelle schleifen, damit sie anfangen können, ihn zu martern. Eisenholz ist alt, mehr als zwei, drei Tage wird er's nicht aushalten.«

Schwalbenschwanz erwiderte nichts. Eisenholz hatte seine Mutter vor vielen, vielen Sommern gefangengenommen, und sie haßte ihn fast genauso, wie sie Schlangenhaupt gehaßt hatte. Sie hatte ihre Rache verdient. Schwalbenschwanz spaltete mit seiner Sprosse abermals lässig einen langen Obsidianspan ab. »Hast du vor, zu bleiben und zuzusehen?«

»Ich werde nicht weggehen, bis Eisenholz tot vor mir liegt und ich auf seine Leiche spucken kann.«

Schwalbenschwanz nickte. *Das gibt mir ein paar Tage Vorsprung.*

Trauertaube runzelte die Stirn. »Was ist los? Woran denkst du?«

»Nur so.« Er spänte die Pfeilspitze weiter zurecht. Schwarze Steinstückchen fielen auf das Abfallhäufchen zu seinen Füßen. Seit er drei Sommer alt geworden war und von seiner Mutter zum ersten Mal die Geschichte vom Tod von Rehkitz gehört hatte, war er überzeugt gewesen, daß die Ersten Menschen nur dem Namen nach Menschen, aber in Wirklichkeit böse Erdgeister sind, die umherstreifen, um andere zu töten und zu verhexen. »Meinst du, es ist möglich, daß Maisfaser nach Krallenstadt zurückkehrt? Daß sie vielleicht sogar den Rang einer Ehrwürdigen Mutter der Ersten Menschen annähme?«

Sie zögerte einen Augenblick, bevor sie antwortete. »Fragst du mich, ob sie zurückkehren und Federstein absetzen könnte?«

Er hielt die Spitze ins Licht, um die Abschläge zu prüfen, und bewunderte die gute handwerkliche Arbeit. Das Volk des Rechten Wegs hatte es ihn gut gelehrt. Er war ein Meister der Steinschläger geworden, der beste in Krallenstadt. Jedes Tier, das er geschlachtet hatte, um die Bäuche seiner Herren zu füllen, war Lehrmaterial für ihn gewesen. Er hatte gelernt, wie Waffen auf Knochen und Muskeln einwirkten, wie weich die Leber war und wie die inneren Organe zusammenhingen. Stein und Fleisch waren eng miteinander verwandt, wie Vettern, vielleicht sogar wie Brüder.

»Ja, Mutter, das habe ich gemeint.«

Trauertaube betrachtete prüfend sein Gesicht. Sie hatte ihn nie verstanden. Sie würde ihn auch nie verstehen; eine Frau wie sie, so gut und liebevoll, könnte nie die Tiefen des Hasses ausloten, der in seinem Innern angewachsen war wie eine große Schlange im Dickicht, die nur darauf wartet, zuzustoßen.

»Glaube ich nicht«, sagte sie. »Aber es ist möglich. Warum? Glaubst du –«

»Ich glaube«, erwiderte er und senkte die Spitze, »daß sie vielleicht Gesellschaft braucht, wenn sie Sängerling sucht.«

»Du willst sie also begleiten?«

Schwalbenschwanz lächelte. »Ja. Sie *braucht* mich, Mutter.«

## 50. KAPITEL

Kriecher strich sich das rote Hemd über dem Bauch glatt und versuchte, nur noch auf die dröhnende Stimme von Kräuterblüte zu hören. Sie, Federstein und Singdrossel standen östlich vom Grab, das man im Zimmer ausgehoben hatte. Sie waren weiß gekleidet, und Federsteins dunkelgraues Haar schimmerte im Licht, das durch das Fenster hinter ihr einfiel.

Spannerraupe stand links von Federstein, am Kopfende des Grabes. Der feine Gewandstoff wirkte prunkvoll an seiner hoch aufgeschossenen Gestalt. Er trug ein langes hellbraun-blaues Hemd mit kupfernen Glöckchen rings um den Hals. Sie klingelten, wenn er sich bewegte. Er hatte sein schwarzes Haar zurückgekämmt und zu einem Knoten am Hinterkopf zusammengebunden, den eine prächtige Bein-Haarnadel mit Türkis-, Korallen- und Malachit-Einsätzen festhielt.

Dachsbogen, Gelbmädchen und der neue Kriegshäuptling Weißer Stein mit dem verwundeten Arm in einem braunen Tuch standen in einer Reihe neben Kriecher. Sie trugen alle Rot, die Farbe der Trauer und des Todes. Keiner von ihnen sah zufrieden aus. Kriecher zwang sich, in das schwarze Loch im Fußboden zu blicken.

Auf dem Grund lag Schlangenhaupt, das Gesicht nach unten. Niemand hatte seine Leiche gewaschen oder ihm die Haare gekämmt. Er trug noch das blutige Hemd, in dem er den Tod gefunden hatte. Sachen aus seinem Zimmer, die mit dem Makel seiner Verderbtheit behaftet waren, hatte man ihm ins Grab nachgeworfen: Türkis-Perlen, Muschel-Armbänder …

»Von diesem Augenblick an«, sagte Kräuterblüte und hob die verkrümmten Hände zur Decke, »wird Schlangenhaupt, der Verräter, hier in Krallenstadt in Finsternis eingesperrt sein. Er wird hören, wie ihn sein eigenes Volk verflucht, spüren, wie die Leute auf sein Grab spucken, und nun kann er über seinen herrschsüchtigen Wahnsinn nachdenken.«

Kräuterblüte nickte den Kriegern hinter dem Erdhaufen zu, und die Männer hoben eine große Sandsteinplatte hoch. Alle traten zurück, um ihnen Platz zu machen. Die Krieger schritten vor und ließen sie auf Schlangenhaupt fallen, jedoch darauf bedacht, den Schädel nicht zu zertrümmern.

Kriecher rang ängstlich die Hände. Er hatte Schlangenhaupt gehaßt, aber diese Bestrafung jagte ihm kalte Schauer über den Rücken. Nachdem Schlangenhaupts Leiche nach Krallenstadt zurückgebracht worden war, hatten die Ältesten sein Zimmer durchsucht und zu ihrem Entsetzen eine Dose mit Leichenpulver entdeckt. Sie hatten Gemachte Menschen und andere Erste Menschen befragt und Dutzende von Geschichten über seine Verruchtheit zu hören bekommen. Am nächsten Tag hatten die Ältesten ihn offiziell als Hexenmeister verdammt. Kräuterblüte hatte verkündet, daß der Staubfleck in seinem Kopf sich zu einem wirbelnden Staubteufel entwickelt habe, der alles auf seinem Weg vernichtete, und daß es nur recht sei, wenn Schlangenhaupt in alle Ewigkeit über die begangenen Verbrechen jammern und klagen müsse.

»Gut. Jetzt deckt ihn zu.« Kräuterblüte gab den Kriegern ein Zeichen. Die zwei Männer kehrten zum Erdhaufen zurück und schaufelten die Erde zurück ins Grab.

Die Ältesten gingen nacheinander, Spannerraupe folgte ihnen, und zum Schluß wandten sich die Clan-Führer ab. Hier gab es keine heiligen Gesänge, keine Tänze, um sein Leben zu feiern. Niemand würde weinen oder sich die Haare abschneiden.

Schlangenhaupt war jetzt wahrhaft allein.

Kriecher ging als letzter; geduckt trat er aus der Tür ins helle Licht des Nachmittags. Krallenstadt funkelte ganz in Weiß, und der Canyon hatte eine matte Orange-Färbung angenommen, als hätte ihn der Glanz von Vater Sonne ausgebleicht. Warmer Wind fuhr über die Plaza.

Spannerraupe und die Ältesten der Ersten Menschen standen in einer kleinen Gruppe zusammen und unterhielten sich leise. Die Gemachten Menschen gingen wieder ihren Alltagspflichten nach. Dachsbogen winkte Kriecher mit erhobener Hand, bevor er durch das Tor verschwand, das die östliche von der westlichen Plaza trennte. Kriecher winkte zurück und ging auf die Leiter zu, die zum alten Zimmer von Nachtsonne – jetzt Federsteins Zimmer – führte.

Er kletterte zum vierten Stockwerk hoch, und Schweißperlen rannen ihm über Wangen und Kinn. Es war sehr warm geworden. Wildblumen breiteten eine Decke aus gelben und blauen Flicken über das Hochland. Der Canyon wirkte viel zu still, als wären die Bewohner dort noch sprachlos vor Erschütterung über den Überfall.

Kriecher schüttelte den Kopf. Bei dem Überfall waren die Ersten Menschen ziellos durcheinandergerannt wie tollwütige Hunde, die unter der Krankheit des Schäumenden Maules litten. Am nächsten Morgen hatten die Ältesten festgestellt, daß sie vor lauter Hochmut nachlässig gewesen waren; sie hatten sich unbesiegbar gewähnt. Da wurde schnell für Abhilfe gesorgt. Jetzt hatte Krallenstadt keinen Vordereinlaß und keine Außenfenster mehr, nicht einmal kleine Lüftungsschlitze. Federstein hatte befohlen, daß alles zugemauert werde. Es gab jetzt nur noch eine Möglichkeit, in die Stadt hinein oder wieder hinaus zu gelangen, nämlich mit Hilfe von Leitern. Die wurden zur Nacht eingezogen. Der neue Kriegshäuptling, Weißer Stein, stand wie immer oberhalb des früheren Stadttors, aber neun Krieger auf den Wällen hielten gleichfalls Wacht.

Sie gelobten sich alle, daß das nie mehr geschehen würde, aber Kriecher blickte über den dichtbesiedelten Canyon, auf die Städte und Hunderte von kleinen Dörfern, und wußte, daß die Zeit kommen würde, da sie sich nicht mehr selbst verteidigen konnten. Ein guter Kriegshäuptling mit genügend Kriegern könnte diesen Canyon absperren, den Handel abwürgen und den Zugang zu Holz, Wasser und Nahrung radikal unterbinden. Das könnte mondelang gutgehen, aber im Sommer... in einer Dürrezeit... Kriecher schauderte. Die Menschen des Rechten Wegs betrachteten sich selbst als glorreiche Krieger. Eine Kapitulation war undenkbar.

Er schritt über das Dach, trat geduckt in das Zimmer und nahm seine vorherige Tätigkeit wieder auf; er richtete das Zimmer für Federstein her. Früh am Morgen hatte er die Töpfe zu seiner Rechten, am Südwall entlang aufgestellt und die Körbe in der nordwestlichen Ecke gestapelt. Er hatte Sitzmatten um die Feuerschale herum ausgelegt und dafür gesorgt, daß alles leicht erreichbar war. In den letzten Monden hatte sich das Augenlicht von Federstein verschlechtert. Jetzt konnte sie oft nicht einmal ihre Teetasse sehen, die direkt vor ihr stand.

Kriecher kniete sich neben die Feuerschale, spreizte die Beine vom Dreifuß und hängte den Topf in die Mitte. Der rußige Tontopf schwang leicht hin und her.

Man hatte die Sachen von Nachtsonne entfernt und in einem Ritual unterhalb der Erde der Plaza verbrannt, damit die dort innewohnende Verderbtheit keinerlei Seuchen oder Todesfälle auslösen konnte – und dennoch war es unverkennbar und spürbar das Zimmer von Nachtsonne geblieben. Kriechers Blick glitt zwischen dem Bison-Thlatsina an der Südwand und dem Sonnen-Thlatsina an der Nordwand hin und her. Der Bison schien tanzend den zottigen Kopf mit dem fliegenden langen schwarzen Bart herumzuwerfen, während der Sonnengott seine rosigen Arme ausgebreitet und einen Fuß angehoben hatte. Durch das Fenster im Ostwall lehnte sich die Große Stützsäule Krallenstadt zu. Zwei Adler, Männchen und Weibchen, saßen neben dem Nest oben auf dem Steinturm, und spähten mit gereckten Köpfen nach Bewegung am Boden.

Gestern hatte Kräuterblüte das Zimmer rituell ausgeräuchert, um es von üblen Geistern zu reinigen, und der schwache Zederngeruch hing noch an den Wänden. Trotz dieser Maßnahmen fühlte sich Kriecher hier bedrückt.

Bis vor kurzem war ihm nicht klargeworden, was für ein leeres und unbefriedigtes Leben Nachtsonne hier geführt hatte, und sie tat ihm von Herzen leid. Er konnte es nicht über sich bringen, sie zu hassen, nur weil sie einen der Gemachten Menschen geliebt hatte. Lange Zeit hatte er gehofft, Federstein eines Tages zur Ehrwürdigen Mutter der Ersten Menschen aufsteigen zu sehen, aber jetzt wünschte er, sie wäre nur eine gewöhnliche alte Frau vom Coyote-Clan. In den letzten Tagen hatte er sich sehr einsam gefühlt. Trauertaube fehlte ihm. Sie hatten beide eine so innige Vertrautheit erfahren, wie er sie nie bei Federstein finden würde, ganz gleich, wie stark ihre gegenseitige Zuneigung auch war. Trauertaube war seine Freundin gewesen; sie hatten sich gegenseitig geholfen, soweit es die Umstände zuließen, und nächtelang wachgelegen, nur miteinander redend. Oh, er sehnte sich nach dieser Nähe, nach dem beglückenden Gefühl, wie sie in seinen Armen schlief.

*Sie ist weggelaufen, du Narr – also laß sie!*

Kriecher breitete kniend Federsteins Schlafmatten auf dem Boden aus und legte zwei gefaltete Decken ans Fußende, die weiche rot-weiße als oberste, so wie sie es gern hatte.

»Kriecher?«

»Ja, ich bin hier.« Er drehte sich zur Tür.

Spannerraupe trat mit zwei kleinen Säcken ein. Sein blaubrauner Umhang, aus feinstem Stoff gewoben, schimmerte im Licht.

»Was hast du in den Säckchen?« fragte Kriecher.

»Dünenkranich hat die Sklavenzimmer ausgeräumt. Die Sklaven sind so schnell weggerannt, daß sie gar keine Zeit mehr hatten, um etwas mitzunehmen. Das sind Sachen aus dem Quartier von Trauertaube und Schwalbenschwanz. Ich hab mir gedacht, du möchtest sie vielleicht durchsehen.« Spannerraupe senkte verlegen den Kopf. »Ich weiß, wie sehr dir Trauertaube fehlt. Da kam mir der Gedanke, daß ein Erinnerungsstück, etwas, was sie liebte, dir vielleicht hilft.«

»Ich danke dir, Gesegnete Sonne.«

Spannerraupe hielt ihm die Säckchen hin. Kriecher nahm sie und setzte sie neben der Feuerschale ab. Er band die Schnüre auf und sagte: »Trauertaube wäre sicher sehr glücklich gewesen, dich als Gesegnete Sonne zu sehen.«

Spannerraupe ging zum Ostfenster und blickte auf die Große Säule. »Ich kann immer noch nicht an die Geschichte glauben, die du mir erzählt hast, daß sie mich als die Erfüllung der Prophezeiungen der Feuerhunde gesehen hat.«

»Hat sie aber.«

Kriecher stülpte das Säckchen von Trauertaube um und leerte den Inhalt vorsichtig auf dem Boden aus. Was für eine armselige Sammlung: ein Paar primitiv gearbeiteter Sandalen, eine Tonscherbe, rund geschliffen und als Anhänger an einer Schnur befestigt, ein braunes Kleid, zerschlissen und an den Ellbogen abgetragen, ein schönes rotes Kleid, ein Geschenk von Schlangenhaupt. Kriecher nahm es mit zwei Fingern und ließ es etwas weiter weg fallen: *Er* hatte es berührt. Es waren noch ein paar andere Sachen dabei, nichts davon auffallend. Kriecher strich zärtlich über den Anhänger, sie hatte ihn oft getragen. Er legte ihn sich um den Hals, so daß er über seinem Herzen hing.

»Ja«, sagte Kriecher, »sie glaubte daran. Ich glaube, sie hat ihr ganzes Leben nur daran gearbeitet, daß du einmal die Gesegnete Sonne wirst.«

Bei dieser Aussage fühlte sich Spannerraupe unbehaglich. Er trat von einem Fuß auf den anderen. »Ich weiß nicht, wie ich das verstehen soll. Ich bin so untauglich. Möglicherweise hat sie sogar recht.«

»Daß du das Volk des Rechten Wegs vernichten wirst?« Kriecher lachte leise. »Glaube ich nicht. Du brauchst vielleicht etwas Zeit, um dich an deine neue Stellung zu gewöhnen, aber du wirst das schon sehr gut machen, Spannerraupe. Du hast das Herz eines großen Führers. Und Federstein wird dir nach Kräften helfen. Ich habe immer darum gebetet, daß ihr beide eines Tages das Volk führen werdet.«

»Hat Schwalbenschwanz auch geglaubt, ich würde die Prophezeiungen erfüllen? Ich habe ihn nicht so gut gekannt.«

»Kann ich nicht sagen. Ich weiß nur, daß er Schlangenhaupt haßte; er hätte alles getan, um Schlangenhaupt zugrunde zu richten und einen andern an seine Stelle zu setzen. Der arme Junge mußte zusehen, wie seine Mutter immer wieder mißbraucht worden ist, aber als Sklave konnte er nichts ausrichten. Es hat ihn tief verletzt. Als Kind hat er mich immer gebeten, ich solle ihm sagen, daß ich sein Vater sei. Konnte ich natürlich nicht.«

»Meinst du, Schlangenhaupt war sein Vater?«

Kriecher zuckte die Achseln. »Trauertaube hat nie davon gesprochen. Aber der Junge sah Schlangenhaupt ähnlich. Er war auch so hoch aufgeschossen, hatte die gleichen dunklen Augen, und ich weiß, daß ihr Schlangenhaupt erlaubt hat, das Kind auszutragen. Ich habe einfach angenommen …«

Er verstummte, als er den Sack von Schwalbenschwanz ausleerte. Verschiedene Beutelchen fielen heraus, dann eine feine Obsidian-Klinge – die, die er zum Schlachten benutzte –, ein schönes Jett-Figürchen und eine umschnürte Rolle Stoff. »Was für eine merkwürdige Ansammlung von Sachen.«

Spannerraupe kauerte sich Kriecher gegenüber und schaute verblüfft auf das Figürchen. »Das muß er gestohlen haben.« Er hob das wertvolle Stück auf; seine Augenbrauen wölbten sich nach oben. »Das ist feinste handwerkliche Arbeit, ich bin sicher, das kommt von den Hohokam.«

»Schwalbenschwanz hat sich auch immer an die Händler gehängt, die durch unsere Gegend kamen. Von den Hohokam-Steinschnitzereien war er wie besessen, aber so ein Stück hätte er nie kaufen können. Da hast du sicher recht: Er hat es gestohlen.«

Kriecher band eins von den Beutelchen auf und roch daran. »Beifußblätter. Was ist in dem, das neben dir liegt?«

Spannerraupe hob das rote Beutelchen hoch und rümpfte die Nase. »Goldkraut. Das sind Heilpflanzen. Von guter Qualität. Auch teuer.«

Kriecher hob die umschnürte Stoffrolle auf. »Ich frage mich, was das ist.«

Er band den Knoten auf und entfernte die Schnur. Als er die Stoffrolle aufschüttelte, bemerkte er, daß vier schwarze Spiralen das Ende verzierten. »Das verstehe ich nicht. Nur Frauen vom Goldaugen-Clan dürfen dieses Symbol benutzen. Da frag ich mich, woher –«

»Das ist doch unmöglich!« Spannerraupe sank zu Boden. Sein eckiges Gesicht wurde bleich. Er streckte die Hand aus. »Gib mir das mal!«

Kriecher reichte ihm den Beutel.

Spannerraupe drehte den Stoff hin und her, betrachtete die Webung des Baumwollfadens, die Yucca-Bindungen, die vier vollkommenen schwarzen Spiralen. Tränen hingen in seinen Wimpern. Er legte den Beutel in seinen Schoß. »Das ist der Beutel von Wolkentanz, Kriecher. Sie hatte ihn immer dabei, wenn sie ihre Mutter als Heilerin begleitete …« Er blickte auf die kleinen Kräuter-Beutelchen. Seine Lippen bewegten sich, er wollte sprechen, aber er brachte kein Wort heraus. Schließlich flüsterte er nur: »Heilige Götter!«

Ein Prickeln überlief Kriecher, er war wie betäubt. »Du glaubst … Nachtsonne sagte, Wolkentanz würde ihr den Heilbeutel bringen, aber … nein, Spannerraupe, ich kann das nicht glauben. Schwalbenschwanz war ein guter Junge. Ich saß abends oft mit ihm zusammen. Ich glaube, ich würde es wissen, wenn ein Mörder –«

»Das glaubst du?« Das Gesicht von Spannerraupe spiegelte seinen seelischen Schmerz wider. »Du hast gesagt, er haßte Schlangenhaupt, daß er ihn vernichten wollte. Vielleicht hat er nicht an die Prophezeiungen der Mogollon geglaubt, aber man brauchte kein Genie zu sein, um zu wissen: Wenn man seine weiblichen Verwandten tötet, wird Schlangenhaupt als Gesegnete Sonne gestürzt.«

»Und warum hat er dann nicht versucht, Nachtsonne zu töten?«

»Vielleicht hat er gedacht, wenn Schlangenhaupt sie einsperrt, ist sie sowieso aus dem Weg, oder daß sie aus Altersgründen ohnehin bald stirbt und ihm die Arbeit erspart.«

»Aber Schwalbenschwanz war nicht da, als Wolkentanz ermordet wurde«, wandte Kriecher ein. »Ich weiß noch, ich habe ihm selbst noch Lebewohl gesagt, habe Nahrung für ihn eingepackt und –«

»Aber er kam zwei Tage zu spät zurück! Das habe ich gehört. Wer weiß denn, ob er sich nicht ein paar Tage lang in der Senke versteckt hielt und auf sie gewartet hat? Vielleicht hat er sie sogar schon vom Dorf der Hindin verfolgt?«

»Aber sie wurde mit einem Pfeil erschossen! Schwalbenschwanz hatte weder Pfeil noch Bogen.«

Spannerraupe strich zärtlich über den zerfalteten Beutel. Die Kupferglöckchen an seinem Hemd klingelten. »Der Junge hatte Zugang zu Steinwerkzeugen. Er hätte aus jedem eine Pfeilspitze machen können, und um einen rohen Bogen herzustellen, brauchst du nur ein Stück Holz und eine Sehne.« Spannerraupe zögerte. »Wir müssen uns überlegen, was wir jetzt unternehmen, Kriecher.«

Kriecher stieß das Jett-Figürchen mit der Fingerspitze an, als er nachdachte. Es glich der merkwürdigen Hexenpille, die der alte Sklave Lerche seinerzeit vor den Augen von Trauertaube ausgespuckt hatte – eine kleine stilisierte Schlange. Kriecher erinnerte sich, wie sie gemeinsam gelacht und sich gefreut hatten, wie er an manchen Nachmittagen Schwalbenschwanz getröstet und beruhigt hatte, wenn Trauertaube nach einer brutalen Kopulation von Schlangenhaupt zurückgekommen war. Der Junge hatte die Blutergüsse seiner Mutter gesehen, das Blut auf ihrem Kleid, mit einer besinnungslosen Wut tief hinter seinen Augen. Schwalbenschwanz war in der Tat so wahnsinnig vor Zorn gewesen, daß er durchaus fähig gewesen wäre zu töten. Aber wäre er tatsächlich so listig und schlau gewesen, Schlangenhaupt und seine Familie aus dem inneren Kreis heraus zu vernichten? Trauertaube hatte fanatisch an die Prophezeiungen geglaubt und immer wieder versichert, daß Spannerraupe die Gesegnete Sonne würde – und vielleicht hatte das dem jungen Schwalbenschwanz den Gedanken eingegeben?

Es wurde Kriecher eiskalt. So lange hatte er gelebt und den Jungen gemocht – und dennoch hatte er nie die geringste Ahnung gehabt, was in dessen Seele vorging.

»Wo ist Federstein?«

Spannerraupe winkte zur Tür hin. »In ihren alten Kammern. Ich habe ihr geholfen zu packen. Sie sprach über Nachtsonne und wie sehr sie ihr fehlte, und dann glitt sie aus dieser Welt, du weißt ja, wie sie ist. Ich habe eine Decke über sie gelegt und will in einer halben Zeithand nach ihr sehen.«

»Spannerraupe, diese Neuigkeit wird Federstein sehr zu schaffen machen. Sie hat Wolkentanz geliebt, und wenn es wahr ist, daß der Sohn von Trauertaube der Mörder ...« Seine Stimme klang gepreßt. »Ich glaube, Federstein hat alles über den Tod von Wolkentanz vergessen. Ich weiß nicht, wie diese Nachricht auf sie wirken wird.«

Spannerraupe rollte die Stoffbahn wieder zusammen und band sie zu. »Du meinst, es ist besser, wenn wir das für uns behalten?«

»Wir können ja sowieso nichts mehr daran ändern – oder?«

Die Wangen von Spannerraupe röteten sich, und dann brannte wilde Wut in seinen Augen. »Im Augenblick nichts. Aber wenn ich jemals einen Krieg gegen die Turmbauer führen kann, dann mögen die Götter diesem Jungen beistehen.«

Kriecher senkte den Blick auf das Durcheinander der wertvollen Steine und Kräuter. Sein Herz schlug dumpf und gleichmäßig langsam. »Ich bete aus ganzem Herzen, daß Trauertaube nicht mehr da ist, wenn es dazu kommt.«

# Achter Tag

*Ich liege auf dem Rücken und starre empor zu den schwankenden Zweigen der Goldkiefer über mir. Die Nadeln sind lang und gebogen. Mondlicht hüllt sie ein, und sie flimmern unwirklich silbern. Durch das Filigran des Geästs scheinen die Abendleute.*

*Mein Körper ist gefühllos geworden. Meine Seele schwebt dahin, kaum noch ans Fleisch gebunden.*

*Ich glaube, ich bin bereit. Erst seit dieser Nacht fühle ich mich bereit; ich habe alles getan, was ich konnte, um mein Herz zu reinigen und zu läutern. Entweder nimmt sie meine Opfergabe jetzt an – oder nie.*

*Ich weiß nur, ich muß es versuchen.*

*Ich schließe die Augen und lausche dem Wind, der durch die Kiefern heult. Die Zweige knarren und ächzen. Der Duft wilder Bergblumen ist in der wohlriechenden Luft. Ich fülle meine Lungen mit dieser Luft und halte den Atem so lange an, wie ich kann, und dann atme ich ganz langsam aus. Ich bin müde, sehr müde … und ein Letztes ist noch zu tun.*

Der Traum entführte Sängerlings Seele.

Er lief als Coyote, und seine Pfotenfüße teilten das junge Frühlingsgras und die ersten zarten Wildpflanzen. Von dieser Höhe aus sah er über eine unendliche Kette schwarzer Berge, welche die Entfernungen wie in Schichten gliederten. Jede Kette hob sich in einer etwas helleren Blaugrau-Tönung vom dunstüberzogenen Horizont ab. Hinter ihm die Ebene, von Kuppen und Tafelbergen unterbrochen. Vor ihm stachen zerklüftete Gipfel in die Bäuche der Wolkenleute. Er stieß weißen Atem aus. Als er höher kam, wurde die Luft kälter und brannte in seinen Lungen.

Er überquerte die Höhe und lief, kiesaufwirbelnd, einen Steilhang hinunter und geduckt unter Windbrüchen hindurch. Er wand sich durchs Dickicht, übersprang einen kleinen Bach und eilte auf leisen Pfoten durch weiches grünes Gras den nächsten Hang hinauf. Er war überrascht, wie gut er im Dunkeln sehen konnte. Mäuse sausten durch das Gras, und Packratten jagten durch die Lücken zwischen felsigen Höckern. Bei ihrem Anblick und Geruch erwachte der Hunger in seinem leeren Magen.

Er stürmte durch hohe Wildpflanzen, die seine goldene Schnauze streiften, und rannte einen Espenhain entlang. Ihre weißen Stämme schimmerten im Sternenlicht. Im dichtesten Wald sah er Augen glitzern. Er senkte die Nase und nahm die Witterung auf. *Elche.* Drei Tiere: zwei Kühe und ein Kalb. Sie sahen ihn vorüberlaufen und grasten dann ruhig weiter.

Ein erster Streifen von Schwester Monds Gesicht beglänzte die leuchtenden Gipfel. Sängerling beeilte sich.

Er raste mit rutschenden Pfoten einen überfrorenen Hang hinauf zu einer windigen Kuppe und verengte die Augen vor den eisigen Böen. Sein Rückenfell wurde hin und her gezaust. Er schaute forschend über die schneebedeckten zerklüfteten Gipfel, bis er den richtigen erkannt zu haben glaubte, und zu dem brach er auf.

*Warum kommt mir das so fremd vor? Ich weiß, daß das der richtige Berg ist, aber das ist nicht der Pfad, auf dem ich meinem Vater gefolgt bin. Habe ich mich verlaufen?*

Er schwenkte um einen vom Blitz getroffenen Baumstumpf herum und galoppierte den glitschigen Hang hinauf, immer die Augen auf den Gipfel gerichtet. Die Höhle sah er nicht ...

Sein Erschrecken lähmte die Muskeln und brachte sie zum Erzittern. Er atmete flach und stoßweise. *Das muß der Weg sein! Das muß er sein!*

Im Fell seiner Pfoten hatte sich Schnee angesammelt, der nun zu Eisklümpchen geworden war, die sich zwischen die Zehen setzten und weh taten, aber er nahm sich nicht die Zeit, sie herauszukauen.

Sängerling warf sich durch eine Schneewehe, die ihm über den Kopf ragte, und mühte sich, den steilen Hang mit Sprüngen hinaufzukommen. Nach den langen Tagen ohne etwas zu essen spürte er, wie er den Rest seiner Kraft verlor, den die bebenden Muskeln aufsogen. Er arbeitete sich nach oben und stand schließlich auf einem Felsvorsprung, wo er sich den Schnee aus dem Pelz schüttelte. Ein Dunst aus glitzerndem Weiß umfing ihn, und als der sich auflöste, schaute er in die Höhe.

Prickelnde Schauer überliefen ihn. Das *war* der Gipfel!

Er konnte sich nicht irren. Er sah aus wie ein Speer aus Eis, weiß und zackig.

Sängerling kroch auf dem Sims weiter hinauf, und als er an eine Wiese mit sehr kurzem Gras kam, lief er mit all seiner Kraft, und die rosige Zunge hing ihm baumelnd aus einem Mundwinkel. Es prickelte in seinen Muskeln, als dürsteten sie nach Blut, aber er raste das letzte Steilstück hinauf. Der Gipfel über ihm war jetzt gewachsener Fels. Schnee füllte jede Spalte, und ein Nebel aus windgetragenen Eiskristallen umgab die Spitze mit einem leuchtenden Hof.

*Da!*

Er hätte sie beinahe verfehlt. Seit er das letztemal hier war, waren die Berberitzen gewachsen und überdeckten den Eingang halb – oder tarnten ihn. Das Sternenlicht spiegelte sich grell leuchtend auf den Blättern, die denen der Stechpalme ähnlich waren. Kein Wunder, daß er das dunkle Loch übersehen hatte; es verschmolz mit dem schneebedeckten Hang.

Sängerling zwängte sich durch das Gestrüpp, das sein Fell schmerzhaft zauste. Er ließ eine Kette goldener Haarbüschel auf den Zweigen zurück. Diesmal war der enge Gang pechschwarz und voller Drohung.

Er trottete tiefer hinein, trabte dann hangabwärts und rief: »Hüterin des Schildkrötenbündels! Wo bist du? Ich war früher Kreuzdorn vom Coyote-Clan. Ich –«

*»Ich weiß, wer du bist, Sängerling.«*

Ihre Stimme kam von überall her, von den Wänden zurückgeworfen und widerhallend in seiner Seele.

Sängerling leckte sich nervös über die Schnauze und fiel in eine langsame Gangart zurück. Die Luft wurde wärmer; er hörte die Wassertropfen, die in den dunklen Teich weiter unten fielen. Er ging weiter, einen Schritt nach dem anderen, seine Krallen tappten über den nassen Stein wie in einem Staccato von Pfeilspitzen auf Fels.

Seine Pfoten glitten in wassergefüllte Mulden, die seine Füße benetzten und das Eis zwischen seinen Zehen schmolzen. Es roch sehr seltsam in der Höhle. Aber er kannte diesen besonderen Duft, der auch an zusammengebrochenen Steinmauern haftete und an Totenbestattungen in Erdspalten: der Geruch uralten Verfalls.

»Wo bist du?«

*»Komm näher. Ich bin hier. Hier unten.«*

Sängerling ging vorsichtig weiter, die Finsternis durchforschend. Das *Plop-plop* des Wasser wurde lauter. Wie nahe am Teich war er? Es konnte nicht weiter sein als –

Es war wie eine Explosion, als das Silberlicht durch den Einlaß brach und die Höhle berstend in blendende Wellen eines blauen Feuers verwandelte. Er brach zusammen und fand sich am Boden wieder. Leuchtende Türkis-Funken fielen flimmernd herab, taumelten über die Decke und flossen an den Wänden hinunter, um den Höhlenboden zu überglänzen. Der Teich strahlte von innen heraus. Sängerling blickte gebannt darauf und versuchte, sein hämmerndes Herz zur Ruhe zu bringen. Das Wasser war unbewegt. Inmitten des ganzen Feuers bildete es einen stillen Mittelpunkt. War ihm das schon das letzte Mal aufgefallen? Oder war er vor Angst so fassungslos gewesen, daß er seiner Sinne nicht mehr mächtig war?

Er sah sie.

Sie kam aus einem versteckten Schlitz im Hintergrund, das lange schwarze Haar umfloß sie, und die Falten ihres roten Gewandes schimmerten purpurn. Seine Schnurrhaare zitterten vor ehrfürchtiger Bewunderung. Also … gab es da noch eine Kammer, in den nahtlosen Türkiswänden vorzüglich verborgen. Sie folgte einem schmalen Pfad um den Teich herum und stand schließlich über ihm, die Mitternachtsaugen weit offen, ihr Blick durchdringend. Das feurige Licht in der Höhle umgab sie wie ein strahlender Kreis.

*»Was hast du mir anzubieten?«*

Sängerling zog die warme, feuchte Luft tief ein. »Mich.«

*»Im Austausch für was?«*

»Für das Leben eines Mannes namens Eisenholz.«

*»Dein Großvater will ihn töten?«* fragte sie und ging dabei anmutig zur anderen Seite des schmalen Gangs, wo sie sich hin-

setzte, mit dem Rücken gegen den Stein. Das feurige Licht war so grell geworden, daß Sängerling seine Augen zu Schlitzen verengen und seine Schnauze senken mußte, um sie sehen zu können.

War sie ein Mensch? Oder eine Göttin? »Ja, und ich – ich darf nicht zulassen, daß das geschieht.«

Ihr Blick bohrte sich in ihn hinein. *»Du würdest Maisfaser aufgeben? Du würdest ihr Glück opfern und deines auch?«*

Sängerlings Läufe zitterten jetzt so stark, daß er sich auf den warmen Boden hinlegen mußte. »Ich liebe sie, Hüterin. Ich liebe sie sehr, aber sie ist jung. Sie wird einen andern finden.«

Die Hüterin starrte ihn an. *»Warum willst du dein Leben aufgeben für einen Mann, den du kaum kennst?«*

Die Kehle war ihm zugeschnürt. Er schluckte heftig. »Ich ... ich kann einfach keinen von ihnen mehr sterben sehen. Bitte. Es ist nicht ihre Schuld. Verstehst du nicht? Wenn ich nicht geboren worden wäre, dann wäre das alles nicht geschehen. Aber ich wurde geboren. Und deswegen ist alles geschehen. *Ich* bin dafür verantwortlich.«

*»Weißt du, wie viele unschuldige Männer und Frauen Eisenholz getötet hat? Wie viele Kinder er versklavt hat? Wieso glaubst du, daß sein Leben mehr wert ist als deins? Hast du dich denn solcher Verbrechen schuldig gemacht?«*

Sängerling senkte seine Schnauze auf seine Pfoten. »Nein, nein. Aber darauf kommt es doch nicht an.«

*»O doch, den Göttern ist das sehr wichtig. Sie sind sehr auf Gerechtigkeit bedacht.«*

»Aber Hüterin, viele der Götter waren einmal Krieger. Also sind sie genauso sehr auf Pflicht und Verantwortung bedacht. Eisenholz ist ein guter Mensch. Er hat nur seine Pflicht getan, für sein Volk und seinen Häuptling. Und jetzt tue ich meine Pflicht.«

Sie warf den Kopf zurück, als könnte sie das nicht glauben. *»Du betrachtest es als deine Pflicht, grundlos zu sterben?«*

»Es ist ja nicht grundlos. Ich opfere mein Leben für Eisenholz' Leben, weil ich glaube, mit ihm kann die Welt sich zum Besseren verändern. So viele sind schon meinetwegen gestorben. Also laß es mich bitte tun.«

Das wundervolle blaue Feuer erlosch langsam; das feurige Azur auf den Wänden verblaßte allmählich zu einem fahlen Blau und dann zu einem eisigen Grauweiß.

In dem trüben Licht schienen die Augen der Hüterin größer zu werden, so groß wie die Augen einer Eule und genauso wachsam. Sie fragte: *»Verstehst du nun, was es heißt, das Herz einer Wolke zu haben?«*

Sängerlings Kehle war trocken. Er beugte sich über den Boden, um Wasser zu schlürfen, um seinen heißen Gaumen zu kühlen und seine Nerven zu beruhigen. Es schmeckte frisch und warm. Er leckte sich die Schnauze, um sie wieder zu trocknen.

»Ich glaube«, antwortete er, während er lange und langsam ausatmete, »das Herz einer Wolke besteht aus Tränen, Hüterin. Ich habe lange darüber nachgedacht. Wir sprechen oft davon, daß die Wolkenleute Tränen für uns vergießen, um uns Leben zu geben. Ihre Tränen sind der Regen.«

Sie lächelte kaum merklich. *»Und auf dem Wind zu gehen? Weißt du, was das bedeutet?«*

Sängerling rutschte unsicher hin und her. Der Satz hatte ihn schon immer verwirrt. Sein Schwanz wischte über die Steinwand, während er darüber nachdachte. »Wenn ich im Herzen einer Wolke lebte, könnte ich aus der Höhe, oberhalb des Chaos, auf die Welt hinabblicken, um sie deutlicher zu sehen. Das ist wahrscheinlich damit gemeint. Wenn ich in den Tränen anderer lebte, sähe ich das Leben klarer.«

Als fände sie die runden Steinmulden im Boden interessant, strich sie gedankenvoll darüber hin. Als sie wieder aufschaute, schienen ihre großen Augen fast die Hälfte ihres schönen Gesichts einzunehmen. *»Deine Opfergabe heute nacht beweist, daß du dir das Herz einer Wolke erworben hast. Du bist ein Sänger. Dein Volk braucht dich.«* Sie stand auf, und ihr rotes Kleid schwang um ihren hochgewachsenen Körper. *»Und nun geh! Geh auf dem Wind. Sag deinem Großvater, was du hier getan hast. Was du hier gesehen hast. Er wird dich verstehen.«*

Sie machte sich auf, zu dem Pfad zurückzugehen, der um den dunklen Teich herumführte, und Sängerling setzte sich auf. »Warte! Was ist mit meinem Opfer? Nimmst du es an? Wirst du mir helfen, Eisenholz' Leben zu retten?«

Die Hüterin des Schildkröten-Bündels senkte den Kopf. *»Wenn du tust, was ich dir gesagt habe, dann wirst du eines Tages ein großer Sänger sein. Mach dein* Leben *zu einem Opfer, Sängerling. Es wird viel mehr Menschen retten als dein Tod. Später einmal, wenn du kannst, komme hierher zurück. Dann lehre ich dich alles, was ich von Wolken und Tränen weiß.«*

Sie schritt weiter auf dem Pfad und verschwand in der Höhlenspalte. Durch den Luftzug ihres Vorbeigehens war der Teich in Bewegung geraten, und Lichttupfer tanzten über die Wände.

Sängerling stellte sich auf seine schwachen Beine. Er machte ein paar Schritte in den dunklen Gang zurück, mit hängendem Kopf und wie betäubt.

*»Sängerling?«*

Ein schwacher Ruf. Er blickte in den Schlund der Höhle zurück, aber da war nur Finsternis.

Als er sich durch das Gestrüpp zwängte, hinaus ins helle Mondlicht, fühlte er etwas … wie eine Hand auf der Schulter. Erschrocken fuhr er keuchend herum und betrachtete prüfend die verschneite Wiese und die schimmernden Gipfel, aber …

*»Sängerling!«*

Mit einem Ruck fuhr er hoch und erwachte, nach Luft ringend und mit großen Augen in den korallenfarbenen Schein der Morgendämmerung starrend. Dunkelgraue Wolken zogen über den östlichen Horizont, den Bauch schon schwach golden eingefärbt. Maisfaser kniete neben ihm. Sie trug einen sauberen schwarzweißen Umhang und Hirschleder-Mokassins. Ein dicker schwarzer Zopf hing ihr über die linke Schulter. Ihre Wunde war verheilt, aber eine häßliche gelbe Druckstelle rings um die rohe rosige Narbe oben auf der Wange war noch zurückgeblieben. Sein Blick glitt von der Narbe zu ihren vollen Lippen, zur spitzen Nase und zu dem oval geformten Kinn. Er setzte sich auf und umarmte sie heftig.

Verzweifelt und erschöpft rief er: »O Maisfaser, ich bin so froh, dich zu sehen.« Das Gefühl ihres schlanken Körpers an seinem tröstete ihn.

Sie schlang die Arme um seine Hüften und drückte ihn an sich. »Ich habe schon gedacht, ich finde dich, wie du dich um dich selber drehst und mit den Armen wedelst wie ein Nachtfalter.«

»Diesmal ... nun ja, mußte ich lernen, eine Wolke zu sein.«

Sie löste sich sanft und betrachtete ihn genau, als wollte sie feststellen, was ihm diese Verwandlung für Verletzungen eingebracht hätte. Offenbar mit seinem Zustand zufrieden, nahm sie ein Bündel von der Schulter und band die Verschnürung auf. »Ich habe gewußt, daß du am Verhungern bist. Kannst du jetzt etwas essen? Hast du gelernt, eine Wolke zu sein?«

Er nickte; er fühlte sich seltsam leicht und körperlos, aber tief im Innern war ihm schrecklich kalt. »Ja, ich habe großen Hunger. Was hast du mitgebracht?«

Maisfaser setzte sich neben ihn auf den grauen Kalkstein und holte zwei Beutel heraus. »Deine Großmutter Flaumfeder hat mir gedörrtes Hirschfleisch und Reisgrassamen-Brot mitgegeben.«

Maisfasers schwarze Brauen zogen sich zusammen, als sie ihm ins Gesicht sah. »Aber du hast viele Tage gefastet, Sängerling. Du ißt am besten nur wenig. Sonst übergibst du dich vielleicht.«

»Das nehme ich in Kauf.«

Maisfaser reichte ihm einen Streifen Dörrfleisch und zog einen Darmschlauch mit Wasser hervor. »Trink zuerst, Sängerling. Das polstert deinen leeren Magen etwas aus.«

Sängerling nahm drei kleine Schlucke und gab ihr den Schlauch zurück. »Vielen Dank, das hat gutgetan.« Er wischte sich mit dem Handrücken über den Mund und nahm einen kleinen Bissen Dörrfleisch. Sein Magen schrie auf und verkrampfte sich.

Maisfaser betrachtete ihn genau. Hinter ihr segelte ein Adler durch den Morgenhimmel. Seine langen Flügel blitzten golden auf, als er in den Wind eintauchte und nach Westen abtrieb. Sie fragte: »Geht es dir gut, Sängerling?«

Er nahm noch einen kleinen Bissen. »Bis jetzt schon.«

»Fein. Wir haben noch einen langen Marsch zum Dorf der Gila-Monster-Klippen.«

»Ach ja?«

»Sängerling«, sagte sie stirnrunzelnd, »ich habe vier Tage gebraucht, um dich zu finden. Zum Glück hast du eine so deutliche Spur hinterlassen, daß ein fünf Sommer altes Kind dir hätte folgen können. Aber bei deinem Zustand brauchen wir mindestens drei Tage, um zurückzukommen.« Sie wurde nachdenklich. »Und ich glaube, Sängerling, wir sollten so schnell wie möglich heimgehen. Eichelhäher ist sehr besorgt deinetwegen.«

»Ich wundere mich, daß er nicht zehn Mann geschickt hat, um mich mit Gewalt zurückzuholen.«

»Düne und ich, wir haben ihn gebeten, das nicht zu tun.«

Sängerling hob die Brauen. »Und er ist darauf eingegangen?«

»Düne hatte diesen Blick – du weißt ja, was ich meine. Das ist wie ein Schrei, der dir verkündet, daß alle bösen Geister der ganzen Schöpfung auf dich losgelassen werden, wenn du nicht gehorchst.«

Er nickte seufzend. »Und wie ich diesen Blick kenne.«

»Ich habe Eichelhäher inständig gebeten, nach dir suchen zu dürfen. Er hat die Augen zugekniffen und mich lange angesehen. Dann hat er genickt und gesagt, er vertraue mir – weil du mich liebst. Er gab mir die Erlaubnis, dich zu suchen.«

Sängerling ergriff ihre Hand. In seinem Griff schienen ihm ihre Finger schmal und zart. »Maisfaser, ich liebe dich wirklich. Ich möchte immer bei dir sein. Falls du … falls du auch bei mir sein möchtest.«

Ihr trauriges Lächeln brach ihm das Herz. »Das möchte ich mehr als alles in der Welt, Sängerling.« Das Lächeln verging, und sie wandte sich ab. »Aber ich weiß nicht, wo wir jemals ein Heim finden könnten. Meine Mutter, Distel, hat beschlossen, hier bei den Gila-Monster-Klippen zu bleiben. Aber ich kann das nicht, Sängerling. Aber ich kann auch nicht zum Volk des Rechten Wegs zurückkehren, und mein Vater …«

Sängerling ließ sein Dörrfleisch sinken und runzelte die Stirn. *Der Vater… es mußte ihm gutgehen; die Hüterin hatte gesagt… schien gesagt zu haben…*

»Maisfaser! Was ist geschehen, als ich fort war?«

Sie schob einen Stein zur Seite und rutschte neben ihn, als brauchte sie seine Nähe. »Dein Großvater bedauert, daß er Nordlicht vor deinen Augen getötet hat.« Sie schaute düster zu Boden. »Ich habe Nordlicht nicht sehr gut gekannt, Sängerling, aber er war freundlich zu mir. Ich vermisse ihn.«

»Ich auch.«

»Obgleich er deine Mutter ermordet hat?«

»Ich habe sie überhaupt nicht gekannt, Maisfaser.« Er biß wieder in sein Dörrfleisch. Sie wollte offenbar noch nicht über ihren Vater sprechen. Er kaute langsam, um ihr Zeit zu lassen. Das Fleisch hatte ein pikantes Aroma, das er nicht kannte, wie eine Mischung von Zederrindenrauch und dem Duft von Phloxblüten.

»Ich weiß immer noch nicht, was ich davon halten soll, daß er meine Mutter getötet hat, um mich zu retten. Ich weiß nur, daß er getan hat, was er glaubte, tun zu müssen. Das ist nicht unehrenvoll.« Er warf einen Blick auf Maisfaser, die Kiefernnadeln zwischen ihren Füßen zu einem Häufchen zusammenscharrte. »Und die andern?« fragte er zögernd. »Was ist mit ihnen geschehen?«

»Dein Verhalten nach dem Mord an Nordlicht hat Eichelhähers Wut offenbar gemildert; er hat Nachtsonne und Düne freigelassen, aber Wachtposten folgen ihnen im Dorf überallhin.« Sie machte eine Pause, der Mund stand ihr offen.

Er hatte Angst vor der Antwort, als er seine nächste Frage stellte: »Und dein Vater? Was ist mit Eisenholz?«

Eine kleine Weile blieb sie reglos sitzen und betrachtete den Himmel, dessen rosige Färbung in eine kräftige bernsteinfarbene Tönung überging. Das Sonnenlicht streifte zuerst die Gipfel, und die Schneetaschen schienen zu brennen. Als dann das Gesicht von Vater Sonne über den Horizont spähte, floß das Licht über das Flachland und vertrieb die letzten Spuren der Nacht.

»Maisfaser!« Sein Magen krampfte sich zusammen. »Ist dein Vater noch am Leben?«

»Ich weiß es nicht.« Sie schüttelte den Kopf. »Als ich wegging, war er noch in der Zelle eingesperrt. Aber ich habe Gerüchte gehört, Eichelhäher plane, ihn durch Wächter herausschleppen zu lassen.« Sie ballte die Fäuste. Eine kühle, würzige Brise wehte von der Wiese hinauf und zerrte Stränge ihres schwarzen Haares aus ihrem Zopf, die ihr hübsches Gesicht umflatterten. »Um mit den Martern zu beginnen.«

Sängerling zog ihren Beutel heran, packte die restliche Nahrung hinein und schnürte ihn wieder zu. Er legte einen Arm um ihre Schultern. »Kannst du mir aufhelfen? Wir müssen jetzt gehen, und ich bin nicht sehr stark.«

Maisfaser schlang einen Arm um seine Hüften und drückte ihn fest an sich. »Wenn nötig, trage ich dich den ganzen Weg zurück.«

Sängerling erhob sich mit weichen Knien, und sie machten sich auf den Heimweg, den Pfad hinunter.

## 51. Kapitel

Zitternd hing Eisenholz in den Armen der Wächter, die ihn über den Felsenpfad hinabzerrten; ihm war übel. Seine Knie schleiften über den Boden und hinterließen blutige Spuren. Sie warfen ihn auf die Plaza, Gesicht nach unten, und ließen ihn liegen. Er brauchte eine Weile, bis er soviel Kraft gesammelt hatte, um den Kopf wenden zu können. Feuerhunde der Mogollon umringten ihn in einem ungeordneten Kreis. Er sah sie nicht deutlich, sah nur ihre Kleidung; sie hatten sich für das großartige Schauspiel in ihre besten Gewänder geworfen: in rote, gelbe und blaue Stoffe mit klingelnden Muschelglöckchen, besetzt mit glitzernden Steinen. Eisenholz blinzelte gegen die Trübung seines Augenlichts an. Der Schlag auf den Schädel unmittelbar vor Nordlichts Tod hatte ihn blind gemacht… *für wie viele Tage*? Fünf? Sechs? Ganz langsam gewann er seine Sicht zurück – obwohl es nicht mehr wichtig war. Seine physischen Augen würde er nur noch kurze Zeit brauchen.

Er wälzte sich auf die Seite und versuchte zu atmen. Sein ganzer Körper war eine offene Wunde geworden. Sie hatten sich abgewechselt. Einige Dorfbewohner hatten mit spitzen Stöcken auf ihn eingestochen, andere hatten ihn festgebunden und ihre Steinmesser benutzt, um ihn aufzuschneiden und die Muskeln in seinen Beinen, Armen und in seinem Gesicht langsam freizulegen. Eichelhäher ließ sie nie zu weit gehen. Wenn das Blut zu reichlich floß, ließ er es mit glühenden Steinen stillen. Wenn Eisenholz offenbar Durst hatte, hielt ihm Eichelhäher selbst den Wasserkrug an die Lippen. Sie ernährten ihn gut, um ihn bei Kräften zu halten. Sie wollten, daß er so lange wie möglich lebte und litt, denn seine Schmerzen, so glaubten sie, würden alle die trösten, die Freunde, Ehemänner, Ehefrauen und Kinder durch Eisenholz' Hand verloren hatten.

Er beugte den Kopf und sah auf die Lederriemen, die seine blutigen Hände und Füße straff fesselten. Er fürchtete den Tod nicht – nicht wirklich. Er hatte den Tod zu oft gesehen, um ihn zu fürchten. Er kannte den Verlauf und das Wesen des Todes. Und zu diesem Zeitpunkt würde er den Tod sogar als Freund begrüßen.

Er fürchtete nur das Danach.

Die Mogollon würden dafür sorgen, daß seine Seele das Jenseits nicht erreichte – so wie sie es auch bei Nordlicht getan hatten. Eichelhäher hatte Eisenholz, Nachtsonne und Düne gezwungen, dem Begräbnis beizuwohnen. Da er nichts sehen konnte, hatte Nachtsonne ihm mitgeteilt, was danach geschah. Die Feuerhunde hatten Nordlicht in ein Loch geworfen und lachend eine Steinplatte auf ihn fallen lassen. Diese Nachricht hatte Eisenholz ins Herz getroffen. Sein Leben lang hatte Nordlicht ihm beigestanden, ihm geholfen, seine Irrtümer gedeckt. Er hatte Besseres verdient.

Keiner von beiden würde einmal bei den Ahnen sitzen und über die alten Zeiten sprechen oder nach Herzenslust jagen oder fischen. Eichelhäher würde dafür sorgen, daß auch Eisenholz' Seele für alle Zeiten im Erdreich eingesperrt blieb, verloren und klagend. Er, der sein ganzes Leben lang die Gesellschaft anderer gesucht und sich danach gesehnt hatte, würde sich nie mehr daran erfreuen können.

*Aber für mich ist es eine verdiente Strafe. Für Nordlicht nicht.*

Da war ein seltsames Brennen in seiner Brust. Er hob die Augen und versuchte, Nachtsonne in dem Gewirr von Gestalten und Farben zu finden. Da! Aufrecht stand sie dort, Eichelhäher auf einer Seite und Düne auf der anderen. Zwei Wachtposten waren neben ihnen. Sie wußte natürlich, daß ihm nur noch wenig Zeit blieb, doch gab sie keinen Laut von sich. Sie würde das Volk des Rechten Wegs nicht beschämen, indem sie um Eisenholz' Leben bettelte, wenn sie wußte, daß es verloren war. Und sie würde den Feuerhunden nicht die Genugtuung geben, sie weinen zu sehen.

Stolz erfüllte ihn. Er konnte sie kaum sehen und versuchte doch, ihr zuzulächeln.

Eisenholz hörte die Wächter kommen, die sich mit kratzenden Sandalen um ihn scharten. Undeutlich sah er Gestalten, die gegen den blauen Himmel aufragten.

Er neigte den Kopf. »Und jetzt?«

Sie verstanden seine Sprache nicht und hätten seine Frage sowieso nicht beantwortet. Sie blickten starr auf Eichelhäher. Der Häuptling schlenderte langsam durch die Menge, das schwarze Hemd mit den weißen Mustern schwang um seine Beine. Eichelhäher kniete sich hin, packte Eisenholz am Kinn und hob gewaltsam das verwundete Gesicht hoch, so daß er ihm in die Augen sehen konnte. Eisenholz machte das schmale Gesicht des Häuptlings und die schwarzen Augen aus. Das Haar des Ältesten war wie ein verschwommener grauer Hof um den Kopf.

»Siehst du jetzt besser?« fragte Eichelhäher.

»Etwas.«

»Gut.«

»Warum?« fragte Eisenholz heiser. »Was sollte ich sehen?«

Eichelhäher stand auf und stand über Eisenholz wie ein zornbebender Gott. »Ich will, daß du den Augenblick erlebst, in dem die Welt finster wird.«

Eisenholz faßte sich. »Es ist also Zeit zu sterben.«

»Nein, mein alter Feind. Es ist Zeit für den Lanzenlauf.«

»Für den …« Eisenholz schluckte. Er hatte Krieger davon erzählen hören, die zusehen mußten, wie ihre Kameraden das erduldet hatten. Die Mogollon bildeten ein Spalier. Jeder hielt eine Lanze mit einer Obsidianspitze hoch, bereit zuzustechen, wenn der feindliche Gefangene vorbeigetrieben wurde. Es ging in diesem Spiel darum, wer den Gefangenen als erster blenden könnte.

»Bringen wir es hinter uns«, sagte Eisenholz und mühte sich, auf die Beine zu kommen, aber die Füße schienen ihm nicht zu gehorchen.

Die Wächter zerrten ihn hoch. Eisenholz sah, wie die Leute über die Plaza strömten und sich aufstellten. Seine Beine zitterten stark. Die Angst packte ihn, daß er vielleicht dieser letzten Herausforderung nicht trotzen könnte. Die Feuerhunde würden sich ausschütten vor Lachen, wenn er versagte, und ihn dann als Feigling behandeln. Bis jetzt hatte man ihm die Marter zugemutet, die eines Kriegers würdig ist, aber sollte er schwach werden, würden sie ihm trockenen Dung in den Mund stopfen, ihn zwingen, den hinunterzuschlucken, und dann Dung um ihn herum anhäufen und ihn in Brand stecken.

*Man wird sagen, daß der Kriegshäuptling Eisenholz schrie wie ein verängstigtes Kind, als er starb. Die Händler werden das überall erzählen. Die Männer und Frauen, die an meiner Seite kämpften, werden mich hassen, da ich ihnen und all den Kriegern des Rechten Wegs Schande bereitet habe.*

Eisenholz blickte mit seinen trüben Augen fest auf Nachtsonne. Er preßte die Knie aneinander und hob den Kopf. *Ich kann es tun. Nur noch etwas länger – wenn ich nur noch eine Zeithand auf meinen Beinen stehen kann, werden sie mich mit dem Tod belohnen.*

Die Wächter zerschnitten ihm die Fesseln, und er spreizte seine zitternden Beine, um breitbeinig zu stehen. Eichelhäher wandte sich um und ging zum Anfang des Spaliers der Krieger.

»Los!« befahl einer der Wächter und stieß Eisenholz vorwärts. Er fiel in einen torkelnden Trab.

Er kam in das Spalier und hörte Nachtsonne leise aufschreien; aus dem linken Augenwinkel erhaschte er einen Blick auf die Lanze. Instinktiv schnellte sein Arm hoch, um den Stoß abzuwehren, und die Zuschauer brachen in Beifallsgeschrei aus. Die Menge drängte vor, lachend und trampelnd. Ihr säuerlicher Schweißgeruch hing in der Luft. Eisenholz taumelte durch die Reihen und versuchte verzweifelt, in dem schwindelerregenden Gewirr vieler Farben Lanzen zu erkennen...

Das *Spiel* hatte begonnen.

Keuchend hielt Sängerling auf dem gewundenen Bergpfad an; seine Knie waren weich, und die Erschöpfung lähmte ihn. Es war normalerweise ein Dreitagemarsch, aber sie hatten tatsächlich nur anderthalb Tage gebraucht – und er fühlte die Anstrengung in jedem Muskel. Er stemmte die Hände in die Hüften und schaute über das Talbecken. Es wirkte fast flach, wie eine glatte grüne Decke, die an den Rändern zerknüllt aussah. Zerklüftete blaue Gipfel schwebten im Osten über dem Land, aber die Thlatsina-Berge im Westen waren verschwunden. Sängerling runzelte die Stirn. Eine dunstige Rauchfahne zog sich über den nördlichen Himmel; sie war seit gestern noch dunkler, noch bedrohlicher geworden.

Maisfaser trat neben ihn, ihr hübsches Gesicht war schweißbedeckt. »Ist es vielleicht ein Waldbrand?«

»Vielleicht. Aber für ein so großes Feuer eigentlich zu früh. Das Gras ist noch grün. Auf den Bergen liegt Schnee. Was kann da brennen?«

Der Windjunge, der seufzend durch die Baumkronen strich, brachte die Düfte von Wacholder und Hahnenfuß heran. Ein kleines Rudel Rotwild trottete über die Wiese unten, die weißen Schwänze in die Höhe, gefahrverkündend.

»Sie müssen uns gesehen haben«, flüsterte Maisfaser.

»Oder gewittert. Der Windjunge fegt uns über den Rücken.«

Sängerling sah zu, wie die Tiere in den Wald sprangen und lautlos verschwanden; dann wandte er sich wieder der dikken, schwarzen Rauchwolke zu. »Vielleicht wollen uns die Thlatsinas etwas mitteilen, Maisfaser.«

Sie seufzte müde. »Vermutlich, daß wir uns noch etwas mehr anstrengen sollen. Los, komm. Das Dorf ist jetzt nicht mehr als einen Zeitfinger entfernt, es liegt ja schon da unten, am Fuß des Berges.«

»Dann geh schon vor. Ich brauche noch etwas Zeit, um wieder zu Atem zu kommen.«

Sie packte ihn fest an der Schulter und sagte: »Ich warte auf dich, wo die Wiese aufhört.« Sie kletterte den Hang hinunter.

Sängerling starrte hinunter in die Talsenke. Er spürte ein unerklärliches Kribbeln in seinem Innern, als ob … als ob er tief im Innern wüßte, daß da irgendwo die Erde gleich aufriß, bereit alles zu verschlingen, was ihm etwas bedeutete, jeden Menschen und jedes Ding, und daß er nichts dagegen tun könnte.

»Was für eine Narrheit«, flüsterte er vor sich hin. »Die Hüterin hat gesagt, wenn du mit deinem Großvater sprichst, ihm erzählst, was in deinem Traum geschehen ist, dann würde er –«

Er legte lauschend den Kopf auf die Seite, als er eine Stimme hörte, vom Winde getragen wie ein Falke, aufsteigend und den Hang hinabgleitend – eine leise Stimme, mit unverständlichen Wörtern.

»Maisfaser?« rief er und blickte den Pfad hinunter, den sie genommen hatte, durch das Spiel von Licht und Schatten blinzelnd, das den Wacholderhain einhüllte. »Hast du etwas gesagt?«

Ein lauter Schrei ertönte …

Und verstummte plötzlich.

Sängerlings Herz schlug laut. *»Maisfaser!«*

Er rannte so schnell er konnte, über alle Biegungen des Wegs, stürmte blindlings durch die Bäume mit erhobenen Armen, um sich vor den überhängenden Zweigen zu schützen. *»Maisfaser! Maisfaser! Wo bist du?«*

Schwalbenschwanz preßte seine Hand auf Maisfasers Mund, als er sie in ein dichtes Johannisbeergesträuch stieß, das zwischen vier hohen Lärchen wucherte. Die Zweige zerkratzten ihm Arme und Gesicht, als er sie zu Boden zwang. Er kniete hinter ihr und drückte ihr die Messerspitze auf den seidigen Hals. Er spürte ihren Herzschlag gegen sein Handgelenk; seine angeschwollene Männlichkeit suchte Befreiung aus seinem Hemd. Die Erregung der Jagd, das Wonnegefühl, sie völlig überraschend gefangen zu haben, hatte in ihm das wahnsinnige *Verlangen* geschürt, sie zu verletzen.

Sängerling stürmte kaum zwanzig Hände von ihnen entfernt durch den Wald. Schwalbenschwanz bemühte sich, seinen Atem zu beruhigen.

Sängerling schrie: »Maisfaser! Maisfaser, antworte! Wo bist du? Bist du verletzt? Maisfaser?«

Sie wand sich, und Schwalbenschwanz zischte: *»Keinen Laut!«*

Als Warnung stach er sie leicht in den Hals. Maisfaser warf sich herum, um ihn anzusehen, die dunklen Augen voller Entsetzen, und er lächelte, als ihr Blut ihm warm über die Finger lief.

»Maisfaser? Ist dir etwas zugestoßen? Wo bist du?« brüllte Sängerling und eilte, um sich schlagend, den Pfad hinunter, außer Sicht.

Knackende Zweige und zerbrechende tote Äste verrieten Schwalbenschwanz seinen Weg. Als Sängerling weit genug entfernt war, hob Schwalbenschwanz sein Messer und wischte die blutige Klinge an der Schulter ihres Kleides ab. »Wenn ich meine Hand von deinem Mund nehme, versprichst du mir dann, nicht zu schreien? Ich will in dir sein, Maisfaser. Du bist eine der Ersten Menschen, und ich muß einfach in dir sein.«

Er spürte, wie sie ihre Zähne zusammenbiß, als sie begriff, was er meinte.

Sie zögerte. Schwalbenschwanz strich ihr streichelnd über den Arm. »Das mache ich in jedem Fall. Der einzige Unterschied ist nur: Wenn du schreist und Sängerling kommt angerannt, dann erschieße ich ihn, bevor er hier ist. Verstehst du? Ich bringe ihn um. Und dann«, fügte er lächelnd hinzu und küßte sie aufs Haar, »dann muß ich dich töten, damit du Eichelhäher nicht erzählen kannst, daß ich seinen Enkel ermordet habe.«

Maisfaser zitterte jetzt, was Schwalbenschwanz zu erheitern schien. Sie nickte gegen seine Hand.

»Du versprichst es also?« fragte er. »Du wirst nicht schreien?«

Sie nickte abermals.

Vorsichtig zog Schwalbenschwanz seine Hand weg. Maisfaser wandte ihm das Gesicht zu. Seine Finger hatten auf ihrem Gesicht rote Flecken hinterlassen, und das erregte ihn.

»Schwalbenschwanz«, flüsterte sie. »Warum tust du das? Ich habe dir niemals etwas getan. Warum –«

»Runter mit dir und mach dich bereit!« kommandierte er. »Und denk daran« – er streifte Bogen und Köcher vom Rükken ab und legte sie in Reichweite auf den Waldboden – »ein Laut von dir und –«

»Ich – ich bin still. Ich bin still, Schwalbenschwanz. Aber tu Sängerling nichts, bitte. Ich –«

»Tu, was ich gesagt habe!«

Maisfaser legte sich auf den weichen, nach Zedern duftenden Boden zurück und enthüllte ihre langen braunen Beine, indem sie den Saum ihres grünen Kleides hochzog.

Schwalbenschwanz zog sein Jagdhemd in die Höhe, kroch behende vorwärts und zwang ihre Knie auseinander. Sie war trocken und eng, als er sich gewaltsam in sie hineinzwängte. Die einzige andere Frau, der er beigewohnt hatte, war Wolkentanz gewesen, aber sie war dem Tode schon so nahe gewesen, daß alle ihre Muskeln schlaff gewesen waren. Maisfasers Körper hielt ihn fest, wie mit starker Hand. Er streckte sich über ihr aus und drückte ihr das Messer wieder an die Kehle.

Haß brannte in ihren Augen, und er lächelte. Er konnte warten, er würde jeden Augenblick genießen und sie dann, kurz vor der Ekstase, töten und zusehen, wie das Leben aus ihren Augen sickerte, während der Samen aus seinem Körper floß – so wie er es auch mit Wolkentanz gemacht hatte.

»Beweg dich!« befahl er ihr, heiser flüsternd. »Beweg dich!«

Maisfaser machte einen schwachen Versuch, und er stieß heftig gegen ihre Hüften. »Heilige Götter!« flüsterte er. »Weiter! Beweg dich! Schneller!«

Er spürte das erste Prickeln in der Wurzel seines Schaftes, früher als beim letzten Mal, die Erregung überwältigte ihn, als wäre er ein Falke, der durch Feuer hindurchschießt und brennend emporsteigt. Er preßte das Messer gegen ihre Kehle und blickte ihr direkt in die Augen, in denen das Grauen stand, und fast hätte er bei diesem erregenden Schauer laut aufgelacht. Nur einen Augenblick noch, jetzt gleich würde er diese dünne Hautschicht durchschneiden …

Etwas traf ihn an der Schläfe, so stark, daß er Blitze vor Augen sah und seitwärts von Maisfaser weggeschlagen wurde. Schwalbenschwanz kam mühsam auf die Knie. »*Wer* –«

Er hörte und fühlte gleichzeitig den dumpfen Schlag, mit dem ein Stein auf seinen Hinterkopf traf. Er war wie betäubt, wußte aber, er mußte jetzt auf die Beine kommen und kämpfen. Mühsam stand er auf, torkelnd, und sah in das entsetzte Gesicht von Sängerling, dem die Tränen über das schmale Gesicht liefen; der Junge hielt einen großen runden Stein in beiden Händen. Schwalbenschwanz brüllte wutentbrannt auf und machte einen Satz auf Sängerling zu …

Maisfaser trat die Beine unter ihm weg. Schwalbenschwanz stürzte zu Boden, wälzte sich herum und griff nach Maisfaser, aber Sängerling fiel auf ihn und schrie: »*Du tust ihr nichts! Du tust ihr nie mehr etwas!*«

Schwalbenschwanz hörte den nächsten Schlag mehr, als daß er ihn fühlte. Sein Schädel brach, und Lichter wie von tausend zersplitterten Sternen blitzten in sein Blickfeld. Lichter … die in grauem Dunst vergingen … vergingen …

Von Grauen und Zorn übermannt, nahm Sängerling kaum wahr, daß Schwalbenschwanz auf dem Boden zusammensackte wie ein geprügelter Hund, mit zuckenden Gliedern. Sängerling schlug weiter zu, hob den Stein und ließ ihn hinunterkrachen und brüllte dabei: *»Ich lasse nicht zu, daß du ihr weh tust!«*

Schwalbenschwanz lag schon völlig schlaff da, aber der Stein sauste ohne Unterbrechung nieder. Bei jedem Schlag zuckten die kraftlosen Glieder.

»Sängerling? *Sängerling!*«

Sängerling blinzelte. Undeutlich hörte er Maisfaser, hob aber weiter den blutigen Stein und schlug zu. Er mußte Schwalbenschwanz töten für das, was er Maisfaser angetan hatte! Er –

*»Sängerling!«*

Maisfaser riß ihm den Stein aus den Händen und warf ihn in den Wald, wo er rollend auf einen Baumstamm traf. Sängerling saß jetzt, hielt die Fäuste in halber Höhe, zitternd, und weinte wie ein Kind. Er blickte auf und sah das Blut aus ihrer Kehle sickern.

»Ich – ich mußte ihn aufhalten.« Er warf einen Blick auf Schwalbenschwanz. Nur ein blutiger Brei und Knochensplitter zeigten, wo seine Nase gewesen war. Sein Hemd war noch hochgezogen, um seinen Torso gewunden, so daß sein feuchter Penis wie eine tote Schnecke quer über seinem Oberschenkel lag. »Maisfaser, ich … o ihr Götter …« Er machte die Augen fest zu, um das Bild aus seiner Seele zu löschen. »Ich kann nicht glauben, daß ich –«

Maisfaser umarmte ihn kniend. Sie drückte Sängerling an sich, als wollte sie ihn nie mehr loslassen. »Er hatte vor, mich zu töten, Sängerling«, sagte sie mit bebender Stimme. »Ich konnte es in seinen Augen sehen. Er wollte mich töten.«

»Aber warum? Warum hätte er dich töten wollen? Er hatte keinen Grund! Du hast ihn doch kaum gekannt!«

Maisfaser setzte sich zurück und blickte ihm in die verquollenen Augen. »Ich weiß nicht, warum. Aber er wollte mich tot haben. Die...« Sie schluckte. »Die Vergewaltigung... Ich glaube, das wollte er nicht von Anfang an.«

»Du glaubst, er ist nur hergekommen, um dich zu töten?«

Sie zitterte jetzt mehr als zuvor, als ob ihr nun, da alles vorbei war, die ganze Wahrheit bewußt wurde. Sie ließ ihn los, um sich die Arme zu reiben und biß die Zähne zusammen, um das Zähneklappern zu unterdrücken.

»O Maisfaser.« Sängerling strich ihr übers Haar. »Es ist alles vorbei, Maisfaser. Du bist in Sicherheit. Alles wird gut. Hörst du mich? Ich lasse nicht zu, daß dir jemand etwas tut. Das lasse ich niemals zu.«

»Wenn du jetzt nicht gekommen wärst, dann –«

»Aber ich bin ja gekommen«, sagte er und dachte daran, wie er um ein Haar die Spur von Schwalbenschwanz verfehlt hätte. Der Junge war sehr vorsichtig gewesen, seine Mokassins hatten kaum eine Spur in der Erde hinterlassen. Als Sängerling die schwachen Abdrücke gesehen hatte, war er auf der Stelle umgekehrt und den Pfad zurückgelaufen. Und dann hatte er Maisfasers Stimme gehört... und hatte völlig die Fassung verloren.

»Wie geht es dir, Maisfaser?«

Sie wischte sich die Tränen aus dem Gesicht und verschmierte sich dabei mit dem Blut, das ein grausiges Muster auf ihren Wangen bildete. »Wir wollen uns beeilen«, sagte sie, den Waldrand im Auge. »Ich fühle mich so lange nicht sicher, bis wir draußen im offenen Gelände sind, weg von hier.«

Sängerling nahm sich Bogen und Köcher von Schwalbenschwanz. Er streifte sich den Köcher über die linke Schulter, und dabei warf er noch einmal einen Blick auf den toten Jungen. Sängerling hatte noch nie zuvor ein menschliches Wesen getötet. Er hatte Tiere erlegt, aus Hunger oder wegen der Felle, aber das hier... Fliegen krochen gierig über das zerschlagene Gesicht von Schwalbenschwanz. Es hätte ihm eigentlich übel werden sollen, aber er empfand nur eine Leere in seinem Innern.

Er nahm den Bogen in die rechte Hand, ging zu Maisfaser und legte den Arm um sie. Den ganzen Weg hangabwärts hielt er sie umfaßt.

Nachtsonne zwang sich hinzusehen, sie hörte ihren Herzschlag widerwärtig laut in ihren Ohren. *Sieh hin! Damit du die Geschichte erzählen kannst... Jemand muß die Geschichte erzählen.*

Eisenholz stolperte und fiel auf die Knie. Da raste die Menge. Die Leute stürmten vorwärts, verhöhnten ihn und warfen Steine auf ihn. Vergeblich hob er die Arme, um sich zu schützen; die Steine trafen sein blutiges Fleisch. Ein leises Ächzen kam aus seinem Mund; wie betäubt tastete er umher. Dann schloß sich seine Hand um einen Stein, den er schnell auf seine Folterknechte zurückwarf.

Ein flinker Krieger duckte sich, aber der Stein traf eine alte Frau dumpf auf die Brust, und unter Schmerzensschreien fiel sie nach hinten um.

Einige Mogollon brüllten auf, zweifellos Verwandte der Alten. Andere johlten Beifall für einen Krieger, der sich immer noch wehrte.

Nachtsonne bekam keine Luft mehr. Vater Sonne stieg zum Mittagspunkt auf und überstrahlte die Plaza mit grellem weißem Licht. *Wie lange dauert das schon? Zwei Zeithände. Oder mehr? Ihr heiligen Ahnen, laßt das zu Ende gehen.*

»Zieht ihn hoch!« brüllte Eichelhäher und winkte den Wachen. In den Augen des alten Häuptlings war ein schauerliches Glitzern der Lust. Er lächelte. »Heuler! Bringt ihn auf die Beine! Und gebt acht auf die Steine, die er wirft.« Eichelhäher packte seine eigene Lanze, bereit, ihm zur rechten Zeit den Todesstoß zu geben.

Heuler und ein anderer Krieger lösten sich aus der Reihe und hoben Eisenholz auf. Auf wackligen Beinen nahm er sich zusammen und hob müde das graue Haupt, um seine Henker anzusehen.

Nachtsonne blickte in das zerquälte Gesicht, und die ganze Welt um sie herum starb. Wie aus weiter Ferne nahm sie das schrille Gelächter wahr, das kriegerische Geschrei, die scharfen Ausdünstungen schwitzender Körper, den Geruch von Eisenholz' Blut...

Die Kehle war ihr zugeschnürt. Ein Auge war durch einen Lanzenstoß, der fast tödlich war, zugeschwollen, aber sein Körper sah noch schlimmer aus. Jedesmal, wenn er einen Stoß nach unten abgewehrt hatte, war die Lanzenspitze in seine Brust, in den Magen oder die Beine eingedrungen. Blut floß aus Dutzenden von Einstichen und klaffenden Wunden.

Düne ergriff den Arm von Nachtsonne mit schwacher Hand, als müsse er sich irgendwo festhalten. Es machte ihm Mühe zu sprechen. »Wie hält er das aus? Wie nur?«

Sie hob den Kopf und reckte sich auf. »Er zeigt ihnen, wie ein Krieger des Rechten Weges zu sterben weiß. *Laß das niemals in Vergessenheit geraten!*«

»Solange ich lebe, wird diese Geschichte lebendig bleiben.«

Die Wachen wirbelten Eisenholz herum und stießen ihn abermals durch das Spalier. Die Feuerhunde schrien vor Vergnügen, sie hüpften umher und tanzten und drängten nach vorn, um besser sehen zu können.

Heulers Lanze blitzte auf, und Eisenholz stieß einen kleinen Schmerzensschrei aus. Er taumelte, beide Hände über seinem linken Auge. Eine andere Lanze schoß durch die Luft und traf ihn in die rechte Wange; die Beine gaben unter ihm nach, er brach zusammen. Doch diesmal versuchte er nicht mehr, auf die Beine zu kommen. Er lag schwer atmend auf der Seite im Staub.

Tränen brannten in Nachtsonnes Augen. Sie fühlte jeden seiner Herzschläge, jeden Atemzug. Erinnerungen huschten vorbei: wie sie zusammen lachten... einander liebten... der

Schmerz in seinen Augen in all diesen Sommern. Es war ihr, als wäre ihre Brust wie mit Lederriemen zugeschnürt. Ihre Lungen hungerten nach Luft, gleichgültig, wieviel Luft sie einsog. Panischer Schrecken hatte sie ergriffen. Würde diese Qual nie enden?

Nachtsonne blickte auf die beiden Wachen. Ein Mann stand links von ihr, ein anderer rechts von Düne.

Nachtsonne schritt vorwärts, die Sandalen sanken im Sand der Plaza ein. Die Wachen brüllten in der Feuerhund-Sprache auf sie ein, aber sie hielt nicht an. Sie ging auf Eichelhäher zu.

»*Mach ein Ende!*« schrie sie. »Eisenholz hat sich als Mann gezeigt. Es ist Zeit, daß du dich wie ein *Häuptling* benimmst, Eichelhäher! Töte uns jetzt!«

Ein Posten rannte ihr nach, packte sie am Arm und riß sie so heftig zurück, daß sie fast den Halt verloren hätte. Ohne nachzudenken, schlug ihm Nachtsonne mit dem Handrücken ins Gesicht, so daß sein Kopf zurückschnellte. Die Menge brüllte auf, teils fluchend, teils lachend.

Der gedemütigte Posten zog den Dolch aus dem Gürtel und kam auf sie zu ...

»*Halt! Halt!*« übertönte ein Angstschrei das Getöse. »*Großvater,* sag ihm, er soll *aufhören!*«

Sängerling drängte sich durch die Menge und rannte mit wehenden Haaren zu Nachtsonne. Maisfaser war hinter ihm und wollte ihm folgen ... dann sah sie Eisenholz. Sie stieß einen Schrei aus und eilte an die Seite ihres Vaters.

Der Posten schaute zwischen den jungen Leuten von einem zum andern, zögernd, den Dolch noch in erhobener Hand über Nachtsonne, die ihn wütend anblickte.

Eichelhäher warf eine Hand in die Höhe und schrie etwas auf Mogollon, worauf der Posten grollend den Dolch sinken ließ und sie verwünschte.

Sängerling blieb vor Nachtsonne stehen. »Alles in Ordnung?«

»Ja, vielen Dank.« Nachtsonne eilte an ihm vorbei, in der Hoffnung, Eisenholz noch ein letztes Mal sehen zu können.

Sängerling holte sie ein und begleitete sie über die Plaza. Als sie näher kamen, schubsten sich die Dörfler gegenseitig aus dem Weg und beobachteten sie aus weit aufgerissenen Augen. Manche flüsterten miteinander hinter vorgehaltener Hand.

Maisfaser hatte sich über Eisenholz geworfen. Er lag reglos da. Das Blut rauschte in den Ohren von Nachtsonne. Sie kniete neben Maisfaser und schaute zu Sängerling auf. »Sprich bitte mit deinem Großvater. Vielleicht kannst du ihn überzeugen –«

»Das mache ich!« Er rannte los und bahnte sich einen Weg durch die Menge.

Nachtsonne sah sich die Wunden an, aus denen das Leben von Eisenholz heraussickerte, und flüsterte: »Halt aus!« Sie ergriff seine blutige Hand. »Neue Hoffnung ist ins Lager gekommen.«

Sein linkes Auge war ein Loch voll mit geronnenem Blut. Er schaute mit dem rechten Auge zu ihr hoch, und ein Lächeln huschte über sein Gesicht. »Zu spät … glaube ich.«

Maisfaser schlang ihre Arme um seine blutbedeckte Brust und weinte. »Stirb nicht. Bitte stirb nicht, Vater.«

Eisenholz lächelte schwach und mühte sich, Maisfaser anzusehen. Die Anstrengung nahm ihm allerdings die letzte Kraft. Mit verzerrtem Gesicht sank er langsam zu Boden. Er atmete noch ein letztes Mal tief aus, und sein Kopf rollte auf die Seite. Das Auge schloß sich.

*»Nein!«* klagte Maisfaser.

Ungestüm tastete Nachtsonne nach der Schlagader am Hals … und spürte einen Puls. Er war schwach … aber er war da. »Er schläft … oder ist bewußtlos. Aber er lebt.«

Sie drehte sich um, als ein Geschrei laut wurde und die Leute zurückwichen, um Eichelhäher den Weg freizugeben. Der Häuptling schritt mit flammenden Augen hindurch, und Sängerling folgte ihm auf dem Fuße.

Als Eichelhäher seinen Speer über Eisenholz hob, sprang Sängerling dazwischen und schlug ihn zur Seite. »Ich muß unbedingt mit dir sprechen!«

»Geh weg! Hier ist eine alte Schuld zu begleichen, und ich habe viel zu lange damit gewartet, um –«

»Nur einen Augenblick! Das ist alles, was ich will.«

»Was willst du mir sagen? Um sein Leben bitten?« schrie Eichelhäher. Sein Gesicht war rot angelaufen. »Ich hab dir schon vor Tagen gesagt, daß ich Eisenholz *nicht* freilassen werde. Auf keinen Fall. Wie kannst du es wagen, herzukommen und zu fordern, daß ich meine Meinung ändere? Hörst du nicht die Seelen deiner ermordeten Ahnen, die nach seinem Blut verlangen?«

»Großvater, *bitte.*« Sängerling breitete die Arme aus, in einer Geste der Demut und der Hilflosigkeit, und Tränen rannen ihm übers Gesicht. »Ich muß mit dir sprechen. Hör mich bitte an. Ich habe eine Nachricht für dich.«

»Nachricht? Von wem?«

Sängerling nahm all seinen Mut zusammen. Er sagte: »Von den Göttern.«

Eichelhähers wutverzerrtes Gesicht erstarrte: »Was meinst du damit?«

»Ich hatte eine Vision, Großvater. Die Göttin, die mit mir sprach, hat mir eine Nachricht für *dich* mitgegeben.«

Eichelhäher schob ihn beiseite. »Das ist ein Trick. Du sagst das nur, um mich zu hindern, Eisenholz zu töten, aber ich habe schon –«

»Ich *schwöre* dir, daß das kein Trick ist, und die Götter sind meine Zeugen, Großvater. Ich sage die Wahrheit. Wenn du mich nur kurz erklären läßt –«

»Nein!«

Eichelhäher hob die Lanze abermals, und da sprang Sängerling hinzu und rammte seinen Großvater so heftig, daß Eichelhäher zur Seite taumelte. Wutentbrannt wirbelte Eichelhäher herum und hob die Faust, um Sängerling zu schlagen.

In diesem Augenblick schien die Welt stillzustehen.

Die Menge war totenstill. Eichelhähers wütendes Gesicht wurde zu Stein.

Als hätte sein ganzes Leben Sängerling zu diesem Punkt geführt, schrie er: »Du weigerst dich, die Worte der Götter zu hören? Was bist du für ein Führer? Mein Leben lang habe ich Geschichten vom großen Eichelhäher gehört, und jetzt sehe ich einen Mann, der sich über die Götter erhebt.«

»Wenn die Götter mir eine Nachricht geben wollten, warum sagen sie mir das nicht selbst? Warum schicken sie mir einen schmächtigen Jungen –«

»*Ich bin ein Sänger, Großvater!* Und vor all diesen Leuten sage ich dir: Du wirst mir zuhören!« Er drehte sich zu den glotzenden Mogollon um und hob die Hände. »Ich bringe Nachricht von den Göttern! Sie sind erzürnt über diesen Wahnsinn!«

Heuler und einige der früheren Sklaven übersetzten die Worte, die sich in der Menge wie eine zischende Schlange verbreiteten. Einige Mogollon bespuckten Sängerling, andere blickten ihn furchtsam an.

Eichelhäher packte Sängerlings Arm und schwenkte ihn herum, um ihm grimmig ins Gesicht zu sehen. »Mit dir befasse ich mich nachher, Junge. Aber jetzt ...« Er verstummte plötzlich, und seine Blicke wanderten zwischen der Menge und dem Himmel hin und her. »Hörst du das?«

»Was?« Sängerling lauschte mit schräggelegtem Kopf. Da war ein fernes Grollen, wie ein heftiges Gewitter über der Wüste ... nur wurde es immer lauter, die Luft trug den Schall immer näher.

»Mach Eisenholz tot«, rief Heuler. »Wir wollen das hinter uns bringen!«

Aber Eichelhäher rührte sich nicht. Er stand da und lauschte. Schließlich flüsterte er: »O heilige Götter«, warf die Lanze zu Boden und griff nach Sängerlings Armen.

Zuerst verstand Sängerling nicht, was vorging. Dann brüllte der Donner wie ein zusammenbrechendes Gebirge, das auf sie herunterkrachte. Eine der Wachen schrie auf und warf sich auf die bebende Erde, die Arme schützend über dem Kopf.

Ein seltsames Schwindelgefühl überkam Sängerling. Er kämpfte um sein Gleichgewicht, er stolperte über die eigenen Beine und griff nach Eichelhäher, um sich festzuhalten.

Eichelhäher brüllte: »Warum sind die Götter erzürnt über *mich*? Sie sollten ihre Wut gegen die Hunde des Rechten Wegs richten, wegen all den Dingen, die sie verbrochen haben! Doch nicht gegen mich!«

Aufgeregte Rufe und schrille Schreie erhoben sich, als Staub wie aus eigener Kraft aus der Erde hochstieg und tanzend herumwirbelte. Verängstigte Hunde jaulten auf und schossen zwischen den Häusern hin und her.

Das Beben wurde heftiger, und Eichelhäher verlor seinen Halt an Sängerling, wankte zur Seite und kippte zu Boden. Sängerling fiel rückwärts und hielt sich verzweifelt an Grashalmen fest, als ob die ihn retten könnten. Im Himmel über ihnen sprangen die Wolkenleute hin und her wie Lederbälle, die gegen Felswände geworfen werden.

Dachbalken im Dorf barsten. Erde fiel in Kaskaden herab, und eine Staubwand wehte über die Plaza. Die Menschen krochen über die erschauernde Erde, um zu ihren zusammenbrechenden Häusern und ihren jammernden Kindern zu kommen.

Der Donner nahm zu, wuchs an zu einem betäubenden Brausen und Dröhnen, das den stampfenden Schritten von Riesen glich. Sängerling schloß die Augen und betete ...

Ganz plötzlich dämpfte sich das Getöse zu einem Grollen; die Erde kam zur Ruhe.

Das Dorf blieb stumm, war wie vom Donner gerührt. Dann brüllte jemand auf, und die Leute rannten über die Plaza, auf die Zimmerzeile zu, die zusammengebrochen war. Ein neuer Tumult entstand, da die Menschen sich mit den Händen durch die Trümmer gruben, schreiend und nach ihren Angehörigen rufend.

Sängerling setzte sich auf. Zehn Handbreit entfernt stützte sich Eichelhäher auf die Ellbogen. Sie starrten sich gegenseitig an. Sein Großvater sah aus wie ein Mann, der gerade den Schöpfer gesehen hatte, den Kolibri, der aus den Himmeln herabstieß und sich vor ihm niederließ.

»Wir wollen irgendwohin gehen und miteinander reden, junger Sänger«, sagte Eichelhäher schwer atmend. »Ich will deine Botschaft hören.«

# 52. Kapitel

Eichelhäher saß mit Sängerling auf einer grasbewachsenen Anhöhe, von der aus man den Fluß überschaute, der sich am Fuße des Dorfs der Gila-Monster-Klippen durchs Land wand. Die neuen Blätter an den Bäumen mischten dem dunkleren Grün der Wacholder-Gruppen einen hellen Frühlingston bei. Aufgeblähte Wolkenbäuschchen segelten durch das blaue Himmelsgewölbe, aber in der Luft war ein merkwürdig fremdartiger Geruch, mit einer galligen, metallischen Note.

»Du hast also Schwalbenschwanz getötet?«

Sängerling schaute auf das Blut an seinen Händen, das sich, nun geronnen, in unregelmäßigen Flocken von seiner Haut löste. »Ja, Großvater.«

Eichelhäher dachte über die Geschichte der Hüterin und der Türkis-Höhle nach und über Sängerlings schreckliche Entdeckung, wie Schwalbenschwanz Maisfaser vergewaltigte. Blutklümpchen hatten seinem Enkel das schwarze Haar an die Wangen geklebt. Eichelhäher beugte sich vor und stützte seine Unterarme auf die Knie. Eine Aura von Gemütsruhe und wachsender innerer Macht umgab den Jungen wie ein Schleier.

»Ich habe mein Leben im Austausch für das von Eisenholz zum Opfer bringen wollen«, sagte Sängerling.

»Du hättest dein Leben hingegeben, um ihn zu retten?«

»Das war mein innigster Wunsch.«

»Und was hat die Hüterin des Schildkröten-Bündels dazu gesagt?«

Sängerling drehte sein tiefgebräuntes Gesicht zu dem Sonnengesprenkel im Gezweig. Die Lichtflecken glitzerten auf seinem Haar und wurden von seinen sanften braunen Augen zurückgeworfen. »Sie wußte, daß du ihn töten wolltest, und sie –«

»Sie *wußte das?*«

»Ja, ich weiß nicht, woher.«

Eichelhäher spürte einen scharfen schmerzhaften Stich unterhalb seiner linken Brust, und er hob eine Hand, um über die Stelle zu reiben. »Das ist auch nicht wichtig. Heilige Menschen wissen solche Dinge oft, manchmal bevor wir sie selber wissen. Ich war nur überrascht. Sprich weiter.«

Um Sängerlings Augen herum zeigten sich scharfe Sorgenfalten. »Die Hüterin fragte mich, warum ich mein Leben für einen Mann aufgeben wolle, den ich kaum kenne. Ich sagte ihr, ich könne es nicht mehr ertragen, daß immer mehr Freunde von mir sterben und daß alles mein Fehler sei. Wäre ich nicht geboren worden, hätte Nordlicht mich sterben lassen, dann wäre all das nicht geschehen.«

Eichelhäher ließ die Hand in den Schoß sinken und verschränkte die Finger fest ineinander. Er wußte nicht, was er sagen sollte. Sein Enkel liebte diese Leute vom Rechten Weg offenbar sehr.

Sängerling schüttelte den Kopf und fuhr fort: »Sie fragte mich, ob ich wüßte, was es bedeutet, das Herz einer Wolke zu haben.«

»… Das Herz einer Wolke?«

»Ja. Mein lieber Freund Schwarzer Tafelberg hat mal zu mir gesagt: ›Du mußt das Herz einer Wolke haben, um auf dem Wind zu gehen.‹ Ich habe das damals nicht verstanden.«

»Und heute verstehst du es?«

Sängerling runzelte die Stirn. »Ich verstehe es ein bißchen. Ich sagte der Hüterin, ich glaubte, das Herz einer Wolke, das seien Tränen, und ›auf dem Wind zu gehen‹ bedeute wohl, daß man aus großer Höhe hinabsehen könne und deshalb alles deutlicher erkenne.« Er drehte sich zu Eichelhäher um; seine Augen waren feucht. »Ich glaube, sie wollte mich lehren: Wenn ich innerhalb der Tränen anderer lebe, dann kann ich das Leben besser verstehen.«

Eichelhäher setzte sich zurück. Es kam selten vor, daß einer in Sängerlings Alter das Wesen geteilten Leides verstand. Wie viele alte Männer, Männer in ihrem siebzigsten Sommer, mußten diese Wahrheit erst noch lernen. »Was hat sie gesagt?«

»Sie sagte: ›Erzähl deinem Großvater, was du hier getan hast, was du hier gesehen hast. Er wird es verstehen.‹« Sängerling blickte Eichelhäher zweifelnd an, als fragte er sich, ob das stimmte.

Eichelhäher strich über das Gras auf seiner Seite. Die neuen Halme fühlten sich weich und sanft an. »Hat sie sonst noch etwas gesagt?«

Sängerling nickte. »Ja. Sie hat gesagt, wenn ich mit dir spräche, würde ich eines Tages ein großer Sänger sein, und daß ich mein Leben zu einem Opfer machen sollte; das würde viel mehr Menschen retten als mein Tod.«

Über seinem Herzen spürte Eichelhäher einen seltsamen hämmernden Schmerz. Diese weise Frau aus den Bergen hatte in diesen Worten eine Nachricht für ihn versteckt, für ihn ganz allein. *Sie sagt mir warnend voraus, daß mein Enkel ein sehr heiliger Mann sein wird – das heißt, wenn ich nicht seine Seele töte, indem ich seinen Freund töte.*

Aber Eisenholz einfach gehen zu lassen! Die toten Augen seiner Frau starrten ihn aus der Tiefe seiner Seele an. Wie konnte er ihren Mörder freilassen? Oder den Verlust und die Schändung seiner Tochter einfach übergehen? Könnte er das – das schreckliche Leiden und den Kummer vergessen?

Eichelhäher schüttelte den Kopf. »Ich kann ihn nicht gehen lassen, Sängerling.«

»Er befolgte den Befehl seiner Gesegneten Sonne, Großvater, so wie dein Kriegshäuptling deine Befehle befolgt. Du bestrafst das Werkzeug, weil es sich benutzen ließ.«

»Aber sein Tod wird Angst und Schrecken in die Herzen unserer Feinde jagen, Enkel. Ich muß –«

»Aber sie haben ohnehin schon Angst, Großvater.« Sängerling rümpfte die Nase über den seltsamen Geruch, den die westliche Brise herantrug. »Die Götter verstehen Gerechtigkeit auf ihre Weise. Ich ...« Er runzelte die Stirn. »Das Volk des Rechten Wegs sieht von außen kraftvoll und mächtig aus. Doch es ist wie in einem alten Baum – innen morsch und schon sterbend; sie haben nicht mehr viel Zeit.«

»Woher weißt du das, Sängerling? Haben die Götter dir das verraten?«

Sängerling kreuzte die Arme fest über der Brust. »Nein... Ich weiß einfach, daß es so ist.«

Eichelhähers Brauen zogen sich angesichts der glühenden Augen Sängerlings zusammen. Eine ganze Weile starrte er in diese Augen, sah die Verheißung der Zukunft, das Leid der Vergangenheit. Gerechtigkeit -- das war so eine heikle Sache, und das Abwägen war so schwierig. Wie konnte er das glauben? Sängerling war noch kaum ein Mann. Konnte Eichelhäher seiner Vision trauen?

Eichelhäher schloß die Augen. »Manchmal«, flüsterte er, »muß ein Mann bereit sein, auf die Genugtuung der Rache zu verzichten und Vertrauen in seine Familie zu setzen.«

Sängerling richtete sich auf. »Was heißt das?«

Wie eine gereizte Schlange wütete der Haß im Innersten von Eichelhäher. »Es heißt, daß ich...« Er brachte die Worte kaum heraus, »daß ich Eisenholz freilassen werde.«

Sängerling umarmte Eichelhäher so heftig, daß diesem die Luft wegblieb. Ein warmes Gefühl durchlief ihn – die gleiche freudige Erregung hatte er immer empfunden, wenn Rehkitz ihn umarmt hatte. Eichelhäher lächelte etwas abwehrend und schlug seinem Enkel auf den Rücken.

»Aber *du* mußt es ihm sagen«, sagte Eichehäher. »Denn wenn ich ihn wieder sehe, werde ich ihn mit Gewißheit töten.«

»Ich sage es ihm.«

Eichelhäher setzte sich zurück. »Dann geh! Tu's jetzt, bevor ich es mir noch anders überlege. Wir sprechen später weiter.«

Sängerling sprang auf und rannte, so schnell er konnte, zum Pfad, der zur Zelle führte.

Eichelhäher mühte sich mit aller Kraft, den Aufruhr in seinem Innern zu besänftigen. In all den Jahren des Brütens, der unterdrückten Wut, hatte ihn der Gedanke der Rache getrieben, so wie der Wind eine Feder trägt. Doch jetzt war seine Seele am Boden, die Arme des Windes hatten sie fallen lassen.

*Ist das der Preis für all den Schmerz?* Er war im Alter sentimental geworden. Aber vielleicht würde alles gut ausgehen.

Sängerling würde seine Vision vor der gesamten Gemeinde wiederholen müssen, denn jeder würde sie hören wollen. *Das ist vielleicht das einzige, was mich vor dem Zorn meines Volks retten kann.*

Obwohl es nicht darauf ankam. Er hatte ihren Zorn schon früher ertragen, und diese eine Handlung hatte ihm einen Enkel geschenkt, den er sonst verloren hätte. Die Wärme von Sängerlings Umarmung bewegte sein Herz.

Mit zusammengekniffenen Augen sah er dem Jüngling nach. Das Sonnenlicht, das durch die Wolken brach, warf einen goldenen Schleier über Sängerling, als dieser zum Dorf hinauf kletterte.

»Hüterin, ich bete darum, daß ich das Richtige tue. Wenn ich nicht…«

Die Erde bebte abermals, nur ein Zucken, das Eichelhäher überraschte. Dann aber, weit im Westen, erwachte die Regenbogen-Schlange leuchtend zum Leben, erhob sich majestätisch über die Gipfel hinter dem Dorf der Gila-Monster-Klippen und wölbte sich über den ganzen Himmel wie eine vielfarbige Brücke aus Licht.

Die Donnerwolken, die sich auftürmten, schienen sich vor ihr zu teilen und zogen sich an die Ränder ihrer Herrlichkeit zurück.

Voller Ehrfurcht flüsterte Eichelhäher: *»Diesmal… höre ich dich.«*

In einem Schauer grauer Asche stand Kriecher neben Spannerraupe und sah zu, wie ein Strom von Menschen sich über die Wälle ergoß, die Leitern hinab, um Krallenstadt zu verlassen. Mit schwankenden Bündeln auf dem Rücken kletterten sie zum Bach in der Senke hinab, um ihre Krüge ein letztes Mal mit grauem Wasser zu füllen. Leise Unterhaltungen über ihr Verhängnis unterbrachen die Stille.

Kriecher schlang die Arme um sich. Die Asche fiel auf den Canyon wie eine stickige Decke und färbte die weißen Mauern der Stadt grau. Fast vier Hände hoch lag die Asche auf der Plaza. Ein verwirrendes Muster von Pfaden durchschnitt die Wehen, die der Wind aufgeschichtet hatte. Kriecher drehte sich um und spähte nach Norden. Er konnte den hoch aufragenden Sandsteinwall hinter Krallenstadt kaum sehen. Flecken goldenen Felsgesteins erschienen und verschwanden in dem dicken Schleier wirbelnder Asche. Händler waren durchgekommen und hatten schreckenerregende Geschichten erzählt. Das schlimme Erdbeben, sagten sie, habe man in allen Richtungen noch zehn Tagesmärsche weiter gespürt.

Spannerraupe seufzte tief auf. Er trug einen roten Umhang mit hochgeschlagener Kapuze, um sein Gesicht zu schützen, aber die Asche bedeckte sein Haar und klebte an seinen Wimpern. Er sagte durch zusammengebissene Zähne: »Ein Hohokam-Händler kam heute morgen vorbei. Er erzählte, flammende Flüsse würden aus den Thlatsina-Bergen strömen und alles auf ihrem Lauf verbrennen. Er sagte, Waldbrände fräßen die ganze Welt auf. Sein Volk ist auch in Todesangst.«

Kriecher schaute zum Himmel auf, der in einem unheimlich gelblichen Purpur glühte, als hätten die Götter in ihrem Zorn die Himmelswelten zerschlagen und geschunden. Bei jedem Atemzug stach ihm der Rauch in die Nase.

»Was haben wir erwartet?« fragte er leise. »Zuerst wird die Ehrwürdige Mutter entehrt, dann wird Krallenstadt überfallen, und sie, der Heilige Heimatlose und der Sonnenseher werden gefangengenommen. Danach wird die Gesegnete Sonne ermordet und als Hexenmeister begraben –«

»Die Götter müssen uns hassen.«

Kriecher legte Spannerraupe liebevoll eine Hand auf die Schulter. Er würde ihm nichts von dem Geflüster erzählen, das er spät nachts gehört hatte, Worte, die sein Herz hatten qualvoll erzittern lassen: *»Nun sieh dir an, was mit uns geschehen ist! Die neue Gesegnete Sonne ist ein halber Feuerhund, und die neue Ehrwürdige Mutter ist eine schwachsinnige alte Frau. Wir* *sind dem Untergang geweiht. Wir wollen gehen, bevor es zu spät ist!*

Spannerraupe zog sich die Kapuze fester übers Gesicht und schaute düster auf die letzte Gruppe, die über die Leiter hinabkletterte. Die bunten Umhänge der Leute, rote, gelbe und einer von fahlem Purpur, stachen vom aschgrauen Boden ab. Sie machten sich auf zu den umliegenden Dörfern und zu Verwandten, die sie aufnehmen würden, eine Familie nach der andern. »Wenn das so weitergeht, Kriecher, herrsche ich über die Stille. Krallenstadt wird eine verlassene Stadt sein.«

»Wir können sie nicht aufhalten. Es sind freie Menschen.«

»Dieser Händler«, murmelte Spannerraupe, »er hat mir erzählt, bevor die Feuerströme aus der Erde brachen, seien die Ahnen in den Unterwelten so wütend gewesen, daß die bebende Erde weit aufgebrochen sei und Flüsse und Dörfer verschlungen habe, und ein Berg sei in die Luft geflogen, der ganze Gipfel weggebrochen, Kriecher. Riesige geschmolzene Felsbrocken flogen durch die Luft wie Vögel. Er sagte –«

*»Heilige Ahnen!«* stieß Kriecher hervor. *»Das hat Nordlicht vorausgesagt, daß die Götter feurige Felsbrocken herabschleudern würden, um die Fünfte Welt auseinanderzubrechen.«*

Spannerraupe wandte sich Kriecher zu, und seine verängstigte Seele zeigte sich in seinen Augen. »Glaubst du … Ist das wirklich das Ende unserer Welt, Kriecher?«

Kriecher schaute auf den Menschenstrom hinab, der im grauen Dunst verschwand. Irgendwo weit draußen schluchzte ein Kind.

»Wer kann das sagen, Spannerraupe?« entgegnete er sanft. »Nur die Götter und die sehr großen Träumer wissen das.«

## 53. Kapitel

### Sonnenkreis der Libelle
### Mond der kleinen Wanderdrosseln

Eisenholz ging über den gewundenen Wildpfad voran; er hatte Nachtsonne an die Hand genommen, als sie an einem jähen Abgrund entlang marschierten. Zu seiner Rechten fiel die Felswand steil ab in einen hundert Hände tiefer gelegenen Haufen verwitterter und geborstener Felsbrocken. Großartige Bergspitzen stachen durch den Dunst, der sie umgab. In den tiefsten Spalten hielt sich noch Schnee, doch spielte ein warmer Wind mit dem Saum seines Hirschlederhemds. Er liebte diese Bergwiesen. Die Wildpflanzen verwandelten die Hänge in ein Mosaik aus Blau, Gelb und Weiß. Donnerwolken drängten sich am blauen Himmel. Der Regen, der mit Unterbrechungen dauernd gefallen war, hatte die Asche gebunden, die immer noch in Wolken nach Südwesten trieb.

In den vergangenen zwei Monaten waren seine Wunden zum größten Teil verheilt, doch beim Gehen hatte er immer noch Schmerzen. Die leere linke Augenhöhle tat ihm die ganze Zeit weh, aber der Eiter, der stetig ausgeflossen war, hatte sich zu einer gelben Kruste verdickt. Er rückte sich die Binde, die er darüber trug, zurecht und blickte auf seine Arme hinab, auf das verschlungene Netzwerk weißlicher Narben. Rosige Wülste liefen ihm kreuz und quer übers Gesicht, aber um seine Brust, seine Beine und seinen Rücken war es schlimmer bestellt.

Auf dem Hügelkamm blieb er stehen und schaute auf den Pfad hinab. Maisfaser, Sängerling und Düne wanderten in kurzem Abstand hinter ihnen. Düne hatte einen Wanderstab aufgehoben und benutzte ihn teils als Stütze, teils als Hilfsmittel zum Gestikulieren. Er stach damit auf Sängerling ein. Die beiden hatten sich seit Tagen über diesen Marsch und sein Ziel gestritten. Sängerling beharrte darauf, er müsse herausfinden, ob die Hüterin des Schildkrötenbündels wirklich sei oder nicht. Darauf entgegnete Düne: »Wirklich wo? In dieser Welt oder in einer anderen?«

Eisenholz lächelte.

Nachtsonne folgte seinem Blick. »Streiten sie immer noch?«

Mit Blicken liebkoste Eisenholz das ergrauende schwarze Haar, das ihr schönes Gesicht umwehte. Sängerling hatte seine Großmutter dazu überredet, ihnen neue Kleidung zu beschaffen, und Nachtsonne trug ein rotes Kleid mit schwarzen Blitzspiralen um den ganzen Saum herum. Sie sah hinreißend aus. Sie hatten das Dorf der Gila-Monster-Klippen verlassen, als Eisenholz wieder gehen konnte. Aber sie waren noch nicht weit gekommen – gerade bis in die Berge. Sie hatten einen ganzen Mond in einem lieblichen kleinen Canyon inmitten von hohen Kiefern und Eichen zugebracht, in dem Brombeer- und Johannisbeerbüsche wuchsen.

Danach hatten sie sich ganz langsam nach Norden begeben, durch die aschenbedeckten Savannen. Für schnelle Märsche fehlte ihnen die Kraft, außerdem mußten sie auf allen Pfaden vor marodierenden Kriegern und Flüchtlingen auf der Hut sein. Sie kamen gemächlich voran, hielten oft, um Düne rasten zu lassen oder um zu jagen und zu fischen, denn sie wären in keinem einzigen Dorf willkommen gewesen. Da sie auch nicht wußten, wohin sie gingen, spielte es keine Rolle, wann sie ankamen. Da oben, in den fernen nördlichen Bergen würden sie eine Heimat finden.

Eisenholz grinste. »Sängerling behauptet, das hier sei der Weg, und Düne sagt, er habe wohl den Verstand verloren. Kein Mensch, der seine Sinne beisammen hätte, würde in so einem kalten Land leben.«

Nachtsonne lachte, und dieses Lachen schmolz Eisenholz' Herz. Es war lange her, daß er sie so herzlich und fröhlich hatte lachen hören.

Düne drohte Sängerling mit dem Wanderstab, und der Junge sprang mit einem kleinen Schrei zur Seite. Maisfaser lächelte über ihre Possen. Über ihre tief gebräunte Wange lief eine entstellende weiße Narbe.

*Wir haben alle Narben. Maisfasers und meine sind nur leicht zu sehen.*

»Ich muß zugeben«, erklärte Nachtsonne mit einem Seufzer, »ich liebe diese kühlen Berge. Die Kiefern, die Bäche, das Wild, das es im Überfluß gibt. Ich würde hier sehr glücklich sein, Eisenholz.«

Eisenholz packte ihre Hand ganz fest. »Wo immer du bleiben willst, sag mir Bescheid. Dann fange ich an, Steine für ein Haus zu behauen.«

Sie legte ihren Arm um seine Hüften und zog ihn fest an sich. »Glaubst du den Gerüchten? Daß die Mogollon sich mit den Turmbauern vereinigt haben, um den Canyon des Rechten Wegs anzugreifen?«

»Der Händler, der uns das erzählt hat, sagte, er habe nur gehört, daß sie den Canyon überfallen wollen – nicht, daß sie ihn schon überfallen haben. Spannerraupe hat ganz bestimmt dieselben Gerüchte gehört. Er wird sich schon vorsehen.« Eisenholz strich ihr zärtlich das lose Haar hinters Ohr. »Fehlt dir dein Zuhause so sehr?«

Nachtsonne wandte sich ab und ließ ihren Blick über die Kiefern und die knarrenden Espen gleiten. »Man kann die Verantwortung eines ganzen Lebens nicht vergessen. In gewisser Weise werde ich immer die Ehrwürdige Mutter von Krallenstadt sein. Daß ich mir über sie Sorgen mache, heißt noch nicht, daß ich dorthin zurückkehren möchte, mein Gemahl. Das will ich nicht. Es tut mir nur leid, daß ich unseren Platz noch nicht gefunden habe.«

»Wir finden ihn. Ich will weiter nach Norden gehen, weit weg vom Land des Rechten Wegs.«

Nachtsonne legte ihren Kopf an seine Brust und umfaßte ihn noch fester. »Ich auch.«

Düne, Sängerling und Maisfaser kamen nun näher, und Eisenholz hörte Düne sagen: »Du suchst nicht nach den Göttern, Junge, die Götter suchen nach dir. Und wenn sie dich gefunden haben, dann wünschst du dir meistens, sie hätten dich nicht gefunden.«

Sängerling schüttelte den Kopf. Er trug ein blaues Hemd und hatte sein Haar mit einer Schnur zurückgebunden. Das unterstrich die schmale Form seines Gesichts und die Größe seiner dunklen Augen. »Sie war sicher keine Göttin, Düne. Ich glaube, sie war eine Frau. Ein Menschenwesen.«

»Menschenwesen leben nicht in Türkis-Höhlen, du Schwachkopf. Das tun nur Götter.«

Eisenholz schaute nach Süden. In der Ferne, jenseits der gezackten Bergspitzen lagen die Türkis-Minen des Volkes vom Rechten Weg. Gab es tatsächlich so eine Höhle? Seit Sängerling die Geschichte von der Hüterin erzählt hatte, hatte Eisenholz sich vorzustellen versucht, wo die Höhle sein mochte. Lange Türkis-Adern waren selten und sehr wertvoll. Selbst wenn sie die Höhle fänden, wäre sie wahrscheinlich stark bewacht. Andererseits verfügte die Hüterin vermutlich über genügend geistige Macht, um die Höhle vor forschenden Blicken verborgen zu halten.

»Sie sah ganz wirklich aus, Düne«, sagte Sängerling mit Nachdruck, »das schwöre ich.«

»Na schön«, sagte Maisfaser. »Wir werden es erst wissen, wenn wir weiter danach suchen.«

Eisenholz seufzte tief auf. »Sängerling, glaubst du immer noch, es müßte einer dieser Gipfel sein?«

Der junge Mann hob eine Hand über die Augen, um sie vor der blendenden Sonne zu schützen und betrachtete die zersplitterten Granitzinnen. »Ohne Schnee sehen sie ganz anders aus; jetzt sind die Wiesen grün, die Espen haben alle neue Blätter, aber ich bin so gut wie sicher.«

»Also gut«, sagte Eisenholz und ergriff wieder Nachtsonnes Hand. »Ich gehe voran.«

Sie stiegen den Wildpfad hinauf, durch einen wispernden Espenhain, und stießen auf eine neue Bergwiese, die an einem Hang lag. Ein Kranz von Berberitzen umstand die hohen Gräser.

Als es anfing zu regnen, hörte der muskelbepackte Mann auf, Brennholz zu stapeln, um Atem zu holen. Und da erblickte er fünf Menschen, die den Wildpfad heraufkamen. Er runzelte die Stirn angesichts der tanzenden Reihe von Köpfen, wischte sich mit dem Hirschlederärmel den Schweiß von der Stirn und beugte und entspannte seine kräftigen Hände. Feuchtigkeit glänzte auf seinen breiten, tätowierten Wangen und seinem grauen Haar. Narben aus alten Kämpfen waren auf seinem Körper. Er warf einen Blick auf die gekrümmte Kriegskeule, die mit funkelnden Kupferstacheln am Baum lehnte.

Er drehte sich um und rief: »Nachtschatten!«

Sie schob das Strauchwerk beiseite und kam geduckt aus dem engen Höhleneingang heraus; sie stand hoch aufgerichtet, die roten Ärmel vom scharfen Bergwind aufgebauscht. Es überraschte ihn immer wieder, daß sie darauf beharrte, Rot zu tragen, denn diese Tradition stammte von einem Volk, das sie beide vor langer Zeit verlassen hatten.

Mit einer Hand an der Stirn betrachtete sie prüfend die Besucher, die über die Wiese kamen. Ihr Lachen brach sich hallend am Fels, und wie zur Antwort ließ sich der Donnervogel grollend vernehmen, und aus dem Nieselregen wurde ein Wolkenbruch. Regenwasser stürzte an den Flanken des Bergs hinab und brachte den Granit zum Glänzen. Nachtschatten lächelte.

»Endlich, Dachsschwanz. Sie haben ja lange genug gebraucht.«

Er fragte: »Du hast sie erwartet, meine Priesterin?«

Von der Seite, wo Weiden sich an Sickerwasser labten, kam der Lärm tobender Kinder. Drei Gestalten, laut und fröhlich lachend, bewegten sich zwischen den Kiefern hindurch.

»Ja, mein Entführer.« Nachtschatten ließ die Hand sinken und lächelte. »Ich habe sie seit langem erwartet.«